中国古代文学三百题

古代文学

余江　主编

商务印书馆国际有限公司

中国·北京

主　编　余　江

副主编　马兰州

编　者　（按姓氏音序排列）

蔡觉敏　洪　畅　马兰州

余　江　张淑蓉

前言

我国历史悠久，有着光辉灿烂的传统文化，文学是其中重要的组成部分。中国古代文学以其久远的历史、多样的体裁、众多的作家、优秀的作品、独特的风格、鲜明的个性、丰富的内涵而呈现出繁盛、磅礴的面貌。为了帮助广大文学爱好者、大中学师生了解中国古代文学的演变过程和发展规律，了解古代社会发展状况及古代文人的生存状态、生活方式、思想观念及其对后世的影响，培养生活情趣，提高文化素养和审美能力，我们策划编写了这本《中国古代文学三百题》。

本书系统而概括地介绍了中国古代文学的发展演变，用一问一答的形式将中国古代文学各个时期的文学概貌、名家名作、典型形象、文艺思潮等囊括在内。按时代先后编排，每一时代，又按散文、诗歌、文艺理论等进行归类，既有一般常识，也有学术性较强的专题。阐述深入浅出，语言生动，条理清晰。

本书将中国古代文学分为先秦、秦汉、魏晋南北朝、隋唐五代、宋辽金、元代、明代、清代、近代等历史时段。在这绵延几千年的中国文学史中，每一时代有每一时代之文学，从远古神话到《诗经》《楚辞》、诸子散文、汉赋、唐诗、宋词、元曲、明清小说……，无不唱响了时代的最强音，涌现出了众多的文学名家和文学巨著，让浩繁宏富的中国古代文学流光溢彩。从上古到秦统一以前的这段文学人们习惯上称为“先秦文学”，这一时期的文学是我国文学的发源阶段，了解和研究这一时期的文学，对于认识我国优秀传统文化的形成、审美意识的历史起源等都有重要意义。两汉辞赋繁兴，赋是汉代文人创作的主要文学样式，自是“一代文学”的代表，出现了贾谊、司马相如、扬雄等汉赋大家。魏晋南北朝是一个文学自觉的时代，文学同历史、哲学分开，得到独立发展，文学创作成为了一种自觉的艺术活动，并涌现出大量作家。隋唐时期，社会经济繁荣，文学也迎来了空前的繁荣。在唐代，诗歌的成就最为突出，诗体大备，名家辈出，流派众多，题材广阔，作品丰富，出现了李白、杜甫、白居易等诗坛巨星。宋代是中国文学的新变时期，词这一新兴文体样式走向成熟并进入全盛期，从思想内容到艺术形式乃至风格特色均有突出发展，成为继唐诗之后的又一种代表体裁。元代是中国戏曲发展的黄金时期，杂剧和散曲是这一时期文学的代表，关汉卿的《窦娥冤》、王实甫的《西厢记》等都是不朽之作。明、清两代，通俗文学得到长足发展，《三国志演义》《水浒传》《西游记》《红楼梦》四部长篇小说，享誉世界，影响深远。近代文学是中国古代文学的最后一个乐章，这一时期中国社会性质和结构开始发生变化，反映到文学领域则出现新的文学思潮。当然，除了这些时代的最强音外，每一时代还有众多美妙的乐音，如汉乐府民歌、唐传奇、唐宋八大家散文、两宋诗歌、宋元话本、明清戏曲等众多文学的音符共同演奏出中国古代文学的华彩乐章。可以说，每一时代都是众多文学样式的交响乐。

《中国古代文学三百题》将带领读者徜徉于光辉灿烂的中国古代文学宝库，领略古代文学的磅礴壮观。限于我们的水平和经验，在编写过程中难免有不足之处，我们恳请广大读者给予批评、指正。

商务国际编辑部

目录

先秦文学

散　文

诗　歌

文艺理论

秦汉文学

散　文

诗　歌

文艺理论

魏晋南北朝文学

散　文

诗　歌

小 说

文艺理论

隋唐五代文学

散 文

诗　歌

词

小 说

文艺理论

宋辽金文学

散 文

诗 歌

词

小 说

文艺理论

元代文学

诗　歌

元　曲

文艺理论

明代文学

散　文

诗　歌

小说

戏　曲

文艺理论

清代文学

散　文

诗　歌

词

小　说

戏曲

文艺理论

近代文学

中国古代文学三百题

先秦文学

1. 我国有“神话”吗？我国早期神话的种类有哪些？

答：我国古代没有“神话”一词，但实际上，早期我国有对历史或者自然的种种猜测与推理，先人将这些猜测与推理融入他们构想的神话中，以神话对社会历史和自然现象做出解释，以神话表达自己的各种情感和情绪体验，还以神话达到沟通天人的目的。因而我国虽然没有“神话”一词，但早期的不少故事表现出了“神话”的特征，不少书中直接或者间接地收录了“神话”，虽然它们没有像西方神话那样成体系地出现，但是它们散见于古代各种典籍中，如《诗经》和《楚辞》中就保留了远古时期的不少神话，一些经典注解里也保留了早期的某些神话。

有些学者认为，我国缺少“神话”是因为我国神话被历史化了。早期的人们知识有限，对这些代代相传的故事非常相信，多将之当作史实接受。同时，受儒家“不语怪力乱神”思想的影响，我国早期的神话或是被加以“合理化”解释，进入历史；或是被当作真实的事情记述下来，以宣扬灵异现象的存在。这样，其“神话”特性受到削弱；另外，由于我国神话与西方神话有比较明显的区别，因而当以西方的神话标准审视我国文化时，会认为我国没有神话。

中国早期的神话种类有创世神话、洪水神话、民族起源神话、文化起源神话、英雄神话、部族战争神话等，这些神话保留了我国先民对自然的想象和解释。创世神话有盘古开天地，说天地混沌如鸡蛋，盘古生于其中，万八千岁，天地开辟，阳清为天，阴浊为地。后来天和地都不断长高，盘古也不断长高，最后天地分离。此外，还有女娲补天神话。洪水神话则有大禹治水故事，讲述了大禹治水期间，三过家门而不入，以疏导之法，最终消除了水患。民族起源神话则有女娲造人之事，认为女娲开始是仿照自己的样子捏出一个个小泥人来，后来则以藤条蘸泥浆甩出了更多的人，捏出的人成为贵族，泥浆甩出来的则成为平民。文化起源神话有仓颉造字，认为他从鸟兽的足迹中得到了灵感而造出了字。英雄神话有精卫填海等，炎帝女儿到东海游玩被淹死，化身精卫鸟，每天衔着石头和草木投入东海，发出“精卫”的悲怆叫声。部族战争神话有黄帝擒蚩尤等，记载了蚩尤与黄帝之间的大战，黄帝屡败，经玄女帮助方取胜。这些神话虽然有强烈的传奇色彩，但在一定程度上折射出了上古历史，例如后代的考证从《山海经》中证实了上古的地理历史事实。

更重要的是，这些神话体现了我国先民的精神和价值取向，在一定程度上反映了我国早期文化的基本特点。如夸父逐日、女娲补天、精卫填海、大禹治水都歌颂了坚韧勇敢的精神，这与后来中华民族的精神是一脉相传的。如《山海经·海外北经·夸父与日逐走》：“夸父与日逐走，入日；渴，欲得饮，饮于河、渭；河、渭不足，北饮大泽。未至，道渴而死。弃其杖，化为邓林。”（《山海经》卷八）夸父奋力追逐太阳，以至于渴至极处方去饮水，一饮之间，河、渭不足，只能继续向北奔走，最后，未能追上太阳，渴死于追赶太阳的路上，死后其杖化而为邓林。夸父是一无比伟岸之形象，其追日不得而渴死的结局给全文带上了强烈的悲壮色彩，其杖化为邓林体现了不竭的生命力量，这种坚强精神光照后人。

2.《山海经》是一部什么样的书？

答：早期神话中，《山海经》是保存得较好的一部。《山海经》最早列于班固的《汉书·艺文志》中，其中包括《山海经》十三篇，《山海经》被列为“数术略”中“形法”类之首，但有目无书。当前传世版本据传为郭璞所作，其体制、内容方面都有一定的特点：

一、体制特点：《山海经》全书有18卷。《山经》分为《南山经》《西山经》《北山经》《东山经》《中山经》5个部分，以四方山川为纲，依南、西、北、东、中的方位次序分篇，每篇又分若干节，记述内容包括古史、草木、鸟兽、神话、宗教等。《海经》分为《海外经》《海内经》《大荒经》。《海外经》包括《海外南经》《海外西经》《海外北经》《海外东经》4个部分，记载海外的奇异风土；《海内经》包括《海内南经》《海内西经》《海内北经》《海内东经》4

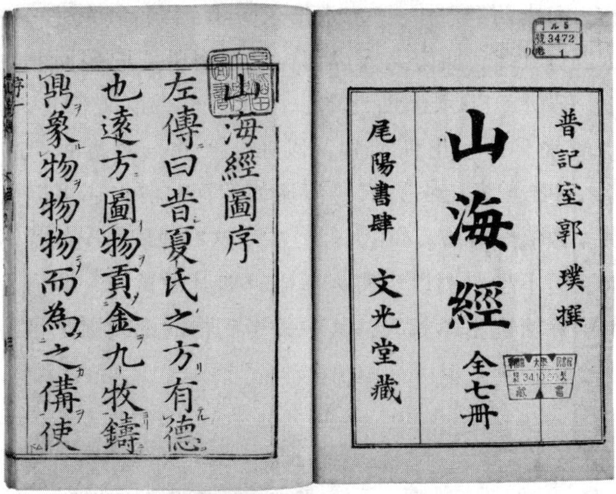

清刻本《山海经》

个部分，主要记载海内的奇异之物；《大荒经》包括《大荒东经》《大荒南经》《大荒西经》《大荒北经》《海内经》5个部分，主要记载了与黄帝、女娲和大禹等有关的许多重要神话资料，反映了中华民族的英雄气概。

二、文献价值：《山海经》主要记叙对象虽然为山川河流等地理情况，但实际上包括与此相关的物产、药物、祭祀、巫医等，其中不少以前被当作神话看待，当今则已经证明其是对当时情况的如实记载，因而具有非常高的文献价值。

首先，《山海经》记载了大量的地理情况，其中所记的地理地貌以及相关的物产资源与实际情况比较符合。其方位多以“山”和“海”为线索，如“南山经之首曰鹊山。其首曰招摇之山，临于西海之上，……又东三百里，曰堂庭之山，……又东三百八十里，曰猨翼之山，……东三百七十里，曰杻阳之山……”（《山海经》卷一）；《山海经·大荒经·大荒东经》中“东海之外大壑，少昊之国……大荒东南隅有山，名皮母地丘。东海之外，大荒之中，有山名曰大言，日月所出”（《山海经》卷十四）。《山海经》中对水势记载也很详细，多仔细表明其走向走势及与其他河流海洋的关系，如《山海经·海经·海内西经》中：“赤水出东南隅，以行其东北……河水出东北隅，以行其北，西南又入渤海，又出海外，即西而北，入禹所导积石山。洋水、黑水出西北隅，以东，东行，又东北，南入海，羽民南。弱水、青水出西南隅，以东，又北，又西南，过毕方鸟东。”（《山海经》卷十一）有些河流如黄河、渭水还可以从支流情况了解其大致流经区域。《山海经》中对这些地理情况的描写虽然有神化之处，但不少仍旧以史实为基础，如其对黄河、渭河、华山等的记录与实际情况基本相符，其中关于矿物的记载则是目前这方面最早的文献。

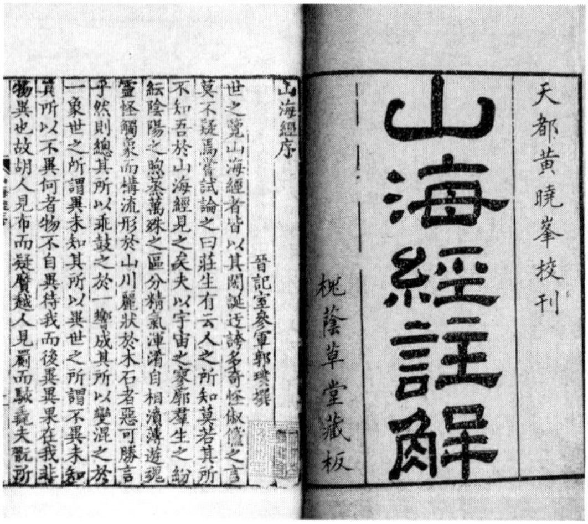
天都黄晓峯校刊
山海經註解
槐蔭草堂藏板

山海經序
晉記室參軍郭璞撰
世之覽山海經者皆以其閎誕迂誇多奇怪俶儻之言莫不疑焉嘗試論之曰莊生有云人之所知莫若其所不知吾於山海經見之矣夫以宇宙之寥廓羣生之紛紜陰陽之煦蒸萬殊之區分精氣渾淆自相濆薄遊魂靈怪觸象而構流形於山川麗狀於木石者惡可勝言乎然則總其所以乖鼓之於一響成其所以變混之於一象世之所謂異未知其所以異世之所謂不異未知其所以不異何者物不自異待我而後異異果在我非物異也故胡人見布而疑黂越人見罽而駭毳夫翫所

清刻本《山海经注解》

其次，《山海经》记载了与所记山水相关的其他人文资源，包括历史、地理、文化、中外交通、民俗等，有些已经被其他史料证实。如《山海经·大荒经·大荒东经》中：“有人曰王亥，两手操鸟，方食其头。王亥托于有易、河伯仆牛。”（《山海经》卷十四）王国维结合《楚辞》《竹书纪年》等，尤其是利用了出土的甲骨文资料与这些材料之间的比照证明了王亥等殷商先王先公的存在，这与《史记》所载吻合。从《山海经》中我们还可以窥见我国早期的历史，如《山海经·大荒经·大荒北经》：“蚩尤作兵伐黄帝，黄帝乃令应龙攻之冀州之野。应龙畜水，蚩尤请风伯、雨师纵大风雨。黄帝乃下天女曰魃，雨止，遂杀蚩尤。”（《山海经》卷十七）这应当是对我国古代部落战争的记载，包含中华民族的形成史。黄帝与炎帝战争，杀死了炎帝，统治了其部族，从这里可见当时战争已经会利用巫术或是天象以“呼风唤雨”。

最后，《山海经》虽然长期以来以其神话故事为人所知，但它不仅仅是一部神话集，更是我国早期历史文化和精神的反映。如《山海经·北山经·精卫填海》中，精卫以其柔弱的身躯向比它强壮无数倍的大海报复，表现了生命与精神的执着力量，这很好地体现了我国民族锲而不舍的坚强性格。正因此，《山海经》中的神话在后世还常被引用，如陶渊明的“刑天舞干戚，猛志固常在”（《读山海经》其十），成为中华民族宝贵的精神财富。

3.《春秋》是一部什么样的书？

答：我国古代是农耕社会，在四季当中以春季和秋季最为重要，王室诸侯朝聘也在这两个季节，故以“春秋”指重要历史，“春秋”也成为当时史书的通称。现有《春秋》是从《春秋三传》（即《左氏传》《公羊传》《谷梁传》）辑佚所得，相传其为孔子所作，故成为儒家“五经”之一，它有如下史学和文学成就：

一、以时纪事，确定史书的编年体体例。《春秋》以编年为经，以史实为纬，能够比较清楚明晰地记载历史事件并体现出其间的因果关系。

现存《春秋》从鲁隐公记述至鲁哀公，“三传”的具体所止年代略有不同：依《公羊传》和《谷梁传》载，记至哀公十四年止，为二百四十二年；依《左传》则多十二年，即二百五十四年。记事顺序上，《春秋》全书以鲁国国君承继为序，以鲁国国君年号纪年，同一国君名下则以年号为序。全书依次为“隐公（元年—十一年）、桓公（元年—十八年）、庄公（元年—三十二年）、闵公（元年—二年）、僖公（元年—三十三年）、文公（元年—十八年）、宣公（元年—十八年）、成公（元年—十八年）、襄公（元年—三十一年）、昭公（元年—三十二年）、定公（元年—十五年）、哀公（元年—十四年）”。每一章中又以年为序，如“隐公”章依次为“隐公元年、隐公二年、隐公三年”等；一年之中，纪时以四季，纪月以一、二、三等，纪日以干支如甲子、乙丑等；具体纪事时，则按照“年时（季节）月日”的顺序表明时间，但并非各级时间单元都得出现，具体如何表示无一定之规矩，如“隐公”章中，“隐公元年”有“元年春王正月”，“隐公三年”有“三年春王二月，己巳”，也有比较简单的如“隐公九年”下有“九年春”，“襄公”下即有“元年春王正月、三年春、四年春王三月己酉”等各种时间表达方式。表明时间后，简洁记载史实如即位、战事、占卜等。虽然《春秋》是鲁国国史，但也按顺序记载了当时其他国家的重大事情。如“哀公”章，首章为“哀公元年”之事：“元年，春，王正月，公即位。楚子、陈侯、随侯、许男围蔡。鼷鼠食郊牛，改卜牛。夏，四月辛巳，郊。秋，齐侯、卫侯伐晋。冬，仲孙何忌帅师伐邾。”（《左传·哀公元年》）记录了鲁国以外的楚国、陈国、蔡国、晋国等事情。

二、行文简洁。《春秋》全书记载了长达二百多年间的诸侯纷争史，但全书仅一万六千字，简而有序。

《春秋》行文简洁，一是下字用语精简，仅以必要名词和动词叙事，少用修饰性词语或连接词及语气词之类虚词，句子非常简短，如僖公三年六月“雨”，桓公元年“秋，大水”；其他记时令多是如此。二是记事以简笔勾勒为主，不进行深入细致的描绘。《春秋》中记载战争多仅列出交战双方，如“狄伐晋”；详

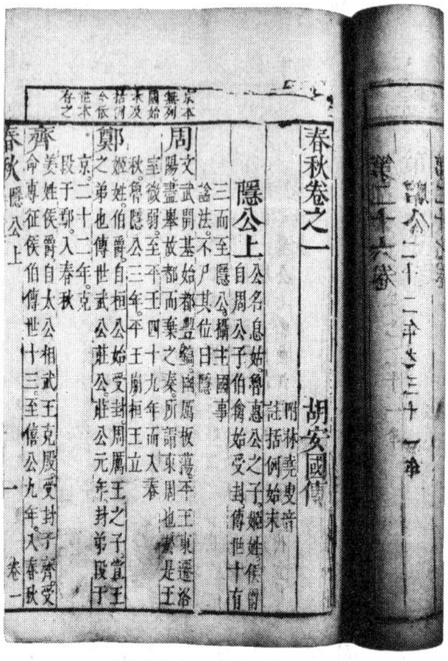

清刻本《春秋》

细者也只是描绘出参与者及其结果，即使是字最多的“定公四年春三月”叙述也不超过四十五个字，如：“公会刘子、晋侯、宋公、蔡侯、卫侯、陈子、郑伯、许男、曹伯、莒子、邾子、顿子、胡子、滕子、薛伯、杞伯、小邾子、齐国夏于召陵，侵楚。”（《左传·定公四年》）三是不对所写之事的复杂背景加以介绍。如“元年春王正月”中，杜预和孔颖达认为，不写隐公即位，是因为他没有行即位之礼：“假摄君政。不修即位之礼，故史不书于策，传所以见异于常。”（《春秋左传正义·隐公元年》）而之所以不行即位之礼：“隐以桓公幼少，且摄持国政，待其年长，所以不行即位之礼。”（《春秋左传正义·隐公元年》）即隐公事实上掌管国家，但于礼而言，不能写其“即位”，但文中对此完全不做解释。桓公六年“六年春正月，实来”（《左传·桓公六年》），《左传》认为：“书曰‘实来’，不复其国也。”（《左传·桓公六年》）说淳于公从曹国前来朝见，“实来”指他不再回国了。

三、“字字针砭”之“春秋笔法”。《春秋》叙事之外无一余笔，但如《左传》所言：“微而显，志而晦，婉而成章，尽而不污，惩恶而劝善，非圣人谁能修之？”（《左传·成公十四年》）

《春秋》通过对题材的选择以及字词的使用，隐晦地表现出对事件的道德评判。如“隐公元年”中“夏五月，郑伯克段于鄢”（《左传·隐公元年》），看似客观陈述，但是，传对此做出解释：“书曰：‘郑伯克段于鄢。’段不弟，故不言弟；如二君，故曰克；称郑伯，讥失教也；谓之郑志，不言出奔，难之也。”（《左传·隐公元年》）意思是说《春秋》中不将此事表述为“兄在鄢战胜弟”，而称兄为“郑伯”，暗讽他处心积虑地恶意纵容其弟，不像兄长对弟应该有的态度；对“段”则不称弟，因其目无兄长之尊，还想夺走兄长之位，也不像弟弟；二者没有兄弟之情，故以“克”这个用于敌对国之间的字指出二者战争结果，表现了作者对段和郑伯二人不顾兄弟道义的行为持冷峻贬斥态度。

总之，《春秋》微言大义的史书笔法奠定了我国后代史书的基本特点，且对后代小说有着深远的影响。

4. 什么是“春秋三传”？ 它们各有什么特点？

答：由于《春秋》言词简洁，语意隐晦，对历史史实均以粗线勾勒，这使后人阅读多有不便。为方便阅读，也为揭示其中隐而不显的意义，汉代便有学者为其作注。据《汉书·艺文志》载，当时给《春秋》作注的有五家。由于《春秋》是“经”，给“经”作注的则叫“传”，故当时给《春秋》作注的五家依其姓氏称为《邹氏传》《夹氏传》《左氏传》《公羊传》《谷梁传》，前两传失传，后三传流传至今，被称为“《春秋》三传”。三传各有特色，《左传》重在解析《春秋》，对原文的忠实度较高，文学成就也最高；其他二传重在阐释《春秋》中隐含的意义，或是偏重强调“大一统”，政治倾向较强，或是强调教化作用，伦理道德色彩较强，因而同样被历代统治者所重视。《左传》在唐代被定为“大经”，《谷梁传》和《公羊传》在唐代被定为“小经”，三传与《春秋》一起位列十三经，成为历代必考书目。三传各有所长，时人郑玄认为：“左氏善于礼，公羊善于谶，谷梁善于经。”（《六艺论疏证·谷梁序疏》）其中最有名的是《左传》。

相传《公羊传》作者为子夏弟子战国时齐人公羊高，子孙口耳相传至汉景帝时的公羊寿，公羊寿与胡毋生一起将《春秋公羊传》著于竹帛，系以今文写成，后董仲舒对其进一步加以发挥，在当时被立为今文学官。

从内容上讲，该书着重阐释《春秋》的“微言大义”，即多阐释作者提出的历史行为的政治意义，因而是研究汉代儒学思想的重要资料。作者挖掘其中所谓的“微言大义”，甚至不惜对原文附会歪曲，但由于它从中引申出“大一统”主张，在书中提出“三世说”历史观，这迎合了西汉大一统政治的需要，对统一封建社会起了促进作用，因而被立在学官。如对“隐公元年”不言隐公“即位”的解释，《左传》重在讲其内在含义（详见前题“《春秋》是一部什么样的书？”），《公羊传》的解释则为：“春，王正月。元年者何？君之始年也。春者何？岁之始也。王者孰谓？谓文王也。曷为先言王而后言正月？王正月也。何言乎王正月？大一统也。公何以不言即位？成公意也。何成乎公之意？公将平国而反之桓。曷为反之桓？桓幼而贵，隐长而卑。其为尊卑也微，国人莫知。隐长又贤，诸大夫扳隐而立之。隐于是焉而辞立，则未知桓之将必得立也。且如桓立，则恐诸大夫之不能相幼君也。故凡隐之立，为桓立也。隐长又贤，何以不宜立？立嫡以长不以贤，立子以贵不以长。桓何以贵？母贵也。母贵则子何以贵？子以母贵，母以子贵。”（《春秋公羊传·隐公元年》）全篇重在通过一层一层的设问推理，最后归结出不言隐公即位的原因是“立嫡以长不以贤，立子以贵不以长”（《春秋公羊传·隐公元年》）。以此树立大一统的观念。

《公羊传》对后世影响大者为其“三世说”。所谓“三世说”，即是认为孔子将春秋 242 年的历史划分成了“据乱世”“升平世”“太平世”。从《春秋》的实际情况看，“三世说”颇为牵强，但蕴含着历史变化观，这对后代影响较大。

从文学角度看，《公羊传》为增强文章气势，采用大量的排比、设问以说理，缺少形象描述，文学价值远逊于《左传》。

相传《谷梁传》作者是子夏弟子战国时鲁人谷梁赤，口耳相传至西汉时成书，其在西汉后期也曾经颇为流行，但后来影响相对衰弱。虽然同样是重视挖掘《春秋》中的思想，但《谷梁传》与《公羊传》政治目的有所不同，《谷梁传》更为强调礼义教化和宗法情谊，为调节统治阶级内部矛盾服务。

《谷梁传》多从文义出发，从字句的痕迹中探析所谓的思想。如同样是“隐公元年”章对“王正月”的解释，《谷梁传》的解释重在强调道德：“兄弟，天伦也。为子受之父，为诸侯受之君。已废天伦，而忘君父以行小惠，曰小道也。若隐者，可谓轻千乘之国，蹈道则未也。”（《春秋谷梁传·隐公元年》）对《左传·隐公元年·郑伯克段于鄢》的解释则是：“段，弟也，而弗谓弟；公子也，而弗谓公子。贬之也。段失子弟之道矣，贱段而甚郑伯也。何甚乎郑伯？甚郑伯之处心积虑成于杀也。于鄢，远也，犹曰取之其母之怀中而杀之云尔，甚之也。然则为郑伯者宜奈何？缓追逸贼，亲亲之道也。”（《春秋谷梁传·隐公元年》）如上可见，《谷梁传》重视“天伦”与“亲亲之道”，全书中多有称引古礼之处，对宗族伦理非常重视，体现了作者欲以仁德裨益政治统治的立场。

就文学体式而言，《谷梁传》采取了对话体形式，多从文字痕迹中寻求作者所认为的思想索引，语言简洁。

如上可见，《公羊传》与《谷梁传》反映了汉代的思想，是研究汉代儒家思想的重要资料，对后代也有一定的影响。

5. 为什么说《左传》代表着先秦时期史传文学的最高成就？

答：《左传》又称《春秋左氏传》或《左氏春秋》，共有 30 卷。清代的经学家认为《左传》是刘歆托名所编，近人则认为可能是多人根据战国史料合作而成。

《左传》和《春秋》一样，也是编年纪事体，基本是依经立传，按照《春秋》顺序对重大事件进行详细说明。它起于鲁隐公元年（前 722），终于鲁悼公四年（前 464），其编年比《春秋》多出 17 年；所述史实实际止于鲁悼公十四年（前 454），因而比《春秋》多出 27 年，多记载了一位鲁国国君之事。就篇幅而言，《春秋》为一万六千字，《左传》为十八万字，记载内容远为丰富，史料价值也更高。

就文学价值而言，《左传》代表着先秦史传文学的最高成就，也给后世的史书和小说创作提供了很多经验。

首先，《左传》塑造了许多鲜明生动、富有个性的人物形象。

一是多通过语言塑造人物形象。如《左传·隐公元年·郑伯克段于鄢》中，郑伯之弟“段”一再提出无理要求，郑伯不是及时制止以免生出更大祸害，而是故意纵容。他在段第一次提出过分要求时就满足他，并以母亲为自己行事的借口：“姜氏欲之，焉辟害？”面对臣下的担心，他说：“多行不义必自毙，子姑待之。”段第二次提出过分要求，郑伯对臣下说：“无庸，将自及。”段第三次提出过分要求，郑伯说：“不义不昵，厚将崩。”这说明他实际上对于弟弟

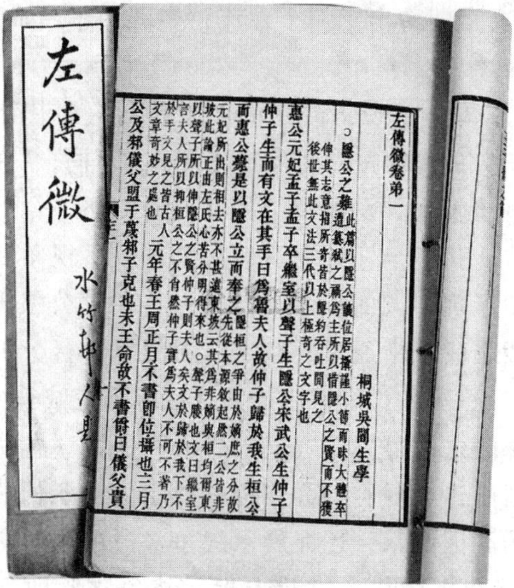

《左传微》

的意图了解于心，自己心中也早有对策，表面看他是迫不得已，实际是不断满足段以诱使其弟走向死地。最后，段自认为势力足够强大了，开始准备反叛，此时“公闻其期，曰：‘可矣！’”出兵消灭了段，说明郑伯对段时刻保持警惕之心，只是在引蛇出洞。作者通过郑伯在面对段的一次次无礼要求时的语言，揭示了其对段的真正用意，塑造了其外表仁义、内心冷酷的形象。

二是多以细节描写塑造人物。如《左传·僖公三十二年、三十三年·秦晋殽之战》中，先轸得知秦国的囚犯被文嬴放走，先轸怒骂：“武夫力而拘诸原，妇人暂而免诸国。堕军实而长寇仇，亡无日矣。”然后“不顾而唾”。其耿直与对文嬴的愤怒毕显。不仅如此，《左传》还能在较长的篇幅中塑造出处于变化中的人物形象。如《左传·僖公二十三年·晋公子重耳之亡》中，重耳起初在野人给土块时，感到受到侮辱，“公子怒，欲鞭之”，显示出轻狂躁进；其随从为了让他离开齐国，故意断了他的后路，他“醒，以戈逐子犯”，也凸显了他的耽于逸乐。但在其后的流亡生涯中，他逐渐变得成熟起来，在受到秦伯之女的斥骂后，他赶紧“降服而因”，整篇文章塑造出了一个在流亡生涯中不断成长的晋文公，形象立体丰满。

其次，《左传》表现出高超的叙事技巧，尤其是战争描写艺术。和《春秋》的纯粹按时间顺序记载史实不同，《左传》在按时间顺序交代事情发生、发展及结果的同时，还综合采用倒叙和预叙、补叙手法，获得很好的表达效果，且叙事视角变化灵活，能够从多个视角展现广阔的场景。如《左传·僖公三十二年、三十三年·秦晋殽之战》中通过蹇叔之口对战争进行分析并预告战争结局。《左传》一书中详细记载的大战就有晋楚城濮之战、楚晋邲之战、齐晋鄢陵之战等。作者记叙战争不是像《春秋》那样粗笔勾勒，而是精心选择材料，详细描述战争的准备情况，不仅客观地叙述战争的原因结果，还在展示战争经过的同时刻画丰富的人物形象，能够在描述战争过程中揭示战争之胜败原因。如《左传·僖公二十八年·晋楚城濮之战》中，先描述了北方强国晋国、南方强国楚国，以及当时依旧还比较强大的齐国和秦国的情况，还交代了宋国、曹国、卫国之间的复杂关系，通过这些国家之间的关系展开了复杂的政治与军事局势，使人们了解战争背景及原因。在描写战争的过程中，不重在描述正面战场上的对抗，而重在描述重要谋士的心理活动、语言及动作行为，以此串联起战争，且揭示出战局发展的原因，并由此塑造出性格各异的国君和谋士、将士形象。

关于《左传》的成就，刘熙载有过比较全面的总结：“左氏叙事，纷者整之，孤者辅之，板者活之，直者婉之，俗者雅之，枯者腴之，剪裁运化之方，斯为大备。”（清刘熙载《艺概·文概》）可以说，这种写作技巧不仅影响了我国史书，对我国小说的叙事手法也有重大影响。

6.《国语》是各国之“语”吗？ 如何认识《国语》的文学特性？

答：《国语》是一部国别体史书，成书约在战国初年。上起周穆王十二年（前990），下至智伯被灭（前453）。全书21卷，《国语》分别记载周、鲁、齐、晋、郑、楚、吴、越八国之“语”。

《国语》虽然是史学著作，却具有较强的文学性，具体表现如下：

一、各国之“语”有不同风格，整体表现出较强的政论特点。《国语·周语》多有宗主国身份的说教，长篇大论，辞气委婉，如“夫先王之制……日祭、月祀、时享、岁贡、终王，先王之训也。有不祭则修意，有不祀则修言，有不享则修文，有不贡则修名，有不王则修德，序成而有不至则修刑”（《国语·周语上》）。句式较整齐，但多有变化，排比句则多有虚词穿插其间，辞气委婉纡徐，符合周朝在各国中的“长者”身份。《国语·鲁语》多以小见大，故篇幅短小而语言隽永，如“叔孙穆子聘于晋，晋悼公飨之，乐及《鹿鸣》之三，而后拜乐三。晋侯使行人问焉，曰‘子以君命镇抚弊邑，不腆先君之礼，以辱从者，不腆之乐以节之。吾子舍其大而加礼于其细，敢问何礼也?’”（《国语·鲁语下》）《国语·吴语》主要写伐越和吴之灭亡。《国语·越语》主要写勾践灭吴等，文字流畅整饬，颇有气势。崔述认为：“周鲁多平衍，晋楚多尖颖，吴越多恣放。”（《洙泗考信录·余录》）这些不同国之语的文风，与其民风是相一致的。

和《国语》的政治性相应，《国语》多有政论，其议论说理层次井然、推理严密。如《国语·周语上·邵公谏厉王弭谤》，层层推出，先是“防民之口，甚于防川，川壅而溃，伤人必多，民亦如之”，说出弭谤的可怕后果。其后倒推出正确的做法，“是故为川者决之使导”。再次以“川”喻“民”，详细论述“民”与“川”的共同性：如果顺应之，则可获大利；如果截堵之，则可为大害。然后分析“民”的重要性。全文采取倒推法论证，先说出可怕后果，再一步步分析原因，结尾处以反问句与前文遥相呼应：“若壅其口，其与能几何。”最后简单道出该事情的后果：厉王拒绝忠言，当时百姓莫敢出言，后来厉王被流放。

二、长于记言叙事，繁简得当。《国语》以国为别，因而叙述某一事时，多集中于某一人，这种叙事体制近于纪传体中的人物传记。

作者善于抓住最能够体现描写对象特征的行为与语言，记叙生动形象。如吴越之事，越王勾践失败之时，对文种“执其手而与之谋”（《国语·越语上》），突出了他当时一意求贤，从善如流。越王向吴求和后对吴“卑事夫差，宦士三百人于吴，其身亲为夫差前马”（《国语·越语上》）。“为夫差前马”的典型事例突出越王的忍辱负重。

《国语》中大部分内容为政治外交辞令，语言多符合其情境。如在《国语·越语上》中，大夫种求和于吴时，辞卑气低：“寡君勾践乏无所使，使其下臣种，不敢彻声闻于天王，私于下执事曰：寡君之师徒不足以辱君矣，愿以金玉、子女赂君之辱，请勾践女女于王，大夫女女于大夫，士女女于士。”而勾践说于国人时，其辞恳切：“寡人不知其力之不足也，而又与大国执雠，以暴露百姓之骨于中原，此则寡人之罪也。寡人请更。……昔者之战也，非二三子之罪也，寡人之罪也。”

《国语》显示出作者的有意裁剪。如勾践开始失败，文章大段铺排其与吴王求和后的各种努力：“葬死者，问伤者，养生者，吊有忧，贺有喜，送往者，迎来者，去民之所恶，补民之不足。”（《国语·越语上》）勾践打败吴王后，吴王又求和于越，此时越王义正辞严：“昔天以越予吴，而吴不受命。今天以吴予越，越可以无听天之命，而听君之令乎？”（《国语·越语上》）仅以此句记录越王的反应，而省略了对吴王的描写，突出越王的明智，与当初吴王的骄傲昏庸形成鲜明对比。

三、出现了有意识的文学虚构。如公子重耳之事，重耳自卫过曹，曹共公不以礼相待，但是，僖负羁之妻对负羁说：“吾观晋公子贤人也，其从者皆国相也，以相一人，必得晋国。得晋国而讨无礼，曹其首诛也。子盍蚤自贰焉？”（《国语·晋语四》）僖负羁之妻对“曹其首诛也”的预见当是背着曹国其他君臣所说。此外，《国语·晋语》所记骊姬深夜向晋献公哭诉进谗，表示甘愿委曲而牺牲自己，“盍杀我，无以一妾乱百姓”（《国语·晋语一》）。其后对献公一一进言，其语言非常详细且层次谨严，当是作者进行过细致加工。柳宗元曾在其《答吴武陵论非国语书》一文说《国语》“务富文采，不顾事实，而益之以诬怪，张之以阔诞”。[①] 从文学角度看，这实际是一大进步。

《国语》开创了国别史体例，其生动形象的描述手法、简练工整的语言表达则间接影响了我国历代小说的创作。

7.《战国策》在文学上有什么特点?

答:《战国策》是记载战国时期历史的国别体史书，西汉末年刘向编定为33篇。它以国为经，以战国时期纵横家的言论事迹和主张策略为纬串起重大历史事件，记载了战国时期各国之间宏大复杂的历史史实。同时，它生动地展示了一些游士说客的精神风采，语言恣肆奇丽，有人认为“辩丽横肆，亦文辞之最”（王觉《题战国策》）。这具体表现在人物形象的刻画、高超的叙事手法和铺排宏富的语言这几方面：

一、人物形象刻画生动传神。《战国策》以人物性格为中心，在完整的事件发展叙述中，塑造具有明显个性色彩的人物形象。

《战国策》综合运用对比、虚构、细节描写、语言描写等多种手法塑造人物形象。《战国策·秦策一·苏秦始将连横说秦惠王》中，写苏秦说秦失败后“黑貂之裘弊，黄金百斤尽，资用乏绝，去秦而归”，其外在形貌是“羸縢履蹻，负书担橐，形容枯槁，面目犁黑，状有归色”。他失败归家时：“妻不下紝，嫂不为炊，父母不与言。”说秦成功后：“父母闻之，清宫除道，张乐设饮，郊迎三十里。妻侧目而视，侧耳而听。嫂虵行匍伏，四拜自跪而谢。”细细描绘其父母和妻嫂的前倨后恭，且父母、妻子、嫂子同为势利小人，但势利之表现也各异。最后苏秦感慨：“嗟乎！贫穷则父母不子，富贵则亲戚畏惧，人生世上，势位富厚，盖可忽乎哉？”回应前文他所说的“安有说人主不能出其金玉锦绣，取卿相之尊者乎”？这种对比、映衬手

---

① （唐）柳宗元．柳宗元集［M］．北京：中华书局，1979：825.

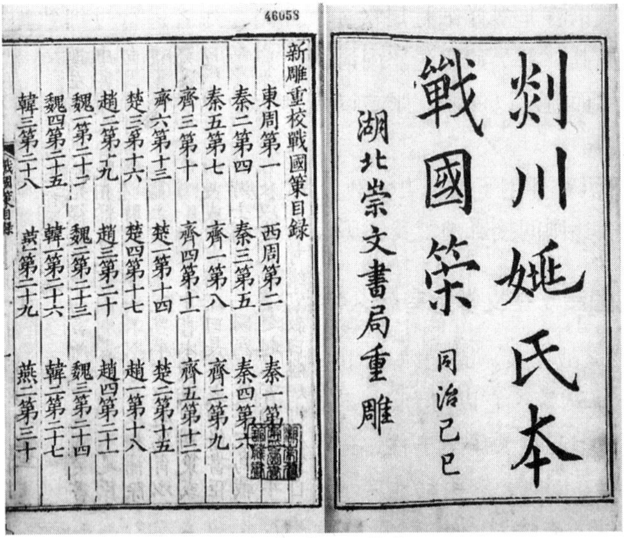
46058

剡川姚氏本
戰國策
同治己巳
湖北崇文書局重雕

新雕重校戰國策目錄
東周第一 西周第二 秦一第三
秦二第四 秦三第五 秦四第六
秦五第七 齊一第八 齊二第九
齊三第十 齊四第十一 齊五第十二
齊六第十三 楚一第十四 楚二第十五
楚三第十六 楚四第十七 趙一第十八
趙二第十九 趙三第二十 趙四第二十一
魏一第二十二 魏二第二十三 魏三第二十四
魏四第二十五 韓一第二十六 韓二第二十七
韓三第二十八 燕一第二十九 燕二第三十
戰國策目錄

清刻本《战国策》

法在《战国策》中比比皆是。

二、长于叙事，故事性很强。《战国策》长于叙事，善于剪裁，善于以场景气氛和人物活动等推动情节发展，故事性很强。

首先，《战国策》善于设置悬念，引人入胜。如齐人游说靖郭君，进来说了一句“海大鱼”即走，并且说畏惧死罪而不敢言，以此引起靖郭君好奇心，然后齐人才说海里的大鱼“网不能止，钩不能牵，荡而失水，则蝼蚁得意焉”（《战国策·齐策一·靖郭君将城薛》）。以生活之事为喻使靖郭君明白自己的处境，故事饶有趣味且富有说服力。

其次，《战国策》富于新颖别致而深刻中肯的比喻。《战国策·齐策一·邹忌讽齐王纳谏》中，邹忌以自己家事与齐王国事类比，其妻、妾、客与邹忌的不同关系可拟于不同人与齐王的关系，邹忌之妻、妾、客都不会使邹忌得知实情，由此使齐王明白自己的处境，从而广为纳谏。

再次，《战国策》中大量运用寓言故事、佚闻等说理，将鲜明的形象与哲理融为一体，由此产生了大量广为人知的成语，如两败俱伤、南辕北辙、亡羊补牢、鹬蚌相争、渔翁得利、门庭若市、返璞归真、狡兔三窟、狐假虎威、惊弓之鸟等。

最后，为了加强游说效果，《战国策》还善用虚构，如“苏秦夜读”当是在传言基础上虚构而成，后世研究也证明《战国策》中多有虚构。

三、语言富艳华彩，辞藻凝重。《战国策》语言恣肆畅达，富有气势，这是其文采富丽之关键处，也是其最鲜明的文学特点。

《战国策》语言之富丽缘于言辞讲究辞采气势，大量使用排比、比喻，声调铿锵，淋漓酣畅，如苏秦劝秦连横之时说：“西有巴、蜀、汉中之利，北有胡貉、代马之用，南有巫山、黔中之限，东有肴、函之固。田肥美，民殷富，战车万乘，奋击百万，沃野千里，蓄积饶多，地势形便。此所谓天府，天下之雄国也。以大王之贤，士民之众，车骑之用，兵法之教，可以并诸侯，吞天下，称帝而治。”（《战国策·秦策一·苏秦始将连横说秦惠王》）苏秦从各个角度大量列举事物，铺排描述其盛况，整句之外，适当以散句疏通语气，声韵铿锵有力，辞气酣畅淋漓，这种文风对后来的汉大赋影响很大。

《战国策》的语言特色还表现在人物对话语言的幽默生动，尖锐深刻，委曲入情。如秦宣太后爱上魏一男人，将死之时下令以其殉葬，这人让庸芮游说太后，庸芮说：“若太后之神灵，明知死者之无知矣，何为空以生所爱葬于无知之死人哉？若死者有知，先王积怒之日久矣，太后救过不赡，何暇乃私魏丑夫乎？”（《战国策·秦策二·秦宣太后爱魏丑夫》）以两难命题使太后放弃了原来的打算。

《战国策》叙事语言简洁精当，富于表现力。如《范雎至秦》，写秦王对范雎的态度：“王庭迎……敬执宾主之礼……是日见范雎，见者无不变色易容者。……秦王跪而请曰……秦王复请……秦王跽曰……”（《战国策·秦策三·范雎至秦》）一系列叙述语言将秦王求贤若渴的谦卑状表现得活灵活现。

《战国策》的散文艺术具有很高成就，章学诚认为：“战国之文……其辞敷张而扬厉，变其本而加恢奇焉……能委折而入情，微婉而善讽也。”（清章学诚《文史通义·诗教上》）点明它既有张扬的气势又富有表现力的特点。

8.《论语》是一部什么样的书？它的文学成就表现在哪些方面？

答：《论语》是儒家最重要的经典之一，由孔子的弟子及其再传弟子编纂而成，是记录孔子言行的语录体散文集，集中体现了孔子的政治主张、伦理思想、道德观念及教育原则等。它是科举必考书之一，也是我国思想家的重要思想资源之一，对我国文化产生了重要影响。《论语》的文学成就表现在语言的简约和记人叙事的传神写照方面。

首先，《论语》语言具有简约美。不管是人物语言还是描述性语言均有言约旨丰的特点。例如：“子在川上，曰：‘逝者如斯夫！不舍昼夜。’”（《论语·子罕》）语言至简无一可删，但是，一长者在滔滔河水前的惘然与感慨神情跃然而出，我们可以于其中看到孔子对时间的珍惜与对岁月逝去的惆怅。但这种感慨没有“大江流日夜，客心悲未央”（南朝齐谢朓《暂使下都夜发新林至京邑赠西府同僚》）的悲愁，更没有对生命逝去的极度恐慌，而是被“知天命”的淡然中和，感伤中既体现了生命的积极力量，又表现了经历世事后的睿智豁达。

《孔子圣绩图》
（明）文徵明书　（明）仇英画

其次，《论语》塑造了很多

生动的人物形象。《论语》虽然以记言为主，但“夫子风采，溢于格言”（南朝梁刘勰《文心雕龙·征圣》），书中通过对他仪态言语的描写显示出其风采与精神力量。如“孔子于乡党，恂恂如也，似不能言者。其在宗庙朝廷，便便言，唯谨尔。朝，与下大夫言，侃侃如也；与上大夫言，訚訚如也。君在，踧踖如也，与与如也”（《论语·乡党》），写出孔子在不同场合、不同人物面前的表情与言语神态，突出其谦和守礼而又多才善言的特点。不仅如此，围绕孔子这一中心，《论语》还成功地塑造了一批孔门弟子的形象。如《子路、曾皙、冉有、公西华侍坐》中，子路“率尔”而对，不加思考便第一个站起来回答问题，且言辞间对于治国之事表现出不切实际的自信，显示出轻率急躁的特点；冉有与公西华则被点到才站起来，且言自己只敢随便说说，显得谦虚委婉；曾皙则在孔子问起时，先把琴弹完，然后讲述自己“风乎舞雩，咏而归”（《论语·先进》）的政治理想，态度从容，理想高雅，孔子的不同表态显示出他对众弟子的严格要求中又有宽容和善良。但在《季氏将伐颛臾》中，面对不能够制止其君主不义行为的冉有，孔子一则言：“求！无乃尔是过与?”（《论语·季氏》）再则言：“求！虎兕出于柙，龟玉毁于椟中，是谁之过与?”（《论语·季氏》）态度坚定而严厉，体现出孔子对不义行为的深切痛恨。

《论语》深刻的思想内涵与其文学成就互为辅助，其文学性使之得以更好地流传，而在流传过程中其思想又被历代注解加以深化，进一步推进了其文学性和思想的被认知，最终成为深刻影响我国思想和文化的重要著作。

9.“半部《论语》治天下”表明了《论语》有何重要的思想意义?

答：“半部《论语》治天下”虽然只是传说，但能够比较真实地体现《论语》的影响。

“半部《论语》治天下”首次出自南宋林駉《古今源流至论》前集卷八《儒吏》：“赵普，一代勋臣也，东征西讨，无不如意，求其所学，自《论语》之外无余业。”该事也见于其同时代人罗大经的

《鹤林玉露》卷七：宋初宰相赵普，人言所读仅只《论语》而已。太宗赵匡义因此问他，他说："臣平生所知，诚不出此，昔以其半辅太祖（赵匡胤）定天下，今欲以其半辅陛下致太平。"（《鹤林玉露·论语》）元代高文秀则又使这句话广为人知，在其《好酒赵元遇上皇》第三折中有："每决大事，启文观书，乃《论语》也，此时称小官以半部《论语》治平天下。"近代史上的严复也很认可此种观点。今人宋定国经考证后提出，赵普的相关传记以及其后朱熹等大儒均没提及此事，基本可断定该说法为杜撰。① 但是，这句话在某种程度上确可体现《论语》在我国历史文化中的重要性，这种深远影响既缘于其对我国伦理道德观念形成之奠基作用，也与其文学上的强烈感染力有关。

一、《论语》奠定了我国的伦理道德基础。《论语》是孔子用以教育学生的言语，孔子一生以"仁""忠""恕""孝"等道德标准要求自己，以"克己复礼"为人生目标，因而其对学生的教育中以仁义道德等为主，《论语》在某种程度上奠定了我国的伦理道德观。

他非常重视"仁"，从多个角度和不同方面阐述"仁"的具体内涵和实践。他认为"仁"是做人的基本原则："人而不仁，如礼何？人而不仁，如乐何？"（《论语·八佾》）认为"仁"应是人最本质的东西，如果没有"仁"，那么"礼乐"都只成其为外在的形式。"仁"的具体内涵极为广泛，它包括宽容、忍让、仁慈等。《论语》中还阐述了孔子的理想人物"君子"，认为君子应该讲究道义、谦逊有礼，并且应该注重信用："义以为质，礼以行之，孙以出之，信以成之。"（《论语·卫灵公》）君子应该有高洁的情操，能够在物质诱惑前坚持正直的品德："富与贵，是人之所欲也；不以其道得之，不处也。贫与贱，是人之所恶也；不以其道得之，不去也。君子去仁，恶乎成名？"（《论语·里仁》）"君子"应该追求崇高的道德和富足的精神，而不应该只追求肉体的生存和物质的满足："君子谋道不谋

---

① 参见宋定国．国学纵横［M］．北京：首都师范大学出版社，2013。

食”“君子忧道不忧贫”（《论语·卫灵公》）。《论语》还以大量的篇幅描写了由“仁”衍生出来的“孝”和“义”，如：“其为人也孝弟，而好犯上者，鲜矣；不好犯上，而好作乱者，未之有也。君子务本，本立而道生。孝弟也者，其为仁之本与！”（《论语·学而》）“君子喻于义，小人喻于利。”（《论语·里仁》）

由于孔子及《论语》的广泛影响，“君子”成为我国普遍认可的理想人格，“忠、孝、仁、义”则是我们民族最为重视的品质。

二、《论语》影响了我国的政治统治形态。孔子具有宏伟的政治理想，他构建了一个与其伦理道德相统一的理想社会形态，通过他的学生和《论语》，这一理想社会形态被后人所接受，并且在很大程度上影响了我国的政治文化思维。

首先，孔子以人伦道德为基础的治家治国方法决定了我国的宗法制社会结构。如“君君，臣臣，父父，子子”（《论语·颜渊》），将“君臣”与“父子”的关系并列，“君臣”关系就是“父子”关系的扩大和延展，因而每个人都需要以服从家庭的伦常秩序为起点，只有每人都遵守“家”的秩序，“国”才能保证有序运转。因而，“国”的政治原则与君臣关系基本都是“家”中伦理秩序与父子关系的扩展，这也是我国宗法制度的特点。其次，孔子提出了治理天下的基本原则与策略，这些原则成为我国传统政治的传统。孔子认为君主应以正己为基础：“苟正其身矣，于从政乎何有？不能正其身，如正人何？”（《论语·子路》）只有以身作则，才能要求他人。同时，他提出一些治理天下的基本准则，例如“无为而治者其舜也与？夫何为哉？恭己正南面而已矣”（《论语·卫灵公》）。再次，孔子还提出了一些具体的策略和方法，如“冉有曰：‘既庶矣，又何加焉？’曰：‘富之。’曰：‘既富矣，又何加焉？’曰：‘教之。’”（《论语·子路》）。要求在满足百姓基本生理需求的基础上提高其精神境界。他还特别强调礼乐之治，认为“兴于《诗》，立于礼，成于乐”（《论语·泰伯》）。希望统治者效法前贤，以礼乐为基础统治百姓，如“行夏之时，乘殷之辂，服周之冕，乐则《韶》《舞》。放郑声，远佞人。郑声淫，佞人殆”

（《论语·卫灵公》）。

孔子提出的理想社会虽然没能够实现，但是历代勤勉的统治者总以此为目标，这也成为衡量统治成败的尺度。孔子以德治国的基本思想对我国的政治观念甚至思维方式都有巨大的潜在影响，例如习惯于通过沟通协调而不是通过法律解决事情的传统就与《论语》中德治高于法治的思想有关。

10.《孟子》是一部什么样的书？ 它充满故事性，这种故事性表现为文本的哪些特征？

答：《孟子》是战国时期孟子与其弟子万章等编纂的语录体著作，全书 14 卷，约成书于战国中后期。南宋时朱熹将《孟子》与《论语》《大学》《中庸》合而为“四书”，此后至清代，《孟子》都列于科举必考书目。战国时期，游士以纵横之术游说各国君王行霸道，孟子则认为人性本善，强调君主应发扬光辉的道德人格力量，以“仁”治国，并以此游说君王。《孟子》主要是对这些游说之辞的记录。《孟子》充满故事性，缘于它善用譬喻，通过生动的情节及人物表达将道理形象地表现出来。

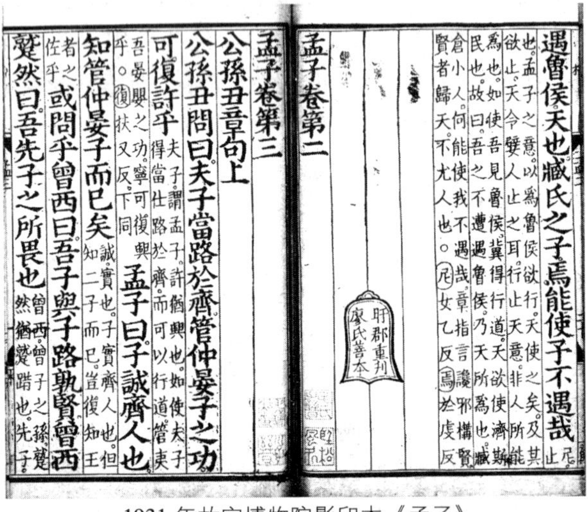
遇魯侯天也臧氏之子焉能使予不遇哉

孟子卷第二

孟子卷第三

公孫丑章句上

公孫丑問曰夫子當路於齊管仲晏子之功可復許乎

孟子曰子誠齊人也知管仲晏子而已矣

或問乎曾西曰吾子與子路孰賢曾西蹵然曰吾先子之所畏也

1931 年故宫博物院影印本《孟子》

一、《孟子》善于说理，“长于譬喻”（《孟子注疏·题辞解》），多通过比喻、寓言、故事说理。《孟子》中比喻很多，多非常简短，但能够抓住对象的相似点，且富于形象性。例如“民之归仁也，犹水之就下、兽之走圹也”（《孟子·离娄上》），水往下流是个简单的现象，但水往下流时一般都滔滔不绝且无穷尽，能够很好地体现出百姓归于仁政时的络绎不绝、无可抵挡的趋势。再如“以若所为，求若所欲，犹缘木而求鱼也”（《孟子·梁惠王上》），鱼生活在水中，而爬树则是离水越来越远，根本找不到鱼，梁惠王行霸道，其实只会使民众越来越多地远离自己，离统一天下的目标也越来越远，“缘木求鱼”这一爬到树上找鱼的荒唐故事更能够突出梁惠王以霸道求王天下行为的荒唐可笑。

二、《孟子》中的故事虽然短小，但也具备了比较完整的情节和生动的人物形象。如“齐人有一妻一妾”（《孟子·离娄下》），男人自己声称所交非富即贵，但其乞讨酒肉的方式是“之祭者，乞其余；不足，又顾而之他”（《孟子·离娄下》），在别人面前低声下气乞求残羹冷炙，不足，又捧着碗到另一家点头哈腰；这样乞求归来后男人“施施然从外来，骄其妻妾”（《孟子·离娄下》），自以为其行为不被人知，仍以谎言在妻妾面前趾高气扬，语言辛辣传神。再如“拔苗助长”的故事：“宋人有闵其苗之不长而揠之者，芒芒然归，谓其人曰：‘今日病矣！予助苗长矣！’其子趋而往视之，苗则槁矣。”（《孟子·公孙丑上》）描述其人“芒芒然归”，回到家后充满成就感地夸耀一天的成就，两“矣”字毕现其自鸣得意状，非常含蓄地嘲讽了那些违背自然规律且自以为是的无知者。这些故事与寓言不仅使道理变得易于理解和接受，而且客观上给后人留下了影响至深的艺术形象。

三、和其他先秦著作一样，《孟子》语言生动形象而警策动人，某些语句富有哲理，寥寥数语，揭示出某些带有普遍意义的规律，如“一曝十寒”“五十步笑百步”“明察秋毫”“逾东墙而搂其处子”“鱼和熊掌不可兼得”等。

如上所述，《孟子》虽然是政论文，但其善于以故事说明，某些章节已经具有较为丰满的人物和较为完整的情节，表现了诸子散文从对话体到完整的论说文的进步。

11.《孟子》一书的辩论技巧具体表现在哪些方面？

答：孟子对自己的政治理想非常自信，发而为言，其游说之辞不仅注重逻辑推理，还表现出非常强的情感力量和说服力。具体来说，表现在如下方面：

一、辩论技巧高超。战国时期，百家争鸣，各家都意欲证明自己并驳倒对立学派。在这种背景下，先秦说理文的论辩艺术有很大发展，孟子沿用了墨子之对话体和逻辑推理的形式，但在说理艺术上有很大提高，其文章篇幅大大增长，且有比较清晰的层次结构，体现出思想内在的体系性和逻辑性，将论辩艺术发展至顶峰。

首先，孟子善于抓住对方心理，引导对方说出自己的答案。例如他在游说君主时，多通过对君主言行的意外肯定引导君主进入自己的主题。在《庄暴见孟子》中，庄暴说其爱好通俗之乐，孟子马上肯定："王之好乐甚，则齐其庶几乎！今之乐，犹古之乐也。"（《孟子·梁惠王下》）这消除了庄暴对孟子的抗拒心理，还使他对孟子所要谈论的内容产生了兴趣。孟子多不直接说服君主，而是善于预设前提，由性质近似的问题缓缓问来，层层深入，对方思维进入一个定势后，孟子才将真正要说明的情势代入。而对方则顺着孟子早已设定的思路给出孟子所需要的答案，从而迂回达到孟子的结论。如《有为神农之言者许行》，孟子先问陈相说许行是不是自己先种粟再吃，先织布再衣，使得陈相回答出"以粟易之"，然后层层推进，使陈相自己说出"百工之事，固不可耕且为也"（《孟子·滕文公上》）。承认一人之力无法承担天下各行业之事，从而推出"然则治天下独可耕且为乎"，以反问驳倒陈相的观点。

其次，孟子在辩论的过程中，往往综合运用层层推进、二难推理等手法，以子之矛，攻子之盾。如他询问齐宣王什么是他的"大欲"，宣王避而不谈，孟子明知故问，以六个方面的"欲"来对齐宣王实行"围堵"，使他不得不承认自己的欲望所在。

再次，孟子还长于使用比喻说理，使游说对象接受本来难以明白或接受的道理。如《孟子·梁惠王下》中孟子先告诉宣王，有男人将自己的妻子托付给朋友，回来后发现朋友并没有善待妻子，这种情况下男人会如何处理与朋友的关系，宣王果断说“弃之”。然后，孟子再以“师不能治士”进行类比，宣王认为应该“已之”。孟子再以“四境之内不治”逼问宣王，让宣王发现自己也处于应该被“弃之”的状态，从而知道应该如何做，这比直接怒斥宣王没尽君主之责效果更好。

二、语言富于气势。气势浩然是《孟子》的显著特征，这也是《孟子》之区别于其他诸子散文的重要特点。

《孟子》的富于气势首先缘于孟子其人“善养吾浩然之气”（《孟子·公孙丑上》）。他提出“养气”之说。他在精神上对自己的能力和人格有高度自信，并且坚持不懈地宣传自己的政治理想，这种强烈的自信与坚定使他高居于道德制高点，对身居高位的君王刚直不惧，对名利物欲鄙夷不屑。气盛宜言，对自我的强烈自信使得孟子在游说时态度坚决而肯定，力量充沛，气势强劲。如他指出君主以霸道求王天下的行为是“缘木求鱼”时，没有对君主的害怕与掩饰，而是仿佛身处高瓴，居高临下地指点对方。他对自己充满自信，性格刚直，表达思想情感时，语言平实而不平淡，多以感叹句、反问句等加强语气，如他在和陈相论辩时，以古之君为事例：“‘大哉尧之为君，惟天为大，惟尧则之，荡荡乎民无能名焉。君哉舜也，巍巍乎有天下而不与焉。’尧舜之治天下，岂无所用其心哉，亦不用于耕耳。”（《孟子·滕文公上》）他以充满强烈感情的感叹句颂扬尧舜，也表现了对“不用于耕”的合理性充分自信，其后自问自答，观点清楚，语气坚定。

《孟子》的强烈气势与其修辞也很有关系。孟子大量使用排比句、叠句等修辞手法加强文章的气势，使文气浩荡磅礴，若江河之决而奔腾千里，其气势无可阻挡。他喜欢运用排比句，一长串结构相似之句子和推理如长江大河，一泻而下，气势丰润。如“域民不以封疆之界，固国不以山谿之险，威天下不以兵革之利。得道者多助，失道者寡助。寡助之至，亲戚畔之。多助之至，天下顺之。以天下之所顺，攻亲戚之所畔，故君子有不战，战必胜矣”（《孟子·公孙丑下》），严格的推理通过排比句层层推出，排比中又夹有对比，因而气势充盈。

孟子其人的浩然之气与其对政治主张的坚定信念，发而为文章，表现为符合逻辑的推理、多样的说理方式以及其强有力的语言气势和充沛的情感力量，对读者产生强烈的吸引和征服力量，正是这一点形成了读者心中对《孟子》的“刚健”印象。

12. 如何理解《庄子》一书汪洋恣肆的风格？

答：《庄子》是战国时期道家学派的代表人物庄子及其后学所作，“汪洋恣肆”本是形容水势浩荡，具有充沛的气势和流动的力量，《史记》中称庄子“其言洸洋自恣以适己”（《史记·老子韩非列传》）。后代多以“汪洋恣肆”称《庄子》，这种风格表现在如下方面：

一、思想与语言的大胆出奇。《庄子》之文的大胆首先源于其思想的不受拘束。庄子以横扫一切的气势否定当时其他诸子的主张，甚至对其自身也表示出一定的怀疑。这种强烈的气势表现为思想的新颖与激进。他的哲学思想比当时其他诸子要深刻得多，庄子从“道”的角度看待世间，看到世间之没有绝对的标准和真理：“可乎可，不可乎不可。道行之而成，物谓之而然。恶乎然？然于然。恶乎不然？不然于不然。恶乎可？可于可。恶乎不可？不可于不可。物固有所然，物固有所可；无物不然，无物不可。故为是举莛与楹，厉与西施，恢恑憰怪，道通为一。其分也，成也；其成也，毁也。凡物无成与毁，复通为一。唯达者知通为一，为是不用，而寓诸庸。”（《庄子·内篇·齐物论》）他认为，“可”与“不可”没有本质区别，得道者会取消事物之间的区别。庄子思想的大胆更表现在他对君王礼义之虚假的指斥，如儒生盗墓的故事。

《庄子》之文的恣肆还表现为语言的犀利和情感的强烈。如《胠箧》：“彼窃钩者诛，窃国者为诸侯。”（《庄子·外篇·胠箧》）该段内容在《墨子》中也有，但《墨子》是通过层层论证而得，庄子则是在故事后不用任何铺垫就指出道德礼义的虚伪，更为尖锐犀利。面对生死之均不可避免的悲哀，作者或是从正面强调“生死一齐”，

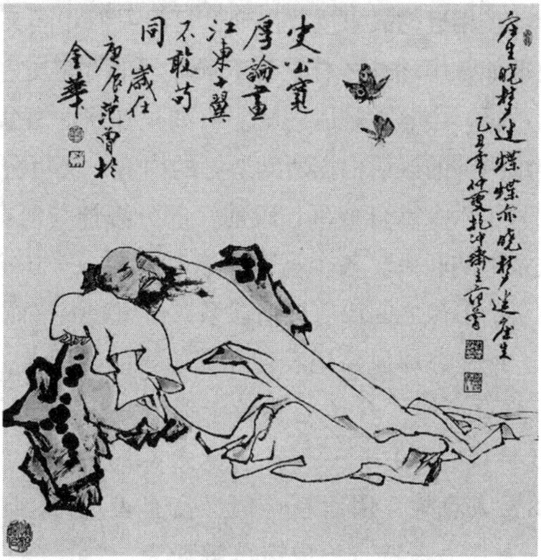

范曾　庄子像

《齐物论》与《德充符》中的得道之士都视死生如一；或是从反面论述金钱地位之不可取，如《秋水》篇中，作者借神龟之口表明宁生而曳尾于泥塘，也不要死而供养于庙堂。《庄子》情感表现也不受拘束，抒发情感往往无所顾忌，如作者多次在文中感慨“死生亦大矣”，表达出强烈的感情。

二、隐秘的思想与情感线索。《庄子》看似缺少条理，后人称之为：“文之神妙，莫过于能飞。庄子之言鹏曰‘怒而飞’，今观其文，无端而来，无端而去，殆得‘飞’之机者。”（清刘熙载《艺概·文概》）

《庄子》之“飞”缘于文字缺少表面联系，如一段段文字之间多有大幅度的跳跃，完全凭借意思将前后内容连在一起。《庄子·内篇·逍遥游》中，始述小鸟与大鹏之别，继之以“小知不及大知，小年不及大年”突转至“小年，大年”之别，最后引出“小大之别”，一个故事接一个故事，中间论述却很少。其中还有不少是重复性语言或引用前人语句，如庄子所言“重言十七”（《庄子·杂篇·寓言》），更使读者生迷离眩惑之感。随后，文章突然以诗的笔触描绘出“圣人”“神人”等不同的人生境界，其后又复述不同境界之区别。对于庄子自己论点的证明，同样是以宋人有大葫芦、越人有鞋几个故事比喻论证，相近的故事反复出现，每次看似相同又有细微区别。区别细微的故事如一串珍珠一样，使人顿生耳目晕眩之感。如果不抓住作者内在的逻辑，会非常难以理解。再如《庄子·外篇·秋水》篇中，北海海神跟河神的谈话根据所问所答的内容，又可分成七个片断。后一部分分别写了六个寓言故事，跟前一部分海神与河神的对话也没有任何结构关系上的联系。各个寓言故事都指向一个中心，但从表面而言，各个故事的形象之间没有任何联系，似兔起鹘落而意脉连绵。

三、《庄子》之恣肆风格还表现在其语言的使用上，他经常以自然生新的语言寓意。如“今子与我游于形骸之内，则子索我于形骸之外，不亦过乎!”（《庄子·内篇·德充符》）不说“身体”而说“形骸”，超出常人意想，用语新奇但又富有表现力。不仅如此，庄子以“卮言”为其语言特点，成玄英解释为：“卮，酒器也。日出，犹日新也。天倪，自然之分也。和，合也……无心之言，即卮言也，是以不言，言而无系倾仰，乃合于自然之分也。又解：卮，支也。支离其言，言无的当，故谓之卮言耳。”① 这种看似没有严谨逻辑、随心而发的语言使《庄子》充满了魅力，而且由于不追求逻辑和结构的严谨，故能将哲学思想以诗性的语言表达出来，如“藐姑射之山，有神人居焉，肌肤若冰雪，绰约若处子；不食五谷，吸风饮露；乘云气，御飞龙，而游乎四海之外”（《庄子·内篇·逍遥游》），就以空灵的语言塑造了一个不受世间羁縻的无比纯净美丽的女子形象。

如上可见，《庄子》的风格特点，虽然与我国早期文学不成熟有关，但更多的是缘于作者本身思想的新颖、情感的强烈以及想象的不羁。

13.《庄子》一书中寓言的特点有哪些?

答：《庄子》之文通过寓言说理，寓言数量很多，庄子自己说“寓言十九”（《庄子·杂篇·寓言》），寓言中的形象也多超出常人之所想，翻空出奇。首先，庄子笔下形不全而神全的形象非常多，

---

① 庄子．庄子注疏［M］．（晋）郭象注；（唐）成玄英疏．北京：中华书局，2011：494.

他们多是丑陋之人，常人对人“丑”的想象止于皮肤的黑白与否，或者是五官的比例等，而《庄子》中对丑人的描述超乎平常人的设想。“哀骀它”是“以恶骇天下，和而不唱，知不出乎四域，且而雌雄合乎前”（《庄子·内篇·德充符》），完全不是正常人能够有的生理现象；“支离疏”是“颐隐于脐，肩高于顶，会撮指天，五管在上，两髀为胁”（《庄子·内篇·人间世》），这也违背正常人的身体比例；子舆生病则是“曲偻发背，上有五管，颐隐于齐，肩高于顶，句赘指天”（《庄子·内篇·大宗师》），其身体各部分位置和比例同样异于常人。不仅如此，庄子在描写这些得道之士的精神魅力时，也不按照一般人所想。如“哀骀它”是“丈夫与之处者，思而不能去也。妇人见之，请于父母曰‘与为人妻，宁为夫子妾’者，十数而未止也”（《庄子·内篇·德充符》），违背了常人所认为的君臣父子之间的尊敬、亲爱之情。

其次，《庄子》寓言的寓意也充满玄思之奇，哲理深刻而超出时人思想之外，如黄帝失玄珠，聪明的“知”、视力好的“离朱”、善辩的“契诟”等这些世俗社会的聪明人都没能够找到玄珠，无知无识的“象罔”却找到了。这从表面看非常奇特，但庄子借此表达了“道”的特点：耳目五官的认识具体有限，只会破坏“道”的无限性，“道”只能通过超乎具体形象之外的直觉获得。这种惊人骇世之寓言故事在《庄子》中比比皆是，如子舆说：“浸假而化予之左臂以为鸡，予因以求时夜；浸假而化予之右臂以为弹，予因以求鸮炙；浸假而化予之尻以为轮，以神为马，予因以乘之，岂更驾哉！”（《庄子·内篇·大宗师》）身体的某一部位发生这种变化，于常人来说本是非常可怕之事，但《庄子》中对此平淡视之，甚至能够对所化之物加以利用，以此提倡以顺应的态度应对一切事物的变化，这才是合乎“道”的态度。

14.《墨子》和《韩非子》的文学特点相同吗?

答：先秦时期纯文学尚未产生，《墨子》和《韩非子》都是政论文章，其目的都是服务于政治，因而其文学特点有相似之处。墨子和韩非子都出于功利观反对文学，但各自的出发点并不同，因此文学特色也有不同之处。

《墨子》具有语言通俗朴实、逻辑严谨的特点。

墨子从实用主义出发，认为语言是传递内容的，太多的虚饰会影响语言的表达，因而其语言追求平易好懂，刘勰评价其“意显而语质”（南朝梁刘勰《文心雕龙·诸子》），很多句子简单明了，意义显豁，如：“今有五锥，此其铦，铦者必先挫；有五刀，此其错，错者必先靡。是以甘井近竭，招木近伐，灵龟近灼，神蛇近暴。是故比干之殪，其抗也；孟贲之杀，其勇也；西施之沈，其美也；吴起之裂，其事也。故彼人者，寡不死其所长，故曰‘太盛难守’也。”（《墨子·亲士》）墨子语言虽然简明，但也有其文学性，并能够塑造一定的艺术形象。一是善于运用比喻和寓言说明，前文就是接连用“甘井、招木、灵龟、神蛇”多个比喻表明“太盛难守”。《所染》中有：“子墨子言见染丝者而叹，曰：‘染于苍则苍，染于黄则黄，所入者变，其色亦变，五入必而已则为五色矣。故染不可不慎也！’”以染布比喻人会受到周围人的影响。二是某些语言颇有气势，有纵横家色彩，如《七患》：“以七患居国，必无社稷；以七患守城，敌至国倾。七患之所当，国必有殃。……凡五谷者，民之所仰也，君之所以为养也。故民无仰则君无养，民无食则不可事。故食不可不务也，地不可不力也，用不可不节也。”句式整散交织，注意押韵，富有音乐性。三是某些内容具有故事性，语言的文学性也比较强，如《非儒下》刻画儒生形象：“是若人气，𪕨鼠藏，而羝羊视，贲彘起。君子笑之，怒曰：‘散人焉知良儒！’夫夏乞麦禾，五谷既收，大丧是随。子姓皆从，得厌饮食。……富人有丧，乃大说喜曰：‘此衣食之端也！’”此篇以“礼”为名，刻画占人便宜、苟且得食的儒生的猥琐形象，辛辣地讽刺了“礼”的虚伪。《公输》中塑造的公输和墨子形象也非常鲜明。

墨子是逻辑学家，长于推理，故《墨子》一书另一成就在于其严密的逻辑性。他以“三表法”作为学术文章的标准，自己也按照此标准写作。如《非攻上》中，作者先以“入人园圃，窃其桃李”开篇，以这种做法层层推出“大为不义攻国”的做法，以入园圃的性质推出“攻国”的性质也不过是“窃”而已。《公输》中，先写墨子以理说服公输盘，再以语言打败楚王，最后模拟战争以打败公输，并告之以实际情况；末写挫败公输盘的进攻，并揭穿其阴谋，告以宋国早有准备，迫使楚王放弃用兵。全文线索清晰，结构完整。其采取类推说理法，并附以排比、比喻等，逻辑性强，具有说服力。

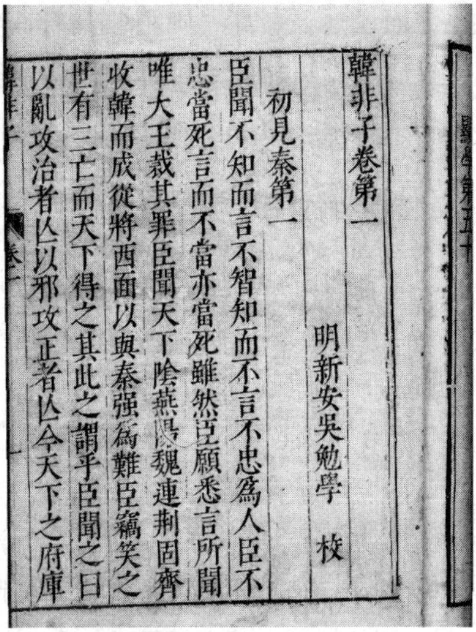
韓非子卷第一
明新安吳勉學 校
初見秦第一
臣聞不知而言不智知而不言不忠爲人臣不忠當死言而不當亦當死雖然臣願悉言所聞唯大王裁其罪臣聞天下陰燕陽魏連荆固齊收韓而成從將西面以與秦强爲難臣竊笑之世有三亡而天下得之其此之謂乎臣聞之曰以亂攻治者亡以邪攻正者亡今天下之府庫

明刻本《韩非子》

《墨子》的体式和《论语》一样是语录体，但不是像《论语》一样通过形象和片断的记录说理，而已是比较完整的论说文。它们往往论点鲜明，且能根据论证需要采用不同的论证结构，表现出谋篇布局的一定之法。就语言来说，是明显的论说性语言，逻辑推理明晰清楚，是先秦论说文发展的一大进步。

韩非子是法家代表人物，他思想尖锐，主张以严刑峻法治国，更反对文学之美。缘于其思想的尖锐，其文风峻峭犀利；《韩非子》作为论说文，其文逻辑严密，论述细致，条理清晰；出于说理需要，《韩非子》中有大量寓言，这些寓言成就很高。

韩非子文风犀利，缘于其对人性的透彻了解和毫不留情的深刻揭露，文中观点鲜明，语气坚定，且多以劲直峭健之词出之。如其《说难》中，写游说人君之难：“所说出于为名高者也，而说之以厚利，则见下节而遇卑贱，必弃远矣。所说出于厚利者也，而说之以名高，则见无心而远事情，必不收矣。所说阴为厚利而显为名高者也，而说之以名高，则阳收其身而实疏之；说之以厚利，则阴用其言显弃其身矣。此不可不察也。”观点清晰，论证有力，从对游说之难的描述中，读者可看见文士在国君的高压下如履薄冰的焦虑。

15. 荀子的文学成就有哪些？

答：荀子肯定礼乐的作用，且认为“文”有重要功用，因而荀子非常重视文学，且多以富有气势和文采的语言表现儒家之“道”，“理懿而辞雅”（南朝梁刘勰《文心雕龙·诸子》）。

荀子的文学成就首先是其论说文代表着先秦论说文的成熟。荀子认为“君子必辩”（《荀子·非相》），其辩说推理过程更为严谨，结构更为复杂。《荀子》比《墨子》更进一步，以明显的论说性观点为篇名，读者可以从篇名就了解到全文旨意所在，如《劝学》《修身》《富国》《王霸》《君道》《臣道》；有些在题目中就鲜明标明论点，如《非相》《非十二子》《性恶》等；还有些在篇名中标出“论”体的，如《天论》《正论》《礼论》《乐论》。

荀子的文章都有很强的逻辑性，思路严谨周密，结构清楚明晰，论证方法和技巧上相对前人有很大进步。其论证方式多样，有的先提出论点，由浅入深，逐层剖析，环环相扣，最后推出观点；有的先总结，后分述，多方论证，最后总结归纳主旨，在同一篇文章中，荀子并不是固定只使用某一方法，而是根据具体情况灵活综合使用两种方法。如《劝学》，开门见山点出题旨“君子曰：学不可以已”，其后层层论证“学”的重要性，先是“君子博学而日参省乎己，则知明而行无过矣”，再是“吾尝终日而思矣，不如须臾之所学也”，由此确定“学”的重要性，再强调“学”应该有锲而不舍的精神，采用的是逐步深入的论证结构。在论证完持续学习的重要性后，作者分论如何“学”，一是学的方法：“学恶乎始？恶乎终？曰：其数则始乎诵经，终乎读礼；其义则始乎为士，终乎为圣人。”二是学的态度：“君子之学也，入乎耳，箸乎心，布乎四体，形乎动静，端而言，蠕而动，一可以为法则。”三是学的内容：“学之经莫速乎好其人，隆礼次之。”这段采用的是并列结合，而就全文来说，则综合了多种论证结构。其他篇目中，荀子往往也是纵横捭阖，交叉运用各种论证方法。

荀子论说文还善于使用博喻，且追求声韵效果。博喻是多个比喻和排比修辞手法的结合，荀子大量使用比喻，但不限于简单地以物喻理，而是以事喻理，如前文所引《劝学》即是如此："积土成山，风雨兴焉；积水成渊，蛟龙生焉。""昔者瓠巴鼓瑟而流鱼出听，伯牙鼓琴而六马仰秣。故声无小而不闻，行无隐而不形；玉在山而草木润，渊生珠而崖不枯。"其比喻多以排比出之，或是从各方面列举事实，或是层层深入以论证观点。

荀子在句子声韵上也多有注意，其排比句中多用韵语，有一定骈化倾向，如《臣道》中："人臣之论：有态臣者，……有圣臣者。内不足使一民，外不足使距难，百姓不亲，诸侯不信，然而巧敏佞说，善取宠乎上，是态臣者也。……上则能尊君，下则能爱民，政令教化，刑下如影，应卒遇变，齐给如响，推类接誉，以待无方，曲成制象，是圣臣者也。"其开首以四言排比，"内不足使一民，外不足使距难"和"上则能尊君，下则能爱民"都有对偶趋向，其与三言句、四言句交织出现，多有韵语，且押韵形式多样，因而气势酣畅淋漓而无局促之感。

其次，荀子在文学上另一重要成就是创作了赋体和四言诗体，表现出对纯文学特性的把握。他是第一个以赋命篇的人，其《赋篇》包括《礼》《知》《云》《蚕》《针》五篇，采用主客问答形式，四言为主，杂以五七言或多言，韵散间出，声韵铿锵和谐。描写手法上，善于铺陈，绘声绘色。作品《成相》以通俗形式阐释其政治主张，抒情直白而感情深厚；句式为"三、三、七、四、七"，如"请成相，世之殃，愚黯愚黯堕贤良。人主无贤，如瞽无相，何伥伥!"句子简短，音韵铿锵和谐，被称为弹词之祖。

16.《诗经》是我国现实主义诗歌的源头，其具体内容包括哪些方面?

答：《诗经》是我国最早的现实主义诗歌总集，其诗歌创作描述了周民族历史、徭役征战、婚姻爱情等，展现出当时广阔的社会政治、军事、民情风俗等风貌，表现出质朴真实的情感。

《诗经》记叙了先民筚路蓝缕的开国过程，如《诗经·大雅·生民》《诗经·大雅·公刘》《诗经·大雅·绵》《诗经·大雅·皇矣》《诗经·大雅·大明》五篇作品，分别记载了后稷、公刘、太王、王季、文王的事迹，描述了祖先神奇的诞生、艰难的迁徙、勤劳的建国等过程，洋溢着宗族的自豪与热情。如“迺慰迺止，迺左迺右。迺疆迺理，迺宣迺亩。自西徂东，周爰执事。乃召司空，乃召司徒，俾立室家。其绳则直，缩版以载，作庙翼翼。捄之陾陾，度之薨薨”（《诗经·大雅·绵》），描写周民族选址后建设家园的情况，使用大量的拟声词，以重叠句式表现出建设的热闹，气势恢宏壮阔，将叙事与抒情完美地融合在一起。

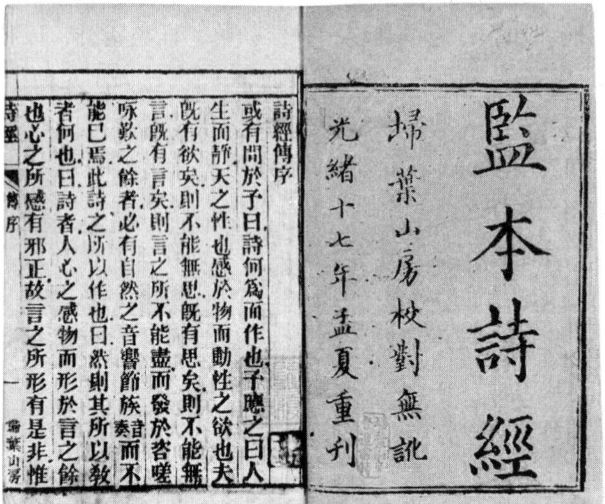
監本詩經
埽葉山房校對無訛
光緒十七年孟夏重刊
詩經傳序
或有問於予曰詩何爲而作也予應之曰人
生而靜天之性也感於物而動性之欲也夫
既有欲矣則不能無思既有思矣則不能無
言既有言矣則言之所不能盡而發於咨嗟
咏歎之餘者必有自然之音響節族奏而不
能已焉此詩之所以作也曰然則其所以教
者何也曰詩者人心之感物而形於言之餘
也心之所感有邪正故言之所形有是非惟
詩經 傳序 一 埽葉山房

清刊监本《诗经》

《诗经》中还描绘了普通百姓的社会生活，一是对农事生活的记载，如《诗经·豳风·七月》采用“赋”法，按节令物候顺序记载各个时期的农事活动，仿佛一幅农村生活画卷；同时，诗歌通过不同阶层的生活表现了西周时期的社会状况，如《诗经·豳风·七月》写出了农奴的辛劳与贵族生活的奢侈，是“饥者歌其食，劳者歌其事”（《春秋公羊传解诂》卷十六）之诗歌传统的体现；农事诗还从其他角度体现收获的丰盛，如《诗经·小雅·楚茨》写丰收后的庆贺。二是战争徭役诗，其中既有保卫家国的自豪与勇敢，如《诗经·秦风·无衣》中，以“岂曰无衣”反问和反复句式表达一起保家卫国的兄弟间的情谊和爱国豪情；有的则表达战争带来的伤痛，如《诗经·小雅·采薇》中“昔我往矣，杨柳依依。今我来思，雨雪菲菲”，写昔日离家时，杨柳飘拂有似对人依依不舍，征战回乡后雪花漫天飞舞体现出作者心中的悲凉；《诗经·豳风·东山》中“果蠃之实，亦施于宇。伊威在室，蠨蛸在户。町畽鹿场，熠燿宵行”的景象，“亦可畏也？伊可怀也”，充满对回乡后的憧憬，但憧憬的家乡已经是一片荒野，悲喜交加中更体现出对征战的无奈。

《诗经》中还有大量的爱情婚恋诗。一是表现爱情的甜蜜，如《诗经·郑风·野有蔓草》写青年男女在外不期而遇，男子对女子产生强烈的爱慕之情；《诗经·召南·野有死麕》写热恋中的男女，以女子对男子之含娇似嗔的叮咛写出男女情爱的炽热；《诗经·郑风·将仲子》极写女子因为害怕与男子爱恋之事被家人所知，因而再三叮嘱其相爱之人约会时要注意的事情，突出渴望见到男子的心情。二是表现与爱情相伴的婚姻生活，其中又以弃妇诗为主，如《诗经·卫风·氓》中，写男人最开始假借买丝来求得见到女子：“匪来贸丝，来即我谋。”女子对男子也一见倾心，生怕男子误解自己，欢喜中带着羞怯地解释：“匪我愆期，子无良媒。”怀着甜蜜嫁到男家，三年辛苦后，收获的却是男子的暴怒与他人的嘲笑：“言既遂矣，至于暴矣。兄弟不知，咥其笑矣。”全诗展示了女子从对爱情充满憧憬的少女到弃妇的过程与痛苦。

在史诗、农事诗及爱情诗之外，《诗经》还有一些表现宴飨之乐与怨刺等的诗歌，多方面地反映了先秦时期人们的生活，如《诗经·周南·麟之趾》歌颂子孙繁盛而有仁德；《诗经·魏风·硕鼠》斥责统治者像大老鼠一样剥夺自己的粮食；《诗经·小雅·节南山》

表达对执政者的哀怨愤怒与对国家的深切担忧等。

《诗经》中的诗或是歌颂或是箴劝，都有感而发，对后世影响很深。汉乐府的叙事诗，唐代李白之提出“大雅久不作，吾衰竟谁陈”（李白《古风五十九首》其一），白居易之提出“歌诗合为时而作”（白居易《与元九书》），杜甫的“三吏”“三别”都是对《诗经》现实主义传统的继承。

17. “赋、比、兴”具体指什么？

答：“赋、比、兴”是指《诗经》诗歌创作的基本手法，“赋者，敷也，敷陈其事而直言之者也。比者，以彼物比此物也。兴者，先言他物以引起所咏之词也。”（宋朱熹《诗集传》卷一）三者各有侧重，但又能够和谐融为一体。

“赋”指铺陈直叙，是最基本的表现手法。如《诗经·豳风·七月》中叙述农民一年十二个月的生活，《诗经·大雅·绵》和《诗经·大雅·生民》叙述周的历史，以铺排手法表现了周初建国热烈而壮阔的场面。“赋”也可用来抒情，如：“击鼓其镗，踊跃用兵。土国城漕，我独南行。从孙子仲，平陈与宋。不我以归，忧心有忡。爰居爰处，爰丧其马。于以求之？于林之下。死生契阔，与子成说。执子之手，与子偕老。”（《诗经·邶风·击鼓》）先以赋笔表现出征的场面，在对出征场面的铺陈中表达了为国征战的豪情；继而以赋笔表达了征战的过程与经历及战争中结成的深刻友谊。

“比”指借一个事物来比喻他物，可以用来说明事物，也可以用来说明抽象的思想情感。“比”可以突出所比之物的特征，也可以使抽象之物变得形象可感，《诗经·卫风·硕人》中写庄姜之美：“手如柔荑，肤如凝脂，领如蝤蛴，齿如瓠犀。”以“柔荑”比喻手之修长柔嫩，以“凝脂”比喻皮肤之细腻光滑，以“蝤蛴”比喻脖子之洁白丰润，以“瓠犀”比喻牙齿之整齐洁白，通过比喻形象地说明了女子各个部位的优雅美丽。“比”还可以用于使说理或叙事变得形象生动，如《诗经·卫风·氓》中的“桑之未落，其叶沃若”与“桑之落矣，其黄而陨”，以桑之鲜嫩至枯黄比喻女子之自青春亮丽的少女至年老色衰之弃妇的过程；《诗经·魏风·硕鼠》以老鼠光吃粮食而没任何贡献比喻剥削者，《诗经·秦风·黄鸟》以黄鸟占领他鸟的巢穴比喻异族对自己家乡的侵占，都突出了所咏之物的特征。《诗经》中还有从反面设喻的，如《诗经·邶风·柏舟》中“我心匪石，不可转也。我心匪席，不可卷也”，以非石非席表明自己的坚定。

“兴”本义是“起”，因此又多称为“起兴”，指客观事物触动了诗人所感，引起诗人歌唱，诗人歌唱时，先从触动思想情感的物象说起，以渲染环境或形成气氛，或是以所咏之物的特征引发作者的情感。如《诗经·秦风·蒹葭》中“蒹葭苍苍，白露为霜。所谓伊人，在水一方，溯洄从之，道阻且长。溯游从之，宛在水中央。蒹葭萋萋，白露未晞。所谓伊人，在水之湄。溯洄从之，道阻且跻。溯游从之，宛在水中坻”，以蒹葭起兴，描绘出一片迷蒙美妙的景象，这种迷茫景象更强化了作者求女不得的思念与怅惘。

《诗经》的赋、比、兴虽然各有侧重，但在使用时并不截然分开，而往往是赋而兴或者比而兴等。如《诗经·王风·君子于役》："日之夕矣，羊牛下来。”即是以“赋”手法描述事实，但是“日之夕矣”描述的黄昏时牛羊都归家的情形，很容易引起人的思家之感，因而赋中有兴。《诗经·周南·桃夭》中“桃之夭夭，灼灼其华”，既是以“赋”笔直接描述桃花的美丽，但也可理解为以桃花作“比”，描述女孩像春天美丽的桃花一样富有活力，还可理解为以充满生机的春天之桃花起“兴”，让人感受到女子出嫁时候的热烈场面和女子沉浸在爱情的幸福之中。

《诗经》中以比兴抒情的手法被后代所继承。屈原的“香草美人”象征手法是对《诗经》比兴手法的继承和发展，《古诗十九首》多以比兴手法塑造优美含蓄的形象，表达韵味无穷之感情。这种隐约含蓄的手法也渗透进我国的叙事文学中，我国叙事文学殊少直接以议论塑造人物形象的，而多通过细节描写等暗示人物性格及发展。

如上可见，《诗经》的比兴抒情传统及其对优美含蓄风格的崇尚，影响到了我国后代各种文体的文学创作。

18. “删诗说”“采诗说”“献诗说”指的是什么？

答：关于《诗经》编辑的具体过程目前尚没有可靠资料，但《诗经》从内容到形式都表现出统一性，历史上流行的“献诗”“采诗”“删诗”之说也表明《诗经》应该经过士大夫知识分子的加工整理。

关于《诗经》之诗的来源，一是采诗说。采诗说最早见于《左传》，其中有“行人”的记载。汉代很多文献对此有记载。《孔丛子·巡狩篇》载：“古者天子命史采歌谣，以观民风。”《孟子·离娄下》载：“王者之迹熄而诗亡，诗亡然后春秋作。”许慎《说文解字》说：“丌，古之遒人以木铎记诗言。”《汉书·艺文志》中有：“故古有采诗之官，王者所以观风俗，知得失，自考正也。”《汉书·食货志》中另有：“孟春之月，群居者将散，行人振木铎徇于路，以采诗，献之大师，比其音律，以闻于天子。故曰王者不窥牖户而知天下。”从如此多的史料记载来看，采诗之事应属实。

二是献诗说。《国语》中有臣下奉天子之命献诗的记载：“故天子听政，使公卿至于列士献诗，瞽献曲，史献书，师箴，瞍赋，矇诵，百工谏，庶人传语，近臣尽规，亲戚补察，瞽、史教诲，耆、艾修之，而后王斟酌焉，是以事行而不悖。”（《国语·周语·邵公谏厉王弭谤》）也有列士献诗的记载，《国语》中有“于是乎使工诵谏于朝，在列者献诗”（《国语·晋语六》）。《诗经》中某些篇目还保留着献诗者的名字，如《诗经·大雅·崧高》和《诗经·大雅·烝民》两篇都有“吉甫作诵”，“吉甫”就是西周贵族尹吉甫。

三是删诗说。《史记·孔子世家》中说：“古者诗三千余篇，及至孔子，去其重，取可施于礼义，上采契、后稷，中述殷、周之盛，至幽、厉之缺，始于衽席，故曰‘关雎之乱以为风始，鹿鸣为小雅始，文王为大雅始，清庙为颂始，三百五篇孔子皆弦歌之，以求合韶、武、雅、颂之音。’”（《史记·孔子世家》）今人多认为孔子删诗没有充足证据，但是，从已有证据的“献诗说”和“采诗说”看来，各种途径获得的诗都曾经有官府的痕迹，《诗经》是先秦时期最重要的诗集，即令孔子没有真正“删诗”，但根据他大量论“诗”的言语及对“诗”的重视来看，他也可能依据某种规则对《诗经》进行过修订。

另一方面，其他先秦典籍中也有大量的《诗经》佚诗，这也说明《诗经》确实被按某种规则进行过修订，这些修订规则当反映了统治阶级的道德标准。从孔子的“恶郑声之乱雅乐”（《论语·阳货》）和对诗歌“乐而不淫，哀而不伤”（《论语·八佾》）的要求来看，当有大量抒情显豁和情感强烈的男女情诗等在成集中被淘汰。

19.《诗经》到底是民间之诗还是庙堂之经?

答：《诗经》是我国最早的诗歌总集，原名《诗》，共有305首，因而又被称为“诗三百”，另有6篇存目，因其后来成为儒家必读经典，故名为《诗经》。以往将《诗经》作为民间作品，近代学者考证认为，其中的“国风”应该是与“雅”和“颂”并立的概念，指周代各诸侯国与地方的世俗之乐，而与当代特指下层百姓的民歌内涵不同。20世纪30年代朱东润先生对此发表了《国风出于民间论质疑》，50年代胡念贻也有文章《论国风的大部分是否民歌的问题》。

一、从内容看，《诗经》中有相当多的诗以贵族生活为表现对象。

《诗经》中，“雅”和“颂”明显为庙堂之音，其中“雅”的作者主要是上层贵族，“小雅”的作者，既有上层贵族，也有下层贵族和地位低下者，有些描述上层贵族们的宴饮享乐生活，有些则描写他们忧愁惧祸的心理。如《诗经·小雅·小旻》写最高统治者骄奢腐朽，听信小人，导致国家处于危险之中，作为小臣的作者“不敢暴虎，不敢冯河。人知其一，莫知其他。战战兢兢，如临深渊，如履薄冰”。这明显是出于统治阶层中的士大夫之手。“颂”为歌颂宗族首领的诗歌，风格与“雅”相近，庄重严肃，多对先人始祖的颂美之辞，如《诗经·大雅·生民》《诗经·大雅·公刘》《诗经·大雅·皇矣》《诗经·大雅·大明》等，与国事关系也较为密切。“风”有160篇，传为各国民间所作，实际上，《诗经·国风》中所

《诗经·小雅·巷伯》　（宋）佚名

述内容也有不少是贵族的生活，如《诗经·国风》之首的《诗经·周南·关雎》，人们一般认为它是歌颂爱情的民间歌曲，但实际上有比较明显的贵族生活的画面：“参差荇菜，左右采之。窈窕淑女，琴瑟友之。参差荇菜，左右芼之。窈窕淑女，钟鼓乐之。”在古代，“琴瑟”和“钟鼓”都是贵族才能接触到的乐器。可见，就内容而说，《诗经》有采自下层百姓的诗，但更多的是周乐官保存下来的宗教和宴飨之诗及上层贵族所献之诗。

二、从《诗经》的功用看，《诗经》主要承担着知识分子的教化功能。《诗经》是学乐读诗的教材，由于《诗经》与社会生活密不可分，当时的贵族子弟都要学习它，以此来提高修养品格，孔子认为：“不学诗，无以言。”（《论语·季氏》）孔子提出学《诗》要致用：“诵《诗》三百，授之以政，不达；使于四方，不能专对；虽多，亦奚以为？”（《论语·子路》）他还非常精辟地概括了《诗》各方面的作用：“诗可以兴，可以观，可以群，可以怨。”（《论语·阳货》）

《诗经》在当时还被广泛用于各种政治外交活动中，史书上有大量关于诸侯君臣用诗的记载，他们或者以《诗》向大国求助，或者以《诗》表达对他国的祝贺，或者以《诗》表达对他国的不屑。善于用诗是外交能力的体现，而不善用诗和听诗者则可能被人耻笑。

如《左传·襄公二十七年》记载："郑伯享赵孟于垂陇，子展、伯有、子西、子产、子大叔、二子石从。……赵孟曰：'善哉，民之主也。抑武也不足以当之。'伯有赋《鹑之贲贲》，赵孟曰：'床笫之言不逾阈，况在野乎？非使人之所得闻也。'子西赋《黍苗》之四章，赵孟曰：'寡君在，武何能焉？'子产赋《隰桑》，赵孟曰：'武请受其卒章。'子大叔赋《野有蔓草》，赵孟曰：'吾子之惠也。'印段赋《蟋蟀》，赵孟曰：'善哉！保家之主也。吾有望矣。'公孙段赋《桑扈》，赵孟曰：'匪交匪敖'，福将焉往？若保是言也，欲辞福禄，得乎？'"这里，伯有、子西、子产、子大叔等都以诗向赵孟表示祝贺，而赵孟给予礼貌回答。伯有赋诗不当，文子对叔向曰："伯有将为戮矣。"可见赋诗得当的重要性。

综上所述，从《诗经》的内容、成书过程和其应用来看，其中都有贵族阶层有意识的创造、编辑与运用，因而，《诗经》不能简单地以民间之诗概括，而是更多地代表了上层统治者的思想文化和当时的主流文化。

20. 如何理解"诗有六义"？

答："六义"即"风""雅""颂""赋""比""兴"，现知其最早出现在《周礼·春官》中："大师教六诗：曰风，曰赋，曰比，曰兴，曰雅，曰颂。"但是，"六义"具体指什么，历代说法不一。

一、唐代以前，"六义"既指六种体裁，又指六种表现方法。毛苌最初在其《毛传》中提及"六义"。《毛诗序》中说"风"："上以风化下，下以风刺上，主文而谲谏，言之者无罪，闻之者足以戒，故曰风。……雅者，正也，言王政之所由废兴也。政有小大，故有小雅焉，有大雅焉。颂者，美盛德之形容，以其成功告于神明者也。"（《毛诗正义》卷一）可见，毛苌把"风"既作为诗体也作为诗法，而"雅"和"颂"则是就其内容而言，"雅"是说王政得失，"颂"则为颂美盛德。《毛诗序》中并没有对"赋、比、兴"做出解释，但后人就《毛诗正义》中的"赋、比、兴"进行了更深入的解释，这奠定了后代对这三者的认识。郑玄的七世叔祖郑众说："比者，比方于物……兴者，托事于物。”（《文心雕龙义证·比兴第三十六》）认为“比”是拿一物与另一物打比方，“兴”则是借物表达情感，基本从文学本身特点出发抓住了“比兴”的本质。经学家郑众对“赋、比、兴”又进行了阐发：“赋之言铺，直铺陈今之政教善恶。比，见今之失，不敢斥言，取比类以言之。兴，见今之美，嫌于媚谀，取善事以喻劝之。”（《毛诗正义》卷一）郑众的经学家身份使他更在乎“赋、比、兴”的政治功用，但其对“直铺陈”和“取比类”及“以喻劝之”特点的把握更能够说明“赋、比、兴”手法的特点。

魏晋南北朝时期，挚虞继承郑众的观点，提出：“赋者，敷陈之称也；比者，喻类之言也；兴者，有感之辞也。”（《艺文类聚》卷五十六）他总结了赋的铺陈特点，注意到“比”是“喻”，而“兴”则是情感上有所触动发而为言。其后，刘勰吸收郑众和《郑笺》的说法又有所发展，在《文心雕龙·比兴》篇中对其进行了深入论述：“比者，附也；兴者，起也。附理者切类以指事，起情者依微以拟议。起情故兴体以立，附理故比例以生。”他看到“比”是将彼物与此物做类比，“兴”是不太明显的“比”，由物引发情，“比”与“兴”之间的区别是“比显而兴隐”。刘勰之后，钟嵘对“赋、比、兴”的论述，对文学特点的把握更为深刻。他说：“文已尽而意有余，兴也。因物喻志，比也。直书其事，寓言写物，赋也。”（南朝梁钟嵘《诗品序》）他从表达效果与表达方法两方面把握这三者，认为“兴”能够由有限的语言引发读者无限的思考，这是从“兴”的表现手法深入至其表达效果，并且注意到创作思维的独特性，对后代的“兴象说”等影响很大。

二、唐代孔颖达在前人基础上对“六义”做了严格划分。孔颖达将“风、雅、颂”当作诗歌的体裁，“赋、比、兴”当作诗歌的表现手法，认为是采用“赋、比、兴”三种表现手法创作出“风、雅、颂”三种不同体裁的诗歌，这种分法被后世袭用，也成为当今普遍认同的分类方法。

“风、雅、颂”代表不同的体裁和内容。“风土之音曰风，朝廷之音曰雅，宗庙之音曰颂。”（宋郑樵《通志·总序》）“风”即音乐曲调，不同的“风”即各个诸侯国（地区）的乐调，包括周南、召南、邶、鄘、卫、王、郑、桧、齐、魏、唐、秦、豳、陈、曹的十五国的歌曲共160篇。周南、召南、豳是地名，王是东周王畿洛阳，其余是诸侯国名，十五国风即这些地区的地方音乐，《诗经》中的诗即是与这些“风”相配的歌曲，具有各自的地方特点，如“郑风淫”，即郑风比较活泼，抒情细腻，情感显露。从内容上说，“风”主要反映当时广泛的社会生活和质朴的生活情感。如《诗经·卫风·氓》描写弃妇的生活，写其早年与丈夫的甜蜜爱恋到后来被丈夫无情抛弃的过程。“雅”即朝廷之乐，分为大雅和小雅，大雅31篇，作者主要是上层贵族，大部分作于西周初期，小部分作于西周末期。小雅74篇，作者有上层贵族，也有下层贵族和地位低微者，大部分是西周晚期，极少数可能是东周作品。“大雅”多是宫廷宴享或朝会时的乐歌，“小雅”中的部分怨刺诗表达了对上层统治者的不满和对国家前途的担心。“颂”是宗庙祭祀之音，多为歌颂祖先功绩，包括周颂31篇，鲁颂4篇，商颂5篇，大约是殷商中后期的作品。与“雅”“颂”相配的音乐比较庄重严肃，适合在庄严重大的场合演奏。

“六义说”在产生后，又被后人从各方面加以阐释，对后代文学创作论和风格论都有很大的影响。

21. “毛诗”“三家诗”“四家诗”各自的含义是什么？

答：《诗》在汉代成为儒家经典，当时有四家给《诗》作注解，即毛诗（毛亨、毛苌所传）、鲁诗（申培公所传）、齐诗（辕固生所传）、韩诗（韩婴所传），合称“四家诗”，后三家又被称为“三家诗”，皆采用今文，在东汉被立于学官，研究这三家的被称为今文经学。毛诗后起，采用古文，被称为古文经学。后毛诗逐渐取代三家地位，三家诗于魏晋间失传。《毛诗》至唐代和《郑笺》一起被收于《十三经注疏》。

据《汉书·艺文志》、东汉郑玄《诗谱》等书记载，至战国初期，研究讲习《诗》者，有齐人辕固、鲁人申培、燕人韩婴、河间毛亨。毛亨著有《毛诗正义》于其家，河间献王得而献之，后毛亨将《毛诗正义》传授给毛苌（据现在有关学者考证推断，毛亨与毛苌为叔侄关系），世称“大毛小毛”。毛苌所讲的《诗经》，世称“毛诗”。毛诗在《诗经·周南·关雎》小序下面，有一段较长的文字论述了诗歌的性质特点、产生情况、社会作用、内容特色、体裁、表现手法等问题，称为《诗大序》，在我国文学批评史上有重要意义。《诗大序》一是奠定了儒家诗教说，明确了音乐、诗歌与政教的关系，认为诗歌应“经夫妇，成孝敬，厚人伦，美教化，移风俗”（《诗大序》）。确定了我国诗歌创作服务于政教现实的基本准则。二是探讨诗歌创作之缘由，提出“诗者，志之所之也，在心为志，发言为诗。情动于中而形于言……情发于声，声成文谓之音”（《诗大序》）。提出情感是诗歌创作之源，奠定了中国诗歌创作论的基础。三是提出了“诗六义”等重要概念，后世在其基础上，将“风”“雅”“颂”作为诗体，“赋”“比”“兴”作为诗法。《诗大序》外，毛氏说诗还于每篇诗前有“诗小序”，阐明作诗背景及意义，如认为《诗经·周南·关雎》是用以明后妇之德，对每首诗的创作手法也都有解释。

毛氏说诗在当时未受重视，只能在民间传授，但由于毛诗训诂简明，很少神学迷信内容，不像其他三家那样牵强，故在脱离其时代环境后，比其他三家影响更大。

“三家诗”即是指“齐诗”“鲁诗”“韩诗”，此三家诗以“今文”即汉代通行隶书写就，故又称为“今文学派”“今文经学”。

齐诗为汉初齐人辕固所传，特点是喜引谶纬，以阴阳灾异推论时政，汉景帝时立为博士，成为官学。辕固弟子多因说诗而显贵，“齐诗”传者有夏侯始昌、后苍、翼奉、萧望之、匡衡等。据《汉书·艺文志》记载，此派著录后来有《齐后氏故》《齐后氏传》《齐孙氏故》《齐孙氏传》《齐杂记》等，至三国魏时，均已亡佚。

鲁诗相传为汉初鲁人申公所传，申公少年时与刘邦之弟刘交一起在浮丘伯处学习《诗经》。文帝时，申公因其精于讲诗被授博士。

楚元王喜欢《诗经》，诸子也习《诗经》，申公因此为《诗经》作传即《鲁诗》。西汉时传授最广，其中知名者有王臧、孔安国、周霸、夏宽等。通过对其所引诗与同时代他书所引之诗对比，可知鲁诗比较近于《诗经》之原貌。其说诗常有独特说法，班固认为最近于原貌。鲁诗传者有瑕丘江公、刘向等，至西晋亡佚。

韩诗为韩婴所作，传“韩诗”的有淮南贲生、蔡义等。韩诗特点是与经义联系并不紧密，多是以他书推测《诗》之意，杂引《春秋》或古事证之，是以《诗》以证事，而非引事以明《诗》。其使用的材料来自诸子著述并加以折中，主要是借《诗》发挥他的政治思想。《史记·儒林列传》说：“韩生推《诗》之意而为《内外传》数万言，其语颇与齐、鲁间殊，然其归一也。”东汉时随着毛诗的兴盛而衰落，至西晋时，“韩诗”虽存，无传者；南宋以后《内传》亡佚，仅存《外传》（一说，内传并入外传中）。

齐、鲁、韩、毛合称“四家诗”。“四家诗”的共性在于都是解诗，而“毛诗”与“三家诗”区分的地方在于前者属于古文经学，后者属于今文经学，今文和古文看似只是在语言上的区别，实际上代表着不同的治学方法。今文经学家受当时谶纬神学的影响，好以灾异解诗，尤其是喜好曲解以探求“微言大义”。古文经学虽然也有以政教言诗的倾向，但相对来说，更重视经文本身的意思。今文经学由于政治原因一度兴盛，但是，在东汉后期，日益烦琐的今文经学逐渐被古文经学所取代，毛诗也取代了三家地位。

22. “诗经学”以宋代为分野，宋代以前的“诗经学”形成及发展情况是怎样的？

答：作为我国“五经”之一，《诗经》不仅是文学读本，更大量保存了当时的文化史料，具有重要的政治、历史、思想、文学价值。它在各个朝代都被反复加以阐释，受不同时代背景的影响，各个时代的《诗经》研究具有不同特点，并形成了不同派别。“诗经学”就是对《诗经》本身内容及对历代《诗经》阐释进行研究的学问，是我国学术史的重要组成部分。

“诗经学”内容非常广泛，其一是对《诗经》成书过程等史实进行研究。如由于史载的缺失，《诗经》的成书过程尚未有定论，现在流行的“删诗说”“采诗说”“献诗说”都需要更详细的文献材料加以支撑，《诗经》的具体篇数、写作时代、地点等都需要认真考证。二是对《诗经》的流传、诠释与评论的研究。如两汉时候有齐、鲁、韩、毛“四家诗”，其各自的产生、发展、消亡及特点，以及各朝代《诗经》研究的内容和特点。三是对《诗经》的语言、文字、声韵展开研究。《诗经》中的语义、字形以及声韵都与今天的语言相差很远，相关研究有助于对《诗经》的正确理解。四是对《诗经》的史料学研究。《诗经》文献价值很高，对《诗经》的考证可以了解其创作背景，有助于研究中国上古文化。

“诗经学”研究的内容及时代特点有明显区别，宋代以前各朝主要研究情况如下：

一、汉代诗经学：汉代诗经学研究是诗经学研究之发轫与基础，对后代影响相当大。汉人将《诗》作为儒学经典，说诗者有“齐、鲁、韩、毛”四家。汉时经典多受谶纬之学与经学影响，《诗》也如此，它被赋予了政治礼义教化作用。今文经学家好以灾异解诗，尤其喜好曲解以探求“微言大义”。《毛诗》也有以政教言诗的倾向，但注意从诗本身出发探讨诗意。毛诗之后，郑玄以毛诗为基础，兼采三家之长，解释字义并疏通文理，对《毛传》不合经文处，则以三家之说或以已意纠偏，如对《诗经·大雅·生民》中姜嫄感天而生后稷的说法，对《诗经·商颂·玄鸟》“天命玄鸟，降而生商”的解释，郑玄从三家而不拘泥于毛说。受经学影响，郑说也有以《诗》比附义理的倾向，某些解释比较牵强。《郑笺》一出，由于其解释简明通达，附会之处较其他三家诗要少，故《毛诗》日盛，三家诗渐趋衰亡。

二、魏晋南北朝时期诗经学：魏晋南北朝时期，由于玄学对经学的冲击，魏晋诗学上有郑学王学之争和南北诗学之争。王肃为首的王学坚持古文毛诗，排斥三家诗学，曹魏王肃《毛诗义驳》《毛诗奏事》以及魏晋孙毓《毛诗异同评》等论著否定《郑笺》，王基等则以《难孙氏毛诗评》《毛诗驳》等捍卫《郑笺》。南北朝时通用《郑笺》，但学风各异。“南人约简，得其英华；北学深芜，穷其枝叶。”（《隋书·儒林传》）北朝诗学固守郑玄旧说，训诂烦琐，代表作有北朝沈重的《毛诗沈氏义疏》等；南朝诗学则以《郑笺》为本的同时吸取了王学部分成果，并兼采玄学某些见解，训诂简明，代表作有何胤的《毛诗隐义》，周续之的《毛诗周氏注》等，这两次论争推动了学术研究的发展，为唐代《诗》学的繁荣做了准备。

三、唐代诗经学：诗经学经历魏晋的繁盛后，在唐代进入相对沉寂期。唐代社会繁荣发达，思想开放，官方组织编写《十三经注疏》，唐孔颖达主持了《毛诗正义》的编写，成为唐代《诗经》研究的最高成就。该书汇总了《毛传》及《郑笺》的疏解，又称《毛诗注疏》。《毛传》和《郑笺》都属“注”，“毛传”是阐明《诗经》经义，“笺”则是对《毛传》的修订和补充，阐明毛传解释不详或隐晦之外，提出作者不同于毛传的意见。“正义”即“疏”，是对前人之“注”的再注解。“其书以刘焯《毛诗义疏》、刘炫《毛诗述义》为稿本，故能融贯群言，包罗古义，终唐之世，人无异词。”（《四库全书总目提要》毛传二十九卷）它包括了汉魏时期学者对《诗经》的各种解释和研究成果，也提出了一些自己的看法，如对“删诗说”提出质疑，但由于“疏不破注”，所以也沿袭了《毛传》《郑笺》的某些错误，另外，该书具有唐代注疏的共同缺点，即是解释流于烦琐。

23. 宋代及元明清时期“诗经学”的发展有哪些特点?

答：汉学由宋学的转向，引起了诗经学的变化，主要是理学的影响及对文学特质的注重，在一定程度上也决定了后来元明清时期诗经学的发展。

宋代诗经学的重要特点是理学色彩强，二程、张载、朱熹和王柏的《诗经》研究中都有如此特点，主要是将《诗经》当作“天理”和“道心”的证明。如杨简说：“诵咏二南之诗，自然道心兴起，不知手之舞之，足之蹈之。”（《慈湖诗传》卷一）他以“道心”贯穿二《南》之诗的解读，如认为《诗经·周南·关雎》是：“是诗后妃思得贞静之淑女以事君子。求之之切至于寤寐不忘。犹与至哉！此诚确无伪之心！不忌不妒之心，即道心，即天地之心，鬼神之心，百圣之心。”（《慈湖诗传》卷一）认为《诗经·周南·汉广》之诗是要明“不敢犯礼之心，即正心，亦道心，亦天地鬼神之心”（《慈湖诗传》卷一）。

宋代诗经学的第二个特点是《诗经》的文学特质被得到重视与发掘，并形成一系列从文学角度探讨《诗经》的研究。宋代诗经学研究最高成就是朱熹的《诗集传》，该书从对《诗经》文学之美的领悟入手进入到对其所蕴含之“理”的探究。朱熹对《诗经》的研究是“章句以纲之，训诂以纪之，讽咏以昌之，涵濡以体之，察之情性隐微之间，审之言行枢机之始，则修身及家、平均天下之道，其亦不待他求而得之于此矣”（《诗集传序》）。它体现了诗经学的理学化倾向，但又表现出对《诗经》文学性的重视，如对每首诗都具体分析其所用的赋、比、兴手法。

宋代诗经学还表现出疑古倾向。当时疑古思辨之风盛行，《诗经》研究也表现出如此特征，甚至于随便以己意改动《诗经》，如朱熹不了解古音，将他所认为《诗经》不押韵者改之，王柏作“二南相配图”，移《诗经·召南》中《何彼襛矣》入《王风》之中，又删除《诗经·召南·野有死麕》，使《召南》剩十一篇，以合《周南》之篇数。不仅如此，《毛诗序》成了疑古焦点，出现了“疑序派”与“尊序派”之别。

元代是诗经学相对沉寂时期，此期间学者多以朱熹的《诗集传》为本，重在对《诗经》的读音、训诂、诗旨、艺术手法等做进一步阐发。

明代早期延续元代，受朱熹影响很大，如成就较高的王柏学生许谦《诗集传名物钞》就是对《诗集传》中名物阐发不详处加以补充。明代中期，在复古思潮的影响下，汉学复兴，《毛传》《诗序》受到关注，与《诗经》相关的文献考证兴起，如明杨慎《升庵经说》考证《诗经》音韵、名物和史实；焦竑提出“古诗无叶韵”说，陈第在其基础上考证了《诗经》音韵，其《毛诗古音考》影响很大。晚明时期，随心学兴起，《诗经》的文学性又受到重视，晚明时期钟惺

《评点诗经》、戴君恩的《读风臆评》也都是从文学角度评点《诗经》。

清代是学术研究的又一个高峰，诗经学研究也到达一个新的高峰，相关著作数目为历代之冠。清人在前朝的《诗经》研究基础上将前人的研究往纵深处发展，或是学有所宗，或是兼采众长，因此也形成学术特色和研究内容各异之流派。其中，宗汉学者多从《毛传》《郑笺》着眼，守汉儒读诗之法，多为辨识毛郑以下传笺之论，详于训诂，精于考据。其中杰出成果有陈启源《毛诗稽古编》、戴震《毛郑诗考证》；宗宋学者重义理，多以《诗集传》为论说对象，或指出朱熹之失，或借朱自重，也有学者能够跳出门户之别，如马瑞辰《毛诗传笺通释》以《诗序》为准，疏通《传》《笺》，辨正《郑笺》《毛传》之异，诠释诗句时综合四家之长，在文字声韵方面综合音韵学、文字学、训诂学等知识，依声求义，以古音古义纠正讹误，以双声叠韵原理明通假。对《诗经》文学性的研究在清代也达到新的高峰，成就高者有姚际恒《诗经通论》与方玉润《诗经原始》等，方作突破《诗大序》和朱熹等以政教理学阐释诗旨的框架，从吟诵《诗经》中感悟《诗经》之妙，使《诗经》回归其生活之诗的本质。

清代受经学的影响，《诗经》名物、文献等的考证都比以前要广泛得多，名物研究在清代的成果有毛奇龄《续诗传鸟名》、王夫之《诗经稗疏》等，对毛诗的草木虫鱼解释一时成为热门。此外还有对《诗经》中典章制度、天文地理、人文风俗等的研究。《诗经》音韵考证也成果斐然，顾炎武《诗本音》考订文字，搜讨古音，校理词义，乾嘉已臻巅峰，其后踵武者为段玉裁《说文解字注》。此外，三家诗说也受到重视，《三家诗》得到辑佚，其中陈乔枞《诗经四家异文考》和《毛诗郑笺改字考》成就最著，三家诗学研究成就大者有魏源《诗古微》和皮锡瑞《五经通论》等。

24. 为什么说屈原是我国文学史上第一位伟大的诗人？

答：屈原以前，文学作品大多是集体加工创作而成，个性色彩较弱，作品本身也多与哲学、历史等著作交织在一起，其目标也多在于表达政治见解、记叙历史事实。屈原是第一位独立创作出了大量诗歌的诗人，其高超的艺术成就衣被后代，影响了我国文学创作走向，因而被称为我国文学史上第一位伟大的诗人，他在两个方面有开创之功：

一、屈原是第一位独立创作的诗人。屈原之前，我国已经有最早的诗集《诗经》，但据现有史载，《诗经》成集过程中经历过“献诗”“采诗”“删诗”这些过程，因而它已经是经过不同编者按一定标准加工后的作品，且诗歌篇章大多短小，以反复咏唱为主，体例与风格有统一性，表现出鲜明的集体创作色彩。其整体艺术成就很高，但具体诗作的个性色彩较弱，难以从某首诗中看出作者的独到个性。

屈原所作之诗，均为独立创作，没有经过他人加工，因而具有强烈的个性色彩，例如《离骚》为其自传体诗歌，全诗篇幅非常长，堪为屈原自传。他具有“内美”和“修能”，本受楚王重视，因小人谗言而被疏远，也失去了实现其美政理想的机会。诗中反复抒发其对楚国和楚王“九死未悔”的感情，在此过程中贯穿着对楚王的忠贞、对宵小的愤怒、对自己的哀伤，塑造出主人公的高洁形象。《楚辞·九章》可视为作者流放经历的记载，全面地表现了作者在流放时期的所见所感，如《楚辞·九章·惜诵》表现作者在政治上遭受打击后的愤懑心情；《楚辞·九章·涉江》是其流放江南的行踪；《楚辞·九章·惜往日》概述作者一生遭遇，表明必死决心。这些诗歌真实地记录和反映了屈原的经历与思想情感。

二、屈原着意于文学创作，追求文学之美。屈原之前，我国虽然已经有了具有文学性的作品如《诗经》《左传》和诸子散文等，但是，这些作品本意是为记载史实或者发表思想政见等，并非专为抒发个人心情所作。屈原则专意于以文学抒情，有意识地追求文学之美。

屈原专意于文学，作品不仅数量众多，还表现出各自独特的风格。《离骚》采用象征手法体现自己对理想的执着追求，辞采富艳瑰美，情感幽怨深挚，形象俊美高洁。《楚辞·九章》中的《橘颂》篇清新秀拔，词义贞刚，《哀郢》《涉江》《怀沙》情景交融，浓烈的悲哀之情与跋涉山水时所见的景色融为一体。《楚辞·九歌》中太

屈原　胡小石

阳神威仪赫赫，湘夫人情思细腻，山鬼深情执着，整个作品缠绵哀婉。屈原众多诗歌风格独特而鲜明：“故其叙情怨，则郁伊而易感；述离居，则怆怏而难怀；论山水，则循声而得貌；言节候，则披文而见时。”（南朝梁刘勰《文心雕龙·辨骚》）

和屈原以前作品无意为文不同，屈原开始有意识地追求华美，他长于以繁富精致的词句，营造华美磅礴的意象。如写他出行时候：“折琼枝以为羞兮，精琼靡以为粻。为余驾飞龙兮，杂瑶象以为车。……扬云霓之晻蔼兮，鸣玉鸾之啾啾。……凤皇翼其承旂，高翱翔之翼翼。”（《楚辞·离骚》）玉屑为食、龙象为车、云彩为旗，各种精美之物衬托出行者之高贵。玉龙为他呐喊，凤凰左右盘旋，阵容庞大，富有气势。再如《楚辞·九歌·东君》：“青云衣兮白霓裳，举长矢兮射天狼；操余弧兮反沦降，援北斗兮酌桂浆。”也是色彩亮丽、意象阔大。这种风格是屈原之诗的整体特色，显示出屈原在遣词造句上的用心。《楚辞·九歌·湘夫人》中“登白薠兮骋望”，白色的浮萍茫茫一片，与湘夫人惆怅而迷茫的心情是一致的。《楚辞·九歌·少司命》中“秋兰兮青青，绿叶兮紫茎……孔盖兮翠旖”，生机勃勃的绿叶，高贵艳丽的紫色花茎点缀其间，鲜艳的车盖上映着翠绿的旌旗，描绘出人们对少司命的期待与少司命自身的高贵。《楚辞·九歌·河伯》中，河伯在河中巡视时，“紫贝阙兮朱宫……乘白黿兮逐文鱼”，朱红色的宫殿点缀着紫色的贝壳，清清的河水中，白色的黿和带花纹的鱼交相辉映。《楚辞·九歌·山鬼》中，山鬼“乘赤豹兮从文狸”，艳丽的坐骑衬托出了恋爱中的女子看到的美艳世界。《楚辞·九歌》众神出现的场景中，我们可以看到各种明艳的深绿浅绿、亮丽的紫色或淡雅的白色簇拥在一起的热闹场面，繁花似锦，衬托出众神出场时的隆重与高贵。这些诗篇中，色彩并非是单纯的消极的涂饰，而是活跃于整个画面与人物上，并让人产生和艺术形象相通的情感。这种对文学之美的要求为后代追求文学美树立了标杆，屈原之文也因此成为我国文学两大源头之一：“文辞丽雅，为词赋之宗……才高者菀其鸿裁，中巧者猎其艳辞，吟讽者衔其山川，童蒙者拾其香草。”①

25. 为什么说屈原开创了中国诗歌的浪漫主义手法？

答：屈原在其作品中，将《诗经》的比兴手法发展成香草美人的象征手法，以游仙等曲折表达自己上下求索的经历。

《诗经》中广泛使用比兴手法，但多为简单地以物比物或者以具象比喻抽象，屈原则将比兴手法发展为象征。他的象征手法不是简单地以一物比某一物，而是形成了一个系列，如在《离骚》中，他用到的香草就有江离、芷、菌、桂、蕙、留夷、揭车、杜衡、菊、薜荔、胡绳、芰荷等。其香草美人意象的内涵较《诗经》远要丰富，如其中的“美人”意象：“汩余若将不及兮，恐年岁之不吾与。”“惟草木之零落兮，恐美人之迟暮。”“日月忽其不淹兮，春与秋其代序。”（《楚辞·离骚》）他既以美人之与男人的关系比喻自己之与君主的关系，以美人不受重用表示自己受小人谗言而不受楚王信任；又以美人之易老、青春之易逝表明时不我待，恐怕自己无法发挥才能。他还以

① 聂石樵．楚辞新注［M］．北京：商务印书馆，2004：48.

恶草妒女比喻小人佞臣："众女嫉余之蛾眉兮，谣诼谓余以善淫。"（《楚辞·离骚》）香草美人，恶草妒女，单独来看，各以其特质象征了某一类人，众多的香草美人和恶草妒女则构成庞大的象征体系，象征了正邪势力的斗争。因此，这种象征手法在后代广为使用，辛弃疾将香草美人传统发扬到极致，借美人婉转地抒发了自己深沉的政治之痛。

屈原还以自己升天入地之行为表达自己对理想的追求，从而开启了中国诗歌的"浪漫主义"。屈原笔下，人物个性狂放，升天入地，吸风饮露，表现出违背儒家"温柔敦厚"原则的奇异风采。他的诗歌中多用神仙故事，这被后人当作离奇的想象，受到大力推崇。如果说，《诗经》以其对现实的质朴陈述开启了诗歌史上的现实主义的话，屈原则以其奇情异想开启了浪漫主义。《离骚》的象征主义手法成为后来文学创作的重要手法之一。

屈原在《离骚》中以香草美人表达自己的美好品质和杰出才能，"纷吾既有此内美兮，又重之以修能。扈江离与辟芷兮，纫秋兰以为佩"（《楚辞·离骚》）。因为担心年华老去，他不舍昼夜地努力："汩余若将不及兮，恐年岁之不吾与。朝搴阰之木兰兮，夕揽洲之宿莽。"（《楚辞·离骚》）作者不仅自己努力加强修养，还培养学生："余既滋兰之九畹兮，又树蕙之百亩。畦留夷与揭车兮，杂杜衡与芳芷。"（《楚辞·离骚》）香草既用以形容美好坚贞的品德，还与恶草相对，表现出两种势力的斗争。

"美人"也是《离骚》中重要的意象群。为了表达自己对楚王的忠诚，屈原借用美人以比喻自己或者君王这些正面的力量，如以美人迟暮表达不得楚王任用而恐年华老去的悲哀无奈，以众女象征破坏自己与君王关系的小人："众女嫉余之蛾眉兮，谣诼谓余以善淫。"（《楚辞·离骚》）屈原将自己与君王比为夫妇，这是符合当时的思维习惯的。在当时的阴阳五行关系中，君与夫、臣与妇是同一位置；另外，由于屈原与其君主特殊的宗族关系，君主对于屈原来说，不仅意味着政治上的君臣关系，更有感情上的血脉相连。他以弃妇作为自我的象征，不仅仅表明自己的政治主张因为小人的谗言而被楚王抛弃，更表明自己痛苦而无所依附的情感。屈原的这种象征手法在后代产生了很大的影响，后代多以美人之不逢君子表示怀才不遇之情感，如曹植的《洛神赋》以及后代众多以美人自喻的诗词。

如上而言，屈原上天入地的浪漫主义，香草美人的象征手法使骚体成为中国“诗骚”两大源头之一，其伟岸的人格和高超的创作成就使他“衣被词人，非一代也”。

26.《离骚》的主要内容是什么？ 有什么艺术成就？

答：《离骚》是屈原的自传体作品，全诗 373 句，2490 字，据《史记》：“屈平疾王听之不聪也，谗谄之蔽明也，邪曲之害公也，方正之不容也，故忧愁幽思而作《离骚》。离骚者，犹离忧也。”屈原在这一长篇巨制中，运用象征手法，描写自己“上下而求索”的过程，全诗情感深沉激荡，想象瑰丽奇异，成为浪漫主义文学的高峰。

《离骚》是一部自传体的政治抒情诗，屈原以他个人经历为主线，描述他为了实现政治理想不懈奔走的经历，表达了自己为了楚国九死不悔的决心，塑造了一个高大贞洁的主人公形象。他既有先天的高贵出身，又有后天的杰出才能：“纷吾既有此内美兮，又重之以修能”；他有着辅佐楚王的雄心壮志，要“道夫先路”；他的政治理想是追随上古的尧舜，“彼尧、舜之耿介兮，既遵道而得路”；为了楚国和楚王，他四处奔走，希望楚王能够效法先王美政：“忽奔走以先后兮，及前王之踵武。”但是，楚王听信小人谗言，对他非常恼怒，“荃不查余之中情兮，反信谗而齌怒。”小人中伤，楚王背弃，“初既与余成言兮，后悔遁而有他”，为人生的苦难而长歌：“长太息以掩涕兮，哀民生之多艰。”但他仍旧坚持高洁，“老冉冉其将至兮，恐修名之不立。朝饮木兰之坠露兮，夕餐秋菊之落英。”他多次表达为了理想死亦无憾：“亦余心之所善兮，虽九死其犹未悔。”虽然他有离开楚国去他国成功的机会，但最终他选择了留下，表达了深沉的爱国热情。全诗反映了屈原对楚国政治局势的认识，描绘了他对当时楚国小人当道的悲哀和愤怒，也抒发了对自己遭受不公待遇的哀怨，将楚国政治与个体命运融合在一起。

《离骚》借仙游以表达自己的思想经历，两次出游，多次明志，

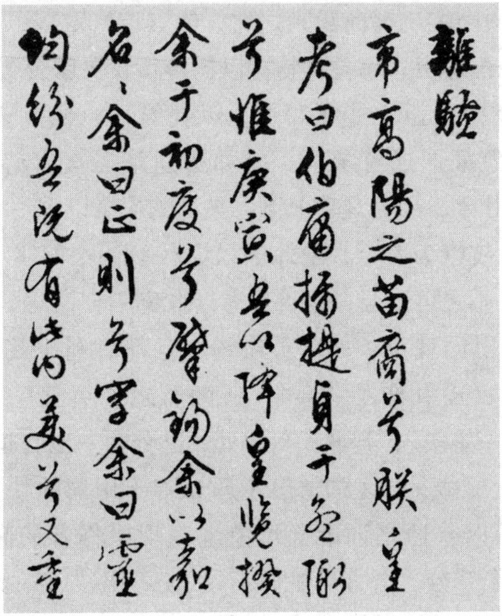

《离骚》（书法局部）　（明）文徵明书

于堂皇壮观的场面中表现出自己深曲的哀怨，其缠绵悱恻之情感与艳丽芬芳之形式引发后人的仿效。第一次是“朝发轫于苍梧兮，夕余至乎县圃”，即上天庭——游东方之春宫——三度求女失败——回到现实世界，这里，求女失败象征自己理想的失败。失败后，作者占卜，巫师告诉他离开楚国也会受到重用：“勉远逝而无狐疑兮，孰求美而释女？何所独无芳草兮，尔何怀乎故宇？”于是，屈原第二次出游，直奔西方的昆仑，向西极，经过流沙，渡过赤水，遇到西皇，最后过不周山直指西海，但就在浩荡盛大的出游中，作者看到了楚国，“陟升皇之赫戏兮，忽临睨夫旧乡。仆夫悲余马怀兮，蜷局顾而不行。”最终，作者又因为不愿意离开楚国而回到现实。

《离骚》中大量运用象征手法，抒情深幽曲折，情感缠绵悱恻。作者描绘自己在天界求见先贤和美人的过程，表现出屈原对理想的不懈追求乃至失败，多处以香草等意象象征高洁的品性，例如“扈江离与辟芷兮，纫秋兰以为佩”，“杂申椒与菌桂兮，岂惟纫夫蕙茝”，“制芰荷以为衣兮，集芙蓉以为裳”，俯拾即是。王逸在《楚辞·离骚序》中说：“《离骚》之文，依《诗》取兴，引类譬谕，故善鸟香草，以配忠贞；恶禽臭物，以比谗佞；灵修美人，以媲于君；宓妃佚女，以譬贤臣；虬龙鸾凤，以托君子；飘风云霓，以为小人。”大量的象征形成意象群，例如描述第二次出游，规模极大：“及余饰之方壮兮，周流观乎上下。灵氛既告余以吉占兮，历吉日乎吾将行。折琼枝以为羞兮，精琼靡以为粻。为余驾飞龙兮，杂瑶象以为车。何离心之可同兮，吾将远逝以自疏。”

《离骚》用词瑰美，如落英缤纷，且都有利于其形象的塑造。“屈子九歌，如云中君之‘猋举’，湘君之‘夷犹’，山鬼之‘窈窕’，国殇之‘雄毅’，其擅长得力处，已分明一一自道矣。”（清刘熙载《艺概·赋概》）这总结出了屈原善于用词的特点。《离骚》中，屈原一是以普通之词准确形象地表现出作者的高洁人格，如“世混浊而莫余知兮，吾方高驰而不顾”，不用“急”而用“高”表现出高视阔步的他对小人不屑一顾与对自己充满自信的悠游神态。在以普通词汇准确体现自身的高洁人格外，屈原更多用美丽的意象衬托出主人公的高洁。“制芰荷以为衣兮，集芙蓉以为裳”，荷叶和荷花不是香草，但荷叶宽大平展而鲜亮，在微风中摇曳生姿，仿佛风中飘动的衣襟；荷花花瓣饱满鲜润，晶莹艳丽，仿佛高贵的人格一样卓尔不群，二者出淤泥而不染，这都与外形高大俊美、内在坚贞不屈的主人公交相辉映，这是从视觉的角度选择亮丽的物象以衬托主人公的情操。作为先秦的浪漫主义诗歌，自汉始，《离骚》历代仿效者甚众，以此为基础形成的“骚体”成为我国传统文学的两大源头之一，“风骚”也成为后来文学的代称。刘勰在《辨骚》中说：“自《风》《雅》寝声，莫或抽绪；奇文郁起，其《离骚》哉！”并且提出了它对后来的影响：“是以枚贾追风以入丽，马扬沿波而得奇，其衣被词人，非一代也。”

27. “楚辞”的含义是什么？

答：“楚辞”本义是指楚地的言辞，后来逐渐固定为两种含义：一是诗歌的体裁，此类体裁的作品表现出与《诗经》明显不同的风

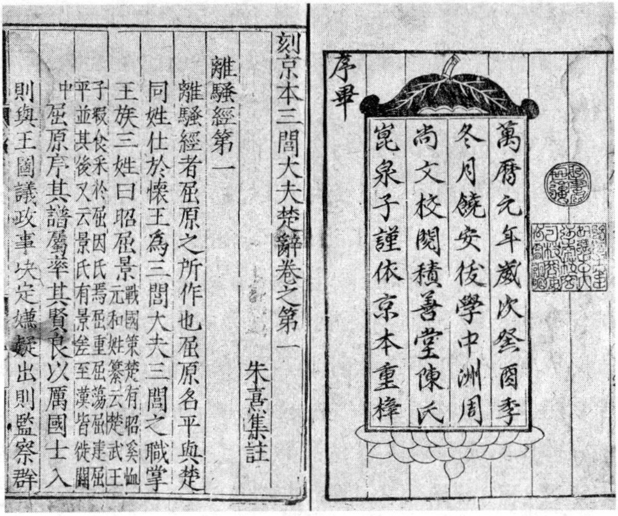

序畢

萬曆元年歲次癸酉季
冬月饒安倅學中洲周
尚文校閱積善堂陳氏
崑泉子謹依京本重梓

刻京本三閭大夫楚辭卷之第一
朱熹集註
離騷經第一
離騷經者屈原之所作也屈原名平與楚
同姓仕於懷王為三閭大夫三閭之職掌
王族三姓曰昭屈景戰國策楚有昭奚恤元和姓纂云楚武王子瑕食采於屈因氏焉屈重屈蕩屈建屈平並其後又云景氏有景差至漢皆徙關中
屈原序其譜屬率其賢良以厲國士入
則與王圖議政事决定嫌疑出則監察群

明刻本《楚辞》

格。二是诗歌总集的名称，以屈原的作品及其仿作为主，具有相近的风格和内容。

一、作为诗歌体裁的“楚辞”。作为诗歌体裁的“楚辞”又称骚或骚体，因其最杰出成果为屈原《离骚》。最早的“楚辞”之名出现在《史记·酷吏列传》中：“始长史朱买臣，会稽人也。读《春秋》。庄助使人言买臣，买臣以《楚辞》与助俱幸，侍中，为太中大夫，用事。”可见朱买臣以《楚辞》而得汉武帝的宠幸，由于汉代帝王出身楚地，故楚语得到帝王的欢心，这种文体的创作也大兴。

楚辞产生于楚地，楚地即今湖南、湖北以及安徽部分地区，这里的文化，与中原文化有区别，其语言、音乐、风土人情等都有所不同。战国中期后，以屈原等为代表的诗人创作表现出了迥异于《诗经》的风格色彩。宋黄伯思《翼骚序》中说：“屈宋诸骚，皆书楚语，作楚声，纪楚地，名楚物，故可谓之楚辞。若些、只、羌、谇、蹇、纷、侘傺者，楚语也；顿挫悲壮，或韵或否者，楚声也；沅、湘、江、澧、修门、夏首者，楚地也；兰、茝、荃、药、蕙、若、苹、蘅者，楚物也；他皆率若此，故以楚名之。”（宋陈振孙

《直斋书录解题》)《楚辞》是以楚语楚声记载楚地的人情风俗等，如《九歌》所记之祭祀为南方特有巫风的体现，屈原作品中众多的香草都为楚地所有，其三字一节、以“兮”结尾的句式也不同于《诗经》中的四言句式，句子更长，能够容纳更大的信息量，也能够表达更为复杂曲折的内容，这种句式以相应的楚音诵读才能达到最佳表现效果。

二、作为诗集的《楚辞》。作为诗集的《楚辞》保留了屈原作品及其仿作，它经历了屈原始创、宋玉等仿作、汉初搜集至刘向辑录等历程，成书时间应在公元前 26 年至公元前 6 年间。屈原之后，不少作家采用骚体悲悼屈原，寄寓哀思，因而屈原自伤之作以及悼念屈原的骚体作品成为刘向《楚辞》的基本内容。《楚辞》最早收屈原、宋玉及汉代淮南小山、东方朔、王褒、刘向等人辞赋共 16 篇，后王逸增入其《九思》，成 17 篇，包括《离骚》《九歌》《天问》《九章》《远游》《卜居》《渔父》《九辩》《招魂》《大招》《惜誓》《招隐士》《七谏》《哀时命》《九怀》《九叹》《九思》，这也成为《楚辞》的篇章结构及后世通行本。刘向原书早亡，后人只能间接通过王逸《楚辞章句》（原书亦佚）、宋洪兴祖《楚辞补注》（《楚辞章句》的补充）追溯和揣测原貌。

《楚辞》中，其他作者或是悼念屈原，或是抒发与屈原相近的怀才不遇感，或是融二者为一体。内容上多用缠绵沉郁之句，描绘上天入地周览四方之经过，控诉宵小当道、时不我遇之悲愤，其内容与风格都与屈原作品近似。如刘向的《九叹》包括《逢纷》《离世》《怨思》《远逝》《惜贤》《忧苦》《愍命》《思古》《远游》九篇文章，反复抒发了屈原之不见容于君、不受知于世的忧思悲慨。《九叹》表面风格与屈原《离骚》相似，但由于刘向缺少屈原的情感体验，故其仅停留于对形式的模仿，以《九叹·逢纷》而言，开篇为“伊伯庸之末胄兮，谅皇直之屈原。云余肇祖于高阳兮，惟楚怀之婵连。原生受命于贞节兮，鸿永路有嘉名。齐名字于天地兮，并光明于列星。吸精粹而吐氛浊兮，横邪世而不取容。行叩诚而不阿兮，遂见排而逢谗”，其模仿《离骚》开篇的痕迹非常重，只是将第一人称换成第三人称；“怀兰蕙与衡芷兮，行中野而散之”（《楚辞·九叹·逢纷》），以香草美人自比也源于模仿屈原；还有“芙蓉盖而菱华车兮，紫贝阙而玉堂。薜荔饰而陆离荐兮，鱼鳞衣而白霓裳”（《楚辞·九叹·逢纷》），化用《九歌》痕迹明显，但缺少屈原作品的内在气质。

28.《楚辞》为什么会和《诗经》双峰并立，成为中国文学两大源头之一？

答：《楚辞》以其浪漫主义与《诗经》双峰并立。二者在语言形式、艺术手法、美学风格上都有较大的区别。

首先，《楚辞》与《诗经》的体式有鲜明的区别。《诗经》四言为主，去除助词的话，实义词并不太多；另一方面，《诗经》中大多篇幅短小，多采用回环复沓的形式，这使得作品能够表达的内容比较有限。《楚辞》句子要长于《诗经》，以六言及七、八言句式居多，句式参差变化。从章法上讲，《楚辞》不是短章复沓形式，且篇幅大大加长，体制宏大。《楚辞》不同于《诗经》的句式和篇章结构更适合表达复杂的情感变化：如《离骚》以富赡之词细致描绘两次出游，通过出游之不同体现作者情感变化，表达上下而求索的决心和为祖国九死不悔的情感；《九章》中比较完整地记载了作者被流放到选择自杀时的现实经过与心路历程。

其次，《诗经》中虽然大量使用赋比兴，但整体比较简单，如“比”多是将彼物比此物或以具体之物比抽象之物，语言也比较质朴。《楚辞》则将《诗经》的比兴手法发展成比较复杂的象征手法，在《楚辞》中有非常庞大的香草美人意象群。《楚辞》并非简单将某香草或者恶草比喻为某忠臣或是恶人，而是以一系列香草如“江离、薜芷、杜衡、留夷、揭车”象征自己的美行，以远游复返这一事件来表达自己心情的变化，因而已经远远超过《诗经》中的简单比喻。这种香草美人意象对我国后世文学的浪漫主义特点有重要影响。

最后，《楚辞》表现出与《诗经》不同的美学风格。《楚辞》与《诗经》有不同的语言风格，这种语言风格一是表现为语言的区别。

《诗经》用语质朴，《楚辞》则用语华丽。刘勰的《辨骚》之中言其“气往轹古，辞来切今，惊采绝艳，难与并能矣”（南朝梁刘勰《文心雕龙·辨骚》）。不同于《诗经》之质朴描写，《楚辞》追求以艳词丽句塑造形象和表达情感。如《离骚》中的主人公，浑身披带香草。《九歌》中的众神，装点着色彩鲜艳的饰品。可以说，屈原之文惊彩绝艳，有如巨幅画卷，展卷视之，香草美人纷至沓来，仙界众生凌云而下，长河高丘、天衢广厦、流云戏风、风雷闪电，林林总总，触手可见，意象纷繁而有序，色彩鲜明而和谐，表现出一种强烈的惊彩绝艳之美。另一方面，《诗经》与《楚辞》风格之异还与其表现对象有关，《诗经》多表现现实生活，《楚辞》多通过神游等抒情。《诗经》是中原文化的代表，更为重视“人”的力量，较少描绘出鲜明丰满的“神”的形象。《楚辞》诞生于南方文化，南方重巫鬼，《楚辞》多借神人之远游表达人的情感。《楚辞》中，除《离骚》外，《九叹》《九思》《九怀》也多见远游场景，表现出深厚的浪漫主义色彩。

《楚辞》全书所收录的“楚辞”体裁的诗歌，以其迥异于《诗经》的艺术形式和表达手法，形成了与《诗经》完全不同的作品风格，在《诗经》之外又起高峰，成为历代诗人创新的源泉。在后代，追求质朴者多以《诗经》为尚，而追求丽辞艳情者，多以屈原为宗，因而屈原开创的骚体成为中国文化的两大传统之一。

29. 孔子的哪些思想对文学理论产生了影响？

答：孔子时代，纯文学的概念并没有出现，因此孔子也没有直接讨论文学，他的主要观点多体现在对《诗经》作品的认识中。

具体而言，孔子的儒家思想对文学理论的重要影响如下：

一、文以载道的诗教说。孔子思想以“仁”为核心，“仁”是人内心的“爱人”之情，发而为“礼”，是外在的社会秩序。内仁外礼，是孔子思想的全貌。当时纯文学尚未产生，文学就是文化的一种，自然也是实施礼乐教化的重要工具。孔子说：“兴于《诗》，立于礼，成于乐。”（《论语·泰伯》）“兴”是起点，但最终目的是

“礼”与“乐”，可见其认为“诗”最终是为政治理想服务的。另一方面，“兴于诗”表明孔子在某种程度上看到了诗歌本质的情感特点。“兴于诗，兴，起也。诗本性情，有邪有正，其为言既易知，而吟咏之间，抑扬反复，其感人又易入。故学者之初，所以兴起其好善恶恶之心，而不能自已者，必于此而得之。”（宋朱熹《四书章句集注》卷四）虽然诗的目的是“兴起其好善恶恶之心”，但是，它的途径仍旧是“吟咏之间，抑扬反复”，以达到“感人”的目的，可见，这是由诗歌触及到了诗歌之感人的本质。

孔子认为诗歌的目的是实现教化，这一思想成为儒家文以载道说的源泉。《诗大序》中就认为“风”是“上以风化下，下以风刺上，主文而谲谏，言之者无罪，闻之者足以戒，故曰风”（《毛诗正义》卷一）。荀子提出“明道、征圣、宗经”，刘勰进一步继承并发扬了这种思想，其《文心雕龙》以《原道》《征圣》《宗经》为核心。在此基础上，唐代之后有了“文”与“道”关系的若干探讨，不管是“文以明道”还是“文以载道”都强调了“道”是“文”的目的。

二、“尽善尽美”的文质合一说和“思无邪”的中和美。孔子认为音乐的“美”与“善”有一定区别：“子谓《韶》：‘尽美矣，又尽善也。’谓《武》：‘尽美矣，未尽善也。’”（《论语·八佾》）他认识到“美”自身的独立性，提出在满足“善”的前提下，人们还应该追求“美”。但是，二者相比，“善”更为根本，美只能愉悦人的感官，“善”的内涵才有社会意义和价值。在此基础上，孔子追求“尽善尽美”的统一。这种对音乐“善”与“美”的认识体现在文学上即是对“文”与“质”关系的辩证认识。孔子认为，在形式与内容之间，内容更为根本。子夏问孔子：“‘巧笑倩兮，美目盼兮，素以为绚兮。’何谓也?”子曰：“绘事后素。”（《论语·八佾》）但是，孔子的思想是辩证的，他在“文”与“质”兼美的基础上提出对“文”与“质”的辩证看法。棘子说：“君子质而已矣，何以文为?”（《论语·颜渊》）子贡对此反驳说：“夫子之说君子也！驷不及舌。文犹质也，质犹文也。虎豹之鞟犹犬羊之鞟。”（《论语·颜渊》）可见，“文”与“质”缺一不可：“质胜文则野，文胜质则史。文质彬彬，然后君子。”（《论语·雍也》）可见孔子是非常辩证全面地看待文章形式与内容的关系的。

在审美趣味上，孔子提出了与其思想体系相一致的中和之美。孔子认为思想和情感的抒发应该符合一定的“礼”的标准，他提出：“《诗》三百，一言以蔽之，曰‘思无邪’。”（《论语·为政》）“思无邪”是孔子删诗的标准，“邪”是指情感的表达超出了“礼”许可的范围。孔子认为，诗应该是“乐而不淫，哀而不伤”（《论语·八佾》），即欢乐和悲哀的情感都不要太过度。这种对中和之美的追求也影响到后世，如司马迁评价《离骚》：“《国风》好色而不淫，《小雅》怨诽而不乱，若《离骚》者，可谓兼之矣。”（《史记·屈原贾生列传》）就是以此为标准，后来历代文论家也追求中和之美。

三、“兴、观、群、怨”的文学功用说。“兴、观、群、怨”是孔子对《诗经》作用的评价：“子曰：‘小子何莫学夫诗？诗，可以兴，可以观，可以群，可以怨。迩之事父，远之事君；多识于鸟兽草木之名。’”（《论语·阳货》）“诗可以兴”是指诗可以感染读者的情感，“诗可以观”是指诗可以让读者认识社会，“诗可以群”是说可以以诗交流感情，“诗可以怨”是指诗可以用来表达思想意见和批评政治。对《诗》的这一认识，基本上反映了先秦时期的实际情况。

在孔子看来，读《诗》可以感发人的意志，是实现“仁”和“礼”的基础。孔子强调诗的“观”和“群”的作用，这是当时用诗的体现，统治者可以从诗中观风俗之兴衰，也可以把它作为政治外交等场合的工具，用以交流思想情感。孔子对“怨”作用的认识表明他看到了情感宣泄与作品政治功用的统一，即诗既可以表达自己对现实政治的认识，也可以抒发自己的情感，后来的“美刺”说继承了诗歌对政治的干预作用，“不平则鸣”继承了对诗歌抒发创作主体情感的作用。

孔子的儒家美学强调了诗歌对社会的政治作用，揭示了诗歌与社会的关系，对后代影响巨大，为我国文学对美善统一和文以致用的追求奠定了基础。

30. 道家的哪些思想对文艺理论产生了影响？

答：先秦道家主要探讨“道”的特征，在对“道”本质特征的探讨中，触及了文学的内部规律，其重要观点有如下几方面：

一、老庄对“言”与“道”矛盾关系的探讨引发了“得意忘言”的美学追求，也促使后人更为重视描绘对象之“神”。老子认为，“道”是天地万物的根源，它以“无”为本，但这个“无”是“有”的根源，世界万物都是产生于不可名言的“道”。道是无法以具体语言表述的，最高的艺术境界是无法以语言表达的自然境界。语言在某种程度上是对“道”之美的破坏，因为它能够表现的终究只是“道”的一部分。如以音乐为例，当所奏之乐表现了宫商之美时，则无以表现徵、羽之美。另一方面，“道”以“无”为本，有“言”本身已经是对“道”之“无”的违背，从这一角度，道家也反对“言”。

在老子之否定“言”的基础上，庄子进一步论述无限之“道”与有限之“言”的矛盾，他认为：“夫精粗者，期于有形者也……可以言论者，物之粗也；可以意致者，物之精也；言之所不能论，意之所不能致者，不期精粗焉。”（《庄子·外篇·秋水》）提出要使人领略到“道”的境界，只能从有限的语言中去领略无限的言外之意，即“得意忘言”和“得鱼忘筌”。“筌者所以在鱼，得鱼而忘筌；蹄者所以在兔，得兔而忘蹄；言者所以在意，得意而忘言。”（《庄子·杂篇·外物》）后经王弼进一步发展，这种观念为后代的“意象论”打下了基础。南朝梁钟嵘《诗品》提出“诗味”，唐司空图《二十四诗品》提出“超以象外，得其环中”（《二十四诗品·雄浑》）、“不著一字，尽得风流”（《二十四诗品·含蓄》），追求“韵外之致”“象外之象”“景外之景”①，王士祯提出“神韵”说，无不与之有深刻渊源。

道家以“道”为本还促使了后代对形神关系的认识。道家认为

① 司空图．诗品集解［M］．郭绍虞，集解．北京：人民文学出版社，1963：52.

“道”才是万物的本体，是“神”，万物都只是“道”之“形”的外在表现，“道”之“神”比它表现出来的外物形态更为重要。庄子借孔子之口说：“丘也尝游于楚矣，适见豚子食于其死母者，少焉眴若，皆弃之而走。不见己焉尔，不得类焉尔。所爱其母者，非爱其形也，爱使其形者也。”（《庄子·内篇·德充符》）这体现在“形”与“神”的关系上，即表现为以“神”为本，强调“神”重于“形”，追求遗形取神。

二、老庄“道法自然”的思想促成后代对自然美的重视。老子认为：“人法地，地法天，天法道，道法自然。”（《道德经》第二十五章）所谓“自然”，就是指事物本来的面貌，认为事物发展有其自身规律，“道”就是不干涉事物，任事物按自身规律显现和发展以呈现出事物的本然面貌。庄子认为天道自然无为，人不能以主观意志违背自然规律，因而他否定伯乐，反对利用人力的干预。这种观点表现在文化艺术上，则是要摒弃人为之作，崇尚天然之作，认为人为造作的艺术不仅不能成就美的艺术，还会对“道”之无限美产生破坏，会妨碍人们去体认和认识天然艺术之美，如庄子认为天籁是最为自然的声音，也是最美丽的声音。这种观点应用于文学上，即是崇尚不加修饰的本色自然之美。

老子造像　陈衍宁

崇尚“自然”的主张，表现在美学上，则是追求素朴之美。儒家追求“绘事后素”的文质兼备之美，骚体美学追求艳词丽句，道家则追求平淡自然之美。老子认为“五色令人目盲；五音令人耳聋；五味令人口爽；驰骋畋猎，令人心发狂；难得之货，令人行妨”（《道德经》第十二章），庄子认为“朴素而天下莫能与之争美”（《庄子·外篇·天道》），因而道家反对过多的雕饰。这种观点影响至后代创作，一是追求自然朴素的境界，即追求“清水出芙蓉，天然去雕饰”（李白《经乱离后天恩流夜郎忆旧游书怀赠江夏韦太守良宰》）的美；一是追求创作过程的自然，如苏轼创作时的“如行云流水，初无定质，但常行于所当行，常止于所不可不止，文理自然，姿态横生”（苏轼《答谢民师推官书》）。

道家崇尚“自然”的追求，是对儒家功利主义文学观的反拨。儒家追求文学的政教功用，以文学的政治功用作为根本追求目标。道家则摒弃文学之外的功利目的，文学能够不受功利目的的制约，因而更能够表现文学的本然之美。

三、“虚静”“物化”的艺术创作论。道家认为，“道”存在于宇宙天地间，不可以耳目致之，老子说得道必须“致虚极，守静笃”（《道德经》第十六章），即摒弃外界的干扰，才能以心合“道”。庄子也认为“道”不可以感官而得，《庄子·外篇·天地》中，黄帝失玄珠，象征感官认识的“知”“离朱”“契诟”都没能够找到它，最后是无知无识的“象罔”找着它，即认为得“道”需要断绝对外界的认识，通过“心斋、坐忘”才能感悟到道：“堕肢体，黜聪明，离形去知，同于大通，此谓坐忘。”（《庄子·内篇·大宗师》）这种“忘”是忘掉外界，甚至忘掉自己的存在，达到“吾丧我”的境界，这样才能消除物我对立及“吾”“我”自身的对立，抛弃一切理性思虑，在冥想中进入精神的绝对自由，以澄明之心进行审美观照，这就是所谓“物化”的境界。

这种以“虚静”达到“物化”的境界与创作规律是相通的，物我界限消失，主体意识可以完全自由地飞翔，创作者能充分调动自己的主体思维，从而构思和塑造描写对象。这对后来的创作论影响很大，陆机《文赋》说：“其始也，皆收视反听，耽思傍讯，精骛八极，心游万仞。其致也，情曈昽而弥鲜，物昭晣而互进。”即指在虚静之中，创作主体充分发挥想象功能，鲜活的形象由此进入到创作主体头脑中。其后《文心雕龙·神思》指出："文之思也，其神远矣。故寂然凝虑，思接千载；悄焉动容，视通万里；吟咏之间，吐纳珠玉之声；眉睫之前，卷舒风云之色；其思理之致乎。"也指出了只有"虚静"才能使创作思维充分活跃，从而在头脑中产生生动形象的意象。

如上可见，道家对"道"的论述涉及美的本质、创作主体思维过程等，提出了与儒家完全不同的美学标准，对文学的本质有了更为深入的探讨，对后代文艺理论影响非常大。

31. 为什么道家否定"言"，而它对文学的影响却相当大？

答：以老庄为代表的道家否定"言"，《道德经》中说："知者不言，言者不知。"（《道德经》第五十六章）庄子也否定言语的作用。老庄对"言"的否定是基于对"言"的局限性的认识，他们提出应对"言"的局限性的做法，或者是不言，或者是认为应该超越"言"的限制，追求言外之意。

一、老子对"言"的否定。老子以"无"为本，认为"有"是对"无"的破坏。"道"是无限的，是不可以"言"表达的，"道可道，非常道；名可名，非常名"（《道德经》第一章），"大音希声，大象无形"（《道德经》第四十一章）。他所谓的"言"是指形而下的具体的语言行为，具体的语言行为无法定义出"道"的本质，平常所能"言"者并非"道"，只是"道"的种种形而下的表现。真正的"道"是无法以普通的言语描述出来的。这表明老子看到了"言"的有限性与"道"之本体的无限性之间的矛盾，人们若坚持要"言"的话，足以破坏大道的完整；但若不通过"言"，则"道"又无法被人知晓，因而只是"强言之"。

老子否定"言"，言语本身就是人的一种活动，是一种"为"，而所有的"为"本身就是不合于"道"的表现。"不言"是另一种行为，"道"自然地存在于宇宙间，不依赖于人的"言"而存在，这就是"朴"。老子提倡"不言"，反对"言"。

二、庄子对“言”“意”关系的论述。

庄子以其认识论为基础否定了言的意义，并对老子的言道观做了进一步发展。

一方面，从认识论的角度，庄子否定了“言”的意义，但这个“言”并非局限于我们所指的“语言”，更多的是指一种见解和思想，但“言”的行为本身就是发表见解和思想，故此也为庄子所否定。他说：“夫言非吹也。言者有言，其所言者特未定也。”（《庄子·内篇·齐物论》）他认为“言”的正确与否是存有疑义的，因而“言”的意义也有疑义。在此基础上，他提出了对“言”的否定，即：“道隐于小成，言隐于荣华。故有儒墨之是非，以是其所非而非其所是。欲是其所非而非其所是，则莫若以明。”（《庄子·内篇·齐物论》）

另一方面，从“言”对“道”的表现能力的局限性出发，庄子也否定了“言”。庄子认为“道”无可言说，语言的表现力是有限的，它只能表达有形有色的具体事物，对于无始无终、浑然一体、无形无色的“道”是无法言说的：“可以言论者，物之粗也；可以意致者，物之精也；言之所不能论，意之所不能察致者，不期精粗焉。”（《庄子·外篇·秋水》）物的粗疏、精微部分可以分别用语言表达，用心神体会，至于语言所不能议论，心神所不能传达的，那就不限于粗疏精微了，指出语言功能的局限性。因而，“可言可意，言而愈疏”（《庄子·杂篇·则阳》）。越是用语言来表达，离“道”就越远。

此外，“言”“道”矛盾对“言”“意”关系的启发。基于对“言”与“道”之间矛盾的认识，庄子认识到“言”与“意”之间的矛盾。“意”和“道”一样，都是“言”的内容。“言”不能完整地表现“道”，“语”不过是“言”的书面载体，“言”的表现力有限，其载体“语”的表达能力也值得怀疑。《庄子·天道》载：“世之所贵道者书也，书不过语，语有贵也。语之所贵者意也，意有所随。意之所随者，不可以言传也。”（《庄子·外篇·天道》）文字不过是固化的言语，言语贵在表达思想，但“意”所随附的超越于形色名声之外，是最根本的，它是不可言传的。

因为注意到“言”与“语”的有限性，所以，为了更好地传达“道”，庄子要超越这个局限性，其超越之法在于仅以“言”与“语”为工具：“筌者所以在鱼，得鱼而忘筌；蹄者所以在兔，得兔而忘蹄；言者所以在意，得意而忘言。”（《庄子·杂篇·外物》）庄子避免了老子所提出的不切实际的“不言”，而是开辟了一条超越语言限制把握“道”的途径，并进一步揭示出言意关系中，言为实、意为虚，言为用、意为本的关系。

庄子“得意忘言”的主张，启发后来文人追求“言外之意”，魏晋时期钟嵘说“味”，指以有限之言引发对诗歌无限美感的体味；刘勰说“隐也者，文外之重旨者也”（南朝梁刘勰《文心雕龙·隐秀》），唐代追求“超以象外，得其环中”（唐司空图《二十四诗品·雄浑》）、“不著一字，尽得风流”（唐司空图《二十四诗品·含蓄》）的含蓄蕴藉美都受到道家文学思想的启示。可以说，正是道家对“言”的否定开启了后代对“言”之表现力的无限追求。

32. 先秦时期“言意”之辨的发生、发展过程是怎样的?

答：“言意”之辨是对言意关系的阐述，本是我国哲学史上的一个重要问题，至魏晋南北朝时期，则更是玄学家们关注的一个主要问题，由此发展出一种新的认识论和方法论，极大地推动了我国哲学理论思维的发展。它对“言”对“意”的表现能力的思考，促进了对文学语言表现力的研究，推进了我国文学理论的研究，并影响了我国文学风格的形成。

“言意”之辨在先秦和魏晋时期经历了几个发展阶段。

对“言意”关系的最早认识是《易》中的“立象以尽意”“系辞焉以尽其言”（《周易·系辞上》）。

《周易·系辞》：“子曰：‘书不尽言，言不尽意。’然则圣人之意，其不可见乎？子曰：‘圣人立象以尽意，设卦以尽情伪’。”（《周易·系辞上》）这里，《易》认为“言”难以完全地表达出“意”，意需要通过“象”来表达。“象”指的则是天地事物的表现形式，

“夫象，圣人有以见天下之赜，而拟诸其形容，象其物宜，是故谓之象”（《周易·系辞上》）。“立象以尽意”的实现则是要通过“言”，“《易》亦云圣人立象以尽意，系辞焉以尽言”（《三国志·魏书·荀彧荀攸贾诩传》）。可见，《易》中已经提出了“言”“意”及“象”的关系，认为“言不尽意”，而圣人为了解决这一问题，于是“立象以尽意”。“言”与“象”相比，“象”的表现力更强，更能够接近“意”这个终点。人们难以直接由“言”至“意”，但可以通过立“言”以近于“象”，再由“象”以“尽意”。

在先秦时期，对“言意”关系持另外一种重要看法的是道家，道家看到了“言”的局限性，因而提出“得意忘言”。

道家是否定“言”的作用的。老子认为天地万物的本源是“道”，而“道”之深广是无以言之的，任何有限的言语都无法表达出“道”的无限，因而他否定了“言”的表现能力：“大音希声，大象无形。”（《道德经》第四十一章）因为任何形而下的语言都只能表现出“道”的一部分，无法表达出“道”的全部。当以形而下的“言”传递形而上的“道”时，势必有无法传达之处。正是在此基础上，他否定了“言”。同时，从道家“无为”观出发，立“言”以明“道”本身就属于“有为”，就是对道家“无为”原则的破坏，因而，“言”这一行为同样不值得提倡。

庄子在老子的基础上，对“言”表达能力的局限性做了进一步论断。他提出：“可以言论者，物之粗也；可以意致者，物之精也；言之所不能论，意之所不能察致者，不期精粗焉。”（《庄子·外篇·秋水》）他认为言语所能表达的是一些表面的东西，而内在的精神才是“物之精”，真正的“道”则是“言”无法表达、“意”也难以察致的。他注意到了“言”表达的有限性，但是，他并未因此和老子一样否定“言”，而是提出了一种由“言”致“道”的途径，即“得意忘言”，他以“得鱼忘筌”为例，说明“言”只是获取“意”的工具。人们必须经由“言”才能接触到“意”，但因为“言”本身都是有限的，因而对“言”的执着也就会使思想固化，难以领略更深的“意”。因而，“言”仅仅是不得已而用的工具，但这个工具本身又不符合“道”的精神，因此，在“得意”后必须被“忘”掉，只有这样才能超越“言”的有限性。

由此可见，《易》和道家都看到了“言”的有限性，二者提出了不同的解决办法，一是“立象”，一是“忘言”。

33. 墨子的文学主张是什么？

答：墨家是出身农民的哲学家，代表农民和小手工业者的利益。墨子的文艺理论思想主要表现为对杂文学及“乐”的观点，“非乐”是其文艺思想的重要观点，主要内容如下：

一、鲜明的实用主义文学观。在文学的起源上，墨子认为文学是对“天意”的表达，《墨子·天志中》说：“故子墨子之有天之意也，上将以度天下之王公大人为刑政也，下将以量天下之万民为文学、出言谈也。观其行，顺天之意谓之善意行，反天之意谓之不善意行；观其言谈，顺天之意谓之善言谈，反天之意，谓之不善言谈。”墨子认为，“天意、天志”是为文学、出言谈的。

墨子认为，文学的首要作用不在于其本身美及其给读者带来的审美享受，而在于它是否能够直接利于国家利益和百姓生活。他对广义的文学和言辞是很重视的，强调文学言辞应发挥有利于国家人民的作用，“言无务为多而务为智，无务为文而务为察”（《墨子·修身》）。可见，他注重文学的实用功能，强调文学对国家利益的直接作用，《墨子·非命下》说：“今天下之君子之为文学、出言谈也，非将勤劳其惟（喉）舌而利其唇吻也，中实将欲其国家邑里万民刑政者也。”

二、从实用角度出发“非乐”。墨子从当时“乐”的实际作用效果提出了“非乐”主张。他看到“乐”之美对人的强大吸引力，但认为这种吸引力影响了百姓的生活日用：“今王公大人之为葬埋，则异于此。必大棺中棺，革阓三操，璧玉即具，戈剑鼎鼓壶滥、文绣素练、大鞅万领、舆马女乐皆具，曰必捶垛差通，垄虽凡山陵。此为辍民之事，靡民之财，不可胜计也，其为毋用若此矣。”（《墨子·节葬下》）“今王公大人虽无造为乐器，以为事乎国家，非直掊潦水、拆壤垣而为之也，将必厚措敛乎万民，以为大钟、鸣鼓、琴瑟、竽笙之声。”（《墨子·非乐》）为了制造“乐”，统治阶层要占用百姓巨大的人力与物力财富，可见，当时“乐”已经妨碍普通百姓的生活。

基于墨子认为“乐”对百姓生活的负面影响，墨子指责儒家“繁饰礼乐以淫人”“盛容修饰以蛊世，弦歌鼓舞以聚徒”“其道不可以期世，其学不可以导众”（《墨子·非儒》）。对此，他一是提出“先质而后文”的质胜文观：“故食必常饱，然后求美；衣必常暖，然后求丽；居必常安，然后求乐。为可长，行可久，先质而后文，此圣人之务。”（刘向《说苑·反质》）墨家认为“乐”本身的美远不及“质”重要：“今当凶年，有欲予子隋侯之珠者，曰：‘不得卖也。珍宝而以为饰。’又欲予子一钟粟者，得珠者不得粟，得粟者不得珠。子将何择？”（刘向《说苑·反质》）凶年乱岁之时，“粟”比“珠”重要，墨子认为“质”比“文”重要，因而应该“先质而后文”，必要时候，则牺牲“文”。二是提出鲜明的“非乐”观：“墨子之所以非乐者，非以大钟、鸣鼓、琴瑟、竽笙之声以为不乐也，非以刻镂华文章之色以为不美也，非以犓豢煎炙之味以为不甘也，非以高台厚榭邃野之居以为不安也。虽身知其安也，口知其甘也，目知其美也，耳知其乐也，然上考之不中圣王之事，下度之不中万民之利，是故子墨子曰：‘为乐非也。’”（《墨子·非乐》）他看到了音乐与文章本身的艺术性，但他认为这种感染力与治国的直接利益相背，因而受到了墨子的否定。

三、“三表法”的创作原则。墨子是我国逻辑学的奠基者，他以其逻辑学与认识论为基础，结合文学功利观，提出针对文学创作的“三表法”原则。

“三表法”是指创作需要以一定的认识为基础，按照一定的逻辑推理论证观点，才能对社会产生作用。《墨子·非命中》说：“三法者何也？有本之者，有原之者，有用之者。于其本之也，考之天鬼之志、圣王之事；于其原之也，徵以先王之书；用之奈何？发而为刑。此言之三法也。”《墨子·非命下》又重申：“何谓三法？曰：有考之者，有原之者，有用之者。恶乎考之？考先圣大王之事。恶乎原之？察众之耳目之情。恶乎用之？发而为政乎国，察万民而观之。此谓三法也。”所谓“本之”，就是说要有根据，而根据即是“先圣人王之事”和“天鬼之志”，这些人的言行已经被证明是正确的，因而后人言事也应以他们为准。所谓“原之”，是指要探源求证，即要有证据支撑。“原”的途径有二，一是先王之书，即看是否与先王言论相合；二是“耳目之情”，即看是否合于自己耳目所识。所谓“用之”者，即是发而为政令“刑法”，看其对社会是否有实际作用。“三表法”要求以古圣先贤的行迹为标杆，考察百姓反应，观察其运用于实践的情况，从而判定言论、主张的对错，这是墨子将其逻辑推理用于广义的文学写作，其说理论证手法是一大进步。

墨子过于强调文学的实用性，而不重视读者从中得到的审美享受，因而被认为“蔽于用而不知文”（《荀子·解蔽篇》）。当“文”的概念由杂文学演变为纯文学时，墨子的主张也就慢慢被忽视。

34. 如何正确理解“性恶论”者荀子的文学主张？

答：荀子是战国末期儒家学派的学者，荀子的文学主张同其哲学、政治主张相一致，是基于“性恶论”基础之上的对文学政教功用的肯定，其观点对儒家文艺理论体系的形成，起了重要作用。他的文学观主要有以下几点。

一、从政教目的出发，肯定文学。

荀子认为人性本恶，人天生就有对欲望的追求，只有通过后天的约束才能改变这种倾向：“人之性恶，其善者伪也。……故必将有师法之化，礼义之道，然后出于辞让，合于文理，而归于治。”（《荀子·性恶篇》）人性要由恶变善，关键在于后天的学习与修养，这就是“伪”：“伪者，文理隆盛也。无性则伪之无所加，无伪则性不能自美。”（《荀子·礼论篇》）后天之“伪”与先天之“性”相辅相成，才能成就知晓礼义的人。“伪”即是“文理”，可见“文学”是改变人性的重要途径：“人之于文学也，犹玉之于琢磨也。”（《荀子·大略篇》）人的出身是前定的，但是普通人可以通过文学提升自己的层次，而士大夫若不注重学习，则会堕落成为普通人：“子赣、季路，故鄙人也，被文学，服礼仪，为天下列士。”（《荀子·大略篇》）

荀子重视“礼”，认为“礼”的外在形式的美可以促进人对“礼”的崇尚。这一思想应用于“文”上，即是提倡“文”的外在美与内在美的统一。他在注重文采的前提下强调文质相称，他接受孔子的“文质彬彬”思想，认为“文”是“外”，而“理”是“内”，好的思想通过好的形式能够产生更好的效果：“文理、情用相为内外表里，竝（并）行而襍（杂）”（《荀子·礼论篇》），“文貌情用，相为内外表里”（《荀子·大略篇》）。

荀子对文学之功用美的追求，体现在其“乐”论上，他著有《乐论》，反驳了墨子的观点，强调音乐是政治的表现，“先王之道，礼乐正其盛者也”，认为音乐有很大的作用：“先王恶其乱也，故制《雅》《颂》之声以道之，使其声足以乐而不流，使其文足以辨而不諰，使其曲直、繁省、廉肉、节奏足以感动人之善心，使夫邪汙之气无由得接焉。是先王立乐之方也，而墨子非之，奈何!”不仅如此，他还认识到不同的音乐有不同的作用：“乐中平则民和而不流，乐肃庄则民齐而不乱。民和齐则兵劲城固，敌国不敢婴也。如是，则百姓莫不安其处，乐其乡，以至足其上矣。然后名声于是白，光辉于是大，四海之民莫不愿得以为师。是王者之始也。”因此，他虽然重视音乐，但也不是从音乐自身本质出发，而更多是因为音乐能够“移风易俗”。

荀子《乐论》的进步性表现在其对音乐起源与其情感作用的认识上，他认为，人有喜怒等感情，这种感情必须通过一定的音乐宣泄出来，这种认识与文学上的“不平则鸣”相通。同时，他意识到音乐感发人意志的作用：“齐衰之服，哭泣之声，使人之心悲；带甲婴胄，歌于行伍，使人之心伤；姚冶之容，郑、卫之音，使人之心淫；绅端章甫，舞《韶》歌《武》，使人之心庄。”他认识到音乐的起源与其作用都源于音乐中包含的情感，这在一定程度上触及了艺术的本质。

二、发展了“诗言志”，提出文以“明道”。

荀子认为文学首先要“明道”。《正名篇》提出：“辨说也者，心之象道也。心也者，道之工宰也。道也者，治之经理也。心合于道，说合于心，辞合于说。”即先有道，心对道产生感知和把握后，才能以言语表达出来并形成文字著作。所以说话和写文章的时候，一定要让自己的心契合于道，正确地把握道。荀子还认为“言必当理”（《荀子·儒效篇》），这个理也就是道，即言辞应该符合“道”和“理”。

与“明道”相联系的就是“征圣”。所谓“征圣”，就是说话、写文章必须以圣人为根据和标准，因为圣人的行为是已经被验证合于“道”的。荀子说：“凡言议期命，是非以圣王为师。”（《荀子·正论篇》）人们的言论、言辞、判断等，应该以圣人的是非为是非。“圣人也者，道之管也。天下之道管是矣，百王之道一是矣，故《诗》《书》《礼》《乐》之道归是矣。”（《荀子·儒效篇》）不符合古圣先贤的，则不可以采用，“凡言不合先王，不顺礼义，谓之奸言，虽辩，君子不听”（《荀子·非相篇》）。

为了实现“征圣”目的，荀子提出“宗经”，也就是要根据“经”立论。荀子说：“学恶乎始？恶乎终？曰：其数始乎诵经，终乎读礼；……礼之敬文也，乐之中和也，诗、书之博也，春秋之微也，在天地之间者毕矣。”（《荀子·劝学篇》）圣人的经书是天下大道与诗书礼乐集中的地方，所以，人们要学习圣人的经书。

荀子对“道、圣、经”的提倡开后代“明道”“征圣”和“宗经”的先声，后来汉代的扬雄发展了这一观点，成书于梁陈时期的《文心雕龙》也以《明道》《征圣》《宗经》为核心，影响深远。

35. 如何理解韩非子的文学观点？

答：韩非子的思想受道家影响很大，对美的看法也是建立于老子“道”的基础上，并综合了自己的实用主义观点形成的。因而，韩非子一是从“道”之美出发，崇尚本然之美；二是从实用主义出发，反对修饰之美。

一、从“道”出发，以本然之美为最美。《韩非子·解老》篇中，韩非子说：“道者，万物之所然也，万理之所稽也。理者，成物之文也；道者，万物之所以成也。……短长、大小、方圆、坚脆、轻重、白黑之谓理。”他提出的“理”，就是万物天然的表现形式，这种“理”是合于“道”的天然存在，在韩非子看来，天地万物都是道的产物，天生就带有自身的“纹理”，这种“纹理”就是其质的本然展示，对天然纹理的改变就是对“道”的破坏。

韩非子从坚持本真之道出发，反对对形貌的修饰。《韩非子·解老》中说：“礼为情貌者也，文为质饰者也。夫君子取情而去貌，好质而恶饰。夫恃貌而论情者，其情恶也；须饰而论质者，其质衰也。何以论之？和氏之璧不饰以五采，隋侯之珠不饰以银黄，其质至美，物不足以饰之。夫物之待饰而后行者，其质不美也。”他认为，礼仪是人的外在表现，聪明的君子只会取其“情”而舍弃其外在表现；靠外在表现来吸引人的，一定是其情感本身没有吸引力，因此，外在表现可谓是扭曲了事物的真实本质。韩非子将“情”与“貌”置于彼此对立的位置上，认为“貌”必然是对“情”的掩饰，“饰”也必然是对“质”的掩饰。《韩非子·外储说左上》中的“秦伯嫁女”与“买椟还珠”两个寓言都说明形貌之美为多余，这与他的实用主义观点是内在统一的。

二、崇尚实用之文，否定文辞之“丽”。韩非子之否定文辞，是从功利主义角度出发否定文学的作用。先秦时候，纯文学观念尚未出现，“文”只是广义上的文章，大部分“文”是以实用为目的。对于这些应用性文章来说，虚浮之言可能使文章的实际效果受损，因而《韩非子·亡征》中说：“好辩说而不求其用，滥于文丽而不顾其功者，可亡也。”

由于当时并没有纯粹的“文学”概念，也没有“文化”的概念，韩非子并不能认识到实用之文与追求美感的艺术的区别，因而他将对广泛意义上的“文”的要求泛化，运用于一切文化艺术上去，并由此否定了艺术之美。《韩非子·外储说左上》中有一寓言：“客有为齐王画者，齐王问曰：‘画孰最难者？’曰：‘犬马最难。’‘孰易者？’曰：‘鬼魅最易。’夫犬马，人所知也，旦暮罄于前，不可类之，故难。鬼魅无形者，不罄于前，故易之也。”韩非子认为，由于“马”是有形之物，故更难画。无形之物如“鬼神”者，则更为容易画。其积极面在于看到了文学艺术活动中的虚构和想象的特点，但没有认识到文学之区别于学术的特点。

三、否定广义的“文学”，由此否定文士和文学创作。

韩非子认为，当时文学之士将精力集中于文学，影响了生产力的发展，也搅乱了国家秩序，因而他反对“文学”。其“文学”指包括儒、墨在内的先秦学术和文化，“文学之士”主要指研究《诗》《书》等文献的学者，也包括现代意义上的文学之士。《韩非子·五蠹》中说：“儒以文乱法……夫离法者罪，而诸先生以文学取……工文学者非所用，用之则乱法。”因而对文学之士与文学之士的作品都应该毁弃不用，“无书简之文，以法为教；无先王之语，以吏为师”，以“法”代替一切。他认为只有将“文学”弃置不用，才能使国家发展，《韩非子·八说》中说：“息文学而明法度，塞私便而一功劳，此公利也。错法以道民也，而又贵文学，则民之所师法也疑；赏功以劝民也，而又尊行修，则民之产利也惰。夫贵文学以疑法，尊行修以贰功，索国之富强，不可得也。”可见，韩非子是非常彻底和坚决地否定“文学”的。

韩非子否定文饰、否定“文士”和“文学”，他把文学变为政治的附庸，不考虑文学本身的特点，因而对文学提出了最为强烈的否定。

中国古代文学三百题

秦汉文学

36. 西汉前期政论文强有力的气势表现在哪些方面?

答：汉王朝总共四百余年，国力强盛，其政论文在价值取向、审美风尚等方面都受到其影响，整体上表现出雄健的气势。西汉初年，尤为如此。

汉初，秦朝政治的失败给政治家和思想家提供了发人深省的课题，汉王朝初建时期，很多方面还不够完善，也使汉初文人有了议政的机会。另一方面，汉虽初建，但其大一统局面前所未有，新的大一统政权使汉代文人产生了强烈的建功立业愿望。文人们多将自己的政治理想贯彻在对时政的讨论中，希望凭借一己之力为国家做出贡献，也由此实现人生价值。因而，政论文在汉初有勃发之势，表现出强有力的气势。具体表现在如下两个方面：

第一，有强烈的时代感和现实针对性。

文士们视大汉王朝的发展如己任，作文往往从社会现实问题出发，以解决问题为目标。如刘邦称帝之初，陆贾有《新语》论秦之失天下与汉之得天下及历代兴衰成败，贾谊《过秦论》也旨在总结秦朝之失。在《论积贮疏》中，贾谊分析当时危险局势：“失时不雨，民且狼顾；岁恶不入，请卖爵、子。”再以设问提出粮食不足的危害：“即不幸有方二三千里之旱，国胡以相恤？卒然边境有急，数十百万之众，国胡以馈之？”最后描述可能导致的可怕惨景：“兵旱相乘，天下大屈，有勇力者聚徒而衡击；罢夫羸老易子而咬其骨。”贾谊的《陈政事疏》则针对当时具体现实提出汉文帝应该重视农业生产，不可因商轻农。晁错的《论贵粟疏》承贾谊的《论积贮疏》强调贵农务耕的建议。

第二，充沛的感情力量。

汉初政论文的感情力量一方面是源于汉初政论文作者内在强烈的情感，他们多有真正的参政热情，发而为文章，表现为昂扬向上的积极热情，他们在抨击时政之不足时，往往还以积极用世的态度，旁征博引，正面提出建议。另一方面，汉代政论文承先秦散文之绪，继承了先秦诸子如孟子、荀子、韩非子的激进气势，又兼有《战国策》的铺张扬厉，多加以夸张渲染，代表作如贾谊的《陈政事疏》，开篇说："臣窃惟事势，可为痛哭者一，可为流涕者二，可为长太息者六。"以递次增加的数目反复渲染其危险之大，将汉代的政治形势描写得无比凶险。三是多用骈偶和排比句式造成强烈气势，如陆贾《术事》中："故良马非独骐骥，利剑非惟干将，美女非独西施，忠臣非独吕望。今有马而无王良之御，有剑而无砥砺之功，有女而无芳泽之饰，有士而不遭文王，道术蓄积而不舒，美玉韫椟而深藏。"(《新语·术事》) 排比与骈偶并用，从正反两方面说理，气势强烈而说理论证谨严。

37. 西汉中期的政论文在文风方面发生了怎样的转变？ 代表作家都有谁？

答：西汉中期后，文人失去了汉初时候的浪漫热情，开始更多地对现实进行深入而理性的思考。此一时期政论文仍旧保持了现实主义精神，但不再作耸人听闻之语，更多了质实之词。期间代表作家有好言天人感应的儒学家董仲舒和刘向，也有同样好言儒但反对灾异之说的扬雄、王充、王符等。

在这期间，董仲舒和刘向都表现出醇儒特点。董仲舒为汉代大儒，其于经义无所不窥，认为文章也只是"经"的演绎。其文章好言天人相应和灾异之说，语言醇厚雅正，具有儒士风范。他的重要作品为《天人三策》，该文是针对汉武帝的发问而作，武帝欲觅得能够贯穿历史的治国之道，即需要总结出有规律性的治国之道。对此，董仲舒以开阔的眼界援古论今，论理宏富，思想深刻，行文晓畅，语言明晰，论理严谨细密，风格儒雅雍容，这种风格对当时儒士影响至深。另一位同样引经为据的儒学家为刘向，他博览群书，又有正统儒学思想，故言必引经，同样多托灾异说政事，故不再负气为文，风格也相当自然平实。刘向和董仲舒他们政治上受到重视，思想上受"经"学影响至深，不再像汉初文人那样有激切不平之气，也成为汉代政论文的典型代表："贾长沙、太史公、淮南子三家文，皆有先秦遗意；若董江都、刘中垒，乃汉文本色。”（清刘熙载《艺概·文概》）所谓“汉文本色”，即指二者依经立义，语言典雅婉曲、风格温润弘博的特点。

与董、刘不同，其他作家感于灾异之说的荒谬，奋笔反击，形成气势相对更为强健也更有现实针对性的务实之文，这方面有扬雄、王充等为代表。

扬雄之《法言》模仿《论语》形式，一方面继承了先秦和汉初积极面对现实的传统，出于补救统治思想危机和捍卫正统儒家的理想，扬雄对董仲舒哲学和谶纬经学的神学目的论进行质疑抨击，其文章都针对现实有感而发，《学行》《修身》《问道》《问明》《寡见》《君子》都有鲜明的观点，切实可行。另一方面则不再为加强感染力而作耸人听闻之语，论述质实。虽然受时风影响，《法言》喜欢运用骈偶句式，但整体比较平易，如《法言·学行》卷一“学，行之，上也；言之，次也；教人，又其次也。咸无焉，为众人”，句子简短有古气；即使是比较长的论述，语气也比较平缓，如“鸟兽触其情者也，众人则异乎！贤人则异众人矣，圣人则异贤人矣。礼义之作，有以矣夫。人而不学，虽无忧，如禽何？学者，所以求为君子也。求而不得者有矣，夫未有不求而得之者也”（《法言·学行》），已不似汉初之铺张扬厉。

此后的政论文有王充的《论衡》。王充的《论衡》是“又伤伪书俗文，多不实诚，故为论衡之书”（汉王充《论衡·自纪篇》），作者有感于当时的虚妄之论，针对董仲舒提出的以“天人感应”为核心的神秘主义及先秦以来其他学派包括“天道”“命”“性善”和“性恶”等的观点进行了系统评述，也有很强的针对性，往往集中对某一观点进行反驳。如《寒温篇》《谴告篇》《变动篇》《感类篇》等从各个角度否定了天人感应说，多援引历史和现实，采用多种论证手法从各方面展开论述，层次清楚，说服力较强。其行文与前期的骈俪之风不同，接近汉代口语，精练准确且通俗易懂。如《薄葬篇》中，陈述“厚葬”恶习的由来：“世尚厚葬，有奢泰之失者，儒家论不明，墨家议之非故也。墨家之议右鬼，以为人死辄为神鬼而有知，能形而害人，故引杜伯之类以为效验。儒家不从，以为死人无知，不能为鬼，然而赙祭备物者，示不负死以观生也。”先追溯儒墨两家旧说以明厚葬之由来，然后又说陆贾、刘向说法的不足处，分析简明入理。语言虽然偶有骈偶，但不是有意追求铺张扬厉，而是讲究质实有据。

38. 东汉晚期的政论文有什么特点？

答：东汉后期，社会危机严重，朝野议政之风兴起，政论文复兴，但士人心态发生巨大变化，风格也由董仲舒等人的雍容雅正变为刚正急切。虽然同样是指陈时弊，但他们的政论文不复汉初的铺张扬厉，转而为尖刻峭劲，文学色彩上较汉初逊色。

东汉后期的班固、张衡虽然都还坚持正统儒学，但班固是史学家，张衡思想则更为开通，他们的政论文精神也与之相通，崇尚实用。虽然仍旧以经立义，但不像董仲舒等为灾异之说，多是取经义之神融会贯通而为己用，较少拘泥于经文。他们注意针对现实，如班固在《匈奴和亲议》中提出：“以为宜依故事，复遣使者，上可继五凤、甘露致远人之会，下不失建武、永平羁縻之义。”张衡的《论贡举疏》提出当时投考太学时的作弊之事，这些都是针对现实政事而发。这也成为当时士人为学的整体风气，如张均《上言斩十常侍》、陈蕃《上窦太后疏》等都直陈己见，酣畅淋漓，尤以王符、崔寔为代表。

王符的《潜夫论》三十六篇，针对东汉社会的各方面问题提出了应对策略，如《务本》《遏利》《论荣》《贤难》《明闇》等都明显有针对东汉统治之不足处；《劝将》《救边》等针对当时西北边疆的情况探讨如何加强边境防务。他对东汉后期政治社会提出广泛而尖锐的批判，多有批判锋芒，但是没有铺张扬厉之词，转而为对现实的深沉思考与冷峻判断，如《思贤》：“夫与死人同病者，不可生也；与亡国同行者，不可存也。岂虚言哉！何以知人之且病也？以其不嗜食也。何以知国之将乱也？以其不嗜贤也。”与汉初的贾谊之文相比，理论色彩更强，铺排之习远少。

与王符差不多同时的崔寔，其文章也有很高的成就。从严可均在《全上古三代秦汉三国六朝文》中所辑的《政论》佚文看，其文章痛陈时弊，例如针对东汉奢靡之风，提倡节俭，反对贪污压榨，并对时政提出了具体见解，当时人认为该书“指切时要，言辩而确”(《后汉书·崔寔传》)，认为是同时之冠。

另一位东汉著名政论文作家是仲长统，其《昌言》也是以自然之“天”反对此前两汉对“天”的神异化。他认为“天”没有意志和目的，其运行不以人的意志为转移，人们只要顺应“天时”，就能取得成功。他还批评了君权神授论，认为政权的得失不在于神意而在于统治者个人的政治，以“人事”否定“天命”说。其指陈态度尖锐犀利，严可均评价仲长统时说：“然其闿陈善道，指抲时弊，剀切之忱，踔厉震荡之气，有不容摩灭者。缪熙伯方之董（仲舒）、贾（谊）、刘（向）、扬（雄），非过誉也。”

如上所述，东汉晚期的文章风格也与政治形势的变化有着密切的联系。由于统治的黑暗，故政论文多批判犀利、尖刻峭劲，正因为如此，当后代文章陷入靡弱冗芜之际，往往有疾呼“文必秦汉”者。

39. 被苏轼感叹“王者之佐而不能自用其才”的贾谊，其文章特点如何？

答：贾谊（前200—前168），西汉初文学家，散文多集于《新书》中，有史论如《过秦论》，有时势政见如《论积贮疏》，有哲学性论文如标以《连语》《杂事》之类的文章，此外还有利用各种历史材料和故事来说明一定道理的文章，这些文章整体上有如下特点：

第一，观点鲜明，结构明晰，具备成熟的政论文形态。

贾谊年轻得志，发而为文，观点鲜明有力，且多以明晰畅达之语申明或号召之。如《过秦论》以秦昔日之强大与衰亡之迅速形成鲜明对比，揭示秦之大“过”，全篇结构明晰，显然经过精心构思。全文开篇按时间顺序铺排秦的历史，从根本原因、间接原因、直接

《贾谊作赋图》　张自启

原因三个角度分析秦朝之“过”。上篇以富有气势的排比铺陈手法描述秦朝的地理优势、变法成果、正确的战争策略、多年积累，与后来陈涉的微小力量形成鲜明对比，以此突出秦亡原因无他，“仁义不施”才是根本原因。中篇主要剖析秦二世之过失：秦始皇没有施行仁政引起众怒，大家本对秦二世寄以厚望，“天下莫不引领而观其政”，但秦二世倒行逆施，没能够抓住机会挽回始皇之失，使秦朝更趋于险地，是秦亡的间接原因。下篇写秦在危迫的情况下，子婴没有救亡扶倾的能力，是秦亡最切近的原因。按时间分析秦朝历史，逐步揭示秦亡的各种原因，条理清晰、层次井然。

第二，说理形象生动。

论证方法上，贾谊善于以比喻、寓言和历史故事说理，如《治安策》中，他以“抱火厝之积薪之下，而寝其上”比喻形势之凶险；以“天下之势方病大瘇。一胫之大几如要，一指之大几如股，平居不可屈信，一二指搐，身虑亡聊”将过于强大的诸侯国之于集权统治比作一个身体不合比例的病人，喻体形象生动。《制不定》篇中，把“仁义恩厚”比作“芒刃”，把“权势法制”比作“斤斧”，把“诸侯王”比作“髋髀”，提出统治者应“释斤斧之制，而欲婴以芒刃，臣以为刃不折则缺耳”（《新书·制不定》），这些比喻形象地说明了政治局势。他还善于从历史故事中寻找证据，而不像诸子一样虚构或编造，如《新书》中《大都》《审微》等篇都分别引证了以一个或几个历史故事。

第三，语言融铺张扬厉与简洁流畅于一体。

贾谊政论文深受策士游说之风的影响，多以排比、对偶等语句加强文章气势，好为铺张扬厉之辞以动人心魄，有先秦策士遗风。他多以排比句式增强文章气势，《服疑》中，排比长达十多项：“是以高下异，则名号异，则权力异，则事势异，则旗章异，则符瑞异，则礼宠异，则秩禄异，则冠履异，则衣带异，则环佩异，则车马异，则妻妾异，则泽厚异，则宫室异，则床席异，则器皿异，则饮食异，则祭祀异，则死丧异。”（《新书·服疑》）从各个方面表现出“制服之道”的重要影响。贾谊也长于以夸张之辞造成耸人听闻之效果，如《治安策》中：“臣窃惟事势，可为痛哭者一，可为流涕者二，可为长太息者六，若其他背理而伤道者，难遍以疏举。”

贾谊虽多用排比，但用语简洁，故语势畅达，气势沛然。《新书》里的不少文章，语言简明扼要而质朴，如《过秦论》中，用非常精简的字句，以七八百字描述了秦一百多年间错综复杂的军事、政治、外交形势。《保傅》中：“殷为天子，二十余世，而周受之。周为天子，三十余世，而秦受之。秦为天子，二世而亡”，虽为排比，但语言明晰，没有后来汉大赋之生僻词语。贾谊的描述性语言也非常形象生动，如《匈奴》篇中，以“寝不聊寐，食不甘口，挥剑挟弓，而蹲穹庐之隅，左视右视，以为尽仇也”描写出匈奴内心的害怕焦灼与因而产生的多疑。贾谊还创造性地汲取了前人营养，其散文中引经据典而无晦涩之弊，如《陈政事疏》中虽广征博引前朝历史，但有富赡之气而无滞涩之病。

整体而言，贾谊政论文的说理与叙事、情感达到了完美统一，是我国政论文发展的一大进步。

40. 汉大赋以“大”为美，其磅礴之势美在何处?

答：汉大赋是汉代一代之文学，它描写了繁富高大的意象，营造出包裹天地的巨丽场景，体现出了汉王朝的气势，表达了汉代文人对“巨丽”之美的欣赏。其“大”具体表现在如下三个方面：

第一，通过对帝王生活、大汉功业的夸张描述达到讽谏目的。

大赋的兴起，本质上是汉帝国文化、经济、政治发展的结果。其奠基之作是枚乘的《七发》，他在作品中写楚太子有病，吴客去探望，提出病因在于贪欲过度，享乐无时，应“以要言妙道说而去也”，于是分别描述音乐、饮食、乘车、游宴、田猎、观涛等六件事的乐趣。它辞藻华美，富于气势，描写事物穷形尽相。其对话体式和美学风格都奠定了后代大赋发展走向，巨丽之美已经初步体现，如“龙门之桐，高百尺而无枝。中郁结之轮菌，根扶疏以分离。上有千仞之峰，下临百丈之溪”。

汉武帝时期，司马相如使汉赋达到一个新的高度。《子虚赋》《上林赋》通过“子虚”“乌有”的对话，各自铺排出一个宏阔场面，但二者皆败于“无是公”。无是公描述出更为富丽、远超过齐楚诸侯国之云梦大泽的“上林苑”，且多方铺排其政治清明、礼乐昌盛之美，以此歌颂了天子的大一统。但文章并不止意于此，“夫以诸侯之细，而乐万乘之侈，仆恐百姓被其尤也”（司马相如《上林赋》），作者否定了“万乘之侈”，这才是其最终主旨，也从各方面描述京都之盛，形成典型的“铺张扬厉”风格，同时也确立了所谓“劝百讽一”的讽谏传统。

司马相如之后，大赋创作更为兴盛，模拟之风盛行。西汉末年扬雄的《羽猎赋》《长杨赋》，其题材集中在最能表现出壮大之美的歌颂与游猎上。东汉时候，班固之《两都赋》极力描摹西都长安宫殿之壮丽与东都洛阳规模之宏大。张衡的《二京赋》承讽谏之旨，但比班固的《两都赋》更为宏大。对话体的大赋又衍生出京都赋，如王文考的《鲁灵光殿赋》、扬雄的《蜀都赋》，但实际内容仍以铺排描写京都盛况为主。

第二，对“巨丽”之美的追求。

大赋多受命于帝王，因此往往着力于描述帝王关心的疆域、功业、庭苑、文教武功等问题。赋家从时间、空间、种类、数量等各方面夸饰，故而其土地至为广阔，山川至为险峻，物产至为丰富，建筑至为奇巧，文教至为昌隆，畋猎至为勇武，歌舞至为靡丽。

大赋展现的时空都无限广大，体现出一种磅礴的力量之美。司马相如之《子虚赋》中，子虚描述云梦泽中之山是“盘纡茀郁，隆崇嵂崒；岑崟参差，日月蔽亏；交错纠纷，上干青云；罢池陂陀，下属江河”，写其山的高峻之美。后又分别描述山上之土与石的特点，再铺排描写东南西北不同方位，其东以各种香草为主，其南以不同的平原广泽为主，次第描写不同物产；其西以不同的涌泉清池为主，描写其中的水陆生物；其北则以森林为主，描写其间的飞禽走兽。文章之声势并未止于此，作者以“楚则失矣，而齐亦未为得也”(司马相如《上林赋》)引出天子上林苑之更为“巨丽”之美。

其后的大赋作家继续这一传统，以堂皇的气势为追求目标。班固《东都赋》中“千乘雷起，万骑纷纭。元戎竟野，戈铤彗云。羽旄扫霓，旌旗拂天。焱焱炎炎，扬光飞文，吐焰生风，欱野喷山。日月为之夺明，丘陵为之摇震”，队伍震天动地，光焰灿然，日月失色，其声势更超前人。

第三，“大”美元素：语词、修辞与意象。

大赋之“大”美的形成有几方面的因素，其一是选择有富丽之美的形容词，以“巨”“大”“广”“高”“深”“远”表现空间之广，以“众”“夥”“弥”“满”等表现数量之多，以“劲”“雄”“猛”“壮”表示力量之巨。其二是多铺排同类词汇造成排山倒海之气势，例如描写山中所有之树木，水中所有之鱼虾，如《子虚赋》中：“其中则有神龟蛟鼍，瑇瑁鳖鼋。其北则有阴林巨树，楩枏豫章，桂椒木兰，蘗离朱杨，樝梨梬栗，橘柚芬芳。”

大赋的巨丽之美还与赋家所用句式有关。汉赋中的句式大量运用急促的三字句、四字句，且往往是以庞大阵势出现，如《七发》中描写游猎的情形：“于是榛林深泽，烟云暗莫，兕虎并作。……此真太子之所喜也，能强起而游乎？”这样的句子比比皆是，往往是大段韵文后才间用少量散句。

最后，大赋的巨丽也与赋家所选用的意象有关。他们以其丰富的想象力，选择各种巨大意象。如以陶唐氏和葛天氏等上古之人物突出时间的久远；以包裹日月、宇宙突出空间的广阔；以千人唱、万人和突出声势之壮。

汉大赋之偏好“大”美，与汉王朝的文化心态是相通的。汉朝前所未有的大一统社会形态、士阶层“兴造功业”的文化心态，是赋家们极尽想象之能事成就巨丽之美的根源，也是汉代士人积极向上的精神状貌之体现。

41. 为何《史记》被鲁迅誉为“史家之绝唱”?

答:《史记》是汉代史学家司马迁撰写的史书。“史记”本是史书的通名,《史记》最开始时因其文中多有表达司马迁个人意见的“太史公曰”而被称为《太史公记》《太史公传》或是《太史记》《太史公》等，三国时“史记”才成为其专名。《史记》开创了纪传体体例，表达了司马迁的先进的史学观；它富含司马迁个人的人生体悟，情感深沉丰富。其文学成就为史书中最高者，因而被鲁迅誉为“史家之绝唱，无韵之《离骚》”。[①]“史家之绝想”是就其史学成就而言。《史记》有非常高的史学成就。史记的史学成就表现在其资料的全面、体例的创新和先进的史学观上。

《史记》保留了非常多的史料。全书记载了中国上至上古传说中的黄帝时代，下至汉武帝元狩元年（前 122 年）约 3000 年的历史。司马迁幼年时即聪敏好学，博学广志；成年后，他为了继承其父司

① 鲁迅. 汉文学史纲要［M］. 北京：人民文学出版社，1991：420.

马谈编订史书的遗志，利用身为史官的便利，更是为写作《史记》阅读和收集了大量史料。《隋书·经籍志》说："谈乃据《左氏春秋》《国语》《世本》《战国策》《楚汉春秋》，接其后事，成一家之言。"《史记》还包括有《夏小正》《秦纪》等其他材料，可见其采撷史料之广。司马迁交游广泛，且游历了全国很多地区，在此过程中，他寻找史料记载的实证，例如金石碑刻等，还亲自寻访一些历史事件的经历者。

《史记》开创了史书的很多体例。全书以时间为经，以各项内容为纬，对于以往《春秋》的单纯以编年为序和《国语》的以地域为别是一种突破，能够立体而丰富地表现历史，因而奠定了后代史书的体例。全书有 12 本纪，10 表，8 书，30 世家，70 列传。帝王是天下之"本"，他们的行为是天下行事的纲纪，故以"本纪"为总纲，托始黄帝。"表"以表格列记事件，使之纲举而目张。"书"，记载历代朝章制度的沿革，是各专门史，包括礼乐制度、天文兵律、社会经济、河渠地理等，后来班固《汉书》将其改称"志"，成为史书通例。"世家"记载诸侯王国之事，因为诸侯子孙世袭，故以此名之。"列传"记载帝王、诸侯以外的重要历史人物，有的为某一人立传，如《商君列传》《李斯列传》等；有的是记载同一学派或性质相近的一类人，如《管晏列传》《老庄申韩列传》和《儒林列传》《循吏列传》《刺客列传》等。司马迁还将少数民族的历史以列传的形式记载下来，如《匈奴列传》《朝鲜列传》《大宛列传》等。

最后，《史记》表达了作者司马迁意欲"究天人之际，通古今之变，成一家之言"（《报任安书》）的史学观。司马迁意欲继承孔子的精神，通过《史记》表达自己对历史人生的见解，并以之匡正社会。他在《太史公自序》中说："夫《春秋》，上明三王之道，下辨人事之纪……《春秋》以道义。拨乱世反之正，莫近于春秋。"对《春秋》的评价，也是他对《史记》的期许。他在《太史公自序》中说他写作史书的目的在于"原始察终，见盛观衰，论考之行"，因而多以"太史公曰"表达个人的见解。在政治见解上，他与当时的重视儒学不同：如将项羽列入“本纪”，反映了其有悖正统的历史观；将孔子和陈涉也列入“世家”，表达了他对孔子和陈涉作为历史人物所具重大历史意义的认识。班固认为他“是非颇谬于圣人，论大道则先黄老而后六经，序游侠则退处士而进奸雄，述货殖则崇势利而羞贫贱，此其所蔽也”（《汉书·司马迁传》）。班固所诟病处正是司马迁史学观进步之处。

由于《史记》的巨大成就与影响力，它与《汉书》《后汉书》《三国志》合称“前四史”，与《资治通鉴》并称为“史学双璧”。

42.《史记》因其文学成就被称为“无韵之《离骚》”，如何理解这一评价?

答：以《离骚》比喻《史记》，是指《史记》表达了作者的情感，且具有非常高的文学成就。其文学成就具体如下：

第一，《史记》人物刻画非常成功。

《史记》以刻画人物为中心，往往选择最能体现人物性格特征的事件来塑造人物。如《商君列传》中，司马迁写商鞅以刑名之说游说秦王，掌权以后主持变法，对太子也施之以法，最终戏剧性地死于自己的严刑酷法。首先，为了突出人物的主要特点，他有意识地根据表达的需要将人物的事迹分布在不同的篇章中，而将人物的主要特征集中在同一篇中表现。这样既有利于在一篇中突出人物的主要特点，又能够通过不同篇章共同地塑造和表现出人物立体丰满的形象，从而忠实于历史，这就是“互见法”。《高祖本纪》中，司马迁重点突出刘邦胆识过人的一面，而将刘邦的器量狭小、狡猾多疑的特点置于其他篇章中。其次，司马迁还长于以琐事塑造人物性格。如刻画荆轲时，作者除了围绕刺秦这一大事叙事外，还写了荆轲与盖聂论剑、与鲁句践相斗黯然逃走，以显示其与普通刺客之匹夫之勇的不同，以与高渐离歌于市而相泣突出其率性，以与贤豪长者相结显出其豪爽。

《史记》人物塑造成功还在于其多样的表现手法。司马迁长于以对比、衬托等多种手法刻画人物。如以十三岁即敢于杀人的秦舞阳见到秦王时“色变振恐”与荆轲“顾笑舞阳，前谢”（《史记·刺客列传》）的沉着应对相对比。《史记》中还多以细节表现人物。如刘邦和项羽，在见到始皇游会稽时，项羽说“彼可取而代之也”（《史记·项羽本纪》），表现出不加压抑的勃勃雄心和率真的性格。再如李斯临终前“吾欲与若复牵黄犬俱出上蔡东门逐狡兔，岂可得乎”（《史记·李斯列传》）一语，细腻表现了这个能力超群而追逐名利的权臣临死前的复杂情绪。

第二，《史记》表现出杰出的叙事成就，刘向称之为“善序事理，辩而不华，质而不俚”（《汉书·司马迁传》）。

《史记》善于叙事，首先是因为其体例恰当，司马迁将重大的史实和典章制度等按时间分类叙述其发展，条理清楚，且互为补充，因而能够立体地表现历史的方方面面。其次，《史记》之善于叙事，表现在具体篇章中，则缘于其善于选材，以多样的叙事手法使故事情节曲折跌宕，构成矛盾冲突，使历史事件和人物故事化。如《廉颇蔺相如列传》讲述赵国重要将领间的矛盾恩怨，首叙廉颇事迹，由此引入蔺相如，然后叙述两人的矛盾及和好过程，中间插入其他重要将领赵奢、李牧之事，最后以廉颇事终结，全篇通过四位将相的关系变化再现了赵国的兴亡史，情节曲折。再如记述汉朝魏其侯和武安侯两大外戚贵族间钩心斗角之事的《魏其武安侯列传》，涉及人物众多，关系复杂。司马迁以三人地位及关系的变化为线索，还刻画出了众多其他人物，如东宫辩论这一场，通过列位大臣面对皇帝问话时候的不同反应，塑造了大臣们的形象，并为其他人物的命运变化埋下了伏笔。

第三，《史记》寄寓了司马迁丰富的情感，表现出浓重的悲剧美。

司马迁在记载史实的过程中表达了自己对历史人生的思考。他在对韩非子命运的感慨中，有对自己命运的愤慨。他对策士苏秦和张仪游说历程的记载，既描述了战国时期诸侯国之间的外交、战争等复杂的历史，也表现了苏秦、张仪等这一类人的重利轻义和政治经济环境下的士人价值观的变化。他对商鞅、李斯临终的感叹，对魏其武安侯之地位变化与群臣与他们的关系，表现了司马迁对人性的深刻认识和他对势利行为的讽刺。对荆轲刺秦之前一系列壮士的前赴后继之死以及最后的失败命运，则展现出强烈的悲剧色彩。《史记》虽然是记叙史实，但其中情感深沉浩荡，也善于讽刺和暴露现实，表现出强烈的感染力。

最后，《史记》文辞精练，其语言质直朴实而富有表现力。

《史记》语言非常质朴。司马迁生于汉代，但不受策士文风的影响，不讲究排比气势，语言善用虚字，辞气变化丰富，且句式根据表达需要灵活多变，长短错落，骈散并用，具参差之美。千载之下，《史记》犹易于理解。其言语虽然简练但富于表现力，如写蔺相如“持其璧睨柱，欲以击柱”，“张目叱之，左右皆靡”，“怒发上冲冠”等，写出了他对秦王的蔑视和对侵略者的愤怒及无畏。其语言描写更是传神写意，如前文所言刘邦对秦王出游时说“大丈夫当如此”，既体现出其艳羡心理，又表现出其隐而不显的贪婪，这些符合人物身份的口语，表现了人物的神情态度和性格特点。《史记》还多用民歌与谚语，收集了当时大量的民谣谚语以证明史实，如《淮南衡山列传》的“一尺布，尚可缝；一斗粟，尚可舂。兄弟二人不能相容”，说明兄弟之间的倾轧。

《史记》对后代影响很大。首先，它直接影响了中国叙事文学“传奇性”的形成。其次，《史记》以“互见法”实现人物形象塑造的类型化特点直接影响到了中国小说人物性格塑造的类型化。再次，《史记》记载了大量富有传奇趣味的故事与人物，使得它成为后代小说戏剧取材的宝库，如众所周知的《霸王别姬》等。

43.《史记》与《汉书》在体例上有何区别?

答：《史记》出自司马迁之手，记载从三皇五帝至汉代的历史；《汉书》出自班固之手，记载有汉一朝的历史。二者虽然都是纪传体史书，但其所记历史时段有区别，体例也有所不同。

《史记》是我国历史上第一部纪传体通史，其体例不同于前代以时间为次序的编年体史书如《春秋》，也不同于以国区分的国别体史书如《国语》。它是不以“记言”或“记事”为中心，而是以人物为中心反映历史的“纪传”体，自此之后，从东汉班固的《汉书》到《清史稿》均采用了此体例。

《史记》细分为本纪、表、书、世家、列传五部分，全书共一百三十卷，有十二本纪、十表、八书、三十世家、七十列传。其中“本纪”“世家”和“列传”以历史上的帝王将相和英雄豪杰等人物为中心，占全书比重最大。“本纪”以王朝更替为主轴，按时间顺序记述历代帝王的言行政绩，其中先秦部分记载了五帝、夏、殷、周、秦，秦汉部分的七篇记载了秦始皇、楚霸王项羽、高祖刘邦、高后吕雉、文帝刘恒、景帝刘启和武帝刘彻；“世家”记述世袭王侯、封国重要人物的事迹；“列传”是帝王、诸侯外其他重要人物的生平事迹，兼及少数民族的传记；“表”以表格形式列出世系、人物和史事，如《三代世表》《十二诸侯年表》《六国年表》《秦楚之际月表》《汉兴以来诸侯王年表》《高祖功臣侯者年表》《惠景间侯者年表》《建元以来侯者年表》等；“书”记述礼乐、天文律法、社会经济、河渠地理等，有《礼书》《乐书》《律书》《历书》《天官书》《封禅书》《河渠书》《平准书》。

《汉书》共包括纪十二篇，表八篇，志十篇，传七十篇，共一百篇，后人划分为一百二十卷，共八十万字。《汉书》一方面沿袭了《史记》的列传体，但具体又有不同。首先，《汉书》并非《史记》之通史体，而是专记汉代之断代史。全书主要记述了上起高祖元年（前206）下至王莽地皇四年（23）230年间的史事。其次，在具体类别名称上稍有不同。《汉书》把《史记》的“本纪”略为“纪”，“列传”省称“传”，“书”改为“志”，取消了“世家”，将汉代功臣编入“传”。有的类别内容有所变化，如《史记》里的“书”实际上多只讲一朝之事，《封禅书》记载武帝封禅之事，《平准书》是武帝时的经济政策，这与《史记》其他部分的通史体例不相匹配。班固则将此变为可记载一类事件的“志”，《封禅书》变《郊祠志》，可记载历代帝王祭祀之事，《平准书》变《食货志》，可记载后来历代经济政策，因此“志 ”可视为某一方面的专门史。

《史记》和《汉书》在体例上的区别，章学诚认为："左氏一变而为史迁之纪传，左氏依年月而迁书分类例，以搜逸也。迁书一变而为班氏之断代，迁书通变化，而班氏守绳墨，以示包括也。就形貌而言，迁书远异左氏，而班史近同迁书，盖左氏体直，自为编年之祖，而马、班曲备，皆为纪传之祖也。"（清章学诚《文史通义·书教下》）可见，司马迁在史书体例上的开创之功远较《汉书》为大，但《汉书》承其纪传之体，又开创我国断代体史书体例，后来历代正史都采取断代史。故"迁《史》不可为定法，固《书》因迁之体，而为一成之义例，遂为后世不祧之宗焉"（清章学诚《文史通义·书教下》）。

44.《史记》和《汉书》这两部史书在思想倾向与美学色彩上有什么区别？

答：《史记》和《汉书》虽然都是记载历史，且其中所记史实有部分相同处，但由于作者经历不同，故思想倾向和美学色彩都有较大区别。

第一，思想倾向的不同。

司马迁和班固写史书，同样都是承父命，但二者之父记载历史之出发点有不同，司马迁和班固所处时代、经历不同，导致二者思想倾向有明显区别。

《史记》的思想倾向较为复杂。一方面，司马迁有儒家思想倾向，以"三不朽"为人生目标，其《史记》是他"立言以不朽"的实践。司马迁的父亲司马谈曾任太史令，勤奋刻苦，知识渊博，以修史为己责，但他未能实现自己的愿望，将此作为遗命交给儿子司马迁。司马迁幼年就受过良好的教育，十岁开始就读古文（籀文），还师从孔安国和董仲舒等大学者学习，在承父职任太史令后，更是广泛阅读当时的藏书。父亲司马谈创作史书的动机为尽史官之责任，录当代之盛况。司马迁的初始动机也是如此，但在写书过程中，他蒙冤受辱，经历宫刑。为了能够完成《史记》，他忍受着巨大的耻辱和痛苦坚持了下来，个人思想发生了改变，因而其在对史迹的感慨中加入了强烈的怨刺色彩，使许多人物传记充满磊落激荡之气，被后人称为“无韵之离骚”。他对人生和历史观照的深入透彻也影响到他对当时政事的看法。他从致力于歌颂王朝正统转变为以强烈的批判精神观照历史，如将正史所否定的刺客载入《列传》，对他们的人生观和英雄行为予以肯定。另一方面，司马迁还有较强的道家倾向，他的父亲就有道家倾向，司马迁也受此影响。《史记》中不少篇目表现了这种倾向，例如《李斯列传》中李斯最后的感叹体现出道家人生观的影响，《货殖列传》中则有“法自然”观念。

《汉书》有强烈的正统思想。《史记》之后，不少人为其续作，但班固之父班彪认为这些续篇多鄙俗失真，因而为《史记》作《后传》（列传）六十五篇。他赞扬司马迁“善述序事理，辩而不华，质而不野，文质相称，盖良史之才也”（《后汉书·班彪传》），但对司马迁的“崇黄老而薄《五经》”“轻仁义而羞贫穷”“贱守节而贵俗功”（《后汉书·班彪传》）等表示不满。班固继承父业，意欲以己之力歌颂汉朝功业，“虽尧舜之盛，必有典谟之篇，然后扬名于后世，冠德于百王”（《汉书·叙传下》）。班固编撰《汉书》有歌颂汉朝的功德之意，他承袭《史记》的内容，指责它“是非颇谬于圣人”（《汉书·司马迁传》），篡改了一些《史记》的观点，使《汉书》更加符合封建正统思想。另一方面，《汉书》表现出的思想倾向也与《史记》中“王侯将相，宁有种乎”（《史记·陈涉世家》）的“异端”思想不同，《汉书》的主导思想是以阴阳五行学说为根据的“五德终始”说和“王权神授”说，作者以此神化西汉皇权和汉朝正统观。书中还宣扬“天人感应”说和谶纬思想，《汉书》有《五行志》以记述五行灾异，并为五行学家立传，如《眭两夏侯京翼李传》。

第二，美学色彩不同。

美学色彩上，司马迁出于个人悲剧命运的原因，其书中充满强烈的悲剧色彩。他歌颂了英雄的悲剧命运，如写项羽之落败时，虞姬、项羽之泣；写荆轲之别，“风萧萧兮易水寒，壮士一去兮不复还”（《史记·刺客列传》）成为千古绝唱，众多英雄为了荆轲刺秦相继赴死更是使人唏嘘感叹。可以说，司马迁自己命运的悲凉以及他独特的情感视角使其笔锋有强烈感情，抒发愤思，爱憎分明，使《史记》成为“史家之绝唱，无韵之离骚”。①

司马迁强烈的个人色彩还表现为《史记》之“奇”气，与以往史书记载事实多为客观记叙不同，《史记》史实显示出作者个人强烈的主观意识。其一是《史记》记载历史事件多对题材进行剪裁，不仅将历史事件描写得曲折起伏，还多通过戏剧场面的描写使情节富于变化，并通过铺叙及多种描写渲染气氛或烘托人物，在史实叙述中刻画出具有强烈生命力的艺术形象，文章表现出浓烈的艺术感染力。如《项羽本纪》中“鸿门宴”一节写项羽集团和刘邦集团的交锋，司马迁将之写得扣人心弦。项羽的处事显示出他的幼稚直率和妇人之仁，而刘邦显得既沉稳又灵活，善于采纳下属意见。对该事件的描写塑造出两个不同英雄的人物性格：表现了刘邦的沉稳之气，潜藏着后来天下为刘所得的发展趋势；项羽的优柔寡断，揭示了后来项羽垓下悲歌的原因。其二是与《史记》通脱文风相应，《史记》文辞精练，词汇丰富，并善用民歌与谚语。善用虚字，句式灵活多变，长短错落，骈散并用，具有参差之美。文章的平易好懂与感情的激荡深沉使《史记》全书文气通畅而跌宕起伏，如汪洋浩瀚之大海，平静的表面下暗潮汹涌，风云动荡。

与《史记》相比，《汉书》正统色彩强，没有那种悲剧色彩与落拓不平之气，其在行文上同样如此。作者多用古语，行文简练整饬，详赡严密。在材料取舍上，作者下了很大的功夫，善于剪裁，注重交代历史事件的来龙去脉，其史学性更强。其感情色彩不如《史记》明白直露，而多是在平铺直叙中寓含褒贬，注意分寸，表现出醇厚的儒家特色。

如上可见，《史记》与《汉书》写作目的有所不同，因而影响到其风格有所不同。从文学角度来看，《史记》个性色彩更强，表现

---

① 鲁迅．汉文学史纲要［M］．北京：人民文学出版社，1991：420.

出作者强烈的情感和对历史的个人观点。《汉书》更强调史实的严谨富赡，其史学成就功不可没。

45. 如何认识最早的女性传记《列女传》?

答：《列女传》是一部介绍我国古代女性事迹的书，约成书于公元前20年，全书分七卷，据传作者为汉代大儒刘向。他利用在校书过程中能接触大量女性事迹的机会，在史实基础上进行加工创造，写成此书，以劝谏宫廷王室，“著祸福荣辱之效，是非得失之分”（唐徐坚《初学记·器物部上》）。从正反两方面宣扬女性道德，其记载的古代女性事迹具有很高的历史学、社会学价值。

《列女传》体现出小说的雏形和特质，其语言简约鲜明但富有艺术表现力，细节描写和对话描写凸显人物个性，善于以对比、比喻、夸张等描写手法表现人物。

第一，《列女传》具有小说特质，以人物为中心记述事情。

首先，《列女传》塑造了大量生动鲜明的人物形象。刘向从多个方面表现出理想女性的品性，立体渲染出角色的特点。如《有虞二妃》中，选择了二妃的几件事情：一是恭谨有礼，二是谨遵孝道，三是富于智慧，四是富于才能，五是忠贞不已。刘向采用的第二种手法是层层深入地表现出女子某一方面的优秀品质。《卫寡夫人》描写了卫夫人的忠贞不渝，她至城门而卫君死，但她没有还家，而是继续入卫国；入卫国后，拒绝与其他男人同庖，认为“唯夫妇同庖”（《列女传·贞顺传·卫寡夫人》）；后其兄弟欲将之许与后君，她“终不听”。《楚成郑瞀》中，成王临后宫时，别的宫人都“倾观”，子瞀“直行不顾，徐步不变”（《列女传·节义传·楚成郑瞀》）。以宫人的“倾观”与子瞀的“直行不顾，徐步不变”（《列女传·节义传·楚成郑瞀》）对比，再以“不顾”“复不顾”“遂行不顾”（《列女传·节义传·楚成郑瞀》）的行为反复突出她不为诱惑所动。

《列女传》多以细节描写、对话描写等多种手法塑造人物。刘向所记除与女性有关的军国大事外，多以细节描写铺垫人物性格

《列女仁智图》　（东晋）顾恺之

特征。《鲁季敬姜》中，文伯母亲敬姜守礼，“穆伯先死，敬姜守养。文伯出学而还归，敬姜侧目而盼之。见其友上堂，从后阶降而却行，奉剑而正履，若事父兄”（《列女传·母仪传·鲁季敬姜》）。《列女传》还善于通过语言描写展现人物形象，《齐相御妻》中，主人公为晏子车夫，“拥大盖，策驷马，意气洋洋，甚自得也”（《列女传·贤明传·齐相御妻》），语言描写生动，敷演出神气活现的车夫形象。

其次，《列女传》故事性强，新颖奇特，情节曲折。《卫灵夫人》中，夫人夜坐，听到车声在阙门而止，认为其必为蘧伯玉之车，并且从这些细节中判断这样的人定为忠臣。《阿谷处女》中，子贡受孔子命，“三往三反”。一是向处女讨水喝，二是请处女为琴调音，三是直接拿出葛布表白心迹，但每次都被处女聪明地拒绝，一波三折，塑造出聪明智慧、单纯善良而又谨遵礼法的处女形象。

第二，《列女传》语言富有表现力，善于使用修辞手法。

首先，刘向身处汉代辞赋盛行之际，吸收了辞赋的长处，有不少整齐的句子，但作者主要是根据文章内容表达需要，因而文章是不太严格的对仗和排比。音节和谐，语言通脱，没有某些大赋过分整齐而显板滞的缺点。如《楚平伯嬴》中，伯嬴持刀在手，对前来杀她的吴王骂道："天子者，天下之表也。公侯者，一国之仪也。……今君王弃仪表之行，纵乱亡之欲，犯诛绝之事，何以行令训民!"（《列女传·贞顺传·楚平伯嬴》）这一段中，作者整体上使用了排比句式，分句中时有对偶，因而能够体现出伯嬴的凛然正气；但在同一分句中，则以三言、四言、五言、六言及各种散句错杂而出，充满变化而文气畅通。

其次，《列女传》中还大量运用夸张与对比等手法。为了突出描写的过人之处，刘向有意识地将描写对象与他人对比，并对其中的区别处予以夸张表现。如《陶苔子妻》中，苔子治陶三年，"名誉不兴，家富三倍"《列女传·贤明传·陶苔子妻》)。回家时，其妻子抱着孩子哭泣迎之。婆婆认为这是不祥，大怒，"姑怒，遂弃之。处期年，苔子之家果以盗诛。唯其母老以免，妇乃与少子归养姑，终卒天年"《列女传·贤明传·陶苔子妻》)。苔子得势时，妻子的不慕荣利与婆婆的短视形成对比；苔子失势后，妻子对婆婆的宽容与婆婆当初对她的苛刻也形成鲜明对比。

刘向创作《列女传》的手法与后世小说创作手法相通，他有目的地选择材料并加以裁剪。如《节义传》中的《魏节乳母》，内容出自《韩诗外传》的"秦攻魏破之"章，但增添了魏故臣向秦军告密一事，以此反衬魏节乳母慈惠敦厚、重义轻财的高贵品质。刘向还加进想象虚构的成分，如其故事中不少是两人在一起的时候的言论，其题材来源中对此并无详细描写，但在《列女传》中则详加描述。且《列女传》中所有女性的语言，均有说理形象、逐层深入、感情强烈的风格，这当是刘向加工的结果。

刘向之后，无论是纪传体史书中的"列女传"，还是野史杂传和地方史志中的妇女列传，都深受其《列女传》的影响。

46. 乐府诗有哪几类？ 汉乐府诗的成就表现在哪些方面？

答：乐府诗据其内容与所配音乐可分为四类，一是郊庙歌辞，主要是贵族文人为祭祀而作的乐歌；二是鼓吹曲辞，是汉初从北方民族传入的北狄乐，系北方少数民族的音乐，是军乐的一种；三是相和歌辞，采自各地俗乐，歌辞也多是街巷歌谣；四是不明其源而无从归类的杂曲歌辞，其中同样有一部分优秀民歌。

汉乐府发展了《诗经》的现实主义精神，但在诗歌语言形式上有所变化，表达手法和技巧也更为高超多样，具体成就表现在如下方面：

第一，记录了社会现实，是叙事诗的重大进步。

汉乐府的诗歌部分采自民间，反映了广阔的社会生活。爱情婚姻题材作品在两汉乐府诗中占有较大比重。有的质直泼辣，表现出坚强的独立人格，如《铙歌十八曲》之一的《上邪》："上邪！我欲与君相知，长命无绝衰。山无陵，江水为竭，冬雷震震，夏雨雪，天地合，乃敢与君绝。"有的诗篇则表现出男女婚姻中的复杂情况，语言质直而感情深婉。如《上山采蘼芜》通过夫妻重逢后的片刻相会写出两人的复杂心理，歌颂了女子的勤劳和刚强。

除了爱情婚姻，汉乐府还表现了社会生活的其他方面，如《相和歌辞》中的《东门行》，男主人公拔剑出东门以谋生路；《妇病行》中，病妇临终遗嘱表达出无限的留恋和担心。汉乐府还描述了征战给人们带来的痛苦，《十五从军征》中，去时才十五岁的少年回来时已经是八十岁的耄耋老人。汉乐府也表现了汉代之盛世，如《相逢行》中"黄金为君门，白玉为君堂。堂上置樽酒，作使邯郸倡。中庭生桂树，华灯何煌煌。兄弟两三人，中子为侍郎。五日一来归，道上自生光。黄金络马头，观者盈道傍"，描绘了华美的家居和兄弟三人的显赫气势。

汉乐府还表达出原初的生命意识。如《薤露》中"薤上露，何易晞！露晞明朝更复落，人死一去何时归"，表现了生之脆弱和死之不可阻拦。有些诗歌则将对死亡的恐惧转化成对生命的珍惜，如《长歌行》中："青青园中葵，朝露待日晞。……少壮不努力，老大徒伤悲。"

第二，高超的叙事技巧。

现存汉乐府中约有三分之一为叙事诗，叙事技巧相比前代大有进步：善于剪裁，详略得当，长于细节描写、语言描写、环境描写等，情节曲折，人物形象鲜明生动。

首先，乐府诗善于选择和剪裁题材，如《东门行》中选择出行之前妻子与丈夫的矛盾冲突场景，《上山采蘼芜》中，选择弃妇与故夫短暂相遇的场景。其次，作者善于用各种手法刻画人物。其一是细节描写，如《陌上桑》写罗敷之漂亮惊人："行者见罗敷，下担捋髭须。少年见罗敷，脱帽著帩头。耕者忘其犁，锄者忘其锄。"其二是通过语言刻画人物，《东门行》中妻子说："他家但愿富贵，贱妾与君共哺糜。上用仓浪天故，下当用此黄口儿，今非!"妻子先以夫妻患难之情动之，再以在上之"苍天"大义说之，复以在下之稚子说之，最后坚定而恳切地请求"今非"。其三是善于通过环境烘托氛围，如上文《十五从军征》中以"兔从狗窦入，雉从梁上飞。中庭生旅谷，井上生旅葵"的萧瑟败落景象烘托老兵的悲怆，《孔雀东南飞》中以黄昏时候的寂寂场景与昏暗景色衬托出刘兰芝与焦仲卿的悲凉和绝望。

第三，多样的诗歌形式。

汉乐府诗歌形式自由且多样，少数作品还沿用《诗经》古老的四言体，如《公无渡河》《善哉行》等。此外还有三言、五言、六言以及杂言等，这些诗歌没有固定的章法、句法，长短随意，整散不拘。

新体诗主要有两种，一是杂言体，这主要体现在其每句的字数及句式变化上。一篇之中，曲折变化，字数不一，如"咄""上邪"为一二字，而《孤儿行》"不如早去下从地下黄泉"多达十字。《铙歌十八曲》全部都是杂言。一是创新性五言，如《陌上桑》《十五从军行》《孔雀东南飞》这样内容丰富的诗歌。从现存《薤露》《蒿里》两篇来看，汉乐府民歌中当有完整的七言体。五言、七言、杂言等各种丰富多样的形式，使汉乐府能够毫无拘束地表达复杂的内容与情感。

不仅如此，汉乐府的诗歌声律没有形成一定之规，有句句押韵的，如《平陵东》："平陵东，松柏桐，不知何人劫义公"；有隔句押韵的，如《东门行》《燕歌行》。在同一首诗中，也根据内容需要而有不同的押韵形式。不拘一格的押韵格式使乐府诗完全能够根据内容需要而不受形式制约，表现能力大为增强。

就语言风格而言，汉乐府的语言自然朴素，口语化色彩很强，因其语言不事修饰，纯以情出之，在叙事的同时能够体现出极细腻婉曲的情感变化，因而达到了叙事与抒情的完美结合。

汉乐府"感于哀乐，缘事而发"的现实主义传统对后世诗歌的健康发展产生了巨大影响，其叙事技巧、语言艺术等也为后代叙事诗继承并发展。

47.《孔雀东南飞》讲述了一个什么样的故事？在当时，其叙事技巧有何进步之处？

答：《孔雀东南飞》为乐府诗集中的名篇，创作时间大致是东汉献帝建安年间，相传是焦仲卿与其妻刘氏被婆婆拆散而殉情后，民间为纪念他们所作。《孔雀东南飞》目前最早见于南朝徐陵的《玉台新咏》，题为《焦仲卿妻》或《古诗为焦仲卿妻作》。诗前有序文："汉末建安中，庐江府小吏仲卿妻刘氏，为仲卿母所遣，自誓不嫁。其家逼之，乃投水而死。卿闻之，亦自缢于庭树。时人伤之，为诗云尔。"本诗为我国古代最长的叙事诗，通过情节曲折的故事歌颂了忠贞的爱情，也抨击了礼教对男女爱情自由的限制。

《孔雀东南飞》讲述了一个感人的爱情故事：美丽能干的刘兰芝17岁嫁给焦仲卿为妻，婚后三年两人情意深笃，但焦母自认为儿子身份高贵，编造借口逼迫刘氏离开。软弱孝顺的焦仲卿求母未果，倔强坚强的刘氏辞别婆婆，临行前二人约定两不相负。刘氏回家后，拒绝了有权有势者的求亲，在势利的娘家兄长逼迫之下，刘氏假意同意再嫁。焦仲卿得知刘氏欲再嫁的消息后质问刘氏，刘氏告诉其真实想法，二人分别赴死。两家为二人求合葬，合葬之后，二人坟头各生出一大树，两树于空中相交，其上生鸟，哀鸣不止。

《孔雀东南飞》之感人，不仅在于其主人公以死殉情与死后化身为树永远厮守，还缘于其高妙的叙事技巧。

《孔雀东南飞》之前，描写爱情类的叙事诗虽然也不少，但多以概括性描写和粗笔勾勒为主，殊少长篇巨幅描述复杂的爱情故事。例如《氓》和《谷风》在《诗经》中算是比较长的，但与《孔雀东南飞》则无法相比。以《氓》而言，描述女子生活长达几年，但多是以细节描写反映爱情进展，如男子“匪来贸丝，来即我谋”（《诗经·卫风·氓》），女子“不见复关，泣涕涟涟；即见复关，载笑载言”（《诗经·卫风·氓》），三年的生活是“自我徂尔，三岁食贫。……女也不爽，士贰其行”（《诗经·卫风·氓》），女子对此“静言思之，躬自悼矣”（《诗经·卫风·氓》）。无法进入深入细腻的心理描写，详论曲折的情节发展。

《孔雀东南飞》情节曲折，双线发展的叙事结构远较此前的叙事诗严密复杂。

开头以“孔雀东南飞”起兴，使全诗进入悲凉的诗意氛围。开篇铺开展示尖锐的矛盾，刘兰芝和焦仲卿两人感情深厚，但婆婆无法接受刘兰芝，要驱赶她。刘焦二人的情感之深厚与婆婆坚持驱赶她的态度成鲜明对照。坚强的刘兰芝主动求辞，保持了在婆婆面前的尊严，软弱的焦仲卿在母亲前的求情没任何效果，兰芝的辞别得以成行，推动了情节的发展。整个故事，波澜起伏，先是焦母不喜欢刘氏，但焦向其母亲求情，给人们带来

《孔雀东南飞》　萧玉田

一丝希望，此一起伏；求情不得，刘氏无奈离去，离别时与焦氏约好再寻权宜之计，人们再生希望，此又一起伏。

焦刘二人约定离婚后两不相负，各自还家，故事双线发展。一方面是兰芝回家后，她的美丽令县令、太守相继为其儿子求婚，兰芝不为所动，一一回绝。其兄攀结权贵，寄身娘家的兰芝被迫允婚，实际则做好了以死抗争的准备。刘氏回家后的情节发展同样曲折多变，其母始则大惊，继则安慰，此为一曲折。来自母亲的误解方止，又有其兄的压力。其母与其兄虽然同是兰芝在回娘家后遇到的波折，但二者又形成对比，其兄的表现继续推动故事的发展。刘氏对待求婚者的态度也是始为拒绝，继是同意，曲折多变。诗歌发展的另一线索是焦仲卿与其母。其母亲一再介绍女子给焦仲卿，但焦仲卿采取了一一拒绝的态度。故事虽是双线，但彼此之间紧密呼应，二人行为对照映衬。刘氏答应再嫁，焦氏冷嘲热讽，此再一波折。刘氏告以真实想法，悲剧也到高潮：一边是富丽堂皇的迎亲队伍，一边是盛装打扮步向黄泉的刘氏和寂寂无声中自挂东南枝的焦仲卿。刘氏与焦仲卿二线复又交织，二人化而为鸟，悲鸣不止，与前文孔雀眷眷不舍的徘徊遥相呼应，余音袅袅。全诗情节曲折，双线发展，离合之间，多有照应，清晰地展示了以二人感情为线索的复杂故事。

48.《孔雀东南飞》在形象塑造和艺术手法上有何成功之处？

答：《孔雀东南飞》诗中，作者以多种手法塑造了丰满立体的形象，具体如下：

第一，全诗塑造了多个丰满而各具特色的形象。

刘氏是其中最为丰满而有个性的角色。全诗通过她与不同人物的关系体现了她性格的多面性。她善良体贴而坚韧刚强，在对小姑与母亲时，她显示出了她的善良。她外表柔弱而内心刚强：明白婆婆要驱逐她时，就不卑不亢，主动请归；在面对兄长的逼迫时，她柔中带刚地坚持自己的选择；她对仲卿温柔体贴，顾全其难处，表现了她坚定的内心和对爱情、自由与尊严的维护。焦仲卿是一个忠于爱情但比较软弱的角色。他忠于爱情，孝顺母亲，不敢反抗其母的压迫。但是，他对爱情的忠贞与对母亲的孝顺形成了不可调解的矛盾，在这矛盾中显示出焦仲卿形象的复杂性，其软弱与孝顺及对爱情的坚定都得到了最充分的体现。焦母是这个爱情故事中的反面人物，她专横跋扈，独断专行，狂妄自大，但她同时又是个爱自己儿子的母亲。刘兰芝母亲则深明大义，能够理解和尊重女儿的选择，与之形成鲜明的对比。

第二，高超的艺术手法。

《孔雀东南飞》　马寒松

《孔雀东南飞》运用了语言描写、细节描写、环境描写等多种手法以塑造人物和烘托心情。

全诗语言描写众多，与人物身份非常吻合。刘兰芝面对婆婆的高压时，不卑不亢，以“妾不堪驱使，徒留无所施，便可白公姥，及时相遣归”辞行，其主动辞行的行动与其语言的谦卑表现了刘兰芝柔弱外表下坚强的内心和决断。刘兰芝在焦仲卿求母不得时对焦仲卿的一大段话，更体现出其复杂心态。一方面，她不满焦母的专横，心有怨怒。当焦仲卿提出希望以后还能够会合时，她说“何言复来还”，表示失望与激愤之情；“人贱物亦鄙”看似自嘲之语实则是对自我尊严的捍卫；“不足迎后人，留待作遗施”是她对焦母安排的嘲讽；“于今无会因”隐隐表示出当时她对二人和好的担忧，但最后仍说“时时为安慰，久久莫相忘”表明她对焦仲卿的不舍与深情。刘兰芝回家后有人提亲，其母对兰芝说：“汝可去应之。”表现出对女儿归宿的渴望，但知道兰芝打算后则回应提亲人：“贫贱有此女，始适还家门。不堪吏人妇，岂合令郎君？幸可广问讯，不得便相许。”言语大方得体，表现出其智慧的一面。而焦仲卿母亲的“吾意久怀忿，汝岂得自由！小子无所畏，何敢助妇语！”则尽显其鄙俗暴戾。

全诗还善于以细节描写揭示人物内心细微情感，如焦仲卿去求母亲，其母“槌床便大怒”，焦仲卿对此不是反驳，而是“默无声”，对兰芝则是“哽咽不能语”，语言和行动都表现出懦弱而重情的一面。当刘氏必须离开时，“新妇起严妆。著我绣夹裙，事事四五通”，严妆辞婆是她对焦母无言的抗议与示威。她在婆婆面前表现得不失气度，但在与小姑别时却“泪落连珠子”，既表现了她内心压抑的痛苦，又展现了她情感中真实细腻的一面。兰芝被逼回家，面对母亲的惊讶时，始则“兰芝惭阿母：‘儿实无罪过’”，当母亲劝她再嫁时，她“含泪答”，表现了其对母亲的内疚与内心的痛苦。但在其兄长逼她时，她“仰头答”，体现了倔强与自尊。

此外，全诗还善于以各种手法营造气氛。全诗以孔雀起兴，“孔雀东南飞，五里一徘徊”。孔雀这个美丽而高贵的意象衬托出兰芝的美丽与尊严，而孔雀的“徘徊”则使全诗进入一种离别之悲中。开篇时以铺排手法塑造出兰芝的大气、聪慧，铺排语言造成的华美之势与刘兰芝的高贵美丽相应。以松柏覆盖相交、鸳鸯双鸣不止结尾，赋予爱情以美丽的悲剧色彩，歌颂了超越生死的爱情力量。作者尤善于以环境描写烘托氛围，如“晻晻日欲暝”和“奄奄黄昏后，寂寂人定初”，以黄昏的黯淡和环境的寂无人声衬托出其内心的悲戚。作者还善于以叠词描述人物内心情感，如“晻晻”“各各”“恨恨”“冥冥”“奄奄”“寂寂”“枝枝”“叶叶”，与感情的深沉哀婉相应，使全诗充满荡气回肠之感。

如上可见，《孔雀东南飞》以高超的艺术手法塑造了有代表性的人物，歌颂了主人公对爱情的忠贞和对礼教的反抗，它揭示的是爱情生活中的普遍困境，因而也得到后世的共鸣。

49. 如何理解《古诗十九首》中的人生感慨和其深厚的感染力？

答：《古诗十九首》是汉末文人写作的五言诗，是汉乐府五言诗的文人化作品。作者生当末世，他们无法再从外界的事功中获得前行的力量和信心。人生之无常与生命之脆弱，使他们对前途和生死都分外敏感。发而为诗，更多地展现了文人理想的追求和幻灭、生命的觉醒与痛苦、离别的忧伤与感叹。

其主题主要为以下三个方面：

第一，生命的幻灭。

汉末时的黑暗统治使文人没有通过事功立言以不朽的机会，汉末战乱频繁，生命的脆弱警醒着这些提前觉醒的文人，生活中的脆弱之物时时刺激着他们敏锐的感受，他们在诗中借这些抒发对生命的种种感受。他们或以某些幼小脆弱的意象直接象征生命的易逝，如《明月皎夜光》中以寒冷秋夜中的“促织”“白露”“野草”“秋蝉”这些生命短暂之物的出现或消亡，表达“时节忽复易”的感叹；或者以坚固之物反衬生命的难久，如“青青陵上柏，磊磊涧中石。人生天地间，忽如远行客”（《古诗十九首·青青陵上柏》）；或直接感叹生命之短暂，如“生年不满百，常怀千岁忧”（《古诗十九首·生年不满百》）；或者直接描述墓地以感叹死亡的临近，如“驱车上东门，遥望郭北墓”（《古诗十九首·驱车上东门》）。

第二，事功的追求。

汉末文人虽然已被乱世的阴影笼罩，但儒家的事功理想和追求功业的本能都对他们有巨大影响，《古诗十九首》从各个方面表达了文人追求功业的人生理想。有时候他们是正面宣告对功业的强烈渴望：“盛衰各有时，立身苦不早。人生非金石，岂能长寿考。奄忽随物化，荣名以为宝。”（《古诗十九首·回车驾言迈》）《古诗十九首》中更多的内容是从反面强调及时行乐，如“浩浩阴阳移，年命如朝露。人生忽如寄，寿无金石固。……不如饮美酒，被服纨与素”（《古诗十九首·驱车上东门》）。当事功受现实情况制约而无法实现，生命长度又受到限制时，享乐是增加生命密度

《涉江采芙蓉》　黄均

以实现个人价值的又一方式，实为魏晋生命意识之先声。

第三，游子思妇的爱恋别离。

汉末游子为建功立业而奔走异乡，《古诗十九首》中表现了他们的深切思念和真挚爱恋。其中一部分诗描述了两情相悦时的幸福，《冉冉孤生竹》中，游子思妇如兔丝女萝缠绵不分："与君为新婚，兔丝附女萝。"但与《古诗十九首》的整体悲伤基调相应，这类诗更多的是表达思而不得的忧伤和分离的孤苦之情。《庭中有奇树》中，女子看到漂亮的奇树，禁不住把它摘下来，想送给远方的爱人，但是"馨香盈怀袖，路远莫致之"，纵有无限思念和满腹馨香，也无以致之，徒留空空的思念。

《古诗十九首》的艺术感染力，还与其艺术成就有关，具体表现在如下两个方面：

首先，作者继续了比兴抒情的传统，委曲婉转，兴象无穷。景物、意境与思绪情感都内在契合，形成情景交融、浑然圆融的艺术境界，刘勰认为它"婉转附物，怊怅切情，实五言之冠冕也"（南朝梁刘勰《文心雕龙·明诗》）。如"迢迢牵牛星，皎皎河汉女。纤纤擢素手，札札弄机杼。终日不成章，泣涕零如雨。河汉清且浅，相去复几许。盈盈一水间，脉脉不得语"（《古诗十九首·迢迢牵牛星》），清浅之河汉犹如天堑，思妇游子只能隔水相望，满腔情意无处可诉。除了游子思妇不得相见的忧伤，《古诗十九首》中萦绕着各种其他伤感，有对游子在外漂泊生活的担心，“凉风率已厉，游子寒无衣”（《古诗十九首·凛凛岁云暮》）；有对游子移情别恋的隐忧，“浮云蔽白日，游子不顾返”（《古诗十九首·行行重行行》）。

其次，生命苦短之悲叹、建功立业之壮志及游子思妇之爱情等在十九首诗中不孤立存在，而是共同交织在一起，互为生发。人生苦短的感叹常与对功名的追求融为一体：“人生寄一世，奄忽若飙尘。何不策高足，先据要路津。”（《古诗十九首·今日良宴会》）思妇对游子的思念往往又引发思妇对自身生命的感叹：“思君令人老，岁月忽已晚。”（《古诗十九首·行行重行行》）对生命、爱情、功业的感怀古已有之，《古诗十九首》将之上升为对生命的真切关注，体现了汉末文人强烈的生命意识，这种生命意识通过平实质朴的语言表现出来，更显得真切自然。

从艺术上讲，《古诗十九首》语言朴素自然，平平道出，抒情自然天成，“文温以丽，意悲而远，惊心动魄，可谓几乎一字千金”（南朝梁钟嵘《诗品》卷上）。

50. 大赋作者扬雄对大赋的评价如何?

答：扬雄是西汉大儒，又是汉大赋作者。他早年热爱汉赋创作，晚年则意识到汉赋的不足，指出汉赋的缺点。其主要观点如下：

第一，“讽谏说”。

扬雄生当汉代盛世，身为儒者，扬雄本也怀有强烈的建功立业之心。赋对于他来说，也是实现政治目的的手段，他认为大赋应该承担讽谏功能。但是，事实表明，大赋没能劝诫君主，在大赋盛行的时间里，汉王朝走向衰落，大赋的“讽谏”作用受到质疑。另一方面，扬雄本人的仕途也黯淡无光，国家与个体自我的发展都没能够证明汉大赋对政治的积极作用，扬雄对大赋观点有所改变，认为：“赋可以讽乎？曰：讽乎！讽则已；不已，吾恐不免于劝也。”(汉扬雄《法言·吾子》)晚年时，他创作大赋的积极性消失了：“雄以为赋者，将以风之也，必推类而言，极丽靡之辞，闳侈巨衍，竞于使人不能加也，既乃归之于正，然览者已过矣。往时武帝好神仙，相如上《大人赋》欲以风，帝反缥缥有陵云之志。由是言之，赋劝而不止，明矣。又颇似俳优淳于髡、优孟之徒，非法度所存，贤人君子诗赋之正也，于是辍不复为。”(《汉书·扬雄传》)

由于扬雄没有认识到文学具有独立的审美作用，他将文学的政治功用当成了汉赋最重要的特征。他早年肯定汉赋是因为认为汉赋能够担当起讽谏之责任，晚年否定汉赋则是认为过分的夸饰使汉赋不能担当起这个责任。正是基于此，他提出了“诗人之赋”与“辞人之赋”的区别。

第二，“诗人之赋丽以则”与“辞人之赋丽以淫”。

扬雄提出“诗人之赋丽以则”与“辞人之赋丽以淫”，否定“辞人之赋”而提倡“诗人之赋”：“或问‘景差、唐勒、宋玉、枚乘之赋也益乎？’曰：‘必也淫。’‘淫则奈何？’曰：‘诗人之赋丽以则，辞人之赋丽以淫。如孔氏之门用赋也，则贾谊升堂，相如入室矣。如其不用何？’”(扬雄《法言·吾子》)

扬雄认可并强调了汉赋的“丽”，认为汉赋是可以有美的形象和语言的，这是对汉赋自身文学特性的认识。在一定范围内，好的形式可以更为清楚地传达出内在的思想，是“丽以则”。但如果“丽”只有形式上的漂亮，而无助于思想情感的表达，则成“丽以淫”。例如汉大赋，因为过多的重点被放置于对外在声势的铺饰上，则是“淫”了。扬雄这一观点，是针对当时汉大赋的创作实际提出的，表明了他对于大赋形式美与思想内容关系的认识。扬雄一方面认同“丽”的标准，另一方面提出“则”的思想标准，这是他对文与质的辩证看法。扬雄《法言·吾子》云：“或曰：‘有人焉，自云姓孔，而字仲尼。入其门，升其堂，伏其几，袭其裳，则可谓仲尼乎？’曰：‘其文是也，其质非也。’‘敢问质？’曰：‘羊质而虎皮，见草而说，见豺而战，忘其皮之虎矣。’”内容与形式相比，内容才是更为本质的。扬雄认为，如果仅有形式美，而没有刚健有力的儒家思想，也不是好的文章。

第三，“则”的具体内容。

扬雄是大儒家，主要活动于成帝以后，扬雄欲以正统儒家挽救统治。他认为儒家思想能够使人明白事理与标准，因而他欲以这些思想来矫正当时的不正确倾向。他反复强调五经和圣人的重要性，认为圣人是真正通晓儒家思想的人，《法言·先知》中说：“文人，文质者也。”圣人是美的最高典范，社会上标准不一，只有圣人才可以作为统一的标准。圣人去世了，而他的书还在，这些书是圣人思想的体现。在汉代，这些书被立为“经”，因而他响亮地提出了以五经为标准：“舍舟航而济乎渎者，末矣；舍五经而济乎道者，末矣。弃常珍而嗜乎异馔者，恶睹其识味也？委大圣而好乎诸子者，恶睹其识道也?”（扬雄《法言·吾子》）他以“经”为一切言论和书籍的标准，认为如果不合乎经典则没有存在的价值：“书不经，非书也；言不经，非言也。言、书不经，多多赘矣。”（扬雄《法言·问神》）扬雄明确地提出了征圣宗经的原则，既是对荀子理论的继承，也对后代的儒家文论产生了重要影响。

在纯文学概念尚未形成的汉代，扬雄能够提出“丽”的标准，这是他对文学性质认识的进步之处。但囿于当时的杂文学概念，扬雄没将文学作品与经学区分开来，将学术作品的评判标准当作所有文学作品的评判标准。且其受儒学的影响，提出了一切创作均需以经为标准，这是其历史局限性，但这种理论在特定的年代对纠正文学的浮华风气也有一定正面作用，故对后代影响很大。

51. 汉代对屈原其人其文的评价如何?

答：屈原其人其文在汉代很受文人重视，如刘安、司马迁、贾谊、王逸、班固、扬雄等人，他们主要从屈原的人品和文学两方面进行评价。

第一，对屈原其人的评价。

屈原自沉以明志，其极端行为在汉代学者中有几种反应。

一是从道家角度看待屈原的远游并对其进行了高度肯定。如道家思想浓厚的刘安即是如此。司马迁在《史记·屈原贾生列传》中，转述了刘安对屈原的看法："屈原正道直行，竭忠尽智以事其君。谗人间之，可谓穷矣。信而见疑，忠而被谤，能无怨乎。……其志洁，故其称物芳，其行廉，故死而不容。自疏濯淖污泥之中，蝉蜕于浊秽，以浮游尘埃之外，不获世之滋垢，皭然泥而不滓者也。推此志也，虽与日月争光可也。"司马迁因其自身经历，也对屈原表示了同情。

二是更多学者从儒家思想出发对屈原进行评价，但结论迥异。如班固认为："今若屈原，露才扬己，竞乎危国群小之间，以离谗贼，然责数怀王，怨恶椒兰，愁神苦思，强非其人，忿怼不容，沉江而死，亦贬絜狂狷景行之士!"（汉班固《离骚序》）他因为屈原违背儒家温柔敦厚的"露才扬己"狂狷性格而否定他。而王逸则是从儒家推崇的忠君爱国这一点肯定屈原。王逸《楚辞章句序》中说："人臣之义，以忠正为高，以伏节为贤，故有危言以存国，杀身以成仁。……屈原履忠被谗，忧悲愁思，独依诗人之义而作《离骚》，上以讽谏，下以自慰。遭时暗乱，不见省纳，不胜愤懑，遂复作《九歌》以下二十五篇。"

三是从明哲保身思想出发反对屈原之自沉，推崇退隐保身。汉代首先对屈原命运发出强烈感叹的是贾谊，贾谊有治世之才，但因为不善处世而远谪长沙，屈原的痛苦引起他深深的共鸣，但他选择了道家式的隐居而非屈原式的直接对抗。他谴责屈原说："般纷纷其离此尤兮，亦夫子之故也，历九州而相其君兮，何必怀此都也。"（《吊屈原赋》）表面上是否定屈原，实际是借屈原之不平命运抒发自己的愤怒。扬雄说："君子得时则大行，不得时则龙蛇。遇不遇，命也，何必湛身哉!"（《汉书·扬雄传》）因而著《反离骚》。东方朔《怨思》说"贤士穷而隐处兮"（《七谏·怨思》），庄忌《哀时命》也提出"退伏而穷处""隐伏而远身"。

如上所述，刘安对屈原的评价带有道家色彩，司马迁自身的命运使他更能够感受到屈原的冤屈。班固和王逸都站在儒家的立场上，从不同角度否定或者肯定屈原。贾谊、扬雄则从明哲保身一面否定屈原的自沉。

第二，对屈原作品的评价。

屈原作品的艺术性在汉代得到一致的肯定，这些评价体现了汉代以经学论文学的时代特点。

最早肯定屈原作品的是刘安，司马迁的《史记》中引用了其观点："屈平疾王听之不聪也，谗谄之蔽明也，邪曲之害公也，方正之不容也，故忧愁幽思而作《离骚》。屈平正道直行，竭忠尽智以事其君，谗人间之，可谓穷矣。信而见疑，忠而被谤，能无怨乎？屈平之作《离骚》，盖自怨生也。……其文约，其辞微，其志洁，其行廉，其称文小而其指极大，举类迩而见义远。"（《史记·屈原贾生列传》）明确指出《离骚》是诗人忧愁愤懑宣泄而成。他将作家人格和身世命运与作品特点相联系，从创作主体的角度关注文学作品成就的原因。

班固和王逸都是从经学出发，但是，他们的结论不同。班固肯定了屈原作品"弘博丽雅，为辞赋宗……虽非明智之器，可谓妙才者也"（汉班固《离骚序》）。但是，其从经学标准出发，认为屈原作品内容影响了其整体价值："多称昆仑冥婚宓妃虚无之语，皆非法度之政，经义所载，谓之'兼《诗》风雅而与日月争光'过矣。"（汉班固《离骚序》）在他看来，屈原之文并非是以往经书上所载的，违背了儒家的"不语怪力乱神"的规矩和"怨而不怒"的主张。

王逸针对班固的观点进行了反驳。王逸也对屈原的作品予以高度评价："《离骚》之文，依《诗》取义，引类譬喻。故善鸟香草，以配忠贞；恶禽臭物，以比谗佞；灵修美人，以媲于君；宓妃佚女，以譬贤臣；虬龙鸾凤，以托君子；飘风云霓，以为小人。"（汉王逸《离骚经序》）其进步之处在于从文学角度看到了《离骚》之文"引类譬喻"的艺术手法，对意象的分类也为后代袭用。但他认为《离骚》是"依《诗》取义"，并将其内容与儒家经典一一具体比应，以证明屈原作品之不背五经。虽然对屈原作品评价很高，但实际是将屈原之文经学化，是对《离骚》理解的狭隘化的一种表现。

如上可见，汉代对屈原的评价总体上显示出较大的经学影响，他们多是从文学角度肯定屈原作品，但是从不符合经学思想角度否定屈原作品的强烈情感与怨愤思想。

52. 王充《论衡》体现了怎样的文学主张？

答：《论衡》一书为东汉哲学家王充所作，他在书中针对广义的学术发表了自己很多的见解，在没有独立文学观念的汉代，这可以说代表了他对文学的看法。具体内容有如下几点：

一、文章应以真实为美，“疾虚妄”。王充认为，文章应该符合实际情况，去掉虚妄之词。一方面，这是他有感于创作实践提出的要求，当时大赋歌颂的时候经常脱离实际，以至于本为讽谏，但最终劝百讽一。另一方面，汉儒将前代作品奉为经典，经书之中的不实之处成为谶纬迷信之说的重要素材来源，王充由此认为内容的不真实将对后世产生很大的负面影响。

王充认为创作过程中也容易有过美或过恶的倾向，他的“九虚三增”主要就是针对虚妄之文和增益之语的质疑，他的质疑对象非常广泛，《儒增》中他提出尧舜及周初时“一人不刑，刑错不用”的情况应为失实之语。他客观上揭示了“虚妄”产生的心理机制：“为言不益，则美不足称；为文不渥，则事不足褒。”《艺增》中又说：“誉人不增其美，则闻者不快其意；毁人不益其恶，则听者不惬于心。”他认为文学的“增其美”和“益其恶”能给读者留下深刻的印象，这触及夸饰手法的原因和效用，触及了文学创作和文学鉴赏中的规律，是文学理论研究的进步。

王充大声疾呼创作时应该尊重事实：“是故《论衡》之造也，起众书并失实，虚妄之言胜真美也……故《论衡》者，所以铨轻重之言，立真伪之平，非苟调文饰辞为奇伟之观也。”（《论衡·对作篇》）他在孔子提出“善”与“美”之后把真实性作为一个标准，对防止文风的虚浮有重要作用。

二、大力提高文人和文学的地位。

王充将文学和文人都提高到前所未有的高度。他重视文学，认为人可以从文学作品中获得美的享受和精神收获："玩扬子云之篇，乐于居千石之官；挟桓君山之书，富于积猗顿之财。"（《论衡·佚文篇》）他还看到文学是社会万象的真实记载，能够感发读者意志，从而产生一定的社会道德功用，能够对行善事者产生激励，对行恶事者产生警诫："文岂徒调墨弄笔为美丽之观哉！载人之行，传人之名也。善人愿载，思勉为善；邪人恶载，力自禁载。然则文人之笔，劝善惩恶也。"（《论衡·佚文篇》）

王充重视文学，还表现为重视文人。他将人分为五类：俗人、儒生、通人、文人、鸿儒。文人仅次于鸿儒。他将文人提高到前所未有的位置："文人之休，国之符也……鸿文在国，圣世之验也……蹂蹈文锦于泥涂之中，闻见之者莫不痛心。知文锦之可惜，不知文人之当尊，不通类也。"（《论衡·佚文篇》）文学能够产生非常大的社会功用，作为文学的创作者和继承者，文人理应受到尊重。

三、切合实际的创作原则。

王充以自己的哲学观和对创作的认识为基础，对文质关系提出了辩证公允的观点："有根株于下，有荣叶于上；有实核于内，有皮壳于外。文墨辞说，士之荣叶、皮壳也。实诚在胸臆，文墨著竹帛，外内表里，自相副称，意奋而笔纵，故文见而实露也。人之有文也，犹禽之有毛也。毛有五色，皆生于体。苟有文无实，是则五色之禽，毛妄生也。"（《论衡·超奇篇》）关于文质关系、形式与内容的关系，王充将孔子的观点进一步深化和系统化。他认为文章的形式与内容都是作品本身的有机组成部分，在此基础上，他更强调"实"，认为内在的充实必然能够发而为外在的美丽，缺少内容的形式则没有意义。

在强调内容充实的基础上，他强调为文要有真实的情感："上书不实核，著书无义指，万岁之声，征拜之恩，何从发哉？"（《论衡·超奇篇》）如果只有"声"，而没有实际的情感，则不能够打动人。为此，他强调文学一定要从自己的真实感受出发，真实反映描写对象，只要能够真实地反映对象，就能够写出不同风格的优秀文章：“饰貌以强类者失形，调辞以务似者失情。”（《论衡·自纪篇》）他认为文章有不同风格，“美色不同面”“悲音不共声”，但都能够有打动人的力量。

关于文章风格和语言，王充也提出了自己的观点。他从反对虚饰，崇尚实用出发，欣赏以平易浅俗的语言写出的晓畅明白的作品，《论衡·自纪篇》中说：“口言以明志，言恐灭遗，故著之文字，文字与言同趋，何为犹当隐闭指意。”他认为文字应该是语言的记录，口语是晓畅明白的，文字也应如口语通俗好懂才能更好地传情达意，因而不应该“隐闭指意”。

王充在文学批评史上另一重要贡献是提出了“意象”一词：“夫画布为熊麋之象，名布为侯，礼贵意象，示义取名也。”（《论衡·乱龙篇》）认识到意象的象征性，并认识到接受者对“象”产生的“意”是“意象”的来源，这与后来文学“意象”的特性有相通之处。

王充从当时的创作实际与自身的创作实践出发，提出了“疾虚妄”这一鲜明口号，提出了创作的规范，为后来魏晋文学理论的发展奠定了基础。

中国古代文学三百题

魏晋南北朝文学

53. 鲁迅为何称曹操为“文章的祖师”?

答：鲁迅说曹操是“改造文章的祖师”,是指曹操的文章富有创造性。曹操注重文章的实用性，不受虚伪礼教的影响，敢言人之所不能言，语言通脱有力，使散文为之振起，对魏晋散文的发展产生了重要的积极影响。其对文章的改造主要体现在以下几个方面：

一、语言简练，朴素质直而富于情感。

汉代末年，散文受赋的影响，趋向骈体化，曹操身处这种发展潮流之中却不受影响，表现出质朴简练的古直之风。

曹操之文以长短不齐的散句为主，绝少骈偶痕迹。在曹操文集中，令、书、表等内容为一二十字或三四十字的作品比比皆是，少数也有些二三百字的，篇幅最长的也仅千余字，表现出鲜明的简约特点，如曹操在临终前写下的《遗令》，通篇散体，欲增减一字而不得，简约而富表现力。作者对婢妾、伎人、诸夫人以及自己遗物都做了细致安排，全无豪言壮语和夸张之辞，对生活琐事的安排中见出其殷殷关切之情，文中甚至对自己死后之事都做了安排，“汝等时时登铜雀台，望吾西陵墓田”,几为口语，但感情深挚，能激起人的普遍生命意识，虽然语言质直，但有强烈的感染力。

曹操　王子和

二、体裁不受限制，以达意为主。

汉代时，应用类文章已经形成了某种固定的框框，但曹操行文，我行我素，全然不受语言和体裁的形式约束，唯以达意为要，因而其文章体裁时见自创。

曹操现存散文150多篇，令最多，有80余篇，书、表各有20多篇，此外还有奏事、教、戒、策、序、祭文、尺牍等。曹操文章不求浮华，不受既有体裁与风格影响，如前文所说《遗令》。能有资格下遗令的人往往是有身份地位之人，其遗令所交代与安排的多为军国之重大事件，但曹之遗令与此大异，不仅安排琐细之事，还流露出了曹操自己面对死亡时的真实心情。另外一篇《止省东曹令》，风格近于曹操的某些四言诗，语言简洁，说理幽默，还表现出了曹操的政治智慧。《在阳平将还师令》仅“鸡肋”两字，更是对常见的“令”体裁的突破。曹操的“表”也有很多，内容充实有力，语言清健质实，情感充沛。如《表论田畴功》中，历述田畴所经历的重大事件，短短数句显示了田畴在复杂形势下保民护国的胆识，虽然多用四字句，但纯因文而发，杂以散句，客观叙述文气畅然。

三、敢于言人之所不敢言，率性劲直。

曹操自身既是军事家又是政治家，成功的军旅生活和治国经历使他更崇尚实干与直言，表现在文章上，则是其敢于抒发常人之所难写之情和表达常人之所不敢表达之意。

首先，曹操不受儒家道德制约，多表达内心真实情感。如《戒子植》：“吾昔为顿丘令，年二十三。思此时所行，无悔于今。今汝年亦二十三矣，可不勉欤！”（《三国志·魏书·陈思王植传》）以当年自己二十三岁所作所为和儿子相对照，勉励儿子，充满对往日之努力的自豪和对儿子的期许，而不是以儒家道德教化儿子。更著名者为《让县自明本志令》，曹操悉数自己一生事迹，发出真实的感慨：“设使国家无有孤，不知当几人称帝，几人称王。”世人并不因此诟病曹操，反倒为其敞露心扉深表震撼。

其次，曹操在军国之事上不受儒家道德制约，能无所顾忌地表达自己的政治理想和策略方针，言人之所不敢言并充满古直刚劲之气。《求贤令》中放言“盗嫂受金”者他也愿意“得而用之”。《敕有司取士毋废偏短令》也是如此，认为：“夫有行之士，未必能进取；进取之士，未必能有行也。陈平岂笃行，苏秦岂守信邪？而陈平定汉业，苏秦济弱燕。由此言之，士有偏短，庸可废乎！有司明思此义，则士无遗滞，官无废业矣。”他对自己的思想充满自信，据史而言，正反论证，发而为强烈而坚定的语气，使其文如其诗一样充满古直之气。

四、整体有“通脱”之风，具体风格丰富多样。

曹操的散文整体上以清峻通脱著称，但不同文章具体风格则丰富多样。如《整齐风俗令》中，表明他要整齐风俗的原因是当时民风败坏，好为虚言，“昔直不疑无兄，世人谓之盗嫂；第五伯鱼三娶孤女，谓之挝妇翁”，指直不疑没有兄弟，但长得漂亮，于是人们说他与嫂子私通；第五伯鱼娶的三个老婆都是孤女，但有人说他打老丈人。该文以陋习为批判对象，但全无严肃滞重或者高堂教化感，语言通俗易懂，事例通俗幽默，风格轻松明快，表现出一定的故事性。《祀故太尉桥玄文》中：“又承从容约誓之言：‘殂逝之后，路有经由，不以斗酒只鸡过相沃酹，车过三步，腹痛勿怪。’”戏谑之言中流露出深深的惜婉之情。

由于曹操为文情感真实，故文风随情而转，同一文内具备不同风格。《述志令》中：“今孤言此，若为自大，欲人言尽，故无讳耳。设使国家无有孤，不知当几人称帝，几人称王……孤谓之言：‘顾我万年之后，汝曹皆当出嫁，欲令传道我心，使他人皆知之。’”语言质朴，叙述军国之事质直有豪气，叮嘱家人则于琐细中显真实细腻，一篇之中，风格变化自然如行云流水。

如上可见，曹操以其语言的古直、思想情感的大胆率直和风格的多样纠正了当时汉文的板滞之风，其“清峻”“通脱”的散文风格开拓了散文史上的新境界。

54.《洛阳伽蓝记》是一部怎样的作品？

答：《洛阳伽蓝记》是北魏杨衒之记述洛阳佛寺的地理著作，

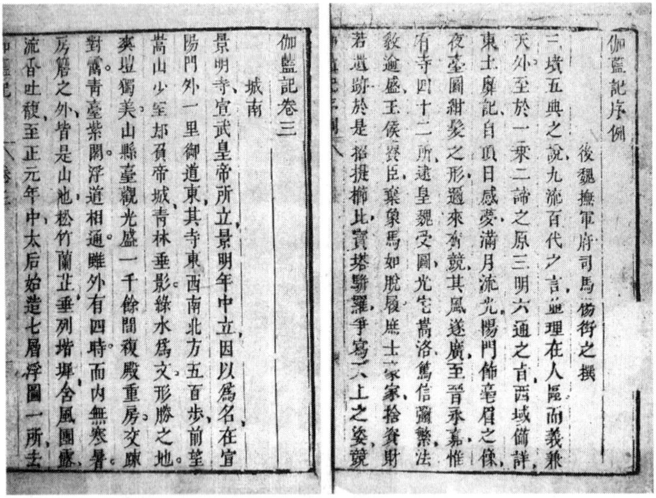
伽藍記序例
後魏撫軍府司馬楊衒之撰
三墳五典之說九流百代之言並理在人區而義兼
天外至於一乘二諦之原三明六通之旨西域備詳
東土靡記自項日感夢滿月流光陽門飾毫眉之像
夜臺圖紺髮之形邇來奔競其風遂廣至晉永嘉惟
有寺四十二所逮皇魏受圖光宅嵩洛篤信彌繁法
教逾盛王侯貴臣棄象馬如脫屣庶士豪家捨資財
若遺跡於是招提櫛比寶塔駢羅爭寫天上之姿競

伽藍記卷三
城南
景明寺宣武皇帝所立景明年中立因以為名在宣
陽門外一里御道東其寺東西南北方五百步前望
嵩山少室却負帝城青林垂影綠水為文形勝之地
爽塏獨美山懸堂觀光盛一千餘間複殿重房交疏
對霤青臺紫閣浮道相通雖外有四時而內無寒暑
房簷之外皆是山池松竹蘭芷垂列堦墀含風團露
流香吐馥至正元年中太后始造七層浮圖一所去

明刻本《洛阳伽蓝记》

“伽蓝”是梵语“僧伽蓝摩”的略称，意为“众园”或“僧院”，即指佛寺。《洛阳伽蓝记》虽以佛寺为题，但实际上是由佛寺引发的对当时政治、人物、风俗、地理以及传闻故事等方面的记载，融佛教与历史、地理、文学于一身。

作者杨衒之，北朝时期北平（今河北省满城县）人，博学多才，尤以文才为著，与佛教人士多有来往。他曾亲见北魏佛教盛行之际的佛寺盛状，但在武定五年（547）再到洛阳时，却看到往日雄伟殿堂破败不堪，遂感慨不已，因而记录当日佛教寺庙盛况。其内容繁富而有条理，文学性很强，因而多被佛学界、史学界以及文学界关注，与郦道元的《水经注》并称“北朝文学双璧”，和《水经注》《齐民要术》同为传世的北魏三大名著。

《洛阳伽蓝记》的第一个特点是结构明晰，内容繁而不乱。

正文按照城内、城东、城南、城西、城北的次序，以四十多所名寺院为纲，兼顾名胜古迹和相关事迹。具体到每篇，则是先写立寺者、佛寺方位及建筑风格等佛寺本身特点，再写相关人事、传说、逸闻等。作者本意为通过佛寺及其相关历史事件来保存一代历史，所以其叙述佛寺历史时，往往夹以与佛殿相关史迹。在正文与注文的体式上，《洛阳伽蓝记》采用魏晋南北朝时期佛教典籍“合本子注”之体，即正文与子注相配的方式，把博洽的内容组织得有条不紊。以“永宁寺”为例，开篇说明建寺之人，次言地理方位及周边相邻建筑，其后交代佛寺建筑结构，接下来再介绍佛殿、寺院的结构和功用，间及建筑特色风貌。在介绍完佛寺本身情况后，再叙其相关史实。一是与佛寺相关的碑文，论其相关史料时，兼叙作者生平及其他著述。二是与佛寺相关的史实，“建义元年，太原王尔朱荣总士马于此寺。……永安二年五月，北海王元颢复入洛，在此寺聚兵。……永安三年，逆贼尔朱兆囚庄帝于寺。”最后叙述佛寺之亡：“永熙三年二月，浮图为火所烧，帝登凌云台望火，遣南阳王宝炬、录尚书长孙稚将羽林一千救赴火所。”全篇起于寺之建立，终于寺之消亡，串起寺庙构造、景象、史实，结构清楚，条理井然。

《洛阳伽蓝记》的第二个特点就是具有重要的史料价值。它对于研究历史和佛教均有重要意义，从书中可以了解孝文帝迁都洛阳到尔朱氏之乱，包括了当时政治、军事、经济、社会、文学、艺术、思想、宗教等方方面面的史料，在地理、佛教、文化方面的史料尤其丰富。

具体而言，《洛阳伽蓝记》的史料价值首先在于其保存的都城及佛教建筑资料，如前所述，每一佛寺资料中都详细地介绍了佛寺所处位置和方位，及佛寺本身的详细地理结构。一至四卷详细精确地记载了当时洛阳城城门、宫殿、佛寺、住宅以及名胜古迹等各种建筑物的相对位置，并保存了相关佐证，如其序言中叙述各城门建制有建春门、东阳门等，其后再依此例叙述南门、西门、北门的情况。其次，《洛阳伽蓝记》由佛寺写起，但保存了与之相关的当时文化、军事、政治的资料。如永宁佛寺记载了太原王尔朱荣、北海王元颢、尔朱兆在寺中的行为。建中寺的记载则兼及其原宅主宦官刘腾的历史：“正光年中，元义专权，太后幽隔永巷，腾为谋主。义是江阳王继之子，太后妹婿。熙平初，明帝幼冲，诸王权上。太后拜义为侍中领军左右，令总禁兵，委以腹心，反得幽隔永巷六年。太后哭曰：‘养虎自啮，长虺成蛇。’”从中可知太后重用元义而遭背叛的过程。

再次，《洛阳伽蓝记》广泛反映了北魏社会经济、风俗民情、音乐艺术、文化发展等方面的情况，如写建中寺本为宦官刘腾之宅，极言其奢侈，可见当时朝政之乱。

《洛阳伽蓝记》的第三个特点是其高超的文学性与强烈的情感。

首先，作品融史笔与情感为一体，在客观描写中融合了深沉的沧桑感，如介绍完永宁寺结构后，作者言："复有金镮铺首，殚土木之功，穷造形之巧。佛事精妙，不可思议。绣柱金铺，骇人心目。"写建中寺："屋宇奢侈，梁栋逾制，一里之间，廊庑充溢，堂比宣光殿，门匹乾明门，博敞弘丽，诸王莫及也。"统治者之穷奢极欲不言自明。其次，语言使用上骈散结合，既具有当时骈文的特点，主要为四言句，适度加以六言句，在其中加入散文句法，使文气充沛而畅达。同时，用词繁丽，但并不流于堆砌，而多以虚词疏通文气，《四库全书总目提要》卷七十以"秾丽秀逸，烦而不厌"评之，如写"庄严寺"："其中重岩复岭，嵚崟相属；深蹊洞壑，逦递连接。高林巨树，足使日月蔽亏；悬葛垂萝，能令风烟出入。崎岖石路，似壅而通；峥嵘涧道，盘纡复直。是以山情野兴之士，游以忘归。"虽然词语富丽，但描绘出来的景象有清奇秀逸之气。最后，描写简约传神，如介绍完永宁寺结构后，继之以"至于高风永夜，宝铎和鸣，铿锵之声，闻及十余里"等语，不直写其高，而写其清亮之钟声传出十余里，寥寥数语，却写出其巍峨庄严，且表现出昔日佛寺之庄重神圣。此外，书中还收录了不少名人史实和奇异之事，情节完整，叙述简约，与南朝志怪相近。

总而言之，《洛阳伽蓝记》以骈文之体表现深沉的历史之叹，并以翔实清晰的叙述保留了丰富的史实，兼具史学与文学之美。

55.《水经注》是工具书还是文学类书籍？

答：《水经注》是北魏的地理名著，即为《水经》作注的书，三国时桑钦有《水经》，今佚，郦道元所注《水经》当是另外作者佚名的一部。其收录资料翔实准确，因而被当作工具书；又因其文辞也很高妙，因而也成为文学著作，与《洛阳伽蓝记》并称。它具有如下特点：

第一，史料翔实。

郦道元作此书意在通过地理变化显示历史兴衰，故他不是记载某一静止的片断，而是记载了上起先秦下至南北朝期间的地理变化情况。地理范围包括西汉王朝的疆域，还涉及当时不少域外地区，包括今印度、中南半岛和朝鲜半岛若干地区，所记水流达1252条，包罗了与河流相关的地理、人文、历史史实等。

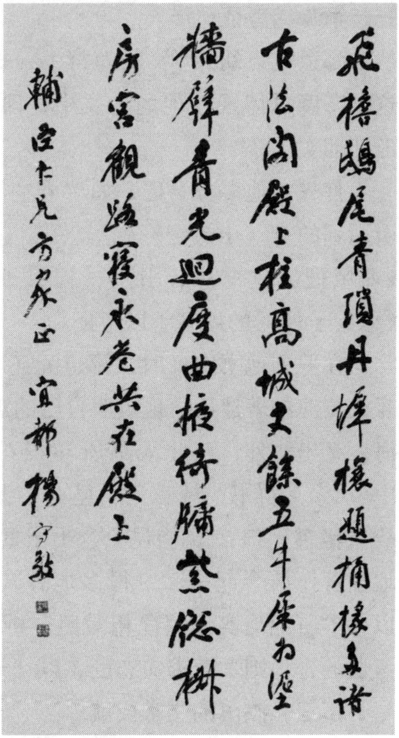

《水经注》　杨守敬书

首先，它有丰富的地理知识，尤其是对河流水文信息的记录，包括从河流之源到入海间的干流、支流、河谷河床、水量水位、含沙量、冰期等河流本身的信息，河流所经水域的山陵、湖泊、滩濑、瀑布等河流周边地形地貌，还包括河域经历的自然灾难，如水灾、旱灾等。其次，作品包含与各河流相关的水利建设，水利设施有坡湖、堤、塘、堰等，所记河道交通建设仅桥梁就有100座左右，津渡也近100处。最后，该书还包含了丰富的历史、政治和人文信息。该书以河道为线索，记载了当时的行政区划，包括各级城市2800座，古都180座，至于小的城镇如镇、乡、亭、里、聚、村、墟、戍、坞、堡也不在少数，广泛显示了当时的城市状貌。人文历史方面，论及了每一河域的社会环境、民情民俗，还将名胜古迹、人文资料如碑刻墨迹和渔歌民谣等也记录在册。可以说，该书以水为纲，记录了与不同河道有关的所有地理与人文状况，对历史学、考古学、地名学、水利史学以至民族学、宗教学、艺术等都有一定参考价值。

第二，考证严谨。

郦道元自幼好学，博览群书，知识面非常广。其为官态度严谨，这种态度也体现在他的为文中，即是他对文章所涉内容广征博引，考证翔实。

首先，他多方引证，如“卷一”以“河”（指黄河）开头，他引用到的有《山海经》《括地图》《穆天子传》《盟津铭》《淮南子》《西域记》这些书，引用《穆天子传》之说时，又再引其他书对《穆天子传》的内容予以考证。

在罗列他书引证时，郦道元还会对其考证并评判，如大量引用有关黄河的著述后，他表明自己的观点：“《山海经》曰：‘河水入渤海，又出海外，西北入禹所导积石山。山在陇西郡河关县西南羌中。’余考群书，咸言河出昆仑，重源潜发，沦于蒲昌，出于海水。故《洛书》曰：‘河自昆仑，出于重野。’谓此矣。”他将上古典籍与地理著作结合起来，对很多地方亲自访查其水流地势，探溯源头，以书本所记与实地情况相对照分析，得出个人观点。对于一些无法考证的，他则本着求实态度，以“未知所从”“非所详也”标注。

第三，杰出的文学成就。

首先，《水经注》语言富有表达力，其虽为当时之“笔”，但语言简洁精当，文气畅达，多用四言骈句，但语言形式并没影响其表达力。尤其是其中给各种河流水道详细作注处，如卷三十三：写景色“三春九夏，红荷覆水”，八字中尽显其湖之生气；“水上长林插天，高柯负日”，尽显出树木高峻之态；写水与周边山的关系，“右合北溪，水导北山，泉源下注，漱石颓隍”，作者分别选用了“合、导、注”几字，寥寥数句写出其复杂关系，且使静止之山水地形充满动感，用语雅洁而精准。我国后代写景之小品文的风格均受此影响，张岱说：“古人记山水，太上有郦道元，其次柳子厚，近时则袁中郎。”（明张岱《跋寓山注二则》，《琅嬛文集》卷五）

刘熙载亦云：“郦道元叙山水，峻洁层深，奄有楚辞《山鬼》《招隐士》胜境。柳州游记，此先导也。”（清刘熙载《艺概·文概》）其语文辞峻洁，简而有法。

其次，《水经注》虽明为注解各河道，但收录了相关故事，记载简洁传神。如卷二记敦煌人索励治水，完整记录了这一复杂事情，将截断河水之日的场面描写得富于气势：“河断之日，水奋势激；波陵冒堤。励厉声曰：‘王尊建节，河堤不溢；王霸精诚，呼沱不流。水德神明，古今一也。’励躬祷祀，水犹未减，乃列阵被杖，鼓噪欢叫，且刺且射，大战三日，水乃回减，灌浸沃衍，胡人称神。大田三年，积粟百万，威服外国。”记事之时，塑造了鲜明的人物形象，始是“厉声”，表现出治水的神勇与决心，然其诚心祷祀未获成功，于是他“列阵被杖，鼓噪欢叫，且刺且射，大战三日”，凸显了其勇力与执着。再如卷五涿郡王尊治水时“河水盛溢，泛浸瓠子，金堤决坏，尊躬率民吏，投沉白马，祈水神河伯，亲执圭璧，请身填堤，庐居其上，民吏皆走，尊立不动，而水波齐足而止。公私壮其勇节”。以河水之汹涌与王尊治水之勇毅衬托，以“庐居其上”表示其执着精神，以民吏皆逃与王尊不动对比显出其无畏气度，这与当时南朝的志人小说有相通之处，也显出了很高的艺术成就。

如上可见，《水经注》不仅是一本地理方面的博物志，单从文学方面看，也可视为优秀的写景文学，后代写景小品文深受其影响。

56. 《小园赋》的艺术成就是什么？

答：《小园赋》是南朝文人庾信的作品，庾信本是南朝梁国人，仕梁期间与国君交好并受重用，对国家及国君都有深厚之感情，后来他出仕西魏，被西魏留下并得重用，但仕于敌国且恩宠有加的尴尬身份使他的情感更难以直接抒发出来，其痛苦深重而曲折压抑。这种复杂的感情在《小园赋》中表达出来了，《小园赋》特色有二：

第一，痛苦真挚的情感。

《小园赋》名为描写小园景色，实为抒发自己身仕敌国的痛苦心情。它将作者家国破败的惨痛与对景色时局的描写结合起来，写出了故国惨象和自己深沉的伤国之痛，再现了当时历史，具有强烈的感染力。

《小园赋》将小园的景色写得清婉别致，如“草树混淆，枝格相交。山为篑覆，地有堂坳。藏狸并窟，乳鹊重巢。连珠细茵，长柄寒匏……一寸二寸之鱼，三竿两竿之竹。云气荫于丛蓍，金精养于秋菊”，以典故表达自己想隐居的心情：“虽复晏婴近市，不求朝夕之利；潘岳面城，且适闲居之乐。”但是，在对小园景色的描绘中，已经透露了自己的抑郁之情：“草无忘忧之意，花无长乐之心。鸟何事而逐酒？鱼何情而听琴？”写北地的景色是：“风骚骚而树急，天惨惨而云低。聚空仓而雀噪，惊懒妇而蝉嘶。”充满凄厉肃杀之气，衬托出人的凄冷阴郁心境。北地的荒凉环境更衬托出作者对昔日与旧主生活的怀念：“或陪玄武之观，时参凤凰之墟。观受釐于宣室，赋长杨于直庐。”庾信当时以文获宠，经常陪梁主游玩吟诵，但是，“遂乃山崩川竭，冰碎瓦裂，大盗潜移，长离永灭”，侯景之乱带来了深重的家国之乱。最后，作者在对北地之荒凉苦寒的感叹中悲叹自己已经永远无法回到南地，将个体命运的无奈渗透于天下百姓的痛苦中：“不暴骨于龙门，终低头于马坂。谅天造兮昧昧，嗟生民兮浑浑。”作者将对小园景色的描述自然地转移至自己的家国之痛，小园的清新使得作者情感的抒发更为压抑曲折，又以北地的荒凉与南方的景色对比，将对苦难的痛苦体验通过大量充满悲凉之气的典故传达出来。

《小园赋》深沉的苦痛，既与作者苦痛的深重有关，还缘于庾信高妙的艺术成就。

第二，完美的艺术形式。

庾信早年出入宫廷，应和酬唱，培养了相当高的创作技巧。其晚年诗赋创作中，高超的诗技与深婉悲痛的情感相结合，使其赋具有凄艳顽绝的特点。

首先，从表现手法上，《小园赋》以写景为主，“问葛洪之药性，访京房之卜林。草无忘忧之意，花无长乐之心”，描写自己在小园负锄披裘的田园生活。在写景中，作者曲折抒发出自己的抑郁心情，他以葛洪、京房为志，寓其隐居之意，但“草不能忘忧，花无以添乐”之事，则写出其虽在小园，抑郁之气终无以解。

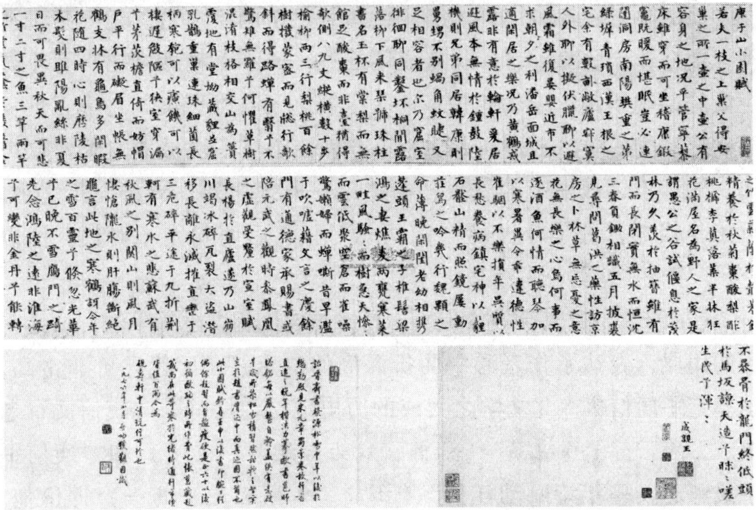

《小园赋》　（清）永瑆楷书

其次，庾信抒情的深重还与其善于使用典故有关。庾信早年居南朝，南朝文学喜用典，但因内容贫乏，转成炫才之病，庾信后期继承了用典的技巧，但以厚重的情感充实到典故中去。如："若夫一枝之上，巢父得安巢之所；一壶之中，壶公有容身之地。况乎管宁藜床，虽穿而可坐；嵇康锻灶，既暖而堪眠。岂必连闼洞房，南阳樊重之第；赤墀青锁，西汉王根之宅。余有数亩弊庐，寂寞人外，聊以拟伏腊，聊以避风雨。虽复晏婴近市，不求朝夕之利；潘岳面城，且适闲居之乐。况乃黄鹤戒露，非有意于轮轩；爰居避风，本无情于钟鼓。陆机则兄弟同居，韩康则舅甥不别，蜗角蚊睫，又足相容者也。"可谓句句带典。但典故与所叙之事切合，且用语也与其情感一致，如前面所用"巢父""壶公"之典，能够恰当地表现出作者不愿为仕的心情。另一方面，庾信用典，其语言并非难懂之语，而是有一定的形象性，如"况乎管宁藜床，虽穿而可坐；嵇康锻灶，既暖而堪眠"，既以典故表现自己的爱好，还勾勒出了一幅简陋安宁的生活图。

最后，善于运用对偶铺排，声韵铿锵，又善夹以散句，疏通文气。他的写景之句如“一寸二寸之鱼，三竿两竿之竹。云气荫于丛蓍，金精养于秋菊”,写景既有疏朗之气，又不乏精致之语。写小园生活“薄晚闲闺，老幼相携；蓬头王霸之子，椎髻梁鸿之妻。燋麦两瓮，寒菜一畦”,平朴和谐。另一方面，庾信不机械地追求对偶声律，他善于以散句疏通文气，如“龟言此地之寒，鹤讶今年之雪。百龄兮倏忽，菁华兮已晚”。前两句对仗，后两句则不对仗，但以“兮”字表达出强烈的感慨。

《小园赋》以其高妙的叙事、抒情与议论相结合的手法，加之广泛的用典，表达了作者心中曲折深痛的情感，在后代评价非常高，也奠定了庾信集南北文学之大成的历史地位。杜甫以“庾信文章老更成，凌云健笔意纵横”（杜甫《戏为六绝句》其一）和“庾信平生最萧瑟，暮年诗赋动江关”（杜甫《咏怀古迹》其一）评价他，一直被后人引用。

57. 为什么说《哀江南赋》是泣血之作?

答:《哀江南赋》是庾信的作品，全文以对江南深深的悲哀和痛苦为引，陈述梁朝的兴亡成败历史，写出了故国惨象和自己深沉的伤国之痛，再现了当时的历史，具有强烈的感染力。

第一，厚重复杂的情感。

《哀江南赋》中，作者描述了故国衰亡的过程和触目惊心的战乱场面，将自己深沉的个人之痛融入对故国败亡原因的分析中。开篇交代了作赋背景，“粤以戊辰之年，建亥之月，大盗移国，金陵瓦解。余乃窜身荒谷，公私涂炭”,将个人遭遇与国家败亡的重大之事和盘托出。作者感叹这段经历“不无危苦之辞，惟以悲哀为主”。接下来作者将自己羁留北地后“钓台移柳，非玉关之可望；华亭鹤唳，岂河桥之可闻”的悲哀和梁朝“江表王气，终于三百年乎”的无可挽救的败亡感叹结合起来，也表明了自己作赋之由。在赋文中，庾信回忆个人及家庭盛况，接下去如史笔般描述历史，写到侯景之乱、台城沦陷、武帝之死、侯景与王僧辩的战场场面，一直到他自己到江陵投奔湘东王萧绎沿途的艰难情景，展示了当时梁王朝的仓皇败亡场面。作者通过他个人的命运展示了一幅幅悲惨的画面："托芦中而渡水，届于七泽，濒于十死。"此间，联系到他自己的妻儿还有梁武帝、简文帝的惨死，我们可以想到这场战争带来的深痛。作者经历败亡流乱后只能羁留西魏，深受西魏所重，但其后西魏又被北周所灭，作者再次被"乱国"北周重视。作者对往日的梁国怀有深深的感情，但是，梁国已经被灭，南方已非昔日之故国，庾信即令再回南方，也无法回到故国，这种"乡国之思"不仅是无法回到地理上的南方，更多是永失故国之痛。作者将家国之痛与迁徙之悲、生命之逝交织于一体："提挈老幼，关河累年；死生契阔，不可问天。况复零落将尽，灵光岿然。"透露出史诗一般的厚重。

第二，完美的艺术形式。

《哀江南赋》中，作者高超的诗技与深婉悲痛的情感相结合，使其赋具有凄艳顽绝的特点。

庾信早年出入宫廷，应和酬唱，培养了相当高的创作技巧。《哀江南赋》篇制宏大，虽然是赋，但其体制远远超过同时之抒情咏物赋，以赋描写他一生的曲折经历及梁亡的复杂原因，头绪纷繁。作者于叙事中表达出其情感和观点，例如作者写梁盛世的状况："饮其琉璃之酒，赏其虎豹之皮；见胡柯于大夏，识鸟卵于条枝。豺牙密厉，虺毒潜吹。轻九鼎而欲问，闻三川而遂窥。"描述梁盛世的同时也点明了梁王朝的灭亡，奢侈是根本原因，武帝不善识人引狼入室则直接造成了梁的大乱至亡。"护军慷慨，忠能死节，三世为将，终于此灭。济阳忠壮，身参末将，兄弟三人，义声俱唱。主辱臣死，名存身丧……大事去矣，人之云亡！"既歌颂了英雄壮志，又点明了梁亡的直接原因，更抒发了对此的沉痛无奈。场景的悲惨加深了情感的厚重，议论之中又深寓反思和感慨，三者融为一体，彼此生发。

其次，《哀江南赋》中，作者善于从各方面浓墨重彩地描绘自己的悲痛情感。如写自己"荆璧睨柱，受连城而见欺；载书横阶，捧珠盘而不定。钟仪君子，入就南冠之囚；季孙行人，留守西河之馆。

申包胥之顿地，碎之以首；蔡威公之泪尽，加之以血。钓台移柳，非玉关之可望；华亭鹤唳，岂河桥之可闻？孙策以天下为三分，众才一旅；项籍用江东之子弟，人惟八千；遂乃分裂山河，宰割天下”,差不多句句用典，但“荆轲”“钟仪”这些典故是读者耳熟能详之语，用典而不觉晦涩，似有悲凉之气如山风海啸。

再次，庾信用典，其语言并非难懂之语，而是有一定的形象性，如写到江陵百姓被掳之时：“逢赴洛之陆机，见离家之王粲。莫不闻陇水而掩泣，向关山而长叹。况复君在交河，妾在青波。石望夫而逾远，山望子而逾多。才人之忆代郡，公主之去清河。栩阳亭有离别之赋，临江王有愁思之歌。别有飘飖武威，羁旅金微。班超生而望返，温序死而思归。李陵之双凫永去，苏武之一雁空飞。”处处以历史上悲凉之别为比，使人仿佛想见江陵百姓被掳时的血泪之行，而“闻陇水而掩泣，向关山而长叹”“双凫永去，一雁空飞”等本身就有形象性，能够营造出悲凉厚重的离别之意。

最后，善于运用对偶铺排，声韵铿锵，文气恣肆畅达而雄浑深厚。庾信吸收大赋写法，但文气畅达，例如铺排描写当时梁王朝的兴盛情况：“于时朝野欢娱，池台钟鼓。里为冠盖，门成邹鲁。连茂苑于海陵，跨横塘于江浦。东门则鞭石成桥，南极则铸铜为柱。橘则园植万株，竹则家封千户。”前两句非严格对偶，但结构相似，后面四句均为对偶，但句式多变。“见披发于伊川，知百年而为戎矣”“伯兮叔兮，同见戮于犹子”也并非对偶，文章避免了死板滞涩之弊。

总之，和《小园赋》一样，《哀江南赋》以抒情与议论相结合的手法，加以广泛的用典，表达了作者心中曲折深痛的情感，和《小园赋》堪称双璧。

58. 汉魏六朝小赋的发展情况是怎样的？

答：抒情小赋是与大赋相对而言的，它兴起于汉代，盛行于魏晋南北朝，具有与大赋不同的特点。它内容上较大赋丰富多变，以抒写个人情意为主，也有咏物之作，还有针砭现实者。形式上，小赋不同于大赋的铺排夸张，虽然多用四言，但殊少堆砌艰涩词汇，因而篇幅多短小。风格上，小赋注重抒发个体情感，因而风格多样，有的清新自然，有的激越直切。其特点具体表现如下：

一、内容丰富，题材广泛。

大赋基本是在讽谏的名义下歌颂，所以内容多为夸张铺排地描写帝都兴盛，而小赋由于不以政治为目的，故题材更为广泛。

班彪的《北征赋》、蔡邕的《述行赋》都以出行途中所见写出黑暗现象，语言多朴实冷峻而富有感染力；张衡的《归园田赋》、陶渊明的《归去来兮辞》为田园赋，借歌颂田园生活表达对黑暗现实的逃离与自己的淡泊情怀；赵壹的《刺世疾邪赋》对东汉末年是非颠倒、“情伪万方”的黑暗现象进行了揭露和抨击；祢衡的《鹦鹉赋》以咏鹦鹉表达情感，开启了咏物抒情的体式，这些赋都篇幅短小，情感强烈，奠定了魏晋南朝小赋的基础。

魏晋六朝时期，文学开始走向自觉，对声韵之美与文学抒情性的追求更为强烈，此一时期，小赋进一步发展，内容更为扩展，刘勰《诠赋》将小赋分为以“述行序志”的抒情小赋和以“草区禽类，庶品杂类”为主的咏物赋。[①] 当时有传统的抒情小赋如《归去来兮辞》等，咏物赋数量众多，像谢惠连的《雪赋》、谢庄的《月赋》都是其中的优秀之作，有咏植物、禽鸟等的赋，还有《琴赋》《扇赋》等，这些赋名为咏物，但多有所寄托。传统的抒情咏物赋外还扩展出新的小赋，有叙事赋，如《小园赋》；还有登临赋，如《登楼赋》；生死别离如《别赋》《恨赋》等，可以说，抒情、叙事、说理等无一不可入赋。《昭明文选》首列赋体，分赋体为十五类，有京都、郊祀、耕藉、田猎、纪行、游览、宫殿、江海、物色、鸟兽、志、哀伤、论文、音乐、情。甚至青蝇、蜉蝣、猕猴等都进入小赋作家笔下。

二、语言不重堆砌，多精美雅致，文章篇幅短小。

与大赋好以夸张铺排手法强调大汉声势不同，小赋无须铺排堆

① 蔡金平．汉魏六朝抒情小赋题材研究［D］．安徽大学，2006：2.

砌，因而语言多流畅自然。如张衡的赋篇幅多较为短小，有的仅有百余字，如抒情小赋的先驱《归田赋》仅两百多字；非常著名的陶渊明的《归去来兮辞》,不到七百字。

虽然小赋篇幅短小，但它不同于大赋的以固定的对问体为主，其形式的个体变化更多样。有的是将大赋的假设对问体加以变化，如《解嘲》。有的有小序，序文骈散不一；由于受到骈文的影响，这一时期的辞赋在句式上逐渐骈化，从而形成了一种新的赋体，即骈赋。在六朝时期，此种趋势更为明显，一是出现骈句，如《洛神赋》中："翩若惊鸿，宛若游龙。荣曜秋菊，华茂春松。仿佛兮若轻云之蔽月，飘摇兮若流风之回雪。远而望之，皎若太阳升朝霞，迫而察之，灼若芙蕖出渌波。"(《洛神赋》) 二是将声律论应用于小赋，追求韵律的精美协畅，如庾信的"灞陵夜猎，犹是故时将军；咸阳布衣，非独思归王子"（《哀江南赋》），但也有少数文章因而走上由于过分追求骈化与声韵和谐而导致语言的琐碎。

三、抒情性强，风格多样。

与大赋的多描写政治功业不同，小赋多抒写个人情思和思想。就风格而言，小赋是承继楚骚之风，故又多以悲情为主。抒情小赋的出现有一定的时代原因，东汉中叶以后，宦官外戚争权，朝政黑暗，民生艰难，士人失去了建功立业的希望，内心的迷惘、失望、愤慨成为其情感基调，这就使赋的风格发生了强烈的转向。这种情况在班彪的《北征赋》中就有萌芽，通过记述行旅的见闻，抒发了身世之感，显示了赋风转变的征兆，其后的张衡则在《归田赋》中以清新的语言描写了自然风光，抒发了意欲逃离污浊现实社会、回归田园的人生理想，表达了不肯同流合污的淡泊情怀，语言平易朴实，风格清新流畅，这是真正的言志抒情的小赋开端。陶渊明的《归去来兮辞》与之旨趣相近，以流畅的语言描绘出归隐后的闲适惬意，是抒情小赋的杰出代表。赵壹的《刺世疾邪赋》表达作者疾恶如仇的激愤情感，语言犀利，情绪悲愤。江淹的《别赋》以华美的辞采描写出各种离别之苦，《恨赋》以悲怆凄厉之语写出上至帝王将相下至失意士人的幽怨怅恨，两篇小赋都善于通过景物与环境的烘托表达出人类面临的普遍情感。由南入北的庾信，其《小园赋》《哀江南赋》风格有所区别，但都表达了自己身仕敌国的深沉痛苦，给六朝小赋画上了一个圆满的句号。这些小赋，或者是描写个体的独特经历和情感，或者是描写人世的普遍悲情，但都表达出强烈的感染力。

如上所述，抒情小赋以其迥异于大赋的精美体式，描写了较为广泛的社会生活，抒发了文人个人的情志，富有感染力，表现出与大赋不同的风貌。

59. 南朝美文的成功之处是什么？

答：南朝继承魏晋以来重视文学自身美的传统，但又走向极端。两晋时期，文章的疏散之气消失，形式上也表现出骈偶趋势，东晋时期，文学一度表现出玄学化倾向。在刘宋时代，文学自身美受到重视，以谢灵运为代表的文学“声色始开”,淡乎寡味的玄学倾向得到了改变，文章重视辞采的华美和情感的浓郁。宋以后，齐梁文风更是将对声律、辞采等的追求推向极致，从而形成南朝美文。

南朝美文的形成是上述的必然结果，主要表现在以下几个方面：

一是对文学自身之美的追求。早在魏晋时期，曹丕、曹植的文章就表现出华靡倾向，曹丕还总结出“诗赋欲丽”的要求；陆机提出“诗缘情而绮靡，赋体物而浏亮”,更进一步提出“情”在文章中的重要性。南朝时期对“文”“笔”之别的探讨也是当时追求文学自身特点的表现。宋文帝时立“玄、儒、文、史”四学，文学有了与儒学平等的独立地位，文士们也开始尽心于创作，追求语言的尖新奇巧，“俪采百字之偶，争价一句之奇”（南朝梁刘勰《文心雕龙·明诗》）的诗歌追求蔓延至文学。至梁朝期间，人们追求文学辞采、声韵、形式上的综合美，“至如文者，惟须绮縠纷披，宫徵靡曼，唇吻遒会，情灵摇荡”（《金楼子·立言篇》），对文学特有之美的追求发展到极致。

二是永明声律说兴起。佛教的进入使四声知识被普及，文人们将这些知识与对诗歌声韵之美的追求结合起来。以沈约为代表的文人推动了四声的使用："齐永明中，文士王融、谢朓、沈约文章始用四声，以为新变。"（《南史·庾肩吾传》）"四声八病"为诗文创作提出了具体的规则，形成了所谓"永明体"，文章的韵律之美被强化，写作更注重声调谐和之美。

三是文学"新变"的正常化。随着文学自身的发展，文学自身的特性更多地被关注，文学创作上的推陈出新成为文学才能的标志。刘勰提出"通变"说，认为"夫设文之体有常，变文之数无方，何以明其然耶？凡诗赋书记，名理相因，此有常之体也"（《文心雕龙·通变》），认为只有继承才能"通则不乏"，但只有"变"才能"变则其久"。萧子显在《南齐书·文学传论》中提出："若无新变，不能代雄。"追求对以前文学的突破成为文学家之习俗，对技巧的追新使得文学家们都将新发现的声律说与骈偶规律应用于文学。另一方面，当"变"成为文学的价值所在时，人们也开始突破传统儒家文艺理论的限制。萧纲在《诫当阳公大心书》中说："立身先须谨慎，文章且须放荡。"即指做人不能突破传统规矩，但做文正应当由心使气，突破陈规以博发展。正是因为作品与创作主体之间的道德联系被弱化，文学家们可以恣意地在作品中表现自己的性情，追求文学的声色之美。

在追逐文学绮靡之情与声色之美的大潮中，涌现了一批文学成就颇高、对文学发展贡献颇大的人，例如宋代的"元嘉三大家"，还有其后善于骈文的江淹、任昉及以写景留名的丘迟、吴均等。

"元嘉三大家"是指谢灵运、鲍照、颜延之三个作家，他们精于技巧，用词考究，追求风格的精工绮丽。谢灵运是山水诗的创始人，其《山居赋》《岭表赋》《江妃赋》等，写风景细致入微，语言闲雅精美而流畅。鲍照命卑才高，其诗歌情感激切，而其文章《登大雷岸与妹书》全篇以四言为主，用词精当。颜延年与谢灵运齐名，也注重词采，但伤于雕琢藻饰与堆砌古事。

齐梁文章继承新变追求，在内容题材上有进一步的突破，如江淹的《别赋》《恨赋》不以具体事件或山水为题，纯以情感浓烈之生离死别为题。与沈约并称"沈诗任笔"的任昉，其《奏弹刘整》

模仿刘妻声语，以时言写家长里短之事，形式新颖，有很多精彩的骈句。

这一时期，写景文的成就非常之高。山川景物以风景自身的神韵取胜。其中最著名者有丘迟的《与陈伯之书》，“暮春三月，江南草长，杂花生树，群莺乱飞”，语言雅洁灵动，数语写出了南方暮春时节的自然美景和无限生机。又如吴均《与朱元思书》曰：“风烟俱净……嘤嘤成韵。”辞清句丽，工整而不流于纤弱，写出江南山水的清峭逸致。“文体清拔有古气，好事者或学之，谓为‘吴均体’”（《梁书·吴均传》），这是对齐梁富于辞藻而殊少清刚之健的变化。再有陶弘景的《答谢中书书》：“高峰入云，清流见底。两岸石壁，五色交晖。青林翠竹，四时俱备。晓雾将歇，猿鸟乱鸣。夕日欲颓，沉鳞竞跃。”将静止的景物写得富于动感，笔调清新自然，表现出了独特的成就。

如上可见，南朝美文继承了前朝的追新逐丽的特点，但又避免了食古不化与雕砌成风的弊病，能够将清健的笔力、精美的词句和内在的神韵完美地结合在一起，形式之美与内容之美在景物描写类的文章中尤其表现突出，这也为唐代古文的发展做出了贡献。

60. 曹操的诗歌成就是什么？

答：曹操是魏晋时期的杰出文学家（生平经历可参见前题），他采用当时趋于衰落的四言体诗歌形式，借用古乐府的题目，写出自己对民生国事与个体生命的认识和感慨，开创了以古乐府写时事之风，表现出与普通文人不同的“气韵沉雄，古直悲凉”特点，使四言诗为之一振。具体来说，有如下成就：

一、强烈的现实主义色彩。曹操一生戎马生涯，有强烈的经世致用之心，又经历了军事、政治的重大变化，其丰富的人生体验使他的诗歌反映了广阔的社会现实和个人积极昂扬的精神风貌。

一是如实记录了当时重大社会历史事件。《薤露行》分析了汉代衰亡的原因：“惟汉廿二世，所任诚不良……贼臣持国柄，杀主灭宇京。”如诗史般揭露了汉代所用非人、董卓擅权造成的结果。钟惺认为曹操诗歌是“汉末实录，真诗史也”（明钟惺、谭元春《古诗归》）。二是反映了群雄混战给普通民众造成的苦难，《土不同》中描述袁绍统治下的北方凋敝之气：“士隐者贫，勇侠轻非。心常叹怨，戚戚多悲。”三是写自己对生命的复杂感受，谱写出积极昂扬的英雄悲歌。作者并不在悲叹中沉沦，而是将之升华为只争朝夕的积极努力。如《善哉行》其二回顾自己的成长经历：“自惜身薄祜，夙贱罹孤苦。既无三徙教，不闻过庭语。其穷如抽裂，自以思所怙。”但作者并不停留于对身世的悲叹，而是表达“我愿于天穷，琅邪倾侧左”的抱负。四是少量的游仙诗表达了游仙生活和长生愿望。如：“驾六龙，乘风而行。行四海，路下之八邦。历登高山临溪谷，乘云而行。行四海外，东到泰山。”（《曹操集·气出唱》）这些诗和曹操的其他诗歌一样具有雄浑大气的特点，对其后的游仙诗发展有一定的题材开拓之功。

二、情感抒发直抒胸臆。其抒情的重要特点：一是情感抒发大胆率直，不加掩饰；二是语言直率质朴，较少浮华虚饰。

曹操诗歌多是对政治理想、社会现实、个人生活和思想的实录，少有空洞的感叹。发而为文，他敢于以劲健之笔批判现实，《蒿里行》中他毫无隐晦地批评其他诸雄以私利损大义：“军合力不齐，踌躇而雁行。势利使人争，嗣还自相戕。淮南弟称号，刻玺于北方。”

曹操诗歌的率真风格与自然拙朴的语言有关。他的语句不事押韵和对仗，四言诗以外的其他诗如《对酒》和《度关山》甚至保持了散文化句式。其诗殊少使用生词僻语，多通过平常字词表现其阔大胸襟，如“东临碣石，以观沧海”（《观沧海》），平平叙出质直语，一“临”一“观”均为平常字词，但“临”有君临天下之气势，而“观”则尽有高瞻远瞩之态，与大海的吐纳星月相应。语言虽“古”且“直”，但能够非常恰当地体现出苍凉阔大情怀。后文的“水何澹澹，山岛竦峙。树木丛生，百草丰茂。秋风萧瑟，洪波涌起。日月之行，若出其中。星汉灿烂，若出其里”，无一奇字奇语，也无奇异之象，但是能够营造出非常雄伟的境界，让人看到他包裹天地的胸怀气度。

三、诗歌风格雄浑悲凉。曹操诗歌被称为“雄浑”，其境界阔大浑厚。一是缘于其内容的悲慨之气。刘勰评价曹操诗歌说：“观其‘北上’众引，‘秋风’列篇，或述酣宴，或伤羁戍；志不出于淫荡，辞不离于哀思，虽三调之正声，实《韶》《夏》之郑曲也。”（刘勰《文心雕龙·乐府》）曹操诗大量是对当时生活的如实描述，生活的苦难决定了其情感的苦难深重，如《却东西门行》借孤零零的大雁在苦寒之地的颠沛流离悲叹远离家乡的士兵，其悲凉之外，更有慷慨之气，悲哀却富有力量，这也是建安诗歌最主要的特点之一。

二是与其意象有关，这些意象不以精美辞采或者细致之描画见长，而多是粗笔勾勒出厚重雄浑之物，如有“铠甲”“沙场”等征战意象，“塞北”“鸿雁”等山水自然意象，“周公”等历史人物意象，这些意象可以让我们感受到作者思想的深度与眼光的阔大，更可以感受到驱使这些意象自由组合的感情和思想力量，因而整体风格深沉厚重。

四、诗歌形式的创新。

曹操的文学成就还表现在其诗歌形式的创新上。首先，他多借乐府古题写时事，如《薤露》《蒿里》均为古乐府题目，原为挽歌，有悲凉之意。曹操沿袭其悲凉之意，但内容全写时事。这种以古题写时事对后来杜甫的“即事名篇”与白居易的“新乐府”都有开拓之功。其次，四言诗到汉代出现衰微趋势，曹操使四言诗振起，并在嵇康和陶渊明的手中再次放出异彩。最后，曹操也大量使用五言诗创作，使五言诗更为普及，对五言诗的发展壮大有重要作用。

如上可见，曹操的诗文创作紧密结合现实，表现出沉雄悲凉的气度，对建安风骨的形成有重要作用，在诗歌史上有不可磨灭的历史意义。

61.“才高八斗”的曹植，其诗歌成就体现在哪些方面？

答：“才高八斗”的说法出自谢灵运，说天下才共一石，曹植独占其中八斗，可见其对曹植诗才的高度评价。曹植有意地追求诗歌形式美，与他刚健有力的内容相结合，其诗歌表现出“骨气奇高，词采华茂”（钟嵘《诗品》卷上）的特点，被列为上品。

一、浓郁张扬的情感。曹植前期生活的恣意狂放、前后期经历的巨大落差、后期生活的备受打击都使曹植的诗歌情感强烈，也充满感染力。

曹植早年诗歌抒发建功立业的雄心壮志，如《白马篇》中“捐躯赴国难，视死忽如归”；曹植的富于报国壮志，还表现出对目光短浅的势利小人的讥笑，如《鰕䱇篇》中：“燕雀戏藩柴，安识鸿鹄游。……俯观上路人，势利惟是谋。”除表现壮志外，曹植诗歌还再现了战后的衰败和民众的痛苦，如《送应氏》其一“垣墙皆顿擗，荆棘上参天。不见旧耆老，但睹新少年。侧足无行径，荒畴不复田”，写出战争造成的人烟稀少和田园残破景象。此外，曹植还有一些诗歌表现了其贵公子的优游生活，如《斗鸡》《公宴》《侍太子坐》等，语言华美，颇有诗技。

《洛神赋图》（局部）　（东晋）顾恺之

曹植后期受曹丕打压，多以比兴手法抒发其隐晦复杂的痛苦情感，但情感强度不减。他或是表达被曹丕打压的痛苦与压抑的愤怒，如《赠白马王彪（并序）》中“存者忽复过，亡没身自衰。人生处一世，去若朝露晞”，在对人生无常的感怀中抒发了对其兄做法的愤怒；或是抒发仍旧希望有所建树的心情。由于政治形势的变化，这种心理不像前期意气风发，多流露出一种执着而深沉的痛苦，如《七哀诗》：“愿为西南风，长逝入君怀。君怀良不开，贱妾当何依?”“清路尘”得势远去，撇下“浊水泥”无奈沉沦，即令化为“西南风”也无可皈依。

此外，曹植还有部分游仙诗，如《桂之树行》《平陵东行》《升天行》等，也有比较充实的思想情感。有的游仙诗以华美言辞描绘仙境，借此表达对人世痛苦的厌弃，如《仙人篇》：“湘娥拊琴瑟，秦女吹笙竽。玉樽盈桂酒，河伯献神鱼。”有的游仙诗展现出作者的伟岸人格，如《游仙诗》中作者“翻迹登鼎湖，翱翔九天上，驰辔远行游，东观扶桑曜，西临弱水流，北极登玄渚，南翔陟丹丘”，将人生有限之悲哀化为阔步于天衢之上、翱翔于清风之中的峻爽逍遥，抒情主人公的形象远远超脱于流俗和现实之上。

二、华美的词采与意象。与曹操的古朴不同，曹植诗歌被称为“词采华茂”，其诗歌语言和意象均富丽精工。

首先，曹植开始摆脱汉魏古诗中的平常字语，善于炼字，早年尤善以富丽词采描写对象。如同样是“白”字，《白马篇》中“白马饰金羁，联翩西北驰”，《名都篇》中“白日西北驰，光景不可攀”，《赠白马王彪》中“原野何萧条，白日忽西匿”都有“白”字。第一个“白”字领起全文，与充满质感的“金”合在一起，明亮刚劲；第二个“白”字与“西北驰”同在一起，此时的“白日”壮丽而急促，与作者急于建功立业的激切心情相应；第三个“白”字是被动的“匿”，这个“白”显示出的不是日落时的壮观而是太阳的苍白单薄，与作者在曹丕压制下的害怕与惶恐相应。

其次，曹植的诗歌富于华美意象。早期诗歌《名都篇》中，少年与妖女、利剑与宝马、被服与美酒等纷至沓来，斗鸡、走马、驰骋、揽弓、鸣镝、长驱、左挽、右发等富有动感的行为次第排出，从意象到行为都体现出游侠少年的豪气。《美女篇》中，曹植也从各方面铺排渲染“美女”之娴静，一系列精致与富丽意象如“素手”“皓腕”“玉体”和“金环”“金爵钗”“翠琅玕”“珊瑚”等描述美女姣好的外形与贵重的饰物，铺排手法使得全诗气势充沛。

三、对诗歌形式美的重视。曹植认识到文学自身的审美特性，开始从诗歌的构思、形式及用词等各方面极力有意地营造诗歌。

曹植开始变无意为诗为有意为诗。首先，他工于起调，往往以警句开篇，境界阔大。如《七哀诗》“明月照高楼，流光正徘徊”，明月、高楼营造出广阔宏美的空间，反衬出作者自己的孤寂。《野田黄雀行》中“高树多悲风，海水扬其波”，起笔高兀，营造出笼罩天地的凶险背景，更显出黄雀的无处可逃。其次，曹植在细处也精心构思，如“白马饰金羁，联翩西北驰”，人们先是看到明亮的颜色，然后看到飞奔而来的马匹，马匹经过人们身边后，人们才能看清其是奔向战事正紧的西北。先出之以颜色词，次出之以动作，最后表明所去方向，既符合人的认知规律，也凸显出少年侠气。

此外，曹植对诗歌形式的创新还表现在其大量创作五言诗上。曹植诗歌四言、五言、七言都有，但其在五言诗创作上的贡献尤大。他在诗歌技巧方面进行了有益的探索，他喜用对偶，如《赠王粲》中“树木发春华，清池激长流”，《赠丁仪》中“凝霜依玉除，清风飘飞阁”，追求声律的顿挫起伏，这都为魏晋六朝时期诗歌发展提供了有益的经验。

曹植继承了汉乐府“缘事而发”的传统，以叙事抒情，丰富了其表现功能。其诗多用华美的意象和言辞，并善于以铺排与对偶增强情感力度，诗风从古拙走向华美，为五言诗的广泛使用和发展提供了正确的方向。

62.“建安风骨”指的是什么？

答：“建安”是东汉最后一个皇帝汉献帝的年号。当时活跃的诗人主要有三曹、建安七子等，其诗歌表现出强烈的情感力量，后代称他们的诗歌风格为“建安风骨”。关于“风骨”，后代解说不一，但大致认为，“风”是指诗歌内在的强烈的精神感染力，它源于内容的充实和情感的深挚，但并非指内容和情感自身；“骨”是指文章表现出来的刚健有力的特征，具体表现为语言的准确、简练、明晰。结合建安诗歌理解，“建安风骨”具体有如下特点：

一、内容充实丰满。

其一是反映了苦难的社会现实，如曹操《冬十月》和《土不同》写出作者途中见到的北方苦寒情景，王粲的《七哀诗》：“出门无所见，白骨蔽平原。路有饥妇人，抱子弃草间。”陈琳的《饮马长城窟行》：“生男慎莫举，生女哺用脯。君独不见长城下，死人骸骨相撑拄。”分别从不同角度写出了战乱给百姓带来的痛苦。其二是体现了高扬的政治理想，如曹操理想的社会是“钱镈停置，农收积场。逆旅整设，以通贾商”（《步出夏门行·冬十月》）。曹植《杂诗六首》抒发意欲赴边报国建功立业的壮志：“闲居非吾志，甘心赴国难”，“烈士多悲心，小人偷自闲。国仇亮不塞，甘心思丧元”。其三是对人生短暂的慨叹和对人生价值的积极追求。曹操《龟虽寿》中说：“神龟虽寿，犹有竟时。腾蛇乘雾，终为土灰。”曹丕感叹：“人生如寄，多忧何为？今我不乐，岁月如驰。”（《善哉行》其一）陈琳《游览诗》中：“骋哉日月逝，年命将西倾。建功不及时，钟鼎何所铭。”则是感叹时不我待，他们将对生命的感慨化为对人生价值的积极追求，表现出刚健不息的生命力量。

二、强烈的个性色彩。

建安时期的诗人，其诗歌各有特点，都表现出独特的风格，也代表了魏晋文学自觉时代的到来。

曹操之诗气韵沉雄、悲凉慷慨，诗歌语言质直朴素、不尚藻饰。他学习汉乐府而且有所发展，开创了以乐府写时事的传统。曹丕抒情便娟细腻，刘勰认为他“魏文之才，洋洋清绮……虑详而力缓”（刘勰《文心雕龙·才略》），抒情中心由曹操的重视现实社会转向人内心的个人情感，脱离叙事成分变成纯抒情。他的诗歌语言绮丽工整。曹植的诗歌被誉为“骨气齐高，辞彩华茂，情兼雅怨，体被文质”（钟嵘《诗品》卷上），他的诗歌情感充沛、辞藻华美、对仗工整、音韵流畅，体现了其有意为文的特点。王粲客居南方，功业未建，多言愁苦之情与思乡之意，诗风苍凉悲慨，刘勰称其为“七子之冠冕”（刘勰《文心雕龙·才略》）。陈琳的五言乐府《饮马长城窟行》真实再现了战争徭役给人们带来的深重灾难，以对话再现了人物内心矛盾痛苦的心情，其《宴会诗》《游览诗》则词语精美，音律和谐。

建安七子将诗歌视为个人经历情感的记录，再加上个人性格的不同，诗歌都带上强烈的个人色彩，曹丕说：“王粲长于辞赋，徐干时有齐气，然粲之匹也。……应玚和而不壮；刘桢壮而不密。孔融体气高妙……文以气为主……”（曹丕《典论·论文》）反映了当时诗歌创作的这一特点。

三、悲凉慷慨的美学色彩。建安乱世，诗人目睹苦难，情感深重悲凉，发而为文，其悲凉之气更为厚重和复杂，具有强烈的感染力，这就是“风”。

这种悲凉慷慨的美学色彩首先是基于建安诗歌沉重的悲剧色彩。建安时期的诗人好用“悲”字，曹操《苦寒行》“树木何萧瑟，北风声正悲”，阮瑀《诗》“临川多悲风”，曹丕《燕歌行》其二“悲风凄厉秋气寒”。曹植更是多用“悲”，如《杂诗》“高台多悲风”“江介多悲风”“弦急悲风发”。但是，悲凉中又带着刚劲不屈之气，这使建安诗歌带上慷慨之气。一是将其悲凉之气通过整个社会的苦痛表现出来，因而表现得厚重磅礴，往往以阔大雄奇的意象表现之，在空间上往往浩瀚博大，如曹植的《泰山梁甫行》“八方各异气，千里殊风雨”充满风雨欲来之气。二是悲慨并具，建安诗歌是在悲凉中充满了不屈之气，意欲以有限的生命最大程度地实现自我。曹操《龟虽寿》：“老骥伏枥，志在千里。烈士暮年，壮心不已。”曹植《薤露行》：“人居一世间，忽若风吹尘。愿得展功勤，输力于明君。怀此王佐才，慷慨独不群。”建安诗人喜用慷慨之词，如曹操《短歌行》“慨当以慷，忧思难忘”；曹丕《于谯作诗》“慷慨时激扬”；陈琳《诗》“慷慨咏坟经”；吴质《思慕诗》“慷慨自俛仰，庶几烈丈夫”；曹植《薤露行》“慷慨独不群”，《赠徐干诗》“慷慨有悲心，兴文自成篇”，《情诗》“慷慨对嘉宾，凄怆内伤悲”，《弃妇诗》“慷慨有余音，要妙悲且清”，等等。这种对“慷慨”的爱好本质是建安时期诗人面对苦难时的不竭的生命力的体现。

总之，建安诗人面对社会现实，写出了内容充实、情感强烈的诗歌，具有强烈的感染力，表现出刚健的生命力量。

63.《悲愤诗》的作者是谁？该诗的艺术特色是什么？

答：《悲愤诗》是东汉文学家蔡琰所作的五言叙事诗，全诗一百零八句，五百四十字，真实地再现了战争给每一个人带来的创伤，是汉末动乱社会的真实写照。

全诗内容分三大部分。前四十句为第一大段，描写董卓之乱带给老百姓的巨大痛苦，以“彼苍者何辜，乃遭此厄祸”的呼号作结，也引出自己被掳入北地的经历。其后，自“边荒与华异，人俗少义理”起描写北方的苦寒景象与自己对家乡的思念。自“去去割情恋”之后为第三大段，家园残破、儿子远离的悲伤使作者沉浸在终日的忧伤悲痛中。

《悲愤诗》全诗展现了汉末广阔的社会生活场面，情感深挚沉痛，主要有如下几个特点：

一、将个体命运与社会灾难有机联系在一起的叙事结构。该诗既描述了董卓之乱下广阔的社会灾难，又描述了个人悲剧命运及与儿子的生离死别。

全诗以“汉季失权柄，董卓乱天常”开篇，“乱天常”三字表明了董卓之暴行违背天道，给全诗奠定了厚重磅礴的情感基础。在此宏观背景下以特写镜头“马边悬男头，马后载妇女”写出董卓队伍对百姓的非人折磨；在对董卓之乱造成的社会苦痛的描写中，作者也交代了自己命运的原因。第二部分中，作者写自己在边地复杂的心境，使人窥斑见豹，体会到当时所有被掳百姓的苦难。作者时时写自己，但又时时将自己的命运与他人命运交织在一起，互相映衬。第三部分写作者回家后的心情，作者“出门无人声，豺狼号且吠。茕茕对孤景，怛咤糜肝肺。登高远眺望，魂神忽飞逝”。作者出门所见为野兽悲嚎，在家为茕茕独坐，登高更是肝肠寸断。既写出了个人的苦痛，又写出了家园的荒凉破败。

二、高超的叙事技巧。

首先，全诗自然地运用了细节描写、心理描写、环境描写等多种表现手法，正面描写与侧面描写相结合，真实地再现了时代的苦难及自己的悲痛。

作者善以细节描写突出场面和表达情感，如“或有骨肉俱，欲言不敢语”，被俘者于战俘队伍中发现自己的家人，既有劫后余生的惊喜，非常想知道对方在战乱中的经历，还会对未来的分别充满惶恐与担心，种种复杂的情感使得他们本应有无数的话要说，但“不敢语”，侧面写出了被俘者对兵士的恐惧害怕之情。

作者还善于于叙事中表达复杂曲折的情感与心理变化。如“有客从外来，闻之常欢喜。迎问其消息，辄复非乡里”，在被掳之地，知道老乡来到则一阵欣喜，细问之下又陷入失望之中。在对母子之别的描写中，作者更是将曲折回环的情感变化表现得淋漓尽致。本对返乡已经绝望，突然又知道可以回家，悲中有喜，但喜后复大悲，作者又陷入母子分别的痛苦。

最后，作者还善于以环境描写、语言描写等提高表达效果，如渲染北地的景色：“处所多霜雪，胡风春夏起。翩翩吹我衣，肃肃入我耳。”北地的荒凉加强了对南方思念的苦痛，而回家之后：“城郭为山林，庭宇生荆艾。白骨不知谁，纵横莫覆盖。”家园今日的荒芜萧瑟又使得绝望与苦痛更为深重。

语言描写在诗中虽然并不多见，但极富表现力。如写母子分离前儿子的问话：“儿前抱我颈，问母欲何之。”可见小孩平时对母亲的依恋。“人言母当去，岂复有还时”，写幼子对传言的担心和害怕，更能突出这一实事将会给他带来的伤害。“阿母常仁恻，今何更不慈。我尚未成人，奈何不顾思”，写儿子对母亲的诘问，显出了孩子的不谙世事和天真。

三、质朴晓畅、情感浓郁的语言。

《悲愤诗》虽然产生于汉代，但未受汉末骈偶化的影响，更多采用生活语言，明白晓畅，语浅情深。

一是善于以通俗精确的词句表现出对象的突出特征。“金甲耀日光”，“金甲”和“日光”等为生活中常见词汇，刀光在日光下闪耀成片，写出了暴乱队伍的庞大阵势和杀气腾腾状。

二是叙事语言有浓烈的抒情性，如第一部分控诉董卓军队的暴行，作者自然地呼天告地：“彼苍者何辜，乃遭此厄祸。”叙事与情感和谐融为一体。其回到家乡后“登高远眺望，魂神忽飞逝”。自己登高远望，但是，远眺使作者突然想起了远方的幼子，不禁“魂神忽飞逝”，痛子之情自然流出，叙事至抒情的转换了无痕迹，且于叙事之中本身就饱含情感。“奄若寿命尽，旁人相宽大。为复强视息，虽生何聊赖”,极大的痛苦让人宁可早死，但旁人的安慰又使得自己勉强活下来，虽然活下来了，但已经完全没有生的意趣，人已经成了行尸走肉。

如上所述，《悲愤诗》展示了汉末的真实场景和作者的深重苦痛，情感的真实与语言的质朴形成了该诗的强烈感染力，沈德潜评其感人之故：“由情真，亦由情深也。”（沈德潜《古诗源》）

64.“竹林七贤”的人生情怀有何共同之处？

答：“竹林七贤”指魏晋正始年间的七位名士，包括嵇康、阮籍、山涛、向秀、刘伶、王戎及阮咸。他们经常在当时的山阳县竹林之下畅饮放歌，生活率性，有名士之风，其人生情怀在如下方面有相似之处：

一、他们多反对俗世礼法，有特立独行之风。七子有相近的人生风范，即多特立独行，反对礼法，向往自由，并以此互为推举。嵇康向往自然生活，《养生论》认为：“神仙禀之自然，非积学所得，至于导养得理，则安期、彭祖之伦可及。”在《与山巨源绝交书》中列举山涛的种种不是，对正统礼法极尽嬉笑怒骂之能事。阮籍则纵酒佯狂，嘲笑礼法：“君子之礼法，诚天下残贼、乱危、死亡之术耳。”他以任诞抵制司马氏的名教。刘伶和嵇、阮一样恣意纵酒，“放情肆志，常以细宇宙齐万物为心”（《晋书·刘伶传》）。向秀与嵇康打铁，两人旁若无人。七子中最小的阮咸是阮籍侄子，他之不羁尤甚，“诸阮皆饮酒，咸至，宗人间共集，不复用杯觞斟酌，以大盆盛酒，圆坐相向，大酌更饮。时有群豕来饮其酒，咸直接去其上，便共饮之”（《晋书·阮咸传》）。

二、他们在思想上都雅好老庄。

嵇康早年“学不师受，博览无不该通，长好《老》《庄》”。将老庄的哲学境界生活化。阮籍“博览群籍，尤好《庄》《老》”，《大人先生传》中表达了“不避物而处”“不以物为累”的老庄理想人生观。刘伶的《酒德颂》中，作者饮酒之后进入“无思无虑，其乐陶陶”的天地一体的老庄自然境界。山涛表现出强烈的道家倾向，“涛秉德冲素，思心潜通，清虚履道，有古人之风”（《全晋文》卷五）。向秀“清悟有远识，少为山涛所知，雅好老庄之学”，注《庄子》，

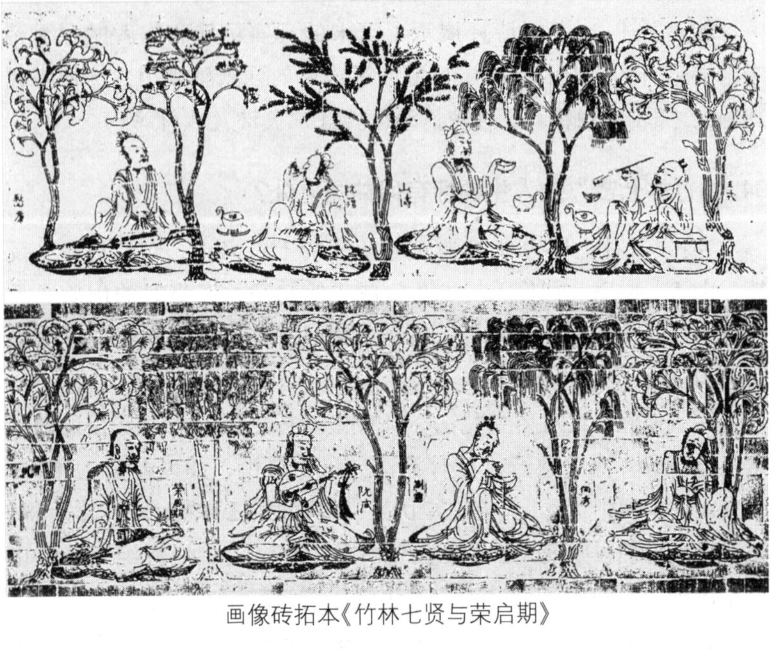

画像砖拓本《竹林七贤与荣启期》

《高逸图》　（唐）孙位

“妙析奇致，大畅玄风”（《晋书·向秀传》），开创了以玄注庄的思路，为郭象所继承，奠定了后代庄学基础。阮咸为阮籍之侄，也有音乐才能，其不拘礼法如其叔，不喜与当世俗人交往，亦好老庄。

三、他们雅尚清谈，识见过人。嵇康通于玄理，长于音乐，作有琴曲《风入松》《长清》《短清》《长侧》，并有乐论《声无哀乐论》，反驳统治者提出的音乐有善恶的主张。阮籍早年有入世之志，曾慨叹：“时无英雄，使竖子成名！”山涛和王戎都表现出对政局出色的判断能力。山涛在乱世之时潜隐不出，王戎评价他“如璞玉浑金，人皆钦其宝，莫知名其器”（刘义庆《世说新语·赏誉》）。向秀则“清悟有远识，少为山涛所知”（《晋书·向秀传》），其对《庄子》的注解成为不刊之论。王戎则出身魏晋高门琅琊王氏，“幼而颖悟，神彩秀彻”，且品评与识鉴均有过人之处，阮咸音乐造诣很高，“妙解音律，善弹琵琶……荀勖每与咸论音律，自以为远不及也”（《晋书·阮咸传》）。

这七子都有非凡之器，在乱世之时，他们不屑与利禄之辈交流，而因相近的思想倾向表现出彼此之间的欣赏，如山涛与嵇、阮一见，即契若金兰，认为“当年可以为友者唯此二生耳”（刘义庆《世说新语·贤媛》）。阮咸同样不屑人事，“处世不交人事，惟共亲知弦歌酣宴而已”（《晋书·阮咸传》）。即令是七子中地位最低的刘伶也“澹默少言，不妄交游，与阮籍、嵇康相遇，欣然神解，携手入林”（《晋书·刘伶传》）。以谈玄为名常相聚一起，这也是七贤由来，有的以此躲避统治者的注意，有的则为伺机而出。

65. 阮籍诗的“蕴藉”表现在哪些方面?

答：阮籍（210—263），字嗣宗，三国陈留尉氏人，因曾做过步兵校尉，后世又称“阮步兵”。他表面悖礼，实际上重视真情；表面任性不羁，实则为人非常谨慎。发而为诗歌，即是他多掩饰内心的真实情感，通过各种形式曲折抒情，形成其“蕴藉”诗风。这种诗风的特点主要表现在以下几个方面：

一、情感的深刻复杂。

首先，阮籍之诗有强烈的建功立业之志。阮籍早年有入世之心，但生不逢时，其在诗歌中多抒发功业难成的失意之情。《咏怀诗》其五回忆年少时的意气风发：“平生少年时，轻薄好弦歌。西游咸阳中，赵李相经过。娱乐未终极……”其三十五之“壮士何慷慨，志欲威八荒。……忠为百世荣，义使令名彰。垂声谢后世，气节故有常”，充满了昂扬的斗争精神。

其次，阮籍多以游仙表达避世思想，诗歌中还有不少借老庄思想表达远离人世的隐居思想，如《咏怀诗》其十五，作者“昔年十四五，志尚好诗书。被褐怀珠玉，颜闵相与期”，但没能实现理想，便以“丘墓蔽山冈，万代同一时。千秋万岁后，荣名安所之”自解，表达“乃悟羡门子，噭噭令自嗤”的人生理想。

阮籍之诗还表达了强烈的生命意识。阮籍将强烈的功业之心藏于佯狂中，这使他对时光的逝去更为惶恐，他在诗中大量表达时光飞逝、人生无常之感，如《咏怀诗》其十二：“夭夭桃李花，灼灼有辉光。悦怿若九春，磬折似秋霜。”灼灼其华的桃花只是使他对将来更加害怕。

最后，阮籍之诗还经常表达其莫名的焦虑与恐惧。老庄思想无法使他走出司马政权高压下的忧惧，外界事物无时无刻不引起他复杂的忧生惧祸之情，如《咏怀诗》其一中，诗人中夜不寐，起坐弹琴，所见是薄帷明月，所感是冷风吹衣，所闻是野外孤鸿的凄惶鸣叫。作者似乎仅是淡淡叙出。但是，夜色之冷薄，飞鸟之孤寂，已经体现出了诗人的忧惧无着之感。然终篇结束，读者仅是感觉如此

《阮籍执扇图》 赵治民

之莫名焦虑与恐惧，却无法知道情感之所由来。

二、点到为止的叙事。阮籍“狂放”的背后是谨慎，他对感情往往也不深加说明，这种抒情方式也加强了阮籍诗的蕴藉特点。

阮诗不明言感情所自，《咏怀诗》八十二首均为作者某一时刻所思所想，或是感怀而作，对自己情感只是曲折表达，读者能够感受到其内心的苦闷焦灼，但无法明确其所指；常写其不可名言之彷徨、惆怅、凄怆情怀，尽显其焦虑，故后人称为“其旨渊永”。其诗不明言心中凄苦，如其十七（独坐空堂上），强调在家时是“独”坐于“空”堂上，则自是百无聊赖，于是出门，冀有所获，但出门亦无人；再是登高而望，所见更为广阔，但如此广阔之境中唯有孤鸟离兽，更添凄惶。最后只能在夜暮时分独自咀嚼忧愁。全篇无一处明写孤苦，但孤苦无处不在。

阮诗“蕴藉”还与其点到为止的叙事方式有关，其写诗时所指隐约，仅是指出某一史实，但不明言之。如《咏怀诗》其三十一（驾言发魏都），有人认为是悲悼曹魏灭亡之原因，但有人则认为是警示司马氏，真实旨意难以确定。

三、比兴和象征、用典手法的使用。阮籍诗歌情感强烈，但多以比兴和象征手法，王夫之说他“步兵咏怀自是旷代绝作……且其托体之妙，或以自安，或以自悼，或标物外之旨，或寄疾邪之思……不但当时雄猜之渠长，无可施其怨忌，且使千秋以还了无觅脚根处”（明王夫之《古诗评选》卷四）。

阮籍多以物为比，尤工于首句起兴，如《咏怀诗》其十四：“开秋兆凉气，蟋蟀鸣床帷。”蟋蟀生命短促，多应时而鸣，声声凄厉，令人想起生命的急促逝去。阮籍还在比兴的基础上，选择有着内在统一性的意象，形成一个统一的意象体系。如《咏怀诗》其七十九：“林中有奇鸟，自言是凤凰。清朝饮醴泉，日夕栖山冈。高鸣彻九州，延颈望八荒。适逢商风起，羽翼自摧藏。一去昆仑西，何时复回翔。”其所用的“凤凰”“醴泉”“昆仑”都是高傲且有神性之物，以此表明凤凰的高洁。阮籍笔下，相近性质的意象都成对或者成群出现，例如《咏怀》十六之“走兽交横驰，飞鸟相随翔”、十七之“孤鸟西北飞，离兽东南下”，离兽和孤鸟就是成对出现。阮籍笔下的意象或是孤独、脆弱、易逝之物，或是高洁、美好、不幸之物，这些不同的意象营造出特定的意境，表达出他悲凉的豪情壮志或是孤寂惊惧等种种情感，故此全诗之气易得，但具体归趣难求。

阮籍情感表现的隐约还与其用典有关。《咏怀诗》八十二首，用典者达到六十首左右，且典故来源多样，有远古神话、诸子言论、当世史实，这些典故的使用使得作者隐晦地表现了更为强烈的情感，与全诗内容浑融一体。例如《咏怀诗》其十一“湛湛长江水，上有枫树林”，化用了《楚辞》的“湛湛江水兮，上有枫”，但将“枫”变成“枫树林”，使意象更为具体，与后面的“皋兰”相为映衬，虽然青春氤氲，但与“湛湛江水”在一起，形成萧瑟阔大之景，悲戚呜咽。

在司马氏高压之下，阮籍以比兴、象征和用典手法，隐晦曲折地抒情，其诗歌情与景合，传达出作者的思想意绪，但却难以实证。

66. 嵇康其人其文对后代文学有何影响？

答：嵇康是正始名士，喜好老庄，博学多才，精通文学、玄学、音乐等。他以老庄之“自然”为据反礼教，强调“名教”并非人的本性，人的本性应是出于“自然”。对“名教”的反对是对司马氏政权的公然对抗，嵇康因此受到司马氏的极力打压，最终他宁死不屈。嵇康的高洁人格与其文学才能相结合，对后代文学产生了影响。具体来说，其成就有以下几个方面：

一、嵇康将“自然”观具体化。老庄提出的“自然”属于哲学层面的概念，嵇康则以“自然”观为基础，提出了他对音乐、养生、人性等一系列的观点。他以“自然”论看待音乐起源，他的《声无哀乐论》提出声音本无道德趋向可言，反击统治者的音乐有善恶之分的观念。嵇康“自然”观影响最大的为对“自然”人性的阐释，他的《难自然好学论》中，提出儒家所强调的“好学”并非人的天性，孔门之徒“好学”的实质是“神驰于利害之端，心骛于荣辱之途”，这是对现实中有人以学问钻营利禄的讽刺，彻底否定了司马氏推行的名教。在此基础上，他提出“越名教而任自然”，认为应该抛弃虚伪的礼教，使人按照人的自然真性发展。

二、嵇康将老庄自然境界生活化。老庄提出“自然”，嵇康将它生活化，将儒家的刚直人格与道家的向往自由结合在一起。其《赠兄秀才入军》十四中：“息徒兰圃，秣马华山。流磻平皋，垂纶长川。目送归鸿，手挥五弦。俯仰自得，游心太玄。嘉彼钓叟，得鱼忘筌。郢人逝矣，谁与尽言。”兰圃、华山、平皋、长川等集合而成的优游阔大的背景上，人、象、境完全合一，心境达到了绝对的自由与契合，作者寄意山水与丝竹的情怀充满自然生机。这首诗中哲理与形象合为一体，老庄的自然玄理完全生活化，但没有玄言诗的淡乎寡味之病。

嵇康对“自然”的生活化演绎还表现在部分游仙诗中。这些游仙诗描述了仙境生活，其中某些诗也有一定的形象性，如《代秋胡歌诗七首》其六之“思与王乔，乘云游八极。凌厉五岳，忽行万亿。授我神药，自生羽翼。呼吸太和，炼形易色。歌以言之，思行游八极”。作者和仙人云游八方，飞越五岳，超越天地时空之外，表达了他无意于功名利禄的高洁情怀。

三、嵇康之诗的清峻之风。嵇康继承了《诗经》朴实的写实主义传统和曹操四言诗刚健的精神力量，将个人的萧散精神注入描写对象中，运用比喻和象征手法创造性地发展了四言诗，在诗中表现出自然冲和的审美境界。

首先，他的四言诗继续并发展了《诗经》的四言形式。一方面，其诗用语朴素雅洁，多以间隔反复形成音乐般的韵律；另一方面，由于他对自然风神的重视，其用语比《诗经》更为注意言外之意，且注意意象之神，故其四言诗和《诗经》相比更富于清雅神气。其《赠秀才入军》中采用了《诗经》一唱三叹的形式，多处运用重叠词，但又能够以简洁之笔传神写意，其“鸳鸯”意象比《诗经》中的众多鸟意象更多自由闲散之气。

其次，作者发展了《诗经》中的比兴手法。《诗经》中多以现实事物起兴，嵇康则善于使用启示性意象，如以飞鸟象征逃离世俗的自由，以琴声象征心意相通的友情。他还将简单的以物起兴发展成较为复杂的以事为喻，如前引《赠兄秀才入军》其一，写成双成对的鸳鸯相亲相爱，一切宁静悠闲，没有世俗社会的争斗，以此兴起自己与兄弟游览山水时的宁静悠闲，从而写出了作者对自然景物的欣赏和与从弟心意相通的愉悦。

最后，嵇康以不同于正始其他诗人的“峻切”使诗歌为之振起。与阮籍抒情隐晦曲折不同，嵇康诗歌抒情强烈而不加掩饰，其《与山巨源绝交书》极尽嘲讽之能事，其“不堪者七，甚不可者二”连续采用九个排比句，四言为主，语势激切，这是由嵇康刚直激烈的性格所形成的文学的率真刚健。他虽然学习《诗经》四言诗，但是，“四言不为风雅所羁，直写胸中语，此叔夜所以高于潘、陆也”（何焯《文选评》）。陈祚明《采菽堂古诗选》言：“叔夜衷怀既然，文章亦尔，径遂直陈，有言必尽，无复含吐之致。故知诗诚关乎性情，婞直之人，必不能为婉转之调审矣。”

嵇康其人的耿直高洁成为后代士人的榜样，而其“自然”论在哲学史上有重要作用，其诗风则表现出与其人格相应的“峻切”，承曹操之后，使四言诗再次振起。

67. 何谓“太康体”？潘岳的诗歌有什么特点？

答：太康是西晋时武帝司马炎的年号。“太康体”即是指这段时期的诗风，代表人物有三张（张载、张协、张亢）、二陆（陆机、陆云）、两潘（潘岳、潘尼）、一左。太康诗人生当太康年间，这段时期司马氏政权已趋稳定，诗人不再有建安乱世时对功业的积极追求，也没有正始时期嵇康、阮籍深重的忧生惧祸之感。他们思想渐趋靡弱，不复建安正始诗人厚重的生命力量和高洁人格，而是开始向当权统治者靠拢，并由此卷入政治斗争。最有才华的陆机、潘岳均死于“八王之乱”中。另一方面，文学活动更为繁盛，诗人普遍表示出对形式美的重视，偏重拟古，喜好对偶。刘勰评价这时期为“采缛于正始，力柔于建安，或析文以为妙，或流靡以自妍”（刘勰《文心雕龙·明诗》），描述了当时诗歌过分追求形式技巧和思想靡弱的特点。

潘岳与陆机为“太康体”代表诗人，时人称之为“潘江陆海”，他们的诗歌既都具有太康诗风的特点，内容上不如建安正始有力，殊少反映广阔深重的社会现实，形式技巧上偏重对偶等，又表现出各自特色，“潘文浅而净，陆文深而芜”（刘义庆《世说新语·文学》），指出了他们文学创作的特点，即潘岳诗歌气势较为通达，有“省净”之美，陆机诗歌意象更为繁富，好用典故，有深芜之病。

潘岳少年即以才思敏捷出名，弱冠走上仕途，但亦因才名所累，仕途并不顺利。他性格轻躁，趋慕功利，与石崇等人谄事当朝权贵贾谧，甚至对贾望尘而拜，后来被卷入政治斗争，不得善终。从其政治生涯可见其不甘平庸而急功近利特点，尤其其本人缺乏高洁人格，因此诗歌总体上缺乏刚劲力量，但其诗歌追求形式之美，且长于抒发儿女之情，文章清绮华美，故在当时被钟嵘列为上品。

潘岳诗歌大致有三方面的内容：

一类以日常所感抒发功业未就之苦，如《在怀县作诗》二首其一：“南陆迎修景，朱明送末垂。初伏启新节，隆暑方赫羲。……虚薄乏时用，位微名日卑。驱役宰两邑，政绩竟无施。自我违京辇，四载迄于斯。器非廊庙姿，屡出固其宜。徒怀越鸟志，眷恋想南枝。”通过自然风光的变化感叹时光易逝、功业未就之憾。《内顾诗》二首其二也是如此，“独悲安所慕，人生若朝露。……不见山上松，隆冬不易故”,感慨人生苦短。

其诗第二类以交游应酬为主，由于其为人功利，故此类诗歌多为庸俗应景之作，可观之处甚少，如《为贾谧作赠陆机诗》十一首、《北芒送别王世胄诗》五首、《于贾谧坐讲汉书诗》等。

第三类多为咏怀情感之作，尤其是其悼亡类诗歌，为人激赏。潘岳之《悼亡诗》《杨氏七哀诗》《思子诗》等作，殊少像陆机那样用大量铺陈，因而有“省净”之称。其《悼亡诗》成就高超，以至自此诗之后，夫悼妻类诗都被称为“悼亡”诗。作者始叙自己与亡妻阴阳两隔，然后写自己回到家中，看到房间和室内的摆设，都还有妻子留下的痕迹。恍惚间，作者似乎又看到妻子往日在世时候的情形，陷入回忆之中，但又复于惊惧中回到现实。潘岳将思念之情写得细致入微，心理变化真实可感，如“望庐思其人，入室想所历。帏屏无髣髴，翰墨有余迹。流芳未及歇，遗挂犹在壁。怅恍如或存……”，“寝兴目存形，遗音犹在耳”。作者怀念妻子，从每一物件上都仿佛看到妻子往日的影子。全诗意象疏离有致，且有虚词散句周旋于其间，故词气纡徐而无促迫之气，更显情之深婉。

潘岳诗不足之处在于，潘岳追求抒情的淋漓尽致，以至于反复陈说渲染，失去了含蓄之妙。陈祚明说：“安仁情深之子，每一涉笔，淋漓倾注，宛转侧折，旁写曲诉，刺刺不能自休。夫诗以道情，未有情深而语不佳者，所嫌笔端烦冗，不能裁节，有逊乐府古诗含蕴不以尽之妙耳。”（陈祚明《采菽堂古诗选》卷十一）所论甚准。如《杨氏七哀诗》中，以环境描写衬托作者之低落与悲伤情怀：“漼如叶落树，邈若雨绝天。雨绝有归云，叶落何时连。山气冒冈岭，长风鼓松柏。堂虚闻鸟声，室暗如日夕。昼愁奄逮昏，夜思忽终昔。”作者以大量对偶描写类似之环境，终嫌冗长，这也是时风所致。但整体而言，潘岳之诗以感情为内在联系，即令有铺排，也不像陆机一样陈列大量相似的意象，因而气势较为通达晓畅。

如上所见，潘岳的诗歌具有魏晋时注重辞藻的特征，体现了时代的特点，虽然其诗歌艺术未至完美，但在探索诗歌艺术形式发展的道路上做出了贡献。

68. 与潘岳相比，陆机的诗歌有什么特点？

答：陆机与潘岳齐名，且同列文章二十四友，为司马颖所杀。在诗歌技巧方面，陆机和潘岳一样，追求对偶与华美，形成与汉魏古朴诗风不同的艺术风貌，与潘岳相比，陆机更为繁缛。

陆机诗歌有大量赠酬之作，如《赠武昌太守夏少明诗六首》《皇太子宴玄圃宣猷堂有令赋诗》《皇太子赐讌诗》等，这些酬唱之作多追求整齐的对仗，少数赠诗写得较有真情实感，如《与弟清河云诗十首》，其中从宗族历史写起，回忆自己的经历，抒发对弟弟的怀念之情。但陆机大量诗是拟古之作，它们典型地体现了陆机作品的特点。

陆机诗歌最引人注意之处为拟古乐府题所作的拟古诗，这类诗一变古乐府的叙事为主而以抒情为主，且多用对偶，语言华美，意象精致富丽。

陆机对诗风的改变之一为变质朴为华美。如《拟古诗十九首》中，同样是《西北有高楼》，原诗中描写高楼为“西北有高楼，上与浮云齐。交疏结绮窗，阿阁三重阶”,陆机诗变为“高楼一何峻，迢迢峻而安。绮窗出尘冥，飞陛蹑云端”。其中用了“尘冥”“飞陛”等文雅的意象；原诗中对弹瑟人的描写是“上有弦歌声，音响一何悲？谁能为此曲，无乃杞梁妻”,陆机诗变为“佳人扶琴瑟，纤手清且闲。……玉容谁能顾，倾城在一弹”。用到了更为精致的“佳人”“纤手”“玉容”，整首诗中的女子和高楼形象都分外精致华美，且作者使用的动词“扶”“清”“闲”“顾”也明显有书卷气。

陆机对诗风的改变之二是大量运用对偶。如汉代《长歌行》：“青青园中葵，朝露待日晞。……少壮不努力，老大徒伤悲。”由物起兴，抒写时光易逝的感叹，激励人珍惜光阴，情调积极昂扬，语言质朴易懂。陆机的《长歌行》则为：“逝矣经天日，悲哉带地川。寸阴无停晷，尺波岂徒旋。年往迅劲矢，时来亮急弦。远期鲜克及，盈数固希全。容华夙夜零，体泽坐自捐。兹物苟难停，吾寿安得延？

俛仰逝将过，倏忽几何间。慷慨亦焉诉，天道良自然。但恨功名薄，竹帛无所宣。迨及岁未暮，长歌承我闲。”全诗大量使用对仗，汉代《长歌行》中以常见之“葵”为比兴，“阳春”“万物”“光辉”“少壮”“老大”质朴如口语，但在陆机笔下，它们被“寸阴”“停晷”“尺波”“体泽”等文雅典重的词语代替，大量此类意象对比出现，密集堆积，使读者产生繁富之感。

陆机欲以富丽意象渲染出悲凉的感情，典型地体现了他自己“缘情而绮靡”的诗歌主张。他喜用精致富丽的意象，而殊少古直劲健之笔，故诗歌形式精美而气局不阔。当时对这类诗的评价很高，后代对此则诟病较多，沈德潜《古诗源》说：“士衡诗亦推大家，然意欲逞博，而胸少慧珠，笔又不足以举之，遂开出排偶一家。西京以来，空灵矫健之气，不复存矣。”陆机之诗本为模拟，没有厚重的情感驱动繁富的意象，故有滞涩之病，其为逞才而大量使用的生僻文雅之词和为文而文的对偶也导致情感之流被堵塞，反而没有动人力量，自然无法现“空灵矫健”之气。

陆机的创作在当时深受好评，在后世看来，可能有繁芜之病，但其作为诗歌发展过程中的一环，对于诗歌形式美的探究起到了积极作用。

69. 左思诗歌的艺术风格是什么？

答：左思是西晋的杰出诗人，名列“三张二陆两潘一左”，但其为人为诗均与其他人有非常大的不同。左思才思豪迈，有用世之心。他有感于门阀制度对人才的压抑，诗多以史为题，抒发自己不得志的感慨和对门阀士族制度的痛恨，感情强烈，语言有力，具体表现为以下几个方面：

一、内容充实，以表达高洁情志和鞭挞门阀制度为主。左思本有强烈的用世之心，但在晋代的门阀制度中，他不可能有施展才能的机会，其诗以此为中心，表达了三方面的内容。

一是功成身退的理想，如“弱冠弄柔翰，卓荦观群书。著论准《过秦》，作赋拟子虚。……长啸激清风，志若无东吴。左眄澄江湘，右盼定羌胡”（《咏史八首》其一），表达为国建功立业的热情和对自己才能的高度自信。左思对功业的渴望与其功成身退的人生理想是有机结合的，如《咏史》其三中：“吾希段干木，偃息藩魏君。吾慕鲁仲连，谈笑却秦军。当世贵不羁，遭难能解纷。功成耻受赏，高节卓不群。……连玺曜前庭，比之犹浮云。”

二是抨击门阀制度和社会势利现象，如“郁郁涧底松，离离山上苗。以彼径寸茎，荫此百尺条”，以伟岸的松树沉沦涧底、稀疏之苗高居山顶，抨击当时真正有才者沉沦下僚、无才者凭借门户而获得高位的现象。

三是表达作者自甘贫贱、不慕名利的人生理想。如《咏史》其四中歌颂扬雄的甘于寂寞和不事浮华：“……寂寂扬子宅。门无卿相舆……悠悠百世后。英名擅八区。”认为扬雄当世清贫寂寞，但他的思想与人格光照后世。

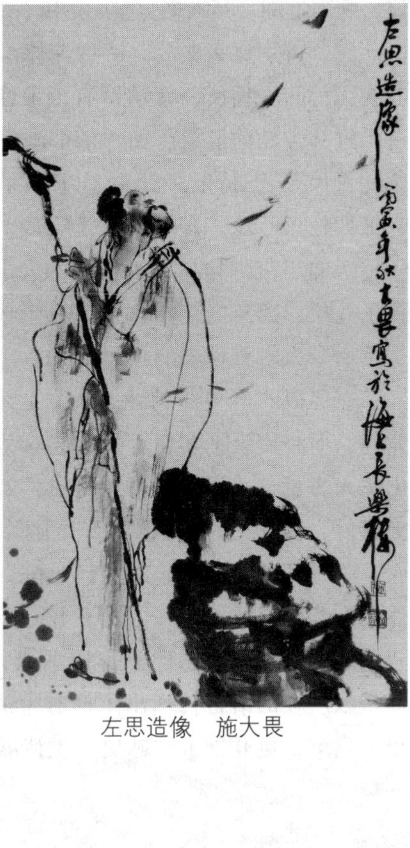
左思造像　施大畏

二、语言质直自然，气势强健有力。左思本有高洁人格，也不屑追随时风，发而为文，即善于以质直有力的语言表现出高亢激越的气势。

一是语言质朴自然。左思不像时人片面追求形式上的对偶，他祖述古体而不刻板，少用偶句，落落写来，自然流畅，如《咏史》其八中“落落穷巷士，抱影守空庐。出门无通路，枳棘塞中涂。计策弃不收，块若枯池鱼。外望无寸禄，内顾无斗储”，平平叙出，用语简单平朴如家常语。《咏史》其四的八句中，只有三、四、七句为对偶句，其他都为散句。《咏史》其五中，仅有最后一句为对偶句。另一方面，左思也重视用词，但是从文意出发，无堆砌板滞之弊，多有形象生动之美。如《咏史》其一中“弱冠弄柔翰，卓荦观群书”，“弄”字简单之至而富有活力与生趣，体现出作者的才学和情志，“卓荦”则表现出作者的卓尔不群。

二是其不平之气与耿直个性。左思之诗直陈现实，笔锋尖锐。如《咏史》其二中，“金张籍旧业，七叶珥汉貂。冯公岂不伟，白首不见招”，作者以汉事为例，毫不隐讳地直陈高门大族之平庸无能。另一方面，虽然作者深感遭遇不平，抒发内心的郁闷苦恼，但没有流露出沮丧颓废的情调，而是笔力刚健，气势昂扬，近于建安文学的慷慨之气。如“振衣千仞冈，濯足万里流”，“振”字就赋予作者风姿气度，“千仞冈”更是突出了作者的伟岸，读者似乎可见一人立于高冈之巅，睥睨世间，其人格力量力透纸背，气象阔大，境界高远。

三、善用比兴典故，诗意深厚。左思之诗虽然语言质朴，但并非淡无诗味，相反，诗歌富有形象性，这缘于左思多以比兴手法塑造出鲜活生动的形象。如“郁郁涧底松，离离山上苗。以彼径寸茎，荫此百尺条”，诗歌一开头，以苍劲雄伟的高洁之松比喻有才之士，它虽然枝繁叶茂，却因为生于谷底，因而终究无法为人所识；而叶子稀疏的小苗，却高踞于雄峻的大山之上，在山顶招摇不已，还挡住了苍松。离离之苗与郁郁苍松形成鲜明的对比，展示了一幅富有美感而令人触目惊心的画面。

左思以“咏史”为题，大量运用典故，但其典故不是使用生词僻句，而是用语平实，着力描述典故中的艺术形象，以其形象传达出感人力量，故用典而不觉是典，如《咏史》其六咏荆轲，虽是历史事件，但其“荆轲饮燕市，酒酣气益震。哀歌和渐离，谓若傍无人。……高眄邈四海，豪右何足陈”描绘了一个慷慨使气、任性自然而旁若无人、雄视一切的侠士。

综上所述，左思的五言诗不像太康诗人一样追求形式的对偶，而是以质朴的语言传达出刚健有力的情感，其诗为五言诗的发展做出了贡献，更开创了“咏史”类诗歌。

70. 魏晋时期“游仙诗”的发展和成就是怎样的?

答：魏晋时期的游仙诗，早在曹操时期就已经出现，曹操有游仙诗如《气出唱》《精列》，但他并不信神仙，只不过是为宴会娱乐而用。曹植创作了《游仙》《升天行》《仙人篇》等，文采斐然，后期“游仙诗”则开始有所寄托，开正始年间以游仙寄托之风。正始年间的游仙诗通过游仙表达玄学人生观，言近旨远，使游仙诗达到一个高峰。这些游仙诗中，以嵇康、阮籍、郭璞三人成就最高，下面分而述之。

一、嵇康有意识地借“游仙诗”表达寄托。刘熙载说：“嵇叔夜、郭景纯皆亮节之士，虽《秋胡行》贵玄默之致，《游仙诗》假栖遁之言，而激烈悲愤，自在言外，乃知识曲宜听其真也。”（刘熙载《艺概·诗概》）他的“游仙诗”有所寄托，其《游仙诗》描述仙境“隆谷郁青葱”，仙人“授我自然道，旷若发童蒙。采药钟山隅，服食改姿容。蝉蜕弃秽累，结友家板桐。临觞奏九韶，雅歌何邕邕？长与俗人别，谁能睹其踪”。虽然没有像后世一样借仙境讽时世，但对仙界的描述中，已经可以看到其对现世的厌弃。在《重作四言诗七首》其六中，他想象自己与王乔“思与王乔，乘云游八极，凌厉五岳，忽行万亿”；其七中细致描绘“徘徊钟山，息驾于层城，上荫华盖，下采若英，受道王母，遂升紫庭，逍遥天衢，千载长生，歌以言之，徘徊于层城”的神仙生活。

从诗歌技巧上看，这些诗多较为直露，往往直书其事，这与嵇康的性格有一定关系。他性格率直，不加掩饰，对神仙生活的描述也是直直道出。有些诗中表达对人世的不满，如《述志诗》其二：“何为人事间，自令心不夷。……岩穴多隐逸，轻举求吾师。晨登箕山巅，日夕不知饥。玄居养营魄，千载长自绥。”《兄秀才公穆入军赠诗十九首》描述理想中的生活是“乘风高游，远登灵丘，托好松乔，携手俱游”，表达了其玄学思想，但玄理与游仙还没有完美地融合为一体，“含道独往，弃智遗身，寂乎无累，何求于人”的诗句玄理直露，表现出比较明显的理性色彩。

二、阮籍之诗“遥深”，咏怀性质更强。同为名士，嵇康性格率真不加掩抑，而阮籍则“外坦荡而内淳至”（《晋书·阮籍传》），在司马氏的高压之下，他表面佯狂，实际谨慎，心内苦痛多转折言出，游仙诗也是其抒发抑郁痛苦感情的一种渠道。他的游仙题材的诗，并不以“游仙”为名，多以咏怀为托。如《咏怀诗》其三十二：“人生若尘露，天道邈悠悠。齐景升丘山，涕泗纷交流。孔圣临长川，惜逝忽若浮。去者余不及，来者吾不留。愿登太华山，上与松子游。渔父知世患，乘流泛轻舟。”这首诗没有直接以玄理说教，但将人生苦短的咏叹、远离俗世功利的旷逸融合于游仙中。《咏怀诗》其三十五则更为隐晦：“世务何缤纷？人道苦不遑。壮年以时逝，朝露待太阳。愿揽羲和辔，白日不移光。天阶路殊绝，云汉邈无梁。濯发旸谷滨，远游昆岳傍。”后人认为该诗表达了对曹魏的怀念和对黑暗社会的批判。因此，阮籍的游仙诗表面看离现实更远，实际上有多重寄托，因而内容更为深厚。

与嵇康相比，阮籍诗歌形式以五言诗为主，风格更清新淡远，较少嵇康的清峻之气。阮籍对游仙生活的描绘更为细致形象，如《咏怀诗》二十三：“仙者四五人，逍遥晏兰房。寝息一纯和，呼噏成露霜。沐浴丹渊中，照耀日月光。岂安通灵台，游瀁去高翔。”四五仙人精神交会，毫无世累，他们白天逍遥嬉戏于兰草之屋，晚上宁静祥和地休息，他们的呼吸不像人间那么污浊，凝成洁净的霜露。他们在没有人世污泥的深渊中沐浴，那深渊中闪耀着日月的光芒。前文的“天阶路殊绝，云汉邈无梁。濯发旸谷滨，远游昆岳傍。登彼列仙岨，采此秋兰芳”，描绘的游仙生活已经有一定的形象性，仙人在天边尽头云汉渺茫之处自由畅快地沐浴，心情愉悦而不染人间尘埃，众仙人一起惬意远游，登上高高的山冈，漫步花草丛中，采摘那美丽秋兰。和嵇康之游仙诗相比，形象性明显更强。

三、太康年间游仙诗相对平淡。

太康期间，文人思想转为平淡。这个时间的作者除潘张陆左外，还有傅玄、成公绥、枣据、何劭、邹湛等人，但成就突出者不多。这一阶段，除了以“游仙诗”及乐府题为名的游仙诗外，还有以

“招隐”为题表示游仙的诗歌，如陆机的《招隐诗》和左思《招隐诗》等。太康时期诗人整体品格不高，诗意由正始的富于寄托转为平淡。如陆机的《前缓声歌》(游仙聚灵族)、《鞠歌行》(朝云升)、《招隐诗》三首，都属游仙诗之列，虽然也表达求仙隐居意愿，但考虑到其生平强烈的政治功利心，则其求仙隐居情怀有追风之疑。

就艺术特点而言，太康诗多追求形式之巧丽，游仙诗较多的张华典型体现了这一趋势，“其体华艳，兴托不奇。巧用文字，务为妍冶”(钟嵘《诗品》卷中)。这段时间，艺术水平较高的是左思的《招隐诗》，如“经始东山庐，果下自成榛。前有寒泉井，聊可莹心神。峭蒨青葱间，竹柏得其真。弱叶栖霜雪，飞荣流余津”，表现了诗人的高洁情怀，艺术形象鲜明生动，但其咏怀之意不强。

如上可见，魏晋的游仙诗经历了一个发生发展的过程，正是在此期间从思想到艺术上的探讨，为后来郭璞的游仙诗奠定了基础。

71. 为什么说郭璞将游仙诗推至了顶峰?

答：郭璞富有才情，他曾对东晋王朝抱以幻想，希望建功立业，但始终只是被以方士看待，并没有实现政治理想；另一方面，他被卷入东晋内部的政治斗争中，其复杂局势使他不能畅意快言。此种身份与经历使郭璞多通过游仙诗曲折表达情怀，取得了相当高的艺术成就。

就内容而言，郭璞的游仙诗相比嵇阮反映了更为广阔的现实。一方面，他继承了嵇、阮的传统，将仙境生活与深沉的人生思考结合在一起，表达自己不得志的痛苦，钟嵘评其“词多慷慨，乖远玄宗。其云‘奈何虎豹姿’，又云‘戢翼栖榛梗’，乃是坎壈咏怀，非列仙之趣也”(钟嵘《诗品》卷中)。《游仙诗》其四中“时变感人思，已秋复愿夏。淮海变微禽，吾生独不化。虽欲腾丹溪，云螭非我驾。愧无鲁阳德，回日向三舍。临川哀年迈，抚心独悲咤”，以沧海桑田的老庄之“化”对比己之“不化”，作者无法在“化”中实现对肉体生命之有限的突破，他终将在老迈中走向生命的尽头，在对神仙的羡慕中抒发了自己老迈无成的悲哀。《游仙诗》其五中“清源无增澜，安得运吞舟。珪璋虽特达，明月难暗投。潜颖怨清阳，陵苕哀素秋”，写自己怀才不遇的悲愤。另一方面，郭璞丰富了游仙诗表达的社会现实和思想境界。他借对仙境的描绘凸显了人世的艰难，表现出对现实苦难人生的深切关怀。《游仙诗》其九，写其山中生活惬意逍遥：“呼吸玉滋液，妙气盈胸怀。登仙抚龙驷，迅驾乘奔雷。鳞裳逐电曜，云盖随风回。手顿羲和辔，足蹈阊阖开。”仙人吸风饮露，荡尽人间浊气，驱龙逐雷，逐电追风，气势浩然，但回视人间：“遐邈冥茫中，俯视令人哀。”结尾的反转有力地表达出人世的深重苦难，可以说，在一片升平之气的游仙诗中，郭璞表达出了对人世的深切悲悯。

就艺术成就而言，郭璞诗也达到了顶峰。虽然他的诗也描述玄理，但并非辞意夷泰之作，而是词采华美形象生动，体现了当时创作的时代趋向，但又没有当时的浮华流弊。其艺术成就之一表现在其已经有意追求诗歌形式之美，但却无堆砌之弊。诗歌形式上，多利用对偶句，且多用准确精致的字词，如“临源挹清波，陵冈掇丹荑”一句，对仗工整，读来流畅自然；“清”和“丹”两个颜色词准确生动，“清”突出不染尘世的清洁，“丹”突出富于生气的红艳，全诗描绘出一幅离尘绝俗的自然景色。再如“云生梁栋间，风出窗户里”，以“生”与“出”使景色富于动感，写出了山间云雾缭绕、云气弥漫于房屋栋梁间的特点。郭璞诗艺术成就之二表现在善于以精致富丽的意象营造出浩大磅礴的仙境，如《游仙诗》其四《杂县寓鲁门》中写神仙之乐：“吞舟涌海底，高浪驾蓬莱。神仙排云出，但见金银台。陵阳挹丹溜，容成挥玉杯。姮娥扬妙音，洪崖颔其颐。外降随长烟，飘飖戏九垓。奇龄迈五龙，千岁方婴孩。”海底的大鱼掀起的磅礴巨浪高过蓬莱，高耸的蓬莱山群间，神仙在云峰上列队而出，阵势浩荡。金银台上光彩烂然，群仙列舞。神仙们自在地游玩，有的在吃长生之石，有的在挥动奢华玉杯；曼妙的嫦娥听着柔美的歌声起舞，容成子陶醉在歌声中，频频点头。这些神仙虽然很是长寿，但根本没有老态，而是像婴孩一样生气勃勃、心怀纯净。这首诗中，一系列意象光彩粲然，阵势浩大，群仙兴趣盎然，尽情享受生活，而无俗世名利之苦。作者将铺排描述与细节描写结合在一起，营造出一个美好脱俗的仙境奇观。

如上可见，从魏初的曹操、曹植的以列仙之趣为主的游仙诗，到嵇、阮富于寄托的游仙诗，再到郭璞通过富于艺术美的形象意境来“坎壈咏怀”，魏晋时期的游仙诗达到了形式与内容的完美结合，对后来以游仙抒情产生了很大的影响。

72. 陶渊明诗可谓“一语天然万古新，豪华落尽见真淳”，如何理解陶诗的语言特点？

答：“一语天然万古新，豪华落尽见真淳”出自金代诗人元好问的《论诗三十首》其四，元好问反感时人作诗雕琢造作，崇尚自然天成，认为陶诗乍看之下平淡无趣，但细读之下余味不尽。这句诗因为对陶渊明诗歌风格的准确概括而多为后人所引用。

陶渊明诗歌表面平淡，但往往能够营造出富有深意的意境。他不像时人一样，追求意象的繁富与描写的淋漓尽致，但正由于他以诗人之心感受自然，故能够以自己独特的审美眼光看到自然之美，并通过对自然的真实描述表现出来。

第一，陶渊明之诗富于言外之意，耐人咀嚼。如《归园田居》其一中，写乡村景色至为通俗，作者没有特意表达对景色的爱好，但读者处处都能够感受到乡村的宁静及作者对此的喜爱。以“狗吠深巷中，鸡鸣桑树颠”一句为例，表面看是写景象之喧闹，但是，有过真实农村生活体验的人都知道，如果村庄受到干扰，狗则会惶惶然地在村庄中跑来跑去，伴之以狂吠不止；鸡也会从树上扑啦啦地飞下来，惊惶地四处乱窜。只有当村庄生活宁静和谐的时候，狗才会待在深巷中，偶尔叫上那么几声；也只有是在宁静的时候，鸡才会待在不太高的桑树巅，自由自在地打鸣。因此，陶渊明此句中，无一写静，相反，正是写的“动”，但是，这种“动”是只有在宁静祥和的“静”中才能有的。因此，鸡鸣狗叫的俗世之“动”是表面的“言”，其中传达出真正的“意”是乡村生活的宁静和谐。又如《归园田居》其五：“漉我新熟酒，只鸡招近局。日入室中暗，荆

《陶渊明诗意图》　刘帅

薪代明烛。”都是平常之事，但显示出他与邻人之间的亲密关系以及农村淳朴的风俗，作者对恬淡生活的喜欢不言自明。另外如“倾耳无希声，在目皓已洁”（《癸卯岁十二月中作与从弟敬远》），不直接写雪之轻柔，但雪之轻柔毕现，而作者特意去“倾耳”的行为，则让人感觉到作者安宁的心情，钟惺称其“其语言之妙，往往累言说不出处，数字回翔略尽”（《古诗归》）。

第二，情、事、理相统一。

陶渊明一生兼有儒道思想，其诗也于传神的意象中蕴含了丰厚的儒道哲理。但是，他的抒情说理有独特成就。魏晋之时，玄言诗人多有以理语入诗者，其诗缺少形象感。和他差不多同时代之人的写景，则往往以精工富丽的语言描写景致，故有景而无人，没有达到情景交融的境界。陶渊明在悠然的心态中以审美的眼光看待景物，景物无不具备他之色彩，他又以情景交融之语言表达其深邃的儒道交融思想，故诗歌融情、景、理于一体。

首先，陶渊明多将老庄思想通过事与境表达出来。如《饮酒》其五：“结庐在人境，而无车马喧。问君何能尔，心远地自偏。采菊东篱下，悠然见南山。山气日夕佳，飞鸟相与还。此中有真意，欲辨已忘言。”“结庐”用语简单，但却显出房子的古朴之气，“结庐”令人想起老子的小国寡民世界。“车马”也是普通词语，但其代表着俗世的应酬，应酬多了则“车马”迎来送往，必定喧嚣。人境本有车马，但是，作者心里没有车马，故安心在这样的环境中采“菊”，“菊”也是有一定哲学意义的意象，其瘦弱纤细不像牡丹样富贵逼人，它是道教中的长寿之花，也代表着儒家崇尚的脱俗之志，与作者的恬淡心理相应。正是在采菊之际，作者无意中见到南山。此时，南山上日气氤氲，鸟在山上自在地飞来飞去。鸟本无所谓"回"与"不回"，但因为作者心里安静，有所依归，故在他眼里，这些鸟也是有所依归的鸟，温暖的南山就是它们的家。作者心中，无车马之应酬，有归鸟之安定，这正是作者心静祥和的根源，作者在这种心境下，静静体会生活之美好，故"欲辨已忘言"。我们从其诗歌中，可以感受到没有人世物欲的干扰、与自然万物契合为一的老庄思想，全诗无一言说理，但无一语不传达出老庄之理。

其次，陶渊明还在诗中以寓言故事的形式表达哲理。《形影神》中，"形"看重在世的享受，"愿君取吾言，得酒莫苟辞"，认为喝酒享乐最为现实；"影"重视功业名声，"身没名亦尽，念之五情热"，认为名声才可以让人永久；"神释"则以老庄自然之理消释"形"与"影"的焦虑，"纵浪大化中，不喜亦不惧"，提倡听从自然安排。作者以朴实的言语表达深刻的哲理，"得酒"形象具体地表示了生理享受；"身没名亦尽"以直白形式说出真理；"纵浪大化"以比喻的形式描写出了人在自然之涛中与世沉浮的自在。《挽歌诗》其一也是如此，"昨暮同为人，……枯形寄空木。娇儿索父啼，良友抚我哭。得失不复知，是非安能觉"以各种场面描写出了对生死的认识，体现了作者复杂的情感，同样达到了"情""景""理"的巧妙融合。

陶渊明以平淡之语传言外之意，在当时并不特别被人认可，但随着时间的变化，其人其诗得到的评价都越来越高，苏轼说："其诗质而实绮，癯而实腴。自曹、刘、鲍、谢、李、杜诸人皆莫及也。……然吾于渊明，岂独好其诗也哉？如其为人，实有感焉。……深服渊明，欲以晚节师范其万一。"（《与苏辙书》）此可谓后世对陶渊明的代表看法。

73. 鲍照的文学成就有哪些？

答：鲍照是南朝宋文学家，与颜延之、谢灵运并称为"元嘉三大家"。他文才很高，且有不平之气，以气驭文，诗、赋、骈文都不乏名篇，成就最高的是诗歌。

鲍照造像　李庚

鲍照诗歌诸体皆备，他大力学习和写作乐府诗，有三言、五言、七言和杂言等多种形式。其五言诗内容丰富，感情饱满，讲究骈偶，圆转流利。他的拟乐府系列反映了广阔的社会现实，情感激烈，辞藻华美，成就极高。其七言诗变逐句用韵为隔句押韵，并可自由换韵，拓展了七言诗的创作道路。

鲍照出身贫贱，这使他能够从下层视角观察当时的社会，看到人们的苦痛。其诗内容之一是从他个人角度控诉门阀制度的不公，如《拟行路难》其六“对案不能食，拔剑击柱长叹息”，最后归结为“自古圣贤尽贫贱，何况我辈孤且直”，以激愤之言结尾。其诗内容之二是写下层军士和普通百姓的苦难生活，《代东武吟》中，主人公“少壮辞家去，穷老还入门。腰镰刈葵藿，倚杖牧鸡豚。昔如鞲上鹰，今似槛中猿”。此外，《拟行路难》中还有写人生无常和提倡及时行乐的诗，如《拟行路难》其三：“含歌揽涕恒抱愁，人生几时得为乐。宁作野中之双凫，不愿云间之别鹤。”《拟行路难》其十：“盛年妖艳浮华辈，不久亦当诣冢头。……为此令人多悲悒，君当纵意自熙怡。”表达了人生苦短、及时行乐的思想，体现了强烈的生命意识。

鲍照之诗艺术上多华美奇险之势，富于表现力，气势畅达，故杜甫以“俊逸鲍参军”称之。首先，鲍照注意用词，其用语或是以精致语词表现华美逼人气势，如《代淮南王》：“琉璃作碗牙作盘，金鼎玉匕合神丹。合神丹，戏紫房，紫房彩女弄明珰，鸾歌凤舞断君肠。”琉璃、象牙、金鼎、玉匕、明珰等精美的器皿，暗含着琉璃的晶莹、象牙的乳白，还有高贵的紫色，华美的器具和明艳的颜色使整首诗气势逼人，写出肆意畅快的生活。除了富丽之外，鲍照用字还多有奇险语，多以奇险之语表示苦寒之境，于当时靡弱无力的诗歌中独树一帜，如《代出自蓟北门行》，其意和曹植、左思等的诗歌相近，但用字更为奇险，如“疾风冲塞起，沙砾自飘扬。马毛缩如猬，角弓不可张”。沙砾漫天遍野，此为奇景，马毛被冰冻得根根直立，如刺猬样硬挺，想象奇特，用语精警，对后来唐代边塞诗颇有影响。这样的奇险之词和非常之句在他的诗中并不少见，如“高柯危且竦，锋石横复仄”（《行京口至竹里》），“蚁壤漏山阿，丝泪毁金骨”（《代陆平原》），“饮泉冻马骨，坚冰伤役疲”（《发长松遇雪》）诸句都是如此。最后，鲍照注意语句形式之美，他喜欢用对偶句，其诗中对偶句比比皆是，《上浔阳还都道中作》一诗有半数以上的对偶句。在对偶句外，鲍照还善于使用散句，气势如险滩激流，跳荡而下，如《拟行路难》其七（愁思忽而至），以散句为主，不尚声律对偶，流露出乐府特有的古朴之气。《代淮南王》（见上文引）中，三句或四句一转韵，气势畅通而又富于变化。鲍照的奇险用语以及与之相应的多种押韵形式使其诗句充满冲击力，适合表达激越狂狷之情感。

值得注意的是，与单纯追求富丽词句不同，鲍照选词多是服从内容的需要。如前述《代陈思王京洛篇》，作者越是突出陈思王被宠之时的富丽，就越是反衬出后来境遇的悲凉。前文提到的《上浔阳还都道中作》也与陆机的为对偶而对偶不同，而是服从全诗的需要。

鲍照的辞赋也有非常大的成就，他的赋与诗有相通之处，同样辞采富丽、形象鲜明、情感强烈，其《芜城赋》是六朝抒情小赋的代表作之一。

《芜城赋》将广陵当日之荒凉与昔日之繁盛对比，充满历史沧桑感。赋开篇描写广陵在汉代的兴盛景象：“车挂轊，人驾肩，廛闬扑地，歌吹沸天；孳货盐田，铲利铜山……制磁石以御冲，糊赪壤以飞文。”排比铺叙城市人口之密集，商旅往来之繁盛，法度政令之清明，地理形势之雄伟。三言、四言、六言交错运用，用语劲爽、气势强健，表现出其昔日的富丽繁盛。后面描写广陵城残破肃杀景象："泽葵依井……蔌蔌风威。"写出充满鬼魅之气的衰杀景色，使景色充满战败后的凶狠戾气。和其诗一样用语奇险，如"饥鹰厉吻，寒鸱吓雏""孤蓬自振，惊沙坐飞"，以不和谐之美给人带来紧张惊惧之感，更引起对广陵之芜的感叹。其他的赋如《舞鹤赋》《野鹅赋》巧妙地使用比兴抒情，也善于用精致之词和奇险之句。

鲍照的骈文也有很高的成就。其《登大雷岸与妹书》描写自己从建康（今南京）西行赶赴江州至大雷岸期间的景色，是一封骈文体家书。他善于用词，又采用赋作的铺陈和夸张手法，还加入了一些抒情和议论的散句，使全文兼有骈散两种文体的优点。"东顾五州之隔，西眺九派之分；窥地门之绝景，望天际之孤云"，写景阔大而优美，多用对偶而不板滞；"上常积云霞，雕锦缛。若华夕曜，岩泽气通，传明散彩，赫似绛天。左右青霭，表里紫霄。从岭而上，气尽金光；半山以下，纯为黛色"，写出了云彩在阳光映照下的绚丽变化和山势。

鲍照的诗赋，内容充实刚健，思想深刻尖锐，用词极具个人色彩，与当时诗歌创作注重形式之美的潮流相应。但是，其充沛矫健的感情与深沉激愤的思想则为时人所无，因而在后代受到推崇。

74. 谢朓诗歌的特色是什么？

答：谢朓，南朝齐诗人，字玄晖，陈郡阳夏（今河南太康）人，高祖为谢安之兄，父亲官至散骑侍郎，母亲为宋文帝之女长城公主。前期和中期，他在朝中担任闲职，经常参与萧子良等组织的文会，也是"竟陵八友"之一，诗技承其叔谢灵运而有所发展。后期他的家族在各方面都受到皇族的打击，其诗中多体现忧生惧祸之念，诗风转而变为隐晦曲折。其诗歌主要有下面几个特点：

第一，构思精巧，情景融合，去掉了玄言诗的尾巴。

谢朓长期生活于秀美的南方，多与其他文士交相切磋，对山水有敏锐的观察力，并且具有高超的表现技巧。他的写景诗不仅观察细致，而且写得富有生气，还能够以无我之景写出有我之意。如

“余霞散成绮，澄江静如练”一句，写余霞映在水中的斑驳倒影，水面波光跳动而使得它变幻如一片片散落的锦缎，将静景写得充满生机；江水寂寂流淌，平滑如镜，阳光反射其上而成为一片白练，将动景写得和谐宁静。全诗疏密有致，动静相宜，营造出一片散发着自然生气的美景。谢朓写景之富于生气者，尤在于景中见人，景中见情，如“天际识归舟，云中辨江树”。全诗均为写景，水天相接处，有归船若隐若现，远处云气氤氲，江边之树难以辨识，无一字写人，但“隐然一含情凝眺之人，呼之欲出”（王夫之《古诗评选》）。

谢朓之诗进步之处在于其写景诗已经摆脱玄言的尾巴。谢朓之前，山水诗有很大发展，但是仍有玄言诗特点，如谢灵运的《石壁精舍还湖中作》，景色描写细致入微：“林壑敛暝色，云霞收夕霏。”但最后仍旧有一个玄言说理：“寄言摄生客，试用此道推。”小谢诗学大谢，但去掉了大谢的玄言尾巴，《暂使下都夜发新林至京邑赠西府同僚》中写景色：“大江流日夜，客心悲未央。……秋河曙耿耿，寒渚夜苍苍。”作者心中的忧惧悲愁犹如其诗中的大江一样浩荡无尽，心情完美地融于景色描写中。

第二，用词准确，对仗工整，声韵和谐，表现出新体诗的倾向。

首先谢朓用词精巧秀美，如《入朝曲》“逶迤带绿水，迢递起朱楼”，这是一首颂诗，但也写得秀丽而有磅礴之气，“逶迤”和“迢递”描绘出壮丽而秀美的连绵山峰及精致富丽、宏伟高大的宫殿。《游东田》：“远树暖阡阡，生烟纷漠漠。鱼戏新荷动，鸟散余花落。”“阡阡”“漠漠”两个叠词，将远方树影迷离、烟雾朦胧的情景描绘出来；后一句“戏”和“散”将无情感的“鱼”和“鸟”写得富有意趣，“新”与“余”也用得非常好，“新”表现了荷的稚拙而勃然的生命力，“余”与“新”不仅在字面上对偶，也让人感觉到零落之花的疏离逸致。

其次，谢朓诗多对仗工整，如“玉露沾翠叶，金风鸣素枝”（《泛水曲》），“天明开秀崿，澜光媚碧堤”（《登山曲》），“苍云暗九重，北风吹万籁”（《答王世子诗》）。他的对偶比陆机等的对偶有所进步，陆机的诗中尚有不少为对偶而对偶，上下句意颇为重复者，而谢朓的对偶此类情况非常少。

再次，谢朓诗追求声韵的和谐。杜甫说“谢朓每篇堪讽诵”（《寄岑嘉州》），他追求“诗圆美流转如弹丸”的效果，即是指诗歌读来抑扬顿挫而不失和谐。他把讲究平仄四声的永明声律运用于诗歌创作中，有意识地追求平仄对仗，故读来均抑扬顿挫而流利婉转。

第三，五言四句小诗耐人咀嚼，富于民歌风味。

谢朓创作了大量五言四句小诗，富有民歌风味，如《玉阶怨》：“夕殿下珠帘，流萤飞复息。长夜缝罗衣，思君此何极！”以“夕殿、珠帘、流萤、罗衣”等塑造出一个痴情女子在夏夜里的静寂思念。《王孙游》：“绿草蔓如丝，杂树红英发。无论君不归，君归芳已歇！”春天的绿草细小隐约，却如丝不绝，蓬勃不止，漫山遍野，以此比喻女孩内心隐秘的爱情亦如春草一样潜在难辨但蓬勃生长。现实中的绿草和隐于“君”背后的女孩形象融为一体，构成精致优美的画面，语言简洁明快，富有民歌气息，近似后来唐诗的绝句风味，言尽而意不尽。此外，《铜雀悲》《金谷聚》等诗，也通过简洁雅致的言辞塑造出清新隽永的艺术形象，表达深挚的感情，余味无尽，对后代绝句的形成有很大影响。

谢朓在魏晋追求诗歌形式艺术之时，以自己的探索为山水诗的发展做出了贡献。其诗语言精工富丽，对仗准确，形象鲜明，声音和谐，带动了新体诗的创作，更为盛唐绝句的成熟做出了巨大贡献。

75. 什么是“永明体”？

答：永明是南朝齐武帝的年号，“永明体”指此期间形成的诗歌体式，《南齐书·陆厥传》说：“永明末，盛为文章，吴兴沈约、陈郡谢朓、琅琊王融以气类相推毂，汝南周颙善识声韵，约等文皆用宫商，以平上去入为四声，以此制韵，不可增减，世呼为‘永明体’。”为区别于不要求声律对仗等的古体诗，“永明体”也被称为“新体诗”，“永明体”的出现是一定社会背景下文学发展的必然结果，在诗歌发展史上有重要意义，直接促成了唐代律诗的形成。

永明体的产生是诗歌发展的自然结果，诗歌早期本是配乐的，但南朝时的诗歌已脱离歌唱，失去了由乐曲而来的声音之美，因而需要从诵读中追求声音之美，当时文人也发现了诗歌的音韵美及其对文学表现力的作用。魏晋以前的诗歌如《诗经》和《古诗十九首》，虽然也有对仗、双声叠韵等，但这些声音和谐之美尚属无意为之。魏晋以来，诗歌本身之声音美受到关注，曹植的诗歌中，已经在有意识地追求对仗，但并没有形成严格的格式要求。发展至陆机则开始出现通篇对偶之文。刘宋以来，在文学独立地位增强的背景下，诗歌的声音美也受到重视。当时“文”“笔”被区分开来，如何利用押韵和对偶以加强诗歌表达效果成为诗歌探索的重要问题。

南朝永明年间的社会发展也给“永明体”的产生提供了很好的经济基础和政治基础。南朝齐永明年间(483—493)的皇帝萧赜自幼跟其父征战，又有治理社会的经验，他在位的11年间，社会比较稳定，经济也得到了发展，其后的统治者都爱好文学，他们和文人切磋交流诗艺，形成了一些有影响的文人集团，例如竟陵王萧子良集团、豫章王萧嶷集团、随王萧子隆集团等，在创作过程中，他们总结经验，提出了一系列有利于提高诗歌音韵美的创作原则，当时的文坛领袖沈约就在此基础上提出了“永明体”的具体准则。

永明体具体内容以“四声八病”为主。

“四声”指作诗时不同音调的搭配，周颙在《四声切韵》中提出平上去入四声，现无法考证其具体调值，大致推断平声可能是平调，上声是升调，去声是降调，入声是促调。

“八病”指作诗时应该避免的八种诗歌声调上的错误：“平头”指五言诗上句的第一、二字不能与下句第一、二字（均为头字）声调相同，如“芳时淑气清，提壶台上倾”，“芳时”与“提壶”同是平音字。“上尾”指五言诗上句第五字与下句第五字（均为尾字）声调相同，如“青青河畔草，郁郁园中柳”，“草”与“柳”音调相同。“蜂腰”指五言诗上句第二字与第四字的声调相同，或下句第二字与第五字同是浊音声母而第三字是清音声母，即两清音中夹一浊音，如“客从远方来，遗我双鲤鱼”。“从”“方”都是平声字，“我”

"鲤"又都是浊音字，中间的"双"则是清音，读起来两头重，中间轻，形如两头粗而中间细的蜂腰。"鹤膝"有两种说法，一种是认为五言诗的第五字与第十五字的声调相同，另一种是与蜂腰的第二点正好相反。"大韵"指五言诗两句之内有与韵脚同一韵部的字，如"胡姬年十五，春日独当垆"中"胡"与"垆"同韵部。"小韵"指五言诗两句之间有同属一个韵部的字，如"古树老连石，急泉清露沙"中"树"与"露"、"连"与"泉"同韵部。"旁纽"则大致指五言诗中两句内的字声母相同，如"鱼游见风月，兽走畏伤蹄"，"鱼"与"月"的声母同属古音疑纽。"正纽"是指五言诗两句内杂用声母、韵母相同的四声各字，如"轻霞落暮锦，流火散秋金"中"锦"与"金"声母韵母相同。八病追求声母和韵母上的错落相异，使音韵具有铿锵顿挫之美。

"永明体"的代表作家是沈约、谢朓、王融。沈约是学界大儒，提携后进，在理论上造诣很高，他主张："文章当从三易：易见事，一也；易识字，二也；易读诵，三也。"（《颜氏家训·文章篇》）但沈约本人并未完全做到。其比较优秀的作品《悼亡诗》："去秋三五月，今秋还照梁。今春兰蕙草，来春复吐芳。悲哉人道异，一谢永销亡。屏筵空有设，帷席更施张。游尘掩虚座，孤帐覆空床。万事无不尽，徒令存者伤！"作品并不完全符合他自己理论的要求，但是表现出"清怨"特点，算是成功的创作。谢朓是三个当中创作成就最高的，他提出"好诗圆美流转如弹丸"的审美观念，他的诗语言优美而又清新流畅，声韵和谐，确实体现了他自己的"圆美流转"观念，如《入朝曲》："江南佳丽地，金陵帝王州。逶迤带绿水，迢递起朱楼。飞甍夹驰道，垂杨荫御沟。凝笳翼高盖，叠鼓送华辀。献纳云台表，功名良可收。"他的很多诗淡雅和谐，诗歌读来畅达流丽，无陆机之繁芜滞涩之感。王融的诗也音韵和谐，如"林断山更续，洲尽江复开"（《江皋曲》），"坐销芳草气，空度明月辉"（《古意》）等诗句都对仗工整，颇有风韵。除了这三人之外，永明体作家还有范云、丘迟以及梁代成名的何逊、吴均、柳恽和刘孝绰等人。

永明之前，诗歌四言、五言、七言均有，永明诗人大力创作五言诗，探索其用韵与对偶，并身体力行，创作了大量诗歌。虽然他们提出的主张也并非无可挑剔，但为后来律诗形式的成熟打下了基础。

76. 如何评价齐梁宫体诗？

答：“宫体”之名，最早见于《梁书·简文帝纪》中：“然伤于轻艳，当时号曰宫体。”宫体之名虽于梁才有，但实际这种风格的艳诗则于晋代已有之，到萧齐年间更盛。萧统、萧绎及吴均、何逊、刘孝绰、徐幹、庾肩吾、徐陵、陈后主及其身边文人都可归入此类。宫体诗的形成发展是文学发展到一定程度、与当时文化特定的审美对象相结合所产生的结果。

首先，宫体诗发展是六朝审美对象变化的结果。六朝文学“声色大开”，人们对美的关照由抽象的精神气度转至审美对象本身的形态声色，咏物诗的产生将此推向一个新的高度。从谢灵运时候起，诗歌就追求声色之美，其后诗人多追求以新巧之词描写山水之色，强调对山水之美的再现。梁朝时，人物本身的形态也成为审美关照的对象，人们对人体的细致体察为宫体诗中的体态描写打下了基础。其次，六朝皇都地处南方，山水秀美，经济富裕，南朝民歌运用比兴和暗示等诗歌技巧，以轻灵的笔触描写男女之间微妙细腻的爱情。这些民歌多配合乐舞歌唱，从民间传到宫廷后，其柔靡的乐曲得到了宫廷贵族的欣赏，且当时文学更为独立，贵族文人都认为：“立身之道，与文章异，立身先须谨重，文章且须放荡。”贵族以仿效清绮之诗为尚，如萧衍等人就拟作《子夜歌》《上声歌》《东飞伯劳歌》等，“自算择后宫《吴声》《西曲》女妓各一部，并华少赉勉”（《南史·徐勉传》）。最后，宫体诗的产生还与当时佛教思想有关。佛教主张“缘起”“性空”，认为可由“色”入“空”，通过对世间百态的描绘让人看透世间万象“空”的本质，因此佛经也有对女子色欲的描绘，如言佛化为妇人供人淫欲，后变为骷髅或一团血囊，以此显示人世间最富于诱惑力的女色同样是“空”。为通过对比强调其“空”，翻译这些佛经的文字都很轻艳，深受佛经影响的宫体诗人仿照佛经写色与情，描写女性之娇美诱人体态而不带任何感情色彩，正是他们表达超越男女之情的方式。

就形式而言，永明体对诗歌声律的探讨为宫体诗的创作提供了理论基础。永明年间诗人提出“四声八病”之说，追求声韵和谐对仗，这为宫体诗的创作技巧提供了切实可行的途径。

宫体诗的内容与宫廷生活有密切联系，多从男性角度描写女性体态、男女艳情，但格调低下的只占少数。宫体诗多描写轻柔靡丽的环境、娇柔妩媚的女性动作、男女欢爱的场面，如萧纲《咏内人昼眠》：“北窗聊就枕，南檐日未斜。攀钩落绮障，插捩举琵琶。梦笑开娇靥，眠鬟压落花。簟纹生玉腕，香汗浸红纱。夫婿恒相伴，莫误是倡家。”描写“北窗”“南檐”“绮障”“簟纹”等有暗示性的香艳环境和器具，“捩”“举琵琶”“笑”“夫婿相伴”等夫妻之间充满男女情趣的戏谑调笑生活，“娇靥”“眠鬟”“玉腕”“香汗”等充满女性特征的体态。沈约是大学士，但也写作有《六忆》，回忆女子轻盈柔美的体态和欲娇还嗔的娇羞。宫体诗为通过女性之“色”体现出“空”，还对女性之不同体态和情绪进行细致描写，如描写女性之娇：“珠帘向幕下，娇姿不可迫。”

但是，宫体诗人并非全部局限于此类作品，其作品也有一些抒情咏物之作，达到了情景交融的境界，如萧纲《夜望单飞雁》：“天河霜白夜星稀，一雁声嘶何处归？早知半路应相失，不如从来本独飞。”孤雁在霜浓露重之时，凄厉之声断彻天河，写出女子的孤苦绝望之感，情与境合。

就风格而言，总的来说，宫体诗的情调流于轻艳，诗风比较柔靡缓弱。首先，宫体诗本欲极写女性之“色”而反衬其“空”，因而描绘时多用艳词，如萧纲《和湘东王名士悦倾城》：“美人称绝世，丽色譬花丛。……衫轻见跳脱，珠概杂青虫。垂丝绕帷幔，落日度房栊。妆窗隔柳色，井水照桃红。”分别从衣饰、帷幄、妆容方面凸显其精致富丽，辞藻秾丽繁富。其次，宫体诗多以香艳环境描写暗示男女情事，且好用典故，这与南朝民歌并不直言情事，而多以谐音等婉转表达的风格相应。萧纲《赋乐府得大垂手》：“垂手忽苕苕，飞燕掌中娇。罗衣恣风引，轻带任情摇。讵似长沙地，促舞不回腰。”这里“掌中娇”是指掌上舞，“罗衣”句，化用《王孙子》句，“讵似”二句出自《汉书·景十三王传》。小诗共六句，用典有三处之多，可见此风弥行。最后，宫体诗受当时诗歌形式美潮流的影响，追求声律和谐、对仗工整之形式美，如刘邈《折杨柳》：“高楼十载别，杨柳擢丝枝。摘叶惊开驶，攀条恨久离。年年阻音信，月月减容仪。春来谁不望，相思君自知。”中间两句对仗工整，但首尾两句押韵而不对仗，全诗声韵和谐，已经非常近于后来的律诗。

从诗歌本身风格上讲，宫体诗伤于轻艳，但它是文学发展史上不可缺少的一环，其对声律、对偶的娴熟运用是对永明时诗歌声律规则的实践，为唐代律诗的形成奠定了基础。

77. 庾信诗歌的艺术成就是什么？

答：庾信，字子山，南阳新野（今属河南省）人。庾信文才很高，其诗歌可按其生平之变分为前后两期，前期诗歌创作诗艺高超，但后期诗歌成就更大，情感的隐约深重与诗句的工整浑厚融为一体。后人所推崇多为其后期诗歌，杜甫以“凌云健笔”称之，其艺术成就具体表现为：

第一，表达了深沉的家国之痛与乡关之思。

庾信前期创作基本上都是宫廷唱和之作，如《奉和泛江》《奉和山池》等，多语言华艳，形式精美。后期生活发生了巨大变化，诗歌不再局限于南朝宫体中的应和与伤怀，而是感慨自身身世与家国之变。

庾信后期诗歌多是感叹身世之作，将家国之悲与个人之情相结合，情调苍凉厚重。《拟咏怀》模拟阮籍《咏怀》，其二十四：“无闷无不闷，有待何可待。昏昏如坐雾，漫漫疑行海。千年水未清，一代人先改。昔日东陵侯，唯见瓜园在。”将个人愁苦与历史沧桑融为一体。他的乐府歌行常常以比兴手法自悲身世，如《杨柳歌》：“河边杨柳百丈枝……织女支机当见随。”以杨柳之根受风浪冲击、凤凰之无故别离起兴，感叹自己之漂流北地无依无着。

他还有些写景诗，能够将其前期诗技应用于描述北方苍茫阔大的自然环境上，其诗艺具有南朝特点，但境界迥异于南方之狭小绮艳，如《郊行值雪》一诗，对仗工稳，声音和谐，兼有其前期诗歌的精致秀逸与后期诗风的大气苍凉。另外，庾信还有一些小诗用典很少，但情感真挚动人，如《寄王琳》：“玉关道路远，金陵信使疏。独下千行泪，开君万里书。”《寄徐陵》：“故人倘思我，及此平生时。莫待山阳路，空闻吹笛悲。”都是语浅情深之作，表达了作者在北方的孤凉心情。

第二，诗歌善于用典、对偶，声韵和谐。

庾信在前期生活中养成了高超的体察物情的能力与诗艺，早年的诗歌如“荷风惊浴鸟，桥影聚行鱼。日落含山气，云归带雨余”，观察细致入微，意象清灵雅致，对仗工整精致，声韵协调。再如《乌夜啼》一诗，也是多用典故，声韵铿锵流利。

庾信后期诗歌习用对偶和用典这些技巧，但是声律不像永明体那样僵化琐细，更趋于圆融，如《拟咏怀》中，“畴昔国士遇”及“日晚荒城上”两首，都是第一句和最后一句不对仗，其他均为工整的对仗，已经有了后期律诗的一些特点。

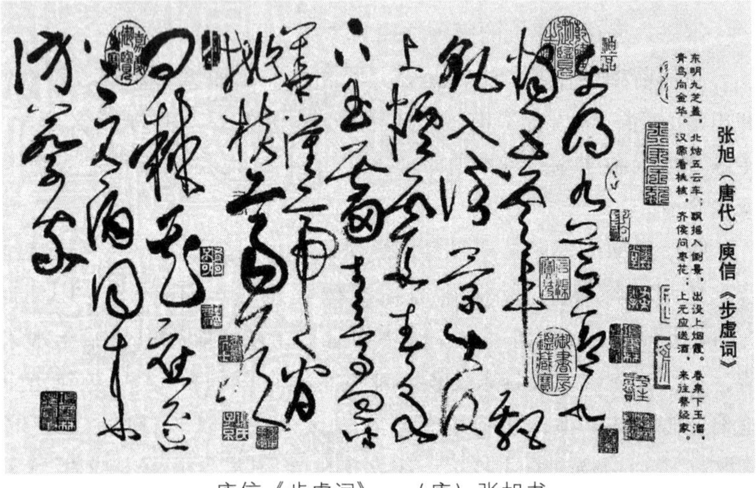

庾信《步虚词》　（唐）张旭书

庾信后期诗歌用典多而高妙，通过典故表达深厚复杂的情感。如《拟咏怀》其七："榆关断音信，汉使绝经过。……枯木期填海，青山望断河。"最后两句，以精卫填海和青山断河表明自己对故国的执着思念，又表示出已知故国难回的绝望痛苦。如《拟咏怀》其十一（"摇落秋为气"），诗篇悼念梁元帝的江陵之败和梁朝的灭亡，表现出一种痛定思痛的怀念故国之意。"摇落秋为气，凄凉多怨情"出自《九辩》"悲哉秋之为气也！萧瑟兮草木摇落而变衰"之句，以此典故可暗含秋风萧瑟、草木摇落的凄凉之景。"啼枯湘水竹"用舜死时两个妃子为其泪洒竹上尽成斑点的典故。"哭坏杞梁城"指春秋时齐国大夫杞梁为齐国伐莒，死于莒国城下，其妻号哭致城墙为之崩塌。此两典故都指巨大的痛苦，"遭愤战"是指遭遇使人怨愤的战争，表面看是说梁灭乃天意，实际上指早有预兆，隐晦地谴责了梁元帝。"楚歌饶恨曲"句用项羽夜闻四面楚歌之典，寓指梁朝江陵兵败，多有怨恨之意。"南风多死声"句引晋人对阵楚师则歌南风，多有死声，预言楚必然失败而返，暗指梁元帝必败。"眼前一杯酒，谁论身后名",表面指张季鹰之事，实际谴责梁朝君臣只顾眼前享乐不顾身后骂名，也可理解为作者的反语，指梁亡乃必然之事。此首诗用多个典故，把痛苦表现得深沉浩瀚，于悲痛之中又深寓谴责之意。这样的用典在庾信诗歌中比比皆是，加大了诗歌信息量，使整首诗被历史厚重的悲痛淹没。

第三，风格苍劲沉郁。

庾信后期滞留北方，他受新朝恩宠，对旧主心怀歉意，但又不能明言，因而只能隐晦言之，这造成了他后期诗歌情感的浓郁。"情纠纷而繁会，意杂集以无端"，情感复杂。

此外，庾信后期到北方，北方的景色也使他的诗歌风格有了较大的变化。塞北的苍凉阔大迥异于南方的秀美，庾信诗歌也受此影响，多劲健意象，如《拟咏怀》其十五："轻云飘马足，明月动弓弰。"《拟咏怀》其十七："马有风尘气，人多关塞衣。"其中"马"迅捷有力，多风云气。景色也博大浩瀚，如《拟咏怀》其十："遥看塞北云，悬想关山雪。"《拟咏怀》其十七："日晚荒城上。苍茫余落晖。……阵云平不动，秋蓬卷欲飞。”所描绘的景色都是阔大而苍凉。《拟咏怀》其二十六：“萧条亭障远，凄惨风尘多。关门临白狄，城影入黄河。秋风别苏武，寒水送荆轲。”苍凉的景色与悲凉的典故合为一体，表达出作者被迫羁留北地的孤寂与悲伤。

庾信于南朝结束之际，以其高超的诗歌技巧表达了深厚的情感，使形式与内容得到完美的统一，促进了诗歌的成熟，成为集南北之大成者。

78. 南朝乐府民歌的内容与艺术特点是什么？

答：南朝乐府民歌是指东晋至陈末的民间歌曲，大部分保存在郭茂倩所编《乐府诗集》的《清商曲辞》里，主要有吴歌和西曲两类。其中吴歌出自长江中下游区域，西曲则出自今湖北和河南一带。从时间上来说，吴歌稍早于西曲，吴歌产生于东晋及刘宋的居多，西曲产生于宋、齐、梁、陈的居多。此外，清商曲辞中还有神弦歌一类，是民间祭祀神的乐章，共 18 首。《清商曲辞》外，在《杂曲歌辞》和《杂歌谣辞》中，也保存有少量的南朝民歌。

南朝民歌的繁荣，与统治阶级的爱好和提倡有一定关系，但其内在原因则是江南秀美的自然环境和繁荣的经济。由于地域与风土的不同，这些南方民歌，在其内容、风格与艺术手法上都表现出南方清丽秀美的特点。

第一，内容上，南方民歌多表现安定环境中的爱情生活。

吴歌多为女性的吟唱，有浓重的闺阁气息，或表达对爱情的渴望与对情人的思念，如“始欲识郎时，两心望如一。理丝入残机，何悟不成匹”（《子夜歌》）；或展现沉迷于爱情中的幸福，如“打杀长鸣鸡，弹去乌臼鸟，愿得连冥不复曙，一年都一晓”（《读曲歌》）；或表示相思之苦，如“寒鸟依高树，枯林鸣悲风。为欢憔悴尽，那得好颜容”（《乐府诗集·子夜四时歌·冬歌》）；或表示对爱情的忠贞，如“渊冰厚三尺，素雪覆千里。我心如松柏，君情复何似”（《乐府诗集·子夜四时歌·冬歌》）；还有对负心人的痛恨，如“常虑有贰意，欢今果不齐。枯鱼就浊水，长与清流乖”（《子夜歌》)。

西曲与吴歌产生的地域不同，多产生于以江陵为中心的长江中游和汉水边的城市，因而也多写水边船上旅客商妇的离别之情。它反映的生活面比吴歌要广，而且更多地结合水上生活来表现爱情生活，风格也较为开朗明快。它所描写的爱情大部分与水有关，如“布帆百余幅，环环在江津。执手双泪落，何时见欢还”(《石城乐》)，“闻欢下扬州，相送楚山头。探手抱腰看，江水断不流”(《莫愁乐》)，都是写的江边相送情景。还有写江边分别的不舍之情与生活的无奈，如“闻欢下扬州，相送江津湾。愿得篙橹折，交郎到头还。篙折当更觅，橹折当更安。各自是官人，那得到头还”(《那呵滩》)。西曲还有十八首神弦曲，也属于《清商曲辞》，是建业周围民间弦歌以娱神的祭歌，所祭祀之神大概为地方性的鬼神，由女巫演唱，和《楚辞·九歌》类似，表达人神恋爱的故事，语言质朴清新。

第二，风格清新自然、含蓄隽永。

南朝自然风光秀逸，女子多娇柔清丽，故南方民歌中多以秀美山水起兴，描述出此环境中充满爱情渴慕的女性，风格清新自然，感情表达含蓄隽永。如“初阳正二月，草木郁青青。蹑屐步前园，时物感人情”(《读曲歌》)，“朱光照绿苑，丹华粲罗星。那能闺中绣，独无怀春情”(《子夜四时歌·春歌》)，鲜亮的花草红绿交杂，朱紫生辉，通过生机勃发的春天衬托涌动的爱情。《大子夜歌》所说“歌谣数百种，子夜最可怜；慷慨吐清音，明转出天然”,就指出了南朝民歌清新明丽、婉转自然的艺术风格。

南朝民歌的风格还与其体式有关，南方民歌以五言四句为主，约占总数的三分之二，其余的也多为短小的四言及杂言体诗，这种短小篇幅更宜于以有限之言传达无限之意。且其语言多来自民间，多清浅通俗。

第三，多用双关、比喻等修辞及隐喻暗示。

南朝民歌最突出的艺术技巧就是利用汉语的谐音构成双关隐语。如“理丝入残机，何悟不成匹”(《子夜歌》)，“丝”和“思”同音双关；“匹”和匹配的“匹”是同字双关；又如“合散无黄连，此事复何苦？”用药名“散”双关聚散之“散”，以黄连之“苦”双关相思之“苦”。这些用以双关隐语的事物多为民间生活之物，与全诗完全融为一体，使诗歌富于真实的生活气息，但又使感情的传达显得含蓄委婉。

南朝民歌也善于利用隐喻传达出深婉的情思，如“渊冰厚三尺，素雪覆千里。我心如松柏，君情复何似？”（《乐府诗集·子夜四时歌·冬歌》）以冰雪的厚重宽广与坚硬衬托自己感情的深厚坚定，以松柏的经冬不变比喻自己对爱情的坚贞。

南朝民歌作为当时的新兴歌曲，它引起了当时文人的兴趣，促成了此类诗歌创作的兴起，对南朝宫体诗的形成有一定影响，其清丽质朴的语言、含蓄隽永的抒情方式都影响了唐代绝句的形成和发展。

79. 北朝民歌的特点是什么？

答：北朝民歌是北方少数民族传唱的由梁代乐府机关保存下来的民歌，主要见于《乐府诗集》的《梁鼓角横吹曲》中，在《杂曲歌辞》《杂歌谣辞》中也有一小部分，共60多首。《横吹曲》是在马上演奏的军乐，乐器有鼓有角，所以叫“鼓角横吹曲”。北朝民歌数量不及南朝民歌，但反映的内容要比南朝民歌丰富，艺术上也表现出鲜明的北方特色。

第一，反映了北方广阔的现实生活。

南北朝时期，北方经济没有南方发达，战乱则较南方频繁，因而其诗歌内容也与南方不同，主要包括如下方面：一是反映了战争生活的艰苦，揭露战争给人民带来的灾难，如《隔谷歌》：“兄在城中弟在外，弓无弦，箭无栝。食粮乏尽若为活？救我来！救我来！”二是反映了游牧与征战生活引起的思乡情绪，北方多是游牧生活，本就处于不断的漂泊中，征战更是使得有些民族长年有家难归，飘零在外，如《紫骝马歌辞》：“高高山头树，风吹叶落去。一去数千里，何当还故处。”三是以爱情为中心，反映对爱情的渴慕、爱情中的痛苦、分别的忧伤、失恋的痛苦等，如“谁家女子能行步，反著裌禅后裙露。天生男女共一处，愿得两个成翁妪”(《捉搦歌》)。四是反映北方的生活景象和北方民族的精神风貌，如《杂歌谣辞》中的《敕勒歌》描绘了辽阔苍茫的草原景象。不少民歌反映出北方民族特有的精神风貌，如“健儿须快马，快马须健儿，跸跋黄尘下，然后别雌雄”(《折杨柳歌辞》)，反映了游牧民族对马性的熟悉；“新买五尺刀，悬著中梁柱，一日三摩娑，剧于十五女”(《琅琊王》)，描写对刀的热爱折射出北方民族的尚武精神。

第二，风格豪放悲凉、质朴刚健。

北方民歌风格的形成与其地理形势、生活习性、文化背景都有关系。北方的地理形势没有南方复杂，广漠的苦寒地带缺少色彩的变化，也不像南方的明媚山水容易引发人的缠绵意绪，因而其自然风光与兴发的情感都比南方要苍凉厚重。南朝末期南方文人到北方后，文学风格往往发生明显转变，这与地理环境的变化有关系。其次，当时的北方民族仍以游牧生活为主，并不安定的局势使得他们居无定所，生活艰苦，这使他们的诗歌中反映的内容除了爱情与婚姻的幸福外，更多了些思乡之悲和兵役之苦，也影响到他们的诗歌风格。最后，北方民族的自然环境产生不同的人文环境。北方生存条件更为艰苦，在这种生活环境中成长的民族性格更为坚韧，更注重现实生存而较少有南方礼教约束，其思想表达直白显露，殊少南方的隐喻和修饰。

基于北方不同的地理、生活及文化，北方民歌的风格以厚重磅礴、豪放悲凉为主。首先，他们多生活于磅礴阔大的原野，这种地理特点使其诗普遍厚重磅礴、苍茫空阔。其著名的景色诗“敕勒川，阴山下。天似穹庐，笼盖四野。天苍苍，野茫茫，风吹草低见牛羊”(《敕勒歌》)，写天地之间水草丰茂、牛羊遍野的富足雄浑，展现了开阔的胸襟与豪迈的气度。其次，与其流离征战的苦难生活相应，其诗歌多悲苦之意，写征战时多是征战之苦而少战争胜利之乐；描写迁移时多写思乡之苦而少行旅之欢，整体风格多深沉悲凉，如

“念吾一身，飘然旷野。朝发欣城，暮宿陇头。寒不能语，舌卷入喉。陇头流水，鸣声幽咽。遥望秦川，心肝断绝”（《陇头歌辞》），写渺小之一己在苦寒的旷野中飘零无着。最后，北方缺少礼教约束，其诗歌不拘于儒家提倡的“温柔敦厚”，显示出率性狂野的特点，风格豪放，如“腹中愁不乐，愿作郎马鞭。出入擐郎臂，蹀坐郎膝边”（《折杨柳歌辞》），带有原始野性的呐喊，描述出不着修饰的火热恋情。

第三，语言质朴无华，抒情直率痛快。

北方民歌的语言质朴而不事修饰，有些语言甚至如口语直接记录而成，例如《折杨柳枝歌》：“门前一株枣，岁岁不知老。阿婆不嫁女，那得孙儿抱?”北朝民歌的抒情方式与南朝民歌迥异，如北方民歌对男女相悦之情的渴慕表达得非常大胆。诗歌体裁上，北朝民歌也不似含蓄精巧的五言绝句类型，而是多为五言、七言、杂言，只以抒情畅达淋漓为主，不求声韵对偶之严。

和南方民歌相比，北方民歌的语言与审美风格都有很大不同，整体而言，北歌如山中村姑，质朴而大胆泼辣，南歌如小家碧玉，柔弱而扭捏缠绵。北方质朴刚健的诗风能弥补南方诗歌力量之不足，对唐朝刚健开朗诗风的形成起到了一定作用。

80. 如何理解《木兰辞》的北方气息?

答：《木兰辞》是南北朝时期北方的代表性民歌，讲述女孩木兰女扮男装替父从军战果显赫的故事。创作时间大约为北魏迁都洛阳后，最初收在南朝陈僧人智匠《古今乐录》，后来经过文人润色。全诗体制、内容、美学色彩都显示出与当时南朝民歌的明显区别。

第一，长篇杂言叙事诗形式。

与当时南朝民歌五言四句的精致结构不同，《木兰辞》全诗以五言为主，夹以七言散行，长达300余字，长诗数句一韵，转韵灵活自然，与诗歌内容变化相协调，全诗气势磅礴开阔但并不流于板滞，与南方民歌的精巧雅致有很大区别。

全诗语言整体上朴素如家常语，少有当时南方诗歌惯用的隐喻双关，而是多用通俗质实之语如“木兰当户织”“阿爷无大儿，木兰无长兄”“磨刀霍霍向猪羊”等。

全诗叙述了木兰长达十余年的经历，是一首优秀的叙事诗，其艺术成就表现在三方面：一是文章注意剪裁，详略有致。如详细描写木兰作为女儿对父亲的担心，塑造其善良纯朴的女儿形象；详细描述其购买出发行装的准备工作，渲染出行之急促果敢。对具体的征战经历，以“将军百战死，壮士十年归”带过，粗笔勾勒，大气磅礴而不落琐屑，与木兰的飒爽大气相映照。二是使用了多种修辞手法如叠字、反复、排比等，全诗气韵流转。诗中多处用叠字，如“唧唧”“卷卷”“溅溅”“啾啾”等，还有大量间隔反复，如“问女何所思，问女何所忆？女亦无所思，女亦无所忆”。叠字和间隔反复等修辞手法使诗歌富于回旋的音乐感。诗中还善于将多种修辞手法叠加在一起，如“东市买……西市买……南市买……北市买……”“……闻女来……闻妹来……闻姊来……开我……坐我……脱我……著我……”，排比、反复交叉使用使全诗气势酣畅淋漓，再如流水对“将军百战死，壮士十年归”，诗句语气畅达，其后紧接“归来见天子，天子坐明堂”，顶针手法使两句顺势而下。三是综合使用各种描写手法塑造人物，如“旦辞爷娘去，暮宿黄河边，不闻爷娘唤女声，但闻黄河流水鸣溅溅。旦辞黄河去，暮至黑山头，不闻爷娘唤女声，但闻燕山胡骑鸣啾啾”，以亲切温暖的爷娘唤女声与深沉雄厚的黄河流水声、凄厉刚劲的马嘶鸣声对比，侧面写出花木兰怀念父母却依旧努力前行的坚毅；以“朔气传金柝，寒光照铁衣”的坚硬爽利烘托花木兰的飒爽英姿。

第二，人物形象也具有北地色彩。

南方民歌主角多为爱情与婚姻家庭中的女性形象，妩媚温柔，女性特征明显。但本诗中的木兰显示出北方少数民族女性特有的豪气。兵役来临时，她没有可怜地哀求父母，也没有愤怒地责骂国家，而是挺身而出，主动提出解决方法，表现出女性少见的勇于担当。她行事果敢坚决：一旦决定后，便付之于行动，四处置办行装，然后义无反顾地踏上征途，在艰难的行进途中也不曾有丝毫的怯弱。她能力超群：十年征战，屡建奇功。她不慕荣华：征战结束后，她既不在天子前倚功而骄，也没有在天子前卑颜顺从，而是大胆地拒绝了天子的要求，选择了回乡。

《木兰辞》塑造形象的成功之处还在于其人物的立体性，花木兰既有女性本色：征战前和普通女孩一样当户织布，建立奇功后依旧保持女孩爱美的天性，当窗理妆，是孝顺乖巧的女儿、妹妹、姐姐形象。她融合了传统女性的美丽朴实与传统男性的忠孝勇敢，成为我国历史上光彩照人而又平易近人的女英雄，“花木兰”成为女英雄的代名词，后世以此宣扬男女平等，“花木兰”也成为后来的重要艺术形象，徐渭的《雌木兰替父从军》和当代美国的《花木兰》动画片都是以此为原型。

第三，内容与风格有明显的北地色彩。

与当时南方民歌最惯于表现爱情生活不同，《木兰辞》表现的是征战生活。全诗以女扮男装的征战生活的原因、过程及结局为表现内容，虽然也表现了木兰作为青春女孩的特点，但更着眼于歌颂其

《木兰辞》　罗远潜

战斗英雄的一面，而无南方常见的缠绵爱情。

本诗中的生活也富有北方气息。一是多体现出北方生活习惯，如“可汗”“阿爷”是北方习惯的称呼，“骏马”“鞍鞯”“辔头”“长鞭”是游牧民族日常生活之物，“军帖”“点兵”也与当时北方多征战相应。二是多使用刚健有力的意象，如多选择磅礴阔大的山水意象，勾勒出了辽阔的北方场景，“黄河”“黑山”“燕山”“关山”等意象都有苍凉浑厚之感。

与其刚健有力的内容相应，《木兰辞》的整体风格表现为朴实遒劲、阔大苍凉。与北方山水的苍凉雄浑相应，诗中多浓墨重彩地粗笔勾勒北方山水，疏于精雕细刻。使用“万里”“十年”从空间和时间上展示战争的宏大；以“朔气”“金柝”“寒光”“铁衣”等形象造成触觉上的冲击，衬托出气候的寒冷和战场的艰辛，这些意象也使得全诗遒劲有力，迥异于南方的柔媚情调。

《木兰辞》无论在题材选择、人物形象、诗歌形式、语言手法及风格上都与当时南方民歌有非常大的区别，正因为这些，它成为北方民歌的杰出代表，花木兰也成为对男尊女卑观念有强烈反抗意义的经典形象。

81. 为什么说《世说新语》是士人的教科书?

答：《世说新语》是记载魏晋人物言谈轶事的笔记小说，由南朝刘宋宗室临川王刘义庆主持编纂工作，故全书风格体例比较一致。《世说新语》记载了大量名士的言行，它何以广受后世士人欢迎，与如下几方面有关。

首先，《世说新语》内容以表现魏晋名士风度为主，可供士人学习仿效。

《世说新语》全书分为德行、言语、政事、文学、方正、雅量等三十六门，上卷四门为“德行”“言语”“政事”“文学”，这四类都是儒家品评人的标准。中卷九门为“方正”“雅量”“识鉴”等，以正面褒扬居多，有些属于儒家道德，有些又体现了道家风采。下卷比较复杂，既有“容止”“自新”等正面品格，又有“忿狷”“谗险”“惑溺”等恶劣道德，但都能够显示描写对象的独特性情。

《世说新语》显示了当时名士率性而为的天真、有胆有识的气度、高情雅量的情怀、能言善辩的聪颖等。他们崇尚自然，率性而为，蔑视礼教，如王徽之雪夜访戴，兴之所至夜半欲邀友人赏雪，临到友人家门，却兴尽而返；阮籍丧母期间饮酒吃肉，刘伶以天地为屋纵酒等都是率性的表现。与率性相伴的是重情，如王粲好学驴鸣，他死后，曹丕提倡为之驴鸣以悼念他，于是众皆作驴鸣。魏晋崇尚清谈，士人多于言辩间逞耀智慧，《世说新语》也表现了这点，记载了大量显示言辩之智的故事，如孔融小时非常聪颖，太中大夫陈韪对此不以为意，说“小时了了，大未必佳”，孔融对曰“想君小时，必当了了”（《世说新语·言语》）。

其次，《世说新语》风格含蓄隽永，这也是它历来为人所称道处。全书所记多为生活之事，多是随手而记，言语简洁，但传神写意，气韵生动：“读其语言，晋人面目气韵，恍忽生动，而简约玄澹，真致不穷。”（胡应麟《少室山房笔丛·九流绪论下》）鲁迅先生曾把它的艺术特色概括为：“记言则玄远冷隽，记行则高简瑰奇。”①《世说新语》以描写魏晋士人风格为主，其本身风格亦有似于魏晋士人之高古简约。

这种风格一是缘于《世说新语》不追求形色之美与精工细致的描写。《世说新语》每则文字长短不一，但多篇幅短小，多则数行，少则几句，往往遗神取貌，以简笔传达风神。如《简傲》中写阮籍：“晋文王功德盛大，座席严敬，拟于王者。唯阮籍在座，箕踞啸歌，酣放自若。”描写阮籍时忽视对其面容等的描写，抓住“箕踞”两字，以其坐姿突显其豪放不羁与不守礼法和啸歌之时的怡然自得与旁若无人。又如《容止》篇写嵇康外形：“嵇叔夜之为人也，岩岩若孤松之独立；其醉也，傀俄若玉山之将崩。”它脱离了对嵇康具体形貌的描述，但苍劲之孤松更能够体现嵇康人格的刚毅正直，而玉山之高

---

① 鲁迅. 中国小说史略［M］. 杭州：浙江文艺出版社，2000：43.

洁凛然能显示出其人格之洁净脱俗。

《世说新语》的隽永还与作者少作评述、唯客观记叙事实有关。如写石崇宴会时以美人劝酒，客人不喝则杀美人，王导不能喝，但为避免美人被杀，勉强喝酒，而大将军王敦“固不饮以观其变，已斩三人，颜色如故，尚不肯饮”（《世说新语·汰侈》）。王导指责他，大将军说：“自杀伊家人，何预卿事!”（《世说新语·汰侈》）对大将军不作一字评价，但其残酷冷血与倨傲之情毕出。

最后，创作手法上，《世说新语》善于综合使用细节对比、比喻、夸张等人物描绘技巧，使全书富于故事性。为突出名士的不同，《世说新语》往往将之与其他人进行对比，在对比中突出人物性格，如管宁、华歆之事，两人对外来引诱的态度可见其志趣高下。《雅量》写谢安与孙绰在海上遇到风浪，谢安“貌闲意说”，镇静从容，孙绰等人“色并遽”“喧动不坐”。桓温欲诛谢安、王坦之时，王坦之的害怕形之于色，“转见于色”；而“谢之宽容，愈表于貌”，对生死之事不以为意，表现了“以死生为一条”（《庄子·内篇·德充符》）的老庄思想和临危不惧的气度。

《世说新语》还广泛运用比喻等手法，写人物时往往不重视具体的形体容貌的描写，而是以新奇的比喻突出人的个性特点。如《德行》篇写人的道德言行等，写郭林宗拜访黄叔度时曾说：“叔度汪汪如万顷之陂，澄之不清，扰之不浊，其器深广，难测量也。”

《世说新语》不仅注意创作手法的使用，还善于选材，名士可记之事应特别多，但《世说新语》多选特异新奇而又能够体现描写对象真性情的事情，有很强的故事性。如《俭啬》“王戎有好李，卖之恐人得其种，恒钻其核”，其俭啬行为非普通人所能想。记阮咸之事，则写其宗族宴会时旁若无人，不仅如此，他还与猪同食。王羲之“坦腹东床”则有鲜明的喜剧色彩，颇富奇趣。

《世说新语》让人们看到了魏晋名士独特的风神气度，后来很多成语都出自此书，例如“玉树临风”“特立独行”等，一些非常著名的小故事成为后世诗文常用的典故和戏剧小说家创作的素材。

82. 南北朝志人小说和志怪小说是中国小说的鼻祖吗？

答：南朝志怪小说和志人小说中的“志”是记录之意，“志怪”一词出于《齐谐记》，志怪小说指汉魏六朝时期以神怪之事为题材的小说，志人小说则是鲁迅先生依托于“志怪小说”为魏晋时期记录名人佚事的笔记体作品所命之名。二者在某些方面具有现代小说的特点，其艺术手法对中国小说影响很大，因而在小说发展史上占有重要地位。

“志怪小说”的发展，与我国方术及神鬼故事有联系。我国早期流行神仙方术之说，汉代以后，道教和佛教宣传的鬼神迷信故事较多，记录这些故事的书也时有出现。六朝时佛教盛行，人们更是大量收录这类型故事以“明神道之不诬”（干宝《搜神记》序言）。“志人小说”则始于魏晋六朝时期人物品评风气之盛，其时名士言行广为尊崇，真人真事都被记录下来以供仿效，著名者为《世说新语》《笑林》等。志怪与志人小说都是以“实事”为记载对象，和当时真正的文学体裁诗赋等相比，语言多较为朴素，更不以用典押韵为能事。六朝志怪和志人类文章孕育出了我国后代小说，这主要包括以下几个方面：

第一，取材多为奇异之人或事，奠定了我国小说“传奇”特点。

魏晋志怪小说多记录传言中的鬼怪神异之事，志人小说则主要记载魏晋时人的奇言异行，二者均以其内容的新奇取胜，这奠定了我国传统小说“好奇”的特点。

《搜神记》是志怪小说中的重要作品，其所记多为奇异之事。如《三王墓》，叙述楚国巧匠干将莫邪为楚王铸剑，反被楚王杀害，其子长大为父报仇，其中描述莫邪之子“自刎，两手捧头及剑奉之，立僵”,尸体手捧自己之头送给别人，其头在沸水中煮三日，仍旧“踔出汤中，踬目大怒”（干宝《搜神记》卷十一）。类似这样的奇异之事充斥着六朝志怪，引起人们强烈的阅读兴趣。

志人小说也好记载奇人异事，率性如王羲之，狂放如阮籍，悭吝如王戎，残暴如王敦，聪慧如何晏，都给人留下深刻印象。

鬼怪之事与名士之奇言怪行给读者带来了刺激与愉悦之感，这使得后代作者也纷纷效法。我国后来历代叙事文学都好传述奇人异事，唐代小说名“传奇”,明代戏曲也叫“传奇”,都说明了对“奇”的喜好。即令不以“传奇”名之的叙事文学，其选材上仍旧体现出“传奇”特点。

第二，从艺术手法上奠定了我国小说的特点。

我国传统小说讲究以形象感人，不尚直白与论述，这与西方小说有明显区别。这些特点在魏晋志怪和志人小说中均有体现，即不以理性见长，而善于以人物为表现对象。其一是善于使用细节描写。如豫章太守邵雍，预知其儿子已经死亡，他神色不变，但“以爪掐掌，血流沾褥”（刘义庆《世说新语·雅量》）。其二是追求曲折情节，如《东海孝妇》中，媳妇孝养婆婆若干年，婆婆为免拖累媳妇自缢而亡。其小姑告官说是其嫂子所杀，太守听信而杀之，死后大旱三年，血染白练。后来太守祭妇坟墓，方得雨。这成为后来《窦娥冤》戏剧的源头。这些志怪和志人小说均比较简短，但多在简短的篇幅间构造曲折的情节与丰满的人物性格，这也为我国后来小说追求情节曲折和丰满的人物形象奠定了基础。

第三，传神写貌，言简意丰。

志怪小说和志人小说都非常简短，但其中的形象都令人印象深刻，这缘于其语言的形象性。《搜神记》卷十一：“汉武时，苍梧贾雍为豫章太守，有神术，出界讨贼，为贼所杀，失头，上马回营中，咸走来视雍。雍胸中语曰：‘战不利，为贼所伤。诸君视有头佳乎？无头佳乎？’吏涕泣曰：‘有头佳。’雍曰：‘不然。无头亦佳。’言毕，遂死。”语言雅洁，无头之人居然以胸中发音，表达了其“无头亦佳”的死而不屈的精神。散骑侍郎王佑疾困，与母亲辞诀，有鬼神意欲带走他，感他清贫，因而意欲留其活命，其后，鬼神又来之时，佑问他：“卿许活吾，当卒恩否？”鬼神回答：“大老子业已许卿，当复相欺耶！”“见其从者数百人，皆长二尺许，乌衣军服，赤油为志。佑家击鼓祷祀，诸鬼闻鼓声，皆应节起舞，振袖飒飒有声。”（干宝《搜神记》卷六）虽然是写鬼神，但鬼神之正直慨然之气跃然纸上，其重然诺的精神也使人印象深刻。《世说新语》中只客观叙述人事而不著评论，如王徽之叫大将军吹笛，“语毕，不着一言而去”。作品歌颂了两人因为笛而神交，但不执着于世俗的应酬交往的率性真情。

魏晋志怪和志人小说虽然是无意为之，但客观上对传统小说影响很大。一是为后代叙事文学提供了题材，有些小说戏剧直接取材于魏晋小说，如《庞阿》《枕中记》与《幽明录》中的《焦湖庙祝》，都有继承关系；董永与七仙女的故事成为后世家喻户晓之作。二是其“传奇”的特点决定了后代叙事文学之“好奇”。

83. 我国现存最早的文论著述是哪一篇？ 它提出了哪些见解？

答：我国现存最早的文论著述是曹丕的《典论·论文》，“典”是“常”或“法”的意思，即提出各方面的法则。《典论》作于建安后期，是按照子书的形式写成的多篇论文，包括政治、社会、道德、文化等内容，“文论”即是提出的作文方面的准则。《典论》一书共有五卷二十篇，据西晋陈寿《三国志·魏书》记载，该书被刻于洛阳太学的石碑上，但唐时石本亡佚，宋时写本也失传，《论文》因收于南朝梁萧统的《文选》而得以保留下来。

《典论·论文》之前，文学尚不独立，更没有专门的文艺理论，《典论·论文》将文学的地位提到“经国之大业，不朽之盛事”的高度，在总结当时文学创作成就的基础上，从多个角度阐述了文学创作规律与鉴赏标准，开创了文学批评之风，体现出了如下重要意义：

第一，提高了文学地位。

汉代以前，“文学”还包含在广义的“学术”概念中，与之相应的“言”也并没有占据特别重要的地位。“三不朽”中，“太上以立德，其次以立功”，最后才到“立言”。有意识的文学创作还没有出现，早期的诗、赋、文均是无意为之，如盛极一时的汉赋也不过是润色宏业之工具。三国之时，由于三曹的爱好与倡导，文学的地位有所提升，但是，与其他学问相比仍屈居一筹，文才之高者如曹植

也认为："辞赋小道，固未足以揄扬大义，彰示来世也。"（《与杨德祖书》）

和其他人认为文学并没有独立的存在价值不同，曹丕认为文学本身就有其重要意义："盖文章，经国之大业，不朽之盛事。年寿有时而尽，荣乐止乎其身，二者必至之常期，未若文章之无穷。"（《典论·论文》）他将"文章"置于与经国大业相等的地位，而且看到文章比个体生命更能超越时间限制，作者的思想感情可能通过文章感染更多的人，因而有"声名自传于后"（《典论·论文》）之作用。

曹丕还号召作家要以严肃认真的态度来作文，他以前人西伯和周公为例，认为他们"不以隐约而弗务，不以康乐而加思"（《典论·论文》）的创作态度使得其声名流传；他还认为时人对于为文之事不够重视，批评了时人"贫贱则慑于饥寒，富贵则流于逸乐"（《典论·论文》）的态度。

第二，注意到文学的独特风格。

受三曹的影响，当时文士集体着力创作，曹丕注意到不同体裁和作者的作品有不同特点。

曹丕认为作品之不同与体裁有关，因而提出："夫文本同而末异，盖奏议宜雅，书论宜理，铭诔尚实，诗赋欲丽。"（《典论·论文》）其中"诗赋欲丽"一句，一是将诗赋与奏议、书论、铭诔等非文艺作品区别开来，这体现了后来将"文"与"笔"区分开来、将文学与史学区分开来的趋势；二是确定了诗赋的特征是"丽"，即应该追求形式的精美、辞采的漂亮，而不像其他作品一样追求雅正或者思辨性，这反映了当时文学从学术当中独立出来的发展趋势。

曹丕还注意到不同作家的作品都具有各自独特的风格，对此，他以"气"称之，并论述了"气"的形成及当时不同作者之不同"气"。"文以气为主，气之清浊有体，不可力强而致"（《典论·论文》），文章有"清浊"之分，这可能是指文章的清朗与否。这种"气"的形成与先天因素有关："至于引气不齐，巧拙有素，虽在父兄，不能以移子弟。"（《典论·论文》）他对当时创作者的"气"进行了概括，既总结其优点和特点，又指出其不足："王粲长于辞赋，徐干时有齐气，然粲之匹也。……琳、瑀之章表书记，今之隽也。应玚和而不壮；刘桢壮而不密。孔融体气高妙，有过人者；然不能持论，理不胜辞；至于杂以嘲戏；及其所善，班，扬俦也。"（《典论·论文》）

第三，提出鉴赏文学的标准。

建安时期文学创作大兴，不同作者的作品特点不同，不同读者的爱好倾向也有不同，因而评价标准也不统一。针对此种形势，曹丕提出正确地评判不同作家作品的标准。

他提出可能导致错误评判的原因。首先是主观方面，文人在鉴赏时有"文人相轻"的倾向，对自己的长处"善于自见",对自己的短处则"闇于自见"；其次，评价之难以公平还有不良传统的影响，一是"贵远贱近",二是"向声背实",这一点其后的刘勰也有更深入的论述。曹丕《典论·论文》重视文学批评的客观性，这为后来文学批评注重客观公正做出了贡献。他还从客观角度分析了评价之难以公正的客观原因，"文非一体，鲜能备善"。每个人的特长总是特定的，不可能对所有的文体都擅长，自然也不可能对所有文体文章的评定都做到准确恰当。针对这两种情况，《典论·论文》提出如何评价作品："盖君子审己以度人，故能免于斯累，而作论文。"

曹丕的《典论·论文》，强调文章的地位，注意个人气质对文章风格的影响，自觉地检讨文学批评中容易出现的错误，这是文学批评自觉的重大标志。他对文学之独立特性的重视，对文学批评客观标准的建立都对后世有重要影响。

84. 陆机《文赋》的主要内容是什么？

答：《文赋》是西晋时著名文学家陆机以赋体写就的文学批评作品。陆机针对当时"意不称物，文不逮意"的情况，以创作构思为中心论述"作文利害之所由",即探讨写作的方法技巧，在文学批评史上有较为重要的地位。

陆机主要在文中讨论了如下问题：

第一，探讨了文学之成因。

陆机注意到文学之“文”的产生过程，他认为文学的形成一方面源于对前代经典的学习，即是“伫中区以玄览，颐情志于典坟”，创作主体应该“咏世德之骏烈，诵先人之清芬”,“收百世之阙文，采千载之遗韵”,即从前人的清词丽句中学习到语言使用的技巧，前人的文章又可以使读者产生新的创作冲动；文学形成的另一个方面是外界环境，“遵四时以叹逝，瞻万物而思纷”,不同的环境能够引发人不同的情感，“悲落叶于劲秋，喜柔条于芳春”,道出了文学创作的情感动力。

在文章的功用上，他既继承了传统儒家和曹丕的说法，认为文章有政治功用，能“济文武于将坠，宣风声于不泯”,还强调文学创作对创作主体的意义，“伊兹事之可乐，固圣贤之所钦”,认为创作主体能够在创作中获得快乐，这就触及了创作行为对主体的情感宣泄作用。

第二，探讨创作过程中的思维活动。

陆机之前，没有人将文学视为复杂的思维活动的产物，陆机则开创了这方面的研究。他提出创作开始时应“收视反听，耽思傍讯，精骛八极，心游万仞”。在避免了外界的干扰后，创作主体就能够尽情施展自己的想象，“精骛八极，心游万仞”,从而使自己的思维远远突破现实空间的限制。“其致也，情曈昽而弥鲜，物昭晰而互进”,经过想象，充满情感的物象就可以出现在作家的头脑中，作家则在此基础上，充分调动语言，以鲜活的词汇表现出这些意象，“倾群言之沥液，漱六艺之芳润”。在具体创作的时候，创作主体应该沉静下来：“罄澄心以凝思，眇众虑而为言。笼天地于形内，挫万物于笔端。”

陆机在研究思维活动的过程中，继承前人还有所发展。他进一步注意到“虚静”对创作主体的作用，认为它能够使人“课虚无以责有，叩寂寞而求音”,这已经触及虚构的产生过程及作用和特点。他还首次探讨了创作时的灵感现象：“若夫应感之会，通塞之纪，来不可遏，去不可止。”他虽不能解释灵感出现的原因，但意识到了灵感对创作的重要作用，发现当灵感出现的时候，语言如涌泉而出，“思风发于胸臆，言泉流于唇齿”，灵感没出现，作者则文思滞涩，“兀若枯木，豁若涸流”。

第三，探讨了多项创作规律。

针对创作时候出现的具体问题，陆机总结出了一些创作规则。一是认为创作要根据中心思想“选义按部”，即根据中心思想选择内容安排布局：“理扶质以立干，文垂条而结繁。”在这个过程中要注意文章各部分之间的联系，“或因枝以振叶，或沿波而讨源”。各部分之间要讲究统一，避免出现“或仰逼于先条，或俯侵于后章”的毛病。他要求内容与形式之间的完全统一，“或辞害而理比，或言顺而义妨”。二是注重锤炼语言。他认为优美的语言是需要锤炼才能成就的，“始踯躅于燥吻，终流离于濡翰”。语言的优美体现在辞采和声音之美上：“其会意也尚巧，其遣言也贵妍。暨音声之迭代，若五色之相宣。”但不管如何，其最终目的都是符合内容表达的需要，因而“要辞达而理举，故无取乎冗长”。

在创作的总原则外，陆机还提出了一些创作的具体技巧，一是“考殿最于锱铢，定去留于毫芒”，即要根据内容的要求敢于割舍去取；二是善于以精练的语句概括和突出文章重点，“立片言而居要”；三是追求内容和语句的创新性，“怵他人之我先”“必所拟之不殊”；四是要能够融合高雅与奇险的内容，使文章平中出奇，“缀下里于白雪”。陆机还批评了当时创作时候的弊病，一是篇章过于短小，内容单薄，“或托言于短韵，对穷迹而孤兴”；二是语言缺少锤炼，过于粗陋，“寄辞于瘁音”；三是只注意雕琢小处，而不关注文意正否之大处，“或遗理以存异，徒寻虚以逐微”；四是追求时好，有失粗浅，“徒悦目而偶俗，故声高而曲下”；五是过于追求含蓄以致失去韵味，“或清虚以婉约，每除烦而去滥”。

第四，分析和总结文章文体与文风的区别。

陆机高度概括了文学作品的表现力，但是，各体文学又有不同。他区分文体时，已经有了初步的有韵之文与无韵之文的区别。在区分文体时，陆机注意到“情”对“文”的关键作用，并且鲜明地提出了“诗缘情”与“赋体物”的口号。

在区别文体之外，陆机还注意到文章风格的不同：“若夫丰约之裁，俯仰之形。因宜适变，曲有微情。或言拙而喻巧，或理朴而辞轻。或袭故而弥新，或沿浊而更清。或览之而必察，或研之而后精。譬犹舞者赴节以投袂，歌者应弦而遣声。”不同的风格都各有其特点，不同欣赏者对不同风格有所偏好：“故夫夸目者尚奢，惬心者贵当。言穷者无隘，论达者唯旷。”这种对鉴赏者的批评上承曹丕，下启刘勰。

如上所述，陆机对文学的形成及其意义、创作思维及创作过程中所需要注意的规则都进行了较为系统的探讨，为后来文学批评的发展指明了方向，因而在文学批评史上具有重要地位。

85.《颜氏家训》是一部什么样的书？为什么它在文学史和文学批评史上都有重要地位？

答：《颜氏家训》是中国南北朝时期颜之推记述个人经历、思想、学识以告诫子孙的家训。全书有丰富的文化内蕴，围绕治家的家庭伦理和道德教育，论及了字画音训、典故和文艺等内容，且全书具有“质而明，详而要，平而不诡”的文学成就，因而成为“千古家训第一”。

首先，《颜氏家训》包含内容广泛。

全书共7卷20篇，为《序致》第一；《教子》谈家庭教育的重要性；《兄弟》《后娶》《治家》谈家庭伦常及治家风尚；《风操》谈封建士大夫的门风节操；《慕贤》《勉学》告诫子孙以交结贤人、勤勉学习；《文章》《名实》《涉务》《省事》《止足》《诫兵》《养心》《归心》《书证》《音辞》《杂艺》《终制》则谈及文学、历史、文字、民俗、社会等诸多方面的内容。

颜之推重视人的伦常亲情，《颜氏家训》提出了中国传统伦理道德标准。在伦理道德之外，颜之推强调学习。由于颜之推在谈及伦理教育之外，注重传授具体知识，因而他“兼论字画音训，并考证典故，品第文艺”,记录和保存了大量当时的史实与学术资料。

其次，该书文学价值也很高。

颜之推身处南朝，但并没有受南朝四六骈体和浮华文风的影响，语言服从内容的需要，简明质朴，通俗易懂。其四言文句不讲究浮华的气势，如《序致》中，散体语言能够服从内容的需要，各有特点。叙事语言朴实好懂，简淡而有风致，如《勉学》描述当时梁朝子弟的不学无术、崇尚空谈：“无不熏衣剃面，傅粉施硃，驾长簷车，跟高齿屐，坐棋子方褥，凭斑丝隐囊，列器玩于左右，从容出入，望若神仙。”论述语言平易而精警，形象生动。如说当代教子之误区：“人见邻里亲戚有佳快者，使子弟慕而学之，不知使学古人，何其蔽也哉?”其议论语言精警、深刻。如概括古代典籍和学者的特点：“夫老、庄之书，盖全真养性，不肯以物累己也。……至乃倦剧愁愤，辄以讲自释。”堪为一段小的学术史。另外，《颜氏家训》广征博引，其中所援引故事者，能以简洁之笔叙述故事，传神写照，非常有故事性，如《涉务》中：“建康令王复性既儒雅，未尝乘骑，见马嘶喷陆梁，莫不震慑，乃谓人曰：‘正是虎，何故名为马乎?’”

最后，《颜氏家训》有较高的文论价值。

《颜氏家训》论及当时一些重要的文学现象，这些观点主要表现在《文章》中，体现出强烈的儒家文学观特点。

在文学的产生上，颜之推认为文章“原本五经”（《颜氏家训·文章》），颜之推认为文章对于国家和个人都有重要功用，对国家能够“施用多途”（《颜氏家训·文章》），对于个人则“陶冶性灵，从容讽谏……标举兴会，发引性灵”（《颜氏家训·文章》），既重视文章的政治教化功用，又重视文章对人的情感作用。但由于以道德为本，颜之推对文章自身价值的看重是有保留的，他不像曹丕和陆机那样看重文学，认为只能是“行有余力”（《颜氏家训·文章》）之时才可为之。他也只肯定引起儒家思想情感的文学，对于文章感发性灵后产生的“使人矜伐，故忽于持操，果于进取”（《颜氏家训·文章》）的作用表示否认。

颜之推以儒家标准评价创作主体，批评“自古文人，多陷轻薄”

(《颜氏家训·文章》)，认为“屈原露才扬己，显暴君过”(《颜氏家训·文章》)，对此之后的宋玉、东方曼倩、司马长卿等，颜之推也均有不满。以对品行的重视为基础，颜之推表现了对文人气节的重视，否定了陈琳“居袁裁书，则呼操为豺狼；在魏制檄，则目绍为蛇虺”(《颜氏家训·文章》)的行为。

颜之推还研究了创作行为和过程，他认为天赋是作文的基础，“学问有利钝，……必乏天才，勿强操笔”(《颜氏家训·文章》)。在创作过程中应该遵循一定的规矩，要重视社会评价，“学为文章，先谋亲友，得其评裁，知可施行，然后出手”(《颜氏家训·文章》)，认为师心自任只会受人取笑。对文学作品颜之推表现出儒家的文质兼美、质胜于文的观点，但他并不片面地否定当时对文学之美的重视，而是提倡二者并重，“古之制裁为本，今之辞调为末”(《颜氏家训·文章》)。

颜之推还评点了当时文学作品和文风，认为“何逊诗实为清巧，多形似之言”(《颜氏家训·文章》)等。他主张文章应该平易好懂，赞成沈约的“三易”说，否定当时热衷用典和过于雕琢的浮华文风，对用典等技巧，颜之推认为谨慎用之，以免贻笑大方。

总而言之，《颜氏家训》内容富赡广博，文辞朴实平易，且颜氏后人杰出者不少，因而其书在后世影响广泛，其在文学方面全面系统的认识也使它在文学批评史上占有重要地位。

86.《诗品》是一部什么样的书?

答：《诗品》是我国现存最早的诗歌评论专著，作者钟嵘是南朝齐梁时期的文学批评家。钟嵘依照其标准对当时和此前诗人进行了细致品评。全书分三卷，论述了五言诗的起源、发展和不同流派。将汉至齐梁的一百二十二个诗人分为上中下三品，上品十一人，中品三十九人，下品七十二人。每品之中，以诗人时代先后排序，论其诗歌特点、风格渊源、艺术成就及与其前后作家间的承继关系。钟嵘在《诗品序》和具体品评中表现出他对诗歌的认识，如“诗味”说等，对后来诗歌品评产生了重大影响。

结合钟嵘的理论主张和品评结果，得出其对诗歌之美的评判标准有以下几点：

第一，诗歌应有“诗味”。

钟嵘认为诗歌应有亮丽的语言，以形象感人，他特别强调由诗歌形象带来的言外之意，即“诗味”。

钟嵘提出：“故诗有三义焉，一曰兴，二曰比，三曰赋。文已尽而意有余，兴也；因物喻志，比也；直书其事，寓言写物，赋也。宏斯三义，酌而用之，干之以风力，润之以丹采，使味之者无极，闻之者动心，是诗之至也。若专用比兴，患在意深，意深则词踬。若但用赋体，患在意浮，意浮则文散，嬉成流移，文无止泊，有芜蔓之累矣。”（《诗品序》）“味”指形象的感染力，对“味”的论述体现了钟嵘对诗歌内容与形式的辩证认识。

钟嵘“诗味”观还基于他对文章内容与形式的辩证看法。他认为，诗歌要有“味”，首先是要有“风力”，“风力”指由充实的内容和强烈的情感带来的诗歌感染力。他反对当时流行一时的玄言诗。“风力”之外，还需要以“丹采”给诗歌美好的形式，即指要有漂亮的辞采，从他对当时诗人的评价来看，这种漂亮多指富丽华美、精致而有表现力的语言。他推崇语言亮丽而有感染力的诗，认为陆机“才高词赡，举体华美”（《诗品》卷上），认为谢灵运“才高词盛，富艳难踪”（《诗品》卷上），并列于陶潜、鲍照之上。

富有“诗味”之诗既要有强烈的感染力，又要有漂亮的辞采，这是钟嵘评诗的主要依据。在对“诗味”的认识基础上，钟嵘肯定了五言诗的地位。

第二，以“自然”论诗，认为诗歌的情感感染力和漂亮的辞采都应该是“自然”为之。

钟嵘之“自然”观首先体现在其对诗歌产生的认识上，他认为诗歌的产生是“气之动物，物之感人，故摇荡性情，形诸舞咏”（《诗品序》）。即自然之气引发人的意志，不同的景色可引发人不同的情感，“若乃春风春鸟，秋月秋蝉，夏云暑雨，冬月祁寒，斯四候之感诸诗者也”（《诗品序》）。他认为不仅自然物候会引发人的情感，个人的经历遭遇更是诗歌产生的原因：“至于楚臣去境，汉妾辞宫。或骨横朔野，魂逐飞蓬。或负戈外戍，杀气雄边。塞客衣单，孀闺泪尽……凡斯种种，感荡心灵，非陈诗何以展其义？非长歌何以骋其情？”（《诗品序》）只有缘于自然的诗歌才是有感染力的诗歌，在此基础上，他否定了当时“终朝点缀，分夜呻吟”（《诗品序》）的造作之诗。

钟嵘之“自然”还体现在其强调诗歌语言应“直书其事”，他认为：“若乃经国文符，应资博古。撰德驳奏，宜穷往烈。至乎吟咏情性，亦何贵于用事？‘思君如流水’，既是即目。‘高台多悲风’，亦惟所见。‘清晨登陇首’，羌无故实。‘明月照积雪’，讵出经史？观古今胜语，多非补假，皆由直寻。”（《诗品序》）钟嵘认为诗歌是以形象取胜的文学，故应该以真切的语言描述出自然界可以直击目存的形象，通过鲜活的形象传达情感。

“自然”还包括对音律的要求。当时诗坛在发现音律能加强诗歌美后，一时间极力追求之。钟嵘认为：“但令清浊通流，口吻调利，斯为足矣。至平上去入，则余病未能；蜂腰、鹤膝，闾里已具。”（《诗品序》）他从诗歌产生的起源证明，昔日之合于声律有特定的背景，但当时的诗歌创作已经有所变化：“今既不被管弦，亦何取于声律邪？”（《诗品序》）

第三，重视诗的个体风格，具有诗史观念。

钟嵘《诗品》在诗序中论述了他最为看重的五言诗的产生和发展过程，类似于诗歌小史。

《诗品》的主体部分是评述不同人的诗歌风格特点，钟嵘在品评过程中贯彻了他的评诗标准，即非常重视“诗味”，重视亮丽的辞采，因而对曹植、谢灵运、谢朓等评价非常高，而对曹操“古直”之诗和陶渊明的平淡之诗评价不高。其论诗之语也多选用精警、雅致、高古、亮丽等不同风格的语言描写品评对象的“味”，表现出其独特的艺术风格。这种以深得诗味的语言论诗的特点，开后世论诗之风。

他在叙述每个诗人的诗歌特点时，还结合其诗歌发展观，追本溯源，探究某人出于某人之源，例如他认为陆机、谢灵运“其源出于陈思”（《诗品》卷上），颜延年“其源出于陆机”（《诗品》卷上）；认为左思诗出于刘桢，陶潜诗“又协左思风力”（《诗品》卷中）等。这在一定程度上启示了我们划分诗歌流派的线索，这种对诗艺发展原因的深入探讨也启发了后人。

钟嵘论诗，极力推崇新起的五言诗，奠定了对“味”的追求，在很多方面对中国诗论发展有着非常重要的开启之功。

87.《文心雕龙》是一部什么样的书？有哪些重要观点？在文学鉴赏方面有什么开创性功绩？

答：《文心雕龙》是我国文学理论批评史上第一部体系严密的文学理论专著，作者刘勰（约465—520），字彦和，山东莒县东莞镇（今山东省莒县）人，早年家境贫寒，32岁时开始写《文心雕龙》，历时五年，由此走上仕途，颇有清名。

《文心雕龙》包括总论、文体论、创作论、批评论四个主要部分。从《原道》至《辨骚》的五篇，是全书总论，而《原道》《征圣》《宗经》三篇又是全书核心部分，要求为文以“道”“圣”“经”为准。《明诗》到《书记》的二十篇，以“论文序笔”为中心，对各种文体源流及作家、作品逐一进行研究和评价。从《神思》到《物色》的二十篇重点论述创作过程中思维活动等的讨论，是创作论。《时序》《才略》《知音》《程器》四篇主要是文学史论和批评鉴赏论。最后一篇交代作者为文的动机、态度和原则，共五十篇。全书内容繁富而有条理，对很多问题的论述都相当深入，体现了当时文论的水平。

具体而言，《文心雕龙》有如下重要观点：

第一，持文学发展观，强调文学应有“正”有“变”。

首先，刘勰认为文学有其基本的要求，这就是需要以儒家思想为标准。《文心雕龙》开篇以《原道》，继之以《征圣》和《宗经》，对“道”和“圣”“经”的重视是其儒家正统思想观念之所在，这

节录《文心雕龙》　郑孝胥

也从形式和内容上规定了文学的基本原则。刘勰认为文学应该在“正”的基础上有所发展和变化。他对《离骚》之异于“诗”的风格表示肯定，而且，以《离骚》为标准，提出了对诗歌的文学性的审美要求。

他还提出文学创作的具体创新之道。在《通变》篇中，他概述历代文学发展之迹，认为历史上的成功作品表明，只有新变才会不断地产生优秀作品，“文辞气力，通变则久，此无方之数也”。

刘勰将诗歌的“通变”观贯彻到对各种文体的认识中，因而对每一体裁都列出其源流变化。他还认识到文学的发展变化是由社会变化决定的，“文变染乎世情，兴废系乎时序”（《文心雕龙·时序》），从社会发展的角度论证了文学通变之根本。

第二，划分并总结各种文体的特点。

刘勰根据当时文学创作情况，将有韵之“文”,如诗、赋、乐府置于前几章，而将无韵之“笔”,如颂、赞等归为后面一类，这也是符合当时文学发展的“文笔”之分的趋势的。

刘勰能够比较准确地把握各体裁文学风格的区别。如他总结四言和五言诗的不同。他对“赋”的定义是“‘赋’者，铺也，铺采摛文，体物写志也”（《文心雕龙·诠赋》），也把握住了赋的铺排特点。

刘勰注意到影响风格的具体因素。他认为形成作家风格的原因，有作者方面的主观原因，具体又分为先天的“情性所铄”与后天的“陶染所凝”。他还对文章的风格之不同进行了更为详细的区分，将之分为四组八体：“八体虽殊，会通合数，得其环中，则辐辏相成。”（《文心雕龙·体性》）认为作者可以在熟悉、掌握这八种体式的基础上，打通其间的区别，最后形成自己独特的风格。

第三，刘勰讨论了创作过程中的一些重要原则。

首先，刘勰认为诗歌创作应该以真实的思想情感为主，他认为“诗言志，歌永言”“在心为志，发言为诗”（《文心雕龙·明诗》），“情以物迁，辞以情发”（《文心雕龙·物色》）。基于对“情”作用的重视，他强调情感的真实自然，主张“为情而造文”，反对“为文而造情”（《文心雕龙·情采》）。从这一点出发，他认为“自然”之美最为高妙。他认为“云霞雕色”“草木贲华”，事物之美是客观的自然存在，“夫岂外饰，盖自然耳”（《文心雕龙·原道》）。

其次，刘勰还提出了很多其他的创作原则。一是对诗歌形式美的重视，他从细处探讨了创作的一些方法。对当时流行的声律，刘勰更是提出了非常详细的办法，探讨如何实现流利和谐的声韵。《章句》中提出要注意文章的结构和句子句式；《丽辞》分析对偶的种类及容易发生的广病；《比兴》探讨“比”与“兴”这两种表现手法；《夸饰》《事类》分别说明夸张与典故的作用。

第四，刘勰还对创作主体进行了研究。

刘勰注意到创作主体的表现能力在作品中的重要作用，他分析了创作主体应有的特质，认为创作主体既受作家先天气质才能的影响，又受后天影响，因而“夫才由天资，学慎始习，斫梓染丝，功在初化，器成采定，难可翻移”（《文心雕龙·体性》）。为提高创作水平，从开始就应该选择好的作品学习，并按照自己的个性发展，最后达到自出机杼的地步。

刘勰还探讨了创作时候的思维活动，《神思》篇集中讨论了这点，认为它是创作时最重要的前奏，“驭文之首术，谋篇之大端”。他不仅看到想象的重要性，还看到了想象并非某一时刻的灵感所得，因而提出“积学以储宝，酌理以富才，研阅以穷照”等见解。

第五，提出了文学鉴赏的标准。

刘勰针对当时文学评价不一的情况，提出了文学评价的标准。《知音》中，他分析了鉴赏之难的主客观原因，针对作品难于鉴赏的各种情况，刘勰提出了文学鉴赏对创作主体的要求，即是“博观”，应该按照“六观”即从“位体、置辞、通变、奇正、事义、宫商”入手。

《文心雕龙》从创作主体、作品、鉴赏等多个角度讨论了文学的起源、流变、构思方法、创作过程等，以简要之笔概括各个时代不同作者的具体风格。集以往文论之大成，又在很多论题上开后代文论之先声，成为世界著名的文学理论经典。

88. 什么是魏晋时代的“生命意识”?

答：生命意识是指对生命本体及其意义的思考，中国古代的生命意识虽然早在先秦时期就已萌芽，但其发展是在魏晋时期。

魏晋时期战乱频仍，朝代更迭不断，战争与政治斗争都使人们的生命朝不保夕，通过事功追求实现“三不朽”已经不太可能，同时，士人深感生命之脆弱，这促使他们从对儒家建功立业的追求中脱身出来，转而思考生命的自我价值，追求自我价值的实现，这是魏晋生命意识产生的根本原因。另一方面，士族制度的发展使得某些高门大族历代为官，其族人有经济条件专职从事思想文化活动，这些人崇尚清谈，惯于言辩，多思考和探讨宇宙的本源、人性的善恶等，形成了较强的思辨能力。魏晋士人对生命之脆弱的感受更为敏锐，而玄学之风使他们从道德审美转向自然审美，故一草一木都能够引起他们对生命的深切感怀，产生了像《兰亭集序》这样的文章。

魏晋生命意识的觉醒引发了思想上的大解放，对我国哲学的发展有着重要意义，也是我国文学独立的基础，这具体表现在以下几个方面：

一、对生命自身价值的重视。

魏晋之初，曹氏父子仍旧以建功立业为人生目标，但另一方面，汉魏的战乱使人们更多地感受到生命之短暂，世事之无常，并引发士人对生命本真意义的思考。他们多咏叹人生苦短，如曹丕有“人生如寄，多忧何为？今我不乐，岁月如驰”（《善哉行》），曹植有“日月不恒处，人生忽若寓。悲风来入怀，泪下如垂露”（《浮萍篇》）。魏晋时期的时不我待心理往往与生命苦短相联系，曹操的“神龟虽寿，犹有竟时。腾蛇乘雾，终为土灰。老骥伏枥，志在千里。烈士暮年，壮心不已”（《龟虽寿》），正是这种思想的表现。

对生命价值的重视还表现在对个体价值的重视。正始年间，司马氏政权表面上高扬儒家的名教，推崇儒家的伦理道德，但却行篡位之实，且以“名教”作为高压统治的遮羞布，他们在对虚伪礼教抨击时，开始质疑儒家的人生观。生命的意义从功名转移到个体内在的风神气度，以士人个体的思想品德、风神气度为评价对象的清谈流行起来。人物品评标准从儒家道德转到玄学个性、气质、才情、风貌等个体因素上来，士人个体的才情风貌都受到重视。当时“风度”成为士人所极力追求者，因而形貌也受到重视，傅粉和用香都成为士人所好，其流行程度远超过其他朝代。

二、对生命长度的追求。生命意识的另一体现是对生命长度的追求，当战乱使人们意识到生命有限时，魏晋士人以各种办法延长生命的长度，游仙诗的盛行、对服药的热衷都体现了这一点。

对生命长度的追求一是表现在对生命之有限的感慨上。建安时期曹操感叹：“对酒当歌，人生几何？譬如朝露，去日苦多。”（《短歌行》）曹丕说：“人亦有言，忧令人老。嗟我白发，生一何早！”（《短歌行》）曹植亦有：“日月不恒处，人生忽若寓。悲风来入怀，泪下如垂露。”（《浮萍篇》）他们都意识到人生短促，因而重视和追求自己的生命长度，大量游仙诗的出现就反映了魏晋士人对破除生命长度之限的追求。

服药行为的出现也是追求生命长度的表现。游仙毕竟只能是想象，在魏晋士人看来，服药是更为现实可行的延长生命长度的路径。正是在这种背景下，服药成为一时时尚。服药对社会生活产生了直接的影响，鲁迅先生就认为，服药促成了当时宽衣博大的服饰习惯和清谈行为的盛行（鲁迅《而已集·魏晋风度及文章与药及酒之关系》）。

三、对生命质量的追求。在对生命长度的追求外，魏晋士人还追求生命的质量，意欲在有限的生命时长内提高生命的密度，这样可以在有限的生命时间内享受更多的生之快乐，这体现在当时的饮酒和率性行为上。

魏晋时期，饮酒成为名士时尚，在饮酒中他们达到与天地一体的无拘无束的陶然境界。竹林七贤、陶渊明等都以饮酒著名。阮籍出任步兵校尉，是因为听闻校尉厨中有酒三百石。刘伶作《酒德颂》，山涛一饮八斗，名士王佛说："三日不饮酒，觉形神不复相亲。"（南朝宋刘义庆《世说新语·任诞》）在喝酒的过程中，酒的作用使他们跳出礼法的约束，恣意而行。他们通过饮酒去除生命的苦恼与忧惧，转而进入老庄的天地一体境界，这是将生命的本真置于生命内在的快乐之上。

对生命质量的追求还体现在当时名士欣赏的率性生活上。传统士人生活多以社会价值体系和儒家伦理道德为行为标准，《论语》就记载了孔子在不同情况下行为处事的态度。魏晋时期，对"名教"和"礼"的否定与对人之自然之性的崇尚使人更欣赏不受礼法制约的生活方式。《世说新语》中记载了大量率性行为，如王徽之兴之所至之时，冒雪连夜访戴，不担心雪大路险；至戴之门，感觉兴致已尽，便自顾返家，不可惜一夜征程。其所作所为纯为适己之性，是对自身真性的尊重。《世说新语》中记载的大量士人言行都体现了这一转变。他们将个体自我的真性置于社会规则之上，不为社会规则而扭曲自己。

魏晋士人感觉到生命之有限，在服药与饮酒中追求生命的长度与质量。他们在山水中感悟生命，代表着我国生命意识觉醒的一个高峰，也深刻地影响了魏晋时期的文学的发展。

89. 为什么“文笔说”在南北朝有重要意义？

答：“文笔说”是南北朝时期对不同形式作品的分类，它代表着当时文人对文学特性的认识。汉代以前没有纯文学的概念，“文学”与“文章”混为一体。六朝期间，随着文学的发展及文学独立性的提高，人们开始注意到不同文体的特征及区别。曹丕提出“诗赋欲丽”（《典论·论文》），陆机提出“诗缘情而绮靡”（《文赋》）。南朝之时，一是诗歌的“缘情”特点更受关注，批评家注意到并非所有的文章都有感发意志的功效，某些文体需要追求情感的感染力。正是在这种大背景下，“文笔说”得以产生。二是人们更关注声韵，沈约提出“四声八病”之说，谢朓追求“诗歌圆美流转如弹丸”。在此背景下，人们根据作品的音韵和抒情特点，将不同体裁的作品区分开来，“文笔说”就是这一文学发展过程中的产物。

第一，“文”“笔”之对举较早出现于颜延之的“竣得臣笔，测得臣文”（《南史·颜延之传》）。

根据历史上的颜竣与颜测作品的实际情况看，“笔”更多指应用类文体，而“文”则指抒情类文学作品。“笔体”适用于君臣之间的政事等应用性文章，“文体”适用于各人群之间的能够引起写作兴趣的以抒发情感为目的的抒情性文章。此外，《文心雕龙·总术》篇间接提到他的文笔观：“颜延年以为：‘笔之为体，言之文也；经典则言而非笔，传记则笔而非言。’”这里提到颜延之对“笔”“言”的分类，其区别在于是否有“文”。颜延之“文”“笔”对举，区分二体，而“笔体”“文体”对举，即在“笔体”也有对文采的追求，这是颜延之之前的文人所未曾明确的问题。可见，“文”的独特性在当时引人关注，是当时创作领域内文学的音韵之美被人重视、文学抒情特征日益强化的体现。

颜延之认为，“笔”是有文采的“言”，认为经典以意义重大而胜出，因而是非“笔”；而史传类书籍，意义不如经典重大，但更有文采，因而是“言”,这是以文学性区别当时的作品。

第二，刘勰进一步强调“文”“笔”之别。

《文心雕龙》中，“文笔”说的“文”与单用的“文”的概念并不等同，单用的“文”与萧统《昭明文选》之“文”近似，更接近于文学之“文”,“文笔说”中的“文”则为与“笔”对举者。

刘勰总结当时的情况是：“今之常言，有文有笔，以为无韵者笔也，有韵者文也。”（《文心雕龙·总术》）这种说法反映了当时文学作品普遍惯用声律对偶，而公文应用类文章则较少使用声律对偶的现实情况。但以有韵和无韵这种形式区分“文”和“笔”其实不能揭示文学作品与其他应用类文体的本质区别，因为文学作品可以以散文写就，而非文学作品也可以用骈文写成。

刘勰对颜延之的“文笔”之说持有异议：“颜延年以为：‘笔之为体，言之文也；经典则言而非笔，传记则笔而非言。’……予以为发口为言，属笔曰翰，常道曰经，述经曰传。经传之体，出言入笔，笔为言使，可强可弱。六经以典奥为不刊，非以言笔为优劣也。”（《文心雕龙·总术》）可见，颜延之认为从文采讲，经典是“言”，而非“笔”,即文学性不足，而传记文学性要比经典足，故经典非“文”。但刘勰认为所谓“言”是口头创作，而“笔”则是记录下来的经典，经典是有文学性的，也属于“文”的范围，这与其“宗经”的思想相一致。

从刘勰的言论可以看出，当时对“文笔”的认识是以音韵为区别的，这与当时社会普遍重视音韵有关，仍旧是从形式上区别“文”与“笔”。

第三，萧绎对“文”“笔”的区别标准进行了新的概括。

萧绎更强调“文”与“笔”在情感、音律、辞采方面的区别。他认为屈原、宋玉的文章是“文”,因为它们一是“吟咏风谣，流连哀思”,“情灵摇荡”（《金楼子·立言》）；二是“绮縠纷披，宫徵靡曼，唇吻遒会”（《金楼子·立言》）。而“笔”即是所谓“不便为诗如阎纂，善为章奏如伯松，若此之流泛谓之笔”（《金楼子·立言》)。从这一点看，他对“文”与“笔”的区别，一是在于对作品音韵之美的重视，当时注重四声押韵、声韵铿锵的是“文”；二是在于对作品抒情性的重视，即要能够感发人的情感意志，给人以美的享受。以这种观点来区分文学和其他应用文在性质上的不同，无疑是更切合文学艺术的特点的。萧绎将诗以外的应用性文章如铭、诔、箴等都排除在外。

萧绎强调“文”的声律之美与情感效用，对“笔”则强调其现实功用和合乎体裁，更近于后代之实用文，也使“文”更接近于真正的文学，对文学自身特征的强化起到了促进作用。

“文笔”说反映了六朝时期文学类别分化的现象，也体现了人们对文学特点的重视，对后来影响较大。例如唐代进士考试中的“杂文试”就是沿袭六朝“有韵为文”的文类标准，进士考试中以“诗赋”为“文”类的代表，以“策”为“笔”类的代表，也都是受文笔之别的影响。

90. 对“言”“意”之辨的认识，在魏晋期间有何发展?

答：先秦至魏晋期间，围绕“言”“意”关系的论争在继续深入，一是受道家影响的《吕氏春秋》，该书接受庄子的“得意忘言”论，认为“辞”只不过是“意”的表面，人如果只停留在对“辞”的认识上，实则是没抓住本质之处：“夫辞者意之表也。鉴其表而弃其意，悖。故古之人得其意则舍其言矣。听言者以言观意也。听言而意不可知，其与桥言无择。”(《吕氏春秋·离谓》)真正的做法应该是“得其意则舍其言”。三国魏时荀粲也深受道家影响，他依据子贡的“夫子之言性与天道，不可得闻”(《三国志·魏书·荀彧荀攸贾诩传》裴松之注)，提出“六籍虽存，固圣人之糠粃”(《三国志·魏书·荀彧荀攸贾诩传》)，由此认为“斯则象外之意，系表之言，固蕴而不出矣”(《三国志·魏书·荀彧荀攸贾诩传》裴松之注)。其后嵇康也有《言不尽意论》一文，今佚。他们考虑到“言”对形上之“道”表现的有限性，强调要领会“意”则应该突破有限之“言”的限制。

当时另有欧阳建提出“言尽意”（唐欧阳询《艺文类聚》卷十九），认为“形不待名，而方圆已著；色不俟称，而黑白以彰”（唐欧阳询《艺文类聚》卷十九），认为外界之理可以不受“名”的限制，但他所指的“理”并不是哲学意义上的“意”,因而与“言不尽意”其实讨论的对象不完全相同。

魏晋时期，王弼援老入《易》，将《易》的“立象尽意”和“得意忘言”融合在一起，在“言”“意”关系的阐述上做出了巨大贡献。王弼看到了《易》提出以“言”获“象”，以“象”得“意”,但如何实现从“言”到“象”再到“意”呢，他采用了庄子的办法，即先以“言”至“象”,得“象”后忘“言”；再以“象”至“意”,得“意”后忘“象”。

王弼在《周易略例·明象》篇中论述道：“夫象者，出意者也。言者，明象者也。尽意莫若象，尽象莫若言。言生于象，故可寻言以观象；象生于意，故可寻象以观意。”意思是“象”可以表现“意”,“言”则是塑造“象”的工具，因此“言”—“象”—“意”构成了其间的表现关系。但是，“象”和“言”本身都有一定的局限性，即“言”和“象”的存在本身就是对“意”的限制。为摆脱这个限制，他吸收了庄子的“得鱼忘筌，得意忘言”,并进一步发挥，提出“忘言”“忘象”的方法，认为“得意在忘象，得象在忘言。故立象以尽意，而象可忘也；重画以尽情，而画可忘也”（王弼《周易略例·明象》）。就是说，从“言”中体察到“象”,再从“象”中领悟到大于“象”的“意”,但是，“言”和“象”在此处都只是工具而不是目的。“言”是引发对“象”的认识，当从“言”致“象”后，人就应该摒弃“言”对自己的约束，任由自己的思维去填补“言”所不能表现的空白，因而生成“象”。产生对“象”的认识后，则又应该摒弃有限之“象”对自己的约束，才能由“象”生发出无限的“意”。“忘言”和“忘象”中“忘”实际是指要突破“言”和“意”的有限性。王弼认为“象”可以生发出“意”,其实就是以形象引发大于形象的意境，而“《易》象通于《诗》之比兴”（清章学诚

《文史通义·易教下》)，“比兴”也是通过形象引发人的情志，从而塑造出超出语言本身内容的形象，表达言外之意。

如上所述，“言、象、意”关系深化了对文学艺术形象和创作方法乃至文学风格的认识。以对“言、象、意”关系的认识为基础，钟嵘提出“诗味”说，司空图提出诗歌应“超以象外，得其环中”，这也直接影响了我国文学的特点，历代文学家多有追求以有限之言写无限之境的含蓄空灵风格者。

中国古代文学三百题

隋唐五代文学

91. 韩愈缘何被苏轼评为“文起八代之衰”？

答：韩愈是唐代著名的文学家、哲学家、思想家。他是古文运动的倡导者之一，主张学习先秦两汉的散文语言，破骈为散，扩大文言文的表现功能。明人推他为“唐宋八大家”之首，与柳宗元并称“韩柳”,有“文章巨公”和“百代文宗”之名。“文起八代之衰”是苏轼在《潮州韩文公庙碑》一文中对韩愈的赞誉，赞扬他发起古文运动，开创唐代文风的历史勋绩。从韩愈在中国文学史上的文学成就来看，此种评价并非过誉。

发端于先秦、形成于魏晋，至南北朝大盛的骈体文是唐代前期普遍使用的文章样式，大量的章、奏、表、启、书、记、论、说多用骈体写成。骈文十分重视美感，讲求对偶精工、格律谨严、辞藻华美、用典繁复。从散文的艺术特质来说，这种精致华美无疑是一种进步；但是发展到后来，弊端也随之而生：一方面，骈文的写作膨胀到奏议、论说、公文、信札等各种实用文的领域，削弱了文章的实用性；另一方面，用典、声律的束缚以及文章形式的极度讲究又推进了程式化习气，走上了形式主义歧途。而此时的散体文由于存在缺乏艺术独创性、语言和表现手法陈旧等问题而难与骈体文一争高下。赵翼在《廿二史札记》中便对此种情况作出总结：“是愈之先，早有以古文名家者。今独孤及文集尚行于世，已变骈体为散文，其胜处有先秦两汉之遗风，但未自开生面耳。”（赵翼《廿二史札记》卷二〇）

韩愈自称：“志在古道，又甚好其言辞。”(《答陈生书》)《旧唐书·韩愈传》说：“大历、贞元之间，文字多尚古学，效扬雄、董仲舒之述作，而独孤及、梁肃最称渊奥，儒林推重。愈从其徒游，锐意钻研，欲自振于一代。”“魏晋以还，为文者多拘偶对，而经诰之指归，迁、雄之气格不复振起。故愈所为文务返近体，抒意立言，自成一家新语。”韩愈把自己所取法的先秦两汉，奇句单行、不拘对偶声律的散文称为“古文”,与骈文对立。他以卓越的理论和创作实践冲破了骈体文的固定程式，实现了在散体文创作上的巨大开拓。唐人赵璘《因话录》说："元和中，后进师匠韩公，文体大变。"韩愈的文体革新不仅在行文上打破了骈文偶体的束缚，更彻底破除了骈文在体裁、结构、表现技巧等方面凝固的程式，实现了文体的全面大解放。对此苏辙评道："自汉以来，更魏晋，历南北，文弊极矣。虽唐贞观、开元之盛，而文气衰弱，燕许之流，倔强其间，卒不能振。惟韩退之一变复古，阏其颓波，东注之海，遂复西汉之旧。"（《栾城集后集》卷二三《欧阳文忠公神道碑》）

清代吴德旋《七家文钞后序》称韩愈为文振衰，"秉经以立义，因事以造言，而其气足以充其体，其词足以达其意，悉与古之所以为文者合"（《初月楼文钞》卷四）。具体说来，韩愈"文起八代之衰"主要表现在以下两个方面：

一、韩愈提出的文道合一、不平则鸣、务去陈言、文从字顺、气盛言宜等散文创作理论，指导了中唐的古文运动。

（一）文本于道，文道合一。韩愈学古道，作古文，他在《争臣论》中说"君子居其位，则思死其官；未得位，则思修其辞，以明其道。我将以明道也"，明确提出了"文以明道"的观点。他又说："愈之为古文，岂独取其句读不类于今者邪？思古人而不得见，学古道则欲兼通其辞。通其辞者，本志乎古道者也。"（《题欧阳生哀辞后》）"然愈之所志于古者，不惟其辞之好，好其道焉耳。"（《答李秀才书》）他将文体文风改革作为政治实践的组成部分，赋予文以强烈的政治色彩和鲜明的现实品格，强化了作品的针对性和感召力。

在倡导"文以明道"的同时，韩愈也充分意识到了"文"的作用，为写好文章而博采前人遗产，广泛学习经书以外的各种文化典籍，"百氏之书，未有闻而不求，得而不观者"（《答侯继书》）。可谓重道亦重文，韩文也因此成为"文质彬彬"的典范。

（二）不平则鸣，郁于中而泄于外。韩愈在《送孟东野序》中说"大凡物不得其平则鸣"，指出古文不仅是明道的工具，也可以用来反映现实，宣泄“喜怒窘穷、忧悲愉佚、怨恨思慕、酣醉无聊不平”（《送高闲上人序》）、“愁思”“穷苦”（《荆潭唱和诗序》）等“不平有动于心”的个人情感。“不平则鸣”的文学主张作为“文以明道”的补充，强调了文章的情感力量，使韩愈创作和理论方面的思想性和现实性都得以增强，从而为古文的发展奠定了坚实的现实基础。

（三）词必己出，务去陈言。韩愈主张写散文“宜师古圣贤人”（《答刘正夫书》），也很重视从古人的作品中学习语言，如《进学解》中曾历数“周《诰》殷《盘》，佶屈聱牙，《春秋》谨严，《左氏》浮夸，《易》奇而法，《诗》正而葩，下逮《庄》《骚》，太史所录，子云相如，同工异曲”。但在具体写法上却反对模仿因袭，要求能“自树立，不因循”，“师其意不师其辞”（《答刘正夫书》），认为“惟古于词必己出，降而不能乃剽贼”，“不袭蹈前人一言一句”（《南阳樊绍述墓志铭》）才是正确的为文态度与方法。在语言表达方面，韩愈除了要求词必己出、务去陈言外，还要求“文从字顺”（《南阳樊绍述墓志铭》），即文字的表达要流利畅达，合乎语法。可以说，倡导复古而能变古，反对因袭而志在创新，是韩愈古文理论超越前人的一大关键。

（四）气盛言宜，重视道德修养和人格精神。韩愈在《三器论》中曾说“不务其修诚于内，而务其盛饰于外，匹夫之不可”，又反复强调“夫所谓文者，必有诸其中，是故君子慎其实”（《答尉迟生书》），“养其根而俟其实，加其膏而希其光；根之茂者其实遂，膏之沃者其光晔。仁义之人，其言蔼如也”（《答李翊书》）。“有诸其中”“养其根”皆指道德修养，韩愈认为这是写好文章的关键，有了良好的道德修养，文章才能充实。在此基础上，韩愈吸取并发展了孟子的“养气说”和梁肃的“文气说”，提出：“气，水也；言，浮物也。水大而物之浮者大小毕浮，气之与言犹是也。气盛则言之长短与声之高下者皆宜。”（《答李翊书》）韩愈的“气盛言宜”说重视作者的道德人格，重视文章的思想内容，可谓为文的普遍原则，也为后世注重文风与人格的统一树立了先导性垂范。

二、韩愈以杰出的散文创作成就赢得了时人和后人的敬仰。他的散文雄奇奔放、“猖狂恣肆”（柳宗元《答韦珩示韩愈相推以文墨事书》），感情充沛、气势磅礴，文字奇崛新颖、句式参差交错、结构开阖跌宕，“如长江大河，浑浩流转”（苏洵《上欧阳修内翰书》），具有独特的艺术魅力，代表着中唐古文创作的最高艺术水平。

此外，韩愈是当时文坛盟主，他不仅提出了系统的古文创作理论，并自觉地参与实践，还极力推奖提携文学上的后进，对从事古文写作的人予以大力扶持和称赞。“所与交往相识者千百人……或以事同，或以艺取”（《与崔群书》），如“秦汉间尚侠行义之一豪隽”（《答韩侍郎书》），在他周围形成了一个在诗文方面都进行过革新努力的作家集团，声势颇为强盛，由此也奠定了他在文学史上的崇高地位。

92. 韩愈散文的艺术特征是什么？

韩愈胆壮气盛，为人善辩，因此他的论说文往往惊世骇俗，极具震撼力。如《讳辩》为李贺鸣不平，提出“若父名仁，子不得为人乎”的尖锐批判；又如《论佛骨表》中直斥佛骨为“朽秽之物”，发出“投诸水火，永绝根本”的惊人之语。有为而发，不平则鸣，情感激越，气势雄浑，是韩愈论说文的一大特色。

在韩愈的文集中，碑志作品比重最大，四十卷《韩昌黎集》中，碑志多达十二卷。其中虽确有溢美隐恶的“谀墓”之作，但在写作手法上却完全打破了六朝以来空洞呆板的固有格套，不少作品因其精湛的摹写、透辟的议论和真挚的情感而显示出了高度的艺术性。如《柳子厚墓志铭》中以大段的议论阐释“士穷乃见节义”，讽刺世风，感慨深长；又如《试大理评事王君墓志铭》中以传奇笔法写“奇男子”王适，摹人记事，生动活泼。韩愈的碑志作品完全改变了六朝“铺排郡望，藻饰官阶，殆于以人为赋，更无质实之意”（清章学诚《文史通义·外篇二·墓志铭辨例》）的写法。明人吴讷说墓志铭文“古今作者，惟昌黎最高。行文叙事，面目首尾，不再蹈袭”(《文章辨体序说》)，堪称的评。

韩愈不少序文言简意赅，形式多样，表达对现实社会的各种感慨，情感充沛，真挚动人。如《送孟东野序》为孟郊鸣不平，宣泄了对埋没人才的一腔怨气；《送董邵南序》借安慰董邵南，抒发沉沦不遇、生不逢时的感慨；而《送李愿归盘谷序》既赞美归隐者之清高，又斥责奔走权门者之卑劣。此外，韩愈的杂文中有一些嘲讽现实、议论犀利的短文，如《杂说》《获麟解》《伯夷颂》等，形式活泼、内容丰富、短小精悍，行文尤为不拘一格。

韩愈一生所做的多数散体文达到了思想内容和艺术形式的高度统一，[①] 在创作实践中，他十分重视文学特征的表现和文学手段的运用，展现了鲜明的艺术风格。纵观韩愈的散文创作，其艺术特征表现在以下三方面：

一、精湛的语言艺术。韩愈的散文语言准确、生动、凝练、独创，他兼收前人语汇和时人口语，熔铸成精警独到、别具一格的新词，为文章增添了不少生气。如《送穷文》中的“面目可憎”“垂头丧气”、《进学解》中的“动辄得咎”“佶屈聱牙”、《应科目时与人书》中的“俯首帖耳”“摇尾乞怜”等，皆鲜明生动，沿用至今。同时，韩愈还一反骈文好用华丽辞藻的习惯，采摭生涩冷僻的词汇，如《送穷文》写鬼“张眼吐舌，跳踉偃仆，抵掌顿脚，失笑相顾”,《进学解》写治学“牛溲马勃，败鼓之皮，俱收并蓄”等，虽有失美感，却极其生动传神。此外，韩愈的散文还力求句式多样，长短句、排比句、对偶句交错运用，增强了语言的表现力。

二、浓郁的情感表达。韩愈将源于现实的情感倾注于文章中，借为文感怀言志，以感激怨怼奇怪之辞，发穷苦愁思不平之声，极大地强化了作品的抒情特征和艺术魅力，其中悼念其侄韩老成的

① 罗联添．韩愈研究［M］．台北：台湾学生书局，1981：211.

《祭十二郎文》尤为后人称颂。祭文以向老成诉说的口吻写就，叙家庭身世、忆旧时琐事，反复抒发亡侄之痛，辛酸悲恸，凄切无限。文中“其信然邪？其梦邪？其传之非其真邪”写初闻噩耗时将信将疑、不愿相信的心理，哀切真挚，扣人心弦，诚为“祭文中千年绝调”（茅坤《唐宋八大家文钞·韩文公文钞》）。

三、高超的表现技巧。韩愈善于用变化多端的构思方法组织文章，并通过比喻、排比、细节描写来丰富文章的形象性和感染力，在继承前人散文艺术技巧的基础上，极大地发展了古文的表现手法。他的文章既“一波未平，一波已作，出入变化，不可纪极”，又自有抑扬起伏开阖照应的规律可循，“法度不可乱”（刘熙载《艺概·文概》引《姜白石诗说》语）。从而在无法与有法之间，创立了一种与上古文判然有别的新的散文规范和秩序。

93. 柳宗元散文“漱涤万物，牢笼百态”主要体现在何处？

答：柳宗元是唐代著名的文学家、思想家和哲学家，“唐宋八大家”之一，是唐代古文运动的领袖人物之一，与韩愈并称“韩柳”，其散文沉郁凝敛、冷峻峭拔，具有凄幽、愤激、冷峻的色彩，有明显的讽喻性、象征性和浓郁的诗意。柳宗元的散文在当时的影响不及韩愈，但他以与众不同的创作实践，突破了以往散体文偏重实用、以政治和哲理议论为主的局限，创造了一种更文学化、抒情化的散文类型，为文风的改变开拓了一条新路。柳宗元摹景写情技巧高超，特别是在摹写自然景物方面，波澜物象，穷态极妍，具有很高的艺术成就。“漱涤万物，牢笼百态”（《愚溪诗序》）正是对其散文艺术特色的精准概括，在其山水游记、人物传记、杂文、寓言等作品中均有所体现。

一、山水游记是柳宗元散文中最为精彩的部分，也是作者悲剧人生和审美情趣的结晶。柳宗元的山水游记共三十六篇，多作于永州贬所，其中以“永州八记”为代表，包括《始得西山宴游记》《钴鉧潭记》《钴鉧潭西小丘记》《至小丘西小石潭记》《袁家渴记》《石渠记》《石涧记》《小石城山记》。作品中呈现的大都是奇异美丽却遭人忽视的自然山水，且作者的一腔悲情融于其中，借物写心，独具“凄神寒骨”之美。

（一）感激悱恻，行于文字；传情写景，文有诗情。《新唐书》中说，柳宗元“既窜斥，地又荒疠，因自放山泽间，其堙厄感郁，一寓诸文”。可见其贬谪期间所作山水游记，并非单纯的景物描摹，而是以全部情感观照山水后，自适情志、抒发幽怀之作。其文简洁明丽，物态纷呈，情意浓郁，美感盈溢，突破了六朝以来“模山范水式的写境”，创造了“经他心泉漱涤的造境”，①表现出了鲜明的个性特征。

柳宗元的山水游记中有“借题感慨”（林云铭《古文析义》初编卷五）之作，如钴鉧潭西小丘的“唐氏之弃地”（《钴鉧潭西小丘记》），小石潭的“凄神寒骨，悄怆幽邃”（《至小丘西小石潭记》），小石城山的“千百年不得一售其技”（《小石城山记》），愚溪的“无以利世”（《愚溪诗序》），都是借“弃地”自喻，抒写自身遭贬谪的苦闷与愤慨。但多数情况是作者将主观情感融汇在山水之中，“心凝形释，与万化冥合”（《始得西山宴游记》），传情抒怀，令人于自然景物的真实摹写中领略作者的情感指向。如《钴鉧潭西小丘记》所写：“枕席而卧，则清冷之状与目谋，瀯瀯之声与耳谋，悠然而虚者与神谋，渊然而静者与心谋。”这山水便不仅仅是视觉、听觉的客观对象，而是投射了作者心境的自然景物，是作者心灵的外化。又如《至小丘西小石潭记》篇末对小石潭清冷寂寞之境的描摹渲染了凄清的氛围，“其境过清，不可久居”更是隐然展示出了被贬者凄楚悲苦的境遇，读之令人心酸。

（二）体察物态，妙入微茫；清词丽句，细腻优美。柳宗元描写自然景物，“细腻不伤于雕琢，优美不流于华靡”。②他善于选取深奥

① 朱世英，郭景春．唐宋八大家散文技法［M］．武汉：长江文艺出版社，1989：60.

② 孙昌武．试论柳宗元的散文艺术［J］．南开大学学报：哲学社会科学版，1980：3.

幽美的小景物，通过对细微之处的精心刻画，展现出高于自然原型的艺术。“永州八记”皆选取荒郊野外的平凡山水、常见景物，经过艺术升华，呈现出单纯、清新、姿态横生的幽丽之美，正可谓“美不自美，因人而彰”（《邕州柳中丞作马退山茅亭记》）。如《至小丘西小石潭记》，全文不过百许字，写潭水，先闻水声“如佩环”，又见水色“尤清冽”；写游鱼，或“影布石上，佁然不动”，或“俶尔远逝，往来翕忽”，情态毕现。陈衍称其“工于写鱼，工于写水之情也”（《石遗室论文》），可谓的评。又如《袁家渴记》写林木山风，“每风自四山而下，振动大木，掩苒众草，纷红骇绿，蓊葧香气，冲涛旋濑，退贮谿谷，摇飏葳蕤，与时推移”。其中动静相化、形色相交、疾缓有序、点面相生，刻画细致而不琐碎，语言精练且富变化，文势严整劲峭而不乏参差舒缓，诚如刘熙载所言，“如奇峰异嶂，层见叠出”，“柳州记山水，状人物，论文章，无不形容尽致，其自命为‘牢笼百态’，固宜”（刘熙载《艺概·文概》）。

（三）天人合一，物我交融；心凝形释，与万化冥合。柳宗元“自幼好佛，求其道，积三十年”（《送巽上人赴中丞叔父召序》）。受禅宗思想的影响，柳宗元的山水游记突破了对山水的纯客观描写，而是在描写中倾注了一股浓烈的寂寥心境，且借对山水的传神写照来表现这种梵我合一的境界。如《钴鉧潭西小丘记》中写清泠幽然之境，适足以安放作者凄苦悲伤之情，使他在自然之中暂得片刻安宁，以虚静的心神，达到与自然的合一。又如《始得西山宴游记》写到：“悠悠乎与颢气俱而莫得其涯，洋洋乎与造物者游而不知其所穷。引觞满酌，颓然就醉，不知日之入。苍然暮色，自远而至，至无所见而犹不欲归。心凝形释，与万化冥合。”作者由游览山水而观照自然、体验宇宙，进而达到梵我合一、物我同化的至境。

二、柳宗元的传记文章突破了不为微者立传的史传传统，人物多为普通百姓，如《种树郭橐驼传》中的种树匠人、《宋清传》中的药商、《梓人传》中的梓公等。柳宗元的传记善于叙述、精于描绘，以精当的文字摹写典型事件，展现出生动传神的人物形象。如《段太尉逸事状》一文通过摹写三件典型事例，生动地刻画出了不畏豪强、关心民疾的正直官吏形象，形容尽致、逼真传神，作者亦自许此篇“比画工传容貌尚差胜”（《与史官韩愈致段秀实太尉逸事书》）。

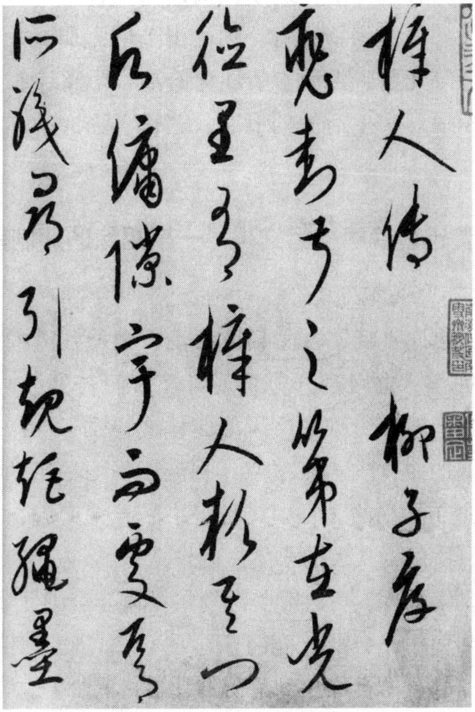

柳宗元《梓人传》（书法局部）

柳宗元的传记文章讲究精心剪裁，重情节、重细节，多侧重描写人物或事件的奇特之处，并借此刻画鲜明生动、有个性的人物形象，具有较强的文学性。如《童区寄传》写十一岁少儿区寄为豪贼劫持而杀贼脱身，已为奇事；又写其“伪儿啼”“为儿恒状”之智，取刃杀贼、“疮手勿惮”之勇，更是奇人。

三、柳宗元的杂文、寓言也颇多佳作。柳宗元的杂文善用正话反说手法，以表达对混浊世事的强烈不满，如《答问》《起废答》《愚溪对》等。此外，他还善于巧借形似之物，抨击故和现实，如《骂尸虫文》《憎王孙文》《斩曲几文》等，无情地讽刺、鞭挞社会中的丑态恶相，直斥“末代淫巧”（《斩曲几文》）之世，语言辛辣，笔无藏锋，嬉笑怒骂，痛快淋漓。

柳宗元的寓言大都结构短小而寓意深刻，具有强烈的现实性和高度的概括性。作者因物肖行，刻画出了黔之驴、永某氏之鼠、临江之麋、蝜蝂等完整、生动、个性化的寓言形象，有力地表现了文章寓意，揭示了现实生活中的丑态，获得了强大的艺术力量，极具讽刺作用。

94. 为什么鲁迅说晚唐小品文是“一榻胡涂的泥塘里的光彩和锋芒”？

答：韩、柳谢世后，古文领域已没有力能扛鼎的领袖人物，而韩门弟子的创作，也因过分追求新奇怪癖而丧失了内在的生命力。同时，晚唐日趋轻靡绮艳的文风给骈体文提供了温床，讲究辞藻典故和声律对偶的骈体文再度复兴，并流于华丽浓艳的形式主义。在古文衰落、骈文复兴的过程中，晚唐小品异军突起，出现了以皮日休、陆龟蒙、罗隐为代表的小品文创作高潮。

皮日休，字逸少，后改袭美，复州竟陵（今湖北省天门市）人，早年隐居襄阳鹿门，自号“鹿门子”。皮日休自幼胸怀儒家“兼济天下”之大志，自称“骙骙自总角，不甘耕一廛”（《陆鲁望昨以五百言见贻过有褒美内揣庸陋弥增愧悚因成一千言》），他的刺世小品文极具批判精神，或借古言怀，或托物寓意，都是针对现实有感而发，深刻地表现了忧世之情和讽喻之意。他胆识过人，为文“上剥远非，下补近失”（《皮子文薮序》），往往发前人所未发。如《读司马法》开篇明义，“古之取天下也以民心，今之取天下也以民命”，批判矛头直指帝王权贵。又如《鹿门隐书》中说“古之置吏也，将以逐盗；今之置吏也，将以为盗”，“古之杀人也，怒；今之杀人也，笑”，将帝王和官吏比作盗贼和杀人犯，具有鲜明的反叛精神。此外，《鹿门隐书》中还有不少讥刺社会恶俗的文字，如“古之隐也，志在其中；今之隐也，爵在其中”，嘲讽沽名钓誉的假隐士；又如“人之肆其志者，其如后患何”，警告那些狂妄的恶棍。另外，《皮子文薮》中的《原谤》《原宝》《惑雷刑》等篇章，也都是愤世嫉俗之作，在一定程度上代表了普通民众激烈的反抗情绪，达到了晚唐时期对封建统治者进行批判的最高思想水平。

陆龟蒙，字鲁望，姑苏（今江苏省苏州市）人，曾任苏湖二郡从事，后隐居甫里，自号“甫里先生”，又号“天随子”“江湖散人”等。陆龟蒙精六艺、工诗文，著述勤奋，年轻时就“名振江左”（《唐摭言》卷十），作品主要收录在《笠泽丛书》中。他的作品现实针对性很强，议论也颇为精切。例如《野庙碑》借神写人，对贪婪腐朽、鱼肉百姓的官吏进行了无情的鞭挞；又如《治家子言》借写殷周故事，讽刺最高统治者穷兵黩武和大兴宫室；再如《记稻鼠》，将灾后敛赋的官吏比作老鼠，发出“率一民而当二鼠，不流浪转徙聚而为盗何哉”的质问，揭示了官逼民反的道理，思想意义十分深刻。另外，陆龟蒙的作品中还有不少批判世俗观念和控诉社会黑暗的内容。如《招野龙对》借野龙与豢龙的对话，讽刺那些汲汲于功名利禄的俗人；又如《怪松图赞并序》借礼赞“怪松”“怪民”，表现正直文人不向统治者低头的傲岸性格。陆龟蒙的作品大多形象鲜明，寓思想于形象之中，用较为含蓄和多层次的笔法来褒贬客观事物和人物，虽不及皮日休般激烈，但更为深刻和引人入胜。

罗隐，字昭谏，号江东生，新城（今浙江省富阳县）人。罗隐“好谐谑，感遇辄发”（《唐才子传》卷九），嬉笑怒骂，皆成文章。他半生潦倒，对唐末社会的腐朽与黑暗有深刻的体验和清醒的认识，因此“著私书而疏善恶，斯所以警当世而诫将来也”（《谗书重序》），作品多为“愤懑不平之言，不遇于当时而无所以泄其怒所作”（方回《谗书跋》）。他的讽刺小品集《谗书》现存六十篇，大多数是百来字的短文，看似随意漫谈，实则讲的是刺世的严肃主题，敏锐地反映出了晚唐社会的重大问题。如《英雄之言》发展了庄子

《胠箧》中“窃钩者诛，窃国者诸侯”的说法，提出“视家国而取之者，则曰救彼涂炭”，将批判的矛头直接指向了封建国家的最高统治者，揭露了他们争夺政权、谋取帝位的本质；又如《说天鸡》借寓言的形式巧妙地讽刺了那些“峨冠高步”却无甚德能的达官贵人，表明了不能以貌取人的道理；《风雨对》则借风雨鬼神以喻人事，表明了对晚唐朝廷“威柄下迁，政在宦人”（《新唐书·宦官列传序》）的政治危机的忧虑，提出了“大道不旁出”“大政不闻下”的政治主张。罗隐的作品以讽刺为主，具有一种愤激和尖刻的特色。他的《蒙叟遗意》《越妇言》《辩害》等，或寓言托意，或借古讽今，情绪愤激，泼辣犀利。

晚唐小品文是韩柳杂说、寓言小品等文体在新形势下的继续和发展，也是晚唐日益尖锐的社会矛盾下的产物。晚唐小品文关注社会现实，多为刺世之作，篇幅短小精悍，具有鲜明的政论性和强烈的战斗性，成为暴露社会黑暗、针砭时弊、打击封建统治阶级的“匕首”与“投枪”，其气势和锋芒尤为引人注目。正如鲁迅先生所说：“唐末诗风衰落，而小品放了光辉。但罗隐的《谗书》，几乎全部是抗争和愤激之谈；皮日休和陆龟蒙自以为隐士，别人也称之为隐士，而看他们在《皮子文薮》和《笠泽丛书》中的小品文，并没有忘记天下，正是一榻胡涂的泥塘里的光彩和锋芒。”（《南腔北调集·小品文的危机》）概括来说，晚唐小品文的“光彩和锋芒”主要体现在以下两方面：

一、晚唐小品文作家继承并发展了现实主义传统，他们关心社会问题，胸怀济世之志。皮日休、罗隐等人创作出的内容充实、笔调冷峻、思想深刻的政治小品文，是晚唐文坛最有思想深度的代表性作品。

安史之乱后唐王朝渐衰，至晚唐社会矛盾尤为尖锐，朝廷腐败、朋党相争、藩镇割据、农民起义等问题困扰着这个末路王朝。一些正义之士和责任感极强的文人，开始主动关注社会问题。于是，在文学领域，主张发扬儒学传统，强调文学作品应具有服务于社会政治现实的实用功能，又成为颇为流行的思潮。如皮日休在

《皮子文薮序》中自称其文章“皆上剥远非，下补近失，非空言也”,《悼贾》的序文中又说：“圣贤之文与道也，求知与用，苟不在于一时，而在于百世之后者乎?”罗隐《河中辞令狐相公启》中“歌者不系音声，惟思中节；言者不期枝叶，所贵达情”亦是强调实用。

在现实主义传统的指导下，晚唐小品文深刻、突出地表现了黑暗的现实、腐败的世风和人民的疾苦。如皮日休《六箴序》以“帝身且不德，能帝天下乎？能主家国乎?”斥责无德昏君；《斥胡建》借胡建“擅行诛杀”而“辱国威”,影射晚唐生灵涂炭的社会现实。又如陆龟蒙《禽暴》写天灾人祸、战乱频仍给百姓带来的痛苦，对“驭者”提出了质疑；《送小鸡山樵人序》借樵夫之口道出了朝廷穷兵黩武、国库空虚、“赋数倍于前”的现实。

晚唐小品文作家多生活于中下层社会，对社会的黑暗和人民的实际情况较为了解，对农民起义也有较为清晰的认识。如罗隐《与招讨宋将军书》先指出百姓因水、火、饥、螟之害铤而走险，“故无赖辈一食之不饱，一衣之不覆，则磨寸铁、挺白棒以望朝廷姑息”。又斥责将军“啮、啖、刷、掠之不解，杀、伤、驱、搴之不已”,“酷于君长、仙芝之行”,揭示了百姓起义的无奈与镇压军官的不法。又如陆龟蒙《记稻鼠》揭示了官逼民反的道理，指出百姓“为盗”的根本原因是统治阶级的剥削和压迫，这种认识在当时是极具进步性的。

二、晚唐小品文多议论说理之作，不仅思想深刻、内容丰富，在艺术上也极具特点，突出表现在文字简约、逻辑性强，构思精巧、善用讽刺，假借他物、说理妥帖，多种文体、不拘一格等方面。

（一）晚唐小品文大多篇幅短小，语言犀利泼辣。皮日休、陆龟蒙、罗隐等人皆擅长作短文，且短而不浮、小而不浅。如陆龟蒙的文章多在五百字以下，最长的《幽居赋》也不过二千余字，最短的《砚铭》仅二十四字，其文章针对性强，情感充沛，或侃侃而谈，或微言大义，极为巧妙。作者往往能在短小的篇幅里，合理安排结构，一针见血，揭示本质，具有很强的逻辑性。如皮日休《鹿门隐书》

中提到："金贝珠玑，非能言而利物者也。至夫有国者，宝之甚呼贤，惜之过乎圣。如失道而有乱，国且输人，况夫金贝珠玑哉！"仅四十余字，既是对"有国者"爱惜"金贝珠玑"之讽，又是对"有国者"广纳贤人之谏。又如罗隐《辩害》先借为除虎豹而焚山、为除蛟蜃而绝流以喻"所全者大，而所去者小"之理。其后又表明"权济天下，而君臣立，上下正"是应"全"之大，若君臣上下不正，礼仪只是无所设施的"空器"，表达了对"君臣上下"的讽劝，说理透辟，层次鲜明。

（二）善用讽刺是晚唐小品文的突出特点之一。晚唐小品文将幽默辛辣的讽刺与对黑暗社会的无情揭露巧妙结合，突破了以往讽刺作品曲折隐晦、委婉含蓄之特色，于嬉笑怒骂之中从多个角度对现实进行了辛辣的讽刺，文章酣畅淋漓，直切要害，锋芒毕露，展现了极强的战斗性。如罗隐的《说天鸡》《叙二狂生》、陆龟蒙的《冶家子言》《野庙碑》等作品皆是嬉笑怒骂、涉笔成趣，用"精练的或者简直有些夸张的笔墨"，写出了当时社会上"或一群人的或一面的真实来"（《且介亭杂文二集·什么是"讽刺"》）。

（三）晚唐小品文还善于借助具体物象、历史故事或者寓言说理，文章活泼有趣，具有一定的艺术性。如罗隐《越妇言》巧借《汉书》买臣去妻自杀一事，独出新意，借越妇之言，揭露了朱买臣借匡国济民"急于富贵"的本质，托古讽今，批判了当时封建官吏的虚伪与丑恶。又如陆龟蒙的《招野龙对》、罗隐的《说天鸡》等则是借用寓言故事表达了对统治阶级的不满。

（四）晚唐小品文形式多样，不拘一格，凡是我国传统散文的各种体裁，如序跋、书信、随笔、碑文等，皆有相应作品，充分发挥了小品文这种文学样式的长处。晚唐骈文复兴，皮日休、陆龟蒙等人的辞赋创作也不同程度地具有了小品文的性质。如皮日休《悼贾》一文，借悼念贾谊，抒发"君不明兮莫我知"的苦痛心绪，表达了对统治者的谴责。此类作品还有皮日休的《反招魂》《九讽》以及陆龟蒙的《蚕赋》等。

晚唐小品文的思想锋芒与艺术光彩使其成为晚唐文坛一道富有批判性和战斗性的艺术景观。晚唐小品文一方面继承了中唐的古文运动，另一方面在特定的社会历史背景下进行了拓展。它对社会现实的揭露和批判，表现了思想上的深刻性；而讽刺手法的运用，又发展了古代散文的讽刺艺术，对后世的讽刺文学产生了深远的影响。

95. 唐代文学繁荣的社会原因是什么？

答：源远流长的中国古代文学发展至唐代，呈现出一派空前繁荣的景象。这一时期，诗歌、散文、小说等文学样式均取得了长足发展。唐人在诗歌方面的成就可谓空前绝后。有唐一代，诗人成批涌现，诗坛形成百花齐放之伟观，留存下来的诗歌近五万首，不仅数量极多，且质量很高。在散文方面，以韩愈、柳宗元为首的古文运动，开创了我国古典散文发展的一个新时代。在小说方面，出现了标志着中国小说进入成熟阶段的唐传奇。此外，变文和词的产生和流传，也对后世产生了深远的影响。唐代文学繁荣的原因，除文学发展的自身规律外，还与唐代社会的发展有密切的关系。具体而言，有以下三方面：

一、社会稳定，经济繁荣。唐王朝建立在隋末农民起义的基础上，统治者深谙“载舟覆舟”（《荀子·哀公》）的古训，并以此为出发点制定了一系列有助于缓和阶级矛盾、促进国家长治久安的政策。自唐太宗至唐玄宗，有唐王朝经历了一百二十余年的安定时期。社会的安定为经济的发展和繁荣铺平了道路，繁荣昌盛的经济为唐代文学的发展奠定了坚实的物质基础。随着生产的发展，中小地主阶级在经济上的力量日益增强，逐渐打破了门阀世族垄断文化的局面，为寒门士子步入文坛创造了良好的环境。

二、国力强盛，中外交融。唐太宗贞观四年（630）打败东突厥汗国，其各属国归附唐朝，推尊唐太宗为天可汗，唐朝遂成为东亚盟主。贞观八年（634）大败吐谷浑，贞观十四年（640）平定高昌，高宗显庆二年（657）打败西突厥。唐朝势力之强大，延续一百余年，直至唐玄宗开元、天宝年间而达到高峰。

唐时国力的强盛和经济的繁荣，大大促进了中外交通与经济往来的发展。随着中外经济交往的日益深入，文化方面的交流也达到了高峰。域外的音乐、舞蹈、宗教等纷纷传入中国。唐朝的统治者，对外来文化采取兼容的政策。唐太宗说过："自古皆贵中华，贱夷狄，朕独爱之如一。"（《资治通鉴》贞观二十一年五月条）整个唐代，广泛接受外来文化，从文学艺术到生活趣味、风俗习惯，都可以看到这种"华夷如一"（李华《寿州刺史厅壁记》）思想的影响。中外文化交融所造成的这种较为开放的风气，对于文学题材的拓广，文学趣味、文学风格的多样化，都有重要的意义。

三、士人信仰，进取态度。经济的繁荣和政治的稳定，使唐王朝一度成为当时世界上最强盛、富庶的国家，此时士人的精神面貌和心理状态也异于往常：国力的强大，培养了士人们的自信心和自豪感；盛世的和平繁荣，塑造了唐人蓬勃向上的朝气和乐观浪漫的精神；政治清明，又激发了士人建立功业的壮志和积极进取的热情。总的来说，唐代士人对人生普遍持一种积极的、进取的态度。

唐代士人功名心强，有着恢宏的抱负与强烈的进取精神，他们中的不少人，集自信与狂傲于一身。《旧唐书·王翰传》说王翰"神气豪迈，……发言立意，自比王侯"。陈子昂也有同样的气概："方谒明天子，清宴奉良筹。再取良城璧，三陟平津侯。不然拂衣去，归从海上鸥。"（《答洛阳主人》）李白、高适、岑参、王昌龄、祖咏等，无不如此。这种积极进取的精神反映到文学上来，便是文学中的昂扬情调。①

唐代作为中国封建社会的鼎盛时代，为文学的继承与革新创造了良好的条件，造就出了一大批文化、气概俱佳的杰出人才，从而将文学的发展推向了顶峰。

---

① 袁行霈. 中国文学史：第二卷［M］. 北京：高等教育出版社，2005：168-170.

96. 佛教对唐代文学具有什么样的影响?

答：唐代近三百年间，思想取兼容态度，以儒为主，兼取百家。这一时期，佛教得到统治者的大力提倡，太宗支持玄奘译经，玄宗亲注《金刚经》，颁行天下。有唐一代，除毁佛的武宗之外，历朝帝王都礼敬佛法，佛教在政治、经济、思想、文化等各个领域迅速扩展了势力。同时，佛教本身也有了极大的发展。唐代佛教宗派林立，义学发达，各宗派间相互斗争，促进了佛学理论的发展。天台、三论、法相、华严、禅宗等教派，在佛教中国化方面，都已达到了相当成熟的阶段，其中禅宗已经深深契入中国文化之中。唐代是中国佛教大发展的时期，也是文学受佛教影响较为明显的时期。具体而言，体现在以下五方面：

一、佛教对唐代文学的影响，首先是通过影响文人的创作观念而发生作用的。唐代文人或多或少都受到了佛教思想的影响，并在儒释道三家浸润下形成了独特的人生哲学。唐代文人接受佛教义学，理解更为深入，其中有对佛理的申述，如“会理知无我，观空厌有形”（孟浩然《陪姚使君题惠上人房》），“始觉浮生无住著，顿令心地欲皈依”（李颀《宿莹公禅房闻梵》），“有起皆因灭，无睽不暂同”（白居易《观幻》）等。也有对教义的探究，如“君问穷通理，渔歌入浦深”（王维《酬张少府》），“行到水穷处，坐看云起时”（王维《终南别业》）等。其中尤以王维在禅宗思想影响下形成的随遇而安的人生哲学最为明显。

禅宗讲的自性，是言语道断、心行处灭的，借着具体的物象，来表现难以言传的一点禅机。这是一种更深层的影响，也是一种更为重要的影响。它给唐诗带来一种新的品质，唐诗中空寂的境界，明净和平的趣味，淡泊而又深厚的意蕴，即源于此。

唐代佛教的许多宗派都注重对“境”的探究，其中包含着许多哲学上认识论的问题，如认识中“主体”与“客体”的关系、认识的可靠性和相对性、形象在认识中的地位等，都给文人以启发。唐代文学理论特别是诗论的发展，主要就是借鉴和汲取了佛学这方面的成果。①

二、佛教的发展为唐代文学提供了大量的创作题材和主题。鲁迅先生在《中国小说史略》中曾提到："中国本信巫，秦汉以来，神仙之说盛行，汉末又大畅巫风，而鬼道愈炽；会小乘佛教亦入中土，渐见流传。凡此，皆张皇鬼神。称道灵异，故自晋讫隋，特多鬼神志怪之书。"佛教对创作题材以及主题的影响，随着其发展逐渐扩大，至唐代主要表现在对唐传奇的影响上。如沈既济《枕中记》的梦游题材与《杂宝藏经》卷二《波罗那比丘为恶生王所苦恼缘》相似，李朝威《柳毅传》的龙女和煮海情节显然受到《贤愚经》卷八《大施抒海品》的影响。在诗歌方面，以禅理入诗也已相当普遍，如上文所引王维、孟浩然等人的诗歌即为例证。

三、佛教对唐文学更直接的影响是唐代大量诗僧的出现。这些僧人的诗，有佛教义理诗、劝善诗、偈颂，但更多的是一般吟咏，如游历、与士人交往、赠答等。僧诗中较为重要的有王梵志诗、寒山诗。王梵志诗今存390首，当非出于一人之手。主题既有表现佛教思想、劝人为善的，也有反映世俗生活的，这部分作品多写底层民众的贫困与不幸。语言通俗，当时广泛流传于民间。寒山诗包括对世俗生活的描写、求仙学道和佛教内容。其中表现禅机禅趣的诗，有着广泛而深远的影响。除僧诗外，士人与佛教的广泛联系，与僧人的广泛交往，也大量地反映到诗中。②

四、佛教对唐代文学的影响还体现在拓宽了文学的题材。佛教传入中土，僧徒为弘道扬教，除翻译经书、建立寺庙、斋会讲经外，还利用音乐、绘画、雕塑、建筑等手段，广泛布道化俗，俗讲与变文就是在讲唱佛经的背景下产生并发展起来的，这对促进我国俗文学的发展具有重要意义。

五、佛教的发展还丰富了汉语的词汇和语法，进而影响到了文

① 孙昌武．唐代文学与佛教［M］．西安：陕西人民出版社，1985：14.

② 袁行霈．中国文学史：第二卷［M］．北京：高等教育出版社，2005：173.

学语言。佛典恢宏的想象、巧妙的譬喻、大胆的夸张以及排比、重复等修辞方法，也极大地丰富了唐代文人的创作。①

总之，佛教对唐代文学发展的影响是广泛且深刻的。唐朝士人的价值观念、文艺思想、生活情趣等无不受到佛教思想的影响。但在唐代作家中，很少有单独受到佛教影响的，他们大多是儒释道三家思想并存，只是隐显有别、程度各异。儒家思想的影响，给唐文学带来了进取的精神；佛教的影响丰富了唐诗的意境表现；道教的影响则丰富了唐诗的想象。唐代文学正是在儒释道三家思想的浸润下走向了巅峰。

97. 南北文学合流对隋唐文学具有什么样的影响?

答：永嘉南渡后，北方士族南迁，江南文化得到了迅速发展，南朝文学成为中国文学发展的主流。起于北方的隋、唐政权，在各自实现统一之后，结束了南北分割的局面，极大促进了文学的交流融合，使得隋代以及初唐文学显示出了独特的时代特征。

隋代文学的作者基本上由北齐、北周旧臣和由梁、陈入隋的文人两部分组成，前者如卢思道、杨素、薛道衡等，是北朝诗风的代表；后者如江总、许善心、虞世基等，将南朝诗风直接带入隋朝。南朝的文学较为发达，在诗歌体式和表现形式等方面，为北方作家提供了借鉴。如卢思道即采用以“思妇—征夫”为内容的南朝歌行体，写出了反映边塞军旅生活的《从军行》。北方文人在学习南朝文学的表现手法时，诗风也发生了变化。如卢思道的《棹歌行》《美女篇》《夜闻邻妓》《后园宴诗》等，着意描写女性的体态服饰和媚眼纤腰，流于轻艳。薛道衡的《昔昔盐》写南朝诗中常见的闺怨题材，清辞丽句，委婉细腻，情调和趣味偏于齐梁风格。隋文帝时，南北诗风同时并存，甚至在同一作家的创作中均有所体现；至炀帝时期，倾向于重文采的南朝诗风。代表作品如虞世基的《四时白纻歌》《奉和望海诗》、隋炀帝的《春江花月夜二首》等，均着意于词采的华

① 孙昌武．唐代文学与佛教［M］．西安：陕西人民出版社，1985：15.

美、对仗的工整，体现出明显的南朝格调。终隋一朝，南、北文学的合流仅限于诗风的相互影响，呈现出明显的合而不同的过渡性质。

初唐贞观时期是南北文学合流过程中的重要发展阶段。这一时期主掌诗坛的是唐太宗李世民及其朝堂臣子，其中北方文士以关陇士人为主，入唐以后多为史臣。他们受儒家崇古尚质的诗教影响，对南朝齐梁文风持批判态度，但同时也能接纳诗歌的声辞之美，从而为唐诗在艺术上的发展和新变开创了空间。魏徵在《隋书·文学传序》中说："江左宫商发越，贵于清绮，河朔词义贞刚，重乎气质。气质则理胜其词，清绮则文过其意。理深者便于时用，文华者宜于咏歌。此其南北词人得失之大较也。若能掇彼清音，简兹累句，各去所短，合其两长，则文质斌斌，尽善尽美矣。"所谓"贵于清绮"，是对追求声律辞藻的南朝诗风的概括，偏重于诗的声辞之美，长处是宜于咏歌，短处是缘情绮靡而流于轻艳纤弱。所谓"重乎气质"，指北朝诗歌特有的真挚朴野的情感力量和气势，贞刚壮大是其所长，而表现形式的简古质朴或理胜其词，则是一种缺憾。这种对南北文学不同艺术特色的清醒认识和"各去所短，合其两长"的文学主张的提出，是贞观时期唐太宗及其史臣们在总结历史经验时形成的对文学发展方向的一种共识。如魏徵曾称赞江淹、沈约等人的文章"缛彩郁于云霞，逸响振于金石，英华秀发，波澜浩荡，笔有余力，词无竭源"（《隋书·文学传序》）；又如令狐德棻等人在《周书·王褒庾信传论》中也提出文以气为主，要调远、旨深、理当、辞巧的主张。这些主张的实质就是合南北文学之两长。

总的来说，南北文学的合流使得隋代以及初唐时期完成了唐诗发展史上的准备阶段。在这一时期，既消化吸收了南朝诗歌讲究藻饰声调的咏物写景手法和声律技巧，使律诗得以定型；又继承了北地歌谣的慷慨情怀和悲壮刚烈的气概，音调顿挫而骨气端翔，呈现出唐诗之风骨。加之在创造兴象玲珑和韵味无穷的纯美诗境上所取得的进展，这一时期的诗歌在词采、声律和情思、意境等方面，为有唐一代健康而瑰丽的文学的产生奠定了坚实的基础，共同孕育出了合南北文学之两长而非同凡响的盛唐之音。①

98. 唐代作家的生活方式对其创作具有什么影响？

答：唐代士人开阔的胸怀、恢宏的气度、积极进取的精神，皆影响到唐文学的风貌。他们的生活，也与唐代文学的发展有关。其中最重要的是漫游之风、入幕、读书山林和贬谪生活，对文学产生了重要的影响。

一、漫游之风。唐代士人，在入仕之前，多有漫游的经历。漫游的处所一是名山大川。名山大川的游历，反映了唐代诗人对于自然美的向往，"此行不为鲈鱼脍，自爱名山入剡中"（李白《初下荆门》）。凡佳山水，必有诗人足迹。苏南、浙西至匡庐、洞庭一线，有中国最秀美的山水，尤其是剡中与洞庭，更是许多诗人流连忘返的处所。山水游赏，开阔视野，亲近自然，陶冶了情趣，提高了山水审美的能力，促进了唐代山水田园诗的发展，给山水田园诗带来了一种清水芙蓉的美。唐代的山水田园诗，不论不同的诗人有着怎样不同的风格，亲切传神地表现自然的美却是相同的。

漫游的又一重要去处是边塞。边塞诗是唐诗的一个重要题材。唐代写边塞诗的诗人，不一定到过边塞。但优秀的边塞诗，则多是到过边塞的诗人的作品。到过边塞的诗人，一是入节镇幕府，一是边塞漫游。前者如高适、岑参、李益；后者如王昌龄以及李白、王之涣等人。边塞漫游为唐诗带来慷慨壮大的气势和壮美的境界。

漫游还有一个去处，是通都大邑，如长安、洛阳、扬州、金陵等地，这是当时最为繁华的都市。诗人歌吹宴饮，任侠使气，干谒投赠，结交友朋，极大地拓展了文学的题材，丰富了唐文学的表现领域。

二、幕府生活。唐代士人入仕的途径很多，除科举之外，入幕

---

① 张毅．中国文艺思想史论集［M］．天津：南开大学出版社，2004：95-96.

是一重要途径。不少士人，都有过幕府生活的经历，王翰、高适、王维、李白、岑参、杜甫、元结等人都曾在幕府生活过。中唐以后，入幕更是许多士人的主要仕途经历。杜牧在幕府十年的生活，是他一生忆念的内容，深深地渗入到他的诗中。李商隐的仕途，主要就在幕府。据不完全统计，中唐以后，曾入幕的重要作家，为数当在七十人以上。幕府宴饮、乐伎唱诗、唱和送别、戎幕闲谈，对诗的创作和词的产生，对小说的发展，都有影响。

三、读书山林。唐人生活中另一对文学的发展产生影响的，就是读书山林的风气。唐代的一些士人，在入仕之前，或隐居山林，或寄宿寺庙、道观以读书。陈子昂曾读书于金华山的玉京观；李白出夔门之前，隐于大匡山读书；岑参十五隐于嵩阳；刘长卿少曾读书于嵩山；颜真卿未仕时，读书讲学常在福山；李端、杜牧、温庭筠、杜荀鹤、李中都曾读书于庐山；阎防、薛据、许稷曾读书于终南山；徐商读书于中条山中；符载等数人读书于青城山；李绅读书于无锡惠山寺；等等。唐代寒门士人得以应举，他们读书的一条途径就是寺庙、道观。唐代寺庙经济发达，可为贫寒的士人提供免费的膳食与住宿，且又藏书丰富，为士人读书提供方便。士人读书山林，不仅读经史，也作诗赋。山林的清幽环境，对士人情趣的陶冶，审美趣味的走向，都会有影响。士人读书山林又往往在青年时期，这种影响，常常随其终身，也在他们的诗中反映出来。唐诗中那种清幽明秀格调，即与此有关。

四、贬谪生活。唐代特别是中唐以后文人的贬谪生活，也丰富了唐文学，使唐文学从生活层面到情调意境，都呈现出更为丰富多彩的面貌。文人贬谪而形诸歌吟，自屈原而后，历代不断；但唐前未见有唐人如此多而且如此好的贬谪作品。李白贬夜郎途中，王昌龄龙标之贬，刘长卿的两次贬谪，都给诗歌创作带来新的元素。遭遇贬谪的悲愤不平，孤独寂寞，凄楚忧伤和对生命的执着，对理想的追求，构成了贬谪文学丰富多样的内涵。这样丰富多样的内涵，特别明显地反映在元和诗人的贬谪作品中。韩愈、柳宗元、刘禹锡、元稹、白居易等作家，都有反映贬谪生活的作品。

漫游、读书山林、入幕与贬谪生活，从不同的层面丰富了唐文学的内涵，构成了唐文学多彩的情思格调。①

99. 隋代诗人王绩的诗风有何特征?

答：王绩（589—644），字无功，号东皋子，绛州龙门（今山西省河津市）人。王绩出身于六代冠冕、家富典坟之族，是隋末大儒王通之弟。幼时天资过人，“年十五游长安，谒见杨素，一坐服其英敏，目为神仙童子”（元辛文房《唐才子传》）。他年轻时锐意进取，也曾“明经思待诏，学剑觅封侯”（王绩《晚年叙志示翟处士》），对前途满怀憧憬，然而却仕途坎坷，三仕三隐。隋炀帝大业中，王绩应孝廉举。大业末年，炀帝暴虐，天下大乱，“非复昔追求”（王绩《晚年叙志示翟处士》），王绩挂冠夜遁，轻舟归乡，作《解六合丞还》以明心志。唐武德年间，王绩受召为官，却因其兄王凝之事遭受牵连，以疾罢归。

隋末唐初，六朝绮靡雕琢之风笼罩诗坛。诗坛上占主导地位的是“以绮错婉媚为本”（《旧唐书·上官仪传》）的宫体诗歌。而王绩近荡涤齐梁排偶之积习，不以雕章缛句为能事；远效魏晋“韵趣高奇，词义旷远”（王绩《答处士冯子华书》）之古调。他以酒德游于乡里，自比阮、陶，作诗也模仿阮诗之隐约曲折、陶诗之平淡自然。其诗作或摹写自然山水，或咏唱田园乐事，或抒发隐逸情怀，或倾诉戍者之思，或体味人生哲理，或宣扬美酒之德，无不表现出与宫体诗迥异的审美取向：显得疏野质朴、真率自然。可谓尽洗铅华，令人耳目一新，堪称初唐之空谷足音。《四库全书总目提要》称王绩之诗“气格遒健，皆能涤初唐俳偶板滞之习。置之开元、天宝年间，弗能别也”,可谓颇为公允。具体来说，王绩诗歌的风格特征主要体现在以下两方面：

一、疏放真率，野趣横生。王绩其人“性情疏放”（《三唐诗

① 袁行霈．中国文学史：第二卷［M］．北京：高等教育出版社，2005：170－172.

品》)，“旷怀高致”（清贺裳《载酒园诗话又编》），诗作“发为心声，直质放言”（《三唐诗品》），呈现出一种疏野质朴的艺术特色。恰如翁方纲所言：“王无功以真率疏浅之格，入初唐诸家中，如鸾凤群飞，忽逢野鹿，正是不可多得也。”（《石洲诗话》卷二）例如《田家三首》其一，诗人以阮籍、嵇康为法，以陶潜、扬雄自况，蔑视礼法，纵酒谈玄，惬意于眼下的乡野生活，彰显了疏放的人生态度。又如常为后人称道的《野望》一诗，作者以平淡自然的话语诉说自己的生活实感，闲逸中略含苦闷，怅然中又有淡泊。诗人在秋日的傍晚登高远眺，感伤于萧条秋色，而“牧人驱犊返，猎马带禽归”的田园情致又给他带来了些许抚慰。他想寻一个倾诉之所，但又“相顾无相识”，只得将心中的苦闷与落寞、恬适与淡泊付与“长歌怀采薇”之中，营造出了一种萧疏质朴、宁静淡泊的境界。《唐诗直解》称此诗“浅而不薄”，正是此意。

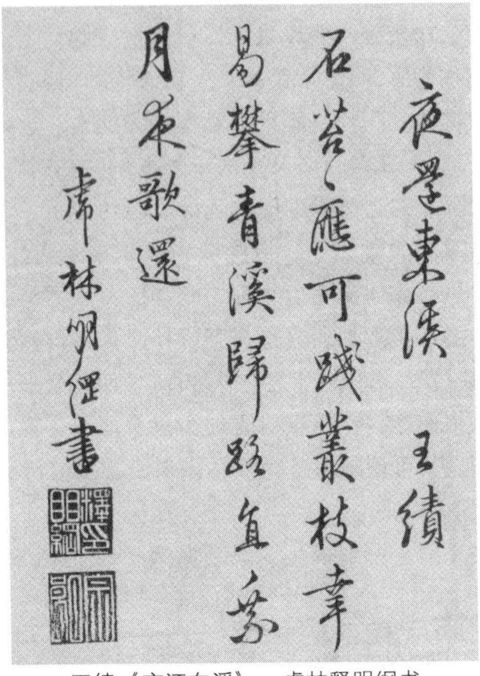

王绩《夜还东溪》　虎林释明纲书

王绩一生三次出仕，为官不过十余年，大部分时间都是在田园山水间度过的。王绩钟情于“守拙归园田”的乡野生活，例如《山家夏日九首》从多个角度描述了寂寞山家呈现出的自然变化，刻画了一个接近原始自然状态的山村。又如《被举应征别乡中故人》写“山鸡终失望，野鹿暂辞群”，表达了作者被征睽别故乡时对田园生活的依恋。在他现存诗作中，以山水田园为题材的诗作计五十余首，几乎占其存诗的一半，其中颇多疏放真率、野趣横生之作。恰如清人贺裳所言：“陶为饥寒所驱，时有凉音；王黍秫果药粗足，故饶逸趣。”（《载酒园诗话又编》）例如《春庄酒后》，整首诗散发着浓郁的乡野逸趣：松花酿酒，村竖捧瓶，竹瘤为杓，树瘿成杯。他还有“老妻能劝酒，少子解弹琴”（《春晚园林》），闲时亦可“倚仗看妇织，登垅课儿锄”（《田家》）。在他笔下，田园诗歌具有了世俗的欢乐情调，自然景物沾染了人间的浓情逸趣。

王绩好酒，也在诗中反复颂扬酒德：有“比日寻常醉，经年独未醒”（《春园兴后》）的疏放自适；有“但使百年相续醉，何辞夜夜瓮间眠”（《解六合丞还》）的憨态可掬；亦有“不如高枕卧，时取醉消愁”（《赠程处士》）的萧疏旷达。《题酒店楼壁绝句八首》《春夜过翟处士正师饮酒醉后自问答二首》等更是集中地写了饮酒之乐，诗人自画醉中情态真切自然，逸趣横生。

二、冲淡自然，不事雕琢。与武德、贞观时期宫体诗人的浮靡诗风相反，王绩的诗作不事雕琢，冲淡自然，“尽洗铅华，独存体质”（明何良俊《四友斋丛说》）。他认为“题歌赋诗，以会意为功”（《答处士冯子华书》），不屑“与夫悠悠闲人相唱和”（《答处士冯子华书》），故其诗多抒情言志之作，绝少奉和应制之调、酬唱相和之音。他的诗作不以华丽的辞藻取胜，而是发自肺腑，流露出真挚、淳朴、自然的情感，具有很强的艺术感染力。例如《在京思故园见乡人问》一诗写作者“旅泊多年岁”，“忽逢门前客”，先是“敛眉俱握手，破涕共衔杯”，继而以田园琐事接连发问，句句皆真情实意，感情真挚，明白如话，“只似家书”（钟惺《唐诗归》），表现了久客他乡之人对故园的殷切思念。又如《野望》一诗，以平淡自然的话语表现自己的生活情感，写得相当真切，“近而不浅，质而不俗”（明何良俊《四友斋丛说》），有一种不施粉黛的朴素美。

王绩诗歌虽多写山水田园、感怀寄兴，但亦不乏慷慨激昂、怒目金刚之作。他曾锐意进取，“弱龄慕奇调，无事不兼修”，“明经思待诏，学剑觅封侯”（王绩《晚年叙志示翟处士》）；也曾为丧乱之世“豺狼塞衢路，桑梓成丘墟”（王绩《薛记室收过庄见寻率题古意以赠》）而欷歔；亦曾发出“眼看人尽醉，何忍独为醒”（王绩《过酒家五首》其二）之慨叹。但从诗歌的题材内容、语言特色及意境营造等方面来看，疏野质朴、冲淡自然仍是王绩诗风的总体特征。

100. 初唐文坛背景下的“上官体”有何特征？

答：初唐诗歌受南朝余绪影响颇深，诗坛上占主导地位的是“以绮错婉媚为本”（《旧唐书·上官仪传》）的宫体诗歌。正如明人陆时雍所言：“调入初唐，时带六朝锦色。”（《诗镜总论》）初唐诗风的宫体化倾向，与受南朝文化影响有很大关系。贞观时期，主掌诗坛的是唐太宗李世民及其身边的北方文人和南朝文士。北方文人以关陇士人为主，入唐后多为史臣。他们的文学主张受儒家崇古尚质的诗教说影响较大，对南朝齐梁文风持批判态度，但并未因此否定诗的声辞之美。魏徵在《隋书·文学传序》中说：“江左宫商发越，贵于清绮；河朔词义贞刚，重乎气质。”足见对南、北文学不同艺术特色的清醒认识。

唐太宗李世民在文艺方面有相当的造诣，他亲自撰写《晋书·陆机传论》，并大力称赞陆机“文藻宏丽”的创作。现存的太宗诗里，感时应景、吟咏风月之作多达五十余首，例如《采芙蓉》《咏雪》《咏雨》等诗完全是南朝风调。其中也有贞刚与华采并存之作，如《经破薛举战地》言“昔年壮怀气，提戈初仗节。心随朗日高，志与秋霜洁”，确实豪迈刚健；但“浪霞穿水净，峰雾抱莲昏”一联工巧纤细，带有六朝雕琢辞采的痕迹，与全诗的气格颇不协调。初唐几代君主，不仅太宗喜欢“万机之暇”“游息艺文”（唐太宗《帝京篇序》），高宗、武后、中宗等亦是如此。他们广引天下文士，编纂类书、赋诗唱酬，先后出现了几个宫廷文人集团。其中以虞世南、许敬宗、上官仪、“文章四友”、宋之问、沈佺期最具代表性。

宫体诗人深受帝王器重，或位居显贵，或为帝王所奖掖，每有所倡，天下靡然成风，其创作内容也不外乎歌功颂德、宫苑游宴、酬唱奉和。虞世南等人编写的《北堂书钞》《文思博要》和《艺文类聚》等书，成为宫体诗人的作诗工具，以便于应制咏物时摭拾辞藻和事典，把诗写得华美典雅。他们极力追求辞藻的华丽与格律的精巧，极尽奢华之能事，但作品内容空洞，风格卑弱，日趋贵族化、宫体化。

上官仪（608？—665），字游韶，陕州陕县（今河南省陕县）人。贞观初年进士及第，深得太宗赏识，召授弘文馆直学士，“时太宗雅好属文，每遣仪视草，又多令继和，凡有宴集，仪尝预焉”（《旧唐书·上官仪传》）。高宗朝，上官仪官至银青光禄大夫、西台侍郎、同东西台三品，在文学上也成为独领一代的风雅之主。上官仪的诗歌多为应诏奉和之作，辞采华赡，对仗严整，描摹精巧，笔法秀逸。例如《奉和山夜临秋》一诗，虽为奉和之作，但作者有意避免掇拾辞藻，注重对景物的细致体察，自铸新词以状物色。通过物色的动态变化，写出婉转情思，情隐于内而秀发于外。《旧唐书·上官仪传》言：上官仪“工于五言诗，好以绮错婉媚为本，仪既显贵，故当时多有效其体者，时人谓为上官体”。具体来说，“上官体”诗歌特征主要表现在以下两方面：

一、以绮错婉媚为本，体物图貌细腻精巧，辞采华赡靡丽，属对工丽精切，音律和谐优美，风格柔媚绮丽。上官仪的某些写景咏怀之诗清丽工巧，婉转细致。例如《早春桂林殿应制》一诗，“晓树流莺满，春堤芳草积。风光翻露文，雪华上空碧”两联写宫苑春景，先以流莺满树、芳草积堤传递早春气象，又以晨露乍闪、残雪轻扬暗示春寒料峭，其意象选取尤为独特、新奇。再如《奉和秋日即目应制》“落叶飘蝉影，平流写雁行”二句，缘情体物，绮错成文，有天然媚美之致。又如遍照金刚《文镜秘府论》西卷所引佚句“碧潭写春照，青山笼雪花”，描绘早春蓬勃生机，意象奇丽，“写”“笼”

二字，尤为精练。

据宋人魏庆之《诗人玉屑》卷七引《诗苑类格》所载，上官仪提出了“六对”“八对”之说，将对偶由词扩展到句，这是对南朝以来诗歌理论中已出现的对偶说和声病说的总结，对后来律诗的成熟起到了促进作用。上官仪的诗歌创作也实践着这些技巧，他的诗多用对句，如《酬薛舍人万年宫晚景寓直怀友》一诗所用对句，占“八对”之六，只有“回文”“双拟”未用。其中亦有不少以精妙对句写景传神的佳句，如《入朝洛堤步月》“鹊飞山月曙，蝉噪野风秋”一联，写洛堤晓行，风景如画，诗句“音响清越，韵度飘扬”（明胡震亨《唐音癸签》），“雍容满足”（《唐人万首绝句选评》）。

二、以奉和应制为主，内容空洞，感情淡薄，艺术上一味雕琢堆砌，体现出浓厚的形式主义、唯美主义倾向。宫体诗人大多功成名就，生活接触面较为狭窄，故而“上官体”诗歌题材内容局限于宫体文学应制咏物的范畴，多为颂美附和、虚应故事之作，大部分作品只着意刻绘精美的物象，缺乏慷慨激情和雄杰之气。例如《咏画障》一诗写珠帘翠嶂、锦缆琼钩，婉转柔媚、艳冶繁缛；又如《八咏应制》言“瑶笙燕始归，金堂露初晞。风随少女至，虹共美人归”,则完全是齐梁风格。

“上官体”作为唐诗史上第一个以个人命名的诗体，并非仅是由于上官仪地位显贵，更因为它适应了古典诗歌艺术发展的必然趋势。它为诗歌的格律化提供了新的范式，是齐梁以来新体诗向沈、宋律诗过渡的一座桥梁。

101. “初唐四杰”能算唐代文学的革新人物吗?

答：“初唐四杰”是指活跃于初唐文坛的王勃、杨炯、卢照邻和骆宾王四人，“海内称为王、杨、卢、骆，亦号为四杰”（《旧唐书·杨炯传》）。

王勃（约650—676），字子安，绛州龙门（今山西省河津市）人。王勃出生于一个“以儒辅仁，述作存者八代”（王勃《送劼赴太学序》）的学术世家，祖父王通乃隋末大儒。王勃自幼聪敏过人，有神童之誉。他曾两次出仕，均以废官而终，于是“雅厌城阙，酷嗜江海”（王勃《游山庙序》），“弃官沉迹”，“著撰之志，自此居多”（杨炯《王勃集序》）。上元三年（676），王勃渡海赴交趾探望父亲，溺水而卒，年仅二十七岁。有《王子安集》传世。

杨炯（约650—约693），华州华阴（今陕西省华阴县）人。虽出自名门，但幼时生活贫困，自称“吾少也贱，信而好古”（杨炯《梓州官僚赞》）。杨炯年少便被举神童，“待制弘文馆”（杨炯《浑天赋》）。上元三年（676）应制举及第，补九品校书郎。永淳元年（682）任太子詹事司直、崇文馆学士。武则天当政时，因族兄参与徐敬业起兵受牵连，被贬为梓州司法参军。后被选为盈川令，卒于官。有《盈川集》传世。

卢照邻（约630—约680后），字升之，自号幽忧子，幽州范阳（今北京附近）人。卢照邻幼年师从曹宪、王义方等名儒，年甫及冠即被授为邓王府典签。后调新都尉，因身染风疾而辞官，隐居太白山，服丹疗疾反致手足残废。后隐居具茨山下，久病难愈，“与亲属诀，自沉颍水”（《新唐书·文艺传》）。有《幽忧子集》传世。

骆宾王（约626—约687），字务光，婺州义乌（今浙江省义乌县）人。其人资质聪慧，七岁能诗，一生经历颇富传奇色彩。骆宾王年轻时锐意进取，曾想以布衣直取卿相，但仕途不甚顺意，只做过主簿、县丞一类的小官。他以诗剑自娱，自谓“少年重英侠，弱岁贱衣冠”（《畴昔篇》）。曾两次入戎幕，有长期的边塞生活经历。光宅元年（684），骆宾王参与徐敬业起事，主文告案牍之事，期间创作了《在军登城楼》《讨武曌檄》等气概高昂的诗文，兵败后“不知所之”（《新唐书·骆宾王传》）。其著述多散失，后人辑为《骆临海全集》。

四杰虽年辈不同，生活经历却有许多类似之处。他们少年时皆以才名著称，锐意进取，慷慨有志，对功名事业充满幻想。王勃曾言“仆生二十祀，有志十数年”（《述怀拟古诗》），杨炯亦云“丈夫皆有志，会是立功勋”（《出塞》），卢照邻高唱“谁能借风便，一举凌苍苍”（《赠益府群官》），骆宾王亦云“投笔怀班业，临戎想顾勋”(《宿温城望军营》)。但他们却仕途坎坷,“才高而位下”,“志远而心屈”(王勃《涧底寒松赋》),故而诗作中多有愤懑之情、雄杰之气。由于四杰位沉下僚,命途多舛,特别是身后萧条,故疵议较多,有“浮躁浅露”(《新唐书·裴行俭传》)、“华而不实”(张说《赠太尉裴公神道碑》)之说,唯杜甫《戏为六绝句》“王杨卢骆当时体,轻薄为文哂未休。尔曹身与名俱灭,不废江河万古流”的评价可谓公允。具体来讲,四杰对初唐文学的影响表现在以下三方面:

一、在文学主张方面,四杰反对纤巧绮靡、华而不实的齐梁文风,提倡作品应具备“可以经纬天地”“可以畜泄江河”(王勃《山亭思友人序》)的刚健骨气,应抒发“事感则万绪兴端,情应则百忧交轸”(骆宾王《伤祝阿王明府诗序》)的一己之怀,追求一种“壮而不虚,刚而能润,雕而不碎,按而弥坚”(杨炯《王勃集序》)的文风。杨炯在《王勃集序》中说:“尝以龙朔初载,文场变体,争构纤微,竞为雕刻。糅之以金玉龙凤,乱之以朱紫青黄,影带以徇其功,假对以称其美,骨气都尽,刚健不闻。思革其弊,用光志业。”对争驰新巧、绮错婉媚的上官体诗歌提出了明确的批判,体现了变革文风的自觉意识。

四杰作诗注重抒发真情实感,故常作不平之鸣,气势壮大,慷慨悲凉。恰如王勃所说:“高情壮思,有抑扬天地之心;雄笔奇才,有鼓怒风云之气。”(《游冀州韩家园序》)例如卢照邻《行路难》一诗由“长安城北魏桥边,枯木横槎卧古田”写起,进而感慨世事无常、人生有限,发出“一朝零落无人问,万古摧残君讵知?人生贵贱无终始,倏忽须臾难久恃”的兴亡之叹。此外,卢照邻的《长安古道》和骆宾王的《帝京篇》,或感慨世道,或评说古今,都将浓烈的情感贯注于对历史及人生的思索之中,具有一种慷慨悲凉的感人力量。

就体裁形式而言,四杰中卢、骆擅长七言歌行,王、杨专工五律;就个人风格而言,“王勃高华,杨炯雄厚,照邻清藻,宾王坦易”(陆时雍《诗镜总论》)。四杰诗歌在语言形式等方面虽“不脱齐梁之体”(刘克庄《后村诗话》),“犹沿六朝遗派”(施补华《岘

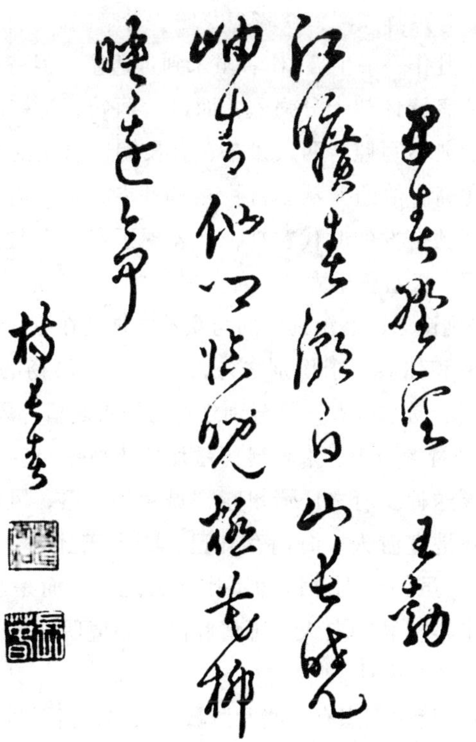

王勃《早春野望》　杨长春书

佣说诗》)，但在诗歌风格方面已具备盛世气象。

二、从题材内容方面看，四杰冲破了宫体诗的牢笼，诗歌的创作题材“由宫廷走到市井”,“从台阁移至江山与塞漠”,[①]极大地丰富了诗歌的内容，同时也展现出了壮大的气势和力量，推进了初唐诗歌的健康发展。概括来讲，四杰对初唐诗歌内容的开拓突出体现在以下四类题材：

（一）边塞诗。初唐国力日趋繁荣，精神面貌蓬勃向上，士人怀有建功立业的壮志豪情，故多写边塞诗，其中以四杰的成就较为突出，颇具豪迈的时代气息。例如杨炯的《从军行》：“烽火照西京，

---

① 闻一多．唐诗杂论［M］．武汉：武汉大学出版社，2008：21.

心中自不平。牙璋辞凤阙，铁骑绕龙城。雪暗凋旗画，烽火杂鼓声。宁为百夫长，胜作一书生。”作者虽未到过边塞，但诗中表现出来的立功志向和慷慨情怀却十分强烈，而最后两句正是初唐诗人急于建功立业心态的典型写照。两入戎幕、有长期边塞生活的骆宾王在这方面的成就尤高。他的《从军行》格调苍老，笔力遒劲，既反映出了初唐时期蓬勃奋发的时代精神，又表现了自己忠君报国、建功立业的强烈愿望，极富感染力。

（二）赠别诗。四杰赠别诗的与众不同之处在于，诗中含有作者对生活的理解和体会，于伤别之外，尚有一种昂扬的抱负和气概。如骆宾王的《于易水送人》借分别之意写怀古之情，风格苍凉悲壮，“侠气凛然”（清黄白山、朱之荆《增订唐诗摘钞》）。又如王勃千古传诵的名篇《送杜少府之任蜀州》：“城阙辅三秦，风烟望五津。与君离别意，同是宦游人。海内存知己，天涯若比邻。无为在歧路，儿女共沾巾。”虽为赠别之诗却不作悲酸之语，而是以“海内存知己，天涯若比邻”勉励友人，感情壮阔，心境明朗，气格浑成，洒脱超逸，颇具初唐风骨。

（三）讽刺诗。四杰有一些看似歌功颂德，实则暗含讽刺之意的作品，如骆宾王的《帝京篇》、卢照邻的《长安古意》、王勃的《临高台》等。这类诗作先是或铺叙京师的繁华气象，或铺陈权贵的享乐生活，或摹写贵戚的豪奢府第，继而笔锋陡转，指出这些富贵不过是黄粱一梦，“昔时金阶白玉堂，即今唯见青松在”（《长安古意》），“君看旧日高台处，柏梁铜雀生黄尘”（《临高台》），在传统的宫体情调中增加了冷峻的人生思考。

（四）咏物诗。初唐宫体诗人的应制咏物诗皆以颂美为主，而四杰的某些诗作却将浓厚的感情贯注其中，独抒怀抱。如王勃的《滕王阁诗》虽为宴集颂德而作，但也发出了对宇宙自然及社会人生的感慨。又如骆宾王的《在狱咏蝉》，以蝉自比，托物喻志，慨叹朝廷不明，枉屈忠良。

三、四杰不仅是诗人，也是骈文名手，他们的文章与诗歌有相似的特点与贡献。与一味写气图貌、属采附声的六朝骈文不同，四杰的文章抒发个性、关切现实，独具俊逸清新的气息。其作品虽词采丰赡、属对精工，但气势充沛，境界开阔，文笔纵横，警句迭出。王勃的《滕王阁序》典丽精工，杨炯的《王勃集序》神采飞扬，卢照邻的《五悲》《释疾》悲愤深沉，骆宾王的《讨武曌檄》慷慨激昂，都具有很强的艺术感染力，历来为人称道。

总之，结束齐梁文风，开启盛唐之音，四杰功不可没。恰如明代胡应麟所言："唐起梁陈衰运后，诗文纤弱萎靡，体日益下。宾王首与勃等一振之，虽未能骤革六朝余习，而诗律精严，文辞雄放，滔滔混混，横绝无前，唐三百年风雅之盛，以四人者为之前导也。"(《补唐书骆侍御传》) 因此，"初唐四杰"确实称得上是唐代文学的革新人物。

102. "沈宋"对律诗体制建设发挥了什么作用?

答："沈宋"是指初唐武后时期，因文才受到赏识而入朝为官的台阁诗人沈佺期、宋之问。沈佺期（约 656—约 715），字云卿，相州内黄（今河南省内黄县）人，上元二年（675）进士及第，武后朝任考功员外郎、给事中，后因依附张易之，事败流放驩州。中宗复位后拜起居郎、修文馆直学士，神龙中授太子少詹事。开元初卒。宋之问（约 656—约 712），字延清，虢州弘农（今河南省灵宝县）人，与沈佺期同年及第。弱冠知名，授洛州参军，累转尚方监丞，因依附张易之事败，左迁泷州参军。武三思用事，起为鸿胪主簿，转考功员外郎。中宗时任修文馆学士，睿宗时流放钦州，赐死于贬所。

沈、宋身世略同，二人皆因倾心媚附于张易之等权贵而获罪，诗歌风格亦较为相近。作为置身宫禁、优游卒岁的台阁诗人，他们的作品多为奉和应制、歌功颂德、酬唱赠别之作，辞藻文饰，不过标榜风雅、点缀升平，整体格调并不高。因政治变故遭到贬谪流放之后，他们却创作出了一批感情真挚、情韵俱佳的作品。如宋之问的五律《度大庾岭》："度岭方辞国，停轺一望家。魂随南翥鸟，泪尽北枝花。山雨初含霁，江云欲变霞。但令归有日，不敢恨长沙。"全诗对仗工整却不见文饰，情感真切细腻，"辞苦思深，不堪多读”（清卢弊、王溥《闻鹤轩初盛唐近体读本》）。又如他的《渡汉江》中“近乡情更怯，不敢问来人”二句更是声情并茂、境苦情真，有意在言外的艺术感染力。再如沈佺期于流放途中所作的七律《遥同杜员外审言过岭》：“大长地阔岭头分，去国离家见白云。洛浦风光何所似？崇山瘴疠不堪闻。南浮涨海人何处？北望衡阳雁几群。两地江山万余里，何时重谒圣明君？”这首诗被后人称为初唐七律的样板，作者通过对贬途之景的描写寄托身世遭逢的感慨，表达了无可奈何的伤感心境。语言自然平易，无意修饰却调谐流畅，蕴含深厚。

宫廷应制诗的盛行和优游卒岁的馆阁生活一方面使沈、宋等人的诗歌创作多有辞藻文饰、内容贫乏之弊，另一方面也为他们提供了充裕的时间琢磨诗艺，他们致力于诗歌体制的进一步格律化，并以大量的严守格律的创作实践，为律诗体式的定型做出了巨大贡献。

律诗滥觞于六朝，齐梁间出现了讲究对仗、声调优美的“新体诗”,徐陵、庾信的部分作品，已初具后来五律之规模，但此类作品数量不多，且格律尚未尽善。唐初宫体诗人于音韵格律、对仗铺排等方面精心揣摩，争奇角胜，对偶、声律技巧愈益成熟。至沈佺期、宋之问，“又加靡丽，回忌声病，约句准篇”（《新唐书·宋之问传》），完成了由永明体的四声律到唐诗平仄律的过渡，使得律诗进一步定型规范化。明代胡应麟在《诗薮》中说：“五言律体，兆自梁、陈。唐初四子，靡缛相矜，时或拗涩，未堪正始。神龙以还，卓然成调。”恰是对律诗发展史的精当表述。

元稹《唐故工部员外郎杜君墓系铭并序》说：“唐兴，官学大振，历世之文，能者互出。而又沈、宋之流，研练精切，稳顺声势，谓之为律诗。”这是最早关于“律诗”定名的记载，故“沈宋”之称，也就成为律诗定型的标志。具体来讲，沈、宋对律诗体制建设的积极贡献表现在以下两个方面：

一、吸取前代格律诗创作经验，选择齐梁体中的黏式格律，摒弃其对式格式，“回忌声病，约句准篇”,完成了以遵守黏对规则为声律格式的五言律的定型。黏式律的具体作法是，除了一联之中轻重悉异之外，还要求上一联的对句与下一联的出句平仄相黏，并把这种黏对规律贯穿全篇，从而使一首诗的联与联之间平仄相关，通篇声律和谐。现存的沈佺期和宋之问共二十余首五言律诗，均符合这种黏对规则。

二、将律诗句式从齐梁时代单纯的五言扩展到七言。五言律日趋定型后，沈、宋等人又把黏对法则应用于七言体诗歌，于中宗景龙年间完成了七言律诗体式的定型。沈佺期现存的十六首七律虽多为应制之作，但对仗整饬，音调谐和。如《兴庆池侍宴应制》《奉和春初幸太平公主南庄应制》及《古意呈补阙乔知之》等诗，格律音韵悉中规矩，遣词用语精工缜密，可视为七律体式趋于成熟定型的标志。

经初唐诗人，特别是沈、宋二人的努力，这种形式华美、音韵铿锵的诗歌体裁得以完善，律诗体制初步定型。恰如清代赵翼在《瓯北诗话》中所说："至唐初沈、宋诸人，益讲求声病，于是五、七律遂成一定格式，如圆之有规，方之有矩，虽圣贤复起，不能改易矣。"

103. 陈子昂何以能矫正唐诗的发展航向?

答：陈子昂（659—700），字伯玉，梓州射洪（今四川省射洪县）人，唐代政治家、诗人、散文家。陈子昂出生于庶族地主家庭，青少年时期就显示出鲜明的个性，"始以豪家子驰侠使气，至年十七八未知书。尝从博徒入乡学，慨然立志，因谢绝门客，专精坟典"（卢藏用《陈子昂别传》）。文明元年（684），登进士第，释褐将仕郎。其人"果敢刚毅"（卢藏用《陈子昂别传》），曾两次上书直陈政事，武后奇其才，擢麟台正字，官至右拾遗。陈子昂曾两度从军出塞，随乔知之北征同罗，跃马大漠南，又随武攸宜东征契丹，立志许国，然不为所用，贬署军曹。圣历元年（698），去官返乡，栖居山林。后为县令构陷下狱，忧愤而卒，年仅四十二岁。

陈子昂的理论主张和诗歌创作，对唐代文学的发展产生了深远影响。他在革除六朝余风、确立盛唐之音的过程中起着重要的作用，在文学史上享有很高的地位，历代诗人和评论家对他都给予了充分的肯定和高度的评价。如杜甫《陈拾遗故宅》称赞他："有才继骚雅，哲匠不比肩。公生扬马后，名与日月悬。"白居易将他与杜甫并称："杜甫陈子昂，才名括天地。"（《初授拾遗》）韩愈《荐士》说："国朝盛文章，子昂始高蹈。"元好问《论诗绝句》云："沈宋横驰翰墨场，风流初不废齐梁。论功若准平吴例，合著黄金铸子昂。"高棅《唐诗品汇》更明确指出："唐兴，文章承陈隋之弊，子昂始变雅正，夐然独立，超迈时髦……继往开来，中流砥柱，上遏贞观之微波，下决开元之正派，呜呼盛哉。"

陈子昂的文学革新主张集中体现在《与东方左史虬修竹篇序》一文中："文章道弊五百年矣。汉魏风骨，晋宋莫传，然而文献有可征者。仆尝暇时观齐、梁间诗，彩丽竞繁，而兴寄都绝，每以永叹。思古人，常恐逶迤颓靡，风雅不作，以耿耿也。一昨于解三处，见明公《咏孤桐篇》，骨气端翔，音情顿挫，光英朗练，有金石声。遂用洗心饰视，发挥幽郁。不图正始之音，复睹于兹，可使建安作者相视而笑。"在这篇诗序中，陈子昂批判了六朝以来"彩丽竞繁""逶迤颓靡"的绮靡文风，大力倡导汉魏风骨和正始之音，并明确提出了诗歌的创作标准以及诗美理想。其文学主张概括来说有以下三点：

一、陈子昂力图矫正晋宋以来绮靡诗风，发出了貌似复古、实则具有革新意义的主张。他以"文章道弊五百年"直斥晋宋以来诗歌的弊病，对"彩丽竞繁""逶迤颓靡"的齐梁诗风提出了批判。他认为六朝诗歌"兴寄都绝"，缺乏社会政治功用，且"风雅不作"，毫无刚健明朗格调，故说"汉魏风骨，晋宋莫传"。针对这种情况，他大力提倡复归古诗比兴言志的风雅传统，实际是希冀以此扫除齐梁余风的影响，端正唐代诗歌发展方向。

二、陈子昂吸收了《诗经》和汉魏诗歌的优良传统，提出了诗歌创作的标准，强调诗歌要有"风雅""兴寄"，要有"风骨"。所谓"风雅""兴寄"，是说诗歌应发扬《诗经》比兴寄托的优良传统，具有充实的社会政治内容。所谓“风骨”,是指诗歌应继承建安风骨的传统，具有明朗刚健的风格。陈子昂将“风雅”“兴寄”和“风骨”结合，即提出了诗歌创作应在思想上和艺术上的统一。

三、陈子昂提出了一种“骨气端翔，音情顿挫，光英朗练，有金石声”的诗美理想。“骨气端翔”即指风骨端直劲健，“音情顿挫”是说诗的音节抑扬顿挫、情感波澜起伏，“光英朗练”即是说文辞有光彩，“有金石声”是说作品铿锵有力、掷地有声。作者所提出的这种诗美理想，即要求将壮大昂扬的情思与声律和词采的美结合起来，创造健康而瑰丽的文学。①

陈子昂的诗歌创作忠实地践行了自己的理论主张，其诗作多具有丰富、广阔的社会内容。陈子昂的诗作今存仅一百二十余首，其中以《感遇》三十八首、《蓟丘览古赠卢居士藏用》七首、《登幽州台歌》等为代表，这些诗作或抒发身世之感，或讥刺时政之弊，或倾诉忧愁幽思，皆具有丰富深刻的现实内容、昂扬激越的思想感情、雄浑质朴的艺术风格，完全摆脱了齐梁以来绮艳诗风的影响，在端正当时诗歌发展方向方面起了重大作用。正如刘克庄《后村诗话》中所说：“唐初王杨沈宋擅名，然不脱齐梁之体，独陈拾遗首唱高雅冲淡之音，一扫六朝纤弱，趋于黄初建安矣。”

陈子昂曾两度出塞，因此对边地情况非常了解，他所作的边塞诗也多具有强烈的现实性。其中有些作品抒写了渴望挺身急难、为国安边的进取精神，如《感遇》其三十五写作者首次随军北征，亲临沙场，“感时思报国，拔剑起蒿莱”的壮伟情怀，展现了唐初士人渴望建功立业、积极进取的精神风貌；又如《和陆明府赠将军重出塞》以投笔从戎的班超勉励出塞的将军，并表达了自己希冀驰骋边塞、建功立业的豪情。也有的作品反映了朝廷穷兵黩武和边地将领无能给人民带来的灾难，如《感遇》其三反映了边患严重的情况，真实地描绘了荒凉凄惨的边地景象，揭示了战争给西北边地人民带来的不幸与苦难，发出了“但见沙场死，谁怜塞上孤”的沉重质问。

---

① 袁行霈．中国文学史：第二卷［M］．北京：高等教育出版社，2005：192.

《感遇》其二十九则明确表达了对武后进攻羌人的反对，以及对决策者失误的谴责。

陈子昂写过一些抒发兴亡之感、人生之叹的慷慨悲歌。如《蓟丘览古赠卢居士藏用》七首，怀古言志，抒发了自己怀才不遇的苦闷以及壮志未酬的悲愤，“句意浑成”（桂天祥《批点唐诗正声》），“调亦高古”（《唐诗选》）。又如他最具震撼力的作品《登幽州台歌》：“前不见古人，后不见来者。念天地之悠悠，独怆然而涕下！”作者独登幽州台，遥望苍茫宇宙，思索古往今来，回顾半生坎坷，不禁悲从中来。作者在这仅二十二字的短歌中，唱出了吊古伤今、人生短暂的慨叹以及生不逢时、英雄无路的悲哀，并将前无古人后无来者的孤独感扩展到苍茫的时空之中，“言在耳目之内，情寄八荒之表”（钟嵘《诗品》卷上），引起了古往今来诸多怀才不遇之士的共鸣。清黄周星称其“真可泣鬼”（黄周星《唐诗快》卷二），确为公允。

陈子昂诗歌中还有一些指斥时政、抨击世风的篇章。如《感遇》其十九写“奈何穷金玉，雕刻以为尊”，即是对武则天佞佛的讥刺、指责；《感遇》其十八写“逶迤势已久，骨鲠道斯穷。岂无感激者？时俗颓此风”，谴责世人争名夺利、狗苟蝇营的丑行，叹息世间骨鲠之风久颓。

虽然陈子昂的理论主张与诗歌创作都存在过分强调务实而导致才韵未足、质过于文的古拙之处，但他确实对齐梁以来诗歌的绮艳柔靡之风给予了有力的扫荡，为唐代诗歌的健康发展指明了方向。正如张颐在《陈伯玉文集序》中所说：“首唱平淡清雅之音，袭骚雅之风，力排雕镂凡近之气，其学博，其才高，其音节冲和，其辞旨幽远，超轶前古，尽扫六朝弊习。譬犹砥柱立于万顷颓波之中，阳气勃起于重泉积阴之下，旧习为之一变，万汇为之改观。”

104. 张若虚《春江花月夜》何以能“孤篇横绝，竟为大家”？

答：张若虚是初、盛唐之交的诗人，生卒年以及字、号均不详，新旧《唐书》亦均无传。据《旧唐书·贺知章传》可知他是扬州人，曾任兖州（今属山东省）兵曹，中宗神龙年间，以文词俊秀驰名于京都，玄宗开元初年，与贺知章、张旭、包融齐名，并称为“吴中四士”。其诗作仅存两首，见于《全唐诗》，一首是五律《代答闺梦还》：“关塞年华早，楼台别望违。试衫著暖气，开镜觅春晖。燕入窥罗幕，蜂来上画衣。情催桃李艳，心寄管弦飞。妆洗朝相待，风花暝不归。梦魂何处入，寂寂掩重扉。”抒写了闺中少妇思春念远之情，全诗艳丽工整，平仄协调，尚未脱尽齐梁诗风的脂粉气息。另一首则是奠定张若虚在唐诗史上地位的《春江花月夜》。

《春江花月夜》本是吴地民歌，是古乐府《清商曲·吴声歌》的旧题，后成为宫体诗的主要诗题之一。据郭茂倩《乐府诗集》卷四十七引《晋书·乐志》所载：“《春江花月夜》《玉树后庭花》《堂堂》并陈后主所作。后主常与宫中女学士及朝臣相和为诗，太常令何胥又善于文咏，采其尤艳丽者，以为此曲。”陈后主君臣原作今已不存。《乐府诗集》收录《春江花月夜》共七首：隋炀帝二首，隋诸葛颖一首，唐张子容二首，张若虚一首，温庭筠一首。受吴声曲诗题及曲调的限制，前五首皆是写景兼写艳情的宫体诗，篇幅上也皆是五言短章。而张若虚却跳出前人窠臼，改五言为七言，变短章为长篇歌行，赋予了《春江花月夜》全新的内容，“将春江花月夜五字炼成一片奇光”（钟惺、谭元春《唐诗归》），将诗情画意与人生哲理融为一体，创造出了玲珑透彻的浑融诗境。

全诗紧扣春、江、花、月、夜的背景，又以“月”为中心写景抒情，“浅浅说去，节节相生”（钟惺、谭元春《唐诗归》）。诗人从月夜春江之美写起：“春江潮水连海平，海上明月共潮生。滟滟随波千万里，何处春江无月明？”起笔便勾勒出一幅江潮连海、月共潮生的壮阔景象。月华流照，春江浸于月色之中，烟波浩渺，纯净清澈，让人不禁赞叹大自然的神奇美妙。“江流宛转绕芳甸，月照花林皆似霰。空里流霜不觉飞，汀上白沙看不见”，诗人以细腻的笔触营造了一个幽美恬静、似幻似真的春江花月夜景：春水方盛，春花初生，江天月色，一片澄静。世间万物在月华的笼罩下蒙上了一层空明而迷幻的面纱，大千世界似乎只有皎洁月光的存在。于是诗人将笔触凝聚于“月”,“皎皎空中孤月轮”引发了诗人的遐思冥想，由时空的无限联想到了生命的无限，不禁发问：“江畔何人初见月？江月何年初照人?”“人生代代无穷已，江月年年只相似”,人生转瞬即逝，但江月绵延久存，这种幻灭感让诗人陷入了感伤，发出了落寞忧愁的慨叹：“不知江月待何人，但见长江送流水。”江月有待，流水无情。诗人由“江月”之待联想到了思妇之待，故诗的下半篇转而叙写游子思妇的离愁别绪。思妇、游子天各一方，作者却将他们同置于月夜之中。“愿逐月华流照君”道出了思妇痴情的想念，“不知乘月几人归”说出了游子凄苦的思归之情。离愁浸入茫茫渺渺的月色，愈发幽邃邈远；月华沾染人世间的别情，优美更含忧伤。

诗人写春江花月夜之景，清丽明净；写闺阁游子之念，纯真深沉；写人生真谛、宇宙奥秘之思，深微邈远。全诗“顺手积去，宛尔成章”（明王夫之《唐诗评选》卷一），“情文相生，各各呈艳”（清王尧衢《唐诗合解》卷三），字字“有情，有想，有故”（明钟惺、谭元春《唐诗归》），“句句翻新，千条一缕”（王夫之《唐诗评选》卷一），故而能“动古今人心脾”（王夫之《唐诗评选》卷一）。现代诗人兼诗论家闻一多高度评价了它所表现的敻绝、寂寥、宁静、神奇的境界，称其为“诗中的诗，顶峰上的顶峰”（《宫体诗的自赎》）。

张若虚《春江花月夜》将真切的生命体验融入了美的形象之中，浓烈的诗情、隽雅的美景与深微的哲理巧妙结合，营造了空明纯美、玲珑透彻的诗境。而这种意境及表现艺术对于后世的诗歌创作也产生了深远的影响，李白《把酒问月》中“今人不见古时月，今月曾经照古人。古人今人若流水，共看明月皆如此”,在体现永恒观念方面，明显受此启发。因此王闿运称之为“孤篇横绝，竟为大家”（《论唐诗诸家源流》,《王志》卷二）也是情理之中了。

105. 盛唐山水田园诗派有何创作成就？

答：盛唐时期，经济繁荣，国力日昌，涌现出大批禀受山川英灵之气且天赋极高的诗人，诗歌创作达到高峰。随着内容题材的开拓，出现了不同的诗派，山水田园诗派正是这一时期代表性诗派之一。盛唐山水田园诗派以王维、孟浩然为代表，还包括裴迪、常建、储光羲、张子容等人。山水田园诗人有诸多相似之处。他们大多有长期隐居的经历，但又心怀壮志，不甘心隐居，因此在他们的诗歌中常体现出矛盾的思想。他们的诗歌多描绘自然山水和田园风光，表现返璞归真、怡情养性的情趣，抒写隐逸生活的闲情逸致。他们彼此交往颇深，常互相唱和，诗歌风格也颇为接近，清新自然，闲适淡远，写景状物工致传神。正如胡应麟《诗薮》所言："本曲江之清淡，而益以风神者也。"具体来讲，盛唐山水田园诗派的创作成就主要有三：

一、从内容题材方面来看，盛唐山水田园诗派的作品中，山水和田园结合更加紧密，隐居田园的情趣与欣赏山水的乐趣相互融合，极大地丰富了诗歌的意境。

我国的山水田园诗源远流长。早在《诗经》《楚辞》中就有对田园生活片段场景以及山川草木的零星描绘，但其内涵与后世山水田园诗的旨趣大不相同。魏晋时期，完整的山水田园诗正式出现，但二者平行发展，结合并不紧密。陶渊明是中国第一位伟大的田园诗人，他将田园生活上升为审美体验，写下了一系列田园诗，其中虽有不少写景名句，但多为摹写田园生活服务，从中透露出了浓浓的归隐之情。南北朝时期山水诗勃兴，文人士大夫以隐逸为清高，雅好山水；加之受玄学影响，文人认为"山水以形媚道"，描写山水成为时尚。谢灵运代表了晋宋之交山水诗的最高成就，但他的作品以描摹山姿水态为主，于乡村田园无涉。齐梁以后，宫体诗日盛，山水诗和田园诗都未得到长足发展。

初唐诗人王绩承续陶渊明田园诗的传统，在侧重铺写田园琐事、生活细节的同时，将描写范围开拓至林泉之美、山川之秀，"使南北朝分道而行的山水诗和田园诗出现了合流的端倪"。①其后田园诗沉寂，山水诗大批涌现。张说、张九龄等人作品数量颇为可观，并逐

① 葛晓音．山水田园诗派研究［M］．沈阳：辽宁大学出版社，1993：101.

渐显露出风骨与词采相结合的风貌，在继承汉魏风力这一点上与陶渊明的田园诗日益趋同。①

唐开元、天宝年间，优游林下、休沐田居的半官半隐生活在文人士大夫群体中流行，因待时选官而暂得赋闲以及希望走终南捷径的士人也纷纷走向了田野山间。山水游赏与林野清修开阔了士人们的视野，陶冶了他们的情趣，提高了其山水审美趣味；同时山水作为创作题材出现在他们的作品中，促进了山水田园诗的发展。盛唐诗人孟浩然兼擅山水诗和田园诗，他的田园诗不过寥寥数首，其中描绘山水景物的成分却大大增加了。而在王维笔下，田园生活和自然山水更多也更加紧密地交融渗透，构成了浑然一体的艺术境界。

二、从诗歌表现艺术方面来看，盛唐山水田园诗融合了陶、谢之所长而又有所发展，保留了陶渊明的纯朴而更趋优美，摒弃了谢灵运等人的艰涩玄虚而更趋于清新。

陶渊明的田园诗以抒写热爱丘山田园的天性以及感悟自然的意趣为主，因而能将意中之景和实有之景融为胸中一片天趣，创造出浑融完整的意境。② 但陶渊明田园诗的主观感情比较强烈，对自然的态度是感受而非观赏，因此对于景物的描绘也是“求神似而不求形似，重意象而不重表象，尚浑成而不尚工细”。③而谢灵运的山水诗以客观表现自然美为主，模山范水工笔细琢，写情造境密实繁富，但言语艰涩玄虚，过分藻饰雕琢，情景不融、意境不佳。

盛唐山水田园诗人继承并发展了陶、谢二人的诗歌表现艺术，既注意到了形神兼备、意表并重，又能融情入景、情景交融，为山水田园诗开拓了新的艺术境界。尤其是王维山水田园诗作，不仅全面继承和发展了前人的诗歌表现艺术，而且在表现多种自然美的基础上，创造出自己独有的清秀空静的典型意境，堪称山水田园诗派

① 葛晓音．山水田园诗派研究［M］．沈阳：辽宁大学出版社，1993：180.

② 葛晓音．山水田园诗派研究［M］．沈阳：辽宁大学出版社，1993：79.

③ 刘德重．盛唐山水田园诗派的形成及其在文学史上的地位［J］．安徽大学学报：哲学社会科学版，1980（3）．

发展到最完美阶段的标志。[1] 他的诗歌，巧妙地处理了有与无、远与近、象与韵、有余与不尽的艺术关系，达到了无胜于有、以近示远、借象写神的高度，将中国传统诗学的余韵之美推向极致。例如他的小诗《鸟鸣涧》："人闲桂花落，夜静春山空。月出惊山鸟，时鸣春涧中。"看似写空山花落、月夜鸟鸣之景，然一"闲"一"静"又透露出作者闲适恬然的心境，情景交融，浑然天成。又如《山居秋暝》："空山新雨后，天气晚来秋。明月松间照，清泉石上流。竹喧归浣女，莲动下渔舟。随意春芳歇，王孙自可留。"以简洁的笔墨勾勒出一幅清新明爽、洁净纯美的山村秋夜图，诗情画意交相融合，宛若人间的桃花源。

三、盛唐山水田园诗派中，王维和孟浩然享誉诗坛，分别有"当代诗匠"（崔兴宗《酬王维诗序》）和"天下称其尽美矣"（王士源《孟浩然集序》）之美称。王维善于勾勒宁静之美、营造空明之境，"诗中有画"（苏轼《东坡题跋·书摩诘蓝田烟雨图》），兴象玲珑；孟浩然的山水田园诗更贴近生活，淳朴自然，清淡明秀，更有"豪华落尽见真淳"之气质。他们的诗歌创作实践对中国古典诗歌理论的影响很大。唐代殷璠《河岳英灵集》标举"兴象""雅调"，显然总结了王维诗歌写景抒情和创造意境的艺术经验。后来的皎然、刘禹锡、司空图、苏轼、严羽、王士祯、袁枚、王夫之直到王国维等人提出的一系列诗歌美学理论，诸如"象外之象""味外之旨""诗中有画""兴趣""妙悟""神韵""情景说""境界说"等，主要就是对王、孟及其继承者的诗歌创作艺术成就的概括和总结。王维诗境中的禅意，更直接启示了皎然、苏轼、严羽、王士祯等人的以禅喻诗、评诗的理论。[2]

106. 山水田园诗作的神韵是什么？

答：一、山水田园诗作的神韵首先体现为余韵。王、孟等人山

---

① 葛晓音. 山水田园诗派研究［M］. 沈阳：辽宁大学出版社，1993：242－252.

② 乔象钟，陈铁民. 唐代文学史［M］. 北京：人民文学出版社，1995：328.

水田园诗作含有不尽的余韵，“其五言绝，意趣幽玄，妙在文字之外”（明许学夷《诗源辩体》），“味淡声希，言近旨远”（清钱良择《唐音审体》），“神味绵邈，为诗之极则”（《唐诗观澜集》）。王维的诗歌是自然的，自然才可能耐人回味，余韵不绝，他“每从不着力处得之”（清沈德潜《唐诗别裁》），“专以自然兴象为佳，而有真气贯注其间”，所以成为大家。

二、山水田园诗作的神韵其次体现为远韵。王、孟等人山水田园诗作善写云端外的风景和隔山传来的远韵，“唯有白云外，疏钟闻夜猿”（王维《酬虞部苏员外过蓝田别业不见留之作》）；“君问终南山，心知白云外”（王维《答裴迪辋口遇雨忆终南山之作》）。王士祯谓此诗“隐寓佛家‘此心常净明圆觉’意”（《唐贤三昧集笺注》）。王维的诗歌有时写层层反射的光影，有时写声音的回响，有时将笔势推向远方。如《使至塞上》云“萧关逢候骑，都护在燕然”，李于鳞评为“神韵有余”（《唐诗直解》）。这类作品“不涉色相”，“色籁俱清，读之肺腑若洗”（《唐诗笺注》）。

三、山水田园诗作的神韵还体现为一种深韵。王、孟等人山水田园诗作喜写幽深僻远的意象，如“深山”“远寺”。《过香积寺》云：“古木无人径，深山何处钟？”王维喜欢写“入”写“归”：“不知香积寺，数里入云峰”（王维《过香积寺》）；“君问穷通理，渔歌入浦深”（王维《酬张少府》）；“悠然远山暮，独向白云归”（王维《归辋川作》）。王维也喜写“飞鸟还”：“岸火孤舟宿，渔家夕鸟还。”（王维《登河北城楼作》）无论“归去”还是飞鸟还巢都隐喻淡出尘世，归隐山林。王维和陶渊明不同：陶渊明终得归去来，所以喜欢写目前景象；王维至死不能尽脱红尘的牵绊，他一直走在归隐的路上，所以“离去”的引力贯穿始终。

107. 王维诗歌有何艺术特征？

答：王维（701—761）是盛唐时期诗、书、画、乐无不精湛的大艺术家，经历了开元盛世和“安史之乱”，还曾入河西节度使崔希逸幕府，有边塞生活的经历。王维虽然被奉为山水田园诗派的代表

王维像　刘凌沧

诗人之一，但却以边塞生活体验而写出许多上乘的边塞诗。因其主要生活在盛唐时期，所以他的诗典型反映了盛唐之音。

一、王维的创作思想。王维诗、书、画、乐兼精，不同形式的艺术经验常能相互打通，画有诗情，诗有画意；王维深受佛教思想濡染，他将佛教思想艺术化后再有机地融入创作中，他是将禅宗和诗歌完美结合起来的典范，诗有禅意、禅趣，而不丧失诗歌的美学品格，“胸中滓秽净尽，而境与趣合，故其诗妙至此耳”（许学夷《诗源辩体》）；王维“出则陪岐、薛诸王及贵主游，归则餍饫山林”，[①]所以他的诗歌兼有富贵气象和山林意趣。

二、王维诗歌的艺术特征。

（一）韵味深长。王维的诗歌非常好地处理了有与无、远与近、

① 陈伯海．唐诗汇评［M］．杭州：浙江教育出版社，1995：277.

象与韵、有余与不尽的艺术关系，达到了无胜于有、以近示远、借象写神的高度，将中国传统诗学的余韵之美推向极致。《鹿柴》云："空山不见人，但闻人语响。返景入深林，复照青苔上。"完全是画家对光与影的透视，"无言而有画意"，"不言处反胜有"，[1]淡而能浓，近而能远，写出了幽静中的喧闹。清李瑛云："人语响，是有声；返景照，是有色也。写空山不从无声无色处写，偏从有声有色处写，而愈见其空。"可谓"不言之蕴，得于意外"（《诗法易简录》），"映带蕴藉，妙在言外"（钟惺、谭元春《唐诗归》）。

王维的诗歌具有深厚的底蕴，充盈着盛世的浑厚元气。诗歌是有生命的有机体，有气则活泼，无气则枯死；气足则健旺，气弱则乏力。王维的诗歌气韵浑圆，"灏气内充"（《唐诗观澜集》），"兴象超远，浑然元气"（方东树《昭昧詹言》）。因其底气实，故其余味足。王维的《渭川田家》等诗歌，展现了诗人内心深处的安宁和平实。生逢盛世，信念恒定，心中寡忧，内心踏实，故其诗"格老而味长"，"词不迫切，而味甚长"（张戒《岁寒堂诗话》）。王维隐居山间，不是遁逃，而是对山林静幽之美的不舍。因此写寒山幽谷却反而充满了温暖，与隐者了无生意截然不同："旧简拂尘看，鸣琴候月弹。桃源迷汉姓，松树有秦官。空谷归人少，青山背日寒。羡君栖隐处，遥望白云端。"（《酬比部杨员外暮宿琴台朝跻书阁率尔见赠之作》）

王维诗歌的韵味还表现在情思绵厚，绵绵不绝。"劝君更尽一杯酒，西出阳关无故人"，"意味悠长"（周珽《唐诗选脉会通评林》引谢枋得语），"千载如新"（胡应麟《诗薮》）。

（二）素净淡雅。王维诗歌"素净淡雅"的风格贯穿全部。王维"一切才情学问洗涤殆尽，造洁净精微之地"（徐增《而庵说唐诗》）。"摩诘以淳古澹泊之音，写山林闲适之趣"（明王鏊《震泽长语》），"'寒山转苍翠'等篇，幽闲古淡，储、孟同声者也"（胡应麟《诗薮》）。王维诗歌素净淡雅，其《青溪》云："我心素已闲，

---

① 陈伯海．唐诗汇评［M］．杭州：浙江教育出版社，1995：340.

清川澹如此”，王士祯以为“诗亦太澹”（《唐贤三昧集笺注》）。王维的诗歌将人世的一切不洁、烦扰、冲突都过滤干净。如《齐州送祖三》云：“天寒远山尽，日暮长河急。”可谓“由绚烂之极而归于平淡”（方回《瀛奎律髓汇评》引纪昀评语）。

王维也经历了人生种种感情，他说“一生几许伤心事”（《叹白发》）。但这些在他的诗中都作了淡化处理，所写感情都是淡淡的，浓度、烈度、情感变化幅度均很小，如“相逢方一笑，相送还长泣”。恰与“不平则鸣”主张相反，王维“写情冲淡”（《唐贤三昧集笺注》），不作惊人语，诗中泯去情感的波澜，没有欲望的冲动，不写强烈的冲突，避开人世的争斗，一切如微风涟漪，既无杜甫的沉郁顿挫，也无李白的奔放飘逸；即使写大悲大苦，也要用大化无形的哲理开解抚平，《哭殷遥》“特沉痛”（王闿运《湘绮楼论唐诗》），但却用“人生能几何？毕竟归无形”的话语化解，只留下淡淡的余哀。历来士子抒写怀才不遇的穷愁“辄多怨尤”（周珽《唐诗选脉会通评林》），充满了愤激不平，唯独王维“作浅着色”（陆时雍《唐诗镜》），《不遇咏》云：“北阙献书寝不报，南山种田时不登。百人会中身不预，五侯门前心不能。”① 清代黄生说王维饱谙宦情，却将“世路险巇，人情翻覆之感”置于言外，“俱未曾说出”（《唐诗矩》）。王维诗作有一种深情过滤后的余意，黄生所谓“语淡而意实深至”（《唐诗矩》），《唐诗笺要》所谓“不作深语，声情沁骨”。相较几位大诗人，李白选择情感最高潮、最低谷的部分形成天风海雨般的波澜；杜甫选择沉痛迫烈的情感形成郁勃的内在劲力；王维选择情感高潮逝去后的余绪，形成语淡情深的氤氲。黄生曾评价王维说“含蓄深至，怨而不怒”（《唐诗矩》），和陈子昂的“慷慨直陈”有别。唐汝询谓王维得“汉魏和缓气”（《汇编唐诗十集》）。

王维诗中的色彩是素净的，他喜用“青”“白”这样的浅色，而且设色多为同一色系，对比度较弱。《送邢桂州》云：“日落江湖

---

① 陈伯海．唐诗汇评［M］．杭州：浙江教育出版社，1995：297.

白，潮来天地青。”《汉江临泛》：“江流天地外，山色有无中。”《辋川闲居》云：“青菰临水拔，白鸟向山翻。”《白石滩》云：“清浅白石滩，绿蒲向堪把。家住水东西，浣纱明月下。”即使写到对比色调鲜丽的，也是底色素白，对比简约，毫不纷繁，如“荆溪白石出，天寒红叶稀”（《阙题二首》其一）。

王维诗歌所写动作和缓，尤善捕捉动作中一瞬间的静默，“野老念牧童，倚杖候荆扉”，“田夫荷锄至，相见语依依”（《渭川田家》），“田父草际归，村童雨中牧”（《宿郑州》）；“兴阑啼鸟缓，坐久落花多”（《从岐王过杨氏别业应教》）；“倚杖柴门外，临风听暮蝉”（《辋川闲居赠裴秀才迪》）。

王维素净淡雅的背后体现的是泯去冲突、尽显平和，展示出平衡美学的特征。

108. 王维诗歌是如何体现“诗中有画”的?

答：“诗中有画”是王维山水田园诗的一个鲜明的艺术特色。早在唐天宝年间，殷璠就曾言：“维诗词秀调雅，意新理惬，在泉成珠，着壁成绘。”（《河岳英灵集》）北宋文豪苏轼在《书摩诘蓝田烟雨图》中更是明确指出：“味摩诘之诗，诗中有画；观摩诘之画，画中有诗。”所谓的“诗中有画”，即是说王维的诗歌以语言为表现媒介却能突破其局限性，最大限度地发挥语言的启示作用，在读者的脑海中唤起对于光、色、态的丰富联想，以生动鲜明的形象唤起读者的视觉感受，组成一幅幅宛然在目的生动图画。[①] 王维作为唐代著名的山水画家，独创破墨山水，被后人推崇为“文人画”的始祖。他的画作注重意境的创造，颇有余味；而他的诗作创作吸收了绘画技巧，具有很浓的画意，达到了很高的艺术境界。具体来说，王维诗歌“诗中有画”体现在以下三方面：

一、王维将绘画艺术中色彩、线条、构图等表现形式融汇入诗，使诗歌具有了鲜明的色彩美、线条美、构图美，有很强的空间感和

① 乔象钟、陈铁民．唐代文学史［M］．北京：人民文学出版社，1995：313.

立体感。

(一) 色彩的使用。王维善于将各种色彩和谐搭配,使之彼此辉映。如《送邢桂州》"日落江湖白,潮来天地青",上句写落日余光铺满江面反射白亮,下句写潮水袭来江天一色满目皆青。诗人仅用白、青二色,便勾勒出壮阔苍茫的意境。又如《积雨辋川庄作》"漠漠水田飞白鹭,阴阴夏木啭黄鹂",广阔的水田和幽深的夏木构成了明暗对比,欲飞的白鹭和宛转的黄鹂形成了色彩对照。画面有明有暗,和谐完整。

(二) 色彩的动静与冷暖。王维还能够巧妙地表现出色彩的动静感和冷暖感。如《书事》:"轻阴阁小雨,深院昼慵开。坐看苍苔色,欲上人衣来。"雨后苍苔愈发青绿可爱,在诗人眼中,绿色蔓延袭人衣襟,似有生命一般。再如《过香积寺》"泉声咽危石,日色冷青松",泉声呜咽,青松冷翠,而原本温暖的日色也着上了几分寒意。

(三) 绚色与淡色。王维的诗中既有色彩绚烂的画境,也有水墨渲染的画境。例如《山中》:"荆溪白石出,天寒红叶稀。山路元无雨,空翠湿人衣。"诗人以一片空蒙的山岚翠色为背景,又点染了清溪、白石、红叶,各种色彩相互映衬,色彩鲜丽,宛若画境。再如《汉江临泛》"江流天地外,山色有无中",浩瀚的江水远赴天际,渺茫的云雾若有若无,似一幅淡雅的水墨山水画。

二、王维吸收绘画线条勾勒的技法入诗,并将绘画中"经营位置"之法运用于诗,将空间并列的各种景物按照远近、高低、大小加以巧妙地布置,组成了一个和谐的整体。如《使至塞上》"大漠孤烟直,长河落日圆",大漠、孤烟、长河、落日,不同的线条排列组合,勾画出雄浑、壮阔的塞上风光。又如《送梓州李使君》:"万壑树参天,千山响杜鹃。山中一夜雨,树杪百重泉。"诗人将高远处的"百重泉"和低近处的"树杪"重叠组合在一个平面的画幅上,从而显示出景物的远近层次,成功地表现了巴山的雄峻深秀。再如《终南山》:"太乙近天都,连山到海隅。白云回望合,青霭入看无。分野中峰变,阴晴众壑殊。欲投人处宿,隔水问樵夫。"诗人创造性地综合运用中国山水画独特的移动视点透视法，从仰观、俯瞰、回望、入看等不同的视角，分别描绘终南山山峰的高峻、山势的绵延、山域的阔大深远，以及山间岚霭变幻的景象。

三、王维善融画法入诗，但又不使诗歌局限在绘画仅能表现视觉意象的范围里。他充分地发挥诗歌作为语言艺术可以自由灵活地驰骋想象、突破时空限制、表现各种复杂微妙的情趣和气氛的特长。仅从意象的创造来说，他不仅以视觉，而且也以听觉、触觉、嗅觉、幻觉、错觉来感受并表现自然景物。他有时还巧妙地将不同的感觉相互交错、沟通起来，创造出新奇的意象。例如《青溪》中的“声喧乱石中，色静深松里”,便是将视觉和听觉打通，以静的听觉感受表现对松色的视觉印象。这种“通感”表现手法的运用，有助于更

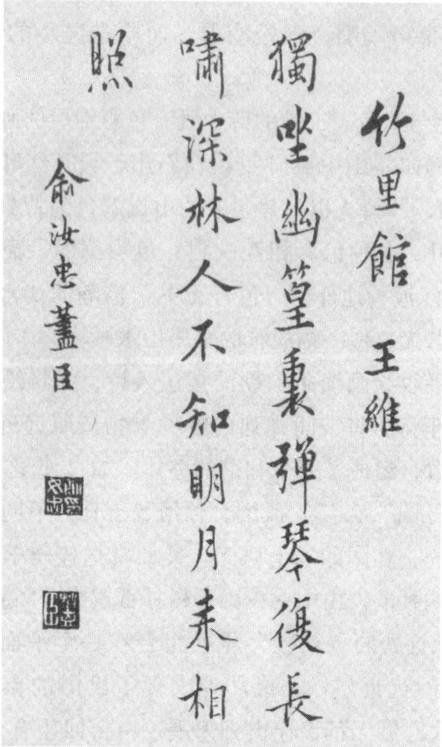

王维《竹里馆》　俞汝忠书

好地表达出诗人对自然景物的独特、深刻感受。①

109. 禅宗对王维山水诗的影响是什么?

答：一、禅宗的“空观”涵育了王维空灵虚静的艺术风格。王维《鸟鸣涧》云“夜静春山空”,“空山无人，水流花开”,本是应机。取象造境，空明玲珑，“名言两忘，色相俱泯”（胡应麟《诗薮》）。王维将禅宗思想渗透进诗歌创作中，“读之使人身世两忘，万念皆寂”（胡应麟《诗薮》），“离象入神，批情著性”（陆时雍《诗镜总论》），“造诣实深，兴趣实远”（许学夷《诗源辩体》），“意趣幽闲，妙在文字之外”（许学夷《诗源辩体》）。因其通于禅理，“故语无背触，甜彻中边”,如空外音，水中影，“使人索之于即离之间，骤欲去之而不可得，盖空诸所有而独契其宗”（《唐宋诗举要》），形成兴象玲珑、空明静秀的意境。

二、禅宗的顿悟孕生了王维诗中变灭不恒的艺术哲理。王维“蝉蜕尘埃之外，浮游万物之表”（魏庆之《诗人玉屑》），将生活艺术化，对美的欣赏不功利，不炫耀，随心而行。会心妙悟，“兴来每独往，胜事空自知。行到水穷处，坐看云起时”（《终南别业》），“水穷处”貌似陷入无路可去的困境，但世界从另一个角度却豁然打开，“生”与“灭”处在不断的变化中。王维突破了宗教的限制，将生活的哲理写进诗歌；而且这种哲理是诗人从生活现象中发现的，“理”紧紧依存于“象”，不作空洞的宗教解说，始终在用诗歌的形象语言进行表达。王维对生活的理解，所得出的感悟，非常干净，没有杂质，方回所谓“皆熔铸之至，渣滓俱融，涵养之熟，矜燥尽化，而后天机所到，自在流出，非可以摹拟而得者”（方回《瀛奎律髓汇评》）。

王维的诗歌善写瞬间机变的顿悟。“行到水穷处，坐看云起时”（《终南别业》），以俗眼观之，水穷山尽处豁然洞开，别现一番天

① 乔象钟，陈铁民．唐代文学史［M］．北京：人民文学出版社，1995：313-315.

地；但从佛教的角度来看，“是身如浮云，须臾变灭”，[1]“知诸法，如幻象”。[2] 他写山中瞬间的变化：“白云回望合，青霭入看无。分野中峰变，阴晴众壑殊。”（《终南山》） “雨中山果落，灯下草虫鸣。”（《秋夜独坐》）鸢飞鱼跃，风起云生，都只是幻象，因此“白发难为变，黄金不可成”。全首所谓只注“唯有学无生”一句。[3]“靡靡绿萍合，垂杨扫复开”（《萍池》），“穷”与“起”对立互变，“回望合”与“入看无”相向互变，“开”与“合”对立互变，“翕张乎瞬间，回首已变灭。”

王维写机变是在回首间发生，他的诗歌由此常形成“圜型”意脉。“湖上一回首，青山卷白云”（《欹湖》），《观猎》云：“忽过新丰市，还归细柳营。”“忽过”与“还归”形成闭合；“回看射雕处，千里暮云平”又形成闭合。潘耒《唐诗选评》谓王维诗歌“在圜中自显”。

王维甚少深入涉及人事，而是将焦点聚集在山水自然上，他自己曾说：“杜门不复出，久与世情疏。”（《送孟六归襄阳》）他以沉浸山光水态中为审美享受：“醉歌田舍酒，笑读古人书。”（《送孟六归襄阳》）王维多写天人相通，而少写人与人的交通。天地自然是他的知音，“松风吹解带，山月照弹琴”（《酬张少府》）。山水与他无名利之争，可以倾心相交。

三、禅宗的“动静不二”培育了王维诗歌跃动的生机。禅宗“动静不二”的思想，培育了王维“是非双遣”“静动互参”的思维。历来隐逸诗歌缺乏生气，枯死寂灭。王维的诗歌与历代隐逸诗的最大区别是：他的诗中充满了对美与生命的欣喜、热爱，即使“自恋黄发暮”,也要“一倍惜年华”（《晚春与严少尹与诸公见过》）。他歌唱春天，《春中田园作》写到：“屋上春鸠鸣，村边杏花白。持斧伐远扬，荷锄觇泉脉。”素心难掩对春天的热爱：“烹葵邀上客，看竹到贫家。鹊乳先春草，莺啼过落花。”（《晚春与严少尹与诸公见过》）通观王维

---

① 赖永海．佛教十三经：维摩诘经［M］．北京：中华书局，第28页．
② 赖永海．佛教十三经：维摩诘经［M］．北京：中华书局，第39页．
③ 陈伯海．唐诗汇评［M］．杭州：浙江教育出版社，1995：322.

全集，他写花发远多于花落，如《相思》云："红豆生南国，春来发几枝?"写秋天也是空明静美，毫无衰飒之感："寒山转苍翠，秋水日潺湲"（《辋川闲居赠裴秀才迪》），"明月松间照，清泉石上流"（《山居秋暝》），"端居不出户，满目望秋山。落日鸟边下，秋原人外闲"（《登裴秀才迪小台》）。甚至秋天里透出春天般的别样之美，如《山居秋暝》云"空山新雨后，天气晚来秋"，秋天竟然如同春天一样，蕴含着无限生机。"嫩竹含新粉，红莲落故衣"（《山居即事》），显现出蓬勃生机。《春园即事》："开畦分白水，间柳发红桃。"他对山林之美达到了痴迷的程度，以致南宋魏庆之说他有"泉石膏肓之疾"（魏庆之《诗人玉屑》）。曲尽山水万态，无不蕴含生气。《书事》云："坐看苍苔色，欲上人衣来。"《阙题二首》其一："山路元无雨，空翠湿人衣。"

王维诗歌有时还写生机迸发、万物攒涌的一瞬："山中一夜雨，树杪百重泉。"（《送梓州李使君》）"野花丛发好，谷鸟一声幽。"（《过感化寺昙兴上人山院》）"晴江一女浣，朝日万鸡鸣。"（《晓行巴峡》）

王维的诗歌元气充盈。《唐宋诗举要》谓王维诗自然流转而能"气象阔大"，其边塞诗"壮怀磊落"（《送平澹然判官》）。王士祯评其《送平澹然判官》"神旺"（《唐贤三昧集笺注》）。《送刘司直赴安西》写得元气浑然："绝域阳关道，胡沙与塞尘。三春时有雁，万里少人行。苜蓿随天马，葡萄逐汉臣。当令外国惧，不敢觅和亲。"

110. 诗歌如何做到"有禅味"而避免"作禅语"?

答：钱锺书曾提出"有禅味"而非"作禅语"的观点，对理趣和禅意的艺术表达有着恰切阐发："一味说理，则于兴观群怨之旨，背道而驰"，"乃不泛说理，而以状物态以明理，不空言道，而写器用之载道。拈此形而下者，以明形而上者"，"举万殊之一殊，以见一贯之无不贯"①。宗教强调宗教情感的体验，禅宗尤其如此："禅为梵语禅那之略，译曰思惟修。新译曰静虑。思惟修者思惟所对之境，而研习之义，静虑者心体寂静。能审虑之义。定者，为梵语三

① 钱锺书. 谈艺录［M］. 上海：三联书店，2001：226-228.

味之译，心定止一境而离散动之义。即一心考物为禅，一境静念为定也。”① 宗教心理和文学心理之间天然相通。禅宗强调顿悟成佛，即刹那间体认到真如佛性，修持者体验到奇妙愉悦的心理律动，心灵静谧安详而有生机勃勃之感。这种体验无法用语言精确描述，只能暗示和诱导，以心传心。清人赵殿成云：“右丞通于禅理，故语无背触，甜彻中边，空外之音也，水中之影也。”②

以王维为例进行分析，会发现王维诗歌处理“禅味”与“禅语”中的成功之处，具体表现有以下几个方面：

一、坚持审美导向。王维创作诗歌，始终坚持的是审美导向。例如，《山居秋暝》：“空山新雨后，天气晚来秋。明月松间照，清泉石上流。”这首诗歌写了很多事物，但不觉得塞满之感，反而表现出虚空的境界。这种“空灵”是诗人心灵之“空”投射的结果。王维的诗歌反映虚空的境界，不是从宗教出发，而是从生活现象出发，在生活现象中会通禅宗精神。王维一些作品还表达了万物自性的意蕴，“诸法各自有不变不改之性，是名自性”③。如“兴来每独往，胜事空自知”（《终南别业》），“深林人不知，明月来相照”（《竹里馆》），“涧户寂无人，纷纷开且落”（《辛夷坞》）。写到桃红柳绿也是自开自落，拂去一切功利目的：“桃红复含宿雨，柳绿更带朝烟。花落家童未扫，莺啼山客犹眠。”（《田家乐》七首其六）明周珽评曰：“眼前口头自多灵机。”（《唐诗选脉会通评林》）

二、坚持以意象为载体，维持诗歌品格。山水大家王维即成功地实践了这条法则，避免将诗歌写成类似玄言诗的概念化作品。他不是简单地将宗教义理转化为具象，如果那样最终只能是简单的印证佛理；王维是立足艺术思维，从生活的角度，自然悟到哲理，这种哲理和佛教思想相通。如《过香积寺》：“古木无人径，深山何处钟”，这里“钟声”意象首先是生活化的形象，出发点是现实生活；

① 丁福保．佛学大辞典［M］．北京：文物出版社，1984：1390.

② 陈伯海．唐诗汇评［M］．杭州：浙江教育出版社，1995：279.

③ 丁福保．佛学大辞典［M］．北京：文物出版社，1984：519.

其次才观照到宗教意义，禅宗有闻音开悟的思想，从而让艺术形象会通佛教义理，提升了诗歌的哲理意蕴。

三、坚持表达生机和活力。禅思类诗歌，往往带有枯寂乏力的弊端。王维的诗歌始终对美抱有热忱的挚爱，保持了旺盛的生机和活力。静中有动，动中有静，动静不二，静中蕴含着勃勃生机和鲜活的生命力，如“竹喧归浣女，莲动下渔舟”（《山居秋暝》）。再如《登辨觉寺》云：“竹径从初地，莲峰出化城。窗中三楚尽，林上九江平。软草承趺坐，长松响梵声。空居法云外，观世得无生。”这首诗从形象入手：诗人从窗中望去，三楚江山尽收眼底，字里行间，骨力隐现；九江与林表相接，光明而远阔，透示出一种“苍括”（明周珽《唐诗选脉会通评林》）之力；后几句写长松、梵声，折射出弥足的内在劲道。作为佛教题材之作，始终坚持审美导向，坚持了以诗心为主导，避免了枯燥的宗教说教。

111. 孟浩然何以能“新诗句句尽堪传”？

答：孟浩然（689—740）是山水田园诗派的代表诗人之一，曾应进士不第，一生基本在隐居和漫游中度过。孟浩然有意仕进而又性耽山水，他说：“我爱陶家趣，园林无俗情。”（《李氏园林卧疾》）

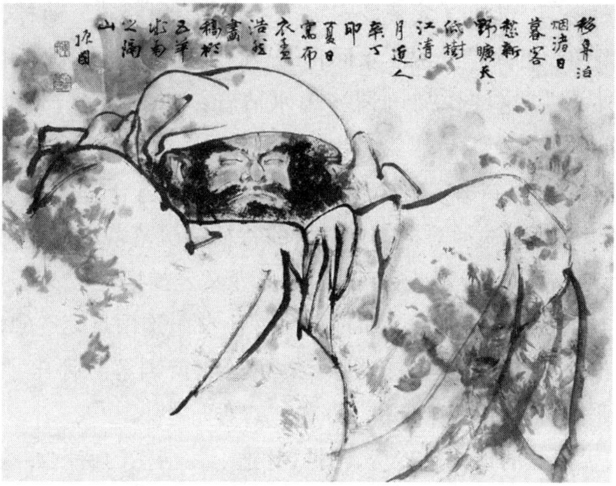

孟浩然像　陈振国

和王维相同，孟浩然虽然是山水田园诗派的代表诗人，但主要还是以山水题材为主。他的人生情怀基本是通过山水表达出来的，他和王维共同创造了中国经典的山水诗歌美学。

孟浩然的诗歌以创造整体的意境为胜，而不停留于字句的锤炼。许学夷《诗源辩体》将诗歌创作分为“语语琢磨”和“一气浑然”两类，其中后者指的是“兴趣所到”“浑然而就”。孟浩然的诗歌正符合这种特质。孟诗中的意象群、境象都有天然联系，形成一个水乳交融的系统；意脉是片状的，而非针形，片状的能写出整体意境，针形的往往有句无篇。

一、孟浩然的诗清新高妙，神韵悠然。明钟惺《唐诗归》认为孟浩然的诗歌佳处在“清”“真”二字。孟浩然“气象清远，心悰孤寂，故其出语洒落，洗脱凡近，读之浑然省净，真采自复内映”（《唐音癸签》），作诗“冲淡有趣味”（桂天祥《批点唐诗正声》），清亮的格调，“诵之有泉流石上、风来松下之音”（明陆时雍《唐诗镜》）。

如《秋宵月下有怀》：“秋空明月悬，光彩露沾湿。惊鹊栖未定，飞萤卷帘入。庭槐寒影疏，邻杵夜声急。佳期旷何许，望望空伫立。”再如《宿业师山房期丁大不至》：“夕阳度西岭，群壑倏已暝。松月生夜凉，风泉满清听。樵人归欲尽，烟鸟栖初定。之子期宿来，孤琴候萝径。”再如《武陵泛舟》云：“武陵川路狭，前棹入花林。莫测幽源里，仙家信几深。水回青嶂合，云度绿溪阴。坐听闲猿啸，弥清尘外心。”这些作品可谓“山水清音，悠然自远”（清沈德潜《唐诗别裁》）。

孟浩然山水诗作以写意为主，“绿树村边合，青山郭外斜”（《过故人庄》），遗形写神，将境象的特征疏疏落落地描摹出来。孟浩然的诗歌清新中带着苍秀。《题大禹寺义公禅房》：“义公习禅处，结构依空林。户外一峰秀，阶前群壑深。夕阳连雨足，空翠落庭阴。看取莲花净，应知不染心。”明李攀龙《唐诗训解》评曰“秀语可餐”,清张文逊《唐贤清雅集》评为“森秀”。

二、孟浩然的诗兴象玲珑，骨气壮逸。孟浩然的诗歌冲淡中有一种壮逸之气，折射出“盛唐之音”。这方面最有名的代表作是《望洞

《孟浩然诗意图》　方济众

庭湖赠张丞相》："八月湖水平，涵虚混太清。气蒸云梦泽，波撼岳阳城。"湖水动荡，水天相接，波涛声似欲摧撼岳阳城，显得混灏苍茫。这是盛唐气象在诗歌中的反映。他的哲理诗歌多以"气"胜，表现出壮阔的一面。这类作品立意阔大，气势雄壮。"仲尼既云殁，余亦浮于海"（《岁暮海上作》），显得"奇壮淡荡"；"卧闻海潮至，起视江月斜"（《宿永嘉江寄山阴崔少府国辅》）。

孟浩然也写愁绪，但总体格调明亮清朗，毫无晦暗之感。《夏日南亭怀辛大》中写了知音难觅、恩遇难求的苦恼："欲取鸣琴弹，恨无知音赏。"全诗清气辐射，"荷风送香气，竹露滴清响"，虽有一点愁绪，却被大片清亮的氛围所拂拭殆尽。《早寒江上有怀》云："乡泪客中尽，孤帆天际看"，写乡思不滞重，清轻缥缈，幽若蝉翼。《宿建德江》云："移舟泊烟渚，日暮客愁新。野旷天低树，江清月近人。"写到眼泪也似透明的："山暝闻猿愁，沧江急夜流。风鸣两岸叶，月照一孤舟。建德非吾土，维扬忆旧游。还将两行泪，遥寄海西头。”（《宿桐庐江寄广陵旧游》）诗写旅况寥落，“情深语挚”（《唐宋诗举要》），“清而不寒”（清沈德潜《唐诗别裁》）。

盛世给了诗人光明的人生预期，现实中孟浩然却终生未能入仕。虽然如此，孟浩然并没有陷入颓废，他的心灵就像潭水一样清旷，“灵襟萧旷，洒然孤行”（《历代诗发》）。人生失意给孟浩然的诗歌留下的只是一种淡淡的失意和清愁。他的诗中常见的意象多是明月、清风、泉石、山水、古寺，孟浩然自己也说“予意在山水”（《听郑五愔弹琴》），《汇编唐诗十集》云：“此老胸中有泉石”，陈继儒曰：“明月在天，清风徐引，一种高气，凌虚欲下。”（明周珽《唐诗选脉会通评林》）。

严羽认为孟浩然学力远远不如韩愈，而其诗“独出退之之上者，一味妙悟而已”（《沧浪诗话·诗辩》）。清贺裳也认为孟浩然的诗歌“神会兴到，随地化生，未可以智力求之”（清贺裳《载酒园诗话又编》）。

正因如此，杜甫才赞美孟浩然说“新诗句句尽堪传”。

当然，孟浩然诗歌的优点里也隐藏着不足。苏轼认为孟浩然“韵高而才短，如造内法酒手而无材料尔。”（宋陈师道《后山诗话》）。清叶燮判为知言（《原诗》）。

112. 盛世弃儿孟浩然的歌声中包含了哪些苦音？

答：孟浩然终身布衣，这在盛唐诗人群体中是极少见的，因此在他人眼中，孟浩然是隐逸诗人的典型，他的作品也是山水田园隐逸之诗。纵观《孟浩然集》不难发现，除了那些描写山水行旅和田园生活的作品，其中也不乏触及社会现实的诗篇，这些作品“冲淡中有壮美之气”（胡震亨《唐音癸签》引《吟谱》语），构成了孟浩然诗歌平淡自然风格外的慷慨苦音。具体来说有以下四类：

一、积极用世、报效君国的激昂之调。四十岁之前的孟浩然在家读书，并一度隐居鹿门，但此时作者入世之心未泯，多次在作品中抒发自己远大的政治抱负和忠君报国的雄心。他胸怀鸿鹄之志，所结交之人亦是“俱怀鸿鹄志，共有鹡鸰心”（《洗然弟竹亭》）。他希望能得到帝王赏识：“谁能为扬雄，一荐《甘泉赋》。”（《田园作》）也有一鸣惊人的自信豪情：“再飞鹏击水，一举鹤冲天。”（《岘山送萧员外之荆州》）他希冀报效君王、建立军功，“忠欲事明主，孝思侍老亲”（《仲夏归汉南园寄京邑旧游》），“正待功名遂，从君继两疏”（《送告八从军》）。又心怀天下，为民而忧，“我年已强仕，无禄尚忧农”（《田家元日》）。而《临洞庭湖赠张丞相》：“欲济无舟楫，端居耻圣明。坐观垂钓者，徒有羡鱼情。”更是表达了强烈的用时济世的愿望，颇具雄浑、壮逸之气，故《唐诗别裁》称：“读此诗知襄阳非甘于隐遁者。”

二、壮志难酬、怀才不遇的怨愤之音。孟浩然应举落第后，济世安民的壮志受挫，这使他在诗歌中流露出了对明君的失望以及怀才不遇的怨愤。例如《岁暮归南山》：“北阙休上书，南山归敝庐。不才明主弃，多病故人疏。”表达了对唐玄宗的不满。孟浩然的友人大部分是失意文人、落第举子、贬谪官员和贫寒隐士，他们有相似的遭遇和心境，因此在与这些友人赠别唱和时，他的诗中既表现出了对友人的同情和劝勉，如《都下送辛大之鄂》“未逢调鼎用，徒有济川心”，同时又抒发了自己怀才不遇的怨愤，倾诉了同病相怜的悲哀，如《送席大》“道路疲千里，乡园老一丘。知君命不偶，同病亦同忧”。

三、揭露时弊、指斥俗风的愤慨之声。孟浩然备受时人景仰却功名不就、布衣终身，这种身份使得他对当时的社会现实有了较为清醒的认识。他在诗中既对趋炎附势的世俗进行了愤怒的揭露和抨击，“世途皆自媚，流俗寡相知”（《晚春卧疾寄张八子容》），“岂直昏垫苦，亦为权势沉”（《秦中苦雨思归》）；也表明了自己不肯摧眉折腰事权贵的决心，“欲徇五斗禄，其如七不堪。早朝非晏起，束带异抽簪”（《京还赠张淮》）。

四、任侠重义、气侠情真的壮逸之歌。孟浩然青年时很有任侠风气，“喜振人患难”，“救患释纷，以立义表”（《新唐书》本传），因此在他的作品中，常有歌颂重诺的侠义精神的诗篇。例如《送朱大入秦》："游人五陵去，宝剑值千金。分手脱相赠，平生一片心。"又如《醉后赠马四》："四海重然诺，吾常闻白眉。秦城游侠客，相得半酣时。"热情地歌颂了游侠之士重诺重义的精神，也彰显了自身的豪侠性格，颇具"抑塞磊落之气"（俞陛云《诗境浅说》）。

从上述四类诗歌不难看出，孟浩然并非纯粹的"隐逸"诗人。他那些具有壮逸之气的慷慨苦音，与冲和淡逸的山水田园之作共同构成了他"文采丰茸，经纬绵密"（殷璠《河岳英灵集》）的尽美诗篇。①

113. "七绝圣手"王昌龄的七绝"绝"在哪里？

答：王昌龄（698？—756？），字少伯，京兆（今陕西省西安市）人。王昌龄早年居灞上，曾北游河陇边地，自称"出塞复入塞"（《塞下曲》）。开元十五年（727）进士及第，授秘书省校书郎，后改授汜水尉。因"不护细行，屡见贬斥"（《旧唐书》本传），开元二十七年（739）获罪谪岭南，北归后任江宁丞，后又被贬为龙标尉，故世称"王江宁""王龙标"。安史之乱时，被亳州刺史闾丘晓杀害。

王昌龄一生位沉下僚，在诗坛却声名远播，有"诗家夫子"之美誉。殷璠《河岳英灵集》举其为体现"风骨"之代表，誉其诗为"中兴高作"。其诗作现存不足二百篇，却质量颇高，其中以七言绝句尤佳，"音唱疏越"（《唐诗品》），"超凡入圣，俱神品也"（胡应麟《诗薮》）。论者常以李白的七绝与之并提，所谓"七绝当家，足称联璧"（王世贞《诗评》引焦竑语），"争胜毫厘，俱是神品"（胡震亨《唐音癸签》引王世贞语）。王夫之甚而推其为唐人七绝第一，称"七言绝句唯王江宁能无疵颣"（《姜斋诗话》）。此类评价并非过誉，因为无论从反映社会生活之广度来看，还是从艺术水平之高超、风

① 乔象钟、陈铁民．唐代文学史［M］．北京：人民文学出版社，1995：278.

格之独特而言，王昌龄的七绝作品均可称“绝”。

王昌龄的作品所涉题材范围较广，涵盖了边塞、闺情、送别等多个方面。又因其人“绪密而思清”（《新唐书》本传），观察问题较为敏锐，常带有透视历史的厚重感，故能广泛、深刻地反映当时的社会生活。具体来说，主要体现在以下三点：

一、王昌龄的边塞诗具有充实丰富的思想内容，深刻反映了时代，将古往今来的边陲战事看作一种历史现象，从多个角度审视、思考，提炼出具有普遍意义的内容，再通过艺术形象真切地表现出来，具有很高的艺术价值。

（一）热烈地赞扬了前线战士舍身许国的壮志豪情。如《从军行》其四：“青海长云暗雪山，孤城遥望玉门关。黄沙百战穿金甲，不破楼兰终不还。”边地凄寒，从军多苦，将士思归却未归，而是发出“不破楼兰终不还”的慷慨誓言，彰显了将士们安边报国的豪迈精神与积极昂扬的进取心。也有的抒写了捷报传来的喜悦自豪，如《从军行》其五：“前军夜战洮河北，已报生擒吐谷浑。”不写杀敌之激烈与征战之艰辛，只写生擒敌之大寇，“横逸之气，壮烈之志，合并而出”（周珽《唐诗选脉会通评林》）。

（二）敏锐捕捉到了戍边将士复杂的内心世界，抒发将士的思归之愁以及久战之倦。羌笛关山月、琵琶换新声，都冲不散征人戍士的离愁。在回荡着长风、笼罩着城嶂的月色中，边愁愈酿愈浓，家室之念、故土之思愈演愈烈。于是作者发出“表请回军掩尘骨，莫教兵士哭龙荒”（《从军行》其三）的呼声。王昌龄在诗歌中反复表达反战的思想，如“五道分兵去，孤军百战场”（《塞上曲》），“早知行路难，悔不理章句”（《从军行二首》其一）。

二、王昌龄描写女性生活的诗篇，具有鲜明的艺术特色。

（一）王昌龄笔下的采莲女、浣纱女皆形容艳丽，婉转多情，健康美好。如《采莲曲二首》其二：“荷叶罗裙一色裁，芙蓉向脸两边开。乱入池中看不见，闻歌始觉有人来。”以白描之笔写劳作的采莲女子，“艳极而有所止”（王夫之《姜斋诗话》），“纤媚如晚唐，但不俗”（《批点唐音》）。

（二）王昌龄的闺怨诗含蓄委婉，情思婉绵。例如《闺怨》：“闺中少妇不知愁，春日凝妆上翠楼。忽见陌头杨柳色，悔教夫婿觅封侯。”题为“闺怨”,却先写少妇“不知愁”,梳妆打扮，登楼远眺；继而笔锋陡转，忽而有悔，而正是一“悔”字，又将空闺少妇的苦闷与思念倾吐出来。这种写法真切自然，不落俗套。

（三）王昌龄还有一些写宫廷女子生活的诗篇，如《春宫曲》《西宫春怨》《长信秋词五首》等，反映了后宫嫔妃盛装枯坐、苦守深宫的寂寞、无奈甚至绝望。如《西宫春怨》：“西宫夜静百花香，欲卷珠帘春恨长。斜抱云和深见月，朦胧树色隐昭阳。”“君王不来故夜静，惟静故闻百花之香”（皎然《诗式》），“斜抱云和”欲自遣寂寞，却见朦胧树色隐映昭阳宫。诗句以他人承宠反衬己之失宠，含蓄婉曲，“不言怨而怨自深”（《唐贤三昧集笺注》）。

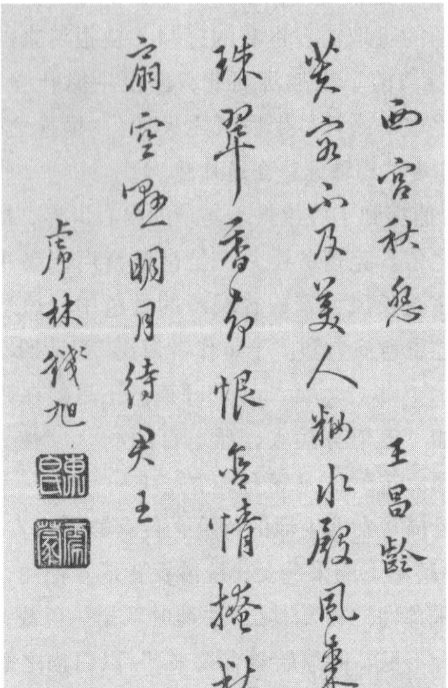

王昌龄《西宫秋怨》　虎林钱旭书

三、王昌龄的送别赠答之诗，多与生平际遇相连，故有真切感人之佳篇。其中最为人称道的是《芙蓉楼送辛渐》：“寒雨连江夜入吴，平明送客楚山孤。洛阳亲友如相问，一片冰心在玉壶。”诗人借赠别好友抒写心中志向，以“清如玉壶冰”自喻志行之高洁，意蕴含蓄而风调清刚。又如《送魏二》“忆君遥在潇湘月，愁听清猿梦里长”，“不述己之离绪，反念魏二别怀”（桂馥《札朴》），笔致摇曳，韵味悠长。

王昌龄七绝存诗七十余首，篇篇皆是经典。这些作品兼具豪爽俊丽与绪密思清之特色，“天才流丽，音唱疏越”（《唐诗品》），语言圆润，音调宛转，且情感抒发含蓄委婉，“以无情言情则情出，以无意写意则意真”（《湖楼笔谈》），饶有余味。

114. 唐代边塞诗为什么被视为“盛唐气象”的写照？

答：唐代边塞诗指的是在唐代诗歌领域中成规模出现的、以边塞生活为题材的诗歌流派。理解这一概念要注意以下几个问题：首先，从时限上看，唐代边塞诗特指在唐代出现的诗歌流派，虽然它也与前朝后代的边塞题材之作有因革联系，但此处专指唐代边塞诗。其次，唐代边塞诗创作，蔚然成风，流布一代，成规模出现，形成一种文学现象，应视为诗歌流派。最后，从题材上看，唐代边塞诗以“边塞生活题材”为主，这里的“边塞题材”包含非常广泛，既有边塞战争的激荡画面，也有对边塞和平的醉心抒写；既写前方一线的火热生活，也反映后方闺妇的孤独幽思；既有描写边塞自然风光的作品，又有反映边塞人文风采的作品。

唐代边塞诗是“盛唐气象”的写照，“盛唐气象”是一种时代气质、时代个性、时代精神，表现为畅想未来的理想主义精神、自觉肩负历史重任的主人翁意识、爽朗光明的少年气质、积极追求建功立业的有为精神、傲视古今放眼四海的开阔胸怀。唐代边塞诗滥觞于初唐、飚发于盛唐、至中唐衰飒、于晚唐式微。唐代边塞诗的发展脉络与大唐时代精神相始终、共浮沉。初唐，边塞诗逐渐为诗人们所青睐；盛唐诗苑，万木葱茏，千华竞发，边塞诗成为盛唐诗坛上最耀眼的题材之一，作者之众、参与之广、佳作之多，蔚然成风，风行一时；到了中晚唐，边塞诗呈现出逐渐衰落的趋势，终至淡出诗坛。

唐代边塞诗作为“盛唐气象”的写照，主要表现有三：

一、唐代边塞诗格调健康明朗，内容充实，其所表达的思想正是“盛唐气象”的内核。这种思想内容具体表现有五：（一）“感时思报国，拔剑起蒿莱”（陈子昂《感遇》其三十五）的创业报国精神；（二）“座参殊俗语，乐杂异方声”（岑参《奉陪封大夫宴》）的四海合同气魄；（三）“孰知不向边庭苦，纵死犹闻侠骨香”（王维《少年行》）的尚武献身精神；（四）“古来青史谁不见，今见功名胜古人”（岑参《轮台歌奉送封大夫出师西征》）的傲视古今气概；（五）“醉卧沙场君莫笑，古来征战几人回”（王翰《凉州词》）的狂放豁达。

二、唐代边塞诗创造出了多样化的动人之美，其非凡的美学创造正是“盛唐气象”的表现。边塞诗在美学上的贡献集中表现有四：（一）审美主体克服客体的巨大压力和自身软弱意志而获得升华，体现出克服死亡恐惧的崇高美；（二）诗人从社稷家国的角度出发，对种种社会丑恶进行了深刻有力的鞭挞，体现出观照社会丑恶的悲剧美；（三）作品歌颂祖国山川、激赏壮伟江山、书写多姿多彩的人文风俗、叹赏少数民族胡风殊俗的奇崛美；（四）作家深情歌唱思家怀人、妻子闺中落寞的幽婉美。

三、作为有唐一代文学中的奇葩，唐代边塞诗创造了瑰丽的艺术世界，其丰富多样的艺术创新也是“盛唐气象”的反映。这种艺术创新主要有：（一）首次在文学史上，集中围绕边塞生活题材进行了空前深广的艺术反映，充分开掘了反战等具有创新意义的题材；（二）艺术风格上突出表现为雄浑豪迈、奇丽壮阔、幽婉多情、沉痛迫烈等多样化特征；（三）人物意象上创造了边城子、游侠儿、没蕃汉人、没汉蕃人等新类型，尤其后两类人物意象为前代诗歌所罕见，而在唐代边塞诗中则比见层出，多彩多姿，美丽绚烂，形成边塞诗光彩照人的艺术形象画廊。边塞诗人物意象系统是一个动态平衡系统，具有开放性、流变性。“安史之乱”形成了一道分水岭，边塞诗人物意象系统由此逐渐发生重大变化。最明显的是个体英雄身上“英雄”气息开始退化，中唐而后的作品对渲染少年勇武渐渐失去兴趣，诗作中慵懒、凄凉、叹老嗟伤乃至颓唐的审美情绪渐来渐浓，英雄形象身上应有的质的规定性慢慢消失；对战争也由讴歌转变为诅咒，诗人的审美评价已在悄悄地移步换形；人物意象的结构也在发生重组：个体英雄平民化乃至平庸化，普通征夫出现的频率大大提高，并逐渐游向整个人物意象系统的中心水域。到了晚唐，诗人的笔触更由壮烈征战转向无谓牺牲，死尸、坟茔意象的大量出现已透示出末世即将来临。这些新型的人物意象在中国文学史上具有创新意义。

115. 高适的诗歌因何被称“极有气骨”？

答：高适（704—765）字达夫，沧州渤海郡（今河北沧州）人。其人生经历有两个特点：第一，他和杜甫等人相仿，曾漫游求仕，羁旅京华；第二，高适是亲历边塞的诗人，他之所以成为唐代边塞诗的代表作家，与其戎幕生涯有一定的关系；第三，他也经历了“安史之乱”这一大动乱，“安史之乱”是唐代历史的转折性事件，其所带来的灾难除了物理意义上的毁灭性以外，更是对社会心理的一次深重打击。高适就其个人政治生涯来看，“安史”乱后恰迎来重大转机，他在唐室危难之际助朝廷平定永王李璘之乱，是诗人中少有的政治家，后半生也显达而为节度使，这与李白、杜甫等诸多诗人不同。具体来讲，高适诗歌有如下三个特点：

一、风格雄壮。殷璠《河岳英灵集》评高适诗曰：“诗多胸臆语，兼有气骨。”胡应麟《诗薮》云：“达夫歌行、五言律，极有气骨。”方东树也说高、岑诗歌“有气骨”（《昭昧詹言》）。陈子昂论汉魏风骨，晋宋不传，倡导作诗要“骨气端翔，音情朗练，有金石声”。高适的诗歌正体现了这一点。刘勰《文心雕龙》论“风骨”时提到了一个关键点，作品要“刚健以实”，表现得“文明以健，辉光乃新”。刘勰所说“风骨”中的“风”与情感相连，指的是充实、健康、积极向上的情感所产生的一种力量。所以，刘勰又说“风力遒劲”，从这个角度看，高适的诗歌正具有深沉、健康、充实的思想情感。时天彝评高适诗云“高、岑之诗悲壮，读之令人感慨”①，出之胸臆，而能感人肺腑，正是因为高适的诗歌情感真挚，风力遒劲。“骨”即“结辞端直”，重在辞义贞正，有力而能扶树全篇，不至于纤弱无力。诗歌有骨即有力，无骨即萎靡。高适诗歌有风骨，正源于情感真挚动人、辞义端直有力。

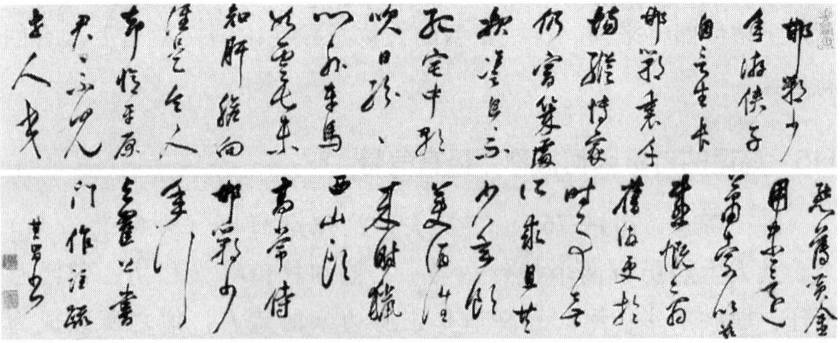

高适《邯郸少年行》　董其昌书

二、磊落多气。《诗源辩体》说高适“气格似胜”，《载酒园诗话又编》又谓“高七言古最有气力”。曹丕说：“文以气为主。”（《典论·论文》）韩愈也提出“气盛言宜”的主张，他说：“气盛则言之短长与声之高下者皆宜。”（《答李翊书》）高适诗歌的“气”来自诗人磊落多气的个性，以诗人强烈的人生追求、爱憎分明的是非判断、“一生长为国家忧”的胸襟为基础。他歌唱道：“万里不惜死，一朝得成功。画图麒麟阁，入朝明光宫。大笑向文士，一经何足穷？古人昧此道，往往成老翁。”（《塞下曲》）诗人关注社稷大事，怀古抚今，发言慷慨。他说：“东出卢龙塞，浩然客思孤……边尘涨北溟，虏骑正南驱。转斗岂长策，和亲非远图。”（《塞上》）诗

① 陈伯海. 唐诗汇评［M］. 杭州：浙江教育出版社，1995：861

人看到国家边患不息，原因是朝廷不能任用贤能，导致边策失当，边患不息。

三、沉雄浑朴。高适的诗歌有沉郁的一面。宋育仁说高适七古“自然沉郁”，“独能顿宕”（《三唐诗品》）。叶燮说高适七古“沉雄直不减杜甫”（《原诗》），翁方纲说高适的“浑朴老成”，这一风格正为杜陵“先鞭”（《石洲诗话》）。高适深沉、复杂的情感是内敛的，虽磊落多气，却不飘逸发散，而出之沉郁顿宕。这种沉郁的审美情感与其长期不得志有关：“十年守章句，万事空寥落”，“倚剑对风尘，慨然思卫霍。拂衣去燕赵，驱马怅不乐”（《淇上酬薛三据兼寄郭少府微》）。更与其忧念国事有关，他看到边庭飘摇，唐兵连年征讨，烽火不息，遂发深沉之思：“匈奴终不灭”“令人伤怀抱”（《登百丈峰二首》其一），“一到征战处，每愁胡虏翻”（《蓟中作》）。高适从个人的坎坷中读出了世道的不公。他还针对军政腐败痛下针砭，揭发军中苦乐不均：“战士军前半死生，美人帐下犹歌舞”（《燕歌行》）。

高适是唐代边塞诗的杰出代表。他以真挚浑厚的情感、深刻内敛的思想、雄浑有力的吟唱，将边塞诗推向了极致，对后世形成深远的影响。

116. 高适《燕歌行》何以成为唐代边塞诗的扛鼎之作?

答：高适在盛唐诗坛上以边塞诗著称，他的诗歌在反映现实的深度方面高于同期许多诗人。追求功名的高昂意气与直面现实的悲慨相结合，使他的诗具有一种慷慨悲壮美。高适于开元二十六年（738）所作的《燕歌行》是他边塞诗中的杰出代表，堪称“常侍第一大篇”（《唐百家诗选》赵熙语），也是唐代边塞诗的扛鼎之作。要言之，原因有四：

一、打破传统，题材新颖。《燕歌行》本为乐府《相和歌辞·平调曲》旧题，曹丕以之写女子秋思，后世陆机、谢灵运、王褒、庾信等皆延此传统，抒写征夫思妇的离情别恨，很少涉及更深刻广泛的社会内容。而高适此诗在融汇传统内容的同时，另铸新意，将主题移到边塞军事上。[1] 此外，就边塞诗而言，此诗又突破了早期边塞诗单纯吟咏战事或抒写闺怨的模式，而是集中、深入地表现边塞战争的多方面内容，如苦乐不均、边策失当、军中腐败、战争残酷、环境恶劣等，极大地增强了本诗的社会意义。

二、思想深刻，内容深广。《燕歌行》诗序指出："开元二十六年，客有从御史大夫张公出塞而还者，作《燕歌行》以示适，感征戍之事，因而和焉。"据《旧唐书·张守珪传》载，开元二十六年，张守珪与奚人作战，"隐其败状，而妄奏克获之功"。可见高适此诗有一定的针对性，诗中含有对张守珪的讥刺之意。另外，作者曾北上蓟门，对边塞生活有实地体验和冷静观察，因此这首诗是以他北游幽蓟时所积累的生活经历为基础创作而成的，并非只述幽蓟一战，而是对当时边塞征战生活场景及多种矛盾的高度的艺术概括。

诗人在不长的篇幅中，描写了敌人的凶猛和战斗的艰苦，"校尉羽书飞瀚海，单于猎火照狼山。山川萧条极边土，胡骑凭陵杂风雨"；揭露了军中将士间苦乐悬殊的生活，"战士军前半死生，美人帐下犹歌舞"；展示了战士们复杂的内心世界，"身当恩遇恒轻敌，力尽关山未解围"；叙写了战争给征人及家庭带来的痛苦，"铁衣远戍辛勤久，玉箸应啼别离后。少妇城南欲断肠，征人蓟北空回首"；颂扬了战士们不畏艰险、奋勇杀敌、情愿以死报国的精神，"相看白刃血纷纷，死节从来岂顾勋"；对将帅的骄奢荒纵、玩忽职守和不恤士卒给予了有力的鞭挞，"君不见沙场征战苦，至今犹忆李将军"。全诗深广厚实，词浅意深，脉理绵密，通过揭示现实社会的复杂矛盾，集中地表现了战士们的强烈爱国精神，不愧为唐代边塞诗中的现实主义代表作。[2]

三、艺术上开拓创新，富有魅力。除思想深刻、内容深广外，《燕歌行》艺术上很有特色，诗人巧妙地运用各种描写技巧，使得本

① 徐公持．高适燕歌行简析［J］．阅读与作文，2004（11）．

② 乔象钟，陈铁民．唐代文学史［M］．北京：人民文学出版社，1995：362.

篇独具艺术魅力。具体表现在以下四方面：

（一）善于描写塞外风物，渲染边地生活气氛。诗人以“山川萧条极边土”“边庭飘飖那可度，绝域苍茫更何有”写塞外，准确地抓住了边地环境荒凉、苍茫辽阔、山川萧条、风雨如晦的特点；而“大漠穷秋”“孤城落日”的描述，更宛若边塞风景画，苍凉中透出壮美。至于边地生活，诗人则紧紧围绕战争而写，“校尉羽书飞瀚海，单于猎火照狼山”“相看白刃血纷纷，死节从来岂顾勋”，羽书飞传、火照狼山，白刃浸血、塞草裹尸，战争之激烈与残酷可以想见。

（二）善于描写时、空环境，虚实相间、开阖自如。从时间上说，此诗开始是泛写，由“大漠穷秋塞草腓”转为实写秋季，其后“杀气三时作阵云”又写“三时”，最后又转为泛写。从空间上说，首四句写“汉将辞家”“天子非常赐颜色”，说明地点是在家中或者京城，是远离战争的安乐之地；继而写“榆关”“碣石”，显然已到了边塞；而“瀚海”“狼山”则是战场纵深处。时序上的虚实转换，既扩展了诗篇的容量，又使作品显得挥洒活泼而不拘泥于形迹；空间上的跳跃变换，既充实了将士们的活动舞台，也使诗篇具备了大开大阖的豪壮气势。

（三）善于布置线索，双线交错，井然有序。诗歌以将士出塞征战为主线，层层叙述、步步承接；既而写“铁衣远戍辛勤久，玉箸应啼别离后。少妇城南欲断肠，征人蓟北空回首”，转入征夫思妇互相思念的副线；最后又回到边庭，继续主线战事的铺写。同一主题双线并进，使得诗篇起伏有致；同时，主线的壮烈气氛与副线的悲戚情调相结合，增强了作品的深度和节奏感，最后迎来了“君不见沙场征战苦，至今犹忆李将军”的悲壮呐喊。①

（四）善于运用对比手法。诗中多次使用对比手法，使诗中形象更为鲜明、情感表达更为强烈。例如写敌人的猖獗与汉将的危机，

① 徐公持．高适燕歌行简析［J］．阅读与作文，2004（11）．

“校尉羽书飞瀚海，单于猎火照狼山”，突出了战事之危急；又如写将士生活天地悬殊，苦乐不均，“战士军前半死生，美人帐下犹歌舞”，揭露了将领之腐败；再如将边地危急与战士死斗对照来写，“相看白刃血纷纷，死节从来岂顾勋”，彰显了战士之英勇。

四、善于运用声律，形成韵律之美。《燕歌行》虽为古体诗，但作者吸收了近体诗的对偶格律，全诗用韵依次为入声“职”部、平声“删”部、上声“虞”部、平声“微”部、上声“有”部、平声“文”部，恰好是平仄相间，抑扬有节。[①] 对仗工整，音韵铿锵，有“金戈铁马之声，有玉磬鸣球之节”（邢昉《唐风定》卷九邢昉评语）。

117. “岑参兄弟皆好奇”有何表现？

答：岑参（715—770）祖上官至宰辅，早年孤贫，能自砥砺，天宝三载登进士第，晚年为嘉州刺史，今存《岑嘉州集》。作为唐代边塞诗的代表诗人之一，岑参天宝八载曾入高仙芝幕府、十三载复入封常清幕府，有过长期的边塞生活体验，其边塞诗有着深厚的生活基础，与不曾赴边的诗人泛泛歌咏不同，岑参的诗歌生动、真实地记录了有唐一代士人献身大西北边防的心灵律动，抒写了这片土地上可歌可泣的感人事迹，绘就了沙漠戈壁上如火如荼的历史画卷。

岑参诗歌以“奇”著称。杜甫尝谓“岑参兄弟皆好奇”（《渼陂行》）。考察岑参的诗歌，他的“奇”主要表现在思奇、意奇、境奇、语奇几个方面：

一、思奇。从创作心理上看，岑参的诗歌想象奇特，富有奇丽的浪漫主义色彩。“参诗清丽有思”（周紫芝《书岑参诗集后》），从审美偏好上看，岑参喜欢欣赏新奇别样的美感享受，创作思维求新逐奇，“奇造幽致”，“度越常情”（辛文房《唐才子传》）。《白雪歌送武判官归京》写胡天八月飞雪“忽如一夜春风来，千树万树

---

① 徐永年，等．唐诗鉴赏辞典［M］．上海：上海辞书出版社，2004：389.

《岑参诗意图》 刘大为

梨花开”,想象奇特，风格奇丽;《献封大夫破播仙凯歌六首》其三写凯歌回军“大夫鹊印摇边月，天将龙旗掣海云”,联想迥异，不落常情。

二、意奇。从诗意表达上看，岑参的诗歌经常善于提炼新奇的意思。《诗学渊源》谓岑诗“辞意清切，迥拔孤秀，多出佳境”。其《戏问花门酒家翁》云:“老人七十仍沽酒，千壶百瓮花门口。道傍榆荚仍似钱，摘来沽酒君肯否?”看到花门卖酒翁，顿出以道旁榆钱沽酒的新奇之思，显得别致诙谐。《献封大夫破播仙凯歌六首》其二:“官军西出过楼兰，营幕傍临月窟寒。蒲海晓霜凝马尾，葱山夜雪扑旌竿。”诗思奇逸浪漫。《西过渭州见渭水思秦川》云:“渭水东流去，何时到雍州。凭添两行泪，寄向故园流。”想象自己思乡的眼泪能随渭水流向故乡，诗意表达别开生面。

三、境奇。从取境上看，岑参的诗歌善于捕捉奇伟的境象，诗歌风格奇壮劲健。“闻说轮台路，连年见雪飞”(《发临洮将赴北庭留别》),“秋来惟有雁，夏尽不闻蝉”(《首秋轮台》),“语奇体骏”

（翁方纲《石洲诗话》），是时令奇；“凉州七里十万家，胡人半解弹琵琶”（《凉州馆中与诸判官夜集》），是风情奇；“君不见走马川行雪海边，平沙莽莽黄入天。轮台九月风夜吼，一川碎石大如斗，随风满地石乱走”（《走马川行奉送封大夫出师西征》），“火云满山凝未开，飞鸟千里不敢来”“剑河风急雪片阔，沙口石冻马蹄脱”（《轮台歌奉送封大夫出师西征》），是景观奇。

118. 李白复杂多面的思想对其创作的影响是什么？

答：李白（701—762）从小接受了良好的教育，“五岁诵六甲，十岁观百家”（《上安州裴长史书》），“十五观奇书，作赋凌相如”（《赠张相镐二首》其二）；同时他还受过儒家、道教、纵横家、侠客等多方面思想的影响。龚自珍曰：“儒、仙、侠实三，不可以合；合之以为气，又自白始。”（《最录李白集》）。这些不同的思想给这位盛唐第一大诗人以复杂的影响。

一、儒家思想的影响。李白终生追求功业，正是受儒家自强不息、刚健有为思想的影响。他的快乐和痛苦均与这种人生追求有关。李白追求功业的思想是儒家的，但设计的道路却混杂着纵横家和道家的思想：他既摒弃儒家科举入仕的做法，鄙夷儒生皓首穷经老死窗下的生活，又不愿走从军边塞的道路，而是为自己设计了“一匡天下”“立抵卿相”的传奇路径，并憧憬“功成而不居”（《老子》第二章）。李白的人生设计因其过度理想化而失败，他一方面倾诉着失败的痛苦、失望、愤懑，一方面又始终保持着盛唐人所特有的高昂的自信精神。

李白像

二、神仙道教思想的影响。李白的家乡是道教文化非常发达的地方。他说“家本紫云山，道风未沦落”（《题嵩山逸人元丹丘山居》），“十五游神仙，仙游未曾歇”（《感兴八首》其五）。一方面，李白气质中包含着某种因子，使其能与道教思想契合；另一方面，神仙道教思想反过来又强化了李白狂放飘逸的个性。道家思想对李白的影响主要有两点：首先，道教思想塑造了李白酷好自由的个性，这种“志不拘检”① 的个性投射到诗中便形成李白天马行空、神与物游之美，“发想无端，如天上白云，卷舒灭现，无有定形”（方东树《昭昧詹言》）；其次，道教思想塑造了李白“才逸气高”② 的特点，这种个性投射到诗中便形成李白“格高旨远”的飘逸高妙之美，③“如列子御风”“发想超旷，落笔天纵”（方东树《昭昧詹言》）；最后，道家任运适性、不施人工的思想对李白“清水出芙蓉，天然去雕饰”（《经乱离后天恩流夜郎忆旧游书怀赠江夏韦太守良宰》）、率然天成的诗风有一定的影响。

三、纵横家“奇功”思想的影响。李白隐居大匡山期间曾向赵蕤学纵横术，纵横家一言兴国、建立奇功的思想影响了李白“一朝君王垂拂拭”“直上青云生羽翼”（《驾去温泉后赠杨山人》）的人生设计。这种思想严重脱离现实，充满了浓厚的理想主义色彩，注定了失败的命运，而一旦高远的理想被现实击得粉碎，又在李白的心中激起巨大的感情波涛。追求奇功的梦想和理想破灭后的悲愤正构成李白诗歌的重要内容；同时，纵横家求奇的思想形成了李白诗歌的奇情壮采，所谓“想落意外”“法老而奇”（陆时雍《诗镜总论》），“无所不包，奇之又奇”（冯班《钝吟杂录》）。

四、文学创作思想上李白既继承了“风雅精神”，又深受庄子、屈原的影响。李白诗歌中的气势磅礴、想象奇伟与庄子的影响相关。龚自珍说：“庄、屈实二，不可以并；并之以为心，自白始。”（《最录李白集》）李白创作思想深受屈原的影响，《蜀道难》辞意曲折，“乱处、断处、诞处俱从《离骚》来”（李沂《唐诗援》），骚体体式上也受楚

① 陈伯海．唐诗汇评［M］．杭州：浙江教育出版社，1995：549.
② 同上。
③ 同上。

辞影响，以至于有人说“古今诗人有《离骚》体者，惟李白一人”（曾季貍《艇斋诗话》）；李白的《远别离》辞意曲折，“最有楚人风”（高棅《唐诗品汇》），几“与骚无异”（曾季貍《艇斋诗话》）。

119. 李白诗如何能“惊风雨”“泣鬼神”？

答：李白的诗歌有着独特的艺术风格，独步古今。其艺术特征主要有如下几点：

一、气盛力雄。李白的作品气势奔放，以气夺人，而且这种气势一贯到底，一气呵成，惊风雨、泣鬼神。叶燮《原诗》以为李白诗歌佳处“乃以气得之”，文章气势的背后起支撑作用的是强烈的自信和傲世独立的人格力量。文章具有生命力，气是贯通文章的血脉。文章气盛则有力，气弱则乏力，气盛的文章具有撼人心魄的力量。中国古代文论家早就感知到文章“气”的特征。曹丕《典论·论文》云：“文以气为主。”韩愈提出了“气盛言宜”的主张，他以水与浮物为喻：“水大而物之浮者大小毕浮”“气盛则言之短长与声之高下者皆宜”（韩愈《答李翊书》）。庄子云：“水之积也不厚，则其负大舟也无力。”（《逍遥游》）李白的作品气势充沛，艺术感染力非常巨大，如天风海涛。庄子《逍遥游》谓鲲鹏“抟扶摇而上者九万里”，“故九万里则风斯在下矣”。李白作品的气势正如鲲鹏，运行于九万里云涛之上。为了传达出巨大的力量感，李白惯常选用壮大的意象；情感基调经常在高位运行；情感变化幅度大开大合，顶点和低谷之间落差巨大，制造出强烈的冲击力。如《古风》其二赞美鲁仲连：“明月出海底，一朝开光曜。却秦振英声，后世仰末照。”拉大鲁仲连的高义和凡人的平庸之间的差距，给接受者造成伟岸高耸的压抑感。

二、审美情感。从审美情感的内容上看，李白诗作有对个人鸿鹄之志的歌唱，有理想破灭后对失意情绪的倾泻，有长风万里的信念宣言。从审美情感的强度来看，李白诗作的情感豪迈奔放，如同惊涛拍岸，火山迸发，具有强大的爆发力。他常利用强对比造成震撼性的效果，“奈何青云士，弃我如尘埃。珠玉买歌笑，糟糠养贤才”（《古风》其十五），情感“波澜开阖，如江海之波，一波未平，一波又起”（爱新觉罗·弘历《唐宋诗醇》）；李白喜写极端化的情感，如奇苦、巨哀、剧痛、极端恐惧，抒发尽净，写衰老是“朝如青丝暮成雪”（《将进酒》），写思妇闺愁是“停歌罢笑双蛾摧”（《北风行》），打破了儒家“温柔敦厚”的诗教传统，颠覆了传统的平衡美学，读来令人心折。从情感变化的脉理来看，李白的诗歌“章法承接，变化无端”，遵循的是意脉逻辑，与庄子之文同妙，所谓“意接词不接”（方东树《昭昧詹言》），往往先写壮志受挫的巨大失意，最后再写低谷中重燃信念的上扬；李白的情感是发散的，与杜甫内敛的情感不同。李白还经常营造一种带有恐怖色彩的壮美，如《蜀道难》将蜀道的奇险写到“闪幻可骇”的境地，主体完全屈服于客体压倒性的力量，充满了“奇险之趣”（《唐宋诗举要》）。

三、想象奇险。艺术想象丰富奇特，大量运用传说、神仙元素，营造出了迷离惝恍的飘逸美。《古风》“五十九章，涉仙居半”（陈沆《诗比兴笺》），如其十七云：“西上莲花山，迢迢见明星。素手把芙蓉，虚步蹑太清。霓裳曳广带，飘拂升天行。”《远别离》写皇、英二女的传说，《蜀道难》写蚕丛鱼凫的传说，想象与想象之间变幻多端而又衔接无痕，想象奇特，打破了创作传统和接受期待，如兵家之阵，奇正变换，“不可纪极”（爱新觉罗·弘历《唐宋诗醇》），如《蜀道难》“变幻恍惚”（许学夷《诗源辩体》），“通篇奇险”（《唐风定》）。李白还喜欢写传奇性的事件，如姜尚知遇、郦食其投沛公：“君不见朝歌屠叟辞棘津”，“逢时吐气思经纶”，“君不见高阳酒徒起草中”（《梁甫吟》）。

四、意象壮美。李白在诗歌中创造了一批壮大的审美意象：长鲸扬波、五岳崔嵬、苍梧山崩、地崩山摧、雷公砰訇、力排南山、长风破浪，“黄河之水天上来”（《将进酒》）、“海水直下万里深”（《远别离》）、“长鲸齿白若雪山”（《公无渡河》）。具有壮阔气势的社会事件：“秦王扫六合，虎视何雄哉！”（《古风》其三）大数字：“刑徒七十万”（《古风》其三），“尔来四万八千岁”（《蜀道难》），“广张三千六百钧”（《梁甫吟》），“会须一饮三百杯”（《将进酒》），

“金樽清酒斗十千，玉盘珍羞直万钱”（《行路难三首》其一）。瞬间巨变：“赋达身已老，草玄鬓若丝。”（《古风》其八）穷悲剧痛，读来令人“肝胆凛冽”（《李太白诗醇》）：“三十六万人，哀哀泪如雨。”（《古风》其十四）人物意象上喜欢写侠客而鄙夷儒生，侠客“猛气英风振沙碛”，儒生“白首下帷复何益”（《行行游且猎篇》）。

五、喜用夸张、排比等手法。为了表达壮大的审美情感，李白在诗中多用夸张、排比等手法，“欲渡黄河冰塞川，将登太行雪满山”（《行路难三首》其一），将人生失意写到决绝境地。李白采用夸张时更多使用的是夸大，以便塑造壮大的审美意象，《北风行》云：“燕山雪花大如席，片片吹落轩辕台。”《万愤词投魏郎中》云：“恋高堂而掩泣，泪血地而成泥。”

六、明丽爽朗的语言风格。李白喜欢白、金、青、黄等明丽的色调，对月、玉这样的透明体青睐有加，而对晦暗的物象不感兴趣。李白诗歌的语言纯净自然，明丽爽朗、清新流转。

120. 李白的拟乐府、歌行、绝句各自的特征是什么？

答：一、李白的拟乐府。

李白在《古风》其一中有感于大雅不作、绮丽成风，抒发了志在删述的理想。他继承了汉乐府“感于哀乐”“缘事而发”的传统，创作了大量拟乐府作品。李白拟乐府“或用其本意，或翻案另出新意，合而若离，离而实合”（胡震亨《唐音癸签》），从主题、体式上尚不能摆脱汉乐府原曲的规约，如《蜀道难》《行路难》仍大体符合原曲题旨，但将个人的天才艺术个性融入旧题中，写法上也打破赋体等传统，代以抒情和议论，为乐府拟作注入了强大的生命力，将乐府诗推向无与伦比的高度。① 其创造性主要有三：第一，古题体式下部分作品已经开始纳入时事，如《丁督护歌》《出自蓟北门行》《上之回》等。这些作品将所缘事件夸张放大，以浪漫主义的笔法来写时事，充满了奇情壮采。《丁督护歌》云：“水浊不可饮，壶浆半

① 袁行霈．中国文学史［M］．北京：高等教育出版社，2000：268.

成土。一唱都护歌，心摧泪如雨。”第二，李白在拟古中展示个人强烈的主观色彩，表达的是诗人的自我情怀。① 这类作品最能展示李白发兴无端、想落天外、气势如虹、豪迈奔放的艺术个性。代表作如《蜀道难》，该调原为古曲，李白所作，“蜀道难，难于上青天”凡三见于篇，收一唱三叹之效，将蜀道之难写到令人绝倒，产生惊怖的艺术效果；气势如疾风骤雨，“变幻恍惚，尽脱蹊径”（许学夷《诗源辩体》）。又如《将进酒》，原为汉乐府《鼓吹曲辞·汉铙歌》旧题，李白仍遵原曲，内容与饮酒相关，但却将人生不得意的“万古愁”借黄河奔腾等意象写出，拟古以申己意，处处有“我”,展示出强烈的艺术个性。《行路难》为汉乐府《杂曲歌辞》旧题，原曲“叹世路艰难及贫贱离索之感”（《李杜诗通》），李白拟作与鲍照拟作相类，但个人色彩和时代内容更为浓厚。第三，李白完成了乐府诗汉魏古体向唐体乐府的转型，李白乐府拟作属于以五七言为主的杂言体，句式参差错落，韵律跌宕舒展。②

二、李白的歌行体。

“七言歌行，本出楚骚、乐府”（爱新觉罗·弘历《唐宋诗醇》），是李白将其推向极致。李白歌行体指的是其古诗中以歌、行、吟、谣等为题的纵情长歌之作，如《襄阳歌》《扶风豪士歌》《西岳云台歌送丹丘子》《少年行》《古朗月行》《江上吟》《玉壶吟》《梁园吟》《梦游天姥吟留别》《庐山谣寄卢侍御虚舟》等。③ 李白在其歌行体中贯注进人生的理想与失意、挫折与坚持等，具有强烈的抒情性和主观色彩，狂放豪壮；“一气贯成，最得歌行之体”（周珽《唐诗选脉会通评林》）；李白习惯于从高处俯视人寰，反映现实时不亦步亦趋，不拘于物象本身规模，总能突破束缚，将普通物象写出震撼人心的效果；创作思维的运行不在“地上”而在“空中”,遨游太清，风行跃动，大开大合，如仙人飞举、鲲鹏振翼，杜甫所谓

---

① 袁行霈．中国文学史［M］．北京：高等教育出版社，2000：266.

② 袁行霈．中国文学史［M］．北京，高等教育出版社，2000：268.

③ 袁行霈．中国文学史［M］．北京，高等教育出版社，2000：268.

“飘然思不群”（《春日忆李白》）；摆脱了尘浊俗情的牵绊，甚少常人的悲欢离合，遭受重挫而能迅速开解，不凝滞于颓唐情绪，显得豁达爽朗；喜欢写梦境、仙境、壮景、动景，选用意象时偏好涛似连山、波惊山动等一类意象。李白歌行体诗歌是盛唐气象的艺术反映。

三、李白的绝句。

李白的绝句创作属于唐人最高水平。他的绝句，格调飘逸流转，意境高远阔大，语言爽朗明快而又天然率真，韵致情思无限，丰神动人。如：“日照香炉生紫烟，遥看瀑布挂前川。飞流直下三千尺，疑是银河落九天。”（《望庐山瀑布》）“天门中断楚江开，碧水东流至此回。两岸青山相对出，孤帆一片日边来。”（《望天门山》）“朝辞白帝彩云间，千里江陵一日还。两岸猿声啼不住，轻舟已过万重山。”（《早发白帝城》）“故人西辞黄鹤楼，烟花三月下扬州。孤帆远影碧空尽，惟见长江天际流。”（《黄鹤楼送孟浩然之广陵》）又如，《山中问答》云：“问余何意栖碧山，笑而不答心自闲。桃花流水窅然去，别有天地非人间。”李东阳《麓堂诗话》评为：“淡而愈浓，近而逾远。”宋范温《潜溪诗眼》云：“有余意之谓韵。”李白的绝句“语近情遥”，“有弦外音”，“使人神远”（沈德潜《唐诗别裁》），富有韵味。李白绝句气势畅达，充满了流动感，如《陪族叔刑部侍郎晔及中书贾舍人至游洞庭五首》其二：“南湖秋水夜无烟，耐可乘流直上天。且就洞庭赊月色，将船买酒白云边。”其五：“帝子潇湘去不还，空余秋草洞庭间。淡扫明湖开玉镜，丹青画出是君山。”

121. 李白在中国文学史上的地位及影响如何？

答：李白是中国文学史上天才式的伟大诗人，是对世界文化有重大影响的作家，早在唐代他就才名动天下。唐孟棨《本事诗》云：李白初至京师，贺知章览其《蜀道难》，“读未竟，称叹者数四，号为‘谪仙’”。殷璠《河岳英灵集》云李白《蜀道难》“奇之又奇，然自骚人以还，鲜有此调”。李阳冰《草堂集序》谓“王公趋风”“群贤翕习”。元稹贬李扬杜，韩愈对李杜都给予了很高的评价：“李杜文

章在，光焰万丈长。”（《调张籍》）

宋人对李白的态度不尽一致。欧阳修喜李不喜杜，[1] 黄鲁直对李白评价极高；王安石指出李白见识“污下”（张戒《岁寒堂诗话》），苏辙也不喜欢李白（苏辙《诗病五事》）。南宋末年葛立方《韵语阳秋》指出了李杜的区别：杜“思苦语奇”，李“思疾语豪”。严羽认为李杜各有千秋，不当有优劣之论：“子美不能为太白之飘逸，太白不能为子美之沉郁。”（《沧浪诗话》）

明人对李白的评价一致且极高，对李杜的比较更加公允细密。高棅《唐诗品汇》评李白“天才纵逸，轶荡人群”，能使高、岑绝倒。李攀龙认为李白五七言绝句为有唐“三百年一人”。[2]胡应麟《诗薮》论述了李杜的区别：“李偏工独至者绝句，杜穷极变化者律诗”，“截长补短，盖亦相当”；“工部体裁明密，有法可寻；青莲兴会标举，非学可至”。

122. 杜甫是“醇儒”吗?

答：要回答这个问题，需要先回答什么是“醇儒”。醇儒有两个标准：第一是儒家思想纯粹，不受杂家思想影响。醇，《说文解字》：“不浇酒也。”段注：“凡酒不杂以水曰‘醇’”。可见，“醇”本指的是酒味醇厚，没有杂质。韩愈认为孟子“醇乎儒者也”（《读荀》），是醇儒；荀子和扬雄“择焉而不精”“语焉而不详”（《原道》），属于“大醇而小疵”，不能列入“醇儒”。第二是儒家思想坚定。陈尚君先生说：“‘醇儒’指的是为了理想不惜牺牲一切的儒士。[3]”

根据以上这两个要素来判断，杜甫符合醇儒的标准。首先，杜甫（712—770）是唐代少有的思想比较纯粹的作家。唐代思想多元开放，许多作家交相受到多种思想的影响，使作家产生了复杂的思想冲突。但是杜甫思想主要受儒家影响。忠君恋阙、热爱生民是他

---

① 陈伯海．唐诗汇评［M］．杭州：浙江教育出版社，1995：549.
② 陈伯海．唐诗汇评［M］．杭州：浙江教育出版社，1995：552.
③ 陈尚君．唐诗中的醇儒风范［J］．书城，2021（10）.

杜甫像

思想中最突出的一面；杜甫宗奉儒家思想，入世有为的价值取向主导了他的一生。杜诗中一以贯之的是立登要路、致君尧舜的志向。儒家仁民爱物的思想在他的诗中有着深刻广泛的体现。历代诗人中，忠君爱国者有之，但笃忠如杜甫者罕有；体恤生民者有之，但爱民如杜甫者鲜见。当忠君和爱民出现冲突时，诗人在痛苦的调整后总能站在人民的一面。盛世抛弃了杜甫，杜甫却始终如一地挚爱着国家。其次，杜甫一生颠沛流离，饱受患难，但从来都不曾放弃理想。杜甫和陶渊明一样，虽有士人的身份，却深陷社会底层，饱受饥寒困厄的折磨，困窘穷迫。他们的境遇和当时最底层的贫苦百姓没有二致。杜甫的仁爱精神也在历代士人中最为突出，个人处于最悲惨的境地，他却始终想到的是天下黎庶和寒士，情感真挚，毫不做作。杜甫把儒家仁体广大的胸怀展现到极致。社稷、苍生已经渗透进他的血液中去了。他以如椽之笔生动深刻地记录出了大唐盛世崩坏的过程。可以说，杜甫是愈挫愈勇，愈穷愈坚，始终保持了一种坚毅和耿介。

123. 杜甫诗“诗史”的特征及其叙事艺术是什么？

答：杜甫诗歌总体上形成“沉郁顿挫”的艺术风格。所谓“沉郁”指的是“感情的悲慨、壮大、深厚”；“顿挫”指的是“感情表达的波浪起伏、反复低回”。①杜甫结合个人的悲惨遭际和前贤的命运体会到深重的悲剧性和社会不公，形成作品深沉和内敛的格调，他对黎元的忧念在作品中形成深沉的忧思和阔大的境界，加之受儒家“发乎情而止乎礼”的文艺思想的影响，悲愤不平的情绪在喷薄欲出

① 袁行霈．中国文学史［M］．北京：高等教育出版社，2000：291.

间又抑郁反复，诗歌显得郁勃低回、深沉内敛。杜甫诗歌思力遒劲，内敛而不乖张，在沉郁顿挫的主导风格下，还具备萧散自然的一面，代表作如《江畔独步寻花七绝句》。

一、“诗史”的特征。杜甫以“诗史”名世，早在唐朝即有此评价。唐人孟棨《本事诗》评杜甫诗“当时号为‘诗史’”。《新唐书·杜甫传赞》亦云“世号‘诗史’”。

“诗史”与史书是两个不同的概念：“诗史”本体指的是诗歌，是诗歌具备历史的某些属性；“诗史”之作多以个例和细节反映社会，具有高度的典型意义，与史书的宏观和实录不同；“诗史”可以深入人物心理世界，写出隐藏的情感，与史书单纯记录人物行为不同。

“诗史”类诗歌具备如下特质：（一）“诗史”类诗歌能够如实记录历史事实。明高棅云：“‘史诗’之名，指事实尔。”(《唐诗汇评》)“诗史”类作品首先要真实反映社会历史变化，可以据以知人论世，服从“史”的信实品格。杜甫“诗史”类作品所写事件信实不诬，例如，《悲陈陶》等作品，于房琯既盛诵其名，又在如实反映，甚至有些作品还能正史之失、补史之缺，如段子璋反，“史谓四月讨平”（仇兆鳌《杜诗详注·本传仇兆鳌按》）；但是据杜甫《去秋行》可知，实际上至秋日该乱尚未平定，史书“误矣”（仇兆鳌《杜诗详注·本传仇兆鳌按》）；再如，《三绝句》写渝州、开州杀刺史一事，未见诸史籍，而杜甫《三绝句》就具有弥补史书之缺的作用。

（二）“诗史”类诗歌能成系统地反映历史变动。杜甫“诗史”类作品全方位记录了“安史之乱”这一重大社会事件，既有关乎战乱的《塞芦子》等作品，又有反映社会题材的“三吏”等作品。杜甫反映史事，贯通一气，自成脉络，体现出“史”的历时特征；同时又以战事为核心，旁涉征敛抓丁、王孙流落、难民逃亡等多方面，形成一个线索清晰的社会历史事件系统。

（三）“诗史”类诗歌能深刻反映历史变动的内在规律。叙事史诗的特征在于艺术真实和历史真实的有机统一。求真是艺术的追求，这种“真”超越了生活真实，能以艺术的独特方式把握社会生活的本质，从而达到艺术真实的高度。叙事史诗不但要追求艺术真实，更要通过审美的方式深刻反映历史变动的内在本质。历史题材的作品并不一定是“诗史”,史诗内在含义上要求作品能够深刻反映历史变动的内在规律，不但有历史事件的真实，更要反映历史本质。

二、杜甫“诗史”在叙事艺术上所取得的成就。

杜甫“诗史”类作品主要集中于古体，同时也见诸律诗等其他体裁。杜甫用律诗写时事，滤去叙事，主要采用抒情、议论，如《咏怀古迹五首》《诸将五首》；杜甫还创造性地通过组诗来表现宏富的历史内容，如《秦州杂诗二十首》，有总序，有转折，有收尾；又如《秋兴八首》，每首之间思理贯通，形成有机整体，表现出丰富深沉的内容。杜甫律诗“晚节渐于诗律细”（《遣闷戏呈路十九曹长》），“老去诗篇浑漫与”（《江上值水如海势聊短述》），诗律变化莫测而合规矩，还写作拗体诗，精于炼字，追求“语不惊人死不休”（《江上值水如海势聊短述》）的效果。

杜甫称颂于世的“史诗”主要指其叙事诗。这些作品在手法上以叙事为主，明胡应麟说他“言理近经，叙事兼史”（《诗薮》）。清管世铭评其《北征》用赋体（《读雪山房唐诗序例》）。因此，杜甫“史诗”的主要成就体现在其叙事艺术上。杜甫善于叙事，唐孟棨《本事诗》说他在“安史之乱”中“流离陇蜀，毕陈于诗，推见至隐，殆无遗事”；《新唐书》本传在肯定他的诗歌成就后，特加“又”字强调他的叙事功力，“甫又善陈时事，律切精深，至千言而少衰”,也在强调他的叙事性。

杜甫“诗史”在叙事艺术上取得了巨大成就：

（一）叙事井然有序，“有层次，有转接，有渡脉，有闪落收缴，又妙在一气”（张谦宜《絸斋诗谈》），线索清晰，脉络贯通，衔接过渡，疏密相间，整体上形成勾连照应的有机系统。以“三吏”“三别”为代表。

（二）整体框架、叙事场面、典型细节相互结合，形成纲举目张、绪密思深的结构布局。框架省去了曲折的情节变化，显得简括而有力；主体部分多由代表性的叙事场面连缀而成，显得戏剧性十足；框架中留出的大片空白中加入了大量细节，显得精彩传神，虚实有致，不滞实呆板，故事性被冲淡了，生活色彩加浓了。如《北征》。

（三）叙事、抒情有机交融，避免了传统叙事诗枯燥单调、缺乏诗味的弊病。中国古代的叙事诗多采用单纯的事件叙事方法，难以和抒情、描写有机配合，容易造成浅陋直白的缺陷。杜甫叙事诗中融合了浓郁的抒情元素，具备动人心魄的情感力量。

（四）社会史诗与个人心灵史诗的完美呈现。杜甫的“诗史”类作品可分为叙事史诗和抒情史诗：其中叙事类作品以独特的艺术形式生动深刻地展示了历史的变动过程，如“三吏”“三别”等；抒情类作品以浓情重彩的笔墨真挚地反映了诗人心灵的变化历程，可称之为“心灵史诗”，如《北征》《自京赴奉先县咏怀五百字》《奉赠韦左丞丈二十二韵》等。两类作品都体现出强烈的史诗气质，对社会和个体历史的叙写中包含着深刻的思想。

124. 杜甫的律诗《秋兴八首》取得了怎样的成就?

答：杜甫在律诗创作上取得了辉煌的成就。一方面，他大大拓宽了律诗的题材，举凡羁旅、咏怀、宴饮、应酬乃至时事均能纳入诗题；另一方面，他联结单篇，形成自出机杼的组诗，反映更为丰富复杂的内容，如《咏怀古迹五首》《诸将五首》《秋兴八首》。客居夔州所作《洞房》《宿昔》《能画》《斗鸡》《历历》《洛阳》《骊山》《提封》八首追忆长安往事，各取篇首二字为题，实际也是内在有机贯通的组诗：《洞房》写系舟夔州、追忆长安，是组诗缘起；《宿昔》写明皇恣行欢乐，《能画》写明皇宠幸俳优，《斗鸡》写明皇斗鸡舞马；《历历》写“安史之乱”，为全诗转折；《洛阳》写明皇避祸蜀地，《骊山》伤园陵；《提封》总结致乱之由，收束组诗。[①]组诗如同大唐帝国由盛而衰的简史。

《秋兴八首》堪为杜甫律诗中的巅峰之作。八首诗以“每依北斗望京华”为纲（钱谦益《钱注杜诗》），充满了对盛世不再、繁华流逝的伤感，是对盛唐的追怀和吊唁。其中前三章以夔府为中心，后

① 袁行霈．中国文学史［M］．北京：高等教育出版社，2000：286.

五章以长安为中心；每首诗的视点都是立夔府而望京华，万里相接，京华如在霄汉，篇末点出盛世不再；京华的繁华与夔府的孤单形成对比；写京华用铺陈手法极尽繁华富丽，而且写记忆中的京华，当梦境一样来写。首章云："玉露凋伤枫树林，巫山巫峡气萧森。江间波浪兼天涌，塞上风云接地阴。丛菊两开他日泪，孤舟一系故园心。寒衣处处催刀尺，白帝城高急暮砧。"风云连地，波浪接天，刀尺苦催，暮砧切急，天地间气象萧森，传达出时局艰危、家国多难的含义。其二云："夔府孤城落日斜，每依北斗望京华。听猿实下三声泪，奉使虚随八月槎。画省香炉违伏枕，山楼粉堞隐悲笳。请看石上藤萝月，已映洲前芦荻花。"通首以"望京华"为诗眼，诗人身虽弃逐而心悬魏阙。其三："千家山郭静朝晖，日日江楼坐翠微。信宿渔人还泛泛，清秋燕子故飞飞。匡衡抗疏功名薄，刘向传经心事违。同学少年多不贱，五陵衣马自轻肥。"这三章申说以秋兴名篇的缘由，充满了身世之叹，构成全诗的文心。① 其四："闻道长安似弈棋，百年世事不胜悲。王侯第宅皆新主，文武衣冠异昔时。直北关山金鼓震，征西车马羽书驰。鱼龙寂寞秋江冷，故国平居有所思。"长安一破于安禄山，再破于朱泚，三破于吐蕃，自高祖开国至大历百年间，世事如棋，不胜悲慨。其五："蓬莱宫阙对南山，承露金茎霄汉间。西望瑶池降王母，东来紫气满函关。云移雉尾开宫扇，日绕龙鳞识圣颜。一卧沧江惊岁晚，几回青琐点朝班。"此诗追思长安盛日，高华典丽，但这一切却在"惊"字中倏然逝去，如同灿烂的梦灭了，透出伤感。其六："瞿塘峡口曲江头，万里风烟接素秋。花萼夹城通御气，芙蓉小苑入边愁。珠帘绣柱围黄鹄，锦缆牙樯起白鸥。回首可怜歌舞地，秦中自古帝王州。"其七："昆明池水汉时功，武帝旌旗在眼中。织女机丝虚夜月，石鲸鳞甲动秋风。波漂菰米沉云黑，露冷莲房坠粉红。关塞极天唯鸟道，江湖满地一渔翁。"其八："昆吾御宿自逶迤，紫阁峰阴入渼陂。香稻啄余鹦鹉粒，碧梧栖老凤凰枝。佳人拾翠春相问，仙侣同舟晚更移。彩笔昔曾干气象，白头

① 陈伯海．唐诗汇评［M］．杭州：浙江教育出版社，1995：1219.

吟望苦低垂。"反复追忆往昔，感盛衰、伤沦落、叹身世。

125. 杜甫在文学史上的地位和影响是什么？

答：杜甫在文学史上的地位和影响主要表现在以下几点：一、杜甫是中国古典诗歌领域中的集大成者，尽掩前贤，牢笼后世。唐元稹评价杜甫"尽得古今之体势，而兼人人所独专矣"，"诗人以来，未有如子美者"（《唐故检校工部员外郎杜君墓系铭并序》）。苏轼评价杜甫"古今诗人众矣，而杜子美为首"（《王定国诗集序》）。宋秦观评价杜甫、韩愈"亦集诗文之大成者欤"（《韩愈论》）。明胡应麟说："盛唐一味秀丽雄浑，杜则精粗、巨细、巧拙、新陈、险易、浅深、浓淡、肥瘦、靡不具备，参其格调，实与盛唐大别。"（《诗薮》）

杜甫集大成者的艺术成就源于他转益多师，叙事夹杂议论，显受《诗经·小雅》影响；反复低回，又沾溉于《离骚》的情感表达；缘事而发，显示出汉乐府传统的继承；甚至他将史家笔法用到诗歌中。从诗歌艺术上看，杜甫几乎融汇了魏晋南北朝所有好的创作经验。杜甫博采众长而贵在能够融会贯通，自铸伟辞，诗风浑成，毫无杂凑的匠痕。

二、杜甫的创作是盛唐诗歌向中唐诗歌的转折点。盛唐诗歌和中唐诗歌有着重大区别：盛唐的时代精神强劲地统摄了文学，诗歌表现出整体性时代特征；中唐时代精神减弱，诗歌风格走向分散化。盛唐诗歌充满了理想主义的气质，中唐诗歌则走向生活化；盛唐诗歌的境界浑融，中唐诗歌着意于字句锤炼。盛唐诗歌向中唐诗歌的转折，早从天宝末年元结的《箧中集》就开始了。《箧中集》的作品，敏锐反映了诗人嗅到乱离将至的气息，诗中褪去昂扬的情调，转写社会带给人的贫贱苦饥，表现出变风变雅的精神。元结创作"系乐府十二首"组诗，已倡中唐乐府先导；其《舂陵行》写百姓承乱之后"不胜赋税"，意在"达下情"；①《贼退示官吏并序》云"使臣将王命，岂不如贼焉？今彼征敛者，迫之如火煎"，王臣向百姓

---

① 陈伯海．唐诗汇评［M］．杭州：浙江教育出版社，1995：1306.

征敛，尚不如乱贼。真正完成转折的是杜甫。胡应麟云：“开元既往，大历既兴，砥柱其间，唐以复振。”（《诗薮》）

三、杜甫无论从思想上还是从艺术上都对唐代之后的诗歌创作产生了深刻持久的影响。

（一）从思想的角度来看，杜甫对后世文人来说如同一座思想丰碑。从思想上看，杜甫对后世作家的影响主要有两点：首先，杜甫的仁民爱物、忧国忧民情怀和屈原同调，对后世士子形成深远影响，培育了后世士人胸怀天下、忧念黎庶的博大胸怀和崇高人格，如文天祥狱中尝集杜诗二百首以自励；其次，杜甫的现实主义精神对后世作家具有深刻影响，杜甫继承了《诗经》以来的现实主义创作传统，并将其发扬光大。

（二）从艺术的角度来看，杜甫是后世作家创作竞相学习的经典。杜甫多样化的艺术风格成为后世作家发展不同创作风格和流派的渊薮。杜诗“有平淡简易者，有绵丽精确者，有严重威武若三军之帅者，有奋迅驰骤若泛驾之马者，有淡泊闲静若山谷隐士者，有风流蕴藉若贵介公子者”。①

中唐而后，许多诗人即开始学习杜甫，元白将杜甫“自制新题、无复依傍”的乐府精神发展为新乐府；元白而外，更有论者曰：“孟郊得其气焰，张籍得其简丽，姚合得其清雅，贾岛得其奇僻，杜牧、薛能得其豪健，陆龟蒙得其赡博。”② 宋代以降，作家更加深入总结唐诗的创作经验。经过争论和尝试，学唐人逐渐集中到师法盛唐上来。严羽提出学李杜应如治经，然后博取盛唐名家。③ 宋代学习杜甫最显著的表现是江西诗派的出现。江西诗派是宋人学习杜甫的直接结果，江西诗派以杜甫为祖，黄山谷说老杜作诗“无一字无来处”。明清以来，杜甫热度依然不减。实际上，杜甫成了唐代以后诗人竞相学习的宗师。

---

① 陈伯海．唐诗汇评［M］．杭州：浙江教育出版社，1995：901.

② 陈伯海．唐诗汇评［M］．杭州：浙江教育出版社，1995：901.

③ 陈洪、卢盛江．中国古代文学理论读本［M］．天津：南开大学出版社，2004：230.

126. “大历诗风”具有什么特征?

答:“大历诗风”指的是至德元年(756)至贞元八年(792)三十六年间活跃于诗坛的一批诗人所共有的风格。[①]“大历十才子”初见于姚合《极玄集》,指李端、卢纶、吉中孚、韩翃、钱起、司空曙、苗发、耿沣、崔峒、夏侯审。大历诗人可分四派:古风派,以元结、顾况、孟云卿等为代表;隐士派,以皎然等人为代表;台阁派,以十才子、郎士元为代表;地方官诗人,以刘长卿、李嘉祐、戴叔伦等为代表。其中后两派是大历诗风的代表。[②]“大历诗风”的特征为:诗中表现出孤独寂寞的冷落心境;追求清雅高逸的情调;由盛唐雄浑的风骨转向淡远的情致、细致省净的意象创造,风骨顿衰,表现出中唐面目。[③]

大历诗人大多数既经历过开元盛世,又经历了“安史之乱”,目睹社会大动乱造成的毁灭性破坏,心理受到重挫,失去了盛唐士人昂扬的精神风貌。[④] 闻一多先生以为除韦应物外大历名家可视为一人,[⑤] 意指其风格趋同。“大历诗风”的时间下限为韩愈及第的贞元八年(792)。[⑥] 根据蒋寅先生的研究,大历诗歌的特质、优长与不足分别如下:

第一,大历诗歌的特质具体包括七个方面:(一)就体式而论,大历诗人写得最好的依次为五律、七律等近体诗。(二)审美趣味上,大历十才子的艺术追求具有代表性,钱起《县中池竹言怀》道破了十才子的心志:“官小志已足,时清免负薪。卑栖且得地,荣耀不关身。自爱赏心处,丛篁流水滨。”大历诗人由崇尚汉魏风骨转向追慕六朝清丽纤秀之风,由阳刚之美转向阴柔之美,由气骨健朗转向韵致悠远,由气势豪迈转向情调隽永,格调由雄浑凝重转向清空

① 蒋寅.大历诗风:导言[M].上海:上海古籍出版社,1992:1.
② 蒋寅.大历诗风:导言[M].上海:上海古籍出版社,1992:7.
③ 袁行霈.中国文学史[M].北京:高等教育出版社,2000:297.
④ 袁行霈.中国文学史[M].北京:高等教育出版社,2000:297.
⑤ 蒋寅.大历诗风:导言[M].上海:上海古籍出版社,1992:4.
⑥ 蒋寅.大历诗风:导言[M].上海:上海古籍出版社,1992:7.

闲雅。（三）创作方法上，由瑰丽的浪漫主义转向朴实的现实主义，注重写实、白描，工于形似之言，言情细腻深刻，写景生动逼真，篇幅狭窄，失去恢宏的气象。（四）主题上由歌唱理想转向表现个人感受，由社会生活转向伦常情感和生活琐事，酬赠送别之作激增。（五）审美情感上以吟咏迷惘的心态、衰老的感受、孤独的心境、乡愁、隐逸为主。① （六）写作技巧上，通过移情手法表达主观情感，达到物我同一、情景交融的境界，意象具有具体性和静态性特点，意象结构呈平列式，语言风格清新，既重雕饰而又明快圆活。②（七）意象上喜用“秋风”“夕照”“落叶”“寒雁”等，形成凄凉衰飒的风格，如李嘉祐《承恩量移宰江邑临鄱江怅然之作》：“惆怅闲眠临极浦，夕阳秋草不胜情。”戴叔伦《李大夫见赠因之有呈》：“江清寒照动，山迥野云秋。”卢纶《至德中途中书事却寄李僩》：“路绕寒山人独去，月临秋水雁空惊。”词语色彩上凄清萧瑟，多用“清”“寒”等冷色调的词语。③ 大历诗人在创作中形成象征性、描述性两类意象类型：1. 象征性意象，借助某些具备象征功能和含义的意象表达某种特定情绪，反复使用，形成程式化表达，显得陈熟老化而缺乏新鲜感。如刘长卿屡以“青山”表示故乡，“还望青山郭”“青山独归远”“青山无限水漫漫”,象征着心灵栖所；又如具有隐逸、高洁义蕴的“白云”意象，象征漂泊不定生活的“孤舟”意象，隐喻衰败消沉的“夕阳”意象，以及“芳草”“落叶”“沧州”“寒山”等。2. 描述性意象，采用白描手法，从生活中采撷意象，如寒雨、灯影、苍苔，在景物细节和感情方面力求写实和细致入微，形成清新的描摹性意象类型。④

第二，大历诗歌的优点集中体现在三方面：首先，大历诗歌表达情感细腻深刻，“专以道得人心中事为工”（张戒《岁寒堂诗

① 蒋寅．大历诗风［M］．上海：上海古籍出版社，1992：237.
② 蒋寅．大历诗风［M］．上海：上海古籍出版社，1992：238.
③ 袁行霈．中国文学史［M］．北京：高等教育出版社，2000：302.
④ 袁行霈．中国文学史［M］．北京：高等教育出版社，2000：303.

刘长卿《寻盛禅师兰若》　汝亨书

话》)，“情融神会，殆如直述”（范晞文《对床夜语》）；善于捕捉日常生活的典型状态，通过细节深刻反映人生体验和心灵状态。其次，在律诗技巧上炉火纯青，萧散闲雅之风，宛转流利之调，自出机杼。最后，语言上少用故实，力求清新省净。①

第三，大历诗歌的缺点主要有四点：首先，大历诗歌取材偏狭，诗人因对现实失望而对社会采取回避态度，将目光聚集到日常生活方面，情绪消沉；② 其次，表达直露，缺少余韵远致，作品末尾每每直接表达情感，意思显豁，无咀嚼的余韵；再次，应酬诗多，为文造情的

① 蒋寅．大历诗风［M］．上海：上海古籍出版社，1992：239.
② 蒋寅．大历诗风［M］．上海：上海古籍出版社，1992：240.

弊病严重；最后，诗意和作品结构等缺乏创造和变化，多有雷同。[①] 如刘长卿“十首以上，语意稍同，于落句尤甚”（高仲武《中兴间气集》）

第四，大历诗歌在文学史上的地位。从大历初年到贞元中的三十年间，诗坛岑寂。[②] 大历诗人既无盛唐诗人的理想主义精神，更无杜甫忧怀天下的胸襟和博爱，只能徘徊在个人情绪的小圈子里浅斟低唱。大历诗歌在文学史上的位置不高，成就不大，这一时期的诗人只能以小名家占据文学史一隅。[③] 但从历史的角度来看，大历时期又是“盛而逗中”的关键时期，叶燮认为，贞元、元和时期，“韩柳刘钱元白凿险出奇，为古今诗运关键”（《唐百家诗序》），此“中唐”之“中”不仅为唐之中，实际也是“古今百代之中”，中唐时期实际是中国古典诗歌发生重大转折的阶段。[④]

127. 刘长卿的诗歌有何特点?

答：刘长卿（？—约 790）天宝中登进士第，工五律，自许“五言长城”。刘长卿是大历十才子中的“主盟”式人物（桂天祥《批点唐诗正声》）。他的诗歌“专主情景”（《骚坛秘语》），“以苍秀接盛唐之绪”，“以新隽开中晚之风”（贺贻孙《诗筏》），“清夷闲旷，饶有怨思”（乔亿《大历诗略》），如《逢雪宿芙蓉山主人》“日暮苍山远，天寒白屋贫。柴门闻犬吠，风雪夜归人”，语真情真，趣味古淡；刘长卿诗歌“以研炼字句见长”，“清赡闲雅，蹈乎大方”（刘熙载《艺概·诗概》）；刘长卿诗歌有“坦迤”的特点，“坦迤”则“一往易尽”，已开中晚唐诗歌“务尽”之先河（翁方纲《石洲诗话》）。

刘长卿的诗歌折射出时代变迁的气息。“安史之乱”以后，唐王朝陷入长期的藩镇割据中，吐蕃乘乱攻取了唐王朝的大量土地，王朝中央又深受宦官专权的困扰。以刘长卿为代表的大历诗人，逐渐丧失了盛唐诗人那种远足高蹈、追求理想的人生取向。他们将时代

---

① 蒋寅．大历诗风［M］．上海：上海古籍出版社，1992：241.

② 蒋寅．大历诗风：导言［M］．上海：上海古籍出版社，1992：2.

③ 蒋寅．大历诗风［M］．上海：上海古籍出版社，1992：242.

④ 蒋寅．大历诗风：导言［M］．上海：上海古籍出版社，1992：6.

转衰、国运式微的气息通过诗歌表达出来，由此形成中唐诗“元气不完”（沈德潜《唐诗别裁》）、格调卑弱的缺点。刘长卿作为大历时期的诗人，诗歌表现出萧瑟凄清之气，流露出盛世已去、社会由盛转衰的情绪。刘长卿的诗歌已没有盛唐“高凝整浑”“包括宇宙、综揽人物”的气概，其古体诗“概乏气骨”,歌行情调虽佳,但没有王昌龄、崔颢的“古致”（乔亿《大历诗略》）。如《穆陵关北逢人归渔阳》:“逢君穆陵路，匹马向桑干。楚国苍山古，幽州白日寒。城池百战后，耆旧几家残。处处蓬蒿遍，归人掩泪看。”刘长卿诗歌存在诗意重复、“思锐才窄”（高仲武《中兴间气集》）的问题，诗歌“细淡而不显焕”,“颇欠骨力而有委曲之意”（方回《瀛奎律髓》）。

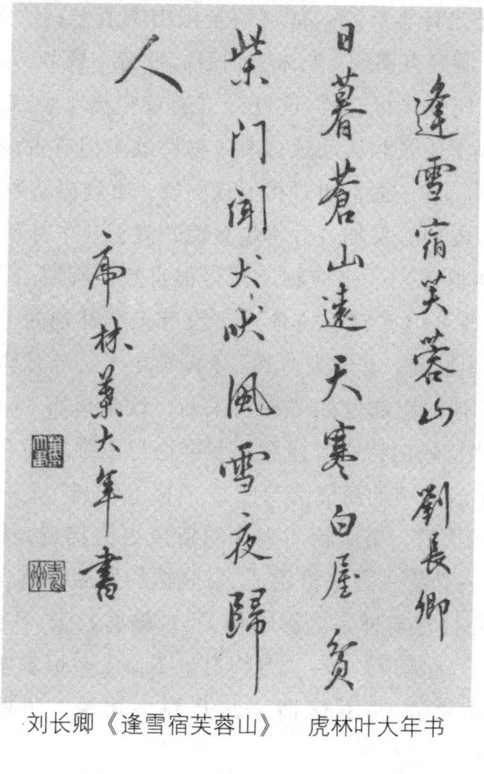

刘长卿《逢雪宿芙蓉山》　虎林叶大年书

刘勰云：“文变染乎世情，兴废系于时序。”刘长卿“凄婉清切”的诗风(李东阳《麓堂诗话》)，也是世风使然。

128. 韦应物诗歌的特点是什么？

答：韦应物（约737—约792），京兆长安人，今存诗567首。他属于大历诗人中的地方官诗人群体，与刘长卿同是大历时期的两位著名诗人，① 他的五古得汉魏之质，高雅闲淡，自成一家。韦应物观念上志尚清虚，向往淡泊宁静的隐逸生活，现实中却始终不能摆脱对功名的留恋，一生都在出仕与归隐中徘徊。② 韦应物胸中有一段“真至深永之趣”（钟惺、谭元春《唐诗归》），诗歌创作能汰去尘俗，表现出萧散冲淡的特点。如《秋夜二首》其一：“独向高斋眠，夜闻寒雨滴。”苏轼说韦应物和柳宗元的诗“发纤秾于简古，寄至味于淡泊”（《书黄子思诗集后》）。如《寄全椒山中道士》：“今朝郡斋冷，忽念山中客。涧底束荆薪，归来煮白石。欲持一瓢酒，远慰风雨夕。落叶满空山，何处寻行迹。”这首诗“通首空灵”（《王闿运手批唐诗选》），充满了生气和流动感。韦应物诗歌不但有古淡的一面，还有“清深妙丽”的一面，如“兵卫森画戟，宴寝凝清香”（《郡斋雨中与诸文士燕集》），又如“乔木生夏凉，流云吐华月”（《同德寺雨后寄元侍御李博士》）。韦应物诗写得很自然，所谓“无一字做作，真是自在”（朱熹《清邃阁论诗》），没有拘挛补衲的毛病。他的诗律深妙，“流出肝肺，非学力所到”（宋刘克庄《后村诗话》）。韦应物志在山林，他的诗歌也如“深山采药，饮泉坐石”（刘辰翁《王孟诗评》）。韦应物的诗中有禅意，韦应物与王维志趣相近，都崇尚淡泊，但是韦应物“韵高气清”，王维“格老味长”（张戒《岁寒堂诗话》）。相较而言，韦应物与陶渊明诗风更为接近，如《观田家》云：“微雨众卉新，一雷惊蛰始。”韦应物的作品中蕴含着禅意，他诗中的空境和自性与禅宗的影响相关。《幽居》云：“独无外物牵，遂此幽居情。”《咏声》云：“万物自生听，太空恒寂寥。还从静中起，却向静中消。”清乔忆谓“此乃静坐功深，领得无始气象”

---

① 蒋寅．大历诗人研究［M］．北京：中华书局，1995：92.

② 蒋寅．大历诗人研究［M］．北京：中华书局，1995：97.

(《剑溪说诗又编》)。韦应物的诗歌不枯寂，充满了生机和动感，在这一点上和王维很相似。《秋夜寄丘二十二员外》云：“怀君属秋夜，散步咏凉天。山空松子落，幽人应未眠。”《幽居》云：“微雨夜来过，不知春草生。”前人评其有“天然生意”(《唐风怀》)。

129. “后有钱郎”指的是谁?

答：“后有钱郎”指的是大历诗人钱起（约722—780)、郎士元(约727—约780)，他们二人并有诗名，风格相近，故有是称(高仲武《中兴间气集》)。

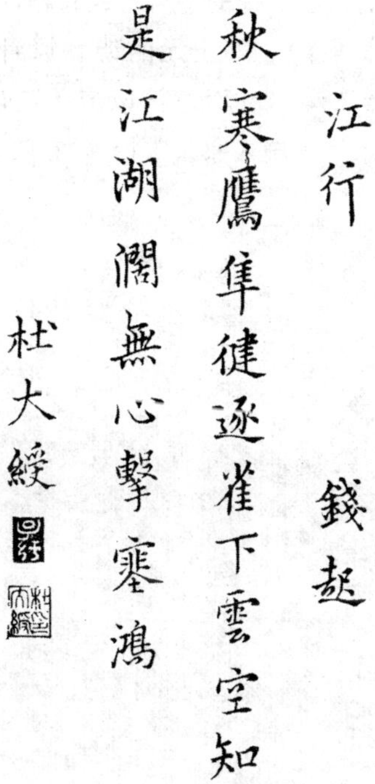

钱起《江行》　杜大绶书

先来看钱起的诗歌，他的诗歌充满了清气。《裴迪南门秋夜对月》：“夜来诗酒兴，月满谢公楼。影闭重门静，寒生独树秋。鹊惊随叶散，萤远入烟流。今夕遥天末，清光几处愁。”钱起喜欢写清愁，如《归雁》云：“潇湘何事等闲回？水碧沙明两岸苔。二十五弦弹夜月，不胜清怨却飞来。”笔致空灵。钱起喜欢写静谧的意境，《题苏公林亭》：“万叶秋声里，千家落照时。门随深巷静，窗过远钟迟。”《忆山中寄旧友》：“树深烟不散，溪静鹭忘飞。”《山中酬杨补阙见过》：“幽溪鹿过苔还静，深树云来鸟不知。”钱起的诗歌富有余韵，《省试湘灵鼓瑟》：“曲终人不见，江上数峰青。”钱起的诗歌语言“工致流丽”（范大士《历代诗发》），“丝屡细密”（杨逢春《唐诗绎》），诗歌意境空明，近人邹弢用“清词丽句必为邻”来说明他的诗歌（《精选评注五朝诗学津梁》）。

再来看郎士元的诗歌。他的诗风与钱起相近，但较钱起“闲雅”（高仲武《中兴间气集》）。郎士元的诗歌风骨不振，“不能高岸”（贺裳《载酒园诗话又编》），而“济以流美”（鲍桂星《唐诗品》）。名句如“荒城背流水，远雁入寒云”（《盩厔县郑礒宅送钱大》）等。

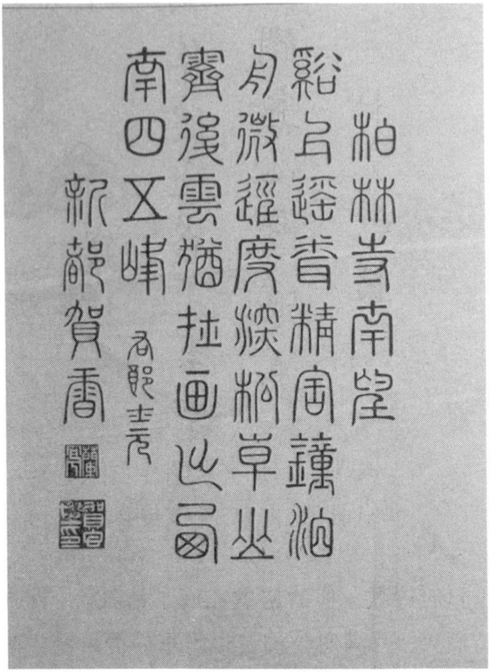

郎士元《柏林寺南望》　新都贺香书

钱、郎的作品都有“清”的一面，这与其学习谢朓有关。也是时代风气使然。大历以降，诗人们普遍失去了健举进取的精神，诗歌也逐渐丧失了盛唐的浑厚之气。《四库全书总目提要》云：“大历以还，诗格初变，开、宝浑厚之气渐远渐离。”钱、郎的作品与王维有相通的地方，但他们都缺乏王维的“浑厚”。这不单是诗人风格的差别,更有时代的影响在内：盛世孕育了王维的浑厚，钱起身处衰世，诗歌缺乏这种底气，因此“为逊储、王”（乔亿《大历诗略》）。大历时期，浑厚之气的散去是普遍性的问题。钱、郎的诗歌缺乏风骨，没有感人心魄的力量，在清浅幽静的意境里反复，缺乏突破和创新。中唐诗人已经逐渐退回到个人主观世界中来。钱、郎正是处在诗风转捩点上的人物。

130. 元结的诗歌为何说是中唐元白的先声?

答：元结（719—772）是中唐时期的诗人，他的诗歌可以视为元白的先声。元结生逢天宝之乱,“有忧道悯世之思”（晁公武《郡斋读书志》），曾参与抗击安史乱军，颇有政声。元结在思想上伤怀黎庶、关心民情，这一点与杜甫相似。但杜甫不但爱民，而且忠君，最后总能导以大义，将爱民与忠君的矛盾统一到国家大局的层面上。元结缺乏这种高度。在创作宗旨上，元结以“达下情”（《舂陵行并序》）为创作的重要目的，表达方式上由婉曲变为直露。诗歌风格上，元结反对“拘限声病，喜尚形似”（《箧中集序》），崇尚“欲质不欲野，欲朴不欲陋，欲拙不欲固”（湛若水《元次山集序》）。杜甫正是看到了元结创作中的共同追求，才写了《同元使君〈舂陵行〉序》，赞曰“不意复见比兴体制、微婉顿挫之词”①。元结的创作路线发扬了杜甫摹写民瘼的作派，下启元白讽喻现实的风气，堪为中唐乐府的先声。他的《贫妇词》《下客谣》等作品都写得“质实无华”,有一种淳古之气（许学夷《诗源辩体》）。元结有意革除“排偶绮靡之习”（《四库全书总目提

① 陈伯海. 唐诗汇评［M］. 杭州：浙江教育出版社，1995：1307.

要》)，却不免矫枉过正，“有稚朴戆直之句”（许学夷《诗源辩体》)。元结力图恢复诗歌下情上达的舆情功能，“悯贫穷、悲兵燹之言，宜备矇瞍之诵”,“为人牧者，尤宜置之座右”（贺裳《载酒园诗话又编》)。他在《农臣怨》中说：“谣颂若采之，此言当可取。”《春陵行》云：“何人采国风？吾欲献此词。”他的几首名作都站在悯农的角度，写出了一位仁爱官吏不忍心征敛贫困的百姓的痛苦心情。《春陵行》序中如实记录了“安史之乱”带来的严重破坏：“道州旧四万余户，经贼以来，不满四千”,“到官未五十日，承诸使征求符牒二百余封”。元结创作的《系乐府十二首》，序云“上感于上，下化于下”①。《贫妇词》云：“所怜抱中儿，不如山下麑。空念庭前地，化为人吏蹊。”元结《贼退示官吏并序》：“使臣将王命，岂不如贼焉?”这些作品如同变风、小雅，拙直而不失可爱（施补华《岘佣说诗》)，它们和杜甫的作品一样，堪称“诗史”（王士祯《唐贤三昧集笺注》)。

131.“诗到元和体变新”,“变新”表现在哪些方面?

答：国运盛衰影响诗人的人生预期，人生预期影响诗人的个体追求。“诗至元、白，实又一大变。”（贺裳《载酒园诗话又编》）理想主义的消长影响到创作内容，又进而影响了对文体和手法的选择。“盖因元和、长庆间，与开元、天宝时，诗之运会，又当一变。”（薛雪《一瓢诗话》）求新、求变是元和诗人的艺术追求，“不袭盛唐窠臼”,“独树一帜”（袁枚《随园诗话》）也是元和时期诗坛的风尚。

一、由重言志转向重言情。盛唐诗人崇尚经天纬地的人生追求，中唐诗人偏重个人情感的抒发。这种情感往往与人生追求并不相涉，而更多的是念友朋、怀亲旧、悼亡故乃至私情艳遇。这种创作倾向在韩孟诗派中表现得最为明显，在长于叙事的元白诗派中也有足够

① 陈伯海. 唐诗汇评［M］. 杭州：浙江教育出版社，1995：1304.

的表现。元、白不但摹写民瘼，叙事写实，同时还抒发个人情感，情致摇曳。元稹即以悼亡而名于世。“谢公最小偏怜女，自嫁黔娄百事乖。顾我无衣搜荩箧，泥他沽酒拔金钗”（《遣悲怀三首》其一），“昔日戏言身后意，今朝皆到眼前来”“诚知此恨人人有，贫贱夫妻百事哀”（《遣悲怀三首》其二），“惟将终夜长开眼，报答平生未展眉”（《遣悲怀三首》其三），情感真挚，语意沉痛。“夫唯真实，遂造诣独绝欤?”（陈寅恪《元白诗笺证稿》）

二、由雅正转向轻俗。与李长吉的“骨重神寒”（《香祖笔记》）相反，元、白的诗歌“意微而词显，风人之能事也”（薛雪《一瓢诗话》）。元稹“风致宕逸”,所以被视为“轻”。元稹的诗歌甚至“太近甜俗”（《读雪山房唐诗钞・七律凡例》）。纪昀甚至认为元、白“为人皆浅，小小悲喜必见于诗。全集皆然，不但此也”（方回选评，李庆甲集评《瀛奎律髓汇评》）。

三、由含蓄转向词烦意尽。元、白的诗歌长处中蕴藏着不足；其浅俗到老妪能解，流布人口，便于传播，是其特点，亦是其不足。“其词伤于太烦，其意伤于太尽。”（张戒《岁寒堂诗话》）“意必尽言，言必尽兴。”（陆时雍《诗镜总论》）“若收敛其词，而少加含蓄，其意味岂可复及也!”（张戒《岁寒堂诗话》）发言务尽，也带来了直露的弊端。钟惺云：“元、白浅俚处，皆不足为病，正恶其太直耳。”“直则不必为诗也。”（钟惺、谭元春《唐诗归》）“所以不及前人者，太露太尽耳。”（翁方纲《石洲诗话》）太露太尽，违背了中国传统诗学“尺幅而有万里之妙”的艺术辩证法。

四、由重写意而转向重叙事。盛唐诗歌是写意的，即使长篇大句，也不以叙事为尚。元、白诸人则偏重叙事。这种转变与两个时期的社会心理和思潮有关，盛唐理想主义的氛围中，诗人崇尚写意；中唐现实主义的思潮下，诗人喜好叙事。“元、白号称大家，皆以长篇擅胜，其于七言八句，竟似无意求工。”（钱良择《唐音审体》）叙事方面又特重排比铺张。元稹本人看重排比铺张，评价杜甫也强调这一条，由此招来元遗山的腹诽：“排比铺张特一途，藩篱如此亦区区。少陵自有连城璧，争奈微之识碔砆。”（元好问《论诗三十首》）元、白诗“属对精警，使事严切，章法变化，条理井然”（薛雪《一瓢诗话》），将叙事诗推向新高度。元、白诗歌“针线钩贯，无乎不到”（翁方纲《石洲诗话》），“伸缩变换，至于不可思议，一层之外又有一层”（翁方纲《石洲诗话》）。

132. “韩孟诗派”的代表诗人有哪些？ 创作特征是什么？

答：“韩孟诗派”是中唐时期诗歌创作流派之一，以韩愈、孟郊为代表，包括李贺、贾岛、姚合、刘叉、卢仝、马异等。他们主张“不平则鸣”,苦吟抒愤，以丑为美，表现出尚怪奇、重主观的创作意向及审美倾向，诗歌呈现出雄奇怪异的风格。恰如许印芳在《诗法萃编》中所言，他们“生李、杜之后，避千门万户之广衢，走羊肠鸟道之仄径，志在独开生面，遂成僻涩一体”。

先看“韩孟诗派”的几位代表作家。

一、韩愈。作为“韩孟诗派”的领袖，韩愈对于诗派群体风格的形成至为重要。他“文起八代之衰，道济天下之溺”，毕生致力于古文创作，他的一些诗歌采用散文化的赋体手法，铺陈罗列，穷形尽相，具有“以文为诗”的特点。如《南山诗》写终南山的高峻之景，连用五十一个“或”字，“险语迭出”（黄震《黄氏日抄》），光怪陆离。再如七古《山石》以游记笔法叙写由傍晚入寺到次日清晨下山的所见所闻，记叙细致，宛若在目；写景刻露，造语生僻，句断意连，诚为七言古诗散文化之典范。

韩愈在诗歌艺术上追求怪奇、险劲的境界，崇尚雄奇怪异之美。如其《调张籍》中写：“我愿生两翅，捕逐出八荒。精诚忽交通，百怪入我肠。刺手拔鲸牙，举瓢酌天浆。”所谓“拔鲸牙”“酌天浆”,将其胆之大、力之猛、思之怪、境之奇发挥到极致，完全是一派天马行空、超越世俗的气象。又如《陆浑山火和皇甫湜用其韵》以“天跳地踔颠乾坤，赫赫上照穷崖垠。截然高周烧四垣，神焦鬼烂无逃门”形容火山之暴烈旷野、狰狞震荡，构想奇特、用语新怪，绝异于常人。除风格戛戛独造、硬语盘空的古体诗外，韩愈的近体律绝也不乏佳作，如《早春呈水部张十八员外二首》《左迁至蓝关示侄孙湘》等诗，或清新自然，或沉郁顿挫，皆堪称佳品。①

二、孟郊。孟郊是“韩孟诗派”的重要代表人物。他的诗作崇尚奇峭，多出自苦吟。孟郊关注社会现实，“下笔证兴亡，陈辞备风骨”（《读张碧集》），如《杀气不在边》《感怀》《寒地百姓吟》等皆是反映下层民众生活的诗作。他多有抨击黑暗世俗、强烈表现自我悲慨、抒写个人贫寒生活之作，这些诗作充满幽僻、清冷、苦涩的意象，反复咏叹自己的凄怆寒苦、穷愁潦倒以及郁郁不得志，诗境仄狭，风格峭硬。如“日短觉易老，夜长知至寒”（《商州客舍》），“食荠肠亦苦，强歌声无欢。出门即有碍，谁谓天地宽”（《赠别崔纯亮》），“借车载家具，家具少于车”（《借车》），“冷露滴梦破，峭风梳骨寒。席上印病文，肠中转愁盘”（《秋怀》），这些诗句都道出了孟郊“终朝苦寒饥”（《将归赠孟东野》）的困窘生活，极力渲染了诗人对寒苦生活的感受，遣词用语古拙直率，写事抒情真切感人，迥异于一般文士的无病呻吟。孟郊也有一些以丑为美、意象险怪之作，但数量不多，影响也不大，仅有“饿犬龉枯骨，自吃馋饥涎”（《偷诗》）“怪光闪众异，饿剑唯待人”（《峡哀十首》其四）等。孟郊的诗歌也有散文化的倾向，主要表现为在诗中阐发议论，但多恰到好处，有点睛之妙，如其小诗《游子吟》：“慈母手中线，游子身上衣。临行密密缝，意恐迟迟归。谁言寸草心，报得三春晖。”叙述平易自然，议论新颖而富有情味，于质朴中见真诚、浅白中寓至理。

三、李贺、卢仝、刘叉等。李贺在中唐诗坛以“长吉体”独树一帜。他有高度的艺术才华，醉心于浪漫主义，呕心苦吟，独辟蹊径，力求创造出超越前人的、高于生活的美学境界。李贺的诗歌呈现出诡奇、怪诞的艺术风貌。与韩愈、孟郊相比，李贺更加重视内心世界的挖掘，注重主观化的幻想，因而更具突出的诗人气质。他的作品以奇特的造语、怪异的想象营造出幽奇冷艳的诗境，“险怪

① 张毅．中国文艺思想史论集［M］．天津：南开大学出版社，2004：112.

如夜壑风生，瞑岩月堕”（谢榛《四溟诗话》卷四）。除李贺外，“韩孟诗派”成就较为突出的还有卢仝、刘叉、马异等人。卢仝作诗多用怪奇、丑陋的意象，因刻意求险逐怪，时有滞涩之嫌。刘叉任侠重义，其诗歌风格亦粗豪硬朗、劲气直达，与其为人颇为吻合。马异作诗也以险怪著称，但今存诗仅四首，难见其诗风全貌。

贞元、元和年间，韩愈、孟郊、李贺、卢仝等人时有相聚、唱和，在酬唱切磋过程中，逐步形成了共同的审美趋向与艺术追求。韩孟派诗人多自负才高之人，鄙视元、白的浅近通俗之作，他们创作风格虽各异，但在尚怪奇、重主观这一基本倾向上是一致的。

具体而言，“韩孟诗派”的诗歌特征体现在以下三方面：

一、“不平则鸣”与“笔补造化”。这是“韩孟诗派”重要的理论主张。前者强调内心不平情感的抒发，重视诗歌的抒情功能；后者突出创造性的情思，以及对物象的主观裁夺。受生活遭遇及时代氛围影响，韩孟派诗人失去了盛唐诗人的浪漫幻想和开朗心情，愤世嫉俗、褊狭狷介是他们的共性，他们的作品中常有“舒忧娱悲”（韩愈《上兵部李侍郎书》）、“感激怨怼”（韩愈《上宰相书》）之辞。同时，韩愈、孟郊等人都十分重视对物象的主观裁夺。如孟郊曾言：“天地入胸臆，吁嗟生风雷。文章得其微，物象由我裁。”（《赠郑夫子鲂》）韩愈也说“规模背时利，文字觑天巧”（《答孟郊》）“若使乘酣骋雄怪，造化何以当镌劖”（《酬司门卢四兄云夫院长望秋作》），都是强调自我的创造性情思对“造化”的裁夺作用。

二、崇尚雄奇怪异之美。“韩孟诗派”的作家追求新奇的表现手法，崇尚奇峭险怪、生涩奥衍的审美趣味，善于驰骋想象，在构思、命意上痛下功夫，在遣词用句上好难争险。① 韩愈力倡雄奇怪异之美，既体现在他的创作实践中，也体现于他对同派诗人的评价之中，如他赞孟郊诗“冥观洞古今，象外逐幽好。横空盘硬语，妥帖力排

① 葛晓音．唐诗宋词十五讲［M］．北京：北京大学出版社，2003：156.

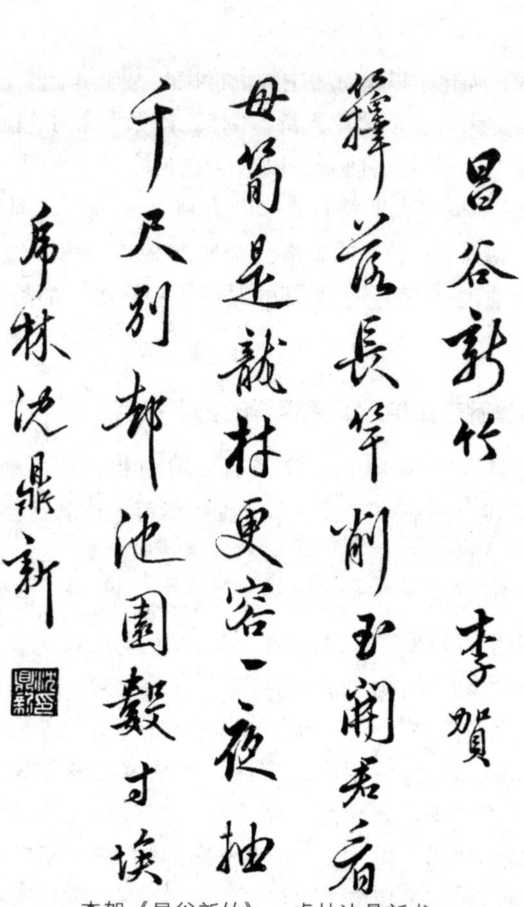

李贺《昌谷新竹》　虎林沈鼎新书

奡”（《荐士》），论贾岛诗是“狂词肆滂葩，低昂见舒惨。奸穷怪变得，往往造平淡”（《送无本师归范阳》），着眼点都在力量的雄大、词语的险怪和造境的奇特。此外，“韩孟诗派”其他诗人也大都具有崇尚雄奇怪异的审美倾向，如孟郊声言“孤韵耻春俗”（《奉报翰林张舍人见遗之诗》），卢仝自谓“削尽俗绮靡”（《寄赠含曦上人》），刘叉宣称“诗胆大如天”（《自问》）、“生涩有百篇”（《答孟东野》）。虽然这些诗人因自身遭际所限，视野不够宏阔，取材偏于狭窄，大都在苦吟上下功夫，以致雄奇不足而怪异有余，诗境也多流于幽僻蹇涩，但他们却以自己的美学追求和创作实践有力地回应了韩愈的主张，强化了以怪奇为主的风格特点。①

三、以文为诗，以议论入诗。“韩孟诗派”除了追求诗歌的雄奇怪异之美外，还大胆创新，以散文化的章法、句法入诗，融叙述、议论为一体，写出了不少“既有诗之优美，复具文之流畅，韵散同体，诗文合一”（陈寅恪《金明馆丛稿初编·论韩愈》）的佳作，如韩愈的《荐士》、孟郊的《游子吟》等，都是以议论入诗的典范。

133. 如何理解李贺诗歌诡谲怪异的艺术特点?

答：李贺（790—816），字长吉，河南福昌（今河南省宜阳县）人，是没落的唐宗室后裔。他少年能诗，成名甚早，“贺年七岁，以长短之歌名动京师”（王定保《唐摭言》）。十五岁以乐府著称，与李益并称“二李”。李贺少有大志，曾有“请君暂上凌烟阁，若个书生万户侯”（《南园十三首》其五）之壮言。元和五年（810），李贺参加府试，成绩优异被荐应进士举，但因“进士”之“进”与其父晋肃之“晋”同音，当避讳，最终只得荫举做太常寺奉礼郎。他视此职为“臣妾气态间，惟欲承箕帚”（《赠陈商》），但又不得不因“家门厚重意，望我饱饥腹”（《题归梦》）而违心接受，故始终郁郁不得志，“一心愁谢如枯兰”（《开愁歌》）。不久即托疾辞归，卒于故里，年仅二十七岁。有《李长吉歌诗》，存诗二百余首。

李贺在中唐诗坛以“长吉体”独树一帜。他有高度的艺术才华，又醉心于浪漫主义；呕心苦吟，独辟蹊径，力求创造出超越前人的、高于生活的美学境界，其诗歌呈现出诡奇、怪诞的艺术风貌。具体表现在以下三方面：

一、构思奇特，设想精巧。李贺的诗歌创作想象力惊人，往往超脱常轨、出人意表，思路奇特、构想离奇，充满神秘色彩。例如

---

① 袁行霈．中国文学史：第二卷［M］．北京：高等教育出版社，2005：312-313.

他的《金铜仙人辞汉歌》："空将汉月出宫门，忆君清泪如铅水。衰兰送客咸阳道，天若有情天亦老。"诗人从"仙人临载乃潸然泪下"的传说生发，写秋兰送别、铜仙泣泪的怀旧惜别之思，以及"天若有情天亦老"的"古今兴亡之感"（《唐宋诗举要》引吴北江语），想象生动而奇特。又如《梦天》："老兔寒蟾泣天色，云楼半开壁斜白。玉轮轧露湿团光，鸾佩相逢桂香陌。黄尘清水三山下，更变千年如走马。遥望齐州九点烟，一泓海水杯中泻。"前四句写辉煌瑰丽且充满神秘朦胧色彩的月宫景色，后四句诗人驰骋幻想，飞入月宫，从太空俯瞰人间，完全超出了时人对时空的想象，"命题奇创"（黄周星《唐诗快》），想象丰富，构思奇妙，用比新颖，体现了变幻怪谲的艺术特色。

二、选材超奇，意境奇丽。张耒评李贺诗曰"独爱诗篇超物象"（《岁暮福昌怀古》），正是说李贺诗歌善于选取光怪陆离以至荒诞不经的意象。李贺作诗往往选取超现实意象，例如《李凭箜篌引》："吴丝蜀桐张高秋，空山凝云颓不流。江娥啼竹素女愁，李凭中国弹箜篌。昆山玉碎凤凰叫，芙蓉泣露香兰笑。十二门前融冷光，二十三丝动紫皇。女娲炼石补天处，石破天惊逗秋雨。梦入神山教神妪，老鱼跳波瘦蛟舞。吴质不眠倚桂树，露脚斜飞湿寒兔。"诗人以"昆山玉碎凤凰叫"形容声音已是奇特无比，以"芙蓉泣露香兰笑"形容不同的声音效果又是奇上加奇，以"石破天惊逗秋雨"描绘箜篌的乐声更是出人意外，且多组意象倏忽变换，令人目不暇接，神秘莫测，仿若幻境。

李贺在选择意象时还经常撷取阴森幽怖、鬼气拂拂的画面，因此前人称其为"鬼才"。李贺诗中常出现怨鬼愁吟、山魅食祭、萤丘荒冢等形象。如"石脉水流泉滴沙，鬼灯如漆点松花"（《南山田中行》），"漆炬迎新人，幽圹萤扰扰"（《感讽五首》其三），"思牵今夜肠应直，雨冷香魂吊书客，秋坟鬼唱鲍家诗，恨血千年土中碧"（《秋来》）等。恰如谢榛《四溟诗话》所言："险怪如夜壑风生，暝岩月堕，时时山精鬼火出焉。"

在奇妙构思的基础上，李贺还善于通过鲜明具体的形象，展现瑰丽的意境。如《雁门太守行》:“黑云压城城欲摧，甲光向日金鳞开。角声满天秋色里，塞上燕脂凝夜紫。半卷红旗临易水，霜重鼓寒声不起。报君黄金台上意，提携玉龙为君死!”诗中绘声绘色，写态传神，黑云、金鳞、紫塞、红旗，色彩交映，时而号声嘹亮，时而战鼓低沉，把一场边城鏖战的激烈场面、守边将士的壮烈精神，扣人心弦地展现于浓彩重墨之间。

三、语言独造，修辞奇特。李贺作诗不愿使用“经人道语”,遣词造句，追求精练、创新。他常常选用感情强烈或生新拗折的字眼，如“啼”“泣”“腥”“酸”“冷”“鬼”“死”“血”等字，使诗歌充满幽冷哀伤的色彩。同时，李贺善用多种修辞，化虚为实、化无形为有形，如“歌声春草露”(《恼公》)以“露”喻“歌声”,“东关酸风射眸子”(《金铜仙人辞汉歌》)以“酸”状“风”,“杨花铺帐春云热”(《蝴蝶飞》)以“热”摹“春云”等，皆是运用通感进行联想，通过这些不同感官相互沟通转换所构成的意象，诗人的艺术直觉和细微感受倍加鲜明地展现出来，奇特巧妙，不拘常轨。

李贺的诗诡谲怪异，堪称“骚之苗裔”(杜牧《李长吉歌诗叙》),其怪奇、奇丽、诡奇以至怪诞的诗歌风格，为浪漫主义增加了新色彩，对后代诗歌创作产生了深远的影响。

134. 刘禹锡诗歌的艺术风格是什么?

答:刘禹锡(772—842),字梦得，洛阳(今河南省洛阳市)人。刘禹锡幼时勤奋好学，很早就开始学习儒家经典和吟诗作赋，在作诗方面还曾得著名诗僧皎然指点。贞元六年(790),刘禹锡游学长安，在士林中声誉极高。贞元九年(793),与柳宗元同榜进士及第，登博学鸿词科。他在政治上和柳宗元接近，曾和柳一起参加永贞革新，失败后被贬为朗州(今湖南省常德市)司马。九年后被召还都，又因赋诗言事再次发落到连州(今广东省连县)任刺史，其后多次改任。至晚年回洛阳，任太子宾客，人称刘宾客。有《刘宾客集》,存诗八百余首。

刘禹锡诗歌的内容比较丰富，其中尤以抒情言志诗、怀古诗和民歌著称。刘禹锡一生的大部分时间都是在穷僻荒远的贬所度过的，所以抒写内心的苦闷、哀怨，表现身处逆境而不肯降心辱志的执着精神，抒发自己旷达开朗、奋发自励的情怀，便成了他诗歌创作的主要内容，如《乐天见示伤三君子因成是诗以寄》《浪淘沙》《酬乐

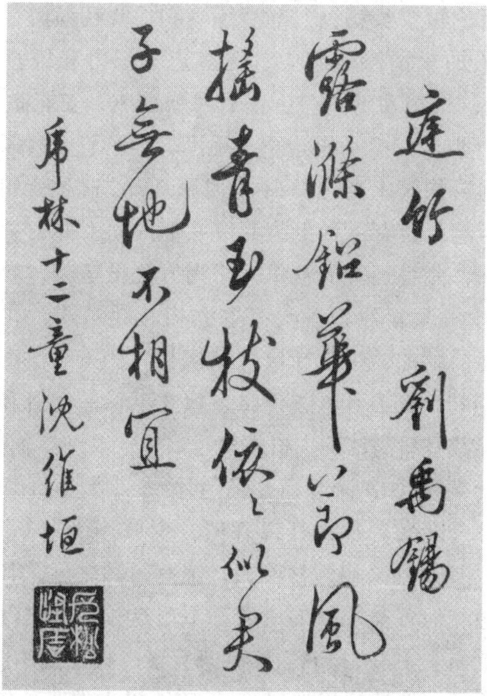

刘禹锡《庭竹》　虎林十二童沈维垣

天扬州初逢席上见赠》等都是抒情言志的作品。刘禹锡的怀古诗，如《西塞山怀古》《金陵怀古》《乌衣巷》《台城》《石头城》等，借感叹历史兴亡，暗寓时代危机，内容深刻，表现了作者深刻、进步的历史观。另外，在长期的谪居生涯中，刘禹锡受民间俚歌俗调的浸染，还创作了不少富有民歌情调、介于雅俗之间的优秀诗作，如《杨柳枝词》《竹枝词》《浪淘沙词》《堤上行》《踏歌行》等，这些诗歌既有民歌清新质朴、真率自然的特点，又不失文人诗的精美高格，极具艺术魅力。

刘禹锡远绍《诗经》《楚辞》的创作精神，近取杜甫博大浑涵之风、民歌俗谣清新刚健之气，在名家辈出的中唐诗坛卓然独树一帜。①具体而言，刘禹锡诗歌的艺术风格体现在以下两方面：

一、简洁明快，风情俊爽；饱含人生哲理，极富艺术张力。刘禹锡的诗，无论短章长篇，大都简练爽利，晓畅易解，有一种哲人的睿智和诗人的挚情渗透其中，极富艺术张力和雄直气势。诸如“朔风悲老骥，秋霜动鸷禽。……不因感衰节，安能激壮心”（《学阮公体三首》其二），“马思边草拳毛动，雕眄青云睡眼开。天地肃清堪四望，为君扶病上高台”（《始闻秋风》）这类诗句，写得昂扬高举，格调激越，具有一种振衰起废、催人向上的力量。又如“莫道谗言如浪深，莫言迁客似沙沉。千淘万漉虽辛苦，吹尽狂沙始到金”（《浪淘沙词九首》其八），“塞北梅花羌笛吹，淮南桂树小山词。请君莫奏前朝曲，听唱新翻《杨柳枝》”（《杨柳枝词九首》其一）等七言绝句，也独具傲视忧患、独立不移的气概和迎接苦难超越苦难的情怀及坚毅高洁的人格内蕴。

二、骨气端翔，格意奇高；豪迈刚劲，雄直劲健。白居易称“彭城刘梦得，诗豪者也，其锋森然，少敢当者”（《刘白唱和集解》），可谓的评。刘禹锡性格刚毅，饶有豪猛之气，其诗歌也以豪迈为主要特色，他各类题材的诗歌都不乏这种兀傲之气。例如他的名作《秋词二首》其一：“自古逢秋悲寂寥，我言秋日胜春朝。晴空一鹤排云上，便引诗情到碧霄。”一反宋玉以来的悲秋传统，而代之以颂秋、赞秋，赋予秋一种导引生命的力量，在对秋天的歌颂与赞美中，寄予了自己不同凡俗的豪迈之情，表达了对自由境界的无限向往之情。又如《酬乐天咏老见示》：“人谁不顾老，老去有谁怜。身瘦带频减，发稀冠自偏。废书缘惜眼，多炙为随年。经事还谙事，阅人如阅川。细思皆幸矣，下此便翛然。莫道桑榆晚，为霞尚满天。”本诗为和白居易《咏老赠梦得》而作。诗前六句先承白诗之伤老，言“顾老”之情，并以形象生动的语言对“顾老”的原因进行

① 吴庚舜，董乃斌．唐代文学史：下［M］．北京：人民文学出版社，1995：188.

了描述。后六句笔锋一转，写年老阅历丰富、熟谙世事，不必顾老、伤老，便可翛然自乐。尤其是“莫道桑榆晚，为霞尚满天”两句，更是气势豪放，大有“老骥伏枥，志在千里。烈士暮年，壮心不已”（曹操《步出夏门行》）之沉雄。

另外，刘禹锡诗歌之豪气还有两个独特之处。一是悲中见豪。刘诗总是在逆境、悲景、哀事中显现豪情，这正是时代气氛使然。可以说豪情是他的个性，逆境、悲景是时代的折光，这就和李白等人的盛唐之豪有所不同。二是平中见豪。刘诗的感情虽豪迈，但语言却平常简洁。他不靠外在的语言修辞形式博取豪放的效果，很少用夸张语，甚至很少用恣肆壮丽的词汇，只靠“骨力豪劲”（胡震亨《唐音癸签》）取胜，堪称“宏放出于天然”（王夫之《姜斋诗话》），“真才情之最豪者”（胡震亨《唐音癸签》）。这又和李白等人之豪有所不同。①

135.“元白诗派”的代表人物是谁？ 创作特征是什么？

白居易像

答：元白诗派是以白居易、元稹为代表的，中唐诗坛的又一重要诗派，它的形成比“韩孟诗派”稍晚。元白派诗人重写实、尚通俗，和韩孟一派差异较大。正如清人赵翼所说：“中唐诗以韩、孟、元、白为最，韩、孟尚奇警，务言人所不敢言；元、白尚坦易，务言人所共欲言。”（《瓯北诗话》卷四）元白诗派对诗歌艺术有多方面的开拓，表现出“诗到元和体变新”的创造精神。

① 韩兆琦．中国文学史：第二册［M］．北京：北京师范大学出版社，2007：255.

先看元白诗派的代表人物。

一、白居易（772—846），字乐天，自号“醉吟先生”“香山居士”。白居易少有诗才，五岁作诗，九岁识韵。贞元十六年（800）登进士第后，历任秘书省校书郎、翰林学士、左拾遗等职，这一时期，白居易有很高的政治热情，积极进谏，屡次上书指陈时政，创作了大量讽喻诗，著名的《秦中吟》十首，《新乐府》五十首都作于此期。元和十年（815），白居易因越职言事被贬为江州司马，其后政治热情减退，唯求做闲散官，远离政治斗争。武宗会昌二年（842），以刑部尚书致仕，闲居洛阳履道里，会昌六年（846）卒，年七十五。有《白氏长庆集》，存诗二千八百余首。

白居易的一生，以贬为江州司马为界，明显分为两期。前期以儒家的兼济天下为抱负，尝云“丈夫贵兼济，岂独善一身”（《新制布裘》），政治热情很高；后期则“独善其身”的思想逐渐占了上风。他的诗歌全面地反映了他的精神面貌。他自编诗集，将自己的作品分为讽喻、感伤、闲适、杂律四类，其中的讽喻诗集中反映了他早年的兼济之志。白居易的诗作内容切近日常生活与普通人情；语言流畅平易，又富于情味，故能广泛流传，正如元稹所言：“自篇章以来，未有流传如是之广者。”（《白氏长庆集序》）

二、元稹（779—831），字微之。贞元九年（793）明经及第，十年后与白居易一同中书判拔萃科，元和元年（806），与白居易一起以制科入等，授左拾遗，后转监察御史。他入仕初期敢于指陈时弊，被贬为江陵士曹参军，后移通州司马，之后借助宦官崔潭峻、魏弘简等人援引，长庆二年（822）任宰相，后因与同时拜相的裴度不和，四个月后即罢为同州刺史，后又任浙东观察使、武昌军节度使等职，卒于武昌任上。有《元氏长庆集》。

元稹很重视乐府诗的写作，他在《进诗状》中曾这样自叙创作经历及成就：“九岁学诗，少经贫贱。十年谪宦，备极凄惶。凡所为文，多因感激。故自古风诗至古今乐府，稍存寄兴，颇近讴谣。虽无作者之风，粗中道人之采。”他重视乐府诗的创作，特别提倡写作新乐府，推重杜甫“即事名篇，无复倚傍”（《乐府古题序》）的创作经验，反对“沿袭古题”，为新乐府创作指明了宗旨。元稹的古题乐府“虽用古题，全无古意”或“颇同古意，全创新词”，有不少成功之作，如构想奇特的《织妇词》、言辞愤慨的《田家词》等。

除乐府诗之外，元稹写男女恋情、夫妻深情和友朋思念的五、七言律诗和绝句，颇有情味，笔致摇曳，情感真挚，在文学史上影响深远，如《遣悲怀三首》《离思五首》等。

三、张籍、王建。张籍和王建年长于白居易，他们较早开始乐府诗的写作，被并称为“张王”。张戒《岁寒堂诗话》曾说：“张、王乐府专以道得人心中事为工。”他们对白居易、元稹等人的新乐府创作有直接的影响。

张籍（766？—830？），字文昌。贞元十五（799）年进士，一生只做过太常寺太祝、水部员外郎、国子司业一类闲职小官，人称“张水部”“张司业”。

张籍曾师从韩愈，但诗风却不与韩同，张籍工于乐府歌行的创作，白居易赞其“尤工乐府诗，举代少其伦”“风雅比兴外，未尝著空文”“上可裨教化，舒之济万民；下可理情性，卷之善一身”（白居易《读张籍古乐府》）。张籍的乐府诗今存七八十首，多为新命题的作品。这些作品揭露时弊，抨击现实，在表现手法上，常能把矛盾最尖锐的一面呈现出来，不做过多的议论，语言平易如口语，很能打动读者，如《野老歌》《估客乐》《别离曲》《征妇怨》等。

张籍的律诗也写得语浅而情深，如“长因送人处，忆得别家时”（《蓟北旅思》），“去去人应老，年年草自生”（《思远人》），“柳色看犹浅，泉声觉渐多”（《酬白二十二舍人早春曲江见招》），“树影新犹薄，池光晚尚寒”（《早春闲游》）等，语言朴素中见深厚，平淡中有回味，宋代王安石称之为“看似寻常最奇崛，成如容易却艰辛”（《题张司业诗》）正概括了这方面的特点。

王建（766—831？），字仲初，出身寒微，仕路坎坷。元和间，始任昭应尉，时已“头白如丝”，太和年间，官终陕州司马。他在《自伤》诗中说：“四授官资元七品，再经婚娶尚单身。”可见一生都很潦倒。有《王司马集》，存诗五百余首。

王建与张籍的诗风比较接近，也很工于乐府的写作，其乐府诗以新题为主，广泛地表现了民间百姓的生活，取材丰富，如《水夫谣》《送衣曲》《田家行》《当窗织》《羽林行》等。王建诗歌的语言比较浅易，用口语较多，但很多作品都不浅俗，诚如叶矫然所言："王仲初句质而实巧。"（《龙性堂诗话》初集）此外，王建还有《宫词》七绝百首，反映了宫女的生活，在当时流传极广，王建也因此获得"宫词之祖"之赞誉。

再看"元白诗派"的创作特征。

元白诗派中，元稹、白居易关系最为密切，有"元白"之称；张籍、王建交往频繁，且皆以乐府著称，故并称"张王"。与韩孟诗派高度一致的思想、性格、趣味不同的是，元白诗派的共同之处在于乐府诗歌的创作。其中"张王"以古乐府见长，"元白"以新乐府著称。元辛文房《唐才子传·张籍传》云："公于乐府古风，与王司马自成机轴，绝世独立。自李、杜之后，风雅道丧，至元和中，暨元、白歌诗，为海内宗匠，谓之'元和体'。"可见张王元白都以乐府歌诗著称，是元和体的典型代表。①"元和体"中的长篇排律带有故事性，标志着抒情诗中的叙事成分加强，而小碎篇章则是瞬间心境意绪的抒发，是娱心遣兴的手段，语言浅白，格调轻快，突出了诗歌的审美愉悦性质。这类诗作，从内容到形式突破了诗歌的传统规范和已有模式，打破了诗歌创作的典雅体制，使其世俗化为能被社会普遍接受和欣赏的浅近文体，呈现出诗歌创作转折时期的写实、尚俗特征。②

136. 白居易的新乐府诗的内容是什么？ 有何艺术特色？

答：白居易在编定诗集时，将自己的诗作分为讽喻、闲适、感

---

① 赵敏俐，吴思敬．中国诗歌通史：唐五代卷［M］．北京：人民文学出版社，2012：403.

② 张毅．唐宋诗词审美［M］．天津：南开大学出版社，2013：106.

伤、杂律四类。《与元九书》中提到："仆数月来，检讨囊帙中，得新旧诗，各以类分，分为卷首。自拾遗来，凡所适所感，关于美刺兴比者，又自武德讫元和，因事立题，题为《新乐府》者，共一百五十首，谓之讽喻诗。又或退公独处，或移病闲居，知足保和，吟玩情性者一百首，谓之闲适诗。又有事物牵于外，情理动于内，随感遇而形于叹咏者一百首，谓之感伤诗。又有五言、七言、长句、绝句，自一百韵至两韵者四百余首，谓之杂律诗。凡为十五卷，约八百首。异时相见，当尽致于执事。"其中讽喻诗即新乐府诗。所谓讽喻，用意在于讽谏帝王，指摘时政。白居易的讽谕诗以《新乐府五十首》为代表，这些作品自太宗创业、玄宗失政，一直写到德宗、宪宗，几乎概括了有唐一代由盛而衰的全部历史。这类乐府诗内容极为广泛，概言之有以下四类：

一、真实地反映了人民的深重苦难，深刻地揭露了统治阶级的残暴。如《宿紫阁山北村》写"口称采造家，身属神策军"的暴卒仗势欺人；《重赋》言民间百姓"幼者形不蔽，老者体无温。悲喘与寒气，并入鼻中辛"的贫困生活，批"夺我身上暖，买尔眼前恩"的庸吏昏官；《杜陵叟》斥"长吏明知不申破，急敛暴征求考课"的昏官庸吏。白居易在《与元九书》中说："闻《秦中吟》，则权豪贵近者相目而变色矣。闻《登乐游园》寄足下诗，则执政柄者扼腕矣。闻《宿紫阁村》诗，则握军要者切齿矣。大率如此，不可遍举。"可见其讽谕诗的辛辣有力。

二、讽刺豪门贵族的奢侈腐化。如《轻肥》讽刺"意气骄满路，鞍马光照尘"的内臣于大灾之年照旧去"赴军中宴"，"樽罍溢九酝，水陆罗八珍。果擘洞庭橘，脍切天池鳞。食饱心自若，酒酣气益振"的豪奢宴饮与"衢州人食人"的江南旱灾形成鲜明的对比，讽刺了统治阶级的奢侈腐败、挥霍无度。又如《红线毯》批判"夺人衣作地衣"的宣州太守，揭露了帝王之家"彩丝茸茸香拂拂，线软花虚不胜物。美人踏上歌舞来，罗袜绣鞋随步没"的奢靡生活。

三、白居易在新乐府诗中表达了对妇女的同情和怜悯。他在

《太行路》中曾感慨："行路难，难重陈。人生莫作妇人身，百年苦乐由他人！"一语道破了封建社会妇女的不幸遭遇。他关注"山宫一闭无开日，未死此身不令出"（《陵园妾》）的守陵宫女，同"入时十六今六十"（《上阳白发人》）的宫女。他在《母别子》中控诉"新人迎来旧人弃，掌上莲花眼中刺"的男权社会；《井底引银瓶》虽然寓意"止淫奔"。但客观上反映了封建社会女性的悲惨命运，这些女子为了追求爱情，却落得"为君一日恩，误妾百年身"。这些诗作都发扬了《诗经》中《柏舟》《谷风》《氓》以及汉乐府《孔雀东南飞》《上山采蘼芜》等诗歌的传统，深刻揭露了古代男权社会的罪恶制度。

四、白居易的新乐府诗还对边策失当提出深刻的批判。如《新丰折臂翁》写一个"头鬓眉须皆似雪"的八旬老翁为避征战"偷将大石槌折臂"的悲剧；《缚戎人》写一个"脱身冒死奔逃归"的汉人，"没蕃被囚思汉土，归汉被劫为蕃虏"的遭遇，深刻揭露了军政腐败、藩镇割据。

白居易的新乐府诗不但内容广泛，而且具有很高的真实性。关于新乐府诗的艺术特色，白居易在《新乐府五十首序》中说："篇无定句，句无定字，系于意，不系于文。首句标其目，卒章显其志，诗三百之义也。其辞质而径，欲见之者易喻也；其言直而切，欲闻之者深诫也；其事核而实，欲采之者传信也；其体顺而肆，可以播于乐章歌曲也。总而言之，为君、为臣、为民、为物、为事而作，不为文而作也。"

新乐府的艺术特色具体表现为以下四点：

一、主题明确，内容单一，"一吟悲一事"，每首诗都只就一个社会问题进行讽喻。他的《新乐府五十首》在每首诗题之下，用小序的形式注明诗的美刺目的。如《上阳白发人》序曰"愍怨旷也"；《新丰折臂翁》序曰"戒边功也"；《卖炭翁》序曰"苦宫市也"，诗歌主旨鲜明突出。

二、选择典型人物与事件，刻画生动。白居易的新乐府虽有明确的进谏目的，但并没有落入纯粹说理的枯燥面貌，而是善于选择典型性的人物事件来反映重要的社会问题。如《新丰折臂翁》写折臂老翁，控诉军政腐败；《上阳白发人》写宫女不幸，批判统治者不仁；《卖炭翁》写“满面尘灰烟火色，两鬓苍苍十指黑”“可怜身上衣正单，心忧炭贱愿天寒”之老翁，表达对下层民众的同情，抨击了统治者掠夺人民的罪行。

三、议论醒豁，批判犀利。白居易新乐府作品中的议论多能切中要害，极有锋芒，画龙点睛地突出了全诗的中心内容。这些议论多置于结尾，即所谓“卒章显其志”，如《红线毯》：“宣州太守知不知：一丈毯，千两丝。地不知兼人要暖，少夺人衣作地衣！”极具批判和抨击的力量。又如《买花》先痛惜“家家习为俗，人人迷不悟”之世俗，又以老翁的议论慨叹“一丛深色花，十户中人赋”作结，突出了奢华世风与百姓生活艰辛的强烈对比，深刻地揭示了主题。

四、语言通俗流畅。白居易的新乐府追求“辞质而径”“言直而切”“体顺而肆”，较少使用典故，更不使用生僻艰深的字眼，语言通俗流畅，“无不达之隐，无稍晦之词”（赵翼《瓯北诗话》卷四），往往老妪能解；又多用口语、俗语，以致王安石谓其“天下俚语被白乐天道尽”（胡仔《苕溪渔隐丛话》引）。如“卖炭翁，伐薪烧炭南山中”（《卖炭翁》）、“上阳人，苦最多，少亦苦，老亦苦”（《上阳白发人》）等诗句，皆浅显易懂、通俗流畅。①

总的来说，白居易的新乐府诗内容切近日常生活与普通人情；语言流畅平易，又富于情味，故能广泛流传。元稹称白诗“自篇章以来，未有流传如是之广者”（《白氏长庆集序》），可谓的评。

137. 元稹的爱情诗题材内容如何？

答：作为中唐诗坛的才子型作家，元稹除新乐府诗比较出色外，爱情诗也很有特色。《元氏长庆集》现存元稹爱情诗有三十余首，韦

---

① 韩兆琦主编．中国文学史：第二册［M］．北京：北京师范大学出版社，2007：263-268.

谷《才调集》中收录约五十首。元稹是李商隐之前大量写作爱情诗之人。就其爱情诗的题材内容而言，有以下两类：

一、描写封建社会特殊背景下的男女之间的恋情。陈寅恪说："微之以绝代之才华，抒写男女生离死别悲欢之感情，其哀艳缠绵，不仅在唐人诗中不多见，而影响及于后来之文学者尤巨。"(《元白诗笺证稿》)如《春晓》说："半欲天明半未明，醉闻花气睡闻莺。猧儿撼起钟声动，二十年前晓寺情。"淡淡几笔含蓄地写出了蒲州奇遇。"莺莺"天资绰约，淡妆宜人，所以《白衣裳》诗说："藕丝衫子柳花裙，空著沉香慢火熏。闲倚屏风笑周昉，枉抛心力画朝云。"诗人对少女的活泼天真更是记忆犹新。他的《杂忆》其二、其三写她的游戏说："花笼微月竹笼烟，百尺丝绳拂地悬。忆得双文人静后，潜教桃叶送秋千。""寒轻夜浅绕回廊，不辨花丛暗辨香。忆得双文笼月下，小楼前后捉迷藏。"这类诗流传最广的是《会真诗三十韵》和《梦游春七十韵》。前一篇借咏小说中人物的幽会抒发眷恋之情，它是《莺莺传》的有机组成部分，为小说增色不少。后一篇从恋爱的幸福写到分手的痛苦，再从与韦丛结婚的美满写到伤逝的悲哀，最后写仕途坎坷，一贬再贬，远赴江陵，幽愤难抑。贬地寂寞，使他情不自禁地又回忆起往日的美好生活来。元稹论诗以《焦仲卿妻》《木兰诗》为乐府民歌的典范，又心仪李白、杜甫，并有写叙事诗《李娃行》的经验，所以《梦游春》和《会真诗》能融抒情于叙事之中，生动鲜明，一气呵成，是唐人爱情诗中的佳作。

二、描写对亡妻真挚朴素、刻骨铭心追怀的悼亡诗。古人很少写夫妇之爱，一般悼亡诗泛泛而咏，颇似应酬之作，所以晋人潘岳的《悼亡诗》能写真情真意，便受到人们的赞许。其后长期无人相继，使它几乎成为空谷之音。直到元稹出来重新开拓诗境才改变了诗坛状况。元和十年他写的《叙诗寄乐天书》曾提到："不幸少有伉俪之悲，抚存感往，成数十诗，取潘子'悼亡'为题。"他的悼亡诗，无论是内容还是艺术都远远超过了潘岳的作品。元稹和妻子韦丛感情深厚，韦丛早逝，使他十分痛苦，触景生情，他写了许多悼亡之作，所谓“荀令香销潘簟空，悼亡诗满旧屏风”（《答友封见赠》）。诗人从生活中习焉不察的细节入手，通过朴素平实的生活事例，展现与妻子的相濡以沫患难与共。《六年春遣怀》其二说：“检得旧书三四纸，高低阔狭粗成行。自言并食寻常事，唯念山深驿路长。”诗写读往日书信的感慨，通过妻子在困苦的生活中虽食不果腹，但还念念不忘自己出使东川的旅途艰辛，以表现其贤惠情深。事虽平常，却具有牵动人心的巨大力量。《听庾及之弹乌夜啼引》写谏官任上遭受打击，“身作囚拘妻在远”，妻子在家祝愿丈夫平安、夫妇重逢，将患难与共的情感表达得惟妙惟肖。有时诗人也从自身角度着笔，借酒消愁而愁依然如故，“怪来醒后旁人泣，醉里时时错问君”（《六年春遣怀》其五）。悼亡诗最为脍炙人口的是《遣悲怀三首》。第一首写妻子不嫌弃丈夫寒酸，甘心下嫁，真心相待，甘之如饴，真挚感人：“顾我无衣搜荩箧，泥他沽酒拔金钗。野蔬充膳甘长藿，落叶添薪仰古槐。”第二首写诗人对亡妻的思念：“昔日戏言身后意，今朝都到眼前来。衣裳已施行看尽，针线犹存未忍开。尚想旧情怜婢仆，也曾因梦送钱财。诚知此恨人人有，贫贱夫妻百事哀！”诗以平常语写平常事，不矫饰，不夸张，直抒胸臆，纯朴感人。元稹悼亡诗情文并茂，千古流传。唐以后只有苏轼的悼亡词《江城子》堪与之媲美。①

138. 何为“郊寒岛瘦”？

答：“郊寒岛瘦”是指中唐诗人孟郊、贾岛简啬孤峭、晦涩瘦硬的诗歌风格，语出苏轼《祭柳子玉文》。寒指清寒枯槁，瘦指孤峭瘦硬。郊、岛之诗风格清奇悲凄，幽峭枯寂，格局狭隘窄小，破碎迫促，且讲究苦吟推敲，锤字炼句，往往给人以寒瘦窘迫之感，故称。②

---

① 吴庚舜，董乃斌．唐代文学史：下［M］．北京：人民文学出版社，1995：294-296.

② 傅璇琮，等．中国诗学大辞典［M］．杭州：浙江教育出版社，1999：698.

孟郊（751—814），字东野，湖州武康（今浙江省德清县）人。其人狷介孤傲，不谐流俗，虽有很强的功名心，却因不善变通而少所遇合，至四十六岁才进士及第，五十岁始为溧阳尉，后又调任河南水陆转运从事，试协律郎等职，终生官位不显、沉落下僚。孟郊家境贫寒，尝自嘲“浅井不供饮，瘦田长废耕”（《秋夕贫居述怀》），定居洛阳后，生活稍有转变，又遭遇丧子之痛。元和九年（814），孟郊赴兴元府任参军，行至阌乡县（今河南省灵宝市）暴疾而卒，终年六十四岁。孟郊终生坎壈，身后萧条，其作品由宋人整理，成《孟东野诗集》十卷行世。贾岛（779—843），字浪仙（一作阆仙），范阳（今属北京市）人。早年曾出家为僧，法号无本。后于洛阳结识韩愈、孟郊，相与唱和，遂还俗。贾岛愤世嫉俗、嘲讽权贵，为公卿所恨，列为“举场十恶”，羁旅长安三十余年，屡试不中。其后曾任长江（今四川省蓬溪县）主簿，后改任普州（今四川省安岳县）司仓参军，并卒于此。他是孟郊之后僻涩体的另一重要作家，《全唐诗话》载韩愈赠贾岛诗曰：“孟郊死葬北邙山，日月星辰顿觉闲。天恐文章中断绝，再使贾岛生人间。”有《长江集》传世。

孟郊之诗关注社会现实，“下笔证兴亡，陈辞备风骨”（《读张碧集》）。但受生活遭遇及时代氛围影响，孟郊心胸气魄已不具备盛唐高昂明朗之基调，而是变得狭窄瘦硬。他以充满幽僻、清冷、苦涩的意象，反复咏叹自己的凄怆寒苦、穷愁潦倒以及郁郁不得志，诗境仄狭，风格峭硬。如“日短觉易老，夜长知至寒。”（《商州客舍》）“食荠肠亦苦，强歌声无欢。出门即有碍，谁谓天地宽?”（《赠别崔纯亮》）“借车载家具，家具少于车。”（《借车》）“冷露滴梦破，峭风梳骨寒。席上印病文，肠中转愁盘。”（《秋怀十五首》其二）这些诗句都道出了孟郊“终朝苦寒饥”（韩愈《将归赠孟东野房蜀客》）的困窘生活，极力渲染了诗人对寒苦生活的感受。孟郊生活困苦，作诗亦艰难。他不以平淡清新为意，尚古拙，求奇险，好瘦硬。作诗“刿目钵心，刃迎缕解。钩章棘句，掐擢胃肾”（韩愈《贞曜先生墓志铭》），有如“诗囚”，他的《老恨》《夜感自遣》《赠郑夫子鲂》等诗正是对自己苦吟创作的真实自述。生活之艰辛与作诗之艰苦共同造就了孟郊清寒枯槁、清奇悲凄的诗歌风格。韩愈评孟郊诗曰“横空盘硬语，妥帖力排奡”（《荐士》），形象道出了孟诗简啬孤峭、瘦硬奇警的特点。

贾岛长于苦吟，刻意于琢磨锻炼，自言“一日不作诗，心源如废井”（《戏赠友人》），“两句三年得，一吟双泪流”（《题诗后》）。由于生活经历平淡，与社会较为隔阂，贾岛的诗中较少反映现实生活之作，更多的则是写荒凉寂寞的生活遭遇以及枯寂孤寒的禅院生活，如“孤鸿来半夜，积雪在诸峰”（《寄董武》），“叩齿坐明月，支颐望白云”（《过杨道士居》），“归吏封宵钥，行蛇入古桐”（《题长江》）等。为求生新造奇，他甚至将注意力集中到“萤火”“蚁穴”“行蛇”“怪禽”上。其诗虽有颇具气势之作和传世佳句，然大部分诗篇题材狭隘、格局窄小。清许印芳评贾岛诗曰：“生李、杜之后，避千门万户之广衢，走羊肠鸟道之仄径，志在独开生面，遂成僻涩一体。”（《诗法萃编》卷六）正是道出了岛诗幽冷奇峭、瘦硬幽新之特色。

孟郊、贾岛二人诗风相近，同属苦吟诗人，都曾受韩愈奖掖赏识，又皆落魄不遇、穷困一生，故后世论者往往并提，称为“郊岛”。早在宋初，欧阳修即在《书梅圣俞稿后》中将郊、岛并提，言其“悲愁郁堙之气”。至苏轼《祭柳子玉文》正式提出“元轻白俗，郊寒岛瘦”之评语，此论一出，遂成郊、岛诗风之定评，且往往加以诟病，如严羽《沧浪诗话》指之为“直虫吟草间耳”。但在诗歌发展史上，无论是孟郊的“盘空硬语”，还是贾岛的瘦硬生新，都对同时代及后世诗人产生了重大影响。唐李肇《唐国史补》载“元和以后，为文笔则学奇诡于韩愈，……诗章则学矫激于孟郊”；苏轼也称孟郊“诗从肺腑出，出辄愁肺腑”，并言“我憎孟郊诗，复作孟郊语”（《读孟郊诗二首》）。贾岛更是卓然自成一家，追随者、崇拜者甚众，如南唐孙晟“画唐诗人贾岛像，悬于屋壁，以礼事之”（《旧五代史》卷一三一），宋代的“九僧”“永嘉四灵”“江湖诗派”以及明代的“竟陵派”、清代的“浙派”都曾学习贾岛诗歌的写法。

139. 李商隐的诗歌包括哪些种类？

答：李商隐（812—858），字义山，号玉溪生，又号樊南生。原籍怀州河内（今河南省沁阳县），自祖辈移居郑州（今属河南省郑州市）。其先为李唐王室旁支，自高祖以来已家道中落，其父李嗣曾任获嘉（今河南省获嘉县）县令。李商隐幼年失怙，艰苦清贫，曾以古文得名。文宗大和三年（829），李商隐谒令狐楚，受赏识，入令狐楚幕。开成二年（837）得中进士，楚死，入王茂元幕，陷入“牛李党争”。党人的成见与自身孤介的性格，使李商隐一直位沉下僚，仕途三十载辗转于各处幕府。大中十二年（858），李商隐因病退职还乡，卒于郑州，享年不足五十。李商隐虽然长期以做幕僚、写骈文为主，但他的文学成就主要表现于诗歌创作，堪称中晚唐成就最高的诗人，大体而言，其诗作有以下三类：

一、关注现实的政治诗。李商隐的诗歌一定程度上反映了晚唐时代人民生活极端贫困，政权内部矛盾重重、危机四伏的现实状况。如《随师东》反映讨伐叛镇李同捷的三年战争造成“儿竭中原”和“积骸成莽”的灾难性后果。又如《淮阳路》写战后农村的残破，“荒村倚废营，投宿旅魂惊”；写朝廷和藩镇间的斗争，“昔年尝聚盗，此日颇分兵。猜贰谁先敌，三朝事始平”，揭露了唐王朝内部的社会矛盾。

李商隐政治诗另一个重要内容是揭露统治者的骄奢昏聩和统治集团内部的矛盾斗争。《龙池》《骊山有感》讽刺唐玄宗霸占儿媳的秽行，《马嵬二首》《华清宫》批判玄宗宠信佞臣，沉溺声色，不恤国政。《富平少侯》《陈后宫》两首、《有感二首》以及《瑶池》《华岳下题西王母庙》等诗更触及在世的皇帝。

二、托物寓情的咏怀诗。李商隐诗中数量最多的是对自己凄凉身世的讴吟。由于政治上的失意，一生沉沦下僚，徒有壮志，怀才不遇，以及消极颓唐之情，种种心理矛盾错综交织，缠绵不去，形诸笔端。他的《无题》（重帏深下莫愁堂）和《深宫》两诗借浓香的桂叶比喻寒士们的学识才华，以菱枝、萝荫比喻他们的地位卑微，以狂飙、风波比喻摧残他们的黑暗势力，深细婉曲地宣泄了诗人内心的痛苦和愤懑。

李商隐是唐代咏物诗大家，他的咏物诗大多托物寓慨，表现诗人的境遇命运、人生体验和精神意绪。如《流莺》哀己之飘零无依，《蝉》诉己之悲鸣无告，《高松》喻己之高洁自持。《赋得鸡》《洞庭鱼》两诗看似咏物，实是讽刺官场丑恶的寓言。七绝《乱石》把官场中盘根错节、党同伐异的恶势力作象征化表现，“不须并碍东西路，哭杀厨头阮步兵”两句可以说是千古落魄书生的血泪之词。

三、旖旎缠绵的爱情诗。李商隐最负盛名的是其描写爱情的诗歌。

这部分作品多以《无题》标示，或摘取篇中二字为题，如《玉山》《碧城》《一片》《锦瑟》《哀筝》《钧天》等。其中有不少情挚意真，深厚缠绵之作，如《无题》：“相见时难别亦难，东风无力百花残。春蚕到死丝方尽，蜡炬成灰泪始干。晓镜但愁云鬓改，夜吟应觉月光寒。蓬山此去无多路，青鸟殷勤为探看。”又如《锦瑟》：“锦瑟无端五十弦，一弦一柱思华年。庄生晓梦迷蝴蝶，望帝春心托杜鹃。沧海月明珠有泪，蓝田日暖玉生烟。此情可待成追忆？只是当时已惘然。”这些诗歌由诗人精心构造、细致刻画，潜藏着诗人的情感体验，意蕴丰富、诗境优美，貌似写爱情，实际又难以用男女之情来框定。诗歌将人生体验融入其中，作品意蕴远远超越爱情具有永恒的艺术魅力，时至今日，仍是直击心灵的佳作。

李商隐诗歌秾丽而时带忧郁，摇曳而不失厚重，丰富深厚的思想内容和曲折见意的表现形式达到完美和谐的统一，形成“深情绵邈”（刘熙载《艺概·诗概》）、典丽精工的独特风格，以其意蕴的深婉、词采的精美和朦胧的美学追求，为抒情诗的发展开辟了新的天地。①

李商隐还有一些作品写其妻子王氏的。如《赠荷花》：“世间花

① 吴庚舜，董乃斌．唐代文学史：下［M］．北京：人民文学出版社，1995：381–386.

叶不相伦，花入金盆叶作尘。惟有绿荷红菡萏，舒卷开合任天真。此花此叶长相映，翠减红衰愁杀人！”以荷花喻王氏之秀美，写出了对王氏的倾慕。又如《夜雨寄北》：“君问归期未有期，巴山夜雨涨秋池。何当共剪西窗烛，却话巴山夜雨时。”抒写了离别之情和相思之苦。

140. 李商隐诗歌的艺术特色是什么？

答：李商隐今存诗六百余首，众体兼备，尤以七言近体诗成就为高，构思缜密、寄托遥深、语言清丽、格律严整。他生于衰危之世，仕途的坎坷、爱情的失意，加之生性多愁善感，使其诗歌内容极为丰富深广，呈现出多样化的诗歌风格。具体而言，李商隐诗歌的艺术特色体现在以下四方面：

一、构思缜密，情致深远。李商隐的诗歌于感时抒怀、言情咏物中无不透露自己的真情实感，但又力避平直之语，绝少直抒胸臆之言。如《夜雨寄北》：“君问归期未有期，巴山夜雨涨秋池。何当共剪西窗烛，却话巴山夜雨时。”全诗仅四句，先忆过去，再叙现今，后写来日，仅仅二十余字，便把夫妻间的相互思念，自己客居异乡的孤独愁苦和幻想他日相聚的欢愉全部写出，构思巧妙，极尽委曲之能事。又如《宿骆氏亭寄怀崔雍崔衮》：“竹坞无尘水槛清，相思迢递隔重城。秋阴不散霜飞晚，留得枯荷听雨声。”本为怀人之作，却写相思迢递、长夜不眠，可谓构思严密，情味无穷，“寄托深而措辞婉”（叶燮《原诗》）。葛立方《韵语阳秋》引杨亿评李商隐诗曰“味无穷而炙愈出，钻弥坚而酌不竭”，正是道出了李诗缠绵顿挫、缜密深曲的特色。

二、长于用典，精工妥贴。李商隐是唐代诗人中用典最多的一个，也是运用得最为精彩的一个。经典史籍、神话传说，纵意渔猎；正用反用、演绎新意，施无不可。如其《安定城楼》：“迢递高城百尺楼，绿杨枝外尽汀洲。贾生年少虚垂涕，王粲春来更远游。永忆江湖归白发，欲回天地入扁舟。不知腐鼠成滋味，猜意鹓雏竟未休。”八句中连用贾谊、王粲、范蠡、《庄子·秋水》四个典故，且切合事情，精妙绝伦。又如：“只有安仁能作诔，何曾宋玉解招魂？”（《哭刘蕡》）“贾氏窥帘韩掾少，宓妃留枕魏王才。”（《无题四首》其二）“此日六军同驻马，当时七夕笑牵牛。”（《马嵬》）大量用典，使其诗构思更加丰富，诗旨更加遥深，意蕴更加丰富，抒情更为含蓄，“包蕴密致”（葛立方《韵语阳秋》）。

三、锤炼字词，工于造语。李商隐诗歌语言凝练而丰富。他不但注重锤炼实词，选择虚词，运用叠字，而且也重视对成语典故、民谚方言的特色加工，使诗歌造境新颖，蕴涵丰富。如“集鸟翻渔艇，残虹拂马鞍”（《楚泽》），一个“翻”,一个“拂”,写尽了水禽飞舞嬉戏、残虹行空如彩之景象。又如“花情羞脉脉，柳意怅微微”（《向晚》），叠字的妙用，创造出色、声、情俱佳的意境。再如“山上离宫宫上楼，楼前宫畔暮江流”（《楚吟》）“百里阴云复雪泥，行人只在雪云西”（《西南行却寄相送者》）“纵使有花兼有月，可堪无酒又无人”（《春日寄怀》）“春心莫共花争发，一寸相思一寸灰”（《无题四首》）“刘郎已恨蓬山远，更隔蓬山一万重”（《无题四首》）等，句式的错综变化和虚词的灵活运用，使诗句摇曳多姿，诗脉通畅流转，精美典雅，曲尽唱叹之妙。①

四、意象独特，意蕴多重。李商隐为了表现复杂矛盾甚至怅惘莫名的情绪，善于把心灵中的朦胧图象，化为恍惚迷离的诗的意象。李诗意象多富非现实的色彩，诸如珠泪、玉烟、蓬山、青鸟、彩凤、灵犀、碧城、瑶台、灵风、梦雨等，均难以指实。这些意象的组合又往往错综跳跃，不受现实生活中时空与因果顺序限制，变幻莫测，若隐若现。由于诗的产生本身有多重诱因，且诗中意象跳跃变化，读者又有各自的感受和艺术联想，故在解读时出现多义。② 如《锦瑟》：“锦瑟无端五十弦，一弦一柱思华年。庄生晓梦迷蝴蝶，望帝

① 韩兆琦．中国文学史：第二册［M］．北京：北京师范大学出版社，2007：326–328.

② 刘学锴，余恕诚．李商隐诗歌集解［M］．北京：中华书局，1988：1449–1451.

春心托杜鹃。沧海月明珠有泪，蓝田日暖玉生烟。此情可待成追忆？只是当时已惘然。”诗中呈现的是一些似有而实无，虽实无而又分明可见的意象。这些意象所构成的不是一个有完整画面的境界，而是错综纠结于其间的怅惘、感伤、寂寞、向往、失望的情思，是弥漫着这些情思的心象。诗的境界超越时空限制，真与幻、古与今、心灵与外物之间也不再有界限存在，形成了如雾里看花的朦胧诗境，辞意缥缈难寻。①

141. 杜牧诗歌是唐王朝落幕时的余晖吗？

答：较之中唐以前的诗歌，晚唐诗歌最突出的变化是精神日趋萎靡，境界日趋狭窄，表现追求新巧，构思纵横钩致，发挥无甚余蕴，从整体上呈现出衰退的趋势。这一时期的诗坛惟“小李杜”成就最为显著，李商隐以精丽含蓄的七律在诗坛独树一帜，杜牧以清新俊逸的七绝自成一格。②

杜牧（803—852），字牧之，唐京兆万年（今陕西省西安市）人。生于“旧第开朱门，长安城中央。第中无一物，万卷书满堂”（《冬至日寄小侄阿宜诗》）的世宦之家，其远祖杜预乃西晋著名政治家、学者，祖父杜佑是中唐著名政治家、史学家，曾任三朝宰相。杜牧才气纵横，抱负远大，有“平生五色线，愿补舜衣裳”（《郡斋独酌》）之志向，对于“治乱兴亡之迹，财赋兵甲之事，地形之险易远近，古人之长短得失”（《上李中丞书》）颇有研究，尤喜论兵，曾注解《孙子兵法》，积极主张镇压藩镇、抵御外敌入侵。同时，他还是个疏放不羁的风流才子，“十年一觉扬州梦，赢得青楼薄倖名。”（《遣怀》）

杜牧在诗、赋、古文方面都堪称名家。他推崇李、杜和韩、柳，能取其长而不因袭其貌，形成自己的特色。诚如清人洪亮吉所赞：“杜牧之与韩柳元白同时，而文不同韩柳，诗不同元白，复能于四家外诗文皆别成一家，可云特立独行之士矣。”（《北江诗话》）其诗作

---

① 袁行霈．中国文学史：第二卷［M］．北京：高等教育出版社，2005：431.

② 葛晓音．唐诗宋词十五讲［M］．北京：北京大学出版社，2003：184.

诸体齐备，形式多样，内容丰富，豪放爽朗，清新俊逸，其中有不少脍炙人口的名篇，有《樊川集》传世。

杜牧的诗歌堪称晚唐诗坛的“一抹亮色”。其诗歌价值主要表现为以下几个方面：

一、关注时事、忧国忧民的现实情怀。杜牧的诗歌受杜甫、韩愈影响颇大，题材广泛，多涉及时事。如《郡斋独酌》一诗，反映了民不聊生的现实：“太守政如水，长官贪似狼。征输一云毕，任尔自存亡。”表达了收复失地、削藩统一的主张：“弦歌教燕赵，兰芷浴河湟。腥膻一扫洒，凶狠皆披攘。生人但眠食，寿域富农桑。”又如《早雁》：“金河秋半虏弦开，云外惊飞四散哀。仙掌月明孤影过，长门灯暗数声来。须知胡骑纷纷在，岂逐春风一一回。莫厌潇湘少人处，水多菰米岸莓苔。”托物比兴，把逃避战乱的边民比作哀鸿，在抒发对人民关怀的同时，隐含对朝廷不能御侮安民的不满。此外，《题村舍》《感怀诗》《河湟》等诗，反映百姓疾苦，叹息国运衰微，具有深刻的思想性。

二、怀古咏史、反思治乱的思想深度。杜牧创作了大量的怀古咏史诗。此类诗大体可分为两类：一是直接评论历史人物、事件，对历史上兴亡成败的关键问题发表自己独到的见解，如《赤壁》《题乌江亭》《过勤政楼》等。杜牧精于对“治乱兴亡之迹”“古人之长短得失”的研究，这类诗作具有明显的史论色彩，诗中往往有作者独特新颖的评论，如“江东子弟多才俊，卷土重来未可知”（《题乌江亭》）、“东风不与周郎便，铜雀春深锁二乔”（《赤壁》）。二是借古讽今、以古喻今，借对历史的评判鞭挞统治者的骄奢淫逸，代表性作品如《过华清宫三绝句》：“长安回望绣成堆，山顶千门次第开。一骑红尘妃子笑，无人知是荔枝来”，“新丰绿树起黄埃，数骑渔阳探使回。霓裳一曲千峰上，舞破中原始下来”，“万国笙歌醉太平，倚天楼殿月分明。云中乱拍禄山舞，风过重峦下笑声”。诗人借唐玄宗、杨贵妃荒淫误国的史实，有力讽刺了当时的统治者。

三、纪行咏物、写景抒情的表现手法。杜牧的纪行咏物之作，情景交融，取得了很高的艺术成就。如纪行述闻的《江南春》《清明》，怀古寄慨的《登乐游原》《泊秦淮》，即景生情的《山行》《九日齐山登高》，咏物抒情的《叹花》《惜别》等，都是抒情与写景紧密结合，有情有景，兼备画意、诗情。其中“借问酒家何处有，牧童遥指杏花村”（《清明》）“商女不知亡国恨，隔江犹唱后庭花”（《泊秦淮》）“停车坐爱枫林晚，霜叶红于二月花”（《山行》）“蜡烛有心还惜别，替人垂泪到天明”（《惜别》）等，都是千百年来为人传诵的佳句。

四、关注妇女、同情弱者的仁心。杜牧还有不少诗作体现了对妇女不幸命运的关注，如《题桃花夫人庙》《月》两诗，分别表达了对息夫人与陈皇后的同情。再如《杜秋娘诗》《张好好诗》等，通过对杜秋娘和张好好两位女子身世浮沉的描述，反映了她们的悲剧命运，表达了作者深切的同情。

此外，杜牧还有一些酬唱赠答之作以及表现饮酒狎妓的颓放生活之作，其中亦有名篇。如《寄扬州韩绰判官》：“青山隐隐水迢迢，秋尽江南草未凋。二十四桥明月夜，玉人何处教吹箫。”虽为赠答之作，却风调悠扬，意境优美，堪称佳作。

杜牧的诗作不仅内容丰富，艺术上也极有特色。杜牧曾自言“苦心为诗，本求高绝。不务奇丽，不涉习俗。不今不古，处于中间”（《献诗启》）。他在诗歌创作中反庸俗、反晦涩、反绮艳，既不因袭古人，又不一味追求时尚，而有意追求一种独特的风格。其诗作风华流美、雄姿英发，在萎靡的晚唐诗坛上以俊迈雄健的气概“独持拗峭”。[①]他的古诗如《感怀诗》《郡斋独酌》等，笔力峭劲，意气纵横，直抒胸臆，感慨淋漓。七律如《河湟》《早雁》《九日齐山登高》等，文词清丽，情韵跌宕，善以拗峭之笔抒写俊爽之致。杜牧七绝成就最高，多有自出手眼的佳作，如《泊秦淮》的含蓄隽永；《山行》《寄扬州韩绰判官》的诗情画意；《赤壁》的议论精警；《过华清宫三绝句》的叙议结合，寓讽于史；《江南春》《清明》的词采清丽，风调悠扬，可谓多姿多彩，各具面貌，读来让人耳目一

---

① 葛晓音．唐诗宋词十五讲［M］．北京：北京大学出版社，2003：185.

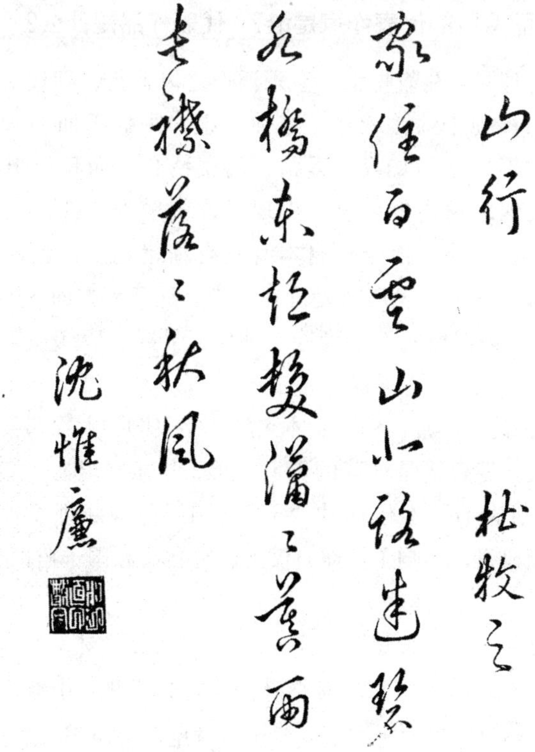

杜牧《山行》　沈惟廉书

新。总之，杜牧的诗，既善于摹写生动的景象，又善于表达丰富的情思；既有豪爽劲健的气势，又有精美的语言和疏朗的神韵，形成豪爽俊逸、清丽明快的风格特色。《新唐书》称其诗“情致豪迈”，刘熙载《艺概》称其诗“雄姿英发”，胡应麟《诗薮》更以“俊爽”二字来概括其基本风貌，均为中肯之论。①

因此，无论是就诗歌反映题材内容之深广，还是就所达艺术水平之高超，杜牧的诗歌均堪称唐王朝落幕时的余晖。

① 韩兆琦．中国文学史：第二册［M］．北京：北京师范大学出版社，2007：320-321.

142. 晚唐艳丽诗风的代表作家是谁？ 代表作品是什么？

答：晚唐时期，礼教松弛，享乐淫逸之风盛行，狎妓冶游成为时尚。士人们神驰于绮楼锦槛、红烛芳筵，陶醉于仙姿妙舞、软语轻歌。诗歌不仅多写妇女、爱情、闺楼绣户，而且以男女之情为中心，跟其他题材内容融合，出现了许多融入女性以及爱情主题的咏物诗、叙事诗。由于题材本身具有绮艳性质，加以奢靡之风对美学趣味的影响，晚唐情爱诗在色彩、辞藻等方面，具有艳丽的特征。其中尤以温庭筠、李商隐、韩偓、吴融、唐彦谦等人最具代表性。①

一、温庭筠（812？—866），本名岐，字飞卿，太原祁县（今山西省祁县）人。温庭筠是没落的贵家子弟，早年即以文才名，其人行为放荡，《新唐书》本传称其“士行尘杂”，“与新进少年狂游狭邪”。温好讥嘲权贵，影响了仕途，仅担任过县尉和国子监助教等职，坎坷终生。

温庭筠现存三百余首诗作，多写闺阁、宴游题材，不少作品华美秾丽。如《春愁曲》：“红丝穿露珠帘冷，百尺哑哑下纤绠。远翠愁山入卧屏，两重云母空烘影。凉簪坠发春眠重，玉兔煴香柳如梦。锦迭空床委坠红，飔飔扫尾双金凤。蜂喧蝶驻俱悠扬，柳拂赤栏纤草长。觉后梨花委平绿，春风和雨吹池塘。”头两句写破晓时的外景，三至八句写美人空床独眠，九、十两句借旖旎的春光反衬美人孤独寂寞，末二句以风雨送春之景，写春光虚度、美人迟暮之感。从内容上看，属于一般闺怨诗，但侧重视觉彩绘，描写腻香脂粉，华美绰约，既染齐梁诗风，又在细密、隐约和遣词、造境上具有曲子词的特征。如《兰塘词》《晚归曲》乃习民歌而作，婉转清丽；《遐水谣》《塞寒行》写征妇离愁，深重哀婉；《西洲曲》《七夕歌》《三洲词》《苏小小歌》叙女子之伤春伤别，饱含作者之同情；《懊

---

① 袁行霈．中国文学史：第二卷［M］．北京：高等教育出版社，2005：413－415.

恼曲》《碌碌古词》写女子情怨，隐寓诗人“伤谣诼之情”（《上盐铁侍郎启》）。

温庭筠近体诗作中亦不乏抒情寄愤、感慨深切之作。如《过陈琳墓》《经五丈原》《苏武庙》等篇，历来传诵。他的山水行旅诗作，清丽工细，不落俗套。如《商山早行》：“晨起动征铎，客行悲故乡。鸡声茅店月，人迹板桥霜。槲叶落山路，枳花明驿墙。因思杜陵梦，凫雁满回塘。”颔联以景物名词组合，曲尽“道路辛苦，羁旅愁思”，如欧阳修所说“状难写之景，如在目前”（欧阳修《六一诗话》），达到了高超的艺术水平。

二、韩偓（842—914?），字致尧，小名冬郎，号玉山樵人，京兆万年（今陕西省西安市）人。少有诗才，十岁能吟，为其姨夫李商隐所称。龙纪元年（889）及第，历任左拾遗、谏议大夫、中书舍人、兵部侍郎、翰林学士承旨等，后因忤朱温被贬，遂弃官南下，朝廷屡召不应。唐亡后，写诗只记干支，不记年号，以示忠于唐室。有《韩内翰别集》《香奁集》传世。

韩偓以写绮艳的香奁诗著名，今存诗三百余首，内容广泛，风格多样。他早年的诗作多写男女恋情，收入其艳情诗集《香奁集》，严羽谓其“皆裾裙脂粉之语”（《沧浪诗话·诗体》）。其中不乏写士大夫庸俗轻薄的狎妓生活，如《席上有赠》《袅娜》《咏浴》等，感情浮薄，风格轻靡；但如《闻雨》《欲去》《已凉》诸作，则写爱情受阻时的怅恨、追忆、渴求等心理活动，含蓄细密，情真语挚，委婉动人。如“绕廊倚柱堪惆怅，细雨轻寒花落时”（《绕廊》）“若是有情怎不哭，夜来风雨葬西施”（《哭花》）等诗句，叙写男女恋情，真挚动人。又如《已凉》：“碧阑干外绣帘垂，猩色屏风画折枝。八尺龙须方锦褥，已凉天气未寒时。”通过阑干、绣帘、屏风、图画、垫席、锦褥，烘托闺房密室的气氛，点出已凉未寒的天气，自然蕴藉。

韩偓诗最有价值的是那些感时伤世之作，其中有不少诗篇涉及时事，如《故都》《感事三十四韵》等诗，写朱温强迫昭宗迁都洛阳和废哀帝自立等一系列重大历史事件，堪称反映一代兴亡的诗史。

“天涯烈士空垂涕，地下强魂必噬脐”（《故都》），“郁郁空狂叫，微微几病癫”（《感事三十四韵》），哀感沉痛，沉郁凄苦。

三、唐彦谦（？—893?），曾师从温庭筠为诗，从他所写七绝如《无题十首》和多数律诗看，唐彦谦亦同时追摹李商隐。如“下疾不成双点泪，断多难到九回肠”（《离鸾》），风格和写法即介乎温、李之间。如《穆天子传》“王母清歌玉琯悲，瑶台应有再来期。穆王不得重相见，恐为无端哭盛姬”，显然是受了李商隐《瑶池》的影响，而在诗味隽永方面远远不如。另外，吴融（？—903）诗歌内容和风格也接近韩偓。《情》诗云：“依依脉脉两如何？细似轻丝渺似波。月不长圆花易落，一生惆怅为伊多。”思路颇细，情致婉转。

大体说来，晚唐时期，描写声色的作品大多内容贫乏，思想不甚健康。文学史上“温李”并称，实际上李商隐自由、风流、高格调，虽然表面看绮艳，骨子里气骨超拔流俗；而温庭筠却是真的格调不高，多沉溺于妇女外貌描写，缺乏内容；至于韩偓、吴融、唐彦谦等人，甚至比温庭筠不如，格调日趋卑下。

143. 燕乐对词的起源有什么影响？

答：燕乐，亦作谦乐、宴乐。燕乐一名始见于《周礼·春官·磬师》：“教缦乐、燕乐之钟磬”，又见于“钟师”：“凡祭祀飨食奏燕乐”。燕乐原指宫廷宴飨时所用之乐，历代因所用不同，而有不同范畴。

用于隋唐音乐系统的“燕乐”一词，既指七部、九部、十部乐中的一部，亦作为隋唐时期雅乐之外俗乐的总称。唐代有雅乐，有燕乐。燕乐应用范围颇广，且雅俗兼施，上自郊庙朝廷之“雅”，下至胡夷里巷之“俗”，皆可用之。隋唐燕乐中的中国乐以清乐、法曲为主。外族乐导源于隋文帝杨坚时的七部乐，继之为隋炀帝杨广的九部乐，后为唐太宗李世民的十部乐，最后所增的一部，即名为“燕乐”，居十部之首。后来凡郊庙朝会等大典礼中，燕乐渐少，而日常娱乐尤其是民间则用之渐多，故燕乐在唐以后便成为俗乐的代名词。[①] 郭茂倩《乐府诗集》中曾记载：“唐武德初，因隋旧制，用九部乐。太宗增高昌乐，又造谯乐，而去礼毕曲，其著令者十部：一曰谯乐、二曰清商、三曰西凉、四曰天竺、五曰高丽、六曰龟兹、七曰安国、八曰疏勒、九曰高昌、十曰康国，而总谓之燕乐。”

词是一种音乐文学。词的兴起，与唐代经济发达，五、七言诗的繁荣及燕乐的广泛传播，均有密切关系。其中起决定作用的是燕乐的发展流行：“排比声谱填词，其入乐之辞，截然与诗两途”（胡震亨《唐音癸签》卷十五）。概而言之，燕乐对词起源的影响体现在以下两方面：

一、隋唐燕乐的兴起开辟了新的音乐时代，也催生了词。[②] 随着少数民族入主中原，可以统称为胡乐的边地及境外音乐陆续传入内地。胡乐以音域宽广的琵琶为主要伴奏乐器，曲调繁复曲折、变化多端；胡乐配有鼓类与板类节奏乐器，节拍感鲜明。悦耳新鲜、富有刺激性的胡乐在与中原音乐相互影响、渗透的过程中，融合了包含中原乐、江南乐、边疆民族乐、外族乐在内的多种元素，有歌有舞，有新有旧，包罗万象，兼收并蓄，发展成为隋唐燕乐。隋唐燕乐以鲜明的时代风格和“胡夷里巷”的俗乐姿态，日渐丰富人们的娱乐生活，配合燕乐演唱的歌词也随之兴起，词正是在燕乐的这种需求下产生的。

二、日渐繁富与新声竞作的燕乐为词的产生提供了充足的音乐条件。[③] 词有词调，曲调成为词调是有条件、有选择的。唐代所传主要曲乐资料为太常曲和教坊曲。太常曲是太常寺下属大乐署的供奉曲，为朝廷正乐，这类曲乐虽属燕乐，却难以入词。太常曲二百余曲中，转为词调的，仅少数几个曲调，大量转变为词调的是教坊曲。开元二

---

① 哈尔滨师范大学中文系古籍整理研究室．燕乐三书：燕乐探微［M］．哈尔滨：黑龙江人民出版社，1986：265.

② 吴熊和．唐宋词通论［M］．杭州：浙江古籍出版社，1989：1.

③ 吴熊和．唐宋词通论［M］．杭州：浙江古籍出版社，1989：2.

年（714），喜爱俗乐的唐玄宗以“太常礼乐之司，不应典倡优杂伎”为由，“更置左右教坊，以教俗乐”（《资治通鉴》卷二一一）。教坊创制了许多新乐曲，并收集了来自民间和来自各地方的乐曲，成为女乐和俗乐集中地，在众多曲调的创制、形成过程中，起了重要作用。唐五代所用词调，总共一百八十调左右，半数皆可见于《教坊记》的曲名表中。教坊的设立，不仅推动了乐曲的创作和交流，提供了词的乐曲条件，而且还推动了崇尚声乐、竞逐新声的时代风气，造成了词的生长所依赖的音乐环境和社会环境。① 为时调新声撰写曲辞，让名曲配上名词传之遐迩，也成为文人们竞相从事的乐事，极大地促进了文人词的蔚兴。

144. 晚唐五代花间词的主要特色是什么？

答：晚唐五代时期，蜀地少蒙战乱，社会相对安定，统治阶级沉迷于歌舞宴饮，享乐成风。时值中原动乱，不少北方文人避难于此，成为统治者的清客，种种因素使得西蜀成为五代时期的一个文化中心。

后蜀卫尉少卿赵崇祚于广政三年（940）编成《花间集》十卷，选录了晚唐五代时期温庭筠、韦庄、皇甫松、孙光宪、薛昭蕴、牛峤、张泌、毛文锡、牛希济、欧阳炯、和凝、顾敻、魏承班、鹿虔扆、阎选、尹鹗、毛熙震、李珣等十八位共五百首“诗客曲子词”。其中，除温庭筠、皇甫松生活于晚唐，孙光宪、和凝分仕于荆南、后晋之外，其余皆为西蜀词人，他们词风大体相近，后世称他们为“花间派”或“花间词人”。《花间集》得名于花间词人张泌的《蝴蝶儿》“还似花间见，双双对对飞”。作为最早的文人词总集，《花间集》集中代表了词在格律方面的规范化，标志着文辞、风格、意境上词性特征的完善，奠定了以后词体发展的基础。

欧阳炯在《花间集序》中描述西蜀词人的创作情景：“绮筵公

---

① 吴熊和．唐宋词通论［M］．杭州：浙江古籍出版社，1989：18.

子，绣幌佳人，递叶叶之花笺，文抽丽锦；举纤纤之玉指，拍按香檀。不无清绝之词，用助娇娆之态。自南朝之宫体，扇北里之倡风。何止言之不文，所谓秀而不实。”这段话道出了花间词的产生背景和基本特色。作为供歌妓伶工演唱的曲子词选本，花间词实为齐梁宫体与晚唐五代倡风结合的产物，其核心内容不脱宴乐冶游、男女情爱之俗套，其艺术风格亦难出缛采轻艳、绮靡轻柔之窠臼，所谓“镂玉雕琼，拟化工而迥巧；裁衣剪叶，夺春艳以争鲜”（《花间集序》）。崇尚雕饰，追求婉媚，使得花间词充溢着脂香腻粉的气味，尽管作家之间互有差异，但在总体上呈现出一致性。

一、花间词派以写宴乐冶游、男女情爱为主，题材内容较为单一。花间词人把视野完全转向裙裾脂粉，花柳风月，以婉约的表达手法写女性的姿色外貌和生活情状，特别是她们的内心生活。言情不离伤春伤别，场景无非洞房密室、歌筵酒席、芳园曲径。例如有“花间鼻祖”之誉的温庭筠，他长期出入秦楼楚馆，“能逐弦吹之音，为侧艳之词”，《花间集》中收录其作品六十六首，居于首位。温庭筠擅为闺阁之音，他的《菩萨蛮》：“小山重叠金明灭，鬓云欲度香腮雪。懒起画蛾眉，弄妆梳洗迟。照花前后镜，花面交相映。新贴绣罗襦，双双金鹧鸪。”细致地刻画了女子睡眠、懒起、画眉、照镜、穿衣等一系列娇慵的情态，描绘了闺房的陈设以及女子的服饰妆容，宛如一幅精致的仕女图。又如韦庄的《菩萨蛮》、牛希济的《生查子》等，亦是写离别愁绪、男女相思。此外，《花间集》中的其他作家，在题材上虽有所扩大，也涉及对景物风情、宫女闺怨等的描绘，但其中的艳情成分依旧明显，同样适用合歌宴酒席的需要。

二、花间词崇尚雕饰，追求婉媚，描绘景物富丽、意象繁多、构图华美、刻画工细，极具脂香腻粉之气息，呈现出一种绮艳婉丽的艺术风格。无论是景物描写还是人物描写，花间词人都好用极富质感和色彩的语词，极尽夸饰之笔加以渲染。尤其是对于闺阁女子的描写，从服饰发式的雕琢，到面色眉眼的描绘，再到素手纤腰的刻画，皆工笔细描，辅以比拟、譬喻的方式加以展现，以凸显其形式感和营造形象化的美感效果。诚如郭麐《灵芬馆词话》所言：“风流华美，浑然天成，如美人临妆，却扇一顾，花间诸人是也。”

以《花间集》为代表的巴蜀词人创作，对中国文学史的发展和文学体裁的建构做出了一定的贡献；同时，《花间集》绮艳的词风、声色的描绘、内容的贫薄，对后世文学产生了很大的流弊。

145. “花间鼻祖”温庭筠的词作有何艺术特色？

答：温庭筠（812？—866），字飞卿，太原祁县（今山西省祁县）人。他才华横溢，精通音律，工诗善词，才思敏捷，相传他八叉手而八韵成，时号“温八叉”（计有功《唐诗纪事》卷五四）。温庭筠是中国文学史上第一个以词名家之人，其词今存七十余首，为唐代词人之冠。这些词多是他“贫居”而“坐闻管弦”“远泛仙舟，高张妓席”之时所作，其成就及影响高于同时代的词人。他把词同南朝宫体与北里倡风结合起来，成为了开一派词风的“花间鼻祖”（王士祯《花草蒙拾》）。

温庭筠之词作多以女子宫怨闺思为题材，“精妙绝人，然类不出乎绮怨”（刘熙载《艺概·词曲概》）。例如《女冠子》写女道士的艳冶情思，《梦江南》写商人妇的痴心等待，《河传·江畔》写采莲女子的荡漾情丝，《蕃女怨》写思妇的凄苦想念，《更漏子》《菩萨蛮》十四首皆是写思妇倡女的细腻情思。其词作在内容上拘于情色一隅，缺乏具体的社会内容和思想深度，一定程度上能做到“丽而有则”（陈廷焯《白雨斋词话》卷五）。这些“绮怨”之词中，亦偶含身世之感和失意情怀，每以蕴藉而发人深思。从词的发展角度看，这对婉约词的确立有一定的贡献。

温庭筠谱写了大量言情之作，在艺术表现上也独具特色，概括来讲体现在以下四个方面：

一、极尽铺排，以赋为词。这是温词最突出的特征。词人在短小的令词中，用大量笔墨铺排描绘人物、景象，并以此写时间之推移、心境之悲戚、处境之孤独。这种“铺采摛文，体物写志”的写法，在很大程度上决定了温词不同于前人的独特面貌。温词的描绘以工笔重彩、精雕细刻尤见功力，最典型的是他的代表作《菩萨蛮》："小山重叠金明灭，鬓云欲度香腮雪。懒起画蛾眉，弄妆梳洗迟。照花前后镜，花面交相映。新贴绣罗襦，双双金鹧鸪。"词人倾心描摹女子的容貌服饰，以"雪"拟面，用"云"拟发，以"欲度"状鬓发的态势，把低垂、轻柔、蓬松的乌黑鬓发刻写得穷形尽相、细致入微。

二、善用渲染、烘托技法。温词善于选取典型的意象营造特定的氛围、色调。词人常借烟柳迷蒙、细雨绵绵展现人物之心境，以明月凄清、漏声断续烘托环境之凄凉，以春花飘零、绿草萋萋暗示女子内心之波澜。如《更漏子》："玉炉香，红蜡泪。偏照画堂秋思。眉翠薄，鬓云残，夜长衾枕寒。梧桐树，三更雨，不道离情正苦。一叶叶，一声声，空阶滴到明。"词人通过写屋内的香炉烛泪以及屋外的梧桐细雨来渲染凄寒孤寂的氛围，将女子秋夜伤离、通宵无眠的内心哀苦娓娓道出。

三、运用比兴。温词大量使用比兴，词中的莺雁、红烛、春花等皆暗含比喻象征的性质。如《菩萨蛮》《更漏子》中反复提到的"金鹧鸪"象征着女子对团聚的渴望；又如《玉蝴蝶》中的"芙蓉凋嫩脸，杨柳堕新眉。摇落使人悲，断肠谁得知"，将众芳摇落之景与韶华易逝之情结合起来写，女子悲秋自伤之情了然可见。

四、声情细腻，句式参差，音律繁变，语词秾丽。温庭筠通晓音律，能自度新曲，他的小词如《河传》等，用韵极密，其"节奏之哀与促，如闻急管幺弦"（俞陛云《唐词选释》）。在遣词造句上，温庭筠时常选用"惆怅""芳菲""鸳鸯""徘徊"等双声叠韵之词以求美听，更喜选用"金""玉""兰""芳""翠""锦""黛"等具有色彩美、馨香气、富贵态的字眼作为修饰成分，甚至罗列实词或把名词用作形容词，以求增强小词的形象性。总之，温词秾丽繁缛，虽有堆砌之嫌，但对于抒写画楼绣阁的丽人艳思而言，却有独特的表现力。①

---

① 吴庚舜，董乃斌．唐代文学史：下［M］．北京：人民文学出版社，1995：620.

温庭筠以面目一新的词章开创了文人词创作的新局面，其词风“香软”（孙光宪《北梦琐言》），辞藻艳丽，清人周济曾比之为“严妆”的美妇人（《介存斋论词杂著》），王国维称之为“画屏金鹧鸪”。温词秾丽婉约的词风影响十分深远，直接开启了五代花间一派，并成为宋以后婉约词派之祖。诚如陈廷焯所说：“飞卿词，风流秀曼，实为五代两宋导其先路。”（《词坛丛话》）

146. 李后主的词是怎样做到“话尽沧桑”的?

答：李煜（937—978），字重光，李璟第六子，建隆二年（961）嗣位南唐国主，是南唐最后一个皇帝，世称李后主。开宝八年（975），宋军攻破金陵，李煜被俘，囚居汴京三年，后被宋太宗赐药毒死。李后主多才多艺，工书善画，精通音律，诗词文赋无所不能，以词成就尤为突出，被誉为“词中之帝”（王鹏运《半塘老人遗稿》）。今存词三十余首。

李煜以词写人生遭际，话尽沧桑。他的词作以亡国为界，明显分为前后两期。前期多写宫廷享乐生活和男女艳情，后期词作多写亡国之痛。前后期词作在题材内容上虽有所不同，但始终能以“真”贯之，保持了本色和真情性。具体而言，他的词作主要呈现了宫廷享乐、男女艳情、离愁别恨和亡国之思四个方面的内容：

一、宫廷享乐。李煜“生于深宫之中，长于妇人之手”（王国维《人间词话》），对王宫中沉溺声色的豪奢生活深有体验。因此反映宫廷的享乐生活，是李煜早期作品最为突出的内容。例如他的《浣溪沙》：“红日已高三丈透，金炉次第添香兽。红锦地衣随步皱。佳人舞点金钗溜，酒恶时拈花蕊嗅。别殿遥闻箫鼓奏。”以极力夸饰之笔墨渲染了宫廷之中歌舞不休的盛况，反映了帝王之家不加节制纵情享乐的奢靡情状。又如《玉楼春》：“晓妆初了明肌雪，春殿嫔娥鱼贯列。笙箫吹断水云间，重按霓裳歌遍彻。临风谁更飘香屑，醉拍阑干情味切。归时休放烛花红，待踏马蹄清夜月。”亦是以欣然得意的笔调描述豪奢华丽的宫中生活。李煜的这类作品，虽然描写宫廷生活，但摆脱了宫体诗人作品的程式化，出之于真性情，即使写享乐，也显得真挚自然。

二、男女艳情。李煜的艳情词亦未脱花间词的旧套，然其中人物的情感较为真挚自然，如《菩萨蛮》，截取偷情、调情的生活片段，进行细致入微的描写。尤其是《菩萨蛮·花明月黯笼轻雾》:“花明月黯笼轻雾，今宵好向郎边去。刬袜步香阶，手提金缕鞋。画堂南畔见，一向偎人颤。奴为出来难，教郎恣意怜。”写他与小周后相互爱悦，将热恋中的少女赴情人约会时的情态和又惊又喜的微妙心理表现得淋漓尽致。李煜的艳情词，脂粉气弱，世俗味薄，艳丽中显现出一种高格调。

三、离愁别恨。李煜的情词深入人物内心，细腻、真切地描摹了种种心灵律动。例如《清平乐》：“别来春半，触目柔肠断。砌下落梅如雪乱，拂了一身还满。雁来音信无凭，路遥归梦难成。离恨恰如春草，更行更远还生。”该词作于词人入宋的第二年春天，此时李煜的心境是悲凄阴郁的：“怆家艰之如毁，萦离绪之郁陶”,“无一欢之可作，有万绪之缠悲”（《却登高文》）。词人抒情始于“别”,终于“恨”,以愁花恨草的丰满形象，极富感染力地表现出女子春日念远的热切思怀，又于别情念远之中融入了对个人命运、家国前景的忧伤，故而心情显得格外沉痛。

四、亡国之思。代表李煜最高成就的是他后期词作中抒写亡国愁绪、悔恨、绝望的篇章。李煜入宋，蒙受了“家国俱亡”的耻辱，生活处境发生了“天上人间”的悬殊变化，致使他产生出强烈的生活感受和较为清醒的认识。诚如王国维所说：“词至后主而眼界始大，感慨遂深，遂变伶工之词而为士大夫之词。”（《人间词话》十五）李煜这时期的作品反复吟唱着一个基本主题，倾诉他囚徒遭遇的不幸和亡国仇恨，呈现出与前期词不尽相同的思想面貌。追怀故国往事，一往情深，这在他晚期词作中表现得极为突出。或重温“车如流水马如龙”（《望江南》其二）的上苑逸乐；或倾诉“肠断更无疑”（《望江南》其一）的满心伤痛；或纾解“无奈朝来寒雨晚来风”（《相见欢》）的囚徒哀怨。李煜入宋后，情调变哀伤叹惋为哀怨悲慨，感情表达得既强烈又深沉。在这一时期的作品中，怀恋、怨悔往往与悲愁、伤痛交融，集中突现在一首词中，其内容丰满、感情强烈、思潮波荡而尤为动人。如《浪淘沙令》："帘外雨潺潺，春意阑珊。罗衾不耐五更寒。梦里不知身是客，一晌贪欢。独自莫凭栏，无限江山，别时容易见时难。流水落花春去也，天上人间。"又如《虞美人》："春花秋月何时了，往事知多少。小楼昨夜又东风，故国不堪回首月明中。雕栏玉砌应犹在，只是朱颜改。问君能有几多愁？恰似一江春水向东流。"这两首词是李煜的代表作，比之其他作品，这类作品更突出表达了词人痛念"故国""江山"的情怀。因此，南唐"旧臣闻之，有泣下者"（沈辰垣《历代诗余》卷一一三引《乐府纪闻》），"宋太宗闻之而怒"（《十国春秋》）。同时，这种从生活实感出发，抒写心底的深哀剧痛，又能扩展为一种普遍的人生体验，寄慨极深、概括面极广，故能引起普遍的共鸣。①

同前人相比，李煜的词在内容和思想上均有鲜明的个性。他的词作"缘情而发"，具有极为真实的生活感受，绝异于晚唐五代的矫揉造作之风；同时，这种注重抒写个人生活体验的创作，也将词沿着抒情道路向前推进了一大步。另外，李煜词章涉及了家国存亡的政治内容，将早期的恋情词、闲适词变为抒写家国哀痛之词，扩大了词的题材范围，为后世词人提供了可贵的启示。因此，李煜词章抒写性情之纯真、表达思想内容之深广，堪称"话尽沧桑"之典范。

147. 李煜词的艺术特征是什么？

答：李煜词在艺术上独辟蹊径，自成一家。古人论及他的词，或称"高奇无匹"，或赞"超逸绝伦"，或惊为"天籁"，或视为"神品"。他在创作上勇于独创，达到了前人不曾达到的艺术境地。李煜具有天才式的艺术领悟力，对情感命运有着非同寻常的敏感，表述上又尽去流俗，清人周济说"李后主词如生马驹，不受控促"（《介存斋论词杂著》），正是赞其超越俗流的才华。李煜作词忠于自己的内心感受，抛弃了一切伪饰性辞藻，以干净的白描写自己的真性情，

① 吴庚舜，董乃斌．唐代文学史：下［M］．北京：人民文学出版社，1995：717.

形成了巨大的艺术力量。因此，他的词作“率意而成，自造精极”，在花间派词风极盛一时的五代，别开生面，独具风格。其艺术特征，要言之有以下五点：

一、通俗自然、精确优美的诗歌语言，是李煜词突出的艺术特征。李煜作词不雕饰、少用典，语言自然生动，如清水芙蓉、行云流水，精练隽永而不失美感。李煜遣词用语力避“珠”“翠”“兰”“香”“锦”“绣”之类的词语，李煜还善用虚词，如《虞美人》一词就同时出现了“又”“不”“只是”“恰”“似”“向”等词，增加了词句的声情韵致，表达出了含蓄婉曲的言外之旨。他的词句如“梦里不知身是客，一晌贪欢”“春花秋月何时了，往事知多少”“寻春须是先春早，看花莫待花枝老”“流水落花春去也，天上人间”等，皆似信手拈来、脱口而出，流畅明白，单纯明净，完全脱去了花间词的脂粉气和工匠气，形成了清丽自然的语言风格。周济在《介存斋论词杂著》中说：“毛嫱、西施，天下美妇人也，严妆佳，淡妆亦佳，粗服乱头，不掩国色。飞卿，严妆也；端己，淡妆也；后主则粗服乱头矣。”形象地道出了李煜词自然脱俗、风韵天成的艺术风格。

二、强烈的抒情性是李煜词作的又一突出特征，正如陈廷焯所说，李煜词“无人不爱”，“以其情胜也”(《白雨斋词话》卷七)。他的词作“缘情而发”,具有极为真实的生活感受，绝异于晚唐五代的矫揉造作之风。李煜为抒情而填词，无论是描写男女之情，还是抒发亡国之痛，都不加掩饰，直抒胸臆。例如《相见欢》：“林花谢了春红，太匆匆，无奈朝来寒雨晚来风。胭脂泪，留人醉，几时重?自是人生长恨水长东。”词人直言不讳地倾吐自己的家国身世之感，情深语挚，真切感人，极具抒情性。

三、李煜词作善用比喻、夸张、象征等多种表现手法，其中尤以白描为佳。他不但善于通过人物的动作、神态来构造富有立体感的画面，而且善于抓住客观景物中最富特色之处，将自己抽象的情思具体化。如《相见欢》：“无言独上西楼，月如钩。寂寞梧桐深院锁清秋。剪不断，理还乱，是离愁。别是一番滋味在心头。”词人以简洁、精练的笔墨勾勒秋夜之景，又将寂寞无言的苦境融入其中，将复杂细微的心理感受写得可触可感，具有鲜明的形象性。又如《长相思》："云一緺，玉一梭，淡淡衫儿薄薄罗。轻颦双黛螺。秋风多，雨相和，帘外芭蕉三两棵。夜长人奈何?" 以极精练的线条勾画出人物的容貌、装束、意态、处境、心情，很有绘画上白描的造型美。

四、准确而凝练的艺术概括，是李煜词的另一重要特征。词人在选择、提炼题材进行创作时，注重采取对比的方法，把不同时期的生活、情感浓缩于同一首词中，使其囊括天南海北、既往今来。例如《破阵子》："四十年来家国，三千里地山河。凤阁龙楼连霄汉，玉树琼枝作烟萝，几曾识干戈？一旦归为臣虏，沈腰潘鬓消磨。最是仓皇辞庙日，教坊犹奏别离歌，垂泪对宫娥。" 上片写"凤阁龙楼"的帝王安乐，下片写"沈腰潘鬓"的囚虏之苦，两片词简括了他极乐极悲的一生，极具概括力。又如《浪淘沙令》仅以一"客"字便交代了词人囚居异国、痛念故土的复杂情感。

五、李煜词在意境创造方面独具特色。他创造的意境，没有因着力太过而流于刻板的毛病，多是一幅幅纯真自然且传神的生活画面，如"一棹春风一叶舟，一纶茧缕一轻钩。花满渚，酒满瓯，万顷波中得自由。"（《渔父》）李煜早期词作偏重移情入景，显得景浓情淡；晚期词则偏重触景生情，显得景淡情浓。而后者已经达到出神入化、返璞归真的境地，最能体现李煜词意境的个性和艺术成就。如《虞美人》中的春花、秋月、东风、江水、雕栏玉砌等，全都织入了词人现实的心境和回首的往事之中，景情融为一片，相映生辉。李煜词不是前景后情或前情后景，而是"情景齐到，相间相融"。他不泛设景物，还常把景物写成有感情的东西，使物情与我情自然交流，真景物与真感情的高度融合，使其词的意境臻于自然浑成的完美境地。①

李煜早期词偏重以明丽的语言、白描的手法，描写他的帝王享乐生活，基调欢快，词风华贵清越。经过家国之变，后期作品偏重

---

① 吴庚舜，董乃斌．唐代文学史：下［M］．北京：人民文学出版社，1995：718-724.

以朴素的语言、直抒胸臆的赋法，抒写囚徒生活的哀苦愁恨，基调低沉，词风凄清奇丽，回肠荡气，疏宕高远，兼有刚柔之美，与花间词派的委婉密丽大异其趣，恰如纳兰性德所言：“《花间》之词，如古玉器，贵重而不适用，宋词适用而少贵重，李后主兼有其美，更饶烟水迷离之致。”（《渌水亭杂说》）

148. 唐传奇的发展轨迹是什么？

答：“传奇”之名最早见于晚唐裴铏《传奇》一书。唐传奇是指唐代流行的文言短篇小说。现存的大部分唐传奇作品都收在宋初李昉等人编写的《太平广记》一书中。唐传奇的发展大致经历了三个时期：

一、初、盛唐时代为发轫期，是由六朝志怪到唐传奇之间的过渡时期。这一时期作品数量较少，基本上承袭了六朝志怪余风，内容多以描写神怪故事为主。艺术表现虽不成熟，但已明确出现小说创作的意识，结构完整，情节叙事委曲详尽，注意到形象描绘。

现存几篇代表性作品，如王度的《古镜记》以古镜为线索，连缀十二篇降妖伏怪、治病驱邪之短小故事，仍有志怪小说之痕迹，但作者在小说中自述家世，且故事情节曲折连贯，与“粗陈梗概”的六朝志怪相比，已大有进步。无名氏的《补江总白猿传》写梁将欧阳纥之妻为白猿掠去，纥入山杀猿救妻之事，在结构上摆脱了平铺直叙、流水账式的简单手法，围绕中心情节展开矛盾，兼以倒叙写法，在艺术表现上初具传奇小说的规模。张鷟《游仙窟》，写作者偶入仙窟的艳遇，文中诗文交错，韵散相间，于华丽的文风中杂有俚俗气息，且已基本上摆脱了志怪小说的神怪气息，开始着眼于“人事”描写，完成了由志怪小说到传奇小说的过渡。

二、中唐时代是传奇发展的黄金时期，从代宗到宣宗这一百年间，名家名作蔚起，流传至今的唐传奇名篇，绝大多数产生于此时。传奇在中唐的繁荣，一方面是小说本身演进的结果，另一方面也得益于诗歌、散文等各体文学在表现手法上提供的借鉴；此外，变文、俗讲的兴盛使通俗的审美趣味进入士人群落，扩大了传奇小说的接受群。这一时期的作品重叙事、重情节，内容上以反映现实为主，广泛、深刻地反映了社会生活；艺术上也日趋成熟，想象丰富，情节曲折，构思精巧，描摹细致，生活气息很浓，完全具备了唐传奇特征的典型形态。

中唐传奇所存完整作品约四十种，题材多取自现实生活，涉及爱情、历史、政治、豪侠、梦幻、神仙等诸多方面。例如沈既济的《枕中记》和李公佐的《南柯太守传》，融合志怪和寓言的表现手法，借梦境影射现实，揭露了官场的险恶和盛衰无常的悲剧，具有较强的现实意义。又如《长恨歌传》《开元升平源》《高力士外传》等作品，结合历史故事进行创作，反映了统治集团内部的矛盾斗争，揭露了封建统治者的骄奢淫逸。再如，蒋防的《霍小玉传》、白行简的《李娃传》、元稹的《莺莺传》等以爱情婚姻为题材的传奇作品，塑造了一系列具有反抗精神的女子，歌颂了坚贞不渝的爱情，抨击了封建礼教对女性的迫害，代表了唐传奇的最高成就。

三、晚唐时代是唐传奇演变和衰微的时期。这一时期传奇作品的数量大大增加，出现了大批传奇专集，如袁郊的《甘泽谣》、牛僧孺的《玄怪录》、薛用弱的《集异记》、裴铏的《传奇》等，这些作品大多篇幅短小，内容单薄，或搜奇猎异，或言神志怪，思想和艺术上都不及前代。但受中唐以后游侠之风的影响，描写豪侠之士及其侠义行为的传奇作品涌现，内容涉及扶危济困、除暴安良、快意恩仇、安邦定国等方面，展现出一种高蹈不羁、奔腾流走的生命情调。例如《甘泽谣》中的《红线》，《传奇》中的《聂隐娘》《昆仑奴》，《集异记》中的《贾人妻》等都是较有代表性的作品，而传为杜光庭所作的《虬髯客传》更是晚唐豪侠小说中成就最著的一篇。①

149. 唐传奇的主要成就是什么？

答：在诗歌发展取得辉煌成就，散文文体文风改革产生重大影

① 齐裕焜．中国古代小说演变史［M］．兰州：敦煌文艺出版社，2008：48.

响的同时，唐代在小说文体的发展上也取得了重大的进展，被称为“特绝之作”的传奇小说开始出现在文坛上。唐传奇的出现，标志着我国文言小说发展到了成熟的阶段。唐传奇在情节、结构、人物描写、语言艺术上都达到了一个新的水平。主要表现为以下几点：

（一）作意好奇与虚构想象的运用。鲁迅在《中国小说史略》中曾说：“小说亦如诗，至唐代而一变，虽尚不离于搜奇记逸，然叙述宛转，文辞华艳，与六朝之粗陈梗概者较，演进之迹甚明，而尤显者在是时则始有意为小说。”与传录异事、粗陈梗概而无甚作意的六朝小说相比，传奇作者的创作意识鲜明，不是简单地记录奇闻轶事，而是有意识地用散文创作情节完整的叙事文学作品，刻画人物形象，塑造人物性格，全方位地展示纷纭复杂的人世生活，借以寄寓个人的志趣爱好和理想追求。“作意好奇”（胡应麟《少室山房笔丛》卷三六）之因由与“文采与意想”之归趣相结合，使得传奇作家在创作时突破了对事实、传闻的忠实记录，并在此基础上进行了大幅度的虚构、想象。如《长恨歌传》《霍小玉传》等，以传闻为题材，因文生事，幻设情节，多方描绘，巧妙编织，既大量使用虚构想象以求奇，又致力于细节描写以求真，在真假实幻之间，至于情韵盎然、文采斐然之境界。诚如洪迈所说：“唐人小说不可不熟，小小情事，凄婉欲绝，洵有神遇而不自知者，与诗律可称一代之奇。”（《唐人说荟·凡例》）

（二）情节奇异新颖，结构波澜曲折。传奇小说的篇幅一般不长，但其故事情节大多构思精巧，结构完整，善于选取有典型意义的事件，展开矛盾冲突；波澜起伏，曲折有致，富于悬念，具有较强的艺术吸引力。如《柳毅传》从柳毅落第返湘偶遇龙女写起，倒叙龙女遇人不淑之境况，引出了柳毅送信传书、钱塘君救回龙女；一波未平，又突然插入钱塘君做媒逼婚，波澜再起；柳毅正色拒绝，回家后两次所娶之妻均夭折，最后终与龙女化身的卢氏成婚。整个故事结构严整，情节安排环环相扣，一波未平一波又起，跌宕起伏，引人入胜。此外，如《李娃传》《南柯太守传》《霍小玉传》等作品，莫不波澜起伏，既主线清晰、中心突出，又曲折离奇、富有戏剧效果。

（三）精湛的人物描写与成功的形象塑造。人物形象塑造是唐传奇走向成熟的一个重要特征。唐传奇作品对现实生活中的各类人物进行了艺术的概括，描写对象涉及社会生活的各个阶层，上自帝王将相，下至僧俗侠儒，无所不包，通过典型事件和细节描写，突出其主要性格特征，成功地塑造了一系列性格鲜明的人物形象。如《李娃传》中写倡女李娃与郑生初会时“回眸凝睇，情甚相慕”以及“前时遗策郎”的细节表现，不难看出李娃对郑生确有好感；而她与郑生“诙谐调笑，无所不至”，并与姥合谋设计郑生，则是风尘女子的惯用手腕；但当见郑生“枯瘠疥疠，殆非人状”时，她又生悔意，全力扶持郑生考取功名；而郑生功成名就之后，她又理智地劝郑生“当结媛鼎族，以奉蒸尝”。凡此种种皆体现了李娃深沉、冷静、清醒、练达和坚强的性格特征，以及善良无私的美好品质。此外，唐传奇还善于使用对比、烘托及个性化对话等手法来表现人物的个性。这些艺术手法都使得唐传奇在人物形象的塑造上达到了较高的水平。①

（四）文辞华美，活泼流畅。唐传奇叙述事件简洁明快，人物对话生动传神，词汇丰富，句式多变。有的作品虽施以藻绘，却无繁缛之弊而有明丽之美；一些佳作更善于用诗化的语言营造含蓄优美的情境。在描写景物、渲染气氛时，或简笔勾勒，或浓墨重彩，极富艺术表现力和感染力。如《柳毅传》中写钱塘君幻化原形冲天而去，“天坼地裂，宫殿摆簸，云烟沸涌”，想象丰富，其声势巨大骇人耳目。

唐传奇真正确立起小说这种文学体裁。唐传奇的出现和繁荣，标志着古人叙事思维的进步与成熟，标志着小说历经萌芽和初步发展阶段，从孕育它的子、史著作中脱胎而出，成为一种与其他文体有根本差异而且具有自身特征，在文学史上具有独立地位的新

---

① 齐裕焜．中国古代小说演变史［M］．兰州：敦煌文艺出版社，2008：66.

型文体。

唐传奇为后世的小说、戏剧创作提供了大量素材。唐传奇创作的一系列不同类型的艺术典型，如霍小玉、崔莺莺、风尘三侠等，为小说创作中艺术形象的典型化提供了有益的经验；唐传奇中不同题材的小说对后世各类小说也产生了直接影响，其婚姻爱情小说、豪侠小说、狐鬼仙妖小说分别对后世的才子佳人小说、侠义小说、神魔小说等具有明显影响。宋代以后，出现了大量根据唐传奇题材进行改编再创作的小说、戏曲。

150.《霍小玉传》何以成为中唐传奇的压卷之作？

答：《霍小玉传》是唐传奇中反映爱情悲剧最杰出者，堪称中唐传奇的压卷之作。作者蒋防，生卒年不详，字子徵（一字子微），义兴（今江苏省宜兴市）人。元和中历任拾遗、补阙，长庆元年（821）因元稹、李绅之荐，为翰林学士，后亦由李绅之贬而谪为汀州刺史，改袁州刺史。有少量诗文遗存，传世之杰作则为小说《霍小玉传》。明胡应麟《少室山房笔丛》评曰：“唐人小说纪闺阁事，绰有情致，此篇尤为唐人最精彩之传奇，故传诵弗衰。”《霍小玉传》之所以能成为中唐传奇的压卷之作，原因有四：

一、情节曲折动人。小说最重要的属性之一就是要讲好故事。《霍小玉传》本来讲了一个才子佳人的故事。这是封建社会常见的社会现象，也是文学作品惯有的情节。但是《霍小玉传》将一个老套的故事描写得跌宕起伏，姿态横生。主人公霍小玉本是霍王庶女，因兄弟排挤而离开王府，沦为倡女。她美艳聪慧，“资质秾艳，一生未见，高情逸态，事事过人，音乐诗书，无不通解”。她渴望拥有一段好姻缘，欲求“好儿郎格调相称者”。经鲍某介绍，与才子李益相识，情投意合。二人欢会之初，霍小玉又清醒冷静地看到自己“一旦色衰，恩移情替”的命运。她明智大度，且重情重义，考虑到李益“堂有严亲，室无冢妇”，定当有门当户对的“佳姻”，故而请求再能共处数年，然后任凭李生“妙选高门，以谐秦晋”，小玉自己则要“舍弃人事，剪发披缁”。李生发誓不负小玉，答应八月即来迎接。但是等李生回到家中，太夫人严命娶妻，媒定卢氏。李生违背了和霍小玉的约期。霍小玉怨愤成疾，病入膏肓。后来得到黄衣侠客帮助，霍小玉见到李生，她含怒凝视，羸质娇姿，痛斥李益，发誓报复，饮恨而终。这篇作品的情节处理得当，故事紧凑，发展转折，抑扬顿挫，非常吸引人。

二、人物刻画细致传神，通过正面描绘与侧面渲染等多种表现手法，塑造了生动鲜活的人物形象，主要人物霍小玉达到了典型形象的高度。小说塑造了霍小玉丰满的个性。她既有真挚多情的一面，又有刚烈义气的一面，是男子心目中理想的女性化身。只不过因为出身婢女，沦落倡家，遭遇负心男子，最终落得抑郁而死的悲剧结局。小说没有将其写成一个逆来顺受的弱女子形象，而是塑造了一个光彩照人的女神形象，她敢爱敢恨，爱得缠绵，恨得真切，使得所谓的才子都显得丑陋不堪，相形见绌。霍小玉的光彩辐射了整个小说。

同时，小说对男主人公李益也不吝笔墨。写其风流多才，“丽词嘉句，时谓无双”；写他重情却又怯懦，负心薄幸。李益乃大历、贞元年间著名诗人，《旧唐书》本传谓其“少有痴病，而多猜忌，防闲妻妾过为苛酷，而有散灰扃户之谈闻于时，故时谓妒痴为‘李益疾’”。小说中提到李益“心怀疑恶，猜忌万端”，或由此敷衍而来。作者通过对具体情事的叙述描写，揭示了李益在个人意志和家族权威的对立中内心的矛盾和痛苦，以及他有情重情而又怯懦薄情的矛盾性格，既令人感到真实可信，又增强了作品的艺术感染力。

三、结构严谨，层次清晰，枝节穿插极为巧妙。李益、霍小玉皆欲寻得佳偶，由鲍十一娘牵引撮合，成就才子佳人之良缘。而霍小玉“倡家女”的身份以及李益“堂有严亲，室无冢妇”的家庭背景又为二人的爱情悲剧埋下了伏笔。李益与表妹卢氏言约既定之后，作者又反复、细腻地描绘了一寻一避的两人，间以崔允明、韦夏卿以及黄衫客等人的言行，侧面烘托了小玉之多情、李益之薄行。小说写浣纱卖紫玉钗巧遇老玉工，起到了穿插点评的作用：老玉工言做此钗“酬我万钱”,道出了小玉昔日生活之富贵，与今时窘困形成了鲜明对比。文中又借老玉工之口说出：“贵人男女，失机落节，一至于此。我残年向尽，见此盛衰，不胜伤感。”侧面烘托了小玉之不幸，增强了故事的悲剧韵味。

四、人物对话符合身份且具有个性色彩。小说开篇写鲍十一娘对李益说：“‘苏姑子作好梦未？’有一仙人，谪在下界，不邀财货，但慕风流。如此色目，共十郎相当矣。”一番言语既凸显了鲍十一娘“性便辟，巧言语”的性格特征，又简洁地勾勒出了霍小玉的高情逸态、风流格调。

作者所表达的思想感情复杂且深厚。蒋防并未将霍小玉当作倡女或玩物来写，而是赋予她鲜明的人格魅力，尊重她的人格与情感，通过对霍小玉悲剧的记叙与描述，表达了对李益的谴责以及对霍小玉的深切同情，反映了较为进步的妇女观。《霍小玉传》堪称唐代文人倡女生活的一面镜子。唐代国风开放、礼教不甚严格，因此士人狎妓并无伤大雅，甚或传为美谈。但当时门阀制度严格，倡家女子与书生相恋，纵然真情相许，仍难逃悲剧结局。而霍小玉正是当时封建门阀制度、婚姻礼法观念的牺牲品。

151. 唐代变文的主要特征是什么？

答：变文，或简称“变”,是唐代通过讲故事的方式宣扬佛教、娱悦大众的一种说唱文学形式。由于佛经经文过于晦涩，僧侣为了传讲佛经，便将其中的道理和故事用通俗易懂的讲唱方式表现，写成稿本后即是变文。变文在敦煌写卷中保存较多，现存敦煌变文以题材分，大体有四类：一是宗教性变文，如《维摩诘变文》《八相变》《降魔变文》《破魔变文》《大目乾连冥间救母变文》等,通过佛经故事的说唱，宣传佛家的基本教义；二是讲史性变文，如《伍子胥变文》《李陵变文》《王昭君变文》《汉将王陵变》等，“大抵史上大事，即无发挥；一涉细故，便多增饰，状以骈丽，证以诗歌，又杂诨词，以博笑噱”；① 三是民间传说题材的变文，如《孟姜女变文》《舜子至孝变文》《刘家太子变》等，说民间故事；四是取材于当地当时重大事件与人物，仅残存《张议潮变文》与《张淮深变文》两篇。② 变文以民众喜闻乐见的形式、丰富的想象、曲折的情节、生动的形象、活泼的语言引人入胜，其主要特征有三：

一、有专职的讲唱艺人与表演场地。远在魏晋时代，佛教流行之际，便产生了转读、唱导等讲经形式，通过“或杂序因缘，或傍引譬喻”（慧皎《高僧传》）来宣扬佛法；隋唐之际，佛寺禅门讲经盛行，涌现出专门从事俗讲的“俗讲僧”；有唐一代，经济高涨，城市繁荣，文艺发展，为了适应日益增长的民众需要，俗讲变文逐渐离经叛道，向非宗教的现实内容方向发展，讲唱者也不限于俗讲僧，同时产生以转唱变文为职业的民间艺人，表演地也由寺院扩大到变场、讲席等地方。段成式《酉阳杂俎》前集卷五《李秀才》条云：“望酒旗，玩变场者，岂有佳者乎！”这里所说的“变场”,殆为转唱变文的娱乐场所。

二、说唱相间、散韵组合的表演形式。说为表白宣讲，多用俗讲或浅近骈体；唱为行腔咏歌，多为押偶句韵的七言诗。变文作为转变的底本，本不是案头读物，它是供艺人说唱用的。根据说唱的需要，说表与唱诵结合，叙事与代言并用，以声传情，以情带声，声情并茂地演述故事。变文的语言无论是口语或是浅显的骈体，大都能做到通俗易懂，生活气息浓厚，又杂用俚语方言、谚语成语，新鲜活泼，流畅明快，琅琅上口，悦耳动听。此外，在讲经之前有一种篇幅较短的“押座文”,与后世话本“入话”、弹词的“开篇”相近，起着安定听众情绪的“压座”作用；变文说唱在说白与吟唱转换时，亦有习用的过阶语作提示，如“……处若为陈说”“……时有何言语”之类，形成了特定的套语形式。

三、辅以绘画、音乐的演出形式。变文善于运用生动的图画和感人的音律突出并深化作品的主题。变文讲唱中用来辅助的绘画，

① 鲁迅．中国小说史略［M］．北京：人民文学出版社，2005：119.

② 袁行霈．中国文学史：第二卷［M］．北京：高等教育出版社，2005：332.

称为“变相”。敦煌写本《降魔变文》（伯四五二四）正面绘有奇观幻境、粗犷奔放的六幅画图，背面抄有与画图内容相呼应的六段唱词，极大地增强了演唱的艺术感染力。由于变文采用讲唱结合、韵白相间的语言形式，因此在音调韵律方面亦有可观之处。如唐代诗人在描述民间传唱《昭君变》时写到：“欲说昭君敛翠蛾，清声委曲怨于歌”（王建《观蛮妓》），“长翻蜀纸卷昭君，转角含商破碧云”（李贺《许公子郑姬歌》），“檀口解知千载事，清词堪叹九秋文”（吉师老《看蜀女转昭君变》）。以“清声委曲”“转角含商”“清词堪叹”来形容善歌的表演者，也反映出变文唱词的曲调悠扬婉转，感人至深。

唐代变文以其丰富多彩的内容，韵白相间的说唱形式，铺陈阐扬的表现手法以及粗犷刚健的文笔，奠定了它在中国文学史上的独特地位，对后世诸宫调、宝卷、鼓词、弹词等说唱文学以及杂剧、南戏等戏曲文学产生了深远的影响。变文的“嫡系后裔”是宝卷。变文直接催生了中国古代白话小说，话本小说正是在变文影响下产生出来的。

152. 唐代古文运动的宗旨、发展流变是什么？

答：魏晋以后，骈文繁兴，讲求对偶精工、格律谨严、辞藻华美、用典繁复。从散文的艺术特质来说，这种精致华美无疑是一种进步，但是发展到后来，弊端也随之而生。一方面，骈文的写作膨胀到实用文的领域，削弱了文章的实用性；另一方面，用典、声律的束缚以及文章形式的极度讲究又推进了程式化习气，走上了形式主义歧途。我国古典散文发展到唐代，出现了一次巨大的变革。从陈子昂开始，经元结、韩愈、柳宗元直到杜牧、罗隐等人的努力，在前后二百多年间，改变了自东汉以来逐渐形成的骈文统治文体的局面，实现了文体、文风和文学语言的解放，推动了散文创作的发展。①“古文运动”即是指这场散文革新运动。

---

① 孙昌武．唐代古文运动通论［M］．天津：百花文艺出版社，1984：1.

唐代古文运动的发展，大致经历了三个时期。由初盛唐的长期酝酿，到中唐时蔚为大观，至晚唐闪现最后的光辉。

在韩、柳古文运动之前，已经出现不少揭露六朝骈文积弊，提倡文体复古的作家。如唐初政治家魏徵、史学家刘知几、文学家四杰等，都从不同出发点和不同程度上，对六朝骈文的华靡浮艳之风表示不满，但在创作实践上却没有多少新的进展。降及陈子昂，乃以其“疏朴近古”的论事书疏，开“高蹈”之先河，但并未形成文体文风改革的普遍风气。时至盛唐，萧颖士、李华、贾至、元结、独孤及等又在文体革新的理论探索和创作实践方面向前迈进了一大步，从而为韩、柳古文运动的开展，做了充分的准备。①

中唐时期又出现了一批重要的古文作家，如柳冕、梁肃、权德舆、欧阳詹、韩愈、柳宗元、刘禹锡、白居易、元稹等人。刘禹锡的散体之作富于才辩，批判性很强；白居易、元稹之文以平易畅达为特色，在元和、长庆年间自树一帜。一时间作手如林，云蒸霞蔚，古文声势大振，这批作家以他们的创作与理论使古文运动进入了成熟与兴盛的时期。其中，韩愈、柳宗元是这一时期古文运动的领袖，他们总结了先秦以来我国散文长期发展的历史经验，提出了一套比较完整的改革文体和革新散文创作的理论主张，并成功地进行了创作实践，在文坛上形成了一股变革的潮流。具体而言，唐代古文运动的宗旨有以下四点：

一、文以明道。针对骈文脱离现实的不良倾向，韩愈、柳宗元提出了“文以明道”的口号，这是他们理论主张的核心，也是他们倡导文体文风改革的主要标志。韩愈在《争臣论》中说：“君子居其位，则思死其官。未得位，则思修其辞以明其道。”又在《送陈秀才彤序》中提到：“读书以为学，缵言以为文，非以夸多而斗靡也，盖学所以为道，文所以为理耳。”明确地指出文章写作的目的是明道，而不是为文而文，所以必须有充实的内容，“夫所谓文者，必有诸其

① 乔象钟，陈铁民．唐代文学史：下［M］．北京：人民文学出版社，1995：502.

中，是故君子慎其实”。柳宗元在《答韦中立论师道书》中也说：“始吾幼且少，为文章以辞为工；及长，乃知为文者以明道，是固不苟为炳炳烺烺，务采色、夸声音而以为能也。”同样是主张文章要与社会现实紧密结合起来，强调文学的社会功用。

二、重道亦重文。在倡导“文以明道”的同时，并没有轻视文章写作的技巧，而是为写好文章而博采前人遗产。韩愈多次提到：“愈之志在古道，又甚好其言辞。”（《答陈生书》）“沉潜乎训义，反复乎句读，砻磨乎事业，而奋发乎文章。”（《上兵部李侍郎书》）。柳宗元也说：“言而不文则泥，然则文者固不可少耶！”（《答吴武陵论非国语书》）由此出发，他们进一步主张广泛学习经书以外的各种文化典籍，“百氏之书，未有闻而不求，得而不观者”（韩愈《答侯继书》），并借此“旁推交通而以为之文也”（柳宗元《答韦中立论师道书》），即使对他们一再指斥的“骈四俪六，锦心绣口”（柳宗元《乞巧文》）的骈文，也未全予否定，而注意吸取其有益成分，可谓重道亦重文。

三、务去陈言。韩愈主张写散文“宜师古圣贤人”（《答刘正夫书》），但在具体写法上却反对模仿因袭，要求能“自树立，不因循”，“师其意不师其辞”（《答刘正夫书》），认为“惟古于词必己出，降而不能乃剽贼”，“不袭蹈前人一言一句”（《南阳樊绍述墓志铭》）才是正确的为文态度与方法。柳宗元提倡创新的力度虽不及韩愈，但也一再反对“渔猎前作，戕贼文史”（《与友人论为文书》），这正说明他与韩愈的主张是一致的。在语言表达方面，韩愈除了要求词必己出、务去陈言外，还要求“文从字顺”（《南阳樊绍述墓志铭》），即文字的表达要流利畅达，合乎语法。对于文学语言的理论概括，是韩柳古文理论超越前人的一大关键。

四、不平则鸣，气盛言宜，重视道德修养和人格精神。韩愈在《三器论》中曾说“不务其修诚于内，而务其盛饰于外，匹夫之不可”，又反复强调“夫所谓文者，必有诸其中，是故君子慎其实”（《答尉迟生书》），“养其根而俟其实，加其膏而希其光；根之茂者其实遂，膏之沃者其光晔。仁义之人，其言蔼如也”（《答李翊书》）。“有诸其中”“养其根”皆指道德修养，韩愈认为这是写好文章的关键，有了良好的道德修养，文章才能充实。在此基础上，韩愈吸取并发展了孟子的“养气说”和梁肃的“文气说”，提出“气，水也，言，浮物也。水大而物之浮者大小毕浮，气之与言犹是也。气盛则言之长短与声之高下者皆宜。”（《答李翊书》）韩愈的“气盛言宜”说重视作者的道德人格，重视文章的思想内容，可谓为文的普遍原则，也为后世注重文风与人格的统一树立了先导性垂范。与韩相同，柳宗元也主张人的气质“独要谨充之”，情感要“引笔行墨，快意累累”（《复杜温夫书》）地尽兴抒发，并认为：“君子遭世之理，则呻呼踊跃以求知于世。……于是感激愤悱，思奋其志略以效于当世，必形于文字，伸于歌咏。”（《娄二十四秀才花下对酒唱和诗序》）这里的“感激愤悱”与韩愈的“不平则鸣”有着内在的同一性，作为一种高度重视个人情感的理论主张，二者均具有不容忽视的价值和意义。①

随着韩愈及其同道们的相继谢世，古文领域已经没有力能扛鼎的领袖人物了，剩下的一些韩门弟子如李翱、皇甫湜、孙樵等人，则片面地发展了韩愈的创新主张，追求奇异怪僻，使得散体文创作的道路越走越窄，逐渐丧失了内在的生命力。就总的趋势来讲，古文运动到这一时期已经基本衰歇，只有部分藐视末俗、志在复古的作家，如刘蜕、孙樵、皮日休、陆龟蒙、罗隐等，仍继续坚持创作散体文，并取得了一定的成就，其中尤以补察时政、揭露丑恶、讽刺衰俗、救世济物的晚唐小品文最具光辉。

153. 白居易的诗歌创作理论是什么?

答：白居易是一位既有自觉理论、意识，又有卓越创作实践的诗人，他对于诗歌创作有一套完整的理论，主要见诸《与元九书》《新乐府五十首序》及《策林》中的某些篇，以及《寄唐生》《读张籍古乐府》《赠樊著作》等诗中。具体而言，白居易的创作理论可归

---

① 袁行霈．中国文学史：第二卷［M］．北京：高等教育出版社，2005：303-304.

结为以下四点：

一、诗歌要为现实政治服务。白居易强调文艺的政治功能，他从礼乐教化的角度来看待文艺，倡导文艺发挥干预现实，针砭时弊的社会作用。他在《策林》第六十四说："乐者本于声，声者发于情，情者系于政。盖政和则情和，情和则声和，而安乐之音由是作焉。……斯所谓音乐之道与政通矣。"音乐如此，诗亦如此："大凡人之感于事，则必动于情，然后兴于嗟叹，发于吟咏，而形于歌诗矣。"（《策林》六十九）他在《读张籍古乐府》中说："为诗意如何，六义互铺陈。风雅比兴外，未尝著空文。"凡不能反映现实、指摘时弊的，他认为都不过是"嘲风雪、弄花草"的无病呻吟之作，文学应当侧重写实，著诚去伪。

二、诗歌创作要体现"直笔""实录"精神。白居易在《议文章》中说："书事者罕闻于直笔，褒美者多睹其虚辞。""今褒贬之文无核实，则惩劝之道缺矣；美刺之诗不稽政，则补察之义废矣，虽雕章镂句，将焉用之?"（《策林》六十八）这种"直笔""实录"的精神也体现在他的作品中，白居易自创乐府新题，直截了当地实录时事，更加深刻地反映了社会现实状况。他在《赠樊著作》中提到："君为著作郎，职废志空存。虽有良史才，直笔无所申。何不自著书，实录彼善人。编为一家言，以备史阙文。"更是明确地提出了"直笔""实录"的创作原则，这也是中国古代现实主义诗歌的主要特征。

三、诗歌要能"补察时政"。白居易认为文学要能动地改造社会、干预政治、直接影响人的思想意识。他把文学当作救济社会的利器，要求诗歌能"补察时政，泄导人情"（《与元九书》）。他称赞张籍之乐府诗："读君学仙诗，可讽放佚君。读君董公诗，可诲贪暴臣。读君商女诗，可感悍妇仁。读君勤齐诗，可劝薄夫敦。上可裨教化，舒之济万民。下可理情性，卷之善一身。"（《读张籍古乐府》）认为优秀的诗歌要有干预现实之功能。①

① 张少康，刘三富．中国文学理论批评发展史［M］．北京：北京大学出版社，1995：362.

白居易在任左拾遗时，“凡直奏密启外，有合方便闻于上者，稍以歌诗导之，意者欲其易入而深诫也”（《与杨虞卿书》）。“启奏之外，有可以救济人病，裨补时阙，而难以指言者，辄咏歌之，欲稍稍进闻于上。”（《与元九书》）为此，他还提出了一系列明确的理论主张，如《寄唐生》所言：“篇篇无空文，句句必尽规。……惟歌生民病，愿得天子知。”又如《与元九书》所称：“文章合为时而著，歌诗合为事而作。”主张诗歌应“为君、为臣、为物、为事而作，不为文而作也”（《新乐府五十首序》）。同时，他还特别提倡美刺，反对歌功颂德，粉饰太平，认为那样会使“君耳唯闻堂上言，君眼不见门前事”（《采诗官》）。

四、白居易在作品中也论及文学的特性、内容与形式之关系。他认为文学虽有政治功利价值，但这并非仅靠理性来实践，而是以情感人、以美感人。他认为：“感人心者，莫先乎情，莫始乎言，莫切乎声，莫深乎义。诗者，根情，苗言，华声，实义。……圣人知其然，因其言，经之以六义；缘其声，纬之以五音。音有韵，义有类。韵协则言顺，言顺则声易入。”（《与元九书》）这种以情为根，以言为苗，以声为华，以义为实的观点，注意到了诗歌的美学特征。① 但他强调的重点在于“义”,形式是为内容而服务的，“系于意，不系于文”,也就是主张用诗歌达到一种功利目的。

总的来说，白居易的创作思想是非常重视文学的社会功能的。他继承了儒家文学思想的传统，特别强调文学和政治的密切关系，要求文学能对政治的革新起到促进作用。但是，他在新乐府创作中忽略了诗歌自身的属性，因而对诗歌的艺术美重视不够，称谢灵运“溺于山水”、陶渊明“偏放田园”（《与元九书》），忽视了艺术形式的相对独立性，从而导致新乐府诗歌干枯板滞的缺陷。

---

① 韩兆琦．中国文学史：第二册［M］．北京：北京师范大学出版社，2007：261-262.

中国古代文学三百题

宋辽金文学

154. 宋初诗文有哪些代表作家？他们的文学成就如何？

答：公元960年，北宋建立，为了保持政治稳定和经济发展，赵氏王朝推行了“重文抑武”的政策，广开科举，对文化建设给予相当的重视，并且取得了可喜的成绩，正如苏轼所说：“宋兴七十余年，民不知兵，富而教之，至天圣、景祐极矣。”（苏轼《六一居士集叙》,《苏轼文集》卷一〇）从宋太祖、太宗、真宗三朝到仁宗朝的初期，这“七十余年”可以说是宋代文学在积累中不断走向发展的过程，虽未取得足够与前代相媲美的文艺成就，但也呈现出新时代的气象，为宋代文学的发展积蕴了力量。

从总体上看，宋初七十余年的文学创作，主要体现在诗歌和散文两个方面。散文家可以王禹偁和柳开为代表，他们极力倡导“兴复古道”,主张“矫文章之弊”“务明先圣之道”。从理论和创作两个方面，为宋代散文“明道”“重理”的倾向埋下伏笔，也为宋代散文的繁荣准备了条件。就诗歌而言，“宋铲五代旧习，诗有白体、西昆体、晚唐体”（方回《送罗寿可诗序》,《桐江续集》卷三二）,这三个流派昭示了宋代文学多样化的时代特点。“白体诗派”又称“香山派”,以王禹偁为代表；晚唐体诗人指宋初追踪、模仿唐代贾岛、姚合诗风的一派诗人，可以林逋为代表。

一、宋初诗文的代表王禹偁。王禹偁（954—1001）,字元之，济州钜野（今山东省菏泽市巨野县）人。世为农家子，九岁能文，毕士安见而器重之，太平兴国八年进士。作为北宋诗文革新运动之先驱，王禹偁以变革文风为己任，他不满晚唐五代的浮靡文风，在《送孙何序》中称：“咸通以来，诗文不竞。革弊复古，宜其有闻。”（《小畜集》卷十九）进而提倡“文以传道明心”,主张文辞“易道”“易晓”（《答张扶书》,《小畜集》卷十八）。以此为指向，他的散文创作主要以记事散文为主，力图改变唐末五代雕绘纤弱之习，往往言之有物，清丽疏朗，可谓“简易醇质，得古作者之体”（沈虞卿《小畜集跋》）,在宋初文坛上独树一帜。《黄州新建小竹楼记》《录海人书》《唐河店妪传》《答张扶书》等篇都是其散文的传世名篇。

《黄州新建小竹楼记》在王安石看来胜于欧阳修的《醉翁亭记》,该文托物言志，借景抒情，通过对黄冈竹楼的描摹表达了自己随遇而安、淡然处世的生活情趣。其中写景一节，骈散结合，既有古文疏朗流畅的审美风致，也有骈文音调铿锵的优美旋律，将对闲情逸致的赞美和贬谪生活的感慨融为一体，使得文章的抒情意味浓丽馥郁，堪称欧阳修、苏轼散文的先导。

同时，王禹偁也是香山派诗人中学习白居易最彻底的一位，堪称“独开有宋风气”（吴之振《宋诗钞·小畜集钞》）的第一位诗人。王禹偁特别注重学习白居易诗歌的讽喻精神，自诩“本与乐天为后进，敢期子美是前身”（《前赋〈春居杂兴〉诗二首》,《小畜集》卷九）,他的诗歌总是感慨国事、心系百姓，《对雪》和《感流亡》控诉了统治者“聚民膏血”的残酷腐败，对“室无环堵”的平民百姓寄予了深切的同情，近似于白居易、杜甫直接感发现实的诗歌作品；《寒食》和《村行》借景抒情，咏物言志，颇有杜诗凝重老练的风格，以议论收笔的结句安排，流露出宋诗“以议论入诗”的特质；《畬田词五首》歌颂了商州百姓互助劳动的淳朴精神,均类似于白居易的讽喻诗。

二、复古理论的倡导者柳开。柳开（948—1001）,字仲塗，自号东郊野夫，又号补亡先生，大名（今属河北省大名县）人。唐代末年，战乱频仍，文籍多毁，有一赵姓老儒生将韩愈文章数十篇授予柳开，柳开读之爱不能舍，于是改名肩愈，字绍先，意谓“肩负韩愈的使命”,“光大柳宗元的事业”。又因仰慕唐王通经术，改名开，字仲逢，意谓“将开古圣贤之道于时也，将开今人之耳目使聪且明也；必欲开之为其涂矣，使古今由于吾也”（《补亡先生传》,《河东先生集》卷二）。

宋初文章继五代之习，崇尚偶俪，在文学理论上鲜明地提出复古主张的，首推柳开。他曾在《应责》中说：“吾之道，孔子、孟轲、扬雄、韩愈之道。吾之文，孔子、孟轲、扬雄、韩愈之文也。”

柳开把道统和文统合为一，这种观点，对后来的古文家和理学家都有深刻的影响。关于散文创作，他反对五代以来轻浮侈靡的文风，主张“宗经、明道”,极力推崇文学的政治功能。在他看来，“文取于古，则实而有华；文取于今，则华而无实。实有其华，则曰经纬人之文也，政在其中矣。华而无实，则非经纬人之文也，政亡其中矣。”(《答臧丙第二书》,《河东先生集》卷六）这种理论直承曹丕“文章为经国之大业”的论调，强调了文章明道的重要性，其改变宋初文风之功，实不可没。

三、晚唐体诗人林逋。林逋（967—1028），字君复，杭州钱塘（今浙江省杭州市）人。林逋生性恬淡，不求仕进，初游江淮间，后归隐杭州，结庐于西湖之孤山，以布衣终其生。他善书画，工歌诗，诗以五、七言律为主，作为隐逸之士，堪称“晚唐体”创作中名气最大的一位。

林逋喜爱西湖旖旎的山光水色，又酷爱梅花白鹤，以“梅妻鹤子”自称。他的诗作以吟咏湖山胜景为主要内容，抒写隐居不仕、轻放闲逸、孤芳自赏的独特心情，表现出清丽动人的情调和秀雅俊逸的境界，梅尧臣称其“顺物玩情，为之诗则平澹邃美，读之令人忘百事也”（《和靖先生诗集序》,《宛陵先生集》卷六〇）。他的《山园小梅》（二首之一）历来被誉为“咏梅诗”的压卷之作，其“疏影横斜水清浅，暗香浮动月黄昏”两句，刻画梅花曲尽神态，注入诗人清纯洁净的美感意识，意象高洁，语句清隽，形神兼备，被人誉为咏梅绝唱。另一首《梅花》诗中“雪后园林才半树，水边篱落忽横枝”之句，深受黄庭坚称赏，清人查慎行亦赞之为“不但格高，正以意味胜”（方回选评，李庆甲集评《瀛奎律髓汇评》卷二〇）。其《小隐自题》中“鹤闲临水久，蜂懒采花疏”的诗句，以活泼的笔调，清丽的语句描述自己悠然自得的隐士生活和淡泊宁静的心情，全诗“拆读之句句精妙，连读之一气涌出，兴象深微，毫无凑泊之迹”（方回选评，李庆甲集评《瀛奎律髓汇评》卷二三）。可以看出，林逋的诗作颇刻意求工，往往炼字琢句，意趣天然，脍炙人口。

155. 欧阳修因何被奉为开创宋代文风的文坛领袖?

答：欧阳修是北宋著名的文学家、史学家、经学家和政治家，“唐宋八大家”之一，是宋代第一位兼擅诗、词、散文、赋、四六骈文的大家，因其全方位的文学成就，被公认为北宋诗文革新运动的杰出领袖。

欧阳修小像　蔡超

一、欧阳修的文学成就，以散文最为卓著，影响也最大。统观一百五十三卷《欧阳文忠公集》,散文共计两千余篇，不仅体裁多样，序、论、记、赋、奏疏、书简、题跋、随笔、碑志、祭文各体兼备，而且内容充实，叙事说理，深入浅出，精练流畅，抒情写景，汪洋恣肆，气势雄厚。

（一）欧阳修的散文以政论文最为人称道，如《原弊》《上范司谏书》《与高司谏书》《论杜衍范仲淹等罢政事状》等，直陈时事，系乎治乱，谨遵“明道”“致用”的政治主张，指摘时弊，匡时救世，陈词痛切，以理取胜，践行“文博辩而深切，中于时病而不为空言”（《与黄校书论文章书》,《居士外集》卷一七）的文学理想，文笔犀利，引人深思。

写作于庆历年间的《朋党论》是欧阳修政论文的经典代表。文章呈奏宋仁宗，驳斥了守旧派党同伐异的恶语中伤，开篇即正面切题，坦然承认“朋党之说，自古有之”,进而严格立论，一针见血地指出“君子与君子以同道为朋，小人与小人以同利为朋”,从道理上说明“同道”与“同利”的区别，小人呼朋引类只为争名逐利，而君子同道相邀，为的是“以之事国”,旗帜鲜明地指出实际上“小人无朋，惟君子则有之”,最后以史为鉴，得出结论：“为人君者，但当退小人之伪朋，用君子之真朋，则天下治矣。”文章写得有条不紊，实践了欧阳修“事信、意新、理通、语工”的文学主张，以不可辩驳的逻辑力量，痛斥了政敌的谬论，将古文的实际功用与艺术价值有机地结合在一起。

（二）欧阳修的散文还有许多记人、叙事、写景、抒情的文章。《新五代史·伶官传序》以史为鉴，阐明了“忧劳可以兴国，逸豫可以亡身”这一发人深省的道理，文章立志高远，笔墨酣畅，言简义丰，气势充沛。《画舫斋记》是欧阳修为自己休憩的居室所做的一篇“记”,“画舫斋”形状如舟，与左右山林相映成趣，文章在对居室的景致作了精美描述之后，别开新境，“舟之为物，所以济险难而非安居之用也”,引发对“居安思危”的考虑，文字俭省，却意味隽永。《秋声赋》继承了汉代大赋铺张扬厉的写法，对凄凉悲戚的秋夜奇声进行了细致的描摹，之后借秋声的萧索寄托了自己仕途坎坷、壮志难酬的无尽感伤，并以此告诫世人，不必悲秋、恨秋，怨天尤地，由此引出对人生哲理的深沉思索。

可以看出，欧阳修在自己的散文创作中，极其重视“文”与“道”之间的关系，主张文道并重，文学为现实服务，力求经世致用，而反对六朝以来的形式主义文风，对当时西昆派文人只求“文”而不求“实”的文学观念进行了矫正，极大地推进了古文运动的进展，被誉为“一代宗师”。

二、欧阳修的诗歌成就，同样令人赞叹，传世近八百六十余首。

欧阳修欣赏李白诗歌的超逸飞扬，做诗以气格为主，力求矫正西昆体的繁复密丽，语言平易流畅。同时，效法韩愈的文道合一，长篇诗作力主以文为诗，以议论为诗，而又推崇白居易的“发声通下情”,内容充实，富于时代气息，正如钱锺书所说：“苦学昌黎，参以太白、香山。”①宋诗以气格取胜，注重意境美，欧阳修就是宋诗新风的开拓者。

从内容上看，欧阳修的诗大致有三类：

（一）以社会现实为题材，揭露民生疾苦，反映社会矛盾，具有一定的社会意义与现实意义，例如《食糟民》,诗人用冷峻的写实笔法，揭露了官府借酿酒专卖取利，终日享乐，而种田的百姓却无米下锅，只能靠买糟食度日的悲惨情形，表达了对平民百姓苦难生活的体恤与同情，这类诗也是欧阳修诗歌思想性最强的部分。

（二）唱和抒怀的作品，其中多有对坎坷身世与艰难时局的感慨喟叹，包含深沉的人生感慨。例如《戏答元珍》,这首诗是作者贬官夷陵次年早春的作品，荒远的山城残雪压枝，凄凉的春景催生了诗人迁谪山野的思乡与落寞，更寄托着蒙受政治打击的深深无奈与自我慰藉。诗歌虽有牢骚却并不颓废，满心苦痛却又乐观豁达，写景清新自然，抒情真切诚挚，彰显着欧诗平易的风格。

（三）写景寄情或者咏史述怀的作品，这类诗歌多以古体出之，更鲜明地体现了欧阳修“以文为诗”和“以议论为诗”的文风，写景不仅仅停留在对事物表面现象的描绘，而且透过现象进一步表达对事物的深刻认知，在描写中表达观点，抒发议论，咏史也力求在讲述史实的过程中，探求历史原委，评述政治得失、抒发人生感慨。《唐崇徽公主手痕和韩内翰》是这方面的力作，诗歌感慨唐代宗时崇徽公主远嫁回鹘的凄凉景象，对豆蔻年华的少女远嫁和亲倾注了同情与惋惜，犀利地诘问造成这种悲剧的历史原因，联系当下宋朝由盛转衰，不断受到契丹和西夏侵扰的苟安时政，抒写了内心的焦灼与愤懑。诗歌深受朱熹赞赏，被誉为“以议论言之，第一等议论；

---

① 钱锺书．谈艺录［M］．中华书局，1984：166.

以诗言之，第一等诗”（瞿佑《归田诗话》卷中）。

在欧阳修主持文坛以前，宋初“西昆体”对华美密丽的追求已经走向了极端，“穷妍极态，缀风月，弄花草，淫巧侈丽，浮华纂组”（石介《怪说》,《徂徕集》卷五）,可以说欧阳修对宋诗新风的开创就是从反对“西昆体”开始的，他强调文道并重，认为文学的思想内容与艺术形式同样重要，在唐代古文运动、新乐府运动已经衰竭的情况下，高举诗文革新的大旗，更在文学创作上积极践行“文与道俱”的理论主张，将叙事、议论、抒情完美地结合在文学作品中，开创了宋代文学的新体制、新格调，足见其在北宋诗文革新运动中的领袖地位。

156.“三苏”名称如何得来？他们的散文成就和文艺思想在中国文学史上有何影响？

答：“三苏”指宋代文学家苏洵和他的两个儿子苏轼、苏辙。“三苏”之名，最早见于宋王辟之《渑水燕谈录》的卷四“才识条”:“苏氏文章擅天下，目其文曰：‘三苏’。盖洵为老苏，轼为大苏，辙为小苏。”三苏父子家学渊源，而又自成一体，各有特色。

苏洵字明允，于宋真宗大中祥符二年（1009）出生在眉州（今四川省眉山市）一个“三世不显”的知识分子家庭，少年时性格豪放，喜欢寻奇觅异，游览名山大川，《宋史·苏洵传》说他“年二十七始发愤，谢其素所往来少年，闭户读书为文辞”。由此精通文史六经，下笔顷刻数千言。宋仁宗嘉祐元年（1056）三月，苏洵带领苏轼、苏辙赴京应试，拜访了翰林学士欧阳修，欧阳修对苏洵的《衡论》《权书》《几策》等文章大为赞赏，于是写了《荐布衣苏洵状》，向朝廷举荐苏洵：“眉州布衣苏洵，履行淳固，性识明达，……其论议精于物理而善识权变，文章不为空言而期于有用。”苏洵文名因此大盛。

统观苏洵的文学成就，确以政论散文最佳。苏洵的政论文往往立论新颖，见解精辟，着眼于现实，追求“有用于今”,更善于用凝练的语言和生动的比喻来说明抽象的道理，行文波澜起伏，气势雄

苏轼　李世南

踞。例如《管仲论》，苏洵自出机杼，不同于史书对管仲远见卓识的赞赏。苏洵认为导致齐国发生祸乱的原因，恰在管仲临死之前虽告诫桓公不用小人，却没能举荐贤者，“呜呼，仲可谓不知本者矣!”并由此联系国家政事，以古为鉴，指明选贤举能是保障国家长治久安的根本。文章鞭辟入里，见识独特，笔锋流畅犀利，极具说服力，可谓“造于深微而后止”（欧阳修《故霸州文安县主簿苏君墓志铭并序》，《欧阳文忠公文集》卷三十四）。

苏轼、苏辙两兄弟，在文学创作方面，也都深受其父的影响，善于议论，颇有父风。苏轼(1037—1101)，字子瞻，号东坡居士，一生仕途坎坷，但学识渊博，诗、词、散文、书法、绘画，样样皆通，堪称艺术全才。在文学方面，苏轼认为文章是载道的工具，更具有独立的文学性价值，因此，苏轼的散文延续了欧阳修开辟的文从字顺、平易畅达的创作路线，以意为主，语言平易自然，气势恣肆，豪放自如，“吾文如万斛泉源，不择地皆可出，在平地滔滔汩汩，虽一日千里无难。及其与山石曲折，随物赋形，而不可知也。所可知者，常行于所当行，常止于不可不止”（苏轼《自评文》，《苏轼文集》卷六六）。

苏轼的史论如《贾谊论》，政论如《进论》，皆能切中时弊，引古证今，立论精辟，说理透彻。他的文学性散文，无论叙事如《书上元夜》，写景如《赤壁赋》，抒情如《文与可画筼筜谷偃竹记》，记游如《石钟山记》，序跋如《跋文与可墨竹》，小赋如《飓风赋》，还是以文论艺，如《书吴道子画后》，也都用笔自然，或描写自然景物，或发表艺术见解，或友谊赠答，或阐发哲思，文笔如行云流水，姿态横生，极富艺术感染力。苏轼这类清新自然、意味隽永的散文创作，深受明清时期“公安派”与“性灵派”的推崇，袁宏道曾说：“坡公之可爱者，多其小文小说，使尽去之，而独存高文大册，岂复有坡公哉!”(郑之惠《苏长公合作》引)

苏辙（1039—1112),字子由，晚号颍滨遗老。苏辙的学问深受其父兄的影响，不仅文学创作丰富，更有着自己明确的文艺思想。在古文写作上，他提倡“文道观”,认为文章不仅要为社会政治服务，更是用来阐明世间万物的本质规律的，所谓“文之为言，犹曰万物各得其理云尔”(《周论》,《栾城应诏集》卷一),同时主张“文者，气之所形。然文不可以学而能，气可以养而致”(《上枢密韩太尉书》,《栾城集》卷二十二),提出了迥异于前人的“文气”说，强调作家要积累人生阅历，涵养浩然正气，才能在创作中呈现出充沛淳厚的生命力和文采疏荡、气势雄浑的艺术感染力。

基于这样的文艺思想，苏辙的散文创作也都颇富汪洋淡泊、秀杰深醇的文体气格，诚如苏轼在《书子由超然台赋后》所讲：“子由之文，词理精确，有不及吾；而体气高妙，吾所不及。……汪洋澹泊，有一唱三叹之声，而其秀杰之气终不可没。”例如《黄州快哉亭记》,文章融写景、叙事、抒情、议论于一炉，汪洋淡泊之中贯注着不平之气，历来被人推崇，堪称苏辙散文的代表。文章记叙了“快哉亭”取名的原因，宋神宗元丰年间，张梦得谪居黄州时修建了一个亭子，苏轼因在亭中鸟瞰江山风光，感慨万千，遂起名为“快哉亭”。然后由写景起，描述了登亭远眺，大好河山尽收眼底的豁达心境；转而从“风”字入手，品评历史人物，引发议论，说明“帝王”与“庶人”因生活境遇与思想观念的不同，而对“乐”与“忧”也会感觉殊异。作者进一步借题发挥，劝慰谪居生活中的张梦得和自己，要心中坦荡自适，“不以物伤性”,无论处于什么环境，都要“自放山水之间”而独得其快。文章层次分明，条例清晰，结构严谨，过渡自然，引语巧妙，议论精到，将写景、叙事、抒情、议论熔于一炉，运笔如行云流水，汪洋淡泊，意境开阔。

可以看出，在群星璀璨的北宋文坛，苏氏三父子的文学成就颇具特色而又影响深远。他们在肯定文章词采的前提下，主张文艺要忠于现实，为现实服务，重视文艺的社会功用，进一步推动了欧阳修提倡的诗文革新运动，对宋代散文的发展产生了重要的影响。北宋的诗文革新运动，在欧阳修的领导下，经曾巩、王安石、三苏父子等人的努力，取得了全面的成功。而苏氏的散文又别具特色，既不同于曾巩的重道轻文，也不同于王安石的重事功而轻文辞，三苏父子既重功用，也重辞章，而三苏所言功用又涵盖了国家、社会、现实、人生等更为广泛的内涵。苏洵对"有用之言"的提倡，经苏轼对文学性价值的积累和苏辙对内在气韵的沉淀，终于成就了苏氏散文别具一格的风采，"一门父子三词客",亦成为文学史上的佳话。

157.《赤壁赋》是如何体现苏轼散文的艺术精神的?

答：苏轼以作文为人生一大乐事，他曾说："某平生无快意事，惟作文章，意之所到，则笔力曲折，无不尽意，自谓世间乐事无逾此者。"(何薳《春渚纪闻》卷六)"曲折尽意"正是苏轼散文的总体特色。对于散文创作，苏轼既反对"五代之余"的"浮巧轻媚丛错采绣之文",也反对宋初"求深""务奇"的艰涩怪僻文风(《谢欧阳内翰书》,《苏轼文集》卷四九)。他沿着欧阳修开辟的平易通达、文从字顺的方向，吸收了诗歌的抒情意味，融入了古文的萧散之气，创作了大量平易流畅的优秀散文，体现出苏轼散文独有的纵横恣肆、挥洒自如的艺术风格。《赤壁赋》就是体现苏轼散文艺术精神的经典代表作。

苏轼共写过两篇《赤壁赋》,文学史称之为《前赤壁赋》和《后赤壁赋》。两篇赋创作于苏轼被贬黄州，任团练副使的元丰五年(1082),苏轼于这年秋、冬先后两次游览黄州附近的赤壁，写下了这两篇中国文学史上的名作。这期间，苏轼的思想感情是复杂的，政治上的挫折与打击令他心情愤懑、痛苦，与躬耕野老的友善交往又令他感到世俗社会的温暖。同时，无限江山的壮美又给予他极大的慰藉，增强了信心，这种思想感情在前后赤壁赋中获得了清晰再现。

《前赤壁赋》通过月夜泛舟、饮酒赋诗引出主客对话的描写，通过客人之口说出了吊古伤今之情与人生如寄之叹，也通过苏子之口表明了他矢志不渝的坚贞情怀与豁达淡然的人生态度。文章情韵深致，哲思畅达，余韵无穷。

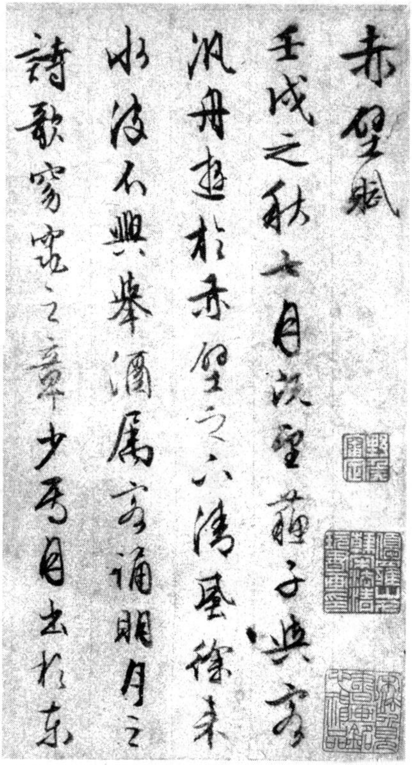

《赤壁赋》(书法局部)　(明)文徵明书

全文共分五段。第一段写夜游黄冈赤壁的情景。交代了苏子与客于初秋时节，在长江中赏月游玩，泛舟饮酒，点明了时间与地点。然后写景，“清风徐来，水波不兴”,“白露横江，水光接天”,大自然的景致令作者流连忘返。而泛舟江上，饮酒唱歌的主人更是胸怀畅达、自由不拘，仿佛“冯虚御风”,“羽化登仙”。作为开篇的一段，作者把对浩瀚江水的描绘与洒脱胸怀的抒写融为一体，以景抒情，融情入景，情景俱佳，为后文议论人生的主客问答奠定了基调。第二段，从写景转向写情。凉爽的清风吹过茫茫白露的大江，一阵如怨如慕、如泣如诉的凄怆箫声引出客人思古之幽情，文章转入深沉的哲思。

第三段文章进入主体部分，借主客问答的形式，展开对人生的思索。客人从眼前的中天夜月与水光山色，联想到曹操的诗，“月明星稀，乌鹊南飞”,横槊赋诗的曹操与火烧赤壁的周瑜，都曾是不可一世的英雄人物，而如今早已风流云散，由此发出“哀吾生之须臾”的感慨。第四段写苏子的回答，以明月、长江作喻，展开“变”与“不变”的哲思，正所谓：“逝者如斯，而未尝往也；盈虚者如彼，

《赤壁夜游》 （清）黄易

而卒莫消长也。”天地与人生都既是变化的，也是不变的。从变化的角度看，天地的存在也只不过是须于一瞬；从不变的角度看，万事万物包括人类都是没有穷尽的。因此，既无须羡慕长江的无穷，也不用感叹人生的短促，而应该投入大自然的怀抱，尽情享受清风明月之美。苏轼此时身处逆境，而能保持豁达乐观的人生态度和安时处顺的生命精神，他旷达洒脱、随缘乐观的人生哲学由此彰显。

第五段写客人听了苏子的话，转悲为喜，开怀畅饮，“相与枕藉乎舟中，不知东方之既白”，以忘怀得失、超然物外的境界结束全文。

《后赤壁赋》是《前赤壁赋》的姐妹篇，以叙事写景为主，分为三个层次，第一层写初冬月夜之景与踏月之乐，既隐伏着游兴，也交代了泛游时间、行程、同行者，自然引出了主客对话。第二层是全文重心，写出了赤壁夜游的意境，静谧清幽、山川寒寂的景色更令人心胸开阔、境界高远，而当苏轼独自一人临绝顶时，不由得萌生凄清之情、悲悯之心。第三层写苏子游后入睡，在梦乡中见到了曾经化作孤鹤的道士，表露了作者徘徊于出世入世间的苦闷内心，全文结束。

两篇《赤壁赋》沿用赋体主客问答、抑客伸主的传统格局，有如优美的散文诗，在描写长江月夜幽美景色的同时，也抒写了自己的人生哲学。赋作骈散兼用，情景交融，堪称宋代散文赋的名篇，也是苏轼抒情写景散文的代表作，全面体现了苏轼散文的艺术精神。

首先，以文为赋。文章既有传统赋体文学的诗意情韵，又打破了赋体文学在句式、声律上的要求，而吸收了散文参差错落的笔法，句式骈散相间，富于变化，词采优美绚丽，节奏鲜明。其次，写景、抒情、议论相结合。文章的抒情与议论都渗透在对江山风物的描写之中，情、景、理巧妙融为一体，情景交融，情理相生，创造出一种充满诗情画意而又蕴含人生哲理的艺术意境。最后，善于取譬。文章往往通过精彩的比喻将抽象的哲思表现为可知可感的声情，如描写箫声的幽咽哀怨："其声呜呜然，如怨如慕，如泣如诉，余音袅袅，不绝如缕。舞幽壑之潜蛟，泣孤舟之嫠妇。"连用六个比喻，渲染了箫声的悲凉幽怨，给人以无限丰富的审美体验。

苏轼曾自谓："吾文如万斛泉源，不择地皆可出，在平地滔滔汩汩，虽一日千里无难。及其与山石曲折，随物赋形，而不可知也。所可知者，常行于所当行，常止于不可不止。"(《自评文》,《苏轼文集》卷六六）他的自我评价精到地概括了苏文的风格。如果说韩愈的古文往往通过雄辩和布局、蓄势等手段来塑造雄放的文风，那么苏轼则常常依靠平易语言的如意挥洒而实现气势的雄放。这种文思如泉涌的恣意抒写，正是苏轼散文最经典的艺术精神。

158. 如何理解范仲淹《岳阳楼记》的主题思想与艺术成就？

答：范仲淹（989—1052),字希文，江苏吴县（今江苏省苏州市）人，世称“范文正公”。范仲淹不仅是北宋著名的政治家、思想家、军事家，贯通经术，明达政体，更是宋代诗文革新运动的倡导者之一。其论文主张以经世致用为本，对五代以来歌功颂德、抒写闲逸，“其体薄弱”“破碎大雅”的文风不满，主张抑末扬本，风格尚朴，“去《郑》复《雅》”（《尹师鲁〈河南集〉序》,《范文正公集》卷六)。他的诗文创作风格清新，俊朗流畅，立意高远，思路开阔，而且众体兼备，辞赋兼擅，著有《范文正公集》。

散文《岳阳楼记》是范仲淹为重修岳阳楼而写的记，抒写了“先天下之忧而忧，后天下之乐而乐”的理想抱负，文章铺叙藻饰，骈散相间，情景交融，气势恢宏，时人称为奇文，堪称其经典代表作。就思想内容而言，《岳阳楼记》看似闲笔漫叙，实则大有深意。

范文正公像 （明）居节

文章超越了对山水楼观的单纯摹写，将自然界的风雨阴晴和“迁客骚人”的“览物之情”结合起来，将全文的重心放到了对政治理想的纵议畅谈上。

全文三百六十八字，共有六段。文章开头交代作记的缘起。以“庆历四年春”开篇，点明时间，格调雅正，随后说明好友滕子京“谪守”岳阳，仅用一年便“政通人和，百废俱兴”，抒写出对宦海沉浮的持重思虑。第二段描写了洞庭湖的壮观景象，“衔远山，吞长江”,再现了湖面的广阔和水势的浩渺；“朝晖夕阴，气象万千”又概括出阴晴变化的无限景致，转而引出“迁客骚人”的“览物之情”,由单纯的写景引出全新的意境。

第三段写览物之悲，由天气恶劣写到人心凄楚。淫雨霏霏之时，登上岳阳楼，满目萧然，触景伤情，使人产生“去国怀乡”之慨、“忧谗畏讥”之惧与“感极而悲”之情。第四段写览物之喜，从湖光山色写到人心快适。春和景明之日，更有鸥鸟翱翔，鱼儿游荡，连水草兰花也充满活力，洋溢着无边的欢乐，此时“把酒临风”,“宠辱皆忘”,令人感到无比的喜悦与欢欣。两段一悲一喜，并行而下，景触情生，情景互融，传达出风景与情致互相感应之下而形成的两种截然相反的人生情境。

第五段是全篇的重心，以“嗟夫”开头，兼具抒情和议论的双重意味。作者用激扬的笔调否定了前两段所写的两种览物之情，引出“不以物喜，不以己悲”的更高境界，点明文章主旨。虽然感物而动、因物悲喜是人之常情，但却不是做人的最高境界。古代先贤就有不为外界条件而变化动摇的坚定的意志，无论“居庙堂之高”还是“处江湖之远”,忧国忧民之心从未衰减，正所谓“进亦忧，退亦忧”。由此作者发出了“先天下之忧而忧，后天下之乐而乐”的誓言，曲终奏雅，表达出宋代文人士大夫密切关注国家的忧患意识，和以国家天下为己任的主人公精神。文章最后一句“时六年九月十五日”,交代写作文章的时间，与文章开头相照应。

从艺术成就来看，文章可谓含英咀华，将波谲云诡的宦海生涯，悲怆凄凉的塞下秋景，一碧万顷的天光山色，宠辱皆忘的应酬唱和，与内忧外患的国家形势，忧国忧民的政治激情整合在一起，彰显出文章绚丽妙思的艺术特色。

一、构思别出心裁，令人称赞。文章以“岳阳楼记”为题，针对“前人之述备矣”,作者另辟蹊径，从洞庭湖起笔，写出登楼的迁客骚人因看到洞庭湖的不同景色而产生的不同感情，引出最后一段的“古仁人之心”,由此写出作者要表达的“不以物喜，不以己悲”的旷达心胸，与“先天下之忧而忧，后天下之乐而乐”的济世情怀，令人感慨万千。

二、记事、写景、抒情、议论融为一体。文章开头点名缘由，交代事情本末，记事简明；中间两段写景铺张，记述湖光山色之美，文辞绚丽；最后两段既有惆怅的抒情，又有精深的议论，千回百转，深入化境，特别是议论部分，虽字数不多，却能统帅全篇，点明主旨。

三、句式骈散相间，语言畅达凝练。文章开头交代背景，结尾交代时间，这类叙述文字采用散句，庄雅朴实；中间写景多用骈文，词采绚烂，音律和谐，增添了文章的美感；抒情议论以感叹语出之，而用散句，抑扬顿挫，富于变化，文质交加，具有极强的艺术感染力。而且，文章的语言也体现出作者炼字炼句的功力，如“衔远山，吞长江”,一个“衔”字，一个“吞”字，精彩地再现了洞庭湖烟波浩瀚的壮观气势。“先天下之忧而忧，后天下之乐而乐”两句，更熔铸了丰富的意蕴，成为震撼人心的千古名句。

四、对比手法的使用，增强了文章的表现力。文章写景状物、抒情议论，都巧妙地采用了对比的手法，例如写景状物，描写天气的“淫雨霏霏”与“春和景明”，呈现洞庭美景的“浊浪排空”与“波澜不惊”；再如抒情议论部分，将“古仁人之心”与“迁客骚人”之情相对比，写出胸襟抱负的不同，并通过“忧”与“乐”的对比，揭示出文章的主旨，境界深远。

159. 欧阳修、王安石、曾巩的散文艺术风格有哪些异同？

答：作为宋代文学史上最早开创一代文风的文坛领袖，欧阳修不仅在诗文革新与创作方面取得杰出的成就，更大胆汲引后进，王安石、曾巩都是他识拔的后起之秀。

王安石（1021—1086），字介甫，晚号半山，抚州临川（今属江西省）人。王安石不仅是北宋著名的政治家、思想家，更是一位卓越的文学家。在文学创作方面，王安石诗文各体兼擅，而尤以散文成就最高，是唐宋八大家之一。他的长篇政论文见解独特而论证严密，他的许多短论、书简、序跋也充分体现出长于议论的特色，往往结构谨严，析理精微，言辞精警，他的记叙散文一般不注重摹写景物，而往往借端说理，明道见志。王安石的诗歌在不同时期表现出不同的风格，退居江宁之前，多写政治批判诗，或者揭露社会时弊，或者渴望济世匡俗，或者抒发爱国激情；退居江宁之后，则流连山水，吟诗说禅，创作了大量的写景咏物诗和禅趣诗。今存《王临川集》《临川集拾遗》

法家王安石像　戴敦邦

《临川先生文集》等。

曾巩（1019—1083），字子固，建昌军南丰（今江西省南丰县）人，世称南丰先生。北宋政治家、散文家，亦是“唐宋八大家”之一。曾巩天资聪慧，史书说他“十二岁能文，语已惊人”。弱冠之年，在京师结识王安石，二人遂成为文学挚友。入太学后，上书欧阳修，献《时务策》,欧阳修见其文而器之，对其文笔极为赞誉，“过吾门者百千人，独于得生为喜”（曾巩《上欧阳学士第二书》,《曾巩集》卷一五）,自此名闻天下。

欧阳修、王安石、曾巩三人，欧为北宋诗文革新运动的倡导者，王、曾二人都是北宋诗文革新运动的积极参与者。他们在文学主张上一脉相承，都强调“文以载道”,主张文以道为主，以辞为次，在批判西昆体绮靡艰涩文风的同时，整合道统与文统，共同推动了宋代文学朝着文质兼善的方向稳步发展。他们也都在自己的文学实践中践行了这一思想，表现出艺术精神的一致性，文章大都自然纯朴，平易晓畅，言之有物，重在论道。

同时，作为宋代的散文大家，他们的文学创作在相同的艺术精神的指导下，又表现出各自不同的艺术风格。总体看来，欧阳修的散文以平易纡徐的文风见长，王安石的散文表现出简洁峻切的风格，曾巩的散文则具有平正周详的格调。

一、欧阳修散文的平易纡徐文风。

观览欧阳修的经典散文，可以看到，其语言大多简洁流畅，文气纡徐委婉，创造出一种平易自然的风格特点。例如他创作于宋仁宗庆历六年的佳作《醉翁亭记》,文章描写了滁州幽深秀美的自然景物，讲述了百姓宁静祥和的日常生活，表达了作者游宴山水之中的生命乐趣。文章经典地呈现出欧阳修散文的平易纡徐之风。

特别是文章开头一段，介绍醉翁亭饮酒之乐：“环滁皆山也。其西南诸峰，林壑尤美。……峰回路转，有亭翼然临于泉上者，醉翁亭也。作亭者谁？山之僧智仙也。名之者谁？太守自谓也。太守与客来饮于此，饮少辄醉，而年又最高，故自号曰醉翁也。醉翁之意不在酒，在乎山水之间也。山水之乐，得之心而寓之酒也。”语言既平易畅达又凝练精粹，骈散相间，铿锵悦耳，将深沉的感慨赋予灵动的描述与精到的议论之中，语气委婉含蓄，纡徐有致，给人一唱三叹的无限美感。

二、王安石散文的简洁峻切风格。

王安石论文强调重道崇经，特别注重文章的社会功能，认为文章应该“详评政体，缘饰治道，以古今参之，以经术断之”（《王安石集·张刑部诗序》）。在文风上，王安石主张文辞应服务于文章的内容，提出“适用为本”，认为文辞之于内容就像器物上的刻镂绘画一样，刻镂精巧的器物不一定实用。因此，王安石的散文大多议论透彻而言词精练，呈现出一种简洁峻切的艺术风格。

例如《读孟尝君传》，全文仅八十八字，论述了“孟尝君不能得士”，层层转折，议论周密，词气抑扬吞吐，势如破竹，笔力警策，强劲峭拔，被誉为中国历史上的第一篇驳论文。再如《答司马谏议书》，以三百八十字的短书作答，回应了司马光三千字的《与王介甫书》，驳斥司马光所指责的侵官、生事、征利、拒谏、致怨五事，言辞凝练概括，语约义丰，文笔犀利，简洁峻切。

三、曾巩散文的平正周详格调。作为欧阳修的学生，曾巩也主张“文以载道”的传统，强调文章要能“明圣人之心于百世之上，明圣人之心于百世之下”（曾巩《上欧阳学士第一书》，《曾巩集》卷一五），提倡文章以道为重而以辞章为次，认为“非畜道德而能文章者，无以为也”（曾巩《寄欧阳舍人书》，《曾巩集》卷一五）。在文学实践上，曾巩也以议论见长，其散文表现出文字简练平正，结构严谨舒缓的平正周详格调。

例如他的名作《唐论》援引古事以论唐，通过说唐而论宋，辩证得失，重在说理，落笔甚远而紧扣中心，行文简洁畅达，语言朴实婉曲，说理透彻精辟，节奏舒缓不迫。《墨池记》通过记述王羲之洗涤笔砚之池，而论述成功之道，得出结论“盖亦以精力自致者，非天成”，熔记事、议论、抒情于一炉，大处落笔，层层推进，见解精警，言简义丰，表现出平正古雅的风格特点。《宋史·曾巩传》评价其文学成就称：“立言于欧阳修、王安石间，纡徐而不烦，简奥而不晦，卓然自成一家。"可以说是恰到好处。

160. "西昆体"的艺术特征与文学价值是什么?

答：西昆体是宋初诗坛最负盛名的一个诗歌流派，因《西昆酬唱集》而得名。宋真宗大中祥符元年（1008）翰林学士杨亿将钱惟演、刘筠等馆阁文士的酬唱之作汇编在一起，据《山海经》和《穆天子传》记载，昆仑之西有群玉之山，是为帝王藏书之府，正所谓"取玉山策府之名，命之曰《西昆酬唱集》"（宋杨亿《西昆酬唱集序》）。诗集共收录了17位诗人的247首诗，这17位诗人分别是：杨亿、刘筠、钱惟演、刁衎、陈越、李维、李宗谔、刘骘、丁谓、任随、张詠、钱惟济、舒雅、晁迥、崔遵度、薛映、刘秉。其中，杨亿、刘筠和钱惟演的诗作共有202首，可以看作是西昆体的代表。

酬唱赠答是"西昆体"诗歌创作的出发点，正如《西昆酬唱集序》中所记载，这些诗歌多是"历览遗编，研味前作，挹其芳润，发于希慕。更迭唱和，互相切劘"。出于这样的写作目的，诗集主要集中于三个题材：一是怀古咏史，以咏怀历史上著名的人物、故事来抒写情志，例如《始皇》《汉武》《宣曲》等；二是咏物，例如《鹤》《梨》《柳絮》《萤》等，这类题材的作品为数最多；三是描写诗人们流连光景的悠游生活，例如《别墅》《夜燕》《直夜》等。就主题而言，"西昆体"诗歌因互相酬唱而缺少时代气息。

西昆体为人称道的是其艺术特征。西昆体诗人提倡师法李商隐，在杨亿看来，李商隐诗"富于才调，兼极雅丽，包蕴密致，演绎平畅，味无穷而炙愈出，钻弥坚而酌不竭，曲尽万态之变，精索难言之要"（江少虞《皇朝事实类苑》引），因此，他们的创作讲究语义深妙，辞藻华美，用典精巧，对仗工整，音调铿锵。同时，他们善于在诗作中使事用典，借鉴前人的佳词妙语，雕彩巧丽、意境深幽，表现出一定的艺术价值。

例如杨亿、刘筠、钱惟演三人的唱和之作《七夕》，刘筠诗云："灵匹迢迢驾七襄，暂陈云幄对星潢。已看素魄过三让，何用华灯更九光。玉腕双丝轻宛转，霞衣杂佩暗丁当。谁言巧意能胜拙，祇见鸠闲鹊自忙。”诗歌首句中的“灵匹”，指牵牛、织女二星，语出《乐府诗集·清商曲辞二·七日夜女歌六》“灵匹怨离处，索居隔长河”；诗歌第二句中的“云幄”，来源于《西京杂记》“成帝设云帐、云幄、云幕于甘泉紫殿，世谓之三云殿”；诗歌第三句中的“素魄”即月亮，梁简文帝《京洛篇》有云“夜轮悬素魄”；诗歌第四句源自《汉武故事》，“王母遣使谓帝曰：‘七月七日，我当暂来。’帝至日，扫宫内，燃九华之灯”；诗歌第五句来自《西京杂记》，“戚夫人侍儿贾佩兰云在宫内时，至七月七日，临百子池，作于阗乐。乐毕，以五色缕相羁，谓为相连爱”；诗歌第六句借鉴杜牧诗句“剑佩尝丁当”；诗歌第七句借鉴白居易的诗句“巧未能胜拙，忙应不及闲”；诗歌第八句借鉴《诗经·召南·鹊巢》“维雀有巢，维鸠居之”。诗歌把历史故事、传说和前人诗句汇集在一起，可谓字字有来处，句句有典故，西昆体诗歌的雕润密丽，可见一斑。

对于西昆体的评价，向来褒贬共存，罗斯宁、彭玉平等人认为他们创作诗歌多为官务之暇的消遣，因此，诗作的内容多以描摹官僚的奢华生活为主，创作方法更倾向于唯美主义，致力于雕琢词句。罗宗强、陈洪等人认为，西昆体的长处在于文辞的密丽，气象的典雅，而短处则是雕琢与堆砌太多而意味颇少。当然，西昆体在一定程度上扫除了五代衰飒弊习，对创造出纯宋人的诗歌是有积极意义的。

对于历史上曾经活跃过的文学流派，可以将其放置在自身的时代中去考察它们存在的意义。宋末元初诗论家方回在《送罗寿可诗序》中说：“宋铲五代旧习，诗有白体、昆体、晚唐体。”（《桐江续集》卷三二）可见，作为“宋初三体”之一，西昆体既不同于学习白居易诗，追求风格平易流畅、浅切清雅的“白体”，也不同于以林逋等隐士为代表，追求字斟句酌，意境清邃幽静的“晚唐体”，而是改变了五代诗风的平直浅陋，遂成就了其在宋初文坛影响力。欧阳修的《六一诗话》记载：“盖自杨、刘唱和，《西昆集》行，后进学者争效之，风雅一变，谓之昆体。由是唐贤诸诗集几废而不行。”同时，在艺术上，相对于崇尚白描、少用典故的“白体”和“晚唐体”，西昆体追求词章整饬、风格典丽、意境深密的诗歌创作，也堪称宋初诗坛的艺术进步。由此可见，作为宋初文学的代表，西昆体不再简单重复晚唐诗风，而以用典使事、文辞雅丽的艺术追求开启了宋代文坛“以学问为诗”的时代风气，也正是在这个意义上，清代学者全祖望认为西昆体是“宋诗之始”。

161. 什么是“题画诗”？从苏轼的《惠崇春江晚景》（竹外桃花三两枝）可以看出题画诗有哪些审美特点？

答：在中国文学中，有一种独具民族特色的诗歌样式，这类诗往往题写在中国画的空白处，或者描写画面场景，或者咏叹画面意境，或者评析画作格调，或者抒发作者情致。这种题写在画面上的诗，就是“题画诗”。

“题画诗”有广义和狭义之分，广义的题画诗泛指因画而写的诗，不一定题写在画面上，就体裁而言，也可以包括诗、词以外的曲、赋；狭义的题画诗则专指题写在画面上的诗。从作者的角度看，可以是自己题写的，也可以是他人题写的；从目的上看，自己题写的诗歌大多在绘画完成之后，或者表达画面意境，或者表达作者心境，诗歌与绘画融为一体，构成完整的艺术作品。他人题写的诗歌，大多对画面的内容进行赏析或者对画家进行评价，用书法的形式题写在画幅上，也难能可贵地与画面意境表里相依，具有独特的艺术意趣。

诗歌与绘画的完美契合，既是中国传统文人画的典型艺术特征，也是中国诗歌独具的民族特色。因此，我们平常说的题画诗，往往更侧重于狭义的题画诗，强调诗中有画、画中有诗，诗情画意两相宜。

正所谓“高情逸思，画之不足，题以发之”（方薰《山静居画论》）。题画诗题写在画面上，不仅是绘画构图的一部分，更将诗歌的情怀与绘画的意境巧妙地结合在一起，可谓诗情画意，相得益彰。可以说，中国艺术史上优秀的题画诗，不单是中国美术史的佳作，同时也是中国文学史的珍品。清代文士钱杜的《松壶画忆》记载："唐人只小字藏树根石罅，大约书不工者，多落纸背。至宋始有年月纪之。"因此，学界普遍认为题画诗兴盛于宋代。

苏轼在《东坡题跋》下卷的《书摩诘蓝田烟雨图》中，评论王维的作品时指出："味摩诘之诗，诗中有画；观摩诘之画，画中有诗。"苏轼有意识地将诗歌与绘画结合在一起，并开始积极创作，大大推进了诗歌与绘画的巧妙结合，题画诗才得以走向成熟。《惠崇春江晚景》（竹外桃花三两枝）即是苏轼题画诗的代表作。

《惠崇春江晚景》是苏轼于宋神宗元丰八年（1085）逗留江阴期间，为惠崇所绘的"鸭戏图"而作的题画诗。惠崇是宋朝著名的僧人画家，被欧阳修赞为"九僧"之一。他能诗善画，北宋郭若虚《图画见闻志》卷四载："建阳僧惠崇，工画鹅雁鹭鸶，尤工小景。善为寒汀远渚、潇洒虚旷之象，人所难到也。"《春江晚景》是惠崇的名作，画作共两幅，一幅是"鸭戏图"，一幅是"飞雁图"，苏轼、黄庭坚等人都曾大为赞誉。苏轼根据"鸭戏图"的画意，创作了这首题画诗："竹外桃花三两枝，春江水暖鸭先知。蒌蒿满地芦芽短，正是河豚欲上时。"诗歌寥寥几笔，勾勒出生机勃勃的早春景象。江岸桃花报春，翠竹掩映，红绿相间，春意盎然。江面春水荡漾，戏水的鸭子在江中凫游，玩味着春江回暖的气息。整个世界被满地的蒌蒿、抽芽的芦苇装点成欣欣向荣的景象，河豚上市更为春天注入了生活的气息与生命的活力。四句诗歌，由静到动，敏锐地捕捉着季节变换的律动，抒发出对浓郁早春的无限喜爱，真可谓妙笔生花，不仅点染了初春的气息，深化了画面的情致，让诗情、画意得到了完美的结合，更给人以清新、舒适、淡雅的审美享受。

绘画属于空间艺术、视觉艺术，以鲜明的感官形象感染人；诗歌属于时间艺术、语言艺术，诗人的艺术构思让人通过联想与想象体会美的意境。中国的题画诗，把美术与文学结合在一起，打通了两者的艺术界限。在形式上，巧妙构图，共同创造出一个完整的画面；在意境上，诗情画意，浑然一体，堪称世界艺术史上一种极具中国特色的审美现象。结合苏轼的《惠崇春江晚景》（竹外桃花三两枝），我们可以看出题画诗最典型的审美特征，就在于既保留了画面的形象美感，也张扬着诗歌的艺术内涵，从画面景致入手进行描写的同时，更有新的巧思，让画面的优美形象富于诗歌的情致，从而熔铸诗画合一、引人入胜的审美意境。

具体说来，题画诗的审美特点主要表现在以下两个方面：

一、紧扣画境，摹写传神景致。北宋诗人晁补之曾说："诗传画外意，贵有画中态。"（晁补之《和苏翰林题李甲画雁二首》其一）题画诗多为画家或欣赏者在作品完成之后，为了进一步强调画面意境而创作的诗歌，诗歌的题写要兼顾整个画面的构图，与画面形象一起创造一个有机的完整作品。可以说，诗画相容的整体美既是文人画的重要特点，也是题画诗的第一要务。因此，题画诗首先注重的即是发挥诗歌语言艺术的功能，阐发绘画的主旨，描摹画面的形象，用诗歌的韵味传颂绘画的景致，深化画面的意境，正所谓"诗是无形画，画是有形诗"（张舜民《跋百之诗画》，《画墁集附补遗》）。

《春江晚景图》　刘帅

二、绘景传情，抒写象外之意。题画诗更进一步的审美特点，来源于超越画面有限空间的束缚而达到的象外之象，画外之音，所以人们常说“题画诗得之不易，欲工尤难，贵在诗传画外意”。优秀的题画诗往往能够在表现绘画的立意与意境的基础上，运用诗歌的形式寄托作者的所感、所思、所悟，取画意为诗，将画境转化为富有意蕴的诗境，不仅以诗意衬托画境，为画境增添诗情，更能够通过诗歌想象与联想的无限审美空间，让人体味象外之意，画外之音。诚如苏轼所写“春江水暖鸭先知”，与首句的“三两枝”桃花相呼应，点染早春的意象，又从静态的植物，写到动态的水鸭，而“鸭先知”也从侧面说明春江之水还有寒意，所以别的小动物尚未感知春天的到来。在这里，平实的描写中蕴含着苏轼对生活的哲思：凡事只有亲身经历，才会有真实的感受，正如若要感知“春江水暖”，必先入水嬉戏。

苏轼的这首题画诗不仅保留了画面的形象美感，将初春的景色描绘得美妙传神，更在描写画境的同时，跳出画面，浸润着自己对生活的细腻观察，对人生的深邃感悟，诗情、画意完美地结合，而又引人深思回味，可谓余韵无穷。也正因为此诗经典地呈现了题画诗的审美内蕴，清代纪昀感慨：“此是名篇，兴象实为深妙！”（纪昀《纪昀评苏文忠公诗集》卷二十六）

162.“江西诗派”的代表诗人有哪些？ 他们的创作理念是什么？

答：北宋后期，黄庭坚在诗坛上的影响颇大，他将自己诗歌创作的艺术技巧总结出一整套完整的方法，传授给后学，这样，追随和效法黄庭坚的诗人日益增多，逐渐形成了一个以黄庭坚为中心的诗歌流派。北宋末年吕本中所作《江西诗社宗派图》，尊黄庭坚为诗派的宗祖，下列与黄庭坚一脉相承的诗人二十五位，包括陈师道、潘大临、谢逸、洪刍、饶节、僧祖可、徐俯、洪朋、林敏修、洪炎、汪革、李錞、韩驹、李彭、晁冲之、江端本、杨符、谢薖、夏倪、林敏功、潘大观、何觊、王直方、僧善权、高荷，江西诗派由此得名。

江西诗派是中国文学史上第一个有正式名称的诗歌流派，也是宋代影响最大的诗歌流派。江西诗派的发展大致可以分成三个时期，每个时期都有各自的代表诗人：第一期是产生期，以黄庭坚、陈师道等人为代表，他们的创作理论和创作实践成为后代的楷模；第二期是发展期，南宋赵彦卫的《云麓漫钞》将吕本中归入诗派，曾几、陈与义等人也逐渐加盟，他们以各自的诗歌创作丰富了江西诗派的百花园，被认为是这个诗派的中坚力量，这时的江西诗派已发展成熟；第三期是影响期，江西诗派成熟之后，其影响逐渐笼罩了整个南宋诗坛，如杨万里、范成大、陆游、姜夔等人都曾在艺术上受到江西诗派的熏陶，但他们大多从江西诗派入而不由江西诗派出，江西诗派遂宣告结束。但是江西诗派的影响却不止两宋之间，其不绝如缕的绮丽余波一直延续到晚清的同光体。

江西诗派的成员多学杜甫，遂有一祖三宗之说。一祖即为杜甫，三宗分别是黄庭坚、陈师道和陈与义。黄庭坚在诗歌创作的艺术方面，以学杜为宗旨，他在《与孙克秀才》中说："请读老杜诗，精其句法，每作一篇必使有意为一篇之主，乃能成一家。"(《山谷老人刀笔》卷四）黄庭坚对杜甫在炼字、造句、谋篇等方面的艺术特点，以及杜诗的艺术境界都精研细磨，对杜诗"无一字无来处""平淡而山高水深"（黄庭坚《与王观复书》,《豫章黄先生文集》卷十九）等艺术追求更是给予极高的评价，并作为自己诗歌创作的审美追求。

在此基础上，黄庭坚形成了自己完整的诗歌理论。黄庭坚的诗歌理论在江西诗派中起着决定作用，成为江西诗派的核心创作理念。

关于句法与声律，黄庭坚以杜诗为高标，极其重视对字句和声律的锤炼，追求顿挫古鲠、醇厚流丽的语言，注重师承前人丽词俊语，提倡"无一字无来处",同时崇尚新奇拗体的声律，甚至不惜避熟求生，创作大量的拗体诗。因此，黄庭坚的诗歌总给人以古朴自然、清新奇峭之感，宋代学者陈岩肖在其《庚溪诗话》中记载："至山谷之诗，清新奇峭，颇道前人未尝道处，自为一家，此其妙也。至古体诗，不拘声律，间有歇后语，亦清新奇峭之极也。"可见黄庭坚“破声弃律”的诗歌创作形成了自己熟陈生新的独特艺术风格。

关于诗歌的审美意境，黄庭坚注重“诗意”，追求“平淡而山高水深”（黄庭坚《与王观复书》，《山谷集》卷十九）。在黄庭坚看来，诗歌必须要意有所属，表达出诗人真挚的思想感情，所谓“吟诗不必务多，但意尽可也”（黄庭坚《论作诗文》，《山谷集》卷六），强调语约而意深，认为作诗必要用心，历经纯熟的法度锤炼与精密的艺术构思而实现内在心境的深醇表达，从而达到纯熟无迹的艺术极致和平淡有味、涵咏深沉的审美境界。

在诗歌创作的具体方法上，黄庭坚最著名的主张是“点铁成金”“夺胎换骨”。“点铁成金”语出《答洪驹父书》：“古之能为文章者，真能陶冶万物，虽取古人之陈言入于翰墨，如灵丹一粒，点铁成金也。”一般认为，所谓“点铁成金”，意在强调师前人之辞。“夺胎换骨”记载于宋僧人惠洪的《冷斋夜话》：“不易其意而造其语，谓之换骨法；窥入其意而形容之，谓之夺胎法。”通常认为，所谓“夺胎换骨”，强调的是师前人之意。无论师前人之辞，还是师前人之意，重要的都是“领略古法生新奇”。在黄庭坚看来，作诗归根结底要“自成一家”，他揭示的是在对艺术技巧进行了千锤百炼的苦学之后，力求摆脱技巧的束缚而达到“生新瘦硬”的艺术境界。

江西诗派的诗人大都奉黄庭坚的诗歌理论为圭臬，反对俗调，务求新奇，反对诗歌缺乏充实的内容而徒求形式的华美，推崇“句律精深”的诗意追求，表现出与盛唐诗人取舍异途的艺术倾向，构成了宋诗审美特色的重要一维。陈师道的诗比较朴拙，意在“学仙”；陈与义的诗舒朗明快，风格颇似苏轼；吕本中的诗比较明畅，强调“活法”；曾几的诗闲雅明快，亦推崇杜甫。虽然他们的艺术风格不尽相同，但其中都凝结着“学然后悟”和“求新尚奇”的艺术追求。江西诗派提倡以故为新，力求变化，另辟新路，在句法、声律、风格、意境等方面的凌然独创，终于成就了中国文学史上又一座高峰。

163. 如何理解王安石的诗歌成就?

答：作为北宋著名的文学家，王安石的诗歌创作在宋代占有突出的地位。王安石继承了梅尧臣、欧阳修等人的创作主张，力求诗歌平易畅达而有真情实感，是沿着宋代改革诗风之路继续前行，并且做出出色贡献的诗人。王安石现存一千五百余首诗歌，可谓量多质优。从整体上看，王安石的诗歌可以按退居江宁为界限划分为前后两期。熙宁九年（1076）他罢相退居江宁，以此为界，他的诗歌在前后两期表现出不同的风格。

王安石前期的诗歌创作内容较为丰富，主要以政治叙事诗和咏史诗为主。身为一个有抱负和见识的政治家，王安石在诗歌创作中继承了杜甫、白居易等人关注政治、同情民生疾苦的现实主义精神，表达了对社会现实的批判，抒发了人生志向和政治理想，颇富思想性。这类诗歌风格犀利，长于说理，创作题材主要以社会现实、人民生活、政治见解为主。退出政治舞台以后，王安石心情渐趋平淡，他流连山水，咏诗诵禅，诗风也随之趋于含蓄深沉，诗歌题材也有了明显的转变。后期王诗中最有代表性的作品是那些颇具禅理的写景抒情的绝句，这类诗作或托物寄情，或直抒胸臆，超然自适，清绝雅丽。

一、叙事诗。王安石是杰出的政治家，他早期的诗歌多数属于政治诗，往往在诗中对社会时弊给予无情的揭露，表现出他渴望济世匡俗的抱负，《河北民》是这类诗歌的典型代表。该诗作于仁宗庆历六年（1046），辽与西夏经常侵扰中原，给边境地区的民众造成深重的灾难，可是宋朝廷却采取苟安政策，每年都要纳银、绢给辽和西夏，在这样的局势环境中，平民百姓不但要深受边患的侵袭，忍受民族压迫的苦难，还要承受赋税和徭役，忍受阶级剥削的苦难。在这首诗中，王安石以政治家的济世情怀和人道精神，抨击了北宋苟且偷安的对外政策，表达了对人民苦难的深切同情，诗歌用语平易，而情感真挚，可以说是一幅展现平民苦难的生活画卷。

其他如《感事》《收盐》《兼并》《秃山》等诗也都批判了贪官污吏，寄寓了对人民的同情，表达了他对社会生活中一些重大问题的看法。嘉祐年间，王安石曾奉命出使辽国，经过宋王朝北部边界，沿途写下了《塞翁行》《出塞》《入塞》《白沟行》等诗篇。这些诗篇谴责了统治阶级屈辱求和所造成的积弱后果，描写边塞百姓期盼国家统一的迫切心愿，抒发了诗人的爱国激情。可以说，王安石又是一位爱国诗人。

二、咏史诗。王安石以咏史和怀古为题材的诗歌也有很多可诵的作品，这类诗歌或者借古喻今，或者借题发挥，都寄托了诗人的政治理想和对人生的看法。如《商鞅》《韩信》《范增》《贾生》《杜甫画像》等，都是有感而发，借咏史以明志，寓意深刻。

著名的《明妃曲》（二首其一）更是传诵一时："明妃初出汉宫时，泪湿春风鬓脚垂。低徊顾影无颜色，尚得君王不自持。归来却怪丹青手，入眼平生几曾有？意态由来画不成，当时枉杀毛延寿。一去心知更不归，可怜着尽汉宫衣。寄声欲问塞南事，只有年年鸿雁飞。家人万里传消息，好在毡城莫相忆。君不见咫尺长门闭阿娇，人生失意无南北！"王安石以优美的笔触刻画了王昭君绝代佳人的美丽形象，对她远离家国的不幸命运寄予了深切的同情。诗歌结尾以议论的笔触指出王昭君的悲剧乃是古今宫嫔的共同命运，精警过人，充分体现了宋诗长于议论的特征。

三、颇具禅理的写景诗。王安石晚年退居江宁以后，创作了大量的写景咏物诗、禅理诗，这些诗描写细致，修辞巧妙，韵味深永。如《游钟山四首》之一，诗云："终日看山不厌山，买山终待老山间。山花落尽山长在，山水空流山自闲。"诗人用佛家宁静淡泊的心情看待变化万端的自然和人生，每句两个"山"字，字字情韵不同，意蕴空灵，疏淡自然，与唐代王维的诗作有异曲同工之妙。其他如《南浦》其二"含风鸭绿粼粼起，弄日鹅黄袅袅垂",《北山》"细数落花因坐久，缓寻芳草得归迟",《书湖阴先生壁》"一水护田将绿绕，两山排闼送青来",《金陵即事》"背人照影无穷柳，隔屋吹香并是梅",《北陂杏花》"纵被东风吹作雪，绝胜南陌碾作尘"等诗句，都是意境清新的写景佳作。

这些诗作使王安石在当时诗坛上享有盛誉。黄庭坚以为王安石"暮年小诗雅丽精绝，脱去流俗，不可以常理待之"（黄庭坚《跋王荆公禅简》,《山谷集》卷三十）。叶梦得也说他"晚年诗律尤精严，造语用字，间不容发，然意与言会，言随意遣，浑然天成，殆不见有牵率排比处”，“王荆公晚年诗律尤精严，选语用字，间不容发”。（叶梦得《石林诗话》卷上）这些评论确实道出了王安石后期诗歌的特色，也为王安石诗赢得了“王荆公体”的美誉。

164. 怎样理解陆游的爱国诗？

答：陆游（1125—1210），字务观，号放翁，越州山阴（今浙江省绍兴市）人，宋代著名的爱国主义诗人。陆游一生忠贞爱国，为国家统一奔走呼号，矢志不渝，被誉为南宋“中兴四大诗人”之一。今存诗歌九千余首，是中国文学史上少见的多产诗人，有《剑南诗稿》八十五卷、《逸稿》二卷、《渭南文集》五十卷。表达爱国主义思想的作品是其诗作的主流。

陆游像　王为政

陆游于宋徽宗宣和七年（1125）出生在淮河岸边的一条官船上，正值民族矛盾尖锐得如暴风骤雨一般的动乱岁月。他出生后的第三年，北宋就灭亡了，为避金军陆游随父亲南逃，历经丧乱之苦及民族压迫给中原汉人带来的巨大苦难，陆游从小就有深切的体会。陆游的父亲陆宰是一位具有爱国主义思想的知识分子，多与主战的忠君爱国之士往来，陆游也曾随具有爱国思想的诗人曾几学诗。家庭环境与生活实践的多重影响，塑造了陆游抗金复国的刚烈性格，二十岁时他就立下了“上马击狂胡，下马草军书”（陆游《观大散关图有感》）的豪情壮志。

陆游也是一位真正亲临前线的爱国战士。乾道八年（1172）陆游曾赴地处宋金边境的南郑，为驻陕西汉中的四川宣抚使王炎襄赞军务，这是陆游一生中最为意气风发的时期，他身着戎装，“铁衣卧枕戈”（陆游《鹅湖夜坐抒怀》），军旅生活开拓了陆诗壮怀激烈的审美意境，塑造了陆诗激越豪迈的艺术风格。

表达抗金复国的爱国主义思想，是贯穿陆游一生诗歌创作的中心主题。具体说来，陆游的爱国诗可以从两个侧面来品读：

一、表现陆游杀敌报国的壮志雄心。陆游生活的时代，恰逢国难当头，半壁江山飘摇于暴风骤雨之中，作为心系国难的有志之士，他在诗歌中直接表达出要为收复中原而投身于火热的抗敌斗争之中，做一个跃马操戈、慷慨赴死的战士。这类力主抗战的诗作有《夜读兵书》《书愤》（清汴逶迤贯旧京）《夜读有感》等。

陆游还以大胆的夸张和浪漫的想象，把自己的眷眷报国之情幻化在了日常生活之中，“忽闻雨掠蓬窗过，犹作当时铁马看”（《秋雨渐凉有怀兴元》其三），风雨之声在陆游的耳边成了金戈铁马的杀伐之音；听到夜半虫鸣，陆游也会涌起复国艰难的愁绪，“虫声憎好梦，灯影伴孤愁。报国计安出，灭胡心未休”（《枕上》）。陆游甚至希望自己死后依然可以征战沙场、杀敌报国，“壮心埋不朽，千载犹可作”（《醉歌》）。

追怀吊古，也是陆游寄托壮志雄心的方法之一。诸葛亮就是陆游非常敬仰的一位先贤，他多次作诗怀念孔明，寄托自己收复中原的愿望。《书愤》中说：“出师一表真名世，千载谁堪伯仲间？”对孔明的敬佩之心可见一斑。《病起抒怀》有言：“出师一表通今古，夜半挑灯更细看。”虽在病中，仍以孔明自勉，书写着百折不挠的复国雄心。《游诸葛武侯书台》也有：“出师一表千载无，远比管乐盖有余。”对孔明的追思之间亦可看出陆游的爱国之情。

二、抒发陆游壮志难酬的满腔悲愤。陆游虽一生英气勃发，但却仕途坎坷，多次被罢职还乡，直到中年他的抗金宏愿仍不能实现。壮志难酬之际，陆游创作了大量义愤填膺的诗歌，表现他壮志难酬的苦闷，如“夜视太白收光芒，报国欲死无战场”（《陇头水》）；到了晚年他依然壮志难平，写下了著名的《书愤》，“壮心未与年俱老，死去犹能作鬼雄”；即使在他弥留之际，仍念念不忘收复中原故土，悲愤地道出“王师北定中原日，家祭无忘告乃翁”（《示儿》）的遗愿。

一腔的报国雄心无处施展，陆游满怀激愤，对主和派的投降卖国进行了谴责与揭露。这类作品最著名的要数《关山月》，“和戎诏下十五年，将军不战空临边。朱门沉沉按歌舞，厩马肥死弓断弦”，统治阶级醉生梦死，置国家与民族的利益于不顾，屈膝投降，苟且偷安，陆游内心充满了悲愤。“戍楼刁斗催落月，三十从军今白发。笛里谁知壮士心，沙头空照征人骨”，边防线上，戍楼刁斗的悲凉催生了将士们的白发苍颜，死去的烈士空流了鲜血，陆游空怀壮志的苦闷与激愤溢于言表：“中原干戈古亦闻，岂有逆胡传子孙！遗民忍死望恢复，几处今宵垂泪痕。”对沦陷区的遗民们渴望复国的悲痛的深切同情，更从另一侧面寄托了陆游对妥协投降政策的谴责。从整体看，诗歌表现了诗人对外族入侵者的强烈憎恨，对苟安投降者的愤怒谴责，对深陷外族蹂躏的苦难人民的深切同情，内容丰富、情意苍凉、风格沉雄、大气磅礴，可以说是陆游爱国主义诗篇的代表作。

总体看来，陆游的诗歌以史诗般的笔法，鲜明地呈现出了时代的精神；更以雄健飞动的气势、丰富奇丽的想象、意气豪迈的个性，呈现出一篇篇天马行空一般气贯长虹、狂放不羁的浪漫杰作。这种以夸张之笔写成的豪言壮语，以矫健的笔势凝聚而成的雄放之风，却与李白的豪放飘逸异曲同工，所以在陆游生活的时代，他已有“小李白”之称。

165. 杨万里“诚斋体”的艺术特色是什么？

答：杨万里（1127—1206），字廷秀，号诚斋，吉州吉水（今江西省吉水县）人，世称诚斋先生。南宋著名的文学家，擅写散文，精通骈文，尤以诗歌著名，与陆游、尤袤、范成大一起，并称为

“中兴四大诗人”。

杨万里一生创作的诗歌可谓数量极富，是仅次于陆游的多产诗人，除去焚毁的千余篇年少之作外，自三十六岁始，共编成《江湖集》《荆溪集》《西归集》等九部诗集。他的诗歌风格多样，大致可以归为三类：一是反映闲居生活和自然风光的“诚斋体”诗；二是反映民族矛盾和阶级矛盾的爱国忧民诗；三是抒写人生哲学豪放的抒情诗。这三类诗歌中，尤以风趣通俗的“诚斋体”独具特色，深受时人推重，南宋中期即有人作诗赞美，“今日诗坛谁是主，诚斋诗律正施行”（姜特立《谢杨诚斋惠长句》,《梅山续稿》卷一）,足见其开启诗坛风气的领导地位。

杨万里早年学诗是从江西诗派入手的，重在字句韵律的精雕细琢，后来改学王安石和晚唐诗人的绝句，终于摆脱了前人的藩篱，领悟到“闭门觅句非诗法，只是征行自有诗”（杨万里《下横山，滩头望金华山》四首之一）的真谛，从师法前人转而师法自然，由此自成一家，形成了独具面目的诚斋体。杨万里论诗讲究“活法”，善于用幽默诙谐、平易浅近、生动活泼的语言捕捉稍纵即逝的情趣和瞬息万变的动态，积淀成一种取材自然、新鲜别致、落笔成趣的新诗体，严羽在《沧浪诗话·诗体》中称其为“诚斋体”。

具体说来，诚斋体的艺术特色主要表现为以下三个方面：

一、情趣盎然，善于描摹自然动态。杨万里学识渊博，才思健举，多次因抱负无法施展而辞归乡里，闲居的生活陶养了他静谧甜美的生活情趣，创作了大量描摹自然景物，感慨岁月静好的诗歌，颇富情趣。这类诗作最具代笔性的，是大家耳熟能详的《小池》:“泉眼无声惜细流，树阴照水爱晴柔。小荷才露尖尖角，早有蜻蜓立上头。”这是一首颇富诗情画意的清新小品，展示了初夏风光的明媚，自然朴实而又真切感人，表现出自然万物之间亲密无间的和谐关系，以及人处其间所感受到无限轻柔的静美。

此外，《桧径晓步》写出了夏日清晨的林间，飞鸟营造出的清幽与阒静；《探梅》写出了深寒浅暮的冬日，寒梅待放的清高与冷傲；《闲居初夏午睡起二绝句》之一的“梅子留酸软齿牙”,写出了夏日

《杨万里诗意图》 薛亮

的悠闲：青翠的芭蕉掩映淡绿的窗纱，活泼的孩童追逐着飘舞的柳絮，满溢着清静闲逸的生活气息。在杨万里的诗作中，无论是花草树木、春光秋色，还是山水风月、夏雨冬雪，无论是鸟兽虫鱼、自然百态，还是琴棋书画、生活小景，无不精心罗致，刻画入微，真可谓“万象毕来，献予诗材”（《荆溪集序》,《诚斋集》卷八十）,这种以万象为宾友的诗情才思，构筑了“诚斋体”情趣盎然的审美风格。

二、想象奇特瑰丽，语言通俗浅易。杨万里作诗常常想象奇特，而不用奇奥生僻的字句，只写浅近明白的语言，营造流畅直至的章法。例如《水仙花》:“江妃虚却蕊珠宫，银汉仙人谪此中。偶趁月明波上戏，一身冰雪舞春风。”诗人把清丽高洁的水仙写成来自天宫的仙女，不仅冰肌玉骨，一身缟素，更能凌波水上，飘逸起舞，在奇异的构思之下，水仙的体态、气韵、品格均以平易自然的语言获得了美妙的呈现，可以说是构思精巧、妙语连珠。

杨万里的这类作品具有一个鲜明的特征，就是赋予大自然以生命，用通俗流畅的语言让草木鱼虫、山风日月拥有生命的灵性，成为诗人的好朋友。例如诗作《题青山市汪家店》云“杨花知得人孤寂，故故飞来入竹窗”，漫天纷飞的柳絮飘进诗人的书斋，只因感念他的孤寂与愁绪，互为知己之心可以想见。《过上湖岭望招贤江南北山》中写山峰“一登一陟一回顾，我脚高时他更高”，赋予山峰欲与诗人比高的好胜之心，生动活泼而又耐人寻味。

三、幽默风趣，富于艺术感染力。诚如明末清初的诗人吴之振所说：“不笑不足以为诚斋之诗。”（《〈诚斋诗钞〉小序》）诚斋体另一个显著的风格特征便是活泼自然、饶有谐趣，他总能从平常的事物中捕捉到富有情趣的瞬间，用浅近自然而又风趣幽默的语言描写出深蕴灵趣的所见所感。例如《八月十二日夜诚斋望月》写道：“才近中秋月已清，鸦青幕挂一团冰。忽然觉得今宵月，原不粘天独自行。”诗人把中秋前的夜色写成脱俗而极美的“鸦青”，把挂在天上的月亮写成置于鸦青的衬底上的“一团冰”，转而由静写动，说原本挂在天空静止一般的月亮，忽然变成浑圆滚动的月球，充盈着灼灼的光辉。不仅比喻生动，妙趣横生，更由静写到动，极富生趣。

这种幽默的笔法也常常用在杨万里自己身上，把亲身经历的事情用生动谐趣的笔法记录下来，表现出爽朗的性格与豁达的心态。《下横山，滩头望金华山》其一即是一例，诗云：“篙师只管信船流，不作前滩水石谋。却被惊湍漩三转，倒将船尾作船头。”面对惊险的场景，杨万里以谐趣的诗句表现出自己的处乱不惊与机智活脱，让人不禁赞叹他笑谈风雨、超迈豁达的人生情怀。杨万里诗歌的幽默风趣，不仅是一种轻松的笔法，谐趣的遣词，更在怡然自乐间，彰显出一份类似苏轼“也无风雨也无晴”的超然与豁达，意味深长，悠然无穷。

166. “永嘉四灵”的诗歌创作在审美风格上有何特色？

答：“永嘉四灵”是我国南宋中叶的一个诗歌流派，由四位生长于浙江永嘉（今浙江省温州市）的诗人组成，他们分别是徐照（字灵晖）、徐玑（字灵渊）、翁卷（字灵舒）、赵师秀（号灵秀）。四位诗人同出于永嘉学派叶适之门，字号中均有“灵”字，故称“永嘉四灵”。关于永嘉四灵的诞生，宋代诗人赵汝回有过清晰的记录：“永嘉徐照、翁卷、徐玑、赵师秀乃始以开元、元和作者自期，冶择淬炼，字字玉响，杂以姚、贾中，人不能辨也。水心先生既啧啧叹赏之，于是四灵之名天下莫不闻。”（《南宋群贤小集·瓜庐诗序》）四位诗人论诗都以晚唐贾岛、姚合为法，提倡复归唐人的诗风，他们志趣相投，诗格相类。

四位诗人中，徐照和翁卷都是布衣，赵师秀和徐玑虽做过官，但都是小官，因其生活范围基本局限在田园乡野，所以他们的诗歌，以酬唱赠答之作居多，兼有题咏、记游之作，大都以清新之词咏叹生活的闲适。他们继承了山水田园诗人的传统，重在陶养性情，抒写啸傲田园、徜徉山水的闲情野趣。在艺术上，他们力求改造江西诗派以学问为诗的习气，忌用典故，崇尚白描，而又能工巧自如，在借鉴晚唐枯淡的风格的基础上，发展出一种风格秀雅而又其乐融融的闲逸诗境。

徐照（？—1211），自号山民，终生布衣，大半生隐居山里度日，著有《芳兰轩集》，存诗259首。徐照为四灵之首，主张学晚唐诗，立志追溯贾岛、姚合的寒瘦诗风，诗作以清隽之气闻名，叶适说他“诗数百，斫思尤奇，皆横绝欻起，冰悬雪跨，使读者变踔憀栗，肯首吟叹不自已”（《芳兰轩集·徐照墓志铭》）。徐照嗜好饮茶，他的诗歌中有很多记录平日饮茶的作品，给人一种清新雅静的美感，略举几例：

“遇景因开画，思茶自掬泉。”（《送尘老入广化米开田》）

“扫地就谅松日少，煮茶消困石泉新。”（《赠从山上人》）

“昨来曾寄茗，应念苦吟心。”（《访观公不遇》）

“盛水蟾轮漾，浇茶雪片轻。”（《谢薛总干惠茶盏》）

“自拾落地薪，煮茗当杯盘。”（《登东宝山僧舍》）

可以看出，徐照的这类诗歌将结庐山水之间的品茗饮茶熔铸为一种活泼的生存体验，其闲情逸趣可见一斑。

徐玑（1162—1214），曾任建安主簿，为人颇有傲骨，著有

《二薇亭诗集》,收录诗歌164首。徐玑以七律见长，作诗主张宗晚唐休，反对江西诗派后期典故连篇而形象枯竭的创作风格，倡导复贾岛、姚合诗风，往往刻意雕琢，在酸寒瘦硬的诗境中潜存着一种慵懒闲适的气质。《夏日闲坐》是徐玑诗的上乘之作，“无数山蝉噪夕阳，高峰影里坐阴凉。石边偶看山泉滴，风过微闻松叶香。”从庭院的阁楼俯视水榭凉亭，浏览山泉叮咚，品味松叶暗香，灼热的夏日夕阳，在徐玑的诗歌中显得如此怡然，足见其闲静雅逸的生活情趣。

翁卷生卒年不详，是当时著名的苦吟诗人，徐玑称其诗有晚唐方干之风。翁卷的五七言绝句在四灵诗中应推上乘，著有《苇碧轩集》,收录诗歌138首。翁卷一生辗转于隐居乡里与漫游东西之间，他的诗歌总能给人一种不沾尘俗的闲雅之气，例如《太平山读书奉寄城间诸友》:“寥寥钟磬音，永日在空林。多见僧家事，深便静者心。虚庭片云泊，侧径石根侵。此去城间远，君应懒出寻。”正所谓“无官一身轻”,诗人隐居太平山中，读书吟诗，闲看庭云，诗歌充溢着超然世外的恬淡之美。

赵师秀（1170—1220）,号天乐，为宋太祖八世孙，光宗绍熙元年（1190）进士，曾任金陵幕从事，晚年寓居临安，著有《清苑斋集》,收录诗歌141首，以五七言律诗居多。此外，他还编了两部诗集，《众妙集》遴选了自沈佺期到王贞白的唐五代76位诗人的228首诗，《二妙集》是贾岛和姚合两位诗人的选集，其中贾岛诗82首，姚合诗130首。这两个选集集中呈现了永嘉四灵的诗歌取向和审美追求，为四灵诗派的理论建设做出了杰出贡献。

赵师秀虽为宋室宗亲，又曾中进士，却也只是兼任卑微官职，一生贫寒。他在诗歌之中记录的也多是平民生活的喜悦与淡泊，例如《移居谢友人见过》:“赁得民居亦自清，病身于此寄飘零。笋从坏砌砖中出，山在邻家树上青。有井极甘便试茗，无花可插任空瓶。巷南巷北相知少，感尔诗人远扣扃。”诗人虽在病中，身世飘零，却能于普通民居中体味生活的乐趣，以清甜的井水煮茶，欣赏无花的空瓶，亦足见其超然淡雅的心境。

清代学者全祖望在《〈宋诗纪事〉序》中指出宋诗有“四变”，“及永嘉徐、赵诸公（徐照、徐玑、赵师秀），以清虚便利之调行之，见赏于水心，则四灵派也，而宋诗又一变”，认为从“中兴四大家”到“永嘉四灵”为宋诗的第三变。全祖望对“四灵诗”所共有的这种闲逸情趣给予认可，为我们全面地了解宋诗提供了借鉴。可以说，在宋代诗歌史上，“永嘉四灵”成功地改造了江西诗派刻意求工巧的弊端，他们的“闲情逸致”并非远离社会现实的“寒蝉哀鸣”，而在一定程度上突破了宋诗由来已久的审美定势，由此，启动了江湖诗派思新语工的婉丽风格。正是四灵诗派的独树一帜，确定了他们在宋代诗歌史上的较高地位。

167.“江湖诗派”的代表诗人有哪些？ 如何评价“江湖诗派”？

答：“江湖诗派”是南宋中后期，继“永嘉四灵”后兴起的一个诗歌流派。宋理宗宝庆元年（1225），钱塘书商陈起把一群流转江湖而又志趣相投的下层文人的作品汇集在一起，刊刻《江湖集》，后又陆续刊刻《江湖前集》《江湖后集》《江湖续集》等诗歌集，“江湖诗派”由此得名。

被收入《江湖集》的诗人身份各异，有普通布衣、下层官吏、终生不仕的在野文人和以卖文为生的江湖谒客等，他们大多身份卑微，也没有公认的流派宗主，所以，江湖诗派实际上是一个十分松散的作家群体。他们身处南宋末年国运衰微之际，日趋腐朽的社会政治令他们仕宦无望，生活窘迫，只能漫游江湖，或者行谒权门，或者卖诗文为生，因而常被称为江湖游士或江湖谒客。也正是因为被迫远离了政治中心，他们的诗歌大多表现出对朝政的不满、对仕途的厌恶和对隐逸的钦羡，往往以题咏山川、写景抒情为中心，由此表现出大致相同的创作倾向。

江湖诗人中较有代表性的是刘克庄和戴复古。刘克庄（1187—1269），字潜夫，号后村，莆田（今福建省莆田市）人，在江湖诗人中官位最高，声名最大。他喜欢提携后进，被许多江湖诗人视为领袖，著有《后村先生大全集》，其中诗歌四十八卷。刘克庄在诗歌艺术上，兼习唐宋诸家，早年受教于“永嘉四灵”，以精巧诗体居多；后学贾岛、姚合的苦吟之风，在题材取向上又以陆游诗为典范，呈现出多种渊源的诗歌风格。

就内容而言，刘克庄的诗作一方面以简淡的情怀写景记事，表现出江湖派诗人普遍具有的平民情怀和生活趣味。例如《北山作》：“骨法枯闲甚，惟堪作隐君。山行忘路脉，野坐认天文。字瘦偏题石，诗寒半说云。近来仍喜聩，闲事不曾闻。”虽说“字瘦”“诗寒”，但却甘愿做一个不思闲事的“隐君”，颇富四灵诗派淡泊雅净的艺术趣味。另一方面，刘克庄也深受陆游爱国诗的影响，创作了大量感叹民族危亡的忧国之作。例如《北来人》：“试说东都事，添人白发多。寝园残石马，废殿泣铜驼。胡运占难久，边情听易讹。凄凉旧京女，妆髻尚宣和。”残败的皇家园林引发出深刻的黍离之悲与亡国之恨，旧京的女子还保留着宣和的发式，渲染出诗人无限的遗民之憾与对故国的思念。

戴复古（1167—1248?），字式之，号石屏，黄岩（今浙江省台州市）人，一介布衣，广游于闽越江淮之间，一生笃志于诗，以五律见长，著有《石屏诗集》，终生以诗行谒江湖，在江湖诗派中最有代表性。戴复古作诗学习晚唐诗风，欣赏杜甫忧国忧民的沉郁诗风，赞赏元结品评时政的凛然正气。同时，又对宋代陆游最为推崇，诗歌创作深受陆游雄浑诗风的影响，以真切质朴的诗风表现出强烈的忧患意识和爱国之情。

戴复古今存诗九百余篇，以忧国之作居多。关切国计民生，感慨民族危亡，期待恢复中原，是戴复古诗歌创作中一以贯之的主题。例如《闻边事》：“昨日闻边报，持杯不忍斟。壮怀看宝剑，孤愤裂寒衾。风雨愁人夜，草茅忧国心。因思古豪杰，韩信在淮阴。”正所谓身在江湖，心存魏阙，听到边境战事，便满腔孤愤，其忧国之心，可见一斑。再如《盱眙北望》：“北望茫茫渺渺间，鸟飞不尽又飞还。难禁满目中原泪，莫上都梁第一山。”面对中原失地渺茫荒凉的景象，使得国破家亡的凄怆之情更显沧桑。语言浅切而又耐人寻味，沉郁之中埋藏一股雄放之气，令人读来感慨万千。

总体看来，江湖诗派对于南宋的社会现实有着较为深刻的反映，他们的诗作往往能够借记述事件、题咏山川之名而发爱国忧民之思，也因远离政治而能慷慨淋漓地发泄对朝廷的不满和对腐朽权贵的指斥，表现出感情深挚而又语意平直的文风，对宋代诗歌的繁荣发挥了重要的推动作用。

因为江湖诗派崛起于南宋国运衰微之际，而江湖诗人又多以江湖谒客自居，所以长期以来对这一流派的评价并不是很高，方回就曾在《瀛奎律髓》卷二十中批判江湖诗派的干谒行为："盖江湖诗士，多以星命相卜，挟中朝尺书，奔走阃台郡县糊口耳。"当代学者也有持相同观点的人，刘大杰就曾认为这类江湖名士往往人品低落，他们以诗人干谒公卿，把诗当作求取利禄的手段。

20世纪80年代以来，随着学界对宋诗整体研究的推进，江湖诗派在宋诗中的重要地位才逐渐被人们所关注。傅璇琮曾提出，应把江湖派诗人的特殊生活方式放在南宋中后期这一特定历史时期的社会、文化的大环境中去加以重新体认。可以说，作为一个产生于特定时代的诗人群体，江湖派诗人或者抒发江湖名士的情怀，或者激昂慷慨地评判时政，或者凄楚悲凉地反映民声疾苦，用他们的诗歌创作反映了当时的社会生活，揭露了民族矛盾尖锐年代的社会弊病，记录了一代文人的命运与心境，在南宋文学史上可谓独树一帜，有其重要的历史地位。

168. 辽代文学的代表诗人都有谁？他们的诗歌成就如何？

答：辽（907—1125）又称契丹国或大辽国，是由五代十国和北宋时期的契丹民族建立的王朝，统治中国北部东到日本海，西至阿尔泰山脉，南至河北省南部的白沟河与山西省雁门关一带，北到额尔古纳河与大兴安岭一带的广阔地域。契丹族属于游牧民族，正所谓"弯弓射猎本天性"（苏辙《虏帐》,《栾城集》卷十六）。契丹民族原以放牧渔猎为生，善于骑射，随着不断与五代、北宋、西夏以及西域各国的交往，契丹文化有了长足的发展，不仅创造了自己的文字，而且通行汉语，很多文书都是用汉语与契丹语两种语言写成的。

文字的成熟推进了辽代文学的发展，很多契丹族文学家能用契丹语、汉语双语创作，留下了大量的诗词歌赋、文章书简，记事、述怀、咏史、讽谏、劝喻，诸题兼备。而且，辽代文学以质朴豪放的文风描摹北国风光、记录社会生活、抒写粗犷性格，既以鲜明的民族个性表现出独特的艺术价值，更承载着汉族与契丹族文化交流的信息，而表现出重要的历史价值与文化价值。

总体看来，辽代诗歌中的汉人创作较少，只有赵延寿、王枢和马尧俊等人留下了几篇寥寥短章，而最能体现辽诗特色的作品，大多出自契丹诗人之手。统观辽代的契丹诗人，第一个重要的人物当属东丹王耶律倍。耶律倍（899—936）,辽太祖耶律阿保机的长子，自幼聪敏好学，对汉文化颇为向往，阅读了大量汉文典籍，既善于用契丹文、汉文创作，更能写诗、绘画，可谓“集中原文化于一身”。

耶律倍现存一首五言《海上诗》:“小山压大山，大山全无力。羞见故乡人，从此投外国。”汉字中的“山”与契丹小字十分相似，有“可汗”之意，诗歌语言简单质朴而寓意深厚，实则使用汉字与契丹文字的同形异义隐喻自己虽为太子却遭摒弃的悲惨身世，清代文学家赵翼称其“情词凄婉，言短意长，已深合风人之旨矣”（《二十二史札记》卷二十七）。

在契丹诗人中，留存作品最多、体裁最丰富、成就最高、最具特色的，是以萧观音和萧瑟瑟为代表的女性作家。萧观音（1040—1071）,钦哀皇后之弟枢密使萧惠之女，是辽道宗耶律洪基的第一任皇后，一位富有才情而又温婉贤淑的宫廷女性，《辽史·后妃传》说她“姿容冠绝，工诗，善谈论，自制歌词，尤善琵琶”。萧观音的诗歌作品风格多样，既有英隽豪爽、颇富北地雄健之气的诗歌，也有委婉深曲、细腻雅致的篇什。

《伏虎林应制》记录了萧观音陪同辽道宗健马深山，豪情狩猎的场景：“威风万里压南邦，东去能翻鸭绿江。灵怪大千俱破胆，那教老虎不投降。”雄奇宏阔的开场张扬着契丹民族马上驰骋的民族自信，威震四方的霸气更流露出契丹统治者富国的雄心。诗歌在记述深山狩猎的过程中，融入了强烈的政治意识，不仅风格雄放，更立意高远、胸襟博大，非寻常女子所能言。

萧观音的《怀古》诗，表现了她细腻柔婉的一面，“宫中只数赵家妆，败雨残云误汉王。惟有知情一片月，曾窥飞燕入昭阳”。诗歌陈述了以往人们对汉成帝的皇后赵飞燕与其妹赵合德婕妤的指责，之后，联系自己久被疏远，孤寂苦闷的心绪，表达出“惟有知情一片月”的看法，认为情有苦衷无人懂，借咏史抒发深婉含蓄的情致，楚楚动人。萧观音还有《回心院词》十首，也是意象细腻，情感深挚的佳作，例如其三“换香枕”:“换香枕，一半无云锦；为使秋来辗转多，更有双双泪痕渗。换香枕，待君寝。”为了等待道宗的到来，细致准备舒适温馨的环境，可谓用心良苦，而字里行间流出的殷切盼君的幽怨凄苦，更令词作成为一首相思的绝唱。

萧瑟瑟是辽代另一位出色的女诗人。萧瑟瑟（？—1121）,国舅大父房之女，是天祚帝耶律延禧的文妃，她聪颖娴雅，善于诗歌创作，现存诗作大都颇富政治见解，她的《讽谏歌》和《咏史》等都是指陈政事的讽喻之作。

《讽谏歌》因女真强兵压境，国事危机而作，诗云：“勿嗟塞上兮暗红尘，勿伤多难兮畏夷人。不如塞奸邪之路兮选取贤臣，直须卧薪尝胆兮激壮士之捐身，可以朝清漠北兮夕枕燕云。”诗作力劝天祚帝振作精神，励精图治，任用忠良，重振朝纲。诗歌用骚体写成，陈词激烈，用语犀利，句式错落，气势磅礴，读之令人振奋。

《咏史》云：“丞相来朝兮剑佩鸣，千官侧目兮寂无声。养成外患兮嗟何及！祸尽忠臣兮罚不明。亲戚并居兮藩屏位，私门潜畜兮爪牙兵。可怜往代兮秦天子，犹向宫中兮望太平。”以秦二世时宰相赵高权倾朝野、跋扈横行，暗讽天祚帝时玩弄权柄、陷害忠良的奸相萧奉先，以强烈的政治责任感警醒天祚帝不能宠信奸佞，以免亡国。诗歌高瞻远瞩，见解深刻，具有极强的针对性与现实意义。

可以看出，辽代的女诗人在她们的诗作中，既潜存着女性的温情与柔静，更熔铸着雄健豪阔的北方民族性格。遣词造句既质朴直白、凝练明快，又充满着细腻、含蓄与委婉的特色，这种刚柔相济的风格特征赋予辽代诗歌以极大的艺术张力，使其成为中国文学中灿烂的一页。

169. 元好问诗歌的思想内容有何特点？其诗如何展现了金、元易代之际的历史画卷？

答：元好问（1190—1257），鲜卑族，字裕之，号遗山，太原秀容（今山西省忻州市）人。元好问七岁能诗，有神童之目。十四岁随叔父任官陵川，跟从郝天挺学贯百家。三十二岁登进士第，曾任镇平、内乡、南阳等县的县令，后入朝任右司都事、东曹都事等职，后转为中顺大夫，行尚书省左司员外郎。入翰林，知制诰。天兴二年，元兵破汴京，北渡黄河，元好问被押解到聊城。晚年以著作自任，记述金事，用元好问自己的话说：“不可令一代之迹，泯而不传。”（《元好问传》，《金史》卷一二六）

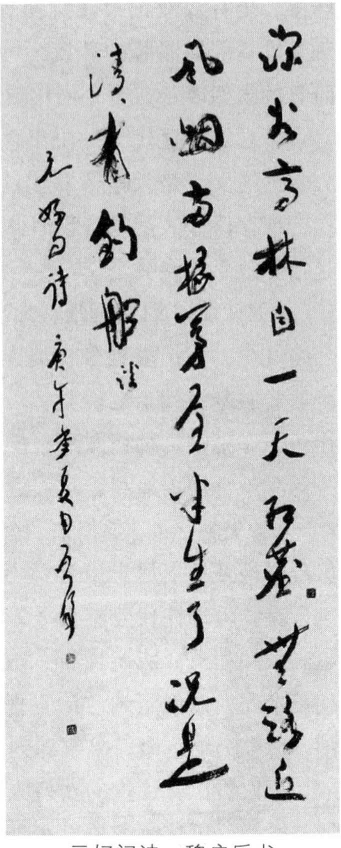

元好问诗　魏启后书

在金之末年，元好问“独以诗鸣”，将自己亲历的亡国之痛，与民族的危难、国家的命运紧密联系在一起，生动地展示了金元易代之际的历史画卷，诚如元代史学家徐世隆所言：“窃尝评金百年以来，得文派之正而主盟一时者，大定、明昌则承旨党公，贞祐、正大则礼部赵公，北渡则遗山先生一人而已。自中州斫伤，文气奄奄几绝，起衰就坏，时望在遗山。”（《遗山先生文集序》）

作为金代诗坛上迥然挺出的大诗人，元好问写于金亡前后的“纪乱诗”,无论从思想价值还是从艺术成就来说，都堪为上乘之作。就思想内容而言，元好问雄浑悲壮的“纪乱诗”具有以下两个特点：

一、怀念故国山河，省察历史成败，情感悲凉而骨力苍劲。元好问是金代最杰出的诗人，生逢金元易代之际，亲身经历了国破家亡的痛楚，他把国家被侵、山河破碎的深沉感慨一寓于诗，写下了大量怀念故国山河，抒发悲怆之痛的作品，例如《郁郁》《西园》《家乡归梦图》等。这些诗歌作品把对故国的怀念和亡国的悲楚整合在一起，意味醇厚、耐人寻思。这类诗歌中最有代表性的是《梁园春五首》,此时，金宣宗已经迁都汴京，作者虽然以绚丽的辞藻铺陈着汴京的美景，内心深处却饱含着对金国鼎盛时期的中都的深刻怀念。例如其一：“双凤箫声隔彩霞，宫莺催赏玉溪花。谁怜丽泽门边柳，瘦倚东风忘翠华。”凤凰在绚丽的彩霞中穿梭，伴随着曼妙的箫声飞舞，远处传来宫中黄莺的啼鸣，仿佛催促人们观赏玉溪的春花。在这一派春光中有谁去怜惜丽泽门边的杨柳，它们正形容憔悴地斜倚着东风，翘望天子的仪仗。“弄玉吹箫”的典故含蓄地批判了金朝鼎盛时代的奢华逸乐，冷静地思索了金朝败亡的原因。诗歌最后两句却沉痛地表达了对中都的深切怀念，曲折地表达出对恢复旧业的祈愿。诗歌言近旨远，将繁华之景熔铸于悲凉的心境，耐人寻味，也正因此，明胡应麟《诗薮》称其“差有唐味”。

二、抨击战争残酷，感叹民生疾苦，慷慨悲歌塑造出苍茫意境。正所谓“一将功成万骨枯”（唐曹松《己亥岁》）,任何战争无论成败与否，终将伴随着人民的流离失所、家破人亡。生逢山河沦陷的年代，元好问亲历战争的丧乱、感慨人民的苦难，写下了大量情感真挚、言辞凄切的“纪乱诗”。陕西军事重镇凤翔失陷时，蒙古成吉思汗下令：大兵所至，凡有抵抗者，破城后一律屠杀，妇幼不留！诗人得知此消息后非常震惊，万分沉痛之下发而为诗，凝结成字字血泪的《岐阳三首》,例如其二：“百二关河草不横，十年戎马暗秦京。岐阳西望无来信，陇水东流闻哭声。野蔓有情萦战骨，残阳何意照空城。从谁细向苍苍问，争遣蚩尤作五兵?”山河峻阔的秦川之地，经历十年战乱，野草在马蹄的践踏下不能生长蔓延，失陷的岐阳无法再沟通音信，陇头流水浸满着沦陷人民的哭声。此时的野草仿佛更有情意，萦绕着战死者的累累白骨，黯淡的残阳何意要照着空荡荡的城池呢？我能从哪里责问苍天，为何让凶残的蚩尤制造杀人的刀兵？颈联两句描写了岐阳之战的惨烈，表达了对蒙古军残酷屠城的谴责，抒发出家国之悲，诗歌峻拔有力，字字痛切，“千载后犹使读者低徊不能置”（赵翼《瓯北诗话》卷八）。

其他诗歌如《癸巳五月三日北渡三首》记录了京城陷落后的情状，作者不仅见证了普通百姓如何遭受侵略者的蹂躏，更亲历着亡国的悲苦，他为人民的命运而悲歌，亦是为自己的命运而慨叹，所以明代诗人储巏说他“悲歌慷慨，有诗人伤周、骚人哀郢之遗意”（《重刊遗山先生文集后序》）。再如《续小娘歌》，写人民惨遭亡国，无人保护，妇女们竟被蒙古军队驱赶进荒漠，诗歌反复咏叹，如泣如诉，表达了中原人民离乡去国的悲苦心境。诗歌中凝聚了国家的命运、人民的血泪，再现了金元易代的历史画卷。

170. 如何理解晏殊词的文学成就与审美意境？

答：晏殊（991—1055），字同叔，抚州临川（今江西省抚州市）人。他七岁知学问，十四岁时就因文采出众而被朝廷赐为同进士出身。作为宋初重要文学家，晏殊能诗、善词，文章典丽，有着多方面的成就和贡献，而以词最为突出。他的词作上承晚唐五代花间词派的柔软婉丽词风，下启宋代纯净雅致的婉约词风，有《珠玉词》传世。宋代晁公武称其“为文温纯应用，尤长于诗，抒情寓物，辞多旷达”（《郡斋读书志》卷十九），《宋史·晏殊传》也说他“文章赡丽，应用不穷，尤工诗，闲雅有情思”。

现存晏殊词全为小令，而无长调。在艺术手法上，晏殊善于用白描手法摹写人物的情态，写景亦重在呈现其赋予生命情致的精神内蕴，语言清丽，声调和谐，被称为“北宋倚声家之初祖”。总体来看，晏殊词的文学成就与审美意境主要表现为以下几个方面：

一、抒写相思爱恋与离愁别恨，词境清丽淡雅、温润秀洁。

晏殊以“别恨”挑起婉约派的四大旗帜之一，他的《珠玉词》

共一百三十余首，其中绝大部分都是抒写男女之间的相思爱恋和离愁别恨。例如《撼庭秋》:“别来音信千里。怅此情难寄。碧纱秋月，梧桐夜雨，几回无寐。楼高目断，天遥云黯，只堪憔悴。念兰堂红烛，心长焰短，向人垂泪。”将难以排遣、无所寄托的思念之情表达得缠绵悱恻，于淡雅闲适的审美格调中流露出一股苍凉的韵致。滤清了“花间词派”的轻佻艳冶，更将离愁别恨书写得清丽淡雅，于淡淡的忧愁中透露出雍容和缓的思绪，营造出温润秀洁的审美意境。

特别是其代表作《蝶恋花》:“槛菊愁烟兰泣露，罗幕轻寒，燕子双飞去。明月不谙离别苦，斜光到晓穿朱户。昨夜西风凋碧树，独上高楼，望尽天涯路。欲寄彩笺兼尺素，山长水阔知何处?”叙写深秋怀人，把高楼独望却望眼欲穿的愁苦之情表现得深婉而蕴藉。也正因此，近代学者王国维在《人间词话》中对“昨夜西风凋碧树，独上高楼，望尽天涯路”一句十分赞赏，认为其表现了“诗人之忧生”,并把此句比为古今成大事业、大学问之第一境界。

二、记录对时光流逝的敏锐感悟，文笔细腻而境界幽深。

作为少年得志的太平宰相，晏殊虽然仕途顺利，生活优裕，但多愁善感的个性使他常常陷入对时光流逝的敏锐感悟和对人生苦短的深沉反思之中，而在词作中流露出一种普遍的浓愁幽怨。苦于光阴的易逝，他在词中反复抒写“细算浮生千万绪，长于春梦几多时”(《木兰花》）的感慨，表达“可奈光阴似水声，迢迢去未停”(《破阵子》）的忧思；看到季节的变迁，联想到往日欢欣已为陈迹的无奈，他又在词中频频吟咏“春花秋草，只是催人老”(《清平乐》）的无奈，低唱“急景流年都一瞬，往事前欢，未免萦方寸”(《蝶恋花》）的哀伤。这类词作在精巧细腻的文笔之间，透露着对时光易逝的惆怅与哀怨、无奈与流连，更有感时伤春的一片殷殷情致，可谓境界幽深，引人回味。

三、表现对人生与命运的忧思，充满以理节情的感伤美。

北宋文人刘攽在其《中山诗话》中曾说：“晏元献尤喜江南冯延巳词。其所自作，亦不减延巳。”如果说冯延巳词在表现“闲情”的同时，偶尔流露出对“人生得几何”(《春光好》）的慨叹，那么，晏殊则经常在其词作中表达对人生的体悟，对生命的忧思，并赋予其理性的考量，而成就了晏殊词“情中有思”的韵致，“以理节情”的美感。其名作《浣溪沙》最能代表这种特色：“一曲新词酒一杯，去年天气旧亭台。夕阳西下几时回？无可奈何花落去，似曾相识燕归来。小园香径独徘徊。”把酒听歌之际，心灵触动无限：去年今日，同样的亭台楼阁，同样的暮春时节，怎奈岁月匆匆，物是人非，大自然秋去春来，花谢花开，可是人的生命却是一维的，不可逆转的，将个人的有限生命置于无限的宇宙之中，竟显得如此卑弱。在伤春怀人的审美意象中，蕴含着对个体生命的无限眷恋，对人世无常的深沉思索。

四、晏殊还创作了大量宴饮词和祝颂词，表现出雍容华贵的审美气度。

晏殊的一生有很多时间都是在雍容富贵的生活中度过的，因此晏殊也有很多词作描写他居官之余，品茶饮酒的优容岁月，例如他的祝颂词《拂霓裳》:“乐秋天，晚荷花缀露珠圆。风日好，数行新雁贴寒烟。银黄调脆管，琼柱拨清弦……人生百岁，离别易，会逢难。无事日，剩呼宾友启芳筵。星霜催绿鬓，风露损朱颜。惜清欢，又何妨、沉醉玉樽前。”词作用浓墨重彩的词汇把美酒佳肴、歌声婉转的宴会场景置于一种悠闲恬淡的情景之中，将闲雅的风度与富贵的气象整合在一起，表现出雍容华贵的审美气度，正所谓“晏元献词，不用珍宝字，而自然有富贵气象”（瞿佑《归田诗话》卷上）。

171. 柳永词有哪些创新?《雨霖铃》(寒蝉凄切)表现了怎样的生命情调?

答：如果说词在宋代的新变成就了它一代文学的地位，那么柳永则是第一位对宋词进行全面革新的大词人。

柳永（约987—约1053），崇安（今福建省武夷山市）人，原名三变，字景庄，后改名永，字耆卿。柳永出身官宦世家，早年在汴京过着风流才子的生活，填词作曲，出入于歌楼酒肆、柳巷花街。在初试落第后写下《鹤冲天》，自比“白衣卿相”，“忍把浮名，换了浅斟低唱”,嘲弄功名科举，表达壮志难酬之情。据说宋仁宗读后说道：“此人风前月下，好去浅斟低唱，何要浮名？且去填词!”于是屡试不中。中年更名为永，于景祐元年（1034）考中进士，做了屯田员外郎的小官，故世称“柳屯田”。后又因《醉蓬莱》一词见罪于仁宗皇帝，仕途坎坷，终身潦倒。

柳永一生不得志，地位也不高，甚至《宋史》无传，但是却以长调（慢词）的倡导者而在词史上占有重要地位。他通晓音律，在吸收民间新声的基础上，创制了大量乐调繁复的慢词，不仅使慢词得以与小令两种体式平分秋色，更极大地扩充了词的体制容量，提高了词的艺术表现力，拓宽了词的艺术意境，使“北宋词至柳永而一变”。具体说来，柳永词在艺术形式上的创新主要表现为以下几个方面：

一、扩大了词的体制规格，扩充了词的内容含量。统观整个唐五代词，就体制而言，都以小令为主，长调（慢词）总共不过十余首。到了宋代初年，词人们习用的仍旧是小令，大约与柳永同时的张先、晏殊和欧阳修等人，虽然尝试性地写作一些慢词，但创作总量最多的人也不到二十首，就他们的整体创作情况来看，仍属于很少的一部分。柳永则是大量创作慢词的第一人，他一生创作长调慢词一百二十五首，从根本上改变了小令一统天下的词坛格局。

小令因其体制短小而内容有限，从字数来看，一首小令多则五六十字，少则二三十字，很难承载丰富的内容与复杂的感情。相比之下，慢词则篇幅较大，一首慢词字数少则八九十字，多则一二百字，柳永创作的最长一首慢词共达二百一十二字。慢词在扩大篇幅体制的同时，也相应地扩充了内容的含量，从而极大地提高了词的表现力。

二、改变了词的音乐体制，发展了词的声腔体式。

柳永谙熟音律，在扩大词的体制的同时，也创制了许多新的词调。《乐章集》现存词二百一十二首，从音律的角度来看，这些词作用了十七宫调，一百二十七曲调。他将小令扩充为慢词长调，也相应地完善了词的音乐体制。

（一）“变旧声作新声”（李清照）。柳永常常借旧为新，或者沿用旧曲的调名，并赋予其新的声情，或者选用无歌词的旧曲，重新填制长调，创作了大量文辞流畅而又音乐谐美的慢词，【抛绣球】【雨霖铃】【曲玉管】等，都是这类作品的代表；或者改换宫调，让旧曲焕然一新，例如原为歇指调的【洞仙歌】经柳永的改编，扩充为仙吕、中吕、般涉三调，令旧曲更富华彩。还有很多原为两段的词调，在柳永的创新之下，也都发展为三段式词体，例如【浪淘沙】【夜半乐】【安公子】等曲调，都属于柳永的创建。

（二）自制新曲。对音律的精通，使柳永能够娴熟地把握音乐节奏的不同和曲式的变化，而创作出许多新的词调，词至柳永，体制始备。他吸收民间的新声创作了【郭郎儿近拍】【合欢带】【传花枝】等朗朗上口的新调，人称“凡有井水饮处，即能歌柳词”。他还创作很多音律谐婉的曲调，如【秋蕊引香】【临江仙引】【诉衷情近】等，让羁旅行役之情在雅致的曲调下呈现出凄楚缠绵美感。此外，柳永还创制了节奏紧迫的【促拍满路花】，移调变奏的【减字木兰花】，一曲两调的【小镇西犯】。可以说，在柳永的努力下，令、引、近、慢、单调、双调、三叠、四叠等长调短令，日益丰富，正如陈锐《袌碧斋词话》所讲：“词源于诗而流为曲，如柳三变纯乎其为词矣。”

《柳永诗意图》　刘帅

三、转移了词的审美取向，表现了世俗化的生命情调。宋代文人词变“雅”为“俗”，赋予新的审美内涵和艺术趣味，也是从柳永开始的。由于仕途失意，柳永一度流落为都市中的浪子，他对生活在社会底层的市民大众的生活与情感有着真切的体验。因此，他一改文人词的路数，创作了大量满足市民大众审美需求的词作，或者表现世俗女性大胆而泼辣的爱情意识，或者书写市民女子不容于传统礼教的生活愿望，或者诉说平民女子惨遭不幸的痛苦心声。这些词作婉切动人的新声曲调，引起大众情感的共鸣，表现出世俗化的生命情调。

《雨霖铃》（寒蝉凄切）就精彩地呈现了这种世俗化的生命情调。词作书写了柳永与恋人之间缠绵悱恻、凄婉动人的惜别之情。词的上片正面话别，将临别时的情景熔铸在骤雨寒蝉的暮色之中，传达出依依惜别的凄凉况味；下片则宕开一笔，写别后情景，冷落凄凉的秋季，离情更甚从前，而酒醒梦回，却只见晓风疏柳，残月枝头，整个画面充满了凄清的气氛，离愁之绵邈。这类不被正统所认可的浪子情调，在柳永的词作中获得了精美的呈现，萧索的悲秋气氛与凄楚的羁旅情思交织在一起，极大地开拓了词的审美意境。

172. 苏轼词作的文学成就与杰出贡献是什么？

答：苏轼在词的创作上取得了非凡的成就，他把诗文革新运动的美学精神扩大到了词的领域，无论题材内容、表现手法，还是艺术风格、审美意境等各个方面，他都有极大的开拓与创造。苏轼不仅把词从音律的束缚中解放出来，提出词“自是一家”的创作主张，使其由音乐的附属品而发展成为一种便于抒情写志的独立的新诗体，更突破了晚唐五代以来词为“艳科”的狭小范围，扩大了词的题材内容，提高了词的艺术表现力，拓宽了词的审美意境，提高了词的文学地位。

具体说来，苏轼词作的文学成就与杰出贡献主要表现为以下几个方面：

一、扩展了内心世界的婉约词。

自晚唐五代以来，词一直被视为“小道”，“方之曲艺，犹不逮焉”（胡寅《向芗林酒边集后序》,《斐然集》卷十九），是诗之余。苏轼对宋词的一大贡献就是发展了婉约词，他不仅扩大了婉约词的题材内容，更提高了婉约词的审美格调。苏轼创作了大量托物言志的咏物词，例如语意高妙而又含蓄蕴藉的《卜算子·缺月挂疏桐》借月夜孤鸿象征着词人孤高自许、蔑视流俗的心境；语意空灵而又情致缠绵的《水龙吟·似花还是非花》用飘荡的杨花寄寓了作者思念家人而又政治失意的愁绪；词采华美而又韵味无穷的《贺新郎·乳燕飞华屋》更以闺情的缠绵抒写寄托了词人慷慨郁愤的身世之感。

苏轼的言情词也往往能够用朴实无华的语言抒写真挚热烈的爱恋，例如真淳凄婉的《江城子·十年生死两茫茫》抒写了对亡妻的执着深情和绵绵思念；深情缠绵又空灵蕴藉的《蝶恋花·春景》写出了绕舍行人对墙里佳人的相思，“多情却被无情恼”一句更含蓄地表达出作者漂泊天涯的失落心情；词情跌宕而境界幽眇的《洞仙歌·冰肌玉骨》以丰富的想象，再现了后蜀主孟昶同花蕊夫人的爱情故事，可以说是“句句洒脱，香奁套语，吐弃殆尽”（陈廷焯《白雨斋词话》）。

苏轼像　徐宗浩

可以看出，苏轼的写情婉约词既有传统婉约派词作的深婉细腻之美，又洗尽了传统婉约派词作的“绮罗香泽之态”，而扩展了内心世界的幽深意境，改变了婉约词原有的柔软情调，提高了词在文学史上的地位。

二、抒写人生思考的清新明丽词。

苏轼学识渊博，思想通达，他以儒学体系为基础而又浸润道家、佛教的综合思想体系，形成了他既执着于现世人生又能够超然物外的人生哲学。他把这种执着、坚定、沉着、乐观、旷达的生命精神融入清新明丽的词作之中，不仅突破了词作的传统题材，广泛描绘了日常交际、闲居读书及躬耕、射猎、游览等生活场景，更创造了宋词张扬人生情趣、抒写生命哲思的美学内蕴。

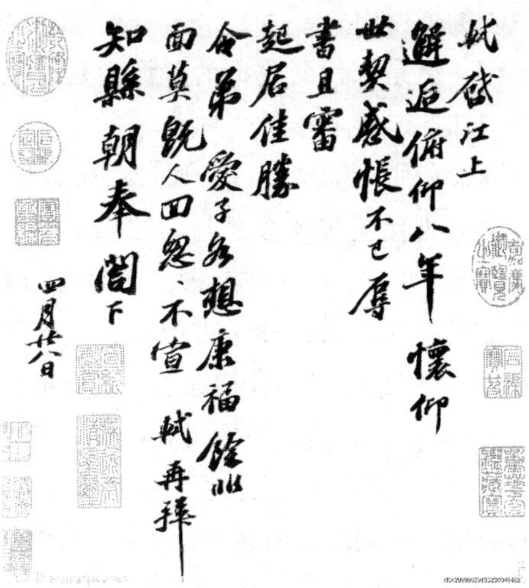

（宋）苏轼　书法

《定风波·莫听穿林打叶声》可以说是这方面的力作。苏轼不仅把一般文人不屑一顾的“路上遇雨”写进词中，更将活泼泼的生命情趣浸润在这种日常生活的题材之中，“一蓑烟雨任平生”，更彰显出他面对生活的挫折和打击所采取的一种旷达开朗、自得其乐的生命情调。还有一首著名的《临江仙·夜饮东坡醒复醉》，清丽的白描勾勒出词人醉归临皋，伫听江水的生活画面，“小舟从此逝，江海寄余生”的愿景，同样寄托了词人超然物外、旷达洒脱的人生哲学。还有苏轼在徐州时所写的《浣溪沙》五首，词作大力描写农村生产和生活，集中刻画黄童、白叟、采桑姑、缫丝娘、卖瓜人等农村人物形象，不仅是词史上最早的农村题材词，更在词作之中抒写了作者与世无争的人生情趣。难怪刘熙载称“东坡词颇似老杜诗，以其无意不可入，无事不可言”（《艺概·词曲概》）。

这类赋予哲思的清新明丽词，不仅使词可以在美学品位上能够与诗齐头并进，更以人生命运的理性思考让词和诗歌一样富有浓郁的哲理意蕴，从而增强了词的意境。

三、意境恢宏的豪放词。

苏轼擅长填词，更是宋代豪放词的开派人物。他的豪放词虽然数量不算很多，但却在婉约之外别立一派。

千古传唱的《念奴娇·赤壁怀古》通过对祖国壮丽山河的描绘，怀古伤今，表达出对古代英雄的倾慕与向往。词作慷慨激昂、苍凉悲壮。上片写无限江山，引出历史人物，抒写豪情壮志，“大江东去，浪淘尽、千古风流人物”，俯仰千古的奔腾气势抒写出词人广阔的胸襟；下片评点历史人物，“小乔初嫁了，雄姿英发”，写出周瑜的英年气度，“羽扇纶巾，谈笑间、樯橹灰飞烟灭”，又展现了周瑜的智慧与从容，通过对英雄人物的倾慕抒写了自己建功立业的雄心壮志，联系当下苦闷的心境，全词以无限感慨结篇：“人生如梦，一樽还酹江月。”

苏轼《赤壁怀古》　边舒才

宋俞文豹《吹剑续录》记载：“东坡在玉堂，有幕士善讴。因问：‘我词比柳词何如?’对曰：‘柳郎中词，只好十七八女孩儿，执红牙拍板，唱杨柳岸晓风残月；学士词，须关西大汉，执铁板，唱大江东去。’公为之绝倒。”可以说，苏轼这种抒发豪情的“壮词”，不仅风格豪迈雄放，读之令人振奋，更以耳目一新的词境开拓了宋代文学的新方向，为南宋辛弃疾等人的爱国主义歌唱开启了先河，在词的发展史上具有重大意义。

173. 陆游的词作包括哪几类？如何体会《卜算子·咏梅》的审美意境？

答：作为中国历史上最高产的诗人，虽然陆游的词作保存下来的数量还不及其诗作的百分之二，但是，在南宋词坛上，陆游词无论就思想、艺术而言，还是就审美意境而言，都有其不可忽视的重要价值。

可以说，陆游也擅长填词，他的词作主要包括三大类：

一、与其诗歌的爱国主义基调一样，抒写抗金救国、壮志难伸的满腔悲愤。例如《诉衷情·当年万里觅封侯》，词人对自己的戎马生涯进行了回顾，感叹年纪已老而功业未尽，抒发了向往沙场、杀敌报国的豪情壮志，风格苍凉而又豪迈奔放。再如《夜游宫·记梦寄师伯浑》："雪晓清笳乱起，梦游处，不知何地。铁骑无声望似水，想关河。雁门西，青海际。睡觉寒灯里，漏声断，月斜窗纸。自许封侯在万里，有谁知？鬓虽残，心未死！"这首寄赠友人的词作以记梦的形式抒发了词人的爱国主义激情。词的上片描写了一幅塞外风光，纷飞的雪花、清脆的笳声渲染出战争的气氛，军容严整有如流水一般的铁甲骑兵仿佛在雁门、青海一带拉开阵势，亟待收复苍莽雄伟的关河。这种收复故土的梦中情境，凝聚了词人深厚的爱国感情。词的下片抒发了梦醒后的感慨，凄凉的"寒灯"，清冷的"漏声"与凄苦的"斜月"衬托出词人悲凉的心境，也是作者因为坚持收复山河而不被理解甚至遭到打击的苦闷心境的写照。"自许封侯在万里，有谁知？鬓虽残，心未死"，更寄托了词人志向高远却报国无门的愤懑之情。词作上下片一气呵成，梦境与现实有机地融为一体，既有苏轼的清旷超迈词风，又有辛弃疾的沉郁苍凉之气。

其他词作如《水调歌头·多景楼》"不见襄阳登览，磨灭游人无数，遗恨黯难收"，以一时兴会，寄寓千古兴亡，激励图强自振的勇气。《沁园春·三荣横溪阁小宴》"许国虽坚，朝天无路，万里凄凉谁寄音"，同样寄慨遥深，以蕴藉的词调抒写了词人强烈的爱国热情，可谓意境沉绵，悲慨苍凉。也正因此，刘克庄盛赞陆游词“激昂感慨者，稼轩不能过；飘逸高妙者，与陈简斋、朱希真相颉颃；流丽绵密者，欲出晏叔原、贺方回之上”（《后村诗话》续集卷四）。

二、陆游还创作了一些纤丽似秦观的婉约词。这类词作影响最大的是《钗头凤·红酥手黄縢酒》。这首词写的是陆游自己的爱情悲剧，关于这首词的故事南宋陈鹄和周密的笔记中都有记载。陆游的原配夫人是同郡唐氏士族的一个大家闺秀，两人从小就是青梅竹马，结婚以后更是“伉俪相得”,夫妻恩爱。不想陆游的母亲对儿媳产生厌恶，逼迫陆游休弃唐氏。陆游百谏无效，二人被迫分离，唐氏改嫁“同郡宗子”赵士程。几年后，陆游在家乡城南禹迹寺附近的沈园，与偕夫同游的唐氏邂逅，唐氏送酒给陆游以致情谊。陆游见人伤事，心中感慨万千，于是乘醉赋词，信笔题于园壁之上。

全词记述了词人与唐氏的这次偶遇，记述他们曾经的眷恋之深和相思之切，也抒发了词人此刻的怨恨愁苦和悲楚心境。词的上片由追忆往昔美满的爱情生活，联想到当前的情形，对二人的被迫离散表示出深沉含蓄的怨恨。词的下片由对往事的感慨写回到现实，进一步抒发了夫妻分离的怨苦。整篇词作可谓情意哀怨、深沉惆怅，特别是每段结尾的三个叠字“错错错”“莫莫莫”,更深为后世词评家所称赏。明末著名藏书家毛晋曾指出：“杨用修云：‘放翁词纤丽处似淮海，雄快处似东坡。’予谓超爽处更似稼轩耳。”（《宋六十名家词·放翁词跋》）这首缠绵深沉的抒情词的确十分接近婉约派秦观的创作风格。近代著名曲家吴梅先生更在《霜崖三剧》中盛赞这首词为“有千言万语锁住舌尖头”。

三、以《卜算子·咏梅》为代表的寓意高远的词作。这首词以梅花的孤高自洁，譬喻词人不慕荣利与至死不渝的情操：“驿外断桥边，寂寞开无主。已是黄昏独自愁，更著风和雨。无意苦争春，一任群芳妒。零落成泥碾作尘，只有香如故。”陆游喜欢梅花，曾经称赞梅花“雪虐风饕愈凛然，花中气节最高坚”（《落梅》）。这首词记述的是梅花，实际上抒写的是词人自己的精神品格。清幽绝俗的梅花出于众花之上，而今却零落在郊野的驿站外面破败不堪的“断桥边”，如此寂寥荒寒而又倍受冷落象征着词人自己孤寂的处境和被摧残的命运。上片四句可说是情景双绘、意境高远。诚如况周颐所说：“词有淡远取神，只描取景物，而神致自在言外，此为高手。”（《蕙风词话》续编卷一）

《陆放翁咏梅图》　李晓白

词的下片托梅寄志，梅花的无意争春，更表明了自己出于群芳之上的高迈理想，孤傲不羁的倔强品格与坚贞自守的崚崚傲骨。末尾两句更以扛鼎之力，振起全篇，即使梅花凋零了，被践踏成泥土，碾成尘埃，依然香气如故，别有韵致，绝不屈服于寂寞无主、风雨交侵的威胁。抛却梅花的不幸处境，坚守高洁的品性，可谓“想见劲节”（卓人月《古今词统》）。词作巧妙地运用比兴手法以梅花自喻，将梅花的品格人格化，更将自己的思想感情寄托在梅花的形象之中，词人和梅花化而为一，景语亦是情语，寓意高远，耐人寻味。

174. 辛弃疾词的爱国主义思想主要表现在哪几个方面?

答：辛弃疾（1140—1207），原字坦夫，后改字幼安，中年后别号稼轩，历城（今山东济南）人。辛弃疾生活在民族矛盾十分尖锐的年代，他出生的时候，山东济南已经被金人占领，生活在水深火热的沦陷区，辛弃疾自幼饱受金贵族对汉人的歧视、侮辱、迫害与剥削，而偏安于江南的南宋统治者却不图恢复，对金统治者奴颜婢膝。出生在世代仕宦家庭的辛弃疾，从小受到爱国思想的教育，他的祖父曾引导辛弃疾“登高远望，指画山河”，力抒国恨。因此，辛弃疾很早就立下杀敌报国、恢复中原的雄心壮志。他不仅是一个亲历战争，有勇气、有胆识的英雄战士，也是一位有才干、有谋略的杰出军事家，同时他更是一位力斩刀笔，抒写爱国激情的伟大词人。

辛弃疾　盛元龙

辛弃疾一生致力于词的创作，今存词六百二十余首，在两宋词人中属于创作最宏丰的。辛弃疾的词作题材广泛，内容丰富，其中以抒写爱国主义思想感情的作品为数最多，这类词作基调高昂，思想艺术成就也最高，最能代表辛词的特色。总体看来，辛弃疾的爱国词就思想内容而言，主要包括以下几个方面：

一、直接表现抗金战斗生活，抒发词人恢复中原、杀敌报国的雄心壮志。

不同于一般士大夫的空泛感慨，作为曾经驰骋沙场的战士，辛弃疾在他的词作中更明确地表现出一种迫切投身战斗、献身壮丽事业的爱国激情。《破阵子·为陈同甫赋壮语以寄之》是这方面的代表作，词作描写了豪壮的抗金战斗生活，“了却君王天下事，赢得生前身后名”，更表达了词人决心击败金兵，收复中原，成就一生荣誉的壮志豪情。其他如《水龙吟·过南剑双溪楼》“举头西北浮云，倚天万里须长剑”,《水龙吟·甲辰岁为韩南涧尚书寿》“待他年，整顿乾坤事了，为先生寿”,《贺新郎·同父见和再用前韵》“我最怜君中宵舞，道男儿到死心为铁。看试手，补天裂”,《满江红·送郑舜举郎中赴召》“此老自当兵十万，长安正在天西北”,都是直抒爱国情怀的佳作。

二、抒写壮志难伸、报国无门的时代悲慨。

金兵大举进犯，南宋王朝却无意收复失地，统治阶级的妥协投降政策造成了大批爱国志士壮志难伸、报国无门的时代悲剧。与陆游的爱国诗篇一样，这种时代的悲慨也是辛弃疾爱国词篇的重要内容。辛弃疾经常在他的词作中表达报国无门、壮志难酬的感慨，例如《水龙吟·登建康赏心亭》“把吴钩看了，栏干拍遍，无人会、登临意”,《永遇乐·京口北固亭怀古》“凭谁问，廉颇老矣，尚能饭否”,《满江红·江行简杨济翁周显先》“楼观才成人已去，旌旗未卷头先白”,《鹧鸪天·有客慨然谈功名因追念少年时事戏作》“却将万字平戎策，换得东家种树书”。这些爱国主义词作，不仅寄寓了词人深广的忧愤，更表现出作者对祖国的拳拳热爱，对人民的深切同情，对完成国家统一大业的执着追求。

三、对投降派的愤怒指斥，是辛弃疾爱国词篇的另一个重要内容。

被视为北方来的归正人，辛弃疾一直倍受猜忌，置身险恶的仕途，他不仅深感忠而见忌，更对投降派的丑恶嘴脸厌恶至极。对投降派的愤怒指斥，构成了辛弃疾爱国词篇的第三个重要内容。《摸鱼儿》（更能消几番风雨）是这方面的经典代表，词作借惜春、留春、恋春起兴，抒发了壮志难酬的不平之气，更以落红无数的暮春景象暗喻着南宋统治的风雨飘摇，对阿谀谄媚、嫉妒忠良的投降派进行了愤怒的斥责。其他如《鹧鸪天·送人》“江头未是风波恶，别有人间行路难”,《水调歌头·再用韵答李子永》“长安车马道上，平地起崔嵬”,也都表达了词人感慨人民苦难，痛斥奸佞当道，旧京难复的满腔愤懑。

175. 除了爱国词，辛弃疾词还有哪些类型？如何理解《青玉案》（东风夜放花千树）委婉含蓄的艺术情致？

答：除了爱国词篇以外，辛词的成就还表现在农村词、闲适词和爱情词等方面。

一、就农村词而言，辛弃疾继苏轼之后，再一次开拓了词的题材和境界。他写农村的自然景色，写农民的真实生活，写自己对农村生活的真切感受，这些词作风格清新，别具一格。如《清平乐·茅檐低小》，寥寥几笔勾勒出农村紧张而又安闲的劳动生活场景，再现了一幅栩栩如生的农村风俗画。《西江月·明月别枝惊鹊》更抓住了农村夏夜清风徐来，月光皎洁，鹊飞蝉鸣的清幽景象，可以说是亦动亦静、有声有色，同时传达出了词人由所见、所闻、所感而生发出的喜悦之情。此外，像《鹧鸪天·春入平原荠菜花》《玉楼春·三三两两谁家女》等，记述了农村生活的风俗风情，也都富有生活气息，给人以清新之感。

二、辛弃疾晚年退居农村后，还创作了很多闲适词。这类词作大多在记录闲适生活的同时，寄寓了词人内心的愤懑不平。如《鹧鸪天·不向长安路上行》在追求“一松一竹真朋友，山鸟山花好兄弟”的闲适生活中透露出一种世无君子、无以为友的感慨愤世之情。再如《水调歌头·带湖吾甚爱》，记述自己退居的带湖风光，湖水清澈有如一面绿色的镜子，闲暇之日于带湖散步，与鸥鹭相伴，与游鱼嬉戏，这种沉醉于大自然的闲适之情，同样透露出对世情险恶的不平与牢骚。这类词作更像是辛弃疾爱国感情的含蓄表达，表面的闲情愉适总无法掩盖“却将万字平戎策，换得东家种树书”的壮志难酬与英雄失意之情。

三、辛弃疾的一些写情词同样开拓了词的意境，写得情意幽婉，值得后人重视。这些词作大多语言平易自然，风格婉丽清新。其中比较著名的一首是《青玉案·元夕》：“东风夜放花千树，更吹落，星如雨。宝马雕车香满路。凤箫声动，玉壶光转，一夜鱼龙舞。蛾儿雪柳黄金缕，笑语盈盈暗香去。众里寻他千百度，蓦然回首，那人却在，灯火阑珊处。”

一般认为，这首词虽然表面上写的是爱情，但实际上却别有寄托，表现出一种含蓄委婉的艺术情致。词人通过极力渲染元宵节的热闹场面，反衬出一个性情孤高、脱尘拔俗的女性形象，而作者所追慕的这个美人，更寄托了词人政治失意之后，仍要保持内心高洁的孤高品性。近代梁启超称此词为：“自怜幽独，伤心人别有怀抱。”①

词作采用了对比手法，上片写的是华灯盛绽、乐声喧天的元夕盛况。在繁华的宋代都城，元夕有上灯的习俗，可以说是中国式的狂欢之夜，宋人周密《武林旧事》记载：“宫漏既深，始宣放焰火百余架，于是乐声四起，烛影纵横。”辛弃疾的这首词可以说有如工笔细描，再现了元宵之夜烟花灯火、车水马龙的热闹景象：一束烟花从天而降，仿佛是春风吹开的千树繁花，如雨星辰，冰清玉洁的白玉灯笼与鱼龙各色的花样彩灯交相辉映，流转的灯光中飘扬着不绝于耳的阵阵乐声，川流不息的街道上漫溢着宝马雕车的一路香氛。

渲染了一番元宵节绚丽多彩的华美景象后，词的下片笔锋突转，将视线从繁华的街景转向灯火阑珊处的幽独佳人。宋代的妇女们在元夕节这天纷纷着盛装涌上街头，据《大宋宣和遗事》记载，北宋汴京的元宵之夜“京师民有似雪浪，尽头上带着玉梅、雪柳、闹蛾儿……”女子们翠珠华冠，争奇斗艳，她们体态婀娜，笑语盈盈，暗香阵阵，比烟花和彩灯更引人流连。在这如云美女之间，词人寻找着一位孤高的女子，五彩斑斓的街景中遍寻不见，却在灯火零落处回眸偶遇。

王国维的《人间词话》有云：“古今之成大事业、大学问者，必经过三种之境界：‘昨夜西风凋碧树。独上高楼，望尽天涯路。’此第一境也。‘衣带渐宽终不悔，为伊消得人憔悴。’此第二境也。‘众里寻他千百度，蓦然回首，那人却在灯火阑珊处。’此第三境也。此等

---

① 梁令娴．艺蘅馆词选：丙卷［M］．北京：中华书局，1935：88.

语皆非大词人不能道。”佳人偶遇的瞬间可以说是生命精神的凝结与升华，此前的华灯声乐、香车丽人都成了拱月之星，只为铺垫这位神秘佳人的出现，可谓蓄势已久，出人意表，待到回眸偶遇，词人的百感交集又凝结成了一篇淡墨疏影，构思精巧，语言精致，其含蓄婉转之情，更令人回味无穷。

这种有所寄托的写情词，可以归入传统的婉约一类，而辛弃疾的《青玉案》却又和传统的婉约词有所不同，词中没有婉约派男女情爱的浮艳柔媚和惆怅感伤，而是在情思真挚的抒写中充盈着无限寄托，显得意蕴隽永，充满委婉含蓄的艺术情致。

176. “辛派词人”在文学创作上有哪些共同的审美追求？

答：辛弃疾词以其内容上的爱国思想引起了同时代词人的情感共鸣，其艺术上的创新精神也感召着许多词人不断应和。这样，在辛弃疾之后，出现了一批辛派词人，包括年纪稍长的陆游、张孝祥，与辛弃疾以词相唱和的陈亮、刘过，以及稍后的刘克庄、刘辰翁等，他们远承东坡，近学稼轩，沿着辛弃疾所开辟的创作道路，形成了一个坚实有力的创作流派。

辛派词人虽然身份地位各不相同，但作为一个独立的创作流派，他们在艺术追求和审美倾向上有着共同的特点：

一、在思想内容和精神格调上，他们都具有强烈的爱国热忱和恢复中原的雄心壮志，对投降派进行愤怒的谴责，和辛弃疾的爱国词表现出共同的主题特征。例如张孝祥的《六州歌头·长淮望断》即是南宋初期爱国词中的名篇，词作抒写了作者伫立在漫长的淮河岸边极目望远时的复杂心绪，从草木丛生的边塞风景到凄楚悲凉的沦陷区境况，从对朝廷苟且偷安的愤怒指斥，到对中原父老的殷切期待，从对敌人骄纵横行的满腹痛恨，到自己报国无门的焦虑与悲愤，将抒情、描写、议论融为一体，声情激越，风格慷慨，笔墨酣畅，淋漓痛快，读之令人深受鼓舞。再如陆游的名作《诉衷情·当年万里觅封侯》：“当年万里觅封侯，匹马戍梁州。关河梦断何处，尘暗旧貂裘。胡未灭，鬓先秋，泪空流。此生谁料，心在天山，身老沧州。”词作通过今昔对比，在呈现作者一生中最值得怀念的一段岁月的同时，也反映出一位爱国志士的坎坷经历和不幸遭遇，表达了词人壮志难酬、报国无门的悲愤之情。词的上片追忆了作者昔日身历西北前线、戎马疆场的风发意气，而如今却只能在梦中实现当年的宏愿，作品流露着无尽的失望与感伤；词的下片更对敌人尚未消灭而自己却已英雄迟暮充满了无奈的感叹。词作将理想化成梦境与现实的悲凉构成强烈的对比，格调苍凉悲壮，具有极强的艺术感染力。

二、在词的审美境界和艺术风格上，他们多作壮语，表现出豪迈奔放、雄伟有力的艺术境界。以豪迈风格为艺术追求的同时，他们又分别具有各自的特点，如陈亮词往往直抒胸臆，表现出雄健激昂、磊落慷慨的艺术个性，风格雄放恣肆，陈亮曾自言其词作“平生经济之怀，略已陈矣”（叶适《书龙川集后》，《水心集》卷二十九）。刘过的词多抒发抗金抱负的狂逸俊致，但笔势含蓄，常常在粗豪之中见悲凉沉痛之感，如《六州歌头·题岳鄂王庙》，这是一首凭吊南宋抗金将领岳飞的词作。词的前半部分笼罩着压抑的悲愤，赞扬了岳飞“精忠报国”的爱国品质，表达了对迫害忠良的投降派的强烈谴责；后半部分表现出明朗的色彩，激励和鼓舞长期受到压抑的主战派将领坚守抗敌御侮的决心，实现社稷一统的夙愿。全词写得跌宕淋漓、悲壮激越，读之令人感慨万千。与之相比，刘克庄的词则在豪放中见沉郁苍凉之气，颇有“慷慨生哀”的艺术意境，最典型的代表作品是他以梦境抒写思念友人的词作《沁园春·梦孚若》：“何处相逢？登宝钗楼，访铜雀台。唤厨人斫就，东溟鲸脍；圉人呈罢，西极龙媒。天下英雄，使君与操，余子谁堪共酒杯？车千乘，载燕南赵北，剑客奇才。饮酣画鼓如雷，谁信被晨鸡轻唤回。叹年光过尽，功名未立，书生老去，机会方来。使李将军，遇高皇帝，万户侯何足道哉！披衣起，但凄凉感旧，慷慨生哀。”刘克庄所处的时代，南宋王朝已经奄奄一息，他一生经历了孝宗、光宗、宁宗、理宗、度宗五朝，仕途历尽波折，却仍怀有强烈的愿望，幻想能像李广那样在国家多事之秋建功立业，词人自己历经四次罢官，怀才不遇之感、黍离哀痛之情在词作中以一腔凄凉悲愤的感情发泄无遗，伤时忧国的思想也充分地表现出来。

三、在表现手法和语言的使用上，他们多在词中大发议论、多用典故，继续走辛弃疾“以文为词”的创作道路，表现出散文化的语言艺术。辛弃疾的密友陈亮就特别善于在词作中行政论之势，《宋史》说他“论议风生，下笔数千言立就”。可以说，陈亮是辛弃疾“以文为词”的积极践行者，他常常用词的形式来表达他的政治军事主张，宣传收复中原的爱国思想，与他的政论文相互印证，表现出强烈的现实感、鲜明的政治性、纵横捭阖的议论意味和慷慨激烈的战斗精神，他的《水调歌头·送章德茂大卿使虏》可以说是以议论入词的精彩作品，词作采用通篇议论的写法，表达了不甘屈辱的正气与誓雪国耻的豪情，言辞慷慨，气势磅礴，表现出南宋抗金派词作充溢的强烈民族自豪感和抗战必胜的坚定信念。

同样，刘克庄也喜用事典，他的词作也带有鲜明的散文化、议论化倾向，如《沁园春·答九华叶贤良》，词作慷慨悲歌，强烈地表达了词人的少年意气与老来悲慨，其间更穿插多个典故，慷慨而多气，深邃而含悲。词的上片从尚文习武、谈笑交游、建功立业几个方面，勾勒出作者少年时气魄豪迈的英勇形象；下片连用了陶渊明作彭泽令不肯为五斗米折腰、窦宪登燕然山刻石记功还朝、李白《金陵凤凰台诗》所记“总为浮云能蔽日，长安不见使人愁”，以及《世说新语·任诞篇》所载“阮籍胸中磊块，故须酒浇之”等典故，抒发了自己郁结胸中的愤懑不平之气。

177. “苏门四学士”都有谁？他们的创作倾向是什么？

答：苏轼在诗、词、文三方面都具有极高的造诣，堪称宋代文学最高成就的代表。苏轼在宋代文坛便已享有巨大声誉，同时他十分重视发现和培养文学人才。当时就有许多青年作家众星拱月般地围绕在他的周围，其中成就较大的有黄庭坚、张耒、晁补之、秦观四人，用苏轼自己的话说：“如黄庭坚鲁直、晁补之无咎、秦观太虚、张耒文潜之流，皆世未之知，而轼独先知之。”（《答李昭玘书》，

《苏轼文集》卷四九）他们四人就是著名的“苏门四学士”,也称“苏门四友”。

就苏轼本人而言，他的成就包括各种文学样式，文学创作也没有固定不变的规范可循，所以苏门的作家在创作上也是各具面目。从总体的创作倾向上来看，黄庭坚长于诗，他的诗作具有瘦硬老练、新奇峭拔的艺术风格。

黄庭坚是“苏门”诸子中最重要的诗人，与苏轼并称“苏黄”，后来别开门派，成为“江西诗派”的开山祖师。就诗歌艺术而言，北宋诗人普遍追求“生新”,而黄庭坚走得更远。黄庭坚的诗关注日常生活，往往能够从日常事物的微小变化中，发现其对人生的意义，并把这些日常生活的现象加以艺术创造，赋予其浓郁的象征意味，而表现出一种新奇的诗风。这种新奇的诗风同样体现在黄诗的格律上，在黄庭坚看来，“宁律不谐而不使句弱”,声律奇峭可以说是黄庭坚作诗的另一个显著特点，他的《寄黄几复》可以说是成功地用日常事物创造新奇意象，而表现出新奇峭拔诗风的经典佳作，诗的前半部分写昔日交情、今日怀想，后半部分称赞黄几复虽清贫却廉正好学，干练有为，然而到垂暮之年却只在海滨做一县令，对其垂老沉沦的处境，深表惋惜。诗作最突出的特点即是好用书卷，以故为新，首联将“鸿雁传书”的典故信手拈来，而又出人意表地写出“谢不能”之语，立刻变陈熟为生新；第二联的“桃李春风”与“江湖夜雨”不禁让人想起孟郊的《登科诗》和李商隐的《夜雨寄北》,更在日常生活的俗见情景中寄托了朋友之间的别后思念，意境深邃。诗的后四句，从“持家”“治病”“读书”三个方面表现黄几复的为人和处境，不仅运用典故，更将《左传》《史记》《汉书》等散文的语言入诗，具有苍劲古朴、拗折波峭的诗歌韵律。所以清代陈衍称此诗“次句语妙，化臭腐为神奇也。三四为此老最合时宜语，五六则狂奴故态矣”（《宋诗精华录》卷二）。

张耒（1054—1114）字文潜，号柯山，今江苏省淮阴市人。诗文兼擅，其诗往往更加注重思想性，而表现出一种强烈的现实主义精神。张耒的文学创作继承了“三苏”提倡的“文理并重”

的艺术精神，强调“文以意为车，意以文为马，理强意乃胜，气盛文如驾”（《与友人论文因以诗投之》,《张耒集》卷九）。他在《答李推官书》中更明确地揭示学文在于明理的艺术宗旨，提出“如知文而不务理，求文之工，世未尝有是也”。在诗文风格上，张耒受唐音影响颇深，他继承了唐白居易和张籍的诗文传统，反对奇简，提倡平易，反对雕琢文辞，力主顺应天理之自然，直抒胸臆，主张：“文章之于人，有满心而发，肆口而成，不待思虑而工，不待雕琢而丽者，皆天理之自然，而情性之道也。”（《东山词序》,《东山乐府》卷首）

张耒的文学创作亦如此，他写过很多反映劳动人民生活的诗歌作品，风格朴素自然、平易晓畅。例如《劳歌》,写出了对那些“筋骸长彀”“半衲遮背”的“负重民”的无限怜悯；《和晁应之悯农》则对“夜为盗贼朝受刑”的“南山壮儿”表达了深切的同情；《粜官粟有感》更表现出其“哀哉天地间，生民常苦辛”的悯农意识。他的政论文立意警辟，文笔高奇，主张富国强民、改革弊政，以减轻人民负担，像《论法》《悯刑论》等篇章，均为佳作。像《少年行》《听客话澶渊事》等篇章面对辽、西夏对北宋的侵凌，积极主张开边御敌、建立奇功，洋溢着一股勃郁的爱国主义精神，读来令人振奋不已。

晁补之（1053—1110）字无咎，济州钜野（今山东省巨野）人，才气飘逸，文学灿然，诗词文兼擅。其文章风格近于苏轼，曾著《上皇帝论北事书》《上皇帝安南罪言》等奏章，慷慨言兵，纵论安边大事，引古证今，充满爱国热情，堪称政论文中的佳作。其诗作以乐府与古体见长，《豆叶黄》诗描写农民秋收劳作的情景及其生活的艰辛，有如一幅乡村风俗画，生动平易、引人入胜；《芳仪怨》以歌行体的方式叙述了南唐后主李煜之妹于亡国后入宋，又在宋辽战争中被俘入辽，被辽圣宗封为芳仪的遭遇，辞句凄婉动人、沉郁顿挫；其余如《村店即事》《题谷驿舍》等，也都清新生动，颇具中、晚唐风调。晁补之词继承并发展了苏轼词的豪放风格，如《摸鱼儿·买陂塘旋栽杨柳》抒发年华易逝而功名无成的壮志悲慨，语意峻切，风调清迥；《满江红·华鬓春风》为吊友之作，在凭吊好友李诚之的同时，自伤年华虚度、壮志难成，词作感慨深郁，格调苍凉，宋人许顗盛赞此词“不独用事的确，其指意高古，深悲而善怨，似《离骚》”（《彦周诗话》）。在“苏门四学士”之中，晁补之可以说是多才多艺的一位，《四库全书总目》卷一五四称其“古文波澜壮阔，与苏氏父子相驰骤。诸体诗俱风骨高骞，一往俊迈，并驾于张、秦之间，亦未知孰为先后”。

秦观（1049—1100）字少游，号淮海居士，扬州高邮（今属江苏高邮市）人。工诗词，早年以诗见知于苏轼和王安石，苏轼称他“有屈宋才”，王安石盛赞其诗“清新妩丽，鲍谢似之”。秦观早年的诗作运思绵密，风格清丽纤弱，人称“女郎诗”（元好问《论诗绝句》）。被贬谪以后，诗风由明丽纤弱转为古拙朴实。其词长于写景抒情，以情韵兼胜著称。内容以描写男女恋情及感伤身世为主，善于通过柔婉的乐律、幽冷的场景，描写男女的思恋爱慕、悲欢离合，抒写个人的坎坷际遇，手法含蓄，语言清丽，在勾画出凄迷优美的审美意境的同时，更能塑造出鲜明生动的艺术形象，感情真挚，凄婉感人，极富艺术感染力。其词当时即负盛名，为北宋后期词坛婉约派代表作家。

178. 周邦彦的“清真雅词”表现出怎样的审美追求？对宋词的发展有何推动作用？

答：周邦彦（1056—1121），字美成，自号清真居士，钱塘（今浙江省杭州市）人，北宋著名文学家，在诗、文、词的创作方面都卓有成就，而尤以词作成就最高，宋人陈郁称“二百年来，以乐府独步”（宋陈郁《藏一话腴》外编卷上）。

周邦彦的一生几度仕宦浮沉，奔波于地方州县，深切地感受到漂泊流落的辛酸。这种漂泊的孤独疲倦和憔悴失意，形成了周邦彦词的情感基调，他的词作大多为描述羁旅行役、身世之感的作品，除此之外则多写恋情，既有表达对所爱女子思恋之情的词，也有在酒筵席上的赠妓之作，还有描写与所欢女子离别相思之作。总体看来，周邦彦的词作虽然题材较窄，但情境浑融、气格馥郁，运用典故成语更是浑化无迹，王灼称赞他说“不肯浪下笔，予故谓语意精新，用心甚苦”（《碧鸡漫志》卷二）。周邦彦著有《清真先生文集》二十四卷，世人称其词为“清真雅词”。

就词的艺术性而言，周邦彦在章法、句法、炼字和音律等方面均体现出一种精心结撰的严谨精神，追求词作的艺术规范性。也因为他的词作法度井然，使人有径可循，所以“作词者多效其体制”（张炎《词源》卷下），对北宋中叶以后词的发展起到积极的推动作用。具体说来，周邦彦词的审美追求主要表现在以下几个方面：

一、在章法上，周邦彦善于铺叙，长于勾勒，摹写物态，曲尽其妙。他的长调慢词如《兰陵王·柳阴直》《六丑·正单衣试酒》《满庭芳·风老莺雏》和《瑞龙吟·章台路》等，往往能够将顺叙、倒叙和插叙错综结合，在时空结构上构筑一种跳跃性的回环往复式结构，曲折交错、开阖动荡，篇幅虽长却章法严密，结构繁复而又不失照应，可谓多方铺垫，千回百折，都是“切情附物，风力奇高”之作（郑文焯《清真词校后录要》）。其他如《苏幕遮·燎沉香》“叶上初阳干宿雨，水面清圆，一一风荷举”，精彩地描绘出了雨后荷花的神韵；《蓦山溪·湖平春水》“空翠入衣襟，拊轻榇、游鱼惊避”，再现了泛舟湖上的恬淡生活；以及《风流子·新绿小池塘》“新绿小池塘，风帘动、碎影舞斜阳”，对池边风吹帘动的精彩呈现等，也都是言情体物、穷工极巧的佳作。

二、在语言上，周邦彦善于融化前人诗句入词，浑然天成，如从己出。宋人陈振孙盛赞其词“多以唐人诗语隐括入律，浑然天成”（陈振孙《直斋书录解题》卷二十一），南宋张炎亦称“美成词只当看他浑成处，于软媚中有气魄。采唐诗融化如自己者，乃其所长”（张炎《词源》卷下）。最典型的代表是《西河·金陵怀古》，全词化用了唐代刘禹锡《金陵五题》的《石头城》《乌衣巷》和古乐府《莫愁乐》三首诗，语言经过不露痕迹的重新组合，更显贴切自然、极具神韵，以致清人陈廷焯在《云韶集·周词评》中推崇其为“金陵怀古词，古今不可胜数，要当以美成此词为绝唱”。再如其《瑞龙吟·章台路》融化了杜甫、李贺、杜牧、李商隐等十余人的诗句，更可谓是字字有来历、句句有出处，难能可贵的是，这些前人词句在周邦彦的艺术创造下，不仅贴切自然，更意境饶新。也正因此，沈义父在《乐府指迷》中说周邦彦词下字运意，“往往自唐宋诸贤诗句中来，而不用经史中生硬字面，此所以为冠绝”。

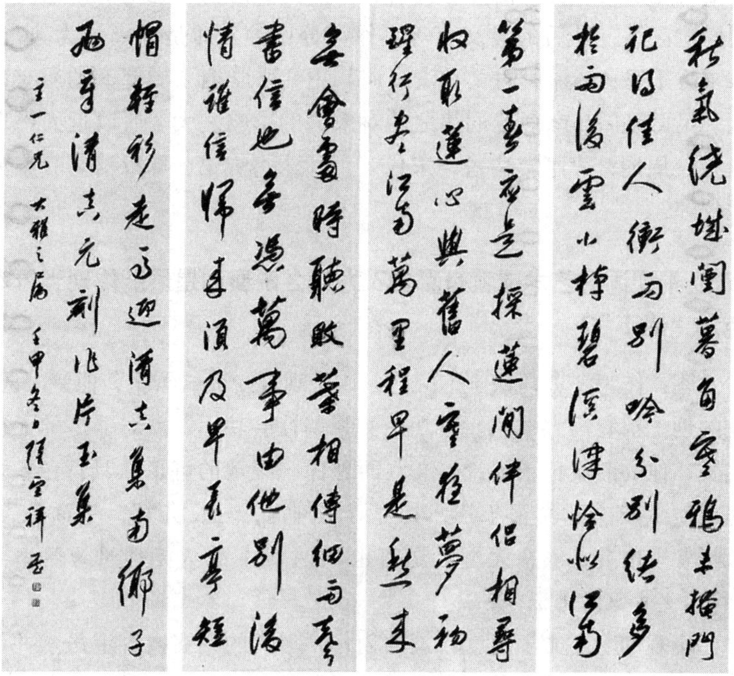

周邦彦词　张宗祥书

三、在音律上，周邦彦词更是调美，律严，字工。周邦彦不仅精通音乐，更能自度曲，他新创、自谱的乐府长短句共五十多调，都能声调谐和，上口悦耳，显现出词的韵律美。如上文提到的《瑞龙吟·章台路》全词分三叠，前两叠字数、音韵完全相同，采用“双曳头”的韵律，声腔圆美，用字高雅，较之柳永所创的俗词俗调，更符合南宋雅士的审美趣味。而且周邦彦作词，注重词调的声情与宫调的音色相协调，不仅音律和谐，更在审美意境上浑然天成，例如《少年游·并刀如水》选用商调抒写离别感伤，而《少年游》（南都石黛扫晴山）则用黄钟宫表现春光的明媚。

周邦彦作词强调音律和谐，审音用字，不仅严分平仄，连运用仄字中的上、去、入三声，也都力求做到语言字音的高低与曲调旋律的变化密切配合。他的这种用字严格精密的艺术追求对宋词的发展影响深远，其后的吴文英等人作词分四声，即是以周词为典范；宋末方千里、杨泽民的《和清真词》,更几乎学遍了周邦彦的所有词调。足可见周邦彦规范词律之功对宋词的影响之大。所以近人邵瑞彭在《周词订律序》中说，宋代“词律未造专书，即以清真一集为之仪埻”。

179. 秦观词的艺术成就有哪些？为什么说秦观是最能体现当行本色的“词手”？

答：作为“苏门四学士”之一，秦观最受苏轼器重，他诗、词、文的创作都有很大成就。秦观论文强调社会功用，反对雕琢的无用之文，他的散文长于议论，文丽而思深。秦观的诗也独具特色，张耒说他“善文章而工于诗，其言清丽刻深，三反九复，一章乃成，大抵悲愁凄婉，郁塞无聊者之言也”（《送秦观从苏杭州为学序》，《张右史文集》卷五一）。

秦观的主要文学成就在词的创作，秦观的词在内容上虽然并没有摆脱别恨离愁的藩篱，但其妙处在于情韵兼胜，即情感真挚，语言优雅，音律谐美，意境深婉，极具词体的本色，非常符合当时文人士大夫的审美趣味。在北宋词坛上，秦观被认为是最能体现当行本色的“词手”,更被后世视为正宗婉约词派的第一流词人。

具体说来，秦观词的艺术成就主要表现在以下两个方面：

一、秦观词善于塑造幽冷的意境，以含蓄的手法抒发感伤的情绪。秦观自幼性情豪隽，胸怀壮志，喜读兵书，向往驰骋边疆，建立不朽的奇功伟业。不料世事艰难，他不但少不得志，更因被卷入党争的政治旋涡，而多次被流放。所以秦观的词作大多是他

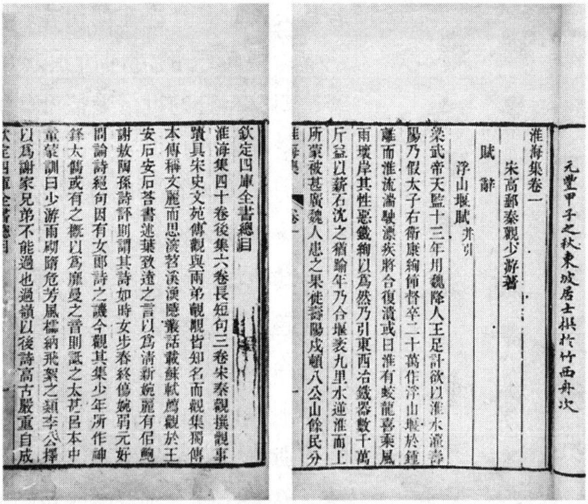
欽定四庫全書總目
淮海集四十卷後集六卷長短句三卷宋秦觀撰觀事
蹟具宋史文苑傳觀與兩弟覯覿皆知名而觀集獨傳
本傳稱文麗而思深苕溪漁隱叢話載蘇軾薦觀於王
安石安石荅書述葉致遠之言以爲清新婉麗有似鮑
謝敖陶孫詩評則謂其詩如時女步春終傷婉弱元好
問論詩絕句因有女郎詩之譏今觀其集少年所作神
鋒太儁或有之槩以爲靡曼之音則詆之太甚呂本中
童蒙訓曰少游雨砌墮危芳風櫺納飛絮之類李公擇
以爲謝家兄弟不能過也過嶺以後詩高古嚴重自成
欽定四庫全書總目

元豐甲子之秋東坡居士棋於竹西舟次
淮海集卷一
宋高郵秦觀少游著
賦　辭
浮山堰賦并引
梁武帝天監十三年用魏降人王足計欲以淮水灌壽
陽乃假太子右衛康絢節督卒二十萬作浮山堰於鍾
離而淮流湍駛潦疾將合復潰或曰淮有蛟龍喜乘風
雨壞岸其性惡鐵絢以爲然乃引東西冶鐵器數千萬
斤益以薪石沈之猶踰年乃合堰袤九里木蓮淮而上
所蒙被甚廣魏人患之果徙壽陽戍頓八公山餘民分
淮海集　卷一

《淮海集》　秦观

历尽人生的坎坷之后从心底流出的失望与苦痛，因此，词中总是浸透着伤心的泪水和无尽的穷愁。例如《江城子·西城杨柳弄春柔》所言：“韶华不为少年留，恨悠悠，几时休。飞絮落花时候一登楼。便做春江都是泪，流不尽，许多愁。”《减字木兰花·天涯旧恨》所言：“任是春风吹不展。困倚危楼。过尽飞鸿字字愁。”《千秋岁·水边沙外》所言：“日边清梦断，镜里朱颜改。春去也，飞红万点愁如海。”春江飞絮、春风飞鸿、春日飞花，这些春天美好的景致在秦观的词中都幻化成幽冷的意象，言说着他江海般深重的愁绪，难怪王国维在《人间词话》中感慨“少游词境最为凄婉”。

二、秦观词继承了苏轼所开创的以词抒写自我性灵的艺术精神，赋予传统艳情词以新的情感内涵，语言清新淡雅，词境蕴藉空灵。例如他的经典名作《鹊桥仙·纤云弄巧》：“纤云弄巧，飞星传恨，银汉迢迢暗度。金风玉露一相逢，便胜却、人间无数。柔情似水，佳期如梦，忍顾鹊桥归路。两情若是久长时，又岂在、朝朝暮暮。”词作借牛郎织女悲欢离合的故事，歌颂了坚贞诚挚的爱情，熔抒情与议论于一炉，将优美的形象与深沉的感情结合起来，道出了“两情

秦观词　梁启超行书

若是久长时，又岂在朝朝暮暮”的爱情绝唱，把传统艳情词所追求的耳鬓厮磨、朝夕相处的世俗爱情升华为一种崇高的精神境界，提高了词体的品格，被后代词人誉为有“化臭腐为神奇”（沈际飞《草堂诗余》正集卷二）的词作。

其他如《水龙吟·小楼连苑横空》以景起，以景结，寄寓着思恋的别情，饶有余韵；《阮郎归·潇湘门外水平铺》上片饯别，下片送别，于凄清孤寂的送别情境中勾勒出一位温柔多情的女性形象，抒写了人生难遇知己的悲凉心境，亦是脍炙人口的名作。《满园花·一向沉吟良久》，这一词牌不仅是秦观的首创，还以民间俚语写出，生动形象地描绘了一对恋爱中的情人互相怄气的情形，更写出了多情少女的挚爱与怨艾，清代沈谦在《填词杂说》中评价此词“铲尽浮词，直抒本色”。

秦观在词史上具有独特的地位。南宋张炎称：“秦少游词体制淡雅，气骨不衰，清丽中不断意脉，咀嚼无滓，久而知味。”（张炎《词源》卷下）总体看来，秦观的词糅合北宋诸词家之长，而又独树一帜，他用苏轼词的豪迈调和了欧阳修、晏殊词的柔媚，更兼有柳永词的浓丽，而不流于俚俗，风格清丽，和婉醇正，以情韵胜，卓然一家，加上音节铿锵，往往能在流畅的音律中，别有一股幽怨，因此雅俗共赏，典型地体现出婉约词的艺术特征。尤其是他词心的细密，句雕字琢的功夫，更影响到北宋末年周邦彦、李清照的婉丽词风。如果说周邦彦得其丽，而发展为一种精雕细琢的典雅富丽，那么李清照则得其清，朝更加本色自然的方向发展，创造了宋代婉约词的另一座高峰。

180. 为什么李清照被称为婉约派的正宗词人?

答：李清照（1084—约 1157），号易安居士，齐州章丘（今属山东省）人。她是在我国古典文学史上占有重要地位的女性，在宋末词坛上独树一帜，为颇有影响的大词家。著有《漱玉词》，词的风格以婉约为主，屹然为一大宗，人称“婉约词宗”。

李清照成长在文学气氛浓厚的士大夫家庭，不仅工书善画，通晓音律，在诗、词、散文的创作上，都造诣很高。她的一生，既享受过幸福，也饱经苦难。十八岁的时候，与吏部侍郎赵挺之的幼子赵明诚结婚，两人情投意合，婚后共同收集整理金石文物，诗词酬唱，生活舒心适意。李清照前期词作基本都是这种恬美生活与精神世界的产物，语言自然，意境深婉，既有豪迈爽朗的风景词，也有娇嗔优雅的闺情词。

然而，世事多变，李清照亲历了北宋沦亡的靖康之难，隐忍着沉重的亡国之痛，她离开战火纷飞的青州，逃到建康赵明诚的任所，以诗词明志，表达主战愿望，抒写爱国热情。然而

李清照小像　杜滋龄

时过不久，赵明诚在转官湖州的途中，病死于建康。他们所珍藏的金石书册珍品，除了被战火所焚毁，又被奸人觊觎，更以通敌的罪名进行敲诈勒索。一时间，李清照所倚之人，珍爱之物，尽被夺去，只剩下孑然一身。这些接踵而来的灾难对李清照的生活产生了重要的影响，也引起了她的心境和词境的变化。以此为转折，李清照创作了大量抒写心曲的身世词和格调凄凉的晚境词，词风由早年的清丽、明快，而变为充满了凄凉、低沉之音，抒发伤时念旧和怀乡悼亡的情感，表达自己在孤独生活中的浓重哀愁与惆怅，创造了“易安体”独特的审美意境。

总体看来，李清照以“易安体”成就“婉约词宗”,主要在于以下几方面的艺术特色：

一、李清照前期的词作总能以舒展的胸襟，感受大自然的和谐美丽，而体现出女词人的细腻情感与仁慈情怀。这一时期李清照创作了大量清新雅致的风景词，抒写她对自然景物的热爱，对禽鸟花草的眷顾。例如她的《如梦令》词：“尝记溪亭日暮，沉醉不知归路。兴尽欲回舟，误入藕花深处。争渡，争渡，惊起一滩鸥鹭。”虽惜墨如金，却写出了溪亭畅游的沉醉兴奋之情，结尾更以纯洁天真之语表达了她豪放潇洒的风姿和活泼开朗的性格，创造了一个清秀淡雅、优美怡人的艺术境界。另一首“昨夜雨疏风骤，浓睡不消残酒。试问卷帘人，却道海棠依旧。知否，知否，应是绿肥红瘦”,同样是笔墨精简，通过对宿酒醒后询问花事的描写，曲折委婉地表达了词人的惜花伤春之情，用对话的形式推动词境的发展，更将词人的心境刻画得栩栩如生，言有尽而意无穷，词意含蓄，词境隽永。所以清人黄蓼园在其《蓼园词选》中称此词“无限凄婉，却又妙在含蓄。短幅中藏无数曲折，自是圣于词者”。

二、李清照后期的词作善于选取自己日常生活中的情景来展现自我的内心世界，抒写她的嫠妇之愁和晚境之苦，创造了“易安体”独特的艺术表现方式。例如《武陵春·风住尘香花已尽》借暮春之景，写出了词人内心深处的苦闷和忧愁。词作上片极言眼前风吹雨打、落红成阵的凄凉之景，“日晚倦梳头”的生活细节精准地呈现了词人历尽世路崎岖与人生坎坷的悲苦心境；下片更以舴艋舟载不动愁的新颖艺术手法表现了词人悲愁的深重，写得新颖奇巧而又自然贴切，毫无矫揉造作之感，词境深沉哀婉，有言尽而意不尽之美，可谓“悲深婉笃，犹令人感伉俪之重”（吴衡照《莲子居词话》卷二）。

其他如《声声慢·寻寻觅觅》中的“守着窗儿，独自怎生得黑”，说天好像有意不肯黑下来而使人尤为难过，将词人独坐无聊、内心落寞、思绪纷繁的情形抒写得淋漓尽致；《永遇乐·落日熔金》中的“如今憔悴，风鬟霜鬓，怕见夜间出去。不如向、帘儿底下，听人笑语”，细腻的内心描写呈现了词人矛盾的心境，昔日的繁华欢乐早已成为不可追寻的幻梦，如今面对现实的繁华热闹，也只能于隔帘笑语声中聊温旧梦，把日常生活化俗为雅，含蓄委婉地表达了词人无限的孤寂悲凉，表现出极强的艺术感染力，以至于南宋著名词人刘辰翁每诵此词必“为之涕下”。

三、李清照词作的语言清新素雅，表现出一种淡雅清疏的审美意境，即使是日常生活中的口语，经过她的提炼熔铸，也能别开生面，另具风韵。最经典的代表是《声声慢·寻寻觅觅》，词作通过描写清冷残秋的所见、所闻、所感，抒发词人因国破家亡、天涯沦落而产生的孤寂落寞、悲凉愁苦的心绪。开头连用了十四个叠字，从动作、环境到心理感受，多层次地表现出一位寡居老人孤独寂寞的忧郁情绪与茫然寻觅的悲凉心态，一气贯注，如泣如诉，感人至深。下片“梧桐更兼细雨，到黄昏，点点滴滴”，后面再次使用四个叠字，正所谓无边丝雨细如愁，反复吟唱，形象地抒写了作者孤寂凄楚的心情，动荡不安的心境。全词一字一泪，风格深沉凝重、哀婉凄苦，极富艺术感染力。其他如《醉花阴》中的“人比黄花瘦”、《蝶恋花》中的“柳眼梅腮”、《念奴娇》中的“宠柳娇花”等语，可以说都是“人工天巧，可称绝唱”（王士祯《花草蒙拾》）的经典之笔。

181. 南宋为了抗金救国而呼号的词人都有谁？他们的作品有哪些？

答：公元12世纪上半叶，处于中国封建社会鼎盛时期的宋朝，发生了历史性的巨变，1127年金兵大举南侵，造成了靖康之耻，北宋灭亡。金人的铁蹄不仅踏足中原，更毁掉了文人知识分子“白衣卿相”的优容生活。民族的屈辱、山河的残破和民众的苦难，促使他们为救亡图存而呐喊呼号，他们继承了苏轼的词风，贴近社会现实生活，表现战乱时代民族的忧患、社会的苦难和理想失落的压抑与苦闷，由此诞生了一批为抗金救国而呼号的南渡词人，这批词人以朱敦儒、张元幹、叶梦得等人为代表，他们的词作不仅扩展了词体抒情言志的功能，更加强了词的时代感和现实感。

一、朱敦儒（1081—1159）字希真，号岩壑，洛阳（今属河南省洛阳市）人。朱敦儒少有词名，与陈与义、富直柔等并称为“洛中八俊”，朝廷屡征不起。靖康之难后，南奔岭外避难，成为了漂泊的难民。他用自己的词作清晰地记录了漂泊的行程与流离的感受，从一个侧面表现出战乱时代民族的悲剧和社会的苦难。如《水龙吟·放船千里凌波去》中的“北客翩然，壮心偏感，年华将暮”，《卜算子·旅雁向南飞》中的“饥渴辛勤两翅垂，独下寒汀立”，《鹧鸪天·唱得梨园绝代声》中的“秦嶂雁，越溪砧，西风北客两飘零”等词句，都抒发这种漂泊流离的寂寞与家国兴亡的悲慨。

绍兴三年（1133）朝廷再度征召，以同乡席益、陈与义等人的力荐，朱敦儒从岭南赴临安任职。但宋高宗和秦桧等权奸屈膝求和、不思抗战，让一心救亡的朱敦儒“有奇才，无用处”，创作了一系列悲壮慷慨的呼号之作，在《苏武慢·枕海山横》中，他高歌“扫平狂虏，整顿乾坤都了”，在《水龙吟·放船千里凌波去》中，他感慨“奇谋报国，可怜无用，尘昏白羽”。这些词作将人生感受的抒写与社会现实的揭露相结合，进一步发挥了词体抒情言志的功能，对南宋其他词人如辛弃疾、蒋捷等都产生了较大影响。

二、张元幹（1091—约1161）字仲宗，号芦川居士，福州永福

（今福建省永泰县）人。张元幹早年问道于陈瓘，以文章学问驰名于政、宣年间。南渡之前，跟朱敦儒一样过着疏狂放荡的生活，词作多模拟“花间”一派，词风绮艳轻狭。靖康之难中，他投笔从戎，曾协助李纲指挥汴京保卫战。目睹民族的灾难，他扼腕痛愤，词风也自觉转向东坡一路，以感慨国家兴亡，抒发壮志难酬的愤懑为主，风格也变得慷慨悲凉，豪迈奔放，充满勃郁不平之气。

其词作既有记录中原沦陷的惨状，抒发慷慨悲壮的忧国忧民情感之作，例如《贺新郎·送胡邦衡谪新州》“怅秋风、连营画角，故宫离黍。底事昆仑倾砥柱，九地黄流乱注”,表达了对中原动荡的悲愤；也有立志收复故国，抒发重振山河的壮志豪情之作，例如其《贺新郎·寄李伯纪丞相》中“愁生故国，气吞骄虏”“要斩楼兰三尺剑”等词句，都写得慷慨悲凉、愤激，其忠义之气，溢于言表。

此外，张元幹也有对朝廷屈膝求和、苟且偷安的行径表达出强烈不满的词作，如《贺新郎·送胡邦衡谪新州》“天意从来高难问，况人情老易悲难诉”之句，表达了词人因朝廷不思抗金，而四顾茫然的悲凉之感。这些词作上承苏轼豪放风格，下开张孝祥、辛弃疾、陆游等爱国词先河，在宋词的发展过程中体现出重要价值。

三、叶梦得（1077—1148）字少蕴，因其家有石林园，故又号石林居士，苏州吴县（今江苏省苏州市）人。叶梦得为晁补之外甥，又尝从晁补之、张耒诸人学，在诗文创作与评论方面均有较大成就，也擅长作词。叶梦得早年词风婉丽，有五代温、李之风，南渡以后经战火的洗礼，他也高唱起激昂的战歌，能于简淡中时出雄杰，风格近于苏轼词。他的《八声甘州·寿阳楼八公山作》抒发了对时局的感慨，表达了他深沉的爱国情怀，“坐看骄兵南渡，沸浪骇奔鲸。转盼东流水，一顾功成”的词句通过对淝水之战的回想，营造出深沉、苍凉的历史纵深感；《水调歌头·九月望日与客习射西园余偶病不能射》通过对骑射演习的战士“叠鼓闹清晓，飞骑引雕弓”的英姿的热情赞美，抒发了词人老当益壮的战斗豪情。其他作品如《贺新郎·睡起流莺语》以临江望远，抒发无限离怀，笔复空灵；《念奴娇·洞庭波冷》写中秋望月，《水调歌头·霜降碧天静》写练习骑射，也都表现出他清逸俊爽的词风。

这些为抗金救国而呼号的南渡词人，在民族生死存亡之秋，抒发了家国之感和身世之悲，扩展了词体抒情言志的功能，代表了时代的最强音。

182. 宋末词坛有哪些代表词人？他们的艺术风格有何特点？

答：南宋末年，词坛的主流风格并不突出，可以说，宋末词坛是词史高峰状态的结束期。这一时期，词坛的艺术风格渐趋多样化，从创作倾向上看，堪为代表的可以分为三个流派：一是辛派后进，以刘克庄、刘辰翁等人为代表，他们以稼轩词为宗，崇尚抒情言志的淋漓词风，政治批判的锋芒更显尖锐；二是导源于白石派的词人，以张炎、王沂孙等人为代表；三是清真派的追随者，以吴文英、张炎等人为代表。后两派都追求典雅的审美品格，注重音律，炼字琢句，以咏物为主，托物寄怀，被视为宋末的典雅词派。

一、继承稼轩遗风的刘辰翁。刘辰翁（1232—1297）字会孟，号须溪，庐陵（今江西省吉安市）人。曾入文天祥江西幕府，参与抗元。入元以后，托身方外，隐居著述，以终其身。刘辰翁的词多涉时事，寄托遥深，吸取了杜甫以韵语纪时事的现实主义创作精神，用词作记录了亡国的血泪史，在辛弃疾一派的后继者中成就较高。

其《六州歌头·向来人道》创作于宋恭帝德祐元年乙亥二月（1275）,时值贾似道鲁港之败后半月，词的上片揭露了贾似道鲁港兵败前的飞扬跋扈的种种丑态，下片批判了元军兵围襄鄂，形势危急之时，贾似道却沉湎声色、醉生梦死的误国行径，讽刺了鲁港兵败中，贾似道仓皇遁逃的丑陋嘴脸。刘辰翁以词作强烈谴责贾似道全军覆没的罪行，及其专权误国的种种罪恶，笔锋犀利，更闪烁着现实主义的光辉，可谓以纪事为词，以史为词的经典佳作。诚如况周颐所言："须溪词风格遒上似稼轩，情辞跌宕似遗山。有时意笔俱化，纯任天倪，意态略似坡公。往往独到之处，能以中锋达意，以中声赴节。"（《蕙风词话》卷二）刘辰翁以"诗史"般的创作精神记录时代的巨变，在宋末遗民词人群中可谓自树一帜。

二、词风密丽的吴文英。吴文英（约1207—约1269）字君特，号梦窗，晚年又号觉翁，四明鄞县（今浙江省宁波市）人。他一生未第，游幕终生，是一位颇为独特的江湖游士。吴文英一生的心力都倾注在词的创作上，他作词学习周邦彦，讲求格律形式，喜欢雕琢字句。沈义父《乐府指迷》中保存了吴文英的“论词四标准”：“音律欲其协，不协则成长短之诗；下字欲其雅，不雅则近乎缠令之体；用字不可太露，露则直突而无深长之味；发意不可太高，高则狂怪而失柔婉之意。”①吴文英擅长作词，并能配曲，现存词作近四百首，与其所追求的词境审美相融通，表现出一种超逸沉博、浓艳密丽的风格特色。

《风入松·听风听雨过清明》是吴文英的经典代表作：“听风听雨过清明，愁草瘗花铭。楼前绿暗分携路，一丝柳、一寸柔情。料峭春寒中酒，交加晓梦啼莺。西园日日扫林亭，依旧赏新晴。黄蜂频扑秋千索，有当时、纤手香凝。惆怅双鸳不到，幽阶一夜苔生。”这是一首伤春之作，词的上片情景交融，愁风雨，惜年华，伤离别，勾勒出内心细腻的情愫，意象精练，感人至深；下片触景生情、睹物思人，用侧面烘托的手法，勾勒出佳人的美好形象，寄托自己暮春怀人之情，抒发缠绵缱绻的情怀。词作用笔幽邃，质朴淡雅，委婉细腻，情真意切。无怪乎周济称梦窗词为“返南宋之清泚，为北宋之秾挚”（《宋四家词选目录序论》）。

三、清疏词风的代表张炎。张炎（1248—约1321）字叔夏，号玉田，又号乐笑翁，临安（今浙江杭州）人。张炎前半生在贵族家庭中度过，世代通音律、善词章，是南宋抗金名将张浚之后。宋亡时，故园被毁，赀财丧尽，晚年漂泊于吴越之间，穷困潦倒而终。张炎著有《山中白云词》，存词约三百首，及论词著作《词源》。他早年词作注重格律、形式与技巧，多宴游赏乐之作，反映贵公子的悠游生活，词采华艳。宋亡后，经历国破家亡的伤痛，词风转为凄婉悲凉。

① 郭绍虞．词源注，乐府指迷笺释［M］．北京：人民文学出版社，1981：43.

张炎倾慕周邦彦、姜夔而贬抑吴文英，作词主张“清空”“骚雅”，常以清空之笔，写沦落之悲。仇远认为他的词“意度超玄，律吕协洽，不特可写音檀口，亦可被歌管荐清庙。方之古人，当与白石老仙相鼓吹”(《山中白云词序》)。因此，与姜夔并称为“姜张”。

张炎词意趣高远、雅正合律。凄凉哀怨的《高阳台·西湖春感》,借咏西湖抒发国破家亡的哀愁，人称“张春水”。词情凄楚的《解连环·孤雁》,写尽孤雁的飘零与凄凉，更为他赢得“张孤雁”的雅号，“楚江空晚。怅离群万里，怳然惊散。自顾影、欲下寒塘，正沙净草枯，水平天远。写不成书，只寄得、相思一点。料因循误了，残毡拥雪，故人心眼。谁怜旅愁荏苒。谩长门夜悄，锦筝弹怨。想伴侣、犹宿芦花，也曾念春前，去程应转。暮雨相呼，怕蓦地、玉关重见。未羞他、双燕归来，画帘半卷”,词作借写孤雁失群、孤独凄凉的情景，抒发了自己羁旅漂泊的愁思，暗喻着家国沦亡的哀痛，喻意贴切深刻，描绘生动曲折，情调凄楚低沉。其他词作如《高阳台·接叶巢莺》《八声甘州·记玉关》《月下笛·万里孤云》等，也都表现了词人身世盛衰之感和家国覆亡之痛，情调幽怨哀伤。

183. 宋代市民文学得以发展兴盛的原因是什么？

答：自北宋以来，中国文学史上出现了一种崭新的气象，戏弄、说话等通俗文艺迅速发展，并逐渐形成了以话本、小说、诸宫调、杂剧、戏文等文学样式为代表的通俗叙事文学。这种新的通俗叙事文学深受社会下层民众的喜爱与欣赏，甚至成为封建统治阶级世俗文化娱乐的重要内容，更成就了宋代不同于文人文学的另外一支文学奇葩——市民文学。市民文学是适应城市居民的需要而产生的一种文学类型，其内容大多描写市井社会的现实生活，讲述市井大众的悲欢离合，反映了市民阶层的思想和愿望。市民文学在宋代的繁荣改变了中国古代文学长于抒情而短于叙事的文艺传统，扭转了文学史重视正统文学而轻视通俗文学的局面，为后来的元明清小说和戏曲的发展奠定了基础。

总体来看，市民文学在宋代得以发展兴盛主要得益于以下几方面原因：

一、市民阶层的诞生孕育了市民文艺的欣赏主体。

城市是市民阶层产生的摇篮，唐代以前中国的封建城市建制是一种坊市制的封闭性构造，“坊”是城市居民居住的地方，“市”是贸易买卖的固定场所，坊门和市门的启闭有着严格的时间限制。宋代的城市建制得到全面改观，不仅打破了封闭性的坊市制结构，更出现了“夜市”，“一街辐辏，遂倾两市，昼夜喧呼，灯火不绝，京中诸坊莫与之比”（宋敏求《长安志》）。坊市合一与夜市的发展推动了宋代商品经济的繁荣，加速了城市化的演进，更孕育了城市生活的主体——市民阶层，宋代孟元老在其《东京梦华录》里曾感慨宋代城市人口之众：“人烟浩穰，添十数万众不加多，减之不觉少。”

城市商业的繁荣，使得庞大而复杂的市民群体在宋代发展成为一个空前壮大的阶层。随着生活的不断富足，他们对文化的需要也随之产生，从而为市民文艺的诞生孕育了欣赏主体。诚如胡士莹在谈及“说话”艺术在宋代的发展繁荣时所讲：“两宋城市的繁荣，工商业的兴盛，市民阶层的壮大，为‘说话’等艺术提供了发展基础……广大市民的爱好是‘说话’发展的基本原因，而统治阶级的喜爱和提倡也起到了推波助澜的作用，使两宋说话业的兴隆达到了高潮。”①

二、城市文化的繁荣推动了市民文学的兴盛。

商品经济的浪潮推动着世俗享乐的发展。在文艺需求和娱乐需求的促动下，日益壮大的市民阶层群体，在都市中空阔的场地自发性地聚集了多种多样的民间技艺和娱乐活动的商业据点，形成了“勾栏”“瓦肆”这样繁荣的市民阶层的文化消费市场，形成了宋代繁花似锦的城市文化景观。周密在其《武林旧事》卷六“诸色技艺人”中列有勾栏瓦肆中各种技艺表演的诸色艺人：演史、说经、诨经、小唱、鼓板、杂剧、弹唱、诸宫调、舞绾百戏、踢弄、傀

① 胡士莹．话本小说概论［M］．北京：中华书局，1980：43.

偏……可谓包罗万象，应有尽有，足见宋代城市文化的繁荣。

这其中有一种最引人入胜的表演——说话。“说话”滥觞于唐代，这种讲唱技艺在宋代融入了商品经济的浪潮，成为一种深受民众喜爱，反映市民阶层日常生活和心态思想的京瓦技艺。“说话”不仅技艺种类繁多，说话艺人精彩的表演更能令人如痴如醉，《东坡志林》卷六记载：“涂巷中小儿薄劣，为其家所厌苦，辄与钱令聚坐听古话。至说三国事，闻玄德败，颦蹙有出涕者；闻曹操败，即喜唱快。”说话技艺竟能让里巷小儿神魂颠倒，足见其感染力之强大。而这些说话人讲唱的底本“话本”就是最初通俗小说的雏形。可以说，宋代城市文化的繁荣为市民文学的兴盛孕育着丰厚的土壤。

三、文艺审美的通俗化发展为市民文艺的发展积淀了历史力量。

市民文学在宋代的兴盛也是中国古代审美文化走向通俗化的必然结果。通过对文学史的考察，我们可以发现，俗文学一直在中国古典文学的发展浪潮中暗流涌动。到了唐代后期，不断积淀历史力量的这股暗流已渐渐浮出水面，变文的出现、传奇小说的繁荣、民间俗曲的流行，可以称得上是我国古代市民文学的先声。

变文是民间曲艺“转变”所用的底本，“转变”来源于佛教的“俗讲”。为了适应日益增长的市井民众的审美需要，唐代俗讲由讲佛经故事发展为讲世俗故事，讲唱者也不再仅限于僧侣，更产生了一批以“转变”为职业的民间艺人，他们以说唱相间的表演形式铺衍生动的故事情节，成为市民文学的先声之一。宋代说话中的说经即是讲说佛经故事，与唐代变文一脉相承。

曲子词也是唐代较为流行的一种通俗文艺。唐代的曲子词主要见于敦煌遗书的唐人写卷。唐代的通俗曲词作品丰富，反映了市井社会各个阶层的生活理想：军事题材的作品往往记录着边地人民的生活，表达了他们对安宁生活的渴望；妇女题材的作品记录着封建社会女性的悲欢离合，寄托着她们对美好生活的向往；商人题材的作品记录着经商生活的喜怒哀乐，更呈示出市民阶层的经商理念。这些生动的故事深受市井民众的喜爱，并逐渐发展成了一种独具特色的市井文艺，为宋代市民文学的成熟积淀着历史力量。

184. 什么是话本小说？宋代话本小说如何彰显了市民审美的文化理念？

答：话本小说是中国古典小说的一种，流行于宋元时期。宋代，随着商品经济的发展，城市人口的剧增，通俗的民间文学也获得了空前的发展，话本小说就是宋代民间文学的典型代表。

话本小说是“说话”艺术的文学底本。“说话”是活跃在宋代市民文化的活动中心“勾栏”“瓦肆”当中的一种民间说唱艺术。据宋耐得翁《都城纪胜·瓦舍众伎》记载，“说话”有四家，分别是小说、说经、讲史、合声（生）。小说，以浅近的文言讲述烟粉、灵怪、传奇、公案等故事；说经，即讲说佛经故事；讲史往往用通行的白话来讲说历代兴废争战之事；合声则以歌唱诗词为主，内容故事性较少。在这四家中，小说、讲史最为重要，最能代表宋代市民文艺的审美特征，对后代文学的影响也最大。我们今天所说的“话本小说”实际上主要指宋代的小说与讲史这两种。

随着民间说话艺术的日益繁盛，在勾栏瓦肆中流传的故事越来越多，话本逐渐被整理刊印出来。在不断被加工拟作的过程中，话本小说形成了一种保留有“说话”特色的书面文学。宋代的话本小说主要保存在《京本通俗小说》《清平山堂话本》以及“三言”之中，基本都以短篇故事的形式被保留下来，其中爱情和公案题材的作品最多。这些小说作品往往发源于市民阶层的现实生活，人物形象鲜明，个性色彩浓厚，彰显出市民审美的文化理念。

具体说来，宋代的话本小说对市民审美理念的张扬，主要从以下两方面展开：

一、宋元话本小说有着独特的艺术体制，彰显着市民审美的独特风貌。说话艺术是因适应市民阶层的审美能力、审美趣味而诞生的一种风格独特的艺术样式，话本小说在体制上保留了说话艺术的基本结构。胡士莹在其《话本小说概论》中将话本小说的基本结构概括为六个部分：题目，篇首，入话，头回，正话，篇尾。“题目”是故事的基本主题；“篇首”主要指故事开头的诗或词；“入话”是在诗词之后为引入正话所做的一些解释；“头回”是在入话之后，故事正式开始之前所插入的一段小故事；“正话”即话本小说要讲述的主要故事；“篇尾”则主要指故事煞尾的诗词。这其中，“篇首”“入话”和“头回”是最独特的艺术形式，被统称为话本小说的“入话开篇”。

这些入话开篇的部分或者与正话一脉而下，属于正话故事的一部分；或者与正话在情节上相似，在主题上相关，起到一个开场的作用；或者与正话故事的主旨截然相反，起到对照衬托的作用；或者与正话的情节看似无关，实则象征暗喻，相映成趣。入话开篇本来是“说话”艺人在开场时为了盈利而用来招徕观众而设置的部分，说话艺人的底本经过加工整理、付梓印行之后，这种最能体现市民阶层审美趣味的体制特征也被保留下来，并继续发挥着彰显市民审美重视商业性、消费性和娱乐性的独特面貌。

二、话本小说的题材内容往往体现着市民阶层的生活和观念，其故事主人公具有类型化的特点。宋代罗烨在《醉翁谈录·小说开辟》中曾言及话本小说的主题类型：“有灵怪、烟粉，传奇、公案，兼朴刀、杆棒、妖术、神仙。”这些题材就主旨而言，往往都集中在了爱情或公案的主题。所谓“灵怪”“烟粉”，多讲述男女之间“窃玉偷香”的风月故事，体现了新兴市民阶层挑战传统礼法、追求自由爱情的新观念；“奇传”“公案”则往往反映了宋代官府昏庸、吏治腐败的社会现实，具有明显的批判作用，代表了民众渴望政治清明的社会理想；其他如“朴刀”“杆棒”多讲述武侠故事，“妖术”“神仙”多讲述神仙鬼怪的故事，但也都以爱情或公案串起主要情节，同样彰显着市民阶层玩味世俗人情、张扬个性自由、祈盼政治清明的生活愿望。

这些体现市民阶层生活理想与审美观念的故事情节，在其展开的过程中成功地塑造了一系列个性鲜明而又类型化极强的人物形象。以爱情题材为例，我们可以看到，话本小说塑造了一系列极富魅力的女性形象：“教坊名姬”杜十娘为了殉葬真爱而投江自尽，向不平等的封建礼教做了最后的抗争；沈小霞虽然外表柔弱，却在危难之时果敢镇定，能够凭借才智拯救家人性命；“团头”之女金玉奴敢于正视自己失败的婚姻，棒打薄情郎，展示了身处封建社会底层的女性们敢于反抗和复仇的勇气与魄力；嵋山才女苏小妹天资禀赋，不仅性格刚强，更敢于蔑视“女子无才便是德”的传统观念，其自强、自主的人格精神令人钦佩。这些女性形象都敢于同封建专制做斗争，勇于追求自己的幸福生活，可谓“春浓花艳佳人胆”（罗烨《醉翁谈录》），她们既具有独特的个性风采，又以类型化的人格面貌呈示着市民文化中新的思想因素和审美情趣。

185. 如何理解宋代话本小说《错斩崔宁》的市民文学特色？

答：《错斩崔宁》是一部经典的公案题材话本小说，收入《京本通俗小说》，“三言”之一《醒世恒言》中也有载录，题名为《十五贯戏言成巧祸》。故事讲刘贵从丈人处借来十五贯钱，回家后向妾陈二姐谎称钱为卖妾所得，陈二姐误信戏言，因害怕被休，便连夜逃回娘家，途中巧遇背着十五贯钱的崔宁，二人结伴同行。不料当夜家中遇贼，钱被盗走，刘贵被杀。案发后，涉嫌杀人在逃的陈二姐，与刚刚结识正相伴同行的崔宁一起，被捉拿归案。因崔宁身上正好有十五贯钱，于是官府认定两人为案犯，不听二人的申辩，屈打成招，并处以斩刑，造成冤案。其后刘贵的大娘子被山贼掳到山上为妻，偶然听山贼讲到偷十五贯钱并杀死刘贵的事，于是便去官府告发。山贼被斩，陈、崔二人冤案得以昭雪。

故事描写生动，叙事周详，语言通俗，人物形象鲜明突出，不仅在叙事风格上表现出明显的口语化、市井化特点，更在主旨上讽刺了官府的糊涂无能，揭露了封建吏治的黑暗腐败与滥杀无辜，表达了市民阶层的生活态度。作为市民文学的经典代表作，这篇小说流传很广，不仅在明代被冯梦龙编入《醒世恒言》，清代也有人据此改编成传奇作品《十五贯》。

从整体上看，话本小说《错斩崔宁》从以下几个方面精彩地呈现了市民文学的审美特色：

一、入话开篇的结构模式。“入话”是小说话本的开端部分，入话的设置是说话艺人为了稳定听众、招徕顾客的一种巧妙安排，也有引导听众领会“话意”的动机，相当于“起兴”的部分。这种结构模式充分地彰显出市民文艺重视商业性、娱乐性和消费性的文化特征。《错斩崔宁》作为市民文学的代表，其入话开篇的结构模式非常典型。作品以一首诗开篇：“聪明伶俐自天生，懵懂痴呆未必真。嫉妒每因眉睫浅，戈矛时起笑谈深。九曲黄河心较险，十重铁甲面堪憎。时因酒色亡家国，几见诗书误好人！”诗歌谈天说地，只为讲明笑谈误人，巧妙地点出了故事的题旨，正所谓“且先引下一个故事来，权做个得胜头回”。这样的篇首诗词在点明题旨的同时，往往能够抓住观众和读者的兴趣，精彩地呈现了市民文学的独特结构。

二、韵散相间的叙述方式。话本小说来源于说话艺人的讲唱“底本”，宋代的说话艺人很多都是科场失利的读书人，如许贡士、张解元、刘进士、戴书生等，他们或许因为对这种技艺有爱好，而逐渐成为专业的说话人。可以说，这些下层文人出身的说话人本身就具备博通古今、才华横溢的一面，他们在“说话”的时候为了更好地吸引向往高雅文化的市民阶层，巧妙地把自身的特点融入话本之中，适时穿插诗、词等韵文形式，“白得词，念得诗，说得话，使得砌”（罗烨《醉翁谈录·小说开辟》），形成了话本小说诗文结合、韵散相间的叙述形式，而创造了一种融叙述、议论、戏谑三位一体的独特艺术效果，呈示出市民文学雅俗共赏的审美情趣。

《错斩崔宁》中韵文的运用就非常典型，不仅在“入话”使用了开篇诗，更在行文中适时穿插韵文，以增强作品的艺术性，例如在讲到陈二姐误信休妻戏言时，讲道：“过了一宵，小娘子作别去了，不题。正是：鳌鱼脱却金钩去，摆尾摇头再不回。”以韵文的形式作了小结，也暗示了无法回首的故事结局。再如讲到崔、陈二人屈打成招时，讲道：“两人浑身是口，也难分说。正是：哑子谩尝黄蘗味，难将苦口对人言。”两句俗语的使用渲染了故事情节的紧张气氛。这类穿插于故事情节展开过程中的诗词，在小说中比比皆是，不仅巧妙地增强故事的谐趣性，更恰切地起承转合，发挥着衔接照应、烘托气氛、渲染情势的叙事作用，使得故事情节更加丰满，结构更加缜密。

三、善恶终报的主题倾向。依照士、农、工、商的传统观念，以小手工业者和小商人为主要成分而形成的市民阶层，可以说是在一个十分艰辛的境遇中成长起来的。作为社会底层的人，他们渴望政治清明、社会太平，这种生活理想浸润在市民文艺之中，形成了话本小说在主题倾向上表现出劝善惩恶的价值观，和善恶果报的因果观，这种惩恶扬善的故事情节实现了他们对现实社会的黑暗与不平的理想性征服。因此，话本小说在人物命运的安排上往往归结到"善恶终报"的结局，并在情节展开的过程中不断以评论的方式宣扬这类理念。

这种审美理想在公案小说中体现得尤为明显。在《错斩崔宁》中，就有一段精彩的议论："这般冤枉，仔细可以推详出来。谁想问官糊涂，只图了事，不想捶楚之下，何求不得？……所以，做官的切不可率意断狱，任情用刑，也要求个公平明允。道不得个死者不可复生，断者不可复续，可胜叹哉！"这一番感慨，明确地道出了市井民众对冤案的不满，对官府的批判。在小说的结尾，也采用了韵文形式评述事理，抒发感慨："善恶无分总丧躯，只因戏语酿殃危。劝君出话须诚信，口舌从来是祸基。"这四句诗歌不仅点明故事的寓意，令人深思回味，更鲜明地表达了市民阶层渴望"善恶终报"的思想观念。

186. 宋诗"理趣"的审美意蕴表现在哪些方面？

答：近代学者缪钺在《论宋诗》中曾谈及宋诗与唐诗在审美风格上的差别，讲道："唐诗以韵胜，故浑雅，而贵蕴藉空灵；宋诗以意胜，故精能，而贵深折透辟。唐诗之美在情辞，故丰腴；宋诗之美在气骨，故瘦劲。"①

可以说，"理趣"的确是宋诗独树一帜的美学品格。总体看来，宋诗虽然在情感内蕴上不如唐诗那样热烈、张扬，在艺术风姿上不

① 缪钺．冰茧庵古典文学论集：第二卷［M］．石家庄：河北教育出版社，2004.

如唐诗那样丰美、艳丽，但宋诗往往让情感内蕴经过理性的沉淀，而显得更加温和、更加内敛，让艺术外貌经过理性的构思而显得更加平淡、更加瘦劲。所以，宋诗作为宋人对生活哲思的文学表达，而表现出富于思理的长处。让哲理思索从富有诗意的形成中自然流出，形成“理”之“趣”,赋予“诗情”以“理趣”,这也是宋诗成就了中国古典诗歌不同于唐诗的另一种美学范式的魅力所在，正所谓“唐宋皆伟人，各成一代诗”（蒋士铨《忠雅堂诗集》卷十三）。

具体说来，宋诗富于“理趣”的审美意蕴主要表现在以下两个方面：

一、托物寓理，通过对日常生活情景或自然景物的描写，探索洞穿世事人生的哲理，于日常书写中阐发有益于社会人生的哲理性思索，使人领悟诗中妙境。苏轼的《题西林壁》堪称“托物寓理”的经典之作，这首诗是苏轼贬赴汝州任团练副使的途中，与友人同游庐山而写下的一首游记诗。瑰丽的山水触发了诗人的逸兴壮思，诗作描写了庐山丘壑纵横、峰峦起伏、移步换形、千姿万态的自然美景。由此，诗人借景说理，游人在庐山中所处的位置不同，看到的景色也就各不相同，正契合了“当局者迷，旁观者清”的生活哲理，正是因为人们所处的地位不同，看问题的出发点也就不同，因此对客观事物的认识总会有一定的片面性，所以要全面地认识事物的真相，必须超越狭小的范围，摆脱主观的成见。一首简单的小诗，借助庐山的形象，深入浅出地表达了深刻的人生哲理，亲切自然，而又耐人寻味。

此外，如王安石的《登飞来峰》借登飞来峰看日出抒发胸臆，诗歌后两句“不畏浮云遮望眼，只缘身在最高层”亦蕴含着深刻的哲理：正所谓“站得高才能望得远”,人只有不为眼前利益所局限，放眼大局，运筹帷幄，才能取得更大的成就。再如梅尧臣的《对花有感》:“新花朝竞妍，故花色憔悴。明日花更开，新花何以异。”诗歌揭示出了个体生命的有限性与类生命无限延续的悖论，以清丽之笔思索着人生的哲理与宇宙的奥秘。陆游的《游山西村》“山重水复疑无路，柳暗花明又一村”,叶绍翁的《游园不值》“春色满园关不住，一枝红杏出墙来”等，也都将深邃的思理融解在了诗的动人形象之中，使人浑然不觉而又回味无穷。

二、抒写禅趣，以诗为偈，通过简单朴素的语句，表达禅心禅境，意在言外，发人深思。苏轼的《琴诗》就是一首极富禅趣的诗作：“若言琴上有琴声，放在匣中何不鸣？若言声在指头上，何不于君指上听？”诗歌以提问的方式讲述了一个弹琴的道理：美妙的乐声是琴与琴师互相依存的结果，如果只有好的琴，而没有琴师，美好的音乐就无从弹起，而琴师也要有娴熟的技巧，才能弹奏出悦耳的旋律。诗歌通过对琴声来源的追问，引导人们思索着一个深刻的道理：任何美的事物，都需要主观条件与客观条件的有机结合。

这首诗最精彩的地方就在于富有理性而又蕴含禅机。佛教认为诸色皆空，音乐的真实即虚无，所以“谐无声之乐，以自得为和”，强调通过内心的感受而实现自得，妙悟禅道。《楞严经》曾对什么是“浊”有一段阐发，认为“浊”是尘土和清水发生了作用而形成的，“譬如琴瑟、箜篌、琵琶，虽有妙音，若无妙指，终不能发”。这段阐述可以说与苏轼的《琴诗》如出一辙。由此，我们可以反观苏轼的《琴诗》，诗歌看似朴拙，实则内藏巧智，诚如钱锺书所讲：“理在诗中，如水中盐，蜜中花，体匿性存，无痕有味，现相无相，立说无说。所谓冥合圆显者也。”①朴实的语言写出的是充满禅趣的偈语，可谓蕴藉无穷。

再如《饮湖上初晴后雨》其二：“水光潋滟晴方好，山色空蒙雨亦奇。欲把西湖比西子，淡妆浓抹总相宜。”这也是一首充满空灵之美的禅趣诗。诗歌的前两句写出了西湖的水光山色，晴姿雨态；后两句遗貌取神，用一个空灵而又贴切的妙喻，传达出了湖山的神韵。诗歌看似没有抒情主体，但在字里行间却把作者的诗情表露无遗，仿佛心境与物境缘起缘灭，大有“入禅”之趣。

宋代儒释道三教合一的社会思潮，是宋代诗歌充满禅趣的主要

---

① 钱锺书. 谈艺录［M］. 北京：中华书局，1984：231.

原因。北宋建国以后，对佛教采取了保护、鼓励的措施，在晚唐五代曾受到打击的佛教宗派重又兴盛起来，特别是禅宗与净土宗在宋代大为流行。禅宗在其发展过程中，为了适应中国的传统伦理观念，主动吸收、借鉴儒道两家的思想，使得禅宗广为宋代文人士大夫所接受。也正因此，注重内在心性修养的禅宗塑造了宋代文人更加冷静、追求平淡的生命境界。这种日臻成熟的淡雅之境被宋代文人抒写在诗歌之中，成就了宋诗充满禅趣的审美品格。

187. 如何理解陆游所讲的“汝果欲学诗，工夫在诗外”？

答：陆游的诗歌继承并发扬了中国古典诗歌的现实主义传统，在艺术上学习前人，又有自己的创见和发展。他从自己的创作实践中总结经验，提出了“汝果欲学诗，工夫在诗外”的理论主张。这一创作心得，出自《示子遹》:“我初学诗日，但欲工藻绘。中年始少悟，渐若窥宏大。怪奇亦间出，如石漱湍濑。数仞李杜墙，常恨欠领会。元白才倚门，温李真自郐。正令笔扛鼎，亦未造三昧。诗为六艺一，岂用资狡狯？汝果欲学诗，工夫在诗外。”可以看出，经过长期的创作实践，陆游认识到写诗不能只追求辞藻的华美，还必须注重“诗外”之工。

结合陆游的诗歌创作和其他理论主张，我们可以看出，他所追求的“诗外工夫”,主要包括三方面内涵：

一、强调诗歌真实地反映时代生活。陆游在《冬夜读书示子聿》中曾说：“纸上得来终觉浅，绝知此事要躬行。”可见，陆游十分重视诗歌是否表现了丰富而深厚的现实内容，是否真实地传达了时代精神。生活在南宋民族矛盾尖锐的时代，陆游的创作都与国家命运紧密相连，来自他抗金征战的现实生活，而表现出鲜明的抗金复国的爱国精神。

陆游在六十八岁时创作的《九月一日夜读诗稿有感走笔作歌》，也明确地表达了这种思想：“我昔学诗未有得，残余未免从人乞。力孱气馁心自知，妄取虚名有惭色。四十从戎驻南郑，酣宴军中夜连日。打球筑场一千步，阅马列厩三万匹。华灯纵博声满楼，宝钗艳舞光照席。琵琶弦急冰雹乱，羯鼓手匀风雨疾。诗家三昧忽见前，屈贾在眼元历历。天机云锦用在我，剪裁妙处非刀尺。世间才杰固不乏，秋毫未合天地隔。放翁老死何足论，广陵散绝还堪惜。”诗歌回忆过去，记述了诗人进驻南郑后的战地生活，并且正是这如火如荼的军旅生活燃起了他运用诗作抒写爱国激情的艺术灵感。由此，他认识到社会生活才是创作的源泉，领悟到“诗家三昧”：诗作的妙裁之处不只在诗律与辞藻，更重要的是诗外的社会生活。在这种创作观的指导下，陆游写了大量记录时代风貌的现实主义诗篇，所以清代褚人获称赞陆游诗“《剑南集》可称史诗”（《坚瓠集·补集》卷一）。

二、陆游所讲的“诗外工夫”还包括对古人的学习，强调多读书，而能有所自得，在学识、修养方面都有所提高。陆游在《杨梦锡集句杜诗序》中也曾说：“文章要法在得古作者之意，意既深远，非用力精到，则不能造也。前辈于《左氏传》《太史公书》、韩文、杜诗皆熟读暗诵，虽支枕据鞍间与对卷无异，久之乃能超然自得。今后生用力有限，掩卷而起，已十亡三四，而望有得于古人亦难矣。”可见，在陆游看来，诗文创作要得法于古意，而能超然自得才是真正的创作之道。于此，陆游曾指出江西诗派在借鉴古意方面的不足，针对黄庭坚学杜诗而强调的“无一字无来处”，陆游就曾指出：“今人解杜诗，但寻出处，不知少陵之意，初不如是。”（陆游《老学庵笔记》卷七）在《何君墓表》中陆游也曾说：“诗岂易言哉！一书之不见，一物之不识，一理之不穷，皆有憾焉。”亦可见出陆游在强调学习古人方面追求的是在学识、修养方面的综合提高，而能入乎其内，出乎其外，在形成自己心得的基础上有所创建。

三、陆游重视“诗外工夫”，但也并不否认诗歌在形式技巧等方面所具有的内在修养。陆游早年受到江西诗派的影响比较明显，他特别重视文字的工巧、语言的锤炼，这种“但欲工藻绘”的技巧磨炼，为他以后展开现实主义创作打下了良好的文字基础。陆游日后经历前线的战斗生活，而能写下充满爱国激情的绚丽诗篇，都可以看出技法训练对他创作的影响可以说是贯穿其一生的。所以，他也并不忽视文字锤炼的重要性，就像他在《赠应秀才》中所说："我得茶山一转语，文章切忌参死句。"由此可以看出，陆游强调"工夫在诗外"的理论属于艺术的辩证法，是"诗外"工夫与"诗内"工夫的有机结合。

188. 如何理解宋代"诗文革新运动"的文学主张及其对中国文学的影响？

答：宋代诗文革新运动是在北宋时期酝酿、发展并完成的，这是中国文学史上继唐代古文运动之后的又一次文风改革。这场文学运动以"复古"为旗帜，同时对诗、文进行革新，是配合北宋政治变法的一次全面的文风革新运动。欧阳修是这场诗文革新运动的领袖，他继承了唐代古文运动的文学精神，反对以"西昆体"为代表的浮靡文风，提倡韩愈的"文从字顺"，推崇李白、杜甫、白居易等人反映现实的文学创作。后来以范仲淹等人为代表，强调文学创作的根本目的在于"警时鼓众""补世救时"，倡导写作"传道明心"的古文，将这场运动推向高潮。最后王安石等人把诗文革新作为"新法"的一个重要组成部分加以推行，再一次推动了文学革新在宋代的发展。

总体来看，宋代"诗文革新运动"的文学主张有两个方面：

一、在文学的内容和功用方面，主张"文以载道"，提倡"文以致用"。宋代诗文革新运动为宋代文学的发展开创了新的局面，这次运动的起因主要是宋代文风的卑弱与"西昆体"的出现。唐代韩、柳的古文运动打破了骈文占据文坛的局面，开创了内容充实的现实主义文风，使得唐代中期的诗文创作能够沿着健康的道路发展。但是，后起的古文家们却将这场古文运动引入了歧途，或者过分强调宣扬道统，而不注重文采，或者片面追求文采的新奇以致文章生涩怪癖，总之都脱离了"文道合一"的文学传统，以致宋代初年的文学创作因延续晚唐五代文风，而导致文章大多形式华美而又内容空虚，终至"西昆体"出现。这种绮靡的文风脱离了北宋社会发展的生活实际，于是，一批先进的文人挑起“诗文革新运动”的大旗，急切要求对文风加以改革，并提出了“文以载道”“文以致用”的创作口号。

这其中，最有代表性的是欧阳修，他继承了韩愈古文运动的精神，在散文理论上，欧阳修强调儒家之道与现实生活的密切关系，主张文道并重，提出“大抵道胜者文不难而自至”（《答吴充秀才书》,《文忠集》卷四十七),“道纯则充于中者实，中充实则发为文者辉光”（《答祖择之书》,《文忠集》卷六十八)。主张内容与形式的统一，将“文统”与“道统”紧密结合起来。在诗歌理论上，欧阳修主张诗歌应以社会现实为主要题材，强调诗歌对生活经历的表现，对个人情怀的抒写，提出“诗穷而后工”的诗歌理论，认为诗文与道事应互相依存于一个统一的整体之中。同时，欧阳修还特别重视讽喻劝诫的作用，认为“诗之作也，触事感物，文之以言，善者美之，恶者刺之”（《诗本义·本末论》,《文忠集》卷十四)。可以看出，与西昆诗人的文学主张相比，欧阳修的诗文论调表现出更强烈的重视生活内容的现实精神，这可以说是宋代文人对晚唐五代诗风进行矫正的最初自觉。

二、在文学的艺术形式和审美风格方面，宋代古文运动发展了“文从字顺”的艺术精神，进一步提倡简朴平易的文风。欧阳修既是现实主义诗人，又是古文大家，他的散文创作取法韩、柳文从字顺的一面，而舍弃了韩、柳古文中已初露端倪的奇险深奥倾向，在韩文的雄肆、柳文的峻切之外别开生面，语言简洁流畅，文气纡徐委婉，创造了一种平易自然的新风格，提出“其道易知而可法，其言易明而可行”（《答张秀才第二书》,《居士外集》卷十六)。他平易近人的文风为宋代散文的发展开辟了新的方向。欧阳修的诗风与他的文风相近，语言清新流畅，与其委婉平易的章法相结合，形成了一种平易自然、流畅婉转的清新风格。

与欧阳修一起开拓宋代诗文新出路的还有梅尧臣和苏舜钦。梅尧臣在诗文风格上，也主张平淡，强调“作诗无古今，唯造平淡难”（《读邵不疑学士诗》,《宛陵集》卷四十六),提倡诗歌创作要语言浅近，风格平淡。苏舜钦则提倡“古淡”，主张“会将趋古淡，先可镇浮嚣”（《诗僧则晖求诗》，《苏舜钦集》卷八），同样反对西昆体浮华的文风，而追求一种古雅简淡之美。

梅尧臣与苏舜钦可以说是诗文革新运动中的闯将，他们和欧阳修一起开拓了宋代文学创作的新局面，此后，经曾巩、王安石、苏轼等人的进一步发展，宋代古文运动取得了全面的胜利。就文风而言，他们继续反对浮华、艰涩的文风，而坚持平易流畅的创作，苏轼就曾指出，文章创作“大略如行云流水，初无定质，但常行于所当行，常止于不可不止”。只有坚持这种自然流畅的创作，才能“文理自然，姿态横生”（《答谢民师书》，《苏轼文集》卷五十六）。

宋代诗文革新运动无论在理论建树方面，还是在创作实践方面，都取得了巨大的成功。如果说唐代韩、柳的古文运动有首创之功，那么宋代古文运动则最终成功地完成了诗文创作的革新。北宋的文学家们不仅在理论上形成了系统的主张，更以丰厚的创作成果为中国文学史积累了大量财富，特别是欧阳修、苏轼等人的文学理论与诗文创作，不仅是宋代诗文革新运动的重大成果，更以巨大的批判力量，廓清了中国文学发展的道路，对后世文学发展具有明显的影响作用。

189. 严羽的《沧浪诗话》是一部怎样的著作？如何理解书中所讲的“诗道亦在妙悟”？

答：《沧浪诗话》是南宋严羽的一部关于诗的理论批评类著作，约写成于南宋理宗绍定、淳化年间，是有宋一代最负盛名、对后世影响最大的一部诗歌理论著作。全书分为五门：“诗辩”“诗体”“诗法”“诗评”“考证”。其中“诗辩”是整个《诗话》的总纲，提出了“别才”“别趣”之说；“诗体”廓清了中国古代诗歌发展的线索，探讨诗歌的体制、风格和流派；“诗法”主要研究诗歌的写作方法，探讨诗歌的艺术特征；“诗评”主要评析宋以前的作家作品，从各个方面展开了严羽关于诗歌的基本观点；“考证”对一些诗篇的文字、篇章、分段、作者和写作年代进行考辨，其中也反映了作者的文学思想，书后附《答吴景仙书》,是一篇答辩性质的文字。全书五个部分互有联系，构成了一部体系严整、理论性强的诗歌理论著作。

这部著作是针对宋诗的某些不良倾向，特别是江西诗派的流弊而写作的。《沧浪诗话·诗辩》把宋诗的发展过程概括为三个阶段：宋初之诗沿袭唐人，中期变革唐风，至苏轼、黄庭坚等人“始自出己意以为诗”,晚期则又趋近唐调，转向晚唐诗风的学习。在严羽看来，以苏轼和黄庭坚为代表的宋诗主流和唐诗相比，一个最明显的突破就是扭转了唐以前诗歌以“吟咏性情”为主的诗歌职能，将许多日常事物以散文化的笔法写入诗中，扩大了诗的题材范围，拓宽了诗的审美理路。这种“以文为诗”的审美新风的确塑造了宋诗不同于唐诗的全新的风格，但刻意走散文化的道路，也给宋诗带来了一系列的弊端。严羽对宋诗变革唐风态度中肯，尖锐地抨击了以黄庭坚为代表的江西诗派提出的“以文字为诗，以才学为诗，以议论为诗”的创作理念。喜欢用典、多发议论是宋诗的一种普遍风气，倘如片面地追求用典使事，而造成文字的堆砌和诗意的艰涩，那么就会成为一种时代的流弊。

面对这样的情况，严羽特别强调诗歌的艺术性，在《沧浪诗话·诗辩》提出了“别才”“别趣”的口号：“夫诗有别材（才）,非关书也；诗有别趣，非关理也。然非多读书，多穷理，则不能极其至。所谓不涉理路，不落言筌者，上也。”在严羽看来，雕琢词句也好，堆砌典故也好，理论说教也好，都不能成就诗歌的审美情趣，所谓“用字必有来历，押韵必有出处”,终将破坏诗歌的审美意象，因为诗歌的美是因外物形象的自然触发而在诗人心中形成审美灵感的结果，绝非人的理性所能刻意安排的。

由此，严羽提出了诗歌创作的“妙悟”说：“大抵禅道惟在妙悟，诗道亦在妙悟，且孟襄阳学力下韩退之远甚、而其诗独出退之之上者，一味妙悟而已。惟悟乃为当行，乃为本色。然悟有浅深、有分限、有透彻之悟，有但得一知半解之悟。汉、魏尚矣，不假悟

也。谢灵运至盛唐诸公，透彻之悟也。他虽有悟者，皆非第一义也。”(《沧浪诗话·诗辩》)

这里的“诗道亦在妙悟”概括了严羽对于诗歌创作的整体理论，大致来看，可以从以下两个方面展开理解。

一、“妙悟”是一种艺术直觉，与“别才”“别趣”一脉相承。在严羽看来，“妙悟”是诗人独特的个体生命体验，能够用最朴素的方式达到最玄妙的境界，正所谓“惟悟乃为当行，乃为本色”(《沧浪诗话·诗辩》)。也就是说，作为审美创造的诗歌写作，以艺术直觉为主，要从生活中领悟那些富于诗意的成分。这种无须通过逻辑推理就可以对生活本质有所诗意领悟的才能，就是“别才”，而将对生活本质的审美感悟熔铸于诗歌形象之中，形成一种浑然无迹、蕴藉深沉的艺术情味，就是“别趣”。这也正是审美活动不同于读书穷理的工夫所在，可见，严羽的“妙悟”说把握住了诗歌审美特质。

二、“妙悟”能力的获得，主要来源于对前人诗歌作品的熟读与涵咏，严羽亦称之为“诗识”。《沧浪诗话·诗辩》中说：“工夫须从上做下，不可从下做上，先须熟读《楚辞》，朝夕讽咏，以为之本；及读《古诗十九首》、乐府四篇；李陵、苏武、汉魏五言皆须熟读；即以李、杜二集枕藉观之，如今人之治经。然后博取盛唐名家酝酿胸中，久之自然悟入。”可见，在严羽看来，“妙悟”的能力是从阅读前人那些意境浑成、韵趣悠远的诗歌作品中培养出来的，而且，阅读前人作品的方式不是思考、分析和研究，而是熟读、讽咏以至朝夕把玩的工夫，这是一种审美直觉活动和艺术欣赏活动。同时，在严羽看来，“自然悟入”并不能一蹴而就，而是一种诗歌艺术的审美鉴赏力不断提高的过程，先从“第一义”的诗作中获得启发，再不断提高诗歌鉴赏能力，对不同品质的诗歌做出严格分辨和正确取舍，这是一个“以识为主”，慢慢“熟参”的过程。

可以看出，严羽讲“诗道亦在妙悟”所强调的，是人们从长期的诗歌欣赏和艺术品读中培养出的一种审美直觉能力和艺术感受能力，这种能力不同于理性的思考，而是能够对诗歌形象的内涵韵味有所领会和把握，这也就是诗歌创作的原动力。严羽用“以禅喻诗”

的方法鲜明地提出了诗歌艺术的美学特点，阐释了审美活动的特殊规律，触及了艺术形象和形象思维的基本属性和审美特点问题，把传统的诗学理论向前推进了一大步。

190. 如何理解辛弃疾的“以文为词”？

答：辛弃疾的词具有很高的艺术成就。与嵯峨剑戟的军旅生活和激越豪放的爱国思想相适应，辛弃疾继承和发扬了苏轼开创的豪放词风。辛弃疾的豪放词不仅数量庞大，风格雄健，更进一步扩大了词的题材范围，他不仅将可以入诗的内容都写到词里，更在词中使事用典、抒情言志、发表议论，将词体的表现功能发挥到了与诗、文同等的境界。后人称辛弃疾这种词体艺术为“以文为词”。

具体说来，辛弃疾的“以文为词”主要表现为以下几个方面：

一、在表现手法和风格上，将古文辞赋中常用的议论、对话等手法和散文化的笔法移植于词中。例如他的《沁园春·将止酒戒酒杯使勿近》，词作不仅将戒酒这种生活琐事写入词中，更模仿了汉赋《解嘲》《答客难》等宾主问答和拟人化的写作手法，让人与酒杯对话，将自己对南宋政权的失望和内心的郁愤用游戏的笔墨写得诙谐风趣。而词中因酒而引发的议论，更是纵横奔放，蕴含着丰富的人生哲理，令人读之余味无穷。《贺新郎·别茂嘉十二弟》也采用了辞赋的结构方式，词的开头即采用辞赋中常用的“起兴”手法，以啼鸟鸣春渲染暮春凄厉的景色，使人由此感慨人间送别的悲凉，中间铺叙古代的种种离情别恨，借送别族弟，抒发了壮士难酬的满腔义愤。词作笔力雄健，沉郁苍凉，“尽是集许多怨事，全与李太白《拟恨赋》手段相似”（杨慎《词品》卷四），章法不为传统诗文所束缚，独特绝妙。此外，再如《木兰花慢·可怜今夕月》，词作模仿屈原的《天问》体连用七个问句探询月中奥秘，打破了历来咏月的成规，把有关月亮的许多优美神话传说和生动比喻交织在一起，勾勒出一幅形象完美的绚丽图画，奇特浪漫，理趣盎然，给人以极大的艺术享受。词作因构思别具一格，而成为咏月词的千古绝唱。

二、在语言的使用上，借鉴散文的句式和词汇，创造了词体语言的变革。宋末文人刘辰翁曾高度评价辛弃疾词作变革语言的独特艺术："词至东坡，倾荡磊落，如诗如文，如天地奇观，岂与群儿雌声学语较工拙，然犹未至用经用史，牵雅颂入郑卫也。自辛稼轩前，用一语如此者，必且掩口。及稼轩横竖烂漫，乃如禅宗棒喝，头头皆是。"(《辛稼轩词序》) 在词的创作上，辛弃疾开创性地将经、史、子等散文中的语汇信手拈来，填入词中，不仅赋予古代语言以鲜活的生命，更空前地扩大和丰富了词的语言。如《贺新郎·甚矣吾衰矣》,词作抒写了辛弃疾罢职闲居时苦闷寂寞的心绪，首句和结尾四句，都从《论语》中化出，而自饶新意。《西江月·醉里且贪欢笑》不仅巧用了《孟子·尽心下》"尽信书则不如无书"的语意，更采用了散文化的句式，令词的音韵节奏显得自然流畅，活泼传神。再如上文提到的《沁园春·将止酒戒酒杯使勿近》,词中也使用了像"哉""矣"这类散文中常用的虚词，在构思上可谓别出心裁。

可以说，在词史上，辛弃疾所创造和使用的语言最为丰富多彩，将古文与口语巧用一体，不仅古今融合，骈散兼行，更在审美风格上雅俗并收，精当巧妙，"龙腾虎掷，任古书中理语、瘦语，一经运用，便得风流，天姿是何夐异！"(刘熙载《艺概·词曲概》)

三、善于使事用典，是辛弃疾"以文为词"的另一大特色。辛弃疾博学多识，能搜罗万象、驰骋百家，尤其善于用典、用事和引用前人诗句、文句，往往稍加改造而别出新意。而且，辛弃疾对于典故和前人词句的使用可以说是信手拈来、游刃有余，他总能将所用故事跟自己作品的具体内容和思想感情自然贴合，往往比直接抒写能够收到更好的艺术效果，更具有独特的情韵。

例如他的名作《永遇乐·京口北固亭怀古》就是一首连连用典，且使用得天衣无缝、恰到好处的词作。词作以"京口北固亭怀古"为题，由京口怀古引出三国时的孙权、晋代的刘裕，由历史遗迹，感慨往事如烟。词的下片更是大量用典使事，"元嘉草草"三句用南朝宋文帝刘义隆的典故影射现实，提醒南宋统治者吸取前人和自己的历史教训。“佛狸”本是北魏太武帝拓跋焘的小名，词人在这里用以指代曾驻扎在佛狸祠所在的瓜步山上，严督金兵抢渡长江的金主完颜亮，以古喻今，正告南宋统治者，收复失地，刻不容缓。最后，词人以廉颇自比，不仅用典贴切，更内蕴丰富：一表决心，说明自己就像廉颇当年服事赵国一样，对朝廷忠心耿耿，只要起用，当仁不让，随时奔赴疆场；二显能力，表明自己虽然年老，但仍然和当年廉颇一样，老当益壮，勇武不减当年；三抒忧虑，强调廉颇曾为赵国立下赫赫战功，可为奸人所害，落得离乡背井，自己虽愿为国效劳，却也是报国无门，壮志难酬。

可以看出，大量用典体现了辛弃疾词在语言艺术上的特殊成就，虽然有些作品因用典、议论过多而显得晦涩、呆滞，但总的来看，辛弃疾的用典使事可以说是紧扣题旨，自然贴切，收到了很好的艺术效果，创造了一种“以文为词”的独特艺术魅力，“能于剪红刻翠之外，屹然别立一宗。”(纪昀《四库全书总目提要》)

191. 如何理解李清照提出的词“别是一家”？

答：作为宋代著名的女词人，李清照不仅以独具特色的“易安体”创造了宋代婉约词的新境界，更在理论上确立了词体的独特地位，提出了词“别是一家”之说。

“别是一家”之说是李清照在继承了苏轼论词“自是一家”说的基础上，在其所著的《词论》中提出词学新观点。《词论》一文最早见于胡仔《苕溪渔隐丛话》后集卷三十三《晁无咎》条，称“李易安云”,此文不仅是李清照唯一的词学论文，更因其提出“乃知词别是一家，知之者少”,而成为词史上最早产生重要影响的一篇词论，虽短小精悍，却意义深远。“别是一家”之说首次为诗、词之别明确立下界碑，从声律、内容和风格三个方面确立了词的艺术特性，维护了词的审美风格。

一、在声律上，李清照提出词应严格协律，作为不同于诗的另一种抒情文体，词在音乐性和节奏感方面有着更独特的要求。在

《词论》中，李清照首先追溯了词体的渊源，指出“乐府声诗并著，最盛于唐”，将词体溯源到乐府声诗，之后以李八郎的故事说明了词跟歌唱的密切关系，继而，评点近世词人的创作，对柳永“变旧声作新声”过程中的“协音律”一面予以肯定，而批评了晏元献、欧阳永叔、苏子瞻等人之词“皆句读不葺之诗尔，又往往不协音律”的弊端，进而提出词不仅要像诗那样严分平仄，更要“分五音，又分五声，又分六律，又分清浊轻重”，以便“协律”“可歌”。否则，词就成了“句读不葺之诗”，而失却了词本身所应有的文体特性。

由此可见，李清照将协律与否视为诗与词最首要的区别，并将协律看作是词体最基本的特色，而且她对词所应有的协律的要求，有着一整套严格具体而又细致入微的衡量标准。可以说，《词论》对于词在格律方面的独特要求，契合了宋人提倡词“和乐”而“应歌”的时代需要，并将其加以理论升华，肯定了词的音律对词的传播所发生的正面作用，维护了词体的音乐性。

二、在内容上，李清照提出词应抒写情致，而非社稷江山，将词与诗做出明确区分。在李清照看来，诗的题材内容几乎都是“兴观群怨”，而词的创作则应另有侧重，不仅要摒除“郑、卫之声”和“亡国之音”，还应避免“词语尘下”。由此，李清照对主情致的秦观给予了肯定，认为词的题材内容应涉及伉俪亲情、离愁别绪、生活隐衷等方面，像秦观那样以“情韵兼胜”的艺术手法，“将身世之感，打并入艳情”（周济《宋四家词选眉批》）。

从李清照自己的创作中，我们也可以明确地看到，借翎毛花卉隐括身世之感，以日常小景传写曲折心境的确是“易安体”的一大特色。例如她的经典名篇《一剪梅·红藕香残玉簟秋》通过对“残荷香消”“云卷云舒”等自然景致的描写，呈现出初婚少妇沉溺于情海之中的纯洁心灵。对“花自飘零水自流，一种相思，两处闲愁”“此情无计可消除，才下眉头，却上心头”等日常生活的抒写，更成为吟咏相思离愁的经典名句。可以说，李清照对于词在题材内容方面的界定，同样强化了词体自身的特色。

三、在风格上，李清照提出词应尚雅，主张词不能有“词语尘下”格调低俗之作，而应讲究意象的完整和词境的优美。在《词论》中，李清照通过点评词人的创作，表达了她对词格词境的看法。在文章的开头，李清照首先肯定了“江南李氏君臣尚文雅”的审美取向，进而赞美了“小楼吹彻玉笙寒”“吹皱一池春水”等词句。继而，对近世之作进行了点评，指出张子野、宋子京等人的创作“虽时时有妙语，而破碎何足名家”，晏叔原词苦无铺叙，贺方回词苦少典重，秦少游词“如贫家美女，虽极妍丽丰逸，而终乏富贵态”，黄鲁直词“尚故实而多疵病，譬如良玉有瑕，价自减半矣”。通过对诸家的评论，李清照强调了词应运用“铺叙”“典重”等表现手法，淋漓尽致地抒写词人的心境，表现出抒写情致的妍丽之美。如果说“严声律”是着眼于词的文体形式，“主情致”是着眼于词的题材内容，那么，“尚文雅”“铺叙”“典重”等则是着眼于词的风格手法，由此，李清照全面地论述了词的本色，维护了词的艺术风格。

可以说，李清照提出词“别是一家”的理论，强调了词作只有保持自身区别于诗的独立文体特性，才能在文学之林中占有一席之地。虽然《词论》因排斥晏、欧、苏词，而表现出“尊体派”的片面性和保守性，但毋庸置疑的是，李清照从词的本体论出发提出关于词的审美标准，进一步确立了词体独立的文学地位，与苏轼提出的诗词同源论相比，又向前迈进一步。

192. 为什么说宋代文学的审美情趣从“严分雅俗”转向了“以俗为雅”？

答：宋代是中国历史上文治非常兴盛的一个朝代，是中国历史的转折点，同时宋代也是中国文化的高峰，是中国文化的重要转折期。这一时期在社会变迁、时代风尚和审美文化的多重影响下，宋代文化的审美特质、审美观念、审美情趣都发生了重要的转变，新的审美意识和审美趣味在日益成熟，宋代文学的审美情趣也从“严分雅俗”转向了“以俗为雅”。

诚如法国艺术史家丹纳所讲："了解一件艺术品，一个艺术家，一群艺术家，必须正确设想他们所属的时代的精神和风俗概况。这是艺术品最后的解释，也是决定一切的基本的原因。"[①]对于宋代文学审美情趣的转变的原因，我们可以从社会变迁与时代精神两个层面进行追索。

一、就社会变迁与时代风尚的转变而言，宋代商品经济的蓬勃发展和大小工商业城市的不断崛起，造就了中国古代的市民阶层，在市民阶层追求自身文化确认的过程中，时代风尚也染上了浓郁的世俗色彩和娱乐特性，带有明显的商品化色彩的都市文化生活应运而生，就像宋吴自牧在《梦粱录》卷一"元宵"中所记："元夕之时，自十四为始……姑以舞队言之，如清音、遏云、掉刀、鲍老……各社，不下数十。更兼家家灯火，处处管弦……异巧华灯，珠帘低下，笙歌并作，游人玩赏，不忍舍去。"传统的民间节日在宋代的市民社会中被沾染上了浓重的商业色彩。这种新的都市风情也孕育了活跃于勾栏瓦肆、茶坊酒楼的市民阶层审美文化，代表市民趣味的文学艺术形式获得了长足的发展，推动了整个宋代文化向"俗"的方向不断演进。

二、从时代精神和文化转型的角度来看，宋代思想界的变迁也促进了"以俗为雅"的审美转向。社会的变迁促生了宋代儒学的转变，宋代的儒学继承了唐代韩愈以来把儒家思想与日用人伦相结合的传统，而更加重视内心道德的修养，生活中的雅俗之辩也不再拘泥于小节。这种儒学的转向与禅宗在宋代的发展异曲同工，作为世俗化的佛教宗派，禅宗不仅渗透在人们的日常生活中，更以内心的顿悟和超越为宗旨，诚如晚唐的临济宗所讲："道流佛法无用功处，只是平常之事。"(《临济慧照禅师语录》,《古尊宿语录》卷四）这种摒弃了传统形而上的精神指向，而注重日常实用的心灵境界，昭示了时代精神的世俗情怀。

由此，宋代的文人士大夫在审美态度上也表现出鲜明的世俗化

---

① ［法］丹纳．艺术哲学［M］．傅雷，译．北京：人民文学出版社，1983：7.

倾向。在他们看来，文化活动中的雅俗之辨不在于审美客体雅与俗，而在于审美主体是否具有高雅的品质和情趣，就像苏轼所讲："凡物皆有可观，苟有可观，皆有可乐，非必怪奇玮丽者也。"(《超然台记》,《苏轼文集》卷十一）这种新的审美情趣推动了宋代文学从"严分雅俗"向"以俗为雅"的审美转向，梅尧臣、苏轼、黄庭坚等都曾提出"以俗为雅"的命题。

宋代文学的审美情趣从"严分雅俗"转向"以俗为雅",表现出以下几个方面的鲜明特征：

一、在文学题材方面，宋代文人采取"以俗为雅"的态度，把日常生活，甚至是农村生活写进诗词之中，扩大了文学的题材范围，使文学更加贴近现实生活。不仅出现了像柳永这样为流行歌曲填写彰显市民情趣的通俗歌词的词人，还有像辛弃疾那样，描写农村的人物与风光，表现农民的生活与风土人情的词人，他们用自己的创作消解了传统文人关于"雅"与"俗"的分解。

二、在表现手法方面，宋代文人往往采用通俗化的语言描写平凡、琐细的日常生活，大量俗字俚语的使用，亦增强了宋代文学的俗趣。例如王禹偁的《畲田词》其四："北山种了种南山，相助力耕岂有偏。愿得人间皆似我，也应四海少荒田。"陆游的《山村经行因施药》:"驴肩每带药囊行，村巷欢欣夹道迎。共说向来曾活我，生儿多以陆为名。"这类作品，以明白入话的语言讲述平凡的日常生活，可以说是将审美日常生活化了。

三、在审美风格方面，宋代文人普遍追求一种平淡、素朴的美。宋代文人的文学创作往往朝着更加自然、更加贴近生活的方向发展，而表现出一种彰显平民心态的平淡素朴的审美情怀，这与唐代华丽雅致的文学情调相比，具有明显的世俗倾向。在散文创作上，欧阳修推崇文从字顺、素朴本色的平易文风；在诗歌创作上，梅尧臣提倡"作诗无古今，唯造平淡难"的素朴诗学；甚至在学术性议论文的写作上，也有朱熹指出"漱六艺之芳润，以求真澹，此成极至之论"（《答巩仲至第四书》,《晦庵先生朱文公集》卷六四）。可见，对素朴之美的追求已成为宋代文学的主调。

193. 元好问的《论诗》是一部怎样的作品?

答：元好问的《论诗绝句三十首》(简称《论诗》) 以绝句形式通过对历代诗人、诗作的评价，论析了汉魏至北宋千余年的诗歌流变，揭示出诗歌创作的发展方向，表达了他重视自然天成的意境和雄放壮伟的风格的诗学主张。这部著作不仅本身就是一部优美的诗歌作品集，更以经典的诗论观点为后代的诗论家所重视，在中国文学批评史上有相当重要的地位。

元好问的《论诗》明显受到苏轼文论的影响，以儒家诗教理论为基础，吸收借鉴了老庄哲学和禅宗的思维方式，而表现出儒、道、释三教合一的思想倾向，是一部正统而通达的诗学著作。具体说来，这部《论诗》主要包含以下几方面内容：

一、强调以“诚”为本，从本体论的角度对诗歌做了定义。元好问在《杨叔能〈小亨集〉引》中明确提出这一观点：“何谓本？诚是也。……由心而诚，由诚而言，由言而诗也，三者相为一。情动于中而形于言，言发乎迩而见乎远，同声相应，同气相求，虽小夫贱妇孤臣孽子之感讽，皆可以厚人伦、美教化，无他道也。故曰不诚无物。夫惟不诚，故言无所主，心口别为二物，物我邈其千里，漠然而往，悠然而来，人之听之，若春风之过马耳，其欲动天地、感鬼神难矣。其是之谓本。”可见，元好问论诗所围绕的一个中心思想，就是“诚”乃诗之“本”。

从《论诗》中，我们可以看出，元好问所讲的“诚”，也就是“真”，提倡诗歌要有天然纯真的内容，强调诗之“本”在于表达性情之“真”，在于抒写情景之“真”。例如他评价潘岳《闲居赋》言：“心画心声总失真，文章宁复见为人。高情千古闲居赋，争信安仁拜路尘。”在元好问看来，潘岳为文虽自我标榜志向高雅，淡泊于名利，但他的为人却是追求功名，心向魏阙，所以他的文章不“真”也不“诚”，只有陶潜的天真和阮籍的佯醉才是本真性情的自然流露，所以他们的诗歌才是“一语天然万古新，豪华落尽见真淳”。

二、基于对诗歌本体问题的探讨，元好问提出诗歌创作贵在自得，崇尚自然天成的艺术意境。如《论诗》所讲："眼处心声句自神，暗中摸索总非真。画图临出秦川景，亲到长安有几人?"在元好问看来，艺术创作是源于情真景真的内在感悟，而自然挥洒出来的率性文字，强调"心声只要传心了，布谷澜翻可是难"。也正因此，他反对西昆体华靡雕琢、堆砌故实的繁缛文风，说"诗家总爱西昆好，独恨无人作郑笺"；对卢仝怪诞奇险的诗风也不以为然，认为"真书不入今人眼，儿辈从教鬼画符"，甚至也嘲笑孟郊的"苦吟"是"东野穷愁死不休，高天厚地一诗囚"。

出于同样的批评标准，元好问赞扬杜甫寓居夔州后的诗歌、白居易移居香山后的诗歌，以及苏轼谪居海南后的诗歌，认为这些才是"不烦绳削而自合"的天然之诗，在他看来，这类诗歌水中着盐一样了无痕迹，自然圆合，就像他在《杜诗学引》中所讲："其君臣佐使之互用，甘苦酸成之相入，有不可复以金屑丹砂、芝参术桂而名之者矣。故谓杜诗为无一字无来处，亦可也；谓不从古人中来，亦可也。"这种得心应手、驱遣自如的创作才能体现诗歌艺术精神的最高境界，才是诗歌艺术的"连城之璧"。

三、元好问提倡诗歌艺术的慷慨之气，而反对矫情的模拟之作，也轻视唱和应酬的"俯仰随人"之作。在元好问看来，诗歌艺术贵在表现诗人的真情实感，他赞美阮籍放荡不羁的个性和抑塞磊落的傲气："纵横诗笔见高情，何物能浇块垒平。老阮不狂谁会得，出门一笑大江横。"也对主"汉魏风骨"的初唐诗人陈子昂给予很高的评价："沈宋横驰翰墨场，风流初不废齐梁。论功若准平吴例，合着黄金铸子昂。"

也正是因为元好问强调诗歌抒写情景的真实，反对有意于文字，他轻视酬唱赠答的应和之作，也反对矫情的模拟之作，他认为这类诗歌"窘步相仍死不前，唱酬无复见前贤。纵横正有凌云笔，俯仰随人亦可怜"。在元好问看来，酬唱赠答的应和诗往往会受到原诗韵脚和诗意的束缚，而不能自由挥洒，纵横驰骋，这样俯仰随人、窘步相仍的诗歌必然会因为没有独创性而缺失了鲜活的生命力。

194. 范温的《潜溪诗眼》是一部怎样的著作？如何理解其中“有余意之谓韵”的说法？

答：范温（生卒年不详），字符实，号潜溪，华阳（今属四川省）人，史学家范祖禹之子，词人秦观之婿。范温早年曾跟从黄庭坚学诗，论诗接近江西诗派，是北宋时期重要的文学理论家，著有《潜溪诗眼》一卷。此书在宋代就已比较流行，南宋晁公武撰《郡斋读书志》、南宋陈振孙撰《直斋书录解题》、宋元时期马端临编撰《文献通考》均有著录；南宋胡仔撰《苕溪渔隐丛话》、南宋魏庆之著《诗人玉屑》、宋何汶编《竹庄诗话》、宋蔡梦弼集录《草堂诗话》等也有所称引。今见《说郛》本仅三则，郭绍虞《宋诗话辑佚》辑得二十九则。

从今存的二十几则内容来看，所谓“诗眼”有两层含义，一是强调论诗应注重字眼句法；二是强调学诗、评诗要有眼光，有识见。整合这两方面的内容，我们可以从以下几个方面把握《潜溪诗眼》的诗学思想：

一、该书论诗多着眼于诗法技巧，力主“句法以一字为工，自然颖异不凡，如灵丹一粒，点铁成金也”，强调“句法之学，自是一家工夫”，提倡“文章必谨布置”“诗有一篇命意，有句中命意”等，对于托名白居易的《金针集》中所讲“炼句不如炼字”大为赞赏。可见，在范温看来，这些字眼句法、章法命意即是作诗的关窍，也即所谓“诗眼”。这种以字句求工的技巧追求，突出地体现了江西诗派的诗学旨趣。

二、范温强调学诗贵在有识见，要能识得古人用意，而不止于字句。他讲：“山谷言学者若不见古人用意处，但得其皮毛，所以去之更远。……故学者要先以识为主，如禅家所谓正法眼者。直须具此眼目，方可入道。”（《潜溪诗眼》）在这里范温以禅论诗，强调要能对“古人用意”心领神会，也就是要能够体察古代诗人对生活的感受，以及由此而生成的个性情感，如果仅着眼于字句，就只能得其皮毛而已，这种以禅论诗的方法对后来的诗话影响很大。

三、范温强调作诗要能合于理，而表现出平易自然的诗风。范温在《潜溪诗眼》中提出“文章论当理与不当理”,在他看来，诗歌创作在于营造情景交融的审美意境，只有物色合于物情，才能称得上是好诗：“苟当于理，则绮丽风花同入于妙；苟不当理，则一切皆为长语。”如果过分雕琢于物态的描摹，而无内在心境的诚挚表达，则“其过在于理不胜而词有余也”。由此，范温进一步强调诗歌创作要平易自然，能够在法度之间游刃有余，信手拈来而又感人心脾。以此为依据，范温高度评价了杜甫的诗歌，认为杜诗“感兴皆出于自然，故终篇遒丽”,并且盛赞杜甫的《野人送朱樱》“如禅家所谓信手拈来，头头是道者。直书目前所见，平易委曲，得人心所同然，但他人艰难，不能发耳”。

四、范温在此书中提出了一个体现中国古典诗歌审美精神的著名命题：“有余意之谓韵”,并且把“韵”看作是论诗的最高标准。《潜溪诗眼》有一则专门论“韵”,范温在此节中追溯了“韵”这一审美范畴的历史演变，提出“自三代秦汉，非声不言韵；舍声言韵，自晋人始；唐人言韵者，亦不多见，惟论书画者颇及之。至近代先达，始推尊之以为极致；凡事既尽其美，必有其韵，韵苟不胜，亦亡其美”。这段话准确地概括了“韵”的发展过程，在魏晋时期“韵”的确主要用以论人，指人的气度；六朝以后逐渐论画、论文，移为艺术品评的标准；宋代文人尚韵，也多用来论及书画，及至苏轼等人提出“远韵”之称，将“韵”推举为诗歌的极致。

范温继承了以往诸家的高论，对“韵”作了进一步阐扬推展：

（一）辨析了“韵”的含义，提出“有余意之谓韵”。在这里，范温否定了以往“不俗之谓韵”“潇洒之谓韵”“生动之谓韵”等提法，指出文章足以为“韵”者，关键在于“行于简易闲淡之中，而有深远无穷之味”,范温的这种提法经典地概括了中国诗歌“言有尽而意无穷”的审美特质，这在中国古代诗歌理论发展史上具有重要意义，可视为“神韵说”的滥觞，对后来严羽的“兴趣说”、王士祯的“神韵说”都产生了重大影响。

（二）范温论“韵”，也用以评价书画作品，延续了这一范畴在美学领域的重要地位。在书画艺术中，范温所提倡的“韵”同样是一种平淡闲远的美学品格，在范温看来，以韵胜者晋代有王羲之、王献之，唐代有杨凝式，宋代有苏轼、黄庭坚。例如他评价黄庭坚的书法“气骨法度皆有可议，惟偏得《兰亭》之韵”（《潜溪诗眼》）。

（三）范温还将“韵”的范畴推广到了整个社会领域，在他看来“有余意之谓韵”不仅限于诗学、美学领域，而是在整个人生的各领域都普遍适用，基于此，他讲孔子之德“圣有余之韵”，颜回勤奋，“学有余之韵”；刘邦开国，“功业有余之韵”；张良多计，“智策有余之韵”；谢安端然笑咏，“器度有余之韵”。可以看出，在范温这里，“韵”已经由诗学、美学的范畴上升为哲学的范畴，而成为一个具有普世性价值的概念。

中国古代文学三百题

元代文学

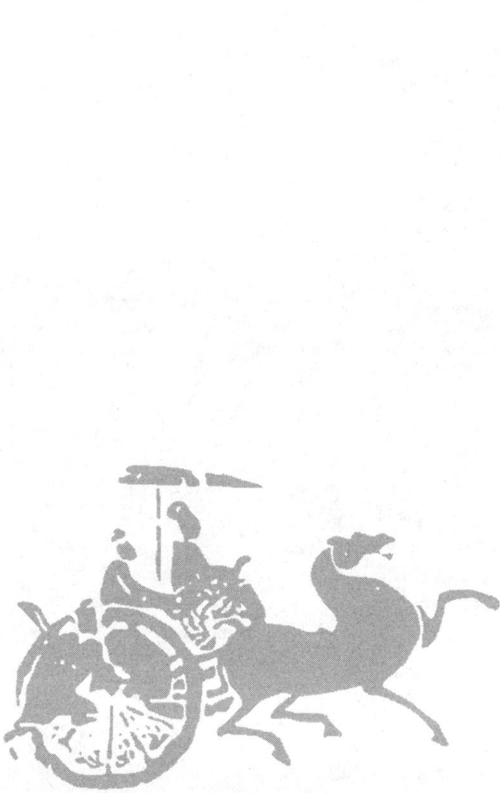

195. 理学思想对元代诗文的影响表现在哪些方面?

答：公元十三世纪，崛起于漠北的蒙古人在灭金之后入主中原，建立了统一的全国政权，中国历史进入了一个“由夏入夷”的特殊时期。蒙古贵族的进军中原在政治、经济、文化等方面都对中原汉地产生了巨大冲击，同时也是一次文化的碰撞与融合的过程。在这样一个特殊的历史时期，理学也呈现出有别于宋代的新风貌、新特点，开始了合汇朱、陆历史的第一步。可以说，元代理学是中国儒学发展的一个新阶段。而且，从元初开始，理学即成为官方的意识形态，作为元代“官学”,理学在元代思想界一直处于主导地位，理学的独尊也对元人的文学思想和诗文创作产生了深刻的影响。

具体说来，理学思想对元代诗文创作的影响主要表现在以下三个方面：

一、元代理学强调诗文的本质在于“抒写性情”,培养了元代文学抒情写意的审美特质。郝经是元代重要的理学家，他在探讨诗学本体论问题时，就十分强调诗歌吟咏性情的审美属性，认为“诗，文之至精者也，所以歌咏性情，以为风雅，故摅写襟素，托物寓怀，有言外之意，意外之味，味外之韵”,立足于诗歌艺术对性情的抒写，他特别推崇三代之诗，直言“诗之所以为诗，所以歌咏性情者，只见《三百篇》尔”（郝经《与阚彦举论诗书》,《陵川集》卷二十四）。主张诗歌艺术的本质在于歌咏性情、寄寓心志。

理学大家吴澄同样主张诗文艺术的本质在于歌咏性情、寄寓心志，他曾讲：“天时物态，世事人情，千变万化，无一或同。感触成诗，所谓自然之籁。”(吴澄《何敏则诗序》,《吴文正集》卷二十二)强调诗歌艺术的自然天成的最高艺术境界，就体现于对千变万化的人情物态的摹写过程。理学家刘埙在与友人论诗时也极力赞扬能够“极论天地根原，生人性情”（刘埙《雪崖吟稿序》,《水云村稿》卷五）的诗歌。可以看出，他们都极力主张“抒写性情”是诗歌艺术的本质所在。

元代理学家们对于“抒写性情”的提倡培养了元代文学表征情性、寄寓心志的审美特质。元代文人往往在诗文创作中寄寓着浓厚的生命情怀，诚如谢升孙在《皇元风雅序》中所讲：“我朝混一海宇，方科举未兴时，天下能言之士，一寄其情性于诗。”

二、元代理学提倡清刚雅正的审美风格，塑造了元代诗文不同于戏剧、散曲等通俗文学的另一种艺术品格。元代理学名儒刘因“六岁能诗，七岁属文”,对诗歌艺术有着特别的偏爱，开创了元代理学家诗文创作的先河。刘因论诗主旷达高古之风，提倡清刚雅正之气，对唐代韩愈、宋代欧阳修和金代元好问的诗歌都极为推崇，是元初北方诗人中成就杰出的诗人。刘因的七言古体诗想象奇特，气势磅礴，色泽浓烈，雄奇峭丽，例如他的《西山》诗有云：“西山龙蟠几千里，力尽西风吹不起。夜来赤脚踏苍鳞，一着神鞭上箕尾。”将西山描写成一条蜿蜒千里的巨龙，展示它巍然屹立的壮美态势和凌云而上的动态雄姿，语言雅正、意象雄伟，颇有韩愈诗风的余韵。

刘因的词作受苏轼、辛弃疾和元好问的影响较深，与他的诗歌一样豪放高古、超旷冲淡。例如他的《念奴娇·忆仲良》:“中原形势，壮东南、梦里谯城秋色。万水千山收拾就，一片空梁落月。烟雨松楸，风尘泪眼，滴尽青青血。平生不信，人间更有离别。旧约把臂燕南，乘槎天上，曾对河山说。前日后期今日近，怅望转添愁绝。双阙红云，三江白浪，应负肝肠铁。旧游新恨，一时都付长铗。”词作抒发了“亡友之情深，长忆之哀恸”的感情，以厚实的笔力写出了仲良的肝肠如铁，男儿本色，又以虚灵的笔致抒发了相约乘槎同游的超然情怀，寄意深远，境界清雅。也正因此，刘因词深得清末况周颐的推崇，在《蕙风词话》中更把刘因比作苏轼，称其词“寓骚雅于冲夷，足秾郁于平淡”。

三、元代理学主张经世致用的写作目的，形成了元代诗文多发议论的表达习惯。元代理学家如吴澄、许衡、刘因、郝经、揭傒斯等人，也都是元代的重要诗文作家，他们与元代的戏剧、散曲作家不同，大部分是具有正统思想的士大夫，因此，在文学的功能观念方面，更加注重经世致用。与刘因并称为“元北方两大儒”的许衡就特别重视文学的社会功用，主张诗歌反映社会现实，并能发挥审美教化的社会功能，他曾讲："古人所以作乐，寓情性风化于其中，非为钟鼓之铿鍧也。……三百篇古乐章也，与后世乐章大异，尤足见古人敦本业，厚人伦，念念在是，未尝流于邪僻也。"（许衡《语录上》，《鲁斋遗书》卷一）在这里，许衡极力提倡和弘扬《诗经》"厚人伦、美教化"的社会功能。

在这种文学功能观的推动下，元代理学家们的文学创作不趋古奥，而多议论，即使是写景游记或者纪事小品，也往往能够体现这种多议论、蕴哲思的特点。例如刘因的《何氏二鹤记》讲述了两只鹤不交配而产卵育鹤的奇闻，由此引发了"我之积于中而发于外""物之沉浮吾气之中"的议论。《辋川图记》记述了辋川图的景致，亦表达了"物之移人，观者如是，而彼方以是自嬉者，固宜疲精极思而不知其劳也"的议论（《静修先生文集》卷十八）。

196. "元诗四大家"都有谁？他们的艺术风格有何异同？

答：元代中期，民族矛盾有所缓和，社会逐渐稳定，诗歌创作也十分繁盛，出现了号称"元诗四大家"的著名诗人，包括虞集、杨载、范椁和揭傒斯。他们四人是延祐诗风最主要的体现者，也以丰富多彩的诗歌创作被认定为元代最具代表性的诗人。诚如清人宋荦在论及元诗发展历程时所讲："遗山、静修导其先，虞、杨、范、揭诸君鸣其盛，铁崖、云林持其乱，沨沨乎亦各一代音，讵可阙哉！"（《元诗选序》）虞、杨、范、揭四人齐名于一时，造就了元诗的全盛时代。

从总体上看，四家并驰，他们的诗歌创作体现出共同的审美倾向，就是对"雅正"的进一步追求，使这一概念成为元诗中的核心审美范畴。他们所追求的"雅正"有两层内涵：一是强调诗风以温柔敦厚为皈依，二是主张题材以歌咏升平为主导。以此为指向，他们的诗歌创作在内容上多表现诗人平和的心境，再现元代中期的承平气象；在艺术上往往体式端雅，语言平正，更多趋近唐诗的风神。

与此同时，四家诗在艺术风格上也是同中有异，都具有明显的个性差异，虞集曾针对四人的诗歌特征做出形象的比喻：“先生尝谓仲弘诗如百战健儿，德机诗如唐临晋帖，曼硕诗如美女簪花，人或问曰：‘公诗台何?’先生乃曰：‘虞集乃汉廷老吏也。’盖先生未免自负，而公论皆以为然。”(顾嗣立《元诗选》丁集“虞学士集”) 这几个比喻基本上概括出了元诗四大家的艺术风貌。的确，四大家中虞集诗大都格律严谨，风格深沉；杨载诗谐婉凝练，劲健雄放；范梈诗风格超迈而又流畅自如；揭傒斯诗清婉流丽，质朴无华。

“元诗四大家”中成就最大的是虞集。虞集（1272—1348）字伯生，号道园，祖籍仁寿（今属四川），宋亡后随父迁居临川（今属江西），元时便以文负名，著有《道园学古录》《道园遗稿》。虞集擅长律诗，《道园学古录》中的律诗，无论五律抑或七律，都写得格律严谨，使事用典恰切而深微，意境浑融，风格稳健而深沉。例如七律《挽文山丞相》:“徒把金戈挽落晖，南冠无奈北风吹。子房本为韩仇出，诸葛宁知汉祚移。云暗鼎湖龙去远，月明华表鹤归迟。不须更上新亭望，大不如前洒泪时。”诗作将对抗元英雄文天祥的追挽与对宋王朝覆灭的伤悼融为一体，意蕴丰厚，笔力沉实，于严正的艺术形式中熔铸了诗人自己炽热的爱国情感和深沉的兴亡感慨。陶宗仪在《辍耕录》中曾慨然而叹：“读此诗而不泣下者几希。”

杨载（1271—1323）字仲弘，建宁蒲城（今属福建）人，后徙居杭州，元代著名的诗论家，今传诗集《杨仲弘集》八卷。杨载推崇汉魏、盛唐诗歌，认为“诗当取材于汉魏，而音节则以唐为宗”，他的诗风劲健雄放，各体诗中都有佳作，尤以七言歌行写得最为雄浑流丽。他的成名作七律《宗阳宫望月分韵得声字》,气势宏阔，意境悠远，被人称为杨诗中的“绝唱”。他的歌行体如《古墙行》《梅梁歌》等，在当时就为人所推许。范梈《仲弘集序》就曾高度评价杨载的诗作：“仲弘之天禀旷达，气象宏朗，开口议论，直视千古。每大众广席，占纸命词，敖睨横放，尽意所止，众方拘拘，己独坦坦，众方纡徐，己独驰骏马之长坂而无留行。……要一代之杰作也。”

范梈（1272—1330）字亨父，一字德机，清江（今属江西）人。

今传《范德机诗集》七卷，《元史》说他“耽诗工文，用力精深”。范梈论诗重教化，对杜甫那样针对现实弊政而作的讽喻诗歌大为赞赏，他自己的诗歌创作也往往针对社会生活中的丑恶现象进行严厉鞭挞。范梈最长于歌行，现存范诗中歌行体约占四分之一，表现出豪放超迈又流畅自如的诗风。如《王氏能远楼》,诗作借高楼酌酒宣泄未能施展抱负的苦闷，抒发了时不我待、及时行乐的情绪，其中名句“醉捧勾吴匣中剑，斫断千秋万古愁”堪称气势雄豪，纵横奔放。该诗因“雄浑流丽，步骤中程”而被胡应麟《诗薮》看作元人歌行的代表作之一。

揭傒斯（1274—1344）字曼硕，龙兴富州（今江西丰城）人。出身书香门第，元时已享有盛名，著有《揭文安公全集》十四卷。揭傒斯的创作非常丰富，既有平易流畅的乐府歌谣，也有清丽婉转的歌行体诗。他的杂言乐府《居庸行》,刻画出居庸关的雄壮险要，气度不凡，写得气势奔放，风格豪迈；他的写景诗《夏五月武昌舟中触目》,在烟云雨幕之中酝酿着人间生活的乐趣，可谓清新雅致，含蓄蕴藉；他的歌行体《赠颠上人》则师法李白，笔势如狂风怒涛，一泻千里。《四库全书总目提要》说他：“独于诗则清丽婉转，别饶风韵，与其文如出二手，然神古秀削，寄托自深，要非嫣红姹紫，徒矜姿媚者所可比也。”

197. 杨维桢的“铁崖体”有何特色？对元诗发展有何意义？

答：杨维桢（1296—1370）,字廉夫，号铁崖、东维子，别号铁笛道人、梅花道人等，会稽山阴（今浙江绍兴）人。元末著名诗人、文学家、书画家和戏曲家，是中国文化史上不多见的一位艺术全才，与陆居仁、钱惟善合称为“元末三高士”,著有《东维子文集》《铁崖先生古乐府》《铁笛诗》等。

元代后期朝廷政治黑暗，民族矛盾和阶级矛盾日益尖锐，元末农民起义不断爆发，反元暴动此起彼伏。动荡不安的社会现实冲破了“雅正”观念一统诗坛的格局，与元代前期和中期诗歌相比，元代后期诗歌在题材选择和风格追求方面有了很大的变化，杨维桢创造的“铁崖体”就是这一时期诗风转变的显著标志。关于杨维桢在元末扭转诗坛风气的历史地位，清人顾嗣立曾如此评价：“元诗之兴，始自元遗山。中统、至元而后，时际承平，尽洗宋金余习，则雪松为之倡。延祐、天历间，文章鼎盛，希踪大家，则虞、杨、范、揭为之最，至正改元，人才辈出，标新领异，则廉夫为之雄，而元诗之变极矣!”(顾嗣立《元诗选》辛集“铁崖先生杨维桢”）这种概括可以说是客观公允的。

杨维桢是元末最具艺术个性的诗人，他认为诗应该是个人情性的真实表现，因此力图打破元代中期面目雷同的诗风，而追求构思的超乎寻常和意象的奇特不凡，从而创造了元代诗坛独一无二的“铁崖体”。具体说来，杨维桢的“铁崖体”的审美特色主要表现为以下几个方面：

一、标举“诗本性情”的创作观。杨维桢往往于诗歌创作中寄寓了浓厚的情怀，令“铁崖体”诗表现出汪洋恣肆的情感力量。杨维桢在《郯韶诗序》中曾讲：“诗本情性，有性此有情，有情此有诗也。上而言之，雅诗情纯，风诗情杂；下而言之，屈诗情骚，陶诗情靖，李诗情逸，杜诗情厚。诗之状未有不依情而出也。”(《东维子文集》卷七）在他看来，文学创作应该具有张扬情性和表征心致的审美属性。立足于此杨维桢创作了大量抒发个人性情，一反传统“温柔敦厚”的诗歌作品。例如他的《西湖竹枝歌》所唱“湖口楼船湖日阴，湖中断桥湖水深。楼船无柁是郎意，断桥有柱是侬心”。“石新妇下水连空，飞来峰前山万重。不辞妾作望夫石，望郎忽似飞来峰”。把女主人公对爱情的忠贞不渝、对爱人的相思之情刻画得淋漓尽致，突破了儒家传统乐而不淫、哀而不伤与温柔敦厚的诗教观。

二、基于抒写个性情感的诗歌观念，杨维桢主张诗歌创作不应受格律的束缚，而应自由挥洒，淋漓抒情。也正因此，杨维桢十分提倡古乐府，主张“古乐府，雅之流，风之派也，情性近也”，与此同时，他对晚唐律诗的弊端予以严正指斥，指出“晚唐律之弊极：宋人或本事实，或本道学、禅唱，而情性益远矣”（《玉笥集叙》，

《杨铁崖先生文集全录》卷四),在他看来，晚唐律诗因对格律追求而束缚了诗歌对情性的表征，使得诗歌偏离了抒情的本质。杨维桢本人也特别擅长古乐府创作，他的乐府诗融汇了汉魏乐府以及李白、杜甫、李贺等人的长处，往往以雄健的笔势和奇幻的巧思让人耳目一新。例如他模仿李贺《公莫舞歌》而作的《鸿门会》,可谓笔力流畅、气势雄放的佳作，造语奇险，色彩浓丽，这种放逸不羁的诗歌创作在一定程度上改变了元代中期诗坛讲究诗法、平整工稳的诗风。

三、在审美风格上，杨维桢的“铁崖体”诗总能给人以雄奇飞动、充满力度感的审美感受，意象奇崛、诗风雄健。以虞、杨、范、揭为代表的元代中期诗坛一向被看作是元诗的鼎盛时期，这一时期的诗歌创作以“雅正”观念为审美指向，虽创作颇丰，但较少新创，诗人的个性特征也并不鲜明，所以明代诗论家胡应麟曾批评元诗说：“宋近体人以代殊，格以人创，巨细精粗，千歧万轨。元则不然，体制音响，大都如一。其词太绮缛而乏老苍，其调过匀整而寡变幻。”(《诗薮》外编卷六）可以说，率先打破这种诗坛僵局的，正是杨维桢的“铁崖体”。

杨维桢的诗歌创作追求构思的奇特、意象的奇崛、风格的雄放，张扬诗歌创作的个性，强调不受格律的束缚，以其惊世骇俗的气势与风貌，开创了元末诗坛的新气象。例如他广为人称道的《自题铁笛道人像》:“道人炼铁如炼雪，丹铁火花飞列缺。神焦鬼烂愁镆铘，精魂夜语吴钩血。居然跃冶作龙吟，三尺笛成如竹截。道人天声閟天窍，娲皇上天补天裂。淮南张涯人中杰，爱画道人吹怒铁。道人与笛同死生，直上方壶观日月。”诗歌以疏狂的笔调描摹出自己傲视苍穹、睥睨世俗的反叛个性，可谓想落天外、气势奔放。

198. 元代各民族诗人有哪些代表作家？他们的创作成就如何？

答：元朝是我国历史上第一个由其他民族的统治者建立的统一政权。民族的杂居，文化的融合，极大地提高了其他民族的文明程度，许多人接受汉族文化的熏陶，以汉语进行文学创作。这样，元代出现了一批造诣颇高的各民族诗人，他们具有不同的生活背景，把西北游牧民族质朴粗犷、豪放率直的性格，注入作品的形象之中，流露出异彩纷呈的风情格调，使元代的文坛更加多姿多彩。这批诗人在元代前期以契丹族诗人耶律楚材为代表，元代后期以萨都剌、贯云石等人为代表。

一、耶律楚材（1190—1244），字晋卿，号湛然居士，又号玉泉老人，为十三世纪我国著名的政治家与诗人。耶律楚材出身于契丹贵族家庭，生长于燕京（今北京），世居金中都（今北京），是辽太祖耶律阿保机的九世孙，金尚书右丞耶律履之子。他秉承家族传统，自幼学习汉籍，精通汉文。宋濂称他年纪轻轻就已“博及群书，旁通天文、地理、律历、术数及释老医卜之说，下笔为文，若宿者”（《元史·耶律楚材传》）。元太宗即位后，他被任命为主管汉人文书的必阇赤（即中书令），为新朝的礼制、政治、经济、文化的建设和保存，以及发扬中原文化做出了许多贡献。

耶律楚材能文善诗，有开元代文学风气之功，著有《湛然居士文集》，其中除了一小部分是文章外，绝大部分都是诗歌，共有678首。耶律楚材推崇苏轼、黄庭坚，他的诗歌大都平易自然、挥洒自如、雄放俊逸、酣洒淋漓。清人顾嗣立曾高度评价他的诗作：“雄篇秀句，散落人间，为一代词臣倡始，非偶然也。”（《元诗选》乙集“耶律楚材小传”）从创作倾向上看，耶律楚材的诗歌以描写边塞风光和西域景物的作品最为人称道。如歌行体《过阴山和人韵》，此诗作于元太祖十四年（1219），是作者扈从成吉思汗西征过阴山时，依韵和全真教祖丘处机诗而作，诗歌化用了李白《蜀道难》“黄鹤之飞尚不得过，猿猱欲度愁攀援”的句意，以雄放豪健的笔力，勾勒出阴山风光的奇瑰壮丽，渲染了蒙古西征大军的声势兵威，写得动荡开阖、气象万千，风骨遒健，格调刚劲。

二、萨都剌（1282—?），字天锡，号直斋，回族人，其祖父以功留镇代郡，遂居雁门（今山西省代县）。他精通汉语，具有较丰厚的文化素养，是元代少数民族诗人中以汉语写诗的佼佼者。他的诗歌既有忧国伤时、反映民生疾苦之作，也有写自然景物的山水、边塞诗，既有感叹个人身世的借古喻今之作，也有设色浓丽的宫词、艳情乐府。这些诗歌大多风格俊逸，清新自然，诚如顾嗣立《元诗选》所说：“天锡诗有清气，不是一味秾丽，故佳。”

萨都剌与社会现实有着广泛的接触，他的许多作品都深刻地反映了当时的社会问题，如《鬻女谣》写饥荒年间灾民的苦难；《早发黄河即事》揭露了元代贫富极其不均的社会现状；《征妇怨》批判了元代不义战争给人民带来的苦难。这些表现元代现实生活的诗歌，广泛地反映了元代社会的种种危机，融入了作者忧国伤时的无限感慨，堪称一部有声有色的元代历史。

从总体上看，最能代表萨都剌创作才思和艺术风格的，要数他描绘山水景物和风土人情的作品。他幼年生活在北国燕地，又长期宦游江南，可谓遍历南北。他用格调清新、充满深情的笔触描绘了塞北的风沙和江南的烟雨，随物赋形，笔调清丽。例如《送吴寅可之扬州》的“青杨吹白花，银鱼跳碧藻”，充满了诗情画意；《题淮安王氏小楼》的“满江梅雨风吹散，无数青山渡水来”，洋溢着生命的律动；再如《上京即事五首》其三“牛羊散漫落日下，野草生香乳酪甜。卷地朔风沙似雪，家家行帐下毡帘”，作者以清丽自然的笔调描摹了塞外风景，堪称一幅经典的游牧民族生活风景画，洋溢着自然生动的清新气息。

三、贯云石（1286—1324），本名小云石海涯，自号酸斋，又号芦花道人，维吾尔族杰出的文学家。元功臣阿里海涯之孙，初袭父官，曾任两淮万户府达鲁花赤。贯云石自幼勇猛，膂力过人，善骑射，能腾身上马，运槊生风。后习文，从姚燧读书，精通汉文，在诗、文、词、曲、书法等方面都有可观的成就。他的散曲多写逸乐生活和男女风情，笔调骏快爽朗，堪称元代第一流的散曲名家。其散曲多与徐再思（号甜斋）相唱和，后人辑二家作品，合称《酸甜乐府》。

贯云石现存小令79首，套曲8套。叹世归隐、鄙弃功名是其散曲创作的重要主题，例如创作于延祐元年（1314）“称疾还江南之后”的【双调·清江引】,将人们竞相追逐的功名利禄生动地形容为“车下坡”,力图惊醒红尘中的迷途者，把自己的辞官归隐，摆脱羁绊称为“争如我避风波走在安乐窝”,更用直率和坦诚的笔调介绍了隐逸生活“醒了醉还醒，卧了重还卧”的闲适自在，使整个作品散发出俊逸之气，为贯云石赢得了“俊逸为当行之冠”的赞誉。

贯云石的诗歌创作也都豪放旷达，潇洒自然，抒写着他寄情自然、追求闲适的不羁个性与生活态度。例如七律《芦花被》:“采得芦花不涴尘，翠蓑聊复藉为茵。西风刮梦秋无际，夜月生香雪满身。毛骨已随天地老，声名不让古今贫。青绫莫为鸳鸯妒，欸乃声中别有春。”这首诗歌的创作过程也是元代诗坛的一大佳话。据载，公元1314年秋天，贯云石辞官南游途中经过梁山泊，见一渔翁正在织芦花被，贯云石喜爱芦花体清质洁、朴野无华的美，便拿自己的绸被与之交换，渔翁见贯云石像个文人，便要他用诗来交换。贯云石略加思索，援笔立成此诗。诗歌语言清新雅洁，借芦花的清香洁白，抒写了作者不慕荣华的高洁胸怀和疏放旷达的率真性情，与其“芦花道人”的别号相得益彰。

199. 诸宫调的文体特征是什么？诸宫调对中国戏曲的成熟具有怎样的作用？

答：诸宫调是中国宋元时期盛行的一种大型说唱艺术。北宋王灼的《碧鸡漫志》记载：“熙丰、元祐间……泽州孔三传者，首创诸宫调古传，士大夫皆能诵之。”据说，孔三传把唐宋的词与大曲、宋代的唱赚缠令和当时北方流行的民间俗曲整合在一起，按照声律的高低归入不同的宫调，进行说唱而首创诸宫调。所谓诸宫调，是相对于一个宫调的说唱形式而言的，其中唱的部分汇集了若干套不同宫调的曲子，进行轮递歌唱，故取此名。在郑振铎看来，“‘诸宫调’是宋代‘讲唱文’里最伟大的一种文体，不仅以篇幅的浩瀚著，且以精密、严饬的结构著。”①

---

① 郑振铎. 中国俗文学史［M］. 北京：团结出版社，2006：306.

总体来看，诸宫调具有以下两方面特点：

一、在音乐体制上，诸宫调是由诸多宫调组合而成的一个艺术整体，宫调之间用“说话”来过渡。作为说唱体文学形式之一，诸宫调往往选取同一宫调的若干曲牌联成短套，首尾一韵，再用不同宫调的许多短套联成长篇，套曲少则一二首，多则十多首，其间插入一定的说白，与唱词配合，以说唱长篇故事，因此称为“诸宫调”或“诸般宫调”。北宋末年是诸宫调的鼎盛时期，北方的诸宫调多以琵琶和筝伴奏，故北方诸宫调也称“弹词”或“弦索”。宋室南渡后，诸宫调也随之传至南方，逐渐演变成了南诸宫调，伴奏乐器也改为以笛子为主。

就演唱的部分而言，诸宫调讲究宫调与曲牌，更讲究“宫调声情”：仙吕调声情清新，往往被放在故事的开头；双调声情激健，往往被放在故事的结尾；南吕调声情悲切，往往被放在故事中间，营造曲折多变、一唱三叹的审美效果。说白的部分经常穿插在每一宫调的结尾，起到承上启下的作用。像《西厢记诸宫调》卷一就以“这本话儿”代指将要说唱的故事，南戏《张协状元》开头由五个不同宫调的隽曲联成，各曲间也插有说白。可以看出，诸宫调与民间说话是孪生的艺术种类。

二、在文学特性上，诸宫调作为一门流行在勾栏瓦肆的技艺，属于“通俗文学”一类，“以俗为美”是诸宫调最明显的审美特征。首先，在语言上，诸宫调大量使用方言俗语和民间口语等通俗化的词语，形成了朴拙自然的语言风格。例如《西厢记诸宫调》卷一《般涉调·哨遍缠令》中讲“一夜葫芦提闹到晓”，卷三《南吕宫·瑶台月》中讲“被这积世的老虔婆瞒过我”，这里的“葫芦提”“积世”“老虔婆”都是当时流行的民间俗语。其次，思想内容的世俗化也是诸宫调重要的文学特征。相比较于文人文学，诸宫调作品往往以宋金元时期的民间生活为参照，讲述小人物的故事，反映了广大市民阶层的日常生活和思想观念。诸宫调的作品，无论是风流情爱，还是铁骑刀兵，抑或是历史风云，都寄托着市井民众的生活愿望和观念理想。

诸宫调的曲目大部分都已遗失，今存有《西厢记诸宫调》《刘知远诸宫调》《天宝遗事诸宫调》。《西厢记诸宫调》是现存唯一完整的诸宫调作品，曲尽其妙地讲述了张生与崔莺莺之间波澜起伏、好事多磨的恋爱故事。《刘知远诸宫调》叙述刘知远发迹及其与妻子李三娘悲欢离合的故事，《天宝遗事诸宫调》叙述唐天宝年间李隆基与杨玉环的爱情故事。这些作品都表现出通俗文学的艺术特性，语言通俗晓畅，思想内容世俗化，审美趣味大众化。

诸宫调的繁荣，为后世戏曲艺术的发展开辟了道路。宋代周密的《武林旧事》“官本杂剧段数”中就载有《诸宫调霸王》《诸宫调卦册儿》二目，可知当时诸宫调的曲调已经用来演唱宋杂剧了。到了元代，说唱诸宫调虽然已经渐趋衰落，但其曲调对北方杂剧的形成却发生重要的影响，郑振铎在《宋金元诸宫调考》中就曾指出：“诸宫调的更为伟大的影响，却存在元人杂剧里。”①诸宫调许多重要的艺术手段，都为元杂剧所吸收利用，例如元杂剧的分为旦本、末本，一人主唱的角色体制，套曲的组织方式等，都直接受到诸宫调的影响。可以说，诸宫调为中国戏曲艺术的成熟奠定了基础。

200. 金院本有哪些特点？其对元杂剧的成熟具有怎样的推动作用？

答：宋代杂剧是中国戏曲艺术成熟的先声。在勾栏瓦肆中遍地开花的宋杂剧实际上有北杂剧，也有南杂剧，也就是南戏。南戏诞生于北宋宣和年间（1119—1125）的浙江省温州地区，在南方城市广泛流行。女真人统治的金朝于公元1125年灭辽，1127年灭北宋，统治了中国的东北和华北地区。北宋灭亡后，宋杂剧依然在北方流行，并且成为金朝戏曲的主要形式，因其在金朝流行的过程中添加了一些新的特色，所以人们把在金代流行的戏曲称为“金院本”，意谓行院演唱用的本子。

可以说，金院本是从北宋杂剧发展而来，而与南宋杂剧出于同

---

① 郑振铎．中国文学研究［M］．北京：作家出版社，1957：962.

源。元代陶宗仪在其《南村辍耕录》卷二十五中记载："唐有传奇，宋有戏曲、唱诨、词说，金有院本、杂剧、诸宫调。院本、杂剧，其实一也。国朝院本、杂剧始厘而二之。"金院本保留了宋杂剧的演出形式，具有更为完善的戏曲艺术特点，堪称中国戏曲形成的先声，为元杂剧的成熟铺平了道路。

一、在角色体制上，金院本保留了宋杂剧的形式特征。元代夏庭芝《青楼集志》记载，"院本始作，凡五人：一曰副净，古谓参军；一曰副末，古谓之苍鹘，以末可扑净，如鹘能击禽鸟也；一曰引戏；一曰末泥；一曰孤。又谓之'五花爨弄'。"可见，金院本的基础角色也为五个。除此之外，金院本还有捷讥、装旦、靓（副净）等，这些角色后来都被元杂剧所吸收、改造，为元杂剧的角色体制成熟提供了具有舞台艺术价值的必备条件。

另外，宋杂剧的角色已经出现了简单的化妆，而金院本的角色在化妆方面要表现得更为复杂。金末元初散曲家杜仁杰在其《般涉调·耍孩儿》中讲述了一位农民进城观看戏曲的场景，其中就记录了舞台演出的面貌："一个女孩儿转了几遭，不多时引出一伙，中间里一个央人货，裹着枚皂头巾，顶门上插一管笔，满脸石灰更着些黑道儿抹。知他待是如何过？浑身上下，则穿领花布直裰。"这种"满脸石灰更着些黑道儿抹"的化妆方式，成为中国传统戏曲勾画脸谱的艺术先河。在宋杂剧和金院本的影响下，元杂剧的脸谱化更为成熟，"公忠者雕以正貌，奸邪者与之丑貌"（耐得翁《都城纪胜》）。

二、在演出形式上，金院本表现得更加完备。夏庭芝的《青楼集志》记载："又有焰段，类院本而差简，盖取其如火焰之易明灭也。"这里所讲的"焰段"，也就是宋杂剧中的"艳段"。宋杂剧在演出形式上分为艳段、正杂剧、散段三部分四大段，不过这种划分基本是形式上的存在，在内容上却彼此各不相干。而金院本则表现得更加完整、更加连贯，它的"艳段"不仅在内容上与正杂剧的部分相互关联，更开始了各种身份人物的家门程序表演。可以看出，由宋杂剧而发展为元杂剧一本四折的演出形式，金院本在其中发挥了重要的中间作用。

同时，就“艳段”本身的表演而言，金院本也在宋杂剧的基础上有了进一步发展。据文献记载，金院本的艳段比宋杂剧要显得更加丰富，不仅有“诸杂院爨”,还有“冲撞引首”“拴搐艳段”“打略拴搐”等演出名目，这些演出形式也极大地增强了金院本的故事性。与此相近，在“正杂剧”中，金院本与多出了“院么”的部分，同样扩充了院本的表演容量，增强了故事情节的复杂性。这些演出形式上的变化，都为元代杂剧在故事情节和表演基础上的成熟起到了铺垫的作用。

三、金院本的说白、诨科更加成熟，对元杂剧的影响也十分明显。陶宗仪《南村辍耕录》卷二十五“院本名目”中收录了上百个院本名目，其中绝大多数应属于偏重于科白，滑稽成分较浓的杂剧形式，诚如南宋吴自牧《梦粱录》卷二十所载杂剧“大抵全以故事，务在滑稽唱念，应对通遍”。

金院本并无独立的作品流传下来，但是，今天我们可以从插演在元杂剧中的片段了解到其重科白、重滑稽的艺术特色。明初朱有燉的《吕洞宾花月神仙会》杂剧的第二折就有一段《长寿仙献香添寿》院本，这段院本“作品”完全没有曲辞，都是以科白的表演形式展开，滑稽成分很浓，可见其中所保留的金院本的原始风格。另外，元代无名氏《摩利支飞刀对箭》杂剧的第二折开头有张士贵“自报家门”一段，学者胡忌在其《宋金杂剧考》中认为这段表演应属于金院本“卒子家门”类中的《针儿线》,此段也是以说白和诨科的形式来表演的。虽然元杂剧的主要表演形式是一人主唱，但作为中国戏曲艺术最典型的成熟形态，其中的宾白与科介也有了完善的发展。而金院本偏重于科白，滑稽表演特色浓郁的艺术特征，则对元杂剧的成熟起到了直接的推动作用。

201.“元曲四大家”都有谁？他们的杂剧成就如何？

答：“元曲四大家”指关汉卿、白朴、马致远和郑光祖四位元代杂剧的代表作家。近代学者王国维在《宋元戏曲史》中说：“元代曲家，自明以来，称关、马、郑、白，然以其年代及造诣论之，宁称关、白、马、郑为妥也。”①四位作家代表了元代杂剧创作的最高成就，其中以关汉卿最为著名。

关汉卿

一、关汉卿（约1220—约1300），元大都（今北京）人，号已斋叟，是中国文学史上一位伟大的戏曲作家，也是元代杂剧作家中最杰出的代表。《析津志·名宦传》中记载，关汉卿“生而倜傥，博学能文，滑稽多智，蕴藉风流，为一时之冠”。关汉卿一生创作了六十多种杂剧，大多直接取材于现实生活，即使是改编自历史故事的剧作，也能够融入他对当下生存状况的深切感受，反映出鲜明的时代精神，代表了普通民众的生活愿望，具有强烈的时代感与历史感，也正因此，关汉卿被公认为是一位“人民戏剧家”。

具体说来，关汉卿的杂剧创作主要有三个方面：第一，洞察社会现实，批判社会黑暗，抨击邪恶势力的悲剧作品，例如《窦娥冤》等；第二，改编自历史故事，借历史人物表现作者对现实生活的批判，寄托作者生活理想的历史剧，例如《单刀会》《西蜀梦》《哭存孝》等；第三，揭露统治阶级的凶残与蛮横，歌颂下层妇女机智勇敢的反抗斗争的喜剧作品，例如《救风尘》《望江亭》等。关汉卿的杂剧作品笔锋尖锐，主题深刻，总能在塑造平凡的小人物的过程中揭示社会本质。

二、白朴（1226—1306），字仁甫，原名恒，后改名朴，祖籍陕

① 王国维．宋元戏曲史［M］．上海：上海古籍出版社，1998：103.

州（今山西河曲县）。明代王世贞在《曲藻序》中称白朴“富有才情，兼善声律，以故遂擅一代之长”。白朴剧作以文采取胜，是元代杂剧的代表作家之一。白朴一生创作杂剧十六种，今存三种，最具代表性的作品是《梧桐雨》和《墙头马上》。

《梧桐雨》写唐明皇与杨贵妃的爱情故事。杂剧取名自白居易的《长恨歌》“春风桃李花开日，秋雨梧桐叶落时”的诗句，通过李、杨的爱情悲剧抒写了人世的沧桑，深刻地揭露了沉痛的人生变幻的题旨。故事讲安史之乱爆发，唐明皇仓促入蜀，马嵬坡前，大军不进，请诛杨贵妃，明皇只得命杨贵妃自缢于佛堂。后唐明皇返回长安，对贵妃思念不已，一日梦见贵妃，却被梧桐雨声惊醒，追忆往日长生殿中对星盟誓，无限惆怅。剧作冲突生动跌宕，笔墨酣畅优美，曲情优雅含蓄，在浓郁的诗意之中叙述了人世的动乱与命运的沧桑，是一部凄美婉转的悲剧作品。

三、马致远，他活动时间稍晚于关汉卿和白朴，大约出生于公元1250年，卒于公元1324年，字千里，号东篱，大都（今北京）人。马致远年轻时曾热衷功名，但终不见用，经历了“二十年漂泊生涯”之后，看透人生的荣辱，退隐林泉，贾仲明称他是“万花丛中马神仙”（《录鬼簿续编》）。马致远的杂剧创作以神仙道化剧居多，共有杂剧十五种，现存七种，有《荐福碑》《青衫泪》《岳阳楼》《汉宫秋》《黄粱梦》《陈抟高卧》《任风子》。

《汉宫秋》是元杂剧中著名的悲剧作品，也是马致远神仙道化剧之外的最经典的作品。杂剧讲述了王昭君出塞和亲的故事，在历史记载的基础上，虚构了大量的悲剧情节，例如大汉与匈奴之间的关系，写孱弱的汉王朝深受强大匈奴的压迫，汉元帝是一个软弱无能而又多愁善感的皇帝，王昭君也并非自请和亲，而是受毛延寿投敌叛国所害，被迫和亲，她最后在大汉与匈奴的交界处黑龙江含愤投江。整个作品始终萦绕着一种家国离恨的凄凉与哀愁。可以看出，这部悲剧作品饱含了作者的民族情绪，在元代特定的历史条件下，代表了汉族知识分子普遍具有的民族情怀。

四、郑光祖，生卒年不详，字德辉，平阳（今山西临汾）人，是元代后期的杂剧作家。关于郑光祖的生平事迹记载不多，但从《录鬼簿》中可知他名声很大，“名香天下，声振闺阁，伶伦辈称郑老先生，皆知其为德辉也”。郑光祖有杂剧十七种，现存七种，最有代表性的是《倩女离魂》。

杂剧故事取材于唐代陈玄佑的传奇小说《离魂记》,讲述了张倩女因情生病，为追真爱而灵魂出窍，追随青梅竹马的王举人，最后终于肉身与灵魂合一，完成美满婚姻的故事。杂剧文采优美，曲辞清丽，富有浓厚的诗意，更充满了强烈的浪漫主义气息。剧作家大胆地设计了离魂的情节，成功地塑造了一位对爱情忠贞不渝，大胆反抗封建礼教，勇敢追求自由爱情的女性形象。巧妙的艺术构思中包含着深刻的现实意义，卧病的肉体忍受着沉重的痛苦，象征着封建礼教对妇女的压迫，出窍的灵魂勇敢地守卫爱情，代表了敢于与封建礼教作斗争的自由情怀。在灵与肉的挣扎与分离中抒写了一曲荡气回肠的真爱颂歌。

202. 如何理解散曲的艺术风格和审美特征?

答：散曲起源于金元时期，是在北方民间俗谣俚曲的基础上发展起来的一种诗歌变体，从结构上可分为小令、中调和长调。元代，散曲艺术获得了蓬勃的发展，成为继唐诗、宋词之后，又一具有独特审美风格的“一代之文学”。可以说，散曲的盛行，实现了中国古代诗词在审美情趣和艺术风格上的一次大转变。散曲之“散”是相对于其他格律严整的诗体而言的。就体式来讲，散曲自由活泼、灵活开放、长短自如，不像传统诗词那样有着严格的格律限制；从语言来看，散曲通俗诙谐、豪放泼辣、生动形象，不像传统诗词那样崇尚唯美含蓄。

开放的体式与通俗的语言使得散曲艺术区别于传统文学的含蓄蕴藉和温柔敦厚，而表现出一种活泼诙谐、酣畅淋漓的审美情调。具体说来，元代散曲的艺术风格和审美特征主要表现为以下两个方面：

一、不避俚俗的大众化语言和寓庄于谐的风格意趣。散曲是金元时期兴起于北方地区的一种新型乐歌，其依托的音乐体系原为唐宋时期的燕乐小歌词，其创作队伍多为元代跻身于勾栏的市井文人。北曲的通俗性和创作的民间性，决定了散曲在语言上的俚俗倾向和在风格上的谐趣意味。散曲的这一特征被元明时人称为“蒜酪”“蛤蜊”风味。以俊语熟字、俚语俗谚之言入曲，表现市井细民的平庸生活，以鄙俗为工，以丑陋为美，以谐趣为尚，使得散曲艺术成为真正的平民文学。诸如王和卿的《咏大蝴蝶》《长毛小狗》,关汉卿的《秃指甲》,白朴的《佳人脸上黑痣》,周文质的《赋妇人染红指甲》,刘时中的《鞋杯》等作品，都是以俗物为谈资，以日用为话题，比物赋形，夸丑叹美，谈瑕道疵，竭尽鄙俚诙谐之致。

诚如近人任讷在《散曲概论》中所讲：“衡其（散曲）作品之大多数量，虽为风云月露，游戏讥嘲，而意境所到，材料所收，固古今上下，文质雅俗，恢恢乎从不知有所限，从不辨孰者为可能，而孰者为不可能，孰者为能容，而孰者为不能容也。其涵盖之广，固诗文之所不及。”①元人散曲大量采用民间鄙俚驳杂的材料入曲，有意识地吸纳民间俗语口语，化丑为美，以夸张诙谐的表达营造滑稽俚俗的艺术氛围，打破了传统诗词“文以载道”的高雅格局，成就了散曲在整体上的以俗为趣的美学特征。

二、代言抒情的歌唱体制与自然酣畅的审美取向。在元代特殊的历史境遇之下，汉族文人知识分子的不平与牢骚是前所未有的，他们通过诙谐戏谑的散曲创作，倾吐块垒、直抒胸臆，确认自我、叩问人生，反叛传统、任情娱戏，让散曲成为他们的代言之作，在其中毫不掩饰地抒发满腹的悲凉、内心的感慨。将杂剧的“代言体”和诗歌的抒情化特征结合起来，使得散曲艺术因淋漓抒情而表现出一种自然酣畅的审美意境。元代文人在散曲艺术中的酣畅抒情可以从以下四个方面进行梳理：

（一）因沉抑下僚而表达愤世嫉俗的强烈情感。例如乔吉的【双

---

① 任二北．散曲之研究；王小盾，杨栋．词曲研究［M］．武汉：湖北教育出版社，2004：394.

调·卖花声】《悟世》:“肝肠百炼炉间铁，富贵三更枕上蝶，功名两字酒中蛇。尖风薄雪，残杯冷炙，掩清灯竹篱茅舍。”直白地道出了沉抑下僚的失意文人生活的贫愁和对世情的醒悟，也直言不讳地表达了对功名的鄙弃与不屑，字里行间饱含牢骚不平与愤世嫉俗。关汉卿的【南吕·一枝花】《不伏老》塑造了一个潇洒自在、无拘无束的“浪子形象”,表达了对这个纲常解纽、礼义不存的污浊时世的强烈批判。

（二）因进退失据而表达出反叛传统的独特个性。元代文人通过嬉笑怒骂的散曲创作，讥时讽世，嘲弄权威，在散曲艺术家的笔下，古代的贤臣成为嘲笑的对象，“说英雄谁是英雄？五眼鸡岐山鸣凤，两头蛇南阳卧龙，三脚猫渭水飞熊”（张鸣善【双调·水仙子】《讥时》)。圣贤孔子也受到了戏弄，“学孔子尝闻俎豆，喜严陵不事王侯，百尺云帆洞庭秋。醉呼元亮酒，懒上仲宣楼，功名不挂口”（张可久【中吕·红绣鞋】《次崔雪竹韵》)。传统社会的人生价值与社会理想完全被颠覆了。

（三）因感伤失落而表现出徜徉山水的自由心境。马致远【南吕·四块玉】《恬退》:“三顷田，五亩宅，归去来。”乔吉【正宫·醉太平】《乐闲》:“唤樵青、椰瓢倾、云浅松醪剩，倚围屏、洞仙酣、露冷石床净，挂枯藤、野猿啼、月淡纸窗明，老先生睡醒。”张可久【双调·折桂令】《幽居》:“生计无多，陶令琴书，杜曲桑麻。”从以上曲词中均可看出元代文人标榜恬退隐逸的闲适生活，在散曲创作中寄寓了看破世间纷争、意欲不问世事的隐逸情怀，表达出任性自适、逍遥放旷的人生境界。

（四）因托身市井而表现出恣肆狂荡的俗情俗趣。既然进仕无门，便索性托身市井，做一个“郎君领袖”“浪子班头”,元代文人们在他们的散曲创作中对传统的道德理念进行了大胆的挑战。徐再思【双调·沉醉东风】《春情》刻画了一位自主择偶，大胆追求爱情的少女形象，把少女主动追求爱情的独立精神和渴望美好婚姻的内心悸动表现得栩栩如生；吴弘道【大石调·青杏子】《惜春》描写了一位少妇凭栏远眺、思念爱人的焦虑心绪。这些女性题材的散曲作品，充分展示了市井女子温柔又泼辣、大胆又热情、勇敢又聪慧的个性特征，赞扬了她们敢于蔑视封建礼教、大胆追求真挚爱情的独立精神，让散曲艺术充满了反叛传统的野性思维。

203. 关汉卿散曲创作的成就如何？有哪些代表性作品？

答：关汉卿不仅是元代杰出的杂剧作家，也是一位非常优秀的散曲作家，他一生共创作散曲七十多篇，其中小令 57 首，套数 13 首，残曲 6 首，据李占鹏《关汉卿评传》统计，关汉卿的散曲创作在元代曲家中仅次于张可久、乔吉和马致远，而位居第四。关汉卿的散曲作品，无论在思想境界方面，还是在艺术风格方面，都在元代散曲史上占有重要地位，近代学者王国维更高度赞扬了关汉卿的散曲艺术，称其“曲尽人情，字字本色”。①

从总体上看，关汉卿的散曲成就主要表现为以下五个方面：

一、自述抱负，述志遣兴的作品，语言泼辣，率性不羁。在此类作品中，关汉卿将自己的生活信念和自由个性酣畅淋漓地挥洒而出，表现出“疏野”的审美品格。【南吕·一枝花】《不伏老》是这类作品的经典代表。在此曲中，关汉卿自写身世、抒发怀抱，一反儒家“温柔敦厚”的“中和”之美，任性洒脱地自嘲自乐、自励自勉，其中最精彩的一段展示了关汉卿独特的人生意趣：“我是个蒸不烂、煮不熟、捶不扁、炒不爆、响铛铛一粒铜豌豆……则除是阎王亲自唤，神鬼自来勾，三魂归地府，七魄丧冥幽。天哪，那其间才不向烟花路上走!”曲作表现了关汉卿风流浪子的率性精神，不但是研究关汉卿生平思想的重要依据，更是元代散曲中不可多得的佳作。

二、歌颂青春男女自由爱情的作品，热情奔放，生动细腻。在描写爱情方面，关汉卿以惊世骇俗之笔，揭开了封建社会道貌岸然的虚伪面纱，赞美了男女相悦的自由爱情。【仙吕·一半儿】《题情》堪称此类作品的经典代表：“云鬓雾鬓胜堆鸦，浅露金莲簌绛

---

① 王国维. 宋元戏曲史：元剧之文章［M］. 上海：上海古籍出版社，1998：104.

纱，不比等闲墙外花。骂你个俏冤家，一半儿难当一半儿耍。碧纱窗外静无人，跪在床前忙要亲。骂了个负心回转身。虽是我话儿嗔，一半儿推辞一半儿肯。银台灯灭篆烟残，独入罗帏掩泪眼，乍孤眠好教人情兴懒。薄设设被儿单，一半儿温和一半儿寒。多情多绪小冤家，迤逗得人来憔悴煞，说来的话先瞒过咱。怎知他，一半儿真实一半儿假。”四支曲子用同一曲调，以对话的形式描写了一对少男少女从一见钟情到厮守戏耍，再到别后相思的爱情历程，将两性欢情写得大胆泼辣，让传统文人所不齿的人之本性充满了活泼的朝气与青春的生命力，精彩地再现了关汉卿的散曲雅俗共赏、本色当行的审美特色。

三、描写繁华都市与人文景观的作品，质朴自然，通俗生动。作为跻身市井的下层文人，关汉卿不仅热爱现实生活，更钟情于热闹繁华的都市，他的许多散曲作品精彩地表现了元代繁华热闹的都市人文景观，这类作品用元代时人的话说，可谓“造语妖娆”（贯云石《阳春白雪序》），“字畅语俊”（周德清《中原音韵序》）。【南吕·一枝花】《杭州景》从自己对杭州城“堪羡堪题”的切身感受出发，描绘了其“百十里街衢整齐，万余家楼阁参差，并无半答儿闲田地”的繁华景象；【南吕·一枝花】《赠朱帘秀》在赞美朱帘秀的人才出众、色艺俱佳的同时，也真实地呈现了元代杭州的繁华景象，“绮窗相近，翠户相连，雕栊相映，绣幕相牵。拂苔痕满砌榆钱，惹扬花飞点如绵”。这些作品通俗生动，率真本色，和北宋柳永的《望海潮》颇有异曲同工之妙。

四、抒写羁旅行役与离愁别绪的作品，纤秀柔美，情调婉约。这类散曲是关汉卿最接近婉约派宋词的创作，例如【双调·碧玉箫】《膝上琴横》：“膝上琴横，哀愁动离情，指下风生。潇洒弄清声，锁窗前月色明，雕阑外夜气清。指法轻，助起骚人兴。听，正漏断人初静。”这支曲子写了一位女子在弹琴中所倾注的离别相思，孤独的寒窗，凄清的夜色渲染着曲调的哀伤，让女子的离愁别绪与清朗寂谧的夜色交融在一起，可谓景语即情语，深婉动人，满溢着文人词的审美韵致和艺术意境。王国维称关汉卿是“曲中柳耆卿”，由此可见一斑。

五、写景抒情的作品，清丽流畅，蕴藉细腻。写景之作在关汉卿的散曲中可谓少数，但这类作品总能以景写情，运用诗化的语言营造清丽的意境，让人读之回味无穷。例如他的【正宫·白鹤子】（四首）都可看作是诗意浓郁的五言诗："四时春富贵，万物酒风流。澄澄水如蓝，灼灼花如绣。""花边停骏马，柳外缆轻舟。湖内画船交，湖上骅骝骤。""鸟啼花影里，人立粉墙头。春意两相牵，秋水双波溜。""香焚金鸭鼎，闲傍小红楼。月在柳梢头，人约黄昏后。"四首曲子有如四幅恬静温馨的图画，再现了旖旎富丽、一派生机的春，画舫游动、色彩绚丽的夏，两情缱绻、意境朦胧的秋，和缠绵孤寂、蕴藉深婉的冬，很有唐代山水诗的审美意趣。也因此，今人郑振铎在《中国俗文学史》中称关汉卿的散曲"几乎没有一句不是文莹的珠玉"。①

204. 马致远为什么被誉为"曲状元"?其散曲在艺术上有何特色?

答：马致远是元代的散曲大家，在元代散曲家中具有领导群英的地位，素有"曲状元"之称。今存小令104首，套曲17首，包括写景、叹世、闺情、世象四类，辑为《东篱乐府》。马致远的散曲声调和谐优美，语言疏宕豪爽，词采清朗俊雅，风格豪放飘逸，与关汉卿散曲浓厚的世俗情趣相比，表现出更多的传统文人气息，体现了元代散曲创作由本色自然向多样化发展的审美历程。朱权高度赞誉马致远的散曲创作，评曰："马东篱之词，如朝阳鸣凤。其词典雅清丽，可与灵光景福两相颉颃，有振鬣长鸣万马皆瘖之意。又若神凤飞于九霄，岂可与凡鸟共语哉！宜列群英之上。"（《太和正音谱·古今群英乐府格势》）

总体上看，马致远的散曲具有以下五个方面的艺术特色，成就了其"曲状元"的美誉：

① 郑振铎．中国俗文学史［M］．北京：团结出版社，2006：363.

一、以腔传词，音律和谐。北曲本源于民间俗乐，但经由文人的介入，音律逐渐考究，马致远的散曲就明显地体现出对仗工稳妥帖，音律严密、渐欲词化的艺术特色。严格地按照散曲曲牌以自声行腔，正是周德清在《中原音韵》中称赞马致远的主要原因之一。例如，在评价【越调·天净沙】《秋思》时，指出："前三对。更'瘦''马'二字去上，极妙。秋思之祖也。"在评价【双调·夜行船】《秋思》时，称道："此方是乐府，不重韵，无衬字，韵险，语俊。谚云：'百中无一。'余曰：'万中无一。'看他用'蝶''穴''杰''别''竭''绝'字，是入声作平声；……'灭''月''叶'是入声作去声。无一字不妥，后辈学去！"虽然古代汉语的声韵行腔我们今天多不能体味，但从周德清的赞誉之中，足可窥见马致远散曲在乐音旋律方面的艺术成就。

二、语言雅俗兼备，意蕴丰富。马致远散曲的语言既受到当时口语的影响，吸收了大量民间俗语，又兼用了许多文人惯用的词汇，放逸宏丽而不离本色，形成了他自然流畅、俗雅双炼的语言艺术。他全用俗语写成的曲作，如【双调·寿阳曲】《春将暮》："从别后，音信绝，薄情种害煞人也。逢一个见一个因话说，不信你耳轮儿不热。"读来生动形象、自然活泼，全无浅薄矫情之味。他全用文言写成的曲作，如【双调·寿阳曲】《江天暮雪》："天将暮，雪乱舞，半梅花半飘柳絮。江上晚来堪画处，钓鱼人一蓑归去。"意境深邃，韵味无穷，颇有诗词风致。可以看出，马致远散曲的语言堪谓"文而不文，俗而不俗"，亦鲜明地代表了元散曲"造语必俊，用字必熟"（周德清《中原音韵·作词十法·造语》）的审美特征。

三、环境渲染、诗情画意相交融。马致远的写景之作，往往能够以凝练的笔法构筑诗意的图景，将景物巧妙地放在画面的空间之中，使曲中景致充满层次感、错落感，并运用诉诸感官的秾丽辞藻加以渲染，而表现出一种疏淡清旷之美。例如上文提到的《江天暮雪》，这首小令属于"潇湘八景"组曲之一，以宋代画家宋迪的八幅以潇湘风景写平远山水的画作为题材，以"天将暮"起笔，为整个画面铺垫了一层幽深的色彩，进而以虚实相生的笔法，绘制了一幅飞雪乱舞、寒江独钓的清幽深邃图景，风神蕴藉，意味隽永，与柳宗元的《江雪》“孤舟蓑笠翁，独钓寒江雪”，张志和的《渔父》“青箬笠，绿蓑衣，斜风细雨不须归”颇有异曲同工之妙。也正因此，近人冯沅君称“马致远颇似词中苏轼”，“于豪放外兼有清逸”。①

四、巧用典故，借古论今。借古人之酒杯，浇自己之块垒，是中国古代文人惯用的艺术表现手法，这种善用典故、精于点化的艺术手法在马致远的散曲中表现得尤为明显。例如他的【双调·拨不断】《叹世》：“布衣中，问英雄，王图霸业成何用？禾黍高低六代宫，楸梧远近千官冢？一场恶梦。”最后两句借用了许浑的《金陵怀古》中的诗句“楸梧远近千官冢，禾黍高低六代宫”。马致远此曲在对许浑原诗的化用中，融入了自己的精神和风格，表现出颇富新意的创造性，于曲中抒发了兴亡之感，流露出虚无与厌世的感伤情调。再如【双调·拨不断】《叹寒儒》：“叹寒儒，谩读书，读书须索题桥柱。题柱虽乘驷马车，乘车谁买《长门赋》？且看了长安回去！”曲作借用司马相如的典故，发泄了自己怀才不遇的愤慨。作品将司马相如题桥柱、乘驷马车、作《长门赋》的三段经历化用为三句曲词，以他的遭际生发，来“叹寒儒，谩读书”，借古论今，表达了对文人士子们卑微身份的无奈之情，抨击了元代社会贬抑文士的残酷现实。

五、人物刻画，性格鲜明。散曲作为一种诗歌的变体，本属于抒情文学，或者用来抒情言志，或者用来描绘山水，而很少展开叙事性的创作，更少有人物形象的勾勒刻画。而马致远的散曲则别出心裁，不仅巧妙地刻画了形象，更精彩地展现了人物的个性特征。【般涉调·耍孩儿】《借马》就是这方面的经典代表。这首套曲以诙谐风趣的语言，生动传神的细节刻画和细致入微的心理描写，塑造了一个爱马如命、既悭吝又憨厚的人物形象。全曲由九支曲子组成，分为三个部分。第一部分包括开头的一二支曲子，由借马的问题展开马主人和借马者之间的矛盾；第二部分包括中间的五支曲子，曲

① 陆侃如、冯沅君．中国诗史［M］．天津：百花文艺出版社，1999：591.

词循序渐进，运用漫画的笔法，精雕细刻，表现了马主人的两难心理，将马主人既不愿把马借给他人，但又怕伤了朋友脸面的矛盾心理淋漓尽致地描摹出来；第三部分包括最后两支曲子，极尽摹写马被借走之后，马主人的苦痛与焦灼。整个套曲由外在形象的描写，到内在心理的刻画，惟妙惟肖地刻画出马主人悭吝憨厚的个性形象，使得曲作充满了浓郁的喜剧色彩。

205. 什么是元曲小令？如何理解马致远的小令【越调·天净沙】《秋思》的艺术意境？

答：元曲小令不同于词的小令。唐五代和宋词当中的小令分为上下两阕，可以换韵。元曲小令则是体制短小的单独曲子。王国维在《宋元戏曲史》中曾经指出："元曲分三种，杂剧之外，尚有小令、套数。小令只用一曲，与宋词略同。套数则合一宫调中诸曲为一套，与杂剧之一折略同。"可知，小令是元代散曲体式的一种。与套数相区别，小令大多数为单支曲子，每首各自为韵。小令在元代又名"叶儿"，是一种能歌唱的文字，类似于一首诗或一阕词，往往句式长短不齐，节奏明快精练。小令有不同的曲调，每个曲调即曲牌，代表不同的谱式，有着字数、句数、平仄和韵脚上的相关规定。

小令包括"带过曲"和"重头小令"两种。"带过曲"亦可简称"带"或"过"，指三个以下单调曲子的联合。作者写完一曲之后，如果意犹未尽可以再写一到两个曲调，只要曲调在同一个宫调内，音律衔接恰当，押同一个韵脚，即算一首。常见的有《雁儿落带得胜令》《水仙子带折桂令》等。"重头小令"由同一曲调的数支曲子联合而成，常以多首小令歌咏一类事物，或者描写同一类景物，往往内容相连，例如白朴的四首【越调】《天净沙》分别歌咏了春、夏、秋、冬四时。"重头小令"也可以若干首小令讲述某一故事，例如关汉卿【中吕·普天乐】《崔张十六事》就用十六首小令讲述了《西厢记》的故事。

元人小令成果颇丰，隋树森整理的《全元散曲》中共辑小令3853首，其中，马致远的【越调·天净沙】《秋思》可堪代表。写得俊逸疏宕，别具情致，素有"秋思之祖"（周德清《中原音韵》）的美誉。这首小令仅用28个字勾勒出一幅羁旅荒郊的秋里夕照图，高度概括了元代社会汉族文人国破家亡的身世之感和飘零无依的悲凉处境。其含蓄而深邃的艺术意境可以从以下两个方面获得体会：

一、造语凝练自然，韵律和谐深婉。“枯藤老树昏鸦，小桥流水人家，古道西风瘦马”，开头三句九个名词连缀使用，勾绘出九组秋天的剪影：枯萎的藤蔓、苍老的树木、黄昏的寒鸦、静默的小桥、徐缓的流水、寂寥的人家、苍茫的古道、萧瑟的西风、羸弱的瘦马，这九种景物好似脱口而出，自然组合在一起，毫无雕琢的痕迹。它们既是一个个单独的意象，又交相叠映，构成一个完整的画面，凝练而浑融，映衬出一个断肠人羁旅天涯、茫然无依的孤独与彷徨，创造出一种苍凉萧瑟、凄苦黯淡的艺术意境。在这样一个僻静的村野图中，作者以点睛之笔勾勒出了作品的抒情主人公，“夕阳西下，断肠人在天涯”，在残阳夕照的荒凉古道上，一位漂泊的游子，迎着凄苦的秋风，信步漫游，愁肠绞断。这样一个羁旅天涯的游子寄托着作者怀才不遇的悲凉情怀，造语平淡而寄托遥深。可以看出，整首小令在自然和谐的韵律中，以入话口语呈现平常景物，寓悲秋之思于眼前之景，创造了一种大巧若拙的朴实平淡之美，令人怀思不已、回味无穷，正可谓“寥寥数语，深得唐人绝句妙境”。①

《天净沙·秋思》诗意图

① 王国维．人间词话［M］．北京：中华书局，2010：101.

二、以景托情，寓情于景，情景交融，含蕴隽永。清代王夫之在其《姜斋诗话》中讲："情景名为二，而实不可离。神于诗者，妙合无垠。"在中国古典诗歌的意境创造中，情与景的交融，心与物的合一，是成功的关键。马致远的这首小令成功地将"以景传情"这一传统美学手法进行了绝妙的发挥，通过寓情于景渲染气氛，完美地表现了漂泊天涯的旅人的愁思。开头的九种景物恰切地烘托出了羁旅的心境：枯萎的藤蔓、苍老的树木和黄昏的寒鸦给人以凄凉苍茫的感觉；静默的小桥、徐缓的流水和寂寥的人家让人感到深秋的僻静；苍茫的古道、萧瑟的西风和羸弱的瘦马传达出羁旅的苦楚与苍凉。开头两句便以凄清的景物、黯淡的色彩勾绘出黄昏的寂寒与旷野的荒陌，让浓郁的秋色蕴含了无限凄凉悲苦的情调，可以说是景中含情，情自景生，令人读之，倍添惆怅。

同时，这些眼前之景又是情感流动的载体，景物的变化推动着人物情感的演进，极富审美张力。归巢的"昏鸦"牵动着游子漂泊流浪的愁思，水边的"人家"勾起游子身在他乡的落寞；风中的"瘦马"将游子羁旅天涯的苦楚推向远方。小令用短短二十八个字，排列了十种意象，层层推进，将天涯游子内心沉重的忧伤悲凉表达得淋漓尽致，情以物迁，情随景变，使古今无数文士雅客、骚人才子为之倾倒。

206. 元代后期的散曲创作有哪些代表作家？他们的艺术追求与元代前期相比有哪些突破？

答：据袁行霈《中国文学史》统计，元代散曲作家，约有二百余人，存世作品共四千余首，其中小令三千八百多首，套数四百七十余套。元代的散曲创作可以元仁宗延祐年间为界，分为前后两个时期。前期的创作中心在北方的大都，后期则向南方转移至杭州。

元代后期比较出色的散曲作家有张养浩、张可久、乔吉、刘时中、睢景臣等人，尤以张可久和乔吉为代表。

张可久（约1280—约1354），字小山，庆元（今浙江省宁波市）人。曾任守典史一类的小吏，仕途上很不得意，平生好遨游，足迹遍及江南各地，晚年居杭州。有《苏堤渔唱》《小山乐府》等散曲集。《全元散曲》辑其小令855首，套数9篇，是元代散曲作家中现存作品最多的一位，明代朱权的《太和正音谱》誉之为“词林之宗匠”。

张可久的散曲取材广泛，既有写景抒怀、男女恋情之作，也有叹世归隐、酬唱赠答之作，其中也不乏愤世嫉俗的悲叹之作。例如【正宫·醉太平】《感怀》就对道德沦丧、颠倒黑白、贤愚颠倒的人情世态作了辛辣的讽刺。不过这类愤世嫉俗、笔锋尖利的作品在小山散曲中并不多见，最能代表张可久清雅工丽、华而不艳的创作风格的，多是歌咏归隐或写景咏怀之作。例如【黄钟·人月圆】《春晚次韵》:“萋萋芳草春云乱，愁在夕阳中。短亭别酒，平湖画舫，垂柳骄骢。一声啼鸟，一番夜雨，一阵东风。桃花吹尽，佳人何在，门掩残红。”取唐人崔护《题都城南庄》的诗意入曲，辞藻清丽典雅，意境幽邈深微。可以说，元代散曲经前期的崇尚自然真率，转为后期的追求清丽雅正，张可久起到了承前启后的作用。

乔吉（约1280—1345），字梦符，号笙鹤翁，太原（今属山西）人。其所作散曲，据天一阁本《录鬼簿》记载，有《天风》《环佩》《抚掌》等集，现存小令209首，套数十一套。其散曲多笑傲山林、吟咏风情之作，与张可久同属“清丽曲派”，极为明清文人所称道，明李开先对他尤为推赏：“蕴藉包含，风流调笑，种种出奇，而不失之怪；多多益善，而不失之繁；句句用俗，而不失其文。”（姚燮《今乐考证》）

乔吉的散曲创作与张可久并称“曲中李杜”，在艺术风格上，同样以清丽婉约见长，形式整饬，节奏明快，勤于炼字。有的作品雅中有俗，于雅丽蕴藉之中涵咏出天然质朴的审美韵味。例如【中吕·满庭芳】《渔父词》:“秋江暮景，胭脂林障，翡翠山屏。几年罢却青云兴，直泛沧溟。卧御榻弯的腿痛，坐羊皮惯得身轻。风初定，丝纶慢整，牵动一潭星。”通过酣写渔父垂钓生活的隐逸之乐，抒发作者厌倦功名、向往隐逸的情怀，曲作把典故与俗语糅合在一起，典雅中有天籁，于恬静淡雅之中透出豪俊不凡之气，充分显现了雅俗兼至的艺术特色。

从艺术追求上看，元代后期的散曲创作与前期相比有较大的突破：

一、从题材内容上看，元前期散曲作家因其社会身份多为沉沦下僚的不遇文人或书会才人，他们混迹勾栏，在与下层人民的紧密结合中重获新生，因此，他们的散曲创作浸润着浓厚的市井文艺气息，往往嬉笑怒骂皆成文章，更于曲作中蕴含着强烈的反传统的叛逆精神和追求个性自由的生命意识，张扬出放荡不羁的精神风貌。而后期散曲作家基本上都是南方人，或为移居南方的北方人，在他们的笔下，散曲的表现领域得到不断开拓，或写景言情，或赠别怀古，或谈禅咏物，或赠答抒怀，早期散曲的民间俗趣渐渐褪色，而日益转向传统文人诗词所关注的社会生活，使得古典文坛确立了诗、词、曲鼎足而立的诗体格局。

二、从表现手法上看，与前期相比，元代后期散曲因受到南方文化的同化，逐渐进入了拘韵度、讲格律的唯美阶段。这一时期的散曲创作注重字句的锤炼，讲究对仗的工整，提倡韵律的严谨。与这种创作倾向相适应，曲学批评以及曲律研究方面的著作也随之出现，最经典的代表即是周德清的《中原音韵》,该书包括三个方面内容：曲韵韵谱、“正语作词起例”和“作词十法”。从书中的举例评论中，我们可以看出，时人对曲的评价与认识，基本都是以对偶修辞和声韵和谐为标准，可见元代后期散曲已渐显注重形式美的古典韵致。

三、从艺术风格上看，元代后期散曲的整体风格可以概括为雅正典丽。此时，元代前期散曲中那种对现实强烈不满和激情喷发的作品大为减少，与此相应，前期散曲俚俗生动、质朴直率的审美特色渐渐消失殆尽。元代后期的散曲作家大多不乐仕进，或者优游于江南美丽的湖光山色之间，或者醉心于繁华城市的人文景观之中，他们的作品淡化前期散曲中那种因政治失意而产生的愤激和幻灭情绪，将散曲的题材扩及各类社会生活，与东南地方洒脱、自由的文学环境相适应，后期的散曲创作更多优雅韵趣的追求和细致精工的表达，在风格上表现出更多的哀婉蕴藉、缠绵婉约的感伤情调，从前期以豪放为主转变为了以典雅清丽为主。

207. 元杂剧兴盛的原因是什么?

答：元杂剧是中国古代戏曲艺术成熟的标志。杂剧在元代的兴盛，可以从社会历史方面的原因和艺术发展的内部规律两方面来探寻。

一、就社会历史方面的原因而言，主要有以下三个方面：

（一）统治阶级“娱乐尚俗”的文化倾向，为杂剧的成熟创造了宽松的社会环境。元代是中国历史上第一个由其他民族统治全国的朝代。入主中原之前的蒙古帝国还是一个以草原游牧生活为主的奴隶社会，其草原游牧文化要远远落后于封建社会已发展至顶峰的中原农耕文化，元代统治阶级的文化水平也相对要落后得多，他们缺少享受高雅文化、鉴赏精英艺术的文化素质，而对世俗娱乐格外崇尚。据叶子奇《草木子》记载：“自世祖以来，凡遇天寿圣节，天下郡县立山棚，百戏迎引，大开宴贺。”其中就包括“杂剧、飞竿、走索、踢弄等伎”。可见，“娱乐尚俗”在元代已经成为一种自上而下的文化观念，在主流意识形态的推动下，宫廷演出的繁盛无疑使民间伎乐获得了更加广阔的发展空间。

（二）商业城市的繁荣为杂剧的发展孕育了俗文化的土壤。元代虽为马上民族所统治，却是一个城市商业非常发达的朝代。正所谓“元以功利诱天下”,“重农抑商”的传统政策在重商重利的蒙古贵族统治中原的过程中获得了解放，元朝甚至一度创造了“一笑千金，一食百万”（黄文仲《大都赋》）的繁荣景观。元代商品经济的蓬勃发展促进了大小商业城市的繁荣，城市商业的繁华则使得城市民众空前壮大，平民阶层对文化的需要也随着产生，更造就了有元一代纷繁多样的世俗文化，正如乔吉《扬州梦》所描述的那样，“喜教坊，善清歌，妙舞俳优”,“理繁弦，吹急管，闹吵吵的无昏昼”。城市文化的繁荣为张扬俗趣的杂剧艺术提供了得以孕育、发展并走向成熟的文化土壤。

（三）元代文人的沉抑下僚为杂剧的繁荣提供了创作基础，提高了杂剧的艺术品位。由重武轻文的蒙古贵族所统治的元代，是中国古代文人命运的转折点。以东征西讨的马上攻伐为能事的蒙古族轻视儒人文治，由宋入元，知识分子的社会地位可谓一落千丈，谢枋得《送方伯载归三山序》记载："大元制典，人有十等：一官、二吏、先之者贵之也……七匠、八娼、九儒、十丐，后之者贱之也。"（《谢叠山集》卷二）夷族的统治、科举的废止、任官的歧视使元代文人的生存陷入困境，他们大多因身世飘零而投身于市井，参与到了杂剧的创作之中。一方面元代文人因为谋生的需要，投合市井民众的趣味，表现出娱乐大众的创作倾向；另一方面，他们在与市井平民的朝夕相处的过程中，也深刻地体会到下层生活的不易，而把普通民众的情感诉求写入了戏剧之中，使得元杂剧在娱乐大众的同时更具有了批判现实的人文精神，使活跃于民间的戏剧艺术经过文人的润色而获得了较高的审美品位。

二、就艺术发展的内部规律而言，杂剧在元代走向成熟之前，经历了漫长的文化积淀的过程。王国维将中国戏剧的成熟形态概括为一种"合歌舞以演故事"的综合性艺术。这种整合了唱、念、做、打为一体的完整表演体系，其历史渊源最早可以追溯到远古时期的歌舞与祭祀，而春秋战国时期以滑稽表演供人娱乐的俳优、汉代以竞技表演为主的角抵戏、汉魏以后民间流行的歌舞杂曲、唐代由参军和苍鹘两个角色做滑稽表演的参军戏等等，都包含着古典戏曲的艺术基因，它们为元杂剧的成熟积淀着历史力量。

经历了长期的孕育过程，北宋杂剧、南戏、诸宫调和金院本等初步具备了成熟戏剧的结构体制，它们所具有的一场两段的结构体制、五个行当的角色体制和一曲牌多遍联唱的音乐体制，以及时空转移、假定性、程序化的舞台手段等，都昭示着成熟形态的综合戏剧即将到来。到了元代，在多方面社会历史因素的促动下，戏剧艺术的第一个完整形态元杂剧终于成为时代的主流，四大套的音乐体制、一人主唱的单本结构体制、时空处理的表演手段、服装砌末等舞台机制都获得完整实现，可以说戏剧艺术的审美机制由此正式确立。

经过文人的参与，戏剧作品层出不穷，美学风格亦多种多样。在戏剧观念层面，关汉卿等文人已经自觉地展开了对戏剧艺术的认可，戏剧理论的研究领域也得到了有力的开拓，在作家和演员评论、戏剧表演理论、戏剧创作理论、曲律音韵理论、戏剧史理论诸多方面都有建树，提出了许多很有见地的美学范畴。戏剧艺术发展至此，无论在实践层面，还是在观念层面，都正式走向成熟。

208. 元杂剧在结构体例、表演形式和音乐体制方面有哪些特点?

答：元杂剧作为中国戏剧艺术最初的成熟形态，在结构体例、表演形式和音乐体制方面都有着自身的独特之处。

一、就结构体制而言，元杂剧一般为一本四折加上一个楔子，即“四折一楔子”的结构形式。楔子本义指一种小木片，是木工用来塞紧木器的缝隙，使之牢固的用具。元杂剧的“楔子”一般放在剧本开头，用以介绍戏剧故事的由来，和话本小说的“入话”“头回”较为相似，不过就整个剧本的结构而言，“楔子”要比“入话”“头回”重要得多，“楔子”的内容往往是整个剧本不可或缺的一部分，接近于现代戏剧的“序幕”部分。“楔子”也有放在折与折之间，作为承前启后的“过场”使用，使剧本结构更加严谨。也有少数剧本没有楔子，或者有两个以至更多楔子，像郑德辉的《程咬金斧劈老君堂》就为四折二楔子。

“折”是元杂剧划分表演场次的单位，一折大体上相当于话剧的一幕。元杂剧通常为一本四折，一般学者认为这种一本四折的结构体制是从宋杂剧繁衍而来，而比宋杂剧发展得更加成熟。元杂剧的四折之间在内容上往往环环相扣，起承转合，搬演一个完整的故事。在元杂剧中，“折”既是故事发展的段落，也是曲调组织的单位。元杂剧中也有少数剧本突破了四折的结构，有的一本五折（例如纪君祥《赵氏孤儿大报仇》）或者六折（例如张时起的《赛花月秋千记》），也有个别杂剧为多本连演的特殊体制，例如王实甫的《西厢记》共五本二十一折五楔子。

二、就表演形式而言，元杂剧多为一人主唱，科、白相辅。在元杂剧中，“科”是表示动作或表情的术语，又叫作“介”，是增强舞台表演形象性的有效手段。“白”是人物的独白或对话，因为元杂剧以唱为主，白只处于从属的地位，所以又叫作“宾白”。

元杂剧的剧本由唱词和宾白组成，按照元杂剧的规制，一本四折由一个角色主唱到底，其他角色只有说白。元杂剧演出的角色有旦、末、净、杂四类。“旦”为剧中的女性角色，主角为“正旦”，其他配角有副旦、贴旦、老旦、花旦等，由正旦主唱的称为“旦本”戏；“末”为剧中的男性角色，主角为“正末”，其他配角有副末、冲末、小末、外末等，由正末主唱的成为“末本”戏；“净”多为剧中滑稽或凶恶的人物，一般由男性扮唱，偶尔也有女性扮唱，夏庭芝的《青楼集》中就曾记载元代女艺人国玉第“长于绿林杂剧，尤善谈试，得名京师”。以上三类之外的角色称为“杂”，例如扮演官员的称为“孤”，扮演帝王的称为“驾头”，扮演书生或穷秀才的称为“细酸”，扮演老妇的称为“卜儿”，这些角色都有白而无唱，相当于群众性演员。

“科”在元杂剧的表演过程中运用很广，可以表示表情，例如纪君祥《赵氏孤儿大报仇》中有“正末做怒科”；也可以表示舞蹈、搏击、拾捡器物等动作，如“做打科”；还可以表示各种声响效果，以提高舞台表演的真实性，如“雁叫科”“做风科”等。“科”往往具有文学性语言难以达到的艺术效果，是增强舞台表演形象性的有效手段。

三、在音乐方面，元杂剧要求每一折必须用同一个宫调的套曲（如【黄钟宫】【仙吕宫】【商调】【大石调】等），而且要求一韵到底，不同的宫调可以表达不同的情绪。据统计，元代流行的宫调共有九种：仙吕宫、南吕宫、正宫、中吕宫、黄钟宫、双调、越调、商调、大石调，统称“五宫四调”，或称“北九宫”。每一宫调曲子的支数有多有少，可以不固定。一般情况下楔子不用套曲，只用一支或两支单曲。每一折由十来支曲子组成，多的可以达到二十多支，少的可以只用二、三支曲子。

从臧晋叔《元人百种曲》和隋树森《元曲选外编》的统计来看，四个折子在大多数情况下都是第一套为仙吕宫，第二套为南吕宫，第三套为中吕宫，第四套为双调。而且，在元杂剧的音乐组织中，大都先有引子，后有尾声，宫调通常使用互相结合的固定曲牌，如正宫一般由【端正好】开头，之后是【滚绣球】【倘秀才】；仙吕宫往往由【点绛唇】开头，然后是【混江龙】【油葫芦】【天下乐】【哪吒令】；南吕宫一般由【一枝花】开头，继而是【梁州第七】【牧羊关】。可以看出，元杂剧在曲牌的安排上也有一定的规律，表现出程序化的音乐特色。

209. 关汉卿笔下的窦娥、赵盼儿、谭记儿等女性形象有何个性特点?

答：作为“元曲四大家”之首，关汉卿是一个多产的作家。据《录鬼簿》记载，他一生共写了六十多个剧本，今天留存下来了《窦娥冤》《望江亭》《救风尘》《蝴蝶梦》《拜月亭》《单刀会》等十几部经典剧作。这些剧作真实地展现了元代广阔的社会生活，爱憎分明地描写了善恶有报的结局，表现出现实主义的创作态度和追求理想的积极浪漫主义精神。王国维曾盛赞关汉卿的创作：“一空倚傍，自铸伟词，而其言曲尽人情，字字本色，故当为元人第一。”[①]这种评价绝非溢美之词，关汉卿的确是元杂剧本色派的代表作家，他用如椽大笔，推动了元杂剧的成熟。

关汉卿在塑造人物方面成就相当突出，特别是对妇女形象的塑造，更是千姿百态、光彩夺目。其中，窦娥、赵盼儿、谭记儿是三个具有典型性的女性形象。

一、窦娥形象出自于关汉卿的著名悲剧《感天动地窦娥冤》。戏剧故事来源于“东海孝妇”的民间传说，关汉卿将传统的民间故事融入了现实生活的内容，真实而深刻地反映了元蒙统治下社会的黑暗、残酷与混乱，表现了下层人民坚强不屈的斗争精神，写出了新

① 王国维．宋元戏曲史［M］．上海：上海古籍出版社，1998：104.

的时代特色和深刻的社会意义。

戏剧成功地塑造了“窦娥”这个悲剧主人公形象：

（一）写出了她善良温顺的一面。窦娥的父亲因无钱进京赶考，在无奈之下将窦娥送给放高利贷的蔡婆当童养媳，她虽是高利贷剥削制度的受害者，但在与婆婆相依为命的日子里，窦娥尽心侍奉，非常体贴，表现出了纯朴善良的性格特征。

（二）写出了她刚强坚定的一面。蔡婆外出讨债时遇到流氓张驴儿父子，被其胁迫。张驴儿父子强迫蔡婆与窦娥招他父子入赘，遭到窦娥的坚决反抗。她不仅敢于顶撞张驴儿父子，甚至还勇敢地批评和奚落了想要委曲求全的婆婆。一向善良纯朴、温顺柔弱的年轻寡妇，在凶相毕露的流氓泼皮面前却表现得十分勇敢而刚强，显示出看似柔弱的女子“气性最不好惹”的一面。

（三）表现了窦娥坚强不屈的反抗意志和斗争精神。处于孤弱地位的窦娥，看到贪官桃杌欲严刑逼讯婆婆，便自认杀人，结果被判斩刑。临刑之时窦娥指天为誓，死后将血溅白绫、六月降雪、大旱三年，以明己冤，表现了她在特殊条件下感天动地的反抗斗争精神。著名的【滚绣球】唱词：“地也，你不分好歹何为地？天也，你错堪贤愚枉做天！”不仅表达了她对人间官府的控诉，更勇敢地对日月、鬼神、天地发出了怨恨和怀疑。由此，窦娥以坚不可摧的斗争意志成为元代社会走向反抗的妇女的典型。

二、赵盼儿形象出自于关汉卿喜剧最优秀的代表作《赵盼儿风月救风尘》。剧作写恶棍周舍骗娶妓女宋引章后又加以虐待，宋引章的结义姐妹赵盼儿见义勇为，设计将宋救出。剧本成功地塑造了赵盼儿这一勇敢机智的下层妇女的光辉形象。剧作的女主人公赵盼儿虽然是一个在风月场中卖笑调情、地位低贱的妓女，关汉卿却写出了她善良的性格和对落难姐妹的同情心，更热情地歌颂了她主动救人于水火之中的侠肝义胆。

在这部现实主义古典喜剧中，赵盼儿的形象具有明显的理想主义色彩，作者不仅对她的出身给予了深厚的同情，更热情地肯定了她老练沉着、无所畏惧的个性特征，歌颂了她丰富的阅历和过人的胆识与智慧。她对苦难姐妹宋引章的命运有着深挚的关切，对周舍玩弄女性的流氓本质有着清醒的认识和强烈的憎恨。她在援救宋引章而与周舍周旋时表现得沉着而精细，散发着智慧的光芒，这一深处封建社会底层的苦命妓女在关汉卿的笔下，凝聚了无数下层妇女的优秀品质，而被塑造成了勇敢机智的下层妇女的光辉代表。

三、谭记儿是关汉卿的喜剧《望江亭中秋切鲙》中的女主人公。才貌双全的新寡谭记儿暂居于女道观中，观主侄儿白士中新近失偶，观主于是从中撮合，使得二人结成夫妻。权豪势要杨衙内早已看中谭记儿，妄图霸占为妾，便向圣上谎奏，称白士中“贪花恋酒”,并讨来势剑金牌、尚方文书，前往潭州取白士中的首级。谭记儿得知此事，虽十分气愤，却从容镇定，想出妙计。时逢中秋，谭记儿扮作渔妇向杨衙内献鱼切鲙，在望江亭上灌醉杨衙内及其随从后，盗走势剑金牌和尚方文书，使杨衙内杀人夺妻的罪恶阴谋成为黄粱一梦。

剧中，谭记儿是一个“聪明智慧，事事精通”的下层妇女，她面对号称“花花太岁为第一，浪子丧门世无对”的杨衙内，毫无畏惧，精明果敢；当得知杨衙内的奸计之后，面对丈夫的愁眉不展，她一面劝慰鼓励，一面设置巧计，既成功地保护了丈夫，也勇敢地保卫了自己幸福美满的婚姻生活。剧作在轻快活泼的故事情节中塑造了这个大智大勇的妇女形象，具有浓厚的生活气息，也使得谭记儿的人物形象更加鲜活。

210. 为什么说《墙头马上》是一曲歌颂婚姻自由的赞歌？其艺术成就如何？

答：白朴的杂剧代表作《墙头马上》，全名《裴少俊墙头马上》,戏剧故事源于唐代白居易新乐府《井底引银瓶》。剧作塑造了一位敢于冲破世俗偏见，追求自主婚姻的女性李千金，讲述了她反抗封建礼教，勇敢追求爱情的喜剧故事，被誉为元杂剧的“四大爱情剧”之一。

洛阳总管的女儿李千金在自家花园墙头看到骑在马上的裴尚书

之子裴少俊，心生爱意，便随其私奔，在裴家后花园私订终身，暗居七年，生下一儿一女。当裴尚书发觉后，李千金以“天赐姻缘”“这姻缘也是天赐的”为理由，勇敢地为自己的爱情辩护，最后赢得了美满的婚姻。作品塑造了大胆追求爱情的李千金形象，她坦荡磊落、敢作敢当，勇于争取婚姻的权利，坚决维护人格的尊严，表现出一种昂扬向上的精神面貌。剧作热烈赞美普通女性大胆追求自由爱情，在元杂剧中别具一格，堪称一曲歌颂婚姻自由的赞歌。

此剧情节跌宕，富于喜剧色彩，文辞热烈，曲词俱佳，为元杂剧中的优秀作品。从总体上看，剧作的艺术成就主要表现为以下几个方面：

一、戏剧冲突波澜起伏，情节紧凑。剧作以李千金这一人物的经历与命运为主要线索，紧密围绕着李千金与裴行俭、李世杰等人展开戏剧冲突。李千金代表着主张自由婚姻的正面力量，以裴行俭为代表的封建家长是摧毁自由爱情的反面一派，两股力量持续较劲，逐节铺陈，展开情节，直到分出胜负，才宣告了全剧的结束。在矛盾斗争展开的过程中，两股力量并非势均力敌。裴行俭以封建社会的婚姻制度、伦理观念和生活秩序作为强力的后盾，可以说占有相对的优势；而李千金则孤军作战，特别是与本性懦弱、唯父命是从的裴少俊并肩，更显得势单力薄。但剧作赋予李千金以过人的意志力，让她成为市井女性中有胆有识、敢作敢为，具有进步思想和抗争精神的代表，她注重维护自己的理想和人格，敢于理直气壮地掌握自己的命运，表现出坚毅倔强的个性，因而在道义上具有胜利的可能。剧作以此展开紧凑、生动的情节，第一折与第二折着重写李千金不平常的恋爱与私奔，第三折与第四折着重写李千金的被休与重圆，关目安排与戏剧冲突相适应，波澜起伏，引人入胜。

二、人物形象鲜明生动，富于个性色彩。白朴的《墙头马上》特别擅长在戏剧的冲突中凸显人物形象，此剧突出的艺术成就之一，就是成功地塑造了李千金这样一个具有强烈反抗精神的妇女形象，“奕奕神动，真大家手笔也”（孟称舜《古今名剧》）。

李千金在争取爱情的斗争中所表现出的热情、果敢、坚强的性格，这在元杂剧里的大家闺秀中是最具特色的。她一上场就毫不掩饰对爱情和婚姻的渴望，并且大胆直言："我若还招得个风流女婿，怎肯教费工夫学画远山眉。宁可教银缸高照，锦帐低垂。菡萏花深鸳并宿，梧桐枝隐凤双栖。"她在墙头上和裴少俊巧遇之后，一见钟情，便处处采取主动的态度，甚至央求梅香替她递简传诗，约裴少俊跳墙幽会。她深信自己要求及时婚嫁的合理性，"那里有女儿共爷娘相守到头白"，这种泼辣的性格与深闺待字的封建少女完全不同。当他们的幽会被嬷嬷撞破，她以自尽相胁，还下决心要离家私奔。她在裴家后院躲藏七年，生了一男一女，被裴尚书发现时，她极力为自己的行为辩护，反驳裴尚书对她的辱骂，展开针锋相对的斗争。当裴少俊得官后与家父认亲时，她蔑视功名，严词拒绝，并用卓文君私奔的故事再次申述婚姻自主的合理性，最后以胜利告终。

剧作塑造了一位渴望爱情的李千金，而她所看重的又并非仅仅是爱情，她更注重维护自己的理想和人格，敢于把封建伦理道德扔到脑后，理直气壮地掌握自己的命运，表现出大胆主动、刚强泼辣、坚毅倔强的个性。可以说，这样一个崭新的、光彩照人的妇女形象，是《墙头马上》最经典的艺术成就。

三、语言质朴自然，雅俗共赏。臧晋叔《元曲选序》中曾经指出："曲本词而不尽取材焉。如六经语，子、史语，二藏语，稗官野乘语，无所不供其采掇。而要归断章取义，雅俗兼收，串合无痕，乃悦人耳。"周德清在《中原音韵·作词十法》"造语"条中也曾经指出曲中"可作"之语应包括："乐府语、经史语、天下通语。"按照两个人的观点，可以看出元杂剧对曲词的语言有着雅俗共赏的审美要求。白朴的《墙头马上》在语言的使用上则精彩地体现了元杂剧的整体风貌，并且具有鲜明的典型性。

统观全剧，我们可以看到，曲词中既有合乎传统诗文雅润风貌的"乐府语"，如第一折【寄生草幺】"轻轻风趁蝴蝶队，霏霏雨过蜻蜓戏，融融沙暖鸳鸯睡"；也有出于经典文献的"子史语"，如第二折【一枝花】"则为画眉的张敞风流，掷果的潘郎稔色"；还有来源于日常生活的"市井语"，例如第二折【三煞】"不肯教'一床锦被权遮盖’,可不道‘九里山前大会垓’,绣房里血泊浸尸骸。解下这搂带裙刀，为你逼得我紧也便自伤残害，颠倒把你娘来赖。你则是‘拾得孩儿落的摔’,你待致命图财”;更有幽默调笑的讥诮语，例如第四折【满庭芳】“他那三昧手能修手模，读五车书会写休书。教斋长休题柱，想他人有怨语，兀的不笑杀汉相如。”这些语言自然真挚、不甚雕琢，却“情在意中，意在言外，含蓄不尽，斯为妙谛”（梁廷枬《曲话》卷二),给人一种简洁质朴、清新俏丽的天然之气。

211. 王实甫的《西厢记》是一部怎样的作品？其对崔莺莺的塑造表现了作者怎样的女性观与爱情观？

答:《西厢记》全名《崔莺莺待月西厢记》,是元代戏曲家王实甫的经典代表作。《西厢记》的故事，最早起源于唐代元稹的传奇小说《莺莺传》,故事讲贞元年间书生张珙游蒲州，居普救寺，巧遇已故相国之女崔莺莺，两人互生情愫，在婢女红娘的帮助下，在西厢约会，莺莺最终以身相许。后来张珙赴京应试，谋得高官，却抛弃了莺莺。小说凄婉动人地描写了莺莺与张生由相见，到相恋，再到相欢悦的全过程，最后以张生的“始乱终弃”作结，是一部爱情悲剧。

这个故事到宋金时期流传得更加广泛，金人董解元将其改编成说唱艺术《西厢记诸宫调》,并且丰富了故事的人物和情节，最后的结局也改编成张生和莺莺在白马将军的主持下顺利完婚，由悲剧而成喜剧。

王实甫编写的五本二十折连台杂剧《西厢记》就是在这样丰富的艺术积累的基础上加工创作而成的。剧本通过错综复杂的戏剧冲突，成功地塑造了莺莺、张生、红娘等艺术形象，使得戏剧故事在主题思想和人物个性方面，都具有了新的内涵。张生和崔莺莺是一对在爱情上坚贞不渝，敢于大胆冲破封建礼教的束缚，最终得到美满结局的才子佳人。剧作突出了“愿普天下有情的都成了眷属”的主题思想，曲词华艳优美，富于诗的意境，一上舞台就惊倒四座，“天下夺魁”（贾仲明《录鬼簿续编》)。

在王实甫的笔下，崔莺莺的性格特征生动鲜明，不仅充满了戏剧性，更寄托了作者的爱情观与女性观。

《西厢记图册》(局部)　(明)仇英

一、崔莺莺在《西厢记》中是一个敢于追求爱情的女性。莺莺巧遇风流俊雅的张生之后，虽“亸着香肩，只将花笑捻”(《西厢记》第一本第一折),实则已生爱慕之情。所以在以后的情节展开过程中，莺莺是主动地希望与张生接近的：当她知道那“傻角”在月下吟诗，便出去应和；张生故意撞出来瞧她，她“陪着笑脸儿相迎”(《西厢记》第一本第三折)；夜晚张生弹琴向莺莺表白相思之苦，莺莺也坦率地向张生倾吐爱慕之情。正是因为莺莺有着对爱情的炽热追求，才能一步步走上违背纲常、反抗封建礼教的道路。

二、崔莺莺又是一个热情而冷静，聪明而狡狯的女性，可以说是一个风姿绰约的“双面佳人”。作为相国小姐，莺莺力图使自己的言行举止符合封建礼教的规范，而不断游走在大家闺秀与赤心佳人的双重身份之间。所以，当她看见红娘送来张生的“简帖儿”,虽满心欢喜，却佯装对红娘发怒，声称要拿简帖儿“告过夫人，打下你个小贱人下截来”(《西厢记》第三本第二折)。她要红娘传言责备张生，其实传去的是欲私会张生的情诗，而当到后花园去赴约时，她又装腔作势地把张生数落一番。“对人前巧语花言，没人处便想张生，背地里愁眉泪眼”(《西厢记》第三本第二折),多种不同的内心节奏展示出莺莺对爱情的追求既急切，又忐忑。也正因此，剧作中的崔莺莺才显得更加鲜活，堪称“至尊贵、至灵慧、至多情、至有才”（金圣叹评《西厢记》）的佳人。

由宋入元，思想的解放逐渐消解了宋儒存天理、灭人欲的残酷教条，市民社会的繁荣更催生了城市平民尊重个人感情，张扬个性自由的思想观念。因此，在市民文学中，“有情”已经成为理想爱情的先决条件。王实甫笔下的崔莺莺正是这样一个始终将“情”摆在心中最重要位置的女性，她对爱情的赤诚追求，使她不同于元杂剧中其他追求夫荣妻贵的闺秀，作为一个大胆反抗封建礼教的女性形象，莺莺身上浸润着作者对女性的赞美和对真爱的推崇。

212. 马致远为什么热衷于神仙道化剧的创作？这些作品表现出怎样的思想倾向？

答：马致远素有“万花丛里马神仙”（贾仲明《录鬼簿续编》）之誉，在其十五本杂剧作品中，以“神仙道化”为题材的占了相当大的比例，现存七本杂剧中，有四本为神仙道化剧：《陈抟高卧》《岳阳楼》《任风子》《黄粱梦》。马致远之所以热衷于神仙道化剧的创作，主要有以下三方面原因：

一、社会背景。元代民族矛盾和阶级矛盾十分尖锐。元代文人所面对的不仅有朝代更迭的藏行之难，更要面对其他民族入主中原的夷夏之辨。同时，元代文人因蒙元贵族尚武轻文的民族习惯，以及蒙元贵族在统治全国的过程中歧视、压制汉人的政治策略而遭受着史无前例的地位下沉。于是，许多汉族知识分子带着理想被毁灭、价值追求被否定的绝望与无奈，愤然出家，或者为僧，或者为道。隐逸思想在元代盛极一时。

二、宗教原因。元代又是中国古代宗教发展极具特色的一个时期，儒、道、佛三教思想的分合贯穿着整个中国思想文化的发展历史，三教合一的宗教倾向则是元代文化一个显著特征。这其中，全真道教的发展是一个显著的标志。丘处机曾于元光元年（1222）在大雪山觐见成吉思汗，大受礼遇，“锡之虎符，副以玺书，不斥其名，惟曰‘神仙’”（《元史》卷二百二）。全真教因为得到元代统治者的支持而获得大盛。另外，全真道教的历代宗师都崇尚儒学，多与文人儒士往来，交游唱和，加之其“全真养性”的宗旨，“性命双修”的主张，以及劝人参悟生命真谛的说教，对于仕途失意、苦闷彷徨的知识分子来说，无疑具有一种精神抚慰的作用，其超脱世俗、保持气节，达到精神自我完善的修行意念，也贴合了儒家文人“邦有道则仕；邦无道，则可卷而怀之”（《论语·卫灵公》）的精神信仰。因此，元代许多文人都接受了全真道教思想的影响。

三、个人际遇。马致远早年热心功名，且才华横溢，然而二十年宦海沉浮，却始终得不到重用，只做了江浙省务提举这样的地方小吏，可谓半生蹉跎，久未遂志，更见了官场的黑暗与吏治的腐败。这样的人生经历，使得他很容易接受全真教思想的影响，于是，他最终选择了投身道教、退隐潜志，希望在虚幻的神仙世界找到精神的寄托。

马致远的神仙道化剧正是在这样特定的历史文化背景下产生的，并表现出与此相关的思想倾向：

一、尖锐地揭露了元代黑暗腐朽的社会生活。《陈抟高卧》是马致远神仙道化剧的经典代表，剧作写五代时的陈抟隐居华山、得道成仙的故事，鲜明地表现了全真教所宣扬的全真养性、隐居乐道的思想。剧中，马致远借陈抟之口揭示了元代官场的黑暗与仕途的险恶。第三折【滚绣球】历数官场的黑暗与为官的不易：“三千贯二千石，一品官二品职，只落的故纸上两行史记，无过是重卧列鼎而食。虽然道臣事君以忠，君使臣以礼；哎！这便是死无葬身之地，敢向那云阳市血染朝衣。”这可以说也是马致远自己对吏治腐败与仕途艰险的亲身体会，在宣扬拒绝为官的隐逸思想的同时，也深刻揭示了元代社会的黑暗与宦海的朽恶。

二、深刻地展示了元代文人的落魄失意。马致远在他的神仙道化剧中，往往将修道成仙的故事与知识分子的命运紧密结合起来，高度浓缩了官场政治的腐败，剖析了元代文人的苦闷与彷徨，申诉着他们对黑暗现实的愤懑不平。例如在《黄粱梦》中，剧作通过吕洞宾在梦中经历的十八年，形象地展示了元代官场的黑暗与仕途的险恶，以及元代文人在宦海沉浮中的悲惨处境。文人的不幸遭际，也由钟离权之口道出："假饶你手段欺韩信，舌辩赛苏秦，到底个功名由命不由人，也未必能拿准"（《黄粱梦》第一折【醉中天】）；"功名二字，如同那百尺高竿上调把戏一般，性命不保"（《黄粱梦》第一折【醉雁儿】）；"如今人宜假不宜真，则敬衣衫不敬人"（《黄粱梦》第一折【一半儿】）。可以看出，儒生的落魄不遇、失意彷徨在马致远的神仙道化剧中汇集成了一种极为强烈的社会情绪，铺陈出知识分子在理想破灭、追求成空之后，看破世俗名利。

三、明确地宣扬着全真道教散淡逍遥的隐逸生活。面对元代知识分子的落魄与失意，马致远否定了以功名事业为核心的传统价值观，而选择了人生的"自适"。从总体上看，他流传下来的四部神仙道化剧，都不同程度地宣扬道教教义，提倡超然物外的人生态度，流露出隐逸避世的思想倾向。《岳阳楼》写吕洞宾度脱柳树精转世的郭马儿和梅花精转世的贺腊梅；《任风子》写马丹阳度化终南山的屠夫任风子；《黄粱梦》写钟离权度化求取功名的吕洞宾；《陈抟高卧》写陈抟虽受宋太祖邀请，却不愿做官，终回西华山隐居修道的故事。

在这些剧作中，作者往往借剧中人之口，宣扬了超脱尘世、隐居乐道的思想。例如《任风子》第三折【耍孩儿】，写任风子的唱词："想咱人生在六合乾坤内，活到七十岁有几？人身幻化比芳菲，人愁老花怕春归。人贫人富无多限，花落花开有几日？则是这三寸元阳气，贯串着凡胎浊骨，使作着肉眼愚眉。"出家后，任风子更直接地吟诵起逍遥散淡的隐逸生活："编四围竹寨篱，盖一座草团瓢。近着这野水溪桥，再不听红尘中是非闹。"（《任风子》第四折【新水令】）可以看出，在马致远的神仙道化剧中，融合着元代文人对黑暗现实的无奈，而充盈着宣扬隐逸的遁世之声。

213. 元代北方戏剧圈的创作成就如何？表现出怎样的创作特点？

答：元代杂剧创作的第一批作家，从籍贯上看基本都来自于中国的北方，虽然关汉卿、白朴等人在元朝统一后寓居南方，但他们的创作活动主要都是在北方进行的。这批北方作家活跃的年代大致从蒙古灭金（1234）至元成宗元贞、大德年间（1295—1307），这七八十年的时间正是元杂剧从兴起到繁荣鼎盛的时期。

据元钟嗣成《录鬼簿》记载，这批作家以大都（今北京，共17人）、真定（今河北正定，共7人）、东平（今属山东，共7人）、平阳（今山西临汾，共6人）最为集中，形成了四个相对集中的杂剧作家群。这四个作家群构成了以大都为中心，包括河北、山西、山东以及河南和安徽北部一带的广阔的北方戏剧圈。

一、北方戏剧圈的杂剧创作有着共同的时代精神和总体风格：

（一）经典悲剧的诞生。关汉卿的《窦娥冤》、白朴的《梧桐雨》、马致远的《汉宫秋》、纪君祥的《赵氏孤儿》等经典剧作都在此诞生。这批剧作真实地反映了当时黑暗的社会现实，尖锐地抨击了腐朽的封建制度，塑造了一批勇于抗争的人物形象，热情讴歌了下层人民的反抗斗争，作品中洋溢着昂扬、乐观的战斗精神，表现出现实主义的创作潮流。

（二）北方杂剧以中原地区的口语为主要词汇，吸收了民间讲唱文艺的营养，表现出质朴自然、生动泼辣的艺术特点。因为这批作家大多沉抑下僚而跻身勾栏，所以，杂剧剧本与舞台演出结合得十分紧密，充分反映了戏剧作为舞台艺术的审美特点。

二、北方戏剧圈的杂剧创作，由于各自地域文化的特色而呈现出不同的风貌：

（一）大都作家群。大都原是金朝的首都，随着元朝的统一中国，大都成为全国政治文化中心和经济繁荣、商业色彩浓厚的大都会。庞大的市民阶层对文化娱乐的需求、审美趣味及价值取向，为杂剧这朵艺术奇葩提供了肥沃土壤和充足养分，使得大都的杂剧创作和演出活动都十分活跃。

据《录鬼簿》所载，大都作家群以关汉卿为领袖，包括马致远、王实甫、纪君祥、杨显之、石子章、王仲文等一流作家。除关汉卿、马致远、王实甫外，纪君祥、杨显之、石子章，王仲文等人也都成就卓著。纪君祥的《赵氏孤儿》是一部具有浓郁悲剧色彩的剧作；

杨显之的《临江驿潇湘秋夜雨》以犀利的笔触，尖锐地揭露出一个趋炎附势、人格卑下的无行文人的丑恶灵魂；石子章的《秦翛然竹坞听琴》写道姑郑彩鸾与书生秦翛然的爱情故事，堪称一曲洋溢着人性光辉的世俗情歌；王仲文的《救孝子烈母不认尸》对冤狱的描写与关汉卿的《窦娥冤》有异曲同工之妙。

另外，据元夏庭芝《青楼集》记载，当时在大都演出杂剧名艺人包括最负盛名的珠帘秀、顺时秀、天然秀、司燕奴等二十多人。丰富的创作和活跃的演出，使得大都成为北方戏剧圈的中心。

（二）河北作家群。河北作家群以真定为中心，旁及大名、保定、涿州、彰德等地区。真定（今河北正定），在宋金时期这里是南北文化的交汇处，在蒙古灭金及此后相当长一段时间里，真定一直由汉人世侯史天泽家庭所控制。史氏父子有较高的文学修养，史天泽是散曲作家，其子史樟也曾写过杂剧。他们都喜欢结交文人，于是形成了以白朴、李文蔚、尚仲贤、戴善甫、侯正卿、史樟等为主的真定作家群，此外还有大名李进取、陈宁甫，保定彭伯威，涿州王伯成，彰德赵文殷、郑廷玉等人，共同构成了河北作家群。

李文蔚撰杂剧共12种，今存3种：《同乐院燕青博鱼》《张子房圯桥进履》《破苻坚蒋神灵应》。其中，《燕青博鱼》曲文本色质朴，人物形象鲜明生动，是元杂剧中少有的写燕青故事的剧作，更具有珍贵的文献价值。戴善甫今存《陶学士醉写风光好》。剧作写宋初翰林学士陶谷出使南唐，意图游说，被羁留馆驿。南唐丞相宋齐丘令韩熙载设宴款待，席中以金陵名妓秦弱兰进行诱惑，陶谷虽正色拒绝，心中却泛起波澜，于是弱兰再相勾引时，陶谷中计，并题写《风光好》词相赠。剧作在讽刺陶谷假道学面目的同时，精彩地展示了灵与肉的搏斗，让道学的虚伪在人性力量面前显得不堪一击，表现出鲜明的市民文艺趣味，是元杂剧中一部优秀的讽刺喜剧。

（三）山东作家群。山东作家群以东平人居多，包括济南、棣州、益都等地作家。东平在金末元初有着相对稳定的社会环境，良好的文化氛围和丰厚的民间演剧传统，所以杂剧创作也相当活跃。据《录鬼簿》记载，元代前期东平籍的有高文秀、张时起、李好古、顾仲清、张寿卿等五人，加上济南的武汉臣、岳伯川，棣州的康进之，益都的王廷秀等，构成了山东作家群。

山东作家群创作最显著的创作特色是多写水浒戏，此类剧作的思想艺术成就也最高。这与梁山泊在东平地区的“地利”优势和当地广泛流传梁山义军故事有关。康进之的《李逵负荆》、高文秀的《双献功》堪称元代水浒戏的双璧。康进之的《李逵负荆》围绕着李逵和宋江的矛盾，以喜剧的笔法，成功地塑造了李逵这个农民英雄的生动形象。高文秀的《黑旋风双献功》写李逵奉宋江之命保护孙荣赴泰安进香。孙荣之妻郭念儿与白衙内有私情，白衙内遂将孙荣陷害入狱，李逵入监探视，巧救孙荣出，杀死白衙内、郭念儿，携人头回梁山献功，此剧精彩地再现了李逵粗豪莽撞的人物性格。

（四）山西作家群。山西作家群居于平阳（今山西临汾），兼及太原、大同等地区。平阳地区不仅有着显要的地理位置，更有深厚的民间艺术传统，宋王灼《碧鸡漫志》记载：“泽州孔三传者，首创诸宫调古传，士大夫皆能诵之。”可知，宋金时期盛行于民间的说唱艺术诸宫调，其发源地就在这里。近年来，在这一地区还陆续发现了大批宋金元时期的戏曲文物，亦见这里的戏曲演出活动曾十分活跃，平阳也成为元代杂剧创作繁荣之地。

据《录鬼簿》记载，元代前期平阳籍的杂剧作家共有六人：石君宝、于伯渊、赵公辅、狄君厚、孔文卿、李潜夫，加上太原籍的李寿卿、刘唐卿，大同籍的吴昌龄，构成了山西作家群。这其中，以石君宝、李潜夫的创作最具特色。石君宝著杂剧10种，今存3种，尤以《鲁大夫秋胡戏妻》最为著名。此在民间故事基础上加工改造而成，曲词本色泼辣，成功地塑造了勤劳善良、操守坚贞且具有反抗精神的劳动妇女罗梅英的艺术形象。

李潜夫有杂剧《包待制智赚灰栏记》传世，该剧最为人称道的是包拯断案的情节，悬念丛生，波澜起伏，戏剧性强。剧作尖锐地抨击了元代吏治的腐败，揭露了恃强凌弱、欺诈浇薄的社会风气，更以饱满的笔触再现了下层妇女苦难的生活境况，具有很强的现实意义。该剧19世纪就被介绍到欧洲，德国现代著名剧作家布莱希特还据此改编为《高加索灰栏记》。

214. 元代南方戏剧圈的杂剧活动包括几个阶段？与北方戏剧圈相比，在创作倾向上有哪些不同？

答：随着元军的挥师南下，兴盛于北方的杂剧艺术，也伴随南征的大军，来到了南方，受南方相对发达的经济和文化的影响，杂剧创作的中心也南移到了杭州，与大都彼此呼应，大德（1297—1307）年间，元杂剧迎来了鼎盛时期。

曾经做过南宋都城的杭州市井文艺本就十分发达，勾栏瓦舍众多，加之人文荟萃，交通便利，景色秀丽，气候宜人，吸引了大批北方的杂剧作家和表演艺人。在北方享有盛名的杂剧作家，如关汉卿、马致远、白朴、尚仲贤等都到过杭州、扬州、金陵等东南城市。他们或者游历，或者定居，或者出仕，继续着杂剧的创作活动。著名杂剧演员如珠帘秀等，也辗转来到扬州、杭州等地演出，从而形成了以杭州为中心的南方戏剧圈。

南方戏剧圈的杂剧活动，大致可分为三个阶段：

一、元世祖至元十三年（1276）至大德（1297—1307）年间，元杂剧初入南方，活跃于剧坛的都是在北方已经享有盛名的作家，他们带来流行已久的经典名剧，也在不断进行着新创作，他们以北方杂剧生气勃勃的艺术精神和关怀现实的充沛感情，赢得了大批南方观众。

二、元武宗至大（1308—1311）到天历（1328—1330）、至顺（1330—1333）年间，杂剧已被奉为“乐府”正宗。继关汉卿等杂剧名家退出舞台之后，代领风骚的是来自北方的郑光祖、乔吉、宫大用、秦简夫和南方籍的作家金仁杰、杨梓、朱凯、沈和、范康等人。这一时期的杂剧创作以南方籍的作家为主要生力军，作品体现出明显的南方人文色彩，创作风格趋向典雅，舞台性有所忽视，为杂剧衰落埋下了种子。

三、元顺帝到明代初年，北方戏剧圈的杂剧创作日见沉寂，处于南方戏剧圈的杂剧也是萎靡不振，杂剧创作走向衰落。

从总体上看，元代南方戏剧圈的杂剧活动与北方戏剧圈相比，不仅作家作品的数量相对较少，在思想性、艺术性上，也表现出不同的创作倾向。

一、就思想性而言，由于这个时期元朝的统治逐渐稳固，随着商品经济的日渐繁荣和社会环境的逐渐稳定，文人对统治阶级产生了幻想，所以后期杂剧作品大都缺乏前期杂剧的现实性和批判性，而且泼辣苍劲的文风也逐渐消失。内容多表现文人逸事和仙道隐逸，因此，爱情剧、文人事迹剧及神仙道化剧在一定程度上有所发展。郑光祖的《醉思乡王粲登楼》和秦简夫的《东堂老劝破家子弟》是比较有代表性的作品。

郑光祖的《王粲登楼》借鉴东汉王粲《登楼赋》虚构而成，写三国时王粲因恃才骄矜而屡遭挫折，登楼遣闷时趁醉吟诗作赋的故事。曲文挺拔，颇具感染力，特别是第三折写王粲落魄荆州，登楼作赋，宣泄怨愤，抒发了游子飘零、沉抑下僚、怀才不遇的感情。剧作因与元代南下文人漂泊未遇的心境相共鸣，受到人们的普遍激赏。

秦简夫的《东堂老》是南方杂剧中写实性较强的一部作品。剧作写扬州富商赵国器，因儿子扬州奴不肖，忧思成疾，临终前把黄金托付给东堂老李茂卿，并嘱托他好好管教儿子。赵死后，扬州奴更加放纵，挥霍无度，不久便将父亲留下的家业挥霍荡尽，而沦为乞丐。东堂老看准时机，苦心教诲，终于使得浪子回头。东堂老遂将用赵国器所寄之金购得的赵家财产奉还，让扬州奴重振家业。这部作品肯定了商人阶层刻苦耐劳的人生态度和积极进取的精神，反映了元代社会日益活跃的市民阶层的人生观和道德观。

二、就艺术性而言，南方戏剧圈的杂剧创作因受南方文化的影响，往往偏向曲词的工丽华美，而失去了前期杂剧语言的本色当行之美和泼辣苍劲的文风，在戏剧结构上侧重追求情节的曲折离奇，总体风格趋向柔靡典丽。

宫天挺（约1260—1330）是南方戏剧圈中比较有特色的杂剧作家，字大用，大名开州（今河南濮阳）人，宦居江南。《录鬼簿》说他“历学官，除钓台书院山长。为权豪所中，事获辨明，亦不见用，卒于常州”。著有《死生交范张鸡黍》《严子陵垂钓七里滩》《宋仁宗御览托公书》《济饥民汲黯开仓》《会稽山越王尝胆》《宋上皇御赏凤凰楼》杂剧六种，现存《范张鸡黍》《七里滩》两种。

《严子陵垂钓七里滩》写严子陵蔑视功名富贵，谢绝汉光武帝刘秀的征召，隐居七里滩，过着逍遥自在的隐士生活。剧作借古讽今，反映了作者对现实政治的愤慨和失望，对黑暗官场的厌恶和鄙夷，表达了对隐士生活的向往，也流露出逃避现实的消极思想。剧作把文人士子的愤懑化作慷慨激昂的文字："【离亭宴煞】九经三史文书册，压着一千场国破山河改。富贵荣华，草芥尘埃。畅道禄重官高，衠是祸害；凤阁龙楼，包着成败。您那里是舜殿尧阶，严光呵，则是跳出了十万丈风波是非海。"（《严子陵垂钓七里滩》第四折）字里行间充满着不满现实而意欲隐逸的遗世情绪，呈示出元代后期知识分子的普遍心理。剧作感情激越奔放，笔力遒劲，王国维曾赞誉宫天挺的创作"瘦硬通神，独树一帜"。①

215. 如何理解《赵氏孤儿》中国式的悲剧意味?

答：元杂剧《赵氏孤儿》是纪君祥的经典代表作，全名《冤报冤赵氏孤儿》，又名《赵氏孤儿大报仇》。《赵氏孤儿》是一部历史剧，相关的历史事件在《左传》和《史记·赵世家》中都有记载，剧作主要讲述了春秋时期晋贵族赵氏被奸臣屠岸贾陷害而遭灭门之灾，幸存下来的"赵氏孤儿"赵武长大后为家族复仇的故事。

《赵氏孤儿》是中国古典悲剧的典范，与《窦娥冤》《长生殿》《桃花扇》并称中国古典四大悲剧。王国维在《宋元戏曲史》中高度肯定了剧作的悲剧意义："明以后，传奇无非喜剧，而元则有悲剧在其中。就其存者言之：如《汉宫秋》《梧桐雨》《西蜀梦》《火烧介子推》《张千替杀妻》等，初无所谓先离后合，始困终亨之事也。其最有悲剧之性质者，则如关汉卿之《窦娥冤》，纪君祥之《赵氏孤儿》。剧中虽有恶人交构其间，而其蹈汤赴火者，仍出于其主人翁之

① 王国维．宋元戏曲考：元剧之文章［M］．上海：上海古籍出版社，1998：104.

意志，即列之于世界大悲剧中，亦无愧色也。”①

悲剧作为一个美学范畴源于古希腊，悲剧理论认为悲剧性是指主人公面对死亡、苦难、毁灭时所表现出来的坚强抗争意识和伟大的人格力量。元杂剧《赵氏孤儿》正是通过以程婴为代表的正义力量和以屠岸贾为代表的邪恶力量之间的冲突与抗争，显示出正义人物在苦难面前的积极斗争精神和伟大人格力量。而当我们将其与西方古典悲剧相比较时，又可以看到其中浓厚的中国意味。

具体说来，剧作中国式的悲剧意味主要呈现于以下两个方面：

一、悲剧人物的崇高精神。程婴是在全剧中居于主导地位的悲剧主人公，与西方古典悲剧中具有较高社会地位的戏剧主人公不同，他本是一个社会地位很低的草泽医生，属于力量弱小的社会下层，可是他的身上却呈现出了巨大的精神力量：他把赵氏孤儿藏在药箱里，企图带出宫外，与守门将军韩厥展开激烈的周旋，显示出了他的过人胆识和英雄气魄；当屠岸贾得知赵氏孤儿逃出，下令杀光全国一月以上、半岁以下的婴儿，违抗者诛杀九族，以绝后患。面对残酷的现实，程婴竟能用自己的亲生儿子代替赵氏孤儿赴死，面对生死抉择他的义无反顾显示出了大义凛然的精神力量，在隐忍度过的20年间他与屠岸贾巧妙周旋，并在孤儿赵武长大成人之后，以绘图的方式告之国仇家恨，显示出他的善良与智慧，以及他深信正义的坚定信念。正是因为一个平凡人能够做出不同寻常的义举，而更容易激起人们对他的怜悯、同情与敬佩，也赋予了中国式悲剧更强烈的情感张力。

与此同时，剧作围绕着主人公程婴精彩地呈现了中国式悲剧的那种前赴后继、不屈不挠的抗争精神。为了营救赵氏孤儿，一批正面人物舍生取义，作品同样赋予他们不畏强权、见义勇为、视死如归的崇高品格：公主把孤儿托付给程婴，为了消除他对于泄密的担忧，自己立即自缢身死；深明大义的韩厥指挥程婴把婴儿带了出去，为赵氏留下唯一的血脉，而他自己则因为放走了程婴和赵氏孤儿，

① 王国维．宋元戏曲史［M］．上海：上海古籍出版社，1998：98-99.

拔剑自刎；原晋国大夫公孙杵臼以年迈之躯代替程婴承担隐藏赵氏孤儿的罪名，撞阶而死。

二、悲剧冲突的伦理意味。《赵氏孤儿》描写的是忠正与奸邪之间的矛盾冲突，围绕着这一主要冲突展开的是两类人物的斗争，心高气傲的武将屠岸贾仅仅因其与忠臣赵盾不和，并嫉妒赵盾之子赵朔为驸马，竟杀灭赵盾家三百人，这种令人发指的残忍行径，使他成为邪恶的化身；赵氏仅剩遗孤被程婴救出，而为了赵氏孤儿的安全，一批舍生取义的壮士牺牲了，他们的自我牺牲精神构成了尖锐激烈的戏剧冲突，而他们不畏强权，见义勇为，视死如归，也表现出了崇高的精神品格。经过一系列复杂的斗争，以韩厥、公孙杵臼等人的毁灭为代价，忠义力量终于战胜了邪恶力量。这一系列个性鲜明而又品格崇高的悲剧人物，凝聚着中国传统的忠孝节义精神，这两种力量是建立在一种“血亲”基础的文化认同之上而展开的。

同时，剧本最后以除奸报仇为结局，在完成了复仇主题的同时，也鲜明地表达了中国悲剧“善有善报，恶有恶报”的伦理价值观念。不同于西方古典悲剧所展现的悲剧人物都以自身的毁灭而告终，也不同于黑格尔所讲的悲剧人物以其毁灭成就“永恒正义”的胜利，《赵氏孤儿》明显受到儒家乐天精神的影响，其结局不仅让赵武成功复仇，而且还“袭父祖拜卿相”，可以看出，大团圆式结尾，既实现永恒正义的胜利，也具有明显的伦理判断的倾向，体现出中国式的悲剧精神。

216. 尚仲贤《柳毅传书》的故事情节是什么？与唐传奇《柳毅传》相比，柳毅形象有哪些变化？

答：尚仲贤，真定（今河北正定）人，元代杂剧作家，钟嗣成《录鬼簿》列其为“前辈已死名公才人，有所编传奇行于世者”，今知所作杂剧共有十种，现存者三种：《尉迟恭三夺槊》《洞庭湖柳毅传书》《汉高祖濯足气英布》，其中又以《柳毅传书》最为著名。

《柳毅传书》写唐高宗仪凤二年，落第书生柳毅至泾河县访友，于泾河岸边巧遇一个满面愁容的牧羊女，经过一番询问得知此女是洞庭湖龙王之女三娘，嫁与泾河小龙为妻。泾河小龙性情粗暴，为婢仆所惑而至夫妻不和，龙女又常遭公婆虐待，经常被罚在泾河岸边牧羊受苦。柳毅对龙女的遭遇深表同情，出于义愤，答应为她送家书至洞庭湖。龙女的叔父钱塘君听闻龙女的遭遇之后火冒三丈，立即率水兵至泾河救出龙女，并吃了龙女的丈夫，杀死了泾河龙王全家。为了答谢柳毅的救女之恩，洞庭龙王热情款待了柳毅，席间钱塘火龙以粗暴无礼的方式让柳毅与龙女成亲，柳毅以刚强不屈的态度严词拒绝了钱塘君。辞别时，龙女感激柳毅的恩情，依依不舍，柳毅也因拒婚而稍显后悔。此后龙王多次为龙女安排婚姻都被龙女拒绝，她一心要追求和等待柳毅。柳毅归家，母亲已经为他订下范阳卢氏之女为妻，柳毅尊母命成婚，婚后方知妻子就是龙女。故事批判封建时代夫权社会给女性带来的悲惨命运，同时也赞扬了柳毅解救龙女的侠义行为和高尚品质，肯定了龙女知恩图报的美好品德，表现了人们对幸福爱情的追求和美好生活的向往。

《柳毅传书》的故事最早见于唐人李朝威的传奇小说《柳毅传》,尚仲贤将故事情节巧妙地做以集中安排，增强了戏剧情节的故事性，加之场面热闹活泼，语言清俊秀丽，堪称元剧中优秀之作，明代朱权《太和正音谱》评其词“如山花献笑”,亦足见此戏曲语言自然俊丽之美。在元杂剧中，柳毅形象不再是儒家文化所提倡的理想君子和完美义士，而是明显地沾染了世俗生活的气息。

一、元杂剧强化了柳毅对美色的关注，有别于传统文人不恋女色的清高品性。虽然爱美之心，人皆有之，但清心寡欲一直都是儒家文化衡量文人品质的一个重要标准。因此，在文人小说中，青年男女的结合往往是在一见钟情的基础上更加肯定女性的品德，而很少将女子的样貌放在第一位。但是，在《柳毅传书》中，却让文人具有了直白的“以貌取人”的眼光。初过泾河的柳毅看到“衣裳褴褛，容貌焦枯”的龙女并未动心，所以当洞庭君提亲时，柳毅的反应为“想着那龙女三娘，在泾河岸上牧羊那等模样，憔悴不堪。我要她做什么!”在拒婚后看到龙女休养之后美丽的容貌却产生后悔之意，更不时向龙女“暗送秋波”。可见，在元杂剧中柳毅颠覆了传统的书生形象，将注重美色表现得更加坦然自若。

二、元杂剧增强了柳毅对钱财的认可，有别于传统文人不慕荣利的孤傲品格。正所谓“书中自有黄金屋”，在传统的儒家文化中，“安贫乐道”才显谦谦君子的高风亮节。所以文言小说中的男主人公们多是对金钱嗤之以鼻的清高文人。而元杂剧中的柳毅不但没有了儒家士子不慕荣利的清高，甚至直白地表现出对利益的趋慕。柳毅路过泾河，遇见“风鬟雨鬓，所不忍视”的龙女，答应为她传书，临行前留下一句“是必休避我也”。这里的传书使者已经不再是唐传奇中因同情而“气血俱动”的意气使然，却流露出想要索取回报的意图。也正因此，当龙女获救之后，洞庭君拿出金银财宝以答谢时，他也并没有推辞。

三、元杂剧弱化了柳毅身上的“义行”，而让他沾染了更多油滑的市侩气息。在传奇小说中，传统文人往往都有着义字当头，救人于危难的豪侠情结。而在元杂剧中，“义”字已经不再是文人士子的核心价值观，相反，他们更贴近世俗社会，更贴近市民生活，有着更加明显的市侩气息。最典型的一幕是柳毅拒婚时驳斥钱塘君的说辞，传奇小说的柳毅用儒家的伦理道德训斥钱塘君，义正词严；而杂剧中的柳毅则笑着反驳，语气也并不激烈，特别是看到龙女不同于昔日受苦时的美貌容颜，更产生了后悔之意。相比较于唐传奇的作品，这里的柳毅显得虚伪而自私、油滑而市侩。

217. 郑廷玉的《看钱奴》是一部怎样的作品？如何理解其讽刺喜剧的审美特征？

答：郑廷玉，彰德（今河南安阳）人，元代著名戏曲作家，著有杂剧二十三种，今存《楚昭王疏者下船》《布袋和尚忍字记》《看钱奴买冤家债主》等六种。这些剧作涉及历史、公案、神仙道化、社会伦理等多种题材，对元代社会的黑暗腐朽现象进行了深刻的揭露与批判，显示出眼界阔大、题材多样的特点。其中写得最好的剧作，当属《看钱奴》。

《看钱奴》取材于晋干宝《搜神记》卷十“张车子”的故事。剧作写秀才周荣祖上京赶考，为防范贼人而将家财埋在地下。以挑土筑墙为生的穷汉贾仁偶然挖到周荣祖埋在墙下的祖产，由此发财致富，变为大财主，而周荣祖一家却因此潦倒落魄，一贫如洗，沦为穷人。因为饥寒交迫，周荣祖无奈将儿子长寿卖给了虽有万贯家财却无儿无女的贾仁。二十年后，贾仁财富越聚越多，却悭吝成性，虽然拥有“鸦飞不过的田产”,却因为一抹油指头被狗所舔而气急致死。一日，周荣祖夫妇在东岳庙乞讨，与已经长大成人的长寿发生冲突，经过一番调停，真相浮出水面，继承了贾仁家业的长寿与父亲相认，一家重聚。二十年前贾仁无意中得到的财产又全部归于周家，而他只是替别人做了二十年的看钱奴。全剧以讽刺喜剧的夸张手法，演绎出买鸭挝油、狗舔指头、马槽发送等喜剧性场景，深刻地揭示了“守财奴”贾仁为富不仁、贪婪悭吝的本性。

剧本共四折一楔子，嬉笑怒骂，涉笔成趣，成为我国现存的第一部讽刺喜剧，也是唯一一部以讽刺艺术来描写人情世态的剧作。其讽刺喜剧的审美特征表现为以下几个方面：

一、讽刺批判的戏剧主题。正如鲁迅先生所讲：“喜剧将那些无价值的撕破给人看。讽刺又不过是喜剧的变简的一支流。”①《看钱奴》最经典的喜剧审美特征就来自于对贾仁这个为富不仁、悭吝成性的守财奴的犀利讽刺。剧本第一折写贾仁在东岳庙向神灵乞求富贵，多次诉苦，“兀的不穷杀贾仁也”,为了求得“小富贵”，他向神灵保证：“上圣可怜见，但与我些小衣禄食禄，我贾仁也会斋僧布施，盖寺建塔，修桥补路，惜孤念寡，敬老怜贫，我可也舍的。”可是，一夜暴富之后，他却为富不仁。剧本第二折“雪中卖子”写周荣祖走投无路被迫卖子，吝啬成性的贾仁竟然想要赖掉周荣祖出卖亲子的钱，甚至还想让周荣祖付“恩养钱”,可以看出，为了攫取财富，贾仁真是走到了灭绝人性的无耻地步。

二、独具匠心的情节架构。戏剧作品以有限的舞台时空演绎纷

---

① 鲁迅．鲁迅全集：第一卷［M］．北京：人民文学出版社，1981：193.

繁复杂的社会生活，要求戏剧作家要有巧妙的构思能力和独到的结构安排，元杂剧《看钱奴》在情节构思方面就表现得相当成功。剧作以独具匠心的巧合设计和时空转换，安排了戏剧冲突，实现了人物形象的生动刻画。作品讲财主周荣祖因父亲不信佛，毁寺院修住宅，“一念差池，合受折罚”，而贾仁虽平时不敬天地，却因在佛前祈求富禄，神灵便将周家福运借与他20年。20年后贾死去，周家父子重聚，祖产物归原主。剧作将天上的增福神、人间的周荣祖、富贵的贾员外和贫苦的老叫花安排在一个时空之中，让舞台演出穿插于仙境、梦境、神庙、凡世、贫户之间，其巧妙的艺术构思不仅让欣赏者眼花缭乱，更将戏剧冲突置于充满戏剧性的情节结构之中，增强了剧作的讽刺喜剧效果。

三、精心锤炼的本色语言。王国维在其《宋元戏曲史》中曾经高度赞扬元杂剧的本色语言：“然元剧最佳之处，不在其思想结构，而在其文章。其文章之妙，亦一言以蔽之，曰：有意境而已矣。何以谓之有意境？曰：写情则沁人心脾，写景则在人耳目，述事则如其口出是也。”①可以说，人物语言与角色身份的契合无间是喜剧《看钱奴》的另一值得称道之处，剧作更将人物语言的巧妙运用恰切地呈示出作者的褒贬意义，精彩地实现了对人物的犀利讽刺和诙谐调侃。例如作品第三折写贾长寿欲强占周荣祖居处时所言：“【小末云】你这老弟子孩儿，你告诉那庙官便怎的？我富汉打杀你这穷汉，只当拍杀个苍蝇相似。”寥寥数语将当时金钱至上的风气表现得淋漓尽致，言语间也寄寓了作者对这种贫富不公现象的愤怒抨击。

四、漫画式的夸张手法。在塑造贾仁这个吝啬鬼的艺术形象的时候，作者使用了大胆的夸张手法，揭露了他悭吝、虚伪的本性。这种漫画式的夸张手法最经典的使用呈现在剧作的第三折：贾仁想吃烤鸭，却舍不得花钱，于是便买鸭挝油；剩下一个指头上的鸭油被狗舔了，他在气恼之下竟然一病不起；舍不得花钱让儿子为他买棺材，他想到马槽发送；而借斧断尸只因“我的骨头硬，若使我家

---

① 王国维．宋元戏曲史［M］．上海：上海古籍出版社，1998：98.

斧子剁卷了刃，又得几文钱钢”。这些夸张手法营造的喜剧性场景把一个爱财胜于命的守财奴形象栩栩如生地呈现在读者面前，将贾仁贪婪悭吝的本性撕开暴露出来，其夸张讽刺的笔触令人拍案叫绝。

218. 郑光祖《倩女离魂》的主题倾向是什么？剧作体现了怎样的婚恋观？

答：《倩女离魂》全名《迷青琐倩女离魂》，是元代戏剧家郑光祖的代表作，根据唐代陈玄佑的传奇小说《离魂记》再创造而成。全剧为四折，写表兄妹张倩女与王文举系指腹为婚，王文举长大后，赴京城长安应举路过衡州，欲与未婚妻倩女相见。倩女的母亲嫌贫爱富，因文举功名未就而从中阻碍，让二人以兄妹相称，无法成婚。文举无奈，只得独自离开，上京应试。倩女送别文举后，因相思而病，精神恍惚，灵魂出体追赶文举而去。文举途中忽见倩女跟来，二人结为夫妇一同上京，相伴多年。文举高中，衣锦还乡，携倩女回到张家，倩女魂魄与病躯重又合而为一，于是欢宴成婚，大团圆结局。这是我国古典文学中一部极富浪漫色彩的经典剧作。

剧作通过讲述张倩女在爱情生活中因怨恨而忧虑、因相思而离魂的故事，表达了作者女性视角的婚恋观。

一、女主人公的人物形象更加鲜明突出，表达了作者对于女性在婚姻爱情中的自主性的高度肯定。《倩女离魂》是一部由倩女一人主唱的旦本戏，剧作以躯体和灵魂两个部分共同塑造了倩女的形象，表现了作者在婚恋观上对女子平等地位的认可。剧中女性对于爱情的追求显得更加热烈，更加大胆。当王文举因倩女私自赶来而指责其“有玷风化”的时候，倩女十分直率地做出回答：“常言道，做着不怕”，“我本真情，非为相唬，已注定心猿意马”，“凝娣不归家”，甚至以死相逼表示愿意与之同甘共苦的决心。可以看出，面对爱情的抉择，男主人公王文举因受封建礼教的束缚显得迟疑退缩，女主人公张倩女则可谓情真意切，在争取自由爱情的斗争中表现得更加坚决，一个大家闺秀表现出了市井女子的大胆、泼辣和执着，勇敢地承担起了爱情与婚姻的责任。

二、情节结构的巧妙设置，表达了作者对封建时代女性处境的无限同情。郑光祖以优美的文笔，分别叙写了肉身倩女和灵魂倩女两个颇具张力的人物形象，也由此呈示出女性在封建礼教的抑制下所具有的精神苦痛。一方面，平凡的肉身倩女渴望爱情而忍受煎熬。折柳亭送别之后，离别的煎熬让她相思成病，更流露出强烈的忧患意识："他得了官就别新婚，剥落呵羞归故里"，担心文举在及第后抛弃自己。当文举高中状元后，来信说"同小姐一时回家"时，病中的倩女以为文举真的已经另娶，更是伤心欲绝、悲恸万分。这是一个既对爱情婚姻有所憧憬，又担心情人取得功名之后会变心的少女形象。另一方面，勇敢的灵魂倩女追求爱情而灵魂出体。作为凡人，倩女无法冲破封建礼教的禁锢，万般无奈之下，她灵魂出体，大胆地与心上人私奔。这种幻象中的抗争虽然取得了胜利，却沾染着浓厚的悲情色彩。可以看出，肉身倩女的幽怨凄楚，体现着封建礼教禁锢之下广大女性的苦难命运；灵魂倩女挣脱枷锁对自由婚姻热情似火的追求，亦暗示着封建女性也只有在幻象中才能挣脱束缚，获得自由。同一人物的双线设置写出了封建时代女性的真实处境，这一巧妙的艺术处理，表达了作者对女性命运的深切同情。

可以看出，与元代城市文化、市民文艺的发展相表里，郑光祖的《倩女离魂》表现出了鲜明的女性意识的婚恋观。剧作肯定了女性在情感生活中的合理要求，高度赞扬了女子在追求自由爱情的过程中所表现出来的自信、热烈、勇敢与坦诚，也寄托了作者对于封建时代女性不平等地位的深切同情。这种具有反叛意识的女性视角是元代思想解放潮流之下的特定产物，它与男性视角下的唐传奇小说相比，体现出鲜明的时代性与进步性。

219. 乔吉的戏剧创作有哪些代表性成果？

答：乔吉终生不仕，漂泊江湖四十年，寄情诗酒，自称江湖醉仙、烟霞状元。钟嗣成《录鬼簿》中说他："美姿容，善词章，以威严自饬，人敬畏之。"另有吊词云："平生湖海少知音，几曲宫商大用心。百年光景还争甚？空赢得，雪鬓侵，跨仙禽，路绕云深。"乔吉作剧共11种，今存3种：《两世姻缘》《扬州梦》《金钱记》。这三部剧作都以才子佳人爱情故事为题材，立意新巧，情节紧凑，语言清丽。乔吉还曾提出曲词创作的法则——“凤头、猪肚、豹尾”，即“起要美丽，中要浩荡，结要响亮，尤贵在首尾贯穿，意思清新”。可以说，在元代南方戏剧圈中，乔吉是一位既有创作成就，又有理论思考的重要作家。

《两世姻缘》是乔吉的代表作。此剧全名《玉箫女两世姻缘》，取材于唐代传奇《玉箫传》。故事写书生韦皋博览群书，在游学途中与洛阳名妓韩玉箫相爱，两人立下白首之誓。鸨母见韦功名未成，逼其上京赶考，将二人生生拆散，玉箫因此思念成疾，一病而亡。临终前对镜自画肖像，题词《长相思》一首，托人寄给韦皋。韦果然高中状元，但因吐蕃作乱，奉命领兵西征，无暇传递书信。待韦镇守吐蕃后，派人接取玉箫母女，才知玉箫已逝，韩母亦不知去向。十八年后，韦皋班师回朝，途中拜访幼年同学节度使张权，酒席间，张权引义女张玉箫相见，此女即是韩玉箫转世。韦见张女肖似韩玉箫，而求娶张女，张权大怒，后见韩母所持其女画像，始知韦皋所言为实。唐中宗知张女为韩玉箫转世，张女忆及前世事，愿嫁韦皋，于是御赐婚配，成就了两世姻缘。剧作歌颂了男女主人公对爱情的热烈追求和坚贞执着，赞美了他们生死不渝的动人奇情。此剧为现存少数“元曲昆唱”的杂剧之一，清康熙年间还在昆剧舞台演出。

此剧情节曲折变化，立意新巧，引人入胜。充满了浓重的浪漫色彩。此外，曲词清丽多佳句是这部剧作的另一过人之处。例如第二折写玉箫思念韦皋的两个唱段：“【集贤宾】隔纱窗日高花弄影，听何处啭流莺。虚飘飘半衾幽梦，困腾腾一枕春酲。趁着那游丝儿，恰飞过竹坞桃溪，随着这蝴蝶儿，又来到月榭风亭。觉来时倚着这翠云十二屏，恍惚似坠露飞萤。多咱是寸肠千万结，只落的长叹两三声。”“【尚京马】我觑不的雁行弦断卧瑶筝，凤嘴声残冷玉笙，兽面香销闲翠鼎。门半掩，悄悄冥冥，断肠人和泪梦初醒。”写得缠绵悱恻，凄艳动人。

《扬州梦》《金钱记》被时人誉为“振士林”之作（贾仲明《录鬼簿续编》）。《扬州梦》全名《杜牧之诗酒扬州梦》,剧作演唐代诗人杜牧的故事。剧本写唐朝豫章太守张纺与杜牧为结拜好友，离别时互相劝酒。张令歌妓张好好以歌舞相伴，杜牧见之遂生爱慕。三年后，杜牧到扬州，太守牛僧儒宴请杜牧，席间杜牧见到一妙龄歌女十分面熟，因与她换盏相戏。后来，杜牧又拜访牛府，在翠玉楼独自休息，梦中见张好好带四舞女前来相会，欢饮戏乐。杜牧欲回京时，扬州绅士白谦为他饯行，谈及牛僧儒家中之事，想起牛府席中所见就是张好好，于是托白谦为他作媒，两人得以花好月圆。此剧故事应杜牧《遣怀》“十年一觉扬州梦，赢得青楼薄倖名”诗句而来，牵合杜牧与名妓张好好的一段风流韵事，着意渲染，虽然剧情简单，但四折都写宴饮场景，每折却情趣不同，曲词艳丽而颇有生趣。

《金钱记》全名《李太白匹配金钱记》,写的是唐代大历十才子之一的韩翃，与京兆尹王辅之女柳眉儿的爱情纠葛。故事讲长安府尹王辅女儿柳眉儿年方十八，奉帝令于三月三日到九龙池玩赏。韩翊与贺知章饮酒半酣也到九龙池玩赏，巧遇柳眉儿，互生爱慕。柳眉儿故意将父亲的御赐开元通宝金钱遗落在地，留作信物。韩翊拾得开元通宝，尾随小姐进入王府花园，被王辅撞见，以为奸盗，欲吊起拷打。恰好贺知章追赶韩翊来到，说明韩是高才雄笔，文华富丽之人。王辅爱其文才，求其在家中教书，韩翊欣然应允。一日，王辅与韩翊尊酒论文，随手翻书之际，夹在书中的金钱应声落地，韩翊和王女的恋情暴露出来，经贺知章主媒，皇帝赐婚，韩柳二人得以成婚。剧作以作为信物的御赐金钱串为中心线索，穿插起诗人贺知章主媒，皇帝主婚，李太白宣旨等关目，情节紧凑，环环相扣，曲折热闹，更迎合了“金榜题名”“洞房花烛”等文人情趣，投合了元代文人风流自赏的风气，而颇受时人赞誉。1943 年，日本学者吉川幸次郎将此剧译成日文出版。

此外，乔吉在戏剧创作中特别注重曲词的结构，陶宗仪《南村辍耕录》卷八中说他“博学多能，以乐府称”。书中也记载了乔吉自己总结的结构曲词的要领："作乐府亦有法，曰'凤头，猪肚，豹尾'六字是也。大概起要美丽，中要浩荡，结要响亮；尤贵在首尾贯穿，意思清新。苟能若是，斯可以言乐府矣。"意思是曲词开头要华巧美丽，紧扣题旨，引人入胜；曲词中间要饱满充实，铺陈扬厉，内容丰富；曲词结尾要响亮有力，余韵不绝，令人回味。乔吉在这里运用了一系列妥帖巧妙的比喻，形象地说明了曲词结构各部分的总体写作要求，可以说是别具匠心，而又颇有见地。

220. 元杂剧为什么会走向衰落？

答：杂剧艺术经历了漫长的孕育过程，终于在元代得以发展成熟，并取得了繁荣，成为"一代文学"。但是，到了元代末年，盛极一时的杂剧艺术却开始走向衰落，不仅杂剧作家和作品在数量上大大减少，作品的思想性和艺术性也大为逊色。进入明代初年以后，其一统文坛的地位更为南戏所取代，以至于到明代中叶以后，几成绝响。正如明代万历年间曲学家王骥德所讲："迩年以来，燕赵之歌童舞女，咸弃其捍拨，而效南声，而北词几废。"（王骥德《曲律·论曲源第一》）

元杂剧的衰落并不是偶然的，我们可以从社会历史原因、艺术内部原因，以及南曲戏文的冲击三个方面来探寻元杂剧"昙花一现"的过程。

一、从社会历史原因来看，政治格局的变化是最主要的方面。蒙古贵族在统一中国后，逐步意识到中原传统的儒家文化对于其维护统治的重要性，于是开始注重文治，逐步建立起了规范的封建秩序，并于元仁宗年间恢复科举考试。这样，许多原本就热衷科举的汉族文人开始迎合新的政治形势，放弃杂剧的创作而回到攻读举业的道路上，因此，杂剧作家和作品的数量大大减少。同时，元蒙统治者的重开科举也缓和了与汉族文人的矛盾，依然从事杂剧创作的文人也不再像前期作家那样义愤填膺地揭露社会黑暗，酣畅淋漓地抨击黑暗统治。加之，本为中下层文人出身的杂剧作家，虽然对蒙元社会的黑暗多有不满，但传统的封建伦理道德思想在他们的头脑中却是沉淀极深的。所以，这一时期的杂剧作品往往脱离了社会现实，或者讲述才子佳人的风流韵事，或者宣扬封建传统的伦理道德，使得杂剧在思想内容上脱离人民群众，而日益枯萎凋谢。

另外，经济中心的南移，也是元杂剧衰落的重要原因。十三世纪末开始，经济中心逐渐南移，大批北方作家也纷纷南下，据《录鬼簿》记载，元初著名的杂剧作家如关汉卿、马致远、白朴等也都在晚年来到了南方。以杭州为代表的江南各大城市成为杂剧创演新的中心，杂剧的重心南移了。运用北方语言填词，运用北曲演唱的杂剧，虽然初到南方时因为新鲜好奇而流行一时，但终究不适宜南方的水土，其嘈杂凄切的噍杀之声，和没有入声的三声音韵，因不符合南方民众的审美趣味，而不能被南方的观众所长期接受。这样，杂剧艺术随着经济发展的南移，虽然扩大了自身的流行区域，却终因失去了适宜生长的社会文化环境，而很快枯萎了，于是“北曲不谐南耳而后有南曲”（王世贞《艺苑卮言》）。

二、从艺术内部原因来看，元杂剧的艺术体制因过分呆板而束缚了自身的发展。与宋元南戏相比，杂剧在艺术形式上因为有着严格的限制，而失去了自由发展的生命力，终于走向衰落。

（一）元杂剧以一本四折来搬演一个完整的故事，形成了其剧本结构上的重要特点，但是，这种结构体制却因篇幅的限制，而使剧本不能容纳较多的故事情节，情节发展难以充分展开，也不能充分设置戏剧矛盾，诚如明代曲学家臧懋循在《元曲选·序》中所言：“故一时名士虽马致远、乔孟符辈，至第四折往往强弩之末矣。”

（二）元杂剧四套宫调一人主唱的角色演唱体制也限制了杂剧艺术的发展。曲牌联套的形式要求一折只能用一个宫调的曲调形式，也束缚了音律上节奏的起伏变化，使得舞台演出气氛过于单调，也不能表现较为曲折复杂的剧情，削弱了人物情感的表达。另外，全本只由一人主唱，虽然突出了主唱的角色，却淡化了其他只能念白的角色，以至于人物形象有所偏重，而不能人人鲜明。而且，四折戏共四五十支曲调，都由一人来演唱，演员唱起来容易吃力，观众欣赏起来也容易疲劳。

三、杂剧中心的南移既是一次南北戏曲交流、融合的机会，也使杂剧面临着与南戏相竞争的局面。杂剧艺术的南迁虽然来势汹汹，但终因离开了孕育其成长、发展的故土而始终处于劣势。北音、北调不容易被南方的观众所理解和接受，使得杂剧在南方失去了雄厚的群众基础。与此同时，在民间小戏基础上发展起来的南曲戏文，因为在戏剧体制、角色表演和音律唱腔等方面都比杂剧更加灵活，而逐渐为剧作家和广大观众所接受。

特别是到了元代末年，许多文人介入到了南戏的创作之中，不仅出现了《琵琶记》和“荆、刘、拜、杀”四大南戏，南曲戏文的艺术水平和社会影响力也有了空前的提高。而杂剧创作虽然偶有创新，但直到元末许多作家依然遵循传统定制而不能有所突破，正如王骥德在《曲律》中讲：“终元之世，沿守惟谨，无敢逾越。”这样，在与南戏的竞争中，杂剧终于败下阵来，元杂剧的衰落也就成为一种历史的必然。

221. 与杂剧相比，南戏有哪些特点？

答：南戏是北宋末年至元末明初在中国南方最早兴起的戏曲剧种，是我国戏剧最早的成熟形式之一。南戏又有戏文、南曲戏文、温州杂剧、永嘉杂剧、永嘉戏曲等名称，明清时期亦称其为传奇。

由宋入元的著名词人张炎在其赠给吴中南戏艺人的《满江红》词中，记录了南戏于元灭宋之后在苏州的盛行情况：“傅粉何郎，比玉树琼枝谩夸。看生子东涂西抹，笑语浮华。蝴蝶一生花里活，似花还却似非花。最可人，娇艳正芳年，如破瓜。离别恨，生叹磋；欢情事，起喧哗。听歌喉清润，片玉无瑕。洗尽人间笙笛耳，赏音多向五侯家。好思量都在步莲中，裙翠遮。”从词意可知，当时南戏演出还是以男伶少女形象，词人高度赞赏了男伶“似花还却似非花”的扮相之妙，和歌喉清润、舞步入莲的表演技艺，为我们留下了南戏在蒙元统一不久的时候于东南一带盛演的史料。

元朝统一全国后，随着北方的政治、军事势力进入南方，北杂剧也来到了长江以南，与南戏相汇于以杭州为中心的南方戏剧圈。在与北曲相并立的过程中，南戏一度显然相形见绌。但是，南戏毕竟植根于南方的文化土壤之中，依然拥有广泛的观众。同时，随着北曲南戏的互相影响，促进交流，许多杂剧作家也开始关注和涉足南戏的创作。到了元代后期，南戏终于迎来发达的时期，“顺帝朝，忽又亲南而疏北，作者蝟兴”（徐渭《南词叙录》）。这一时期，不仅诞生了著名的“荆刘拜杀”四大南戏剧作，南戏艺人的技艺获得了相当程度的提高，杭州等地还出现了许多从事南戏创演活动的民间剧社，标志着元代南戏继杂剧之后走向兴盛。

南戏在与北杂剧竞争的过程中，也在不断汲取北杂剧的长处，克服自身的缺点，最终形成了自己在音乐结构和表演体制的整饬化、规范化和定型化，在元明时期成为流行全国的声腔系统，并迫使北杂剧走向了衰亡。通过与北杂剧的比较，可以看出南戏主要在音乐体制和表演体制两方面具有自身的独特之处。

一、音乐体制。

（一）不同的文化来源，形成了南戏不同于北杂剧的音乐结构。北杂剧是在继承了诸宫调和散套的音乐结构的基础上，形成了固定的曲牌联套体，就音乐结构而言，具有成熟而严谨的特征；南戏起源于民间小调、里巷歌谣，没有固定的音乐规范，而显得结构松散，“永嘉杂剧兴，则又即村坊小曲而为之，本无宫调，亦罕节奏，徒取其畸农、市女顺口可歌而已”（徐渭《南词叙录》）。南戏音乐结构的随意性和自由性，使其创作长期停留在艺人阶段，因不利于文人在形式上对其把握，而一度成为限制自身发展的障碍。但也恰恰是这种音乐结构的灵活性，突破了北杂剧过分程式化的弊端，最终击败杂剧成为保持自身活力的艺术形式。

（二）南戏北曲在伴奏乐器和演唱方式上，也具有明显的区别。北杂剧直接继承了诸宫调的音乐体制，因而从其诞生之日起就以锣、板、鼓、笛等乐器伴奏，后来逐渐吸收琵琶等弦索乐器加入伴奏，在演唱方法上历来是一人主唱。南戏演唱则不用管弦伴奏，往往徒歌清唱，只以拍板打拍，锣鼓扶衬，基本上继承了宋词和南曲小令的演唱方式。

（三）南戏北曲在乐调色彩、旋律风格方面差异显著。从总体上看，北曲音乐往往字多声少，朗诵性强，“大抵全以故事，务在滑稽，唱念应对通遍”（吴自牧《梦粱录》卷二十），因而在节奏上具有紧促劲切的特点，可谓“神气鹰扬，有刚健之气”；南戏音乐则往往字少声多，旋律性强，因而在节奏上具有纡徐绵渺、纤柔细弱的特点，可谓“流丽婉转，有柔媚之情”，诚如明代曲律家沈宠绥赞誉魏良辅改造后的昆山腔：“尽洗乖声，别开堂奥。调用水磨，拍捱冷板。声则平、上、去、入之婉协，字则头、腹、尾音之毕匀。功深镕琢，气无烟火。启口轻圆，收音纯细。……要皆别有唱法，绝非戏场声口。”（沈宠绥《度曲须知·曲运隆衰》）

二、表演体制。

（一）南戏北曲在演唱方式上体制不同。北杂剧最经典的体制特色是一人主唱，这种演唱方式有利于提高演员的歌唱技能，为演员塑造人物提供了广阔的空间，但往往也因此而使主角无法休息，限制了戏曲表演的篇幅和舞台表演的丰富性；南戏则人人皆可唱，分唱形式的优越性逐渐显露不仅为主角争得了休息的时间，也可以为其他角色提供锻炼的机会，在剧场性上表现得更加合理，其优越性逐渐显露出来。

（二）南戏北曲的角色体制不同。北杂剧的一人主唱决定了戏曲表演的单角制，而南戏则往往是生、旦双主角，而间有净、末、丑、贴、外等多种角色，每种角色皆有特定的分工。杂剧的主要演员可以扮演不同身份、年龄的人物形象，可以扮演的生活面很广，却不容易精准透彻地把握形象的个性特点，切入肌理地展示生活的丰富内蕴；南戏的生、旦结构虽然限制了戏曲主人公的身份和年龄，使主要演员只能扮演特定角色，但南戏往往长篇巨制，给演员提供了广阔的表演空间，在生、旦对举的过程中，细腻地表达人世的悲欢离合，透彻地讲述人生的情仇爱恨，也因此，更受下层民众的普遍欢迎。

222. 高明的《琵琶记》为什么被称为“南曲传奇之祖”？

答：元代末年，以南曲为唱腔的戏文重又开始流行，在南戏作品中，高明的《琵琶记》以其耀眼光辉被誉为“南曲传奇之祖”。

高明（约 1310—约 1380），字则诚，号菜根道人，浙江省温州瑞安县人。自幼以博学著称，能诗攻书，曾以元代理学家黄晋为师，因对官场的黑暗腐朽深感不满而绝意仕途，晚年隐居宁波，以词曲自娱，创作了《琵琶记》。剧作改编自宋代戏文《赵贞女蔡二郎》，故事写陈留郡人蔡伯喈娶妻赵五娘，后蔡入京应试高中状元，受牛丞相青睐，牛丞相欲招之为女婿，伯喈以父母年迈，需回家尽孝为由，欲辞婚、辞官，无奈丞相与皇帝不允，伯喈被迫滞留京城，入赘牛府。蔡妻赵五娘在饥荒之年，变卖钗环奉养公婆，自咽糟糠，独力支撑门户，竭尽孝道。公婆死后，她以罗裙包土，修筑坟茔，手绘公婆遗容，以弹琵琶乞食为生上京寻夫。在牛府赵五娘与蔡伯喈相见，蔡获悉父母双亡，极为悲痛，要回家祭扫。牛氏知情后甘居妾位，愿与蔡、赵二人同返故里。剧作以宽恕同情的态度刻画了蔡伯喈“全忠全孝”的书生形象，将宋代戏文中背亲弃妇的书生改写成不忘父母和发妻之人，并将其弃妇重婚归于客观原因，最后以一夫二妻实现了团圆结局。

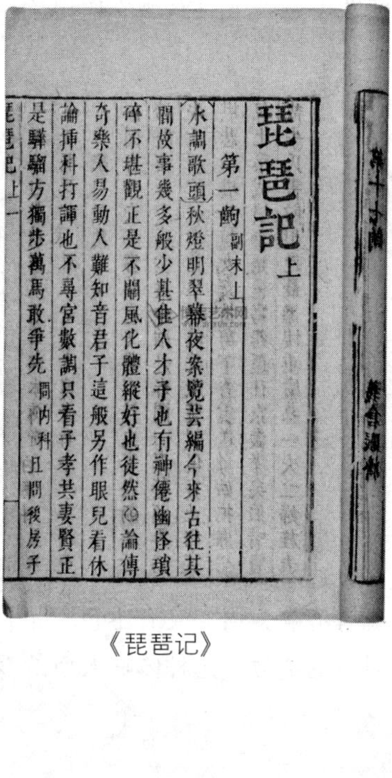
琵琶記 上
第一齣 副末上
水調歌頭 秋燈明翠幕夜案覽芸編今來古往其
間故事幾多般少甚佳人才子也有神僊幽怪瑣
碎不堪觀正是不關風化體縱好也徒然論傳
奇樂人易動人難知音君子這般另作眼兒看休
論插科打諢也不尋宮數調只看子孝共妻賢正
是驊騮方獨步萬馬敢爭先
琵琶記上 一

《琵琶记》

《琵琶记》一向被人们推崇为“南曲传奇之祖”，究其原因，主要有两个方面：

一、形式的新奇。元代早期，以南曲为唱腔的戏文大多出于市井艺人之手，艺术上往往比较粗糙，虽然颇受民众的欢迎，但因其文学性远逊于北杂剧而被文人士大夫排斥在了“正音”之外。《琵琶记》则在保留南戏体制的基础上，借鉴和吸收了杂剧创作的文学成就，可以说是以南曲写成而有完整戏剧体制的第一部传奇之作，因而取得了很大的成功。

二、艺术上取得了很高的成就，在人物形象的塑造、戏剧冲突的组织和人物语言的使用等方面，都优秀于其他时剧。

（一）《琵琶记》的人物形象非常具有个性色彩，贤孝妇赵五娘是全剧中最为光辉的人物，她善良朴素、刻苦耐劳，在饥荒年间，她把微薄的救济粮留给公婆，自食糟糠，她典尽衣衫，尽力奉养公婆。公婆死后无钱安葬，她剪下头发，沿街叫卖，没钱请人埋葬，她麻裙包土，营葬筑坟。在极度艰难的环境中，她含辛茹苦，任劳任怨，忍受着常人无法承受的磨难。在赵五娘身上，体现出中国古代妇女多方面的优秀品德。

（二）在戏剧冲突的安排上，《琵琶记》采用双线结构，让故事情节沿着两条线索发展。一条线索是蔡伯喈上京应举入赘牛府，另一条线是赵五娘在家历经艰苦奉养公婆。两条线索交叉进行，让不同的生活场景巧妙地对比衔接起来。例如蔡伯喈蟾宫折桂与赵五娘典卖钗梳的前后排列，蔡伯喈洞房花烛与赵五娘自食糟糠的双线并举，蔡伯喈中秋赏月与赵五娘剪发买葬的交错发展等等，贫富悬殊的情景，形成了强烈的反差，营造了强烈的悲剧效果和巨大的艺术感染力。

（三）《琵琶记》的语言，兼有文采和本色两种。剧作配合戏剧人物的不同处境以及双线结构的开展，运用两种不同风格的语言：蔡伯喈在京城生活这条线索上的人物，例如牛小姐、牛丞相等，因为他们具有较高的文化水平，过着锦衣玉食的生活，因而用的是文采语言，讲究字句的雕琢，辞藻华美，文采灿然；赵五娘这条线索上的人物，例如蔡公、蔡婆、张广才等人，他们的文化水平和贫穷生活，决定了他们的本色语言，词句素朴，富于生活气息。可见，作者充分注意到了人物语言与其生活环境、性格心理的紧密联系，既有清丽文语，又有本色口语，让两种不同的人物，使用两种不同风格的语言，这种体贴人情的戏剧语言构成了《琵琶记》语言艺术的独到之处。也正因此，王世贞在《艺苑卮言》中高度赞美了剧作的语言艺术："则诚所以冠绝诸剧者，不唯其琢句之工，使事之美而已。其体贴人情，委曲必尽，描写物态，仿佛如生，问答之际，了不见扭造，所以佳耳。"

223. 南戏"四大传奇"包括哪些作品？它们在中国戏曲发展史上各自具有怎样的意义？

答：元末明初有四部南戏比较著名，它们是《荆钗记》《白兔记》《拜月亭记》《杀狗记》，被称为南戏"四大传奇"，合称《荆》《刘》《拜》《杀》。

一、《荆钗记》全名《王状元荆钗记》，一般认为是元末书会才人柯丹邱所作。原本已不存，现今流传的大多为明人的改本，以温泉子编集的《原本王状元荆钗记》最接近原貌。剧作写穷秀才王十朋和温州首富孙汝权，分别以荆钗和金钗为聘礼，向钱玉莲求婚。钱玉莲不贪钱财而重视人才，留下了王十朋的荆钗，与之成婚。婚后王十朋赴京赶考高中状元，因拒绝丞相逼婚而被改调至烟瘴之地潮阳任职。不料，他邀请母亲、玉莲前往任所的家书，被孙汝权套改成休书，玉莲继母因此逼其改嫁。玉莲不从，投江自尽，幸被钱安抚救起，收为义女。十朋得知玉莲死讯，宁愿背负"不孝有三，无后为大"的罪名，立誓终身不再娶。玉莲也听到了有人误传十朋死于瘴疫。后来两人在钱安抚舟中以荆钗相认，得以团圆。

剧作歌颂了王十朋富贵之后不忘糟糠之妻的品德，赞扬了钱玉莲重才而轻财的高贵品质，虽然在表彰"义夫节妇"方面带有浓厚的说教气味，但作品也在许多方面突破了儒家的价值观，在戏剧冲突展开的过程中再现了当时的社会生活，所以王世贞在《曲藻》中称："《荆钗》近俗而时动人。"

二、《白兔记》全名《刘知远白兔记》，元代永嘉书会才人编。剧作写五代后汉的开国皇帝刘知远年轻时因赌博败家，落魄流浪，被财主李文奎收留，充当佣工。李文奎见其相貌不凡，仿佛有蛇穿其七窍，断定日后必然大贵，便招为女婿，令其迎娶李三娘，入赘李家庄。李文奎死后，三娘哥嫂李洪夫妇以分家为由，欺侮刘知远夫妇，刘知远不堪忍受被迫去分州投军。从军后刘知远凭借一身武艺屡立战功，不断被提拔，官至九州岛安抚，并入赘岳帅府，享受高官厚禄。三娘在家受尽兄嫂折磨，因过度劳累，在磨坊产下一子，取名“咬脐郎”，送至刘知远处抚养。十五年后，咬脐郎外出打猎，因追赶一只白兔，与正在井边汲水的生母相逢，得以全家团圆。

故事通过刘知远的发迹变泰，表达了作者“贫者休要轻相弃，否极终有泰时，留与人间作话题”的思想观念。剧作引人入胜地刻画了刘知远身处贫寒时的屈辱惨状和扬眉吐气后的威风场景，笔调痛快淋漓，深受社会底层的民众所羡慕。富有浓厚的民间文学特色，文字上质朴通俗，还保存着一些古代农村风俗和情趣，吕天成《曲品》说它“词极古质，味亦恬然，古色可挹”。

三、《拜月亭》全名《王瑞兰闺怨拜月亭》，相传为元人施惠所作。世德堂本【尾声】说“书府番誊燕都旧本”，可知它是作者参考关汉卿同名杂剧再创作而成的，主要写书生蒋世隆与王瑞兰在兵荒马乱时候的离合故事。剧作共四折一楔子，写金主诛杀主战派大臣陀满海牙一家后，派尚书王镇向敌国求和。海牙子兴福在逃亡途中与书生蒋世隆结为兄弟。敌军入侵，金主迁都汴梁。战乱逃亡之中，王瑞兰与母亲失散，蒋世隆也与妹瑞莲失散。后世隆与瑞兰相遇，在患难中结为夫妻。瑞莲则被王夫人收为义女。旅途中，瑞兰与父亲王镇相遇，王镇嫌弃世隆是个穷秀才，门户不相称，强行将瑞兰带走，在路上又与老妻及瑞莲相遇，一家团聚。瑞兰一直惦念着世隆，一日在拜月亭前对月祷告，祷祝世隆平安，被瑞莲窃听，方知彼此实为姑嫂。后来朝廷开科取士，世隆与兴福分别考取文武状元。王镇奉旨招两人为婿，夫妇兄妹相认团聚。

作品歌颂了青年男女的坚贞爱情，也写出了广阔的社会风貌，将戏剧冲突置于蒙古入侵金国的战争乱离背景中，使得悲欢离合的故事具有深刻的意义。剧本关目生动，情节起伏跌宕，误会巧合手法的运用使得关目奇巧而颇见匠心，加之语言天然本色，具有较强的感染力，一向为人们所称道。李卓吾认为其曲白近自然而疑为天造："此剧关目极好，说得好，曲亦好，真元人手笔也。首似散漫，终致奇绝。"(李贽《拜月》,《焚书》卷四)。

四、《杀狗记》全名《杨德贤妇杀狗劝夫》。相传为元末明初人徐畛所作。全剧共三十六出，写富家子弟孙华结交市井无赖胡子传、柳龙卿，并受他们的挑拨，挥霍家财，将胞弟孙荣赶出家门。其妻杨月真为劝夫悔悟，杀死一只狗伪装成死尸，置于家门以外。孙华深夜酒醉归来，误以为祸事临头，惊慌之中去请柳、胡二人帮忙移尸，二人不仅不来帮忙，反而向官府告发。而孙荣却不计旧恶，当即为兄埋"尸",还在官府前主动承担杀人罪名。孙华深受感动，兄弟重归于好。

这是一出颂扬孝悌观念的社会伦理剧，说教色彩比较浓厚，结构也显得松散，与前三剧相比，稍显逊色，近人吴梅甚至认为此剧"鄙陋庸劣，直无一语足取"。①但从总体上看，虽然剧中所宣扬的观念较为陈旧，但语言质朴、通俗，明白如话，颇有民间文艺的特色，特别是剧作对市井酒肉朋友关系的刻画，尤为生动。

224. 元代文学的审美情趣有哪些独特之处?

答：元代蒙古贵族入主中原，在政治、经济、文化诸方面都对中原汉地产生了巨大冲击，游牧帝国统治了农耕社会，草原文化冲击着儒家文化，儒家传统文化的审美理想在意识形态领域的统治地位被彻底颠覆了，以草原游牧民族文化精神为主，融儒道释多元文化于一体的文化特质，使得元代成为中国历史上一个文化演进的转折点。在这样一个社会文化的转型期，元代文学也表现出了独特的审美情趣。

一、审美观念的平民化色彩。蒙元贵族统治中原，使得传统知识分子的生存境遇发生了翻天覆地的变化，汉族文人不仅背负着国破家亡的忍痛，还要面对异族统治之下的民族歧视，文人们在沉抑

① 吴梅．顾曲麈谈［M］．上海古籍出版社，2000：202.

下僚而托身民间的过程中，将文艺的笔触拓展到民间，使得元代文学染上了浓厚的平民色彩。这种平民色彩的文艺倾向集中表现为对世俗社会的精彩再现：乔吉的《扬州梦》、秦简夫的《东堂老》等杂剧作品，对城市生活的繁荣富裕和城市文化的歌舞娱戏做出了真切的艺术写照；睢玄明的套数【般涉调·耍孩儿】《咏西湖》、胡用和的【南吕·一枝花】《隐居》等散曲作品展示了世俗社会的生活情态，张扬了普通乡野生活的俗情俗趣；钱选的《题秋茄图》、丁鹤年的《画菜为马上舍题》等题画诗更颠覆了传统诗歌的雅致情调，把瓜果、蔬菜等日常事物作为审美的对象。

可以看出，在元代，文人身份的下移为元代文学审美情趣的世俗化发展创造了客观条件。这些文学作品选择了平民视角，张扬了平民伦理，咏叹着世俗生活，呈示出一种崇尚自然、任情恣纵、回归本性的美学追求。

二、文艺情趣由审美转向了审丑。元代特殊的历史境遇使得元代文人的精神重负比以往任何一个朝代都要深重，对于美好事物的描摹所带来的审美期待，并不能完全承载元代文人的内心困境。当元代文人的生命与灵魂失去了挂靠的基点，审美趣味也在逐渐发生变化，描写丑、表现丑成为元代的社会时尚，这种转变在元代散曲艺术中体现得特别充分，世俗生活的种种丑陋怪诞在散曲艺术中公开亮相，成为元曲艺术家们的情感寄托。例如关汉卿的【仙吕·醉扶归】《秃指甲》、王和卿的【双调·拨不断】《长毛小狗》、无名氏的【正宫·醉太平】《讥贪小利者》,这些作品以戏谑讥讽、滑稽嘲弄的方式描摹世俗社会的种种丑怪。

黑格尔在其《美学演讲录》中曾经指出，诙谐的特征“是充分的满足，以及人在战胜了自身的矛盾，或者摆脱了严峻、不幸的处境之后获得的安全感”。元代文人通过对世俗题材的选择和丑怪形象的塑造，表达着对严酷社会的抨击，对荒诞现实的痛斥，张扬着反抗现实的叛逆精神和对自我价值的申诉与体认。这种寓庄于谐的辛辣嘲讽与调笑戏弄，实现了元代文艺观念的转变，以丑为美、以俗为趣呈示出了元曲艺术崇尚谐俗、化丑为美的独特审美倾向。元代文人这种描绘丑、表现丑的艺术行为，在古典主义美学范围内将审美的视线由和谐美好转向了世俗丑怪，审美发展为审丑。

三、文艺创作洋溢着自然酣畅的抒情之美。草原民族入主中原，蒙古贵族尚武轻文的民族习惯与歧视汉人的统治政策，更使得中原文士的文化身份和社会地位一落千丈，甚至沦为了“娼之下丐之上”的悲惨境地。家国的丧乱与异族的入主，沉重打击了元代文人内心深处的民族自尊与文化自信。于是他们希图在文艺活动中回归自我，也正因此，他们的文学创作总是充盈着对个体性灵与主体人情的审美诉求，使得元代文学呈现出一种自然酣畅的抒情之美。可以说，对于本真情性的抒写成为元代文学的时代呼声，刘祁强调“俗谣俚曲之见其真情”,“能荡人血气也”（刘祁《归潜志》卷十三），杨维桢极力主张“诗本情性。有性，此有情，有情，此有诗也”（杨维桢《郑韶诗序》,《东维子集》卷七）。刘将孙在将人情推向本体论高度的同时，更进一步强调了不拘体例、独抒性情的创作观念，认为“斤斤为格律，此岂复有情性哉”（刘将孙《胡以实诗词序》,《养吾斋集》卷十一）。

在元代文学家的创作观念中，个体情感的自由抒写已经成为艺术活动的最高价值。元杂剧的作家们总是崇尚“本色”语言，绘形绘色地塑造人物形象，曲尽形容，力图鲜明地显示人物的个性特征，创造波澜跌宕的情节，透彻地表现悲欢离合的人生情态，酣畅淋漓地宣泄人世间的爱与恨；散曲的作家们用白描直陈的创作手法淋漓尽致地摹写情与物，热情奔放地抒发个性情感，展现了或清丽，或质朴，或豪放，或泼辣，或谐谑的艺术特色，张扬着自然酣畅的审美风格；诗词的作家们，如萨都剌、杨维桢、耶律楚材等，也都主张自然随意地抒发感情，创作出了奔放酣畅的作品，所以清人宋荦在《元诗选序》中也说“元诗多清丽，近太白”,强调的正是元诗中流注的自然酣畅的审美情趣。

225.《录鬼簿》是一部怎样的著作？其曲学成就如何？

答：《录鬼簿》是一部经典的元代戏曲史料性著作，作者钟嗣成

（约1279—约1360)，字继先，号丑斋，大梁（今河南开封）人，后寓居杭州。因仕途失利而专心剧曲，所作杂剧《寄情韩翃章台柳》《讥货赂鲁褒钱神论》《宴瑶池王母蟠桃会》《韩信泜水斩陈余》《汉高祖诈游云梦》《孝谏郑庄公》等7种，今已不传。今仅存散曲小令59首、套数1首，辑入《全元散曲》。钟嗣成平生广交曲家，曾聆听郑光祖、宫天挺、金仁杰等人论曲，与睢景臣、赵良弼、陈无妄等曲家也交往深厚。他深感于曲家虽门第卑微，职位不振，却高才博识，俱有可录，于是立志为曲家立传以寄慨，撰成《录鬼簿》，友人朱士凯谓其“君之德业辉光，文行浥润。后辈之士，奚能及焉”（朱士凯《录鬼簿·后序》）。

《录鬼簿》是钟嗣成一生最大成就，这是一部记录元代杂剧散曲作家生平事迹及其作品目录的要籍，全书共记载了元代散曲与杂剧作家152位，其中杂剧作家80位，剧目400余种。此书也是我国历史上第一部记载元代杂剧作家作品和相关史料的著作，不仅是后人研究和认识元杂剧的重要资料，也表现了钟嗣成个人进步的文艺观点，成为千古不朽之作。

总体来看，钟嗣成《录鬼簿》曲学成就主要表现为以下两个方面：

一、该书提高了戏曲的地位，表现出进步的文学观，对后世戏曲的创作起到了有效的促进作用。

（一）钟嗣成编撰此书的目的，是为了替一代经史所不传而又高才博识的戏曲家们作传。在元代汉族文人不仅地位低下，他们的戏曲创作也经常遭到统治者的管束与排斥，《元史·刑法志》中就有条律明确的规定：“诸妄撰词曲，诬人以犯上恶言者，处死。”而在《录鬼簿》中，钟嗣成却把“门第卑微，职位不振”的曲家推到了与“圣贤君臣，忠孝士子”同样高的地位进行歌颂，认为曲家们也是一代文化精英，虽然他们“门第卑微，职位不振”，但却“心机灵变，世法通疏，移宫换羽，搜奇索怪”，应是“日月炳焕，山川流峙，及乎千万劫无穷已”，因此，应“小善大功，著在方册”。面对宋元理学家对剧作家“有伤风化”的贬抑和打击，钟嗣成以大胆的反叛精神对元代戏剧家做出了崭新的评价。

（二）钟嗣成提出了“以文章为戏玩”的创作观念，指出了戏曲艺术区别于传统诗文的独特审美价值。在钟嗣成看来，曲家们既不同于为了功名作文的人，也不同于隐居自守、无所作为的文人，他们从事戏曲创作没有任何功利目的，只是“戏玩”而已，但恰恰是在“学问之余，事务之暇”而进行的自娱性创作，才能够酣畅淋漓地表达愤世之情、玩世之意，也才真正能够获得精神上的愉悦，因此，曲家们是“诚绝无仅有”者。可以说，钟嗣成所提出的“戏玩”概念，恰切地总结了元代戏曲家的创作情况。自元代宋起，汉族文人沉沦于社会下层，他们在自己的戏剧创作中，记录着时代的不幸，抒发着内心的愤懑，寄托着自己的志趣，这种“以文章为戏玩”的创作，赋予了元杂剧独特的审美价值，诚如王国维所讲：“元剧最佳之处，不在其思想结构，而在其文章。彼以意兴之所至为之，以自娱娱人。关目之拙劣，所不问也；思想之卑劣，故不讳也；人物之矛盾，所不顾也。彼但摹写其胸中之感想，写时代之情状……其文章之妙，亦一言以蔽之曰：‘有意境’而已矣。”①

（三）在钟嗣成看来，戏剧艺术需有动人的情节，通过“搜奇索怪”“翻腾古今”而使人“感动咏叹”，这是戏剧艺术不同于传统文学的魅力，因此他提出戏剧艺术应另立门户，“若夫高尚之士，性理之学，以为得罪于圣门者。吾党且啖蛤蜊，别与知味者道”。钟嗣成的提法可谓独树一帜，相对于将俗文学视为小道的封建正统文学观来说，表现出一种崭新的文学观。他不断激励后学，“冀乎初学之士，刻意词章，使水寒乎冰，青胜于蓝”，推动了戏剧艺术的发展。

二、《录鬼簿》中所著录的曲家，依其出生的先后分为三个时期，清晰地展示了元代戏剧发展的三段史。《录鬼簿》上、下两卷依据杂剧、散曲作家的社会地位和时代先后，列出了七大类：（1）“前辈已死名公有乐府行于世者”；（2）“方今名公”；（3）“前辈已死名公才人有所编传奇行于世者”；（4）“方今已亡名公才人余相知者”；

---

① 王国维.《宋元戏曲史》［M］. 上海古籍出版社，1998：99.

（5）“已死才人不相知者”；（6）“方今才人相知者”；（7）“方今才人闻名而不相知者”。以年代先后排列，共记述150多位杂剧及散曲作家，著录剧目共400余种，整个元代曲作家的情况，都赖以传世，也向我们透露了元代戏曲发展的线索。

通过这七类曲家的排列，我们可以将元杂剧的发展划分为三个时期：第一个时期包括“前辈已死名公有乐府行于世者”和“前辈已死名公才人有所编传奇行于世者”，这一时期的作家人数和作品数量最多，剧作的思想性和艺术性也成就最高。这里记载的杂剧作家多为流落民间的下层文人、书会才人或民间艺人，如关汉卿、纪君祥、花李郎等，他们大多为大都、真定、平阳等地的北方人，可知元代初年杂剧发展的繁荣时期，而大都一带即是元杂剧的滥觞之地和发展中心。

第二个时期即钟嗣成所谓的“方今已亡名公才人余相知者”，根据钟嗣成的生卒年可知这一阶段应指元朝统一全国到至正（1341—1368）年间。这一时期的作家多为南方人或寓居南方的北方作家，可知这时杂剧的创演中心已从北方的大都南移至杭州，并一度在南方广泛流传，正如徐渭所讲：“元初，北方杂剧流入南徼，一时靡然向风，宋词遂绝，而南戏亦衰。”（徐渭《南词叙录》）可知杂剧在南方的流行盛况。

第三个时期也就是钟嗣成所说的“方今才人相知者”，这一时期的作家几乎都为南方人，作品数量也相对较少，可以说是元代杂剧的衰落期。杂剧的创演中心南移以后，虽然一时极盛，但终因不能适应南方观众的审美习惯而在与南戏的竞争中败下阵来，杂剧在曲坛的主导地位也逐渐为南戏所取代，甚至许多杂剧作家也开始写作南戏，戏剧音乐也出现了南北合套的情况。可知《录鬼簿》对曲家的分类与排列初步呈现了元代戏剧创作发展历史，为后代戏剧史研究提供了可资借鉴的宝贵资料。

226. 周德清的《中原音韵》为什么被称为中国曲谱韵书的开山之作？该书有哪些主要内容？

答：元代周德清所著《中原音韵》是中国古代的一部韵书，该书初稿成于元泰定元年（1324），约于至正元年（1341）得以正式刊行。周德清（1277—1365），字日湛，号挺斋，江西高安人，元代著名的音韵学家、戏曲家。《江西通志》上说他“工乐府，精通音律”。隋树森的《全元散曲》录存其小令30首，套数3套。

作为一个散曲作家，周德清对北曲的创作和演唱都有深入的研究。泰定元年（1324），元大都展开了一场关于“正语作词”的争论，鉴于当时一些作家和艺人的不讲究格律，他提出了“欲作乐府，必正言语；欲正言语，必宗中原之音”（《中原音韵自序》）的主张。为了使“四方出语不偏，作词有法”（琐非复初《中原音韵序》），让北曲的体制、音韵和语言都能具有明确的规范，他把当时著名戏剧家如关汉卿、马致远等人作品中的韵字汇编成韵谱，根据自身的体验总结出一套创作方法，完成《中原音韵》。

该书按照宫调收录了曲牌名335章，并选择了其中四十个经典曲牌，各选录时人创作的散曲一首，作为“定格”的范例，以评论的形式确定其声韵平仄，初见曲谱的雏形。也正因此，周德清的《中原音韵》被戏剧戏曲学家们广为赞誉，称其为中国曲谱韵书的开山之作。

《中原音韵》共有两卷，分为两大部分，第一部分是《韵谱》，第二部分是《正语作词起例》。下面具体说两大部分内容的特点：

一、《韵谱》。《韵谱》是按照音韵排列的字表，周德清收集了曲子里常用作韵脚的五千多字，大胆革新前代韵书的体制，按照当时北方话的语音系统加以分类编排，将韵分为十九个，每韵用两个字命名：东钟、江阳、支思、齐微、鱼模、皆来、真文、寒山、桓欢、先天、萧豪、歌戈、家麻、车遮、庚青、尤侯、侵寻、监咸、廉纤。《韵谱》按照声调的不同划分出了不同的韵类，可以说是一个按照韵和声调分立的同音字表，后代可以据此考订出声母和韵母的类别。

因为元曲的音律有平仄通押的特点，往往每个韵部内又包括了不同声调的字，所以周德清在声调上采用了不同于前代韵书的分类方法：

（一）平声分阴、阳的分类方法，这是《中原音韵》的一大特点。与传统韵书将平声分为上平声、下平声不同，周德清在《中原音韵自序》中说："字别阴、阳者，阴、阳字平声有之，上、去俱无。上、去各止一声，平声独有二声。"可以说，平声分阴阳是周德清在调类上的一大发现。

（二）入派三声是该书声调系统的另一主要特点。在阴声九韵中，周德清分别在平声阳、上声和去声后，附有入声作平声阳、入声作上声、入声作去声三类。周德清以北曲的发音实际为基础，提出"入派三声"，为填词入韵树立了新的规范。

《韵谱》具有明显的革新精神，它突破了《切韵》系韵书传统的创作体例和分韵定切的标准，以"中原之音"为标准，归纳了元曲四大家所用的韵字，使其可以直接服务于曲词的创作，成为北曲音学的奠基之作。该著作在曲韵学方面的价值深得刘熙载的赞誉："事莫贵于真知。周挺斋不阶古昔，撰《中原音韵》，永为曲韵之祖。"（刘熙载《艺概·词曲概》）

二、《正语作词起例》。"起例"部分是关于韵谱的编制体例、审音原则和宫调的创作方法的说明，是周德清北曲创作理论的集中概括，共有二十五条，文字体例不一，句式长短不等，从内容上看，大致可以分为两类：

（一）"正语起例"，包括第一到第二十四条。宁继福在《中原音韵表稿》中对"正语起例"的内容作了七个方面的概括：关于《韵谱》收字原则、关于单字排列格式、关于入声、关于《中原音韵》的声调（特别是平分阴阳）、关于正音与用韵、正音练习、关于"中原之音"。

（二）"作词起例"，包括第二十四条和二十五条之间的"乐府共三百五十章"和第二十五条。《中原音韵》在研究创作形式的同时，也致力于对曲词的立意、旨趣等方面的探究，是元代唯一一部专门对曲词的创作进行总结和研究的著作，诚如近人任讷所言："一书而兼有曲韵、曲论、曲谱、曲选四种作用。"①

---

① 任中敏．作词十法疏证·序［M］．北京：中华书局，1924：1.

这部分的核心是“作词十法”,包括知韵、造语、用事、用字、入声作平声、阴阳、务头、对偶、末句、定格。其中“知韵”“入声作平声”“阴阳”和“末句”讲的是声律，提醒人们慎审音韵，作词要用雅正的中原之音来调整曲律。在周德清看来，声音之道乃是“作词之膏肓，用字之骨髓”(《中原音韵自序》)。

“造语”“用字”“用事”和“对偶”讲的是词采，对于曲词的用语提出了一系列要求，强调“未造其语，先立其意；语、意俱高为上”,“造语必俊，用字必熟，太文则迂，不文则俗；文而不文，俗而不俗”。这里“俊语”的概念，也是周德清最先提出，并且用得最多的一个概念。通过周氏对经典曲词的评析，可知他所强调的“俊语”意指词含情趣、语涉双关、托物寄意、闲情雅致、巧用典故等词采的雕琢，包含着立意、构思、用语俱佳的意思。

“务头”指词曲中声律词采并美之处，在《中原音韵》中周德清首次提出了这一重要的戏曲概念，提出“要知某调、某句、某字是务头，可施俊语于其上”。“务头”作为一个戏曲音乐的概念，强调的是填词曲的精彩之处，周德清在这里通过对经典曲词的品评，强调了如何在“务头”处下功夫；“定格”部分周德清分析了经典佳作，对收录的四十首精品词曲从各个角度进行了一一评析，力图为词曲树立“样子”,以此为作曲者效法的准绳。

周德清的作曲理论用他自己的话可以概括为：“韵共守自然之音，字能通天下之语，字畅语俊，韵促音调。”(《中原音韵自序》)特别是他所提出的“俊语”的概念，强调了曲词的立意、构思要以意趣神色为主，对后来的作曲及曲学研究都产生了深远的影响，明清曲学家所言“旨趣”“机趣”等语，都与周德清的思想有着一定的相通之处。

227. 夏庭芝的《青楼集》是一部怎样的著作？该书在中国戏剧史上有何意义？

答：夏庭芝的《青楼集》是一部元代戏曲女演员史料集。夏庭芝（约1300—1375)，字伯和，号雪蓑，松江府治华亭县（今上海松江）人。夏氏原为松江巨族，出身于书香世家。元末遭乱，隐居不仕，以诗酒著述自娱，“遍交士大夫之贤者，慕孔北海，座客常满，尊酒不空，终日高会开宴，诸伶毕至，以故闻见博有，声誉益彰”（张择《青楼集叙》）。

据《青楼集志》记载，至正十五年（1355），夏庭芝感“风尘澒洞，群邑萧条，追念旧游，慌然梦境”，于是，依昔日见闻而作《青楼集》。书中主要记载了元代杂剧、南戏、诸宫调、嘌唱、说话等各类女艺人一百一十余人，按照师承与家传辈分的顺序，早期有珠帘秀、顺时秀、天然秀等，中期有赛帘秀、燕山秀等，后期有天生秀、西夏秀等，以小传的形式列明了她们的技艺特长与生活轶事。书中还涉及十余位男性艺人和五十多位戏曲作家、诗人及名公士大夫的轶事。

《青楼集》开辟了后世文人品评艺人的风气之先河。总体看来，该书在中国戏剧史上的重要意义主要表现为以下三个方面：

一、作为中国文学史上第一位为元代女艺人著书立传的人，夏庭芝在书中强调了演员是中国戏曲艺术诸要素中最本质的要素，体现了对戏曲表演艺术的高度重视。中国的戏曲艺术正是一门以演员为中心、以演技为主体的综合性表演艺术，夏庭芝重视戏曲表演艺术，着力为女艺人著书立传，可以看作是元代戏曲艺术观念普遍成熟的一种表现。

统观《青楼集》，我们可以看出，其对女性艺人的评语中鲜明地表露出对戏曲表演艺术家的高度重视，例如其谓天然秀“闺怨杂剧，为当时第一手，花旦、驾头，亦臻其妙”，称赛帘秀“声遏行云，乃古今绝唱”等评艺之语，都洋溢着对戏曲表演艺术家的赞美之意。可以说，戏曲表演艺术的好坏，直接关系到戏曲艺术的成败，中国戏曲在不同历史时期的发展样貌，也往往以是否出现具有代表性的演员为最突出标志。夏庭芝对优秀表演艺人的重视与记载，为我们留下了元代演艺人员的珍贵资料，“历历青楼歌舞之妓，而成一代之艳史传之也”（邾经《青楼集序》）。这在一定程度上也为元杂剧成就中国戏曲史上的第一座高峰产生了重要的影响。

二、该书主要从“色”“艺”两个方面来评定女性演员的艺术魅力，体现了元代戏剧艺术的欣赏趣味和审美标准。强调色艺互补、以艺为主，是《青楼集》对女性演员的普遍评判，例如其评曹娥秀“赋性聪慧，色艺俱绝”，评周人爱“京师旦色，姿艺并佳”，评王金带“色艺无双”，评李真童“色艺无比”，评聂檀香“姿色妩媚，歌韵清圆”，评赵梅哥“美姿色，善歌舞”，评汪怜怜“美姿容，善杂剧”，评事事宜“姿色歌舞悉妙”。可以看出，夏庭芝在记述女艺人的身世和才艺的时候，首先关注的就是她们的色与艺，这反映了夏氏对女性演员的审美标准，也代表了元人戏剧欣赏的情感态度。

通过夏氏对女艺人的品评，我们可以看到，他所讲的“色”不仅指色相、姿色等外形特征，还包括气质、风韵等精神面貌，《青楼集》中记载了如喜春景、周喜歌、赵梅歌等“姿色不逾中人，而艺绝一时”的艺人，认为她们“虽貌不扬，而艺甚绝”。可见，夏氏更强调后天文化素养的重要，这从另一个方面反映出元人对戏曲表演技艺的重视。同时，夏氏对演员的外形、气质和技艺方面的推崇，也为后世品评戏曲演员奠定了标准。

三、《青楼集志》全面梳理了元杂剧发展的渊源流变，堪谓元代戏曲美学的得力之作。

（一）夏庭芝首先追述了戏剧艺术的发生发展过程，指出“唐时有‘传奇’，皆文人所编，犹野史也，但资谐笑耳。宋之‘戏文’，乃有唱念，有诨。金则‘院本’‘杂剧’，合而为一。至我朝乃分‘院本’‘杂剧’而为二”，为人们梳理了自唐代到元代我国戏剧艺术的发展概况。

（二）夏氏强调了元杂剧不同于院本的全新艺术体制，指出：“‘杂剧’则有旦、末。旦本女人为之，名妆旦色；末本男子为之，名末泥。其余供观者，悉为之外脚。有驾头、闺怨、鸨儿、花旦、披秉、破衫儿、绿林、公吏、神仙道化、家长里短之类。”说明了元杂剧与宋杂剧、金院本以副净、副末为主的表演体制不同，着重以旦、末为主，其他均为外角，剧中人物类型更显丰富多彩，为元代杂剧艺术留下了宝贵的史料。

（三）该文肯定了戏剧艺术所具有的商业性演出的特征，记录了元代戏剧表演的繁荣景象："内而京师，外而郡邑，皆有所谓勾栏者，辟优萃而隶乐，观者挥金与之。"可以看出，夏庭芝将元杂剧放在整个戏剧艺术发展的历史中进行全面的考察，从多种角度审视元杂剧的特征，对元杂剧之所以成为中国戏剧艺术的成熟形式有了相当明确的认识。

（四）该文对元杂剧的思想内容进行了概括，高度赞扬了其"皆可以厚人伦、美风化"的社会价值。就戏剧题材而言，夏氏指出元杂剧写君臣、母子、夫妇、兄弟、朋友等不同题材均有经典剧作，与金院本"大率不过谑浪调笑"者完全不同，在演员饰演剧中人物、演绎故事、吸引观众的同时，更可以起到教化的作用。可以说，夏氏杂剧社会价值方面的认识对中国戏剧以及戏剧批评的进一步发展起了巨大的推动作用。

228. 元代以胡祗遹为代表的戏剧表演理论有哪些成就?

答：元代作为中国古代戏剧艺术成熟与蓬勃发展的历史时期，不仅戏剧创作琳琅满目，戏剧表演多姿多彩，戏剧理论也取得了很高的成就，以胡祗遹为代表的戏剧表演理论就是元代戏剧理论的一个重要内容。

胡祗遹（1227—1293），字绍开，号紫山，磁州武安（今河北省武安县）人。他幼年丧父，但苦读不辍，元世祖至元时曾任翰林文字、太常博士、左司员外郎、右司员外郎、河东山西道提刑按察副使等官职。胡祗遹喜爱戏曲，经常参与戏曲活动，并与戏曲艺人有密切交往，自己也能创作出很好的散曲作品，有《紫山大全集》传世。他的曲风清秀典丽，明净自然，明朱权《太和正音谱》评其曲"如秋潭孤月"。

与珠帘秀等一流艺人的交往经历，使胡祗遹具备了较高的戏曲鉴赏能力，进而形成了自己颇有特色的理论认识，《紫山大全集》中的《朱氏诗卷序》《黄氏诗卷序》《赠宋氏序》《优伶赵文益诗序》等篇，都是论述戏曲艺术的专章，涉及艺人的演技与文化修养的相关问题，里面对于戏曲题材、戏曲价值，特别是戏曲表演的认识，颇具精见，成为中国历史上从戏曲表演方面评价演员的第一人。具体来说，胡祗遹的戏曲表演理论主要有以下几方面成就：

一、胡祗遹特别注重杂剧表演中演员对角色的把握，对戏曲装扮的见解十分精到。他指出："既谓之杂，上则朝廷君臣，政治之得失，下则闾里市井，父子、兄弟、夫妇、朋友之厚薄，以至医药、卜筮、释道、商贾之人情物理殊方，异域风俗语言之不同，无一物不得其情，不穷其态。以一女子而兼万人之所为，尤可以悦耳目而舒心思，岂前古女乐之所拟伦也。"（《赠宋氏序》，《紫山大全集》卷八）在胡祗遹看来，一个好的演员要能够模拟各类人情物态，扮演各种社会角色。于此，他强调，演员必须凭借自己的经验和观察去细心品味各类角色的特点，做到"心得三昧"，就能够在表演时达到"天然老成"的效果，正所谓："外则曲尽其态，内则详悉其情。心得三昧，天然老成。见一时之教养，乐百年之升平。"（《朱氏诗卷序》，《紫山大全集》卷八）

二、胡祗遹提出了说唱艺人的"九美"说，论及了艺人的气质修养与艺术成就之间的关系。在《黄氏诗卷序》中，胡祗遹提出了说唱演员的九条标准："一、姿质浓粹，光彩动人。二、举止娴雅，无尘俗态。三、心思聪慧，洞达事物之情状。四、语言辨利，字真句明。五、歌喉清和圆转，累累然如贯珠。六、分付顾盼，使人人解悟。七、一唱一说，轻重疾徐，中节合度，虽记诵娴熟，非如老僧之诵经。八、发明古人喜怒哀乐、忧悲愉佚、言行功业，使观听者如在目前，谛听忘倦，惟恐不得闻。九、温故知新，关键词藻，时出新奇，使人不能测度、为之限量。"（《紫山大全集》卷八）

通而观之，这九条标准包括了演员的表情形体、修养风度、生活积累、舞台形象、表演技巧等多方面内容，要求演员在念白、歌唱、表情、动作等方面也要把握正确的节奏，做到样样俱佳，在创造形象时，不仅要外形毕肖，而且要体验人物的内心情感，做到形神兼备。这篇文章可以说是元代表演艺术的全面总结，也为后世了解元代杂剧表演的精湛水平留下了珍贵的史料。

三、胡祗遹强调杂剧表演不能沿袭旧习，而应时时出新。胡祗谲生活在杂剧艺术的鼎盛时期，在他看来，“乐音与政通，而伎剧亦随时所尚而变”（《赠宋氏序》,《紫山大全集》卷八）,杂剧若要保持其在艺坛上的领导地位，就不能沿袭旧习，而应时出新巧，有所创造。他在《优伶赵文益诗序》中指出：“醯盐姜桂，巧者和之，味出于酸咸辛甘之外，日新而不袭故常，故食之者不厌。滑稽诙谐，亦犹是也。拙者踵陈习旧，不能变新，使观听者恶闻而厌见。”以日常生活中的烹调五味作比，胡祗遹强调“出新”是观众的审美心理不断变化的要求。以此为依据，他进而指出，只有“耻踪尘烂，以新巧而易拙，出于众人之不意，世俗之所未尝见闻者”,才能为欣赏者所“多爱悦”。（《紫山大全集》卷八）

四、在论及戏曲表演时，胡祗遹从美学的角度，探讨了人们观赏戏曲所能产生的心理反应和戏剧表演所带来的社会效果。在胡祗遹看来，人们由于日夜操劳，精神和身体都很辛苦，“于斯时也，不有解尘网，消世虑，熙熙皞皞，畅然怡然，少导欢适者，一去其苦，则亦难乎其为人矣。此圣人所以作乐以宣其抑郁，乐工伶人之亦可爱也”（《赠宋氏序》,《紫山大全集》卷八）。也就是说，通过观看戏曲演出，人们可以减轻在世俗社会所承受的心理压力，得到精神上的调剂和解脱。胡祗遹在这里从接受美学的角度，为探讨戏曲社会功用问题提供了崭新的视角，可谓见解精湛。

明代文学

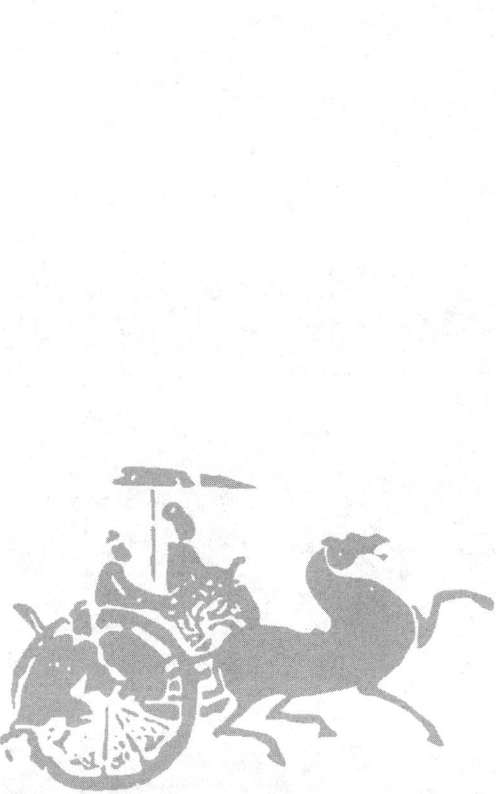

229. 明代散文发展的基本历程是怎样的？明中叶散文流派的文学主张与创作倾向如何？

答：明代文坛集团林立，流派纷呈，标新立异，争讼不息。明代散文发展主要是在拟古和反拟古的反复斗争中曲折前进的。

一、明初散文，作家主要为由元入明的士大夫文人。他们大都经历元末明初的社会动乱，对国家的治乱兴亡有着较深的认识与体会，作品多以揭露时弊、反映现实为主，具有较强的现实性。代表作家有宋濂、刘基和方孝孺等。宋濂主张文道合一，以赠序和记传文学价值为高。他的散文气势浑厚，笔力雄健，语言自然流畅。以《送东阳马生序》《秦士录》为代表。刘基散文风格古朴雄放，风力遒劲而又幽深秀丽，富有形象性，如《卖柑者言》。刘基还擅长写作寓言，有《郁离子》寓言集。方孝孺是刘基的学生，他的散文雄健豪放，犀利泼辣，代表作有《蚊对》《越巫》等。此时文人集团之间尚未形成相互攻讦的风气。

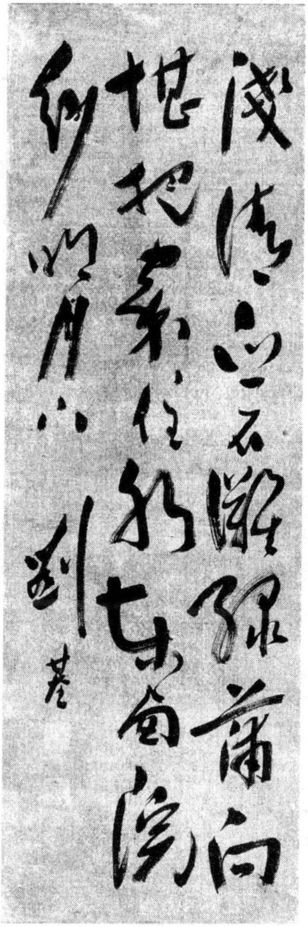
草书　（明）刘基

二、明中叶文坛十分活跃，先后出现了许多散文流派。

（一）由于经济繁荣，社会安宁，文坛上曾经一度流行专事歌功颂德、粉饰太平的“台阁体”，内容远离现实，文风浮艳。（二）成化、弘治年间，首先起来反对“台阁体”的是以李东阳为首的“茶陵派”，针对台阁体卑冗委琐的风气，李东阳提出了诗学汉唐的复古主张，以为“汉唐及宋，格与代殊。逮乎元季，则愈杂矣。今之为诗者，能轶宋窥唐，已为极致，两汉之体，已不复讲”。①在如何学古的问题上，他强调较多的是对声调节奏等法度的掌握。茶陵派的散文追求典雅，从文学本身立场出发去探求诗歌的艺术审美特征，当是无可厚非的，且对当时文坛产生过一定影响，开了明代文学复古的先河。但是，由于“茶陵派”中有不少人身为馆阁文人，其文学创作尚未完全摆脱台阁遗风。

（三）弘治、正德年间，面对文坛萎弱卑冗的格局，以李梦阳、何景明为首的前“七子”以复古自命，欲“反古俗而变流靡”，借复古手段而达到变革的目的。李梦阳提倡师法秦汉，他强调：“古之文，文其人如其人便了，如画焉，似而已矣。是故贤者不讳过，愚者不窃美。而今之文，文其人，无美恶皆欲合道。”（李梦阳《空同集》卷六十六《外篇·论学上篇第五》）认为“今之文”受宋儒理学风气影响，用同一种道德模式去塑造不同的人物，其结果必然造成“文其人如其人”的古文精神的丧失。在贬斥文学“主理”现象的同时，李梦阳提出重视真情表现的主情论调，认为“诗者，吟之章而情之自鸣者也”（李梦阳《空同集》卷五十一《鸣春集序》）。在强调文学自身价值的基础上，对传统文学观念与创作提出了质疑，具有某种挑战性。但他们过多关注古人诗文法度格调等形式问题，影响了作家情感的自由充分表达，难免有“刻意古范，铸形宿模而独守尺寸”的弊端。

（四）嘉靖时期，以李攀龙、王世贞为首的后“七子”，承接李梦阳等前七子的文学思想，在学古过程中更加强调法度格调。不但结合才思谈格调，还主张诗与文的创作都要重视法度，即具体作品的语言、句法、结构都有具体的讲究。由于过分重视对古体的揣度模拟，难脱蹈袭的窠臼，前后“七子”的散文创作成就不高。相对

---

① 李东阳，著；李庆立，校释．怀麓堂诗话校释［M］．北京：人民文学出版社，2009.

而言，宗臣的散文成就较高，《报刘一丈书》揭露官场丑态，有声有色，语言犀利，叙事简洁，绝少呆板模拟习气。

（五）王慎中、唐顺之、归有光等“唐宋派”作家，将师法秦汉的前七子作为自己反拨的对象，提倡唐宋八大家散文文风，强调文以明道，文章应“自为其言”“但直据胸臆，信手写出”（唐顺之《荆川先生文集》卷七）。反对模拟抄袭，给后来的“公安派”以启迪，对清代“桐城派”也有很大影响。唐宋派散文大都文从字顺，曲折流畅，平易近人。其中归有光成就最高。归有光善于以平淡自然的笔调记叙日常琐事，感情真挚，通俗畅达，别具神韵，代表作有《项脊轩志》等。

三、晚明散文以小品文见称。思想家李贽在文学上提倡“童心说”，反对复古派的拟古主义。他的散文具有深刻的思想性，直抒胸臆，不假修饰，如《赞刘谐》《题孔子像于芝佛院》等。万历年间，公安派提倡“独抒性灵，不拘格套”，反对拟古蹈袭，表达了晚明的文学精神。在艺术上力求摆脱传统古文的法度规范，任个性自然流露，风格清新洒脱，自然流畅，尤以袁宏道的成就为高。但他们的散文以描写士大夫现实生活和自然景物为主，题材狭窄，思想贫乏，缺少深厚的社会内容。袁宏道游记散文多有佳作，如《满井游记》《虎丘记》等。继“公安派”而起的是“竟陵派”，他们反对前后七子的拟古主义，也不满公安派的纤巧轻浮，主张从古人诗文中求“性灵”，刻意追求“幽深孤峭”的风格，成就不高。

明末散文基本上存在着两种情况：一部分文人直接投身于封建阶级斗争和抗清斗争，写下了许多直接反映现实的作品，以张溥、夏完淳为代表。张溥是“复社”的创始人和领袖，为文主张“兴复古学”，“务为实用”。其散文多抨击时政之作，文笔朴实豪健，富有时代精神，《五人墓碑记》是其代表作。夏完淳的散文悲壮动人，充满民族气节和爱国热情，代表作有《土室余论》《狱中上母书》等。另一部分作家不愿意面对动荡的黑暗现实，遁迹山林，寄情山水，写下了不少艺术上颇具特色的小品文，以张岱、徐弘祖为代表。张岱是明末著名小品文作家，他的创作兼取“公安”“竟陵”两家之长而弃其所短，结构精巧，文笔清新活泼，富于诗情画意。但情调比较低沉，思想趋于消极。其著名作品有《西湖七月半》《柳敬亭说书》等。徐弘祖的《徐霞客游记》是一部水文地理方面的科学著作，也好似一部优美的游记散文，有很高的文学价值。

明代散文虽然作品浩繁，流派众多，但成就不高，不但不能与唐宋散文比肩，也远逊于明代的戏曲与小说。

230.《卖柑者言》艺术上有何独到之处?

答：明初散文作家多数是由元入明的，他们在元末明初的社会变革中扩大了视野，丰富了现实人生阅历，写下了很多揭露黑暗现实、富有社会意义的优秀散文。刘基就是这一时期杰出的代表人物之一。

刘基（1311—1375)，字伯温，以字行，元末明初浙江青田人，明代军事家、政治家、文学家。在文学史上，刘基与宋濂、高启并称“明初诗文三大家”。刘基自幼聪颖异常，天赋极高。在家庭的熏陶下，他好学善思，对儒家经典、诸子百家之书广有涉猎，对天文、地理、兵法、术数之类更是潜心研究，心领神会。他不但博学善思，且文笔精彩，所写文章非同凡俗。西蜀名士赵天泽在品评江左人物时，将刘基列为第一。朱元璋多次称刘基为“吾之子房也”。《明史》本传称其“所为文章，气昌而奇，与宋濂并为一代之宗。”[1]著有《诚意伯文集》。其散文擅长铺张，古朴浑厚而遒劲有力，具有逻辑性强、形象生动的特点。

刘基散文多有佳作，尤以寓言散文成就为高。《卖柑者言》借卖柑者之口毫不留情地讥讽了元末社会中那些“金玉其外，败絮其中”的达官贵人，表现了作者满腔的愤世嫉俗之情。该文艺术上颇具独

① 许嘉璐. 二十四史全译：明史［M］. 上海：汉语大词典出版社，2004：2644.

到之处：

一、构思巧妙，寓意深刻。文章的主旨是揭露元代统治阶级的腐朽本质，嘲讽当时养尊处优、声威显赫的文武大臣。但是文章并未从正面阐发议论，而是将要论说的道理，通过买卖一个坏了的柑橘这一小事引发议论，由卖柑者和作者的辩论，以形象、贴切的比喻，由柑及人，以柑喻人。用柑子的表里不一与统治阶级徒有华丽的外表、实则腐朽无能相类比，始终紧扣“外”与“内”的对照，揭示了当时盗贼蜂起、官吏贪污、法制败坏、民不聊生的社会现实，生动形象，尖锐深刻，讽刺了那些冠冕堂皇、欺世盗名的达官贵人，从而有力地抨击了元末统治者及统治集团的腐朽无能与社会当下的黑暗，抒发了作者愤世嫉俗的情感，发人深省。文章充分吸取了先秦历史散文与诸子散文中寓言故事的艺术传统，寓深刻的道理于日常小事中，夹叙夹议，既形象生动、深入浅出，又能恰当地说明问题、深化主题。

二、结构严谨，层次清楚。全文共分三层，由表及里，渐趋深入。第一段写作者对卖柑者欺世行为的指责。段末用一个“欺”字，引出了卖柑者的一段妙论，引出第二段卖柑者对作者理直气壮的反驳。由自己的小“欺”引出统治者的大“欺”,前后照应，联系紧密自然。第三段以主客问答的方式，以“欺”字为核心，由远及近，层层深入，具有很强的说服力。

三、语言犀利，讽刺辛辣，设喻贴切。这主要表现在文中用了大量的诘问句式。第一段中“予”的责问，合情合理，以“甚矣哉，为欺也”这一倒装句式向卖柑者发难，接着用五个“不知”组成一组凌厉的排比句式，历数统治阶级的种种罪恶，极尽讽刺挖苦之能事，增加了其无可辩驳的气势。最后得出“金玉其外，败絮其中”的结论。从“盗起而不知御”起，连下九个“而”字，议论酣畅至极，感情色彩强烈。文章还大量运用对偶句式，如“金玉其外”对“败絮其中”;“巍巍乎可畏”对“赫赫乎可象”等。读起来朗朗上口，富有韵味。最后用两个疑问句结束全篇，言有尽而意无穷，耐人寻味。

231. 什么是八股文？怎样正确认识八股文？

答：在封建时代，科举考试是上层统治集团选拔人才的一种常用手段，也是广大士子借以走上仕途、建功立业、获取名利的有效途径之一。明代的科举制度是在唐、宋两代科举制度的基础上发展而来，并且兴起了以八股文作为考试规定文体的做法。

八股文是明、清两朝考试制度所规定的一种特殊文体，也称制义、制艺、时文、八比文、四书文。起源于宋元的经义，清顾炎武《日知录》卷一六《试文格式》谓其定型于明成化二十三年（1487）以后，至清光绪末年始废。所谓的股，有对偶的意思。八股文有一套相对固定的写作格式，由破题、承题、起讲、入手、起股、中股、后股、束股八部分组成。文章就四书五经取题，每篇开始以两句点破题意，揭示题旨，称为“破题”。然后紧接着“破题”而进行阐发，称作“承题”。接着开始议论，即“起讲”。再后为“入手”，意为起讲后的入手之处。以下再分“起股”“中股”“后股”“束股”四个部分。末尾又有数十字或百余字的总结性文字，称作大结。自起股至束股，每股都有两排排比对偶的文字，共为八股，所以称为八股文。

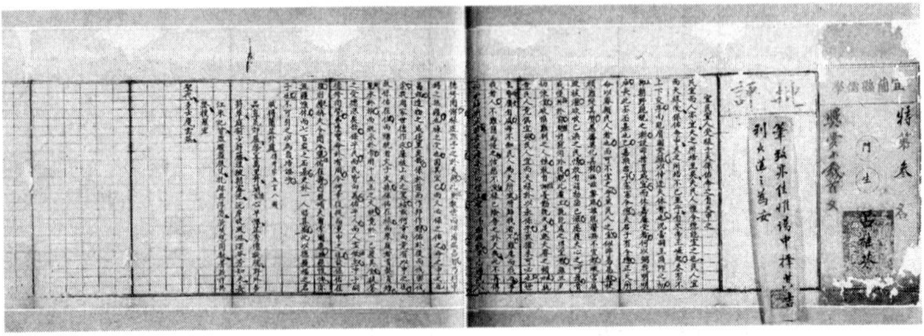

八股文试卷

八股文专讲形式，忽视内容。题出于四书，而文章论述的内容要根据宋儒朱熹《四书章句集注》等书而展开，要“代圣人立说”。文章的每个段落死守在固定的格式里面，连字数都有一定的限制，人们只是按照题目的字义敷衍成文，不能随意发挥，否则无法通过考试，这就极大地束缚了士子的创造性。尤其是起股、中股、后股、束股的部分要求严格对仗，类似于骈文，书写难度甚高。《儒林外史》第一回曾道：“此一条之后，便是礼部议定取士之法：三年一科，用《五经》《四书》八股文。”

从表现方式上来看，八股文最初只是写议论文章的一种推荐格式，一个重要的体裁特征便是它的对偶性，本身无好坏之分，且对偶句式作为一种修辞手段早在先秦诗文中就已经应用，在南北朝时期还形成了一种以对偶为主要特征的骈体文。唐宋时代，骈文的句式更趋严谨。八股文的成熟，与它吸取古代骈文的艺术体制显然是分不开的。明成化以前，八股文的句式基本上还是“或对或散，初无定式”,显得比较自由。成化以后，八股对偶结构越来越明显，出现了一些骈文大家，如当时的王鏊、钱福、归有光、唐顺之等都是具有代表性的八股文作家。

八股文作为一个特殊的文体而存在，本无可厚非。它的一些表现手法及理论曾对明清两代的诗歌、散文，乃至小说、戏曲创作都产生过深刻的影响。但从整体上来说，它在内容上要求贯穿“代圣人立言”的宗旨，刻板地阐述所谓圣贤的僵化说教，形式上又有严格的限制，加上它以官方规范文体的面目出现，严重束缚了作者的创作自由，给文学的发展带来了负面影响。明人吴宽曾指出：“今之世号为时文者，拘之以格律，限之以对偶，率腐烂浅陋可厌之言。甚者指摘一字一句以立说，谓之主意。其说穿凿牵缀，若隐语然，使人殆不可测识。”(《匏翁家藏集》卷三十九，《送周仲瞻应举诗序》）言辞虽有些激切，但切中八股文的弊端。

由于科举考试规定必须采用这个格式，遭到了很多知识分子的反对。因此八股文成了古代科举制度弊端的替罪羊。同时八股文的题目多出自《论语》和《孟子》,新意不足，甚至有割裂原句拼凑出题目的现象。更有甚者，一次出题的题目只有标点，难为了大多数考生。无怪乎明末清初著名思想家顾炎武评之曰：“八股之害等于焚书，而败坏人才有甚于咸阳之郊。”

232. 归有光有哪些代表作？他的抒情散文《项脊轩志》有何艺术特点？

答：归有光（1506—1571），字熙甫，又字开甫，别号震川，自号项脊生，昆山（今江苏省昆山市）人，明代杰出的散文家、文学家、古文家，世称“震川先生”。他是“唐宋八大家”与清代“桐城派”之间的桥梁人物之一，被誉为“明文第一”，“今之欧阳修”。归有光既推崇司马迁的《史记》“能得其风神脉理”（钱谦益《列朝诗集小传·丁集》），又尊尚唐宋诸家。其创作以散文为主，尤其擅长记事写人的抒情散文。文风朴实自然，浑然天成，无故意雕琢之痕迹，感情真挚。选材上多着眼于家庭琐事，以表达母子、夫妻、兄弟等之间的深情，文笔清淡朴素，自然亲切，感情真挚深沉，细节生动传情。《四库全书总目提要》集部《震川文集》《别集》提要称：“自明季以来，学者知有韩、柳、欧、苏沿洄以溯秦、汉者，有光实有力焉。”代表作有《悠然亭记》《寒花葬志》《沧浪亭记》《项脊轩志》《先妣事略》等。有《震川先生全集》传世。

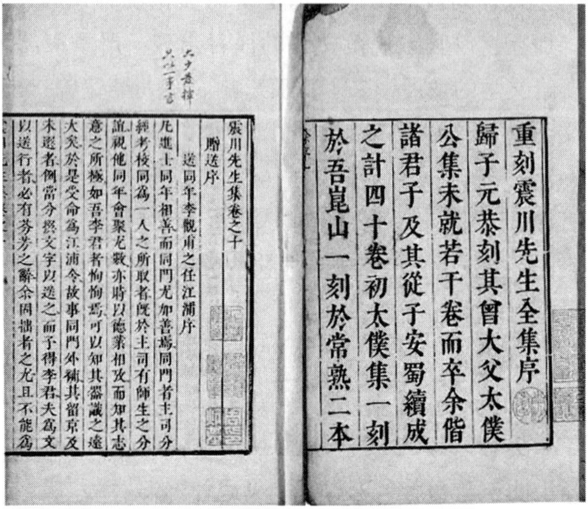
重刻震川先生全集序
歸子元恭刻其曾大父太僕
公集未就若干卷而卒余偕
諸君子及其從子安蜀續成
之計四十卷初太僕集一刻
於吾崑山一刻於常熟二本

震川先生集卷之十
贈送序
送同年李觀甫之任江浦序
凡進士同年相善而同門尤加善焉同門者主司分
經考校同為一人之所取者既於主司有師生之分
誼視他同年會聚尤數亦時以德業相攻而知其志
意之所極如吾李君者恂恂焉可以知其器識之遠
大矣於是受命為江浦令故事同門外補其留京及
未選者例當分撰文字以送之而予得李君夫為文
以送行者必有芬芳之辭余固拙者之尤且不能為

清刻本《震川先生集》

《项脊轩志》是一篇借记物以叙事、抒情的优秀散文。文章紧扣项脊轩来写，着重叙述与项脊轩有关的人事变迁。借“百年老屋”的几经兴废，回忆家庭琐事，用或喜或悲的感情作为贯穿全文的意脉，抒发了物在人亡、三世变迁的感慨。文中运用追叙、回忆、触景生情、见物思人等方式，将生活琐碎事串为一个整体。流露出作者对家道中落的无限惋惜，抒发了怀念亲人的真挚感情，也寄寓着功业未成的身世之感，鲜明地体现了归有光散文的艺术特色。具体说来，其艺术特点如下：

一、形散而神聚的艺术结构。文章既无奇特的内容，也没有曲折的情节，只是撷取往昔的日常生活点滴。作者从“喜”入笔，先写项脊轩经过修葺和美化环境之后的幽雅可爱和自己在轩中“偃仰啸歌”、自得其乐的情景，引出对往事的无限追怀。从“悲”字立意，追叙父辈分家，完整的庭院被分隔得杂乱不堪，项脊轩不再是一个幽雅的读书所在。再以抚育两代人的老妪作为联结，围绕项脊轩回忆母亲与祖母遗事，抒发自己怀念亲人的凄恻之情。而“轩凡四遭火”表明了项脊轩命运之乖蹇，从而对“悲”的内容做出了进一步的补充。最后追叙与亡妻共同生活的情趣，抒发沉痛的悼念之情，进一步增添了悲凉的气氛。作者将对已故亲人的亲切怀念，寄托于对亲人生前的一些平凡小事的回忆之中，无论是写景、叙事，还是议论、抒情，看似信手拈来，散漫无章，却都是巧妙地以项脊轩的变迁为线索展开。项脊轩是作者回首往事、触发感情的媒介，巧妙地将一系列细小的生活碎片连缀在一起，委婉而又深挚地抒发了作者失去亲人后的痛楚哀伤。由于文章自始至终贯串着悲、喜的感情变化，又有项脊轩作为全文的轴心，所以一些看似散漫无章的生活琐事就结成了一个有机的整体，形散而神聚。

二、注重人物活动的细节和心理描写。作者善于抓住具有特征的语言、行动和生活细节来表现人物，虽寥寥数语，给人的印象却十分深刻。其中人物的语言尤为精彩，奶母的话，祖母的话，妻子转述诸小妹的话，都是极普通的家常话，但作者写得神情毕现，惟妙惟肖，感人至深。对母亲，写她听到女儿呱呱而泣时以指叩扉的动作和“儿寒乎？欲食乎？”的问话凸显了慈母对儿女无微不至的关怀。对祖母，写她的“吾儿，久不见若影……”的爱怜的言辞和离去时的喃喃自语和“以手阖扉”的动作等，惟妙惟肖地表现出了老祖母对孙儿的疼爱和期待。写妻子“时至轩中，从余问古事，或凭几学书”，简洁地表现了少年夫妇相依相爱的情状；写她归宁回来时转述小妹们的充满稚气的问话，不但传神地表现了小妹们的娇憨之态，而且生动地再现了夫妻依依情话的场面。总之，作者的描写极富生活情趣，并从中表达了作者对亲人一往情深的怀念。

三、在写景、叙事、议论中，饱含着浓厚的感情。作者选取感受最深的生活细节，在生动具体的描绘中倾注着自己深挚的感情，正如明王锡爵《归公墓志铭》所记：“无意于感人，而欢愉惨恻之思，溢于言表。”这是本文的突出特点之一，也是归有光散文的基本特色。特别是最后一段写一棵枇杷树，以树的“亭亭如盖”寄托对亡妻的思念，抒发了物在人亡、物是人非的深沉感慨，令人回味无穷。

四、悲喜转换，过渡简洁自然。如第一段中，先写了项脊轩的狭小、年久、破旧、阴暗后，以“余稍为修葺”宕开一笔，转写“可喜”情景；第二段开头，以一句“先是，庭中通南北为一”承上启下，转入“可悲”之人与事。而且作者常以昔日之可喜反衬今日之可悲。如作者由眼前的项脊轩景色勾起了对已故亲人的诸多回忆，这些回忆越幸福，思亲之情越凄伤；眼前之物越完美，追忆之情越深切，如篇末因枇杷树的“亭亭如盖”，触发失去爱侣的伤感，托物寄情，感人至深。

另外，文章的语言清新凝练而又通俗自然，“不事雕琢而自有风味”。有很多地方运用叠字，如“庭阶寂寂”“珊珊可爱”“呱呱而泣”“默默在此”“亭亭如盖”等，对渲染气氛，增强文章的情韵，均起了一定的作用。

233. 明代诗歌主要流派有哪些？它们在文学史上发挥了怎样的作用？

答：明代诗歌的发展经历了曲折复杂的过程，但却没有取得很高的成就。明初诗坛活跃着以高启、杨基、袁凯等为代表的作家群。他们大多经历过元末动荡的战乱和明初整饬政策下的高压统治，不少作品表现了时代的创伤与个人遭际，以及诗人在特殊环境下所产生的犹豫彷徨的心态，基调凝重悲怆，烙有某些鲜明的时代特征。这一时期尚未出现严格意义上的诗歌流派。

一、台阁体。明代首先出现的诗歌流派是永乐年间的“台阁体”。在明永乐至成化年间，相对于明初高启等人的创作态势，文学的发展进入了一个低潮期，在文坛占主导地位的是“台阁体”。台阁体是指以杨士奇、杨荣、杨溥等为代表的，流行在内阁与翰林院供职的馆阁文臣间的一种文学创作风气。台阁体诗歌多为应制、题赠、酬应而作，内容贫乏，题材常是“颂圣德，歌太平”（杨士奇《东里诗集》卷首，杨溥《东里诗集序》）的歌功颂德，点缀升平，艺术上追求平正典丽，形式雍容典雅，空虚浮泛。

二、茶陵派。“台阁体”统治文坛几十年，是诗歌创作中的一股逆流。成化、弘治年间，台阁体创作渐趋衰退，这一时期在文坛有重要影响的是以李东阳为首的“茶陵派”。针对台阁体卑冗委琐的风气，李东阳提出诗学汉唐的复古主张，在对待如何学古的问题上，他强调较多的是对声调节奏等法度的掌握。茶陵派首开复古运动的先河，从文学本身立场出发去探求诗歌艺术审美特征是值得肯定的。但由于他们正处在台阁体的衰落期，长期的馆阁生活，使他们有些作品还保留着台阁体的遗迹，且多模拟之作，诗歌成就不高。值得一提的是，李东阳的复古论点在当时文坛影响很大，对崛起于弘治年间的前七子产生过重要影响，在明代诗歌发展史上占有一定的地位。

三、前七子。弘治、正德年间（1488—1521），以李梦阳、何景明为代表的前七子影响颇大，成员包括李梦阳、何景明、徐祯卿、边贡、康海、王九思和王廷相。首见于《明史·李梦阳传》。七子皆为进士，多负气节，对腐败的朝政和庸弱的士气不满，强烈反对当时流行的台阁体诗文和“啴缓冗沓，千篇一律”的八股习气。大力提倡“文必秦汉、诗必盛唐”，旨在为诗文创作指明一条新路子，以拯救萎靡不振的诗风。他们都怀着强烈的改造文风的历史使命，却走上了一条以复古为革新的老路。由于过分强调复古，文学的创造性显得不足，有的甚至沦为“高处是古人影子耳，其下者已落近代之口”（《驳何氏论文书》），给文坛造成新的流弊。

四、后七子。嘉靖、隆庆年间（1522—1572），以李攀龙、王世贞为代表的后七子跃现文坛，成员还有谢榛、宗臣、梁有誉、徐中行和吴国伦。他们继承前七子的文学主张，同样以汉魏、盛唐为楷模，“谓文自西京、诗自天宝而下，俱无足观”（《明史·李攀龙传》），“无一语作汉以后，亦无一字不出汉以前”（王世贞《艺苑卮言》）。他们复古拟古，主格调，讲法度，互相标榜，广立门户，声势更浩大，从而把明代文学的复古倾向推向高潮。他们初结诗社，首推谢榛为长，后以李攀龙为领袖，李死后，王世贞主盟文坛达二十几年。李攀龙复古观点最执固，但创作上富于才力，时有雄迈之作。谢榛的文学主张较开明，重视诗作中的“超悟”“兴趣”，擅长诗歌，最富于个性。王世贞晚年放弃复古，肯定直写性灵，不求藻饰，诗富于才情，能达平淡之境。梁有誉模拟之病较少，诗有南国情调，除谢榛外，最富独立性。宗臣长于散文，《报刘一丈书》名动一时。徐中行爽健苍劲，吴国伦恳切朴实。后七子的创作总体上不脱对前人的模拟，但也取得了一定的成就，有些人后来表现出某种重视独创和性灵的倾向。前后“七子”统治文坛近百年，对冲破“台阁体”文风的统治地位，有积极意义；但他们主张复古，力主模拟，脱离现实和人民，未能摆脱诗歌创作的衰颓局面，反而陷入模拟古人而不能自振。

五、公安派。猛烈反对前后“七子”拟古主义的是在万历年间出现的“公安派”，代表人物是湖北公安人袁宗道、袁宏道和袁中道兄弟，世称“公安三袁”。他们主张文学应随时代的变化而变化，提出“独抒性灵，不拘格套”的“性灵说”，其中成就最高的是袁宏道。他认为文学是发展变化的，是时代的反映，应随着时代的不同而有所变化，不应贵古贱今。创作上他反对模拟，主张“独抒性灵，不拘格套”。他的诗常含忧世之情，而且语必己出，清新自然。公安派的文学理论不乏进步而精辟的见解，表现出反传统的斗争精神，在反对复古运动中做出了贡献。但他们的诗歌在形式上注意创新，内容却不够深刻，大多抒写士大夫的闲情逸致，较少反映社会现实。

六、竟陵派。在“公安派”稍后，反对复古主义文风的还有以湖北竟陵人钟惺、谭元春为代表的“竟陵派”。在反对拟古、提倡抒写“性灵”方面，与“公安派”的主张大致相同，但对“性灵”的解释却存在着很大差异。竟陵派主张以简古僻涩的语言，表现作家“幽情单绪”,追求“幽深孤峭”的最高境界，常流于破碎怪涩，以至把诗歌引上了脱离现实生活的狭途。

总之，明中叶以后，出现了众多流派，它们或相互攻击排斥，或彼此呼应支持，或根本对立，或大同小异。它们之间的斗争是围绕着拟古与反拟古展开的，这些文学流派的斗争，并没有使传统的诗文有更大的发展。除了明初和明末时期一些优秀诗人外，反映现实、批判现实的作品不多。陈陈相因的派别之争，也没有为明代诗歌发展开辟一条新路。这种情况，对清代诗歌的发展产生了重要影响。

234. 李攀龙诗歌《挽王中丞》(其一、其二)的思想内容和写作特点是什么?

答：李攀龙（1514—1570),字于鳞，号沧溟，历城（今山东省济南市）人，明代著名文学家，著有《沧溟集》。李攀龙是嘉靖二十三年（1544）进士，初授刑部主事，历员外、郎中。嘉靖三十二年（1553）迁顺德知府，三年后升任陕西提学副使。不久托病归乡，建白雪楼啸饮其中。隆庆元年（1567）起为浙江副使，迁参政，拜河南按察使。因母丧返乡，哀伤过甚而病逝于家中。李攀龙在李梦阳后再度倡言复古，与王世贞同为“后七子”的领袖，以性情狂傲著称，其诗总体上均有模拟重复之弊，而其中乐府诗最为人所诟病，近体诗情形稍好，尤以七言诗最为人称道，曾被尊为“宗

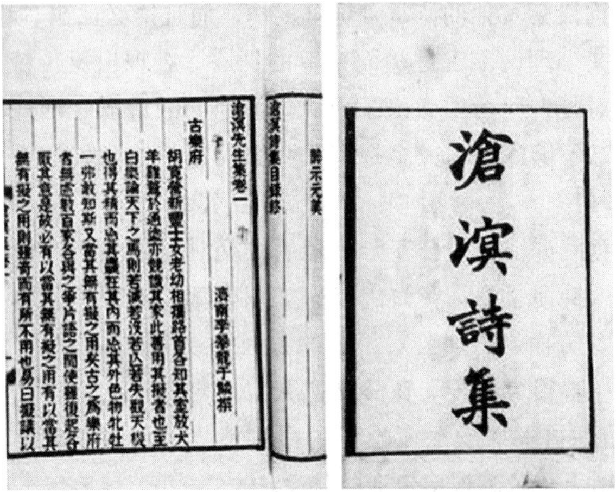
滄溟詩集

滄溟先生集卷一

濟南李攀龍于鱗著

古樂府

清刻本《沧溟诗集》

工巨匠”。主盟文坛二十余年，其影响及于清初。

李攀龙创作上富于才力，时有雄迈之作。其《挽王中丞》组诗堪称佳作。其一：“司马台前列柏高，风云犹自夹旌旄。属镂不是君王意，莫作胥山万里涛。”其二：“幕府高临碣石开，蓟门丹旐重徘徊。沙场入夜多风雨，人见亲提铁骑来！”王中丞即王世贞之父亲王忬，因守战失机而被严嵩陷害致死。本组诗系悼亡之作。

第一首主要写王忬蒙冤而死。起首之句，为逝者定下了高格调。《汉书·朱博传》:“御史府中列柏，常有野乌数千栖其上。”后世称御史为柏台。王忬官至右副都御史兵部侍郎，故称司马台。此句是说，王忬的功绩像高柏一样高大长青。第二句“风云犹自夹旌旄”说明王忬之死，不但万民为之悲伤，连自然界也为之送葬，可见其功高而冤更重。最后二句作者一反常人悼诗之法，要求死者不要埋怨皇上而给人间带来灾害。既同情死者的冤枉，又歌颂了死者的威望。此处借用了伍子胥的故事。伍子胥为吴国立下汗马功劳，但吴王听信谗言，乃派人赐其属镂之剑。伍子胥刎剑自尽，死后为潮神，以发泄其郁怒不平之气。这是一首较奇特的挽诗，含义较广，既同情死者，又为君王开脱，还暗示死者被严嵩谗言害死。第二首赞扬死者英魂不泯，雄风犹在。全诗充满了悲壮而又深沉的气氛，表达了作者真挚的痛悼之情。

此二诗在写作方面表现出如下特点：

一、抒情委婉含蓄。作者的哀悼之情在字里行间溢溢而出。用“列柏高”“风云”“万里涛”形象地表达了王忬的威严、勇武、壮烈和冤抑不平之气。用“沙场”“风雨”“铁骑”再现其英魂不泯、雄风犹在的英雄气概。作者沉痛悼念之情，通过这些形象的描述，含蓄婉转地表达了出来。

二、善于用典。两首七律共五十六字，内容又是追悼逝者，很难生新，作者巧妙用典，诸如司马台、属镂、万里涛、碣石等。因为是作者真情实感的流露，加之以高超的艺术技巧，所以典故使用显得贴切自然。其诗歌主张复古，重模拟之风于此可见一斑。

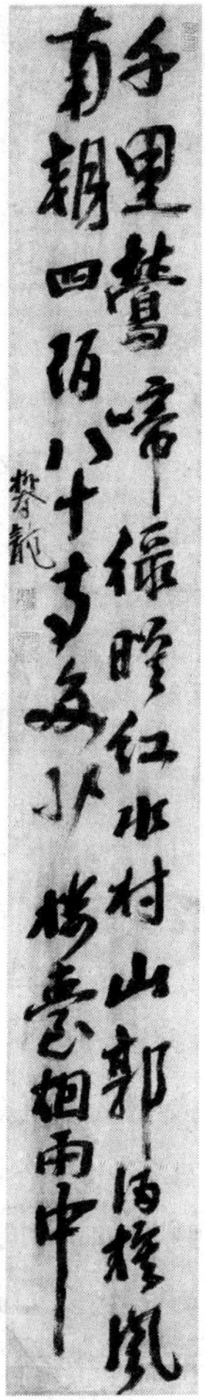

李攀龙书法

235. 什么是章回小说？其特点是什么？

答：章回小说是在宋元讲史等话本的基础上发展而成的，是我国古代长篇小说所采用的最主要的，甚至是唯一的体裁。章回小说的发展和定型是明代文学对中国文学做出的最为宝贵的贡献。其结构特点是分章叙事，分回标目，每回故事相对独立，段落整齐，但又前后勾连、首尾相接，将全书构成一个统一的整体。其作用是把复杂的故事情节分为若干段落，每个段落称为一回。每回前用两句对偶的文字标目，概括本回故事的主要内容，称为回目。凡是采用这种形式写的长篇小说，就称为章回小说。这种形式源于宋话本，如《大唐三藏取经诗话》已具雏形，明清长篇小说普遍采用，因此，章回小说也是我国古代长篇小说的代称。由于这种形式源自“说话”，所以每回多用“话说”一语开头，以“且听下回分解”作结。具体来说，章回小说的特点有二：

一、分回立目。现存的宋元平话已经分卷分目，王国维认为这是“后世小说分章回之祖”(《唐三藏取经诗话跋》),但这时的目录，字数参差不等，未作修饰。至明代，目录文字越来越讲究。今见最早的嘉靖壬午（1522）刻本《三国志通俗演义》,每回标题都是单句七字。《水浒传》每回的标题已是双句，大致对偶。崇祯本《金瓶梅》,回目已十分工整完美，所以有人说：“吾见小说中，其回目之最佳者，莫如《金瓶梅》。”(曼殊《小说丛话》)

二、保存了宋元话本中开头引开场诗，结尾用散场诗的体制。章回小说正文常以“话说”两字起首，往往在情节开展的紧要关头煞尾，用一句“欲知后事如何，且听下回分解”的套语，中间又多引诗词曲赋来作场景描写或人物评赞等。

明代章回小说在体制上得以定型的同时，在艺术表现方面也日趋成熟。以《三国志通俗演义》《水浒传》《西游记》《金瓶梅词话》“四大奇书”为主要标志，清晰地展示了长篇小说艺术发展的历程。这主要表现在：成书过程从历代集体编著过渡到个人独创；创作意识从借史演义，寓言寄托，到面对现实，关注人生；表现题材从着眼于兴废争战等国家大事，到注目于日常生活、家庭琐事；描写的人物从非凡的英雄怪杰，到寻常的平民百姓；塑造的典型从突出特征性的性格到用多色、动感的笔触去刻画人物的个性；情节结构从线性的流动，到网状的交叉；小说的语言从半文半白，到口语化、方言化。如此等等，都足以说明明代的章回小说在我国的小说史上取得了巨大的成就。与章回小说交相辉映的是，明代中后期的白话短篇小说在宋元“小说”话本的基础上也出现了一个鼎盛的局面，发展得更为精致；文言小说在话本化的道路上也有新的变化。因此，人们常把小说作为明代最具时代特征的文学样式，这是有一定道理的。

236. 何谓历史演义？怎样认识《三国志演义》中“拥刘反曹”的思想倾向？

答：所谓“历史演义”,就是“依史演义”（李渔《三国志演义序》)。"依史"就是"事纪其实，亦庶几乎史"(庸愚子《三国志通俗演义序》),即对历史事实有所认同，也有所选择和加工；"演义"则渗透着作者主观的价值判断，用一种自认为理想的"义",泾渭分明地去褒贬人物，重塑历史，评价是非。简言之，历史演义就是用通俗的语言，将争战兴废、朝代更替等为基干的历史题材，组织、演绎成完整的故事，并以此表明一定的政治思想、道德观念和美学理想。我国历史演义小说主要有《三国志演义》《隋唐演义》《杨家将演义》《东周列国志》等。

罗贯中的《三国志演义》是我国第一部长篇章回体小说，也是历史演义小说的开山之作。其成就最高，影响也最大，有"清朝第一才子书"之称。《三国志演义》把蜀国的刘备、诸葛亮、关羽等君臣作为理想中的政治道德观念的化身，仁君、贤相、良将的典范，从而寄托了作者对儒家"民为邦本""仁政王道"思想的向往，也反映了人民大众对"仁政"的渴慕。小说在人格建构上的价值取向，恪守以"忠义"为核心的伦理道德规范。这种"忠"具有一定的开放性和灵活性。他们的"义"包含着"同心协力，救困扶危，上报国家，下安黎民"的精神，小说以"忠义"为核心的道德标准，与渗透着民间理想的政治标准紧密联系在一起，反映着当时较为普遍

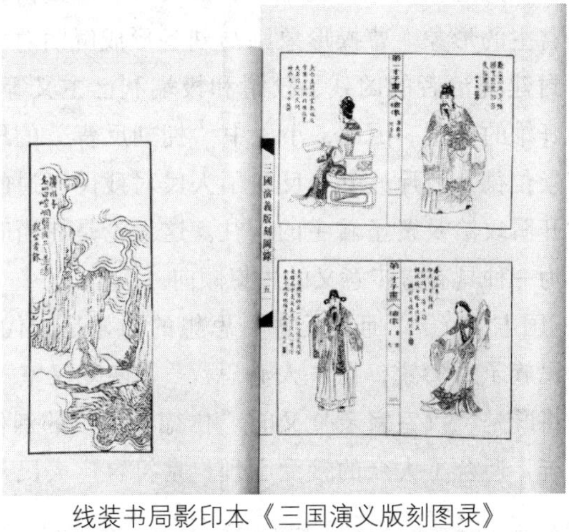

线装书局影印本《三国演义版刻图录》

的社会心理。小说把魏国的曹操等作为奸邪权诈、推行暴政的代表，至于东吴方面只是陪衬而已，因而具有明显的“拥刘反曹”思想倾向。作者以儒家政治道德观念为核心，同时也糅合着千百年来广大民众的心理，表现了对导致天下大乱的昏君贼臣的痛恨，对创造清平世界的明君良臣的渴慕。

一、从历史上看，三国时期曹、刘孰为正统的问题，正史中历来就有正反两种完全不同的态度。如西晋陈寿的《三国志》、北宋司马光的《资治通鉴》是尊曹贬刘的，东晋习凿齿的《汉晋春秋》、南宋朱熹的《通鉴纲目》则是尊刘贬曹的。这是封建正统观念在不同历史条件下的反映，而在民间却始终不移地保持着尊刘贬曹思想情绪。《三国志演义》的作者在历史真实的基础上，通过艺术虚构和大胆创作，赋予刘备和曹操更加鲜明的性格特征，成功地塑造了两个不朽的艺术典型。由于这两个艺术典型蕴含了丰富的政治思想和道德内涵，因而小说中的“拥刘反曹”倾向也就具备了新的意义。

二、“拥刘反曹”思想符合儒家政治道德观念的需求。刘备一是“帝室裔胄”，多少有点正统的血缘关系；二是“弘毅宽厚，知人待士”（陈寿《三国志·蜀书·先主传》）。小说中的他具有宽厚的性格属性，是个“仁慈之主”，他爱民如子，讲义气、重友谊，被塑造成了一位贤圣君主的形象。曹操形象则与刘备形成鲜明对比，他身上集中体现了封建统治者的凶残、狡猾和极端利己主义等反动本性，是封建社会奸雄的典型。因此，小说中“拥刘反曹”的思想倾向实际上就是尊崇仁德、贬斥残暴，反映了人民对残民以逞的暴君奸相的憎恶，对开明政治及贤圣君主的向往。这无论是在当时还是在今天，都不失为一种具有进步意义的思想倾向。

三、《三国志演义》“拥刘反曹”思想的凸显是时代因素使然。宋元以后的民族矛盾尖锐，在“人心思汉”“恢复汉室”的特定历史环境下，将既是“汉室宗亲”，又能“仁德及人”的刘备树立为仁君，奉为正统，迎合了大众的接受心理，是符合广大民众的善良愿望的。

237.《三国志演义》在塑造人物形象方面主要采用了哪些艺术手法?

答:《三国志演义》是在陈寿《三国志》等历史记载的基础上,按照一定的美学思想所创作的一部优秀的长篇历史演义小说,“陈叙百年,该括万事”(高儒《百川书志》),描写了起自黄巾、终于西晋统一的近百年历史。人众事繁、矛盾复杂,却组织得有条不紊、主次分明,充分显示了作者的叙事才能。

《三国志演义》不仅善于叙事,而且也长于写人。据统计,小说共塑造了一千二百多个人物形象,这些人物形象各有特色,典型性格甚至达到奇绝之境,在毛宗岗看来,“古史甚多,而人独贪看《三国志》者”,恰恰就在于小说塑造了一系列的典型人物。

《三国志演义》塑造人物形象的显著特点就是突出甚至夸大历史人物的主要性格特征,舍弃性格中的次要方面,创造了一批具有特征化性格的艺术典型,如奸诈雄豪的曹操、忠义勇武的关羽、仁爱宽厚的刘备、谋略超人的诸葛亮、心地狭窄的周瑜、忠厚老实的鲁肃、老奸巨猾的司马懿等,这些艺术典型都具有鲜明的个性,又具有一定的“类”的意义。他们的性格特征一般都比较单一和稳定,在稳定乃至夸张中呈现出一种单纯、和谐、崇高的美,容易给读者以强烈、鲜明的印象。由于它适应并规范了古代读者的艺术欣赏趣味,《三国志演义》一书也就成了我国古代塑造特征化艺术典型的范本。具体而言,《三国志演义》在塑造这种特征化性格的人物时所采用的手法,可以归纳为四个方面:

一、出场定型。毛宗岗把《三国志演义》的典型人物归纳为两大类:一类被称为“奇绝”,包括诸葛亮(“古今贤相中第一奇人”)、关羽(“古今名将中第一奇人”)、曹操(“古今奸雄中第一奇人”);第二类是某一方面性格特别突出的人物,例如善于运筹帷幄的庞统,进而巧于行军用兵的周瑜等。这些人物的性格大多是出场定型,例如写刘备“与乡中小儿戏于树下”的非常言行便透露出其少年大志,曹操少时诈“中风”以诬叔父亦可见其“奸雄”本色,诸葛亮隐居隆中时的非凡抱负，也都可以说是一种性格的“亮相”。

二、反复皴染。围绕着人物性格的主要特征，多角度、多层次地加以强化、深化，使其性格在单一中呈现出丰富性、复杂性。如写曹操之凶残，连续写了他梦中杀人，杀吕伯奢一家，杀粮官以欺全军；写他的奸诈，就写他不杀陈琳而爱其才，不追关羽以全其志，得部下通敌文书却焚而不究，马犯麦田而割发代首；写他的雄豪，则写他棒责蹇硕之叔，献刀刺卓，矫诏讨卓，支持关羽斩华雄，青梅煮酒论英雄。这样就把一个专横残暴、阴险狡诈，又豪爽多智、目光远大的“古今奸雄中第一奇人”写得血肉饱满。

《三国演义》人物　郭德福

三、多用传奇故事来凸显人物的性格特征。关羽是《三国志演义》中忠义的化身，他从桃园三结义开始，就义无反顾地追随刘备，甚至在兵败落入曹操手中之后，任曹操如何笼络收买，他都丝毫不改对刘备的一片赤诚之心，留下了“身在曹营心在汉”的千古佳话。可以说，关羽在《三国志演义》中的英雄本色，大都是通过这类生动的故事展现出来的，除此之外，温酒斩华雄再现了他的神武之气，单刀赴会突出了他视死如归的威武胆识，刮骨疗毒塑造了他坚忍不拔的顽强毅力，正是这些栩栩如生的传奇故事，让小说中描写的关羽的段落显得熠熠生辉。

四、善用对比、烘托等手法。寄托着作者主要理想的刘备之仁，就是在与曹操之奸的对比中进行刻画的，例如诸葛亮出山等。这类对比手法，对于区别同一类性格特征的人物“同而不同”十分重要。但也应该看到，小说所塑造的这些具有特征化性格的人物，往往没有内在的冲突，缺少性格的变化和发展；有时将主要特征夸大过分，造成了失真之感，鲁迅所指出的“欲显刘备之长厚而似伪，状诸葛之多智而近妖”（《中国小说史略》第十四篇），就是最明显的例子。

238.《三国志演义》的语言特点是什么？

答：《三国志演义》是我国第一部长篇章回小说，也是历史演义小说的开山之作，充分吸收了传记文学的语言成就，并加以适当的通俗化，成功运用了简洁明快而又通俗的语言表达方式，推动了我国文学创作的语言发展与变化。具体而言，《三国志演义》的语言特点有三：

一、“文不甚深，言不甚俗”是《三国志演义》语言方面最突出的特色，这种语言风格有利于营造历史的氛围。有时还直接引用一些必要的史料文献，但作者并不单纯翻抄史料，而是吸取了文言的精华，使之适当的通俗化，完成了文学语言的一次解放，具有简洁明快、雅俗共赏的特色，使读者易观易入，形成了一种适用于历史演义的独特的语体风格。《三国志演义》作者把古代规范化的文言文与当代社会运用的方言口语融于一体，取长补短，相容并济，从而使《三国志演义》的社会传播效果极佳，堪谓家喻户晓，妇孺皆知。

二、侧重叙述而简于描写。作为我国第一部长篇历史演义小说，由于受讲史话本的影响，加上事件纷繁，时间跨度大，所以在语言运用上侧重叙述而简于描写。叙述语言以粗笔勾勒见长，往往能以景写人、以事状情。如三顾茅庐，写隆中景色，峰峦形胜，稍加点染，就活画出了诸葛亮的高洁志趣；曹操的横槊赋诗，几笔勾勒，一个骄横的战胜者那极其自信而又自负的形象便如描如绘；诸葛亮临危抱病巡视军营，只用“悠悠苍天，曷此其极”的一声悲叹，就勾画出一位“鞠躬尽瘁，死而后已”的忠贞老臣的感人形象。这种以简洁勾勒见长的叙述语言明快、生动、有力，洋溢着一种阳刚之气，非常适合历史演义题材。

三、人物语言的个性化鲜明。《三国志演义》已经开始注意人物语言的个性化创造了。如卷一《安喜张飞鞭督邮》一节中，张飞道：“此等害民贼，不打死等甚！”鲁莽豪爽，快人快语，疾恶如仇。关羽则说：“兄长建下许多大功，只得县尉之职，被督邮如此无礼。吾思枳棘丛中，非栖凤凰之所，不如杀督邮，弃官归乡，别图远大之计。”显得心高气傲，思虑周全。而刘备则对督邮说：“据汝贼徒害民，当以杀之。吾有所不忍，还官印绶，吾已去矣。”既是非分明，又心地宽厚。对话更是有声有色，如《舌战群儒》一节，出语各具个性，声情并茂，尤其是诸葛亮据理力辩，言辞犀利，势孤而理不孤，把东吴谋臣驳得或“无言以对”，或“满面羞愧”，或“低头丧气而不能对”。但总体说来，《三国志演义》比起善于运用口语乃至方言的《水浒传》《金瓶梅词话》等，在人物语言个性化方面还是有一定差距的。

此外，《三国志演义》以散文叙述为主，韵文多用于夸赞，这种韵散相间的行文方式，以后成了我国古代章回体小说的行文传统。

239.《三国志演义》描写了众多的战争场面，它在战争描写方面有哪些突出成就？

答：《三国志演义》“陈叙百年，该括万事”（高儒《百川书志》），充分显示了作者的叙事才能。小说在叙事时，将各个空间分头展开的故事化成以时间为序的线性流程，以汉亡为引线，以晋国一统为终局，中间的主线是魏、蜀、吴三方的兴衰。几条线索，此起彼伏，交互联络，建构成一个完整的艺术整体。这样的艺术构思，使全书的结构既宏伟，又严整；看来头绪纷繁，却又脉络分明。在这一结构框架上，作者又兼用了顺叙、倒叙、插叙、补叙等不同笔法，时而实写、明写、正写、详写，时而又虚写、暗写、侧写、略写，使全书的故事详略得当，摇曳多姿。

就所叙事件而言，《三国志演义》以描写战争为主，可以说是一部“全景式军事文学作品”。它描写战争的时间之长、次数之多、形式之多样、规模之宏大，在世界文学史上是罕见的。全书共写四十多次战役、上百个战斗场面，包容了这一历史时期所有重大的战役，写得各有个性，绝少雷同：或鸟瞰全局，或特写片断；或以寡敌众，或以强制弱；或设伏劫营，或围城打援；或江上水战，或陆上车攻；或强攻，或智取；以致火攻、水淹、马战，乃至徒手搏斗，表现各异，充分显示了战争的多样性和复杂性。具体而言，《三国志演义》战争描写的突出成就有以下三点：

一、作者在描写战争时，注意把战争描写与政治斗争、外交斗争描写结合起来，突出智斗，重视写统帅的运筹帷幄、决胜千里、战略决策以及战术的运用；把主要矛盾的斗争描写和次要矛盾的斗争描写结合起来，从而显示出战争的多样性和复杂性，使读者对战争有总体真实的理解。如《赤壁之战》中，首先交代了战前敌我双方的形势，写曹与孙、刘之间的主要矛盾及孙、刘之间的次要矛盾，以及孙吴内部的和战之争。然后写孙、刘政治联盟的建立，从而为战争的胜利奠定了基础。在备战阶段中，又抓住曹军不习水战这个主要矛盾，写孙、刘采取正确的战略战术，终于取得了赤壁之战的胜利，使三国鼎立的局面正式形成。

二、作者善于把战争描写与人物性格的刻画结合起来，从而更生动地展示了人物的思想性格。战争促进了人物性格的发展，人物性格的发展也影响到战争的结局。赤壁之战中，曹操、周瑜、诸葛亮都是足智多谋的军事统帅。三人的性格、才能、气量、智慧，在激烈的矛盾冲突中，生动鲜明地表现了出来，也影响与决定着战争的结局。此外，如鲁肃的诚恳忠厚，黄盖的赤胆忠心，蒋干的愚而自用等，都是在赤壁之战的尖锐矛盾冲突中表现出来的。

三、作者善于把紧张激烈的战争气氛的描写和宁静抒情气氛的描写结合起来，从而把战争烘托得有张有弛，淋漓尽致。在作者笔下，战争往往并不表现得那么惨烈可怕，而犹如一曲英雄的史诗，在激扬高昂的格调中，往往洋溢着诗情画意。有时在激烈的战争中，又穿插着一些比较轻松的场面。如在赤壁之战的进程中，作者不吝笔墨，大写诸葛亮与鲁肃乘雾联舟、群英会蒋干中计、庞统挑灯夜读、曹操横槊赋诗等等，把战争写得有张有弛，富有节奏感。总之，这部小说中的战争描写，不仅仅歌颂了力，而且更重要的是赞美了智，传递了美。如在战云密布的环境中，插入了曹操夜宴长江、庞统挑灯夜读等富有抒情性的情节，向读者展现了一幅波澜壮阔、丰富多彩的战争场景，增强了战争描写的艺术感染力量。

240. 英雄传奇与历史演义类小说有何异同？

答：《水浒传》和《三国志演义》相似，都是取材于历史的长篇小说，因此鲁迅在《中国小说史略》中将它们归入讲史一类，并在《中国小说史略》和《中国小说的历史的变迁》中指出他们之间的不同：《三国志演义》一类书“多本正史纪传”“叙述多有来历”“中间所叙的事情，有七分是实的，三分是虚的”。即《三国志演义》等书虽有虚构，但所写的事实多有历史依据，而《水浒传》一类书是“叙一时故事而特置重于一人或数人者”，[①]除少数人物外其事迹及事件都是虚构的。由于二者之间的区别，现在研究者多把他们区分为历史演义和英雄传奇。

英雄传奇和历史演义同属于历史小说范畴。在文学史、小说史以至一些专家学者对二者之间的异同论述意见纷纭。孙楷第在《中国通俗小说书目·分类说明》中说：“通俗小说中讲史一派，流品至杂，自宋元以至明清，作者如林。以体例言之，有演一代史事而近于断代为史者；有以一人一家事为主而近于外传、别传及家人传者；又以一事为主而近于纪事本末者，亦有通演古今事与通史同者。其作者有文人，有闾里塾师、瓦舍伎艺。大抵虚实各半，不以记诵见长。亦有过实而直同史抄，凭虚而全无根据者，而亦自

① 鲁迅：中国小说史略［M］．上海：上海古籍出版社，2005：123.

托于讲史。如斯纷纷，欲以一定标准絜其长短，殆非易事。”①这两类小说有共同点，即主要人物和题材都有一定的历史根据。因此，将二者区分开来诚非易事。要之，其不同之处主要体现在以下四个方面：

一、英雄传奇是以塑造一个或几个传奇式的英雄人物为重点，而历史演义则着眼于全面地描写一代兴废或几朝历史，以描写历史事件的演变、记述一代兴废为主。换言之，就是英雄传奇“以一人一家事为主而近于外传、别传及家人传者”②，是纪传体；而历史演义是“演一代史事而近于断代为史者”“通演古今事与通史同者”③，属于编年体。英雄传奇力图通过英雄人物的性格发展史，反映特定历史时期的社会生活，寄托人民的理想和愿望。历史演义则力图通过历史上的重大事件，反映出历史发展的概貌。

二、英雄传奇多吸收民间传说故事，故事虚多于实，甚至主要人物和事件多出于虚构；历史演义多从史书上撷取素材，比较注重史实，因此主要人物及事件基本上倚傍史实。所谓“演义者，本有其事而添设敷衍，非无中生有者比也”（刘廷玑《在园杂志》）。英雄传奇有如戏曲中的历史故事剧，而历史演义则有如戏曲中的历史剧，如《水浒传》《杨家将》除了宋江、杨业在历史上有点影子外，其他人物和事件大都属于子虚乌有，而《三国志演义》《东周列国志》等则大体符合历史的面貌。金圣叹在说到《史记》与《水浒传》的区别时，指出《史记》是“以文运事”,《水浒传》是“因文生事”。实际上历史演义大多是“以文运事”,受历史的制约，“是先有事生成如此如此，却要算计出一篇文字来”（金圣叹《读第五才子书法》）；而英雄传奇不受史实的约束，“因文生事”,“只是顺着笔性去，削高补低都由我”（金圣叹《读第五才子书法》）。这些不同也就使英雄传奇有可能突破历史事实的制约，跳出帝王将相、军国大事的圈子，将目光

① 孙楷第. 中国通俗小说书目［M］. 北京：人民文学出版社，1982：4.
② 孙楷第. 中国通俗小说书目［M］. 北京：人民文学出版社，1982：4.
③ 孙楷第. 中国通俗小说书目［M］. 北京：人民文学出版社，1982：4.

移向民间日常的生活和普通的人。在明代的英雄传奇小说中，继《水浒传》之后，还有《杨家府演义》《大宋中兴通俗演义》等较有名。

三、英雄传奇一般是从宋元小说话本中的“说公案”“朴刀、杆棒，及发迹变泰之事”或“说铁骑儿”之类发展而来，而历史演义是由“讲史”话本演化而成。当然明代以后，英雄传奇已经没有了小说话本的基础，都是文人的创作，是从历史演义中分化出来的。即早期英雄传奇小说多从宋元话本发展而来，后期则有些是从历史小说中分化而来。

四、英雄传奇主要吸收民间故事，多写草莽英雄，即便是写帝王将相，也着重表现他们发迹变泰的故事；另外，着重写英雄人物小传，因而较多表现人物性格的发展变化，除反映重大政治军事斗争外，也较多涉及市井小民的生活；语言的生活气息较浓。而历史演义则多从史书撷取素材，因而人物性格缺少发展变化，反映政治军事斗争多，反映人民日常生活少；反映帝王将相多，反映市井小民少；书面语言多，生活语言少。

英雄传奇在明代日益兴盛，明清两代作品约有三四十部之多。大致可以分为三类：一类是写官逼民反，表现人民的反抗斗争，尤其是着重表现草莽英雄的，如《水浒传》《水浒后传》等。一类是写保卫边疆、抗击侵略的，着重表现民族英雄的，如《杨家将》《说岳全传》等。一类是写帝王发迹变泰故事，着重歌颂出身寒微的帝王奋斗成功的事迹，如《飞龙传》等。

因为英雄传奇与历史演义有着不可分割的血缘关系，同一题材的作品有的是历史演义，有的发展为英雄传奇，因此有关二者的区分一直以来存在着多种说法。英雄传奇小说从总体上说，较历史演义成就为高，它更成功地体现了我国古代小说的民族风格和民族气派。

241. 简述《水浒传》中宋江故事的题材来源。繁本和简本的主要区别体现在哪些方面？

答：《水浒传》所写宋江起义的故事源于历史真实。北宋徽宗宣和年间以宋江等三十六人为首的农民起义是《水浒传》创作的历史依据。但在我国漫长的封建历史中，宋江起义只不过是浅滩上的一粒石子，因而在史书中并没有专题性记载，甚至连宋江的身份也没有翔实的记录，仅在《宋史》中的《徽宗本纪》《侯蒙传》《张叔夜传》《十朝纲要》《三朝北盟会编》等史料中留有一些零星的材料。略谓徽宗宣和年间，宋江等“三十六人横行齐魏”，“转略十郡，官兵莫敢撄其锋”，后被张叔夜设计招降。还有的史书记载宋江投降后征方腊。从南宋起，宋江故事即在北方（包括太行山区、山东地区）和南方（包括安徽、江浙一带）广泛流传，成为“说话”艺人喜爱的题材。宋末龚开《宋江三十六人赞》初次完整地记录了宋江等三十六人的姓名和绰号。宋末元初罗烨《醉翁谈录》记载了以“水浒”故事为题材的“说话”名目，如《青面兽》《花和尚》《武行者》《石头孙立》等。它们是各自独立的英雄故事，属“小说”的范围。宋末元初的《大宋宣和遗事》为我们展现了《水浒传》的原始面貌，主要描写了杨志卖刀、智取生辰纲和宋江杀阎婆惜三件事，末尾还提到张叔夜招安，征方腊，宋江封节度使。这表明“水浒”故事已从独立的短篇开始连缀成一体，从“小说”进入了“讲史”的领域。元代出现了一批“水浒戏”，包括元明之际的作品在内，存目有 33 种，其中有 6 种剧本保留下来了。在康进之《李逵负荆》、高文秀《双献功》等作品中，水浒英雄从三十六人发展到七十二人，又发展到一百零八人。对梁山泊这个起义根据地的描写也接近《水浒传》了。宋江、李逵的形象得到了比较集中的描写，更为生动鲜活。

在宋元以来广泛流传的民间故事、话本、戏曲的基础上，经作家的再创造，《水浒传》便在元末明初诞生了。《水浒传》故事虽然有一定的历史依据，但大部分情节出于虚构，是以英雄人物传记为主的英雄传奇。

在中国古代小说中，《水浒传》的版本最复杂。今知有 7 种不同回数的版本，而从文字的详略、描写的细密来分，可分为繁本（或称文繁事简本）和简本（或称文简事繁本）两个系统。繁本系统又可分为100回本、120回本和71回本三种。简本系统则有102回本、110回本、115回本、124回本、120回本和不分卷本。

一、繁本系统

（一）现存百回繁本有1975年于上海图书馆发现的《京本忠义传》,仅存残页，明正德、嘉靖书坊所刻，但成书可能是在元末明初，是现存百回繁本中最早的本子。

（二）郑振铎藏本《忠义水浒传》,也是残本，仅存八回，当为嘉靖刊本，是介于天都外臣序本、容与堂本之间的本子。

（三）今知最早的百回本繁本是"《忠义水浒传》一百卷"（明高儒《百川书志》)。据晁瑮《宝文堂书目》、沈德符《万历野获编》等记载，嘉靖间武定侯郭勋有家刻本100回，时称"武定板",已佚。

（四）一般认为，今存最早的较为完整的百回本是明万历十七年（1589）天都外臣（即汪道昆）序的《忠义水浒传》刊本。此书原刊本也佚失，现存本子是康熙五年石渠阁补修本。

（五）万历三十八年（1610）容与堂刊《李卓吾先生批评忠义水浒传》是较早和较有名的百回本，也是现存最完整的百回本，且有李卓吾的评语，在《水浒传》版本中具有重要地位。以上百回本在写梁山大聚义后，只有平辽和平方腊的故事，而没有平田虎和王庆的内容。

（六）在繁本系统中的120回本，由明人袁无涯刊行，首有李贽序、杨定见小引。增加了据简本改写的平田虎和王庆的故事，在文字上与百回本略有不同，并也附有"李卓吾"的评语，故称《李卓吾先生批评忠义水浒全传》。

（七）明末金圣叹将120回本"腰斩"成70回本，砍去了大聚义后的内容，并将"梁山泊英雄排座次"改写为"梁山泊英雄惊噩梦",并以之作结，伪托施耐庵写了三篇序文和全书评语，名《第五才子书施耐庵水浒传》。由于它保存了原书的精华部分，在文字上也作了修饰，且附有精彩评语，遂成为清三百年间最流行的本子。

二、简本系统

简本系统中较为重要的本子有《忠义水浒志传评林》（二十五

卷，今残，不全），115 回本《忠义水浒传》（见与《三国志演义》合刻的《英雄谱》）。明万历末，杨定见取简本中征田虎、王庆事加以润饰，与繁本百回本合成 120 回本，名《新刊李氏藏本忠义水浒传》。此外还有 102 回本、110 回本、124 回本和不分卷本等。

值得注意的是，在明万历甲寅（1614）刊行的吴从先的《小窗自纪》中，有《读水浒传》一文，所载《水浒传》的内容与今之繁、简各本多有不同，如云“四大寇”为“淮南贼宋江、河北贼高托山、山东贼张仙、严州贼方腊”等。有人认为此“吴读本”是“古本”，甚至是“施耐庵的本”，当然也有人认为是万历间后出的本子，迄今尚无定论。

长期以来，关于简本、繁本的关系，学术界一直存在着不同意见。目前多数学者认为，简本是繁本的节本，而不是由简本发展成繁本。简本一般都有平田虎、王庆两传，但文字简陋、缺乏文学性，现在只是作为研究资料来使用。现存较早而完整的简本是双峰堂刊《水浒志传评林》，有北京文学古籍刊行社 1956 年 6 月影印本。

水浒传故事从流传到成书，到各种版本的出现，前后经历了四百多年的时间，各种社会思潮、文艺思潮都或多或少地在《水浒传》中有所存留。因此了解《水浒传》的成书与版本，对我们正确理解和评价《水浒传》具有重要意义。

242. 为什么《水浒传》七十回本会成为清代最流行的本子？

答：在《水浒传》的诸多版本中，清代以及二十世纪上半叶最为流行的是金圣叹评点的 70 回本贯华堂《水浒传》。明末清初著名文学评论家金圣叹将 120 回本“腰斩”成 70 回本，砍去了大聚义后的内容，并将“梁山泊英雄排座次”改写为“梁山泊英雄惊噩梦”，并以之作结，伪托施耐庵写了三篇序文和全书评语，名《第五才子书施耐庵水浒传》。由于它保存了原书的精华部分，在文字上也作了修饰，且附有精彩评语，遂成为清三百年间最流行的本子。

金圣叹将《水浒传》与《离骚》《庄子》《史记》《杜诗》《西厢记》合称为“六才子书”，水浒的位置在杜诗与西厢之间，地位不能说不高。他在李卓吾的基础上，加了眉批、夹注、尾批，有时候一条批往往上百言，夸张的甚至上千言。对于心仪的几个大英雄，如林冲、鲁智深、武松，金圣叹更是从来不惜笔墨。经过金圣叹删削评点，《水浒传》不论是在人物形象塑造上，还是在具体写作手法的运用上，都达到了一个较高的层次。由于保留了全书最精彩、最生动、最为大家耳熟能详的精彩片段，故事发展的基本脉络和结构布局相对完整，加之他的评语中有许多精辟的独到见解，对一般读者具有启发和引导作用，在相当一个时期内成为最流行的版本。

金圣叹对前七十回文字所作的修改，主要是砍掉七十二回以后的内容，又把第一回改为“楔子”,按照自己的思想道德原则和对农民起义的立场观点，以及他对宋江等梁山英雄的态度与感情，增加了卢俊义的一个噩梦做结，杜撰了一个“惊噩梦”的结局，并命名为《水浒传》,即《贯华堂第五才子书施耐庵水浒传》。

金圣叹评点《水浒传》的年代，正是李自成、张献忠领导的明末农民起义风起云涌的时代，明王朝的覆灭近在眉睫。金圣叹站在封建地主阶级的立场上，维护明王朝的统治，接受张献忠谷城伪降的教训，反对招降。他对农民起义基本上持反对甚至是仇视的态度，在序言及小说章节的回批、夹批中不止一次地暴露了他的立场。他认为“盛夸招安”则“罪归朝廷而功归强盗”（贯华堂本《水浒传》第七十回批语）。金圣叹明确宣布，他删、批《水浒传》的目的，是为了使这一类的“未作之书不敢复作，已作之书一旦尽废，是则圣叹廓清天下之功，为更奇于秦人之火”（贯华堂本《水浒传》卷一：金圣叹序一）。金圣叹反对李卓吾关于“忠义”在“水浒”的说法，反对对农民起义实行招安，故而他在序和批中谩骂水浒英雄，特别是宋江，并截去《水浒传》的后半部分，以卢俊义噩梦中一百零八人被擒斩结束。毋庸置疑，金圣叹在农民起义问题上的政治立场是反动的。

但是，金圣叹由此出发所删定的贯华堂本《水浒传》,其具体效果在主导方面却是好的。其表现在于：金圣叹删去了原作中征方腊部分，恰恰是其中思想内容较差、糟粕最浓的部分；金圣叹把原作中宣扬投降主义的关键部分删去，这就使作品前半部分的反抗性、斗争性更加突出，因此贯华堂本《水浒传》的思想实际上提高了。①这是金圣叹始料未及的。如果说金圣叹砍去了《水浒传》的后半部分，因此使作品失去了从农民革命的失败中汲取经验教训的认识作用的话，那么贯华堂本《水浒传》以梁山英雄大聚义，以农民革命事业方兴未艾的高潮结束，它对读者的鼓舞、教育作用恰恰加强了。读百回本或一百二十回本《水浒传》至七十一回后，总会产生越读越不对劲儿、越读越丧气的感觉，七十回本则无此感觉。因此，七十回本问世以后，流传极广，在民间迅速取代了其他的《水浒传》本子，对广大读者来说，它起到的主要是积极作用而不是消极作用。

因此对金圣叹的七十回本《水浒传》应客观对待。金圣叹作为一个历史人物，在《水浒传》的删改评点中既有功也有过。我们应当实事求是地进行分析和评价，给金圣叹以应有的历史地位，还七十回本《水浒传》以公正的历史面貌。

243. 把握《水浒传》的思想内容，应该从哪些方面入手？

答：《水浒传》反映了宋江起义的发展过程，全景式地展示了我国封建社会中一场惊心动魄的英雄起义的全过程。小说深刻地揭露了封建统治阶级的罪恶，展示了“官逼民反”的社会环境和尖锐的阶级对立，也揭示了人民起义失败的内在原因。全书的思想内涵丰富复杂，主要歌颂了宋江等梁山英雄的“忠义”精神，客观上透露着相当程度的市民意识。

《水浒传》描写了宋江为首的草莽英雄起义队伍形成、壮大乃至失败的过程，展示了封建社会后期广阔的社会生活图景，总结了普通民众革命的经验教训。其思想内容，概括来说有以下五点：

一、作品广泛地反映了封建社会的黑暗现实，深刻地揭露了统治阶级的罪恶，反映了人民群众的痛苦，揭示了封建社会人民起义

① 郁沅．金圣叹贯华堂本《水浒传》考评［J］．武汉师范学院学报，1979(01)：91-101.

和反抗斗争的社会原因。作品描写了腐朽荒淫的皇帝，恣意盘剥的权臣，残害人民的州县官吏，无恶不作的地主恶霸，这些大大小小的邪恶势力构成了一个暗无天日的黑暗深渊，使广大人民群众处于水深火热之中。小说一开头从一个市井无赖遽升为殿帅府太尉的高俅写起，点明了“乱自上作”的社会根源。在歌颂宋江等梁山英雄“全忠仗义”的同时，深刻地揭露了各级贪官污吏、恶霸豪绅的“不忠不义”。各级官吏相互勾结，狼狈为奸，致使一批忠义之士不得不“撞破天罗归水浒，掀开地网上梁山”。作为一部长篇小说，《水浒传》第一次如此广泛而深刻地揭露了封建社会的黑暗，以及“官逼民反”的历史事实，其历史意义是极为深远的。

二、作品展示了“官逼民反”的社会环境和尖锐的阶级对立，揭示了封建社会中下层人民揭竿而起的必然性。通过林冲、武松等一大批英雄被逼上梁山的经过描写，具体生动地说明了人民造反是官府逼迫的结果。作者在这里强调的乃是这样一个悲剧：“全忠仗义”的英雄不能“在朝廷”“在君侧”“在干城心腹”,而反倒“在水浒”;“替天行道”的好汉改变不了悖谬现实，而最后还是被这个“不忠不义”的社会所吞噬，反映了宋代末期“自古权奸害忠良，不容忠义立家邦”的黑暗现实。作者在以“忠义”为武器来批判这个无道的天下时，对传统道德无力扭转这个颠倒的乾坤而感到极大的痛苦和悲哀，以至对“忠义”这一批判武器自身也表现出了一种深沉的迷惘。

三、作品热情歌颂了梁山英雄的反抗精神和优秀品质，称颂梁山英雄的“全忠全义”,热情地歌颂了梁山泊的革命政权，寄托了作者的社会理想。如鲁达的疾恶如仇、见义勇为、敢作敢当；李逵的朴实、正直、善良、爱憎分明；宋江的忠义，吴用的智慧，武松的侠义。这些被封建统治者视为盗贼的人，却被作者塑造成心地纯洁、道德完善的典型，为人民伸张正义的英雄。作品还描绘了一个理想的社会模式：梁山泊是“八方共域、异姓一家”的理想社会，是走投无路的穷苦人民向往的乐土，对社会劳苦大众的反抗斗争具有巨大的鼓舞作用。

四、梁山英雄接受招安的悲剧结局给后世农民革命提供了深刻教训。这个悲剧结局主要是由于宋江的妥协投降路线所致。宋江的思想性格存在着严重的二重性，即既有革命性，又有妥协性。宋江形象的意义在于深刻揭示了起义失败的重要原因。把接受招安作为梁山义军的唯一正当的归宿，表现了作者认识上的局限性。把招安处理为悲剧结局，则又反映了作者的清醒认识。

五、作品虽然写的是草莽英雄的传奇故事，但描述中浸渗着相当程度的市民意识。许多英雄人物是市民出身的，不少英雄是市民理想化的英雄。这说明《水浒传》所反映的已不单是北宋末年的社会现实，而是具有更大概括性的封建时代（包括元、明）的社会现实，宋江起义已不单是历史上某一次人民起义的反映，而是体现着封建时代人民的反抗斗争。

小说作者站在造反英雄的立场上，沿着“乱自上作”“造反有理”的思路，揭示了封建社会的基本矛盾，艺术地再现了中国古代下层人民起义的发生、发展和失败的全过程，并从中总结了一些带有规律性的东西。这在整部中国文学史上是十分罕见、难能可贵的。正是在这个意义上，可以说《水浒传》是一部悲壮的人民起义的英雄史诗。

作为一部长篇小说，其故事又在民间经过几代人的不断积累和加工，全书的思想内涵就显得丰富复杂，并非“忠义”两字所能概括。长期以来，广大群众之所以喜爱这部小说，在很大程度上还是由于它歌颂了英雄，歌颂了智慧，歌颂了真诚。《水浒传》中的不少英雄都是“力”和“勇”的象征。梁山好汉们空手打虎，倒拔杨柳，杀贪官污吏，拒千军万马，一往无前，是“力”与“勇”的化身；他们智取生辰纲，三打祝家庄，神机妙算，出奇制胜，其斗争的计谋与策略，实可与《三国志演义》相媲美。他们不拘礼法、不计名利、不做作、不掩饰，“任天而行，率性而动”，保存了一颗“绝假纯真”的“童心”，与那些被封建理学扭曲了人性的“假道学”“大头巾”的虚伪做作、心胸狭窄形成了鲜明的对照，以至晚明的批评家李卓吾、叶昼、金圣叹等纷纷称赞他们是“活佛”“上上人物”

“一片天真烂漫”“使人对之，龌龊销尽”。这也说明了《水浒传》所反映的这种精神带有一定的市民意识，与后来涌动的个性思潮息息相通。

《水浒传》创造了英雄传奇美，不但对我国英雄传奇小说的创作、整个小说文化和国民精神起到了一定的影响，而且在世界范围内广泛流传并得到了高度的评价。《大英百科全书》说：“元末明初的小说《水浒传》因以通俗的口语形式出现于历史杰作的行列而获得普遍的喝彩，它被认为是最有意义的一部文学作品。”英译家杰克逊说：“《水浒传》又一次证明人类灵魂的不可征服的、向上的不朽精神，这种精神贯穿着世界各地的人类历史。”目前，它已有英、法、德、日、俄、拉丁、意大利、匈牙利、捷克斯洛伐克、波兰、朝鲜、越南、泰国等十多种文字的数十种译本。

244.《水浒传》在艺术上取得了哪些突出成就?

答：《水浒传》作为一部英雄传奇体小说的典范，不但标志着我国古代运用白话语体创作小说已经成熟，对我国白话文学的发展产生了深远的影响，在小说艺术方面，也取得了巨大的成就。《水浒传》蓬勃的艺术生命力主要表现在以下四个方面：

一、成功地塑造了一系列超群绝伦而又神态各异的英雄形象，打破了塑造典型形象的类型化格局，注意多层次地刻画人物的性格。

在作者笔下，一百零八位好汉，特别是那些主要人物，无不富有鲜明的个性特征。诚如金圣叹所言：“《水浒传》写一百八个人性格，真是一百八样。若别一部书，任他写一千个人，也只是一样，便只写得两个人，也只是一样。”（金圣叹《读第五才子书法》）即使是一些性格较为相似的同类型人物，其个性也绝不雷同。例如性格较为鲁莽勇猛的李逵、鲁智深等，就各有特点。比如写李逵莽撞，有时候也写他真率，写他蛮横；写鲁智深粗豪，有时候又写他的机智，写他的精细。这样就在“同而不同”之中显示了人物的个性特点。为了突出人物个性特征，作者还故意创造类型相同的人物，描写冲突相似的情节，以犯中求避，相互映衬，“如武松打虎后，又写李逵杀虎，又写二解争虎；潘金莲偷汉后，又写潘巧云偷汉；江州城劫法场后，又写大名府劫法场；何涛捕盗后，又写黄安捕盗；林冲起解后，又写卢俊义起解；朱仝、雷横放晁盖后，又写朱仝、雷横放宋江等，正是故意要把题目犯了，却有本事出落得无一点一画相借”（金圣叹《读第五才子书法》）。明代批评家叶昼说：“《水浒传》文字，妙绝千古，全在同而不同处有辨。”（容与堂本《水浒传》第三回回评）

作者有时还能展示人物性格在环境的制约下有所发展和变化，如身为八十万禁军教头的林冲，在高衙内开始调戏他的娘子时，尽管有“大丈夫屈在小人之下，受这般肮脏气”的不平，但还是怕得罪上司，息事宁人；当发配沧州时，仍抱有幻想，希望能挣扎回去“重见天日”；恶势力步步进逼，他处处忍让；直到火烧草料场的阴谋败露，才使他猛醒，在认识到自己无路可退的情况下，才手刃仇人，毅然走上了反抗的道路。

作者善于把典型环境的描写融入人物的际遇中，综合运用细节描写、心理描写以及对比描写等多种手段，细腻地刻画人物的个性特征。《水浒传》成功的细节描写，产生了多方面的艺术效果，使人物形象形神兼具；故事情节生动，形象逼真。如林冲打洪教头、武松打蒋门神等情节中的细节描写，风雪山神庙中林冲的心理描写，大闹野猪林中鲁智深同林冲性格的鲜明对比，都细腻地突出了人物个性。

当然，从整体来看，《水浒传》人物性格的流动性并不能贯串始终，特别是大聚义后，人物大多失去原有的个性色彩。但这种性格描写的流动性和层次性，还是体现了中国古代长篇小说在塑造人物时，从注重特征化到走向个性化，迈出了坚实的一步。

二、《水浒传》巧妙地将传奇性与现实性相结合。

《水浒传》中的英雄好汉与《三国志演义》中的帝王将相一样，尚不脱“超人”的气息。作者在将英雄理想化时，往往把他们渲染、放大到超越常态的地步，如鲁达倒拔杨柳、武松徒手打虎等，都带有传奇的色彩。但与此同时，作者又把超凡的人物放置在现实生活的背景上，让他们在李小二、武大郎、潘金莲等市井细民中周旋；在用重彩浓墨描绘高度夸张、惊心动魄的故事时，也注意在细节真实上精雕细刻，逼近生活，如在写武松面对着“哄动春心”的潘金莲的挑逗时，尽管也给人以“直是天神，有大段及不得处”的印象，但小说同时写炭火，写帘儿，写脱衣换鞋，写酒果菜蔬，写家常絮语，直写到武松发怒“争些儿把那妇人推一交”，一步步把武松从真心感激嫂嫂的关怀，到有所觉察，强加隐忍，最后发作，写得丝丝入扣，合情合理。小说就在现实的情感关系和日常的生活环境中，充分地展现了武松刚烈、正直、厚道而又虑事周详、善于自制的性格特征。他是超人的，但又是现实的。这样就使传奇性与现实性结合起来，增强了作品的生活气息和真实感。

三、连环勾锁、百川入海的结构。

《水浒传》的情节结构是以单线纵向进行的。上半部是以人为单元，下半部则以事为顺序，连环勾锁，层层推进。在七十一回之前，小说往往集中几回写一个或一组主要人物，将其上梁山前的业绩基本写完，然后引出另一个或另一组主要人物，而上一组人物则退居次要的地位。这样环环相扣，以聚义梁山为线索将一个个、一批批英雄人物串联起来。以梁山起义从发生、发展到失败的全过程作为结构的主线，前七十一回写众虎归山，梁山事业由小而大的发展过程，七十一回以后写梁山义军逐步走向悲剧结局的过程，全书结构完整而富于变化。整个情节有开端、有发展、有高潮、有结局。作品通过不同英雄被逼上梁山的不同道路，展示了起义斗争的广阔画面。一些主要英雄人物如鲁智深、林冲、杨志、武松、宋江等故事既互相勾连，又可独立成篇，相对集中。

四、语言风格洗练明快，富于表现力。

与《三国志演义》相比，它摒弃文言，继承了民间“话本”的特点，以民间口语为基础，形成一种极纯熟的古代白话，洗练明快，极富表现力。无论叙事或刻画人物，寥寥数笔，即形神毕肖。如“汴京城杨志卖刀”，通过杨志与泼皮牛二的对话，便把双方性格的特点、试刀的经过和宝刀的特点生动鲜明地表现出来。另外，《水浒传》在人物语言的个性化方面也取得了很大成功，如在菊花会上，武松、李逵、鲁达三人反对招安的语言，说的是同一件事，却反映了各自的性格特征。《水浒传》全书的艺术成就并不平衡，前半部多写人物传奇，写得有声有色，英雄上山之后，描写较少光彩，情节也较枯燥，一些战争场面的描写也较单调、烦琐。《水浒传》对后世的影响是巨大而多方面的，应从社会影响和文学影响两个方面加以领会和掌握。

金圣叹曾不无感慨地说："别一部书，看过一遍即休，独有《水浒传》,只是看不厌，无非为他把一百八个人性格，都写出来。"(金圣叹《读第五才子书法》)

245. 怎样认识《水浒传》中的宋江形象？其典型意义何在？

答：《水浒传》既歌颂造反，又宣扬忠义，这对无可调和的矛盾，集中体现于宋江的性格中。梁山义军在他的领导下，攻城略地，痛击官军，事业辉煌；但是，由于满脑子的封建忠孝观念，一味追求建功立业，青史留名，致使他最终投降了朝廷，葬送了梁山来之不易的辉煌事业。因此，后世论者或颂扬其忠义，或贬斥为"盗魁",使他成为中国古代文学中备受争议的人物之一。

《水浒传》最早的名字叫《忠义水浒传》,甚至就叫《忠义传》。明杨定见《忠义水浒全书小引》认为："《水浒》而忠义也，忠义而《水浒》也。"小说描写了一批"大力大贤有忠有义之人",未能"酷吏赃官都杀尽，忠心报答赵官家",却被奸臣贪官逼上梁山，沦为"盗寇";接受招安后，这批"共存忠义于心，同著功勋于国"的英雄，仍被误国之臣、无道之君一个个逼向了绝路。"煞曜罡星今已矣，谗臣贼相尚依然！"作者为这样的现实深感不平，发愤而谱写了这一曲忠义的悲歌。作为小说中的第一主角，梁山义军的领袖，宋江堪称是忠与义的化身。他的思想性格存在着严重的二重性，在既矛盾又统一的忠和义的主导下曲折地发展。

一方面，他是"刀笔小吏",沉沦下僚，憎恶贪官污吏，同情人民疾苦，他"仗义疏财，济困扶危",结交天下豪杰，被人称作"及

《宋江杀惜》　杨善深

时雨”。这一切使他倾向革命，具有现实反抗精神。

另一方面，他出身地主家庭，“自幼曾攻经史”，受过系统的封建教育，存在着严重的忠孝节义等封建伦理观念。这就使他在革命过程中存在妥协性和动摇性，又忠君孝亲、安于现状。从“义”字出发，他“担着血海也似干系”救晁盖，同情他们被逼上梁山的遭遇，但又承认他们劫取生辰纲是违法乱纪行为，“于法度上却饶不得”。“杀惜”后，由于贪官污吏对他的残酷迫害，逼着他一步一步走向梁山。浔阳楼吟反诗，自然地流露了被“冤仇”所郁积的叛逆情绪。从江州法场的屠刀下被解救出来后，他一方面感激众位豪杰不避凶险，极力相救的“义”，另一方面也深感到“如此犯下大罪”，再难在常规情况下尽“忠”，才在不得已的情况下被迫栖身梁山。

宋江思想性格的二重性贯穿于他一生的行事中。由于封建伦理观念作怪，他上梁山十分勉强。上了梁山后，也充分发挥了领袖才干，整饬山寨，训练队伍，团结周围的英雄好汉，攻城略地，扩大了革命战果。但他时刻牢记着九天玄女“替天行道为主，全仗忠义为臣，辅国安民，去邪归正”的“法旨”，一再宣称：“小可宋江怎敢背负朝廷？盖为官吏污滥，威逼得紧，误犯大罪；因此权借水泊里避难，只待朝廷赦罪招安。”他坐上第一把交椅后，即把“聚义厅”改成“忠义堂”，进一步明确了梁山队伍“同心合意，同气相从，共为股肱，一同替天行道”的基本路线。就在“替天行道”“忠义双全”的旗号下，他带领众兄弟惩恶除暴，救困扶危；创造条件，接受招安；征破辽国，平定方腊；直到饮了朝廷药酒，死在旦夕，还表白：“我为人一世，只主张‘忠义’二字，不肯半点欺心。今日朝廷赐死无辜，宁可朝廷负我，我忠心不负朝廷!”盖棺论定，宋江就是一个“身居水浒之心，心在朝廷之上，一意招安，专图报国”的“忠义之烈”（李贽《忠义水浒传序》）。自称为“书林”“儒流”的《水浒传》作者，以“忠义”为指导思想来塑造宋江，并描写了以宋江为首的一支“全仗忠义”“替天行道”的武装队伍。

宋江为梁山义军制定了一条投降主义的路线，最终彻底葬送了梁山的革命事业。其形象意义在于深刻揭示了起义失败的重要原因。《水浒传》作者认为梁山义军接受招安是“同心报国，青史留名”的唯一正确归宿，表现了作者思想上的局限性。同时，他又以清醒的现实主义态度，描绘了义军受招安后的悲惨结局，表现了作者清醒的认识。可见作者对于梁山义军的招安结局的态度是矛盾的。

宋江这一典型形象，凝聚着作者的满腔“孤愤”与全部理想。因而对施耐庵笔端的宋江形象的认识与评价问题，实际上也就是对《水浒传》的思想倾向的认识与评价问题。如果我们从南宋以来水浒故事的历史发展及其社会原因，并从作者的主观命意与作品的客观思想和社会效果及其联系中把握问题，那就不能不认为《水浒传》是“乱世忠义”的悲歌，宋江是“忠义之烈”的典型。

246. 怎样认识《水浒传》中梁山起义军的招安结局?

答：长期以来，《水浒传》一直被认为是我国第一部专门描写历史上农民起义发生、发展直至失败的全过程的古典小说。1975 年 8 月 14 日毛泽东在同一位教师谈话中讲到：“《水浒》这部书，好就好在投降。做反面教材，使人民都知道投降派。”“《水浒》只反贪官，不反皇帝。屏晁盖于一百零八人之外。宋江投降，搞修正主义，把晁的聚义厅改为忠义堂，让人招安了。宋江同高俅的斗争，是地主阶级内部这一派反对那一派的斗争。宋江投降了，就去打方腊。这支农民起义队伍的领袖不好，投降。”姑且不讨论《水浒传》是否是描写农民起义的小说，《水浒传》梁山英雄接受招安的悲剧结局确确实实是后世农民起义当引以为鉴的。

梁山英雄从轰轰烈烈的起义斗争到接受招安的悲剧性结局，既是封建统治阶级恶毒的阴谋欺骗的结果，也与宋江性格有着直接的关系。

宋江形象既有反抗性的一面，又有妥协性的一面。

他出身于地主阶级家庭，做过县衙押司，和封建阶级有着不可分割的联系。他有浓厚的封建正统思想和伦理道德观念，以忠孝为天经地义，认为最高统治者不可侵犯，这就造成了他妥协性的一面。他反对强权暴力，反对贪官污吏，深悉人民痛苦并给予同情，专好接纳行侠仗义而受害遭难的江湖好汉，这是他富于反抗性的一面。宋江背离当时的社会准则，在革命道路上迈出的第一步，是晁盖等智取生辰纲事发后，他“冒着血海也似的干系”通报消息，把他们私自放走。许多落难英雄也都在他的指点介绍下投奔的梁山，为梁山事业的发展壮大提供了人员储备。他对封建统治阶级的阴险残暴有着一定的清醒认识，并采取了一些消极的防御措施：他在家中挖有地窖，以作为有飞来横祸时的脱身之所；又曾让父亲告了他忤逆，脱离父子关系，以免将来有所不测时连累家人。这都表明他骨子里并没有积极抵抗官府和封建统治的想法。晁盖黄泥岗事发，他深表同情，“义”字当头使他冒险相助，但在内心深处却认为他们劫了生辰纲，杀了做公的，是“灭九族的勾当”,“于法度上却是饶不得”。

杀阎婆惜是他走上反抗道路的第一步，但仍然迂回曲折，宁肯亡命江湖，找个临时的避难所也不肯上梁山“落草为寇”,在官府步步进逼，不得不下定决心投奔梁山时，却又被一封父亲病故的假信骗回家中。在刺配江州的路上，他拒绝了晁盖救他上山的计议，并固执地认为如果参加梁山起义队伍，“便是上逆天理，下违父教，做了不忠不孝之人”。

浔阳楼题反诗，是他反抗性的一面在酒后占了上风时的自然体现，是不满于现实社会的阴暗污浊的真情流露。被梁山英雄冒着生命危险从法场救出后，才决心同众英雄共举义旗。

宋江上山后，尽管占山据寨，反抗官军，但他只把梁山当作暂时栖身之所，而且只反贪官，对皇帝则积极拥护，时刻准备接受招安。

宋江这两面性的悲剧性格，直接导致了梁山事业接受招安而前功尽弃的悲剧结局。他那“忠心不负朝廷”生生断送了轰轰烈烈的梁山事业，给后人留下了深刻的历史教训。

金圣叹批改的七十回本《水浒传》,以他自己补撰的卢俊义的一场噩梦结束了全书。百回及百二十回本，则于第八十二回写宋江全伙受招安；然后又有奉旨征辽、征方腊等情节。总之，正当梁山起义处于大有希望的时刻，却在宋江引导下，归降了朝廷。但值得注意的是，作品在肯定甚至赞扬宋江受招安的同时，也充分表现了一直存在于梁山好汉之中的反对招安的力量。而且，归降的结果，正是一幕令人深思的大悲剧：在征讨方腊的过程中，梁山好汉“十损其八”;回到京城的二十七员将领又为奸臣所害，走死逃亡；宋江本人，也惨遭毒死。《水浒传》似乎在形象地告诉读者，“招安”竟是一条彻底覆灭的绝路。

247.《水浒传》中林冲、李逵、鲁达、武松等典型人物的思想性格是怎样的?

答:《水浒传》作为一部优秀的英雄传奇，成功地塑造了一系列梁山好汉的英雄形象，特别是在林冲、李逵、鲁智深、武松等主要人物的身上，更寄托了作者对英雄人物的爱慕。

一、豹子头林冲，是《水浒传》中一位性格突出、经历独特的梁山好汉。他出身武官世家，其父是与鲁达相识的林提辖，岳父是张教头，他本人曾是“东京八十万禁军枪棒教头”,后被逼上梁山，对梁山事业做出了重大贡献，是梁山义军中的主要头领之一，是在统治阶级内部经过艰难曲折的过程而走上反抗道路的代表人物，充分体现出“逼上梁山”的严酷现实。《水浒传》第七回写林冲出场，虽只寥寥数笔，就写出了一个酷爱武艺、倾慕英雄的好汉形象，而且立即把他置于妻子被人调戏的冲突之中，并由此全面展示他的性格特点。林冲作为一个武艺高强的好汉，自然不能容忍妻子被人调戏的屈辱。当他得到消息后，立即冲上去保护自己的妻子，并要惩罚歹徒。但是，当他发现这歹徒乃是“本管高衙内”时，却“先自手软了”。这是林冲权衡利害得失之后的忍让。

忍让、妥协，是林冲性格的突出特点之一。但是，忍让的结果，只招来了更严重的灾难。奸臣高俅，为了他那个螟蛉之子，竟然设毒计使林冲误入白虎节堂；为了斩草除根，又决定在林冲发配沧州的路上，把他害死。由于有鲁智深的保护，林冲在野猪林幸免一死，终于到了沧州。直到此刻，林冲依然忍辱屈从，幻想日后能回东京。然而高俅等奸贼，却一计不成，再生一计，陆虞候、富安赶到沧州，火烧草料场，必欲置林冲于死地。一场大雪，挽救了林冲的性命，也使林冲彻底抛弃了幻想，看清了奸贼的用心，于是起而反抗，手刃仇敌，投奔梁山。在这里，林冲的性格发生了根本的变化，从忍让变为反抗。

《水浒传》人物　周京新

林冲来到了梁山泊。梁山旧寨主白衣秀士王伦，心胸狭隘，对林冲，先是拒绝，而后又提出“投名状”（杀一人）的要求，最后勉强收留，把林冲的座次排在杜迁、宋万之后。对这一切，林冲皆忍让接受；但林冲的心中，对王伦已有了充分的认识。

忍让是林冲的性格特点，但是当他忍无可忍时，就会采取断然的惊人之举：当晁盖等来到梁山又遭到王伦的拒绝时，林冲则毫不犹豫地亲手刺杀了王伦，并扶晁盖坐上了第一把交椅，为梁山事业的发展，做出了关键性的贡献。

二、李逵是梁山上个性最突出的英雄人物。“李逵者，梁山泊第一尊活佛也，为善为恶，彼俱无意，宋江用之便知有宋江而已，无成心也，无执念也。”（明怀林《梁山泊一百单八人优劣》）《水浒传》作者赋予了他明确的身世和性格特点。作为一个一无所有的贫苦农民，在苦难生活的磨炼中，成为反抗封建统治最坚定、最勇敢的英雄人物，他对大宋朝廷从来不抱任何幻想，他就是要推翻皇帝。他最初上梁山入伙时，态度就极为爽朗明快；上梁山以后，他坚决反对接受招安，对梁山事业表现了无限的忠诚。

李逵对梁山事业的忠诚，也体现在他对宋江的态度上。他本性粗鲁暴躁，而且嗜酒使性，但是，为了战胜敌人，完成任务，他谨遵宋江将令，多次强制自己。在他的心目中，宋江是江湖上最仗义的“及时雨”。他对宋江的尊敬、爱戴和服从，就是对梁山事业的忠诚。他爱憎分明，当发现“宋江”与梁山事业的“原则”相违背时，则毫不犹豫地维护后者。如在王林酒馆内听说宋江抢了满堂娇，他便勃然大怒，砍倒杏黄旗，大闹忠义堂；一旦发现事出误会，又跪地求情认罪，一派天真烂漫的可爱之态；在事实得到澄清，真相大白之后，李逵则立即认错，绝不抵赖，对“宋大哥”依旧尊敬服从。

鲁莽和憨直，是李逵最显著的性格特点。在日常生活中，表现为直率；在战斗中，表现为勇猛；在比较复杂的问题面前，则往往表现为头脑简单，甚至惹是生非。同时，又由此而形成他的性格中的喜剧性，使他具有滑稽和天真可爱的一面。例如，他本来头脑简单，屡屡吃亏，于是他时时“多心”，总怕别人骗他，但结果更表现了他的憨直和可笑。

据《水浒传》第五十三回说他的优点有三：第一，耿直，分毫不肯苟取于人；第二，不会阿谀于人，虽死其忠不改；第三，并无淫欲邪心、贪财背义，敢勇当先。他从第三十八回登场起，就一直活跃在作品中，并始终保持着他独特鲜明的艺术形象。在梁山诸将中，他最直爽、最勇敢、最疾恶如仇、最具有反抗性，是“梁山泊上杰出的英雄”。

三、鲁智深是梁山上又一位雄风盖世的好汉。他原名鲁达，是渭州经略府提辖，因打死郑屠，流落江湖，落发为僧，法名智深，后归梁山。受招安后，随宋江征方腊时，在杭州坐化。他“体格阔大”,力大无穷，六十余斤的铁禅杖，在他手中舞弄生风，他可以三拳打死镇关西，倒拔垂杨柳，在战场上更是勇武如神。

鲁智深虽然性格鲁莽，嗜酒使性，不受戒律约束，敢于大闹五台山，但是，他一腔热血，济困扶危，不愧是“人中绝顶”的好汉。“鲁达自然是上上人物，写得心地厚实，体格阔大。论粗鲁处，他也有些粗鲁；论精细处，他亦甚是精细。……想鲁达已是人中绝顶。”(金圣叹《读第五才子书法》)

疾恶如仇，济困扶危，路见不平，拔刀相助，是鲁智深最突出的性格特征之一。他一出场，就救助了与他素不相识的金氏父女，并因此而三拳打死镇关西，解除了金氏父女的苦难；他与林冲，也不过是初交，但却能够在林冲蒙冤发配途中暗地保护，直至大闹野猪林，保全了林冲的性命。

《新绘水浒传》　戴敦邦

当然，济困扶危，也是其他梁山好汉具有的品格，但是，鲁智深则做得更精细，更周到，能够获得实际的成效，用鲁智深自己的话来说，就是“杀人要见血，救人要救彻”。这就充分表现出鲁智深鲁莽性格的另一面：粗中有细，粗而不蛮，勇而多智，与梁山上其他性格鲁莽的英雄如李逵，有了明显的区别。

《新绘水浒传》 戴敦邦

鲁智深对梁山事业是无限忠诚的，他认为朝廷已经无可救药，因此，他明确地反对招安；面对宋江不厌其烦地鼓吹接受招安，他的心情非常沉痛，他表示，如果宋江一意孤行，则不如大家散伙。这个“一片热血直喷出来”的好汉，“禅杖打开危险路，戒刀杀尽不平人”是他反抗精神的写照，“杀人需见血，救人须救彻”是他高尚品德的概括。最后以“坐化”的方式表现了和黑暗官府的决裂。

四、武松在读者中的知名度极高。他有李逵般的豪爽，却无李逵般的粗俗，因而几乎所有读者都喜欢他。据小说第二十三回介绍，武松从小好“撒泼”。当初在清河县里，只要吃酒醉了，便和人相打，经常吃官司，“不曾有一个月净办”。后来因“与本处机密相争”，“一拳打得那厮昏沉”，以为死了，便逃到柴大官人处“躲灾避难”，仍是“但吃醉了酒”，“庄客有顾管不到处，他便要下拳打他们”，完全是一副少年周处的样子，乃至自己的亲哥哥也“怨”他。景阳冈打虎、斗杀西门庆、醉打蒋门神、大闹飞云浦、血溅鸳鸯楼、夜走蜈蚣岭等一系列动人故事，长期以来为人们津津乐道。

武松出身于社会下层，武艺高强，秉性刚烈，对社会上的恶势力和不义行为有坚决斗争的精神。打虎成名后，作了阳谷县都头，心满意足；被恶霸西门庆占嫂杀兄后，他报仇杀奸，被刺配孟州，仍对官府存有幻想，说明他封建伦理意识和私人恩怨观念较重，压根儿没有想到要造反，直到在飞云浦发现恶差杀机，才手刃仇人，上山落草，是官逼民反的又一典型形象。血的教训使他越来越清楚地认清了统治者的真面目，终于走上起义的道路，并始终保持着清醒的头脑，对朝廷招安由神往而至决绝。他勇猛、机警的性格特征，是通过打虎、杀嫂、醉打蒋门神、血溅鸳鸯楼等行动得以展现的，并表现出随着环境的不断恶化而逐渐发展的过程。

248.《水浒传·智取生辰纲》的人物形象塑造有何特点?

答:《水浒传》作为一部优秀的古代白话语体小说，创造了许多鲜活的英雄形象和精彩的故事片段,《智取生辰纲》就是家喻户晓的经典片段之一。

《智取生辰纲》是《水浒传》梁山聚义前的第一次联合行动。这次反抗斗争的胜利，智取财物的成功，充分体现了被压迫者的智慧和力量，表现了封建统治者搜刮民脂民膏，劳苦人民无法生活，两个阶级尖锐对立的生活画面。《智取生辰纲》主要写蔡京的门婿、大名府留守梁中书，为给岳父贺寿把搜刮而来的万贯寿礼集为“生辰纲”,派杨志长途押送东京太师府。晁盖、吴用获悉，精心设计，智取了这一宗不义之财。这说明当时窃据高位的当朝太师及其盘踞各地政要的大小爪牙，无不巧取豪夺，上下其手，财富高度集中，而劳苦人民无法生活。“赤日炎炎似火烧，野田禾稻尽枯焦，农夫内心如汤煮，公子王孙把扇摇”,白胜的吟唱道出了天灾人祸的严酷现实下地主与农民阶级的尖锐对立。蔡京、梁中书搜刮民脂民膏，招致天怨人怒。劫掠他们掠夺搜刮而来的不义之财就成为符合劳动人民心愿的大快人心之举，尤其是智取的成功，充分体现了下层人民的勇敢无畏和聪明智慧，是智与勇的赞歌。

其中主要人物非杨志莫属。杨志本是“三代将门之后，五侯杨令公之孙”,他的自我人生期许是凭着祖辈的赫赫功勋，希望能够重振门楣，通过“一刀一枪，博个封妻荫子，也与祖宗争口气”。因失陷花石纲，不忘杨家“清白姓字”,充军到大名府。他深感梁中书的知遇之恩，愿意以死相报。接受押送生辰纲任务时愿意竭尽全力，以期换取“官运亨通”。他分析了当时的情势、路途的艰险，提出了稳妥的方案，并且处处提防，倍加小心。他事前

《智取生辰纲》　傅小石

的预料和事件中的对策，都是过人的，但结果还是中了晁盖、吴用等人的圈套。作者着意刻画杨志的精明、机智，正是为了映衬晁盖、吴用等人计划的周密、配合的巧妙和智取的威力。所谓魔高一尺，道高一丈，越表现杨志的不敢轻敌，就越凸显了晁盖、吴用的更胜一筹。杨志如此机警，而胜利者恰恰是他的对手；杨志如此提防“着道儿”,而“道儿”的设计者、导演者却总是比他想得更深一步，最后还是按照设计者的“预设”一步一步地步入事先设好的陷阱。所以小说在刻画杨志的同时，也恰到好处地衬托了晁盖、吴用。

对于晁盖、吴用来说，取生辰纲是梁山聚义的第一个回合，是众好汉的第一次集体行动，经过串联组合，有明确目的，有详细行动计划，万无一失，终于赢得了预期的胜利。可以说，这是梁山起义的一次组织准备。

劫富济贫，夺取不义之财，是梁山英雄经济斗争的特点，这次智取大宗财物的成功，开辟了梁山义军割据的道路，也可以说是一次理论准备。坚强得力的领导与明确的分工，是一切反抗斗争取得成功的必要保证，这次行动已形成“晁大哥”和“学究先生”的领导地位，好汉们推着江州车子，公开身份是贩运枣子，小本经营，暗地又都藏着武器。立足于智取，但也不排除力夺，早已做好了两手准备。既有白胜卖酒的正面诱敌，又有“卖枣客人”的侧面配合，计划极为周密。

这一节里的艺术特点主要有两个：

一、注重环境的描写。山陡、林密、路险、天热，增加了紧张气氛和真实感，也配合了情节发展，使卖酒、买酒、喝酒都显得切合实际的需要。

二、运用对比的手法。杨志和晁盖、吴用已形成鲜明的对比；杨志与老都管、虞候之间也形成对比，如杨志精细，能看出险情，但方法简单，对军汉非打即骂，引起内部不满。老都管等不明事理，倚老卖老，并能同情军汉，取得众军汉的好感。通过这些对比，更突出了杨志的个性特征。

249. 何谓“神魔小说”？其文学史价值何在？

答：中国古代小说从作品内容的主要特点来分类，有历史演义小说、英雄传奇小说、神魔小说、世情小说、侠义公案小说等名称。神魔小说又称神话小说，是明清小说领域里的一朵奇葩，主要通过幻想中的神魔鬼怪来反映社会现实，在明清时期较为兴盛。《西游记》是神魔小说中的杰出代表。

中国神魔小说的概念来源于鲁迅的《中国小说史略》:“且历来三教之争，都无解决，互相容受，乃曰‘同源’,所谓义利邪正善恶是非真妄诸端，皆混而又析之，统于二元，虽无专名，谓之神魔，盖可赅括矣。”后来，他在《中国小说的历史的变迁》中，又进一步指出：“当时的思想，是极模糊的。在小说中所写的邪正，并非儒和佛，或道和佛，或儒释道和白莲教，单不过是含糊的彼此之争，我就总结起来给他们一个名目，叫神魔小说。”

明代后期，在通俗小说领域中兴起了创作神怪小说的热潮。这批神怪小说，是在儒、道、释“三教合一”的思想主导下，接受了古代神话、六朝志怪、唐代传奇、宋元说经话本和“灵怪”“妖术”

“神仙”等小说话本的影响，吸取了道家仙话、佛教故事和民间传说的养料后产生的。它与讲究“真”与“正”的历史演义、英雄传奇不同，其主要特征是尚“奇”贵“幻”，以神魔怪异为主要题材，参照现实生活中政治、伦理、宗教等方面的矛盾和斗争，比附性地编织了神怪形象系列，并将一些零散、片段的故事系统化、完整化。其语言风格不拘一格，想象力丰富，背景或为虚幻或为海外某地假托，综合宗教、神话等民间喜闻乐见的形式，因此至今广为传诵。不少文人或依历史事件，或依流行的神怪故事，写下了大量名著。

尽管神魔小说中的多数尚属“芜杂浅陋，率无可观”（鲁迅《中国小说史略》），可是作为一个流派，它对小说发展却起了不小的作用。尤其是以《西游记》为代表的一些优秀作品，往往能以生动的形象、奇幻的境界、诙谐的笔调，怡神悦目，启迪心志，一直被读者珍视。

神魔小说打破了讲史演义一统天下的格局，是推动通俗小说创作发展的重要表现之一，尤其《西游记》等作品的成功，成为作家们挣脱讲史演义束缚的最有力的号召。万历朝神魔小说的编撰，实际上也是对当时中国民间各种神话故事的一次大规模的整理，仅就这点而言，也具有相当独特的意义。

250.《西游记》的题材是怎样演化的?

答：成书于明代中叶的《西游记》是我国第一部杰出的、富有浪漫主义色彩的长篇神话小说，其成书与《三国志演义》《水浒传》相类似，都经历了一个长期积累与演化的过程，是人民群众集体智慧和作家个人创作才能相结合的产物。但两者演化的特征并不一致：《三国志演义》和《水浒传》都是在历史真实的基础上加以生发与虚构，是“实”与“虚”的结合而以“真”的假象问世；而《西游记》的演化过程则是将历史的真实不断地神化、幻化，最终以“幻”的形态定型。

《西游记》的故事源于唐代高僧玄奘（602—664）赴印度取经的

真实历史事件。贞观三年（629），玄奘为追求佛家真义，途历百余国，历时17载，前往天竺取回梵义大小乘经论律657部。这一非凡的壮举，本身就为人们的想象提供了广阔的天地。归国后，他奉诏口述所见所闻，由门徒辩机辑录成《大唐西域记》一书，尽管作者自言“皆存实录，匪敢雕华”，但以宗教家的心理去描绘的种种传说故事和自然现象，难免已染上了一些神异的色彩。后由其弟子慧立、彦悰撰写的《大唐大慈恩寺三藏法师传》，在记叙玄奘取经的事迹时，还穿插了一些弘扬佛法、神化玄奘的神话传说，也不时地用夸张神化的笔调去穿插一些离奇的故事。于是，唐僧取经的故事在民间广泛流传，内容不断丰富发展，神异色彩越来越浓厚。唐代末年的一些笔记如《独异志》《大唐新语》等，就记录了玄奘取经的神奇故事。

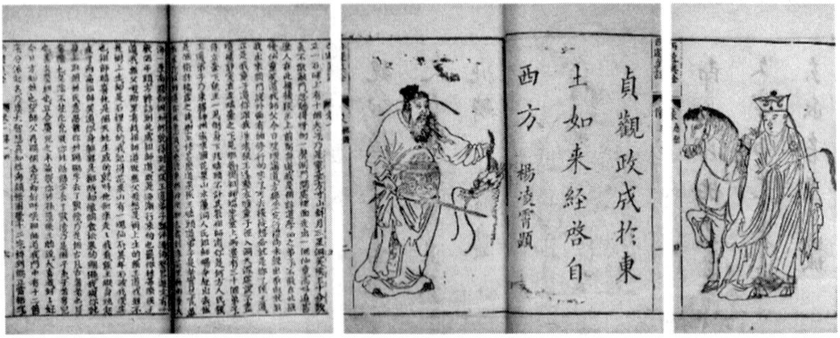

清写刻本《西游记》

成书于北宋年间的《大唐三藏取经诗话》，似为一种“说经”话本，是西游故事见诸文字的最早雏形。它虽然文字粗略，故事简单，尚无猪八戒，“深沙神”也只出现了一次，但大致勾画了《西游记》的基本框架，并开始将取经的历史故事文学化。尤其值得注意的是，书中出现了猴行者的形象，他自称是“花果山紫云洞八万四千铜头铁额猕猴王”，助三藏西行，神通广大，实际上已成了取经路上的主角，取代唐僧成为取经故事的中心，显然是《西游记》中孙悟空的雏形。

取经队伍中加入了猴行者，这在《诗话》流传后逐步被社会认可。一个其貌不扬的猴精，开始挤进了取经的队伍，并渐渐地喧宾夺主，这在《西游记》故事的神化过程中关系重大。金院本《唐三藏》、元人杂剧《唐三藏西天取经》虽已失传，但约略可知西游故事搬上戏剧舞台的情况。取经的故事在元末明初的《西游记平话》（已佚）中，其主要内容和情节已和《西游记》接近。这个艺术形象的形成，与我国古代神话、民间传说及道、释两教的故事中长期流传着的诸如“石中生人”的夏启、“铜头铁额”的蚩尤、“与帝争位”的刑天及一些猿猴成精的奇闻异说有关。比如唐代李公佐的《古岳渎经》所载的“形若猿猴”的淮涡水怪无支祁，其“神变奋迅之状”和叛逆的色彩，就与取经传说中的猴王比较接近。至于印度教经典《罗摩衍那》中的神猴哈奴曼，虽与美猴王也有许多相近之处，但他即使传入中土，也是被中国化了的。取经故事中的猴行者，以及后来的孙悟空，其形其神，是在中国文化的传统中，融合了历代民间艺人的爱憎和想象后演化而成的。

唐僧、孙悟空、猪八戒、沙僧师徒四人取经故事至迟在元代渐趋定型。今存广东省博物馆的一个元代瓷枕上已有四人形象。甘肃省甘谷县的华盖寺中保留的元代壁画《唐僧取经归来图》上，也有个大腹便便的猪八戒。作为文学作品，猪八戒首次出现是在元末明初人杨景贤所作的杂剧《西游记》中。在此剧中，深沙神也改称了沙和尚。至迟在元末明初，有一部故事比较完整的《西游记》问世。原书已佚，有一段残文“梦斩泾河龙王”约1200字，保存在《永乐大典》13139卷“送”韵“梦”字条，内容相当于世德堂本《西游记》第九回。此外，古代朝鲜的汉语教科书《朴通事谚解》,载有一段“车迟国斗圣”,与世德堂本第四十六回的故事相似。另从此书有关的八条注中，也可窥见这部《西游记》的故事已相当复杂，主要人物、情节和结构已大体定型，特别是有关孙悟空的描写，已与百回本《西游记》基本一致，这为后来作为一部长篇通俗小说的成书打下了坚实的基础。

西游故事经过七百多年的流传，最后经过吴承恩的加工创造而成书。

251. 为什么说《西游记》是寓有人生哲理的“游戏之作”？

答：《西游记》思想主旨一向众说纷纭，仅清人之论就有劝学、谈禅、讲道诸说（鲁迅《中国小说的历史的变迁》）。我们考察《西游记》的思想主旨，必须看到它是一部以游戏笔墨写成的滑稽意味十分浓重的神魔小说，其“讽刺揶揄”，皆“取当时世态”，具有一定程度的“玩世不恭之意”（鲁迅《中国小说史略》），是一部寓有人生至理的“游戏之作”。

作为一部神魔小说，《西游记》既不是直接抒写现实的生活，又不同于史前的原始神话，在它神幻奇异的故事之中，诙谐滑稽的笔墨之外，蕴涵着某种深意和主旨，系“幻中有理”“幻中有趣”“幻中有实”之作。就小说其最主要和最有特征性的精神来看，应该是在神幻、诙谐之中蕴涵着哲理，于“游戏中暗藏密谛”（李卓吾评本《西游记总批》）。这个哲理就是被明代个性思潮冲击、改造过了的心学。因而作家主观上想通过塑造孙悟空的艺术形象来宣扬“明心见性”，维护封建社会的正常秩序，但客观上倒是张扬了人的自我价值和对于人性美的追求。

《西游记》　程十发

《西游记》想通过孙悟空

的形象来宣扬“三教合一”化的心学是一清二楚的。心学的基本思想是“求放心”“致良知”,使受外物迷惑而放纵不羁的心,回归到良知的自觉境界。小说特别选用了“心猿”这一典型的比喻躁动心灵的宗教用语作为孙悟空的别称。一些回目和诗赞也非常直接和明白地表现了这一寓意,回目如“灵根育孕源流出,心性修持大道生”(《西游记》第一回),“九九数完魔灭尽,三三行满道归根”(《西游记》第九十九回)等不少就是由修心炼性的术语所构成的。诗赞中,说美猴王道:“借卵化猴完大道,假他名姓配丹成。内观不识因无相,外合明知作有形”(《西游记》第一回);“猿猴道体配人心,心即猿猴意思深,……马猿合作心和意,紧缚牢拴莫外寻”(《西游记》第七回),也清楚地表明了作者是把孙悟空当作人心的幻象来刻画的。

全书大致由三部分组成:一是孙悟空大闹天宫;二是被压于五行山下;三是西行取经成正果。这实际上隐喻了放心、定心、修心的全过程。为了表现“心猿归正”的总体设计,作品还让孙悟空不时地向唐僧直接宣传“明心见性”的主张。例如,第二十四回唐僧问悟空何时可到西天雷音,悟空答道:“只要你见性志诚,念念回首处,即是灵山。”第八十五回,悟空还用乌巢禅师的《多心经》提醒唐僧。正因为《西游记》在总体上是十分清楚地宣扬了与道家“修心炼性”、佛家“明心见性”相融合的心学,故早期的批评家多认同《西游记》隐喻着“魔以心生,亦以心摄”的思想主旨,以至于鲁迅在强调小说“出于游戏”的同时,也非常认可明人谢肇淛说的:“以猿为心之神,以猪为意之驰,其始之放纵,至死靡他,盖亦求放心之喻。”(《中国小说的历史的变迁》第五讲)

《西游记》的作者在改造和加工传统的大闹天宫和取经的故事时,纳入了时尚的心学的框架,但心学本身在发展中又有张扬个性和道德完善的不同倾向,这又和西游故事在长期流传过程中积淀的广大人民群众的意志相结合,使《西游记》在具体的描绘中,实际上所表现的精神明显地突破、超越了这一预设的理性框架，并向着肯定自我价值和追求人性完美倾斜。具体而言，假如说前七回主观上想谴责“放心”之害，而在客观上倒是赞颂了自由和个性的话，那么以第七回“定心”为转机，以后取经“修心”的过程，就是反复说明了师徒四人在不断扫除外部邪恶的同时完成了人性的升华，孙悟空最终成了一个有个性、有理想、有能力的人性美的象征。

小说描写了八十一难的磨炼，无非是隐喻着明心见性必须经过一个长期艰苦的“渐悟”过程。但是，当作者在具体描绘孙悟空等人历尽艰险、横扫群魔的所作所为时，往往使这“意在笔先”的框架“淡出”，而使一个个有血有肉的艺术形象凸现。在这些形象中，孙悟空尤为鲜明地饱含着作者的理想和时代的精神。

当然，《西游记》作为一部累积型的长篇小说，其整体内涵是十分丰富的。它有总体性的寓意，也有局部性的象征。作家往往随机将一些小故事像珍珠似的镶嵌在整个体系中，让它们各自独立地散发出折射现实的光芒。比如第十回写唐太宗至阴司时，带了魏徵的一封信递给判官，希望能讲“交情”“方便一二”，这俨然如人间的“说分上”；第二十九回写宝象国王问群臣谁去救百花公主回国时，“连问数声，更无一人敢答”，这批“木雕成的武将，泥塑就的文官”，就真如李贽批评的当朝庸臣“只解打躬作揖，终日匡坐，同于泥塑”“一旦有警，则面面相觑，绝无人色，甚至互相推诿”（《焚书》卷四《因记往事》）；第九十三回写猪八戒狼吞虎咽，沙僧告诫他要“斯文”时，八戒叫起来道：“斯文！斯文！肚里空空！”沙僧笑道“天下多少‘斯文’，若论起肚子来，正替你我一般哩”，这也是对当时一班只知做时文八股的秀才的有力嘲笑。诸如此类的点缀，看似信笔写来，却能机锋百出，醒目警世。这也就使人们进一步加深了这样的印象：《西游记》这部“幻妄无当”的神魔小说确实与明代中后期的现实世界有着千丝万缕的联系。

252.《西游记》中的孙悟空形象有什么特点？这一形象有何时代意义？

答：孙悟空是中国文学史上最成功的艺术形象之一。吴承恩在前代民间传说的基础上，结合自己的人生经验和美学理想，创造出这一光辉形象。《西游记》所写人物形象，大致可分三类：即天界神佛、人间僧俗、山野魔怪。神佛的形象，多是呆滞的偶像，较有性格者，如哪吒，是极少数；人间僧俗，从天子到平民百姓，除玄奘外，多为情节性人物；魔怪的形象，则奇幻多变，光怪陆离，有的较为生动，如红孩儿、白骨精等。当然，最为成功的艺术形象，主要是取经的“师徒四众”，尤其是孙悟空。

一、孙悟空反对束缚、向往自由，具有强烈的个性精神。孙悟空石破而出，是一个无牵无挂的“自然之子”。出世不久，因不想“受老天之气”，历尽艰辛远走海外学道，练就了七十二般变化，成为一个神通广大的猴王。他龙宫索宝，一路打到阴司冥府，在生死簿上将自己和猴属名字一概勾掉，彻底摆脱了阴间的制约，成为一个绝对自由的神猴。

在取经过程中，孙悟空仍然保持着鲜明的桀骜不驯的个性特点。他“禀性高傲”，从不轻易地对人下拜，“就是见了玉皇大帝、太上老君，我也只是唱个喏便罢了。”至于一般的神灵更是不放在眼里，稍不称意，就要“伸过孤拐来，各打五棍见面，与老孙散散心”。作为一个皈依佛门的和尚，却还把闯地府、闹天宫当作光荣的历史屡加夸耀；对于那个不让他“逍遥自由耍子”的紧箍儿，则一直念念不忘能“脱下来，打得粉碎，切莫叫那甚么菩萨，再去捉弄他人”。孙悟空追求平等、反抗束缚的品格和英雄主义精神，体现了中华民族的优秀传统。

二、孙悟空“禀性高傲”，具有自尊自强的人格风范。孙悟空大闹天宫的理由是“玉帝轻贤”。为了降伏“妖猴”，玉帝曾经用招安手段把孙悟空骗到天宫，给了他一个“弼马温”的职务。但是，当孙悟空弄清了“弼马温”是何等卑微之后，他深感自己价值没有得到应有的承认，个人的尊严受到了侮辱：“老孙有无穷的本事，为何教我替他养马?”“这般藐视老孙!”于是打出南天门返回花果山，树起了“齐天大圣”的旗帜。虽然玉帝第二次招安，依着他给了个“齐天大圣”的空衔，但他仍未得到应有的尊重，于是他“先偷桃，后偷酒，搅乱了蟠桃大会，又窃了老君仙丹”,反出天门。他说“强者为尊该让我，英雄只此敢争先”,甚至说出了“皇帝轮流做，明年到我家”,都是顺着强调自我的思路而发出的比较鲜明和极端的声音。这种希望凭借个人的能力去自由地实现自我价值的强烈愿望，正是明代个性思潮涌动、人生价值观念转向的生动反映。

《西游记》(闹天宫)　刘继卣

从孙悟空出世到大闹天宫，作品通过刻画一个恣意“放心”的“大圣”,有限度而不自觉地赞颂了一种与明代文化思潮相合拍的追求个性和自由的精神。

三、孙悟空爱憎分明。他“专秉忠良之心，铲除人间不平之事”,“济困扶危”,“恤孤念寡”。他为车迟国的五百名和尚解除了灾难；在比丘国降服白鹿精，救出了一千一百一十一个小孩；在火焰山扇灭了大火，不仅开通了西行路线，还解除了当地人民的困苦。一路西行，对害人的妖魔从不手软。但在师傅面前，哪怕自己受尽委屈折磨，对取经事业一直竭忠尽力，对唐僧倾注了高度的关心和爱护；虽然对猪八戒不免挖苦捉弄，却毫无恶意。

《西游记》（闹天宫） 刘继卣

四、孙悟空具有非凡的智慧和才能，具有坚韧不拔的性格属性和为理想而献身的崇高精神。他神通广大，才智超群，善于获取信息，在知己知彼中出奇制胜。他经常找山神土地查询当地情况，或用火眼金睛观察，千变万化，机动制敌，几乎无往而不胜。如白骨精三番变化，守柔示弱，肉眼凡胎的唐僧自然是不辨真伪，而贪吃爱色的八戒更是不明是非，自始至终只有孙悟空一人保持着清醒的头脑，在遭受误解和师傅的严惩下，忍剧烈头痛，当机立断——打杀白骨精的三个幻相，充分显示了他的智慧和才能。孙悟空作为

“护法弟子”,他肩负着协助唐僧去西天取得真经的崇高使命。为了完成这一使命，他翻山越岭，擒魔捉怪，吃尽千辛万苦，排除重重困难，从不考虑个人私利，一心以事业为重，即使在被人误解、遭到不公正的待遇，甚至被唐僧念着紧箍咒、赶回花果山时，还是“身回水帘洞，心逐取经僧”。这种为理想而献身的精神和坚韧不拔的品格，也就成了取经路上孙悟空明显的性格特征。

孙悟空大智大勇的英雄精神、为理想而献身的精神和强烈的个性精神相结合，呈现出了独特的艺术光彩。随着他历经八十一难，扫除众魔，自己也由魔变成了佛，这也就自然地使他的品格更显出完美性和普遍性。而事实上，他的那种英雄风采，正是明代中后期人们所普遍追求的一种人性美。孙悟空就成了有个性、有理想、有能力的人性美的象征。《西游记》就在游戏之中呼唤着孙悟空这样的英雄。

当然，孙悟空像所有古代文学作品中成功的英雄形象一样，也有弱点和不足。孙悟空的缺点，往往与他作为一个猴子的顽皮属性是一致的，他是一个诙谐、滑稽的英雄，他自矜、狂傲，喜好卖弄，有时颇为自命不凡，高傲逞强，在斗争中时时有轻敌的缺点，因而并不是完美无缺的“君子”。唯其如此，才成就了一个血肉丰满的“人物”。

253.《西游记》中的猪八戒形象有什么特点？有什么社会现实意义？

答：吴承恩《西游记》是一部具有浓郁象征意味的神魔小说，猪八戒是作者着力塑造的一个喜剧典型。他既有神的本领和神通，又有猪的贪吃贪睡的特点，更有人的吃苦耐劳、憨厚率直的品质和好色懒惰的习性，以及贪婪自私的本性，充分体现了神、猪、人的完美结合。其形象特征如下：

一、富有喜感的喜剧性格。作为全书最重要的陪衬人物，猪八戒的出现总会令人忍俊不禁。他本是天蓬元帅下凡，因错投到母猪胎，成了蒲扇耳、莲蓬嘴，体态蹒跚臃肿的猪身人形的滑稽状。他粗鲁憨直又爱耍小聪明，保存着不少小私有者的特色。如平顶山上巡逻，他偷懒贪睡，又欲编谎骗人。作者以妙趣横生的喜剧性笔法着意刻画。孙悟空变成的啄木鸟在他长嘴上啄了一下，他大叫妖怪，抡起钉耙就打。等到发现原来是一只啄木鸟时，又自作聪明地猜测是鸟儿把自己的嘴错认为枯树找虫吃。后来又把三块青石当作唐僧、悟空和沙僧三人，自编自导自演了一个说谎的完整场面。作者对他的这些类似于顽童的小伎俩给予了善意的嘲笑。八戒编造的谎话，除了义激猴王外，从没有成功过。这些让人一眼可识的小把戏，又表现出他的憨厚的一面。正是这种憨厚老实和他自以为聪明过人而力图表现之间的不协调性，构成了他的喜剧性格。而且猪八戒从不接受经验教训，因此在小说中也就笑话不断。他性格中的这些喜剧性因素毫无疑问是属于人类的，因此也就代表着比孙悟空更为广泛的国民性，因而拉近了他与读者的距离，给人留下了深刻的印象。

二、憨厚率直，粗中有细。八戒性格温和，憨厚单纯，嘴巴甜，有一种摆脱一切束缚的无牵无挂的天真。他几乎从不隐瞒自己的欲望，虽然经常受到孙悟空的戏弄和训斥，却是怨而不恨。虽然猪八戒大多时候头脑简单，但有时也能做到粗中有细，用智谋来取胜，粗笨蠢呆中透着一丝狡黠。如书中第四十一回八戒为人事不省的孙悟空按摩揉擦、第四十八回用稻草包马蹄防止在河冰上滑倒以及第三十一回猪八戒急中生智激将孙悟空离开花果山去救唐僧，都彰显出他的智慧的一面。

《八戒托钵图》　溥儒

三、心地善良，吃苦耐劳。猪八戒力气大，肯干活，心地善良，虽然有时要点小手腕，但并不狡诈。在高老庄，猪八戒替岳父高太公“扫地通沟，搬砖运瓦，筑土打墙，耕田耙地，种麦插秧，创家立业”。再如招亲时“耕田耙地，不用牛具；收割田禾，不用刀杖”，取经途中用嘴拱开八百里稀柿衕，显出他的力大无比和吃苦耐劳。取经路上的脏活、累活很多都是猪八戒干的，挑了一路的重担，“四片黄藤篾，长短八条绳。又要防阴雨，毡包三四层。匾担还愁滑，两头钉上钉。铜镶铁打九环杖，篾丝藤缠大斗篷”，如来佛祖也说：“因汝挑担有功，加升汝职正果。”

四、作战勇猛，从不屈服。猪八戒虽然有时胆怯，但在与妖魔战斗中表现得很勇敢，是孙悟空西行路上的一位得力助手。只要力所能及，八戒奋力杀敌毫不含糊，一把五千零四十八斤的九齿钉耙使得凶猛。只要妖怪不是他的对手，总是“一耙筑死”。很多情况下，猪八戒和孙悟空并肩作战，比如黄风洞用耙筑死虎先锋，流沙河大战沙悟净，火云洞斗红孩儿，琵琶洞打蝎子精，驼罗庄捉红鳞大蟒蛇时，这呆子协助孙悟空奋力出战。难能可贵的是，他虽然屡次被妖怪擒拿，但却从来没有投降屈服过，总是不停地对妖怪又骂又嚷，奋力抗争。

当然猪八戒也有不少缺点，他贪财、贪色、贪吃、贪睡、贪名、贪利，时常要一点弄巧成拙的小聪明。他说谎，但谎言却编得那么拙劣，往往骗不了人，反被人捉弄。他好色，见了美女很动心，但并无越礼举动。作为一个完整而丰富的人物形象，猪八戒既具有平民化的一面，又具有英雄主义的高尚品格。猪八戒形象自有其特定的文化意义：猪八戒身上贪财、贪色、自私自利，还表现着明代社会好色好货思想的沉淀，反映了当时小生产者、小市民的意识特点，具有那个时代的思想特色。因为，随着明代中叶商品经济的发展，中国新生的市民阶层继宋、元之后进一步壮大，并在社会中开始起着不可低估的作用。但由于走向衰落的封建经济仍然非常强大，整个社会仍然是自然经济占统治地位。所以，明朝新兴市民阶层中仍然存在着进步与保守两种因素。

由于《西游记》中猪八戒保护唐僧取经实出于无奈，所以在西行途中遇有劫难，总是第一个打退堂鼓，要散伙，卖行李，嚷着回高老庄做女婿，种地过日子。这种回归土地、眷念家园、渴望定居生活的心情，也正是长期依附于土地的典型的农民意识和农民心理。可以说，猪八戒是一个来自乡村的劳动人民的典型化身，他存有守着土地而养成的顽固的保守心理，和神、道、佛相对立，表现着普通劳动人民的生活愿望。他的平民化性格表达了普通大众的世俗愿望和人生欲求，也表现出了平民人物的性格弱点。他较少受道德理念的羁勒而更多地表现人的生存本能。猪八戒形象在明朝的市民阶层中具有普遍性，是个“充满人欲的艺术形象”,是中国传统社会生活中的一个代表着农民阶层并具有市民特征的下层人民形象。从某种意义上说，反映了中国古代小生产者所具有的品格；特别是他身上的“缺点”,种种可笑的思想和行为，更概括了人类的某些本性和弱点。猪八戒，无疑是一个极其成功的艺术形象。

不管是他的优点还是缺点，都显示出他的天真憨直的性格。正因为如此，他那些弄巧成拙、事与愿违的愚蠢行动，往往使读者既觉得可笑，又觉得可爱。猪八戒这个形象，反映了那个社会中小私有者的特点。作者对他的缺点作了善意的嘲讽，体现了人民的爱憎感情。猪八戒的形象，使人们更深刻地看清楚了小私有者的缺点。这对提高广大小私有者的认识，有着深远的意义。

254.《西游记》的艺术特色是什么?

答：在中国古典小说的发展历程中，奇诡变幻的神话世界及其艺术传统发展到《西游记》,作者以独特的艺术追求，在唐玄奘西行取经故事发展演变的基础上，构筑了一个变幻奇诡而又真实生动的神话世界。《西游记》在艺术表现上的最大特色，就是以诡异的想象、极度的夸张，突破时空，突破生死，突破神、人、物的界限，创造了一个光怪陆离、神异奇幻的境界，展现出一种奇幻美。这种奇幻美，看来“极幻”,却又令人感到“极真”。因为那些变幻莫测、惊心动魄的故事，或如现实的影子，或含生活的真理，表现得那么入情入理。小说中的神魔都写得有人情，通世故。像“三调芭蕉扇”写铁扇公主的失子之痛；牛魔王的喜新厌旧；铁扇公主在假丈夫面前所表现的百般无奈，万种风情；玉面公主在真丈夫面前的恃宠撒娇，吃醋使泼，真是分不清是在写妖还是写人，写幻还是写真。这正如《李卓吾先生批评西游记》的批语所指出的：《西游记》中的神魔都写得“极似世上人情”,“作《西游记》者不过借妖魔来画个影子耳”（第七十六回总批）。这部小说就在极幻之文中，含有极真之情；在极奇之事中，寓有极真之理。具体而言，《西游记》的艺术特色主要表现在以下四点：

一、作者成功地运用浪漫主义创作方法，创造出了一个完整的神话世界。天庭地府、洞穴魔窟以及变幻莫测的山野、丛林，仙佛斗法，神怪争战，真是五彩缤纷，令人眼花缭乱。但这些描写并非一味荒唐怪诞，作为环境和景物，又都与人物性格、情节故事紧密结合。例如孙悟空的花果山水帘洞，白鼠精居住的陷空山无底洞以及蜘蛛精的盘丝洞等等，无不影射着现实社会。对神话的描写和对现实的批判相结合是《西游记》的基本艺术特征。活跃在这个神魔世界里的“人物”更具浪漫色彩，无论是他们的肖像、情态或种种神通，都被充分地夸张了。《西游记》的情节也以大胆的夸张而显示出特有的神异色彩：突破时空，颠倒阴阳，超越生死，幽默诙谐，既变幻无穷，又富有喜剧效果。

二、在人物形象的塑造上，善于把社会化的个性、超自然的神性和某些动物的特征和谐地融化为一个完整的艺术整体。如孙悟空、猪八戒等形象，既有人的思想性格，又有动物的外形和属性，更有神怪的神通，是生物性、社会性与传奇性互相渗透、融合，而这多重属性又完美地统一在一起。值得注意的是，这“三性”并非简单的并列关系，生物性与传奇性归根结底是为了突出显示其独特的社会性品格。唯其如此，他们才产生了无限的艺术感染力。

三、幽默讽刺的表现手法与诙谐有趣的艺术风格。小说中穿插了大量的游戏笔墨，“以戏言寓诸幻笔”（任蛟《西游记叙言》），使全书充满了喜剧色彩和诙谐气氛。

为凸显孙悟空幽默诙谐的个性特征，作者常常赋予他语言行动以轻松的幽默感。如他经常揶揄玉帝，打趣如来，诽谤观音，嘲弄诸魔，处处显得诙谐幽默。有时是信手拈来，涉笔成趣，无关乎作品主旨和人物性格的刻画，只是为了调节气氛，增加小说的趣味性。比如第四十二回写悟空去向观音借净瓶时，观音要他“脑后救命的毫毛拔一根与我作当”,悟空只是不肯，观音就骂道：“你这猴子！你便一毛也不拔，教我这善财也难舍。”这“一毛不拔”的“趣话”便可让人轻松一笑。

有些戏言能对刻画性格、褒贬人物起到画龙点睛的作用。如第二十九回写猪八戒在宝象国，先是吹嘘“第一会降（妖）的是我”，卖弄手段时，说能“把青天也拱个大窟窿”,牛皮吹得震天响。结果与妖怪战不上八九个回合，说：“沙僧，你且上前来与他斗着，让老猪出恭来。”他就一头钻进“那蒿草薜萝、荆棘葛藤里”“再也不敢出来。但留半边耳朵，听着梆声”。这一段戏笔，无疑是对好说大话、只顾自己的猪八戒作了善意的嘲笑。

有些游戏笔墨也能成为讽刺世态的利器。在一些情节中适当穿插可笑的事和有趣的对话，既能对人情世态进行挖苦讽刺，又使人感到诙谐有趣。如第四十四回写车迟国国王迫害和尚，各府州县都张挂着御笔亲题的和尚的“影身图”,凡拿得一个和尚就有奖赏，所以都走不脱。此时忽然插进一句：“且莫说是和尚，就是剪鬃、秃子、毛稀的，都也难逃。四下里快手又多，缉事的又广，凭你怎么也是难脱。”此语看似风趣而夸张，实是对当时厂卫密布、特务横行的黑暗现实的控诉。

四、语言富有幽默感，诙谐而流畅明快。《西游记》中有些戏谑文字实际上是将神魔世俗化、人情化的催化剂。神圣的天帝佛祖，凶恶的妖魔鬼怪，一经调侃、揶揄之后，就淡化了头上的光圈或狰狞的面目，与凡人之间缩短了距离，甚至与凡人一样显得滑稽可笑。如第七十七回唐僧受困狮驼城，悟空往灵山向如来哭诉；当佛祖说起“那妖精我认得他”时，行者猛然提起：“如来！我听见人说讲，那妖精与你有亲哩！”当如来说明妖精的来历后，行者又马上接口道：

"如来，若这般比论，你还是妖精的外甥哩！"一句俏皮话，就把佛祖从天堂拉到了人间。如来佛祖对"经不可轻传，亦不可以空取"的辩解；称八戒所封的"净坛使者""乃是个有受用的品级，如何不好？"如此这般，作者让这尊法相庄严的教主讲出一连串令人发噱的市井话，就使人感到他不那么神圣，而是那么凡俗、亲近。神，就被风趣的戏笔淡化为了人。

255.《西游记》在人物塑造方面有什么特点？

答：与小说在整体上"幻"与"真"相结合的精神一致，《西游记》在塑造人物形象方面也自有特色，要言之，有两个主要特点：

一、善于把社会化的个性、超自然的神性及某些动物的特性和谐地融化为一个艺术整体。即能做到物性、神性与人性的统一。所谓"物性"，就是作为某一动植物的精灵，保持其原有的形貌和习性，如鱼精习水，鸟精会飞，蝎子精有毒刺，蜘蛛精能吐丝；就是他们的性格，也往往与之相称，如猴子机灵，老鼠胆小，松柏有诗人之风，杏树呈轻佻之姿。这些动物、植物，一旦成妖成怪，就有神奇的本领，具有"神性"，从"真"转化为"幻"。然而，作者又将人的七情六欲赋予他们，将妖魔鬼怪人化，使他们具有"人性"，将"幻"与人间的、更深层次的"真"相融合，从而完成了独特的艺术形象的创造。

如孙悟空是石猴出身，不仅长得一副毛脸雷公嘴的猴相，而且具有猴的机敏、乖巧、好动等特征。他神通广大，有七十二般变化的本领。但千变万化，往往还要露出"红屁股"或"有尾巴"的真相。他是一只神猴，却又是人们理想中的人间英雄。他有勇有谋、无私无畏、坚韧不拔、积极乐观，而又心高气傲、争强好胜，容易冲动，爱捉弄人，具有凡人的一些弱点，如信奉"一日为师，终身为父"，遵守"男不与女斗"的规则等等，都深深地打上了社会的烙印。孙悟空就是一只石猴在神化与人化的交叉点上创造出来的"幻中有真"的艺术典型。

《大闹天宫》人物造型设计稿　戴敦邦

又如猪八戒是猪胎所生，所以长得长鼻大耳，外形像猪。他有力气，不怕脏，好吃贪睡，行动笨拙，也带有猪的特性。同时，他也会腾云驾雾，会三十六变，具有神的特点。另外，他还具有胆怯、粗心、贪小便宜、耍小手腕以及贪吃好色等社会化的个性。作者把三者完美地融合于一身，增强了这个形象的喜剧效果。此外，如老鼠精的住处是陷空山无底洞，蜘蛛精肚脐里有黏软的丝绳等，既有动物的神异变态，又有现实生活的依据，因而显得生动有趣。

二、善于把人物置于平民社会中，多角度、多色调地刻画其复杂性格。《西游记》中的神魔形象之所以能给人以一种真实、亲切的感觉，很重要的一点就在于日常生活化特征。如猪八戒本是天蓬元帅下凡，却因投身猪胎而长得长喙大耳，其貌不扬。他本性憨厚、纯朴，在高老庄上干活“倒也勤谨”，帮高家“扫地通沟，搬砖运瓦，筑土打墙，耕田耙地，种麦插秧，创家立业”。在取经路上，一担行李，始终由他挑着。在斩妖除怪的战斗中，他是悟空的得力助手。初入取经队伍，就一钉耙把虎怪的头颅筑了九个窟窿。大战流沙河时，他“虚晃一耙，佯输诈败”,在勇敢中也常要一点聪明。在顽敌面前，从不示弱，即使被俘，也不屈服，虽受气而“还不倒了旗枪”,不失为英雄本色。十万八千里取经道上，他有苦劳，也有功劳，最后理所当然地取得了正果。但是，他的食、色两欲，一时难以泯灭；偷懒、贪吃，又过多地计较个人的得失。看到美酒佳肴、馒头贡品，常常是垂涎三尺，丢人现眼，还多次因嘴馋而遭到妖怪的欺骗。遇见美色，就更是心痒难挠，出乖露丑。他偷懒贪睡，叫他去化斋、巡山，却一头钻进草丛里呼呼大睡。大事当前，不顾同伴的安危而临阵逃脱。他还偷偷地积攒“私房”钱，有时还要说谎，撺掇师父念紧箍咒整治、赶走大师兄，或者自己嚷着“分行李”,散伙回高老庄。他的这些毛病，往往是出于人的本能欲求，反映了人性的普遍弱点。这无疑有落后、自私、狭隘的一面，但同时往往能获得人们的理解和同情。他不忘情于世俗的享受，但还执着地追求理想；他使乖弄巧，好占便宜，而又纯朴天真，呆得可爱；他贪图安逸，偷懒散漫，而又不畏艰难，勇敢坚强；他不是一个高不可攀的英雄，而是一个实实在在的“人”,因而更像一个普通人，更具浓厚的人情味。显然，《西游记》用多角度、多色调描绘出来的猪八戒这一艺术形象，与《三国志演义》中的帝王将相、《水浒传》中的英雄豪杰相比，更贴近现实生活，因而也更具真实性。它无疑是中国古代长篇小说在塑造人物形象方面取得长足进步的一个重要标志。

256.《金瓶梅》在我国文学发展史上的地位和影响是怎样的?

答：《金瓶梅》作为第一部文人独立创作的白话长篇小说，在艺术上虽有诸多粗疏之处，但它在许多方面做出了历史性的贡献，在我国文学史上具有重要的地位并有极为深远的影响，是一部具有里程碑意义的长篇世情小说。

一、它是我国第一部由作家个人独创的长篇小说，标志着我国古典小说创作进入了一个新的发展阶段。在它之前的长篇小说如《三国志演义》《水浒传》《西游记》等，都经过了长期的民间流传的阶段，在不同程度上可以说是人民群众和作家创作相结合的产物。《金瓶梅》的作者虽然借用了《水浒传》中“武松杀嫂”的片段，但绝大部分故事是根据自己所处时代的社会生活构思出来的，因而能更真实、更直接地反映明代的社会生活。

二、它是我国第一部以日常家庭生活为主要题材，反映社会生活的小说。它摆脱了以往长篇小说取材于历史故事和神话传说的传统，直接从现实社会生活中撷取创作题材，以商绅恶霸西门庆为中心，描述了他的种种恶劣行径和荒淫污秽的家庭生活。与此前长篇小说相比，其理想成分和传奇色彩大为减少，所描写的人物都是现实生活中的饮食男女，其现实性和生活气息大大加强。这标志着我国的小说艺术进入了一个更加贴近现实、面向人生的新阶段，在我国小说发展史上具有划时代意义。

三、在创作方法及艺术表现手法诸方面标志着我国现实主义长篇小说的创作方法已趋于成熟。

（一）艺术结构更为完整。《金瓶梅》从说话体小说向阅读型小说的过渡，反映在从线性结构向网状结构的转变上。《金瓶梅》不同于以往长篇小说用一条线将一个个故事贯穿起来，每一个故事又大都是以时间为序直线推进的结构方式；而是从复杂的生活出发，全书不以单线推进，每一故事在直线发展时又常将时间顺序打破，作横向穿插以拓展空间，这样，纵横交错，形成了一种网状的结构。如小说是以西门庆一家的兴衰过程为题材的，其中以西门庆为中心，形成一条主线，与此相并行的如金莲、瓶儿、春梅等故事又都可以单独连成一线，它们将一个家庭内矛盾纠葛联成一体。这个家庭又与市井、商场、官府等横向相连。于是使全书组成一个意脉相连、浑然一体的生活之网。各色人物和故事相互交叉，相互制约，像生活本身一样丰富多彩，十分自然，既千头万绪，又浑然一体。

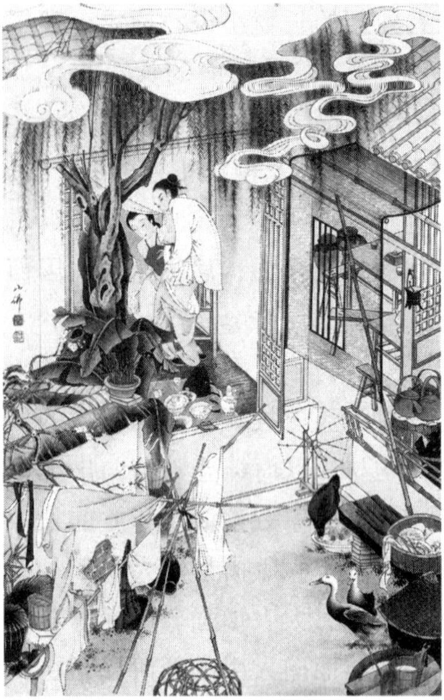
《金瓶梅》　胡也佛

（二）人物形象塑造更趋于细腻具体，善于在典型环境中刻画人物性格。《金瓶梅》在人物塑造方面的重大进步之一，是小说描写的重心开始从讲故事向写人物转移。小说中的故事从传奇趋向平凡，节奏放慢，在相对稳定的时空环境和叙事角度中精雕细刻一些人物的心理和细节。写李瓶儿病危、死亡到出葬，竟用了两回半近三万字的篇幅，从而把西门庆、李瓶儿及众妻妾等的感情世界刻画得细致入微。另一重大进步是注意多色调、立体化地刻画人物的性格。如写西门庆，并没有将这个“混账恶人”简单化。在竞争和剥削时，他自私贪婪；在交接朋友时，又是轻财好施，如对吴典恩的救济多少有点市民所赞颂的“仗义疏财，救人贫难”（《金瓶梅》第五十六回）的精神。在李瓶儿死前死后，他不顾潘道士劝诫执意相守，也并非没有一点真感情。这就形象地揭示了西门庆虽然是一个恶人，但毕竟不是一个恶魔，是作家用不同色调描绘出来的一个活生生的人。

四、语言酣畅泼辣，极富个性化和口语化，更接近于世俗生活。如李瓶儿的精细、吴月娘的软弱、庞春梅的刁钻精灵，无不是通过富有个性化的语言得以展现的。无论是唠家常、说闲话，还是吵架斗嘴、说笑逗闹，不仅语言充满个性化色彩，还多使用生活中的口语，尤其是山东、北京的民间口语，为作品增色不少。小说多用“市井之常谈，闺房之碎语”（欣欣子《金瓶梅词话序》），又大量吸取了市民中流行的方言、行话、谚语、歇后语、俏皮话等等，熔铸成了“一篇市井的文字”（清张竹坡《金瓶梅读法》），用的“只是家常口头语”（崇祯本第二十八回批语），有时写得平淡无奇，有时显得汪洋恣肆。《金瓶梅》的语言是在富有地方色彩的家常口头语上提炼出来的文学语言，在口语化、俚俗化方面做出了可贵的尝试。虽然并未淘尽套话，汰除芜杂，时有生僻、粗鄙之病，但总体风貌是俚俗而不失文采，铺张而又能摹神。它不但是刻画人物“面目各异”的有力工具，而且也赋予小说以浓郁的俗世情味和鲜明的时代特征，对《儒林外史》《红楼梦》《醒世姻缘传》《海上花列传》等都产生了深刻影响。

当然，小说《金瓶梅》在思想和艺术上都存在着严重问题。在思想上，作者虽然暴露了社会的黑暗和腐朽，但缺乏严肃的批评态度。作品没有写一个正面人物，看不到先进思想的折光。宿命论和因果报应充斥整部小说，其消极影响不容轻视。在艺术上，取材精芜不分，存在着明显的自然主义描写倾向，特别是大量淫秽的色情文字，也产生了不良的社会影响。

257. 为什么说《金瓶梅》着意在暴露？

答：《金瓶梅》全面深刻地揭露了明代后期社会的黑暗和丑恶，为后世读者展示了一幅巨大的封建社会后期社会生活画卷。作为世情小说的开山之作，《金瓶梅》通过西门庆一家的日常琐事，“而因一人写及全县”进而写及了“天下国家”（张竹坡《金瓶梅读法》），“寄意于时俗”（欣欣子《金瓶梅词话序》），着意在暴露。它的暴露不但有广度，而且能在普遍的联系中把矛头集中到封建的统治集团和新兴的商人势力，从而触到了当时社会的基本矛盾，反映了时代特征，因而显得具有相当的深度。故事背景虽然设置在北宋徽宗政和二年（1112）至南宋建炎元年（1127）的十六年间，开头借《水浒传》中“武松杀嫂”一节而演化开来。但小说主要描写的是西门庆的暴发暴亡和以潘金莲、李瓶儿为主的妻妾间的争宠妒恨，以及西门庆暴亡后众妾流散，一片“树倒猢狲散”的衰败景象等世俗人情，是假托往事、针对现实的一部批判性小说，反映的完全是晚明社会现实。

一、对腐朽的封建统治集团进行了不遗余力的抨击。小说主人公西门庆，本是一个小商人，他凭着“近来发迹有钱”，勾结衙门，不法经商，拼命敛财。在官商勾结、权钱交易的世界里，肆无忌惮地淫人妻女，贪赃枉法，杀人害命，无恶不作，却又能步步高升，称霸一方。在作者笔下，上至朝廷，下及奴婢，雅如士林，俗若市井，无不使之众相毕露；其社会政治之黑暗，经济之腐败，人心之险恶，道德之沦丧，一一使人洞若观火，恰如鲁迅所说：“著此一家，即骂尽诸色。”① 从这里可以看到，被金钱锈蚀了的封建官僚机器已经彻底腐烂了。而这个社会腐败势力的总后台就是“朝欢暮乐”“爱色贪杯”的皇帝。在封建专制社会里，将暴露社会黑暗的焦点集中到以皇帝为首的最高统治集团身上，可谓抓住了腐朽的封建政治的要害。须知《金瓶梅》时代的明神宗，就是一个终年不见朝臣，日处深宫荒淫出名的昏君，所以这部小说问世不久就被视为“指斥时事”（沈德符《万历野获编》）之作。

二、对于新兴的商人势力则抱着一种颇为复杂的态度来加以暴露。一方面，作者在传统的道德观念和“重农抑商”思想的支配下，总体上是将西门庆作为新兴商人的代表放在被批判的位置上，把他写成一个罪恶累累、欲壑难填、不得好死的恶棍。而另一方面，在新思潮的熏染下，又常常不自觉地把这个不顾传统道德、破坏封建秩序、蔑视朝廷法规、不信因果报应而一味疯狂地追求金钱和女人、尽情地享受人世快乐的商人，写得那样精明强干。他不仅靠勾结官府，非法买卖而获利，而且也凭着有胆有识、善于经营而赚钱，就在短短的五六年间，从一爿生药铺起家，竟拥有了典当铺、绒线铺、缎子铺、绸绢铺等五家商号，家资巨万，备受世人钦羡。无情的现实证明：象征着农本的、封建的势力正在走向没落，而新兴的商人正凭着诱人的金钱，获得他所需要的一

① 鲁迅．中国小说史略［M］．上海：上海古籍出版社，1998：126.

切。显然，作者在写西门庆这个丑恶的强者时，半是诅咒，半是欣羡，以至写他的结局时，一会儿让他转世成孝哥，以示“西门豪横难存嗣”;一会儿又让他去东京“托生富户”,不离富贵。这种情节上的明显错乱，生动地反映了生活在人生价值取向正在转变过程中的作者，最终还是在感情上游移不定，难以用一定的标准去评判新兴的商人。

三、暴露人性的弱点。作者抱着复杂心态刻画新兴商人的艰难崛起，同时，也将犀利的笔触直指人性之恶。就在西门庆志得意满、兴旺发达的人生巅峰时刻，却因他的恣意纵欲而断送了生命，也断送了自己一生苦心经营的事业。作者在这里将一把冰冷的解剖刀指向了人性的弱点。人对于财的追求和色的冲动，是一种自然的本能，正所谓“食、色，性也”。作者对于财色，并非一味加以否定。这与晚明“好货好色”的人性思潮是合拍的。但与此同时，作者又以冷峻的笔触、客观的描写表明了假如仅仅以一种原始的动物本能，腐朽的感官享受，乃至无限膨胀的占有欲去向禁欲主义挑战，其结果只能是理性的淹没，人性的扭曲，乃至自身的毁灭。西门庆的贪财好色就完全建筑在摧残他人人性和戕害自身生命的基础之上。他对人欲的贪求已异化为人性的扭曲和人生的毁灭。不但如此，小说中的金、瓶、梅等诸多女性，似乎也都被社会的规范、封闭的家庭、单调的生活挤压得只知道人生最低层次的追求而扭曲了人性，她们将肉欲变成了生命的原动力，在争风吃醋、钩心斗角的漩涡中变得心狠手辣，乃至走向邪恶，最终也因贪“淫”而一一葬送了年轻的生命。这就使《金瓶梅》并不仅仅是停留在一般的道德劝惩层面上的戒贪、戒淫，而是在更深层次上告诫人们：兽性毕竟不等于人性。

清人张潮说过：“《金瓶梅》是一部哀书。”(《幽梦影》) 它深刻揭示了中国16世纪商人的艰难崛起，及其在新的经济关系尚未得到充分发展的情况下，不得不与腐朽的封建势力相勾结的丑态；也在客观地表明了晚明涌动着的人性思潮，当还没有找到新的思想武器去冲击传统禁欲主义的时候，人的觉醒往往以人欲放纵的丑陋形式出现，而人欲的放纵和人性的压抑一样，都在毁灭着人的自身价值。腐朽的当然在走向死亡，新兴的同样前途渺茫。整个《金瓶梅》世界一片漆黑，令人感到悲哀，感到窒息。

258.《金瓶梅》在描写人物方面有哪些特点？

答：《金瓶梅》以西门庆为核心，塑造了众多人物形象，几乎个个的言行都符合自己身份，给人留下清晰的印象。较之《三国志演义》《水浒传》等从“说话”基础上发展起来的小说，《金瓶梅》在塑造人物形象方面向前迈进了一大步，标志着我国古典小说开始走向以写人为主的时代。《金瓶梅》在人物塑造方面有四个主要特点：

一、注意在典型的环境中刻画人物的性格。小说明确指出，当时的社会“风俗颓败，赃官污吏，遍满天下”（《金瓶梅》第三十回）。一些新兴商人凭借着手中的财富贿赂官府，买官卖官，官商勾结，称霸一方。西门庆从蔡京手中买来的一纸“理刑副千户”的“告身札付”，就是“朝廷钦赐”给蔡京的。曾御史弹劾西门庆“贪肆不职”的罪状条条确凿，却由于西门庆“打点”了蔡京，结果一道圣旨下来，曾御史受到了处罚，西门庆则得到了嘉奖。从这里可以看到，“奸臣当道”，被金钱锈蚀了的封建官僚机器已经彻底腐烂了，整个社会呈现出一派物欲横流、道德沦丧的衰败景象。小说中西门庆的骄横、欺诈、狠毒与纵欲无度，就是因他既有恶霸土豪的经济基础，又有上勾下连的政治地位，其亦官亦商的出身，是和现实社会环境紧密联系的。

二、注意表现人物性格的复杂性和多面性。如潘金莲的性格就极为复杂，其性格以极端个人主义和享乐主义思想占主导地位，在对手面前狠毒凶残，在主子面前却谄媚温顺，她似乎乖觉狡猾、随心所欲，然而毕竟任人宰割，终至毁灭。《金瓶梅》在塑造人物形象方面另一大进步是注意多色调、立体化地刻画人物的性格。《金瓶梅》中的众多形象就像生活中的人物一样有恶有善，色彩斑驳。一些小人物也大都个性丰满，立体感强，如奴才来旺的妻子宋惠莲俏

《金瓶梅》　于水

丽、聪慧，但又浅薄、淫荡，贪钱财，爱虚荣。当西门庆与她勾搭上以后，她一心想爬上“第七个老婆”的位子，以至于教唆主子打发她丈夫“马不停蹄”地“远离他乡做买卖去”。一旦发觉丈夫来旺遭陷害，自己被欺骗时，她觉得愧对丈夫，也愧对自己。一颗被惊醒了的正直的良心使她不能忘记曾经在贫贱生活中与丈夫建立起来的一段真情。她带着强烈的悲愤和羞惭上吊了，表现出她性格中刚烈的一面。

三、注意通过细腻的日常生活描写，准确而真实地反映出人与人之间的微妙复杂关系，并选择具有典型性的细节，绘声绘色地刻画人物，描摹人情世态。小说中的故事从传奇趋向平凡，故事节奏放慢，在相对稳定的时空环境和叙事角度中精雕细刻一些人物的心理和细节。小说中写了不少平淡无奇的琐事，只是为了写心，为了刻画性格，与情节的开展往往没有多大关系。如第八回写潘金莲久等西门庆不来，心中没好气，一会儿要洗澡，一会儿又睡觉，一会儿打相思卦，一会儿又要吃角儿；当发现角儿少了一个时，就将气出在迎儿身上，痛打了她二三十鞭子；放她起来后，又叫她打扇；打了一回扇，又用尖指甲在她脸上掐了两道血口子。如此这般，刻画了潘金莲“无情无绪”的心境和狠毒暴戾的性格。像这类“闲笔”，在以前的长篇小说中是比较少见的。

四、注意人物语言的个性化和口语化。《金瓶梅》的语言，多用

"市井之常谈，闺房之碎语"（欣欣子《金瓶梅词话序》）,在口语化、俚俗化方面做出了可贵的尝试。如六十四回里，潘金莲用猫吓死李瓶儿的孩子后，瓶儿痛苦异常。她不但幸灾乐祸，而且指桑骂槐："贼淫妇，我只说你日头常上午，却怎的今日也有错了的时节。你斑鸠跌了弹也嘴答谷了。春凳折了靠背儿，没得倚了。王婆子卖了磨，推不得了。老鸨子死了粉头，没指望了。却怎的也和我一样。"连用了五个歇后语，有力地刻画出潘金莲尖嘴利齿、泼辣狠毒的性格。又如第八十六回写王婆揭金莲的老底时，一连串的俗语谚语像连珠炮似的打出，把一个"呆里撒奸""养汉当饭"的潘金莲的嘴脸揭露无遗，又活画出了一个伶牙俐齿、老辣凶悍的媒婆形象。显然，《金瓶梅》的语言是在富有地方色彩的家常口语上提炼出来的文学语言。

259. 宋元小说话本的概况是怎样的?

答：明代短篇白话小说是在宋元话本的基础上发展起来的，因此有必要对话本的体制和概况加以了解。宋元小说话本的体制结构一般由题目、入话、正话和篇尾四部分构成。

题目是根据正话的故事来确定的，是故事内容的主要标记。

入话也叫"得胜头回""笑耍头回",是在正文之前先写几首与正文意思相关的诗词或几个小故事作为开篇，以引入正话。入话具有肃静听众、启发听众和聚集听众的作用。

正话即故事的正文，是小说话本的主要部分。正话在叙述故事时，也不时穿插一些诗词，用来写景、状物，或描写人物的肖像、服饰，具有渲染气氛、增强效果的作用。

小说话本一般都有篇尾，往往用四句或八句诗句为全篇作结，也有用词或整齐的韵语作结的。篇尾一般游离于情节结局之外，具有相对的独立性，它是由说话人或作者自己出场，总结全篇主旨，或对听众加以劝诫，或对人物、事件进行评论。小说话本的这种体制的形成和定型，是"说话"艺术长期发展的结果，它标志着小说话本的成熟。

小说话本在宋元时代数量很多，据《醉翁谈录》《也是园书目》《宝文堂书目》等记载，约有一百四十多种。但由于封建时代，这种民间文学一向受到统治阶级和正统文学的排斥，而且起初小说话本多以单篇抄录的形式传播，缺乏编辑整理，不利于它们的流传与保存，因此大部分作品都已散佚。保存至今的大约只有四十余种，主要散见于明代的《清平山堂话本》《京本通俗小说》《熊龙峰四种小说》和冯梦龙编撰的《喻世明言》《警世通言》《醒世恒言》等书中。

宋元小说话本题材广泛，内容丰富，有的取材于现实生活，有的从《太平广记》《夷坚志》等书中选材，再结合当时的社会生活、作者自己的生活经验与审美感受，加工创造出富有时代气息的小说。现存作品主要包括爱情婚姻、诉讼案件、历史故事、英雄传奇、神仙鬼怪等方面的内容。

恋爱婚姻是人类最基本的生活内容，恋爱婚姻自由则是人类最自然的一种要求。而在长期的封建社会里，人类的这种天性受到封建礼教的残酷扼杀和压抑。封建的婚姻制度剥夺了男女之间表达爱情、自由结合的权利，造成了许许多多的爱情和婚姻悲剧，反映到宋元话本中，就是青年男女为争取爱的权利而进行的不屈不挠的斗争，形成了对美好自由爱情的执着追求和反抗封建恶势力的反封建积极主题。其代表作品有《碾玉观音》《闹樊楼多情周胜仙》《志诚张主管》《快嘴李翠莲》等。

以诉讼事件为题材的公案小说涉及的社会面较广，直接反映了复杂的社会矛盾，比较深刻地揭露和批判了黑暗腐朽的封建吏治，对没有人权保障的下层人民所遭受的苦难寄予了深切的同情，同时也热情赞颂了那些为民撑腰的绿林好汉。代表作有《错斩崔宁》《简帖和尚》《宋四公大闹禁魂张》等。

以历史故事为题材的小说话本多写英雄贤士的怀才不遇和统治者的昏庸残暴，在一定程度上反映了封建专制制度的腐朽反动。代表作品有《张子房慕道记》《老冯唐直谏汉文帝》《汉李广世号飞将军》等。

以英雄传奇故事为题材的作品多写英雄人物的发迹变泰，寄托了下层人民渴望翻身解放的幻想，宣扬了“王侯将相本无种”的思想。其中写的较好的作品有《史弘肇龙虎君臣会》《郑节使立功神臂弓》等。

一些讲述神仙鬼怪的作品则反映了小说话本中消极落后的一面，如《西山一窟鬼》《西湖三塔记》《定州三怪》等，都着力于描述精灵鬼怪，散布恐怖气氛。

小说话本中还有一些宣扬因果报应和佛教戒律的作品，如《菩萨蛮》《五戒禅师私红莲记》《花灯轿莲女成佛记》等。这些作品的出现，既有其深刻的时代社会的原因，也反映了小说话本在思想内容上的复杂性。

总体看来，宋元小说话本数量多、质量好的当属反映爱情婚姻和诉讼案件的作品，这两类小说话本代表了宋元小说话本的最高成就。①

《清平山堂话本》是现存最早的话本选集，是嘉靖年间洪楩刊印的，共收宋元话本六十篇，多为宋元旧编，包括文言传奇。原书分《雨窗》《长灯》《随航》《欹枕》《解闷》《醒梦》六集，每集又分上下两卷，每卷5种，共60种，故又称《六十家小说》。今仅残存29篇，其中24篇为《宝文堂书目》所著录。原书文字粗糙，体例不一，但一般学者认为它们基本上保存了宋元明以来的一些话本小说的原貌，具有较高的研究价值。

260. 什么是拟话本？

答：拟话本是中国古典小说的一种。“话本”是宋元“说话人”演讲故事所用的底本。拟话本则指文人模拟宋元话本形式而作的小说。明代中叶以后随着话本小说的流行，一些文人在润色加工宋元明旧篇的同时，开始有意识地模仿话本小说的模式而独立创作一些

① 齐裕焜．中国古代小说演变史［M］．兰州：敦煌文艺出版社，2003：113-114.

新的小说，故现在多用以指明代文人模拟话本而写的白话短篇小说。这类作品已不是供艺人演讲之用，而成为一种主要供案头阅读的作品，如冯梦龙“三言”中的一部分和凌濛初“二拍”中的作品就是“拟话本”的代表作。鲁迅在《中国小说史略》中最早应用这一名称，指的是宋元时代产生的《大唐三藏法师取经记》和《大宋宣和遗事》等作品。它们的体裁与话本相似，都是首尾有诗，中间以诗词为点缀，词句多俚俗，但与话本又有所不同，“近讲史而非口谈，似小说而无捏合”,“故形式仅存，而精采遂逊”。①鲁迅认为它们是由话本向后代文人小说过渡的一种中间形态。

拟话本和话本的区别在于：

一、话本和拟话本，实际上就是白话短篇小说。不过，其创作过程比起一般小说略微复杂一些。话本在唐人讲唱佛经故事中已肇其端。两宋以来，逐渐形成并发展。到了明代，文人模仿话本的体制进行创作的风气颇盛，这类模拟的作品，人们称它为拟话本。

二、话本和拟话本，都是在城市相当发达的条件下才有可能产生的。宋代的一些大城市，商品经济已经相当发达，虽然后来遭受了元代的若干破坏和阻碍，但到明代，经过一段恢复时期，又继续发展起来，赶上并超过了两宋的水平，逐步形成、达到了中国的资本主义萌芽时期。逐渐扩大的市民阶层，在社会生活中的地位日益凸显。他们在政治、经济、文化各方面都有了自己的明显的要求；而社会生活的各方面，也必然会产生出各种适合他们要求的物质文化和精神文化来满足他们。“说话”就是为了适应这一需求而产生的都市技艺之一。“说话”作为一种民间技艺，在唐代城市中就已经开始流行，到宋代更为兴盛。听“说话”是市民文化娱乐生活的重要内容之一。在“说话”技艺中，分为许多种“家数”（类别),而“小说”和“讲史”,则占着其中主要的地位。“小说”所说的主要内容是社会现实生活，也就是以市民本身或市民所熟悉的人物、事情为主的短篇故事。“讲史”所说的则是历史故事，

① 鲁迅. 中国小说史略［M］. 北京：人民文学出版社，1976.

是以历史上或传说中的帝王将相、英雄好汉之类的人物为主的长篇故事。这两种“说话”,特别受广大市民群众的爱好和欢迎，反映了市民阶层要求从自己的角度来认识现实，认识历史；也体现了市民阶层按照自己的价值取向和审美追求誉扬或贬抑人物，鞭挞现实，讴歌正义，并通过文学艺术作品的方式表现出来，是市民文学的新发展。

261. 明代短篇白话小说发展的历史进程是怎样的?

答：明代的短篇小说有白话和文言两种，以白话的成就为高。白话短篇小说创作由宋、元到明，总的发展趋势是由口头创作走向书面创作。明代中叶以后，随着话本小说的流行，一些文人在润色、加工宋元明旧篇的同时，开始有意识地模仿“话本小说”的样式而独立创作一些新的小说。这类白话短篇小说有人称之为“拟话本”。从鲁迅起，一般又将“三言”之后的白话短篇小说都归属于“拟话本”一类。所谓“拟话本”,即明代的白话短篇小说，它们是明代文人模拟宋元话本的体制、形式而创作的、主要供案头阅读的白话短篇小说。

这类白话短篇小说的出现，标志着说唱文学逐渐从口头创作中分离出来而成为文人书写的文学作品。冯梦龙和凌濛初在搜集、整理、创作白话短篇小说方面做出了杰出的贡献。明代短篇白话小说的发展大致经历了三个阶段：

第一阶段：冯梦龙和“三言”。

冯梦龙（1574—1646)，长洲（今江苏省吴县）人，出身于书香门第，自幼接受儒学的熏陶，又深受进步思想家李贽的影响，是晚明主情、尚真、适俗文学思潮的代表人物，通俗文学的一代大家。一生功名蹭蹬，61 岁时任福建寿宁知县，“政简刑清，首尚文学，遇民以恩，待士有礼”(《寿宁县志》),是明末抗清志士之一。冯梦龙与哥哥冯梦桂、弟弟冯梦熊都是当时知名才子，有“吴下三冯”之称。冯梦龙毕生从事戏曲、民歌和白话小说等通俗文学的搜集、整理和编撰工作。“三言”的编著是他在通俗文学领域做出的最大贡献。

通俗文学，也称俗文学，是相对于诗、词、散文等正统文学而言的，流行于民间、为大众所喜爱的一类文学作品，一般包括白话小说、戏曲、讲唱文学等。从创作过程看，大都是民间集体口头创作；从内容上看，大都反映民间大多数人的思想感情；从形式上看，大都通俗易懂，新鲜活泼，为大众所喜闻乐见。冯梦龙选编的短篇小说集《喻世明言》（1621 年刊行）《警世通言》（1624 年刊行）《醒世恒言》（1627 年刊行）总称“三言”，每集 40 篇，共 120 篇。其中约有三分之一是辑录的宋元明以来的旧本，但一般都做了不同程度的修改；三分之二是明代的话本和拟话本，约有半数是直接反映现实生活的，而另一半是取材于历史或宗教传说故事，也多曲折地反映了当时的社会现实。这些作品也有的是据文言笔记、传奇小说、戏曲、历史故事，乃至社会传闻再创作而成，故“三言”包容了旧本的汇辑和新著的创作，是我国白话短篇小说在说唱艺术的基础上，经过文人的整理加工到文人进行独立创作的开始。它“极摹人情世态之歧，备写悲欢离合之致”（笑花主人《今古奇观序》），是宋元明三代最重要的一部白话短篇小说的总集。它的出现标志着古代白话短篇小说整理和创作高潮的到来。

第二阶段：凌濛初与“二拍”。

在“三言”的影响下，凌濛初编著了《初刻拍案惊奇》（1628 年刊行）和《二刻拍案惊奇》（1632 年刊行）各 40 卷，人称“二拍”。今存尚友堂本《二刻拍案惊奇》第二十三卷与《初刻拍案惊奇》第二十三卷重复，第四十卷为杂剧《宋公明闹元宵》，故《二刻拍案惊奇》只有 38 卷。

凌濛初（1580—1644），乌程（今浙江省湖州市吴兴区）人，一生科场不利。他曾过着风流才子、浪荡文人的生活，55 岁开始才在上海、徐州等地做过地方官。崇祯十七年（1644）李自成部进逼徐州，凌濛初忧愤而死。他一生著述甚多，以“二拍”最有名。与“三言”不同，“二拍”“取古今来杂碎事可新听睹、佐谈谐者，演而畅之”（《二刻拍案惊奇小引》），基本上是一部个人的白话小说创作专集。它的问世，标志着中国短篇小说的创作进入了一个新的阶段。由于凌濛初思想上的消极成分，加上创作态度不够严肃，所以较之“三言”中明人作品，“二拍”明显逊色不少。而“三言”中的缺陷却被“二拍”继承下来并加以发展，因而书中存在着大量的宣扬落后的封建道德和迷信思想的描写，色情描写也更加露骨和低劣。“二拍”中部分较好的作品所反映的思想特征与“三言”大致相同，艺术水平也在伯仲间，故在文学史上一般都将两书并称。至明末，有署“姑苏抱瓮老人”者，见“三言”与“二拍”共200种，“卷帙浩繁，观览难周”（笑花主人《今古奇观序》），故从中选取40种编成《今古奇观》。在此后的三百年中，它就成为一部流传最广的白话短篇小说的选本。

第三阶段：在“三言”“二拍”的推动下，明末清初白话短篇小说的创作如雨后春笋，繁盛一时。先后刊印的有天然痴叟的《石点头》、周清源的《西湖二集》、陆人龙的《型世言》、西湖渔隐主人的《欢喜冤家》、古吴金木散人的《鼓掌绝尘》、华阳散人的《鸳鸯针》、东鲁古狂生的《醉醒石》等多种版本。这些作品随着明末政治形势的严峻，人文思潮的变化，大致从侧重于主情到倾向于重理，虽然更关心现实，但说教气味更加浓重。在艺术表现方面，虽然在一些具体形式上有所新变，如突破了一回一篇的模式，数回成一篇，有向中篇过渡的趋势；增加“头回”故事，以加强对正文的铺垫；回目之外另加标题等等。但总的艺术表现水准呈下降的态势，真正代表明代白话短篇小说最高成就的还是“三言”与“二拍”。

262. 明代白话短篇小说在题材上有哪些新拓展？

答：明代短篇白话小说的代表作主要收集在“三言”和“二拍”中。它们继承宋元话本而来，但思想内容比宋元话本深广得多，充分体现了明中叶以后的时代特色，展现了丰富多彩的市井社会风情画面，大大拓展了中国古代小说的题材领域。

一、商人成为时代的宠儿。

晚明社会，随着商业和手工业的发展，都市的繁荣，城市市民的急剧增长和重商思想的抬头，有更多的商人、小贩、作坊主、工匠等成为小说中的主角。尤其是商人，他们作为正面的主人公频频亮相，不但商业行为、手工业经济活动被视为不可缺少的正当经济活动，客商凭着金钱的力量，已在百姓的心目中建立起仅次于官员的地位。

（一）塑造了商人的正面形象。“三言”中的商人，多是一些善良、正直、纯朴，而又能吃苦、讲义气、有道德的正面形象，如《吕大郎还金完骨肉》中的市商吕玉、《施润泽滩阙遇友》中的小商人施复等，都拾金不昧，心地善良；《刘小官雌雄兄弟》中的小店主刘德“平昔好善”;《卖油郎独占花魁》中的卖油郎秦重“做生意甚是忠厚”。在这里，新兴商人所获之“利”都被蒙上了传统道德之“义”,因而显得那么温情脉脉和天经地义。

（二）揭示了商业活动的本质。比较而言，“二拍”中的一些作品更注重描写商人的逐“利”轻“义”,更直接地接触到了商业活动的本质。如《转运汉巧遇洞庭红》写一个破产商人出海经商，靠“转运”致富，靠冒险发财，反映了晚明海运开禁后，市民百姓对于海外贸易的兴趣，表明了对商人们投机冒险、逐利生财的肯定。再如《叠居奇程客得助》中的程宰经海神指点经商之道后，以囤积居奇而暴富；《乌将军一饭必酬》中的杨氏，一再鼓励侄子“大胆天下去得”,为追求巨额利润而不怕挫折，不断冒险。这种直接从经商获利的角度而不是从道义的角度描写商人，赞美他们囤积居奇、投机冒险、积极进取的商业活动，确实更贴近经商活动的本质特点，更准确地反映了晚明商人势力迅速崛起的时代特征。

（三）商人的社会地位迅速提升。《蒋兴哥重会珍珠衫》就写到社会上流传着这样的“常言”:“一品官，二品客。”《杨八老越国奇逢》中的杨八老“年近三旬，读书不就”,决定改行经商，经千难万险，终至“安享荣华，寿登耆耋”。“二拍”中的《赠芝麻识破原形》中的马少卿，出身“仕宦之家”,当有人认为“经商之人，不习儒业，只恐有玷门风”时，他理直气壮地说：“经商亦是善业，不是贱流！”《叠居奇程客得助》则直言“徽州风俗，以商贾为第一等生业，科第反在次着”。在金钱面前，门第与仕途已黯然失色，充分说明生气勃勃的商人正在取代读书仕子而成为时代的宠儿。小说所描写的这种社会心理的微妙变化，表现了晚明时代的一种新的价值取向。

二、婚恋自主和女性意识的张扬。

歌颂婚恋自主，张扬男女平等的作品在“三言”“二拍”中占有很大的比重，而且也最脍炙人口。

（一）热情歌颂了坚贞、诚挚的爱情。“三言”“二拍”所表现的婚恋自主精神，既突破了门当户对、父母包办的陋习，也突破了“一见钟情”、人欲本能的冲动，打上了新时代的印记。如《宿香亭张浩遇莺莺》，当莺莺闻知张浩为父母所逼而另娶他人之后，并没有听凭命运的摆布，而是大胆地诉之于父母，告之于官府，指控张浩“忽背前约”，要求法庭“礼顺人情”。小说最后以喜剧结尾，肯定了“情”对“礼”的挑战。《卖油郎独占花魁》中的秦重与莘瑶琴的婚姻更是突破世俗观念，是一种建立在相互平等、相互尊重和相互了解基础之上的爱情婚姻关系。

（二）反对禁欲主义，尊重女性，初具男女平等的人文主义色彩。《蒋兴哥重会珍珠衫》中蒋兴哥不嫌三巧二度失身，破镜重圆。体现的是人生的真情实感和尊重自己爱的权利，传统的三从四德、贞操守节之类已失去了支配的作用。而在“二拍”中，对于女性“失节”似乎表现得更为宽容。突破贞节观念是晚明人文思潮影响下尊重人性、妇女解放的一种表现。《杜十娘怒沉百宝箱》中的杜十娘，则是一个用生命来捍卫自己的爱情理想与人格尊严的典型，极具震撼人心的艺术魅力。在这些女性形象身上所体现出的妇女观，正是基于对女性的尊重，也最能使人感受到晚明社会涌动着的人文思潮。

三、对贪官酷吏的抨击和清官的市民化。

在“三言”“二拍”中，还有为数不少的作品旨在揭露官场的腐败和社会的黑暗。《沈小霞相会出师表》描写了严嵩父子专权，迫害异己的残酷现实；“二拍”中《恶船家计赚假尸银》直言“如今做官做吏的”，只知道“侵剥百姓”“诈害乡民”“将良善人家拆得烟飞星散”。在《硬勘案大儒争闲气》中矛头直指朱熹，这个当时被捧为“圣人”的理学大师，竟是个挟私报复，心灵卑鄙，行刑逼供，诬陷无辜的十足小人。当然，“三言”“二拍”作者在鞭挞奸臣、贪官、酷吏和种种社会恶势力时，主要是用一颗正直的知识分子的良心来观照的。他们在刻画“清官”形象时，较多地带有市民化的色彩。那些“贤明”的“青天”,往往能重视人的价值，承认人情、人欲的合理性。因而在精明公正、为民做主的过程中，也就势为自己捞点实惠，如《滕大尹鬼断家私》。这些官吏已不再那么正统死板、僵化冷酷，多少体现了新兴市民的意志和愿望。

在时代新思潮的影响下，“三言”“二拍”确实表现了不少新的内容，具有重要的认识价值，可称为晚明市民文学的代表作。但是也应该看到，它们在肯定情和欲时，往往过分地强调人的自然本能，因过多直露的秽笔而遭到人们的訾病；另一方面又强调文学的教化功能，大谈忠孝节义、因果报应，散发着陈腐的气息。

263. 以“三言”“二拍”为代表的明代白话短篇小说艺术上有哪些独到之处?

答：“三言”和“二拍”代表了明代短篇白话小说的最高成就，充分体现了明中叶以后的时代特色，形象生动地描绘了一幅明代市民社会的风情画，艺术上也更趋成熟，以“无奇之所以为奇”,使情节更曲折，描写更细腻，人物性格刻画得更鲜明。

一、将平凡的故事写得曲折工巧。

“三言”“二拍”善于在日常题材、平凡故事中显示出小说的传奇性。这种艺术，被称为“无奇之所以为奇”（睡乡居士《二刻拍案惊奇序》）。通观“三言”“二拍”,虽也有“牛鬼蛇神”和情节简单、以阐发思想为主的作品。但多数作品题材平凡，这就需要用巧妙的构思、奇异的关目来激发读者的兴趣。而且从“三言”“二拍”

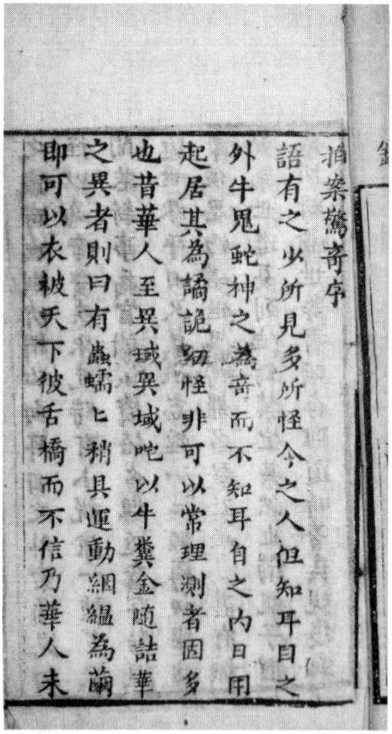
拍案驚奇序
語有之少所見多所怪今之人但知耳目之
外牛鬼蛇神之為奇而不知耳目之内日用
起居其為譎詭幻怪非可以常理測者固多
也昔華人至異域異域咤以牛糞金隨詰華
之異者則曰有蟲蠕蠕稍具遲動絪緼為繭
即可以衣被天下彼舌橋而不信乃華人未

清刻本《拍案惊奇》

主要供人阅读而不是诉诸听觉来看，也有条件把情节写得复杂多变。因此从总体上说，它们的故事比以往的话本小说写得更为波谲云诡、曲折多变。

（一）常常采用巧合误会的手法，把情节弄得迷离恍惚，波澜起伏。例如《十五贯戏言成巧祸》中王翁给刘贵十五贯钱，而崔宁卖丝所得也“恰好是十五贯钱，一文也不多，一文也不少”。由于刘贵的一句“戏言”,二姐误以为真而离家出走，途中正遇崔宁；此时盗贼正巧入刘贵之室行凶，窃得十五贯钱。这些巧合，酿成了一桩冤案。后来刘妻正巧被那个行凶的盗贼劫掠，使此案得以了结。这种“无巧不成书”的手法运用得好，才使小说的情节发展腾挪顿挫，出人意外，又显得合情合理。既以“巧”传“奇”,又以“巧”寓“真”。

（二）为了使情节巧妙多变，作者运用一些“小道具”贯串始终，使整个故事既结构完整，又波澜迭起。如《蒋兴哥重会珍珠衫》中，蒋兴哥把“珍珠衫”赠给爱妻王三巧，三巧转赠给情夫陈大郎；蒋兴哥因从大郎处见到此物，而知妻子已有外遇，忍痛休了三巧。后陈大郎病故，珍珠衫落到了其妻平氏手里；平氏再嫁给蒋兴哥，旧物又归原主。最终三巧与兴哥破镜重圆，兴哥就将此物再次赠给三巧。一件“珍珠衫”将整篇小说勾连得既一波三折，又严谨工整。

（三）突破了单线结构的模式，而尝试用复线结构、板块结构和变换视角。如《张廷秀逃生救父》一方面写赵昂夫妇害人，另一方面写张廷秀逃生救父，两条线有分有合，交叉推进，将复杂丰富的生活场面交织在一起。《襄敏公元宵失子》写襄敏公儿子被拐骗，从仆人、孩子、拐子三个角度来复述同一件事情，把一个简单的故事写得曲折生动、摇曳多姿。

（四）悲剧性与喜剧性的情节交互穿插，创造一种“奇趣”。与宋元话本中多爱情悲剧不同，冯梦龙、凌濛初“三言”“二拍”显然更有意营造一种喜剧气氛。如《乔太守乱点鸳鸯谱》写代姊“冲喜”、姑嫂拜堂，乃至后来纠纷百出，实则是封建包办婚姻的大悲剧，但它以计中计、错中错、趣中趣相互交叉，最终又以戏剧性的“乱点鸳鸯谱”作结，皆大欢喜。《玉堂春落难逢夫》中的主要人物都有一段悲剧性的经历，如王景隆金银散尽，沦落“在孤老院讨饭吃”时，却与玉堂春合作，骗得鸨儿团团转，使读者忍俊不禁。在“二拍”中，同样也充满着幽默、讽刺和戏剧性。他们将悲喜的情节巧妙搭配，相互衬托，增强了小说的新奇性和趣味性。

二、细致入微的写心艺术。

“三言”“二拍”在刻画人物个性方面运用了传统的白描手法，塑造了许多血肉饱满、个性鲜明的人物形象，既写得流动变化，又富有层次感。表现手法更为细腻，写环境，写动作，写对话，写细节，时见精雕细刻的笔墨。特别是细致入微的心理描写，更见功力。如《将兴哥重会珍珠衫》写蒋兴哥见到珍珠衫，确知妻子与人有私后，用长达五六百字的篇幅，把他内心的气恼、悔恨、矛盾、痛苦，写得丝丝入扣。《卖油郎独占花魁》写秦重初见“花魁娘子”时，既惊又喜，既自卑又自豪，既想追求又有担心，“千想万想”，最后决定积钱以求见。作者将他的心底波澜刻画得纷繁复杂，又入情入理，深刻地表现了一个小商人在晚明时代中勇于进取的精神。“三言”中，可比较多地看到生动、细致的心理描写。相比较而言，“二拍”人物刻画比“三言”略显粗糙，有类型化的倾向。

三、体式和语言的变化。

“三言”中有的作品是根据宋元旧本加工改编而成的，也有的是根据社会现实，或前人笔记、传奇等编写创作而成的，冯梦龙在加工、编写“三言”的过程中，超越了说话人的话本模式，而重塑了一种专供普通人案头阅读的、白话短篇小说的文体。比如，话本的

“入话”只是用来稳定和招徕听众，往往与正文的关系松散，且比重过大，冯梦龙删繁就简，使之与正文的内容较为紧密地联系起来；话本中夹杂了大量的韵文，以供歌唱或吟诵，调节听众情绪，渲染说话气氛，他则大幅度地加以删改，以扫除阅读时的障碍；话本结尾时，说话人用以宣告“话本说彻，权作散场”之类的套话，也被视为阅读的累赘而略去。更重要的是，冯梦龙、凌濛初在语言的通俗性上进一步作了努力。比如《清平山堂话本·西湖三塔记》写白娘子的容貌完全是一套陈词滥调：“宣赞着眼看那妇人，真个生得：绿云堆发，白雪凝肤。眼横秋水之波，眉插春山之黛。桃萼淡妆红脸，樱珠轻点绛唇。步鞋衬小小金莲，玉指露纤纤春笋。”冯梦龙的《白娘子永镇雷峰塔》则用口语改写成：“许宣看时，是一个妇人，头戴孝头髻，乌云畔插着些素钗梳，穿一领白绢衫儿，下穿一条细麻布裙。”这段文字自然而贴切地写出了许宣的视觉感受。

264. 明代短篇文言小说的整体概貌及其文学影响是怎样的?

答：在明代中后期，随着商业经济的活跃、思想的不断开放、印刷业的繁荣，明代短篇小说在由编辑到创作，从口头文学到书面文学的转化过程中，成绩斐然，尤其是以“三言”“二拍”为代表的白话短篇小说呈现一派繁荣的景象。与此同时，文言短篇小说从明初《剪灯新话》的创作，到后期大量的笔记、传奇、总集的问世，也有所变化和发展，为以后《聊斋志异》等作品的出现创造了良好的条件。

明初文言小说的体例相当驳杂，传奇、志怪、笔记、杂俎等无所不有，小说概念混乱至极，其中夹杂大量诗词或赋、文，是导致这一特征的重要因素。《剪灯新话》首开先例，《剪灯余话》则推至极端。作品中那些诗文明显是镶嵌进去的，并不像唐传奇那样与情节发展、人物形象塑造有机地融为一体。瞿佑、李昌祺的小说创作，使多羼入诗文成为相当长的时期内小说创作的一种定式，而这又被人们视为一种长处而得到充分肯定。在封建时代，诗文是正统文学，小说被归诸末流，借小说显露诗才似可另当别论。当舆论鄙薄小说之时，那些作家有意无意地借助正统文学之力，以较温和的“合法”形式提高小说地位。

明代的文言小说创作，尽管未曾造就出一流的作家和作品，但在文学史上也有其不可忽视的地位。它们对于清代的文言小说，起了一种承上启下的作用。《聊斋志异》等作品，无论在题材的选择、情节的构思，还是在表现手法、审美意向、风神韵致等方面，都受到它们的影响。明代的文言小说与白话小说，也互相影响、互相补充。白话小说广阔的题材、通俗的语言、曲折的情节、较长的篇幅，甚至话本的某些体式等都对文言小说的发展有过影响；而文言小说精美的语言、细腻的笔法、雅洁的内容、含蓄的韵味，也对白话小说的提高起过作用。特别是明代的文言小说为白话小说和戏曲创作、发展提供了丰富的素材，创造了良好的条件。例如《续艳异编》等书所收的《王翘儿传》,全文仅1200字，后来成为白话小说《胡总制巧用华棣卿，王翠翘死报徐明山》(《型世言》)、《胡少保平倭战功》(《西湖二集》)、《绿野仙踪》和戏曲《两香丸》的题材来源，最后，由“青心才人”编成一部长达20回的白话小说《金云翘传》。

在世界文坛上，明人的文言小说也是颇有影响的。1813年，越南诗人阮攸曾将《金云翘传》移植为同名的诗体小说，成为一部享誉世界文坛的名著。《剪灯新话》15世纪中叶传到韩国，金时习随即仿作《金鳌新话》一书，成为韩国小说的始祖。16世纪传到日本，很快就出现了多种翻译本和改写本，至德川幕府时，各种版本“镌刻尤多，俨如中学校之课本”(董康《书舶庸谭》卷一)。16世纪初，越南人阮屿也在《剪灯新话》的直接影响下，创作了越南第一部传奇小说《传奇漫录》,对越南小说的发展产生了重大的影响。而在我国，《剪灯新话》却在正统年间就遭到禁毁，以至于相当长的一段时期内备受国人的冷落，这不能不使人感慨万千。

265.《中山狼传》在刻画人物性格方面有什么成功之处？

答：《中山狼传》出自明人马中锡的《东田文集》,是一篇思想

东郭先生　孔小瑜

性和艺术性都很高的寓言体文言短篇小说，盖由古代的传说发展而来。它通过东郭先生救狼之命、险遭狼害的故事，成功地塑造了一个迂腐软弱的温情主义者形象和一个忘恩负义、狡猾贪暴的狼的形象，揭示了狼的吃人本性，鞭笞了东郭先生滥施仁慈的迂腐软弱与愚昧可笑。作者围绕着中山狼和东郭先生的生死存亡设置了一系列变故迭出、扣人心弦的情节，通过尖锐的矛盾来凸显寓言人物的性格。

一、成功运用拟人化创作手法，通过跌宕起伏的故事情节凸显人物性格。先描写了一匹被猎人追逐落荒而逃的狼，路遇前往中山求取功名的墨家学者东郭先生，狼以“兼爱”说服东郭先生施手援救。东郭先生也千方百计地施救，而且敢于直面危险。可是当危险化解后，狼反而要吃掉东郭先生。再写双方各持己见，相持不下，至于狼是否应该吃掉东郭先生，两下彼此商定询问三老，故事情节波澜顿起。先接受询问的是一棵曾经为老农带来不尽福祉却年久枯槁见弃的老杏树，次者是一头为主人兴家立业做出重大贡献而因老病即将被宰杀的母牛，通过它们之口揭示了有功者难逃被砍、被杀命运，险些使东郭先生死于非命。这就将狼的狡猾、杏树和母牛的抑郁不平与满腔愤懑形象生动地展现在读者面前，生动形象而富有启发性，也将东郭先生的迂腐和人的求生本能展现无遗。

二、善于通过个性化的语言，在矛盾冲突中强化人物性格。当狼向东郭先生求救时，甜言蜜语、信誓旦旦，甚至不惜委曲求全；而一旦得救后，就急欲吃掉恩人，并且巧言夺理、反施诬陷。这都深刻地揭示了中山狼贪婪凶残、阴险狡猾的本性。

三、运用夸张手法突出了东郭先生墨守成规的迂腐懦弱，极富警世意味。东郭先生在营救落荒而逃的狼时，非常清楚地知道狼为何物，却死守着墨家的“兼爱”之道，千方百计地加以解救；本来与狼约定询问三老，而当狼逼他去询问老杏树和老母牛时，他却只有屈从；最后杖藜老人诱狼入袋，要他用刀杀死这个忘恩负义的狼时，他竟质疑“不害狼乎?”充分表现了东郭先生滥施仁慈的迂腐软弱与愚昧可恨。

这篇作品形象生动地揭示了狼吃人的本质，文中所描写的狼的狡猾、贪婪，东郭先生的迂腐、软弱，老丈的机智、坚定，形象都很鲜明生动，在一定程度上讽刺了墨家的“兼爱说”。由于作品思想性和艺术性的紧密结合，因此对现代的读者仍然很有启发意义。

266. 明代杂剧发展的基本情况是怎样的?

答：明代的戏剧创作，和小说创作一样，也取得了辉煌的成就，在中国文学史上占有重要地位。明代的戏剧是沿着杂剧和传奇两条线发展的。

明代杂剧是元杂剧的余波，不但较元杂剧大为逊色，其艺术地位和总体影响也不及蔚为主流的明传奇，总体趋势是走向衰落。但明杂剧作家所创作的五百余种杂剧，既有继承，又有发展，写下了杂剧史上相对低沉但又具备自身个性的新篇章。

一、明代初叶的杂剧创作较为单调。《御制大明律》专设《禁止搬做杂剧律令》条目，规定：“凡乐人搬做杂剧戏文，不许装扮历代帝王后妃、忠臣烈士、先圣先贤神像，违者杖一百。官民之家容令装扮者与同罪。”永乐九年初还颁发榜文明令：“但有亵渎帝王圣贤之词曲、驾头、杂剧非律所该载者，敢有收藏、传诵、印卖，一时拿送法司究治。”在高压统治与严酷政策之下，宫廷派剧作家应运而生。主要作家大都是贵族和宫廷文人，他们未能继承元杂剧的现实性与战斗性的优秀传统，而是在歌功颂德、粉饰太平的总体追求中，鼓吹封建道德，宣扬神仙道化，点缀升平，提倡生活享乐之类，价值不大。形式上，这些精于音律、熟谙南声的剧作家们在艺术形式的探索中移步换形、与时俱进，已开始打破元杂剧的体制，穿插了合唱、对唱和南北合套的新唱法，使得明初杂剧在剧本体制的突破、唱词安排的均匀和南北曲合流的尝试等形式层面，都取得了一些革新与演变。该期最负盛名的作家是皇家贵族朱有燉和朱权、御前侍从贾仲明和杨讷（字景贤）及知名作家刘东生。

二、明代中叶嘉靖前后的杂剧在内容和作法上都有了新的创获，显示出深刻的思想和战斗的精神。明中叶以后，由于现实斗争的冲击，新思潮的传播，与诗文领域内反复古主义思潮的兴起彼此呼应，形成了锐意革新的气候，反映社会现实并具较强的批判精神的作品增多了。讽刺喜剧、寓言剧和影射现实的历史剧占有较大比重。形式上又有进一步的变化：一是折数不限，多的五折以上，少的仅有一折，仅用一、二折演一个故事的短剧渐多。二是主唱不限，对唱、合唱的形式较为普遍。三是曲调不限，可用北曲，也可用南北合套，甚至全用南曲，故明杂剧也称南杂剧。由于南曲盛行，杂剧渐趋衰微，嘉靖之后的杂剧大都是南北合套或者纯为南杂剧，杂剧的纯北曲体式从总体上看已经终结。这时期著名作家有康海、王九思、李开先、徐渭、冯惟敏、梁辰鱼、王骥德、吕天成、凌濛初、孟称舜等。代表作品有徐渭的《四声猿》。

三、明末的杂剧也不乏警世之作，杂剧南曲化蔚为风尚。南曲杂剧的好处是称意而写，短小精悍，成为文人们逞气使才的匕首和投枪。但其缺点是过度文人化、案头化，不重视群众性与舞台性。总的说来，本时期的杂剧已经更多地成为文学中的一体，不大适合登场演出了。

尽管明代戏曲作家们还有重振杂剧雄风的良好愿望，但却依然不能永葆其灼灼韶华。明杂剧上不能与一代文学之冠元杂剧相比肩，下不能与蔚为大观的明传奇相抗衡。最能显示出明杂剧风貌特征的部类，还是那种以杂文笔法画荒唐社会，用嬉笑怒骂显戏剧大观的讽世杂剧。虽然杂剧创作无法与明传奇相提并论，但也在承前启后的流变过程中独树一帜，担负着反映时代情绪的历史使命。

267. 明代传奇发展的基本情况是怎样的?

答：与明代杂剧相比，明传奇颇有蔚为大观之势。明代“传奇”是在宋元南戏的基础上，吸收元杂剧某些优点发展起来的。明中叶以后，“传奇”盛极一时，在明代戏曲艺术中，居于主要地位，代表作品有《牡丹亭》《宝剑记》《红梅记》等。明传奇的发展和繁荣，开创了戏曲艺术的新生面。明传奇因其较为庞大的体制、完整有序的结构、生动丰富的人物和瑰丽多彩的画面，以生气勃勃、席卷南北的气势，演出了一幕幕史诗般的人间悲喜剧。这就使这种发源于宋元南戏、带有浓厚南方戏剧特征但又融合了北曲声腔和元杂剧精华的艺术样式，伴随着昆山、弋阳、海盐、余姚“四大声腔”的弦歌，迅速发展为明清两代的全国性大型戏曲。元杂剧与明传奇前后辉映，各领风骚，汇聚成中国戏曲文化汪洋恣肆的万千气象。

“传奇”的出现表明我国古代戏曲在形式体制方面进一步臻于成熟和完美。以《牡丹亭》为典范作品的明代传奇剧本，成为文学史上一颗璀璨夺目的耀眼明星。明传奇的发展经历了三个阶段：

一、明初的传奇带有浓厚的伦理教化意味。明成祖迁都北京，一个确立不久的新朝廷，需要局面的稳定与思想的统一。统治者大力推行程朱理学，朱元璋就对标举风化、有益人心的《琵琶记》赞不绝口。在皇族作家朱有燉、朱权等的倡导下，源于南戏的传奇一度消沉，北曲复兴。这时期的传奇作品，大多缺乏生命力。在内容方面，极力宣扬封建伦理道德，寓教化于传奇。形式方面，好用骈偶、经史、典故，使戏曲走向骈俪化、典雅化和八股化。邱濬的《五伦全备记》和邵璨的《香囊记》是这类作品的突出代表。

明初百余种传奇中，较少受道学气和八股味污染的有《精忠记》

《金印记》《千金记》《连环记》等知名剧作。尽管“《精》《金》《千》《连》”四大剧目不乏粗糙之处，因袭的部分也在所不免，但总体看来瑕不掩瑜，诸如抗金名将岳飞的悲壮之美，苏秦家人的人情之丑，项羽与虞姬的壮美与凄美之对应组合，王允的智慧美以及貂蝉的外在美与心性美之有机融汇，都已摆脱了忠孝的说教，成为明初与明中叶之间戏曲创作的一个转折。这些人物的形象也同时反映出民族与历史本身的魅力，具有道学传奇与八股传奇无论如何也框范不了的近乎永恒的美感。

二、明中期传奇新走向：经过一个多世纪的发展，明代传奇在嘉靖时期更为盛行起来，成为剧坛上的主流艺术。不少作家继承并发扬了南戏的优良传统，写出了一批具有一定社会意义的作品。社会政治的腐败、边境敌寇的骚扰，这些内忧外患都促使作家们的创作更为自觉，更能直面现实，更加具备战斗精神，代表着传奇创作的新倾向。最有影响的代表作是李开先的《宝剑记》、梁辰鱼的《浣纱记》、相传为王世贞或其门人所作的《鸣凤记》，合称“三大传奇”。在明代中叶的三大戏剧中，《宝剑记》和《浣纱记》都或多或少地对现实作了曲折的反映，而《鸣凤记》则堪称戏曲史上较早、较完整地反映当时政治事变的悲剧现代戏。

三、明中后期传奇创作进入了高潮期和繁荣期。作品数量多、成就高，不仅出现了我国戏曲史上杰出的戏剧家汤显祖和他的名作《牡丹亭》，还出现了两个著名的戏剧流派的论争，即以汤显祖为首的“临川派”和以沈璟为首的“吴江派”的论争。争论的焦点是怎样对待戏曲中的音律问题，是重文采还是重本色。这种争论也进一步促进了传奇创作的繁荣。

从剧目建设上看，此时期涌现出的数百种传奇作品大多较好。从声腔发展上看，昆腔传奇的创作一枝独秀，明初以来一直在民间流传的弋阳腔与各地的地方戏结合起来，也上演了丰富多彩的传奇剧目。在明代四大声腔中，昆山腔和弋阳腔彼此争胜，分别满足了雅与俗、上流社会与大众百姓的审美需求。

从剧作精神上看，此时期创作倾向是张扬个性，批评封建专制。市民阶层的崛起与市场经济的萌芽，在文化精神上以个性解放的要求为基点。个性解放通常以恋爱自由、婚姻自主作为具体演绎，批评封建专制又往往以对抗僵化的伦理教条为基本冲突，如《牡丹亭》《娇红记》,就远远超越了一般才子佳人的恋爱俗套。倡导爱国主义的剧作在此时期也为数不少，李梅实、冯梦龙的《精忠旗》、张四维的《双烈记》、沈应召的《去思记》等，都是民族精神的抒发和时代忧患的曲折反映。歌颂清官、诅咒奸臣的剧目次第涌现，道德说教剧与宗教演示剧在此时期也颇成规模，宗教剧更是极尽弘法之能事。

明代后期的传奇创作中，一些带有喜剧色彩的作品也较为知名。如徐复祚的《红梨记》、汪廷讷的《狮吼记》、高濂的爱情喜剧《玉簪记》都脍炙人口、饶有风趣。

268. 明代中叶以后戏曲蓬勃发展的具体表现如何?

答：从明初到嘉靖约两个世纪内，在南方的众多地方声腔中，弋阳腔、余姚腔、海盐腔、昆山腔脱颖而出，特别是昆山腔创作一枝独秀，大部分传奇都是比较典雅的昆腔作品，具备较高的文学品位，流播广远。《南词叙录》中描述道：“今唱家称弋阳腔，则出于江西，两京、湖南、闽、广用之；称余姚腔者，出于会稽，常、润、池、太、扬、徐用之；称海盐腔者，嘉、湖、温、台用之。惟昆山腔止行于吴中，流丽悠远，出乎三腔之上，听之最足荡人。”①嘉靖中叶时，豫章（今江西省南昌市）人魏良辅融合了海盐腔、余姚腔、弋阳腔乃至北曲音乐在内的新昆腔，体制全备，后来居上，这就使得一度只在苏州地区流行的昆山腔，凭借音乐和文学的双翅，在嘉靖之后愈来愈受到文人雅士和统治阶级的推重，成为四大声腔中声势最大的一种，雄踞中国剧坛榜首近三百年之久。

---

① （明）徐渭．南词叙录注释［M］．李复波，熊澄宇注释．北京：中国戏剧出版社，1989：37.

万历至崇祯年间（1573—1644），传奇创作进入了高潮期和繁荣期。以汤显祖为杰出代表的传奇作家，成为明代文学史上的一支重要方面军。以沈璟为带头人的吴江派，在传奇的创作和理论上也形成了自己的特点。明代中叶以后戏曲表现出蓬勃发展的态势。

一、剧坛出现了伟大的戏曲家汤显祖及其具有划时代意义的作品《牡丹亭》。《牡丹亭》又是一部兼悲剧、喜剧、趣剧和闹剧因素于一体的复合戏。各种审美意趣调配成内在统一的有机体，以一系列抒情场次表现主人公强烈的追求，使其主观精神外化，并在此基础上令戏剧冲突持续升级，这种悲喜交融、彼此映衬的戏曲风格，正是富有中国戏曲特色的浪漫精神的具体呈现。

另外，还出现了三大不同流派的优秀戏曲家，除“临川派”的汤显祖外，还有“吴江派”的沈璟，“昆山派”的梁辰鱼，他们的艺术风格各异，形成了创作的繁盛局面。

二、剧目题材多样化，如有反映爱情自由、婚姻自主，批判封建家长制的《牡丹亭》《娇红记》等；有反映现实斗争的，如《鸣凤记》等；有倡导爱国主义的《精忠旗》《双烈记》等；有写历史题材的，如《浣纱记》；有用寓言作题材的，如《中山狼》。多样化的题材大大拓展了戏曲创作的视野，使明代传奇的思想内容更为丰富多彩。

三、戏曲形式的演进和表现手法的多样化。在明代四大声腔中，昆山腔和弋阳腔彼此争胜，分别满足了雅与俗、上流社会与大众百姓的审美需求。许多剧作突破了一人主唱的形式，采用主唱、分唱、对唱、接唱、合唱等多种唱法，灵活生动。余姚腔、昆山腔、弋阳腔、海盐腔等四大声腔，互相争胜。悲剧、喜剧、讽刺剧、闹剧、寓言剧等多种形式争奇斗艳。

四、戏曲理论、批评的进步和戏曲作品的大量刊行。明代出现了一批戏曲理论批评著作，如《艺苑卮言》《曲律》《曲品》等，它们既是戏曲创作的理论总结，又对戏曲繁荣具有理论指导意义。另外剧本的刊印也很多，如《元曲选》《六十种曲》《盛明杂剧》等相继问世，一方面扩大了戏曲的社会影响，另一方面又为戏曲家的创作提供了艺术借鉴。

269. 汤显祖“临川四梦”的题材特点和文学史贡献是什么?

《紫钗记》 任率英

答：与元代剧坛上诸家并立、各有千秋的创作局面不同，明代剧坛总体上呈现出一峰独秀、群山环拱的气象。汤显祖作为明代成就最高、影响最大的剧作家，其“临川四梦”达到了同时代戏剧创作的高峰。一些中外学者曾将汤显祖与莎士比亚进行平行比较，认为这两位戏剧大师在16世纪与17世纪之交的东西方剧坛上，都做出了泽惠人类的贡献。

“临川四梦”指汤显祖撰写的《紫钗记》《牡丹亭》《南柯记》《邯郸记》四部传奇。四部传奇都通过梦境反映了作家所生活的那个时代，是社会现实的折射，更是作家一生经历、痛苦、愤慨和不平的倾泻。由于作者是临川人，所以人们称之为“临川四梦”。又因汤显祖的书斋名“玉茗堂”,故又称“玉茗堂四梦”。其中尤以《牡丹亭》成就为高，他自己曾说“一生四梦，得意处惟在牡丹”。

《紫钗记》主要以唐传奇《霍小玉传》为本事，借鉴了《大宋宣和遗事》中的部分情节，讲述唐代诗人李益在长安流寓时，于元宵夜拾得霍小玉所遗紫玉钗，遂以钗为聘礼，托媒求婚。婚后，李益赴洛阳考中状元，从军立功。卢太尉再三要将李益招为娇婿，反复笼络并软禁李益，还派人到霍小玉处讹传李益已被卢府招赘。

小玉相思成疾，耗尽家财，无奈中典卖紫玉钗，却又为卢太尉所购得。太尉以钗为凭，声言小玉已经改嫁。豪杰之士黄衫客路见不平，将李益带到染病已久的小玉处，夫妻遂得重圆。《紫钗记》着重塑造了霍小玉和黄衫客两位令人敬重的人物形象，歌颂了霍小玉的痴情和黄衫客的侠义，批判了作为霍、李爱情悲剧的社会根源的卢太尉之流的专横邪恶。正如汤显祖在本剧《题词》中所云："霍小玉能作有情痴，黄衫客能作无名豪。"霍小玉这一忠贞不贰、痴情到底的女子，在封建社会的底层之中显得那么善良、纯情、委曲而高尚。而黄衫客的豪侠仗义行为既促成了情人的团圆，又对破坏李、霍婚姻的卢太尉的丑恶行径予以了警示。汤显祖通过这一幻想中的壮士表达了对现实的失望，殷切地呼唤着社会的良知。作品的缺憾在于把矛盾的解决寄托在一个和宫廷有联系的黄衫客身上，最终又依靠皇帝的"圣断"，而男女主人公则几乎完全处于被动地位。霍小玉身上缺少杜丽娘那种出生入死不懈追求爱情幸福的精神和勇气。反映了作者思想认识上的局限性。

《牡丹亭》是汤显祖的得意之作。自称"传杜太守事者，仿佛晋武都守李仲文、广州守冯孝将儿女事，予稍为更而演之"（汤显祖《牡丹亭题词》）。但其真正蓝本应该是《杜丽娘慕色还魂》话本。汤显祖以点石成金的圣手，将话本的认识意义与审美价值擢升到新的高度。通过杜丽娘和柳梦梅爱情故事，深刻地揭露了封建礼教的残酷，尖锐地批判了程朱理学"去人欲，存天理"的虚伪反动，热情歌颂了青年男女反对封建礼教，追求真正爱情和强烈要求个性解放的大无畏精神。作者有意识地用"情"与"理"的冲突来贯穿全剧。"情"是具有永恒感召力的敢于摆脱封建专制束缚的真情，在剧中表现为杜丽娘、柳梦梅对自由幸福爱情的向往和追求。在"情"的驱使下，杜丽娘可以在梦境中与柳梦梅相会，由梦生情，由情致病，因病而亡，又因情而复生，旨在说明"情"的力量的不可抗拒性。"理"则是以程朱理学为基础的封建道德观念，在剧中表现为封建教义和家长的专横，即以杜宝、甄夫人、陈最良为代表的封建师长对青年人身心的压迫与束缚。“情”与“理”的矛盾斗争，其实质就是要求个性解放的时代精神与封建专制主义的矛盾斗争，反映了明代资本主义萌芽时期的思想革新运动浪潮对旧制度的冲击和青年一代灵魂的觉醒。《牡丹亭》不仅仅写了外在事件的矛盾扭结，更写活了人物形象，描摹出主要人物不断发展着的性格，并使得隐性而内在的戏剧冲突渐次升级。既反映了封建制度的腐朽没落，揭示了时代的险恶，也反映了青年男女在捍卫爱情和反抗礼教方面所取得的重大胜利，这既是作者乐观主义战斗精神的表现，又与明代进步思想家反对程朱理学以摆脱礼教束缚的思想革新运动一脉相通。

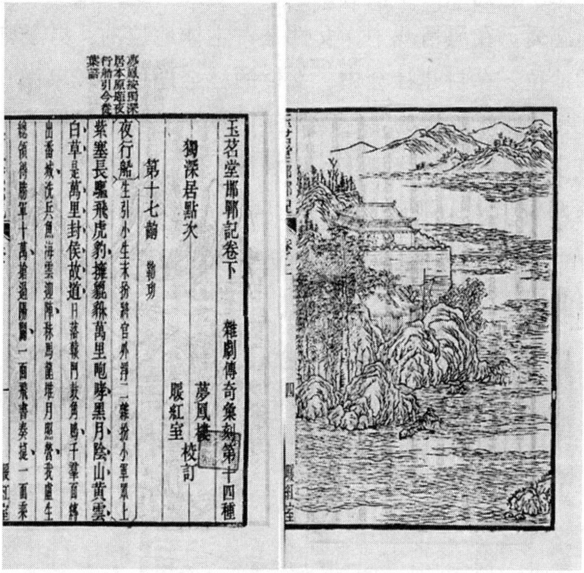

清末刻本《玉茗堂邯郸记》

《南柯记》和《邯郸记》分别取材于唐人李公佐的《南柯太守传》和沈既济的《枕中记》。《南柯记》与《邯郸记》都是以外结构套内结构的方式展开剧情，通过贪恋功名富贵的士人浮沉宦海的故事，曲折地反映了现实的黑暗、官场的丑恶以及统治阶级荒淫无耻的生活和相互倾轧的残酷斗争。缺点是表现了人生如梦的消极出世思想。这正是作者在政治上找不到出路，只好以佛道作为人生归宿的思想反映。

270. 汤显祖的“临川四梦”有何异同？

答：汤显祖的“临川四梦”都通过梦境反映了现实，批判了封建统治阶级的腐朽没落，彰显了新时代的世纪曙光，达到了明代戏剧创作的高峰。

一、从题材内容上看，《紫钗记》和《牡丹亭》属于儿女风情戏，《南柯记》和《邯郸记》属于官场现形戏或曰政治问题戏。儿女风情戏主要以单向型或双向型的爱情中人为描摹对象，例如霍小玉对李益是十分强烈的单向恋爱，杜丽娘与柳梦梅则是奇幻而又统一的双向恋爱。在风情戏中，女性是占主体地位的，男子则相对处于从属的地位。在封建社会中，女性的社会地位比较卑微，所受禁锢更为严密。霍小玉因为是已故霍王的庶出之女，所以才常常有八年之爱或宁愿为妾的降格以求。而杜丽娘在少女时代只能见到严父和迂师这两位男人，她从未有过闺房之外、花园行走的起码权利。

清刻本《南柯记》

但这种严酷、封闭的恶劣环境并不能泯灭她们对爱与美的追求，一旦机缘到，她们的全部青春能量必然一触即发，无可遏止。在政治戏中，男子则是占主要和绝对的位置。尽管淳于棼和卢生都是扯着老婆的裙带往上爬的，但裙带也只不过是男性中心世界的引线而已。

二、从审美倾向上看，风情戏的主要基点是对人物发自内心的肯定，充满热情的赞颂。对霍小玉爱郎、盼郎乃至恨郎的过程推进，都是为树立起这一痴情女的正面形象与可贵风采。杜丽娘与柳梦梅的生死恋，有若金童玉女似的般配，更堪称青春的偶像、挚爱的化身。而政治戏的基点在于对主要人物及其所处环境的整体否定，《邯郸记》中自上而下，权贵者无一不贪婪，发迹者无一不腐败，所以政治戏始终以揭露和批判作为审丑手段。风情戏中的儿女情往往是

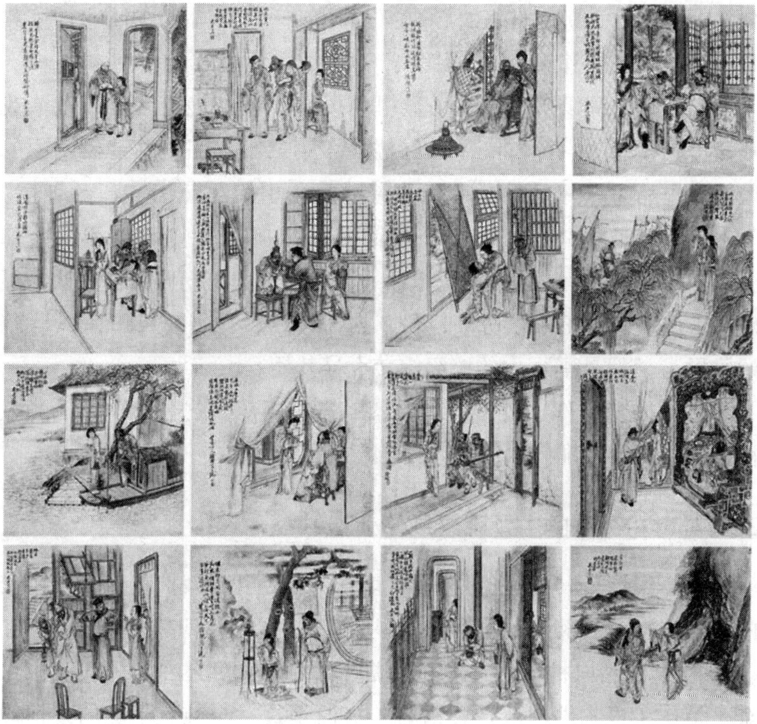

《紫钗记图册》　徐砚

真善爱的体现，政治戏中的官僚行径则无一不是假恶丑的典型。前者寄寓着作者对人生的肯定与期望，后者则表现了对生存环境无可救药的痛心疾首。

三、从哲学主张和理想皈依上看，汤显祖的风情戏时刻高举真情、至情的旗帜，而政治戏则反映出矫情、无情的可憎可恶。风情戏不仅在主要人物身上体现出充沛的理想，而且这种理想和最后权威的裁决是一致的。霍小玉、李益的团圆最后还是借助圣旨的权威才得以成就，杜丽娘亦是让皇上充当了证婚人的角色，这说明汤显祖对最高统治者还抱有一定幻想。政治戏中的官僚社会整体腐败不洁，汤显祖便在很大程度上把仙佛两家的出世理想与终极权威联系了起来。然而封建王朝和仙家佛国都没能让汤显祖真正心折。他也看出了时代的衰微和仙佛的虚幻。汤显祖曾向朋友表达过其痛苦莫名、出路难知、悲哀难告的心曲："词家四种（'临川四梦'），里巷儿童之技。人知其乐，不知其悲！"

四、从曲词风格上看，汤显祖的风情戏妙在艳丽多姿，政治戏则显得尖锐深刻。曹雪芹在《红楼梦》第二十三回中称赞汤剧中的风情戏极品为"《牡丹亭》艳曲警芳心"，引得林黛玉"心动神摇""益发如痴如醉，站立不住"。政治戏《邯郸记》则与此不同，如《邯郸记·西谍》中的"词陇逼西番，为兵戈大将伤残。争些儿，撞破了玉门关。君王西顾切，起关东挂印登坛，长剑倚天山"，其壮阔的境界与《牡丹亭》中的缠绵婉转大异其趣。

将"四梦"作比较，各有千秋，但"四梦"之翘楚，还是汤显祖自己的评价较准确："一生'四梦'，得意处唯在《牡丹》。"

271.《牡丹亭》的主题思想是什么？

答：《牡丹亭》是汤显祖的代表作，也是我国戏曲史上浪漫主义的杰作，与《西厢记》齐名。汤显祖曾说："一生四梦，得意处唯在《牡丹》。"作品取材于明人话本小说《杜丽娘慕色还魂》。但作者以点金之笔作了根本性的改造，谱写了一曲至真、至纯、至美的爱情颂歌，是中国戏剧史上令人心醉、心悸乃至心折的经典曲目。

一、主题思想。

《牡丹亭》通过杜丽娘和柳梦梅的爱情故事，深刻地揭露了封建礼教的残酷，尖锐地批判了程朱理学“去人欲，存天理”的虚伪与反动，热情地歌颂了青年男女反对封建礼教、追求真正爱情和强烈要求个性解放的时代精神。

（一）歌颂青年男女之间的真挚爱情，追求个性解放。作品主人公杜丽娘出身官宦之家，不仅才貌端妍，而且聪慧过人，孝顺父母，尊敬师长。可就是这样一位淑静温顺的娇小姐，与大自然的天然谐和感以及对美与爱的强烈追求，滋生了她酷爱自由与反叛束缚的精神。《诗经》中的爱情诗激起了她的青春意识，大自然的美好春光燃起了她的爱情渴望，并在花神的指引下于梦境中发展成一个勇于决裂、敢于献身的深情女郎，完成了她性格的第一度发展；梦醒之后与现实的距离和反差又是如此之巨大，以致杜丽娘不得不付出燃尽生命全部能量的代价，病死于寻梦觅爱的徒然渴望之中。但杜丽娘的可贵之处不仅在于能为情而死，还表现在死后面对阎罗王据理力争，表现在身为鬼魂而对情人柳梦梅一往情深、以身相慰，最终历尽险阻为情而复生，与柳梦梅在十分简陋的仪式下称意成婚。这是她性格的第二度发展与升华，所谓“一灵咬住”,决不放松，“生生死死为情多”。第三度发展表现在对历经劫难、终得团圆之胜利成果的保护与捍卫。这正是社会对生死之恋与浪漫婚姻的承认与礼赞。

（二）揭露并批判了封建礼教的残酷。构成此剧内在冲突的反方阵营中杜宝则主要代表顽固不化的封建统治阶级，这位固执而呆板、严守封建伦常的父亲，却从未真正关注女儿的身心发展和情感变化。他宁要一个贞节的亡女，也不认一位野合过的鲜活的杜丽娘。陈最良则代表着陈腐迂阔的封建教化，对杜丽娘惊世骇俗的举动同样不能理解、不肯承认。这些缺情寡感的封建家长们的反常心态与扭曲人格本身就十分可悲，从而揭示了封建礼教对人性的摧残与戕害本质。

二、浪漫主义精神。

《牡丹亭》无论是从主题、情节还是人物塑造，都充满了浓厚的积极浪漫主义精神。

（一）奇幻与现实的紧密结合，强烈的主观精神追求，浓郁的抒情场面，典雅绚丽的曲文铺排，都体现出《牡丹亭》较为典型的浪漫主义风格和多重艺术魅力。《牡丹亭》中的天上地下、虚实正奇达到了一种从心所欲的境界。仅仅为了春情的驱驰，杜丽娘没有爱却可以得到爱，没有情人却可以生发出情人。虽然是春梦一场却又俨然如真，甚至为了追求梦中情人而一命归阴。汤显祖不但可以使人物故事虚到极点，有时也会落脚到真切的实处。每当汤显祖笔下的人物在梦境魂乡时，那一种泼天也似的自由精神便无所不在、无所不为；一旦梦醒还阳，便“成人不自在”,小姐往往必须遵循人间的礼法，受种种无奈的束缚。这种先虚后实、虚实结合乃至虚则虚之、实则实之的写法，正好将理想与现实融会贯通起来，提醒人们去做现实中的浪漫主义者和理想中的现实主义者。

（二）《牡丹亭》不仅写了外在事件的矛盾扭结，还描摹出主要人物性格的发展，使其主观精神外化。情节的变化使得隐性而内在的戏剧冲突渐次升级，促进人物性格的发展，人物性格的发展又推进情节的进展。从《惊梦》《寻梦》到《写真》《闹殇》,这是杜丽娘的情感抒发得至为强烈、命运呈现得至为酸楚的重点抒情场次。《惊梦》是写对美和爱的发现与拥抱，《寻梦》是对美与爱的深刻回味与强烈追忆，《写真》是描摹美的容颜及保存爱的信息，《闹殇》是写美的毁灭与爱的持续延伸。尤其是《惊梦》作为古典戏曲中最令人感佩、发人深思的儿女风情戏，整体浸润着浪漫主义的感伤之美、追求之美、情爱之美和理想之美。而这正是《牡丹亭》的神韵与魅力之所在。

（三）《牡丹亭》又是一部兼悲剧、喜剧、趣剧和闹剧因素于一体的复合戏。各种审美意趣调配成内在统一的有机体。王思任在批叙中说：“其款置数人，笑者真笑，笑即有声；啼者真啼，啼则有泪；叹者真叹，叹则有气。”为了争取爱的权利，便不得不付出生命的代价，这既是杜丽娘本人的青春悲剧，也是家庭与社会的悲剧，《诀谒》《闲殇》《魂游》等出戏，都极其悲凉凄婉。而《闺塾》等出戏则极富喜剧色彩。天真活泼而又调皮的春香，与老成持重却时带迂腐的陈先生，在犯规与学规之间彼此较量，呈现出反差甚大的强烈喜剧效果。石道姑等人的设置，更带有闹剧、趣剧的味道。但其中的悲剧意味也着实令人伤感：原来做官是要以六亲不认、牺牲情感作为起码代价的！这种悲喜交融、彼此映衬的戏曲风格，正是富有中国戏曲特色的浪漫精神的具体呈现。

《牡丹亭》人物　于水

（四）《牡丹亭》曲辞典雅，具有抒情诗的韵味。无论刻画人物、描写景致，还是点染气氛，都优美动人，美不胜收。《惊梦》一出，尤为脍炙人口。宾白饶有理趣，骈俪句式减少，个性化语言增多。

272.《牡丹亭》第十出《惊梦》在艺术上有何独到之处?

答:《牡丹亭》全名《牡丹亭还魂记》,故又名《还魂记》。共五十五出,万历二十六年(1598)写于临川,是汤显祖的代表作,也是我国戏曲史上浪漫主义杰作。作品取材于明人话本《杜丽娘慕色还魂记》,但作者以点铁成金之手作了根本性改动。

《牡丹亭》通过一系列抒情场次表现主人公强烈的追求,使其主观精神外化,并在此基础上令戏剧冲突持续升级,这正是《牡丹亭》的神韵与魅力之所在。从《惊梦》《寻梦》到《写真》《闲殇》,这是杜丽娘的情感抒发得至为强烈、命运呈现得至为酸楚的重点抒情场次。汤显祖通过杜丽娘和柳梦梅生死不渝的爱情,歌颂了男女青年在追求自由幸福的爱情生活上所做的不屈不挠的斗争,表达了挣脱封建牢笼、粉碎宋明理学枷锁、追求个性解放、向往理想生活的朦胧愿望。

《惊梦》作为古典戏曲中最令人感佩、发人深思的儿女风情戏,整体浸润着浪漫主义的感伤之美、追求之美、情爱之美和理想之美,在艺术上也取得了突出的成就:

一、《惊梦》是《牡丹亭》中的第十出,表现了杜丽娘青春的觉醒,是杜丽娘性格发展的重要转折,也是杜丽娘从名门闺秀走向封建叛逆的第一步,为她因梦生病直至伤春而亡的情节提供了可信的依据,在全剧中起着至关重要的作用。从结构上看,《惊梦》这出戏可分为“游园”和“惊梦”两部分;就内容而言,主要写女主人公杜丽娘的青春觉醒,梦里钟情,是她反抗和追求的叛逆之路的开始,文采飞扬,历来为人们所传诵。这出戏构思新奇,匠心独运,此前的所有笔墨都是为它而巧作安排,此后的情节又都是围绕它而展开。可以说,无此一出,便无《牡丹亭》。

二、成功地刻画了人物的心理。通过游园,正面刻画了杜丽娘在美好春光的诱发下春情萌动的心理状态,把景物描写和心理描写巧妙结合在一起,层次丰富。游园前杜丽娘矜持端庄,《关雎》搅动了她那寂寞苦闷的情怀,于是要和丫鬟春香一同去游览花园,心情激动兴奋；游园中，“姹紫嫣红”的大好春光进一步刺激了她要求身心解放的强烈感情，成对的莺燕挑逗着她的春情，惊诧兴奋的情绪波动搅乱了她的心绪，对自身的遭遇顿生悲叹幽怨之情。她在现实中无法实现的爱情，在梦境中得到了实现，在梦幻中冲破了封建礼教男女之大防，“两情欢洽，缱绻绸缪”。梦幻中的幸福，正是她在精神世界中对封建礼教的大胆叛逆。对以往生活的苦闷、不满、厌恶，逐渐升华为一种对理想世界的朦胧期待、对爱情的憧憬和追求。这正是《惊梦》一出所表现的深刻内容。游园后的“寻梦”则体现了她对爱情的由衷向往与执着追求。原来梦境中的那缕光明并不是来自现实社会，杜丽娘终于怀抱着对爱情的渴望耗尽了自己的心血，在“凄凉冷落”的现实世界中抑郁而死。

这里，不但人物心理刻画层次性强，而且手法多样，如描写外貌举止，以显示人物隐秘的内心世界；描写景物春光，以烘托反衬人物的情感心理。直接倾诉与间接表现结合，以突出人物情感。

三、曲词尖新工巧，绚丽多彩，富于诗情画意。无论写景、抒情、表白与沉思，无不缠绵悱恻，惊心动魄。运用多种修辞格，如谐音、双关、拟人、比喻、衬托、通感，皆恰到好处，含蓄优美。用典自然贴切，化用成语和前人诗词曲名句，华美雅丽，声情并茂，不见斧痕。

在《惊梦》中，杜丽娘的感情起伏非常大，从青春意识觉醒所带来的烦闷到对爱情的朦胧渴望，以及这种渴望无法实现的无奈，从赞美春天到伤感春天以及伤感个人命运的无法把握，杜丽娘复杂的内心世界通过游园被加以细腻地描摹。汤显祖由衷地赞美杜丽娘对爱情的执着：“情不知所起，一往而深，生者可以死，死可以生。生而不可与死，死而不可复生者，皆非情之至也。”（汤显祖《牡丹亭题词》）

273.《牡丹亭》有何文化警示意义？

答：汤显祖不仅在《牡丹亭》中淋漓尽致地搬演了他的“至情论”，还曾经尝试过以情施政，在县令任上创建其“至情”理想国。

《牡丹亭》　高马得

然而绝情无义的朝廷及其大小爪牙们的倒行逆施，最终使汤显祖的政治“至情”理想国的美梦归于破碎。于是，他就借梨园小天地展现人生大舞台的瑰丽画面，在戏剧艺术中畅快恣意地演绎出无情、有情和至情的三大层面和多元境界。汤显祖再三强调人的情感需要，肯定人的审美欲求，这正是对程朱理学无视情感欲望的有力反拨，是对统治阶级所设置的重重精神枷锁的挣脱与释放。因此，诞生于16世纪末的《牡丹亭》有其特殊的文化意义。

一、以情反理，反对处于正统地位的程朱理学，肯定和提倡人的自由权利和情感价值，褒扬像杜丽娘这样的有情之人，从而拨开了正统理学的迷雾，在受迫害最深的女性胸间吹拂起阵阵和煦清新的春风。身处明代社会的广大女性，确实有如生活在水深火热的监牢之中。一方面是上层社会的寻欢作乐、纵欲无度；另一方面是统治阶级对女性的高度防范与严厉禁锢。用程朱理学来遏止人欲毕竟过于抽象，于是便用太后、皇妃的《女鉴》《内则》和《女训》来教化妇女。当然最为直接、生动、具备强烈示范意义的举措是树立贞节牌坊。明代的贞节牌坊立得最多，这些牌坊下所镇压着的，是一个个贞节女性的斑斑血泪和痛苦不堪的灵魂。一出《牡丹亭》唤醒了无数女子的生命意识，产生了极为强烈的社会震撼力。

二、崇尚个性解放，突破禁欲主义。肯定了青春的美好、爱情的崇高以及生死相随的美满结合。千金小姐杜丽娘尚且能突破自身的心理防线，逾越家庭与社会的层层障碍，勇敢迈过贞节关、鬼门关和朝廷的金门槛，这是对许多正在情关面前止步甚至后缩的女性们的深刻启示与巨大鼓舞，是震聋发聩的闪电惊雷。杜丽娘的处境原是那般艰难。父亲拘管得那么严密，她连刺绣之余倦眠片刻，都要受到严父的呵责，并连带埋怨其“娘亲失教”。请教师讲书，原也是为了从儒教经典方面进一步拘束女儿的身心。可怜杜丽娘长到如花岁月，竟连家中偌大的一座后花园都未曾去过，在这监牢一般的华堂玉室中，禁锢极深的杜丽娘反抗也极其强烈，做梦、做鬼、做人都体现出“至情”无限。

三、在商业经济日益增长、市民阶层不断壮大的新形势下，对于正在兴起的个性解放思潮起了推波助澜的作用。汤显祖所师事的泰州学派、所服膺的李贽学说乃至达观的救世言行，都是市民社会发展的必然产物。汤显祖没有像李贽、达观那样去硬拼，但他也在文学艺术领域开辟了思想解放、个性张扬的新战场。

作为影响极大的主情之作，《牡丹亭》虽然表现出激情驰骋、辞采华丽的浪漫主义戏剧风格，但也必须看到，《牡丹亭》其实还未从根本上跳出“发乎情，止乎礼义”的传统轨道。特别是后半部戏在总体上还是遵理复礼的篇章，作者并没有彻底实现其以情代理的哲学宣言。他的个性解放思路尚未从根本上脱离封建藩篱，而只是对其中某些特别戕杀人性、极其违背常情的地方进行了理想化的艺术处理。乞灵于科考及第、皇上明断，这也是戏曲的常套之一。尽管如此，汤显祖还是封建时代中勇于冲破黑暗，打破牢笼，向往烂漫春光的先行者。《牡丹亭》也成为古代爱情戏中继《西厢记》以来影响最大、艺术成就最高的一部杰作，杜丽娘已经成为人们心中青春与美艳的化身，至情与纯情的偶像。

274. 李贽“童心说”的主要观点及实质是什么？

答：“童心说”是明中叶后期著名思想家李贽提倡的一种文学主张。他认为：“天下之至文，未有不出于童心焉者也。”（李贽《童心说》）“童心”就是“真心”，也就是真实的思想感情。他指出：“诗何必古选，文何必先秦，降而为六朝，变而为近体，又变而为传奇，变而为院本，为杂剧，为《西厢曲》，为《水浒传》，为今之举子业，皆古今至文，不可得而时势先后论也。”这就是说，文学只有真假问题，不得以时势先后论优劣。他的这些主张，对前后“七子”的复古主义，实是当头一棒。同时，对“公安派”、汤显祖、金圣叹等产生了深远影响。具体体现在其《焚书》卷三的杂论《童心说》中。

李贽在《童心说》中深刻揭露了道学及其教育的反动性和虚伪性，阐明了李贽的读书作文教育观，洋溢着自由主义教育反对封建教育的桎梏、追求个性自由和解放的精神。

一、标举人的真性情。李贽的“童心”，其实是新儒家学者先天性善论的继承和发挥。他说，所谓“童心”就是“绝假纯真最初一念之本心”（李贽《童心说》）。这种“本心”是最纯洁的，未受一切污染的，因而也是最完美的，最具一切美好的可能性的。“童子者，人之初也；童心者，心之初也。”（《童心说》）实则是人的个性和主体价值的自觉。如果丧失了这种自觉的“本心”，那么，人就失去了个体价值，人就不再能以一个真实的主体而存在。李贽提倡“童心”，就是反对以孔孟之道为心、反对以封建思想为心。李贽认为，孔孟之道根本违背人的本性，因此凡出于孔孟之道的人、事、言、行，都乖离生活的真实，整个封建主义的社会现象均属虚假。这样，他所说的“真”就超出了一般意义上的真实的含义，而有了生活本质的真实、历史的真实的含义。李贽提倡“童心”，为了恢复人的初心，反对以“闻见道理”为心。他认为，人的初心本是纯真美好的，后来，由于“闻见道理”逐渐侵入，遂使人知道了文过饰非、隐恶扬善，于是初心被障，流于“以假人言假言”。

二、反教条、反传统、反权威的叛逆精神。李贽从“童心”出发，大胆地揭露了伪道学家的虚伪本质，把《六经》《论语》《孟子》等圣贤经传当作一切虚假的总根源。李贽认为这些圣经贤传真伪难考，是非不辨，根本不能奉为经典，“夫《六经》《语》《孟》，非其史官过为褒崇之词，则其臣子极为赞美之语；又不然，则其迂阔门徒，懵懂弟子，记忆师说，有头无尾，得后遗前，随其所见，笔之于书。后学不察，便谓出自圣人之口也，决定目之为经矣，孰知其大半非圣人之言乎？”（《童心说》）即便是圣人所说的话，也“不过因病发药，随时处方，以救此一等懵懂弟子，迂阔门徒云耳。医药假病，方难定执，是岂可遽以为万世之至论乎？”（《童心说》）因而，“《六经》《语》《孟》,乃道学之口实，假人之渊薮也，断断乎其不可以语于童心之言明矣”（《童心说》）,从而否定了传统的经典教材。这种观点在当时是十分大胆的，表现了李贽反教条、反传统、反权威的叛逆精神。

需要明确指出的是，李贽并不是一概反对闻见读书，而只是反对因闻见读书而障此初心，实际上就是反对与人的初心相悖逆的封建意识对人心的污染。要求为文者摆脱以孔孟之道为主体的封建意识的影响，以市民的、反封建的思想观察生活，指导写作。这在当时的历史条件下，无疑是具有进步意义的。

275. 什么是“诗话”“词话”？

答：在中国传统文论中，“诗话”“词话”主要指中国古代诗歌理论批评的一种形式。

一、“诗话”是中国古代的一种独特的论诗的文体，评论诗歌、诗人、诗派及记录诗人故事的著作；其概念有狭义与广义之分。狭义的“诗话”是指诗歌的话本，即关于诗歌的故事，属于随笔体，如欧阳修的《六一诗话》；广义的是中国诗歌鉴赏、诗歌批评的主要著作形式。这种诗话体式，是中国古代诗歌体制特别是唐代律诗高度发展的产物，改变了中国古代文学批评原有的格局。

“诗话”的萌芽很早，中国古代评论诗歌、诗人、诗派，记录诗人议论、事迹的著作，写“诗话”之风，宋朝最盛，明清两代次之。

《历代诗话》《历代诗话续编》《清诗话》等，辑集了历代重要“诗话”著作。最著名的是宋欧阳修《六一诗话》和清袁枚《随园诗话》等著作（章学诚《文史通义·诗话》）。清人何文焕编印《历代诗话》即以此书冠首，但严格说来，它还不是后世所说的“诗话”。最后一部则是钱锺书先生的《谈艺录》。

二、明清时期，“词话”“曲话”等形式也在诗话的影响下发展起来，如明末清初李渔《李笠翁曲话》，清况周颐《蕙风词话》，清陈廷焯《白雨斋词话》，近代王国维《人间词话》等，在理论上都达到了很高的水平。前者对戏曲创作中的一系列问题进行了较好的或精到的分析，是戏曲文学理论方面的代表性著作；后者则在一些问题上颇有创见。此外，还有总论诗、词、曲、赋、文的著述，如清刘熙载《艺概》，也颇多创见。这些“词话”“曲话”的出现，进一步丰富了中国古代文学理论的形式。

“诗话”“词话”“曲话”等的一般特点是：多数并不以系统、严密的理论分析取胜，而常常以三言五语为一则发表对创作的具体问题，以至艺术规律方面问题直接性的感受和意见。而它们的理论价值，通常就是在这些直接性的感受和意见中体现出来的。

此外，“诗话”还指说唱文学的一种，其体制有诗也有散文。属于“词话”系统，有说有唱，韵文、散文并用，韵文大都为浅近通俗的七言诗赞。现存最早的作品是宋元时期刊印的《大唐三藏取经诗话》，明代的《金瓶梅词话》亦属此类。

276. 明代文学论争的特点及其现实影响怎样？

答：在元代文学新变的基础上，明代文学的发展历程，有曲折、有突进，呈现了一种波浪形的态势。

明代文学的一个突出特点是集团林立，流派纷呈，标新立异，争讼不息。以弘治、正德年间的“前七子”（李梦阳、何景明、康海、边贡、王九思、王廷相、徐祯卿）为代表，文士的集合改变了过去以兴趣相结合的模式，形成了以主张相结合的风气，这标志着明人流派观念的自觉。但往往由此而造成了“今则各在户庭，同时并角，其议如讼。拟古造新，入途非一；尊吴右楚，我法坚持。彼此纷嚣，莫辨谁是”的局面（范景文《范文忠公文集》卷六《葛震甫诗叙》）。这种流派的纷争在弘正、嘉隆间特别热闹。万历以后，国事日非，文人结社多指斥朝政，臧否人物，党同伐异，意气激荡，本来文艺性、学术性的团体渐渐打上了鲜明的政治色彩，如声势浩大的全国性团体复社就是一个突出的例子。因此，明代的文学团体，尽管标榜不同，或以地域分（如吴中四杰、闽中十才子等），或以社所名（如碧山十老、几社六子等），或以时代称（如景泰十才子、嘉靖八才子等），还有用官职、师门、家庭等关系来划分的，但究其性质，主要就是兴趣型、主张型、政治型三类。

在明代文学史上，特别受人注目的就是“主张型”的文学团体和他们所引起的文学论争。明代文人论争有其鲜明的特点：

一、各有一套较为明确的文学主张，其结合不是停留在创作实践上的趣味相投，而是趋向理论观点上的人以群分，完成了从文学实践的流派向文学理论的流派的过渡。

二、主观上都有比较强烈的革新意识，希望能革除前弊，使文学创作符合各自心目中的规范。他们有的从作品本体着眼，或重其格律文采，或重其真情实感；有的从创作主体出发，或重其直抒胸臆，或重其法古就范；有的从接受角度考虑，或重其格律声调，或重其意象风韵，都发表过一些有益的见解，丰富了中国古代文学理论的宝库。

明代文学论争对当时及后来的文坛产生了较为深广的影响：

一、破坏了自由论争的学术氛围。由于生活在这个商业繁荣、急功近利的社会中的多数文人，缺乏深厚的学养和宽广的胸怀，未能在文学的一些根本问题上进一步做出深入、全面、系统的思考，常常纠缠在学古态度、创作途径和如何表现自我等一些较为次要甚至枝节的问题上，争得热火朝天；同时，为标新而故意立异，矫枉过正，思想方法上好走极端，不免陷入片面化的泥坑；在作风上又分门立户，拉帮结派，不容异己，态度狂易，霸气十足。这样，使得明代本来应该具有的一种学术自由争论的空气，被自以为是、相互攻击、抹杀一切的霸气所污染了。

二、客观上促进了文学的变通和发展。明代的文学论争，在分门立户、交相否定的过程中，实际上也暗暗地相互渗透、救弊补失，从而促进了文学的变通和发展。

例如，针对“前七子”师法秦汉古文而积剽袭模拟之弊，“唐宋派”王慎中、唐顺之等在心学和文学通俗化的思潮影响之下，提倡学习与明代语言差距较小的唐宋散文，强调“学为文章，直抒胸臆，信手写出”，自由地表达作者独立的主体精神，在作品中能见到“真精神与千古不可磨灭之见”（唐顺之《荆川先生文集》卷七《答茅鹿门知县二》）。文章从佶屈聱牙中解放出来，走向自然流畅、平易近人。但由于他们过于追求理正法严，不免失之于沉滞，不久就遭到了李攀龙、王世贞等“后七子”的反击。李攀龙批评唐、王两人的文章“惮于修辞，理胜相掩”，只是以“易晓”“便于时训”而取悦于天下之士（李攀龙《沧溟集·答陆汝陈书》）。但“唐宋派”打破了“文必秦汉”的神话，为后来“公安派”的崛起做好了准备，而且“后七子”中如“独操柄二十年”（《明史·王世贞传》）的王世贞后来也悄悄地肯定了归有光等人的文章，摒弃成见，会通众说，归于平和。

再如戏剧领域内经过了一场汤（汤显祖）、沈（沈璟）之争，人们在研究、斟酌了两人的短长得失之后，终于认识到了曲意与曲律不可偏废。吕天成提出了著名的“双美”说；王骥德认为越中词派的一些剧作在“度品登场，体调流丽”两方面取得了可喜的成绩（王骥德《曲律》卷四）。这有力地证明了通过论争而取得的“双美”共识，在戏曲创作的实践中产生了效果。

明代文人集团的林立和各种流派的纷争就这样既是现实创作的反映，又反过来推动了创作和流派的发展；既使作家更加自觉地追求和凸现流派的风神，又使各派的文风在相互交流、相互调剂的过程中沿着相反相成的规律不断演进。沿着这一方向，在以后的文学史上，文人们的集团意识和流派观念更加自觉，更加明确。

277. 什么是通俗文学？

答：通俗文学也称俗文学，是指相对于正统文学（诗、文）而言的、流行于民间、为大众所喜闻乐见的一类文学作品，一般包括白话小说、戏曲、讲唱文学等。从创作的过程看，大都是民间集体口头创作；从内容上看，大都反映民间大多数人的思想感情；从形式上看，大都通俗易懂，新鲜活泼，为大众所喜闻乐见。

在中国文学的传统观念中，以诗文为代表的雅文学一向是正宗，小说、戏曲等俗文学被视为鄙野之言，甚至是淫邪之辞。明代统治者出于自己享乐的需要，也往往对小说、戏曲等俗文学产生了越来越浓厚的兴趣，这在客观上为俗文学地位的提高及其繁荣发展创造了条件。在理论上比较明确地肯定俗文学的价值，是从李梦阳、何景明等人开始的。汤显祖在《宜黄县戏神清源师庙记》等文中详细地论述了戏曲具有强烈的艺术感染力和巨大的社会教化作用，认为是“以人情之大窦，为名教之至乐”（汤显祖《宜黄县戏神清源师庙记》）。明冯梦龙《古今小说序》也从教化功能出发，认为《论语》《孝经》等经典的感染力都不如小说“捷且深”。他对民歌同对戏曲、小说一样倾注了极大的心力，认为“但有假诗文，无假山歌”（冯梦龙《古今小说序》），在整理编辑民歌时明确地抱着“借男女之真情，发名教之伪药”（冯梦龙《序山歌》）的宗旨，把矛头直指封建礼教的虚伪性。他们的这些言行，在当时具有振聋发聩的意义，在中国文学史上第一次形成了为小说、戏曲、民间歌谣等俗文学争文学地位的高潮。这和当时市民阶层的壮大，新的读者群和作家群的形成，文学的世俗化、商业化等因素结合在一起，自然地促进了小说、戏曲和各类通俗文学创作的繁荣。在各类通俗文学中，小说的勃兴最为引人注目。

冯梦龙是我国文学史上一位重要的通俗文学大师，在通俗文学的搜集、整理和编撰方面做出了突出的贡献。他在思想上受李贽的影响较深，对通俗文学有着独到而鲜明的认识。他所编撰的“三言”和凌濛初编著的“二拍”代表着我国明代通俗文学的最高成就。

在“三言”“二拍”的推动下，明末清初白话短篇小说创作如雨后春笋般繁盛一时。这些作品随着明末政治形势的严峻，人文思潮的变化，大致从侧重于主情到倾向于重理，虽然更加关心现实，但说教气味转为浓重，艺术形式虽有创新，但总的艺术水准呈下降趋势。

278. 明代通俗文学的发展对加强文学特性的认识有什么促进作用?

答：明代戏曲、小说及民歌等通俗文学的发展，明显地促进了人们对于文学特性认识的深化。这主要表现在以下四个方面：

一、高度重视文学的情感特征。明代文学家对于情感的论述特别丰富，往往把情感作为品评作品美学意义和社会功能的准则。这是宋元以来对于理学专制的反弹，是肯定自我、张扬个性的一种表现。通俗文学一般都“绝假纯真”,是真情实感的自然流露，所以往往成为主情论者的“样板”,于此加深了他们对于文学情感特征的思考和认识，并以此来作为批判“假文学”的武器。这从李梦阳赞扬民歌“无非其情也”,说“真诗乃在民间”（《李空同全集》卷五十《诗集自序》),到袁宏道称民歌“能通于人之喜怒哀乐嗜好情欲”,是“真人所作”之“真声”（《袁宏道集笺校》卷四《叙小修诗》）；从徐渭强调“曲本取于感发人心”（《南词叙录·叙文》),反对在戏曲创作中玩弄“时文气”,到汤显祖创造“理之所必无”而“情之所必有”的“有情人”杜丽娘（《牡丹亭题辞》）；从瞿佑称作文言小说“哀穷悼屈”（《剪灯新话序》),李贽称《水浒传》是“发愤之所作”(《忠义水浒传叙》),到冯梦龙编短篇小说集名之曰《情史》,提出“情教”说（《情史序》),都表明明代情感论的发展与通俗文学的繁荣有着密切的关系。

二、清晰认识文学的“虚”“实”关系。明代以前的文学理论，主要建筑在诗论文评的基础上，重在诚、真、信、实，反对浮、夸、虚、幻，往往不能正确地认识艺术真实与生活真实的关系。而戏曲、小说与诗歌、散文不同，它们描绘的故事与人物大都是虚实相间、真幻互出，多有艺术虚构。但是，由于受传统观念的束缚，对戏曲、小说艺术虚构问题的认识也有一个过程。就文言小说而言，直到胡应麟才对唐传奇的艺术虚构有了比较清醒的认识。他说“唐人乃作意好奇，假小说以寄笔端”，作“幻设语”（《少室山房笔丛》卷三十六）。同时，他论戏曲说：“凡传奇以戏文为称也，亡往而非戏也，故其事欲谬悠而亡根也，其名欲颠倒而亡实也。”（《少室山房笔丛》卷四十一）在他前后，熊大木、谢肇淛、汤显祖、王骥德、李日华、叶昼、冯梦龙、袁于令等都对文学的虚构性作了较好的论述。如谢肇淛在《五杂俎》中说：“凡为小说及杂剧戏文，须是虚实相半，方为游戏三昧之笔。亦要情景造极而止，不必问其有无也。”（明谢肇淛《五杂俎》）李日华在《广谱史序》中说：“虚者实之，实者虚之，实者虚之故不系，虚者实之故不脱；不脱不系，生机灵趣泼泼然。”（《广谱史序》）叶昼在评《水浒传》说：“《水浒传》事节都是假的，说来却似逼真，所以为妙。”又说：“世上先有《水浒传》一部，然后施耐庵、罗贯中借笔墨拈出。”（《水浒传一百回文字优劣》）这样认识文学的虚构性及其与现实生活的关系，在明代以前是难以见到的。

三、开始关注人物的性格刻画。宋元以前，由于长篇叙事作品并不发达，故有关塑造人物形象的理论也比较缺乏。明代戏曲、小说的繁荣，促使人们对于有关人物塑造和性格刻画的问题予以关注。

如王世贞评《琵琶记》：“各色的人，各色的话头，拳脚眉眼，各肖其人，好丑浓淡，毫不出入。”（《成裕堂绘像第七才子琵琶记》卷一“前贤评语”）徐渭评《西厢记》：“作《西厢》者，妙在竭力描写莺之娇痴，张之笨趣，方为传神。若写作淫妇人、风浪子模样，便河汉矣。”（《徐文长批评虚受斋绘图精镌本北西厢记》第三折第三套《乘夜逾墙》眉批）

用写形传神的理论来评价人物形象在小说批评中更加普遍。如谢肇淛说刻画人物如“范工抟泥，妍媸老少、人鬼万殊，不徒肖其貌，且并其神传之”（《金瓶梅跋》）。在论人物形象时，叶昼的理论特别引人注目。他在《水浒传》的回评中总结其塑造人物形象的成就时说："描画鲁智深，千古若活，真是传神写照妙手。且《水浒传》文字妙绝千古，全在同而不同处有辨，如鲁智深、李逵、武松、阮小七、石秀、呼延灼、刘唐等众人，都是急性的，渠形容刻画来各有派头，各有光景，各有家数，各有身份，一毫不差，半些不混，读去自有分辨，不必见其姓名，一睹事实就知某人某人也。"(《水浒传一百回文字优劣》）这里所提出的"同而不同处有辨"的命题，即要求在共性中写出"一毫不差，半些不混"的鲜明个性，充分地说明了明代文学理论批评中的人物性格论已经具有相当的深度。

四、更加注重文学语言的通俗易懂。在中国文学史上，大张旗鼓地提倡语言的通俗化，是随着白话小说的繁荣而兴起的。嘉靖本《三国志通俗演义》,书名就突出了"通俗"两字。其书卷首蒋大器序十分强调通俗的重要性，认为只有写得"读诵者人人得而知之"，才能使"一开卷，千百载之事豁然于心胸"（《三国志通俗演义》蒋大器序）。以后的小说论者曾从各个角度论证了使用"俗近语"的重要意义。至于戏曲，虽有一定的特殊性，但不少论者在谈及宾白时，也都强调通俗性。明代文学家对于语言通俗化的注重，不但对当时俗文学的发展起了直接的推动作用，而且对后来特别是晚清文学革命也产生了深远的影响。

俗文学的发展，推动、刺激了雅文学向着俗化的方向演变，而俗文学自身也在雅文学的规范、熏陶下趋向雅化。明代文学就在俗与雅的相互交融、相互促进、相互转化的过程中留下了独特的发展轨迹。

279. 汤显祖"至情论"的具体表现是什么？

答：汤显祖在明代剧坛上堪称一峰独秀。作为明代成就最高、影响最大的剧作家，其"临川四梦"达到了同时代戏剧创作的高峰。其中《牡丹亭》是汤的代表作，他曾说"一生四梦，得意处惟在牡丹"。

汤显祖先后创作了《牡丹亭》(1598)、《南柯记》(1600)、《邯郸记》(1601),连同以前所写的《紫钗记》(1587)在内,合称为"临川四梦"或"玉茗堂四梦",并在剧作中完整地展示了他的"至情"论。汤显祖再三强调人的情感需要,肯定人的审美欲求,这正是对程朱理学无视情感欲望的有力反拨,是对统治阶级所设置的重重精神枷锁的挣脱与释放。

汤显祖的"至情"论大致表现在三个方面:

一、从宏观上看,世界是有情世界,人生是有情人生。"世总为情"(汤显祖《耳伯麻姑游诗序》),"人生而有情"(汤显祖《宜黄县戏神清源师庙记》),"情"与生俱来并始终伴随着生命进程。而且"万物之情,各有其志"(《董解元西厢记题词》),各有其秉性和追求。"思欢怒愁"等表象,感伤、宣泄等渠道,都是情感流程中的不同环节。世间之事,非理所能尽释,但一定都伴随着情感的旋律。

二、从程度上看,有情人生的最高境界是"至情",《牡丹亭》便是"至情"的演绎。汤显祖在该剧《题词》中说:"情不知所起,一往而深。生者可以死,死可以生。生而不可与死,死而不可复生者,皆非情之至也。"(汤显祖《牡丹亭题词》)这种贯通于生死虚实之间、如影随形的"至情",呼唤着精神的自由与个性的解放。

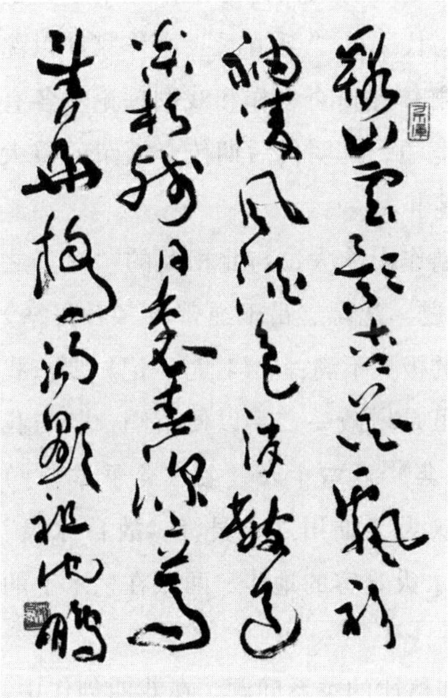

汤显祖七言诗　沈鹏书

三、从途径上看,最有效的"至情"感悟方式是借戏剧之道来表达。戏剧表演可以"生天生地生鬼生神,极人物之万途,攒古今之千变",使得观众在戏剧审美活动中无故而喜，无故而悲，将旁观者的冷漠与麻木不仁的状态调整过来，“无情者可使有情，无声者可使有声……人有此声，家有此道，疫疠不作，天下和平”，人们最终在“至情”的照耀下，于戏剧的弦歌声中，把世界变成美好的人间（《宜黄县戏神清源师庙记》）。

汤显祖的“至情”论主要是源于泰州学派，同时也渗透着佛道的因缘。业师罗汝芳、亦师亦友的达观和尚、素所服膺的李卓吾先生，在汤显祖思想与人格的形成过程中矗立起三座丰碑。他曾深情地回顾道：“如明德先生者，时在吾心眼中矣。见以可上人（达观）之雄，听以李百泉之杰，寻其吐属，如获美剑。”（汤显祖《答管东溟》）可见，他们对汤显祖确立以戏曲救世、用至情悟人的观念都影响至深。

280. “临川派”和“吴江派”的艺术主张分别是什么？

答：万历至崇祯年间（1573—1644），明代传奇创作迎来了其创作的高潮期和繁荣期。以汤显祖为代表的“至情派”剧作家和以沈璟为领头人的“吴江派”曲学家群体在传奇创作和戏剧理论上各有特点。这两大戏剧流派的形成与竞争，是明代后期传奇繁荣的重大标志，也是中国戏剧史上的一大盛事。

沈璟的曲学主张比他的戏剧创作影响大，与此相关的“沈汤之争”成为明代戏剧史上的重要话题。沈璟、吕玉绳曾将《牡丹亭》改编成《同梦记》，引起了汤显祖的极大不满：“《牡丹亭记》要依我原本，其吕家改的，切不可从。虽是增减一二字以便俗唱，却与我原做的意趣大不同了。”（《汤显祖集》卷四十九《答宜伶罗章二》）“沈汤之争”由此而生，王骥德认为“临川之于吴江，故自冰炭”（王骥德《曲律》），两位大家到了水火难容的地步。两派在艺术上的分歧，主要表现在两个方面：

一、关于戏曲创作中的情辞和格律的关系问题。在戏曲创作中，汤显祖注重情辞，要求格律服从情辞，强调格律对情辞的依附性，反对格律约束情辞。他认为“凡文以意、趣、神、色为主”（汤显祖《答吕姜山》）,甚至说“余意所至，不妨拗折天下人嗓子”。（王骥德《曲律·杂论》）沈璟则注重格律，强调“合律依腔”,便于“俗唱”,讲求戏曲的演唱效果，甚至认为“宁协律而词不工，读之不成句，而讴之始协，是曲中之工巧”（吕天成《曲品》）。这是沈璟曲论中影响最大的方面，也是他一以贯之的主张。他在【二郎神】套曲《词隐先生论曲》中说：“欲度新声休走样！名为乐府，须教合律度腔。宁使时人不鉴赏，无使人挠喉捩嗓。说不得才长，越有才越当着意斟量。……纵使词出绣肠，歌称绕梁，倘不谐音律也难褒奖。”讲究声律当然并不错，但是到了因律害意也在所不惜，这就太过分了。就连沈璟自已也难于做到字字妥帖，冯梦龙等人曾多次提到过他在音律上的错误。

总起来看，沈璟剧作的思想倾向偏于保守，倡导封建伦理道德的气息比较浓厚。这可以说是其曲论主张的一个基本出发点。

二、关于戏曲语言的文采与本色问题。汤显祖虽不排斥本色，但更重视文采。沈璟则持“本色论”,强调语言的通俗自然。他坦言“鄙意僻好本色”（《词隐先生手札二通》）。“本色”,就是多用拙俗的民间俚语。这两派的分歧，实际上是不同艺术流派的不同风格问题，都各有其合理性。但追求太甚，易走极端。故“吴江派”作家吕天成希望采两家之所长，合二为一，他说：“倘能守词隐先生之矩镬，而运以清远道人之才情，岂非合之双美者乎?”（吕天成《曲品》）其实，除了《义侠记》等少数几出戏外，沈璟本人也没能真正做到本色化。

沈璟、吕玉绳将《牡丹亭》改编成《同梦记》,意欲用江苏的昆曲音律去规范远在江西、依然受到海盐腔影响的宜黄腔音律进行创作的汤显祖，这当然是“吴江派”妄自称尊的苛求。然而，《牡丹亭》原本后来被曲学家和演唱家们用昆曲搬上舞台，成为昆曲最有影响的代表作之一，却是沈璟所始料不及的。

中国古代文学三百题

清代文学

281. 为什么说清代文学集历代文学之大成?

答：中华文明源远流长，自有文字记载以来，文学之事日渐昌盛，在与时维新中，文类生新，文体繁复，诗词曲赋各领风骚，古文、骈文交替争胜，通俗文艺戏剧、小说等与雅文学争奇斗艳，文学长河渐趋汪洋。

王国维曾说“一代有一代之文学”，但清代却并没有具有标志性的一代文学，而是体现出集历代文学之大成的特征。

一、历史上曾经出现过的文体形式在清代文坛一应俱全。元明以来新兴的大众通俗文艺如小说、戏曲继续蓬勃发展，日趋衰落的诗歌、古文、骈文再度振兴，词在清代初期迎来了中兴。郭绍虞说：“清代学术有一特殊的现象，即是没有它自己一代的特点，而能兼有以前各代的特点。”在论及清代学术之集大成时说：“就拿文学来讲，周秦以子称，楚人以骚称，汉人以赋称，魏晋六朝以骈文称，唐人以诗称，宋人以词称，元人以曲称，明人以小说、戏曲或制艺称，至于清代的文学则于上述各种中间，或于上述各种之外，没有一种比较特殊的足以称为清代的文学，却也没有一种不成为清代的文学。盖由清代文学而言，也是包罗万象而兼有以前各代的特点的。”①

二、推陈出新，促进了近现代新文体的发展。在中国文学史上曾经盛行过、辉煌过的文学样式，在清代文坛几乎都有一席之地，而且推陈出新，形成了鲜明的时代特色。比如，词创作呈现“中兴”的局面，不仅大家辈出，流派纷呈，不但出现了以陈维崧为宗主的阳羡词派和朱彝尊为领袖的浙西词派，更有“北宋以来，一人而已”（王国维《人间词话》）的纳兰性德。清词遥接两宋，成绩骄人，词学研究也取得了长足进步，晚清王鹏运、况周颐、郑文焯、朱祖谋并称“晚清词学四大家”。经唐宋古文运动冲击过的骈文也再度复

---

① 郭绍虞．中国文学批评史［M］．上海：上海古籍出版社，1979：6.

兴，一度出现了与桐城派古文相抗衡的局面。大学士阮元、汪中等都为骈文争地位，汪中的《哀盐船文》是一篇以突发事故为题材的纪实文学，将骈文的美文特质和现实功能发挥得淋漓尽致，促进了近现代新文体的发展。

三、古典审美特征得以复归与发扬。中国古典诗歌在经历了唐宋的辉煌后，鲜有创新。明清易代，汉学复兴，诗歌创作与经世致用的复古思潮相呼应，他们伤时忧世，或悲愤呼号，或砺志复明，或抒发黍离之悲、沧桑之感，关注国运民生，缘事而发，继承并发扬了中国传统史学的审美的特征。如以钱谦益为代表的遗民诗、吴伟业的歌行诗、王士祯的神韵诗等，中国诗歌的传统精神和古典审美特征，在清代都得到了继承和发扬。

282. 清初散文的发展概貌是怎样的？

答：清代作为中国封建时代的收束期，古体散文创作接近尾声，清代散文，就其整体而言，正统思想和教化色彩明显加强，具有理性强而灵性弱，学术性明显高于文学性的特点。但在清初，由于文禁未严，散文创作相对自由，经世致用的论说文、以讽时刺世见长的小品和文学散文都有所发展。

一、论说文：以经世致用为前提的论说文创作，以钱谦益、黄宗羲、顾炎武等学者为代表，他们既是明末遗民、抗清志士，又是进步的思想家和学富五车的学者。主张文章要“载道”，作家只有具备了高尚的情操和过人的学问，才能写出好的文章。这批学者文人留心世务，研经治史，提倡经世致用之学，既反对明代前后七子的拟古主义，也反对公安派、竟陵派的虚浮文风。因为处于民族斗争和阶级斗争极为尖锐的特定历史时期，又都积极投身抗清斗争，以振兴民族为己任。因此，他们的作品大都写得内容充实，感情激越，议论精辟，行文流畅，尤以政治、哲理散文成就为高。代表作有黄宗羲的《原君》《明夷待访录》、王夫之的《黄书》、顾炎武的《生员论》《形势论》等。

二、小品文：易代之际，明末小品文虽然处于衰落期和蜕变期，但以张岱、尤侗、廖燕等为代表的小品文创作依然活跃。内容上，或沿袭晚明小品的文风而以沧桑之思代替闲情之趣，或趋向严肃，讽时刺世，如“匕首寸铁，刺人尤透”（廖燕《选古文小品文序》）。清初小品文在此后文网日密的社会背景中逐渐消歇。

三、文学散文：清初文学散文获得了长足发展，代表作家是并称为“清初三大家”侯方域、魏禧和汪琬。他们师法韩愈、欧阳修，以传记散文见长，作品艺术性强。尤以侯方域影响最大，他继承韩、欧古文传统，融唐宋传奇笔法于一炉，流畅恣肆，委曲详尽，艺术手法多样，形成清新奇峭的风格，具有较强的艺术感染力。

283. 桐城派的文学主张及其影响如何？

答：桐城派是清代康熙年间方苞创始的，方苞与后起者刘大櫆、姚鼐并称“桐城三祖”。因为他们都是安徽桐城人，因而得名。桐城派是清代最著名、影响最大的散文流派，其正宗地位的确立与科举考试用八股文和汉学的兴盛不无关系。郭绍虞在《中国文学批评史》中说：他们能迎合当时统治阶级的意图而为古文，又能配合当时知识分子所倡导的学风以为其古文，桐城文之所由成派，而桐城文派之所由风靡一时，当即以此。”①

桐城派文学主张主要体现为以下两方面：

一、倡“义法”。创始者方苞继承古文传统，首倡“义法”说。认为文章既要言之有物又要文有条理。“义”指文章的内容，即要求以儒家经典为宗旨，服务于当代政治的目的较强；“法”指文章的作法，包括形式、技巧、结构布局、语言应用等。方苞认为“义”即在“法”中，只有风格清真雅洁、文风谨严朴素、内容纯正、语言明确、结构布局合理、取舍精当的文章才算是好文章。义决定法，法则体现义，两者关系是内容与形式的统一。至于什么是古文义法？郭绍虞曾明确指出：“就文之整体而言，则包括内容与形式的调剂，而融合以前道学家与古文家之文论。就文之局部言之，即专就学文

① 郭绍虞．中国文学批评史［M］．上海：上海古籍出版社，1979：635.

方式而言，则又能融合秦汉派之从声音证入以模拟昔人之语言，与唐宋派之从规矩证入以模拟昔人之体式。这样，所以能集古今文论之大成。”①由于“义法”说与制举之文相通，有利于维护理学道统，所以受到朝野的崇奉和欢迎，也成了桐城派遵奉的论文纲领。

二、追求“义理”“考据”“辞章”的统一。刘大櫆上承方苞、下启姚鼐，丰富并拓展了“义法”理论，强调作文的目的是“明义理，适世用”，以“义理、书卷、经济”的“行文之实”扩大“言有物”的内容。桐城派文学理论的最终完成者是姚鼐，提出“义理”“考据”“辞章”相统一的古文最高境界。

桐城派以“义法”为基础，发展成具有严密体系的古文理论，切合古代散文发展的格局，遂能形成纵贯清代文坛的蔚蔚大派，余绪绵延至“五四”前夕，规模之大，时间之久，为我国文学史所少见。

284.《哀盐船文》写作上有何突出特色？

答：与清词相似，骈体文在清代也呈现出“中兴”态势。大家辈出，初有陈维崧、章藻、毛奇龄等，中叶则有阮元、汪中、孔广森、洪亮吉等。尤以汪中成就为高，其代表作《哀盐船文》不仅体现了清代骈文的最高成就，也是古代骈文中的绝作，开创了骈文写作的新高度。

《哀盐船文》是汪中 27 岁时所作，生动逼真地再现了发生在乾隆三十五年（1770 年）十二月扬州仪征沙漫盐船失火事件。此文一出，轰动京师，时人杭世骏为其作序说：“采遗制于《大招》，激哀音于变徵，可谓惊心动魄，一字千金者矣。”写作特点鲜明突出：

一、新闻性。这次盐船失火造成了极其惨重的人员伤亡和财产损失，“坏船百有三十，焚及溺死者千有四百”。作者当时正在扬州探亲，亲眼目睹了这幕人间惨剧，以极其沉痛的心情写下了这篇哀悼性骈文。在今天看来，这是一篇具有一定新闻性质的骈体文。时间、地点、人物、事件、经过、结果等一应俱全，基本具备了近现

① 郭绍虞．中国文学批评史［M］．上海：上海古籍出版社，1979：634.

代新闻写作要素。

二、纪实性。《哀盐船文》以骈体文的形式，以目击者的视角记录了事件发展的全过程，既有全景鸟瞰，又有局部刻画。叙事生动，描写细致，给人身临其境之感。如描写火灾初起是“炎光一灼，百舫尽赤”；船上人仓皇逃生，“跳踯火中，明见毛发。病謈田田，狂呼气竭。转侧张皇，生涂未绝。”跳入江中：“亦有没者善游，操舟若神，死丧之威，从井有仁，旋入雷渊，并为波臣。”无论何去何从，都是死路一条，场面惨烈，令人不忍直视。

三、抒情性。全文围绕着“哀”字展开，饱含着对无辜罹难者的悲哀和怜悯，描写中情感洋溢，叙事之末归于议论，对莫测命运表达了一种惶惑和恐惧之情。如写船上人逃生时，“又或择音无门，投身急濑，知蹈水之必濡，犹入险而思济。挟惊浪以雷奔，势若跻而终坠，逃灼烂之须臾，乃同归乎死地。”“倏阳焰之腾高，鼓腥风而一吷。洎埃雾之重开，遂声销而形灭。齐千命于一瞬，指人世以长诀。”字里行间绝不直接使用表示哀叹的情辞，却通篇流贯着哀矜痛苦的悲悯之情，充分发挥了六朝骈文善于抒情的特点。

四、创新性。骈文以对偶工整、辞藻华丽为特点。汪中继承了六朝骈文长于抒情、善于夸饰的特点，融叙事、描写、抒情为一体，描绘逼真而又凄楚动人，运笔圆活，富于辞采，语言典雅，讲究对偶和用韵，极具表现力和感染力；行文灵动，既有骈文句式整齐、音律和谐的优点，又骈散兼行，挥洒自如，使略显板滞的骈体散化，语言典雅而不失其自然，句式工整而不失其生动，实在是对骈体文的一大改造。因此，问世近三百年来，备受推崇。

285. 何谓“虞山诗派”？其创作追求是什么？

答：虞山诗派是明末清初江苏诗坛的三大流派之一。冯班曾使“诗坛旗鼓，遂凌中原而雄一代”，吴乔和赵执信堪称是虞山诗派的余波涟漪。形成于明末，壮大于清初，历明天启、崇祯，清顺治、康熙四朝，前后时间近百年，对东南诗坛的繁荣做出了一定贡献。以钱谦益为首，包括其门生冯舒、冯班、钱曾、钱陆灿等。钱谦益作为开宗立派的领军人物，致力于清诗建设，其诗论代表着虞山诗派的诗学追求：

一、强调时代、遭遇和学问的重要性。钱谦益在对明代复古派和反复古派进行批判的同时，提出“诗有本”的真情论，作诗需以真诚的、具有时代意义的感情为核心，追求性情、世运、学养三者并举。

二、主张转益多师，兼采唐宋。他在广泛继承的基础上创新出奇，故能笼罩百家，肇开风气。所作诗歌体裁新颖，内容充实，叙事抒情，各体兼擅，一扫明末盲目摹古的虚空诗风，开创了清初诗坛清朗活跃的新局面。对补救明代七子模拟盛唐以及公安、竟陵的粗疏草率、幽深孤峭等弊端，确立有清一代诗风，起了“导乎先路”的作用。

286. 吴伟业“梅村体”有何艺术特色？

吴伟业像　李庚

答：明末清初诗人吴伟业在继承中唐元稹、白居易诗歌创作的基础上，融叙事和抒情为一体，辅以“初唐四杰”的辞藻缤纷，晚唐温庭筠、李商隐的风情韵味，再融合明代传奇曲折变化的戏剧性，创作出极富个性的七言歌行。因个性鲜明、风神独具而风行一代，号为“梅村体”。

“梅村体”的艺术特点主要表现在以下三方面：

一、抒情的主观性。吴伟业的七言歌行不以纯客观的叙事为主，而是以强烈的主观抒情性见长，对人物形象的塑造和对诗歌结构的安排也深受其主观性影响。叙事时，常出现大幅度的跳跃，如《圆圆曲》写吴三桂从农民军手中夺回陈圆圆，只用了“若非壮士全师胜，争得蛾眉匹马还”两句；《听女道士下玉京弹琴歌》写弘光朝灭亡，也只用了“南内方看起桂宫，北兵早报临瓜步”两句；《鸳湖曲》写吴昌时竹亭湖墅由盛到衰经历了两次变化，一次是昌时的被杀，另一次是朝代的更迭。后一次变化完全是从“宁使当时没县宫，不堪朝市都非故”这两句感叹中透露出来的，诗中并没有做任何交代。诗人这样写，尽可能地省去了客观的记录，以便腾出更多的笔墨抒情。凡是遇到适合抒情的地方，比如诗中人物的心理活动，易代前后反差巨大的氛围景象，他都泼墨如雨，写得十分酣畅。

二、情节的传奇化。梅村体在题材、格式、语言情调、风格、韵味等方面都具有相对稳定的规范，那就是以故国怆怀和身世荣辱为主，既“可备一代诗史”，又突出叙事写人，多了情节的传奇化。

三、精心结构的诗歌形式。梅村体叙事诗约有百首，都是以人物命运浮沉为线索，叙写实事，映照兴衰，组织结构，设计细节，极尽俯仰生姿之能事。如《圆圆曲》取材吴三桂引清兵入关这一重大政治事件，以吴三桂和陈圆圆的悲欢离合为线索，以极其委婉的笔调，讥刺了吴三桂为一己私情不惜出卖国家民族利益的丑恶行径。“恸哭六军俱缟素，冲冠一怒为红颜”，将画龙点睛般的议论穿插于叙事中，精警隽永，“梅村体”将古代叙事诗推向一个全新的高峰。

吴伟业歌行在他生活的当世，便誉满诗坛，且历久不衰。袁枚说：“公集以此体为第一。”（《吴梅村全集》卷第二附“评”）赵翼说：“以唐人格调，写目前近事，宗派既正，辞藻又丰，不得不为近代中之大家。”（《瓯北诗话》卷九）清末王闿运《圆明园词》、樊增祥前后《彩云曲》、杨圻《天山曲》、王国维《颐和园词》等，都是“梅村体”的遗响。

287. 吴伟业的《圆圆曲》在思想和艺术上有何特色？

答：清初诗坛，吴伟业才华出众，其歌行诗“梅村体”风行一代。代表作《圆圆曲》，取材自吴三桂引清兵入关这一重大政治事件，以吴三桂和陈圆圆的悲欢离合为线索，以极其委婉的笔调，讥刺了吴三桂为一己私情不惜出卖国家民族利益的丑恶行径。

一、《圆圆曲》在思想内容上具有鲜明的时代特征。

（一）题材的重大性。作者选择了重大的政治事件和重要人物作为描写对象，使全诗具有史诗般的历史价值。诗歌以 1644 年的甲申之变为历史背景，以吴三桂和陈圆圆的悲欢离合为叙事情节。崇祯十七年（1644）李自成所部农民起义军向北京发动了猛烈攻击，明廷在军情万分紧急情况下，调驻防于关外的宁远总兵吴三桂撤回保卫京师，当吴三桂军行抵河北丰润时，北京已经陷落了，崇祯帝自缢于煤山。吴三桂驰返榆关，准备向起义军投诚。传说他因听到爱妾陈圆圆被义军劫掠，愤而投清。清兵入关，李自成被迫退出北京城，清王朝得以建立。

（二）思想感情的隐晦性。同吴伟业其他时事题材的诗歌一样，《圆圆曲》也是在新的历史条件下，以隐晦曲折的方式表达故国之思。诗中对吴三桂的批判是严肃的，故国之思和兴亡之感是沉重的，但是作者并没有采取直接抒情的方式加以表达，而是让读者从字里行间予以体会。如“妻子岂应关大计，英雄无奈是多情。全家白骨成灰土，一代红妆照汗青”,这一段把诗开头的主题做了进一步的推演；吴三桂投降后全家三十余口被起义军处死，“全家白骨成灰土”是对吴三桂最辛辣的讽刺。当吴三桂向清人乞援时，却是以大明臣子的身份进行的，他所宣传的也是所谓为君父“报仇”。但是从诗中传诵一时的名句“冲冠一怒为红颜”看来，作者显然并不以为吴三桂具有报国的诚意，更深刻地说，在所有故明士大夫的思想中，吴三桂之“过”在投清，而非讨“贼”。

二、《圆圆曲》在艺术上也有其独特性。

（一）结构布局独具匠心。开篇写“鼎湖当日弃人间，破敌收京下玉关。恸哭六军俱缟素，冲冠一怒为红颜”,堪称全诗的“挈领”句。一针见血地指出吴三桂表面上打着复明的旗号，实际上却是为了一己私情而投降清朝。立意明确，议论精辟，为全诗设置了一个悬念，一时之间广为传诵，成为千古名句。接着诗人先回顾了吴三桂当年初见陈圆圆“侯门歌舞出如花”的深刻印象；接着调转笔锋，以时间先后为序，依次描述了陈圆圆的籍贯、家世、身份及半生遭遇，写陈圆圆过去如何在苏州做妓女，后被田宏遇抢到北京，送进皇宫。旋又“夺归”田家，结识吴三桂，订下婚约；起义军进入北京，陈圆圆做了俘虏。吴三桂得知这一消息，愤然降清，追击李自成，重获陈圆圆。作为整个故事的“收束”的是“妻子岂应关大计，英雄无奈是多情”。吴三桂不惜一家三十八口被李自成杀掉，却使陈圆圆一个女子名留史册。最后，诗歌宕开一笔，用“君不见”三字引出春秋时代吴国为西施而亡的历史传说，点明吴三桂终究不会有什么好下场。全诗总起来看，先倒叙，再顺叙，后总括与抒情。就这种叙事方法而言，它很像是回顾式戏剧。又像电影镜头的化出化入，给人以前后紧密联系的感觉，诗歌段落之间的过渡也就显得非常自然，贯穿一气。

（二）突破了古代叙事诗单线铺展的格局，采用双线跳跃的叙述方法，全诗规模宏大，以吴三桂降清为主线、陈圆圆一生遭际为副线，个人身世与国家命运交织，一代史实和人物形象辉映，两条线不断交叉，曲折发展。同时运用追叙、插叙、夹叙和其他结构手法，打破时空限制，不仅重新组合纷繁的历史事件，使故事的发展呈跳跃状态，动人心魄，也使情节波澜曲折，富于传奇色彩。

（三）语言明快晓畅，艳丽感人，富于音乐性，大量的顶针修辞手法的运用，更增加了语言的活力。如“可怜思妇楼头柳，认作天边粉絮看。遍索绿珠围内第，强呼绛树出雕栏”，很能体现《圆圆曲》的语言特色。“思妇楼头柳”典出唐代王昌龄《闺怨》诗：“闺中少妇不知愁，春日凝妆上翠楼。忽见陌头杨柳色，悔教夫婿觅封侯。”这里是说陈圆圆已经是吴三桂聘下的爱姬。“天边粉絮”比喻漂泊无定、尚未从良的烟花妓女。绿珠是晋代石崇的爱妾，绛树是唐末著名的舞妓，而绛和绿又都是颜色，所以借用绿珠、绛树这两个女子来代指陈圆圆，则不仅切合陈圆圆的身份，而且使诗歌呈现出一片绚丽的色彩。再加上杨柳之翠、粉絮之白、雕栏之美，就构成了一幅浓艳的画面。这好比彩色电影，色彩的鲜明，更能收到渲染气氛、烘托环境的艺术效果。

细腻地刻画心理，委婉地抒发感情，比喻、联珠的运用，历史典故与前人诗句的化用，增强了诗歌的表现力。而且注重转韵，每一转韵即进入新的层次。诗人画龙点睛般的议论穿插于叙事中，批判力量蓄积于错金镂彩的华丽辞藻中，既反映了明末清初社会大动荡的情景，又表达了作家的家国之恨和兴亡之感。

288. 清代词的流派有哪些？其发展情况是怎样的？

答：词自南宋以后，经历了元明两代的沉寂，在明清易代之际摆脱柔靡，呈现出一派“中兴”的气象。

清代词的发展大体可以分为清初和清中叶两个时期。

一、清初词坛流派纷纭，迭现高潮，出现了以陈维崧、朱彝尊、纳兰性德“三大家”为代表的“中兴”局面。

（一）陈维崧是阳羡词派的领袖，学识渊博，性情豪迈，才情卓越，兼以过人的哀乐，作词师法苏、辛，使豪放词大放异彩。其《迦陵词》集存词1629首416调，居古今词人之冠。

他尊词体，多写身世之感和感旧怀古之情，题材广泛，内容丰富，注重反映重大社会问题和民生疾苦，摈弃“小道”和“词为艳科”的传统观念，继承《诗经》和白居易“新乐府”精神，敢拈大题目，写出大意义，反映明末清初的国事，使词并肩“经”“史”，无愧“词史”之称。冲破“诗庄词媚”的畛域，对词的发展有重要意义。陈维崧词风豪放，气魄雄伟，取景壮阔，语言直率劲爽。风格源于辛弃疾，但开疆辟远，比辛词抑郁悲哀更重。他也学苏轼逸怀浩气，却因生活沉重，没有苏词的洒脱旷达。感伤故国之情于悲愤苦涩里盘旋曲折，如《夏初临·本意》笼罩悲悼家国的阴影，令人黯然神伤。《醉落魄·咏鹰》咏物言志，抒发壮志难酬的悲壮襟怀，词气激烈。他在宋明之后异军突起，成为清词的一面旗帜，集结万树、蒋景祁、史唯园、陈维岳等大批阳羡派词人，为词的振兴做出重要贡献。

（二）浙西词派开创者朱彝尊博通经史，工诗词古文，尤长于词。与汪森纂辑唐、五代、宋、金、元词600余家为《词综》，推衍词学宗趣和主张，为词的研究和创作提供了重要资料。朱彝尊推尊词体，崇尚醇雅，宗法南宋，以姜夔、张炎为圭臬，自述“不师秦七，不师黄九，倚新声玉田差近”（《解佩令·自题词集》），他在清朝步入盛世时，提出词的功能“宜于宴嬉逸乐，以歌咏太平”（《紫云词序》），投合文人学子由悲凉意绪转入安于逸乐的心态，也适应统治者歌颂升平的需要，席卷南北，播扬上下，绵亘康、雍、乾三朝。朱彝尊论词主张要有所寄托，将磊落不平之气和吊古伤今之情，化为歌儿檀板。作词多在字句声律上下功夫，注重句琢字炼，音律和谐，清醇高雅，有精工隽永、清丽流畅之胜。浙西派在他的影响下，标举着清空醇雅的风格，蕴藉空灵，无轻薄浮秽之弊，也不落浓艳媚俗。但也限制了创造天地，给浙西词派带来堆填弄巧的风气。因此纵观其词，大都有精巧有余而沉厚不足的缺憾。

（三）清词振兴的硕果是著名的满族词人纳兰性德，《饮水词》存词300余首。纳兰性德是康熙进士，官至一等侍卫，深受宠信，但他厌倦随驾扈从的仕宦生涯，产生“临履之忧”的恐惧和志向难酬的苦闷，也折射出他“羁栖良苦”的悲哀与怨愤。纳兰作词崇尚南唐李璟李煜，论词主情，崇尚入微有致。不事雕琢，反对模仿。词以小令为主，偶有长调，均以功力见长。爱情是其词作的重要题材，写得低回悠渺，执着缠绵，如“落花如梦凄迷”（《相见欢》）、“眼底风光留不住”（《蝶恋花》）等。为爱妻早逝所写悼亡词，如《金缕曲·亡妇忌日有感》《蝶恋花》“辛苦最怜天上月”等，一字一咽，极尽哀怨之致，可与苏轼《江城子·记梦》相媲美。纳兰词真挚自然，婉丽清新，善用白描，不事雕琢，运笔如行云流水，任由感情在笔端倾泻。他还吸收李清照、秦观的婉约特色，铸造出个人的独特风格。况周颐《蕙风词话》把他推到“国初第一词人”的位置。

二、清中叶词。

（一）乾隆年间，浙派词盛极一时，但早期一味拟古，堆砌辞藻，内容空虚，少有佳作。中期领袖厉鹗，“有才无命剧堪嗟”，落魄一生，“诗文之外，锐意于词”（《秋林琴雅跋》），他推衍朱彝尊“醇雅”说，向往“清空”境界，以“远而文，淡而秀，缠绵而不失其正”为“骋雅人之能事”（《群雅词集序》），在姜夔、张炎之外再揽入北宋周邦彦，让音律和文词更为工练。词作以记游、写景和咏物为多，擅长山光水色的描绘，表现幽隽清冷之美。但因生活狭窄和词境单一，也有真气少存、意旨浅薄之弊，后学枯瘠琐碎，更加速了浙派词的衰落。

（二）嘉庆初年，曾致力经学研究的张惠言顺应学术空气和思想潮流的变化，“开山采铜，创常州一派”，使词风为之一变。他论词主张取法《风》《骚》，强调比兴寄托。他所写《词选序》全面阐述自己词学理论：主张尊词体，要词“与诗赋之流同类而讽诵”，提高词的地位，倡导意内言外、比兴寄托和“深美宏约”之致，对扭转词风和指导风气起了积极作用。所作四十多首词，“标高揭己”，实践其词学主张，有力地荡涤淫词、鄙词、游词的词坛三弊。但其词作也缺少社会内容和历史精神；词作俊逸深沉，但有时流于晦涩。

常州派张惠言开创，周济加以发扬光大。他以艺术审美眼光推尊词体，突出词的“史”性和与时代盛衰相关的政治感慨；重视词的比兴寄托，从创作与接受角度上，阐明词“非寄托不入”和“专寄托不出”，揭示最有普遍意义的美学命题，被认为“千古文章之能事尽矣，岂独填词为然”（谭献《复堂日记》）。在正变理论上，他以宋四家周邦彦、辛弃疾、吴文英、王沂孙为学词途径，既纠正了浙派的浅滑甜熟，也使“常派”真正风靡开来，笼盖晚清词坛。但周济创作与理论脱节，对艺术审美和技巧认识较精密，个人词作却未尽如人意。常州词派一直影响到清末词坛，但后起的常州词派词人的作品往往艰涩迷离，不知所云。

289. 纳兰性德词为什么会充溢着哀怨愁苦的情调？

答：清初词坛，词人云集，流派纷纭，高潮迭现，仅顺、康两朝就逾二千家，词作五万余首。影响较大的有以陈维崧为首的阳羡词派、朱彝尊为首的浙西词派和独树一帜的著名满族词人纳兰性德，后者又与曹贞吉、顾贞观合称“京华三绝”。

清词振兴的硕果是纳兰性德（1654—1685），他原名成德，因避讳改名性德，字容若，满洲正黄旗人，太傅明珠长子，康熙进士。他写的词，篇篇言愁，句句写恨，呈现出一种哀怨愁苦的情调。究其原因大略有三：

一、现实的苦恼。父亲明珠身居高位，纳兰性德少年即随侍皇帝左右，深谙统治集团内部复杂的矛盾和激烈的斗争，他无心介入，又不能摆脱，从而陷入苦恼之中。他厌倦随驾扈从的仕宦生涯，产生“临履之忧”的恐惧和志向难酬的苦闷，再目睹官场的腐败，日夕读《左传》《离骚》自我排遣，失望和烦恼让他“读《离骚》，洗尽秋江日夜潮”（《忆王孙》），发之于词，不免愁苦。因此，《饮水词》随处宣泄勃郁侘傺的心情，如他护驾外出所写的《蝶恋花·出塞》：“今古河山无定据，画角声中，牧马频来去。满目荒凉谁可语，西风吹老丹枫树。从前幽怨应无数，铁马金戈，青冢黄昏路。一往情深深几许？深山夕照深秋雨。”缀景荒凉，设色冷淡，个人命运的“幽怨”和回顾历史引发的惆怅，同悼亡的心灵创伤融为一体，酿成哀郁凄婉的情调，贯穿他的全部词作。

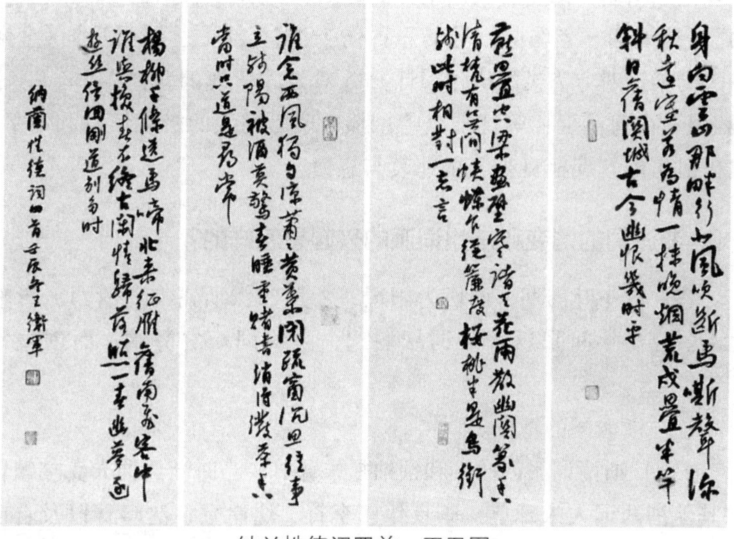

纳兰性德词四首　王卫军

二、生离死别的痛苦，是造成其词哀感顽艳的直接原因。纳兰与原配卢氏伉俪情笃，而他护驾扈从的身份使他不得不轮值宫廷，别离与相思的痛苦使他备受折磨，孰料婚后三年，卢氏死于难产。《饮水词》中许多词作就是为悼念爱妻早逝所写。如《金缕曲·亡妇忌日有感》《蝶恋花》“辛苦最怜天上月”等，一字一咽，颡泪泣血，不仅极哀怨之致，也显示了纯正的情操，可与苏轼《江城子·记梦》相比。纳兰词标出悼亡的有七阕，未标题目而词近追恋亡妇、怀念旧情的有三四十首。既有“唱罢秋坟愁未歇，春丛认取双栖蝶”（《蝶恋花》）的倾诉，也有《山花子》的梦见亡妻，醒来唯见遗物的无限哀伤：“欲话心情梦已阑，镜中依约见春山。方悔从前真草草，等闲看。环佩只应归月下，钿钗何意寄人间。多少滴残红蜡泪，几时干。”

三、个性所致。自身性格是造成纳兰词哀怨感情基调的又一主要原因。作为一个意欲有所作为的率性文人，性格放荡不羁，但这却与他侍卫的身份相矛盾；他虽身处盛世，但国家的命运、个人的前途又充满了未知。深究起来，不免令人迷惘。这是造成纳兰词哀感顽艳感情基调的主客观两个方面的因素。如《好事近》“马首望青山”《望海潮·宝珠洞》等的思古伤今，《金缕曲·赠梁汾》《金缕曲·简梁汾时方为吴汉槎作归计》等对人才落魄的悲愤，《忆王孙》“西风一夜剪芭蕉”等抨击黑暗，都透现出词人的极度烦闷和不平，也折射出他“羁栖良苦”的悲哀与怨愤。

290. 浙派词的嬗变和常州词派的兴起是怎样的？

答：清中叶前期，词坛为阳羡、浙西二派所占有，浙西派影响尤大。嘉庆年间张惠言从词坛崛起，力纠词坛之弊端，而创立常州派。

一、浙派词的嬗变。

（一）浙西词派创始人和领袖是朱彝尊。当时浙西词人龚翔麟曾将其他浙西词人朱彝尊、李良年、李符、沈岸登、沈皞日以及自己的词作，刻为《浙西六家词》,浙西派由此而得名。该派以姜夔、张炎为宗，主张以雅正矫显露，填词必须“字琢句炼，归于醇雅”（汪森《词综序》），要求词具有古雅峭拔的风格，疏淡清远的意境，严谨和谐的音律。

（二）厉鹗发展了浙西词。在朱彝尊之后，厉鹗（1692—1752）成为浙派中期领袖而主持词坛。厉鹗“有才无命剧堪嗟”，落魄一生，“诗文之外，锐意于词”（《秋林琴雅跋》），他推衍朱彝尊“醇雅”说，向往“清空”境界，以“远而文，淡而秀，缠绵而不失其正”为“骋雅人之能事”（厉鹗《樊榭山房文集·卷四·群雅词集序），姜、张之外再揽入北宋周邦彦，让音律和文词更为工练。词作以记游、写景和咏物为多，擅长山光水色的描绘，表现幽隽清冷之美。写月夜富春江之游的《百字令·月夜过七里滩》和描摹秋声的《齐天乐》是其代表作。《百字令》下阕采取一组画面喻说，虚实相生，使虚淡轻灵的孤寒之意格外浓重，意境清秀空灵，体现浙派“清空”的审美追求。“雍正、乾隆年间，词学奉樊榭为赤帜，家白石而户梅溪。”（谢章铤《赌棋山庄词话》）但因生活狭窄和词境单一，也有真气少存、意旨浅薄之弊，后学枯瘠琐碎，更加速了浙派的衰落，引起吴锡麟、郭麐等以融贯通变进行挽救。

（三）吴锡麟、郭麐等后学对浙西词的努力振兴。吴锡麟（1746—1818）用“穷而后工”矫正词宜宴喜逸乐说，以“姜、史其渊源”和“苏、辛其圭臬”的“正变斯备”，代替专宗姜夔、张炎的褊狭，动摇浙派的支柱，但其词作骨脆才弱，未能兼姜、史“精心”和苏、辛“横逸”，冲不开浙派的桎梏，作用有限。郭麐（1767—1831）跳出分正变、尊姜张的樊篱，提出摅述性灵，“写心之所欲出，而取其性之所近”（《无声诗馆词序》），其词也“屡变”求异，开放门户，融会众长，振起浙派式微的处境，但他生不逢时，正值张惠言以治经方式说词，词风丕变，故难以扭转没落的命运。

二、常州词派的兴起。

常州词派是清中叶词派，张惠言首创，周济继承发展。因为张惠言是武进（今江苏省常州市武进区）人而得名。该派以周邦彦为宗，论词既不满于浙西词派的萎靡堆砌和一味清空，也不满阳羡派的粗犷显露，而是以儒家“诗教”为理论基础，注重比兴寄托。常州派的词论主要有两点：一是反对把词当作小道，主张词与诗赋有同等地位；二是强调词要有内容，但内容不直露，要用比兴寄托，达到“意内言外”。

张惠言是学者，又是古文“阳湖三家”之一，更是著名词人。他与兄弟张琦合编《词选》（又名《宛邻词选》），选择精严，并附当世常州词人以垂示范，显示一个在创作和批评两方面均具特色、以地域集结起来的词人群体的存在，因此，《词选》成了一面开宗立派的旗帜。张惠言主张尊词体，提高词的地位，倡导意内言外，比兴寄托和“深美宏约”之致，对扭转词风和指导风气起了积极作用。

常州派至周济发扬光大，蔚为宗派。周济以艺术审美眼光推尊词体，突出词的“史”性和与时代盛衰相关的政治感慨；对词的比兴寄托，从创作与接受角度上，阐明词“非寄托不入”和“专寄托不出”，揭示最有普遍意义的美学命题，被认为“千古文章之能事尽矣，岂独填词为然”（谭献《复堂日记》）。在正变理论上，他以宋四家周邦彦、辛弃疾、吴文英、王沂孙为学词途径，使学周邦彦、吴文英成了时尚，既纠正浙派的浅滑甜熟，也使“常派”真正风靡开来，笼盖晚清时期的词坛。但周济创作与理论脱节，对艺术审美和技巧认识较精密，个人词作却未尽如人意。

291.《醒世姻缘传》宿命外壳中的真实内涵是什么？

答：《醒世姻缘传》成书于清初顺治年间，是继《金瓶梅》之后问世的又一部长篇世情小说，风格也与《金瓶梅》非常相近，明显受到《金瓶梅》的影响。鲁迅在论及《醒世姻缘传》时曾说：“就其大意而言之，则无非以报应因果之谈，写社会家庭之事。”①

《醒世姻缘传》同其他世情小说一样，假托往事，针对现实，展示的是宿命论笼罩下的社会现实图景。《醒世姻缘传》按照佛教的因

① 鲁迅．鲁迅全集：11 卷［M］．北京：人民文学出版社，1981：432.

果报应观念，先后写了两世的两种恶姻缘，前二十二回叙写前世的晁家：浪荡子晁源纵妾虐妻，小妾珍哥诬陷大妻计氏私通和尚，致使计氏自缢而亡。小说开头还写了晁源伴同珍哥打猎，射杀一只狐精。这都成为冤孽相报的前因。第二十二回以后叙写今世的狄家：狄希陈是晁源转生，娶了狐精托生的薛素姐为妻，后来又继娶了计氏转生的童寄姐，婢女珍珠是珍哥转生的。狄希陈受尽薛素姐、童寄姐的百般折磨、残酷虐待，珍珠也被童寄姐逼死，“偿命今生”。最后，狄希陈梦入神界，虔诵佛经，便“一切冤孽，尽行消释”。为了营造这样一个荒唐的两世姻缘的故事，小说中还虚构了一些荒唐的情节和无稽的说教，具有浓重的荒诞神秘的色彩。但是，当作者的笔触转向现实人生的时候，却又相当清醒，体察深切，在他主观编造的因果报应的故事框架的内外，描绘出相当丰富的真实而鲜活的世态人情。

一、小说借宿命外壳批判吏治，深刻地提示了世风浇薄的黑暗现实。书中写到顽劣子弟私通关节便成了秀才，三年赃私十多万两的赃官罢职时还要“脱靴遗爱”,逼死人的女囚使了银子在狱中依然养尊处优摆生日宴席，狱吏为了占有美貌的女囚不惜纵火烧死另一名女囚，无文无行的塾师榨取学生就像官府追比钱粮，江湖医生故意下毒药加重病情进行勒索，尼姑、道婆装神弄鬼骗取钱物，媒婆花言巧语哄骗人家女儿为人作妾，乡村无赖瞅着族人只剩下孤儿寡母便谋夺人家的家产，新发户转眼就嫌弃亲戚家“穷相”。

二、小说借宿命外壳再现了封建社会女性的悲苦命运与不幸人生，蕴涵着对妇女命运悲剧的深层思考，不乏呼吁尊重女性、夫妻应当“相敬如宾”的现实意义。

（一）对作为因果关系链条上的两个家庭、两种恶姻缘的描写立足于具体的现实生活。晁家的计氏原本并非是不幸的，当初计家比较富裕，嫁到较贫寒的晁家时，除了丰厚的妆奁，还带来一顷田地，公婆欢心，丈夫也有几分惧怕，曾过了几年舒心日子。后来公公夤缘钻营，做了知县，晁家富贵了，晁源更加浪荡，娶了小妾，喜新厌旧，计氏才逐渐陷入了被遗弃的境地。苦恼无聊的计氏被尼姑钻了空子，经常来她房里走动，便成了被珍哥诬陷的根据和晁源要“休了她，好离门离户”的借口。这一切都写得很实际，没有羼入任何神秘的成分。

（二）对作为因果关系链条上今世的狄家，尽管交代出与前世人物的对应关系，颇多荒诞内容，但体现更多的还是现实的生活内容。薛素姐是带有几分神秘性的，写她超常的乖戾，虐待丈夫狄希陈，棒打、鞭笞、针刺，乃至神差鬼使地射丈夫一箭，是由于神人给她换了一颗恶心，但也写出了造成她那种虐待狂的现实原因。薛素姐出嫁前已闻知狄希陈性情浮浪，却只能听命于家长结成没有爱情的婚姻。临出阁时，母亲谆谆叮嘱：夫主是女人的终身依靠，不得违拗。这就使薛素姐对男人先有了一种敌意。婚后，狄希陈果然不本分，狄婆子又不辨是非地一味护短。在那种男子可以纳妾、嫖妓女，而女子却必须谨守“不妒之德”的社会里，薛素姐对不忠实的丈夫越来越严厉、凶悍的惩罚，实则是出自女性本能的妒情和对男性放纵的反抗。

（三）小说中还写了薛素姐不顾父母的阻拦出去逛庙会的情节，她事后得意地说：“你们不许我去，我怎么也自己去了!”（第五十六回）这也反映着妇女对现实的清规戒律的反抗意识。薛素姐的乖戾、凶悍是由那种社会所造成的人性的扭曲和变态，虽然有作者的歪曲成分，但也有真实的社会内容，而且比其他小说中的悍妇形象更深刻地透露出“悍”的原因。

（四）小说借宿命外壳深刻地揭示了女性性格异化的原因，包含着对现实社会两性关系的反思与检讨。就小说开头作为缘起的一段议论和小说以晁家为前世、狄家为今世的结构看，作者显然是出于男性的立场有感于世间家庭“阴阳倒置，刚柔失调”意即丈夫受妻妾的辖制、欺凌的现象而创作的。作者将薛素姐写成狐精转世的一个心肠极恶的悍妇，更表现出男权主义的立场。但小说中展现出来的人生图画却超越了作者的思想，小说为揭示男性被女性欺凌的原因，追究到了男性压迫女性的人生悲剧，表现为一个循环相因的生活过程，在这个因果报应的荒谬逻辑中，也正蕴含着一个现实逻辑的内核：女性对男性的欺凌，也就是对男性压迫的反抗。小说在以因果报应警世劝人的思想躯壳里，包孕着呼吁尊重女性、夫妻应当“相敬如宾”的现实意义，这就是《醒世姻缘传》超越一般写悍妇而旨在维持所谓夫纲的地方。

292.《醒世姻缘传》在艺术上有何突出表现？

答：清初的小说顺从明末小说的趋势，旧作的新编虽仍不绝如缕，但作家独创的作品却日益增多，从总体上看是迈入了独创期。其中家庭小说则沿着晚明世情小说的路子，以写实的手法通过家庭问题暴露社会黑暗，以北方生活为题材，笔力健旺而彪悍，语言流畅而泼辣。如在醒世的旗号下展示最世俗的人生图画，《醒世姻缘传》以家庭内部反常的夫妻关系为中心，反映了社会的黑暗，特别是侧重于农村的破产和道德沦丧，人物塑造颇为鲜活，叙写用民间口语，富有幽默之趣，在艺术上颇有独到之处。鲁迅曾说《醒世姻缘传》“写社会家庭之事，描写则颇仔细矣，讥刺抑或锋利矣”。①

一、《醒世姻缘传》所展示的是宿命论笼罩下的社会现实图景。《醒世姻缘传》写社会家庭间的寻常细事，真切、细致，贴近生活原貌，对城乡下层社会的描绘更富有鲜活的生活气息，受《金瓶梅》的影响明显。其独特之处在于其创作既没有借用旧的故事框架，也没有明显采用或改制已有的作品的痕迹，完全取材于现实生活，虚构出全新的小说人物和生活图画。从这个角度说，《醒世姻缘传》是最早的一部作家独创的长篇世情小说。

二、真实地再现了十七世纪中叶以后中国农村的风俗画。中国古代小说很少反映农村生活，世情小说多数也只是反映市井社会的人情世态。而《醒世姻缘传》则把农村社会的风俗人情生动地表现出来，同时展现了当时农村的凋敝和破产实况。小说多方位地描写了农村的风俗人情，如婚丧嫁娶，礼仪往来，进香迎神，货物交易，

---

① 鲁迅．鲁迅全集：11 卷［M］．北京：人民文学出版社，1981：432.

乃至衣、食、住、行以及物价等等，都有翔实的记载和描写，不仅提供了传统史书所忽略的可贵资料，更提供了一份相当精确的山东县城和农村的社会风俗画。作者对农村知识分子的心态与命运有着深切的观察和体验，作品既写了少数知识分子靠贿赂钻营踏上仕途，成为压迫人民的官吏，如晁思孝、狄希陈；更多的知识分子则是苦闷、彷徨，潦倒一生。作品还为我们展现了农村灾荒的惨景："糠都卖到了二钱一斗。树皮草根都给掘得一些不剩。""小男幼女，丢弃了满路都是。"乃至于发生了人吃人的惨剧。作者对人情世态，揣摩得深切，在写实的基调上，往往加些夸张之笔，如此真实地描写了农村荒年的悲惨图景，堪称中国古代小说史上的第一部。

三、真实细致和夸张讽刺相结合的艺术手法。

（一）《醒世姻缘传》对生活的描绘极为精细，人物的音容笑貌，心灵的幽微隐秘，风俗习惯的细腻详赡都多姿多彩地展现开来，小说中出现的各类人物，无论是官员、乡绅、塾师、乡约、媒婆、江湖医生、市侩商人、尼姑道婆、农村无赖，大都写出各自独具的那种卑陋的势利嘴脸，可以说是写尽众生相。如银匠童七拿太监陈公公的本钱开银铺，因为给陈太监打的首饰掺铜过多被陈太监送到东厂治罪，追赔本钱。童七的妻子童奶奶聪明机变，通过花言巧语，使丈夫免予追究，免赔三百两银子。她认真揣摩陈太监心理，投其所好地买了佛手柑和橄榄前去进献，陈太监一高兴，竟把此前收缴的六百两剩铜也发还给了她。作者把童奶奶心灵的痛苦、性格的果断机敏、富有情趣的生动语言以及当时社会的生活习俗都完美地结合在一起，塑造出这个市民妇女的丰满形象，描绘了当时市民生活的五光十色的画卷。

（二）作品在描写吴推官、狄希陈怕老婆故事时，又另换一副笔墨，用夸大、漫画式的手法，达到讽刺的目的。吴推官考察属下官员，叫怕老婆的站在东边，不怕老婆的站在西边。四五十个官员中，只有两个不怕老婆。一个是教官，八十七岁，断弦二十年，鳏居未续；一个是仓官，路远不曾带家眷。吴推官说："据此看将起来，世上但是男子，没有不惧内的人。阳消阴长的世道，君子怕小人，活人怕死鬼，丈夫怎得不怕老婆?”作者用夸张、漫画的手法，达到“骂世”的目的。①

四、语言通俗诙谐。小说熟练地使用方言和世俗语言描摹人物情状，无论人物语言还是叙述语言都生动活泼，富有地方色彩，字里行间流露出一种诙谐幽默的情趣。如第八十八回写仆人吕祥调唆薛素姐追赶狄希陈去西川，中途拐了骡子逃走，被扬州差人看破，顿时心虚的光景：

> 怎禁的贼人胆虚，一双眼先不肯与他做主，眊眊稍稍，七大八小起来；其次那脸上颜色，又不合他一心，一会红，一会白，一会焦黄将去；再其次那舌头，又不与他一溜，搅粘住了，分辨不出一句爽利话来。

叙述中还常用几句夸张的描写，如写晁源惧怕小妾，珍哥的话刚出口，他“没等听见，已是耳朵里冒出脚来”;写薛素姐“一个搜风巴掌打在狄希陈脸上”,“外边的都道是天上打霹雳，都仰着看天”。这些描写都富有幽默、诙谐的情趣。诗人徐志摩曾盛赞作者“行文太妙了，一种轻灵的幽默渗透在他的字句间”,“他是一位写趣剧的天才”(徐志摩《〈醒世姻缘传〉序》)。

293. 我们应该怎样评价清初的才子佳人小说?

答：清初各类小说中，数量最多的是才子佳人小说。才子佳人的婚恋小说由来已久，唐代元稹的《莺莺传》以后，传奇小说、话本和拟话本小说中都不少见，但清初才子佳人小说的旨趣与以往明显不同。

一、清初才子佳人小说创作蔚然成风，是清初文苑的重要组成部分，也是晚明拟话本中婚恋小说的新变。

一方面，就小说的形式而言，清初的才子佳人小说是从晚明话本小说发展而来，但篇幅大大增加，一般在15至20回之间，成为章

---

① 齐裕焜. 中国古代小说演变史［M］. 兰州：敦煌文艺出版社，2002：394-399.

回式的中篇。书名多仿照《金瓶梅》由主要人物姓名中的一个字拼合而成，如《玉娇梨》《平山冷燕》等。受明人传奇影响较深，如文字比较清顺、规范，中间夹有较多的诗词韵语，大多数是以诗词为主人公发生爱情的契机，有的诗词写得还颇有韵致。

另一方面，就小说的内容而言，清初才子佳人小说题旨、意趣与晚明小说明显不同，较少世俗色彩，不再以写文人的风流艳事，以表现情欲的爱悦为主，而是侧重叙写才子佳人才色相慕，终成连理，是超世俗情欲的，追求理想的配偶却严守礼教规范，并往往与才子的功名遇合纠缠在一起。如清初同类小说最先出的几部都是才子佳人求偶择婚的故事。才子必定要有才貌双全的佳人为偶，于是外出访求，“游婚姻之学”；才女也必定待才子而嫁，于是个人和家长乃至朝廷都要试才选婿，也就往往引出权豪的构陷，又有无才的小人拨乱其间。作者心目中的“才”主要是能诗擅文，诗便成了男女主人思慕、追求的契机和表达倾慕之情的方式，婚姻之事便注入了文雅风流的内容。权豪由于为子女提亲被拒绝而进行构陷，才子佳人大都难免为避害而饱受易名迁徙之苦，故事也就曲折起来。其中几乎不见现实的礼法、婚姻制度对青年人的爱情所造成的阻力和不幸。小说都往往是才子中高科，以才子佳人奉旨成婚而结束，富贵风雅兼而得之。

二、小说观念有所变化，小说家们不仅视小说创作为谋生手段之一，而且借此抒愤寄意。代表作家如天花藏主人张匀，槜李烟水散人徐震，他们都是失去了科举仕进缘机的文人，在小说创作迈入兴盛之际，以作小说谋生。张匀在《天花藏合刻七才子书序》中说：“顾时命不伦”,“淹忽老矣”,“欲人致其身，而既不能；欲自短其气，而又不忍，计无所之，不得已而借乌有先生以发其黄粱事业”,“凡纸上之可喜可惊，皆胸中之欲歌欲哭。”徐震在《女才子书叙》里述说穷困不遇的境况，还特别讲到家中没有梁鸿孟光“举案齐眉”之乐的遗憾，自谓作小说“虽无异乎游仙之虚梦。跻显之浮思”,然“泼墨成涛，挥毫落锦，飘飘然若置身凌云台榭，亦可以变啼为笑，破恨成欢矣”。这也都道出了他们写才子佳人小说的深层底蕴。

由于作者多是为谋生而作小说，他们并不熟悉上层社会和得意文人的生活，创作缺乏生活体验的基础，继《玉娇梨》《平山冷燕》而出的才子佳人小说，多是在其奠定的格局中作些变化，旨趣和情节模式大体相类，人物缺乏有生活血肉的个性，所以后来受到了曹雪芹在《红楼梦》开头借石头之口所作的“千部共出一套”的批评。

三、清初才子佳人小说客观地再现了社会文化思潮的变化。这类小说将晚明世情小说的纷繁世界转向文人、淑女的一角，由文人们的风流韵事变为求偶择婚的庄语，自主择婚的意识清晰明确，提出了以才、貌相当为条件的爱情婚姻观。这不仅摆脱了现实中还占据着支配地位的家长包办婚姻、子女不得自主的封建观念，还让佳人们超脱了“无才便是德”、只是做男子的附属的境地，有的小说还特别突出了佳人的才智、胆识，如《定情人》的江蕊珠。这显然是受了晚明反传统礼教、反理学的社会文化思潮的影响。

四、明清初才子佳人小说的思想特征之一是言男女之情而不悖乎礼。由于这类小说的作者使婚恋主题雅化、淡化，甚至淘汰掉青年男女相爱的自然情欲的动因和内容，突出了诗词才情的欣赏，将男女之情引向择婚的风雅上去，自主择婚而不越出礼教设定的范围，才子佳人之间只有爱慕而没有爱情的冲动和情思，更没有幽会、私奔，情被超俗化自然也就无伤大雅了。正如刘廷玑在《在园杂志》卷二中所说：“近日之小说，若《平山冷燕》《情梦柝》《风流配》《春柳莺》《玉娇梨》等类佳人才子慕才慕色，已出之非正，犹不至于大伤风俗。”

五、清初才子佳人小说对后世小说创作产生了较为深远的影响。康熙以后出现《好逑传》等，都是沿袭了《玉娇梨》《平山冷燕》的套路，只是增加了世情方面的描写，加入侠义乃至神怪的情节。曹雪芹虽然批评了才子佳人小说，但是，《红楼梦》中对女子情有独钟的文化内蕴，显示出的心灵结合的爱情观，大观园中试诗才、联吟唱和的情节，也还是发脉于才子佳人小说。

清初才子佳人小说无疑是中国小说历史链条中的一个重要环节。

294.《聊斋志异》中狐鬼花妖故事的寓意何在?

答：在以志怪传奇为特征的文言小说中，最富有创造性、文学成就最高的是清初蒲松龄写的《聊斋志异》。《聊斋志异》绝大部分篇章叙写的是神仙狐鬼精魅故事，有的是人入幻境幻域，有的是异类化入人间，也有人、物互变的内容，具有超现实的虚幻性、奇异性，即便是写现实生活的篇章，如《张诚》《田七郎》《王桂庵》等，也往往添加些虚幻之笔，赋予狐鬼花妖以人的精神属性。

《聊斋志异》里的神仙狐鬼精魅多是作者蒲松龄有意识地结撰创造，个中便有所寄托、寓意，凝聚着他个人的心灵体悟和现实憧憬。

一、蒲松龄假虚拟狐鬼花妖故事以抒发情怀，寄托忧愤。如《狐梦》篇，他自述其友人毕怡庵读了先期作成的《青凤》,羡慕篇中书生耿去病与狐女青凤相爱的艳福，心向往之，于是也发生了梦遇狐女的一段姻缘。有趣的是狐女临诀别时，向毕怡庵提出一个要求：“聊斋与君文字交，请烦作小传，未必千载下无爱忆如君者!”作者最后还现身自云：“有狐若此，则聊斋之笔墨有光荣矣。”这篇带有诙谑情趣的故事，绝不意味着毕怡庵真的做了那样的梦，而是作者为那位天真的友人编织了那样的梦，借以调侃、逗趣而已。

婴宁　邓芮

他可以假狐女故事以游戏，自然也要寄托严正的题旨。他在《聊斋自志》里先说“人非化外，事或奇于断发之乡；睫在目前，怪有过于飞头之国。遄飞逸兴，狂固难辞；永托旷怀，痴且不讳”,后说“集腋为裘，妄续幽冥之录；浮白载笔，仅成孤愤之书”。可见蒲松龄假虚拟狐鬼花妖故事以抒发情怀，寄托忧愤，已成为主导的创作意识，他期望读者的不是信以为真，而是能领会寄寓其中的意蕴。在六朝志怪小说中，“怪异非常之事”是作品的内容；而在《聊斋志异》里，神仙狐鬼精魅的怪异故事是被作为小说思想内蕴的载体，也就带有了表现方法和形式的性质。

二、《聊斋志异》里的狐鬼花妖精怪多是美、善的统一体，是作者观照社会人生缺憾的镜子。它们给人（多是书生）带来温馨、欢乐、幸福，给人以安慰、帮助，是寄托意愿，补偿现实的缺憾的载体。如《红玉》中狐女出现于故事的开头和尾部，主体部分是书生冯相如遭到豪绅的欺凌而家破人亡的惨剧。开头红玉来救穷书生是铺垫，冯家遭难后再来，为冯相如保存、抚育孩子，以主妇自任，恢复家业；《凤仙》中的凤仙不堪忍受家庭中的炎凉之态，自动隐去，留下一面神奇镜子显现自己的喜忧，激励所爱的书生刘赤水攻读上进，都是反映了丑恶庸俗的世态，又表达了与之抗争的意愿。

有的篇章还挖掘出了人的可贵的心灵，进入了更高的精神完美境界。《宦娘》中的鬼女宦娘，敬爱琴艺极高的温如春，爱而不能结合，暗中促成他与善弹筝的葛良工结为伉俪，最后在音乐欣赏的满足和爱情的缺憾交织的心情中悄然隐去；《阿绣》中的狐女为赢得刘子固的爱情，幻化为刘子固所爱的阿绣，在美与爱的竞争中却为刘子固对阿绣的痴情感动，意识到阿绣之真美，便转而助成刘子固与阿绣结合，让所爱者爱其所爱，这都超越了人的单纯情爱，上升到更高的文明层次。

三、有些狐鬼花妖的性格、行为表现的是一种情志、意向，可以称为象征性的文学意象。黄英是菊花精，名字便是由“菊有黄花”化出。菊花由于陶渊明的“采菊东篱下，悠然见南山”（陶渊明《饮酒》其五）诗句，被赋予高洁的品格，喻淡泊名利、安贫乐道的清高节操。蒲松龄笔下的黄英，精于种菊、卖菊，以此致富。她认为“自食其力不为贫，贩花为业不为俗”（《聊斋志异·黄英》），以种菊、卖菊致富是“聊为我家彭泽解嘲”（《聊斋志异·黄英》）。黄英的形象体现着读书人传统的清高观念的变化。叙写王子服追求狐女婴宁结成连理故事的《婴宁》,并非表达纯粹的爱情主题。婴宁在原生的山野中，爱花爱笑，一派纯真的天性，天真到似乎不懂得“葭莩之情”与“夫妻之爱”的差别，不知道还该有生活的隐私。当她进入人世，便不得葆其天真、无拘无束了，不再笑，“虽故逗，亦终不笑”(《聊斋志异·婴宁》)。婴宁的形象可以说是这种境界的象征体现。赞美婴宁的天真，正寄寓着对老庄人生哲学中所崇尚的复归自然天性的向往。神秘意识转化为审美方式，也表现于若干看似单纯记述奇闻异事的短章中。如《骂鸭》写盗鸭人白某受到神的启示后，反复请求鸭主痛骂，作为惩报的骂在这里竟变成了施恩，作品便有了意趣。《野狗》把清兵和野狗摆在一样的位置上，寓意也就在其中了。这类短章虽然是粗陈梗概，却有了指斥现实的深刻意蕴。

295.《聊斋志异》在中国古代文言短篇小说发展史上的地位怎样?

答：在以志怪传奇为特征的文言小说中，最富有创造性、文学成就最高的是清初蒲松龄写的《聊斋志异》。

《聊斋志异》收录短篇小说近五百篇，是反映中国封建社会末期社会生活最广阔、最深刻的文言短篇小说集，它增强了小说的艺术素质，丰富了小说的形态、类型，在我国古代文言短篇小说发展史上占有突出地位，主要体现在以下四个方面：

一、在继承六朝志怪和唐人传奇的基础上，进一步整合了志怪与传奇兼备的小说新体式。就文体来说，《聊斋志异》中有简约记述奇闻异事如同六朝志怪小说的短章，也有故事委婉、记叙曲微如同唐人传奇的篇章。清代学者纪昀曾讥其“一书而兼二体”,[①]鲁迅则称之为“拟晋唐小说”。[②]就取材来说，其中有采自当时社会传闻或直录友人笔记者，篇首或篇末往往注明某人言、某人记；也有就前

① 鲁迅．中国小说史略［M］．上海：上海古籍出版社，1998：150.

② 鲁迅．中国小说史略［M］．上海：上海古籍出版社，1998：146.

人的记述加以改制、点染的，如《种梨》原本于《搜神记》中的《徐光种瓜》,《续黄粱》显然脱胎于唐人传奇《枕中记》等；还有完全或基本上由作者虚构的狐鬼花妖故事，如《婴宁》《公孙九娘》《黄英》等等。尤其是最后一类多为脍炙人口的名篇佳作，足以代表《聊斋志异》的文学成就，体现了出于六朝志怪和唐人传奇而胜于六朝志怪和唐人传奇的创作特征，最贴近社会人生。

二、在内容上，它全面深刻地反映了自己所处的时代。蒲松龄在《聊斋志异》里先说“人非化外，事或奇于断发之乡；睫在目前，怪有过于飞头之国。遄飞逸兴，狂固难辞；永托旷怀，痴且不讳”，后说“集腋为裘，妄续幽冥之录；浮白载笔，仅成孤愤之书”（《聊斋志异·自序》)。可见蒲松龄假虚拟狐鬼花妖故事以抒发情怀，寄托忧愤，期望读者能够领会寄寓其中的意蕴。他继承中国古代文学的现实主义和浪漫主义传统，设奇造幻，创造出一个奇幻的世界，曲折地对当时社会的政治制度、经济生活、文化思想、伦理道德进行了全面的揭露与批判，对理想社会、理想生活、理想爱情表示无比的向往，从而展示清初社会生活的本质，描绘了一幅封建末世的广阔的历史图画。在《聊斋志异》之前还没有哪一部文言小说像它那样广泛而深刻地反映了自己所处的时代。

与此相适应，蒲松龄在结撰出诡谲奇丽的狐鬼花妖故事的同时，摆脱了神道意识的拘束和神秘感，只是将狐鬼花妖作为文学幻想的审美方式和表现方法用于小说创作中，从而随意地藉以观照现实世界，抒写人生苦乐，出脱个人的内心隐秘。如《梦狼》就是为表现“官虎吏狼”而虚拟的故事。其中虽然有天罚，梦也有应验，但作为惩罚方式并施于喻体和喻本，寓意明显，颇有奇趣，本来的神秘意义也就被冲淡了。

三、《聊斋志异》在创作艺术上有多方面的创新，将文言短篇小说推到了空前而后人又难以为继的艺术境界，使小说超出了以故事为本的窠臼，变得更加肥腴、丰美，富有生活情趣和文学的魅力。

（一）《聊斋志异》丰富了文言短篇小说的类型。《聊斋志异》中精心结撰的故事大多记叙详尽而委曲，有的篇章还特别以情节曲折有起伏跌宕之致取胜，堪称故事情节性小说，如《王桂庵》；也有趣味性小说如《西湖主》、性格小说如《婴宁》、散文式小说如《绿衣女》等。还有许多篇幅不太长的篇章，只是截取生活的一个片段，写出一种情态、心理。如《王子安》《金和尚》。《聊斋志异》里作品类型的多样化，既表明作者仍然因袭了旧的内涵无明确界定的小说观念，也表明作者探索性的创造，增添了不专注故事情节的小说类型。

（二）加强了对人物环境、行动状况、心理表现等方面的描写。《聊斋志异》中许多优秀的作品，对各类人物的形象塑造，往往能够描写出其存在的环境，暗示其原本的属性，烘托其被赋予的性格。如《婴宁》中婴宁所在的幽僻山村、鸟语花香的院落、明亮洁泽的居室，既营造了环境氛围，又与人物的美丽容貌、天真性情和谐一致，从而具有了象征意味。写人物活动时具体生动，映带出人物的情态、心理。如《促织》写成名在县令严限追比的情况下捕捉促织、怀着惴惴不安的心情与人斗促织两个情节，细致入微，令读者如亲见，为之动容。

（三）诗化倾向。文言小说中人物以诗代言，六朝志怪小说已肇其端，《聊斋志异》中只是偶尔用之，而且极少写出整首的诗词，却由此显出作者以诗入小说的艺术匠心。譬如《白秋练》叙写的是爱情的波折，自始至终以吟诗为情节，精灵故事的奇异性被诗意化了。部分篇章还不同程度地带有诗的品格特征，如婴宁的性格是由她情不自禁地笑、近乎童稚无知的话语表现出来的；白秋练的钟情是与她以诗为生命的诗魂融合在一起的，都具有可意会却难以言传的诗意特征。《聊斋志异》的叙事也吸取了诗歌含蓄蕴藉的特点。如《花姑子》开头对安幼舆暮归的叙述便有许多疑点，作者虽然用全知的视点，却时而故作含糊，造成扑朔迷离的意味，从而形成艺术的娱悦感。

296.《聊斋志异》中《婴宁》的思想内容及艺术特点是什么？

答：《婴宁》叙写王子服追求狐女婴宁结成连理的故事。是《聊斋志异》中的名篇，向来为人所称道。这主要是由于它的思想内容的深刻和艺术上的独出心裁。婴宁生在山野中，爱花爱笑，一派纯真的天性，天真到似乎不懂得“葭莩之情”与“夫妻之爱”的差别，不知道还该有生活的隐私。她进入人世后，便不得葆其天真、无拘无束了，不再笑，“虽故逗，亦终不笑”（《聊斋志异·婴宁》）。对婴宁天真的赞美，正寄寓着对老庄人生哲学中所崇尚的复归自然天性的向往。《婴宁》在思想内容方面有两个主要特点：

婴宁　刘起

一、对封建礼教禁锢和压迫妇女做了无情的批判。宋代程朱理学禁锢着人们特别是妇女的思想，到明代，对妇女的精神压迫达到了登峰造极的地步，但婴宁却处处与这些封建教条相对抗，完全不把“男女之大防”放在心上，作品处处表现她没有受过封建礼教毒害的少女本性。作者把婴宁写得如此纯真可爱，就反衬出封建礼教对女子精神的压迫，对人性的扭曲。

二、通过婴宁这一形象，寄寓了作者的人生理想。婴宁爱笑爱花，将人生的美和自然的美集于一身，表现作者对返璞归真的人性的向往。使人在黑暗如覆盆的社会现实中见到一缕阳光，给人以极大的鼓舞。

《婴宁》在艺术方面的突出特点如下：

一、不以情节的纵向发展作为艺术构思的轴心，而以人物性格的刻画作为艺术构思的主体。全篇情节并不复杂，其曲折处也只用三言两语带过，而腾出大量的描写空间来刻画人物。从而打破了中国古代短篇小说以情节为主的格局，确立了纵向推进与横向拓展的新格局。

二、作者用多种手法来描写人物性格，使之跃然纸上，呼之欲出。

（一）抓住典型细节反复描写。如写婴宁的笑，全篇共计二十余处，反复描写，突出了婴宁心洁如水、纯真无瑕、蔑视礼法、自由任性的性格。

（二）用烘托映衬的手法突出人物性格。有环境的烘托，用自然界的美，烘托出人物内心世界的纯美，使人物与环境得到和谐的统一；也有人物之间的烘托，如王子服上元一见即“神魂丧失”,“忽忽若迷，终至冒险探访”,也都烘托出婴宁的美丽和风姿。

（三）作者既写出了婴宁作为一个纯真少女的特点，又注意到了她作为狐女的神异性的特点。如写婴宁的出身，写她对“西邻子”的恶作剧，这使本篇和全书“花妖狐魅、多具人情”,又“偶见鹘突，知复非人”① 的风格相统一，也为婴宁涂上一层神秘色彩。

297. 吴敬梓《儒林外史》的讽刺艺术有何特点？其表现手法有哪些？

答：《儒林外史》是我国古代讽刺文学中最杰出的代表作，标志着我国古代讽刺小说艺术发展的新阶段。

它饱含着作者的血泪，熔铸着亲身的生活体验，是带有强烈的作家个性的作品。

《儒林外史》最主要的艺术成就在于它把中国古代讽刺艺术推向一个新的高度，“秉持公心，指擿时弊”,形成了“戚而能谐，婉而多讽”的艺术风格，“于是说部中乃始有足称讽刺之书”。②这种艺术风格具有独特的讽刺艺术特点和讽刺手法。

《儒林外史》的讽刺艺术的特点主要有二：

一、它把讽刺对象的喜剧性与真实性结合起来，以客观公正的态度，从整体上完整地表现对象的喜剧性特征，从而显得真实可信。

---

① 鲁迅．中国小说史略［M］．上海：上海古籍出版社，1998：147.

② 鲁迅．中国小说史略［M］．上海：上海古籍出版社，1998：155.

《儒林外史》插图· 程十发

讽刺的生命是真实。《儒林外史》通过精确的白描，写出“常见”“公然”“不以为奇”的人事的矛盾、不和谐，显示其蕴含的意义。通过不和谐的人和事进行婉曲而又锋利的讽刺。如五河县盐商送老太太入节孝祠，张灯结彩，鼓乐喧天，满街是仕宦人家的牌仗，满堂有知县、学师等官员设祭，庄严肃穆。但盐商方老六却和一个卖花牙婆伏在栏杆上看执事，“权牙婆一手扶着栏杆，一手拉开裤腰捉虱子，捉着，一个一个往嘴里送”（《儒林外史》第四十七回）。把崇高、庄严与滑稽、轻佻融合在一起，化崇高、庄严为滑稽可笑。

二、《儒林外史》把讽刺对象的喜剧性与悲剧性结合起来，既能从喜剧中发现悲剧，如对范进的刻画；也能从悲剧中发现喜剧，具有悲喜交融的美学风格。吴敬梓能够真实地展示出讽刺对象中戚谐组合、悲喜交织的二重结构，显示出滑稽的现实背后隐藏着的悲剧性内蕴，从而给读者以双重的审美感受。周进撞号板，范进中举发疯，马二先生对御书楼顶礼膜拜，王玉辉劝女殉夫的大笑等等，这瞬间的行为都是以他们的全部生命为潜台词的，所以这瞬间的可笑又蕴含着深沉的悲哀，这最惹人发笑的片刻恰恰是内在悲剧性最强烈的地方。作者敏锐地捕捉人物瞬间的行为，把对百年知识分子命运的反思和他们瞬间的行为巧妙地结合在一起，使讽刺具有巨大的文化容量和社会意义。

《儒林外史》的讽刺艺术手法主要体现在三个方面：

一、作者善于让人物以自己的行为去否定自己的言论，形成言行矛盾，产生强烈的讽刺效果。例如严贡生正在范进和张静斋面前吹嘘："小弟只是一个为人率真，在乡里之间从不晓得占人寸丝半粟的便宜。"言犹未了，一个小厮进来说："早上关的那口猪，那人来讨了，在家里吵哩。"(《儒林外史》第六回）通过言行的不一，揭示严贡生欺诈无赖的行径。

二、让同一个人物的行为前后矛盾，如对同一个人在不同情况下的迥然不同的评价和态度，从而产生喜剧性的讽刺效果。又如汤知县请正在居丧的范进吃饭，范进先是"退前缩后"地坚决不肯用银镶杯箸。汤知县赶忙叫人换了一个瓷杯，一双象箸，他还是不肯，直到换了一双白颜色竹箸来，"方才罢了"。汤知县见他居丧如此尽礼，正着急"倘或不用荤酒，却是不曾备办"，忽然看见"他在燕窝碗里拣了一个大虾元子送在嘴里"（《儒林外史》第四回），心才安下来。真是"无一贬词，而情伪毕露"。

三、通过对典型细节的夸张描写，把要否定的东西加以放大，突现人物性格的本质，从而产生强烈的讽刺性。如严监生是个有十多万银子的财主，临死前却因为灯盏里点着两根灯草而不肯断气，这一细节描写，就非常具有典型性。

《儒林外史》将中国讽刺小说提升到与世界讽刺名著并列而无愧的地位，这是吴敬梓对中国小说史的巨大贡献。

298. 为什么说《儒林外史》不仅是一部儒林的丑史，也是一部儒林的痛史？

答：吴敬梓（1701—1754）出身于一个"科第家声从来美"（《乳燕飞》）的科举世家，从小受到传统儒家思想的教育。他从小

吴敬梓像　范曾

读经习文，准备走科举仕进之路，但最终却与科举仕进分道扬镳。《儒林外史》以知识分子的生活和精神状态为题材，对封建制度下知识分子的命运进行了深刻的思考和探索，第一回借王冕之口痛斥八股科举制度导致知识分子一味追逐功名富贵，从而“把那文行出处都看轻了”，使“一代文人有厄”，“敷陈大义”“隐括全文”（《儒林外史》第一回），把批判的矛头直指封建科举制度。

一、科举制度使人神魂颠倒、麻木无知。作品通过两个把科举作为荣身之路的可怜又可笑的人物——周进和范进的悲喜剧，辛辣地讽刺了科举制度并不能选拔人才。他们神经脆弱，知识贫乏，范进中举后竟然发了疯，当了主考官竟然连苏轼这样的大文豪都不知是何许人。

二、科举制度实际上成为政治腐败的根源。科举是求取功名的桥梁，少数幸运者一旦功成名就，就要用无厌的贪求来攫取财富，压榨百姓。他们出仕多为贪官污吏，处乡则多是土豪劣绅。王惠由举人而进士，补授南昌知府，为了实现“三年清知府，十万雪花银”的发财梦，他把原任衙门里的“吟诗声、下棋声、唱曲声”换成了“戥子声、算盘声、板子声”，“衙役百姓，一个个被他打得魂飞魄散”，“睡梦里也是怕的”（《儒林外史》第八回）。戴着科举功名帽子的在乡士绅，则成了堕落无行的劣绅。严贡生利用自己的特权和与官府的关系，无耻地讹诈和欺压百姓。一口新生小猪误入邻家，他声称寻回来“不利市”,逼人买下，待邻家养到一百多斤了，一次错走进严家来，他又把猪关了不还，还把来讨猪的邻居的腿打折了。他为儿子娶媳妇雇了两只船，立契到后付船钱，他却挖空心思设计了一个圈套，剩下几片云片糕，故意丢在舵工顺手的地方，诱使舵工吃掉，上岸时诈称那是他花几百两银子买的“药”,要写帖子把舵工送到衙里打板子，船家只好求饶。他在臭骂一顿之后赖掉船钱扬长而去。

三、揭露了科举制度致使人格扭曲和人性蜕变。在不顾品行而疯狂地追逐功名富贵的社会环境里，作者精心描写了匡超人是如何从一个纯朴的青年而堕落成无耻的势利之徒的。匡超人出身贫寒，在流落他乡时，一心惦记着生病的父亲。考上秀才后，便以名士自居，以此作为追名逐利的手段；后又受到衙吏潘三的教唆，做起流氓恶棍的营生。他吹牛撒谎，停妻再娶，卖友求荣，忘恩负义，变成一个衣冠禽兽。当他侍奉久病的父亲，敬事兄嫂，亲睦乡里，表现出人性的纯良时，他只能是个卖豆腐的小百姓；而当他变质之后，他却拥有了荣耀和财富。作者通过匡超人的蜕变堕落历程沉痛地揭示了科举制度的罪恶。

四、暴露了道学儒生的虚伪和愚昧。《儒林外史》把对科举制度的批判同对理学和封建礼教的批判结合起来。如果说通过严贡生主要揭露利用科举功名欺压百姓的劣行，那么，王仁、王德这一对难兄难弟则充分暴露了这些“代圣人立言”的道学儒生的虚伪。当王仁、王德的妹妹病危时，妹夫严监生请他们来商议将妾赵氏扶正的问题。他们先是“把脸来丧着不则一声”,当严监生每人送一百两银子后，他们“拍着桌子道：‘我们念书的人，全在纲常上做工夫，就是做文章，代孔子说话，也不过这个理；你若不依，我们就不上门了。’”他们又拿了严监生的五十两银子，“义形于色地去”操办将赵氏扶正的宴席了，全然是“忘仁忘德”的虚伪势利小人（《儒林外史》第五回）。

作品还写了寄生于举业文事的八股选家马纯上的赤诚与愚昧，充分展示了被科举时文异化了的读书人的迂腐灵魂。马二先生古道热肠，乐于助人。他与匡超人萍水相逢，便热心相助；醉心八股文的选评，希望能帮助年轻人去争取功名富贵。马二先生由于痴迷于八股文，致使他的思想麻木愚昧，精神世界一片荒芜，面对西湖美景居然浑然不觉。

五、科举制度毒化了社会，侵蚀了心灵。当周进还是个童生时受尽了闲气，连村塾教书匠这个饭碗也丢掉了，中进士做上了国子监司业后，不但此前奚落过他的梅玖冒称是他的学生，他在村塾中写下的对联，也被恭恭敬敬地揭下来裱好，薛家集也供奉起他的“长生禄位”。范进中举之后，他的丈人胡屠户、乡绅张静斋以及邻里，立刻从鄙薄变为谄谀。科举制度毒害还侵入了闺阁，鲁小姐每日拘着四岁儿子“在房里讲《四书》,读文章”(《儒林外史》第十三回)。科举制度还派生了一批沽名钓誉的所谓“名士”,他们的丑恶行径，构成腐败社会的文化奇观。

科举之毒也让普通人癫狂痴迷。市井小民牛浦郎偷甘露寺和尚珍藏的牛布衣的诗集，冒名行骗，与另一个骗子牛玉圃互相利用、互相算计，丑态百出。

《儒林外史》俯仰百年，写了几代儒林士人在科举制度下的命运，他们为追逐功名富贵而不顾“文行出处”,把生命耗费在毫无价值的八股制艺、无病呻吟的诗作和玄虚的清谈之中，造成了道德堕落，精神荒谬，才华枯萎，丧失了独立的人格，失去了人生的价值。作者在对这些被科举毒化腐蚀的士人极尽讽刺揶揄之能事的时候，也充分认识到他们也是科举制度的受害者，笔端也流露着同情与怜悯。

299.《儒林外史》中杜少卿形象蕴含着怎样的人文内涵?

答：十八世纪中叶问世的《儒林外史》是我国文坛上影响极为深远的伟大作品之一，是我国古代讽刺文学中最杰出的代表作，标志着我国古代讽刺小说艺术发展进入新阶段。

吴敬梓在这部巨著中精心打造了一批真儒名贤，体现了作者改造社会的理想。作者殷勤称颂的理想人物杜少卿，既有传统儒家美德，又有六朝名士风度的文人追求道德和才华互补兼济的人生境界。

一、淡薄功名，讲究“文行出处”。基于对朝政的清醒认识，面对朝廷征辟，杜少卿“正为走出去做不出甚么事业”“所以宁可不出去好”（《儒林外史》第三十三回）。他装病拒绝应征出仕，“好了！我做秀才，有了这一场结局，将来乡试也不应，科、岁也不考，逍遥自在，做些自己的事罢！”（《儒林外史》第三十四回）这就背离了科举世家为他规定的人生道路。

杜少卿傲视权贵，扶困济贫，乐于助人，有着豪放狂傲的性格。汪盐商请王知县，要他作陪，他拒不参加，“我那得工夫替人家陪官！”（《儒林外史》第三十一回）王知县要会他，他说：“他果然仰慕我，他为甚么不先来拜我，倒叫我拜他？”（《儒林外史》第三十一回）但到了王知县被罢官，赶出衙门，无处安身时，杜少卿却请他到家来住，“我前日若去拜他，便是奉承本县知县，而今他官已坏了，又没有房子住，我就该照应他”（《儒林外史》第三十二回）。对贫贱困难的人，他平等对待，体恤帮助；杨裁缝母亲死了，无力殡葬，他就慷慨资助；给领戏班的鲍廷玺一百两银子，让他重操旧业，奉养母亲。

二、既讲求传统的美德，在生活和治学中又敢于向封建权威和封建礼俗挑战，追求恣情任性、不受拘束的生活。杜少卿遵从孝道，“但凡说是见过他家太老爷的，就是一条狗也是敬重的”（《儒林外史》第三十一回）。因此，他对父亲的门客娄老爹极为敬重，“养在家里当作祖宗看待，还要一早一晚自己服侍”（《儒林外史》第三十一回）。同时，他也敢于向封建权威挑战，对当时钦定的朱熹对《诗经》的解说，大胆提出质疑，认为《溱洧》一篇“也只是夫妇同游，并非淫乱”（《儒林外史》第三十四回）。《女曰鸡鸣》所追求的是独立自主、怡然自乐的生活境界。对当时盛行的看风水、迁祖坟的迷信做法，他极力反对，认为应“依子孙谋杀祖父的律，立刻凌迟处死”（《儒林外史》第四十四回）。他不受封建礼俗的拘束，“竟携着娘子的手，出了园门，一手拿着金杯，大笑着，在清凉山冈子上走了一里多路”,使“两边看的人目眩神摇，不敢仰视”。(《儒林外史》第三十三回)

三、尊重女性，反对歧视摧残妇女。杜少卿笃于夫妻情爱，别人劝他娶妾，他引用晏子的话：“今虽老而丑，我固反见其姣且好也。”他反对纳妾，说：“娶妾的事，小弟觉得最伤天理。天下不过是这些人，一个人占了几个妇人，天下必有几个无妻之客。小弟为朝廷立法：人生须四十无子，方许娶一妾；此妾如不生子，便遣别嫁。”(《儒林外史》第三十四回）虽然他的主张还受着封建孝道的影响，不很彻底，但在当时已是石破天惊的见解了。对敢于争取人格独立的沈琼枝，他充满了敬意。

四、尊重个性，追求自由自在的生活。友人到杜少卿家聚会，“众客散坐，或凭栏看水，或啜茗闲谈，或据案观书，或箕踞自适，各随其便。”(《儒林外史》第三十三回）他和六朝文人一样反对名教而回归自然，把自然山水当作自己的精神家园，所以他对妻子说：“你好呆！放着南京这样好顽的所在，留我在家，春天秋天，同你出去看花吃酒，好不快活！为甚么要送我到京里去?”(《儒林外史》第三十四回）在名士风度中闪耀着追求个性解放的光彩。

五、杜少卿表面上狂放不羁，但是仍然怀着一颗忧国忧民之心。真儒们以道德教化来挽救颓世，赢得他的敬重，虽然他的家产几乎已经耗尽，但仍然捐三百两银子修泰伯祠。他的理想和追求并不为凡夫俗子所理解，被骂为“最没品行”的人，世人要子侄们在读书桌上贴一纸条，“上面写道：‘不可学天长杜仪。’”(《儒林外史》第三十四回）杜少卿在那样的社会里，只能陷入苦闷和孤独，他在送别虞博士时说：“老叔去了，小侄从今无所依归矣!”(《儒林外史》第四十六回)

杜少卿较之传统的贤儒有着狂放不羁的性格，少了些迂阔古板；较之六朝名士，有着传统的道德操守，少了些颓唐放诞。他是一个既有传统品德又有名士风度的人物，既体现了传统的儒家思想，又闪耀着时代精神，带有个性解放色彩，与贾宝玉同为一类人物，不过传统思想的烙印更深一些而已。

300. 如何理解《红楼梦》在人物塑造方面所取得的突出成就?

答：在明清小说中，最为后人称道的莫过于《红楼梦》。鲁迅曾高度评价说："自有《红楼梦》出来以后，传统的思想和写法都打破了。"①《红楼梦》文学创作上的新境界和巨大成功，在于人物形象塑造打破了传统的写法，采用逆笔、曲笔、对比、映衬以及细腻的心理描写与环境描写，不仅使人物栩栩如生，个个面貌不同，而且使人物与人物、人物与环境之间形成矛盾的统一、平衡中的不平衡的复杂关系。成功地塑造出众多的性格鲜明而又富有社会内蕴的人物形象，而贾宝玉、林黛玉、薛宝钗、王熙凤都成为千古不朽的典型形象。

《红楼梦绘本》　孙温

一、写人物"打破了历来小说窠臼"，不再是凡写女子都是"如花似玉，一副嘴脸"，"凡写奸人，则用鼠耳鹰腮等语"（《脂砚斋重评石头记》甲戌本眉批），而是根据自己对现实世界的感受、体验而

① 鲁迅．中国小说史略［M］．北京：人民文学出版社，1976：307.

塑造出众多的真实人物形象。即便是占据着小说情节的中心地位、体现着他观照世界的心灵的贾宝玉，也没有使之成为完全理想化的人物，依然保留着富家公子的生活习性。鲁迅在评价《红楼梦》时曾说："其要点在敢于如实描写，并无讳饰，和从前的小说叙好人完全是好，坏人完全是坏的，大为不同，所以其中所叙的人物，都是真的人物。"①

由于是"真的人物"，所以才人各一面，不仅不同身份、境遇的人物，即使身份、境遇相同相近的人物，也各有其自己的性情，行事中表现出不同的价值取向和人生态度。如同是贾府的主子：贾政正经古板，庸碌无为；贾赦贪图享乐，附庸风雅；贾珍耽于玩乐；贾琏卑鄙下流。他们性情上的异同，正映射出那个阶层的守旧、虚弱、堕落、丑恶的几种表现及其总体腐败的趋势。又如同是贵族小姐，元春端庄舒雅，迎春木讷怯懦，探春精明逞强，惜春孤僻冷漠，她们的不同性情显现出那种珠光宝气笼罩下的女子"原应叹息"（《脂砚斋重评石头记》甲戌本眉批）的不同情况，因而各有其典型意义。

二、改变了以往小说人物类型化、性格简单化的写法，一些主要人物性格有着多个侧面的，乃至是美丑互渗的表现。如对王熙凤的塑造，充分展示了人物性格的丰富性和复杂性，成为小说中的"圆形人物"，真实鲜活而富有感染力。作者写她与贾母、王夫人的关系，主要表现她对贾母等人的逢迎，以取得她们的宠信，巩固自己的地位，既突出了虚伪与做作，又表现了机敏诙谐、泼辣豪爽。写她与荣宁二府的贾氏姊妹、妯娌、侄媳之间的关系，则是以利害关系为转移的，对她们采取远近亲疏的不同态度，表现她自私和权诈的性格。写她与贾琏的关系，表现夫妻之间的貌合神离、同床异梦的双重人格。写她与尤二姐的关系，表现她"外作贤良，内藏奸猾"的两面手法（《红楼梦》第六十九回）。写她与贾府大小管家、奴婢下人的关系，表现她笼络利用与压制虐待并用的统治手段。写

① 鲁迅．中国小说史略［M］．北京：人民文学出版社，1976：306.

她与贾府外部的关系，表现她勾通官府，胡作非为的性格。总之，作者把王熙凤置于广阔的社会联系中予以展现，一方面是当权的奶奶，治家的干才，似乎是支撑这个钟鼎之家的顶梁柱；另一方面又是舞弊的班头，营私的里手，是从内部蚀空贾府的大蛀虫。治家与败家构成了她性格中的一对矛盾。她要求尽情享受，为了金钱、权威而玩弄权术，置人于死地，阴险毒辣；同时，也要求在精神上满足优越感，她那灵巧的机智、诙谐的谈吐、快活的笑声，确实令人叹服。这是一个充满活力，既使人觉得可憎可惧，有时又使人感到可亲可近的人物形象。在中国古典小说作品中，王熙凤是一个罕见的复杂的令读者难以简单地判定其美丑的人物。

《红楼梦》中的贾探春也是个争论不休的人物。所谓“说不得善，说不得恶”（《脂砚斋重评石头记》甲戌本眉批）等，正是性格中不同因素互相渗透、互相融合的真实体现。探春有胆有识，有才有智，她对封建大家庭自杀自灭的预言，击中要害，使人感到清醒；她的理家，使人佩服；她的豪爽，使人感到可爱；在抄检大观园时，她的作为使人感到扬眉吐气，但她对维护封建纲纪的坚定和无情，又常常使人感到讨厌。

三、着意于人物之间的相互映照，互为补充，生发出更为丰富、深刻的内涵。如宝黛对照；不同人物的互为诠释，在赵姨娘和探春之间表现得最为明显深刻等等。这类对照、互补性的人物描写，在《红楼梦》里往往是多义的，耐人寻味的。

曹雪芹善于将不同人物，特别是相近人物进行复杂性格之间的全面对照，使他们个性的独特性在对比中突显出来。如薛宝钗、林黛玉两个人物，她们都聪明美丽，一个是“行为豁达，随分从时”（《红楼梦》第五回），有时则矫揉造作；一个是“孤高自许”“目下无尘”（《红楼梦》第五回），有时不免任性尖酸；一个倾向于理智，是“任是无情也动人”（秦观《南乡子》）的冷美人；一个执着于感情，具有诗人的热烈的感情和冲动；一个是以现实的利害来规范自己的言行；一个以感情的追求作为人生的目标。作者正是通过两种背景、两种性情的两位美丽聪明女子的两种结局显示出封建婚姻的荒谬。宝、黛的爱情悲剧是人生不幸，玉、钗没有爱情的婚姻也是人生不幸。在对照中这两种不幸才一起被真实深切地显示出来。又如没有表现赵姨娘的受歧视的处境，就无从显示出探春争强好胜力图摆脱亲生母女关系的现实原因；没有赵姨娘争赏银牵出袭人母死赏银多少，就不足以显示贵族之家姬妾女人的生存状况等。

301.《红楼梦》中贾宝玉人物形象如何？有何悲剧意义？

答："生于繁华，终于沦落"的曹雪芹，深切地体验着人生悲哀和世道的无情，他的悲剧体验、诗化情感，他的探索精神和创新意识，全部熔铸到这部呕心沥血的旷世奇书——《红楼梦》里。

曹雪芹以自己的独特方式去感受和把握现实人生，又以独特的方式把自己的感知艺术地表达出来，完成了写实化和诗化的完美融合，既显示了生活的原生态又充满诗意朦胧的甜美感，既是高度的写实又充满了理想的光彩，既是悲凉慷慨的挽歌又蕴蓄着青春的激情和幽深的思考。这一美学风格典型地体现在贾宝玉这一形象塑造中。

贾宝玉是个半现实半意象化的人物，是作家心灵的映像。全书以贾宝玉为轴心，以他独特的视角来感悟人生，把作家对社会和人生的思考、怨恨、企盼都熔铸在宝玉形象中。

一、贾宝玉不愿走封建家庭给他规定的人生道路，但又对自己"一技无成""半生潦倒"（《红楼梦》第一回）感到悔恨。作者对全书作了匠心独运的安排。《红楼梦》本名《石头记》，是无才补天的顽石在人世间的传记。顽石的人间化身贾宝玉作为贾府的继承人，是贾家兴旺的希望所在，他应该走一条科举荣身之路，以便立身扬名，光宗耀祖。可是他却力图挣脱家庭强加于他的名缰利锁，做个无拘无束、自由自在的"富贵闲人"。他"最不喜务正"，"不肯念书"，不愿走仕途经济的人生道路。这样，他就违背了封建家庭给他规定的生活道路，成了"不肖子孙"。在婚姻问题上，他既不考虑家族的利益，门当户对，也不按照传统道德的要求，去选择封建淑女。他追求的是心灵契合的感情。他经历了"木石前盟"和"金玉良缘"的爱情婚姻悲剧，目睹了“金陵十二钗”等女儿的悲惨人生，体验了贵族家庭由盛而衰的巨变，从而对人生和尘世有了独特的感悟，正如鲁迅所说：“悲凉之雾，遍被华林，然呼吸而领会之者，独宝玉而已。”①

二、贾宝玉是个“富贵闲人”，希望自由自在，任性逍遥，但又“爱博而心劳”，②“无事忙”（《红楼梦》第三十七回）。正如警幻仙姑所说，贾宝玉最显著的性格特征就是“天分中生成一段痴情”（《红楼梦》第五回）。他的“痴情”，不仅表现在对黛玉的钟情，还表现在他对一切少女美丽与聪慧的欣赏，对她们不幸命运的深切同情。在大观园里，宝玉对女儿们关怀备至。如第三十回他看到龄官画蔷，就想到她“心里不知怎么煎熬呢？模样这么单薄……可恨我不能替你分些过来”（《红楼梦》第三十回）。忽然一阵雨来，他首先想到的是提醒龄官避雨而忘了自己也站在雨中，身上淋湿了都不知道。他对遭受欺凌的女儿更为体贴，一有机会便以自己的一腔柔情去抚慰那些受伤的心。如第四十四回，写平儿受到贾琏和凤姐的打骂，躲到怡红院来。宝玉喜出望外，尽心服侍，精心为平儿梳妆打扮。平儿走后，他又感叹不已：“忽又思及贾琏惟知以淫乐悦己，并不知作养脂粉。又思平儿并无父母兄弟姐妹，独自一人，供应贾琏夫妇二人。贾琏之俗，凤姐之威，她竟能周全妥帖，今儿还遭荼毒，想来此人薄命，比黛玉尤甚。想到此间，便又伤感起来，不觉洒然泪下。”（《红楼梦》第四十四回）

三、贾宝玉的叛逆性格以“似傻如狂”“行为乖张”的形式表现出来。“囫囵不可解”的疯话、呆话，带着点孩子气的可笑的行为，包含着对被封建社会视为神圣的“文死谏，武死战”这类封建道德原则的蔑视，对仕途经济的人生道路和男尊女卑的封建礼教的反抗，在疯傻的言行中把神圣视为无稽，把幸福看作痛苦。

宝玉所珍视的少女像花朵一样，无可挽回地枯萎下去，甚至被摧残而凋零；他所厌恶甚至憎恨的恶势力，仍疯狂地维持着统治地位。

---

① 鲁迅．中国小说史略［M］．上海：上海古籍出版社，1998：165.

② 鲁迅．中国小说史略［M］．上海：上海古籍出版社，1998：163.

他满怀着希望但找不到出路，因为他所反对的，正是他所依赖的。于是，他感到了人生的痛苦。如第七十八回宝玉去哭吊晴雯未果，又听说宝钗已搬出大观园："宝玉听了，怔了半天，因看着那院中的香藤异蔓，仍是翠翠青青，忽比昨天好似改作凄凉了一般……门外的一条翠樾埭上也半日无人来往，不似当日……心下因想：'天地间竟有这样无情的事!'悲感一番，忽又想到了司棋、入画、芳官等五个；死了的晴雯……大约园中之人不久都要散的了。"(《红楼梦》第七十八回)

这里宝玉的痛苦已超越了一个家庭破败之痛苦和个性压抑之痛苦，这是属于众多人的痛苦，是感到人生有限、天地无情的痛苦。他绝望又找不到出路，一种孤独感和人生转瞬即逝的破灭感，透着诗人气质，散发出感伤的气息。但是宝玉又不愿意孤独，不愿意离开生活，离开他钟爱的黛玉和众多的女子，因而更加深了他的痛苦。宝玉悟破人生，对生命价值的认识与作品中所写的家庭的衰败结合在一起的时候，作品就产生了更加动人的艺术魅力。

302.《红楼梦》中"宝玉挨打"一节的思想内涵与艺术特点是什么?

答：在明清小说中，最为后人称道的莫过于《红楼梦》。鲁迅曾说："自有《红楼梦》出来以后，传统的思想和写法都打破了。"①"宝玉挨打"是《红楼梦》的第一次大高潮，是代表封建正统思想的贾政与封建阶级的不肖子孙宝玉之间的第一次也是最大的一次正面冲突。贾政与宝玉之间的矛盾在于价值观念与人生道路的选择、维护正统与摆脱对抗正统之间的斗争，是两种价值取向、两种人生观、两种文化思想的斗争。贾政是正统派，是封建秩序的维护者，他的价值取向在于仕途经济、道德文章、光宗耀祖，在于立德、立功、立言，他担心宝玉会"酿到弑君杀父"(《红楼梦》第三十三回)的田地。而宝玉却偏偏不"成材"，甚至拒绝"成材"，他要的是

① 鲁迅．中国小说史略［M］．上海：上海古籍出版社，2005：123.

爱情、知己，是得过且过，最后化灰化烟，充满了对现实的不满，对环境的反感，对仕途经济、荣华富贵的厌恶。他的思想里有的是颓废情绪，这是正统派所绝对不能容忍的。因此，这场斗争是无法避免的。这样，看来似乎只是父亲教训儿子的一个场面，但其思想意义却反映了两种思想、两种道德、两种人生观与世界观的根本对立。

“宝玉挨打”在艺术上很有特色：

一、结构安排有条不紊，层次井然，高潮迭起，张弛有致。小说先写宝玉与金钏儿调笑被训，情绪低落，碰见贾政，冲突开始；接着，忠顺府长史索取琪官，矛盾加深；贾环诬告，罪名成立；于是冲突进入高潮“宝玉挨打”。当宝玉处在生死关头之际，王夫人到，一缓；但贾政反而火上加油，又一紧；王夫人哭劝，一降；最后贾母出场，才结束了这场冲突。作者的描写先有铺垫和蓄势，制造出浓烈的气氛，然后是层层展开。中间有激烈的高潮，有起伏的波澜，有扣人心弦的插曲。接着写宝玉养伤，余波涟漪；最后是袭人的进言，伏下抄检大观园的原因，使全书的两个高潮互相联结。针线之缜密，令人叹为观止。

二、人物的个性鲜明，富于感情。文中直接描写宝玉的文字不多，但突出了他的顽强。一开头他只想找保护伞，却毫无向父亲认错的表现；挨打时，他并没有一句讨饶的话；挨打之后诸姊妹来探视，他竟然“心中大畅”，感到“既是他们这样，我便一时死了……一生事业纵然尽付东流，亦无足叹息”（《红楼梦》第三十三回）。这种独特的价值取向和贾政所代表的正统价值观依然是针锋相对的。贾政的性格也在这一节中得到突出表现。他的顽固与残忍反映了封建思想与叛逆思想的不可调和性，但作者并没有对他进行简单的道德定性与道德裁决，而是把他写成富有立体感的活生生的人。他真心真意希望宝玉成材成器，以维护家世的利益，他对王夫人规劝的矛盾态度，他在贾母面前的狼狈情景，都反映了他复杂的心理状态以及理智与感情的矛盾。作者甚至写到他“那泪珠更似滚瓜一般滚了下来”（《红楼梦》第三十三回），这是贾政真实的感情流露，这里包含有父子之情、夫妻之情以及这种感情与封建正统的矛盾。此外，王夫人的卑中有高、情中含理，贾母的居高临下与逼人气势都写得十分传神。

303.《红楼梦》悲剧世界的底蕴何在？

答：《红楼梦》是曹雪芹当年“于悼红轩中披阅十载，增删五次”（《红楼梦》第一回）所成的一部内涵极为丰富的伟大巨著。他曾感慨万端地题写一绝：“满纸荒唐言，一把辛酸泪。都云作者痴，谁解其中味？”(《红楼梦》第一回)。《红楼梦》以其丰厚的思想内涵和健硕的笔力向读者展现了一个多重层次、又互相融合的悲剧世界。作者匠心独运，一方面真实地描绘了生活在现实社会关系中的贾宝玉和社会所造成的爱情婚姻悲剧，另一方面却又把这一切最后归结为人生的痛苦和无常。小说开头描写的神瑛侍者和绛珠仙子的神话、主宰人间风情月债的太虚幻境、似有若无的甄宝玉和来去无踪的茫茫大士、渺渺真人，给《红楼梦》悲剧蒙上一层感伤主义和虚无主义的色彩。

贾宝玉和林黛玉　白伯骅

一、理性与现实相冲突的人生悲剧。整部《红楼梦》笼罩着一层由好到了、由色到空的感伤色彩。《好了歌》及其解注就是人生悲剧的主题歌。全书以贾宝玉为轴心，以他独特的视角来感悟人生。由无才补天的顽石幻化而来的贾宝玉，经历了“木石前盟”和“金玉良缘”的爱情婚姻悲剧，目睹了“金陵十二钗”等女儿的悲惨人生，体验了贵族家庭由盛而衰的巨变，从而对人生和尘世有了独特的感悟，正如鲁迅所说："悲凉之雾，遍被华林，然呼吸而领会之者，独宝玉而已。"①贯穿在《好了歌》里的中心思想是"变"。荣与辱、升与沉、生与死都在急剧的变化中，由于对一切传统的、现存的思想信念和社会秩序提出了大胆的怀疑和挑战，同时，又因为新的出路、新的社会理想又那么朦胧，所以倍觉感伤，带着"色空"、梦幻的情绪。热爱生活又有梦幻之感，入世又出世，这是曹雪芹在探索人生方面的矛盾。曹雪芹并不是厌世主义者，他并不真正认为人间万事皆空，也并未真正看破红尘，真要劝人从所谓的尘梦中醒来，否则，他就不会那样痛苦地为尘世之悲洒辛酸之泪，就不会在感情上那样执着于现实的人生。他正是以一种深挚的感情，以自己亲身的体验，写出入世的耽溺和出世的向往，写出了耽溺痛苦的人生真相和希求解脱的共同向往，写出了矛盾的感情世界和真实的人生体验。

二、爱情婚姻悲剧。《红楼梦》深刻地揭示了宝钗黛之间的婚姻爱情悲剧及其深层原因。小说以宝玉和黛玉、宝钗的爱情婚姻悲剧为主线展开。贾宝玉是贾府的继承人，是贾家兴旺的希望所在，他应该走一条科举荣身之路，以便立身扬名，光宗耀祖。他也应该找一个"德言工貌"俱全的女子作妻子，主持家政，继续家业。可是他却力图挣脱家庭强加于他的名缰利锁，做个无拘无束、自由自在的"富贵闲人"。他"最不喜务正""不肯念书",不愿走仕途经济的人生道路。这样，他就违背了封建家庭给他规定的生活道路，成了"不肖子孙"。在婚姻问题上，面对朝夕相处的林黛玉和薛宝钗这两位才貌双全的少女，贾宝玉顺从了情志的选择。他既不考虑家族的利益，也不按照传统道德的要求，去选择封建淑女。他追求的是心灵契合的感情。而在贾府日益衰败的条件下，在关系到家族兴衰的问题上，封建家长绝不会让步，他们只能不顾宝玉、黛玉的愿望而扼杀了他们的爱情，造成宝黛的爱情悲剧。象征着知己知心的"木石前盟"被象征着富与贵结合的"金玉良缘"取代了。虽然贾宝玉被

---

① 鲁迅．中国小说史略［M］．北京：人民文学出版社，1958：189.

迫与薛宝钗结婚，“到底意难平”，最终“悬崖撒手”，造成了宝玉与宝钗没有爱情的婚姻悲剧。

《黛玉葬花图》 王子和

三、围绕着“悲金悼玉”的爱情婚姻悲剧，《红楼梦》还写出了“千红一哭”“万艳同悲”的“女儿国”的悲剧。才选凤藻宫的元妃闷死在深宫；迎春误嫁“中山狼”，“一载赴黄粱”（《红楼梦》第五回）；“才自精明志自高”（《红楼梦》第五回）的探春，远嫁他乡；惜春出家为尼，“独卧青灯古佛傍”（《红楼梦》第五回）。贾府“四春”，免不了“原应叹息”的命运。如果说林黛玉是封建礼教的牺牲品，那么薛宝钗则无疑是封建礼教的殉葬品，史湘云虽“英豪阔大”，“终久是云散高唐，水涸湘江”（《红楼梦》第五回），命运坎坷。李纨终身守寡，谨守妇道，但仍摆脱不了“枉与他人作笑谈”（《红楼梦》第五回）的悲剧。自动遁入空门、带发修行的妙玉，“欲洁何曾洁”，到头来依旧是“终陷泥淖中”（《红楼梦》第五回）。

至于大观园里的女奴，命运更为悲惨。“心比天高，身居下贱”（《红楼梦》第五回）的晴雯，被逐出大观园，抱恨夭亡；司棋因被剥夺了婚姻自由以死抗争，撞墙自尽。大观园里少女们的悲剧是封建压迫造成的，作品极为深刻之处在于，并没有把这个悲剧完全归于恶人的残暴，更多的悲剧是“通常之道德、通常之人情、通常之境遇”① 为之而已，是几千年积淀而凝固下来的正统文化的深层结构

① 王国维．《红楼梦》评论［M］．杭州：浙江古籍出版社，2012：14.

造成的性格悲剧。

大观园里的悲剧是爱情、青春和生命之美被毁灭的悲剧。作者不仅哀悼美的被毁灭，而且深刻揭示了造成这种悲剧的根源，这是对封建社会和文化进行的深刻反思，也是一种精神的觉醒。

304. 我们应该如何评价《红楼梦》后四十回续书?

答：目前通行本《红楼梦》都是120回本，前80回由曹雪芹著，后40回无名氏续，程伟元、高鹗整理。《红楼梦》最初以80回抄本的形式在社会上流传，本名《石头记》。

乾隆五十六年（1791），程伟元和高鹗将《红楼梦》前80回与后40回，合成一个完整的故事，以木活字排印出来，书名为《红楼梦》，通称“程甲本”。

根据程甲本和程乙本卷首说明，可知在曹雪芹去世后，社会上曾流传过有关后40回或30回的传说及抄本，其中有些内容很可能就出自曹雪芹本人之手。《红楼梦》后40回续书尽管存在着诸种不尽如人意之处，但总体说来，功大于过。

一、后40回续作者据前80回原作的某些情节线索，大体完成了原作的悲剧构思，使得《红楼梦》成为一部结构完整、首尾齐全、浑然一体的文学作品。

二、续书写出了全书的中心事件、主要人物的悲剧结局，对于一些重要的情节处理，如贾府抄家、黛死钗嫁、宝玉出家等基本上符合原作的构思。从而保持原有矛盾的发展，基本上符合前80回的倾向。

三、有的情节描写生动精彩，如潇湘惊梦、黛玉迷性、焚诗稿、魂归离恨天等，有较强的艺术感染力。但是由于续作者与曹雪芹在人生观、审美观上存在差异，续书对于某些情节的处理，人物性格的刻画，又明显背离了原作的社会批判精神，如写宝玉中举，“沐皇恩”“延世泽”“兰桂齐芳”“家道复初”的“大团圆”结局，违背了原作“好一似食尽鸟投林，落了片白茫茫大地真干净”的宣判，削弱了作品的批判力度；续作在整体的艺术水平上也较前80回逊色。

305. 清初戏曲的发展概貌是怎样的？其突出成就是什么？

答：清代是我国古代戏曲发展的又一个繁荣时期。

一、清初传奇创作基本保持了明末的旺盛势头。

（一）文化名流加入戏剧创作队伍。一些学养、诗艺甚高的文化名流，在诗文之余也选择了戏曲寄托悲愤、哀思，抒写内心难言的隐衷。代表作家有吴伟业、黄周星、丁耀亢、王夫之等。这类剧作家中，不少是诗文大家，他们以余事作剧，借他人之酒杯，浇自己之块垒，不惜添加奇幻乃至荒诞的情节，然曲词雅致，增强了戏曲的抒情性，减弱了戏剧性，更忽视舞台演出的特点，也就多成案头读物。代表作如吴伟业的《秣陵春》《通天台》和《临春阁》，都是借历史人物而随意生发，以抒发其胸中之抑郁牢骚，既寄寓着吴伟业眷恋明末亡国皇帝的情结，又隐寓着徘徊于旧恩与新遇、名节与功名之间的矛盾心理，表现出这类文人在新朝伊始，在出路问题上面临的困惑和无奈。

（二）明末戏剧家继续从事戏剧活动。以李玉为代表的苏州剧作家，入清以后仍然活跃在剧坛上。他们剧作的基本倾向、风格大体一致，早期多取材于“三言”和其他历史传说故事，劝惩意识较重。他们编剧更注意舞台演出的要求和效果，改变了以曲词为核心的戏曲观念，把戏剧结构放到了重要位置上，增强了戏剧性，曲词也趋向质朴，丑角的地位有所提高，宾白往往带有方言的特点。

李玉作有传奇三十多种，今存二十余种，数量之多为明清传奇作家所少有。早期创作以《一捧雪》《人兽关》《永团圆》《占花魁》（合称“一人永占”）为代表，表现的都是社会下层的世态人情，着重嘲讽鞭挞的是唯利是图、忘恩负义的卑劣行径，道德意识浓重。明清易代使他们由主要关心社会平凡生活的伦理问题，转向关注历史政治的风云，创作出了《千忠戮》《清忠谱》等取材现实的优秀剧作，关注朝政军国之事，并以此种心态去反观历史，具有较强的社会现实意义。

（三）风情喜剧创作以李渔为代表。李渔的戏曲以娱乐人心为目的，他坦言“唯我填词不卖愁，一夫不笑是我忧”。(《风筝误》末出）所作传奇 10 种（总题《笠翁十种曲》),几乎全是演婚恋故事，“十部传奇九相思”,固然也反映出晚明以来尚情的思想，如赞成爱情婚姻自主，反对父母包办儿女婚事，特别欣赏对情的执着。以李渔为代表的风情喜剧虽然有媚俗倾向，格调不高，但作为明清间的一种戏曲流派，也代表了一种以娱乐为宗旨的文学倾向。他们剧中误会、巧合、错认、弄巧成拙、弄假成真等多种喜剧手法的运用，也为喜剧的创作和喜剧理论的发展提供了经验材料。

（四）出现了两部清代传奇的扛鼎之作。康熙剧坛上最成功、最有影响的作品是洪昇的《长生殿》和孔尚任的《桃花扇》。二剧都表现着深沉的历史反思，而且与清初启蒙思潮息息相通，在当时广为传唱。金埴题诗说：“两家乐府盛康熙，进御均叨天子知。纵使元人多院本，勾栏争唱孔洪词。”(《题桃花扇传奇》)

二、杂剧发展到清代已成余响。成就远不及传奇。杂剧作家多而大家少，作品数量多而质量高者少，可读者多而可演者少。尤侗作有《读离骚》《桃花源》《清平调》《吊琵琶》和《黑白卫》五部杂剧和传奇《钧天乐》，都是在仕途遭困厄之际完成，借以抒发仕途受挫、怀才不遇的悲愤。虽大都发自痛切之情，反映出当时怀才不遇的文人的共同心声，赢得了许多文坛名流的称赏，但多有牵合失于无稽之处。

三、清代中叶以后，随着杂剧和传奇的衰落，各种地方戏如雨后春笋般在各地兴起，如京腔、秦腔、弋阳腔、梆子腔、二黄腔等。这些被士大夫们称之为“花部”“乱弹”的地方戏，对原有的戏曲形式进行大胆的继承与革新。不仅遍布广大农村，而且还涌进了北京和杭州等大城市，终于取代了传奇，统治了戏剧舞台。

四、戏曲理论和戏曲批评，在清代取得了较大发展。金圣叹对《西厢记》的评点对后世影响很大。李渔的《闲情偶寄》则是中国古代戏曲理论的集大成者。焦循的《花部农谭》是研究早期地方戏剧目的一部重要著作。

306. 何谓“苏州派”？清初苏州派的戏曲在创作上有何特点？

答：苏州派是明末清初以苏州为主要活动中心而形成的一个戏曲创作流派，跨越明清两代。著名的剧作家有李玉、朱佐朝、朱素臣、叶雉斐等。他们相通曲律，长期为供应戏班演出而编剧，有时共同切磋曲律，合作创作剧本。在市民生活的土壤和文化氛围中，形成了大致相近的创作倾向和艺术风格。

苏州剧作家群，创作初期多取材于“三言”和历史传说故事，反映市井间的社会伦理问题，劝惩意识较重。剧中塑造了许多市民、奴仆、妓女、渔家女等社会下层人物的形象，如李玉饮誉剧坛的《一笠庵四种曲》，表现的就是社会下层的世态人情，着重嘲讽鞭挞的是唯利是图、忘恩负义的卑劣行径，热情赞颂的道德高尚者倒是出自微贱中人，这种情形近乎“三言”小说的世界，而道德意识又更重了些。《一捧雪》里的莫诚尽义于主人竟至主动去代死，比起《醒世恒言》里“徐老仆义愤成家”来更加可悲了。由于李玉是带着道德感情去写他心爱的和憎恶的人事，表现力求尽致，强化了戏剧冲突，剧作便有感染力，所以能得到观赏者的好评，如钱谦益所说：“《占花魁》《一捧雪》诸剧，真足令人心折”,“每一纸落，鸡林好事者争被管弦”（《眉山秀题辞》）。

明清易代，历史的沧桑巨变，促使苏州作家群的创作由关心社会平凡生活的伦理问题，转向关注历史政治的风云，参与到清初历史反思的社会思潮中，创作出了一些历史题材剧，个中便有所寄托。如李玉的《千忠戮》（又名《千钟禄》）演明初燕王朱棣以武力夺取帝位，建文帝和程济化装成僧道流亡西南的故事，塑造了方孝孺、程济等一批忠臣形象，全剧慷慨激昂，抒写的是兴亡之悲，在社会上广为流布，便表明了其中的隐情。《万里缘》演明清战乱中黄向坚只身远去云南寻父的故事，孝子寻亲本有失怙者寻求依托之意，加之作品又通过主人公的耳闻目睹，写进了南明遗事，诸如史可法死守扬州，壮烈殉国，意义就超出了一般寻亲的范围。李玉晚期的代表作是《清忠谱》,表现的是晚明天启年间魏忠贤阉党迫害东林党人周顺昌等人，引发了苏州市民暴动的政治事件。但《清忠谱》的创作并没有完全拘泥于史实，而是将纷繁的历史事件，经过艺术的选择、提炼，着意于表现出人物的性格、精神，构成了谨严有序、形象鲜明又有激情贯注于其中的艺术世界。吴伟业在《清忠谱序》中又说："甲申之变，留都立君，国是未定，顾乃先朋党，后朝廷，而东南之祸亦至。""假令忠介公（周顺昌）当日得久立于熹庙之朝，拾遗补过，退倾险而进正直，国家之祸宁复至此?"这也正是《清忠谱》的弦外之音。

概而言之，苏州派戏曲的创作特点主要体现在三个方面：

一、在创作方法上较多地采用现实主义的方法。前期创作多反映市井社会伦理，入清后转而关注历史政治的重大题材，极富社会现实性，艺术感染力强，深受人民群众的喜爱。

二、多采用重大题材，注重表现重大政治事件，揭露社会黑暗，不注重儿女私情和神魔灵怪。但旧的道德伦理观念较浓重，却也透露出平民百姓的愿望。

三、讲究本色当行，注重舞台效果。以李玉为代表的苏州剧作家大都是与舞台表演紧密联系的专门编剧的剧作家。他们在明末已经开始了编剧生涯，并有作品广泛演出，产生了相当的影响，入清以后仍然活跃在剧坛上，随着社会的变化，创作出一些很有影响的作品。他们编剧不是自遣自娱，而是为演出提供剧本，考虑到舞台演出的要求和效果，改变以曲词为核心的戏曲观念，把戏剧结构放到了重要位置上，增强了戏剧性。曲词也趋向质朴，宾白的地位有所提高，丑角的宾白往往带有方言的特点。苏州剧作家事实上已成为一个群体，一个戏剧文学的流派。

307.《清忠谱》在戏曲发展史上备受关注的原因是什么?

答：李玉是苏州派剧作家的杰出代表，他的戏曲曲谱《北词广正谱》是北曲曲谱中最完备的一部。他的《一捧雪》《人兽关》《永团圆》《占花魁》以《一笠庵四种曲》刊行，被称为"一人永占"而饮誉剧坛。他的《万民安》《千忠戮》（又名《千钟禄》)、《清忠谱》均以描写重大政治斗争题材而著名。

李玉晚期的代表作是《清忠谱》。清初刻本题“李玉元玉甫著”“同里毕魏万后、叶时章雉斐、朱皠素臣仝编”，几乎苏州剧作家群的主要人物都参与了此剧的创作，可见他们很重视这个剧作。《清忠谱》表现的是晚明天启年间魏忠贤阉党迫害东林党人周顺昌等人，引发了苏州市民暴动的政治事件。反映了晚明社会市民阶层的壮大，并初步显示出其成为一种力量的历史特征。《清忠谱》在戏曲发展史上备受关注的原因有以下三点：

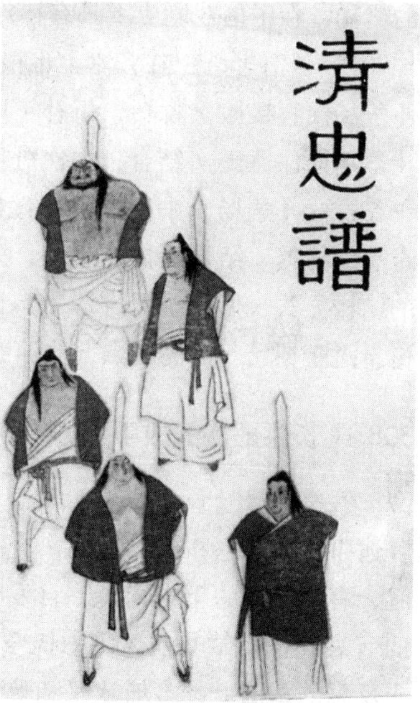

《清忠谱》　陆华

一、《清忠谱》直接采用现实的重大政治斗争作为剧本的题材，继承了《鸣凤记》的优良传统，为孔尚任《桃花扇》的创作提供了经验。它是根据明朝天启六年（1626）三月在苏州爆发的市民暴动的史实创作的。剧本通过对这一历史事实的艺术加工，歌颂了以周顺昌为代表的东林党人的正义斗争和崇高气节，赞扬了颜佩韦等下层市民见义勇为、不畏强暴的高贵品质，深刻地反映了明末复杂的政治斗争和社会矛盾。

二、《清忠谱》成功地刻画了颜佩韦等五个下层市民的英雄形象。他们都出身平民，性格刚烈，行侠仗义，支持反对魏忠贤阉党的正义斗争。颜佩韦是其中最为杰出的代表，他很有组织才能，领导了一场轰轰烈烈的反抗官府的市民运动，不仅反映了市民阶层在社会政治生活中的比重不断增加这一事实，表现了作者对新生力量的热情关注，而且打破了帝王将相、才子佳人、神魔鬼怪统治舞台的格局，在中国戏剧史上具有特殊意义。

三、《清忠谱》在艺术上也很有特色，一方面把轰轰烈烈的群众斗争场面直接搬上舞台，填补了中国古代戏曲史上的空白。写群众斗争场面注意虚实结合，主次分明，场面纷沓，热闹而不乱，并善于在群众斗争场面中突出人物性格。另一方面，结构上一洗明人传奇头绪纷繁、结构松散的通病，采取一主一副双线发展、互相交替的结构方式，做到了严密紧凑，详略得当。在语言上也克服了明人传奇过于典雅华丽的特点，曲词流畅，宾白通俗易懂。

308.《长生殿》的故事是怎样的？ 其结构特点是什么？

答：洪昇《长生殿》所演唐明皇与杨贵妃的历史故事，习称天宝遗事。唐明皇和杨贵妃的离合生死之情与安史之乱紧密联系在一起，有着深邃的历史内蕴，自发生之时起便屡屡被诗人咏叹。杜甫的《哀江头》肇其端，诗中抚今追昔，意多哀悼。中唐文人又在历史反思的基础上，多加咏叹和追忆。如白居易的《长恨歌》是以诗人的才情，叙写唐明皇和杨贵妃的爱情，虽有对唐明皇纵色误国的批判，但突出唐明皇在马嵬事变后对杨贵妃的深挚的思念。情词悱恻，哀感动人，“天长地久有时尽，此恨绵绵无绝期”（《白居易集笺校》）深蕴着对李、杨爱情悲剧的深切同情。元代白朴的杂剧《梧桐雨》则演而成为一幕“纯粹的悲剧”，形象地展现了唐明皇宠爱杨贵妃，乱了朝政，导致安史之乱，被迫让杨贵妃自缢的历史故事，着重表现的是他失去杨贵妃的悲哀。经历金元易代之痛的白朴，显然是借李杨爱情故事抒写历史兴亡之悲。

洪昇重新演绎唐明皇杨贵妃的故事，其《长生殿·自序》直言：“余读白乐天《长恨歌》及元人《秋雨梧桐》杂剧，辄作数日恶。”公开表示了他对这两部作品过于感伤的不满，借《长生殿》显示“乐极哀来”的道理，并意欲“垂戒来世”（《长生殿·自序》）。从洪昇的创作初衷来看，《长生殿》的立意与白居易《长恨歌》、白朴《梧桐雨》是一致的，但他改变了故事的悲剧结局，让唐明皇、杨贵妃“败而能悔”，“死生仙鬼都经遍，直做天宫并蒂莲”（《长生殿·

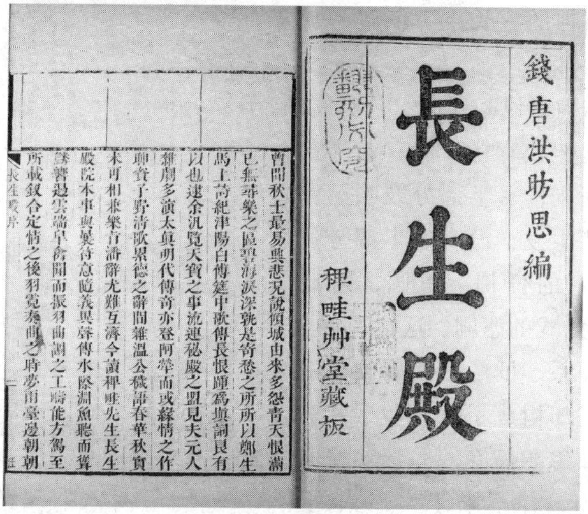
錢唐洪昉思編

長生殿

稗畦艸堂藏板

曾聞秋士最易興悲況說傾城由來多怨青天恨滿已甚尋樂之園碧海淚深孰是寄愁之所所以鄭生馬上詩紀津陽白傅筵中歌傳長恨蹟爲填詞良有以也逮余汎覽天寶之事流連秘殿之盟見夫元人雜劇多演太眞明代傳奇亦登阿犖而或緣情之作卿貧于野詩歌累德之辭間雜溫公穢譚春華秋實未可相兼樂府清辭尤難互濟今讀稗畦先生長生殿院本事與綦符意隨義異辭傳水際淵魚聽而聾隸響遏雲端早御聞而振羽曲調之工時能方駕至所載釵合定情之後羽霓奏曲之時夢雨臺邊朝朝

長生殿序　二

清刻本《长生殿》

重圆》)。这种创作思想就决定了《长生殿》上下两卷创作手法和艺术风格的不尽一致。

一、写实与虚幻的结合。洪昇作《长生殿》融合进唐以来叙述、咏叹天宝遗事的文史、传说等许多材料，剧中出现的许多人物、情节大都是有根据的。前半部分是写实，是爱情的悲剧，充分表现出尊史重真的精神，真实地展现了封建帝王与妃子的情爱生活，也塑造出了一个具有高度艺术真实的宠妃的性格。伴随着唐明皇杨贵妃故事的进展，还交叉地写出了与之相关连的朝政事件，由于唐明皇宠爱杨贵妃，杨氏一门男女都获得了殊荣，不仅“占了情场，弛了朝纲”(《长生殿·弹词》)，还给百姓带来了灾难。将《长恨歌》中虚化了的内容显露出来，这一切都表现得真实、体察至微而合乎现实的逻辑。后半部分是写幻，是鼓吹真情。马嵬事变完成了这一场帝王家的爱情悲剧。《长生殿》一方面表现现实中发生的唐明皇杨贵妃悲剧的余波，合成一部兴亡之感的交响曲；另一方面则表现唐明皇和死后的杨贵妃在真和幻两个世界里发生感情交流，执着的感情和真诚的忏悔，终于实现了“长生殿里盟言”(《长生殿·重圆》)。这就将《长恨歌》里无法实现的幻景化作了幻想中实现了的美好愿望，以精神的“长生”消解了现实的“长恨”。

从结构上说，真与幻是对立的，但又是互相依存的。没有前半部分现实的悲剧，后半部分鼓吹至真之情便无从生发；没有后半部分唐明皇杨贵妃的忏悔、重圆，则成了《梧桐雨》式的悲剧。这种既对立又依存的关系，虽然中间转换得有些勉强，但却构成了《长生殿》的结构特征和思想特色：写唐明皇杨贵妃之情事，并不限于言二人之情，而是含而不露地拓宽了“情”的内涵，充分地表现出剧作第一出《传概》里所申述的命意：“古今情场，问谁个真心到底。”“借太真外传谱新词，情而已。”这与清初的启蒙思潮又是息息相通的。

《长生殿》（清）余集

二、在结构上，以李杨爱情为经线，以社会政治演变为纬线来结构全剧，两条线交叉发展，彼此关联，情节错综，脉络极清晰，组合得相当紧凑而自然。《长生殿》长达50出，以唐明皇杨贵妃的故事为主线，以朝政军国之事为副线，编织进唐以来文人记述过的、诗人咏叹过的人和事，内容非常丰满，正如吴梅所评：“取天宝间遗事，收拾殆尽。”①唐明皇杨贵妃这条主线，又以定情的金钗钿盒时隐时现贯穿其

① 吴梅．顾曲尘谈［M］．上海：上海古籍出版社，2010.

《长生殿私语时》　任率英

中，而且每次出现都有不同的寓意：上半部开始是定情之物，马嵬殉葬是失盟的表征；下半部杨贵妃鬼魂把玩是写失情之怨，最后是用以证情，重圆结案。既使全剧的情节有着内在的联系，又体现了主人公悲欢离合的变化。全剧上下两部分虽各有侧重，但也有许多对照、呼应。如上半部写现实的悲剧，插入了幻想的《闻乐》一出，为下半部杨贵妃仙归蓬莱伏下了引线；下半部主要以幻笔写情，插入《献饭》《看袜》《骂贼》等写实场面，与上半部唐明皇的失政、宠信安禄山、杨氏一门的骄奢，有着明显的对照意义。《长生殿》结构细密，场面安排上轻重、冷热、庄谐参错，都是出于匠心经营，从而将传奇剧的创作推向了艺术的新高度。

另外，《长生殿》的曲文糅合了唐诗、元曲的特点，形成一种清丽流畅的风格，叙事简洁，写景如画，在基本格调的范围里又随人物之身份、性情、情感的不同而有所变化。

309.《桃花扇》作为一部历史剧有何特点？

答：在清初剧坛，《桃花扇》是一部演近世历史的历史剧，与洪昇《长生殿》并负盛名。

孔尚任在淮阳任职期间，广泛结交当地的或流寓扬州的文士，往还酬唱。其中不乏前朝遗老，在晤谈中常听到他们缅怀往事，感慨兴亡；李香君的故事使他备受感动，从而激发了创作欲望。他多

《桃花扇》

方走访，收集资料，创作了历史剧《桃花扇》。康熙三十八年（1699）六月，《桃花扇》定稿，一些王公官员竞相借抄，康熙也索去阅览。上演后引起朝野轰动，孔尚任随之不明不白地被罢官。孔尚任的罢官好像是一个疑案，其实迹象已表明其深层的原因就是在于他写了《桃花扇》。《桃花扇》具有如下特点：

一、体现了历史反思精神。《桃花扇》演的是南明弘光小朝廷的兴亡始末。明清易代，引起了人们的心灵震撼，忧愤成思，在清初形成了追忆历史的普遍心理。反映在文学方面，是诗歌中尚史意识的抬头，散文中传记文和忆旧小品的发达，时事小说的出现。南明弘光小王朝的兴亡历史，当时曾经为人们关注，事后也为人们痛心。孔尚任虽然其生也晚，未曾经历，但他创作《桃花扇》显然是受到了曾经亲历其事、心有余痛的遗老们的影响，从一定程度上说是代他们进行历史反思的。他在《桃花扇小引》中说明其命意是：“场上歌舞，局外指点，知三百年之基业，隳于何人？败于何事？消于何年？歇于何地？不独令观者感慨零涕，亦可惩创人心，为末世之一救。”归根结底还是清初那种痛定思痛、反观历史的文化思潮的反映。所以说《桃花扇》是一部最接近历史真实的历史剧。

二、创作采取了征实求信的原则。孔尚任在《桃花扇·凡例》中说："朝政得失，文人聚散，皆确考时地，全无假借。至于儿女钟情，宾客解嘲，虽稍有点染，亦非乌有子虚之比。"所以，剧作以清流文人侯方域和秦淮名妓李香君的离合之情为线索，展示弘光小王朝兴亡的历史面目，从建立的历史背景，福王朱由崧被拥立的情况，到建立后朱由崧的昏庸荒佚，马士英、阮大铖结党营私、倒行逆施，江北四镇跋扈不驯、互相倾轧，左良玉以就粮为名挥兵东进，最后史可法孤掌难鸣，无力回天，小王朝迅速覆灭，基本上是"实人实事，有根有据",真实地再现了历史，如剧中老赞礼所说："当年真如戏，今日戏如真。"(《桃花扇·孤吟》）只是迫于环境，不能直接展现清兵进攻的内容，有意回避、改变了一些情节。但总的说，作者的褒贬、爱憎是颇有分寸的，表现出清醒、超脱的历史态度。

三、成功地塑造了社会下层人物的鲜活形象。《桃花扇》中的李香君、柳敬亭等，都是关心国事、明辨是非、有着独立人格的人物，已经足以使清流文人相形见绌，更不要说处在被批判地位的昏君、奸臣了。这也是有现实依据，反映了晚明都会中部分妓女的风雅化以至附庸政治的现象，不仅表明孔尚任突破了封建的等级贵贱观念，其中也含有他对尊贵者并不尊贵，卑贱者并不卑贱的现实的愤激情绪，以及对此所做出的思索。这是当时许多旨在存史、寄托兴亡之悲的稗史所不具备的。

四、反映了国家至上理念。尽管孔尚任对人物的褒贬还是使用传统的道德术语，如"孝子忠臣"之类，但其褒贬标准却扩大了"忠"的内涵，由以朝廷、皇帝为本变为以国家为根本。福王朱由崧监国，代表着国家，但他关心的只是"天子之尊","声色之奉",忘记了为君的职责，国家亡了，也就失去了为君的依托，连性命也不保了。马士英、阮大铖之徒，乘国家败亡之机拥立朱由崧，把国家、朝廷的不幸当作自己的大幸，窃权滥为，谋千秋富贵，招致国家败亡，朝廷不存，他们也就失去了权势、富贵、性命。清流文人以风流自许，为保护门户请左良玉东下，移兵堵江，江北一空，国家覆亡，陈贞慧、吴应箕才恍然大悟："日日争门户，今年傍哪家?"

（《桃花扇·沉江》）由此，孔尚任最后离开了征实的原则，虚构了《入道》一出，让张瑶星道士呵斥了在国破家亡之后重聚的男女主人公。孔尚任借张道士之口说的“皮之不存，毛将焉附”,实际上也就是孔尚任观照南明兴亡的基本点，这对晚明崇尚情欲的思潮是一个反拨、修正，但并不是回归到以君臣之义为首要的封建伦理中，而是把国家放在了人伦之最上，以国家为君、臣、民赖以立身的根本，其意义也就超越了明清易代的兴亡之悲。

310.《桃花扇》在艺术上的成功主要体现在哪些方面?

答:《桃花扇》是一部演近世历史的历史剧，也是清代传奇中一部思想和艺术达到完美结合的杰出作品。作者孔尚任将历史的反思精神与证实精神相结合，在艺术上取得了巨大成功。

一、孔尚任在力求遵守历史真实的原则下，非常恰当地选择了侯方域和李香君的离合之情，连带显示弘光小王朝的兴亡之迹。侯方域和李香君的结合，本是明末南京清流文人的一件风流韵事，又是复社和阉党余孽斗争的一个小插曲。作者以此事作为戏剧的开端，既表现出复社文人的作风和争门户的意气，又使全剧从一开始便将儿女之情与兴亡之迹紧紧结合在了一起。《却奁》一出，侯方域、李香君二人卷入了政治门户斗争的旋涡，表现出弘光朝建立前南京的政治形势，为后来阮大铖得

《桃花扇》　白庚延

势后倒行逆施，迫使侯方域、李香君分离，立下了张本。侯方域、李香君之分离，既是弘光小朝廷建立后两种力量发生变化的结果，又为多方面展示小朝廷的面目、处境创造了条件：通过李香君的遭遇，从《拒媒》到《骂筵》,反映出马士英、阮大铖掌握权柄的小朝廷的腐败；通过侯方域的出奔与复归，展示出江北四镇的斗争、离析和史可法的孤立，以及左良玉的东下。弘光小朝廷覆灭后，侯方域、李香君二人重聚，双双入道，表现的是二人儿女之情的幻灭，而促使二人割断花月情肠的又是国家的灭亡。弘光小王朝的兴亡始末，就是这样艺术地再现了出来。

二、人物形象众多,但大都人各一面，性格不一，即便是同一类人也不雷同。这显示出孔尚任对历史的尊重，如实写出人物的基本面貌，如同是武将，江北四镇都恃武逞强，行事、结局却不同：高杰无能，二刘投降，黄得功争位内讧，却死不降北兵；左良玉对崇祯皇帝无限忠心，但骄矜跋扈，缺少谋略，轻率挥兵东下。侯方域风流倜傥，有几分纨绔气，却关心国事。这其中也反映出孔尚任对人物性格的刻画较其他传奇作家有着更自觉的意识，要将人物写活。如同是权奸，马士英得势后横行霸道，而阮大铖则奸诈狡猾，都表现得淋漓尽致，从而在剧中营造出生动的场面和气氛。杨龙友的形象尤有特色。他周旋于两种力量之间，出面为阮大铖疏通复社文人，带人抓走李香君的假母，在马士英、阮大铖要逮捕侯方域时，又向侯方域通风报信；他趋从、奉迎马士英、阮大铖，在李香君骂筵中面临来身之危时，又巧言救护李香君，诚如《桃花扇·媚座》批语所说：“作好作恶者，皆龙友也。”他多才多艺，八面玲珑，表现出一副政治掮客的圆滑嘴脸和老于世故的复杂性格。

311.《长生殿》和《桃花扇》思想内容上有何共同倾向?

答：康熙剧坛上最成功、最有影响的作品是洪昇的《长生殿》和孔尚任的《桃花扇》。两剧的作者都因其剧作肇祸，一个被革除了监生资格，一个被罢了官，而当时许多人还是对这两部剧作表现出极大的兴趣，给予了很高的赞赏。金埴题诗说：“两家乐府盛康熙，

进御均叨天子知。纵使元人多院本，勾栏争唱孔洪词。”(《题桃花扇传奇》)

《长生殿》和《桃花扇》,都以重大历史事件为题材，都是借爱情悲剧来表现一代兴亡的政治悲剧。题材虽有古今之别，却都表现出深沉的历史反思，而且与清初启蒙思潮息息相通。两部剧作都采取了以男女离合之情写国家兴亡之感的结构模式，对情爱是尊重的，却又和国家兴亡绑在一起，把国家兴亡摆在了个人的情爱之上。《长生殿》是以国家和百姓的不幸讽喻“占了情场，弛了朝纲”的君主;《桃花扇》是用“皮之不存，毛将焉附”的逻辑断喝亡国后还贪恋情场的人。两剧在社会观、情爱观、君主观等方面，以及其间存在的似乎不可思议的矛盾现象，都与清初启蒙思潮相契合。因此同被列入“中国十大古典悲剧”,他们的作者钱塘洪昇和曲阜孔尚任被人们称为“南洪北孔”。

《长生殿》与《桃花扇》的思想内容有以下几个共同倾向：

一、都在一定程度上体现了清初反观历史的文化思潮。明清易代,引起了人们的心灵震撼，忧愤成思，在清初形成了追忆历史的普遍心理，写史书的人之多，稗史之富，在中国历史上是罕有的。《长生殿》和《桃花扇》都以较多的笔墨描写了朝政的腐败，官吏的贪赃，人民的痛苦，这就或间接或直接地总结了明王朝灭亡的历史教训。

洪昇《长生殿》重新演绎唐明皇杨贵妃的故事，是在继承了白居易诗和白朴剧的内容和意蕴的基础上，而有所改变。他在《长生殿·自序》中表明其创作思想：“余读白乐天《长恨歌》及元人《秋雨梧桐》杂剧，辄作数日恶。”洪昇说这段话的意思表明,他深为两篇作品所感动，又不满意作品写得过于感伤。他坦言自己作《长生殿》,是借唐明皇杨贵妃之情事，显示“乐极哀来”的道理，以“垂戒来世”。《桃花扇》演的是南明弘光小朝廷的兴亡始末，孔尚任在《桃花扇小引》中说明其命意是：“场上歌舞，局外指点，知三百年之基业，隳于何人？败于何事？消于何年？歇于何地？不独令观者感慨零涕，亦可惩创人心，为末世之一救。”南明弘光小王朝的兴亡历史，当时曾经为人们关注，事后也为人们痛心。孔尚任虽然其生也晚，未曾经历，但他创作《桃花扇》显然是受到了曾经亲历其事、心有余痛的遗老们的影响，从一定程度上说是代他们进行历史反思的，归根结底还是清初那种痛定思痛、反观历史的文化思潮的反映。

二、两剧都或隐或显地表现了民族矛盾。如《长生殿》将安禄山写成蕃将，将朝廷与边将的矛盾写成了蕃汉之间的矛盾；《桃花扇》写“北兵”与南明王朝的斗争，都曲折地表达了作者的民族意识与爱国感情，这也是两剧作者均遭迫害的深层原因。

三、两剧均作于“康乾盛世”之前期，在这个盛世里，明中叶以来的资本主义萌芽被扼杀，小农经济被强化，皇权主义被加强，人的个性被抹掉，旧的王朝已经灭亡，新的希望却甚渺茫。由于作者认不清国家兴亡、朝代改换的根本原因，认不清民族国家的命运和前途，故两剧在字里行间都透露出一种空幻、迷惘的感伤情绪。

312. 清中叶“花部”和“雅部”之争是怎么回事？

答：清代中叶，在“盛世”繁荣景象的背后，清廷对文化的压制非常严酷，文字狱频繁发生，文人们处在苦闷、彷徨中。白话短篇小说走向衰亡，长篇小说虽然数量甚多，但却走向芜杂、幽怪，除《儒林外史》《红楼梦》之外，多数文学价值不高。戏剧创作进入低潮，作家大都缺乏对现实社会的关注，或者歌功颂德，粉饰太平，出现大量的内廷承应戏；或者宣扬伦理道德，以戏剧演绎富有教化意义的历史故事。随着昆曲的衰弱，戏剧创作在艺术形式上也逐步僵化，失去了生命力。少数文人的作品重在借历史人物抒写情怀，清新隽永，但也更加案头化，难以付诸舞台演出，致使清代中叶以后，杂剧和传奇创作迅速走向衰落，各种地方戏却如雨后春笋般在各地兴起，如京剧、秦腔、弋阳腔、梆子腔、二簧腔等，代表着清代戏曲的发展趋势。这些被士大夫称之为“花部”“乱弹”的地方戏，对原有戏曲形式进行了大胆的改革与继承，在当时备受瞩目。不仅遍布广大农村，而且还涌进了北京和杭州等大城市，开始与“雅部”争胜，并最终取代了传奇，统治了戏曲舞台。

一、清代地方戏的繁荣和京剧的产生，标志着中国戏曲进入一个新的发展阶段。

元代杂剧和宋元南戏为地方戏树立楷模，推动戏曲的前进。明中叶到清初，昆曲以唱腔优美和剧目丰富在剧坛占有几乎压倒一切的优势。从康熙末至乾隆朝，地方戏似雨后春笋，纷纷出现、蓬勃发展，以其关目排场和独特的风格，赢得观众的爱好和欢迎，与昆曲一争长短，出现“花部”与“雅部”之分。李斗《扬州画舫录》说：“雅部即昆山腔；花部为京腔、秦腔、弋阳腔、梆子腔、罗罗腔、二簧调，统谓之乱弹。”①但地方戏不登大雅之堂，被统治者排抑，昆腔则受到钟爱，给予扶持。花部诸腔则在广大人民的喜爱和民间艺人的辛勤培育下，以新鲜和旺盛的生命力，不停地冲击和争夺着昆腔的剧坛地位。民间戏曲的交流与竞赛，提高和丰富，逐渐夺走昆曲的部分场地和群众，但还不能与之分庭抗礼，宫廷和官僚士绅府第所演的大多数还是昆曲，花部剧种处在附属地位，主要在民间演出。

二、“花部”“雅部”之争。

乾隆年间情况开始有了变化。当时地方戏的活动主要集中在北京和扬州两大中心。尤其是北京，作为全国政治、经济、文化中心，各地造诣较高的剧种，争先恐后在北京演出，“花部”的地方戏自然也从全国范围内的周旋，转为集中在北京与昆曲争奇斗胜。

乾隆十六年（1751）皇太后60岁寿辰时，“自西华门至西直门外高梁桥，每数十步间一戏台”,“南腔北调，备四方之乐”（清赵翼《檐曝杂记》),是极为显著的一例。花部陆续进京，与雅部进行较量。首先是技艺高超的弋阳腔与昆曲争胜，弋阳腔在北京的分支高腔取得优势，甚至压倒昆曲，出现“六大名班，九门轮转”（《都门纪略》）的局面，受到统治者的青睐，进入宫廷，很快演化成御用声

① ［清］李斗．扬州画舫录．王军，评注［M］．北京：中华书局，2007：65.

腔，失去了刚健清新的特色，逐渐雅化而衰落下去。

乾隆四十四年（1779）秦腔表演艺术大师魏长生进京，与昆曲、高腔争胜，轰动京师，大有压倒昆、高二腔的势头，占取上风，以致“歌闻昆曲，辄哄然散去”（徐孝常《梦中缘序》）。后来清廷出面，屡贴告示，禁止演出，魏长生被迫离京南下。

乾隆五十五年（1790）弘历皇帝80大寿，高朗亭率徽班来京演出，以安庆花部，合京（即高腔）、秦二腔，组成三庆班，接着又有四喜班、春台班、和春班，即著名的四大徽班进京，把二簧调带入北京，与京、秦、昆合演，形成南腔北调汇集一城的奇特景观。统治者想再以行政手段干涉和禁演，但花部已成气候，无法阻止其在京城的发展壮大，最终取得了绝对优势，雅部逐渐消歇。

北京花、雅之争，是花部剧种遍地开花，战胜昆曲的一个缩影。

三、京剧的形成及地位的确立。

嘉庆、道光年间，地方剧种的高腔、弦索、梆子和皮簧与昆腔合称五大声腔系统。其中梆子和皮簧最为发达。皮簧腔是由西皮和二簧结合而成。西皮起于湖北，由西北梆子腔演变而来，“梆子腔变成襄阳腔，由襄阳腔再加以变化，就成了西皮”。二簧的演变则复杂得多，它是多种声腔融合的产物。明代中叶以后，受弋阳腔、昆山腔的影响，皖南产生了徽州腔、青阳腔（池州腔）、太平腔、四平腔等。四平腔后来逐渐形成吹腔。西秦腔等乱弹也流入安徽，受当地声腔影响，形成拨子，为安徽主要唱腔之一。吹腔与拨子融合，就是二簧调。大约在乾、嘉年间，二簧流传到湖北，与西皮结合，形成皮簧腔。在湖北叫楚调，在安徽叫徽调。乾隆年间四大徽班入京，所唱主要为二簧，也兼唱西皮、昆曲。道光初年，楚调演员王洪贵、李六等搭徽班在北京演出，二簧、西皮再度合流，同时吸收昆、京、秦诸腔的优点，采用北京语言，适应北京风俗，形成了京剧。此后又经过无数艺人的不断努力和发展，京剧逐渐流行到各地，成为影响全国最大的剧种。

313. 清代的诗歌流派有哪些？有哪些诗歌理论主张？

答：在明清鼎革的社会动乱之际，与学术文化思潮由空疏之心学转向复古形态的经世致用之学相呼应，清初几位学者的启蒙思潮，或直或曲地渗入文学作品中。他们反对晚明的张扬个性、自适自娱、崇尚率直浅俗的文学倾向，强调文学的社会功用。他们对诗学的发展也再度提高了诗的地位，或者说是维护了诗的正宗地位，并推动了诗风的转变。清代诗的繁荣、诗的批评理论的兴盛、诗话的大量涌现，与之不无关系。

神韵说：清初王士祯所倡导的诗歌理论，在清代前期统治诗坛达百年之久。钱谦益去世后，王士祯成为一代正宗。他论诗以神韵为宗。“神韵”一词，早在南朝齐谢赫《古画品录》中就已出现，主要用以品评人物，评论绘画。用来论诗，其主旨与钟嵘《诗品》的“滋味”说、司空图的“韵外之致”（《与李生论诗书》）大体相同，而以“不着一字，尽得风流”（司空图《二十四诗品》）和“羚羊挂角，无迹可求”（严羽《沧浪诗话》）为最高境界。王士祯之前，虽有许多人谈到过神韵，但还没有把它看成是诗歌创作的根本问题，《蚕尾续集序》说：“梅止于酸，盐止于咸，饮食不可无酸咸，而其美常在酸咸之外，酸咸之外者何？味外味也；味外味者，神韵也。”他早年编选《神韵集》，有意识地提倡神韵说。所谓神韵，即在诗歌的艺术表现上追求一种空寂超逸、镜花水月、不着形迹的境界。要求诗歌具有含蓄深蕴、言尽意不尽的特点。以此为宗旨，对清幽淡远、不可凑泊而富有诗情画意的诗特别推崇，唐代王维、孟浩然的诗正是其创作的典范。可以说中国诗的传统精神和古典审美特征，在清代又一次获得了发扬。王士祯提倡神韵，自有他的道理。但并非只有空寂超逸，才有神韵。王士祯将神韵视为逸品所独具，恰是其偏失之处。

格调说：格调说由清康乾年间的沈德潜所倡导。“格调”源于严羽，主张思想感情是形式格调的决定因素，主张创作有益于温柔敦厚的“诗教”，有补于世道人心的“中正和平”的作品，故而归之于有法可循、以唐音为准的“格调”。因此其诗论具有维护封建统治的色彩，有一定保守性。而其创作多为歌咏升平、应制唱和之类。但另一方面他也提倡“蕴蓄”“理趣”、诗的化工境界及重视作品主导作用等具有审美理论价值的有益观点。

肌理说：清代翁方纲提出的诗论主张，主张“为学必依考证为准，为诗必以肌理为准”。翁方纲认为诗皆有格调、神韵，都虚而不实，“无可着手”，于是“指之曰肌理”（《仿同学一首为乐生别》，《复初斋文集》卷十八）。“肌理”二字源于杜甫《丽人行》，指肌肉的纹理。翁方纲借用肌理论诗，他所谓的“肌理”，意即可以捉摸的“理”，包括义理、文理，类乎方苞所说“有物”“有序”，也就将“理”作为诗之本、诗之法。义理为“言有物”，指以六经为代表的合乎儒家规范的思想和学问；文理为“言有序”，指诗律、结构、章法等作诗之法。义理为本，通变于法，以考据、训诂增强诗歌的内容，融词章、义理、考据为一体。所以他称宋人作诗三昧是：“会粹百家句律之长，穷极历代体制之变，搜讨古书，穿穴异闻，作为古律，自成一家。”（《石洲诗话》卷四）在他看来，“考据训诂之事与辞章之事，未可判为二途”（《蛾术篇序》，《复初斋文集》卷四）。这样，诗便不是陶冶性情，而是可资考据学术渊源、历史是非得失的材料。有清一代文学的兴衰变化，与清初开启的启蒙思潮的消长有着或明或隐的联系。翁方纲以学问为诗，用韵语做考据，遭到袁枚“错把抄书当作诗”（《仿元遗山论诗绝句》）的批评。翁方纲的肌理说实际上是王士祯神韵说和沈德潜格调说的调和与修正。他用肌理给神韵、格调以新的解释，目的在于使复古诗论重整旗鼓，与袁枚的性灵说相抗衡。

性灵说：中国古代诗论的一种诗歌创作和评论的主张，倡导者为清代袁枚。它与神韵说、格调说、肌理说并为清代前期四大诗歌理论派别之一。一般把性灵说作为对清中叶袁枚诗歌理论的概括。在清中叶文学领域也呈现出类似晚明的一股思潮，反传统、尊情、求变、思想解放，袁枚是其突出的代表人物。他所说的“性灵”，首先是指诗歌要表现诗人的真性情，他认为诗由情生，性情是诗歌的本源和灵魂，认为“性情之外本无诗”（《寄怀钱屿沙方伯予告归里》）；其次是指诗歌要表现诗人的独特个性，“作诗不可无我”（《随园诗话》卷七），必须袒露自己的本来面目，《续诗品》辟“著我”一品，所谓“字字古有，言言古无”，（《续诗品·著我》）就是明确提倡创写“有我”之旨。这是性灵说审美价值的核心。最后，诗人的真性情还要以高度的诗才表现出来，“诗人无才，不能役典籍运心灵”（《蒋心余杂藏园诗序》），艺术构思中的灵机与才气、天分与学识要结合并重。另外，他主张文学应该进化，反对摹唐拟宋。他的诗论实际上是对明代以公安派为代表的“独抒性灵，不拘格套”（袁宏道《叙小修诗》）诗歌理论的继承和发展，反映了艺术的创新要求和思想上追求自由的反封建倾向，对于解放受神韵、格调、肌理诸家诗说束缚的清诗，促进其发展，起了积极的作用。但一味强调性灵而不强调产生和决定性灵的社会生活，也有一定的片面性。他认为：“情所最先，莫如男女。”（《小仓山房文集·答蕺园论诗书》）因此他写了许多爱情诗、艳情诗。虽然其中有轻佻之病，但总的说来，袁枚的思想和诗作表现出鲜明的个性。

中国古代文学三百题

近代文学

314. 龚自珍诗歌的思想内容与艺术特色是什么？

答：龚自珍是在近代历史开端之际得风气之先的杰出的思想家与文学家。其思想明显受到明中叶以来伸张个性思潮的影响，反对压制与束缚，具有鲜明的个性解放倾向。文学创作突出个性、自我与理性，而与封建专制主义处于某种矛盾状态，富有叛逆色彩，他成为我国近代最早的启蒙思想家。

一、龚自珍诗歌的思想内容。龚自珍作为首开近代新诗风之先的诗人，诗歌创作紧紧围绕现实政治，或批判，或抒慨，富有社会历史内容，为有清一代所罕见，一新诗坛面貌。

（一）揭示封建社会的没落本质。龚自珍以深邃的史识为诗，撕下“盛世”的面纱，把清王朝统治的腐朽本质及其没落形势，清晰地揭示出来，特别具有惊世、警世和醒世的力量。“忽忽中原暮霭生”（龚自珍《杂诗，己卯自春徂夏……》其十二）以高度概括的诗句形象地表现出清王朝没落的形势与气氛，可与唐代李商隐的“夕阳无限好，只是近黄昏”（《登乐游原》）媲美，不过现在连那将落的夕阳也没有了，只是“暮霭”蒸腾即将进入暗夜了。造成这种情势的根源，在于清王朝统治的腐朽与专横：“牢盆狎客操全算，团扇才人踞上游。避席畏闻文字狱，著书都为稻粱谋”（龚自珍《咏史》），地方上是幕府中帮闲人物操纵一切，朝廷里是皇帝左右亲贵把持大权，这就是政治现状。而一般官僚文士慑于文字狱，

龚自珍像　李世南

不敢议论国家大事，著书为文不过是为衣食打算。高压专制把人们变成浑浑噩噩的庸才，全无生气，这又是一般士风的现状。国家就是在这样的状态中一步步日薄西山。

（二）直抒忧愤和渴望变革、追求理想的诗人情怀。龚自珍拔俗特立，在当时的社会里是孤立无援的，“侧身天地本孤绝”（龚自珍《十月廿夜大风不寐书怀》），他的不少抒怀诗，充满奇才忧国伤时而不容于世的压抑感、孤寂感。如：“春夜伤心坐画屏，不如放眼入青冥。一山突起丘陵妒，万籁无言帝座灵。塞上似腾奇女气，江东久陨少微星。平生不蓄湘累问，唤出姮娥诗与听。”（龚自珍《夜坐》）在难以忍受的压抑情境中，诗人想放眼青空一舒心绪。然而入眼的景象，是庸才妒抑奇才，是万马齐喑而只有朝廷一种声音，是边域将有事而中原人才寥落的倾危形势。此中含有多少深沉的感愤！这里抒发的感情迥异于一般士子的不遇之叹。诗人十分厌憎这种逐渐失去真人面目的生活，深知前途与希望在于风雷飙发，人才蔚起，以强有力的变革使社会重获生机，因而喊出了时代的最强音，“九州生气恃风雷，万马齐喑究可哀。我劝天公重抖擞，不拘一格降人材”（龚自珍《己亥杂诗》一二五）。在这富有震撼力的诗句中，包含着深邃的意蕴。这里所谓的“人材”，是不受统治者愚弄而能够打破万马齐喑局面、掀起风雷、改造现实的力量，是其个性解放精神的一种体现。

二、龚自珍诗歌的艺术特色。龚自珍诗歌富有开创性。他的诗基本不出旧体范围，但却吸收前人的滋养而如蜂酿蜜，形成了自己独特的创作路数。

（一）重意而多陈述的笔墨。他的诗主要是围绕社会政治着议抒慨，基本倾向是重意而多陈述的笔墨。但他着议抒慨，既富有概括力，含意深远，又多出之以象征隐喻，富有形象性。如《秋心》其一（秋心如海复如潮），悼念奇才友人的亡故，抒发忧时的感怀，全都出之以陈述式笔墨。然而以“秋心”指愁绪，以“秋魂”指逝者，以“郁金香”“古玉”写亡友的品德，以“气寒”喻西北的严重形势，以“何人剑”感慨报国乏人，以“箫”声寥落言哀时之士的匮乏，以“斗大明星”无数言庸才充斥，以“月”坠林梢言才友沦亡，思想深刻，形象鲜明，感情浓挚，意象含蓄，耐人玩味。诗中的形象事物大半是用为象征隐喻。龚诗既是政治家历史家的诗，又是真正诗人的诗。他融会了唐音、宋调的优点而避其流弊，自成一路，为古典诗歌艺术做了很好的总结。

（二）“以霸气行之”的个性。龚自珍自称“庄骚两灵鬼，盘踞肝肠深”（龚自珍《自春徂秋，偶有所触，拉杂书之，漫不诠次，得十五首》），其诗受庄子与屈原的影响较大，多用象征隐喻，想象奇特，文辞瑰玮，贯穿着一种诗人独有的凌厉剽悍之气，所谓“以霸气行之”（谭献《复堂日记》），因此晶光外射、飞动郁勃、富有力度。如“叱起海红帘底月，四厢花影怒于潮”（龚自珍《梦中作四绝句》其二），“西池酒罢龙娇语，东海潮来月怒明”（龚自珍《梦得东海潮来月怒明之句醒足成一诗》），“畿辅于山互长雄，太行一臂怒趋东”（龚自珍《张诗舲前辈游西山归索赠》），“猛忆儿时心力异，一灯红接混茫前”（龚自珍《猛忆》）等，其中展示出来的剽悍奇丽之美，在古人诗中是少见的。从这一方面说，又是对古代理想化诗歌艺术的总结与发展。

315. 何谓“诗界革命”？黄遵宪诗歌的题材特点是什么？

答：从中日甲午战争（1894）前后到 1919 年“五四运动”爆发，近代中国社会急剧动荡，登上政治舞台的资产阶级相继发动了改良主义运动和民主革命运动，文学成为资产阶级改良派和革命派进行维新与革命斗争的武器，因此激起文学领域中的广泛“革命”，涌现了以黄遵宪、梁启超、柳亚子为代表的一批作家。最引人注目的是“诗界革命”与“文界革命”，使诗文创作面貌一新，将近代诗文的发展推向了高峰，并为“五四”新文学革命准备了某些条件。

所谓“诗界革命”是资产阶级改良运动的有机组成部分。在戊戌变法的前一二年，梁启超、夏曾佑、谭嗣同等提出“诗界革命”的口号，并试作“新诗”。但当时的所谓新诗，不过是“挦扯新名词以自表异”。[①] 戊戌变法失败后，梁启超写《饮冰室诗话》，批判了“以堆积满纸新名词为革命”的诗风，认为“能以旧风格含新意境，斯可以举革命之实矣”。[②]这是“诗界革命”的一个发展。

虽然明确提出“诗界革命”口号的是梁启超，但最早反映出诗歌变革趋向并获得创作成功，成为“诗界革命”旗帜的则是黄遵宪。他深信“诗固无古今也”，“苟能即身之所遇，目之所见，耳之所闻，而笔之于诗，何必古人？我自有我之诗者在矣”（《与朗山论诗书》）。他沿着这条道路进行的创造性实践，突破古诗的传统天地，形成了足以自立、独具特色的“新派诗”，被梁启超誉为“独辟境界，卓然自立于二十世纪诗界中”[③]，成为“诗界革命”的巨擘。

黄遵宪的诗“诗之外有事，诗之中有人”（《人境庐诗草自序》），广泛反映了诗人经历的时代，具有深厚的历史内容。黄遵宪的诗歌内容首先表现了强烈的爱国主义精神，反帝卫国、变法图强是他诗歌的重要主题。

一、直接抒写自己对国事的忧虑，对帝国主义侵略的愤慨，对投降派的指斥，充满爱国主义激情和深挚的忧国焦思，如《书愤》等。诗人描写中国近代史上一系列重大历史事件，突出地反映了帝国主义与中华民族的矛盾，因而被人誉为“诗史”，如《哀旅顺》《渡辽将军歌》等，反帝卫国思想尤为突出。诗人在这类主题的作品里有不少篇章，规模宏伟，形象生动，表现出诗歌大家的气魄和功力。如《冯将军歌》将中法战争中爱国将领冯子材鸷猛无前的英雄形象和冯军排山倒海的气势，活现在纸上。

二、对封建政治和文化进行大胆批判，宣传变法维新，揭露和

---

① 梁启超．饮冰室诗话［M］．郭绍虞，罗根泽，主编．北京：人民文学出版社，1959.

② 梁启超．饮冰室诗话［M］．郭绍虞，罗根泽，主编．北京：人民文学出版社，1959.

③ 梁启超．饮冰室诗话［M］．郭绍虞，罗根泽，主编．北京：人民文学出版社，1959.

谴责顽固派破坏变法的罪行。黄遵宪早在《感怀》《杂感》《日本杂事诗》等作品中即批判陈腐事物，赞赏派遣留学生和日本明治维新等新事物。后来他更以饱满的热情讴歌变法维新，期望能通过变革使中华民族重新崛起："黄人捧日撑空起，要放光明照大千。"(《赠梁任父同年》) 戊戌政变发生，他作《感事》《仰天》等诗痛惜新政夭折，忧虞国家前途，百感交集、情思深挚："忍言赤县神州祸，更觉黄人捧日难。"(《感事》其八)

三、处于新旧交替时代的黄遵宪的诗歌，较早地描写了海外世界以及伴随近代科学而涌现的新事物，拓宽了题材和反映生活的领域，写出了古典诗歌所没有的新内容。他的《今别离》四首分别吟咏在出现轮船、火车、电报、照相和已知东西两半球昼夜相反的条件下离别的新况味，别开生面，令人耳目一新。《八月十五夜太平洋舟中望月作歌》以流美豪宕的笔墨，勾勒出太平洋上夜航独有的情境。至如各国奇异的风光，如日本的樱花（《樱花歌》），伦敦的大雾（《伦敦大雾行》），巴黎的铁塔（《登巴黎铁塔》），锡兰岛的卧佛（《锡兰岛卧佛》）等，无不收摄在诗人的笔下。

四、海外诗篇也涉及外国民俗与时事政治。《日本杂事诗》从多方面反映了日本的历史和社会生活。《纪事》诗富有风趣地描写了美国总统大选时，共和、民主两党千方百计宣传自己、激烈争夺选民的情景，喜剧性的笔墨表现了诗人对其费尽公心的讥议态度。

316. 黄遵宪的诗歌有什么艺术特色?

答：黄遵宪（1848—1905），汉族客家人，生于广东嘉应州，字公度，别号人境庐主人，清朝诗人，外交家、政治家、教育家。工诗，喜以新事物熔铸入诗，有"诗界革新导师"之称。黄遵宪的作品有《人境庐诗草》《日本国志》《日本杂事诗》等，被誉为"近代中国走向世界第一人"。

黄遵宪早年即经历动乱，关心现实，主张通今达变以"救时弊"(《感怀》其一)，明确树立起"中国必变从西法"(《己亥杂诗》第

黄遵宪

四十七首自注）的思想，并在新的文化思想激荡下，开始诗歌创作的新探索。在广泛吸取前人成就的基础上，本着“善作”的精神，沿着“矜奇”的趋势，推陈出新，加以创造，形成自己的独特面貌。

一、真切写实。黄遵宪的诗虽然常有一种前瞻追求的浪漫豪情，但更主要的方面是真切的写实。他有不少鸿篇巨制，篇幅都超越古人，往往自成某一方面小史，如《番客篇》近于华侨南洋开发史，《逐客篇》堪称赴美华工血泪史，《拜曾祖母李太夫人墓》不啻作者的家族史与童年生活史。他善于以细致的笔墨叙事、状物、写景，铺排场面，勾画人物，既内容丰富，又形象生动。如《渡辽将军歌》形象鲜明地刻画出吴大澂这一人物形象。吴大澂本是湖南巡抚，喜好金石。中日战争爆发，恰好购得一枚汉印，印文为“渡辽将军”，自以为是封侯之兆，遂请缨出师。开篇写其出征的盛气：“闻鸡夜半投袂起，檄告东人我来矣。此行领取万户侯，岂谓区区不余畀!”（《渡辽将军歌》）豪气冲天。“看余上马快杀贼，左盘右辟谁当前。鸭绿之江碧蹄馆，坐令万里销烽烟。”（《渡辽将军歌》）大言不惭之态，不可一世之概，活灵活现。然而“两军相接战甫交，纷纷鸟散空营逃”（《渡辽将军歌》）。前之气势如虎，后之怯懦如鼠，在强烈的反差中有力地勾画出其丑陋形象。

二、善于用散文笔法写诗，长短参差，错落有致。诗法多变，从无定格，诗体较为解放。为了表现丰富的现实内容，作者比较注意吸取古人以文为诗的经验，所谓“以单行之神运俳偶之体”，“用古文家伸缩离合之法以入诗”（《人境庐诗草自序》）。但取其长而避其短，在篇章结构上，注意波澜曲折，长而不板；叙写上多用比兴与描写，减少抽象直陈；议论尽量精要，并安置于描写之后，使之有水到渠成、画龙点睛之妙。

三、语言丰富。作者广泛采摘语言资料，“自群经三史，逮于周秦诸子之书，许郑诸家之注，凡事名物名切于今者，皆采取而假借之”（《人境庐诗草自序》），同时又不排斥“流俗语”（《杂感》其二）。这使他的诗歌词汇丰赡，富于表现力，典雅之中多生气与变化。但他用典雅词语过多，不免带来艰奥晦涩的缺陷。黄遵宪的诗“以旧风格含新意境”，①体现了由旧到新的过渡。

当然，他的诗歌也有不足之处，如对帝国主义存有幻想，对清王朝的腐朽本质认识不足，对人民革命抱仇视态度；艺术上还没有完全摆脱旧形式的束缚，用典太多，不免带来艰奥晦涩的缺陷。

317.《少年中国说》的题旨何在？在写作上有何特点？

答：“文界革命”是资产阶级文化思想催化的又一场文学变革。梁启超（1873—1929）既是“文界革命”口号的提出者，又是新文体的成功创造者。他在戊戌前追随康有为，大力宣传变法维新思想；戊戌政变后，流亡国外，创办《清议报》《新民丛报》等，更加热情地宣传资产阶级文化思想，致力于开通民智的“新民”工作，这都促使他立意使文学成为思想启蒙的工具。他所创造的“新文体”散文，以比较通俗而富有煽动力的文字运载新思想，使他成为“新思想界之陈涉”。②胡思敬说：“当《时务报》盛行，启超名重一时”，“自通都大邑，下至僻壤穷陬，无不知有新会梁氏者”（《戊戌履霜录·党人列传》）。这种略有变革的文体成为我国散文由文言向白话过渡的桥梁，在近代散文史上占有重要地位。

《少年中国说》最能代表梁启超散文的风格和特点。全文三千多字，洋洋洒洒，一气呵成，论证了中国如何沦为老大中国及如何将老大中国改造为少年中国。文章以高度的爱国激情将少年之中国寄

---

① 梁启超．饮冰室诗话［M］．郭绍虞，罗根泽，主编．北京：人民文学出版社，1959.

② 梁启超．清代学术概论［M］．上海：上海古籍出版社，1998.

梁启超

托于当时之少年，充满对未来的信心与展望，洋溢着乐观进取的时代精神。就本篇写作特点而言，其特点如下：

一、运用拟人化手法，又广泛取譬、多方设喻，使严密的逻辑推理具有鲜明生动的形象。经过作者的生动描述后，一个老态龙钟、枯朽衰老的老大中国，和一个血气方刚、充满青春活力的少年中国栩栩然站立在读者面前，使人们自然而然地扬弃前者而憧憬后者。

二、行文饱含感情，作者不仅以理服人，而且以情感人。

三、语言灵活自由、奇偶相配、文白相间、纵笔自如、不拘一格、尽情尽意。

梁启超的新文体散文，以其思想之新颖、形式之通俗、艺术之魅力，影响几乎整整一代人，也对“五四”文学革命有着影响。郑振铎说新文体文章“不再受已僵死的散文套式与格调的拘束”，是“五四”时期“文体改革的先导”（《梁任公先生传》）。

318. 何谓“新小说”？它在中国小说发展史上有何意义？

答：与近代前期小说、戏曲的状况不同，伴随着资产阶级的改良运动和革命运动的兴起与发展，以及资产阶级启蒙宣传的加强、西学输入的推向高潮，近代后期成为中国小说戏曲转型嬗替的重要时期。

所谓“新小说”是戊戌变法前后出现的，密切配合当时社会政治斗争，广泛反映现实生活，以反帝反封建为基本主题，以批判揭露社会丑恶、表现改良主义和民主革命思想为主要内容的一批小说。其中以《官场现形记》《二十年目睹之怪现状》《老残游记》和《孽海花》等“谴责小说”成就最高，影响最大。“新小说”不仅完成了促进社会变革的历史使命，而且在我国小说的发展史上起继往开来、承前启后的桥梁作用。它对古代旧小说的猛烈冲击，等于为现代新小说运动做了一次预演；它在小说的内容和形式方面的探索，又为现代新小说提供了正反两方面的经验。

梁启超是“小说界革命”的领导者、宣传者和组织者。他于1902年在《新小说》创刊号上发表《论小说与群治之关系》,文章疾呼“欲新一国之民，不可不先新一国之小说”,并响亮提出“小说为文学之最上乘”,成为“小说界革命”的纲领。它把原处于社会文学结构边缘的小说推到中心地位，把原来只流行于世俗的小说，变成知识阶层自觉用来进行觉世新民、疗救社会的利器，很快形成一个小说刊物勃兴、小说批评和理论研究活跃、新小说创作空前繁荣的局面。在这种理论影响下，文坛上出现了大批小说理论著作和大批新小说、翻译小说，其中就有著名的“四大谴责小说”。此外，还创办了一系列发表小说作品和评论的刊物。这一运动的局限是夸大了新小说的作用，有重视思想内容而忽视艺术形式的倾向。

新小说的突出特点是与政治结下了不解之缘，无论政治小说、科学小说、社会小说、历史小说，无不与救亡图存、改良群治息息相关，从而刷新了中国小说的格局，揭开了小说史上新的一页。在“小说界革命”后期，资产阶级革命作家创作了一批狂飙突进式的作品，成为民族民主革命的铎音。

图书在版编目（CIP）数据

中国古代文学三百题 / 余江主编. — 北京：商务印书馆国际有限公司，2023. 1

ISBN 978-7-5176-0949-0

Ⅰ. ①中… Ⅱ. ①余… Ⅲ. ①中国文学-古典文学-问题解答 Ⅳ. ①I206. 2-44

中国版本图书馆 CIP 数据核字（2022）第 229820 号

ZHONGGUO GUDAI WENXUE SANBAITI

中国古代文学三百题

主　　编	余　江
出版发行	商务印书馆国际有限公司
地　　址	北京市朝阳区吉庆里 14 号楼 佳汇国际中心 A 座 12 层
邮　　编	100020
电　　话	010－65592876（编校部） 010－65598498（市场营销部）
网　　址	www. cpi1993. com
印　　刷	**三河市紫恒印装有限公司**
开　　本	880mm×1230mm　1/32
字　　数	700 千字
印　　张	24. 5
版　　次	2023 年 1 月第 1 版第 1 次印刷
书　　号	ISBN 978-7-5176-0949-0
定　　价	58. 00 元